आंधारमानिक

(उपन्यास)

आंधारमानिक

महाश्वेता देवी

अनुवाद

सुशील गुप्ता

राधाकृष्ण प्रकाशन

ISBN : 978-81-7119-901-3

आंधारमानिक

पहला संस्करण : 2004
पहली आवृत्ति : 2022

मूल्य : ₹1495

प्रकाशक

राधाकृष्ण प्रकाशन प्राइवेट लिमिटेड
जी-17, जगतपुरी, दिल्ली-110 051

शाखाएँ : अशोक राजपथ, साइंस कॉलेज के सामने, पटना-800 006
पहली मंजिल, दरबारी बिल्डिंग, महात्मा गांधी मार्ग, प्रयागराज-211 001

वेबसाइट : www.radhakrishnaprakashan.com
ई-मेल : info@radhakrishnaprakashan.com

मुद्रक

बी.के. ऑफसेट
नवीन शाहदरा, दिल्ली-110 032

AANDHAR-MANIK
(Novel) by Mahashweta Devi
Translated by Sushil Gupta

नए संस्करण की भूमिका

'आंधारमानिक' उपन्यास लगभग 1967 में प्रकाशित हुआ था। सन् साठ के दशक के कई प्रकाशन महत्त्वपूर्ण थे। कथावस्तु की तर्जनी, देश के इतिहास की तरफ उठी थी, जनता के इतिहास की तरफ ! दरअसल अपने लेखन की दुनिया की, मैं चाहे जितनी भी परिक्रमा करूँ, एक ही बात समझ में आती है। मेरा तमाम लेखन (जो मेरी नजर में महत्त्वपूर्ण है) मूलतः जनगण के इतिहास का बयान है।

वह दौर बेहद भला था। 'कवि वन्द्यधारी गात्री का जीवन और मृत्यु', 'रोमथा', 'दीवाना खईमाला और ठाकुरवट की कहानी', 'अमृत संचय', 'आंधारमानिक' वगैरह लिखते हुए, अनगिनत किताबें, पोथी-पत्तर वगैरह पढ़ती रही, गुनती रही और नोट्स लेती रही। उसी दौरान राजवृत्त के इतिहास में से गणवृत्त के कई-कई ऐसे इतिहास भी उजागर हुए, जिनका अब तक कहीं उल्लेख नहीं था। गणवृत्त के इतिहास में मुझे प्रमुख और गहरी दिलचस्पी थी।

चलें, अठारहवीं सदी के इतिहास की तरफ अगर न भी जाऊँ, मित्र-घोष संस्करण की भूमिका में इस्तेमाल किए गए सन्दर्भ ग्रन्थों के बारे में ही बात करूँ। लोकमुख में बसी कहानियों और लोककथाओं की तरफ रुझान और तलाश तो मुझे तब से थी, जब मैं 'झाँसी की रानी' लिख रही थी। 'आंधारमानिक' लिखते हुए मैंने गंगाराम लिखित 'मराठा पुराण' और बंगला हर्फों में लिखा हुआ, उड़िया भाषा के 'चौधुरी वंशावली चरित' की काफी हद तक मदद मिली। 'मराठा पुराण' पढ़ते हुए मेरे सामने एक ऐसी सच्चाई उभरकर सामने आई, जो बंगला इतिहास के लिए बेहद महत्त्वपूर्ण है। पता चला, मराठा घुड़सवार, वर्गी घोड़े की पीठ से नहीं उतरते थे। वे लोग अजय, कंसाइ जैसे नद-नदियाँ, घोड़े पर बैठे-बैठे ही लाँघ जाते थे। जो नदी, घोड़े की पीठ पर बैठे-बैठे पार करना असम्भव था, उन नदियों की तरफ, वे लोग जाते ही नहीं थे। इसलिए जब बंगाल के जन-जीवन में विपुल उलटफेर हुआ, लोग-बाग हुगली नदी पार करके, कलकत्ता आ पहुँचे। दूसरी तरफ, लोग पद्मा नदी पार करके, उस पार चले गए। वर्गी आक्रमण के दौरान, यह गतिविधि कई सालों तक जारी रही।

उखड़ा हुआ जो जन समाज, उस पार जा चुका था, वह अपने साथ, अपना धर्म, संस्कृति, रीति-रिवाज, लोकधर्म, लोकाचार वगैरह, सारा कुछ अपने साथ ले गया था। क्या पद्मा, क्या गंगा—सारी नदियाँ मिल-जुलकर एकाकार हो गई थीं। उसके बाद, सन्

1947 के बाद से जो दूसरा विपुल उलटफेर हुआ, तब कितने लोग अठारहवें दशक में चले गए और बीसवें दशक में लौट आए, यह कौन बताएगा ? शहर कलकत्ता में अनगिनत पेशे, अनगिनत वृत्तियों के लोग आकार-प्रकार में बढ़ने-फैलने लगे और अंग्रेज कम्पनी की क्षमता में विस्तार तो ख़ैर, हो ही रहा था। अब वह क्षमता और ज्यादा बढ़ गई। अनगिनत पेशे के लोग महानगर कलकत्ते में आ जुटे थे, इसीलिए तो कुम्हार-लोहार-कंसारी-शंखारी-दर्जी-पटुआ—इन विभिन्न पेशे के लोगों की बस्तियों का अलग-अलग नाम पड़ा था। वैसे यह सब पल-भर में नहीं, शायद, धीरे-धीरे हुआ था।

अठारहवीं सदी में बंगाल के समाज में धनी-मानी, जमींदार वगैरह वर्गों के मूल्यबोध का तो दिवाला ही निकल गया था। एक तरफ, जातियों की किचिर-पिचिर, संकीर्णता, अनुदारता, दूसरी तरफ ऐश-विलास ! इधर समाज में प्रचलित अन्धविश्वास, कुत्सित प्रथाएँ। ये तमाम हक़ीकत बंगाल के समाज का इतिहास भी अनगिनत विचित्रताओं से भरा था। जंगल इलाकों के लोग, अपने सामन्त स्वामियों के खिलाफ काफी अर्से पहले ही बागी हो चुके थे। रमई बागदी लोगों का समाज, जैसे गाँव के उच्च वर्ण और श्रेणियों के समाज द्वारा शासित था, वैसे ही उनका अपना एक निजी समाज भी था। वे लोग भरपूर प्रचंडता से प्यार करते, जिन्दा रहते और संघर्ष करते थे। उस जमाने में अनुसूचित जाति या ईसा पूर्व वगैरह लेबल चिपकाने की बात सर्वथा अकल्पनीय थी। सन् 1957 के सिपाही, जैसे किसान जीवन पर होनेवाले जोर-जुल्म, अत्याचार से त्रस्त होकर सिपाही बन गए, उसी जमाने से बागदी-डोम-तित्तर-केवट, दासों की तरह खेती करते थे और हाथ की लाठी-भाले भी अपने हाथों से अलग नहीं करते थे।

आंधारमानिक प्रमुख रूप से लोकवृत्त का इतिहास है—कलकत्ता से जुड़े मध्यवित्त जीवन की शुरुआत से पूर्व-मुहूर्त का इतिहास ! ऐसे इतिहास में मुझे आज भी गहरी दिलचस्पी है। यह उपन्यास, किसी अर्थ में, समकालीन भी है, क्योंकि वर्ण-श्रेणी शासन, औरतों के प्रति विचारकों की तरह तर्जनी ताने रहना—ऐसा कितना कुछ तो हमारे समाज के ऊपरी स्तर तले आज भी विद्यमान है। अगर कोई पाठक, इसी नजरिए से विचार करे, तो मैं समझूँगी कि मेरी मेहनत सार्थक हुई।

3.8.98

—महाश्वेता देवी

विनीत निवेदन

क्रम-परिवर्तनशील जगत में इतिहास भी बेहद स्वाभाविक गति से अपना रूप बदलता रहा है। इतिहास के सफ़र में हेर-फेर सम्भवतः प्रथम महायुद्ध के बाद शुरू हुआ। हालाँकि हम जिसे 'इतिहास' कहते हैं, उसमें देश या जाति की राजनीतिक, सामाजिक और अर्थनैतिक—समस्त इतिहास शामिल होते हैं। इसके बावजूद एक ही घर के अन्दर हँड़िया-बर्तन अलग होने जैसी एक निरुपाय स्थिति, धीरे-धीरे बेहद स्पष्ट और अनिवार्य हो उठी, क्योंकि राजनीति के बिना समाज और अर्थनीति, जमीन-जायदाद, पद-मर्यादा और उसके परिणामस्वरूप इनकी विशेष महत्ता भी धीरे-धीरे इस हद तक बढ़ती-फैलती रहती है कि कुल एक संयुक्त आश्रय और आम परिचय के दायरे में इतना सारा कुछ शामिल करना सम्भव नहीं होता। जाहिर है कालप्रवाह के अनिवार्य तकाजे पर, अन्दर-ही-अन्दर काफी धूमधाम से इतिहास में बँटवारा शुरू हो गया, दीवार उठाई जाने लगी। दरअसल, कालप्रवाह में एक खास किस्म की ताकत होती है, उससे किसी शर्त पर भी इनकार नहीं किया जा सकता। इस अस्वीकार्य शक्ति का मतलब हवा में तैरते फिरना नहीं है। इंसान ही तो राजनीति, समाजनीति और अर्थनीति तैयार करता है यानी इतिहास, इंसान के हा़थों ही रचा-गढ़ा जाता है और इंसान ही अपने आचार-व्यवहार, ज्ञान-विज्ञान, विवेक और विवेकहीनता के जरिए, उस कालप्रवाह को और गहराता चलता है। इस प्रवाह की दो अपरा गति हैं—या तो उसमें पार का इंगित होता है या फिर विपर्यय का ! जब धर्म, अर्थ, राष्ट्र, समाज, पारस्परिक सामंजस्य गवाँ बैठते हैं। जब दिशा-दिशाओं में सिर्फ राजा-रजवाड़ों की शान-शौकत, सिंहासन के इर्द-गिर्द घोर अँधेरा, तलवार के ओने-कोने में खून के सूखे हुए धब्बे और बादशाह-बेगम-बाँदी के उत्ताल क़िस्से गुँजने लगते हैं, तभी इतिहास अपने अंग उघाड़कर, भीतरी छाले और जख़्म दिखाता है। हर मुल्क में यही होता है। भारत के इतिहास में भी यही हुआ। दरअसल, इतिहास का अहम् काम ही है, बाहरी गोलमाल, संघर्ष और समारोहों के कूड़ा-कर्कट और ध्वंसस्तूप हटाकर, विभिन्न गणवृत्तों का पता लगाना, उन्हें सही सन्दर्भों में देखना और उन्हें सही सन्दर्भ देना। इसी दौरान जब हम भीतरी तहों पर खोज भरी नजर डालते हैं, तत्कालीन समाजनीति और अर्थनीति अनिवार्य रूप से उजागर हो उठती है। इतिहास की यह अनिवार्य शर्त है, क्योंकि समाजनीति और अर्थनीति ही तो राजनीति की पृष्ठभूमि तैयार करती है; उसे सिद्धि और सफलता की ऊँचाइयों तक

पहुँचाती है। इस समाजनीति और अर्थनीति का मतलब है—लोकाचार, लोकसंस्कृति और लौकिक जीवन व्यवस्था।

मुझे ठीक-ठीक नहीं पता, ऐतिहासिक उपन्यास किसे कहते हैं ? यह किस हद तक उपन्यास होता है किस हद तक इतिहास? इतिहास के किसी एक पर्व या अध्याय या चरित्र पर आधारित कथा को, क्या ऐतिहासिक उपन्यास कहा जा सकता है ? उसके बाद या उस पर मनमाना रंग चढ़ाया जा सकता है या कल्पना का अंश जोड़ा जा सकता है ? अपनी स्वाभाविक दीनता या उदारता मुताबिक क्या मैं उसे बढ़ा-घटा सकती हूँ ? अपनी शिक्षा, संस्कार, अभिरुचि या पक्षपात के तारतम्य मुताबिक, इतिहास को अपनी उँगलियों के इशारे पर नचाया जा सकता है ? या उसे कादो-कीचड़ का रूप दिया जा सकता है ? इतिहास का वृत्त क्या इसी तरह बेवजह ही छोटा या विराट नहीं हो जाता ? इसी तरह इतिहास से आँखमिचौनी खेलते हुए, सच्चाई बेचारी धीरे-धीरे दम तोड़ देती है ? अगर यह सब होता है यानी अगर ये तमाम सम्भावित आशंकाएँ हमेशा बनी रहती हैं, तो ऐतिहासिक उपन्यास को सिर्फ उपन्यास कहने में आखिर क्या हर्ज़ है ? इसमें कौन सा महाभारत अशुद्ध होता है ? अनावश्यक नामों से बनाने की जरूरत नहीं है। ऐसे अननिगत विदेशी उपन्यास भी लिखे गए हैं, आज भी लिखे जा रहे हैं, उपन्यास ही जिनका पहला और आखिरी परिचय है। इतिहास, जैसे सम्राट अशोक या अकबर, किसी का ताबेदार नहीं होता, इतिहास, जैसे ब्रिटिश साम्राज्यवाद, हिन्दू-मुसलमान या राजशाही, बरीसाल, वर्धमान या पटना जैसी किसी भी जगह का गुलाम नहीं होता, उसी तरह ऐतिहासिक उपन्यास लेखक को भी स्थान-काल-पात्र से ऊपर उठकर, उसमें किसी ध्रुपदी नजरिए का होना जरूरी है। अगर ऐसा नहीं होता, अगर सच का यथासम्भव अनुकरण न किया गया हो, तो ऐसे ऐतिहासिक उपन्यास को उपन्यास कहना ही श्रेयस्कर है। नहीं, इससे ज्यादा अतिरिक्त गौरव जोड़ने की जरूरत नहीं। इसके अलावा, इन दिनों मुझे अक्सर लगा है कि हमारे देश में, खासकर ऐतिहासिक उपन्यास लेखन, एक अलग किस्म की जिम्मेदारी है। आखिर क्यों ? क्योंकि जिस मुल्क में छपे हुए अक्षर, इस कदर मूल्यवान हैं, इनका इस कदर महत्त्व है, आम लोगों में छपे हुए अक्षरों पर विश्वास करने का संस्कार, आज भी बेहद प्रबल है, वहाँ उपन्यास होने के बावजूद, इतिहास से खेल-खिलवाड़ करना सरासर ग़लत है। इस मामले में इतिहास की गम्भीरता नष्ट होती है या नहीं, यह बड़ी बात नहीं है। बड़ी बात यह है कि इससे पाठकों के मन में हलचल जागती है; लोगों के चेहरों पर प्रतिक्रिया नजर आती है। अपनी दिलचस्पी और उद्देश्य के तकाजे पर अगर मैं सिर्फ हॉलवेल को पढ़कर ही अलीवर्दी को अठारहवीं शती के शठ-शिरोमणि के रूप में पेश करूँ, तो मुमकिन है, मेरे उपन्यास में वास्तविक इतिहास बेजान न हो। मगर आम पाठक, जो हॉलवेल को नहीं जानते या किसी अन्यान्य प्रामाणिक इतिहास से भी अनजान हैं। वे लोग शायद मेरे उपन्यास को ही वास्तविक इतिहास मान बैठें और मुमकिन है वे गुमराह या विचलित हो उठें। शायद इसी तरह इतिहास के बारे में गलतफहमियाँ शुरू हो जाती हैं और यह रुझान क्रमशः बढ़ती जाती

है। मेरी राय में ऐतिहासिक उपन्यासों के रचयिता, हद-से-हद महाभारत के सौती की तरह संक्षिप्त हो सकते हैं, कुल मिलाकर उसका सारांश प्रस्तुत कर सकते हैं। जीवन और इतिहास के मध्यस्थ भाष्यकार हो सकते हैं। लेकिन कथा-बयानी के मोह में, किसी की शर्त पर आत्महारा नहीं हो सकते, खासकर हमारे देश में !

अब सवाल यह उठता है कि आखिर यह उपन्यास क्यों और इस काल-खंड को लेकर क्यों ? पहली वजह तो यह है कि मेरा ख़याल था कि बंगाल प्रान्त पर वर्गी लोगों का हमला, जो लगभग हूण आक्रमण जैसा था, उस विषय पर अभी तक कोई भी उपन्यास नहीं लिखा गया, हालाँकि इतिहास की दृष्टि से, इतिहास के यात्रा—बदल के नजरिए से, सामाजिक और अर्थनैतिक पट-परिवर्तन के खयाल से, यह संक्षिप्त अध्याय, इतिहास का यह टूटा-फूटा हिस्सा, टुकड़ा-भर कालखंड का यह झरोखा, देश और जाति के लिए खास अर्थपूर्ण और महत्त्वपूर्ण है। कौन कह सकता है कि नवाब अलीवर्दी को अगर लगातार नौ सालों तक वर्गी-हमलों से जूझने में व्यस्त न रहना पड़ता और उसका फ़ायदा उठाते हुए हॉलैंड, फ्रांस और अंग्रेज व्यापारी, अन्दर-ही-अन्दर तत्पर न हो उठते, देश अगर मरघट न बन गया होता और ख़ज़ाना अगर खाली न हो गया होता, तो बंगाल और बंगालियों की तकदीर कुछ और ही होती। जो कलकत्ता शहर सुदीर्घ काल से समूचे भारत देश का स्नायुकेन्द्र है, उसका ऐसा चेहरा, मुमकिन है हमें देखने का मौका ही नहीं मिलता। लेकिन इतिहास में सुदूर कल्पना की जगह कुछ कम होती है। इसलिए यह जिक्र छोड़ें। यह उपन्यास शुरू करने से पहले एक और खयाल मेरे दिलो-दिमाग़ पर छाया रहा। कहना चाहिए, देश आज़ाद होने के बाद से आज तक, वह खयाल हमारे समाज, राजनीति, अर्थनीति को अच्छन्न और आविष्ट किए हुए है—वह है लोक-चलाचल का इतिहास ! उस दौर में मराठों के खौफनाक आक्रमण और अत्याचार के फलस्वरूप, समूचे पश्चिम बंगाल से झुंड-झुंड लोग बेघर, सर्वहारा होकर, उत्तर बंग, पूर्व बंग और कलकत्ता में शरणार्थी बनकर या तो चले गए या चले आए। इस विपुल जनस्रोत का इतिहास, उस काल में हमने उतनी जिम्मेदारी से क़लमबन्द नहीं की। इसकी वजह क्या थी, यह मुझे नहीं मालूम ! उस काल के कम-से-कम दो प्रमुख वक्ता—भारतचन्द्र और रामप्रसाद, इस बारे में आश्चर्यजनक रूप से मितवाक बने रहे। आखिर क्यों ? इसलिए कि इनमें से एक दरबारी कवि था और दूसरा धार्मिक प्रकृति का कवि था। लेकिन वर्धमान के दरबारी कवि, वाणेश्वर विद्यालंकार ने अगर 'चित्रचम्पू' लिख डाला, तो कृष्णनगर के दरबारी कवि ने चन्द जुमले लिखकर ही, प्रसंग को रफा-दफ़ा क्यों कर दिया ? होंठों पर रहस्यमयी हँसी बिखेरकर इतिहास के उस ज़ख्म को जिसे हम भुला चुके थे या भुला देने की कोशिश में जुटे थे, उसने एकदम से उसे उघाड़कर रख दिया। मुमकिन है, आधुनिक जटिलतर दुनिया के परिदृश्य में, इस बार उसकी जरूरत और अहमियत, कुछ ज्यादा ही व्यापक और गम्भीर हो उठी है। यह बात भी, यह उपन्यास लिखने की एक वजह जरूर है। यह सच है कि इंसान बेहद मायावी जीव है, 'मेरा-मेरा' की रट लगाते हुए, वह आत्मविभोर रहता है। लेकिन, भाग्य का परिहास

और दुनिया का नियम कुछ ऐसा है कि इंसान का वह अहंकार या वह परितृप्ति, हमेशा छीन लेता है और चारों तरफ बेतरह हाहाकार मच जाता है या अनजाने में ही उसे किसी पृष्ठभूमि या दीगर कर्मकांड में ला खड़ा करता है, जहाँ इंसान को अपनी भूमिका खुद खोज लेनी होती है। इतिहास हमें इसी क़िस्म का सबक देता है, कम-से-कम इस मामले में तो उसने यही सबक दिया है। बहरहाल, यह उपन्यास शुरू करने से पहले, मेरे मन में यही सब खयाल उमड़-घुमड़ रहे थे, लेकिन, हो सकता है, अन्त तक मुझसे कुछ भी न बन पड़ा हो। मुमकिन है, मेरे हाथों, एक भी चिराग़ न जला हो, किसी के भी अन्दर महल में फैला अँधेरा, मैं बूँद-भर भी दूर नहीं कर पाई। अगर यह सच है, तो यह मान लिया जाए कि मेरी जितनी साध थी, साधन उतने नहीं थे। मुमकिन है कि 'आंधारमानिक' उपन्यास में, मेरा अपना अँधेरा ही इतना गहन और विराट था कि मैं उसे ही पार नहीं कर पाई। ऐसे में अक्षम को क्षमा करने के अलावा, और कोई राह नहीं बची होती।

जाहिर है कि आकारग्रन्थ और तथ्यों के अभाव ने मुझे सीमित कर दिया। लेकिन, उन्हीं दिनों सौभाग्यवश कवि गंगाराम रचित, 'महाराष्ट्र पुराण' मेरे हाथ लग गया। इस ग्रन्थ का रचनाकाल, प्लासी के युद्ध से छह साल पहले का है। कवि ने अपने प्रत्यक्ष तजुर्बों के आधार पर वर्गी-आक्रमण के एक अध्याय की घटनावली को क़लमबन्द किया है। उस किताब में लिपिबद्ध तथ्यों का, प्रख्यात ऐतिहासिकों ने मसलन कालीकिंकर दत्त महोदय ने भी अपनी पुस्तक में उपयोग किया है। डॉ. प्रतुलचन्द गुप्त ने एडवार्ड डिम के सहयोग में इस किताब का, अंग्रेजी में सम्पादन किया है।

इस पुस्तक में राढ़ और गांगेयबंग की भीत-त्रस्त-निहत और आत्मरक्षा में भागते हुए मानव समाज का हैरतअंगेज वास्तविक चित्र उद्घाटित हुआ है। यह किताब कवि की प्रत्यक्ष अभिज्ञता तक ही सीमित है। कुछेक मुट्ठी-भर लोग ही बड़े दर्जे के स्रष्टा होते हैं, जो अपने निजी अनुभवों का अतिक्रमण करके, अपने लेखन को और ज्यादा वृहद सच के आसन पर स्थापित करते हैं। यही होना भी चाहिए। कवि गंगाराम ऐसा नहीं कर पाए, क्योंकि वे निश्चित रूप से कोई बहुत बड़े कवि या भावुक जीव नहीं थे। इसके बावजूद, उन्होंने जो थोड़ा सा काम किया, उसके लिए हमें उनका चिर-कृतज्ञ होना चाहिए, क्योंकि अन्य किसी ने भी अपने इतिहास में इससे ज्यादा विशद् बयान नहीं किया; बंगाल के सैकड़ों से भी ज्यादा गाँवों का नाम-परिचय तक ग़ायब कर दिया।

मेदिनीपुर संस्कृति परिषद् द्वारा प्रकाशित, 'नन्दीग्राम इतिवृत्त' किताब में, उड़िया अक्षरों में 'चौधुरी चरित' नामक, किसी प्राचीन पोथी का बंगला रूपान्तर प्रकाशित किया गया है। इस 'चौधुरी चरित' या 'चौधुरी वंशचरित' में नन्दीग्राम के चौधुरी जमींदारों की जमींदारी के जमाने में वर्गी आक्रमण और उसके परिणामों का जिक्र मिलता है। उसमें से एक हिस्सा, मैंने भी मूल्यवान आकर-ग्रन्थ के रूप में ग्रहण किया है।

अलीवर्दी और उनके राज-पाट के बारे में, मैंने मूलतः जदुनाथ सरकार द्वारा सम्पादित—'बंगाल के नवाब' किताब का ज्यादा उपयोग किया है। वैसे मैंने अलीवर्दी

के समसामयिक, आज़ाद-अल-हुसेन का ‘नौबहार-ए-मुर्शीदकुली खाँनी’, करमअली का ‘मुजफ्फरनामा’ और यूसुफ अली की ‘अहवाल-ए-महाबंग जंग’—इन तीनों किताबों का उपयोग किया है। इसीलिए मैंने चन्द प्रचलित धारणाओं को मिटाने का भी साहस कर डाला है। मसलन सिराज-पत्नी लुत्फा के जन-वृत्तान्त के बारे में, किंवदन्ती चाहे जो भी कहे, वह औरत बेशक किसी आभिजात्य घराने से ताल्लुक रखती थी और अलीवर्दी की मनोनीत मंगेतर थी। श्री कालोकिंकर दत्त की ‘अलीवर्दी और उनका ज़माना’ और मौली की‘ज़िला गज़ेटियर’ ने मेरी पर्याप्त मदद की है। इस उपन्यास में उपयोग किया गया ‘आंधारमानिक’ नाम एक ख़ास केन्द्र बिन्दु है और इसे रूपक ही मान लेना चाहिए। वैसे इसी नाम के गाँव के साथ, इस उपन्यास का कोई सरोकार, जानबूझकर नहीं जोड़ा गया है। धर्म, लोकाचार, देशाचार, व्यापार-नीति, व्यापार-प्रणाली वगैरह के सन्दर्भ में, मैंने यथासम्भव ईमानदारी क़ायम रखने की कोशिश की है। असल में, कोशिश ही मेरे साध्य में था, सिद्धि नहीं, इसलिए इसके नतीजों का फैसला पाठक स्वयं करें। ‘साप्ताहिक वसुमति’ में यह उपन्यास, धारावाहिक किस्तों में प्रकाशित हुआ था। श्रीमती जयन्ती मित्र मेरे धन्यवाद की पात्र हैं। प्रकाशक ने नए सिरे से इसे पुस्तकाकार रूप में प्रकाशित किया, इसके लिए मैं उनकी अहसानमन्द हूँ। उन्हें भी मेरा हार्दिक धन्यवाद ! डॉ. पुतुलचन्द्र गुप्त और डॉ. निहाररंजन राय ने किताबें देकर, यह उपन्यास लिखने में मेरी मदद की है, उनकी भी मैं दिल से अहसानमन्द हूँ।

—महाश्वेता देवी

आंधारमानिक

चैत का विचित्र तप, कौन करे बयान भला ?

चैत महीना धन्य है ! सन् 1159 ! सूबा बंगाल का पश्चिम राढ़ भूमि, वर्धमान उसका शिरोमणि ! वर्धमान के 'आंधारमानिक' गाँव में, चैत की दोपहरी ! आसमान में कहीं टुकड़ा भर बादल का नामोनिशान नहीं ! निर्मल आकाश ! सफेद नीलाभ मानो आग बरसा रहा हो।

भरी दोपहरी में, 'आंधारमानिक' गाँव के श्मशान से जुड़े सागर-तट पर खड़े-खड़े, सुरकंठ राय को लगा, मध्याह्न का सूर्य मानो कोई उग्रतेज, उदासीन संन्यासी है। तपस्या के तेज में धू-धू करके जल रहे हों, शरणापन्न भक्त कितनी तकलीफ पा रहे हैं, इसका मानो उन्हें खयाल ही नहीं। सूर्य के संन्यासी होने के खयाल के साथ-साथ, उन्हें हवनकुंड की भी याद हो आई। सुरकंठ मन-ही-मन हँस पड़े ! शराब के नशे में इंसान यूँ ही ईशत् हँसने लगता है। इस वक्त सुरकंठ पर दोपहर का नशा जारी था। इस दोपहरी का क्या कहना ! चारों तरफ आग बरसाती धूप, वन्य-उल्लास से कहकहे लगाती हुई ! धू-धू लपटें बिखेरती हुई ! बाताश में मरीचिका तक काँपती-सिहरती हुई ! कहीं कोई शब्द नहीं, मगर इस नीरवता में भी मानो सैकड़ों सितार के तानों की एक साथ, लगातार झंकार ! संगीत-मुखर ! अटूट मौन के इस गौड़सारंग राग में डूबे हुए, वे अर्जुन पेड़ से टिके, आत्मविस्मृत से खड़े रहे। आजकल यूँ अकेले खड़े-खड़े, अक्सर उनके मन में अजीबोगरीब ख़याल जाग उठते हैं। जैसे इस पल उन्हें लग रहा है, कहीं पंचताप संन्यासियों का झुंड, अपने तन-बदन पर धूनी रमाए, हवन करते हुए, उसी मुद्रा में शिव आराधना में बैठा है, जैसे स्वयं शिव कभी तप के लिए बैठे थे।

"ओम् शिव ! शिव ! शिव !"—तीन बार शिव का नाम दोहराते ही, सुरकंठ का तन-बदन रोमांचित हो उठा।

राढ़ बंगाल के लगभग तमाम जाने-अनजाने शैव और शाक्त-पीठों की वे परिक्रमा कर चुके हैं। यह शिव भक्त प्रमत्त यक्ष की तरह, उद्याम दामोदर नदी और जयदेव के संगीतसिक्त, शान्त अजय नदी में अवगाहन किया है। कुलीन नदीकन्या कंसावती, ग्रामीण—ललना की तरह, अस्फुटभाषिणी, मधुसंचरा ब्राह्मणी और बाबला नदी के जल में वे डुबकी लगा चुके हैं। उस निर्मल-स्वच्छ जल में, कभी राह की लाल मिट्टी धुल-पुँछ गई हैं, कभी वे अपना दूधिया-श्वेत उत्तरीय, महावर्षा के लाल जल में भिंगोकर सुर्ख लाल कर लाए हैं।

सुरकंठ जानते हैं, राढ़ बंगाल की रक्ताभ माटी, रुक्ष प्रान्तर, और गौरिक नदी के

जल में सिर्फ एक ही देवता आसीन है। श्मशानचारी पुरुष, आत्मभूला उदासीन, शक्ति पदतलशायी—शिव ! देव लोक के आदि पुरुष ! अकेले उनमें ही समस्त देवता समाए हुए हैं।

चैत का यह आकाश उनका हवनकुंड है। यह 'आंधारमानिक' गाँव, परम भक्त की तरह, उनके चरण-तल में पड़ा हुआ है।

कर बिन विश्व गढ़ूँ, मुख बिन वेद पढ़ूँ।

देते हैं सभी को सुमति-कुमति ! जिनके आदेश से सभी कर्म होते हैं। मानो उन्हीं परमदेव के आदेश पर, कोई विश्वकर्मा इस वक्त सुरकंठ के मानस-चक्षु के सामने, आंधारमानिक गाँव की पटकथा लिख रहे हों ! चैत की तस्वीर आँक रहे हों।

फुल्लरा के दुःख-चालीसा से चैत का यह परिचय बेहद निर्मम है। निदया की बीवी-फुल्लारा ! सायबान की सेविका-विपुला ! सागर मन्थन से रत्न पाने की आस में, सप्तसिन्धु से मधुकर लेकर, लापता सौदागर धनपति की घरनी खुल्लना, अपनी घोर विपत्ति के दिनों में, इस चैत के महीने में काफी दुःख-कष्ट सह चुकी है। जीवन में सिर्फ दो ही तो ऋतुएँ होती हैं—सुख और दुःख की ऋतु ! एक के अस्त होते ही, दूसरी ऋतु का उदय होता है। गांगिनी, वल्लुका, चांपाइ नदियों के जल में शायद अभी भी दुःख-कष्ट झेलती हुई बहु-नौकरानियों के आँसू उमड़ते-उफनाते रहते हैं।

विश्वकर्मा के पट पर उन आँसुओं की तस्वीर नहीं उभरी ! उनका खयाल था, इस चैत के महीने में मानो साक्षात् शिव पंचतपा के सामने साधनारत थे। बंगाल के घर-घर में अन्नपूर्णा की मूर्ति में, मानो साक्षात् महामाया स्वयं प्रकट हुई हो। उन्हीं के वरदान स्वरूप इस शुभ चैत महीने में अन्न पूजा का आयोजन होता है। उस देवी की कृपा से ही मामूली से मामूली पाटनी भी अपनी सन्तान को दूध-भात परोसती है; कमल का पत्ता ही जिसका एकमात्र अवलम्ब है।

जैसे ही उन्हें, यह ख़याल आया, विश्वकर्मा ने धनी-दरिद्र, घर-संसारी के घर-आँगन, खेल-खलिहान, दर-दालान में पीले और सुनहरे रंग से, पकी हुई फसलों की तस्वीर आँक डाली; गोशाला में गाय, आँगन से धान की खुद्दी चुगते हुए कबूतर, पूजा थान की अँधियारी खोह में, देवी लक्ष्मी का वाहन उल्लू; खलिहान में करीब झुंडभर गौरैया चिड़ियों की भी तस्वीर बना डाली। उसके बाद, गहरे हरे, हल्के हरे, रक्ताभ हरे रंगों से, उन्होंने बेल-शिरीष के कच्चे हरे पत्ते और डाल-डाल में नए आमों के गुच्छे भी आँक डाले।

पट तैयार हो जाने के बाद, उन्होंने उस पर भरपूर नजर डाली; देख-देखकर, मन-ही-मन मानो प्रसन्न हो उठे। दरवाजे पर पानी से भरा कलश, मछलियों की जोड़ी और केले का पौधा देखकर, जैसे उत्सव गृह में अनाहत, थक-उपासे आगन्तुक का मन खिल उठता है, वैसे ही उनका भी चेहरा खिल उठा। कुछ लिखने के लिए, उन्होंने समेटा हुआ पट दोबारा बिछा लिया। पट की तस्वीर में धीरे-धीरे, ईंटों के छोटे-बड़े घर-मकान और मिट्टी के छादनों से सुशोभित आंधारमानिक गाँव, जीवन्त हो उठा। इस गाँव के

लोग चूँकि देवाश्रित होते हैं, इसलिए घर-घर में देव मन्दिर स्थापित है। मटमैले लाल रंग की पतली ईंटों के पुराने-धुराने घरों के बीच-बीच में बँधे-पक्के घाटों से शोभित, हरी-हरी काई से ढँके, पोखर और नहर-झीलें ! बीच में धूल में ढँकी हुई, ईंटों की पक्की सड़क ! सड़क की दोनों तरफ पेड़, अरबी के झोंप ! गृहस्थ-घरों के सामने लौकी की सफेद लतर ! धूल-मैल से ढँकी हुई ! जैसे पूर्व के आकाश में, शिशु-सूर्य की तरफ कोई बूढ़ी आँखें निबद्ध हों, तो यह सोच-सोचकर तकलीफ होती हैं कि इंसान की आशा-उम्मीद किस कदर अक्षम है, ठीक उसी तरह यह धूल भरी चैती रुक्षता देखकर भी, मन उदास हो आता है। ऐसा लगता है, जैसे घर-गृहस्थ लोगों की सारी कोशिश ही अकारथ है, यह धूल किसी दिन भी साफ-स्वच्छ नहीं होगी।

गाँव के बीचोंबीच चौड़ा-सा विशाल अहाता था ! लोग इस अहाते को 'हाटतला' कहते थे। हर शनि और मंगल को यहाँ हाट लगता था। उस हाट में 'चाहो तो बाघ का दूध तक मिलेगा।'—यह जुमला दोहराती हुई, गाँव की बड़ी-बूढ़ियाँ, दोपहर के वक्त, पोखर-घाट पर दूसरे-दूसरे गाँवों की धाय-दाइयों और इस गाँव की बहुरियों को बड़े गर्व से बताया करती थीं।

विश्वकर्मा बड़े जतन से हाट तला के पूरब में स्थित आठ-छादनोंवाला घर आँकने लगे। इस आठ-छप्परवाले घर की उम्र का मानो कोई ठीक-ठिकाना नहीं था। तीन तशक चिपकी दीवारें, सामने की तरफ अगल-बगल, लकड़ी के दरवाजे। लकड़ी के दरवाजों पर बेशुमार कारीगरी ! दरवाजों के बीच-बीच में पीतल के कटकी डिजाइन के फूल ! सारे दरवाजे खोल दिए जाएँ, तो आठ-छादनोंवाले इस घर के ओने-कोने में उजाले की हँसी बिखर जाए। होली-पूर्णिमा में इस आठ-मंज़िली मटकोठे में इस-उस गाँव से श्रीकृष्ण की ग्यारह मूर्तियाँ लाई जाती थीं और ग्यारह देवताओं के साथ होली मनाई जाती थी।

इस आठ-छप्परवाले घर की शोभा नयनाभिराम थी। इसके उन्नत शिखर और दोनों तरफ ढलुवा छादन देखकर, मन्दिर का खयाल आने लगता था। इस क़िस्म की महीन और सूक्ष्म गढ़न और बनावट, राढ़ बंगाल के मन्दिरों की विशेषता है। आठ मंज़िले मटकोठे का निर्माण किसने किया था, इसकी जानकारी किसी को भी नहीं थी। इस देश में क्या देव-मन्दिर का स्थापत्य, क्या आठ-छादन, चार-छादन या जोड़ा छादनवाले घरों की कला-कारीगरी हो, अपनी अगली पीढ़ी के उत्तराधिकारियों के लिए, कोई भी अपना नाम लिखकर नहीं जाता। इसकी छादन की फूस, इस तरह से सँवारी गई थी कि दूर से देखो, तो ऐसा लगता था, मानो किसी ने क़तार-दर-क़तार धान की बालियाँ आँक दी हों; जैसी सजावट, लक्ष्मी-पूजा की रंगोली में नज़र आती थी। छादन के नीचे क़तार-दर-क़तार कटी-छँटी फूस; शोले से निर्मित कदम्ब फूल और मोर ! काठ की खूँटियों तक पर, कई तरह की नक्काशी; मिट्टी की दीवारों पर लाल, सफेद, काले रंगों में आँके गए गौरैया पाखियों के घोंसले ! हाथ में हंडा उठाए ग्वालिन-बहू; सिंहों के जोड़े और हाथों में दंड उठाए, मोटे-ताजे द्वारपालों की कौतुकी तस्वीरें देखकर, ऐसा लगता था, जैसे रंग कलाकार ने तीर्थ के बहाने, जरूर पूरे उड़ीसा की सैर की होगी। सिंह की

खड़ी पूँछ और द्वारपाल के खड़े होने की भंगिमा में ओडिसी शैली का स्पष्ट प्रभाव नजर आता था। इस आठ-छादनवाले मटकोठे के आँगन में रोज़ ही झाड़ू-बुहारू होता है, शाम को धूप-दीप जलाकर, बूढ़ा सनातन हरि नाम का भजन करता था।

राजपथ, गाँव से चार कोस दूर ! बीच की जमीन पर कभी आम के बाग़ हुआ करते थे, अब घना जंगल ! जंगल में गहन-निबिड़ अन्धकार ! अब तो यहाँ, सेधवार, लकड़बग्घा, भेड़िया, चीता, बाघ, सियार, शाही वगैरह यह बेख़ौफ विचरण करते थे। कभी-कभार, कोई चिड़ीमार हाथ में जाल लिए, इधर आ निकलता था, तब तितिर, बटेर, हारिल, श्यामा, कोमल, टुनटुनी, तोता, मैना, डाहुक, जल-पंछी, चुनमुन वगैरह के शंकित कलरव की गूँज मुखर हो उठती थी। कहा जाए तो फलों के पेड़ों में अब फल नहीं आते थे। आम, सफेदा, जामुन, अमरूद, लीची, मैंगोस्टीन और कटहल की दशकों में शाल, नीम, झोंप-झंखाड़, सेम्हल के पेड़ों के उन्नत शिखर झाँकते हुए ! इस घने जंगल में शायद ही कोई मुसाफिर क़दम रखता हो। उस ओर एक पुरानी-धुरानी सूखी नहर के अलावा, दूसरा कोई जलाशय भी नहीं था, जो मुसाफिर इधर आने को ललचा उठे। जाने कब तो, बाउरी घराने की कोई बहू, सौत के दुःख से परम दुखी होकर, इस ओर चली आई थी और उसने गले में फाँसी लगा ली थी। बस, उसी दिन से यह अफवाह आग की तरह फैल गई कि आँधी-तूफान के मौसम में, इस जंगल में तेतिनियों के अट्ठास जंगल में गूँजते थे, अमानवीय आर्तनाद सुनाई देते थे। बड़ा-से-बड़ा दुस्साहसी भी शाम के बाद, इस जंगल में क़दम नहीं रखता था।

हाँ, दिन के वक़्त चरवाहों के बच्चे इधर आ निकलते थे। इसके अलावा, त्रिजटा राक्षसी की उम्र की, निम्न जाति की बूढ़ी औरतें, कमर में पत्ता लेपटे यहाँ खर-कूट, लत्ता-पत्ता बीनने चली आती थीं; ताकि अपनी फूस की मड़ैया में जौ-खुद्दी पकाने के लिए, जलावन लकड़ियों का इन्तज़ाम कर सकें। इसके अलावा, वे औरतें जंगली, कड़वे फल-मूल, सेम्हल की रुई, सियारों के कतरे हुए कटहल के भी ताक में रहती थीं। साल में दो-तीन बार, अपने शिष्यों समेत, औषधियों की तलाश में, बूढ़े वैद्यराज भी ख़ास-ख़ास तिथियों में इधर एकाध चक्कर लगा जाते थे।

राजपथ और गाँव ! बीच में, निषेध की मुद्रा में यह घना जंगल ! गाँववाले शायद ही इस निषेध की अवहेलना करते हों ! हाँ, कभी-कभी वे लोग गाँव छोड़कर, राजपथ तक चले आते थे और स्थिर-शान्त ग्राम-जीवन के बाहर की दुनिया के चंचल प्राण-प्रवाह की तरफ टकटकी बाँधे देखते रहते थे। उन लोगों की नजर कहारों की शकट गाड़ियों पर गड़ जाती थी; धनी-मानी लोग जिस पर सवार होकर, नीलाचल के रथ-उत्सव में जा रहे होते थे। उन लोगों के साथ-साथ कंगले, फकीर, साधु-संन्यासी, वैरागी-वैष्णव वगैरह भी आगे बढ़ते हुए ! उनके कान कहारों, शकटवाहकों के गीत सुना करते थे। उनकी अवाक् आँखें, उन लोगों की लाल कमीज़ की आस्तीन पर चढ़ाए हुए, पीतल के मोटे-मोटे कड़ों और पाँवों मे मोटे कपड़े के पट्टे पर गड़ी रहती थीं। उनकी निगाहों के सामने ही, घोड़े-ऊँटों की पीठ पर नगाड़ा और निशान लिए-दिए, अपने सिपाहियों

के लश्कर और हाथी घोड़ों समेत, नवाब साहब उड़ीसा की ओर उन्मुख ! कभी जंग के इरादे से, कभी मसनद पर आसीन होने के लिए ! वे देखते रहते थे, दँतियल हाथी, अपने दाँतों में लोहे की भारी-भरकम ज़ंज़ीर दबाए, झन्न-झन्न की आवाज़ें करते हुए, आगे बढ़ते जाते थे। उनके पीछे-पीछे रेशम से क़तार-दर-क़तार पालकियों में नवाब साहब का पूरा हरम भी साथ होता था। पालकियों में जुलूस के पीछे, दास-दासी, गुलाम-बांदी, मशालदार, बजैय्ये, रसददार, अमले, गुमाश्ते, पाइक-प्यादे और क़तार-क़तार लोगों का सिलसिला।

बहरहाल, जिनका जो भी काम था, उन्हें यथास्थान आसीन करने के बाद ही, विश्वकर्मा का यह सृजन पूरा हुआ ! आंधारमानिक के पट में, ब्राह्मण और उच्च वर्ण के लोग, गृहकार्य, राजकार्य, देवकार्य में व्यस्त ! कुम्हार चाक घुमाते हुए और जुलाहे, ताँत के कपड़े बुनते हुए ! मछेरे पानी में जाल फेंकते हुए और सूत्रधार, कंसारी, सोनार, कुन्हार वगैरह दुर्गा का आसन, बैलगाड़ी के पहिए, पालकी, पटुए, डोली, थाली-कटोरी, पीकदान, घड़ा, बाजू, पहुँची, कुलाक, पायल, हल के फाल, कटार, कुल्हाड़ी गढ़ते हुए। इसके अलावा खेती के काम में जुटे हुए बागदी, तेबट, केवड़ा, बउरी, पद्मराज, लेट, जंगाली वगैरह ! कुछेक लोग ढाली, डोली, ढाकी, माली के कामों में व्यस्त।

भिखारी और फकीर वैष्णवों का काम ही है—भीख माँगना ! जुबान पर हरिनाम, सत्यवीर का किस्सा या कालियादमन के गीत लिये; जैसे ही वे किसी घर-बारी, गृहस्थ के दरवाजे पर जा खड़े होते हैं, उनका कटोरा भर जाता है। कभी-कभार वे लोग, कुम्हार के घर के सामने धरने पर बैठ जाते थे और अपनी मीठी-मीठी बातों से कुम्हार को खुश करके, काठ का भिक्षा-पान, लोटे में मढ़ा लेते हैं।

देवता के अंकित पट पर सन् 1149 में, आंधारमानिक ग्राम पर छाया ! चैत के महीने का आकाश, बादलहीन और निर्मल नज़र आता हुआ ! हालाँकि इंसानों के मन में कहीं, बूँद-भर भी शान्ति नहीं थी।

सुरकंठ, अर्जुन पेड़ के पीठ टिकाए खड़े थे। पोखर के चुल्लू-भर जल में उनकी छाया झाँकती हुई। उनका भी मन जल की तरह साफ-स्वच्छ ! उस मन पर दुनियावी चिन्ता-फिक्र, शायद ही कभी छाया डालती हो, इसलिए उनके चेहरे पर अद्‌भुत खुशी झलकती हुई। वैसे उनका प्रौढ़ चेहरा, उनके कच्चे-पक्के बालों के साथ बेमेल नज़र आ रहा था, क्योंकि उनके चेहरे की हँसी-खुशी नितान्त शिशुवत थी ! अबोध और निरुद्विग्न !

अपनी अन्तरात्मा के अनुभव से, वे काफी कुछ जान जाते थे। अभी कुछ देर पहले, वे किसी दूसरे ख़याल के नशे में डूबे हुए थे। जाने कौन तो उन्हें पूरे गाँव की छवि बार-बार दिखाता रहा था ! मानो उन्हें आश्वासन दे रहा हो—सब कुछ ठीक-ठाक है ! जैसा होना चाहिए, वैसा ही है ! परेशानी की कोई बात नहीं।

लेकिन परेशानी की कोई बात नहीं, यह कहने भर से क्या निश्चिन्त हुआ जा सकता था ? मन के भीतर एक और मन बसा होता है। "तुम्हारे अन्दर महल का पहरेदार। हम उसे हृदय-कमल का भँवरा कहते हैं। चूँकि वह अपने पंख समेटे रहता

है, इसीलिए उसके होने का हमें अहसास नहीं होता।''

घुटनों-घुटनों तक धोती उठाए, अजय नदी का पानी पार करते-करते किसी दँतटुट्टे बाउल ने यह जुमला कहा था। इसीलिए, सुरकंठ के मन के भीतर का वह मन, हर पल सजग रहता था। आसपास, दुनिया-संसार में नया कुछ घटने से पहले ही, सुरकंठ को मानो उसका आभास हो जाता था। ऐसे में उनका समूचा तन-बदन चंचल हो उठता था, कन्धों की पेशियाँ और बाँहें बेतरह फड़क उठतीं और पेट-पीठ में एक उत्तेजन भरी सिहरन दौड़ जाती थी। हैरत है ! छोटी-मोटी घटनाओं का पूर्वाभास उन्हें बिल्कुल नहीं होता, लेकिन ऐसी घटनाओं का उन्हें फौरन इलहाम हो जाता था, जिस पर काबू पाना, विधाता के वश में भी नहीं होता। इसीलिए सुरकंठ को लगता था, विधाता ने उनके साथ काफी गहरा मज़ाक किया है। सिर्फ पूर्वाभास ही नहीं, कभी-कभी भविष्य-गणना भी अद्भुत तरीके से उनका पथ निर्देश करती थी। आज भी उन्हें, कहीं सजग कर गई थी। इसीलिए उनकी तीखी, निगाहें, प्रकृति में उभारे किसी अशुभ संकेत की तलाश में दूर-दूर तक भटकती रही। कहीं कुछ तो नजर आए, वर्ना आचारी बाबा की बातें झूठी पड़ जाएँगी।

आचारी बाबा ने कहा था, ''भूकम्प में...बाढ़ में..., अग्नि-उत्पात में...''

''अरे, अरे, वो रहा...''

ताली बजाते हुए, सुरकंठ हँस पड़े। आकाश में मँडराती हुई, एक चील अचानक, धरती पर आ गिरी। आग बरसती गर्मी में ऐसा होता है। लेकिन गणना के जरिए, उन्हें पहले से ही पूर्वाभास हो गया था कि उन्हें इसी तरह निर्देश मिलेगा। कोई पाखी या प्राणी, अचानक बेजान होकर, धरती पर आ गिरेगा। अचानक वे गम्भीर हो आए। अच्छा नहीं है...यह बिल्कुल अच्छा नहीं है। अब क्या होगा ? इसके बाद ?

''क्या देखा ? कुछ नज़र आया ?''

टीले की आड़ से निकलकर, वह पागल, पेड़ की छाया तले जाने कब आ बैठा था। उनके किसी रिश्तेदार का बेटा। कैसा रिश्तेदार कितनी रातों का रिश्तेदार, सुरकंठ को कुछ नहीं पता। पिछले कई सालों से वह उनके कन्धों पर सवार हो गया था।

हालाँकि आते ही उसने गिड़गिड़ाते हुए कहा, ''कक्का, तुम्हें एक अदद चाकर की भी तो जरूरत होगी न ! इस दास को सब काम आता है। पैर दबा दूँगा, हुक्का बदल दिया करूँगा, हाट-बाजार करने का हुकुम देंगे तो वह भी सँभाल लूँगा। तुम्हारी ज़र-जमीन पर जो रैय्यत-परजा बसी है, उनसे वसूली भी...! तुम जो भी कहोगे, करूँगा।''

''तुम क्या अकेले हो ?''

''दुनिया में अकेला कौन नहीं है, बताएँ तो ? अरे, अकेले आए हैं, अकेले जाना है...!''

सेवा—टहल का जिक्र करते हुए, उस पागल ने टप् से सुरकंठ की बुआ के पाँव, अपनी गोद में लिये और दबाना शुरू कर दिया।

"पैर ऐसा दबावेंगे, बुआ-दादी, कि जिन्दगी-भर याद रहेगा। तुमको कहना ही पड़ेगा कि हाँऽ, पागल क्या कमाल का हाथ-गोड़ दबाता था।"

बात क्या सिर्फ पाँव दबाने तक ही थी ? खटाँग-खटाँग कुल्हाड़ी चलाते हुए, लकड़ियाँ चीरकर, वह काठ की कुठरिया भरे रखता था; औरतों की तरह आँगन बुहार देता था। वसूली क्या करता था, यह तो वही जाने, लेकिन बुआ का दिल जीतकर, वह इसी घर में वही रह गया।

अब तो इतना अर्सा गुजर चुका है कि वह कब उनके घर आया और कैसे इसी घर का होकर रह गया, यह भी याद नहीं रहा। इस घर में वह कब नहीं था, अब तो यह याद करना भी मुश्किल था। कभी-कभी तो सुरकंठ को लगता था, वह स्वयंभू हैं। कहीं कुछ भी नहीं, शून्य में, हवा चीरकर प्रकट हो गया और तभी से इस घर में रस-बस गया। कभी इस घर में उसका नामोनिशान तक नहीं था, सुरकंठ को अब यह बात याद भी नहीं रही। अगर वह नहीं रहा, तो क्या होगा, यह सोचते हुए भी उन्हें खौफ आता था। चूँकि पागल उनके घर में मौजूद था, इसलिए बुआ को अपने पास रखकर, वे निश्चिन्त हो गए थे।

पागल ने दोबारा अपना सवाल दोहराया, "मैंने पूछा, कुछ दिखाई दिया ?"

"हाँ, रे, सन् पचास का वर्षफल नज़र आ रहा है—"

"अचाज्जी के इस नंगे-भुच्चे मैदान में ? दुग्गा ! दुग्गा ! चलो, तुम उठो, घर चलो !" पागल ने दहशतभरी निगाहों से इधर-उधर देखा और बुदबुदा उठा, 'हम तो नाम से ही पागल हैं, तुम तो जात पागल हो ! इस भरी दोपहरी में कोई भूत-वूत ही उतार लाओ", इसका भी कुछ ठीक-ठिकाना नहीं।"

"मैंने क्या देखा, जानता है ?"

"जानना चाहता भी नहीं। बस, तुम उठो, घर चलो।"

"मैंने देखा, आचारी बाबा ने जो कुछ कहा था, सब सच है।"

"इस कुबेला में, अब उस मश्खौके बाह्मण का नाम क्यों ?"

"देखना, तू भी देख लेना, इस बार चैती के महीने में, पाँच-पाँच इतवार पड़ा है।"

"चड़क-उत्सव कब है, जी ?"

"बड़ा अशुभ लक्षण है, रे, बड़ा मनहूस ! समझा, रे पागल ? इसका नतीजा होगा—फसल-हानि, प्राणनाश, महामारी, कौन जाने क्या-क्या होनेवाला है...।"

"यह कइसी बात है, जी ? यानी चड़क-तला में सन्नासी लोगन का नाच नाहीं होगा ?"

पागल के सवाल के जवाब में, सुरकंठ ने उसकी तरफ आँखें तरेरकर देखा और टीले से नीचे उतर आए। दोनों घर की तरफ चल पड़े।

सुरकंठ सुपुरूष ! दीर्घकाय ! अधेड़ ! उनकी दोनों लम्बी-लम्बी बाँहें, दोनों तरफ झूलती हुईं ! चप्पल की नोंक से धूल उड़ती हुई ! बड़ी के भीतर से, गले में सोने की चेन लटकती हुई !

पागल ! ठिगना, दुबला-पतला ! देह की तुलना में सिर काफी बड़ा ! छोटे-छोटे बाल ! लिकलिकी-सी चुटिया में, काफी ऊँचाई पर गाँठ लगी हुई। सफेद-बुर्राक छाता, अपने मालिक के सिर पर थामे, वह आधा-अधूरा दौड़ता हुआ और आधा-अधूरा चलता हुआ।

उसने अपने मालिक की तरफ उम्मीदभरी निगाहों से देखकर पूछा, ''बुढ़िया ने कहा था, वह चुंचड़ा खबर पठाएगी ! मोको जाने को कहा—''

उसकी बातें सुरकंठ के कानों तक नहीं पहुँची। वे सुर भाँजने में तन्मय रहे।

''हमने कहा, जल्दी क्या है ? अच्छय तृतीया के दिन, दादा ठाकुर खुद ही जावेंगे।''

''हमका डरपत हैं मरघट से...'' सुरकंठ गुनगुनाते रहे।

''हमसे पूछ रही थी, प्यादा कब आवेगा। हमने कहा, दा-ठाकुर, ई काम में, नए तो नहीं हैं। जब बयाना लिहिन हैं, तो गणना भी कर ही देंगे।''

इतनी देर बाद, सुरकंठ को मानो वह गीत याद आ गया। वे गा उठे—

हमका डरपत हैं, मरघट से,
मोरी माँ श्मशानवासिनी !

उनकी गहन-गम्भीर आवाज, गाँव की निर्जन दोपहरी को मानो विस्मित कर गई।

''श्मशान मेरा कैलाश है, माँ !
श्मशान मोरा काशी, गया...।

''सुन, पागल, जा ! जाकर कह दे, मुझे नहीं जाना—''

''अल्लो, ऊ तो तुमरे लिए भात परोसे बइठी हैं—''

''मुंडमाला, मुक्तामाला, मुँह पर अट्ट-अट्टहास...सुन, तू कह दे जाकर...मुँह पर अट्टाहस..ध्त्तेरे कि।''

''ओफ ओ ! भात परोसकर भला ऊ कहाँ जावेंगी ? ऊ तो गोदी में थाली लिए बइठी हैं, तो बइठी हैं—''

''अरे यह कमबख्त तो महा—झमेला मचाए हैं ! सुन, अभी मैं चड़कतला जाऊँगा। वे लोग कितनी दूर से चलकर आए हैं, मैं नहीं पहुँचा तो कैसे चलेगा ? जा, तू घर जा।''

''अच्छा ?'' पागल ने खट् से छाता समेट लिया। सुरकंठ ने सिर पर हाथ रख लिया। सामने ही उनका घर नज़र आता हुआ।

पागल ने अब कमर पर हाथ रख लिया और छाते के सहारे टिककर खड़ा हो गया।

उसने रुक्ष लहजे में पलटकर जवाब दिया, ''हम पूछत हैं, तुम इतनी गर्मी में क्या दिखा रहे हो ? जाना है, तो जाओ ! दुनिया-भर के नीच जात, बागदी लोगों में बइठकर गाँजे का सुट्टा लगाए बिना, तुम्हारा चलेगा कैसे ? इसमें तुम्हारा कोई दोष नहीं। साच्छात भगीरथजी आयेन हैं, सबका उद्धार कर देंगे।''

यह जवाबी धमकी सुनकर, सुरकंठ एकदम से सकपका उठे।

उन्होंने सकुचाए हुए लहजे में कहा, ''लो, देखो ! मैं पूछता हूँ, मैंने ऐसा क्या कह दिया ?''

"जाओ, जाओ, जिस चूल्हे में जाना हो, जाओ, लेकिन तीन-तीन प्राणियों को उपासे रखकर क्यों ? अरे, दो-एक डुबकी मारकर, पेट में भात-जल डाल लो, उसके बाद, जहाँ भी जाना हो, चले जाना।"

सुरकंठ ने हथियार डाल दिए। उनकी गुनगुनाहट जैसे अचानक शुरू हुई थी, वैसे ही अचानक थम भी गई। अब उस सुर को दोबारा पकड़ना नामुमकिन था।

"मेरी तो अक्किल भरष्ट हो गई है, जो यहाँ डेरा डाले पड़े हैं। ईहाँ से चला जाऊँ, तो चैन मिले। अभी हटिया के दिन मंगला से भेंट भयी थी। कहने लगा, दद्दा जो हुआ, सो हुआ, अब लउट चलो। हमने कहा—हमरा भी क्या जाने का मन नहीं करता, भइया ? लेकिन, बुढ़िया के मोह में पड़ गए हैं हम।"

"ना पागल, तू जाना मत !" सुरकंठ ने विनती की।

सामने बड़े-बड़े पेड़ों तले, झुका-झुका-सा दो-मंज़िला मकान ! चहारदीगरी से सटा हुआ, छोटा सा दरवाजा। दरवाजे का एक पल्ला टूटा-फूटा ! सिटकिनी की जगह हुँक लगाया हुआ ! दरवाजा काफी नीचा था। सुरकंठ सिर झुकाकर अन्दर दाखिल हुए।

आम, कटहल, सहजन की छाया की वजह से, आँगन काफी ठंडा था। जवा, राधा मालती, रंगन, टगर, बारहमासी अपराजिता और हरसिंगार फूलों की मिली-जुली खुशबू फैलती हुई ! गोशाला के कच्चे बेड़े के सहारे कुम्हड़े की लतर, ऊपर तक चढ़ी हुई। मकान के सामने लम्बा-चौड़ा चबूतरा ! चबूतरे पर सहजन की छाया। उस छाया तले एक बूढ़ी महिला दीवार से टिककर बैठी हुई ! धुनी हुई कई तरह उनका फुर्र-फुर्र, दूधिया चेहरा ! सफेद भौंहें, सफेद पलकें। अपने झुर्रीदार, पतले-पतले पाँव फैलाए, वे खामोश बैठी थीं।

उन्हें देखते ही सुरकंठ पलक झपकते, बिल्कुल शान्त हो गए। आँगन में खड़े-खड़े उन्होंने अपने अँगूठे से थोड़ी सी मिट्टी खोदी। मिट्टी को हल्के-हल्के ठोकर मारी, जैसे सिरफिरी गाय गोशाला में घुसते हुए करती है।

"अरे, भइया भला क्या आना चाहते थे, बाहर जात हैं, तो उनका मन पतंग की तरह फुर्र-फुर्र उड़न लागत है।"

सुरकंठ अब बाहर होते हैं, तो लाख कोशिशों के बावजूद, उस वीतरागी इंसान को बूझ पाना, पागल की समझ से बाहर होता है, दोपहरी की निर्जनता, चैत की रुक्षता, सुरकंठ मानो उन्हीं की जमात में शामिल थे। पागल की बातचीत, मानो उनके कानों तक पहुँच ही नहीं रही थी।

घर के अन्दर दाखिल होते हुए, पागल की नजर रसोईघर की बगल में, बेकार पड़ी हवन-कोठरी पर पड़ी। वहाँ फर्श पर चर्खा, रुई के ढेर, टेकुआ, यूँ ही लोट रहे थे। आड़े से झूलते हुए पोटली में बँधा साग-पात, मूली, बैंगन, सरसों, लौकी के बीज और रुई के जाले। उन पर निगाह पड़ते ही, पागल के मन में जैसे थोड़ी-बहुत ताकत जाग उठी।

उसने ज़रा ऊँची आवाज़ में हाँक छोड़ी, "कहाँ है भई ? तेल और गमछा तो लाओ।"

"सुरकंठ चबूतरे पर ही बैठ गए और धोती की खूँट से अपने को हवा झलने लगे।"

सुरकंठ के अन्दर अजब सी तपिश ! धूप और कड़ी हो आई। आम, कटहल, सहजन की फुनगियों पर सुनहरी धूप के मुकुट ! आँगन में छाया और घनी हो आई। फूलों की सुगन्ध और तुर्श हो आई। चिड़िया-चुनमुन की किचिर-मिचिर और तेज हो उठी।

घर के भीतरी कमरों में दिन-रात ही अँधेरा बिखरा हुआ ! क्योंकि इस तरफ की चहारदीवारी का घेरा ख़ासा ऊँचा था। गनीमत है कि उस चहारदीवारी में दो-एक फाँक-दरारें भी थी। उन दरारों से टुकड़ा-भर धूप, भीतरी कमरों तक आती रहती थी।

उस उजाले में, पटरा बिछाकर, साज-शृंगार करती हुई कोई महिला, अपने बाल सँवार रही थी। सुरकंठ पर नजर पड़ते ही, उसके हाथों में थामी हुई वेणी अचानक छूट गई। पट्टी की तरह ठोस गुँथी हुई, चौड़ी चोटी तले, जतन से सँवारे हुए घुँघराले बाल एकदम से लहरा उठे। कलाई में लाख का कड़ा और चाँदी की चूड़ियाँ झनझना उठीं। दाँतों में मिस्सी ! काली-कजरारी आँखों में खिलखिल हँसी उफनती हुई ! गले मे मोतिया डिजाइनवाली सोने की माला ! नाक में चुन्नी की लौंग ! कानों में चार लड़ीवाली इयरिंग। कत्थई रंग की फूलदार साड़ी का आँचल सिर तक खींचते हुए वह हँस पड़ी।

"क्यों बुलाया है ?" सुरकंठ ने निगाहें फेरकर दरयाफ़्त किया। उनके लहजे में हल्का सा क्षोभ भी था।

"पागल को डरा-धमका क्यों रहे थे ?"

"मैंने ? मैंने क्या डराया-धमकाया ?"

"यह मुझे क्या मालूम ? तुमने शायद कहा था कि इस साल के अन्दर-अन्दर हम सब भूकम्प या सूखे में मर-खप जाएँगे ?"

"अच्छा ? उस कमबख़्त ने तुमसे यह चुगली जड़ी है—?"

"हाँ, यही तो कहा था। लेकिन अगर यह झूठ है, तो सच क्या है, बताओ, मैं भी तो सुनूँ "

"हुँह ! जैसे मुझे और कोई काम-धाम नहीं है। औरत के साथ पोथी-पत्रा की बतकही करूँ ?" सुरकंठ की आवाज में अजीब अवज्ञा झलक उठी।

जिसके प्रति यह जुमला उछाला गया था, वह किंचित विचलित निगाहों से उनकी तरफ देखती रही।

कुछेक पल बाद, ईषत् अजीब-सी हँसी बिखेरते हुए उसने व्यंग्य कसा, "तुम तो वैरागी जीव हो न ? ठाकुरदेवता के मन-ही-मन बोलते-बतियाते रहते हो ? लेकिन अभी तक गुस्सा-तुर्शी नहीं त्याग सके ?"

"व्यंग्य कसते हुए भी उसकी आवाज करुण हो आई। सुरकंठ को अहसास हुआ, उनके ही व्यवहार में कहीं, कोई भूल हो गई। यह अहसास होते ही, वे और भड़क गए।

उन्होंने क्षुब्ध लहजे में जवाब दिया, "धन्य हो तुम भी ! दो दिनों के लिए आई हो। उस कमबख़्त को बुला-बुलाकर बोलने-बतियाने की क्या जरूरत है ?"

"लगता है, सचमुच भड़क गए हो।" वह दोबारा अपनी चोटी गूँथने में मगन हो गई। झुकी हुई गर्दन की मुद्रा ख़ासी मूरत जैसी !

"मैं क्या सोचकर, कौन सी बात कहता हूँ, पागल को भला इसकी क्या समझ है ? मैंने कहा था चैत के महीने में इस बार पाँच-पाँच इतवार पड़ा है, यह बहुत बड़ा अपशकुन है। मेरी बात बिना सोचे-समझे..."

"रहने दो, रहने दो, राय साहब, सफाई सुनने के लिए, मैंने तुम्हें नहीं बुलाया। मुझे भला लक्षण-कुलक्षण का क्या डर—?"

"फिर क्यों बुलाया था ?"

सुरकंठ की आवाज़ धीमी पड़ गई। उस अभागिन औरत के दुःख के प्रति, उन्होंने संक्षिप्त-सी उसाँस भरी। कुलीन घराने की बेटी ! कुलीन घराने की बहू ! फिर भी उसका दुःख कोई दूर नहीं कर सकता ! जन्म से लेकर मौत तक, जिन्दगी के नाम पर उन्हें अँगारों पर चलना होता है। जलते-झुलसते जीना होता है, उन्हें शान्ति तो, बस, चिता की लपटों में ही मिलती है।

"कुछ कहो तो सही, फूली।"

"अगर मैं न बुलाऊँ, तो तुम कभी आते हो ?"

फूलेश्वरी की आवाज़ सहसा किसी अपरूप लावण्यधारा की तरह उमड़ पड़ी। जैसे आसमान में पटाखें अचानक रौशन होते हैं और माला बनकर लहराते हुए धीरे-धीरे बिखर जाते हैं। उसके लहजे में जाने क्या था, कमरे का अँधेरा एकदम से स्पष्ट हो आया हो।

सुरकंठ को लगा, बादलों में ढँकी, विजयादशमी की रात, भरी-पूरी भागीरथी नदी के सीने पर, देवी-विसर्जन धुआँ-धुआँ मशाल की हल्की रोशनी में, उन्होंने झलक भर देखा था। देवी-प्रतिमा के मुकुट से, जरी की टुक्का-भर डिज़ाइन, अँधेरे को चौंकाती हुई, गाढ़तर अँधेरे में गुम हो गई हो।

सुरकंठ ने फुलेश्वरी की तरफ गौर से देखा। फुलेश्वरी साफ-साफ नजर आती हुई। वह उनके करीब आ खड़ी हुई।

"तुम्हें एक अहसान करना होगा, भाँजे ! तुम्हारे अलावा, मैं और किसी को नहीं जानती—"

फुलेश्वरी ने आवेग भरे हाथों से सुरकंठ का हाथ कसकर थाम लिया। उन्होंने अपनी एक एड़ी हल्के से ऊपर उठाई, दूसरे पाँव पर अपने भारी-भरकम नितम्ब का वजन रखा। सुरकंठ ने हाथ अटका दिया।

"वचन दो कि तुम मेरी बात मानोगे ?"

"भाँजा ? तुमने मुझे भाँजा कहा, फूली ?" सुरकंठ चकित हो उठे, "मैं तुम्हारा भाँजा कैसे हो गया ? तुम्हारी बहन, मेरी माँ जरूर थी, लेकिन इससे पहले मेरी तुम्हारी...खैर, अच्छा ही हुआ, फूली ! मेरे हाथों पड़ी होती, तो तुम्हें जाने कितनी तकलीफें उठानी पड़तीं...।"

"अब, वे बातें छोड़ो—"

"हाँ, हाँ, बेशक ! वैसे भी ये बातें क्या हमेशा याद आती हैं, "फूली ? हाँ, कभी-कभार खयाल जरूर आता है ! उस वक्त मैंने ठीक से तुम्हें देखा नहीं था, इसीलिए तो ब्याह का नाम सुनते ही मैं भाग खड़ा हुआ ! उस वक्त भर नजर देखा होता, तो भागने की नहीं सूझती—" सुरकंठ का जोरदार ठहाका समूचे कमरे में गूँज उठा। अचानक वे गम्भीर हो आए, "अच्छा, कहो, क्या कहना है ?"

"कहूँ ?"

फुलेश्वरी अचानक लजा गई। उसने हाथ बढ़ाकर ताखे पर टटोलते हुए, चकमक पत्थर उठा लिया और उसे ठोंककर, दीये की बाती रौशन की। आधी-गुँथी चोटी उसके हाथ में लिपटी रही। दूसरे हाथ में तेल का सिकोरा और गुच्छाभर बाती लिए-दिए, उसने बगलवाले कमरे की तरफ क़दम बढ़ाया। अचानक वह ठिठक गई।

उसकी मृदुल आवाज़ मुखर हो उठी, "सिर्फ एक बार...उनसे मेरी भेंट करा सकते हो ?"

"किससे ?" सुरकंठ की आँखों में उम्मीद का जलता हुआ चिराग, एकदम से गुल हो गया। उनकी भृकुटियाँ तन गईं। उनके दिल पर कहीं चोट लगी। हालाँकि अब वे संन्यास लेनेवाले हैं, अब यूँ बेचैन होना उन्हें शोभा नहीं देता, फिर भी वे बेसब्र हो उठे। छिः-छिः ! अन्दर-ही-अन्दर वे आसक्ति के दास हैं, बाहर बड़ी-बड़ी बातें करते हैं। उन्हें अपने पर बेतरह हिकारत हो आई।

"हाँ, उनसे..." फूलेश्वरी ने निर्द्वन्द्व लहजे में कहा।

सुरकंठ से भला कैसी शर्म ? उन्हें तो वह वैरागी के रूप में ही जानती है। वैरागी-वीतरागी में भला कैसी शर्म ? फुलेश्वरी की उम्मीद भरी निगाहें सुरकंठ के चेहरे पर टिक गईं।

"जहाँ कुलीन जाति..."

चैत की उस दोपहरी में, मुर्शीदाबाद के करीब स्थित, सैय्यादाबाद में, महीपति आचार्य, अपनी कोठी में, कुछ लोगों के साथ खुश-गपशप में मगन थे। महीपति अभी हाल में ही दिल्ली से लौटे थे। निज़ाम के यहाँ नौकरी करने से ही, हर किसी का सुदिन वापस नहीं लौटता ! महीपति के दिन भी वापस नहीं लौटे। बचपन से ही राजमहल और मुर्शीदाबाद में पलने-बढ़ने की वजह से, अपनी मातृभाषा की तुलना में, फारसी और उर्दू में बेहतर महारत हासिल था, खासकर कोर्ट-कचहरी के मामले में। बगल में गुल्ला लगाकर, 'क' लिखने-पढ़ने का सबक, उन्होंने तभी सीखना शुरू कर दिया था, "जब वे निरे बच्चा थे, जब उनकी कमर में लँगोटी बाँधने की उम्र नहीं थी यानी जब वे नंगे फिरा करते थे। उनके बाबा का विश्वास था, जितनी कमउम्र में उन्हें गुरु की गुफा में घुसा दिया जाए, उतना ही उनके बेटे का मंगल होगा। वर्ण-परिचय सीखने के दौरान, महीपति गुरुजी के आँगन में लोटपोट लगाते हुए, अक्षर बनाते रहते थे और बार-बार भींगे कपड़े से उन्हें पूरे आँगन का पोंछा लगाना पड़ता था। शुभंकरी सीखने के दौरान

तो, गुरुजी खड़िया मिट्टी का बट्टा सीधे-सीधे उसके मुँह में ही ठूँस देते थे। उन दिनों भी महीपति को यह आभास नहीं था कि कभी यह देह दोबारा मिट्टी में विलीन हो जाएगी। इसलिए अपनी जुबान केंचुए, मिट्टी के स्वाद से बचाने की कोशिश में, उन्होंने ज़ोर-ज़बर्दस्ती ही हिसाब-किताब और गणित का सबक सीख लिया। चूँकि उनमें कोई महत्त्वाकांक्षा नहीं थी, इसीलिए आगामी जीवन में कोई तरक्की नहीं हुई। ख़ैर, इसके लिए उन्हें कोई खास अफसोस भी नहीं था। अब उनकी उम्र पचास पार कर चुकी थी। उनकी दुबली-पतली, सुडौल कद-काठी पर नजर पड़ते ही, एकदम से अहसास हो जाता था कि उन्होंने अपना दम-ख़म काफी नियन्त्रित कर रखा था। बेहद चटपट, चुस्त इंसान ! बेहद ख़ुशमिज़ाज, हँसमुख इंसान ! राजपुरुषों के इर्द-गिर्द बने रहने की वजह से, बातचीत में अत्यन्त शिष्टता ! दूसरी तरफ हँसी-मज़ाक, ठिठोली, रंगीलेपन में माहिर।

उन्हें देखकर यह अन्दाज़ा लगाना मुश्किल था कि इनके पुरखे कभी आंधारमानिक गाँव के सम्मानित जमींदार थे और गौड़ से सनद हासिल करके, अपने लिए 'राजा' की उपाधि इस्तेमाल करते थे। यह समझना तो और भी मुश्किल था कि यह अति मामूली आदमी, सच्चाई, ईमानदारी और सज्जनता के साथ-साथ, अपने काम-काज में भी ख़ासा दक्ष था, इसलिए सभी लोग उनकी खातिर करते थे।

सैय्यदाबाद और खगड़ा बेहद विकसित जगहें थीं। कारोबार-व्यापार का लम्बा चौड़ा बाज़ार। राजधानी से इनका रास्ता, एक ही माँ की सन्तान, दो सगी बहनों की तरह था—अन्तरंग ! एकात्म ! चूँकि ये जगहें मुर्शीदाबाद के आसपास ही थीं, इसीलिए धीरे-धीरे काफी फल-फूल उठी थीं। एक तो वह जगह, राजधानी के करीब थी, दूसरे रेशम के कारोबारी, वहाँ के स्थायी बाशिन्दे ! इसीलिए सैय्यदाबाद आजकल काफी फलने-फूलने लगा था।

महापति की कोठी, राधाप्यारी के मन्दिर से संलग्न गली में स्थित थी। पीछे गंगा नदी ! कोठी के करीब ही शंखारी बाज़ार ! पतली ईंटों से निर्मित, झुकी-झुकी सी दो-मंज़िली कोठी ! सामने पक्की ईंटों की गली ! बाईं तरफ, टकी रावत का मैदे का गोला ! यह गली, हर वक्त बुन्देले पहरेदारों के गाने-बजाने, हो-हुल्लड़ से मुखर रहती थी।

महीपति अपने बैठकखाने में बैठे थे। अन्दर और बाहर के बीच, लम्बी-चौड़ी चहारदीवारी ! यह चहारदीवारी महीपति के दादा, जगतपति ने बनवाई थी। उनकी मंशा थी, गृहस्थी की आमदनी जैसे-जैसे बढ़ेगी, चहारदीवारी भी उतनी ऊँची कराते जाएँगे। लेकिन यह कोई फकीरों का डेरा तो था नहीं। इसीलिए एक मकान में, दो-दो लोगों की गुंजाइश नहीं थी। असल में, इंसान का अहंकार जैसे-जैसे बढ़ता जाता है, उसका आकार-प्रकार भले नजर ना आए, मगर उसकी आहट साफ़ सुनाई देती है, क्योंकि यह अहंकार दूसरे लोगों को बिल्कुल कोने में घुसेड़ देता है।

जगतपति जब ऐश्वर्य, जमीन-जायदाद, मेद-मज्जा समेत दिनोंदिन फूलते जा रहे

थे। उन्हीं दिनों महीपति ने ही बात चलाई, "दद्दा, धनवान लोग पुरी का तीरथ रचते हैं और भाग्यवान लोग वहाँ वास करते हैं। यह मुर्शीदाबाद शहर भी धीरे-धीरे फैलता जा रहा है। आपकी पद-मर्यादा के मुताबिक अब उपयुक्त कोठी होनी चाहिए। आजकल बंगाल के पास काफी धन-दौलत है। नवाब की सुव्यवस्था की वजह से उद्योगपति कारोबार—वाणिज्य में काफी उत्साहित नजर आने लगे हैं। इसीलिए यह नगरी, भागीरथी के तट पर लगातार फैलती जा रही है। आप जैसी हैसियतवाले लोगों ने यहाँ अपना घर-मकान बनवा लिया है, तभी तो मुर्शीदाबाद का गौरव भी बढ़ गया है।"

जगतपति मन-ही-मन, काफी खुश हुए। चलो, अपनी जुबान से कोई अप्रिय बात कहने की जरूरत नहीं पड़ी। लेकिन अपने चेहरे पर उन्होंने यह ख़याल जाहिर नहीं होने दिया।

अपने चेहरे पर 'क्रोधम् देही' का बनावटी भाव मुद्रा जाहिर करते हुए, उन्होंने कहना शुरू किया, "हाँ, भइए अब तो बिल्कुल नई हवा देख रहा हूँ। नौकरी करने आते हैं और भाई-भाई अलग-अलग बस जाते हैं। हालाँकि इसका कोई भला नतीजा नजर नहीं आता। मैं तो जिस तरफ भी नजर डालता हूँ, एक ही नजारा दिखाई पड़ता है ! सोचता हूँ, इस मुल्क को आखिर हो क्या गया है।"

जगतपति ने लम्बी उसाँस भरकर, कमरे के धरण की तरफ नजरें गड़ा दीं, मानो इस धराधाम में चारों ओर सिर्फ स्वार्थ की जंग छिड़ी हुई हो, सज्जन और ईमानदार लोगों के लिए, ऊर्ध्वमुखी होने के अलावा और उपाय नहीं है।

महीपति ने मन-ही-मन हँसते हुए जवाब दिया, "अरे, दद्दा, पाँत बढ़ जाए, तो भात पूरा नहीं पड़ता। एक ही घर में तीन-तीन चूल्हे हो जाएँ, यह कोई नई बात तो नहीं है। लेकिन, हाँऽ, यह जरूर देख रहा हूँ कि जगत सेठ, फतेहचन्द या अपने आंधारमानिक गाँव के रमई बागदी...सभी अपने-अपने लोगों के साथ गुट बनाने में व्यस्त हैं।"

"होंगे क्यों नहीं ?" जगतपति ने समयोचित गम्भीरता ओढ़कर कहा, "वे लोग जानते हैं कि एकता ही बल है। अब सभी लोग तो तुम्हारी तरह गंगाजल से हाथ धोकर बैठे नहीं हैं, भइए ! विदेश—भुँइ में वे लोग दो पैसे कमाने ही तो आए हैं ! एक साथ मिल-जुलकर रहें, तो कितना बल-भरोसा रहता है।"

"हाँ, भइए वही तो देख रहा हूँ।" महीपति पहले की तरह की क्षुब्ध लहजे में बोलते गए, "इस ज़माने में लोग-बाग़, येन-केन-प्रकारेण रुपइय्ये बटोरने में व्यस्त हैं।"

"अच्छा ?" लेकिन इसमें गलत क्या है ? मैं पूछता हूँ, इसमें तुम्हें अन्याय क्यों नजर आने लगा? इतने सारे लोग आखिर किसलिए आए हैं ? रुपयों के लिए ही न ? हिन्दुस्तान में जगह-जगह घूमने-भटकने के बाद, यहाँ पहुँचे हैं। अब अपने नवाब को ही लो। उसने देख लिया है, हिन्दुस्तान में कहीं भी सुख का साम्राज्य नहीं है। इसमें तुम्हें अन्याय कहाँ से दिख गया ?"

"हाँ, सो तो है।" महीपति के छूटते ही सहमति जताई।

"ख़ैर, छोड़ें, ये सब फिजूल बाते हैं। हम दोनों, भाई-भाई भी एक ही जगह रहें,

इसी आसरे-भरोसे में तो... ।'' जगतपति ने एक लम्बी उसाँस छोड़ी, ''लेकिन, जब तुम्हें इतना ही एतराज है, तो मैं भी अब आगा-पीछा नहीं सोचूँगा।''

बस, तभी से जगतपति अलग हो गए।

जितने दिन उनका अलग मकान नहीं बना, वे बाहरवालों से यही कहते फिरे, ''कितने चाव से घर-बार बनाया था। लेकिन हमारे भाई अब, बालिग हो गए हैं। अब बड़े-बड़े लोगों में रोज़-रोज़ का उसका उठना है, ''अब एक ही हाँड़ी के अन्न पर गुज़ारा नहीं करना चाहता...''

जगतपति के चले जाने के बाद, महीपति के लिए सच ही यह कोठी काफी बड़ी-बड़ी लगने लगी थी। गृहस्थी के नाम पर कुल तीन अदद प्राणी ! बीवी चिर-रोगिणी ! बहन थिर-कुमारी और इस गृहस्थी की खेवनहार ! इसके अलावा, एक अदद पुराना चाकर, जिसे नशे के समय, अगर अफीम न मिले, तो उसका जो मिज़ाज होता था, उसमें प्रभु कौन हैं, और नौकर कौन, इसमें फर्क़ करना मुश्किल ! ऊपर से, गृह-स्वामिनी तरह-तरह की सनक की शिकार ! बहन के साथ आए दिन खिट्-खिट् ! महीपति बैठक में बैठे-बैठे, आज भी उन उदास बातों में खोए रहे। उनके होंठों पर, मधुर गुनगुनाहट गूँज उठी। ऐसे में अपने नागरा जूते चरमराते हुए, दार्शनिक हकीम साहब और अजीम कश्मीरी कमरे में दाखिल हुए।

उन्हें देखते ही, महीपति ने हाथ जोड़कर नमस्कार करते हुए उनका स्वागत किया, ''आइए, आइए ! हुकुम कीजिए ! अभी तक मैं खुद ही अपने को खिताब दे रहा था, आप श्रीमान लोग ठीक वक़्त पर आ गए—''

हकीम साहब ने आसन ग्रहण करते हुए, फँसी-फँसी आवाज़ में पूछा, ''सो कैसे ?''

''मैंने सोचकर देखा, मेरा नाम महीपति खगराज होना चाहिए था।''

''मतलब ?''

''अरे भई, गृहस्थी के नाम पर, कुल्लमकुल तीन ही पंछी तो हैं—चूँ-चूँ गौरैया, चील और मिरचैया कटकटी।'' महीपति हाथ नचाते हुए, सस्वर गा उठे, ''मलकिनी अगर कहती है, चलो दाहिने ! तो बहन टाँय से बोलती है—अच्छा ये बात है ? किस क़ानून में लिखा है कि दाहिना, बाएँ से बेहतर है ? रह गया नौकर ! कमबख़्त हर वक्त, बस, चीखता रहता है—हमारा बाकी तनख्वाह चुका दो, बस्स ! समझे, हकीम साहब वह ठहरा तनख्वाह का गुलाम ! गुलामों का गुलाम नहीं ! इसलिए तनख़्वाह माँगता है—''

''और आप ?''

''मैं ? काकभुसुंडी ! ख़ैर, बताइए, इतनी सुबह-सुबह...बात क्या है ?''

''यही ऽऽ, खबर-वबर सुनने के लिए...''

महीपति और आगन्तुकों की बातचीत सुनकर, मुमकिन है, यह लगे कि उन लोगों ने पता नहीं कौन सी खबर का जिक्र छेड़ा है। लेकिन महीपति के रोजमर्रा में जीवन में जिन लोगों का आना-जाना था, वे लोग सिर्फ उनके बन्धु-बान्धव थे। हकीम साहब

निहायत मामूली से चिकित्सक ! जैसे वे खुद आम गृहस्थ इंसान थे, "उनका काम-धन्धा भी उसी क़िस्म का गरीब-गुरबा, आम लोगों में चलता था। उन्हें पक्का भरोसा था कि अद्भुत आविष्कार...सकल प्रकार के घावों में राहतकारी मलहम और गुलाब जल वगैरह, एक न एक दिन, किसी-न-किसी राजपुरुष की कृपा से, जनता जनार्दन में जरूर उजागर होगा। बिल्कुल अचानक जैसे नवाब—शाहंशाह जिस दिन मसनद पर गद्दीनशीन होते हैं, या अन्य किसी विशेष उत्सव के दिन, बाजीगर के हाथों तैयार किए गए नकली तोप, दुम से, अचानक धमाका करते हैं, बिल्कुल उसी तरह !

यह खयाल आते ही हकीम साहब अबूहुसेन बन जाते थे। वे कल्पना करते थे—सभी लोग उनकी दवाएँ माँग रहे हैं—नवाब के तीनों भतीजे, बहनोई, बहन के दामाद वगैरह, सभी ने उनका वजीफा बाँध दिया है। सभी लोग उनके गुणगान में पंचमुख हैं, "हकीम साहब, आर्मेनी गिर्जा के करीब एक संकरी-सी गली में, ऐसा सूरज राख तले ढँका पड़ा था, कौन जानता था ?"

जब यह ख़याल उनके दिमाग़ में पूरी तरह जम जाता, तो हकीम साहब आँखें मूँदकर धीमे-धीमे झूमने लगते थे। ख़ैर, इस तथाकथित-अबूहुसेन को वास्तविकता की ठोस धरती पर लौटा लाने के लिए उनकी बीवी की एक धमकी ही काफी होती थी ! अगले ही पल वे आर्मेनी गिर्जा से लगे उस छोटे से घर में दोबारा लौट आते थे।

उन्होंने चुटकी बजाते हुए दरयाफ़्त किया, "सुभान अल्लाह ! सुभान अल्लाह ! क्या हुआ ? कोई मरीज आया है क्या ?"

"हाँ, आया है मरीज ! हुँह दिन के वक़्त ख्वाब देख रहे हैं ! कितनी बार कहा, जाओ, एक बार मुर्शीदाबाद हो जाओ। वहाँ बड़े-बड़े अमीर-उमरा रहते हैं। नवाब के दामाद लोग, किस कदर खुले हाथों से दान-ख़ैरात करते हैं।"

हकीम साहब मन-ही-मन खुदाताला का नाम जपने लगे। अब बीवी को कौन समझाए कि मुर्शीदाबाद के रास्ते-घाट पर ऐसा कोई सोना-चाँदी नहीं रुल रहा है। नवाब शाहों के दान-ख़ैरात अगर जारी भी है, तो वहाँ भी तेल-चुपड़े सिर पर ही, ज्यादा तेल थोपे जाते हैं, क्योंकि जिनके बालों के लिए सच ही तेल की जरूरत है, वे लोग तो नवाब बादशाहों तक पहुँचने में भी डरते हैं।

पति को निरुत्तर देखकर, हकीम की बीवी का गुस्सा सातवें आसमान पर जा चढ़ा। पहला मौका मिलते ही, हकीम पाँव में नागरा डालकर, सीधे महीपति के घर की तरफ दौड़ पड़े। सच तो यह था कि हकीम साहब जब आँखों पर चश्मा चढ़ाते-चढ़ाते, सैय्यदाबाद से होकर, महीपति की घर की तरफ दौड़ पड़े, तो ऐसा लगा, मानो वे बाघ या साँप से बचने के लिए, दौड़ लगा रहे हों।

महीपति की बातचीत सुनकर हकीम साहब ने कहा, "लगता है आप, बेतरह फिक्रमन्द हैं। क्या बात है ? आज सुबह से प्रचंड आँधी-तूफान, गर्जन-वर्षण चल रहा है ?"

"कमाल है ! फ़िक्र में बह नहीं गया, बल्कि अभी भी बहता ही जा रहा हूँ। अब

इससे मुझे डर-भय नहीं लगता, जनाब।''

अज़ीम कश्मीरी को फिजूल की बातें बिल्कुल नापसन्द थीं। हर वक्त व्यस्तवागीश मुद्रा ! घोर कृष्ण वर्ण ! चेहरे पर शीतला के दाग़ ! विस्फारित आँखें ! बदन पर काफी क़ीमती-सा, सूती-अधमैला कुर्ता और लखनवी पाजामा। उनके चेहरे से यह अन्दाज़ा लगाना भी मुश्किल कि उनके नाम के संग, यह कश्मीरी शब्द, कब और कैसे जुड़ गया ! उस शीतप्रधान देश के लोगों से अगर उनका कोई मेल था, तो बस, इतना, कि वे भी नहाने से कतराते थे। कभी-कभार काफी ताम-झाम के साथ, उन्हें नहाते हुए भी देखा गया था। लेकिन उनका आलस्य अति विचित्र होता था। सन्त-पितरों के दिन वे नहाते थे और कारोबारी लोगों और बन्धु-बाँधव को दावत देते थे। उस दिन सैय्यदाबाद के रेशम के कारोबारियों की पार्टी में फल और मेवों की सौगात भेजते थे। हालाँकि रेशम का कारोबारी होने के बावजूद, अंग्रेज उद्योगपतियों के साथ व्यावसायिक रिश्ता क़ायम करने की ज़रूरत किस क़दर अहम् है, इस बारे में लाख समझाने के बावजूद, वे समझने को राज़ी नहीं थे। सन्त-पितरों को प्रति विशेष सम्मान दिखाने की वजह क्या है ? लाख पूछने पर भी, किसी को इसका जवाब नहीं मिला। कम-से-कम सैय्यदाबाद, खगड़ा, मुर्शीदाबाद के लोगों को तो कभी जवाब नहीं मिला। अज़ीम कश्मीरी को तो उन लोगों के कासिम बाज़ार के उद्योगपतियों से बातचीत या सम्पर्क करते हुए, कभी देखा ही नहीं। अगर देख पाते तो इसाई साधु-सन्तों के प्रति, उनकी असीम भक्ति की वजह स्पष्ट हो जाती है।

महीपति ने शायद ही उन्हें कभी, किसी धार्मिक अनुष्ठान में शामिल होते देखा हो। उन्हें तो यहाँ तक शक़ होता था कि अज़ीम कश्मीरी आधे मुसलमान ही थे वैसे वे पूरी तरह धर्मान्तरित नहीं हुए थे। कभी कोई व्यक्तिगत बात छेड़ें तो, वे महिषासुर जैसा, अपना भारी-भरकम सिर हिलाते हुए, जटिल भाषा में दो-एक मन्तव्य उछालकर, खामोश हो जाते। उनकी भाषा पुर्तगाली होती थी, उच्चारण में सूरत के स्थानीय लोगों जैसा लहजा ! चेहरे से हब्शी सरदार। कुल मिलाकर अज़ीम कश्मीरी विचित्र चरित्र के जीव थे।

भाई-भाई में बँटवारे के समय ही नहीं, दो साल पहले भी, महीपति के सिर्फ जुबान हिलाने भर की देर थी, उन्होंने भर-भर पेटी, कच्चे रुपए देकर फतेहचन्द के मुहर्रिर तक की मदद की थी। गिरियर युद्ध के बाद, उस ज़माने में एक तरफ जैसे लाखों-करोड़ों रुपए मिले, दूसरी तरफ, रुपए नवाब बहादुर की हालत तबाह हो गई। रुपए भेजकर, दिल्ली की धुआँभरी राजनीति के हवनकुंड में, ठंडा पानी ढाला गया। सेना-सामन्त, विश्वस्त अनुगत लोगों की बकाया तनख्वाह, इनाम-अकराम और रिश्वत दे-देकर, हर आदमी को खुश रखना जरूरी था। नवाब बखूबी जानते थे, फतेहचन्द जैसे लोग जीते-जागते खजाना हैं। ज़रा सा हिलाते ही, रुपए बरसने लगेंगे। वैसे ही सूबेदारों की जरूरत पर, सूबा बचाने के लिए, अगर रुपए ही नहीं दिए, तो फतेहचन्द जैसे लोगों का आख़िर क्या फ़ायदा ?

उन्हीं दिनों चाहे, सरफ़राज खाँ के आत्मीय-स्वजन, पोषित लोगों के प्रति यथायोग्य

सम्मान प्रदर्शन के लिए हो या दिल्ली के सर्वेसर्वा मुरीद खाँ को सात लाख रुपए देने के वादे की वजह से हो, अचानक ढेर सारे कच्चे रुपयों की जरूरत आ पड़ी। जरूरत इतनी आकस्मिक थी कि नियम मुताबिक दस्तख़त करके, पास कराने के बाद, ख़ज़ाने की सील-मोहर तोड़कर रुपए लाने का भी वक्त़ नहीं था। भगवान गोला के पास, गंगा की छाती पर, बजरे पर बैठे-बैठे सलाह-मशविरा करते-करते, कुल दो घंटे की नोटिस पर फतहचन्द इतने सारे रुपयों का इन्तज़ाम कहाँ से करते ? सीधे-सीधे हल्ला मचाकर, रुपए माँगना भी मुश्किल था, क्योंकि फतेहचन्द से सलाह-मशविरे में जो शख़्स लिप्त था, वह कोई अज्ञातनामा राजपुरुष था। ऐसा राजपुरुष जिसे फिलहाल राजमहल में होना चाहिए था और लोगों को भी यही जानकारी थी कि इस वक्त वह राजमहल में ही मौजूद है।

ऐसे संकट के समय, विपदतारण अज़ीम कश्मीरी ने महीपति को भी वादा पूरा करने के लिए, रुपए देकर उन्हें इस मुसीबत से छुटकारा दिलाया।

''बहुत बड़ा अहसान किया तुमने—'' फतेहचन्द के मुहर्रिर ने कृतज्ञता ज्ञापित की।

''हाँ, सो तो है—'' अजीम कश्मीरी फिजूल के विनय को तरह नहीं देते थे।

''मेरे मालिक आपका यह अहसान हमेशा याद रखेंगे।''

''क्यों ?''

ऐसा अजीब सवाल सुनकर मुहर्रिर सकपका गया। महीपति भी सकुचा गए।

अज़ीम कश्मीरी ने कहा, ''पेशकार साहब मध्यस्थ हैं, इसीलिए तो मैंने रुपए दिए।''

विकराल सूरतवाला यह इंसान। महीपति के प्रति ही इतना अनुगत् क्यों है, इसका अन्दाज़ा लगाना मुश्किल था।

आज महीपति की बातें सुनते-सुनते, अचानक ही वह पूछ बैठा, ''मामला क्या है, बताएँ तो ? बालुचर जियागंज के ताँती-जुलाहे तक को बयाना देना चाहो, तो वे लोग लेने से इनकार कर देते हैं। कहते हैं कासिम बाज़ार के साहब लोग पहले ही पेशगी दे चुके हैं। सुनने में आया है कि मेरे बँधे-बँधाए घर तक जाने में हीले-हवाले करते हैं। बताएँ तो सही, यह चक्कर क्या है ?''

''सौलद जंग—'' हकीम साहब ने फँसी-फँसी आवाज़ में कहा।

''मतलब ?''

''मतलब बिल्कुल सीधा है। सौलदजंग को उड़ीसा में बिठाने से और क्या होना है ? सरफाज़ के नाते-रिश्तेदार क्या इतनी आसानी से छोड़ देंगे ? भतीजे को यूँ नेस्तनाबूद कर दिया, इस वजह से बुढ़ापे की उम्र में नवाब को दौड़ना नहीं पड़ा ?''

''हाँऽ, सो तो देख ही रहा हूँ ! ये अंग्रेज व्यापारी, समूचे कारोबार पर एकदम कब्ज़ा जमाने की तोड़-जोड़ में लगे हैं। नवाब जब जंग में व्यस्त थे, इन लोगों ने ताँतियों को बचाने में मोटी रकम थमा दी और हम सब अब अँगूठा चूस रहे हैं।''

हकीम ने कहा, ''इन ताँती-जुलाहों में भी क्या इमान-ही मान नहीं क्या है ? जिनके साथ इतने दिनों कारोबार करते हैं, उन्हें...''

''भई, कारोबार का नियम ही यही है। हम सब यही कोशिश करते हैं कि जितने कम रुपयों में हो सके, ताँतियों को पटा लें। वे लोग भी आखिर कारीगर ठहरे ! पैसा-दो पैसा कमाना ही चाहेंगे ?''

महीपति ने कहा, ''असल में आप लोगों में आपसी सद्भाव नहीं है, तभी तो मुर्शीदाबाद के रेशम बाज़ार में, क़िस्म-क़िस्म के फन्देबाज़ लोग घुस आए—''

अज़ीम कश्मीरी ने अचानक ज़ोर का ठहाका लगाया।

अपनी सफेद दन्तपंक्तियाँ चमकाते हुए, उन्होंने कहा, ''लगता है, छतरमल और दूधवाले के प्रति आपका गुस्सा, अभी ठंडा नहीं हुआ।''

''अरे, नहीं, यह सचमुच सोचनेवाली बात है, आलमचन्द जैसा शख़्स भी कहता है कि इसमें बुरा क्या है ? रेशम का व्यवसाय दूर-दूर तक फैलाने के लिए लोग कितनी सारी पूँजी भी तो ढाल रहे हैं—''

''क्यों ? पूँजी लगाने का जोखिम क्या अकेले रहीं उठा रहे हैं ?''

''नहीं, ऐसी बात तो नहीं है। मेरा तो ख़याल है, जोखिम उन्होंने किसी दिन भी मोल नहीं ली। ताँती-जुलाहों के अपनी ही बिरादरी के महाजनों ने अपने रुपए लगाए हैं। ताँतियों को खेती के लिए ज़मीन, रहने के लिए बस्ती बनाने की जगह, उन्हीं लोगों ने दी है, उसके बाद, सच तो यह है रेशम की तरक्की के लिए, शायद सबने मिलकर कोशिश की है। जब-जब जो मालिक बना, सबने कोशिश की। लेकिन यह सब सौ-सालों में ही सम्भव नहीं हुआ। बाहरवालों के साथ व्यवसाय-वाणिज्य का रास्ता तो दिल्ली के बादशाहों ने ही खोला—। अब देखिए न, उसी वक्त से तरह-तरह के साहब-बहादुरों ने यहाँ आ-आकर रेशम-कोठी बना डाली। ये मारवाड़ी तो यहाँ आकर, तैयार-कारोबार में रुपए लगा रहे हैं। जोखिम उन्होंने कहाँ उठाया ?''

''फिर रुपए लगाने की बात क्यों उठा रहे हैं ?''

''यह बात मैं इसलिए कह रहा हूँ, क्योंकि वे लोग रुपए लगा रहे हैं, इसीलिए तो बंगाल में हो रहे रेशम के कारोबार में, झट से फाट्का घुसा दिया। यहीं से तो कारोबार का सत्यानाश शुरू हो गया।''

''हाँ, सो तो सोलहों आने ! इसी तरह जो सूरत और कालीकट के हरमद लोगों ने मसाले का धन्धा चौपट कर डाला।''

''हाँ, इसका जो नतीजा हुआ, वह दोज़ख़ से भी बदतर था—''

इतनी देर बाद, हकीम साहब ने भी अपनी जुबान खोली, ''जनाब, आप लोग इतना कुछ कह-सुन रहे हैं, लेकिन एक बात मेरी समझ में नहीं आई कि अजमेर और जैसलमेर के व्यापारियों से ही आप लोग इतना नाराज क्यों हैं ? मेरे ससुर साहब तो फरमाते थे कि कारोबार में तो पल्ला-पल्ली करना ही बेहतर है ! पाँच तरह के कारोबारी, आपस में हार-जीत की होड़ लगाकर चलते हैं, तो आगे चलकर कारोबार फलने-फूलने

लगता है।''

''हाँ !'' अज़ीम कश्मीरी ने कुल एक ही शब्द में, हकीम के ससुर की ज्ञान-बुद्धि पर अपनी राय जाहिर की।

हकीम ने मन-ही-मन कुढ़ते हुए कहा, ''मेरे ससुर इलमदार इंसान थे। रिश्ते में वे मेरे चचा भी थे। हाकिमी के बावत जो कुछ भी मैंने सीखा है, उन्हीं से सीखा है। आपको पता है, महज़ू फोड़े का मलहम बेचकर, दिल्ली में, उन्होंने अपना तीन-तीन घर खड़ा कर लिया ?''

महीपति ने जवाब दिया, ''वे विद्या बेचते थे। वे कारोबारी नहीं थे। ज़रा सोचकर देखिए, अगर ग्राहकों का बाज़ार भी साथ-ही-साथ लम्बा-चौड़ा फैल जाए, तब तो एक ही जगह, अनेकों लोग व्यवसाय जमाएँ, तो कोई हर्ज़ नहीं है, वर्ना सामूहिक नुकसान है। खरीदनेवाला कोई भी न हो, मगर व्यापारी अपनी-अपनी चीजों का ढेर लगाते जा रहे हैं...''

''लेकिन बंगाल का रेशमी तसर, गरद, मटका वगैरह का बाज़ार तो, अब हर तरफ छा गया है।'' हकीम साहब ने किंचित आवाक् होकर कहा।

''चलो, इससे मैं इनकार नहीं करता, लेकिन, ये मारवाड़ी कारोबारी, दरअसल क्या चाहते हैं, आपको पता है ? कीड़ों की खेती कैसे होगी, इसका अन्दाजा लगाते हुए, ताँतियों को बयाना देना चाहते हैं। पेशगी के रुपए देते समय, मुट्ठी भर-भरकर कौड़ी फेंकते हैं, लेकिन खरीदते समय सस्ते में खरीदते हैं। सामान देखने से पहले ही, यह हिसाब जो कसकर फाट्का खेलते हैं, कारोबार के लिए क्या यह भला है ?''

थोड़ा ठहरकर, उन्होंने अपनी बात को जरा और विस्तार देते हुए कहा, ''अब देखो, यहाँ अन्दाज़े से, रुपइए ढाल दिए, अब, दिल्ली के बाज़ार में या चन्दननगर, चुंचुड़ा के फ्रांसीसी व्यापारियों से यह क़रार कर बैठे कि इस बार, इतना रेशम देंगे और पहले से बयाना भी ले लिया। अगर सब कुछ ठीकठाक रहा, तो उनका दोहरा लाभ ! अगर ऐसा न हुआ, तो भी कोई परवाह नहीं, क्योंकि जिन साहबों ने अपना रुपया लगाया है, मरना ही पड़ा, तो वे लोग ही मरेंगे।''

अज़ीम कश्मीरी ने अचानक लम्बी सी उसाँस भरी, ''करने को तो मैंने सूरत में कारोबार किया, हीरे के व्यापार का काम सीखने एक बार हैदराबाद भी गया था, लेकिन अब मुर्शीदाबाद में जो नजर आ रहा है, ऐसा बाज़ार मैंने कहीं नहीं देखा—''

महीपति ने कहा, ''अच्छा आप हैदराबाद में भी रह चुके हैं ?''

''अभी-अभी तो सुना आपने ?''

महीपति जरा स्वगत मुद्रा में बुदबुदा उठे, ''सच्ची, मुर्शीदकुली खाँ के जमाने से क्या खूब तरक्की हुई है ! शाम के वक्त चौक में खड़े-खड़े, जब देखता हूँ, अरबी, ईरानी, तुर्क व्यापारी, हब्शी सिपाही, सन्तरी, दास-दासी, फरासबीन, दिनेमार, आलिम फिरंगी कारोबारी वगैरह सबके सब एक ही जगह जमा हैं, तो किस क़दर अचरज होता है।''

''हाँ, इस मुल्क में, ऐसा बाज़ार भला और कहाँ ? बड़े-बड़े कारोबार की जगह,

अब मुर्शीदाबाद ही तो है।''

''साल के अन्त तक, पता है, कितने रुपयों का लेन-देन होता है ?''

हकीम साहब अपने ही ख़याल में डूबे-डूबे, मीठी आवाज़ में बोल उठे, ''आप पेशगी का जिक्र कर रहे थे न ? वह तो अंग्रेजों ने भी दिया है।''

''हाँ, ज़रूर दिया है—'' महीपति ने कहा, ''लेकिन उनकी बराबरी कर सकेंगे या नहीं, इसमें शक है ! तेल चिपचिपाती एक अदद धोती और मैली-सी फुतही कुर्ता पहनकर, वे कहाँ-कहाँ चक्कर नहीं लगाते। गाँव-गाँव घूमते फिरते हैं, नदी-नालों तक से बेखौफ़ ! अंटी फाड़ते ही लाख रुपए दन्न से टपक पड़ते हैं और पेशगी बाँटना ही मानो उनका अहम् काम है। चावल, नारियल, सुपारी, सरसों—इन सबका उन्हें होश रहता है भला ?''

हकीम साहब ने बौद्धिक गम्भीरता अपनाते हुए उसमें डूबे-डूबे जवाब दिया, ''इसीलिए किसानों के हाथ में दो पैसे आते हैं, ऐसा कहें न !''

''पेशगी लेने का मतलब है, हाथ में रस्सा डालना ! पैसे मिलें तो भला मुसीबत आसान हो जाती है ? पेशगी तो शंख की आरी है, आते-जाते, बस, चीरती रहती है।''

अज़ीम कश्मीरी मानो ताज्जुब से पड़ गए, ''भई, जो पेशगी देगा, वह माल नहीं माँगेगा ?''

''आपलोग क्या कभी किसी दिन इन जगहों में गए हैं ? मैं गया हूँ। मैंने देखा है, रेशम के कीड़ों की खेती करनेवाले और धान उगानेवाले खेतिहर में कोई फर्क़ नहीं है। दोनों वक्त, दो मुट्ठी आहार क्या हमेशा जुटता है ? बाँस के पत्तों की एक अदद छाँव और मुट्ठी भर भात। बस, वे लोग यही तो चाहते थे। मैं तो अंग्रेज उद्योगपतियों की तारीफ करूँगा। वे लोग अक्सर अपने नौकर-गुलामों को जमीन वगैरह अता करते रहते हैं।''

''अब आप चाहे तो कहें, कारोबारियों को क्या अपनी जमीन-जमा का बन्दोबस्त करने का हक़ नहीं है ?''

''रेशम के कीड़ों के खेतिहर का मुँह देखकर, उनके लिए भी कुछ करना जरूरी है ! कीड़ों की खेती करनेवाले किसान, रेशम का मौसम खत्म होते ही, बेकार हो जाते हैं। धान की खेती भी, बारहों महीने तो होती नहीं।''

हकीम साहब ने दरयाफ़्त किया, ''आपने जो कहा, वह सब क्या सच है ? सचमुच, साल-भर में करोड़ों रुपयों का लेन-देन होता है ? इस मुर्शीदाबाद बाज़ार में ? ना, आपने तो मन-मिज़ाज़ ही खराब कर दिया। दिल्ली का हाल-समाचार तो आज सुना ही नहीं।'' जाते समय, हकीम साहब मानो बेख़याली में बेहतरीन गुलाबों का इत्र, वहीं छोड़ गए।

वह इत्र अपने आले पर रखते-रखते, महीपति ने कहा, ''लगता है, हकीम साहब अलग से कुछ कहना चाहते थे—''

अज़ीम कश्मीरी ने बेहद खामोशी से, अपनी जेब से एक बदरंग कागज निकाला।

बाँदी बेचने की रसीद ! मोरक्को के व्यापारी मिर्ज़ा इस्पहानी ने हैदराबाद के निज़ाम

से गुलाम-विक्रय का अधिकार प्राप्त करके, चटगाँव के आल्वा फारुक़ी को, गुलरुख़ नामक, पन्द्रह वर्षीय एक लड़की बेची थी। उम्र पन्द्रह साल ! सेहत मामूली ! ख़ूबसूरत भी मामूली ! ख़ास कोई गुण भी नहीं; देह पर कहीं कोई जन्म-निशान भी नहीं था। लेकिन पीठ पर जलने का गोल-सा निशान। निजामी मुद्रा में क़ीमत इक्यावन रुपए। पाँवों पर निज़ाम की बाँदी होने की मुहर अंकित थी।

''दाम, इक्यावन रुपए, पाँवों पर बाँदी होने की छाप ?'' अज़ीम कश्मीरी का कंठ स्वर इतना उत्तेजित क्यों हो आया ?

विस्मित महीपति ने दरयाफ़्त किया, ''मामला क्या है, बताएँ तो सही ?''

''वह लड़की मुझे चाहिए—''

''वह लड़की आपको चाहिए ?''

''हाँ, हाँ, हैदराबाद से चटगाँव, अकिन्याव से मुर्शीदावाद, काम-काज के दौरान बीच-बीच में कितना-कितना तलाश किया उसे, पता है ? कल पता चला वह यहीं है। कासिम बाज़ार से आगे, वनझटिया के रेशम कोठी के साहब के यहाँ।''

महीपति ने कोई जवाब नहीं दिया ! हैरत है ! इंसान को पहचानने में, उनसे इतनी बड़ी भूल हो गई ? उन्हें लगा था इस शख़्स के कपड़े जरूर मैले हैं, लेकिन मन बिल्कुल उजला-धुला है। परिचय की प्रगाढ़ता ने उसका यह ख़याल नष्ट नहीं होने दिया। आज वही शख़्स बन्दी की फर्माइश कर रहा है।

अज़ीम कश्मीरी उनका चेहरा गौर से पढ़ रहे थे।

उनकी आँखें लाल हो उठीं, साँसें ज़रा तेज़।

उन्होंने दबी आवाज में कहा, ''आप जो सोच रहे हैं, वह सच नहीं है।''

''तो सच क्या है ? यह सच नहीं है ?''

महीपति के इस विचित्र-से दार्शनिक सवाल का जवाब अनसुना रह गया। ठीक उसी वक्त राधाप्यारी की संकरी गली की दोनों ओर की नालियों में मरे बदबूदार पानी के छींटें बिखेरते हुए मैदा गोला के पहरेदार, गायों को छोड़ते हुए, हो हैय्या ! हुम-हो ! हो-हैय्या ! के शोर के साथ, झालर-ढँकी एक पालकी, खिड़कीनुमा दरवाजे के सामने आ खड़ी हुई।

जगतपति आचार्य की पालकी !

महीपति हड़बड़ाकर अन्दर महल में दाखिल हुए। भाभी ठकुराइन आई थीं। इस घर में धनी-मानी गृहणियों का पदार्पण बहुत कम होता है। महीपति की बीवी तो आदत से ही हड़बड़िया।

वह बेहिसाब मन्तव्य कर बैठी, ''आज तो भई, गरीब के आँगन में, राजा के हाथी का पाँव पड़ा है—''

जगत-गृहिणी की देह-वपु का आयतन, अहंकार-उफनती भावमुद्रा, कानों की अठलड़ी इयरिंग पर, पर उपमा इतनी सटीक थी कि इसी बिन्दु से अच्छी-खासी कलह शुरू हो सकती थी।

लेकिन हथिनी का कलह की तरफ ध्यान ही नहीं गया। अपने देवर से वह इतनी निःसंकोच बातचीत कभी नहीं करती, इसका भी उसे होश नहीं रहा। उसकी आँखें छलछलाई हुई ! चेहरा परेशान ! तमतमाया हुआ ! शान्तिपुरी, बूटेदार साड़ी का आँचल, आज बेख़याली में, धरती पर लोटता हुआ। उन्होंने आकुल लहजे में सूचना दी, "सर्वनाश हो गया, देवरजी।"

"क्या हुआ ? आप पहले बैठिए तो सही। लीजिए, बैठिए ! अब इत्मीनान से बताएँ, क्या बात है ?"

"अब इत्मीनान कहाँ ?" तराशे हुए इमरतीपाक डिजाइन के सोने के कड़े से अपना माथा ठोंकते हुए उन्होंने जवाब दिया, "इस जनम में शान्ति, मेरे नसीब में ही नहीं है, देवरजी, तुम मुझे इस विपदा से बचाओ। तुम्हारे दद्दा तो कल ही वापस आ रहे हैं। मैं गंगा नहाने के लिए मुर्शीदाबाद गई थी। इधर सोलह कलापूर्ण सर्वनाश हो गया। बूनी, बिना किसी को बताए, चुपचाप आंधारमानिक से भाग खड़ी हुई।"

तो ऐसा कहो न ! अपनी ससुराल गई है—"

"हाय री, फूटी तकदीर ! दामादजी का आदमी तो उसकी खोज-ख़बर लेने और बेटे के लिए कपड़े-लत्ते और सन्देश मिठाई लेकर, आज ही यहाँ पहुँचा है। बूनी तो वहाँ गई ही नहीं ! बच्चे को फेंककर आखिर वह गई कहाँ ? किसके साथ ? तीन-तीन पीढ़ियों तक भंगी के घर बेटी नहीं देंगे, अपने कुलीन खानदान के मुँह पर कालिख नहीं पोतेंगे—वंश-ख़ानदान के अहंकार में चूर, तुम्हारे दद्दा ने बूनी का सर्वनाश कर डाला, देवरजी...

3

वही गढ़े नाना जात, वैश्य-महाजन

चुप ! चुप !"

महीपति ने घबराकर, भाभी ठकुराइन से बिनती की ! उनकी बहन, अभी तक दरवाजे पर हाथ रखे, सारा किस्सा सुन रही थी।

उसने लम्बी उसाँस भरकर कहा, "छोटे कर्त्ता जैसा कह रहे हैं, वैसा ही करें, भाभी ! ये बातें पाँच कानों तक न पहुँचे इससे फ़ायदा क्या होना है ?"

"ऐसी मुसीबत में, अब उपाय भी क्या है, ननदजी ? बूनी ने तो माँ-बाप के मुँह पर कालिख पोत दी !"

"छिः, भाभी !" महीपति ने गम्भीर आवाज में उन्हें बरज दिया।

जगतपति की बीवी ने सायास अपनी सिसकियाँ रोकी। मन के दुःख में, उनकी जुबान पर अचानक गाँव का नाम आ गया, "डरपोक की तरह, खूब तो चुप-चुप कर रहे हो, मगर मैं भला कैसे चुप रहूँ ?"

इस बात का जवाब उसकी ननद दे सकती थी, मगर वह खामोश रही। किसी जमाने में इसी बड़ी बहू ने अपने व्यंग्य वाणों से उसे काफी तकलीफ दी थी। लेकिन यह बदला लेने का वक्त हरगिज़ नहीं था। हज़ार ही, वे ठहरीं खानदारी औरत और ऊँचे वंश की शिक्षा-दीक्षा बिल्कुल अलग होती है।''

कोई झगड़ा-झमेला हुआ था ?'' ननद ने धीर-शान्त मुद्रा में सवाल किया।

''अरे, नहीं, नहीं। बाप तो लाड़-दुलार करते नहीं अघाता था। उससे उनका वंश चलता, तो वे यह कहने से भी नहीं झिझकते—आ, बूनी, आ ! मेरी आँखों की पुतली बनकर मुझमें समा जा ! और नाती को तो आँखों के सामने से हटने नहीं देते थे—''

''लगता है ससुराल के लिए लड़की बावली हो उठी थी—'' छोटी देवरानी ने आड़ से ही अपनी राय झाड़ी।

''ऐसी अजूबी बातें ना करो, छोटी बहू ! इस ख़ानदान की लड़कियों ने क्या, कभी ससुराल का घर आबाद किया है, जो बूनी करती ? मुझे भी कोई एतराज नहीं था, लेकिन बेटी ही नाच उठी। इसीलिए मेरी हिम्मत नहीं पड़ी कि उसे समझाती। अपनी सौतेली बहन-टूनी को देखकर भी उन्हें सबक़ नहीं मिला। बेटी के मामले में फिर वही ज़िद ? तुम्हारे दद्दा की ज़िद, दुनिया ऊपर है, ननदजी। जो ज़िद पकड़ लें, बस्स, पकड़ ही लेते हैं।'' बड़ी बहू ने आँखों पर आँचल रख लिया।

ननद के होंठों पर उदास हँसी बिखर गई।

उन्होंने कहा, ''अरे, भई, ये मरद क्या औरतों का दुःख-व्यथा समझते हैं ?'' उनके इस जुमले में दुःख की लम्बी उसाँस उमड़ आई, ''कुलीन औरतें ही, कुलीन होने का दुःख समझती हैं। वे जानती हैं, उसे क्या दुःख है ! मर्दों की दुनिया ख़ासी बड़ी होती है। औरतों के लिए आँख उठाकर आँगन के ऊपर छाए आकाश की तरफ देखना बहुत बड़ा पाप है। औरतों के लिए बाहर के सभी दरवाजे बन्द होते हैं, इसलिए इनकी औरतें मन-ही-मन सिर्फ घर-गृहस्थी और पति-सम्मान के ही सपने देखती हैं। वैसे उनके सपने शायद ही कभी पूरे होते हों। जिस घर की चारदीवारी में वे जन्म लेती हैं, उसी में दम तोड़ देने को भी लाचार होती हैं। महीपति की बहन को, अहसास था कि ख़ानदानी गर्व से गर्वित, उसके दद्दा ने, अपनी जरूरत के लिए, उसे जीवन-भर अपने यहाँ अटकाए रखा, अनूढ़ा बहन के सामने, बेझिझक अपने दो-दो ब्याह रचा डाले; सात-सात सन्तानों से अपनी गृहस्थी आबाद की। ख़ानदानी, घरानों की बेटियों के दुःख में, राढ़-बंगाल के बाँस-झाड़ से टकरा-टकराकर, हवा-बाताश तक, सन्-सन् की आवाज़ में रोया करते थे।

उसने स्वगत् लहजे में कहा, ''सारी-की-सारी सन्तान मर-झर गईं, ले-देकर यही इकलौती बेटी ही बच रही थी, इसलिए सारा लाड़-दुलार उसी को दे डाला।''

महीपति की निगाहें बहन के चेहरे पर ही गड़ी थीं। वे मन-ही-मन विचलित हो उठे, साथ ही कहीं से आशंकित भी ! अपनी तीस साला बहन की तरफ देखते हुए, कभी-कभी उन्हें भयंकर डर लगता था। उन्हें भरी बरसात में बाँध तोड़कर उमड़ती हुई

नदी का खयाल आने लगा। जितनी भरी-भरी नदी, उतनी ही तेज़ धार ! बारिश के दिनों चोर-बलुका की ढेर ! सर्वनाशी चारे-नदी ! उसका वह उफनता रूप देखकर, उनके मन में सिहरन फैल जाती थी।

''भाभी, आप घर जाएँ ? मैं खोज-खबर लेता हूँ।''

''लेकिन, कर्ता आ पहुँचे, तो...?''

''उन्हें सब कुछ सच-सच बता दीजिएगा—''

''मुझमें तो इतनी हिम्मत नहीं है, देवरजी !''

''हो सकता है, बूनी दो दिनों में लौट आए। हो सकता है, वह पलासी गई हो या फिर दामादजी की तलाश में गोविन्दपुर...लेकिन बूनी में क्या इतना साहस होगा ?''

''है ! जरूर है ! मुझे पता है। अपने बाप की ही बेटी है न ? उसकी नसों में भी वही खून बहता है ! उस हरामज़ादी को अपनी कोख में धरा, इसीलिए वह मुझे इतनी तकलीफ दे रही है ?''

''देखिए, भाभी, इस मामले में आँखमिचौनी खेलना, अच्छी बात नहीं है ? दद्दा नाराज होंगे।''

''यह बात मैं उन्हें कैसे बता सकती हूँ ? ननदजी, तुम चलोगी मेरे साथ ?''

''जाएगी, निदुली ?''

''निदुली, मलिन भाव से मुस्कुराती हुई, अपने हाथ में नारियल-फूलों की जोड़ी घुमाती रही।

उसने हौले से कहा, ''मैं, मैं क्या उनसे बात करती हूँ, भला ?''

उसकी बातों में छिपे विषाद् ने सबको चौंका दिया। आजकल शायद ही कभी वह इतने मृदुल लहजे में बातचीत करती थी। बड़े भाई-भाभी, छोटा भाई, रोगिणी भाभी, लगभग हमउम्र भतीजी, बूनी—आजकल इन सबके प्रति, वह अपने दिल की भड़ाँस निकाला करती थी। मानो इस परिवार के सभी लोगों ने उसके साथ नाइंसाफी की हो।

दोपहर को, खाना-पीना मिटते ही, महीपति कपड़े पहनकर, बाहर निकल पड़े। बीवी और बहन ने सोचा वे भतीजी की खोज में जा रहे हैं। लेकिन घर से बाहर निकलते ही महीपति ने पारिवारिक समस्या को मन के एक कोने में घुसेड़कर, उसे पत्तों से ढँक दिया। वंश में एकमात्र सन्तान होने की वजह से, बूनी को वे भी ख़ासी स्नेह भरी नजरों से देखते थे, लेकिन इस वजह से वे उसके बड़े-बड़े चारित्रिक दोषों के प्रति आँखें मूँदकर, अन्धे होने का नाटक नहीं कर सकते थे। दामादजी के प्रति, बूनी ने नया कुछ नहीं किया। लेकिन यह सब सोचने की फुर्सत किसे थी ? राधाप्यारी गली के सामने से क़तार-दर-क़तार पालकियाँ गुजरती हुई ! वे एक पालकी पर सवार हो गए। सन्दूक के अन्दर जैसे कई-कई ओने-कोने होते हैं, जिन्हें एक-एक करके बन्द भी किया जा सकता है, महीपति के मन में भी वैसे ही कई-कई चोर-तहखाने मौजूद थे। फिलहाल पारिवारिक चिन्ता-फिक्र उन्हें अप्रासंगिक लगी, इसलिए बूनी के बारे में भाभी और दद्दा को क्या कहा जाए, यह खयाल उन्होंने दर-किनार कर दिया। वे पालकी से टिककर बैठ गए।

महीपति ने अपने स्वभाव को स्वच्छन्द कभी नहीं होने दिया, निरन्तर अभ्यास के जरिए उसे हमेशा नियन्त्रण में रखा।

सैय्यदाबाद की राह-राह पर पानीदारों का आना-जाना ! यह उनके ताँबे की ढक्कनदार कलसी में, घर-घर गंगाजल पहुँचाने का समय था। निष्ठावान् हिन्दू परिवार चैत-बैसाख के महीने में अपने-अपने घरों के सामने का रास्ता गंगाजल से धोते थे और दरवाजे पर पीने के पानी का घड़ा बिठाकर, राहगीरों को पानी पिलाकर पुण्य-लाभ करते थे। उनकी अलस निगाहें दोपहरी के जन पथ पर गड़ी रहीं। अचानक महीपति अचकचा गए। हैरत है ! निदुली का चेहरा अपनी आँखों के सामने से हटा क्यों नहीं पा रहे थे ? छुटपन में वह काफी नींद-कातर थी, इसीलिए उसका नाम निदुली पड़ गया। उनका खयाल था, एकमात्र वही निदुली को प्यार करते थे। लेकिन वह लड़की क्या उन पर भरोसा करती थी ? सचमुच कमाल है ! बूनी के दूल्हे के साथ, उसका ब्याह बिल्कुल पक्का हो चुका था। बीच में डाका डालकर दद्दा ही उसे लड़के को उड़ा ले गए और चपट अपनी बेटी को ब्याह दिया। खैर, उसका ब्याह तो उसके बाद भी हो सकता था। ऐसे अनगिनत ब्याह होते रहते थे। लेकिन निदुली ने किसी शर्त पर भी अपना दरवाजा नहीं खोला। उसने किसी की एक नहीं सुनी।

हाँ, महीपति के सामने घुसते संक्षिप्त-सी वितृष्णा व्यक्त की थी, "छिः—"

उसके बाद, उसके लिए सुयोग्य वर का इन्तज़ाम नहीं हो सका। जगतपति दूर जरूर बसे थे, लेकिन, आज भी वही परिवार के कर्ता-धर्ता और सबके अभिभावक थे। मगर, यह तो बहुत बाद की बात है। यूँ भी वे हर वक्त बीवी और बेटी के खयाल में ही डूबे नहीं रहते थे। असल में जगतपति का जगत वे स्वयं थे।

महीपति ने निगाहें उठाकर देखा। वाराणसी बासाक की कोठी में पालकी दाखिल हो रही थी।

वाराणसी बसाक ! समृद्ध रेशम व्यवसायी। पूरा परिवार सैय्यदाबाद में रखकर, अपनी जवान बीवी के साथ, वे मुर्शीदाबाद में बस गए थे। वैसे सैय्यदाबाद, वे अक्सर आते-जाते रहते थे। भागीरथी नदी के चौड़े सीने पर, उनकी बड़ी-बड़ी नावें, हर साल रेशम की गाँठें, तसर, गरद और निम्न क्वालिटी मारकिन के कपड़े, लादकर उत्तर भारत की वाराणसी और पूर्व में ढाका-चटगाँव तक आती-जाती रहती थी। क्या नवाब, क्या जगत सेठ—सबसे उन्हें कारोबार चलाने का अनुमोदन मिल चुका था। स्वाधीन और ईमानदार तरीके से धन्धा करते हुए, वाराणसी बसाक परम सन्तुष्ट थे। उन्हें बखूबी मालूम था, उन जैसे लोग ही निज़ामत के आपसी बल-भरोसा हैं, हालाँकि बाहर सिर्फ अमीर-उमरा लोगों का हो-हल्ला ही ज्यादा मुखर रहता था। इस मुल्क में असली तौर पर, रुपए जुटाते थे—जमींदार और मुट्ठी-भर व्यापारी। जो लोग रुपए देते थे, नवाब उनसे बेहतर रिश्ते बनाए रखने के हिमायती थे। महीपति को याद आया, अभी हाल ही में उन्हें यह ख़बर मिली थी कि देशी-विदेशी, हर तबके के व्यापारियों को बराबर-बराबर सुख-सुविधा प्राप्त हो। नवाब साहब आजकल इस तरफ ज्यादा ध्यान दे रहे थे।

जिस लम्बे-चौड़े विशाल फूल बागान में एक नन्हा सा जलाशय स्थित था और जिस जलाशय के स्थिर-काले जल में, उस सुरम्य घर की छाया हौले-हौले काँप रही थी, जिसकी सफेद छाया पर नन्ही-नन्ही मछलियों का झुंड किलोलें कर रहा था, उस कोठी के दरवाजे पर बैठा, प्रशान्त वपु, बघेला राजपूत दरवान, मछलियों को खिलाने के लिए, आटे की गोलियाँ बनाने में दत्तचित्त था। उसके श्रद्धाजनित अभिवादन की उपेक्षा करते हुए, महीपति कोठी के अन्दर दाखिल हुए।

चारों तरफ निगाहें दौड़ाते हुए, उन्होंने किंचित हँसकर कहा, ''वाह ! यहाँ तो चाँद का हाट लगा हुआ है—''

कमरे में सेठ, बसाक, साधु, चन्द शंख व्यापारी, काँसा-पीतल के व्यवसायी और सैय्यदाबाद, खगड़ा और मुर्शीदाबाद के चन्द लोग मौजूद ! प्रशस्त फर्श ! एक तरफ अज़ीम कश्मीरी और बंग प्रवासी, तातारवासी, अस्त्र व्यवसायी, अलग-अलग आसनों पर विराजमान ! क़िस्म-क़िस्म के क़तार-दर-क़तार हुक्के सजे हुए ! जीर्ण-शीर्ण देह ! कृष्णकाय ! धारदार आँखें ! लगभग बूढ़े वाराणसी बसाक, खौलती घी में, गोल मिरच की तरह ! उछल-उछलकर आगत मेहमानों का स्वागत कर रहे थे। गले में सोने की चेन और रुद्राक्ष की माला ! कानों में सोने की नीम-काठी। बेचैन मुद्रा में घूमते-घूमते बीच में तारीफ के लहजे में अहा ! अहा !'' करते-करते, सीप के सहारे पुटुर-पुटुर घमौरियाँ फोड़ते रहते थे।

बसाक ने ही महीपति की बात का जवाब दिया, ''हाँ, चाँद तो है, मगर अमावस का चाँद !'

''क्यों ?''

''अरे, चाँद क्या खुद रोशनी देता है, आचार्जी साहब ? एक नहीं सौ-सौ चाँद भी उग आए, तो भी रोशनी नहीं हो सकती, अगर दिवाकर यानी सूरज मेहरबान ना हो। खैर, किरीटेश्वरी की कृपा से, अब जाकर सूर्य उदय हुआ है।'' ऐसे लच्छेदार बातों के प्रयोग पर खुश होकर, वहाँ मौजूद सभी लोग, उनकी तारीफ में वाह-वाह कर उठे।

''अब बैठने की अनुमति दी जाए—'' यह कहते हुए महीपति बैठ गए।

महीपति आचार्य, इन लोगों की और इस देश की दिवानी के अन्यतम नियन्ता जगत सेठ जैसे लोगों के बीच खास सेतुबन्ध थे। जो लोग बड़े और उनसे बड़ों के बीचोंबीच चलना जानते हैं, उन्हें ही असली चालाक कहते हैं। इन दिनों माध्यम यानी मध्यस्थ की भूमिका काफी अहम् हो उठी थी।

''अब ज़रा ख़बर-वबर हो जाए।'' वाराणसी बसाक ने उम्मीद भरी नजरों से देखा।

बुजुर्ग वस्त्र-व्यापारी हीरालाल सेठ, तकिए से टेक लगाए, पड़े हुए थे। गोरा रंग ! स्थूलकाय, गठा हुआ बदन ! मिरजई की बँधी गाँठें चीरकर, उनकी तोंद बाहर नज़र आती हुई ! मानो अलग से एक तकिए पर, पगड़ी बँधा कोई मुंड उग आया हो।

उन्होंने आँखें मूँदे-मूँदे की फरमाया, ''ज्यादा कुछ नहीं जानना, भइए ! मगर घाट-शुल्क, राह-शुल्क, बाज़ार-शुल्क, इतने रक़म-रक़म का दंड अब नहीं भरा जाता !

क्या खयाल है, दोबारा युद्ध-टुद्ध लगेगा, बिरादर ?''

''क्यों ? युद्ध क्या ख़त्म हो गया ?'' महीपति ने कौतुकी लहजे से पूछा।

''क्या कहा ? ख़त्म नहीं हुआ ?'' हीरालाल सेठ तड़ाक् से उठ बैठे।

''और नहीं तो क्या ? इतना-इतना बम फटा, पटाखे छूटे, सौलदजंग को इतने सारे रुपयों का नज़राना दिया गया...वह क्या झूठमूठ ही ?''

''ओफ हो ! कटक की जंग के बारे में कौन बात कर रहा है ? सुनने में तो यह आया है कि राधाघाट में, गद्‌दी पर बैठे-बैठे, आप गिद्ध-चीलों से जंग भी करते हैं और तदबीर के पैसे खा-खाकर, आपका मुंशी और सेठ बनता जा रहा है।''

''ह : !'' हीरालाल सेठ दोबारा लुढ़क गए, ''बलिहारी है, आपके नक़ल उतारने की ! ना, ना, लड़ाई-दंगे से मैं बेहद डरता हूँ, बिरादर ! शुल्क अदा करते-करते, मेरी तो जान ही निकली जाती है, इसीलिए पूछ रहा हूँ—''

सभी लोगों की नज़रें महीपति पर टिक गईं, मानो उन्हें सारी ख़बर हो। चूँकि वे अभी-अभी दिल्ली का चक्कर लगाकर लौटे थे, इसीलिए उन्हें नई-ताजी ख़बरों की जरूर जानकारी होगी। महीपति ने खासा गर्व महसूस किया। लोग-बाग जिनकी इतनी इज्जत करते थे, उन लोगों से सम्मान पाकर, उनका मन उत्फुल्ल हो उठा। आत्मविश्वास की कोई अवधि नहीं होती।

उन्होंने ईषत् हँसकर कहा, ''अब युद्ध की सम्भावना कहाँ है ?''

वृद्ध सिपर, इतनी देर से काफी कौतूहली निगाहों से उन लोगों की बातचीत की रस्साकशी पर गौर कर रहे थे। वे मन-ही-मन हताश हो आए। धत्तेरे कि ! अगर जंग नहीं छिड़ी, तो दमास्का, कार्दोमा गुजरात, लाहौर, गुलबर्गा वगैरह से छूरी-छुरे, भाले, बर्छे, तलवार वगैरह मँगाने से क्या फ़ायदा ? इन हथियारों की आयात पर, टैक्स कुछ कम तो नहीं लगता।

महीपति की बातचीत के अन्दाज़ से, वे समझ गए कि जंग छेड़ने लायक गँवार, गोविन्द-विरोधी अभी नजर नहीं आ रहे हैं। वे परेशान हो उठे। वाकई, अगर जंग ही नहीं छिड़ी, तो इतनी-इतनी कमान-बन्दूकों का क्या होगा ? नवाब भी लाखों-लाखों की फौज, झूठमूठ भला क्यों पालते ? इधर जंग छेड़नेवाले विरोधियों का भी कहीं, कोई अता-पता नहीं था।

''काफी सोच-विचार के बाद उन्होंने दरयाफ़्त किया, ''क्यों, निज़ाम आसिफ खाँ ?''

जवाब में, वाराणसी बसाक ने औरतों की जमात की लीडर की तरह, औरताना मुद्रा में हाथ नचाते हुए कहा, ''निज़ाम की तो कमर ही टूट गई है, समझे, शेख साहब ?''

सिफर मानो दुखी हो आए। अगर निज़ाम की ही कमर टूट चुकी है तो, उनके मँगाए हुए बन्दूकों के कुन्दे भी तोड़-ताड़कर चकनाचूर कर दें, तो बेहतर होता। कमर टूटने का असली मायने भी वे नहीं जानते। सरफराज़ के नाते-रिश्तेदारों को अलीवर्दी

के भतीजे के खिलाफ उकसाने की कोशिश, अब धूल में मिल चुकी थी। निज़ाम अब हीनबल हो चुका है, सिपर यह सच्चाई समझने को राजी नहीं थे।

वाराणसी बसाक ने दोबारा कहा, "अरे, भई उम्र हुई तो क्या हुआ, नवाब में अभी भी काफी दम-ख़म है।"

हीरालाल सेठ ने कहा, "इस बार जो कांड हुआ, वह तो कुछ भी नहीं है, असल में बंगाल सूबों का, यह कटक शहर ही बेहद विचित्र है ! वहाँ क़दम रखते ही लड़ाई का समा बँध जाता है।"

वाराणसी बसाक को मानो ख़याल ही नहीं रहा कि अज़ीम कश्मीरी और सिफर वहीं मौजूद है।

उनकी ज़ुबान से अचानक यह जुमला फिसल गया, "भई, जिसकी जिसमें जीत ! वे लोग आखिर गर्म देश के लोग ठहरे ! उनका खून हमेशा ही खौलता रहता है ! वे लोग जंग के अलावा और कुछ नहीं समझते।"

महीपति ने छूटते ही कहा, "खैर, छोड़िए ! अभी निकट भविष्य में, किसी क़िस्म के दंगे-हंगामे की सम्भावना नज़र नहीं आती ! यह नवाब बेहद ज़बर्दस्त जीव है। इसके सामने आँय-बाँय करने से कोई ख़ास फ़ायदा नहीं होगा।"

"सुविधा की खूब कही।" युद्ध नहीं होगा यह सुनकर हीरालाल परम निश्चिन्त हो आए, "सुनिए मैं सबके सामने ही कह रहा हूँ, बाज़ार से लगी हुई गंगा नदी की मिट्टी, हम सब, एक-एक बार, एक-एक जन काटते रहते हैं। पिछले साल दुगनी कौड़ी दूही गई। यह काम ठीक नहीं हुआ। इस बार तूतेपट्टी की बारी है। मुझे अभी से पता चल चुका है कि इस बार बागदी कमबख़्तों को ज्यादा गर्मी चढ़ी है। उन्हें दोगुनी कौड़ी चाहिए, तेल-सुपारी भी चाहिए, "मिट्टी काटने की बात थी, घाट पक्के कराने की तो बात ही नहीं हुई थी"—इसी क़िस्म की आँय-बाँय-शाँय बातें करते हैं।"

वाराणसी ने जवाब दिया, "हाँऽ कौड़ी फेंके, तो भला लोगों की कमी है ? सूती गाँव में खबर करते ही, सौ-दो सौ लोग ऐसे ही दौड़े चले आते हैं। इसके अलावा चिड़ीमार सन्थाल लोगों का भी भला और दूसरा काम भी क्या है ? इन दिनों वे लोग राजमहल में, जंगल की सफाई करते, अक्सर दिख जाते हैं। उनसे बात कर ली जाए—"

हीरालाल खीज उठे, "खैर, यह तो सभी जानते हैं, लेकिन बात यह है कि मुर्शीदाबाद यह सैय्यदाबाद, खगड़ा, उत्तमगंज जैसी जगहें, बिल्कुल पड़ोस में हैं। वहाँ हम सब मिल-जुलकर कारोबार करते हैं। दूसरे-दूसरे लोगों की तो बात छोड़ें, कोठी के फिरंगी, सूरत के बनिए लोग—सब यही कहते हैं कि सप्तग्राम के बाद ही मुर्शीदाबाद ! इसके आगे तो, रुपइयों का गौरव भी लजा जाए—"

"हाँ, आप ऐसा कह सकते हैं, यही सच है।" अज़ीम कश्मीरी ने शान-भरा मन्तव्य जड़ा और उनकी आँखें दीवाल पर सजे पंख-सीप की शोभा देखने में मगन हो गईं।

"अरे, भइए, गंज क्या यूँ ही बन जाता है ? व्यापारियों की कोशिशों से ही न, गंज की शोभा बढ़ती है।"

चारों तरफ से हुँकारी का स्वर गूँज उठा। यह बात बिल्कुल स्पष्ट हो गई कि चैत की आग बरसाती, चिलचिलाती धूप में, जो लोग यहाँ जमे हुए थे, उनमें से कोई भी, इस बारे में भिन्न मत नहीं था। हाँ, यह बात तो सभी जानते थे कि व्यापारियों की कोशिश से ही गंज की शोभा बढ़ती है। इसके अलावा देश की समृद्धि के मूल में व्यापारी-व्यवसायी लोगों की चेष्टा का मोल, कुछ कम नहीं था। विदेशियों को यह खुशफहमी थी कि उन्हीं लोगों ने यहाँ आकर, भारत के लिए सागर-पार की दुनिया से व्यापार की राह खोली। लेकिन उनलोगों को यह जानकारी नहीं थी कि, अनादि-अनन्तकाल से, इस देश के लोग गए-नए बन्दरों की तलाश में, अपने-अपने व्यापार की नाव, अनजान दिशाओं में बहाते रहे हैं। अगाड़ी-पिछाड़ी तेल-सेन्दुर से आँखें आँककर, बनिया समुदाय मनौती करता है—ध्रुवतारा भी अगर मुसीबत के बादलों से ढँक जाए, फिर भी उनकी नाव, दिव्यदृष्टि के सहारे अतल के निकष काले अँधेरे में, अपनी राह खोज ले। यह मनौती क्या आज की है ? सिर्फ कालिकट, सप्तग्राम और ताम्रलिप्त की क्या इक्के-दुक्के बन्दर हैं ? ईरान, ईराक, अरब देशों से होते-होते, बलूच डाकुओं के देशों से गुजरकर, अपने-अपने कारवाँ समेत, जो व्यापारी यहाँ आते हैं, उनके किस्से-कहानियों में जाने कितने-कितने बन्दरगाहों का जिक्र होता है। यह बात भी सभी जानते थे कि जो लोग कारोबार चलाते हैं, उन्होंने खुद ही आदिकाल से ऐसे-ऐसे नियम-क़ानून गढ़ लिए हैं, जिनके जरिए सारा कुछ उनके क़ब्जे में रहे। वक़्त के तकाजे पर उनमें थोड़ा-बहुत परिवर्तन जरूर करना पड़ा है, बस, यहीं तक ! भाषाई मेल भले न हो, मगर सेठ, बसाक की बातें, जैसे भड़ोच, सूरत और काम्बे के व्यापारी समझते हैं, वैसे ही आलिम, प्रवीण फ्रांसीसी फिरंगी भी समझ रहे थे। खैर, यह बातें तो पहले से ही जानी-सुनी हुई थीं, हीरालाल आज नया क्या कहना चाहते हैं ?

महीपति आचार्य ने मीठे लहजे में कहा, "जो लोग अपने जात-कारोबार के शुभ-अशुभ पर नजर रखते हैं, वही कारोबार तो ज़िन्दा रहता है।"

अचानक उन्हें एक अप्रासंगिक घटना की याद हो आई। सपरिवार राजमहल जाते हुए, रास्ते में एक जगह उनलोगों ने अपनी नाव बाँध दी। बूनी अपनी मैना को नहला रही थी। लो, वह मैना एकदम से फुर्र हो गई। महीपति ने उसे लाख समझाया—"रुक जा, तुझे खंचिया-भर मैना ला दूँगा, वह मैना उड़ गई, तो उड़ जाने दे।" लेकिन बूनी, सुनने की तैयार नहीं थी। उसे और कुछ नहीं चाहिए, वही उड़ती हुई मैना चाहिए। "आकाश में उड़ती हुई वही मैना पकड़ दो—" यह गुहार लगाते हुए, बूनी बेभाव रोती रही। हरी-हरी घास पर, पीली डोरिया की साड़ी का आँचल फहराकर वह सुबक-सुबककर रोती रही। माथे का सिन्दूर लिप-पुतकर एकाकार ! उसकी यह ज़िद देखकर, महीपति गुस्से से भर उठे। लेकिन गुस्से के साथ-साथ उन्हें यह भी अहसास होता रहा कि कुल आठ साल की पुचकी छँउड़ी, उसे भला कोई कांड-ज्ञान है ?

नाव की हिलोर में, भाभी की तबीयत बिगड़ने लगी, इसलिए वे लेटी हुई थीं। दद्दा, नौकर से पैर दबवा रहे थे। लाचार महीपति को ही बूनी का हाथ थामे-थामे,

चिड़िया के पीछे जाना पड़ा।

उन्हें याद आया, मैना खोजते-खोजते, बूनी पान के खेत में जा घुसी। किसी जमाने में चाँदी की लौंग पहननेवाली बसई औरतों का एक दल उस वक्त जंगल में मौजूद था। वे औरतें एकदम से भड़क उठीं। बूनी उनके खेत से घुसकर पान के पत्ते तोड़ रही थी।

जगतपति ने उलटे, उन औरतों को डपटते हुए कहा, ''बच्ची, अनजाने में जा घुसी थी, इसमें कोई गुनाह नहीं है।''

लेकिन जाति-कर्म के शुभाशुभ का ज्ञान औरतों में भी कम नहीं था।

एक अदद पान-खेतिहर ने तमककर जवाब दिया, ''पान खेत में कोई लड़की क़दम रखती है भला ?''

अचानक इस वक़्त उन्हें बूनी का ख़याल क्यों आया ? आज बसई लोगों का प्रसंग छिड़ा था, इसलिए ? महीपति ने नजरें उठाई। हीरालाल कुछ कह रहे थे।

''इस वक्त मैंने जो यह प्रसंग छेड़ा है, इसकी एक ख़ास वजह है ! हम ऐसा कोई काम नहीं कर सकते, जिसकी वजह से भविष्य में लोगों को परेशानी हो। सवाल यह है कि शंखारीपट्टी के नवीन साधु जैसे महाजनों के रहते, अललूटप्पू घाट-मजूरों को दोगुनी कौड़ी क्यों दी गई ? क्या यह हमेशा की रीत नहीं बन जाएगी ? उन लोगों के बिना अगर हमारा काम नहीं चलता, तो हमारे बिना उनका भी काम कहाँ से चलेगा ? युद्ध-युद्ध करके, ऐसे ही घाट का महसूल बढ़ता जा रहा है, अब घाट मजूरों की क़द्र ज्यादा है। नद्दी के किनारे बाँध-बाँधकर, वे लोग कुछ कम तो नहीं कमाते। इतने-इतने हाथी-घोड़े, सिपाही-लश्कर का आना-जाना लगा ही रहता था। घाट बाँधने का काम तो रोज़ ही रहता है। लेकिन यूँ अचानक दस्तूर बढ़ाना ठीक नहीं। शहर-बाजारों में, इन छोटी जातवालों का दुःसाहस बढ़ जाता है।''

वाराणसी ने कहा, ''अरे, भइए, दस्तूर क्यों बढ़ाने लगा ? आजकल रोज़-रोज़ का लड़ाई-झगड़ा तो लगा नहीं है...?''

नवीन साधु के मन में कहीं ईषत् अपराध-बोध जाग उठा, इसलिए वे गुस्से से फट पड़े, ''देश में इतनी अराजकता फैली है, छोटी जात का दुःसाहस बढ़ जाए, इसके लिए भला किसी बहाने की जरूरत होती है ?''

अज़ीम कश्मीरी अचानक बोल उठे, ''अराजकता की खूब कही ! अराजकता कब नहीं थी ? लेकिन जो लोग व्यवसाय-वाणिज्य में लगे हैं, उनमें आपस में कोई समझौता होना भी तो जरूरी है।''

हीरालाल सेठ ने लम्बी-सी उसाँस भरी, ''ये फिरंगी ही ख़ासे ऐश में हैं। कमबख़्तों ने सूतानूटी में ऐसा धन्धा-फाँद लिया है कि फरासमंगा, चुचंड़ा शहर तक काने होनेवाले हैं।''

वाराणसी बसक ने कहा, ''अरे, नहीं भई, यह नहीं होने का ! नवाब के मगज़ में बुद्धि है, तेजी भी है ! कोठी के साहब-बहादुरों का एकछत्र राज है। उन्हें भड़काकर मुँह के आगे, रेत से तेल नहीं मिलेगा।''

नवीन साधु ने चुटकी बजाकर कहा, ''पहले के मुक़ाबले हम लोग पहले से ज्यादा

सुखी हैं, यानी शेखी के राज में जितनी दूर तक सुखी रहा जा सकता है।''

उनके इस मन्तव्य में रुचि का आभाव था, जो सबके कानों को चुभ गया।

वाराणसी से सकपकाकर कहा, ''हाँ, भइए, अब जंग-वंग न छिड़े तो जान बचे। राजा-राजा लड़ेंगे, बेचारा उल्लू इस अन्देशे से ही परेशान है।''

नवीन साधु ने भी उत्साहित होकर कहा, ''अरे, सुख-शान्ति से रहें इसमें क्या कम आराम है ? मेरे लोग-बाग़, केष्टोनगर में क्या कमाल का व्यापार कर रहे हैं, अन्नदा पूजा में घर-घर क्या धूमधाम होता है। इसके अलावा, बूड़ी गंगा के उस पार, इन दिनों सरस्वती पूजा का मौसम है। हमें और क्या चाहिए, शान्ति से राह-सड़क पर चल-फिर सकें, बस, इतना ही...''

नवीन साधु को युद्ध से बेहद डर लगता था, क्योंकि उनके पास अच्छी-ख़ासी पूँजी जमा हो गई थी। जाने कब उनके धन-सम्पत्ति पर किसी की नजर पड़ जाए, वे इसी अन्देशे से बौखलाए रहते थे। ख़ासकर, यह फतेहचन्द आदमी सीधा-सादा नहीं था। कौन, कितने रुपयों का व्यापारी है, इसका हिसाब-किताब उसकी उँगली की पोरों पर रहता था।

इस बीच हीरालाल ने सबको चौंकाते हुए, सवाल किया, ''आप इतना डरते क्यों हैं ? अरे, जहाँ-जहाँ कोराबार की कौड़ी बिछी होगी, हम वहीं पहुँच जाएँगे। युद्ध एक जगह ध्वंस करता है, तो दूसरी जगह सृजन भी करता है।''

खैर, यह जुमला वे ही कह सकते थे, क्योंकि जब, जहाँ, जो भी जगह बड़ी हुई, फलने-फूलने लगी, उनके ख़ानदान के लोग पीढ़ी-दर-पीढ़ी, वहाँ-वहाँ धन्धा शुरू करने के लिए पहुँच गए। दिल्ली, ढाका, अज़ीमाबाद—सैकड़ों शहरों को उन लोगों ने उठते-गिरते देखा था। उनकी लक्ष्मी वहीं किसी ज़मीन से बँधी हुई नहीं थी, इसलिए किसी एक जगह के लिए अंधा-मोह, हीरालाल के स्वभाव में ही नहीं था।

ऐसे में महीपति ने कहा, ''भई, मैंने जो हाल-समाचार सुना, उसके बाद निश्चिन्त नहीं हुआ जा सकता।'' कुछेक पल ठहरकर उन्होंने दोबारा कहा, 'अफवाह जोरों पर है ! भयंकर युद्ध छिड़ेगा ! बस, समझो कि छिड़ने ही वाला है। आज या कल, कभी भी युद्ध का एलान हो जाएगा।''

4

इतना बल-छल, देवी कराल क्रोध भरी

हीरालाल और वाराणसी जैसे लोग, जब अपनी कूटचाल से, सैय्यदाबाद की हवा गर्म कर रहे थे, इधर अपने घर लौटने के लिए, नवाब मेदिनीपुर के सीमान्त तक आ पहुँचे थे। चैत का महीना ! शाम का वक़्त ! जाने कौन लोग हजारहा गड़बड़ी फैलाकर, रहे-सहे चैन की धज्जी-धज्जी करने में लगे हुए थे।

क़तार-दर-क़तार कनातें पड़ी हुईं। लाल मिट्टी पर सफेद-सफेद तम्बू ऐसे नजर आ रहे थे, मानो सैकड़ों-हजारों लहरें हों। नवाब सफ़र का मतलब है कि मानो शहर-का-शहर सफ़र पर हो। हज़ारों-हज़ार सिपाही हज़ारों-हज़ार सवार ! शुक्र है, ऐसी गर्मी में लोग खुले मैदानों में सो रहते थे। यही गनीमत है। कनातों के बीच, नवाब की कनात सबसे ऊँची नजर आ रही थी। दूधिया सफेद कनात की गुम्बद पर लाल-सुनहरा मुकुट। इतने सारे लोगों के खाने-पीने का इन्तज़ाम ! घोड़ों की खिदमत-तदबीर ! हाथियों के लिए तालाब-पोखरों की खोज़ ! बंगाल के नवाब का हाथी, मिज़ाज़ में दिल्ली का बादशाह ! ठंडा पानी अपनी सूँढ़ से खींचकर, अगर अपने सिर पर न ढाले, तो जंगी हाथी का दिमाग ही ठंडा नहीं होता।

दिन के अन्त में, शाम होने से पहले ही, नवाब के साथ-साथ चलमान जुलूस में आराम करने के लिए हो-हल्ला मच गया। उधर कनात के सामने, गलीचे पर कुर्सी जमाकर, स्वयं अलीवर्दी विराजमान थे। शाम की नमाज पढ़ने के बाद, अब वे बिल्कुल फिटफाट तैयार थे। कौन कहेगा कि वे चौंसठ साल के हो चुके हैं। देह में कभी, कहीं बूँद-भर भी मुटापा नहीं था। कभी उनका रंग काफी गोरा रहा होगा। अज़ीमाबाद से कटक, दिल्ली से राजमहल, जगह-जगह की धूप खा-खाकर, अब बिल्कुल और ही रंग निकल आया था। बेहद तीखी निगाह, बाज पक्षी की तरह तेज और तीक्ष्ण ! कन्धे और कलाई से साफ जाहिर था, उनका समूचा शरीर इस्पात से गढ़ा गया हो। कर्पूर सुवासित शरबत की घूँट भरते हुए, उनकी निगाहों में प्यार-ममता की छाया।

उनकी निगाह नीले रंग की कनात की तरह गढ़ी हुई थी। नीली कनात के शिखर पर ज़र्द रंग की पताका। मानो सोने के मुकुट जैसी मिलती-जुलती हुई ! कनात के अन्दर बंगाल की सम्राज्ञी, अलीवर्दी की बेगम आसीन थीं ! सामने खुले मैदान में दरबार लगा हुआ था। डच्‌ उद्योगपतियों द्वारा उपहार में दी गई, गद्‌दी-मढ़ी नक्काशीदार कुर्सी ! आजकल वह कुर्सी मिर्जा का सिंहासन थी। गद्‌दी पर आसीन होकर उसने अपना दाहिना हाथ, घुटनों पर टिका रखा था। अपने नानाजान को जिस मुद्रा में बैठा हुआ देखता था, वह भी उसी मुद्रा में बैठने की जिद ठाने हुए था। उसके सामने, सम्मानजनक दूरी रखकर, दरबार में प्रार्थी-प्रत्याशी खड़े थे। वहाँ के हवा-बताश में अजीब सा शोर मचा हुआ था।

"ये लोग कौन हैं ?" अलीवर्दी का अलस प्रश्न गूँज उठा।

"ये सब चिड़ीमार हैं, हुजूर !" खास खिदमतगार, हैदर ने जवाब दिया।

सुदूर दिल्ली में...कहीं सुदूरतर अतीत में, जिनके साथ, मिर्ज़ा मुहम्मद अली ने अपनी यात्रा शुरू की थी, हैदर उन्हीं लोगों में शामिल बन्दा था। उस जमाने में औरंगजेब के साहबजादे, सुलतान मुहम्मद आजमशाह की मेहरबानी से, मिर्ज़ा मोहम्मद अली को दिल्ली के पीलखाने और जरदोज़खाने की जिम्मेदारी सौंपी गई थी। जरदोज़खाने में हैदर के अब्बू का काम था। सोने और चाँदी की जरी की जाँच-परख करना ! उँगलियों से ही हिला-डुलाकर परखते हुए, वह फौरन बता देता था कि कौन सी जरी असली है और

कौन सी नक़ली ! जाँच-परख के बाद, वह तहाई हुई जरी, ज़रदोज़खाने के, मालखाने में रखी सन्दूकों में सहेजकर रख देता था। जिस तरह राजा-बादशाहों की अजमेराबादी, हैदराबादी, जौनपुरी, उदयपुरी बेगमें हुआ करती थीं, उसकी भी ख़िदमत के लिए तीन-तीन बाँदियाँ मौजूद थीं। उनके नाम भी काफी चुने हुए थे। फैजाबादी, मुरादाबादी, डमनपुरी ! उसके पास भी बन्दे-ग़ुलाम, दास-दासी और दो-दो अदद पालकियाँ थीं। चाँदनी चौक के छोटे-छोटे कमरों में, कबूतर के दर्बों जैसी, नन्ही-नन्ही खिड़कियोंवाले, दो-मंज़िले महल।

लेकिन हैदर वहाँ कभी नहीं मिलता था। वह तो पीलखाने के आसपास, मिर्ज़ा मुहम्मद अली के साथ-साथ लगा फिरता रहता था। ऐसे ही काफी सारा वक्त गुजरता गया। उस दिन का मिर्ज़ा मुहम्मद अली, शतरंज की गोटियों की तरह, चाल-बदल करते-करते, एकदम से बंगाल का नवाब बन बैठा। वह तो हैदर की क़िस्मत को सँवारने को तैयार था। लेकिन हैदर ने अपनी राह खुद ही चुन ली। वह नवाब की ख़िदमत में ही बना रहा।

अब अलीवर्दी को लगता था, हैदर के बिना, उनका एक पल भी नहीं चलेगा। हैदर के हाथों में इतने सारे ग़ुलाम-बन्दे थे, मगर नवाब की ख़िदमत की जिम्मेदारी, वह किसी दूसरे ग़ुलाम पर नहीं सौंपता था। हर वक्त फिट-फाट, चुस्त-दुरुस्त। उम्र पचास साल से ऊपर ! ठिगनी; दुबली-पतली देह। इसके बावजूद उसमें जड़ता और आलस्य का लेशमात्र भी नहीं था। उसके बिना नवाब साहब की ही आँखों पर अँधेरा क्यों छा जाता था, इस सवाल को लेकर मुस्तफा खाँ, अफगान, मुसाहब और मीरज़ाफर तक, हर वक्त उधेड़बुन में उलझे रहते थे।

अनगिनत लोग अनगिनत तरह की बातें करते थे।

मन्द-मन्द मुस्कुराते हुए, हैदर ने यूसुफ अली से दरयाफ़्त किया, ''आप ही बताएँ, मालिक, जितने मुँह, उतनी बातें। मैं नाचीज़ उनलोगों को भला क्या जवाब दूँ, बताइए तो ?''

''कह दिया करना, नए जूते-कपड़ों के मुक़ाबले पुराने जूते-कपड़े ज्यादा आरामदायक लगते हैं। क्यों ? इसलिए कि तुम्हें इन्हीं सबकी आदत है। तुम्हें इसी में आराम मिलता है। तुम भी नवाब साहब के लिए, उसी क़िस्म की आदत हो। तुम्हारी सेवा-टहल में उन्हें ज्यादा आराम मिलता है।''

ऐसे किताबी लोगों की बातें सुनकर हैदर महा-चिन्तित हो उठा।

उसने सिर खुजलाते हुए कहा, ''हुजूर, पुरानी चीज़ जब पुरानी हो जाती है, तो लोग उसे फेंक भी तो देते हैं ?''

''ओफ ओ ! नवाब साहब भला तुम्हें फेंक देंगे ? मैंने जो कुछ कहा, वह तो उन्हीं की बात दोहरा रहा था। अरे, इंसान को क्या बात-बात पर फेंक दिया जाता है ?''

उनका जवाब सुनकर, हैदर होंठ दबाकर मुस्कुराया। उसकी छोटी ज़ुबान से बहुत बड़ी बात निकल गई, ''अरे, हुजूर, हिन्दुस्तान के सबसे बड़े सूबे का शाहंशाह बनने के

लिए, आज का यह कामकाजी बन्दा, कल निकम्मा भी तो साबित हो सकता है। तब उसे फेंक देने के अलावा और कोई उपाय नहीं होता।''

''ठीक !'' युसूफ ने सिर हिलाकर कहा, ''तुमने लाख टके की बात कही। वैसे जब तुमने यह बात छेड़ी ही है, तो तुम्हें यह बता दूँ, फेंकते उस आदमी को हैं, जो तरक्की की राह में काँटा होता है। तुम्हारे सन्दर्भ में तो यह ख़ौफ नहीं है, हैदर ! तुम क्या उनकी बराबरी के हो ?''

हैदर को उसी वक्त खयाल आ गया, युसूफ सरफराज़ के दामाद हैं। अलीवर्दी ने सरफराज़ खाँ को हटाकर उसे सिर्फ गिरिया के प्रान्तर तक ही नहीं धकिया दिया, वे खुद भी अभी-अभी उड़ीसा से लौटे थे। सरफराज़ के साले, रुस्तमजंग ने उसी हाल में ही अपनी बहन दर्दना बेगम और भाँजे मिर्ज़ा बख़्श—सभी को मात दी थी। इस वक्त, उसका यह मन्तव्य शायद अशोभन था।

दहशत से काँपते हुए उसने कहा, ''नहीं, हुजूर।''

युसुफ की निगाहें उसके चेहरे पर गड़ी रहीं। अपनी धूसर आँखें सिकोड़कर, वे किसी सोच में डूब गए। हार-जीत के खेल में उनके ससुर ख़ानदान का जब पतन हो चुका है, तब चाकर भी ताने मारने से बाज़ नहीं आया। ख़ैर, यही तो दुनियादारी की रीत है। असल में यह सब क्षमता की लड़ाई है। सिर्फ जीत के लिए रस्साकशी। यह सब उन्हें भला नहीं लगता, इसीलिए तो अब वे, सूफी-साधकों के काव्य, हाफिज का दीवान—इन्हीं सबमें डूबे रहते थे।

उन्होंने आहिस्ते से आवाज दी, हैदर...''

''जी-हुजूर।''

''ये बातें मुझसे कहीं तो कहीं, कभी बेख़याली में भी, किसी और से न कहना—''

''जी—ना, हुजूर ! आप ठहरे विद्वान, पंडित...सभी लोग कहते हैं, आप जैसा इंसान मिलना मुश्किल है।''

यूसुफ का मन हुआ वे जवाब दें—''इसके अलावा, मेरी कोई, महत्त्वाकांक्षा भी नहीं है। मैं सिर्फ तकदीर पर यकीन करता हूँ।'' लेकिन राजनीति बेहद भयंकर होती है। राजनीति में, काफी नाप-तौलकर, जुबान ख़र्च करनी होती है।

लेकिन उनका जवाब देने का मन नहीं हुआ ! उद्यम के अभाव में, उनमें उत्साह ही नहीं जगा। अब ये बातें कहने से फ़ायदा भी क्या ?''

मुमकिन है यूसुफ की बात बिल्कुल ग़लत भी न हो। काफी सालों से, उसी दिल्ली के राजमहल में मुहम्मद आज़म की मेहरबानी पाकर, धन्य-धन्य होने के वक्त से, हैदर उनकी सेवा-टहल में हाज़िर रहता है। उसका, दुनिया में कहीं, कोई नहीं, क़िस्मत ऐसी कि कोई बीवी भी नहीं टिकी ! अलीवर्दी को हर वक्त चौकन्ना रहना पड़ता था। एक-एक जगह उनका एक-एक रूप होता था। सिंहासन पर बैठने का मज़ा ही यही है। चेहलम-सुतून के आम दरबार में मसनद का यही तो मजा है। जिस पर बैठने के लिए इतनी-इतनी कोशिशें ! और बैठने के बाद भी, कहीं चैन नहीं ! हर पल चौकन्ना रहना

पड़ता है। सतर्कता में कहीं चूक हो गई, तो जो नतीजा होता है, वह तो सामने ही आ गया। सरफराज़ की सारी सरफराजी निकल गई।

मुर्शीदकुली, सुज़ाउद्दीन और सरफराज़ के नाते-रिश्तेदारों से हमेशा ही चौकस रहना पड़ता था। इधर मीरज़ाफर भी काफी महत्त्वाकांक्षी नजर आता था। जगत सेठ के दोनों भाइयों पर भी ख़ास भरोसा नहीं जमता था। इधर अफगान-पठान सरदार भी कभी रुष्ट, कभी तुष्ट इंसान क्या हर वक्त सतर्क रह सकता है ? कभी-कभार सारे नकाब उतारकर, ज़रा-हल्का-फुल्का होने का भी तो मन करता है। अपने कमरे में, बिल्कुल अकेले, अनुगत और विश्वासी हैदर के साथ, उसके सामने वे जितना सहज हो सकते थे, ऐसा मौका भला और कहाँ मिलता है ?

किताबी इंसान, युसूफ ने ठीक ही कहा—हैदर अलीवर्दी की आदत बन चुका है। पुरानी आदत ! वह तो ऐसा बन्दा था, जो कमरे में मौजूद है या नहीं, यह भी अहसास नहीं होता !

इस वक्त चैत की इस तपती, अलस दोपहरी में, मिर्ज़ा के दरबार में पिंजरे में कैद पंछियों का कलख सुनते-सुनते, अलीवर्दी ने दरयाफ़्त किया, "एक ही शाम, इतने सारे चिड़ीमार जुटाया कैसे ?"

"जुटाया क्या हमलोगों ने है, मालिक ? ख़बर देने भर की देर थी, यहाँ भीड़ लग गई।"

"क्या कह रहे हैं ? जरा देखो तो..."

पंछीमारों के बदन का रंग धूप में झुलसा हुआ ! काली-काली चिकनी-चुपड़ी हट्टी-कट्टी देह। देह पर सफेद-बुर्राक कपडे ! पिंजरों में पंछी ! भावों में पंछी। जाल ढँकी पिटारी में मैना, गौरेया, मुनिया, काकातूआ, बुलबुली ! कोई कहता मेरी चिड़िया मदिर-मोहक सीटियाँ बजाती है। कोई कहता मेरी खंजनी, शिकारी बाज़। कोयल वगैरह पंछियों का ऐसा घनघोर कलरव, कि कान बहरे हो आए। किसी चिड़ीमार का दावा—मेरी बुलबुली कमाल की सीटी बजाती है। दूसरा चिड़ीमार बोल उठा—मेरी चिड़िया शून्य तक उड़कर, कबूतर का शिकार कर सकती है। किसी ने उत्साहित लहजे से कहा—मेरी मैना बात कर सकती है। किसी ने कहा, मेरी कोयल गज़ल गाती है। उन चिड़ीमारों की लीडर, एक बूढ़ी औरत थी। काली-कलूटी देह ! दूधिया सफेद बाल ! हाँ, सिर रह-रहकर ज़रा काँपता हुआ।

हैदर उसी बूढ़ी औरत को बुला लाया। उसके पीछे-पीछे एक अदद चिड़ीमार भी हाज़िर हुआ। सिपाहियों के चपेट-घूँसे खाकर भी, वह टस-से-मस नहीं हुआ। वह क़दम-क़दम आगे बढ़ता रहा।

"यह तुम नवाब-नवाब क्या रट रही हो ?"

बुढ़िया हँस पड़ी, "नवाब को देखने के लिए, हम कितनी दूर-दूर से चलकर आय रही हैं, तेरे लोगन हमें ऊहाँ जाबे नहीं देत हैं।"

बुढ़िया की जुबान सुनकर हैदर लोग ताज्जुब में पड़ गए।

ख़ास दरबार में एक अधेड़ दरबारी ने अदब से कहा, "गरीबनिवाज़ ये जंगली लोग हैं। राजा-महाराजाओं को क्या कहकर बुलाते हैं, ये बिचारे नहीं जानते।"

बूढ़ी निर्विकार !

थोड़ा ठहरकर उसने कहा, "अब जब भेंट हुई गई, तो हम्मर एक ठो बात तोका सुनै पड़ी—"

कौन सी बात ? ऐसी क्या बात हो सकती है, जिसे सुनने के लिए नवाब को अपना विश्राम के दुर्लभ पल नष्ट करना होगा ? लेकिन नवाब साहब ने उँगली के इशारे से, उसे बोलने की अनुमति जताई।

"देखौ, ए हो राजा, हम ठहरे चिड़ीमार की जात ! हम पंछी मारत हैं, पखेरू पकड़त हैं—"

"जल्दी-जल्दी बोल, बुढ़िया ! जल्दी कर—" नवाब के धीमी आवाज़ में कहा।

'काहे ? काहे ? जल्दी काहे की है ? हम्मे तो बहुत सारी बात कहनी है। है कि नाहीं ? क्यों, तू लोग का कहत हो ?"

बूढ़ी के संगी-साथियों ने समवेत् स्वर में हुँकारी भरी, "हाँ, ढेर-ढेर बात है—"

"ऐ हो राजा, हम सब ई जंगल की परजा हैं। हम सब कोई घर-दुआर बनाकर नहीं रहते, खजाना भी नहीं देते—"

ख़ज़ाना नहीं देते, यह सुनकर मानो अलीवर्दी आसमान से गिरे। ख़ज़ाना नहीं देती, यह कैसी बात ? इस इलाके का ज़मीनदार कौन है ? ऐसे कितने लोग हैं, जो ख़ज़ाना अदा नहीं करते ?"

जवाब में बूढ़ी औरत ने बालों समेत, अपना सिर हिलाकर कहा, "हम सैकड़ों लोग हैं। हम्मर मुंडी पर जितने बाल हैं, उतने पाखीमार हैं हम—"

"ख़ज़ाना क्यों नहीं अदा करते ?"

वह बुढ़िया, दीन-दुनिया के मालिक का यह सवाल सुनकर, एकबारगी चकरा गई, "ख़ज़ाना, काहे देंगे ? तू तो मुलुक का नवाब है। तो वो इतना भी नहीं पता कि हम सब पाखीमार की जात, खेती-बारी नहीं करते, कहीं एक ठाँव थिर होकर बैठते भी नहीं। हम सब तो जंगल-जंगल घूमत-फिरत हैं, काठ काटत हैं, पंछी मारत हैं—हमारा एही काम है—"

"सच ही तो !" अलीवर्दी ने सिर हिलाया। जिनके पास ज़मीन-जमा नहीं है, वे ख़ज़ाना कहाँ से देंगे ? क्यों दें ? नवाब को उस आदिवासी बूढ़ी की सहज-सरल बातें भली लग रही थीं।

"हम्मर बातें सही है, नवाब होकर तू क़बूल करता है न ? लेकिन आज सुबह-सवेरे, कोई पग्गड़धारी सिपाही हमरे ईहाँ जाकर, हमरे लोगन को धमकाय...आया है कि अब से लड़ाई...खाली लड़ाई होवेगी—"

"लड़ाई ही होगी—" समवेत् स्वर गूँज उठा।

"अउर ई भी सुना है कि लड़ाई करते-करते, आवे-जावे के लिए, ई जंगल के भित्तर

बड़ी-बड़ी हक्कानी सड़क तैयार करिहो ?''

''हाँ ! नदी की तरह, सड़क बिछाई जाएगी। नदी की तरह विशाल और सफेद-स्वच्छ !''

''एका लिए तोका ढेर-ढेर रुपइय्ये चाहिए। अक्कास में जितने तारा हैं, उतने रुपए ! इतने रुपइय्ये तोका मिलेंगे कहाँ से ? एही वजह से, हम-सब्बको भी ख़ज़ाना अदा करना होवेगा।''

''यही ख़बर सुनकर तो हम सब यहाँ आए हैं—''

''हम सब जंगल के पाखीमार हैं, हम ख़ज़ाना कहाँ से देंगे ? इसलिए हम पंखी-पखेरु, को भी लै आए हैं। शिकार करके, आखिर कैठो पाखी मार सकते हैं ?'' बूढ़ी ने एक किशोर बालक को आवाज देकर, उसे आगे खड़ा कर दिया, ''हमार ई बच्चे, चिड़िया की आवाज में बोली बोल-बोलकर, बस, इतने ही पाखी फाँस सकत हैं। अब से हमसे जितना होय सकेगा, पंछी-पखेरू लाकर हाजिर कर देवेंगे—''

अलीवर्दी संकोच से गड़ गए।

उन्होंने हुक्म जारी किया, ''इसलिए इन लोगों को कौन परेशान कर रहा है, पता करो। उनसे कह दो इनसे खजाना-वजाना वसूल करने की ज़रूरत नहीं है। लेकिन जंगल काट-काटकर तबाह ना करे। इनसे कहो, ये पंछी ले जाएँ।''

लेकिन जाने का हुक्म पाकर, बूढ़ी वहाँ से क्यों टले ? वे लोग अब पहले जैसे बिल्कुल जंगली चिड़ीमार तो नहीं थे। अब उन्होंने काफी बोलना सीख लिया था। अब वे कहीं से सभ्य-शरीफ बन गए थे। जब वे कुछ भी नहीं जानते थे, तब बात और थी। अब, जबकि वे काफी कुछ जान गए थे, चाँद-सूरज की तरह अति क्षमताशाली नवाब, उनके बीच आ पड़ा है, तो उन्हें कुछ नज़राना भी तो देना पड़ेगा। राजा-रजवाड़ों के पास खाली हाथ नहीं जाना चाहिए, वे लोग यह भी जानते थे। जंगल के इजारेदार को वे लोग मधु-चिड़िया का मांस, हिरण का छाल नहीं देते ? गाँव के जिस हाट में जाकर, वे लोग पंछी-पखेरू बेचते हैं, जहाँ के हाट-पेशकार को मुट्ठी-भर कौड़ी नहीं देनी पड़ती ? यह तो राजा-रजवाड़ों का हासिल है। प्रजा लोग अगर नज़राना नहीं देंगे, तो राजा को आखिर और कहाँ से मिलेगा ?''

बालक मिर्ज़ा बूढ़ी की बातें सुनकर हँस पड़ा।

''अच्छा ठीक है, चिड़िया नहीं लेना है, तो मत ले। चल, नाच तो देखेगा न ? रुक जा, छोकरियों को बुलाती हूँ—''

नवाब अजब दुविधा में पड़ गए। नाच देखने से तो बेहतर था, पाखी ही ले लेते, बाद में उड़ा देते।

इधर बुढ़िया ने सोचा, मुसीबत आ पड़े, तो उससे बचने के लिए, कुछ भी किया जा सकता है ? यह शास्त्रों की ही बात है। ख़ैर, उनका शास्त्र तो लिखा नहीं होता, वे लोग मुँहज़ुबानी ही सीख लेते हैं और मन-ही-मन रह भी लेते हैं ? उनके देवता तो चाँद-सूरज के देवता हैं। वह तो जब घोर मुसीबत में पड़ जाते हैं, तभी इस मिट्टी के

राजा के पास आना पड़ता है। लेकिन, यह राजा तो इतना नरम जीव निकला कि उसने नाच तक देखा।

बूढ़ी ने मुसाहब की तरफ देखा, ''नवाब नज़राना क्यों नहीं लेता ? राजा को बिना कुछ नज़र किए, अगर हम लउट जाएँ, तो हमका पाप लगेगा। भगवान गुस्सा होवेंगे। हमार मन्तर-तन्तर, सब अकारथ हुई जइहै।''

अचानक हैदर के कान खड़े हो गए। उसने अचकचाकर पूछा, ''तुम लोग मन्त्र-तन्त्र भी जानते हो ?''

बूढ़ी ने जी खोलकर हँसते हुए कहा, ''तुमरा मुसाहब खड़ा है न, उसी से काहे नहीं पूछ लेते ? ऊ तो इसी जानगढ़ गाँव का मानस है। बरिस-दो-बरिस में एकाध बार तो गाँव आता है। हमरे हाथ की बनी, कितनी-कितनी दवाई खाई है इसने, इससे ही काहे नहीं पूछते ?'' इस बार बूढ़ी की हँसी पहले जैसी सरल नहीं नजर आई। वह हल्के-हल्के झूमती हुई कोई गीत गुनगुनाने लगी।

उसकी गुनगुनाहट सुनकर, उसकी संगी-साथी की नजरें एक-दूसरे से जा मिलीं। सब के सब उठ खड़े हुए।

अलीवर्दी ने मुसाहिब की तरफ देखा। ज़िन्दगी में शायद पहली बार, नवाब की दृष्टि-आकर्षित करने जैसी कोई करतूत कर बैठा है। इस ख़ौफ से राजा का मुँहलगा मुसाहिब एकदम से सिटपिटा गया। उसके पेट के अन्दर सारा कुछ बरफ हो गया। उफ ! क्या मुसीबत है ! कैसी घोर मुसीबत ! मुर्शीदाबाद में नवाब साहब का दर्शन, क्या सहज ही हो पाता है, उस पर से, यह हुक्म भी होता है कि कोई निगाह उठाकर न देखे। जाने किन अशुभ पलों में वह छुट्टी लेकर गाँव आया था और छुट्टी के बाद, दल के छोटे बख्शी, सदानन्द मल्लिक के यहाँ हाजिरी न देकर, सीधे यहाँ हाजिर हो गया। बुढ़िया की आँखों में ऐसी भंयकर हँसी थी। अब खुदा बन्दा मुसाहिब आखिर किधर जाए ?

''मालिक खुदाबन्द जानना चाहते हैं, बूढ़ी औरत की बात क्या सच है ?''

मुँहलगे मुसाहिब ने सहमी हुई आवाज में जवाब दिया, ''हाँ, खाई है उसकी दवा ! लेकिन वह तो डायन है—''

''डायन !'' वहाँ मौजूद सभी दरबारियों ने ठहाका लगाया। सबके सब जाँबाज़ योद्धा। कोई अफगान, कोई रोहेल्ला पठान ! कोई निज़ाम आसफ ज़ाँ के तोपखाने से आया था। कोई पानीपत का बाशिन्दा ! युद्ध विद्या उन लोगों के खून में बसी हुई थी ! हँसने की तो बात ही थी।

असम्भव दहशत ने ही उसे हौसला दिया।

उसने भरी-भरी आवाज़ में कहा, ''सच, हुजूर, यह बुढ़िया बाण चलाकर, इंसान को मार डालती है। यह बात सबको मालूम है। उसके ठाकुर देवता के थान पर हब्शी अपने घोड़े समेत चला गया। इसलिए इस औरत ने उस पर तीर छोड़ दिया। वह बिचारा उसी दम मर गया।''

किसी ने फिकरा कसा, ''पागल कहीं का !''

दूसरे ने मन्तव्य जड़ा, ''देखा ? पागल के साथ-साथ बेअदब भी है।''

मीर मुहम्मद जफर ख़ाँ की भौंहें पर बल पड़े। मिर्ज़ा के प्रिय कुबड़े, उस बौने हब्शी को क्या हुआ था, इस बारे में जितनी जानकारी उन्हें है, उतनी और किसी को नहीं थी। चूँकि वह हब्शी सिंहासन के उत्तराधिकारी का अतिप्रिय था, इसलिए आजकल वह ज्यादा ही धृष्ट और बेअदब हो गया था। लेकिन ऐसी बातें, ऐसी जगह कौन करे ? उन्हें वह मुसाहिब ख़ासा मूर्ख नज़र आ रहा था।

तोपख़ाने पेशकार, रतनलाल ने नाक में नस्सी ठूँसते हुए, खिसखिसाती आवाज़ में कहा, ''आप इतना परेशान क्यों होते हैं ? उसने सोच-समझकर नहीं कहा—''

''यह तुम्हें कैसे मालूम ?''

''मीरजाफर ख़ाँ साहब, आप ऐसी बात करते हैं कि हँसी आती है। ऐसी कोई ख़बर नहीं है, जो उन गुलाम-गर्दिश तक न पहुँचती हो। इन्हीं लोगों से ही तो ख़बर मिली कि आप चाहे जितने भी बीमार हों, उड़ीसा आपको जाना ही होगा। इसीलिए देखा नहीं, किरीटीश्वरी के थान में मत्था टेककर आ रहा हूँ।''

मीरज़ाफर ने कहा, ''मुर्शीदाबाद लौटते ही, एक बार चुंचुड़ा की ख़बर लेनी पड़ेगी। मिर्जा के लिए कोई और बौना खरीदना पड़ेगा।''

बूढ़ी अब तक नवाब की सूरत निहार रही थी।

उसने दोबारा दरयाफ़्त किया, ''मेरी गुहार नहीं सुनी न ?''

ना, अब कनात में जाने का वक्त हो आया था। घड़ियाल की गूँज समय का एलान कर रही थी। माहौल में घंटा बजने की गम्भीर-मधुर आवाज़ें ! तोते पंछियों का एक झुंड सुनहरे आकाश में, अपने हरे-हरे पंखों के मणि-माणिक छितराते हुए, दाना चुगने के लोभ में झपझपा बेगम की तम्बू के सामने उतर आया। सन्तरी लोगों के पहरे बदल गए; झाडूदार सड़क बुहारने में जुट गए; भिश्ती मशका घुमा-घुमाकर मिट्‌टी सींचने में व्यस्त हो गए।

नवाब साहब को उठते देखकर, बूढ़ी भी अपने सन् जैसे सफेद बाल हिलाते हुए उठ खड़ी हुई।

जाते-जाते वह शाहज़ादे के प्रिय हाथी, मुसाहब को देखकर ठिठक गई। अपने बालों से एक जूँ निकालकर, चुट् से नाखूनों के बीच दबाकर मारते हुए, उसने कहा, ''तूने हमका डायन कहा ? गाली दिया हमका ?''

''किसने कहा ?'' शाहज़ादे का प्यारा बेभाव डर गया।

''हाँ, तूने गाली दी। मैंने अपने कानों से सुना ! एक बात तो बता, तेरे नवाब ने हमारी गुहार सुनी काहे नहीं ?''

''जा, जा, बुढ़िया, घर जा !''

''हमरी गुहार नाहीं सुनी न ! देखना उसको इसका फल जरूर मिलेगा, अइसा बान मारिहौं कि छटपटाता फिरेगा ! समझा ?''

बूढ़ी बक-बक करती हुई वहाँ से विदा हुई।

5

महाराष्ट्र और सौराष्ट्र वगैरह से वर्गी आइल
विस्तृत फौज की विकृत आकृति दिखाइल

अलीवर्दी साहब जब आराम के लिए खेमे में दाखिल हुए, ऐन उसी वक्त आंधारमानिक गाँव में आनन्दीराम मुखोटी के यहाँ महागड़बड़ी मची हुई थी।

उधर श्मशान की खुली जगह में चड़क पर्व की धूम मची थी। कुछ ही दिनों बाद चड़क-पूजा थी। इसलिए साधु-संन्यासियों में गाने-बजाने और शिव-कीर्तन का हो-हल्ला मचा हुआ था। ऐसी तपती दोपहरी में काठ की धूनी जलाकर साधु-संन्यासी साक्षात शिव चक्षु बने, समाधि लगाए बैठे थे। भाँग के नशे में वे लोग स्वर्ग में विचरण कर रहे थे। ठाकुर बाबा का प्रसाद पाने की उम्मीद में उनके चेले-चाँटी और भक्त यहाँ-वहाँ हाथ जोड़े बैठे हुए थे। चैत का महीना ही ऐसा होता है, जब गाँव के निम्न जाति के मोहल्ले में दाम्पत्य कलह की वजह से, चील-कौए उड़ते रहते हैं। मोहल्ले के तमाम मर्द, साधु-संन्यासी हो जाना चाहते हैं। गले में गुच्छा-भर धागा बाँधकर भोले बाबा के कीर्तन में शामिल हो जाते हैं। जोर-ज़बर्दस्ती हाट भेजो, तो वे गँजेड़ी पैसा-कोड़ी लेकर घर ही नहीं लौटते। अनाज-पाती, चावल, गमछा भी घर नहीं लाए जाते। रात गहराती जाती है, मगर वे लोग घर नहीं लौटते।

वे लोग गाँजे का दम लगाकर, आँखें लाल सुर्ख किए, एलान करते हैं, "धत्त्-धत्त् ! घर जाओ तो खाली-पीली चींख-चिल्लाहट सुन-सुनकर, ख़ामखाह जान कोयला होती है। उससे तो यहीं भले।"

इसके बावजूद औरतें पराए आसरे-भरोसे पर बैठी नहीं रहतीं। वे लोग मैदान-खेतों में गोबर बटोरती हैं, घास छीलती हैं, नदी-नाले-नहर में मछलियाँ पकड़ती हैं और टोकरी-टोकरी सूखी काठ लिए, पिछले दरवाजे से, घर-गृहस्थ लोगों के घर पहुँच जाती हैं। बाग दिन औरतों को देखते ही सभी घरों की तमाम बहू-बेटियाँ-नौकरानियाँ, सम्मानपूर्वक उन्हें अपने-अपने यहाँ आने को आवाज़ देने लगती हैं। उन औरतों की कठौती तले, कपड़े की पोटली में बँधी अजूबी चीजों का भंडार मौजूद होता है। सौत और सौत के बेटे ! इन दोनों काँटों के ज़हर से, ढेरों औरतों की ज़िन्दगी जर्जर होती है। सौत की ताकत तोड़ने की बूटी ; पति पर राज करने का वशीकरण मन्त्र, बाँझ औरतों के लिए बच्चा जनने की दवा, यहाँ तक कि दुनिया की सबसे महँगी चीज़, जिसके आगे सब हार जाएँ, ऐसे चंचल, भगोड़े रूप-जवानी को अक्षय करने का मन्तर पढ़े कवच तक, उनकी पोटली में मौजूद होता था।

गोशाला के पीछे, धनकुट्टी की आड़ में, पोखर के अँधेरे झोंप-झखाड़ में, बहुएँ

अपना-अपना घूँघट उघाड़कर, फुसफुसाती आवाज़ में अपनी-अपनी जरूरत बतातीं और कौड़ी-कौड़ी गिनकर, दया या जड़ी-बूटी खरीदतीं और खट् से अपने जूड़े में खोंस लेती।

कभी-कभार सासें डपट देतीं, "क्या ? यह क्या हो रहा है ? हो क्या रहा है ?"

बहुओं के बजाय बागदिन जवाब देती, "कुछ नहीं, मालकिन, बहूरानी कह रही थीं; भी गेंहुए काठ ना देना। कड़वा धुआँ उनसे सहा नहीं जाता।"

ये बागदिन औरतें अपना रोटी-कपड़ा, हाठ-बाट, वन-जंगल से जुटा लेतीं हैं, क्योंकि इस जाति की औरतें-मर्द बेहद आज़ाद स्वभाव के होते थे। किसी तरह का प्रतिबन्ध या नियन्त्रण, इनकी बर्दाश्त बाहर था। लेकिन इनके मर्दों में ख़ास बात यह थी कि अपनी आज़ादी का अपव्यय भी नहीं करते थे। हर गाँव, हर चौराहे, हर परगने में खून-क़त्ल करना, इन्हीं लोगों में सबसे ज्यादा थी।

चड़क-पर्व करीब आते ही, इनके घरों की शान्ति गायब हो जाती थी। श्मशानतला के मैदान में, फिलहाल ख़ासे मौज-मज़े का आलम था। ऐसे में भला कौन मर्द घर पर टिकना चाहता ?

बागदी औरतें लम्बी उसाँस भरकर कहतीं, "रात-विरात मुर्दे जगाकर, हाथ पर नचाते हैं, बदन पर साँप लपेटे रहते हैं। भूत-पिशाच, ब्रहदैत्य, इन सब साधु-संन्यासियों के लिए देश-विदेशों के फल-मूल जुटाते थे। ऐसे सैकड़ों मौज-मज़ा त्यागकर, घरवाला माँड़-भात खाने और भुनी मछली निगलने, अपने घर आते भला ? इनके लिए भुनी या अधभुनी शोल और लैटा मछली; माँड़-भात सर्वोत्तम उपकरण होती है।

आज शाम को रमई बागदी के यहाँ इसी बात पर ठन गई थी। रमई बागदी समाज का कुलीन था। बाप की तरह, उसने भी मुर्शीदाबाद जाकर, निज़ाम के यहाँ चाकरी कर ली थी। राढ़ प्रान्त के लठैत तीरन्दाज़ों को पीतल की मटरमाला और लाल कुर्ता मिलता था। वह वर्दी उनके पास जमा रहती थी। ख़ास-ख़ास दिनों में, वे लोग वर्दी पहनकर सड़क पर निकलते थे। जुलूस के साथ-साथ चलते थे। जंग के वक्त भले उनकी जरूरत न पड़े, मगर छुटमुट बगावत या दूसरे-दूसरे हंगामें की रोकथाम के लिए, लठैतों की जरूरत पड़ती थी।

रमई ख़ास मजे में था। इस्पात से रची-गढ़ी सुगठित देह। विधाता पुरुष ने उसकी धड़ पर, सिर कसकर बिठाया था, इसलिए उसकी गर्दन बेहद छोटी थी। रमई ने यह ऐब, अपने घने-घुँघराले बालों से ढँक लिया था। सच तो यह था कि ऐसे खूबसूरत बाल, शायद ही कहीं नज़र आते हों। कन्धे तक काले सियाह, घुँघराले बाल। गले में एक चाँदी की लड़ी चेन। कमर में चुन्नटदार धोती और होंठों पर, "जाने किसके लिए, मन में सहेजी इतनी यातना ! जाने किसके लिए !" वगैरह रसीले गीत ! मन-मिजाज पर दो-चार चिलम धुआँ पड़ते ही, "कौन राजा, कौन वजीर," "ये शर्मा भी किसी से कम नहीं !" की रट लगाना, उसकी आदत बन चुकी थी।

ब्याह के मौके पर, उसके ससुर ने कहा था, "यह तो बहुत अच्छी बात है। मरद हो तो ऐसा।"

उसने देखा, सड़क-किनारे, कटे हुए पेड़ की जड़ पर, बैठी-बैठी, पारी अपनी ननद से बातचीत कर रही थी।

"मैं पारी हूँ, बुआ, यहाँ बैठे-बैठे ज़रा गपशप कर रही थी।"

"सो तो देख रही हूँ। मैं पूछती हूँ भरी साँझ यहीं बैठी-बैठी बातें ही करती रहेगी ? भात-जल नहीं देगी ? इसीलिए रमई चिल्ला-चिल्लाकर, आसमान सिर पर उठा लेता है।"

पारी, पतानी बुआ को बखूबी पहचानती थी।

अपनी हँसी दबाते हुए उसने मासूम अन्दाज़ में कहा, "वे तो जरा देर पहले, आन-गाँव गए हैं। तुमने जो चिल्लाहट सुनी है, वह तो आलता मौसी के घर से आ रही थी। ननद-भौजाई में ठन गई है।"

यह सुनकर पतानी बुआ ने छूटते ही जवाब दिया, "अच्छा ? ऐसा ?" इतना कहकर, बिजली की रफ़्तार से वह दोबारा रवाना हो गई। उनका चेहरा हँसी से भर उठा। किसी दूसरे के घर में झगड़ा-झमेला, मार-पीट या रोग-भोग देखकर, पतानी बुआ बेहद खुश होती हैं। काफी ऊँचाई पर बँधी, उनकी छुटकी-सी जूड़ी में, एक अदद तुलसी की डाल ठुँसी हुई ! उसने अपने आँचल का एक छोर, पोटली की तरह बनाकर, काँख तले दबा रखा था। गले में कंठी ! होंठों पर हमेशा ही श्रीकृष्ण का अष्टोत्तर शतनाम ! पतानी बुआ हँसते-हँसते मानो साँझ की बाताश के साथ उड़ती-उड़ती, मुखिया के घर रवाना हो गई।

हवा में कान लगाकर पारी ने कहा, "उफ ! बाम्हन घर की वह बुढ़िया, हद्द चिल्लाती है।"

"अरे, वाह, चलनी कहे सुई से, जिसमें बहत्तर छेद ?"

"अरे, ननदजी, हमारा तो रोज-रोज का झगड़ा है, इनका तो छठे-छमाही का है। जाकर देख लो, अब तक बुढ़िया गले में फाँसी लगानेवाली होगी।"

"हाँ, पिछली बार तो कुएँ में छलाँग लगा दी थी..."

"सुना नहीं, अभी, उसी दिन कितना भयंकर कांड हो गया...?"

आनन्दीराम मुखोटी के यहाँ सच ही, ऐसा झगड़ा छिड़ा था कि वहाँ चील-कौए डरा रहे थे।

उस वक्त आनन्दीराम की गर्भधारिणी माताश्री, जोर-जोर से विलाप कर रही थीं, "अब हम माटी जइस ई देही नाय रखिहों ! हमका कोऊँ डोरी लाय दे, रे ऽ ऽ"

अन्तःपुर से आते हुए विलाप का स्वर सुनकर पतानी बुआ बाहर ही बुदबुदा उठी, "अरे, बहिनी, तुम मरोगी क्यों ? सोने जैसा संसार छोड़कर, भला कोई मरता है ?" और लम्बे-लम्बे डग भरती हुई, वह मकान के अन्दर दाखिल हुई।

आनन्दीराम की पूर्वमुखी कोठी, दक्खिनदुआरी में स्थित !

नाक में नस्सी दबाते हुए वाचस्पतिजी ने कहा, "ऐसे घर में जो वास करता है, वो तो सदामुखी जीव होते हैं, जी।" उनकी बातें अक्सर सच होती हैं। लेकिन यह मन्तव्य

लेकिन करीब तीन महीने पहले बागदी मुहाल की जी जलानेवाली, हसीना, ने, जबसे उसके घर में पाँव रखा, तब से रमई बागदी ज़्यादा ही बौरा गया था। करेगा, वो करेगा'' की भावमुद्रा एकदम से तीखी हो उठी थी। नतीजा यह हुअ एक दिन कोतवाली में रात-चौकी देते हुए, दफादार के साथ बकायदा तू-तू-मैं-मैं हो रमई लाठी भाँजने लगा। जवाब में दफादार की धमकी—''अगर हम फलाँ बेरा का हूँ, तो...'' वगैरह-वगैरह। यानी दोनों में जमकर लाठीबाज़ी हुई और रमई स्थार्य पर बरखास्त कर दिया गया।

अपने गाँव लौटते हुए, रमई बागदी ने सीना ठोंककर कहा, ''वो तो मेरी ब ने कसम दे रखी थी, वर्ना आज मैं अमुक वेश का धड़, सिर से अलग कर दे

बहरहाल, रमई का मोहभंग होने में ज़्यादा वक़्त नहीं लगा। तन्ख्वाहयाफ़्ता मर्द की बीवी, पारी, और इस पारी में ज़मीन-आसमान का फर्क़ था। बीवी के सुनते-सुनते, रमई ने दोबारा अपनी ज़मीन-जायदाद की देख-रेख शुरू की। कम कुछ रुपइये तो चाहिए, पनखौक मुहर्रिर को खुश करने पर ही तो दफ्तर में दोब सकेगा। लेकिन रुपया तो दूर की बात है, कुछेक कौड़ी या ताँबे का पैसा, हाथ ही, अपना दुःख भुलाने के लिए, रमई दूसरी दवा खरीद लाता। गाँजे-भाँग क लेकर, चड़क मैदान में साधु-संन्यासियों की सेवा करने पहुँच जाता था। जैसे- बढ़ती जाती, उसके दुःख का ज्वार उमड़ आता। कभी-कभी तो उसके दुःख का देखकर, लोग चमत्कृत हो उठते थे।

अभी उसी दिन नशे में लड़खड़ाते हुए, वह अपनी ससुराल आ धमका। धार-धार झूठे आँसू, फैली हुई बाँहें, एक हाथ में बड़ी सी कटार !

''कहाँ है वह महापापी उद्धव बागदी ? मुझ जैसे अमानुष को, उसने अ जैसी बेटी, परी की बलि चढ़ा दी ? मुझ जैसे के हाथ में उसका हाथ थमा दिय मैं भी उसका सिर, धड़ से अलग कर दूँगा।'' यह कहकर वह ज़ोर-ज़ोर से क लगा।

घर के अन्दर उसका ससुर थर-थर काँपता रहा। आखिरकार, सड़े पानी में, उसका सिर डुबाया गया, तब जाकर उसके सिर से भूत उतरा।

आज शाम गाँव की हवा-बाताश लड़ाई-झगड़े के माहौल में, बेभाव ग तो आचार्य घर की पतानी बुआ, वैद्यजी के घर से,गँठिया के लिए, चुटकी-भर दूधिया कोरे थान की साड़ी का आँचल उड़ाते-उड़ाते, दुलकी चाल में उछ कायेथ मुहाल की तरफ से गुजर रही थी। अचानक वह ठिठक गई और का कुछ सुनने लगी।

कुछेक पल सुनने के बाद, उसने स्वगत् मुद्रा में कहा, ''कल ही...? बात कायेथ काका के कान में डालनी होगी। बागदी मुहाल में रगड़-भगड़ ही तूल पकड़ने लगा है। बलिहारी है, इस कमबख़्त रमई की ! रोज-रोज झगड़ा ! रोज-रोज अशान्ति !''

सच साबित नहीं हुआ ! कम-से-कम आनन्दीराम को इसका कोई सबूत नहीं मिला।

फिलहाल वाचस्पतिजी भी बाहर आँगन में काठ की चौकी पर विराजमान थे। नाक-भौ सिकोड़े हुए, उन्होंने गर्दन घुमाकर, कोठी पर नज़र डाली। कोठी का भीतरी हिस्सा दो मंज़िला था। आठ-आठ ईंटों की गथनी ! मोटी दीवार ! काफी ऊँचाई पर छोटी-छोटी खिड़कियाँ। मज़बूत और वजनी साल काठ के दरवाजे, जिनके बीच-बीच में लोहे के सींखचे ! छत के घेरे की ऊँचाई करीब आदमी जितनी ! बीच-बीच में ईंटों के चौकोर जाल।

अन्दर-बाहर के महल के बीच ऊँची दीवार। छोटा सा दरवाजा ! बाहर कचहरी-कमरा ! कमरे में चौकी बिछी हुई ! जिस पर बैठकर आनन्दीराम के मामा, ज़मीन-जायदाद की देखभाल के नाम पर, ताश के पत्ते फेंटते और 'यात्रा' नाटक के शौक पर शान चढ़ाते थे। आगत्-मेहमान्, नाते-रिश्तेदार, गुमाश्ता, नौकरों के रहने के लिए क़तार से बनी, छोटी-छोटी कोठरियों के परकोटे, बीच मे लम्बा सा दालान ! आजकल उन कोठरियों में धान, चावल, मूँग-मसूर, उड़द की दालें और पाट वगैरह रखे जाते थे। इसके अलावा, वहाँ एक छोटा सा चडी मंडप भी स्थित था। चूँकि इस ख़ानदान में दुर्गापूजा निषिद्ध थी। होली, स्नान-यात्रा और रास पूर्णिमा के दिन, कुलदेवता काला चाँद को, आनन्दीराम की बुआ के कब्ज़े से उद्धार करके, यहाँ लाकर रखा जाता था।

इस वक्त जबकि आनन्दीराम गाल पर हाथ रखकर बैठे थे, उनके मामा अन्दर महल की कलह पर ध्यान देने के बजाय, दरवाजे पर बैठे-बैठे पंख की कलम से अपने कान खुजला रहे थे और 'कालियादमन' नाटक के गीत गुनगुना रहे थे।

वाचस्पतिजी के कान खड़े हो गए।

"पानी में लेटा है, कालिया का पूत। कान्हा जैसे ही उतरेगा जल में, पूँछ घुमाकर, जकड़ लेगा कान्हा को अपनी कुंडली में पानी से सिर उठाने ना देगा। पानी में लेटा है कालियाँ का पूत !"

उनका यह बेसुरा भाषा-विन्यास सुनकर, वाचस्पतिजी ने वितृष्णा से लम्बी फुफकार छोड़ी।

आनन्दीराम की झुँझलाई हुई आँखें, मामा पर ही गड़ी थीं।

कुछ देर सुस्ता लेने के बाद, जब बुआ और मइयो दोगुनी दमदार आवाज़ में सोत्साह चींखने लगीं, आनन्दीराम ने हिदायत दी, "आप भीतर जाएँ, मामा।"

अन्नदाता भाँजे का आदेश सुनकर मामा बूँद-भर भी विचलित नहीं हुए।

उन्होंने कहा, "सुनो हे वत्स ! तुम तो ठहरे शहर के वासी ! तर माल खाते हो, हवा में उड़ते-फिरते हो ! मेरे जी का यह जंजाल तो बारहों मास लगा हुआ है।"

"लेकिन, मइयो तो अड़ियल टट्टू बनी हुई है—"

"यही न, कि गले में फाँसी लगा लेगी ? अरे, भइए, अपनी दिदिया तो हर वक्त इसी मुद्रा में नजर आती है ! अब मरी, कि तब मरी ! लेकिन बस, गरज-तरजकर ही शान्त !" उन्होंने ठहाका लगाते हुए, अपना जुमला पूरा किया, "मरद जात को ऐसी

बातों पर कान देने से भला चलता है ?''

आखिरकार आनन्दीराम को ही भीतर जाना पड़ा। पतानी बुआ दोनों पक्ष को ताल देने में व्यस्त नज़र आई।

एक तरफ, वह ननद को उकसा रही थी, ''अरे, कुछ कह दिया, तो क्या हो गया ? बड़की भौजाई जो है ! ऐसी छोटी-मोटी बात का तुम बुरा क्यों मानती हो ? हाँ, मैं समझती हूँ, तुम्हारा गुस्सा होना भी स्वाभाविक है...कहीं से ग़लत भी नहीं है...''

इतनी सी तू-तू—मैं-मैं सुनकर ही, बुआ उत्साह से भर उठी और आसमान की तरफ मुँह उठाए बड़े-बड़े जुमले फेंकने लगी, ''देख जाओ, तुम सब आकर देख जाओ ! माथे पर देवता है या नहीं ? मेरी बेटी को पति-सुख मिले, यहाँ किसी से सहन होता है भला ? अरे, किसे नहीं पता कि ख़ानदानी वर पाने के लिए, मुट्ठी भर-भर 'परणामी' देना होता है—''

पतानी बुआ ने उस रुद्ररूपा अधेड़ औरत को अपने सीने से चिपटा लिया, ''शान्त हो, बहुरिया, शान्त हो ! ऐसे जान नहीं देते। ओ आनन्दी, तेरी छोटी माँ कहाँ गई ? आकर मइया को जरा धीरज बँधाए...शान्त करे इन्हें...''

आनन्दीराम सकपकाए-से कुछ कहने जा रहे थे कि पतानी बुआ की आवाज ने उन्हें खामोश कर दिया।

उसके कुछ बोलने से पहले ही पतानी बुआ ने उत्साह भरे लहजे में छौंका लगाया, ''वह शायद सिकहर बुनने बैठी है। यही बात है न ? तेरी भी बलिहारी है, आनन्दी, तेरी मइयो अब बूढ़ी भई। इन्हें अब तीरथ-धरम भी करा दे या वह ज़िन्दगी-भर गृहस्थी में कोल्हू की बैल बनी रहेगी ? मैं पूछती हूँ, अपनी बीवी को मायके से लाता क्यों नहीं ?''

''ए जी, बेटा मेरे क़ाबू में होता, तो लोग मेरी इतनी बेइज़्ज़ती करते ? इतनी फज़ीहत करते ? छुटकी जो करती है, वह इसे दिखाई देता है और मैं जो मन-मन भर सुपारी काट-काटकर सुखाती हूँ, खील भुनती हूँ, वह क्या इसे दिखाई देता है ? अरे, नीयत की उस सर्वनाशी छौंड़ी ने इस घर में क़दम क्या रखा, सारा कुछ सत्यानाश हो गया।''

''धत्तरे कि !'' आनन्दीराम पैर पटकते हुए, रसोई की तरफ चल दिए।

आँगन में खड़े-खड़े उनकी परेशान निगाहें इधर-उधर किसी को खोजती रहीं।

उसी वक्त विशालाक्षी उर्फ छोटी, काँख तले पानी की कलसी दबाए, आँगन में आ खड़ी हुई। कलसी दरवाजे पर उतारकर, विशालाक्षी उर्फ छोटी ने कहा, ''अरे, आचार्जी ननदीजी आई है—''

ठंडी आवाज़ ! मानो स्वाभाविकता से बाहर, कहीं कुछ नहीं घटा। विशालाक्षी के बदन पर, भँवरा डिज़ाइन की सँकरी किनारावाली साड़ी ! कलाइयों में चूड़ी ! भींगे बालों से टपू-टपू पानी टपकता हुआ ! पतानी बुआ अचानक सकपका गईं।

कुछेक पलों बाद, उन्होंने गला साफ करते हुए कहा, ''अरे, बचिया, कोई शौक

से ऐसे वक्त आता है भला ? ननद-भौजाई में क्या झगड़ा...क्या झगड़ा...मगर तुम कहाँ थीं ?''

''कौन ? मैं ?'' विशालाक्षी ने हल्की सी हँसी बिखेरते हुए जवाब दिया, ''धान छील रही थी।''

''धान कूट रही थी ?''

''कूट नहीं रही थी, छील रही थी। ढेंकी हैं न मेरे पास ! बेकार बैठी रहूँ, तो काम चलता है भला ? घर-दुवार निपटाया; थोड़ा-बहुत रसोई का काम पूरा किया; पानी भरकर लाई। अब बाल-बच्चे, नौकर-गुमाश्तों को खाना खिलाना है। अरे, भई गृहस्थी में काम की कमी है भला ?''

आनन्दीराम अब अपना गुस्सा नहीं दबा पाए।

''च-लो ! अपने मुँह से तुमने कहा तो सही ! इन लोगों ने सुना तो सही ! गृहस्थी की सारी जिम्मेदारी सिर्फ एक प्राणी पर लाद दिया है तुम लोगों ने ! छिः !''

मइयो और बुआ खट् से एक पक्ष में आ मिलीं और अपना-अपना मन्तव्य उछालने लगीं।

''हाऽ-हाँ, छोटी न हो, तो गृहस्थी की गाड़ी सरकती है भला ?''

छोटी ने बीच में ही उनकी बात काटी, ''कैसी गृहस्थी चलाती हो, जानती हूँ। बहू और बेटी दोनों की हड्डियों की चूरमा बना देती हो। इस वक्त बात न बढ़ाओ, दिदिया ! अभी ढेरों काम पड़ा है। अरी, ओ लड़कियो, कहाँ गईं तुम लोग ? इधर आओ—''

आनन्दीराम की फुफेरी बहनों ने अब जाकर राहत की साँस ली। वे दोनों लपककर छोटी के पास आ पहुँची। दीया-बाती करके, वे मुनीष को बुलाने चल दीं।

''अब तुम जाओ, आचार्जी ननदजी !''

''हाँ, हाँ, जाती हूँ। तुम्हारे यहाँ रहने नहीं आई, बहुरिया !'' पतानी बुआ छड़ी ठकठकाते हुए बाहर निकल गईं।

ननद ने बुझे-बुझे चेहरे से कहा, ''तुम तो आयाराम-गयाराम प्राणी हो, छोटी ! हम यहाँ बारहों महीने के बाशिन्दे हैं। ऐसी सम्मानी महिला को तुमने निकल जाने को कह दिया ? ऐसी बात तुम्हारी जुबान से निकली कैसे ?''

''उन्हें मैंने निकल जाने को नहीं कहा। कह देती तो बेहतर होता। घर-घर आग लगाती फिरती हैं। तभी तो तुम्हारी धी को ससुरालवालों ने क़बूल नहीं किया।'' विशालाक्षी ने मुस्कुराते हुए, ननदजी की तरफ देखा।

अचानक उनका लहजा बदल गया, ''खुद ही देखो, शाम से ही चीखने-चिल्लाने में लगी हो। दवा ली थी ? चलो, अपने कमरे में जाओ। ताखे पर दवा और मुँहशुद्धि, मैंने रख दिया है।''

कुछेक पलों में हर ओर सब शान्त हो गया। आनन्दीराम की माँ, दोबारा सुपाड़ी काटने बैठ गईं। बुआ आनन्दी के मामा की खोज में निकल पड़ी। उस बन्दे की मदद

के बिना, दामाद को चिट्‌ठी भेजना मुश्किल था।

घरवाले खाना-पीना निपटाकर सोने चले गए। सिर्फ आनन्दीराम की बचे रहे। चूँकि उन्हें देर रात तक बाहर रहने की आदत थी, वे काफी देर से खाते थे।

इतनी देर बाद, आनन्दी को अचानक ख़याल आया, बाहर वाचस्पतिजी बैठे हुए हैं। वे एकदम से हड़बड़ा गए।

वे कुछ कहने ही वाले थे कि वाचस्पतिजी ने भाँय-भाँय रोते हुए कहा, "बेटा, मैं बड़ी मुसीबत में हूँ।"

"अरे, क्या हो गया ?"

वाचस्पति ने चारों तरफ निगाह दौड़ाकर देख लिया। आसपास कहीं, कोई मौजूद तो नहीं है ?

उन्होंने बेहद धीमी आवाज़ में बताया, "सर्वनाश हो गया। काशी फरासडाँगा गया था, अपनी जात दे आया।"

"जात दे आया ?"

वाचस्पति ने फुसफुसाकर जवाब दिया, "साहब लोगों के हाथों बनी बरफ..."

"क्या खा आया ?"

वाचस्पति ने जुबान काटकर कहा, "नहीं खाया तो नहीं, हाँ सूँघकर देखा—'

उनका रोना दोबारा शुरू हो गया। रोने से नाक के सूराख मुलायम हो आते हैं। इसलिए अब उनकी नाक से भींगी-भींगी नस्सी की बूँदें टपकने लगीं। आनन्दीराम को हँसी आने लगी।

उन्होंने आवाज़ में हमदर्दी घोलकर कहा, "अरे, बर्फ में कोई गन्ध थोड़ी होती है, फूफाजी ?"

"क्या पता, बेटा, जजमानी करके खाता हूँ। अगर कहीं गाँव में यह ख़बर फैल गई, तो मेरा तो जीना मुश्किल हो जाएगा।"

"ठीक है ! मैं काशी से बात करता हूँ, आप जाएँ।"

"हाँ, बेटा बात कर लो और उसे कसकर कनेठी भी लगाओ...तुम्हें ही थोड़ा-बहुत मानता है वह !"

वे उठ खड़े हुए और आनन्दीराम के दोनों बेटे, उन्हें सड़क तक पहुँचा आए।

काफी रात हो चुकी थी। आनन्दीराम खाने बैठे। छोटी उनके सामने बैठ गई, मीठे-मृदुल लहजे में उनसे बतियाने लगी। आनन्दीराम की उम्र, यही कोई अट्‌ठाइस साल ! छोटी उनसे हद से हद पाँच-छः साल बड़ी होगी। कहते हैं, इस घर में सुख-समृद्धि ने उनके साथ-साथ रखा था। इसलिए छोटी के आदर-सम्मान का कोई अन्त नहीं था।

घर में पीठ पीछे, जितने मुँह, उतनी बात होती थी। मगर आनन्दीराम जानते थे, उन पर सौतेली माँ के अशेष अहसान थे।

दीपदान में दीपक जलता हुआ ! उसके सामने ही छोटी गाल पर हाथ धरे बैठी हुई !

आनन्दीराम ने क्षोभ जताते हुए कहा, "मैं इस घर में आता हूँ, सिर्फ तुम्हारे लिए ! वर्ना रोज़-रोज़ औरतों की यह चींख-चिल्लाहट, मुझे असहनीय लगती है।"

छोटी किसी सोच में डूबी हुई थीं।

उन्होंने हँसकर कहा, "अब क्या उपाय, तुम्हीं बताओ ? असल में तुम्हारे घर के ऊपर से ही देवर्षि नारद का आना-जाना जो है।"

"सच तो यह है कि तुम ही बढ़ावा देती हो, तभी यह हाल है।"

"मैं बढ़ावा देती हूँ ? सो, कैसे ?"

माँ-बेटे का रिश्ता, काफी कुछ दोस्तों जैसा था। एक तो लगभग बराबरी की उम्र, दूसरे, बेटी का स्वभाव ! छोटी प्रविदान की अपेक्षा न रखकर, प्यार-ममता देना जानती थीं।

"और नहीं तो क्या ? गृहस्थी की सारी जिम्मेदारी खुद अपने कन्धों पर ले रखा है। किसी को कुछ करने नहीं दोगी, कुछ समझने-बूझने भी नहीं दोगी, तो..."

"जिम्मेदारी आखिर किसे दूँ, गोपाल ? तुम्हारी माँ बीमार हैं, बुआ हमेशा से नासमझ ! हमेशा अपना मतलब साधनेवालों, बला टालनेवालों को गृहस्थी में जोड़ा जाए, तो हमेशा हित के विपरीत होता है।"

"हाँ, सो तो सच है।" आनन्दीराम ने संक्षिप्त-सी उसाँस भरी। दोनों को ही मन-ही-मन यह ख़याल आने लगा, घरवालों ने बड़े प्यार से, जिसके हाथों में घर-गृहस्थी का दायित्व सौंपना चाहा था, उस बड़ी बहू को तो यह सुख, कोरा दुःख नजर आया था और झूठमूठ ही डरकर, ख़ानदान की इकलौती सन्तान को उठाए-उठाए अपने मायके चल दी। हालाँकि पहली बीवी को पति और सास से असीम प्यार मिला था।

भात में उँगलियाँ नचाते-नचाते, आनन्दीराम ने किंचित हँसकर कहा, "मैं तो यह सोचता हूँ कि तुम कासिम बाज़ार क्यों नहीं चली जातीं ? यहाँ किस सुख में पड़ी हो ? तुम्हारा ऐसा भाई..."

छोटी किसी और ख़याल में खोई हुई थी। उसने उसकी बात का जवाब न देकर, अपनी तरफ से पूछा, "तुम मेरे भाई के पास क्यों नहीं जाते ?"

"क्यों ?"

"उन्होंने मुझे वचन दिया था कि जिसमें तुम्हारा भला हो, इसका वे खयाल रखेंगे। तुम उनके इकलौते भाँजे हो।"

आनन्दीराम ने पत्तल पर आँखें गड़ाए-गड़ाए कहा, "भई, वे मेरे लिए कुछ क्यों करने लगे ?"

"करेंगे ! करेंगे !"

छोटी के चेहरे पर यादों की मधुरता झलक आई। जो औरत घर के तमाम प्रियजनों पर, अपने प्यार का समान हक़ समझती है, वह हर किसी को याद करते हुए, खुश होती

है। शिवकाली गांगुली उसकी कोई बात टालते हों, ऐसा नहीं लगता।

छोटी ने मृदुल स्वर में कहा, "मैं उनकी इकलौती बहन जो ठहरी।"

"इकलौती बहन होने की वजह से ही क्या हर कोई, अपनी बहन के लिए कुछ करता है ?"

छोटी मानो समझ गईं, आनन्दीराम ने किस प्राणी को याद करके, यह मन्तव्य किया है।

उन्होंने कहा, "हर इंसान एक ही साँचे में ढला नहीं होता, गोपाल !"

"पता नहीं—"

खाना ख़त्म करके, आनन्दीराम ने दूध का कटोरा अपने सामने खींच लिया।

छोटी ने अपनी आवाज़ धीमी करते हुए कहा, "देखो, दद्दा का दिमाग काफी तेज़ है।"

"हाँ ऽ, वर्ना वे फिरंगी व्यवसायियों की पेशकारी करते ?"

"उन्होंने जितनी ज़मीन-जायदाद खड़ी की है, सब अपने दम पर...अपनी कोशिश से ! तुम शायद जानते हो, मामा लोगों ने तो मुट्ठी-भर नमक और पाँच पौव्वा चिड़वा, उनके गमछे में बाँधकर, उन्हें बूढ़ी गंगा की नाव में चढ़ाकर, हाथ झाड़ लिया था।"

"अरे, उस ज़माने में इंसान की तकदीर कुछ और हुआ करती थी। अगर गिरना है, तो नाटौर के राय-राजा के सामने ही जा गिरो। हमारी तो तकदीर ही फूटी है, आज वैसा-वैसा कोई दमदार राजा तक नहीं है। आजकल तो राजा के मुकाबले महाजनों को ही ज्यादा गर्मी चढ़ी रहती है। चाहे ऐसे, चाहे वैसे, रुपइए वे लोग ही उधार देते हैं।"

"तुमने किस राजा को महाजन के आगे हाथ फैलाते देखा है, गोपाल ?"

"ओफ ओ ! एक ही बात है। महाजन न सही, कोठी के पेशकार ही सही ! जो क़र्ज दे, वही महाजन ! हमारी तकदीर क्या मामा जैसी है, छोटी ?"

छोटी ईषत् हँस पड़ी। उनके दद्दा की ज़िन्दगी में यही तो ताज्जुब की बात थी। लगभग कहानी-किस्सों की तरह ! नाटौर के राजा के हुक्म पर ही उनके राजसाही-आमनूरा की कचहरी में, उन्हें काम मिल गया।

राजा साहब कहा करते थे, "बाघों में बौना बाघ और बाम्हनों में रेढ़े—ये तरक्की करते हैं। देखना, शिवकाली भी जरूर तरक्की करेगा।"

बहरहाल, उन्होंने सच ही तरक्की की थी। उनकी तरक्की की वजह शायद यह थी कि शिवकाली के अलावा, वहाँ और कोई काम नहीं करता था। राजा साहब के देहान्त के बाद, वे रानी साहिबा के पास भी रहे थे। उन दिनों कुशल कर्मचारी की क़द्र थी, अस्तु रानी भवानी ने शिवकाली को बड़े शहर की ज़मीन बस्ती भी उन्हें दान कर दी, लेकिन इसके बावजूद शिवकाली वहाँ नहीं रुके।

"अच्छा, एक बात तो बताओ, मामाजी नाटौर में रुके क्यों नहीं, छोटी ?" आनन्दीराम ने अचानक सवाल किया।

"सुना है। आजकल शोक-ताप झेलते-झेलते रानी साहिबा का मन-मिज़ाज़ थिर

नहीं रहता था। इसके अलावा, हालाँकि दद्दा का तो यही कहना है कि वे रानी साहबा की अनुमति लेकर, वहाँ से अलग हुए, मगर मुझे लगता है...''

''क्या लगता है ?''

छोटी का जवाब सुनकर, आनन्दीराम आसमान से गिरे। हालाँकि वे दद्दा की ही बहन थी, मगर सारा कुछ जानती-समझती थीं।

छोटी ने कहा, ''मेरा खयाल है, मामाजी के बाद, जमींदारी की निगरानी करनेवाला, ख़ास कोई नहीं है, यह जानकर रानी साहिबा सारा कुछ दान करने लगीं। ऐसी जगहों पर बेइमान कर्मचारियों का होना-न होना, एक बराबर होता है। ऐसे लोग अपने फ़ायदे की कौड़ी बीनने में ही जुटे रहते हैं। ख़ैर, दद्दा इसमें भी अनाड़ी थे। हालाँकि उन्हें पता था कि अगर मालिक का ही दिल टूट जाए...अगर मालिक ही यह सोचने लगें कि अब क्या लेकर ज़िन्दा रहा जाए...अगर उम्मीद ही बुझ जाए, तो जमींदारी की तरक्की में मन लगाना मुश्किल है। ऐसे में ज़मीन-जायदाद बोझ बन जाती है। ऐसी जगह रहकर, तरक्की असम्भव है, इसीलिए शायद हट गए।''

''अन्त में उद्योगपतियों की नौकरी ? इधर नदिया, वर्धमान, उधर निज़ाम...हर तरफ उनका आदर-सम्मान तो होता...''

''हाँ, आदर-सम्मान तो होता। लेकिन दद्दा का कहना है, ये फिरंगी जात के कट्टर बनिया होते हैं। उनकी तरक्की कौन रोक सकता है ? सुनार है, उनके यहाँ... ।''

''तरक्की ?'' आनन्दीराम ने अपनी तरफ से शब्द जोड़ा।

''हाँ, वही...''

छोटी ने बेटे के मन की बात समझते हुए कहा, ''दद्दा कहते हैं, उनलोगों से चालाकी करने में कोई दोष-पाप नहीं होता। वे लोग इस देश के लोग नहीं हैं। ख़ैर, ये बात छोड़ो, गोपाल, बस, तुम अब इनकार मत करो।''

''किस बात के लिए ?''

''दद्दा के यहाँ जाने के मामले में !''

''मेरा मन गवाही नहीं देता, छोटी !''

''ऐसी बातें करने से भला चलता है, गोपाल ? हमेशा क्या अपने बारे में ही सोचना चाहिए ?'' तुम्हारे बाप ऐसा कुछ रखकर नहीं गए। अगर तुम यह कहो कि नौकरी करना बुरी बात है, तो भी मेरा जवाब होगा, बुरी बात ही सही, मगर आजकल सैकड़ों लोग नौकरी कर रहे हैं या नहीं ? तुम्हारे लिए भी यह कोई नई बात नहीं होगी। कोठी की चाकरी की खोज में, तुम गोविन्दपुर गए थे न ?''

''हाँ, गया तो था।''

''इसके अलावा, गोपाल, हम इतने सारे प्राणी, आखिर तुम्हारे ही आसरे-भरोसे हैं न ! कुछ हमारे बारे में भी सोच देखो—''

आनन्दीराम हँस दिए। उनकी निगाहें छोटी के चेहरे पर गड़ गईं। यह सौतेली माँ,

उनके लिए, काफी कुछ माँ दुर्गा जैसी सर्वशक्तिमयी है। बचपन से ही वह उन्हें देवी नजर आती रही हैं, हालाँकि इसकी वजह स्वार्थ से जुड़ी है। शिवकाली विवाहित होते हुए भी निःसन्तान थे। किसी बच्चे को गोद लेना चाहकर भी, अभी तक किसी को भी दत्तक-पुत्र नहीं बना पाए। वैसे यह राह अभी भी बन्द नहीं हुई थी। बहन को वे काफी कुछ देते रहते थे और बहन वह सारा कुछ इसी गृहस्थी में ढाल देती है। आनन्दीराम को जो लाड़-प्यार मिला था, वह सब उन्होंने ही दिया था।

"तुम्हें मेरा भरोसा है या नहीं ?"

"है क्यों नहीं ?" छोटी की आवाज गम्भीर और उदास सुनाई दी, "भला अपने बेटे को भरोसा नहीं करूँगी, गोपाल ? मेरा और है कौन ?"

"फ़र्ज़ करो ये सब दुःख-तकलीफ अगर ख़त्म हो जाएँ ?"

"ख़त्म तो करना ही होगा, वर्ना ये पागल-बावले लोग कहाँ जाएँगे, बता ? कोई तो होना चाहिए, जिसे ये लोग अपना कह सकें ! मेरे लिए तो अपनों के नाम पर, ये ही लोग हैं। किसे छोड़ूँ, किसे रखूँ, तू ही बता ?"

आनन्दीराम ने क्षुब्ध लहजे में कहा, "जैसी ये औरतें, वैसे ही मामाजी—कोई कुछ नहीं समझता।"

"ऐसा नहीं कहते, तेरे मामाजी लगते हैं न ! इसीलिए तो आज ज़िन्दा हूँ मैं !" यह कहते-कहते छोटी हँस पड़ीं, क्योंकि आनन्दी के मामा इस गृहस्थी में एक तिनका तक तोड़ने का उपकार करते हैं, इस बात पर कोई पागल भी यकीन नहीं करेगा।

"हाँ, मुझे क्या नज़र नहीं आता ? आखिर क्यों न हो ? मामाजी और माँ एक ही झाड़ के बाँस जो हैं ? नासमझ !"

"छिः, गोपाल, वे तुम्हारी गर्भधारिणी माँ हैं।"

छोटी ने हाँडी-बर्तन समेटकर एक किनारे रख दिया।

इधर-उधर बिखरी जूठन समेटते हुए, उन्होंने दोबारा कहा, "वैसे मैं गुस्सा करूँ भी तो किस पर ? इनलोगों को भला कोई समझा है ? दीदी या ननदजी से तो इतना भी नहीं होता कि मैंने खाया या नहीं, इसकी खोज-ख़बर भी ले लिया करें—"

"निरोल की वे साहबज़ादी क्या करती रहती हैं ?"

"वह बेचारी तो हमेशा एक पैर पर खड़ी रहती है। लेकिन मैं उसे यथासम्भव काम-काज से अलग-थलग रखती हूँ। इसके बावजूद, सास, बुआ-सास की घनघोर डाँट-डपट से, वह बिचारी..."

छोटी ने अपनी बात अधूरी ही छोड़ दी। आनन्दीराम भी बाहर निकलकर कुल्ला करने लगे। छोटी ने रसोई के दरवाजे की साँकल चढ़ा दी। रसोई के खाली अहाते के दरवाजे पर खील चढ़ा दी। दालान में आकर उन्होंने हाथ-पैर धोया और सीढ़ियाँ चढ़कर ऊपर आ पहुँचीं। बेटे के कमरे के अगले दो कमरों के बाद। बड़ा सा कमरा, उनका था। कमरे में दाखिल होकर, उन्होंने अन्दर से सिटकिनी चढ़ा ली। इतने बड़े कमरे में अकेले-अकेले सोना, उनके शौक में शामिल था। भींगे गमछे से उन्होंने अपना

हाथ-पाँव-बदन पोंछ डाला। लेकिन इसके बावजूद सारा शरीर फुँका जा रहा था। पहनी हुई साड़ी उतारकर, एक पुरानी सी, लेकिन साफ-सुथरी, नरम सी साड़ी लपेट ली। एहतियात से बाल सँवारे। कई-कई मामलों में उनका रहन-सहन विधवा जैसा नहीं था। विधवा औरतों को तो सोने-बैठने का आराम भी भूल जाना होता है। लेकिन छोटी, पलंग पर साफ-सुथरी बिछावन पर सोती थीं।

दीया बुझाकर, वे बिस्तर पर लेट गईं और अपनी आदत मुताबिक, हाथ-पंखा डुलाते-डुलाते, उन्होंने करवट बदली, उनकी निगाह अँधेरे पर गड़ गई। इस खिड़की के पार, अनन्त-असीम आकाश ! अगर कोई चाहे भी तो कोई उन्हें देख नहीं सकता था।

दूर...काफी दूर से कोलाहल की आवाज़ सुनाई दी। विशालाक्षी की निगाहें धीरे-धीरे थिर हो आईं। उस कोलाहल को ध्यान से सुनने की भंगिमा में उनकी समूची देह एकाग्र हो आई। नाक की नोंक फड़क उठी। आँखें बिना पानी के ही झिलमिला उठीं। चड़क का शोरगुल था। आज रात मानो कुछ ज्यादा ही शोर मचा हुआ था। श्मशानतला के खुले मैदान में वे कभी नहीं गईं, लेकिन इस गाँव में बहू बनकर कदम रखने के बाद ही, उन्हें पता चल गया था कि संक्रान्ति जैसे-जैसे करीब आती-जाती है, श्मशानतला के मैदान में तांडव उतना बढ़ता जाता है। दुनिया-भर के साधु-संन्यासी, पिशाच, सिद्ध, तान्त्रिक वगैरह यहाँ आकर जमा होते हैं। जो लोग शिव के भक्त होते हैं, वे लोग भी उनमें शामिल होकर, श्मशान से मुर्दे उठा-उठाकर नचाते हैं। हाथ में मुंड उठाए नाचते हैं। साथ ही विकट आवाज़ में शिव ! शिव ! की गुहार लगाते हैं। अच्छा, यहाँ जितने भी लोग जमा होते हैं, सबके सब क्या जात से ही संन्यासी होते हैं ?

विशालाक्षी ने हाथ-पंखा एक किनारे रख दिया। अपनी काली मशहरी से झाँककर, वे आकाश की तरफ टकटकी बाँधे देखती रहीं। औरत जात का यूँ तो निहारना अनुचित है ! आकाश में जितने तारे देखो, उतना ही अशुभ है। लेकिन वे क्या ये सब मानती थीं ?

"पत्तल पर भात खाते-खाते गोपाल बतियाता रहा, इससे क्या उसकी जात चली गई ?"—उन्होंने अस्फुट आवाज़ में दोहराया और हल्के से हँस पड़ीं। यह जुमला कहने का उनका कोई इरादा नहीं था। वे तो यह कहना चाहती थीं कि अगर कोई यह दृश्य देखता, तो कहता—भात के पत्तल के सामने बातें करके, वह तो अपनी जात से गया।

छोटी कान लगाकर, चड़क का हो-हल्ला सुनती रहीं। कितना ज़बर्दस्त शोर ! मानो दक्ष-यज्ञ चल रहा हो। इस बार उन्हें कुछेक नई आवाज़ें भी सुनाई दीं। "हर-हर महादेव ! हर-हर महादेव !" उनके कान स्पष्ट सुन रहे थे—"बाप रे बाप, जैसे कहीं डाका पड़ा हो ?" विशालाक्षी ने करवट बदली।

लेकिन उनकी छाती हौले-हौले धड़कती रही। आजकल ऐसा अक्सर होता है। सिकोरा-सिकोरा काढ़ा पी चुकीं, मगर यह घबड़ाहट कम नहीं हुई। जरा-सी कोई आवाज सुनी या कोई उत्तेजना जागी नहीं कि सीने में मानो ढेंकी का शोर गूँजने लगता है।

चरक के वाद्य सुनते हुए, उनकी साँसें थिर नहीं रह पातीं। दस साल पहले, ऐसे ही एक चरक मेले में, वे अपना इकलौता बच्चा खो बैठी थीं। पाँच साल का बच्चा।

बेहद दुलारा ! अधखुली तोतली बोली ! भोलाभाला भकुआ-सा शिशु ! अगर उसके पास कुछ था, तो दिनोंदिन बढ़ती हुई क़द-काठी ! ख़ैर, ऐसे बच्चों की क़द-काठी और सेहत, ज़रा ज़्यादा ही भरी-भरी होती है। जाने कौन तो उसे नौकर की गोद से छीन ले गया। उस वक्त मेला उठ चुका था। साधु-संन्यासी अपना-अपना डेरा-डंडा समेट रहे थे। पता नहीं, बच्चे को वे साधु-संन्यासी ही उड़ा ले गए या वह खानाबदोश जादूगर या वे सब चिड़ीमार या कटक के वे नटुए लोग, जो मुखौटा लगाकर राम-सीता की नौटंकी दिखाया करते थे। उन लोगों की लाख कोशिशों के बावजूद, उस बच्चे का कहीं पता नहीं चला।

आज भी चरक के बाजे कहीं सुनाई देते हैं, तो विशालाक्षी के सीने में कहीं चोट लगती है। उनका दुःख कोई नहीं समझता। यह बात गोपाल भी नहीं जानता कि वे किस उम्मीद में आंधारमानिक की मिट्टी से चिपकी हुई, यहाँ पड़ी हुई हैं। विशालाक्षी ने फिर करवट बदली।

ठीक उसी वक्त, पश्चिम की तरफ के कमरे में, आनन्दीराम, निरोल की बेटी, इस घर की छोटी बहू, कुन्द की साक्षी में, दिल खोलकर बातें कर रहे थे।

"छोटी का मन भला कौन बूझता है ? अभी भी वे छोटे कन्हाई की उम्मीद में जी रही हैं, वर्ना क्या वे यूँ, तुम्हारी गृहस्थी में पड़ी रहतीं ? इतने प्रतिष्ठित और इज़्ज़तदार आदमी की बहन हैं वे !"

घूँघट की आड़ से, कुन्द की आँखें उनके चेहरे पर गड़ी हुई थीं। अचानक वह उठ खड़ी हुई और खिड़की की सलाखें, अपनी मुट्ठियों में कसे, वह गुमसुम बनी रही।

आनन्दी झुँझला उठे। बीवी की यह अतिशयता उन्हें अच्छी नहीं लगी। वे चाहे जितना भी धाराप्रवाह बकबकाते रहें, उसकी तरफ से भी तो हूँ-हाँ की अपेक्षा रखते हैं ?"

उन्होंने एकदम से पूछा, "यह क्या तरीका है ?"

कुन्द ने तैश से पलटकर देखा। उसके सिर से घूँघट सरक गया; होंठ काँपने लगे; नाक की बुलाक हिलती रही। आनन्दीराम उसकी यह मुद्रा देखकर हत्वाक हो उठे। उनके यहाँ दीया न बुझने तक, बहुओं का घूँघट उठाने का रिवाज नहीं है। किसी एक औरत को अगर वे अपने काबू में नहीं रख पाए, इसलिए दूसरी को भी छूट दें, इसमें भला क्या तुक है ?

"मैं पूछता हूँ, यह क्या तमाशा है ?"

अचानक कुन्द एक ही छलाँग में कमरे के बीचोंबीच चली आई और सब कुछ भूलकर, भरपूर आवाज में चींख उठी, "जल्दी से बत्ती बुझाओ, जी ! कोई खिड़की से हमें झाँक रहा है।"

"कौन झाँक रहा है ?"

"तुरुक सवार ! माथे पर पग्गड़ जमाए, कोई तुरुक सवार है।"

आंधारमानिक गाँव में वर्गी आ घुसे थे। कानों में अचानक—हर-हर महादेव के नारे गूँज उठे।

श्मशानतला के मैदान में, गाँजे का नशा तोड़ते हुए, जाने किसने तो ढाक पर थाप दी। साथ ही घनघोर शोर मच गया। उस वक्त सभी ने यही अन्दाज़ा लगाया कि चरक की धूमधाम मची है।

6

आंधारमानिक में घुस आए वर्गी

असल में चैत के महीने में महादेव जी का नाम-कीर्तन की ज़रा हद ही हो गई थी।

राढ़ बंग में सर्वत्र सिर्फ चरक-पर्व की धूमधाम ! सुबह से लेकर दोपहर तक शिव का नाम-जप करते हुए भीख माँगना और शाम से रात तक संन्यासियों के अड्डे में धुँआँधार गाँजे का दम लगाना और 'शिव-शिव ! महादेव !' के नारे ! हर और पीतल का त्रिशूल उठाए और बाघम्बर पहने साधु-संन्यासी, शिव के नाम की गुहार लगाते हुए ! कहीं-कहीं जुबान के आर-पार पीतल का त्रिशूल गड़ाए, शिव-सेवक, बालक, संन्यासी, शिव-नाम सुन-सुनकर नाचते हुए ! श्मशान में नागा संन्यासी भी, राख-भस्म में लोट-पोट लगाते हुए ! भोलानाथ ! भोलानाथ ! की गुहार लगाकर भावावेग में रोते-बिसूरते हुए ! भिखारी-बैरागी भी उन दिनों कृष्ण-नाम दरकिनार रखकर, "कहाँ तक दास को भूले रहोगे, बाबा ? भोले बाबा !" वगैरह-वगैरह की गुहार लगाते हुए ! बेसुरी आवाज में बम-बम भोलेनाथ को पुकारते हुए, वे जब तक थाली भरा दान नहीं पा लेते थे, तब तक गृहस्थी की बहू-बेटियों और नौकरानियों की नाक में दम कर देते थे। अस्तु, भोलानाथ जागृत हुए ! शायद उन्होंने भी इधर-उधर निगाहें दौड़ाकर देखा, सफाचट सिर पर पगड़ी कसे हुए वर्गी शिलाकारों की आवाज़ों में भी, उन्हीं के नाम की हुँकार थी।

बंगला देश की तरफ दिशा-निर्देश करके, महादेव जी पुनः निद्रामग्न हो गए।

इसके बाद, बाबा भोलानाथ को कोई बात याद नहीं रही। गाँव-गाँव, वर्धमान, वीरभूम, मेदिनीपुर, मुर्शीदाबाद, हावड़ा, हुगली में चरक पूजा की धूमधाम ! उनके नाम पर वक्रेश्वर के अनगिनत नर-नारी, हल्दी रंग का धागा बाँधकर, गेरुआ पहनकर, चरक-पर्व पर संन्यासी बन गए थे—यह सब, कुछ भी उन्हें याद नहीं रहा। इन देवताओं की पल-भर स्मृति रहती थी, अगले ही पल विस्मृति में डूब जाते थे। जितना समय उनका पलक झपकने में लगता था, उतने में ही इंसानों की दुनिया-जहान में प्रलय आ जाती थी।

बहरहाल, प्रलय मचाकर, देवता तो शयन के लिए चले गए।

आनन्दीराम को कुन्द की बातों पर यकीन नहीं आया, "हुँह तुर्क सवार ? पता नहीं, किसको देखा और तुर्क सवार समझ लिया।"

लेकिन कुछ पल-भर में ढुलक पड़ी।

"उफ ! क्या मुसीबत है !" आनन्दीराम की नज़रों के सामने ही, वह दाँत पर दाँत जमाए, एकदम से बेहोश हो गई। अब वे क्या करें ?

उन्होंने तेज़-तेज़ हाथों में उसके चेहरे-आँखों पर पानी के छींटे मारे। अब उन्हें घोड़े की टापों की आवाजें भी साफ-साफ सुनाई देने लगीं। घोड़ों की टापें अविराम गूँजती रहीं।

दरवाजा खोलकर वे छोटी के कमरे तक बढ़ आए और उन्होंने उनके दरवाज़े पर दस्तक दी, "छोटी ! उठो ! उठो !"

विशालाक्षी दरवाजा खोलकर बाहर निकल आईं।

उन्होंने हैरतभरी मुद्रा में दरयाफ़्त किया, "क्या बात है ?"

"चुप !" सारा कुछ भूलकर, आनन्दीराम, छोटी का हाथ पकड़कर, उसे खिड़की की तरफ खींच ले गए।

"कान लगाकर सुनो ! कुछ सुनाई दे रहा है ?"

छोटी ने कान लगाकर सुनने की कोशिश की।

"कुछ सुनाई दिया ?"

"घोड़ों की टापों की आवाज़ !"

"और कुछ समझ में आया ?"

"हाँ, भयंकर शोरगुल मचा है। लगता है, ढेर सारे लोग, एक साथ ज़ोर-ज़ोर से बातें कर रहे हैं।"

"कुछ समझ में आया ?"

"समझना क्या है ? डाका पड़ा है।" छोटी ने आँखें उठाकर देखा।

आनन्दीराम ने थोड़ा ठहरकर कहा, "सुनो, हल्ला-गुल्ला सुन रही हो न ? घरवालों को जगा दो।"

"उसके बाद ?"

"उन्हें ऊपर बुला लो और चोर-दरवाज़ा अन्दर से बन्द कर लो।"

"उसके बाद..."

"लेकिन, छोटी..."

"जो कहा, वह सुनो ! जरूर कहीं डाका पड़ा है।"

आनन्दीराम की करुण आँखें, छोटी के चेहरे पर टिकी रहीं। छोटी के कमरे में, सन्दूक के अन्दर, लोहे की पत्ती जड़ी, काठ की एक पिटारी रखी थी। इस गृहस्थी के तमाम सोना-दाना, धन-दौलत, उस पिटारी में सुरक्षित था।

छोटी, आनन्दीराम का हाथ थामे-थामे, उन्हें अपने कमरे में ले आई।

"ऐसा करो, इस पेटी को एक तरफ से तुम उठाओ, एक तरफ से मैं। इसे उस सड़े हुए पोखर में फेंक देते हैं। वहाँ घनी घास का जंगल उगा हुआ है।"

आनन्दीराम को उनकी सलाह ठीक लगी। दहशत से काँपते हुए, उन दोनों ने सन्दूक के ऊपर रखी चटाइयों का गट्ठर उतारा और सन्दूक खोलकर, चीथड़ों की गठरी

हटाई और पेटी निकाल ली। डाका पड़ा हो, तो इसके अलावा और कोई उपाय नहीं होता। दोनों वह पेटी बाहर निकाल लाए।

उसके बाद, बिना किसी शोरगुल के, घर के बाकी लोगों को भी जगाया गया। यथासम्भव भारी-भारी बर्तन-भाँड़े पोखर में फेंक दिए गए। इधर ब्राम गाँव की सरहद पर आग की लपटें नज़र आने लगीं। आनन्दीराम की बुआ, सूखा चेहरा लिए, गोशाला में आई, खूँटे से बँधी गायों की डोरी काट दी और गायों को दरवाजे की तरफ रगेद दिया। बुआ की दोनों बेटियाँ क्षीण आवाज़ में विलाप करती हुईं, ठाकुर घर से पूजा के बर्तन निकाल लाईं। आनन्दीराम के मामा, शाम को 'कालियादमन' की नौटंकी देखकर आए थे, तब से उसी का गीत गाने में मगन थे।

इस वक्त उनकी बहन ने उन्हें आवाज देकर कहा, "ए दद्दा, चुपके-से तुम एक बार बाबुराली को बुलाय लेते, सड़की लेकर खड़ा हो जाता..."

भाई ने काँपती हुई आवाज़ में जवाब दिया, "ना, भइया वह ठहरा भाला-लाठी भाँजनेवालों का सरदार ! आते ही गरज-गरजकर, हाँक लगाता है। मुझे हो-हल्ले से बेहद डर लगता है।"

घरवाले ऊपर चले आए। सीढ़ी का भारी-भरकम गेट बन्द कर दिया गया। आनन्दीराम भी ऊपर चले आए।

छत पर एक अदद चिलकोठा भी था। वे ऊपरी छत पर जा चढ़े। दूर-दूर तक आग की लपटें नजर आती हुईं ! बहुत सारे लोग चीख-चिल्ला भी रहे थे। आनन्दीराम ख़ासी उलझन में पड़ गए। ये कैसे डाकू हैं, जो सिर पर पगड़ी बाँधकर डकैती करने आए हैं ? उन्हें ये सब लक्षण सही नहीं लगे। वे नीचे उतर आए। अचानक कायेथ मुहाल में ताबड़तोड़ शंख बज उठे। मुसीबत का एलान करते हुए शंखों की गूँज ! काँसे की लाठियाँ बजाई जाने लगीं।

वे नीचे चले आए। इस बीच जलते हुए दीये की लौ में, टुकड़ा भर चीथड़ा जलाकर, छोटी, कुन्द की नाक में धुआँ देने लगी। बन्द दालान में कपड़ा जलने की गन्ध। कुन्द ने घूँघट खींच लिया और धार-धार रो उठी। मामा और आनन्दीराम दूसरे कमरे में जा बैठे।

चारों तरफ सन्नाटा ! सब चुप ! किस मोहल्ले से रोवा-गाही की आवाज़ सबसे पहले आती है, यह सुनने के लिए, सबके कान बाहर की तरफ लगे रहे।

"क्यों, भई, तुमलोग सब ठीकठाक हो न ?" आनन्दीराम ने नरम लहजे में पूछा।

छोटी ने कोई जवाब नहीं दिया।

उन्हें कुहनी मारते हुए, बड़की सौत ने कहा, "एक बीड़ा पान नहीं लाते बना ? गला-छाती सूखकर बिल्कुल काठ हो गई है।"

ननद ने फिक् से हँसते हुए कहा, "तब से मैं बाहर की किचिर-मिचिर सुन रही थी। लगता है, अड़ियल जानवर ने चने का खेत चबा-खाकर, बिल्कुल ख़त्म ही कर डाला।"

"ओफ ओ! इतनी बतकही करने को क्या है, भई ?" मामा ने दूसरे कमरे से ही फिड़की लगाई, "लोग-बाग़ क्या यूँ ही कहते हैं कि औरत जात की दस हाथ की साड़ी

में, काछा नहीं होता। इस वक्त, इस विपदा के वक्त भी...''

अचानक उस तरफ...सुदूर श्मशानतला के मैदान की तरफ से कोलाहल का एक रेला गूँज उठा। वहाँ मौजूद लोग, एकदम से हक्का-बक्का हो गए और एकदम से चुप बैठे रहे।

रमई बागदी, दूसरे गाँव में काम निपटाकर, ठीक वक्त पर गाँव लौट रहा था, रात वह किसी रिश्तेदार के यहाँ गुज़ारनेवाला था, मगर दो-तीन पैग चढ़ाने के बाद, रमई के मन-मिज़ाज़ में ख़ासा जोश उमड़ आया और उसने मिर्च-मसाला लगा-लगाकर किस्से सुनाने शुरू कर दिए—निज़ाम के यहाँ नौकरी करने की क्या-क्या जिम्मेदारी होती है ! प्यादे उसे देखकर, डर से दुबक जाते हैं। थर-थर काँपते रहते हैं। किस कोने में समा जाएँ, इसकी भी सुध-बुध नहीं रहती। महीने के अन्त में, एक अदद सुच्ची मुहर, वह अपनी पारी को भेज देता है...वगैरह-वगैरह !

जवाब में उसके साढ़ू ने भी मुँह-दर-मुँह किस्से छेड़ दिए। मैं बड़ा किस्सागो या तुम...इस क़िस्म की होड़ और उसके बाद, बहस ! तर्कों का सिलसिला !

तर्कों की यह लड़ाई, शायद लाठीबाज़ी तक पहुँच जाती, लेकिन रमई की बड़ी साली एकदम से गर्म हो उठी, ''तुम दोनों यह जो बाली-सुग्रीव की घमासान जंग में जुट गए हो, मैं पूछती हूँ, खाना-पीना कब होगा ?''

''चुपकर, छिनाल !''

बागदिन भी भड़क गई, ''खूब तो छिनाल-छिनाल रट रहे हो। घर की बीवी पर सभी रौब झाड़ते हैं—''

''क्यों ? यह बात तूने क्यों कही ?''

''अरे, कहने में क्या है ? यह जो शाम से मैं रट रही हूँ कि लालावाली गाय को पाल बाबू ने आँवले के पेड़ से बाँध रखा है, तुम वापस लाए उसे ?''

ऐन उसी वक्त, लाल-लाल खूनी आँखों से घूरते हुए, श्रीमती बागदिन आँगन में प्रकट हुईं।

उसने आग उगलते हुए कहा, ''आज नशा किया है न ? सूअर की तरह, अब रात-भर खर्राटे भरते हुए, सोते रहोगे। कल भोर यह हज़रत पाल बाबू को लाएँगे। हुँह ! अरे, तुम्हारा बूता क्या मुझे नहीं मालूम ? वे ठहरे, नवाब साहब के चौकीदार. ..वहाँ से धकियाए गए, तो यहाँ आकर जम गए। तुम ठहरे सरगना ! मुखिया-प्रधान ! इसीलिए वो खून-पसीना एक करके, कमाई हुई कौड़ी-कौड़ी, मिताई कलाल के भट्टे में ढाल आते हो। अरे, तुमलोग अगर वाकई इंसान होते, तो हम दोनों बहनों की मिट्टी यूँ खराब होती ?''

उसका यह जुमला सुनते ही, दोनों मर्द आपसी तू तू, मैं-मैं भूलकर, एकदम से एक पक्ष में हो गए और दोनों ही बकते-झकते वहाँ से निकल पड़े।

जाते-जाते भी उसका मरद उसे धमका गया, 'तुम जैसी रंडी का अगर मैंने दोबारा मुँह देखा, तो मैं रामरतन का बेटा नहीं—''

आंधारमानिक गाँव पहुँचकर, उन दोनों ने संन्यासियों के अड्डे में बैठे-बैठे, काफी सारा गाँजा चढ़ावे में अर्पित किया और खुद प्रसाद प्राप्त करके, साधुओं का प्रवचन सुनने में, वक़्त गुजारते रहे—"जीवन अनित्य है ! जो घर-गृहस्थी के जंगल में फँसता है, वह महामूर्ख है। भोले बाबा के चरणों के अलावा, इंसान की और कोई गति नहीं।" वगैरह-वगैरह।

घोड़ों की टापें और शोरगुल सुनकर, रमई को होश आया और सारा मामला समझ में आए, इससे पहले ही उसने अन्दाज़ा लगा लिया कि कहीं डाका पड़ा है।

ढाक पर काठी पीटते हुए, वह पूरे दम से चिल्ला उठा, "तुम सब होश में आओ, जी, डाका पड़ा है ! डाका !"

उसके बाद, ढाक पर फुर काठी की थाप ! भयंकर शोरगुल !

"कमाल है ! इस गाँव के वर्गी क्या मर गए। जो रात-बिरात डकैतों ने धावा बोल दिया ?" रमई बड़बड़ाया।

अभी तक गाँव की सरहद पर, वर्गियों की विशाल जमघट पर उसकी नजर नहीं पड़ी थी।

सिर्फ आनन्दीराम की ही कोठी नहीं, गाँव के ढेरों सुखी-परिवार, हड़बड़ाकर चौकन्ने हो गए।

बागदी मुहाल से करीब सौ बागदी, हाथ में लाठी थामे, अपने-अपने घरों से बाहर निकल आए।

"कहाँ है, रमई, तेरा डाकू किधर है ?" एक व्यक्ति ने ताज्जुब के लहजे में पूछा।

"घोड़े की पीठ पर मैंने किसी गँजे सिरवाले को जरूर देखा है। देखा है। जरूर देखा है।"

"देखा है, तो अब वे सब ग़ायब कहाँ हो गए ?"

"ऐसा कर, फूस की ढेर में आग लगा दे। यह सन्नाटा शुभ नहीं, भइए।"

चैत की गर्मी में फूस के ढेर, बिल्कुल सूखे हुए ! धूनी से एक टुकड़ा कोयला उठाकर, फेंकते ही, फूस के ढेर धू-धू जल उठे।

"देखना, तेरे डाकू कैसे सूअरों की तरह मारते हैं—" यह कहकर बागदी जैसे ही चींखा, अगले ही पल, डर से आशंकित हो उठा।

हज़ारों-हज़ार घोड़े ! अनगिनत सवार ! सिर पर पेंचदार पगड़ी। किसी-किसी के कानों में छल्ला ! बेहद निर्मम और भयंकर, उनका चेहरा-मोहरा ! हँसते-खिलखिलाते, वे लोग आगे बढ़ आए।

"मार, सालों को मार ! सच्चा बागदी, खड़े-खड़े मार नहीं खाता।"

लाचार-निरुपाय रमई ने साथियों को आवाज़ लगाई।

7

श्मशानतला के मैदान में वर्गी बिरादरी के साथ बागदी बिरादरी की लाठालाठी छिड़ गई। आंधारमानिक के बागदी, जब तलवारों की चोटों से, समूचे मैदान में बिछ गए, उस वक्त फुलेश्वरी सड़क पर थी, विपन्न ! दिशाहारा ! दहशत से काँपती हुई !

सुरकंठ पर भरोसा न करके, वे खुद ही रास्ते पर निकल पड़ी थीं। वे इस गाँव के सारे रास्तों से परिचित भी नहीं थीं। उन्हें तो सिर्फ एक ही सड़क की पहचान थी ! शाम को उन्होंने अपने अन्दर असम्भव साहस जुटाया था। किसी दुःसाहसिक कार्य के लिए, जिसकी बेहद जरूरत होती है ! अगर वे डर गईं होतीं, तो इस गाँव में कतई क़दम नहीं रखतीं। खैर, साहस तो उन्हें जुटाना ही था ! अपने बापू की रक्तिम आँखें उन्हें याद थीं, पति द्वारा दर्प सहित ठुकराया जाना भी वे नहीं भूली थीं। लेकिन इस वक्त अगर उन्होंने हिम्मत नहीं की, तो उनकी ज़िन्दगी हमेशा के लिए गुम हो जाएगी। इस वक्त उन्हें क़दम-क़दम आगे बढ़ना ही होगा, वापसी की राह पर काँटे बिछाकर, वे खुद ही वह राह बन्द कर आई थीं।

लेकिन वे काफी दूर तक आगे नहीं बढ़ पाईं। कुछ दूर आगे बढ़ते-न-बढ़ते, भयंकर कोलाहल, लाठियों की टकराहट, रह-रहकर प्रबल हुँकार, उनके कानों के पर्दे चीर गए। दूर से ही, आग की लपटों पर भी उनकी नज़र पड़ी।

"तुम सब होश में आओ, गाँव में डाका पड़ा है—" रमई की चीत्कार, रात की प्रकृति के सीने पर मानो भूखे-भयभीत सियार की आवाज़ों की तरह, भयंकर जान पड़ी।

गूलर के पेड़ का सहारा लेकर, फुलेश्वरी ने अपने को किसी तरह सँभाला, उन्होंने अपना सिर पीट लिया। ज़िन्दगी-भर जिस रास्ते पर उन्होंने दिन के उजाले में भी क़दम नहीं रखा, इस सियाह रात में उस राह चलते हुए, वे बेतरह डर गईं। चलो, रास्ते का भय तो एकाध पल बाद गायब हो गया, लेकिन कलंक और मुसीबत का ख़ौफ, उन्हें निश्चल कर गया।

सुरकंठ की कोठी छोड़ने को वे किस क़दर अधीर हो उठी थीं, शाम को सुरकंठ की बुआ की निर्मम बातें, उन्हें किस क़दर असहनीय लगी थीं, लेकिन इस वक्त उन्हें लगा, वह घर ही उनका सबसे सुरक्षित आश्रय था। उस बूढ़ी के आँचल तले अपना चेहरा छिपाने से, लोग उन्हें बेशर्म नहीं कहेंगे। दम-फूली रफ़्तार में, वे उलटे पाँव, वापस कोठी की तरफ दौड़ पड़ीं।

हाँफते-हाँफते ही उन्होंने चोर-खिड़की खोली। पिछवाे के दरवाजे की साँकल खोलते ही, आँगन में खड़े, सुरकंठ पर उनकी नज़र पड़ी।

"अरे, भाँजे, तुम ?" डाकुओं की दहशत भूलकर, फुलेश्वरी तिरस्कार के ख़ौफ़ से दोबारा सिहर उठीं।

'फूली !" सुरकंठ की आवाज़ में गहरी राहत उभर आई, "जल्दी से अन्दर आ जा ! भयंकर मुसीबत आन पड़ी है।"

"मुसीबत ? कैसी मुसीबत ?" फुलेश्वरी ने तेज़-तेज़ साँसें लेते हुए पूछा, "हुआ क्या है ?"

"क़तार-दर-क़तार घोड़े, गाँव-भर में छा गए हैं ! बागदी लोगों के साथ घमासान लड़ाई छिड़ गई है।"

"किन लोगों के साथ ?"

"पता नहीं ! लेकिन, इस घर में, तुझे छिपाऊँ कहाँ ? मुझे तो ऐसी कोई जगह नज़र नहीं आ रही है, मैं क्या करूँ, बोलो तो ?"

"पागल कहाँ है ?"

"वह बूढ़ीराम के साथ, ढेंकी-कोठरी के पीछे छिपा पड़ा है।"

"कर क्या रहा है ?"

"करेगा क्या ? छिपा हुआ है ! लेकिन छिप पाएगा ? फौजियों की जो भीड़ दिखाई दी है, लगता है, भोर होने तक समूचे गाँव को निर्जन मैदान बना देंगे।"

"अब, उपाय ?" फुलेश्वरी फफककर रो पड़ीं, "तुम मुझे बचाओ, भाँजे !"

"चलो, तुम्हें वहाँ छोड़ आता हूँ।"

"कहाँ ?"

"और कहाँ ? तुम्हारी ससुराल ! उनलोगों के पास चिलकोठा है, पक्का मकान है। यहाँ जैसी, भिखारियों की झोपड़ी नहीं है—"

"न्ना, भाँजे," थर-थर काँपते हुए, फुलेश्वरी पसीने-पसीने हो आई, "तुम जरा ठंडे दिमाग से सोचकर देखो। उन्हें पता भी नहीं कि मैं लौट आई हूँ। अब रात के अँधेरे में, अगर मैं तुम्हारे साथ गई, तो वे लोग क्या सोचेंगे ?"

"सोचेंगे, तो सोचने दो, दायित्व उनका है, मेरा नहीं !"

"ना, भाँजे ! तुम पत्थर मत बनो। मेरे कलंक पर दुनियावाले छीः-छीः करेंगे; चील-कौए तक बदनामी फैलाते फिरेंगे; लोग मुझे जिन्दा गाड़ देंगे माटी में !"

"यह बात पहले सोचना चाहिए थी—" सुरकंठ ने लम्बी उसाँस भरकर कहा, "चलो, चोर-कमरे में चलते हैं।"

"वहाँ क्या है ?"

"तुम चलो तो सही—"

सुरकंठ कमरे में चले आए। चकमक पत्थर ठोंककर उन्होंने दीया जलाया। जिस कमरे में फुलेश्वरी शाम को बाल सँवार रही थी, उस कमरे में, उन्होंने कोने में रखी चौकी को हल्का-सा धकेला। चौकी के पीछे दरवाजा ! दरवाजा खोलकर वे तहखाने में दाखिल हुए !

वहाँ की हवा बिल्कुल गुम ! अजब सी दुर्गन्ध ! एक कोने में गठरी बँधी रुई; लक्ष्मी-पूजा की टूटी चौकी !

सुरकंठ ने कहा, "तुम रुको यहाँ, मैं बुआ को बुला लाऊँ—"

पागल और बुआ भी आ पहुँचे।

सुरकंठ ने कहा, "फूली और मौसी, आओ, तुम यहाँ बैठ जाओ। मैं यह चौकी जरा सरका दूँ। दीया यहीं रख दो, पागल, तू ढेंकी-कोठरी के पीछे चला जा—"

"भई, जहाँ मेरी नानी, वहाँ हूँ हमनी—" पागल ने कमजोर-सी आवाज़ में जवाब दिया।

सुरकंठ हँस पड़े, "गाँव में डाका पड़ा है और यह कमबख़्त अभी भूत के डर से चिपका है।"

"कहाँ जा रहे हो, भाँजे ?"

"मैं बाहर खड़ा रहता हूँ—"

"बाहर क्यों खड़े रहोगे ? अभी तो कह रहे थे, क़तार-क़तार लोगों की भीड़ है ?"

"कटहल के पेड़ के घने पत्तों की आड़ में !" बुआ ने सुरंकठ को याद दिलाया। डाकुओं की दहशत से, यह कोई पहला परिचय नहीं था। छिपने-छिपाने के लिए कटहल के पेड़ का आश्रय पहले भी लिया गया था।

"हाँ, वहीं जाता हूँ !" सुरकंठ बाहर निकल गए।

दरवाजा बन्द हो गया। चौकी सरकाकर, दरवाजे के सामने रख दी गई। कमरे के अन्दर बैठी-बैठी फुलेश्वरी पसीने से नहा उठी। कान लगाकर पागल ने सुनने की कोशिश की, गोलमाल बढ़ा है या कम हो गया ? बुआ मद्धिम सी रोशनी में ऊपर की तरफ आँखें गड़ाए बिल्कुल स्थिर ! निस्तब्ध ! उनके इर्द-गिर्द अँधेरे-उजाले का रहस्यमय घेरा ! गोद में हाथ रखे, वे अपने होंठ हिला-हिलाकर, भगवान का नाम जाप कर रही थीं।

फुलेश्वरी पर एक विरुद्ध, लेकिन उदास नजर डालकर, उन्होंने स्वगत् मुद्रा में कहा, "अइसा कौन सा पहाड़-भर सोना-दाना इस कमरे में बिखरा है, जो सुरकंठ हम लोगों को पहरे पर बिठा गया है ?"

साँसों के लिए हवा कम हो आई। कमरे में धीरे-धीरे दुर्गन्ध फैल गई। उधर हल्ला-गुल्ला भी धीरे-धीरे तेज़ से तेज़तर होता गया। सुरकंठ का कहीं, कोई अता-पता नहीं था। फुलेश्वरी मन-ही-मन किरीटीश्वरी का नाम स्मरण करती रहीं। ऐसा लगा, बाहर सर्वनाश होकर रहेगा। सुरकंठ को शायद यह बताने का मौका ही न मिले कि यहाँ चोर-कोठरी में कई लोग मौजूद हैं, दरवाजा खोलकर, उन्हें बचा लो। तकदीर में शायद यही बदा है। फुलेश्वरी सभी लोगों की अवमानना करते हुए, सबसे छिप-छिपाकर यहाँ आई है। अब उसकी सज़ा तो उसे भोगनी ही होगी। उसे कुछेक प्रिय चेहरों का ख़याल आने लगा। अब वे चेहरे क्या वह दोबारा देख पाएँगी ?

"भाँजे..." वे कुछ कहना चाहती थीं।

पागल ने कहा, "उन्हें अब आवाज मत दो ! वे ही तो अपशकुन के बोल दोहरा-तिहराकर सर्वनाश बुलाकर लाए हैं !

"हाँ ऽ तुम्हारे फूफा सब-जानकार हैं, न ! सर्वज्ञाता ! जब इतना कुछ जानते हैं, तो..."

''वह आदमी बक़ायदा मुर्दे जगाता है, मुर्दे नचाता है, समझीं ?''

''जब इतना कुछ जानता है, तो कहो न उससे, उन लोगों को खदेड़ दे—''

''हाँ ऽ, खदेड़ देगा ! अरे, उन अकेले की शक्ति ही क्या महाशक्ति है; और भी तो कितने शक्तिमान मौजूद हैं ?''

''तो, ऐसा बोल न ! और भी लोग हैं, जो तेरे फूफा से बढ़-चढ़कर भले हैं।''

फुलेश्वरी पागल से हँसी-मज़ाक के बहाने, मानो सहज होने की कोशिश कर रही थीं, हालाँकि उनकी आवाज में, कहीं से भी कोई स्वाभाविकता नहीं उभरी।

बाहर कटहल के पेड़ पर बैठे-बैठे, सुरकंठ का दिमाग, गहरी चिन्ता से भारी हो आया। गोलमाल कहीं से भी कम नहीं हुआ था। शोर बढ़ता जा रहा था, धीरे-धीरे तेज़ होता जा रहा था। अगर सच ही कोई गुरु-गम्भीर हँगामा हो गया, तो वे फुलेश्वरी का क्या करेंगे ? बागदी लोगों की तरह क्या वे भी जंगल की तरफ भाग जाएँगे ?

बागदी लोगों की तरह जंगल में ? प्रस्ताव बिल्कुल बुरा नहीं था। विपदा के वक़्त, ऊपरवाला ही बुद्धि देता है, वह विपदनिवारक है ! डाका पड़ने पर वे लोग जंगल में भाग जाते हैं, ख़ज़ाना वसूल करने के लिए जमींदार, जब लठैत भेजते हैं, वे लोग जंगल की आखिरी छोर पर जा छिपते हैं। कभी-कभार यहाँ से चार कोस दूर स्थित राजपथ से होकर, नवाब, राजा या जमींदार यात्रा करते हैं। कभी वे लोग युद्ध में जा रहे होते हैं। कभी तीर्थ दर्शन को ! उन दिनों आसपास के गाँवों से रसद जुटाने की धूम मच जाती थी। गाय, बकरी, हंस वगैरह को खदेड़कर, बागदी लोग इस जंगल में चले आते थे।

नहीं, वे लोग जंगल के भीतरी हिस्से में नहीं जाते, बस, बाहर-बाहर की सरहद पर छिपे रहते हैं। लेकिन सुरकंठ सोच में पड़ गए। सच ही तो ! चार कोस तक फैले, इस निबिड़ जंगल में एक बार घुस जाएँ, तो बुरा नहीं। हालाँकि, इस वजह से कलंक का भय भी कुछ कम नहीं था।

पेड़ की डाल पर बैठे-बैठे, सुरकंठ के मन में भक्ति जाग उठी। पेड़ पर चढ़ने का उन्हें अभ्यास था। एक बार, हाड़ी की बेटी, कुम्मी बुढ़िया की तलाश में उन्होंने डोमकल तक धावा किया था। कुम्मी डाकिनी-सिद्ध थी। वह पेड़ पर चढ़कर, आती-जाती थी। सुरकंठ उसी शागिर्दों में शामिल हो गए थे।

लेकिन, वह बुढ़िया भयंकर बद्‌जात निकली, सुरकंठ की सारी मेहनत, धूल चाटने जैसी थी। वह बुढ़िया झूठमूठ ही उसे घुमाती रही, बीच-बीच में खूब गालियाँ भी देती और वे जब स्थिरचित्त होकर मन्त्र-जाप के लिए बैठते थे, तब वह उनके करीब आ बैठती और अश्लील-अश्लील कविताई करती थी।

सुरकंठ जब एतराज करते, वह हँस-हँसकर कहती थी, ''जब्ब कित्ते-कित्ते सारे दानव-दैत्य आकर डरावेंगे, कित्ती गोरी-चिट्टी चेरियाँ, फुसलावेंगी, तोहें आसन से उठाने की कोशिश करेंगी ! तू उन सबको सह सके, उनक़ा मुकाबला कर सके, इसीलिए तो हम सिखा-पढ़ा रही हैं तुझे—''

लेकिन असल में उसने कुछ भी नहीं सिखाया, पेड़ की डाल पर बैठे-बैठे सुरकंठ

ने सिर्फ एक ही बात सहन करना सीखा, वह था, डाल के चींटी का डंक सहना। इस वक्त वे बातें, उन्हें याद आती रहीं।

उन्होंने आँखें मूँद लीं। पेड़ पर बैठे-बैठे सख़्त काठ बनकर, दो-चार लमहें नींद लेने का उन्हें अभ्यास हो चुका था। उधर भयंकर शोरगुल ! हलचल ! बाँस फटने-टूटने की आवाजें लगातार गूँजती रहीं।

अन्त्यज मुहल्ले के बागदी लोग ही क्यों, उस वक्त हर कोई यही सोच रहा था कि जंगल की तरफ भाग जाना बेहतर होता। लेकिन जंगल की तरफ भागने का जब ख़याल आया, तब तक आकाश का रंग फीका हो चला था। उधर आग की लपटें भी कम होने लगी थीं। उस वक़्त भागते हुए, वे लोग पकड़ लिए जाते।

कुछ देर लाठी भाँजने के बाद, रमई का सिर चकराने लगा। वह घायल होकर ढेर हो गया। जब उसे होश आया, तो वह पल-भर भी नहीं रुका। ''ये डाकू आम डाकुओं जैसे नहीं हैं—'' यह कहते हुए, वह भागकर अपने मोहल्ले में चला आया।

''चाहे जइसे भी हो, जंगल की तरफ भाग चलो—'' उसने हाँक लगाई।

''यह सब कुछ छोड़-छाड़कर ?''

''ठीक है, तब मर यहाँ। ये लोग साधु-संन्यासियों से भी रियायत नहीं कर रहे हैं। झोला-झब्बा तक उलट-उलटकर तल्लासी ले रहे हैं। तुम लोगों को भला रिहाई देंगे ? गँवार खेतिहर की बुद्धि आखिर कितनी सी ?''

पितातुल्य फूफा से इस क़िस्म के सम्भाषण के बाद, रमई जंगल की तरफ भाग खड़ा हुआ।

लोगों ने अपनी-अपनी गाय-भेड़ों की रस्सी काट दी; बर्तन-भाँड़े जो साथ नहीं ले पाए, उन सबको पोखर में फेंक दिया। काँख में गठरी-मोटरी दबाए, वे रेंगती चाल में जंगल की तरफ रवाना हो गए। रमई के रंग-ढंग देखकर पारी को शक़ हो गया।

''हमका तो लै चले, हम्मार भाइ-बहिन कहाँ हैं ?''

''चुप ! चुपकर !''

रमई की आवाज कुछ अजीब लगी। ना, उस आवाज में आत्मनिर्भरता नहीं थी। जो कुछ वह कह रहा था, उस पर क्या उसे खुद भी भरोसा था ? पारी ने देखा कि फेंटेदार पगड़ी के नीचे, पीतल की पात मुड़-तुड़ गई थी। किसी तेज़ हथियार की चोट खाकर, उसके माथे से लेकर कान तक जख्म ! वहाँ खून जम गया था, अन्दर से मांस झाँक रहा था।

''ए जी, ई का सर्वनाश भया है !'' पारी चींखनेवाली थी।

''चुप ! चुपाय जा !'' रमई की धमकी में ऐसा कुछ था कि पारी की रुलाई बीच में ही थम गई।

राह चलते-चलते, किसी मुँहफट बुढ़िया ने चिड़चिड़ाकर पूछा, ''अरे ओ अमइया,

सुना है, तू निज्जाम की नउकरी करता है। इत्ते सारे डकैत आ धमके, तेरे जइसे होसवाले छोकरे को भी सुन-गुन नाही मिला ?''

''चुपाय जा, बुढ़िया !'' रमई ने वही एक जवाब दोहरा दिया।

बहुत दिनों बाद, किसी जरूरी पंचायत में, पतानी बुआ ने यह सवाल उठाया।

''इस बखत पाँच-पाँच माथा एक जगह जमा है, अब हम पूछत हैं, हम सब तो ठहरी औरत जात ! दस हाथ का काछा भी नहीं पहनती हम, लेकिन तुम सब तो मौजूद थे। इत्ता बड़ा नरक-कांड घट गया, तुम लोग पहले से कुछ नहीं जान पाए ?''

नहीं ! सच ही पहले से कोई आभास तक नहीं हुआ। आंधारमानिक गाँव के लोग कान में तेल डालकर सोए पड़े थे। शाम को जुआ खेलने में मगन रहे और बीच-बीच में, जहाँ इकट्ठे भी हुए, तो बहुत से मूल्यवान प्रसंगों पर सोच-विचार में डूबे रहे। किस घर में ममेरे ससुर ने अपने भाँजे की बहुरिया का मुँह देख लिया; श्याम घोष, जात का ग्वाला जरूर है, मगर स्वभाव-चरित्र से निपट चमार; भोला घोष की बहुरिया की नाक बड़ी लम्बी है, पराए घर के कर्म-कुकर्म सूँघने से बाज़ नहीं आती। मधु का ससुर बड़ा सयाना है। पूरे ढाई बीघा ज़मीन मुफ़्त में वसूल ली; आनन्दीराम की सौतेली माँ के हाथ में अब्भी भी खंचिया-भर रुपइय्ये हैं। रोज नहाने के बाद, रामखंडी मिस्री खाकर पानी पीती हैं, वगैरह-वगैरह बतकही से हवा खासी गर्म थी।

हालाँकि हलदार बाबू ने पतानी बुआ को जोर से डाँट भी लगाई, ''घनर-घनर करने की तेरी तो आदत है। बड़े-बड़े बह गए, गदहा कहे कितना पानी ? इतने बड़े-बड़े तजुर्बेकार चकमा खा गए, पता कहाँ से चलता ? हम लोगों ने भी क्या जिन्दगी में कभी उस जात के लोगों को देखा था ?''

''राम ! राम!'' कोई और बुजुर्ग बोल उठे, ''उन कमबख़्तों ने बाम्हन देवता तक को नहीं बख़्शा।''

''हुँह बाम्हन...देवता !'' पतानी बुआ की तीखी आवाज़ गूँज उठी, ''अरे, ई कलयुग है, कलयुग ! देवता बाम्हन की महिमा अब नाहीं बचेगी। सुना है, साधु-संन्यासियों की शक्ति का कोई दिन-काल नाहीं होता। लेकिन ऊ लोग भी भला पार पा सके ? टाल सके उन्हें ? उन सबके गाँजे की चिल्लम तक ऊ मरदूद छीन नहीं ले गए ? असल में, देवता कहो या बाम्हन या फकीर संन्यासी, किसी में इतनी कुव्वत नाहीं कि वह आई हुई विपदा टाल सकें।''

लेकिन, ये सब काफी बाद की बातें हैं।

रात जब गुज़र गई, तब पता चला, पतानी बुआ के नरक-कुंड का असली चेहरा कैसा था।

''देहम्, देहम् और देहम् ! सोना, चाँदी, टँका देहम्...यह बात साफ हो गई कि वर्गी बिरादरी ने बंगला का सिर्फ यही एक अक्षर सीखा था। जब एक ही शब्द से काम चल

जाता है, तो दूसरे-दूसरे शब्द सीखने की, उन्होंने ज़रूरत ही महसूस नहीं की।

8

हुकुम करो, बंगला मुलुक हम जावें
जबर करे वहाँ, चौथा ले आवें।

काफी बाद में ही सही, ग्राम-पंचायत में गाँव के बड़े-बूढ़ों को इन तमाम बातों की जवाबदेही करनी पड़ी थी। इतने अर्से से किसी ने नहीं सोचा था कि गाँव की लड़की हों या न हों, पतानी बुआ औरत होकर, इतनी हिम्मत करेंगी कि यह सवाल उठाएँगी— "वर्गी लोग आज ही तो आचेन नाहीं, फिर ई खबर, गाँव में पहिले काहे नाहीं पहुँची ?"

पतानी बुआ का यह सवाल सुनकर, सब सकपका गए। यूँ वर्गी चाहे आएँ या जाएँ, चाहे इससे भी बड़ा अनर्थ घट जाए; अगर कोई प्राकृतिक विपर्यय पूरे-के-पूरे राढ़ देश को उखाड़कर समुन्दर में फेंक दे, फिर भी समाज की दीवार नहीं टूट सकती। जो नियम प्रचलित है, वह जारी रहता था। किसी औरत की इतना बड़ा दुस्साहस, कभी किसी ने नहीं देखा ! मर्दों के पौरुष पर संशय ?

इसके अलावा पतानी बुआ ने तो अपने सगे भाई को भी झिड़क दिया था, "तू लोग, मानस नाहीं है। हम तो हाड़ी-बागदियों तक को मानस कहत हैं, कम-से-कम ऊ लोगन ने तो बहू-बेटियों का धरम निभाया।"

उनके इस सवाल के साथ, मन का दर्द भी जुड़ा हुआ था। अकल्पनीय विपर्यय के आघात से, वे जड़ हो आई थीं। बहरहाल, जो होना था, वह तो होकर ही रहा। अब उसे लौटाया नहीं जा सकता था। इसलिए सब लोगों ने एक स्वर में पतानी बुआ को चुप करा दिया।

आखिर कितने वर्गी आए थे ? किसी ने बताया, साठ हज़ार, किसी ने बताया अस्सी हज़ार। उन पर, सबसे पहले, रमई की नज़र पड़ी थी।

उसने कहा, "अरे मुंड-ही-मुंड नजर आ रहा था। मुंड का समुन्दर !"

हाँ, रमई जब बच्चा था, तभी वह सुरकंठ की बुआ और दूसरे लोगों के साथ श्रीक्षेत्र गया था और समुद्र देख आया था।

बाद में सबने एक स्वर में बताया, उनकी तादाद चालीस हज़ार थी।

रमई ने कहा, "हमने देखा...अपनी आँखों से देखा, वे लोग अनगिनत थे। उनकी गिनती असम्भव थी।"

किसी ख़बरी ने कहा, "नहीं, नहीं, अनगिनत हरगिज नहीं थे। विष्णुपुर में खुद मदन मोहन ने तोप दाग़कर, पूरे चालीस हज़ार वर्गियों को दूसरी राह पर पठा दिया।"

सब लोग निश्चिन्त हो आए। उन लोगों ने समवेत स्वर में कहा, "होगा, तब ऐसा ही होगा। वे लोग चालीस हज़ार ही रहे होंगे।"

मुँहफट छोकरा, काशीश्वर बीच में ही टपक पड़ा, ''काहे ? चालीस हज़ार कहाँ से होंगे ? ख़ास मुर्शीदाबाद की ख़बर है, वे लोग पन्द्रह से बीस हज़ार थे, तब यही होगा...''

''उनलोगों को सारी ख़बर है...''

काशीश्वर भी नाछोड़बन्दा।

''उन लोगों को सारी बातों की ख़बर हो या न हो, लेकिन, फौज में सिपाही कितने हैं, घोड़े कितने हैं, इन सबकी गिनती करते-करते, उन्हें इसकी आदत पड़ चुकी थी। इसके अलावा, वे लोग भला झूठ क्यों बोलने लगे ? बीस हज़ार वर्गी आए और नवाब को सबक पढ़ा गए, यह कोई गर्व की बात तो है नहीं, बल्कि अगर यह कहा जाए कि वे लोग चालीस हज़ार की तादाद में आए थे, इसीलिए हम मात खा गए—तो शायद अपनी मान-इज़्ज़त रह जाए। मुझे तो लगता है कि यह जानते हुए भी लोग बातें बनाएँगे, बदनामी करेंगे, वे लोग बीस हज़ार की ही ख़बर देते फिर रहे हैं, तो जरूर ऐसा ही होगा। वे लोग बीस हज़ार ही होंगे।''

आंधारमानिक गाँव के बाशिन्दे काफी अर्से से ही ख़ास कुछ सोचने-वोचने में दिलचस्पी नहीं रखते थे। ज़्यादा सोच-विचारकर वास्तविक समस्या का समाधान करने की मेहनत से, वे लोग कतराते थे। इसलिए यही बेहतर है कि वे लोग जो कुछ सुनें, उसी पर भरोसा कर लें। यही सुखद और आरामदेह है। सुनी-सुनाई बात को फिर-फिर सुनानेवाला, अगर कहीं मशहूर, नामी-गिरामी शख़्स हो, तब तो कोई बात ही नहीं! जब यह बात, अमुक ने कही है, तो वह झूठ नहीं हो सकती।

इसीलिए काशीश्वर का मन्तव्य सुनकर, आचार्य घराने के बड़े कर्ता बोल उठे, ''ये छोकरा काफी बड़े-बूढ़ों जैसी बातें करने लगा है। और भला क्यों न करे, आनन्दीराम के घर जो रोज़-रोज़ का आना-जाना है। समूचे गाँव-भर में जो उलटी हवा बहती है, उसी घर से चलती है। जो आदमी यह ख़बर लेकर आया है, वह हमारा रामगति है। अब क्या यह छोकरा, उससे भी बड़ा जानकार है ?''

काशीश्वर का बापू हर वक़्त ही डरा-डरा, सहमा-सहमा नज़र आता था। हर वक्त अपने बेटे के दोष-पाप ढँकने-छुपाने में जुटा रहता था।

उसने भी क्षुब्ध लहजे में बेटे से सवाल किया, ''सच्ची तो, तू क्या उस बन्दे से ज़्यादा ख़बर रखता है ?''

काशीश्वर ने निगाहें झुका लीं। रामगति ठहरा जात का कुलीन ग्वाला। तीन सौ बीघे जमीन का मालिक। उसकी जमीन पर अनगिनत हल-बैल दौड़ते हैं। सुबह-शाम उसकी कोठी में पूरे अस्सी लोगों के लिए पत्तल पड़ता है। जात से वह इस क़दर बड़ा ! लेकिन उसके बाप के बदन पर सिर्फ मटमैली-सी जजमानी धोती ! कहा जाए, तो उनकी गृहस्थी, करीब के कायस्थ और कुलीन ग्वालों के दान के सिद्धे पर निर्भर करती है। इसलिए उसकी कही हुई बात की क़ीमत तो थी ही।

अब यह बात गाँव-गाँव में फैल गई कि चालीस हज़ार वर्गियों को खुद मदनमोहन

ने खदेड़ दिया। विष्णुपुर तो भगवान की कृपा से बच गया। यानी चालीस हज़ार वर्गी ही आए थे, यह ख़बर जिसने भी सुनी, परम निश्चिन्त हो गया, ''अच्छा ऽ, तो ऐसा कहो न ! वे लोग चालीस हज़ार थे। इतनी बड़ी फौज की, भला हम मुक़ाबला कर सकते थे ?''

खैर, यह तो सच है कि इतनी बड़ी फौज का मुक़ाबला कौन कर सकता था ? सन् ग्यारह सौ उन्चास में आंधारमानिक में, जो वर्गी घुस आए थे, उनकी जुबान पर 'हर-हर' का अर्थ, शिव-स्मरण नहीं था। उनके 'हर-हर' का मतलब था—हरण करो, लूटपाट करो। कुछ दिनों पहले तक यानी सौ साल पहले तक, इस क़िस्म के सृष्टा ने क्या ऐसे ही धर्मराज्य का सपना देखा था ? उनकी बाद की पीढ़ियों यानी उनके उत्तराधिकारियों को देखकर तो ऐसा नहीं लगता।

बहरहाल, वर्गियों के जाते ही; बागदी बुढ़िया ने पत्ते चुनने-बीनने के बारे में एक गीत रच डाला—''इतना-इतना देश रहते, वर्गी चढ़ आयेल राढ़ में ! वर्गी क्यों आयेल राढ़ में ?'' बागदी बुढ़िया गृहस्थ मुहल्लों में दवा-दारू पहुँचाया करती थी। बातचीत के दौरान, उसे पता चल गया था कि इस मुलुक को लोग-बाग, राढ़ कहते हैं।

बहरहाल, वे लोग, राढ़ पर क्यों टूट पड़े, सिर्फ यह सवाल-भर उठाने से बात नहीं बनती थी। इस गाँव के लोग दिनोंदिन बढ़ते हुए पाप-ताप से होनेवाले क्षय में भी विश्वास करते थे। महत्त्वाकांक्षा तो उनलोगों के खून में नहीं थी। कम में ही सन्तुष्ट रहकर, भगवान के भजन-पूजन करने के दृष्टान्त की, उनलोगों ने श्रेष्ठ राह मान लिया था। महत्त्वाकांक्षा इंसान को लालची बना देती है; धर्मच्युत कर देती है—यह बात, बदरंग रुई जैसे कागज पर, हाल से लिखी हुई पोथी में दर्ज थी। किसी शख़्स ने जोर-जोर से पढ़ा भी था और दस लोगों ने सुना भी था। लोगों ने अपनी-अपनी दादी-नानी-बूढ़ी दासियों, बूढ़े गुरुजनों की गोद में बैठे-बैठे यह सीख सुनी थी, जो उनकी पहली पाठशाला थी। लोभी कभी मत बनना, वर्ना शनि देवता कुपित हो जाते हैं—इस बारे में, उन लोगों ने अनगिनत किस्से-कहानियाँ सुन रखी थीं।

इसीलिए उन्हें इसकी कानोंकान ख़बर नहीं हुई कि एक शख़्स का लोभ, वर्गियों को बंगाल तक खींच लाया था। नागपुर और बरार के अधिपति, सेना साहब रघुजी भोंसले। उस वक़्त, बाजीराव प्रथम भी नहीं रहे, नृपति साहु का दाहिना हाथ भी बिछड़ चुका था। अब प्रभाव, सम्पत्ति और चौथ चाहिए।

इस धुएँ को हवा दी, दक्षिण के निज़ाम आसफ जाँ ने ! सरफराज़ के नाते-रिश्तेदारों का बोझ वहन करते-करते उनकी नाक में दम आ गया था। उधर मराठों को 'चौथ' कर जुटाते-जुटाते उनकी जान सांसत में थी।

उन्होंने सूखी-सी हँसी बिखरेते हुए कहा था, ''भई, मेरी क्या औकात ? हाँ, रघुजी भोंसले को यह बात हमेशा याद रखने की सलाह दिया करता हूँ कि हिन्दुस्तान का कोषागार है, बंगाल का धान और रेशम, दक्षिण के औरंगजेब को भी मुर्शीदकुली खाँ के ख़ज़ाने ने ही बचाए रखा था। दिल्ली के मुहम्मद शाह को भी, अलीवर्दी ने उसी

एक दवा के सहारे टिकाए रखा है।"

महत्त्वाकांक्षा और कुमन्त्रणा की हवा पाकर, असन्तोष की आग धधककर जल उठी। रघुजी का आदेश पाकर, "दौड़ चली भास्कर सवारी, संग लेकर फौज भारी।" साथ चलनेवाली फौज में सबके सब वर्गी ! ये सभी राजा साहब के वेतनयाफ़्ता फौज थे। समाज के भटके हुए, अव्यवस्थित लोगों से गठित फौज ! चलाने के लिए एक अदद घोड़ा हो और घुमाने के लिए एक अदद तलवार हो, तो तनख्वाह-वन्ख्वाह की ख़ास परवाह नहीं होती। इधर निपट कष्टसहिष्णु लोग ! शिवाजी की शिक्षाओं की धार घिसते-घिसते, बस, इत्ती-सी ही बच रही थी। मुट्ठी-भर चना चबाते-चबाते, वे लोग जंग के लिए कूच कर सकते थे।

नेतृत्व में भास्कर ! उसके पीछे-पीछे तेईस सरदार ! उनकी ताबेदारी में बीस हज़ार सवार ! कूच करने से पहले, ज्योतिष ने दिन-क्षण देखा, और मन्दिर-मन्दिर पूजा होने लगी। मराठा लाव-लश्कर के साथ तम्बू, रसद, भोग-विलास के आयोजन के सामान नहीं चला करते थे, भारी वजन से लदे-फँदे रहकर, वे लोग अपनी अग्रगति कम नहीं करना चाहते। यथा गमन, तत्र आश्रय ! जो मिलता था, वही खा लेते थे। वैसे फाके-उपवास में भी उन लोगों को कोई एतराज नहीं था।

उसके बाद, उड़ीसा के आसमान पर घना अँधियारा छा गया। बिना किसी प्रयास के कटक-विजय के बाद, बंगाल के आकाश पर घिर आए मेघों की तरह, दक्षिण-पश्चिम के दिगन्त पर, वर्गी ही वर्गी नजर आने लगे। उनकी अग्रगति दुर्घर्ष थी। उड़ीसा के शेख मासूम खाँ पराजित ! दुर्लभराय बन्दी ! विजय और सफलता का स्वाद पाकर अंग्रेजों की वर्गी फौज आगे बढ़ने लगी और क्रमशः आगे ही आगे बढ़ती गई।

इधर मेदिनीपुर, वर्धमान, वीरभूम, राढ़ बंगाल में उन दिनों गाजन उत्सव चल रहा था। खेतों की रवि-शस्य खलिहान में भरकर, लोग-बाग़ अगली फसल बोने की तैयारी में थे। इसके अलावा चरक पूजा के बाद ही शुभ नव-वर्ष, बस, करीब ही था। गाँव-गाँव में गृहस्थ लोग अठमंज़िली छादन बाँधने में जुट गए। घर के बूढ़े-बुजुर्ग काँपती आवाज़ में, फूस की गट्ठरों की सज्जा के बारे में, आदेश-निर्देश देने में व्यस्त हो गए। सूत्रधर, मन्दिर के दरवाजे पर नई नक़्क़ाशी बनाने में मगन ! राज कुम्हार मिट्टी और ईंट से, दसभुजा महामाया की मूर्ति की खुदाई में दत्तचित्त थे।

गाँव की बड़ी-बूढ़ियाँ, नन्हीं-नन्हीं कुँवारी लड़कियों को, पल-भर में शिव की मूर्ति गढ़कर, पूजा-पाठ के कौशल और व्रत वगैरह के नेक-नियमों का गुर बताने में जुट गई। पोखर के किनारे, दोपहरी के वक्त, सुहागिन औरतें, शुभ बैशाख के महीने में, अपनी अनूढ़ा कन्याओं को ब्याहने की फिक्र में मशगूल।

किसी बहू ने लम्बी उसाँस भरकर मन्तव्य किया, "पहले की औरतें दस हाथ का काछा बाँधती थीं, हमारी बात तो कोई सुनता ही नहीं।"

ऐसे में, गाँव की हाड़िनी, बागदिनी बूढ़ियाँ, चैत की अमावस्या की रात, मरघट में घूम-घूमकर, लत्ते-चीथड़े, औरतें की कानी उँगली की हड्डियाँ चुनने-बीनने में जुट गईं।

साल की शुरुआत में भोर-भोर टोने-टोटके के सामान समेटते हुए, उन लोगों ने लम्बी उसाँस भरकर कहा, "हमारा दुःख कष्ट तो कोई आँख भरकर देखता ही नहीं।" उनकी लम्बी उसाँस की आवाज़ दोबारा गूँज उठी, "हालाँकि हम सब मन्तर-जन्तर जानती हैं, इसलिए गाँव के सभी मानस, साल-दर-साल हमारे पाँवों के नाखून से बँधे रहते हैं; हमारे भगत बने रहते हैं। लेकिन वे लोग हमें गौरव नाहीं देते। कहावत है न—गुणीजन अपना गुण गँवाए, जब अपनी गुणावली, खुद ही गरब से गाए।"

ऐसे चैत के महीने में सती औरतें हाथ में आम की डाल लिये, अपने पति के साथ सड़कों पर निकल पड़ती थीं; जच्चाखाने के दरवाजे पर ओझा, मन्तर पढ़कर, गंडा बाँध जाते थे। आनेवाली बारिश के खयाल से मछुवारे जाल बाँधने लगते थे। पुण्यलोभी गृहस्वामी, राढ़ की चिलचिलाती तपती दोपहरी में, अपनी रैय्यत-प्रजा को तकाजे दे-देकर पोखर-खनन कराते थे। अगले बैशाख में जिनमें प्राण-प्रतिष्ठा होनेवाली थी।

ऐसे चैत महीने में, जब गाँव में ये सब तस्वीरें जीवन्त हो उठी थीं, तब हर तरफ अँधेरा बिखेरते हुए, वर्गी फौज आ धमकी। ना कहीं, कोई दमामा, नगाड़ा, डंका या निशान नहीं बजा। हजारों-हजार कंठों से 'हर-हर' के प्रमत्त उल्लास से आकाश-वाताश भर उठा।

आंधारमानिक गाँव में सुबह फूट आई।

श्मशानतला के मैदान में, बड़ी-बड़ी जगह घेरकर, वर्गी रात-भर इन्तज़ार करते रहे। बागदी लोग देख ही नहीं पाए कि फौज की तादाद कितनी थी। अगर वे लोग देख भी लेते, तो उन पर हमला करते या नहीं, इसमें शक़ था। रमई का ख़याल था, गाँव में डाका पड़ा है। कोतवाली की करीबवाली सड़क पर ही गाँव ! डाकुओं का गिरोह अक्सर ही वहाँ हमला बोल देता था। गाँव के बीचोंबीच, खाली अहाते में ग्राम पंचायत ! अब चाहे शहंशाह हो या नवाब, मालिक चाहे कोई भी हो, उनका शासन इतना सुदृढ़ नहीं था कि गाँव से डाकुओं का डर-भय मिट जाता।

इसीलिए डाका पड़ने पर जो भी उपाय करना होता, गाँववाले ही किया करते थे। वैसे इस गाँव के बागदी लोगों से, पंचइड़ा और नाटागोला गाँव के बागदी लोगों की, पिछली तीन पीढ़ियों से ज़बर्दस्त दुश्मनी चली आ रही थी। रमई जैसे लोगों का कहना था कि उन गाँवों के बागदी ही, डकैत हैं, गाँव-गाँव डाका डालते हैं।

उधर, उन गाँवों के बागदी लोगों का कहना था, "रात-बिरात, आंधारमानिक की राह से जो गुजरे, भोर का सूरज देखना, उसे नसीब नहीं होता। वे लोग जब्बर डाकू हैं, डाकू।"

वर्गियों ने जब हमला किया, रमई को तो यह तक समझ में नहीं आया कि वे लोग आखिर लड़ किससे रहे हैं। जैसे ही यह बात समझ में आई, वह भाग खड़ा हुआ। उसने काफी सोचकर देखा, लड़ाई का मतलब यह हरगिज नहीं होता कि बुद्धू की तरह, बस,

जान दे डालो।

सबसे पहले बागदी पाड़ा ! श्मशानतला ही सबसे करीब पड़ता था। बड़े पोखर के नजदीक धर्मदेवता का थान और वहाँ से ज़रा तनिक फासले पर ही हाड़ी, बागदी, मोची, केउड़ा, कैवर्त लोग बसे थे, लगभग दो-तीन मोहल्ले के बाद, एक-एक तालाब ! अन्त्यज मुहाल, लोगों से बिल्कुल खाली हो गया। सबके सब रातोंरात जंगल की तरफ भाग खड़े हुए। जो लोग अतिशय बूढ़े-बूढ़ी थे, बस, वे ही लोग अपने-अपने घरों में लेटे-सोए, सरपट दौड़ते हुए घोड़ों की टापें देखते रहे। उनलोगों ने ही वर्गियों की गर्जना सुनी और सहमे हुए से सोचते रहे, कि किसी दिन उनकी आँखों को यह मंज़र भी देखना पड़ेगा, शायद इसीलिए धरम देवता ने उन लोगों को ज़िन्दा रखा था। कैसे-कैसे विकराल दृश्य देखने पड़े उनलोगों को ! दुनिया में इतने सारे लोग रहते हैं ? इतने-इतने सारे घोड़े हैं ?

वर्गियों ने बागदी-कैवर्त मोहल्लों को सिर्फ रास्ते की तौर पर इस्तेमाल किया था। लेकिन बाम्हन, कायथ, वैद्य, गन्धबनिक, सुवर्ण बनिकों के मोहल्लों को इतनी आसानी से छुटकारा मिलनेवाला नहीं था। इस गाँव के भला कौन सा ब्राह्मण परिवार, ख़ानदानी पुरोहित का पेशा करता था ? लगभग सभी लोग खेती-बारी, घर-गृहस्थी में मगन थे। कायस्थ मुहाल का भी वही हाल ! वैसे काफी सारे लोग, केष्टोनगर, बड़नगर और वर्धमान में नौकरी करते थे।

सुबह सूर्योदय के साथ-साथ प्रलय मच गया। ईंटों की पक्की, पुरानी और शीतल स्पर्श सड़क, घोड़ों की खुरों के आघात से क्षत-विक्षत हो चुकी थी। कहीं से भागने का भी रास्ता नहीं था। गाँव तीनों तरफ से घिरा हुआ था, आचार्य-कोठी सबसे ऊँची। गाँव-भर में उस जैसी ऊँची कोठी एक भी नहीं थी। पतानी बुआ के तीनों भाइयों के पास, सौ बीघे धन-धान से भरपूर खेत। उनके कुलदेवता, प्रतिदिन चाँदी के बर्तन में भोग ग्रहण करते थे।

वर्गी लोगों का गिरोह दरवाजा तोड़कर अनायास ही कोठी के अन्दर घुस आया। 'रूपी देही !' रूपी देही ! बड़े आचार्य उनकी भाषा नहीं समझते थे। वे अपना जनेऊ थामे-थामे, उनलोगों को समझाते रहे, वे ब्राह्मण हैं। वे उन सबकी मिन्नतें करते रहे।

लेकिन वे बूँदे भी उनकी भाषा समझने में अनाड़ी, दुर्गोत्सव और काली पूजा के लिए, जिस अहाते में बाँस का ढाँचा गड़ा हुआ था, हमलावरों ने उन्हें उलटे मुँह खड़ा करके, बाँस से बाँध दिया और बलि का खून और पानी की निकासी के लिए बने हुए, कीचड़े भरे नाले में, उनका चेहरा डूबोए रखा।

लाचार बड़े आचार्य ने काँपते हाथों से, अपनी कमर से चाबी निकाली और उनके पीछे-पीछे कोठी के अन्दर दाखिल हुए। लेकिन उन्होंने सन्दूक नहीं खोली। ठाकुर घर में, सती परदादी के चरणों के आलता-छाप अंकित कपड़े का टुकड़ा और गुरुदेव की चरणपादुका, पीतल के सिंहासन पर अष्टधातु की अष्टभुजा मूर्ति, चाँदी के बाल-गोपाल, देवता के सिर के ऊपर तना हुआ चँदोवा, पूजा-पाठ में दान ग्रहण करने के लिए अपने हाथों से गढ़ा हुआ, धान का गुच्छा देखकर, मानो वे पलक झपकते

समझ गए कि वे सब घोर मुसीबत में हैं। इस जानी-पहचानी धरती पर यह शायद उनका आखिरी दिन है। क्या हुआ ? कौन लोग हमलावर हैं ? अपने ही घर में उनकी बेइज़्ज़ती क्यों हो रही है ? उन्हें कुछ समझ नहीं आया। उनकी बोधशक्ति को मानो पाला मार गया था।

शायद, यह उनका आखिरी वक्त था। लेकिन अभी तो जाने कितने काम बाकी पड़े थे। तीन-तीन बीवियाँ, बेटा-बेटी, आश्रित स्वजन, नाते-रिश्तेदार, भाई-बहन, नौकर-नौकरानी—सबसे बढ़कर, ढेर-ढेर कर्त्तव्य, उन्होंने अपने सारे कर्त्तव्य क्या पूरे कर लिए ? वे तो इस कोठी के मालिक हैं ! घर के कर्ता !

"हे प्रभु ! यह क्या किया तुमने ? बूढ़ा ब्राह्मण ठाकुर-घर के दरवाजे पर ही ढह गया। घर की औरतों में हाहाकार मच गया ! वे ढाँढ़े मार-मारकर रो पड़ीं। देखते-ही-देखते छोटा सा धूल-अँटा दालान, कोठरीनुमा चिलकोठा, सँकरी-सी सीढ़ी, अन्दर का झुटपुटा अँधेरा—सारा कुछ वर्गियों से भर उठा, मानो वे लोग धरती फोड़कर उग आए हों। हमलावरों की नज़र घर की औरतों की कलाइयों में पड़े जेवर पर पड़ी। पूजा-घर के अन्दर स्थित सिंहासन, चौकी तले पान का सरंजाम, पीतल की थाली, पूजा-घर के बर्तन ! पीतल की सामग्रियों में उनलोगों को सोना नज़र आता रहा। उधर गोशाला में आर्त स्वर में गाय-बछड़ों के रम्भाने की आवाज़ें ! गोशाला की छप्पर और फूस की पुआल से उठता हुआ धुआँ !

पतानी बुआ नीचे चोर-कोठरी में बैठी, गुरुमन्त्र का जाप कर रही थीं। उनकी छाती पर लोटती हुई, बड़े आचार्य की बेटी ! उनकी भतीजी ! उसकी पीठ और खोंइछे में गहने ! आँखें मुँदी हुई ! वह डर के मारे थर-थर काँपती हुई ! उसके अलावा और भी कई बच्चे ! मझले आचार्य, छोटे आचार्य के सारे बच्चों को नहीं ला सके थे। "अब जो रह गए, भगवान करें सही-सलामत रहें। अष्टभुजा मइया, मेरे भाई का वंश सलामत रखें।" यह कहकर, वहाँ मौजूद बच्चों को समेटे, वे बैठे रहे।

ऐसी विपदा के वक्त भी उनकी नजर फूफी के पोते-पोतियों पर जा पड़ी। और कोई वक्त होता, तो वे उन बच्चों पर कतई तवज्जोह नहीं देते। अरे, बेटियों के बाल-बच्चों को प्रश्रय देने की भला क्या जरूरत है ? इस घर में बेटे के बेटों की गिनती क्या कम है—यह सुना-सुनाकर, वे लोग आपस में रार ठाने रहते थे।

लेकिन इस वक्त उन्हें यह खयाल नहीं आया।

उन्होंने धीमी आवाज में डपटते हुए कहा, "खबरदार, रोना मत ! जिसकी भी आवाज मुझे सुनाई देगी, मैं अपने हाथों से उसके गले में सिल बाँधकर, बड़े पोखर में जल-समाधि दे दूँगा।"

अचानक उनकी नजर अपनी भतीजी पर पड़ गई। दाँत पर दाँत जमाए, वह निस्पन्द पड़ी थी। उन्हें किसी भयंकर मुसीबत का आभास हुआ। आज ऐसी विपदा के

पलों में उसे कौन पार करेगा ? उनकी यह भतीजी, इसी गाँव की बहुरिया है। ससुराल और मायका, दोनों ही इसी गाँव में। उन्हें याद आया, इस भतीजी की माँ को मिरगी के दौरे पड़ते थे। अब इस बेहोश लड़की को होश में कैसे लाया जाए ? पतानी बुआ तो विपदतारण मधुसूदन का नाम-जाप करने लगीं ! उस वक्त ऊपर क्या हो रहा है, इससे वे पूरी तरह बेखबर थीं।

दरवाजा तोड़कर वर्गियों का गिरोह उनकी चोर-कोठरी में भी घुस आया। कोठरी में मौजूद, सभी लोगों को छोड़कर, वे हमलावर उनकी भतीजी को ही उठा ले गए।

"हाय रे हाय ! तुम लोगन के पाँव परत हूँ...हे भइया, गोड़ धरत हौं..." रिरियाती-घिघियाती हुई बुआ, उनलोगों के पीछे-पीछे दौड़ पड़ीं, मगर उनलोगों ने अपनी तलवार की मूठ से, उनकी छाती का भुर्ता बना डाला।

9

जिनके पास थे रुपए-कौड़ी, वर्गी को दे दिए
जो थे रुपए-कौड़ी से छूँछे, अपनी जान से गए।

हाँ, रुपए-कौड़ी हर किसी के पास नहीं थे। खैर, लोग-बाग़ जिन्दगी भर रुपए के साथ कौड़ी शब्द का इस्तेमाल करते आए थे। सो इस वक्त भी यही कुछ कहते रहे; लेकिन इस गाँव में कितने लोग कच्चे रुपयों के कारोबार करने के अभ्यस्त थे, उनकी गिनती उँगली के पोरों पर की जा सकती थी। बर्तन भाँड़े, देह के गहने, गोला के धान—ले-देकर उनकी यही धन-सम्पत्ति थी। गाँव के लोग हाट-बाजारों से शायद ही कभी खाने-पीने का सामान खरीदते थे। हाँ, चावल जरूर खरीदकर खाना पड़ता था और इस दुर्भाग्य का रोना घर-घर सुनाई देता था। खेत-आँगन में सब्जी-तरकारी ! बूढ़ी नौकरानी पोखर से, टोकरी भर-भरकर साग उखाड़ लाती, मछुआरे कौड़ी के बदले, मछली का जुगाड़ कर देते। कौड़ी के बदले ही मसाले के व्यापारी, मसाले देते, कौड़ी देकर ही, तिल की घानी से तेल आता था। सरस्वती पूजा के अवसर पर मछुआरे मछली देकर, पूजा की साइत करते और इसकी क़ीमत कौड़ी में ही लेते। पूजा में कौड़ी के अलावा, वस्त्र-दान करके भी उन्हें सन्तुष्ट रखना पड़ता था।

ख़ज़ाना के तौर पर किसान धान देते थे, जमींदार रुपए ! आंधारमानिक गाँव के लोगों के पास जब भी रुपए जमा होते, फौरन अपनी दौलत मिट्टी में गाड़ देते, सन्दूक की कलसी में रख छोड़ते, देवयान के चोर-ताखे में, बिचाली-घर के ओने-कोने में या किसी उपेक्षित जगह में।

वर्गी लोगों के डर से रुपए निकालकर दे दें, ऐसे रुपए, हर किसी के हाथ में कहाँ होते थे ? गोशाला में गाय, गोला में धान, घर-गृहस्थी में लक्ष्मी-श्री मौजूद ! मगर हाथ में कच्चे रुपए बेहद कम हैं—यह सुनकर वे लोग सद्गोप मोहल्ले के निताई को, घोड़े

के पाँव से बाँधकर, घसीटते हुए ले गए।

सुरकंठ ने सोचा था, दरिद्र का घर देखकर, वे लोग इधर नहीं आएँगे। लेकिन वर्गी हमलावरों ने धान का गोला और आँगन में चने, मिर्चों के ढेर पर ही अपने घोड़े-छोड़ दिए और अपने-अपने हाथों में तलवार लिये, समूचे गाँव में फैल गए। रुपए-पैसे, गहने, चाँदी के बर्तन, जो भी मिला, लूट लिया। जिनके पास यह सब नहीं मिला, उनकी दुर्गति ! जुबान पर 'हर ! हर' और आँखों में खोजभरी क्रूर-भयंकर दृष्टि ! उन लोगों ने किसी की भी बात पर विश्वास नहीं किया। खुद ओना-कोना चप्पा छान डाला। उन लोगों को बेहद जल्दी थी। यही एक गाँव तो नहीं था।

सुरकंठ ने जब देखा कि वे लोग उन्हीं के घर की तरफ आ रहे हैं, तो उन्होंने जबरन अपने मन का भय उखाड़ फेंका ! फुलेश्वरी उनकी शरणागता है। इसके अलावा बुआ, पागल वगैरह हवा-वाताशहीन चोर-कोठरी में बन्द हैं। अब तक शायद बेहोश हो चुकी होंगी।

उनके घर की खिड़की से झाँककर उन लोगों ने उनके घर को परित्यक्त समझ लिया और लौटने ही वाले थे, सुरकंठ आगे बढ़ आए। उन पर नजर पड़ते ही वे लोग उछलकर, बेड़ा लाँघ गए और घर के अन्दर घुस आए।

उनमें एक अधेड़ शख़्स ने सुरकंठ के गेरुए पहनावे को गौर से देखा ! कन्धे पर लम्बी सी चादर, गले में मोटी सी जनेऊ ! रुक्ष-दीप्त चेहरा !

उसने दरयाफ़्त किया, "ब्राह्मण ?"

अगले ही पल, उन्हें पत्थर या घास की तरह ठोकर मारकर कुचलते हुए, जूते की तेज़ चरमराहट के साथ, वह घर के अन्दर घुस गया। सुरकंठ देखते रहे। उनलोगों ने यह कमरा, वह कमरा एक कर डाला। हर कमरे में चमचमाती हुई पुरानी चटाई; सम्पत्ति के नाम पर मिट्‌टी की हाँडी, पीतल की कड़ाही, ठाकुरजी के पूजा के एकाध बर्तन !

सुरकंठ देखते रहे। उनके सोने का कमरा खोलते ही, वे लोग ठिठक गए। पल-भर के लिए सुरकंठ को खटका लगा, कहीं फुलेश्वरी और बाकी लोग तो उस कमरे में नहीं हैं ? कहीं उनलोगों को देखकर ही तो, ये लोग नहीं रुक गए ? अगले ही पल, उन्हें अन्दाज़ा हो गया, यह नामुमकिन है। अगर वे लोग चोर-कोठरी से निकले होते, तो उनकी नज़र जरूर पड़ती। उनके सोने का कमरा जरा रोशनीदार है। सोने के लिए फर्श पर बाँस की बुनी हुई मचिया ! तख्त पर उनके कागज-पत्र, कलम। खूँटी से झूलता हुआ उनका पोथी-पटरा ! फर्श पर खड़िया के निशान ! गणित के अंक बिठाए हुए ! हमलावरों में से एक शख़्स ने, नागरा पहने पाँव, उन अंकों पर रख दिए; खूँटी पर खोंचा मारा !

पोथी के पन्ने झरझराकर गिरने लगे। भृगुमंडली निर्देशित ढेर-ढेर हिसाब-किताब ! लकड़ी के पाटे से लिपटे, रुई-रुई कागज़ों में दर्ज़, अनगिनत जन्मपत्री ! इस गाँव और आसपास के गाँवों में, पिछले बीस सालों से ब्राह्मण, कायस्थ, वैश्य और कुछेक अन्यान्य जल-थल जातियों मे ऐसा एक भी नवजात बच्चा नहीं था, जिसकी जन्मपत्री यहाँ मौजूद

न हो। दूर-दूर के बड़े-बड़े शहरों के और भी जाने कितनी राजपुरुष, मानी-सम्मानी लोगों की जन्मपत्री !

अनजाने में ही सुरकंठ की छाती काँप उठी। उन्होंने सस्वर उसाँस भरी। साधना ! ज़िन्दगी-भर की साधना। जिस इंसान ने कभी धन-प्रतिपत्ति, मान-सम्मान की उम्मीद नहीं की; अपने सीने में आसक्ति की धधकती आग बुझाने के लिए, जो पठन-पाठन, साधना-आराधना का भस्म लपेटे रहा। ऐसी एक विभूति की साधना ! वहाँ कुछ हाथ न लगने पर, हमलावर विरक्तिसूचक आवाज़ें निकालते हुए, बाहर निकल आए। सुरकंठ ने उनकी निगाहों से अपने कमरे का मुआयना किया। जीर्ण, प्राचीन, दरिद्र ! उन्होंने मन-ही-मन ईश्वर के प्रति कृतज्ञता ज्ञापित की।

वे लोग बाहर निकल गए। सुरकंठ भी उनके पीछे-पीछे हो लिए। सड़क पर खड़े-खड़े वे ब्राह्मण मुहाल के आर्तनाद, कलरव और हाहाकार सुनते रहे। वह आर्तनाद मोहल्ले-मोहल्ले फैल गया।

वे लौट आए। इतनी देर बाद, उन्हें याद आया, पागल वगैरह को बाहर निकालना है।

अवसन्न फुलेश्वरी, सूखा-मुर्झाया चेहरा लिए, झुकी-झुकी, सुरकंठ की बुआ को निहार रही थीं। पागल लगातार रोए जा रहा था। उसके विलाप का स्वर एक-लय, एक-तान। कहीं कोई उतार-चढ़ाव नहीं था।

"आओ, बाहर आ जाओ !"

"भाँजे, ये काफी देर से अचेत हैं ! इतनी...इतनी आवाजें दे रही हूँ..."

सुरकंठ कमरे में दाखिल हुए। कमरे में कहीं जगह नहीं थी। जरा सा हिलते-डुलते ही बदन से बदन टकरा हरे थे। सुरकंठ अपलक, अपनी बुआ को निहारते रहे।

"क्या देख रहे हैं ?" पागल ने डरते-डरते पूछा।

"बुआ गईं—"

"क्या कहा ?"

"बुआ गईं ? गर्मी और भय के मारे, बन्द हवा में दम अटक गया—"

सुरकंठ की आवाज भावलेशहीन। हालाँकि उनकी छाती पर निगाह डालो, तो उनकी साँसें जोर-जोर से धड़क रही थीं। वे चाहे जितने भी बूढ़े और जराग्रस्त क्यों न हों, बुआ की मौत से वे विचलित हो उठे। उन्होंने अपनी दोनों बाँहों में बुआ को उठा लिया और सीधे अन्दर-महल में घिरे हुए आँगन में ले आए, जहाँ तुलसी का एक पौधा, अपने आप फल-फूलकर, अब जंगल बन गया था। उन्होंने बुआ को वहीं लिटा दिया।

उस वृद्धा की पार्थिव देह को निहारते हुए, उन्हें ऐसा लगा, मानो कोई पवित्र उज्ज्वल अर्जुन काठ से गढ़ी गई, कोई शायित मूरत हो ! उनका जीर्ण वस्त्र हटाते ही, उन्हें नजर आएगा—श्वेत-शुभ्र फूल ! उस कहानी की तरह, जो उन्होंने वक्रेश्वर में, किसी संन्यासी की ज़ुबानी, किसी महात्मा के महानिर्वाण के बारे में सुनी थी।

रात के वक्त की उत्कंठा, उद्वेग और नजरों के सामने मौत का दृश्य, फुलेश्वरी को

विचलित कर गया। और कोई वक्त होता, तो वह जोर-जोर से विलाप करती, मगर बाहर मुसीबत और गड़बड़ी की आँधी बह रही थी। इसके अलावा, इन सबके बीच, सुरकंठ के निर्जन आँगन में, अपनी खुशबू बिखेरती, तुलसी-वन में, वृद्धा का वह मृत्यु-दृश्य, मानो उनके हर तरह के उच्छवास और आवेग को, तर्जनी के इशारे पर निषेध जाहिर कर रहा हो। इसके बावजूद फुलेश्वरी दुःख से भर उठीं। ऐसे बुढ़ापे की उम्र में, बुआ को तो आँखों पर तुलसी-दल रखे, बाँसे के झूले पर 'राम नाम सत्य है'' कि ध्वनि के साथ, जाना चाहिए था।

लोग ऐसे ही जाते रहे हैं, ऐसे ही जाते हैं। आंधारमानिक गाँव में जन्म-मृत्यु सभी कुछ सामाजिक घटना थी। कुछ भी समाज से बाहर नहीं था। कोई-कोई ज़ोर-ज़बर्दस्ती एतराज भी करते थे, जैसे फुलेश्वरी के बापू ने किया था—मरी है मेरी पत्नी, तुमलोगों का क्या ? इसके बावजूद, समाज अपने को अलग नहीं करता। जैसे ब्याह-शादी के वक्त, लोग-बिरादरी, वह शुभ काम सम्पन्न कराती है। मृत्यु के संस्कार में भी साथ होती है। अन्त समय में अड़ोसी-पड़ोसी आते हैं; आखिरी साँस गिनते हुए, इंसान को धर-पकड़कर तुलसी तले लिटाते हैं; दम तोड़नेवाले को घेरकर बैठे रहते हैं ! मुर्दे को नहलाने के बाद भी कितने-कितने कामों में साथ होते हैं—अशौच का हंड़िया तोड़ना, घर धोना, साथ-साथ रोना-धोना।

मृत्यु के समय से जीवात्मा निःसंग हो जाती है, लेकिन दुनिया में रहते हुए, आखिरी पलों तक, इंसान सच ही बेहद अभागा होता है, जिसके मृत्यु शोक में कई लोग शामिल नहीं होते, खासकर बुढ़ापे की मौत, जो राम-नाम और गंगाजल के बिना ही हो जाए, अन्तिम-यात्रा में कई लोग कन्धा न दें।

यही दुःख, फुलेश्वरी की छाती में नुकीले काँटे की तरह चुभ गया। वह चुपचाप आँसू बहाती रही।

पागल की हैरान-परेशान निगाहें, एक बार सुरकंठ को, एक बार बुआ को निहारती रहीं। उनके चेहरे-आँखों में कातर विनती थी। और-और वक्त, चैन के दिनों में, बुआ के साथ-साथ लगे हुए, वह कितने रौब से, घर-द्वार एक किया करता था। घर में पाले-पोसे पशु की तरह स्वच्छन्द ! फर्माइशभरे पूरे अधिकार के साथ।

अब मुसीबत पड़ी, तो समझ में आने लगा कि पागल इस घर में सच ही, महज एक आश्रित भर था। यह दीनता उसके चेहरे-मोहरे पर लिखी हुई थी। सुरकंठ और फुलेश्वरी, उसके मुकाबले काफी ऊँचे लोग हैं। वह महज दीन-हीन, आश्रित और इनकी कृपा पर निर्भर है—यह बात उसकी असहाय लाचार निगाहों में बिल्कुल स्पष्ट थी। इस बूढ़ी को वह रेहन रखे जानेवाले गहने की तरह, बात-बात में इस्तेमाल करता रहा। चूँकि बुआ हैं, इसीलिए वह भी है वर्ना उसके जाने-आने का ठाँव ही डगमगा जाता है—यह बात उसकी जुबान की नोंक पर रहा करती थी।

दोनों वक्त थाली भर भात, उसके लिए बँधा हुआ था और उसी के दम पर, वह ऐसे जुमले बोलता रहता था। उसे लगा, इस गृहस्थी में जो उसका आश्रयस्थल थी, वही

इस वक्त धरती पर पड़ी है। पल-भर के लिए, वह संस्कारवश आतंकित हो उठा। बूढ़ी बेहद प्यार करती थी। बन्द कमरे में उसने दम तोड़ दिया, इससे कहीं उसको तो दोष नहीं लगेगा ?

सुरकंठ की तरफ देखते हुए, उसने बच्चे की तरह सवाल किया, "तुम बात क्यों नहीं कर रहे हो ? भला-बुरा, कुछ तो कहो—"

"मैंने यही देखा था—" सुरकंठ की आवाज़ बेहद गम्भीर थीं।

"क्या देखा था ?" पागल काँपने लगा।

"तू मेरे साथ था—"

"कब ?"

"भयंकर विपत्ति ! सर्वनाश ! प्राणहानि !" यह कहते-कहते सुरकंठ को याद आया, उस चैत के महीने के दोपहरी में भी, विश्व प्रकृति कितनी निरूद्विग्न थी। बिल्कुल शान्त ! ठीक वही शान्ति क्या दोबारा लौट सकेगी ? जो चला जाता है, वह बिल्कुल उसी विशुद्ध रूप में नहीं लौटता। वह नया होकर लौटता है।

एक ज़बर्दस्त हाहाकार सुरकंठ को मथते हुए, सीने के अन्दर ही ठिठका रहा।

उन्होंने लम्बी उसाँस भरकर, स्वगत् ही खेद जाहिर किया, "इस उम्र में अस्वाभाविक मौत !"

"अस्वाभाविक मौत क्यों ?" फुलेश्वरी कातर लहजे में पूछ बैठी।"

"हाँ, यह मौत स्वाभाविक नहीं है, फूली !"

सुरकंठ की बातें पागल को कहीं से आहत कर गई।

अबोध पागल की तरह उसने इधर-उधर नजरें दौड़ाईं और एकदम से चीख-चीखकर रो पड़ी, "तुम कहाँ चली गईं। बुआ ? मुझे बहाकर, कहाँ उड़ गईं, बुआ ?"

थोड़ी देर में, पागल का रोना-धोना शान्त होते ही, फुलेश्वरी ने कातर लहजे में सवाल किया, "अब क्या होगा, भाँजे ?"

"उपाय ? विश्ववासिनीतला !"

श्मशान के करीब ही विश्ववासिनी मन्दिर ! देवता की नहर, विश्ववासिनी का तालाब। आमतौर पर आंधारमानिक के लोग, उसे श्मशानतला का मैदान कहते थे, वे लोग विश्ववासिनी का नाम भी अपनी जुबान पर नहीं लाते। क्योंकि इस गाँव में विश्ववासिनी देवी, बालिका-मूर्ति हैं; निःसंगता से डरती हैं, इसलिए मृत्यु-घटना व्यतिरेक, अगर कोई बेखयाली में भी विश्ववासिनीतला का नाम जुबान पर लाता है, तो उसे घाट-मौत देती है ! वैसे इस तरह की घटना, किसी ने अपनी आँखों से कभी नहीं देखी, फिर भी लोगों का दृढ़ विश्वास था कि—ऐसा होता ही होता है !

"तो फिर लोगों को बुलाओ न।"

"रहो, पहले गाँव की हालत तो देख आऊँ। तुमलोग सावधान रहना। जैसे ही कोई आहट मिले, कोठरी में चली जाना—"

लेकिन ऐसा कोई नहीं था, जो बुआ के दाह-संस्कार में शामिल होने के लिए आए। कुछ दूर जाकर, सुरकंठ ठिठक गए। घुड़सवार देखकर, वे आतंकित हो उठे। सभी लोग हाटतला की तरफ जा रहे थे। वहाँ तक पहुँचने के लिए सदर रास्ता भी था और ऐसे भी रास्ते थे। सुरकंठ रसोई से आगे गोशाला के पिछवाड़े रास्ते पर चलते रहे। कुछ दूर जाकर, वाचस्पति की चहारदीवारी नज़र आने लगी। बगल में पुआल का ढेर ! उस ढेर में छिपकर, बिचाली की दरार से वे स्थिति का जायजा लेते रहे।

सयाराम दत्त के घर में डाका पड़ा था। किसी परदेसी, केशहीन बैरागी को, वे लोग आगे-आगे ले जा रहे थे। लगता है, वह साधु उन लोगों की जुबान समझता है, इसलिए उसे पकड़ लाए थे। वह त्राहि-त्राहि की गुहार लगा रहा था। जाने क्या-क्या कहता जा रहा था। इतनी देर बाद, सुरकंठ की नजर पड़ी, दरवाजे के पास, उस घुड़सवार के सामने, खुद सयाराम ! पसीने-पसीने कलेवर ! दरवाजे से पीठ टिकाए, यूँ ढलका पड़ा था, मानो वह खड़े-खड़े सो रहा हो।

नागरे की ठोकर खाकर, बैरागी कहता रहा, ''ये लोग डाकू नहीं हैं, वर्गी हैं ?''

सुरकंठ ने यह नया नाम सुना !

''इस मुलुक में खज़ाना वसूलने आए हैं। हाँ, हाँ, चौथा वसूलने !''

''चौथा नहीं चौथ !'' सभी अश्वारोहियों ने सम्वेत स्वर में, उसके उच्चारण में सुधार किया।

''दिल्ली के बादशाह सलामत की सनद लेकर आए हैं। हमारे नवाब भी ख़ज़ाना देंगे, आपलोग भी दें ! सोना दें ! रूपा दें !'' उसके आगे बैरागी से मानो सहा नहीं गया।

उसने आर्त्त कंठ में आवाज लगाई, ''दे दो, मालिक, दे दो ,वर्ना धन से भी मारेंगे, जान से भी मारेंगे ! हे भगवान, मेरे सामने, कितने-कितने गृहस्थ लोगों का क़त्ल हो गया। मैं...मुझे खून से भयंकर डर लगता है, लोगों।''

अगले ही पल 'हर ! हर !'' हुँकार के साथ, वर्गीसमूह घर के अन्दर घुस गया। सयाराम के ऊपर से घोड़ा गुजर गया। इसी सयाराम के यहाँ, वे साल-दर-साल, अठारह हाथ, दसभुजा की पूजा करते थे; दक्षिणा पाते थे। विसर्जन के समय, देवी मइया की सवारी निकलती, इसलिए उस घर की ड्योढ़ी ऊँची थी। उस घर का आँगन इतना बड़ा था कि पाँच-सात सौ श्रोता वहाँ बैठकर, 'यात्रा'-पाला सुना करते थे। इस वक्त वह लम्बा-चौड़ा आँगन घुड़सवारों से भरा हुआ। जिस वक्त, घुड़सवारों का झुंड पिलपिलाकर, घर के अन्दर दाखिल हो रहा था और अन्दर औरत-मर्द-बच्चे 'बचाओ-बचाओ' की गुहार गूँज रही थी, वह बैरागी सिर पर पाँव रखकर, उलटी तरफ भाग खड़ा हुआ।

उधर, घुड़सवारों का एक गिरोह खुली तलवार ताने हुए, लगातार रगेद रहे थे ! हाटतला में जितनी धूल उड़ रही थी, डरे हुए लोग-बाग, जान बचाने की कोशिश में भाग रहे थे; वे लोग सुनार-व्यापारी थे ! हमलावर औरतों के हाथ-गले-कान में गहने और नन्हें शिशुओं के तागे और छागल पायजेब भींच रहे थे। दो घुड़सवार ठहाके लगाते हुए सद्गोप मोहल्ले के निताई की बहन को, खदेड़ रहे थे। वह नज़ारा देखकर, सुरकंठ ने

'राम-राम' कहते हुए, निगाहें फेर लीं।

उधर, सुरकंठ के लौटने में देर होते देखकर, फुलेश्वरी मारे फिक्र के अधमरी हो आई। बहरहाल, कुछेक सेकेंड बाद, सुरकंठ लौट आए। चेहरा सूखा हुआ ! आँखें लाल सुर्ख !

"इतनी देर क्यों हो गई ? इधर बुआ को चींटियाँ लग गई हैं—" शिकायत करते हुए भी, फुलेश्वरी बीच में ही ठिठक गई।

उसने धीमी आवाज़ में, डरते-डरते पूछा, "क्या देखा ?"

"कुछ नहीं ! सुन, पागल, जरा कुल्हाड़ी तो पकड़ाना—"

"क्यों ? तुम क्या डाकुओं को मिटाने जा रहे हो—"

"आँगन में खड़ा, कटहल का पेड़ काटना है—"

"क्यों ? तुम क्या पागल हो गए हो, भाँजे ? मुझसे खड़ा कैसे हुआ जाएगा ?"

"बुआ को घर की चौहद्दी के अन्दर ही जलाना होगा ! घाट जाकर सद्गति करने का उपाय नहीं है !"

"लेकिन, यहाँ से तो लपटें दिखाई देंगी—"

"हाँ...ऐसी तो जाने कितनी-कितनी आग, आकाश छू रही होगी ! तुम तमाशा तो देखो न !"

सच ही, वही-वही नज़ारा। सुनार मोहल्ले और गन्धी-बनियों मोहल्ले से, आसमान तक धुआँ उठता हुआ ! राख उड़ती हुई ! बाँसों के चिटखने की आवाज़ें ! इस गाँव में, जितने सब पंखी-पखेरू थे, आग से डरे-डरे, आकाश की दिशा में उड़ते हुए !

10

वह जो कहते हैं, छत्तीस जातियों के समाज, एक जाति, एक मोहल्ले में रसे-बसे होते हैं, गाँव की यही रीति है। एक ही धन्धे के लोग, एक ही जगह रहे-सहेंगे, यह नियम किसने गढ़ा था, यह बताना मुश्किल है। लेकिन धन्धे से ही जाति और जाति से एक ही जगह रहने-सहने का नियम बना। वर्गी लोगों ने आकर, कम-से-कम कुछेक पल, हाटतला में छत्तीस जातियों को इस उस के कन्धों पर उछालकर, गाँव में श्री-क्षोत्र बनाकर ही दम लिया। आग के धुएँ से सारा कुछ अँधेरा करने के बाद ही, वर्गी हमलावरों ने गाँव छोड़ा।

हैरत है ! अच्छी तकदीर की बदौलत, आनन्दीराम का मकान अक्षत बच गया। तकदीर की बदौलत यानी किस्मत के लेखे पर गाँववालों को अटूट विश्वास था। काम करते हुए देखने के बावजूद लोग कहते, इस वक्त, यही काम करना है। यह बुद्धि आखिर किसने जुटाई ? वैसे कर्म बड़ा होता है या भाग्य बड़ा होता है, यह तर्क, प्राचीन

नक्काशीदार, खूबसूरत, अठमंज़िले मरकोठे में अब तक नहीं छिड़ा। इसकी वजह है, भाग्य की अमोध क्षमता में किसी भी बन्दे को अविश्वास नहीं था। प्राचीन वाचस्पति, नवीन आनन्दीराम—सभी को भाग्य में अटूट विश्वास !

उस वक्त आनन्दीराम पर भाग्य ने असीम कृपा की। इस बीच, उनके तनख्वाहयाफ़्ता नौकर-चाकर भी, सद्गोप मोहल्ले से, सपरिवार भागकर यहाँ आ पहुँचे थे। उन्हीं लोगों ने बताया कि और भी बहुत से लोग भाग खड़े हुए थे, मगर भोर का उजाला फूटते देखकर, सबके सब जंगल की झोंप-झाड़ में समा गए।

''मालिक ! मालिक !—वे आर्तनाद कर उठे।

उनका आर्तनाद सुनकर, मामा ने कहा, ''रुको; रुको ! इसमें जरूर कोई साजिश...कोई चाल है।''

माँ ने बरज दिया, ''चुप ! चुप !''

लेकिन आनन्दीराम ने किसी की एक नहीं सुनी। बन्द दरवाजा खोलकर, वे नीचे उतर गए।

दूसरी मंज़िल पर, सब चावल-दाल से मिले-जुले बैठे रहे। जब आग की लपटों पर नजर पड़ी, तो किसी पुराने नौकर ने चिन्तित होकर पूछा, ''छोटे मालिक, अब तक पाल लोगों के आम बागान ने तुमलोगों को बचाए रखा, अब भोर के उजाले में सब कुछ नजर आ रहा है। अब क्या करेंगे ?''

''करने को बचा क्या है ?''

''पुआल में आग लगा दो—''

''आग लगा दूँ ?''

''हाँ, छोटे मालिक ! अगर जान बचाना चाहते हो, तो पुआल में आग लगा दो—''

''आग की लपटें धू-धू करेंगी और हम सब कमरे में बैठे-बैठे ही भुन जाएँगे—''

छोटे महीनेदार को वृद्ध नौकर ने डपट दिया, ''तुम्हारी तो बुद्धि भ्रष्ट हो गई है। अरे, पुआल सड़क पर फेंकेंगे, वहाँ ढेर लगा देंगे। उस ढेर मे आग लगाकर दो काम होगा। एक तो यह कि वे लोग डर जाएँगे और आगे नहीं बढ़ेंगे। दूसरे, दूर से आग देखकर, सोचेंगे इधर भी आग लगी है, लूट-मार हो चुकी है। बेकार उधर बढ़ने से कोई फ़ायदा नहीं होगा।

आनन्दीराम ने बातों में फिजूल वक्त नहीं गँवाया। वे नीचे उतर आए।

उन्होंने महीनादारों को हिदायत दी, ''रसोई के पीछे बाँस की ढेरी लगी है। सारे बाँस भी उस आग में झोंक दो ! आग तेज हो जाएगी।''

आग की लपटें धू-धू करके आकाश छूने लगीं। दूर से जिसने भी देखा, उसने यही अन्दाज़ा लगाया कि मुखिया का घर अब नहीं रहा।

वैसे सुरकंठ ने बुआ का दाह-संस्कार करते वक्त, इतनी सब बातें पहले नहीं सोची थीं।

उनके सामने आपात् कर्त्तव्य ही बड़ा था। ब्राह्मण-विधवा की लाश यथासाध्य उसकी सद्गति करना बेहद जरूरी था। अन्दर की तरफ आँगन की चहारदीवारी के पार, पुराना आम बागान ! हालाँकि इन दिनों वह बगीचा उनकी दखल में नहीं था। यह बागान, तो आचार्यजी के यहाँ बन्धक पड़ा हुआ था, जिसे वे कभी रिहा नहीं कर पाए थे।

इस बागान में रानीभोग और बेगमपसन्द आम के पेड़ बिल्कुल सीधे बाराबरी के फासले पर रोपे गए थे। कहावत है, "ऊँची जात के आमों का सेवा-जतन ज्यादा !" लेकिन, हाथ-बदल होते-होते, यह बागान, मालिकों की देखभाल, जतन पाने की तकदीर, अर्से पहले ही खो चुका था। इन दिनों, ब्राह्मण मोहल्ले का यह छोटा सा भूखंड, जंगल की शक्ल में उपेक्षित पड़ा था। बिल्कुल परित्यक्त और निर्जन ! पेड़ों की डालियों से जंगली फूल-फल की मोटी-मोटी लतरें झूलती हुई। आजकल नेवलों का एक जोड़ा, सन्देहभरी मुद्रा में, मिट्टी के अतल में सर्पराज गोखरू की गतिविधियों के निशान सूँघते रहते हैं। बरसात के मौसम में नन्हें-नन्हें पौधों तले ढँक जाते हैं।

सुरकंठ ने तय किया, बुआ का दाह-संस्कार वहीं करेंगे। घर के आँगन में मुर्दा जलाना उचित नहीं होगा।

"खैर, ऐसा तो किसी भी देश में नहीं होता।"

"किसने कहा ? बूड़ी गंगा के पार, इस्लामाबाद तक जाओ न। अपने घर की चौहद्दी में दाह नहीं किया, तो ऊँची जाति के मुर्दे की गति नहीं होती।" सुरकंठ के होंठों पर सूखी हँसी झलक आई।

"यानी घर और मरघट में कहीं, कोई फर्क नहीं। यही बात न ?" पागल ने आँसू पोंछते हुए, सरल-सा सवाल किया।

"मैंने ऐसी बात कब्भी नहीं सुनी—" फुलेश्वरी से बोले बिना रहा नहीं गया।

"मैंने या तुमने, आखिर कित्तनी सी दुनिया देखी है, फूली ? एक-एक देश में एक-एक नियम। सीधी-सादी नजरों को जितनी दिखाई देती है, दुनिया उससे कहीं ज्यादा...बहोत ज्यादा बड़ी है।

"घर के अन्दर जलाने से सद्गति होती है ?" फुलेश्वरी जो न जानती थीं, न देखा था, उस पर विश्वास करने को कतई तैयार नहीं थीं। उनके लिए पहले यह जानना जरूरी था कि इसमें शास्त्रों का अनुमोदन है या नहीं।

"दुर्भिक्ष, विपत्तिकाल, युद्ध और महामारी में तत्काल सिर्फ मुखाग्नि करके, मिट्टी में गाड़ सकते हो, मुगी समाज के लोग जैसा करते हैं। मगर बातों ही बातों में देर हो ही जाती है।

बहरहाल, उसी आम बाग में बुआ का दाह कर दिया गया। जब तक जिन्दा थी, वह बूढ़ी, गृहस्थी में सर्वाधिक खामोशी से जीती रही। गृहस्थी में कहीं भी मौजूद नहीं थी। अब चिता पर उनका शरीर फटाफट जलकर ख़ाक हो गया और देह जैसे-जैसे चिताग्नि में विलीन होती रही, दर्शकों को लगता रहा, देह का बन्धन जैसे-जैसे टूटता जा रहा है, बुआ की उतनी अधिक उपलब्धि हो रही है, वे इस गृहस्थी के लिए, इस

क़दर जरूरी थी, पहले इसका अहसास ही नहीं हुआ ! अपनी उम्र तक, विवाह, वैधव्य, उनका हर रूप ख़त्म हो गया। उसके बाद, उनका काम रह गया, इस परिवार की सेवा-टहल करना ! सुरकंठ को लगा, बुआ के चले जाने का मतलब है, नित्य धूप-दीप बन्द ! इस जीर्ण आश्रय के हर ईंट के प्रति मोह-ममता का अवसान ! व्रत-पूजा-उपवास का दौर ख़त्म ! पिछले रिश्तों से बन्धनमुक्ति !

शोक के अवसान के बाद, पागल के मन में अनिश्चयता का ख़ौफ आ समाया। वह मन-ही-मन चिन्तित हो उठा—सुरकंठ फूफा तो स्वभाव और चरित्र दोनों ही दृष्टि से पागल हैं, बुआ ही उनकी एकमात्र मोहबन्धन थीं। दुष्ट गाय को जैसे घास का गट्ठर दिखाकर, गोशाला में लाकर बाँध दिया जाता है, सुरकंठ को भी पागल यूँ ही बहला-फुसलाकर घर वापस लाता था—बुआ बुला रही हैं; वे रो रही हैं; द्वादशी की भर दोपहरी में तुम्हारे नाम के बहाने, सामने भात की हँड़िया लिये बैठी हैं ! अब बुआ नहीं रही, लमहे-भर में, पागल को कहीं गैर-जरूरी न समझ बैठें, इस आशंका से वह कातर हो आया।

फुलेश्वरी को भी लग रहा था, वे बेहद विपन्न हो गईं। जिद में आकर, वे ऐसा काम कर बैठी हैं कि अब आगे बढ़ें या पीछे मुड़ें, दोनों में ही उन पर घोर मुसीबत ! जब इस गाँव में काक-पक्षी तक से अपना मुँह छिपाकर, मायके वापस लौट सकें, तो उनकी इज़्ज़त बचे ? औरत के चरित्र पर तो बात-बात में कलंक लग जाता है। उनकी माँ कहा करती थीं, चिता पर चढ़ने से पहले, नानी ने सुना कि फलाँ की माँ बड़ी साध्वी हैं ! पुण्य-पिपासु बेटे-बेटी, पोते-पोती, नातिनों को भर नजर देखकर, उन्होंने चिता पर पैर रखकर कहा—पहले मेरी खाक़ उड़े।''

उन्हें याद आता रहा, उन्होंने बात-बात पर औरतों को सज़ा देने के बारे में, जाने कितनी-कितनी तरह के किस्से सुन रखे हैं, सास के जुल्म से डरी-सहमी, समाज के डाँट-डपट की अतिशयता देखकर, गृहस्थ बहुरिया राह के पेड़-पत्थर के आगे हाथ जोड़कर विनती करती थी—''हे पेड़, अगर तुम सच ही सत्युग के पेड़ हो...हे पत्थर, अगर तुम सच ही सत्युग के पत्थर हो, तो मेरी जान बचाओ।'' उसके बाद, पीतवर्ण बनियाबधू, चिड़िया बनकर उड़ गई, तब जाकर उस बालिका की जान बची।

जिसके लिए, इतनी तकलीफ उठाकर, इतनी दूर दौड़ी आईं, समाज-संसार क्या यह बात समझेगा ? औरत बुद्धि कितनी दुःखदायी है, यह बात वह किसे समझाए ? अकेली होने का दुःख उनकी बर्दाश्त-बाहर था। तभी तो अधीर होकर, दौड़ी चली आई थी। कौन जान सकता है कि उनमें आने का जोर कैसे आया ? अगर उसे पता होता कि यहाँ अकेले सुरकंठ ही रहते हैं, तो वह आने का साहस कर पाती ? घर-संसार में कोई बड़ा-बूढ़ा मौजूद हो, तो कितनी तसल्लीभरी छाँह होती है, अब जाकर उन्हें अहसास होने लगा।

अब वे क्या करें ? किस तरफ जाएँ ? सुरकंठ के घर में वह क्यों छिपी थीं। इसकी वह क्या सफाई देंगी ? उनकी बात पर विश्वास कौन करेगा ? इधर छिप-छिपाकर, ऐसा

कांड कर बैठी है कि अब किसी दूसरी औरत से घर में सोने को कहें, वह राह भी बन्द हो चुकी है। फुलेश्वरी मन-ही-मन अवसन्न हो आईं। लेकिन उनके सामने अभी ढेरों काम पड़े थे।

सुरकंठ चिता के करीब, पाँव फैलाकर खड़े हो गए। श्मशान-मशान में घूमते-फिरते रहने का अनुभव, इस वक्त कितना काम आ रहा है। उन्होंने ऊँची ढलान पर बुआ की चिता नहीं सजाई, तपती धूप में तपाई ईंट-माटी खोदकर, उथले-से-चौकोर गड्ढे में उनकी चिता तैयार की। राजपुरुष जैसा चेहरे-मोहरे पर इस वक्त राख-माटी लिपटी हुई !

उन्होंने पागल को आवाज़ देकर कहा "पागल, जरा एक बार बाहर झाँककर, खिड़की बन्द कर दे—" अगली बात उन्होंने स्वगत लहजे में पूरी की, "पोखर के पानी में, शायद कीचड़-कादा भी शामिल हो, लेकिन पूरे घर-द्वार की धुलाई करके, उन्हें 'शुद्ध करना होगा।'

ऐन उसी वक्त आनन्दीराम के घर के दरवाजे पर कोई व्यक्ति कातर स्वर में आवाजें दिए जा रहा था, "दरवाजा खोलो ! मेरी जान बचा लो ! दयामय, खोलो दरवाजा !"

उस बन्दे की समूची देह, कीचड़ में नहाई हुई ! बदन पर गेरुआ। सुरकंठ ने इसी आदमी को, सयाराम के दरवाजे पर देखा था। उसकी कातर और भीरू आवाज में असीम गुहार थी। आँखों में आँसू ! हाथ-पैर खून में लथपथ !

11

वर्गी लोग आंधारमानिक में रहने के लिए नहीं आए थे। उनलोगों ने धीरे-धीरे उत्तर की ओर रुख किया। उत्तर में अजय महानद, लेकिन चैत के महीने में अजय टूटे-विषदन्तवाला भाग ही आता है, मत्त हाथी मानो गर्मी से फुँकता हुआ ! इस मौसम में, यह महानद, काई चीरते हुए पार करना होता है। गाँव की बहू-बेटियाँ, शाम के वक्त जगह-जगह रेत खोदकर गड्ढे बना जाती हैं। बूँद-बूँद पानी रेत से भरकर गड्ढे में भर जाता है। भोर होते ही, वह पीने का पानी भरकर ले जाती हैं। चैत की रेत अजगर की तरह बस, लेटी, पड़ी होती है। वर्गी गिरोह वह महानद बेखटके पार कर गया।

अब कहीं कुछ नहीं था ! चैत का बादलहीन आकाश सिर्फ श्मशानतला के मैदान में विशाल ढेर की शक्ल में पड़ी फूस, लगातार दो-तीन दिनों तक धू-धू करके जलती रही। रमई का साला, जतन बागदी, पेट में आर-पार भालों के ज़ख़्म समेत दो दिनों तक निष्प्राण पड़ा रहा।

दो दिन बाद, उसका बाप अब अर्थी उठाने आया, तो वह बेटे की बात भूल गया और मैयत में शरीक लोगों के सामने बार-बार यही-यही जुमले रटता रहा—

"सुक्खे पुवाल में इत्तनी देर तक आगी जरत है भला ? हम तो ई देखकर हक्काने हो गए हैं, भइया ! फूस में इत्ती-इत्ती देर तक धुआँ उठत है, भला ? ई नज्जारा देखकर, हमार तो बोली गुम हो गई है—"

उसकी ये असंलग्न बातें सुनकर रमई ने लोगों से कहा, "बेटे के शोक में कहीं पागल तो नहीं हो गया ? पुवाल में आग धधकते कभी नहीं देखा ?"

मरघट से लौटकर भी जतन के बाप ने उसकी माँ को दिलासा देते हुए कहा, "रोवत काहे हो, जतन की मइयौ ? देखो, हम नाहीं रोवे। श्मशानतला में जाकर देख आए, फूस की ढेर से अब्भी तक आगी का धुआँ-ही-धुआँ दिखाई परत है, हम तो हक्का-बक्का रह गए, जी !"

अब यह समझना बाकी नहीं रह गया कि बेटे के शोक में उद्धव बागदी के दिमाग में छींट हो गया है। समूची विपदा में, गनीमत बात कितनी सी है। इंसान अगर यह न देखे, तो इंसान ज़िन्दा नहीं रह सकता।

इसीलिए उसके दूसरे-दूसरे बेटों ने कहा, "यह तो भोले बाबा की कृपा है, वर्ना किसी का ज़िन्दा रहना, मुश्किल था। बस, दादा की जान लूट ले गई। अब अपने मुलुक में सर्वनाश आया ही समझो।"

जतन की माँ की फिर भी तसल्ली नहीं हुई।

घर छोड़कर, आँगन में पड़े धान की ढेरी और उड़द की दाल की भूसी पर लोट-पोट होती हुई, वह गला फाड़-फाड़कर रोती रही, "मुलुक में अइसा सरबनास आया, मोरे जतन को लूट लै गया। कहाँ थे तुमलोग ?"

अलसुबह, शव-दाह पूरा करके, मैयत में शरीक लोग, भींगे कपड़ों समेत, उद्धव के आँगन में खामोश खड़े रहे। जतन की माँ के शोक को, सान्त्वना देना नामुमकिन था, क्योंकि जतन अब लौटकर आनेवाला नहीं था।

रमई की बुआ ने कहा, "चलो रो लेने दो, बिचारी का मन हल्का हो जावेगा। तुम लोग उसे बहला क्यों रहे हो ? क्या होना चाहिए था, क्या हो गया। यह सब सुनकर, उसका मन भला मानेगा ?"

उसके बाद, हवा-वाताश में राख उड़ती रही, पंछी दोबारा घोसलों की तलाश में निकल पड़े, डाल-डाल पर बैठने लगे; गाँव का कोहराम तेज़ी से शान्त होने लगा ! आनन्दीराम बाहर निकले। अवसन्न देह ! विवश मन ! बाहर निकलकर, वे सहजन पेड़ की छाया में आ बैठे।

अभी दो दिनों पहले तक, आनन्दीराम ज़िन्दगी में हारे-थके इंसान थे। घर-गृहस्थी से विरक्त, जिम्मेदारी निभाने में नाकारा ! बुआ, मामा, यहाँ तक कि कुन्द भी उन्हें बोझ लगती थीं। इस पुराने-धुराने और जीर्ण-शीर्ण मकान को लेकर, उन्होंने काफी पीड़ा झेली थी, क्योंकि अभी उस दिन भी वे गोविन्दपुर में ही मौजूद थे। वहाँ कोठी, घर-मकान, सेठों का मुहाल, इत्रफरोशों का कारोबार, दिनोंदिन फल-फूल रहा था। फिरंगी व्यापारियों की धन-समृद्धि का कहीं, कोई अन्त नहीं था।

वहाँ की कर्म-व्यस्तता, आनन्दीराम की आँखों में लगातार तैरती रही, लाल-काली मिरच की ढेरियों से भरा आँगन, धान से भरा खलिहान के बजाय ईंट-गारे जलने के दृश्य, उनकी आँखों के ज्यादा मोहक लगे थे। जैसे-तैसे दिन गुज़ारना, पर-निन्दा में वक्त बर्बाद करना, अब उन्हें बिल्कुल नहीं सुहाता। उनके तन-बदन का बूँद-बूँद खून-मांस मानो बग़ावत कर बैठा था, अब, उनका कामकाज करने को मन करता था। लेकिन, यहाँ नहीं, कहीं और...!

इसीलिए विशालाक्षी ने जब कासिम बाजार जाने को बार-बार उकसाया, तो आनन्दीराम की आँखें फर्श पर टिकी रहीं; आवाज़ नीरव हो आई; क्योंकि यह प्रस्ताव उनके दिल में अजब हलचल मचाने लगा था। ऐसा लग रहा था कि अगर वाकई उन्हें कोई राह मिल जाए, तो वे पल-भर में सब कुछ छोड़-छाड़कर चले जाने को बिल्कुल तैयार हैं। यूँ सब कुछ छोड़कर चल देने, कामकाज करने, बड़े होने की आकांक्षा के साथ, उनका एक गोपन दर्दभरा रिश्ता जुड़ा था—

"मेरे लायक घर-द्वार, माली हालत बना लेने के बाद ही, मुझे ले जाने की तमन्ना करना, वर्ना नहीं—"

यह गरूरभरी उक्ति, उनके दिल में, नित नए-नए अक्षरों में लिखी होती हैं और अनजाने में ही आनन्दीराम को निरन्तर जलाती रहती है। जलन से असन्तोष और अपनी हालत से तुष्ट न हो पाने की वजह से, आनन्दीराम के मन में, हालात में परिवर्तन लाने की ख्वाहिश, जागने लगी थी।

अभी दो दिनों पहले तक, यही आलम था। दो दिनों बाद, जब गाँव की हालत शान्त हुई, उदास-अवसन्न आनन्दीराम सहजन के पेड़ तले, आराम करने चले आए। यह उनकी प्रिय जगह है। इस जगह पर बाँस का निचला-सा मचान, बारहों महीने बँधा रहता है। आनन्दीराम उसी मचान पर बैठा करते हैं।

इन दो दिनों, वे मन-ही-मन, अपने से बेतरह जूझते रहे थे। जिस घर, घरवालों और गृहस्थी में उनकी कोई रुचि नहीं थी, मुसीबत के समय, वे उन्हीं को बचाने के लिए ही आकुल-व्याकुल हो उठे थे। अगर इस घर के एक भी सदस्य को, जरा भी खरोंच लग जाती, तो उनसे बर्दाश्त नहीं होता। इस घर की अगर एक भी ईंट हिल जाती, तो उनके सीने पर चोट लगती। मुसीबत जब ख़त्म हो गई, तो ये बातें याद आती रहीं। तन-मन में अजब सी शून्यता का अहसास।

वे नीचे आकर बैठ गए। दरअसल वे बेहद दुर्बल-चित्त इंसान थे। इस मुसीबत के पलों में आनन्दीराम बेहद दुःख-तकलीफ में फँसे थे। अब जरूरत पड़ी, तो सब कुछ पीछे छोड़कर, आगे बढ़ने का जोर, अगर न महसूस करें, तो वे तरक्की कैसे करेंगे ?

"कहाँ हो, गोपाल ? आओ, नाश्ता कर लो।"

छोटी की धीर-गम्भीर आवाज़ सुनकर और उनकी शान्तमूर्ति देखकर, आनन्दीराम आवाक् रह गए। अपनी आरक्त निगाहों से उन्हें देखते रहे। आफत-विपदा के पलों में, छोटी हमेशा की तरह अविचल भाव से घर-गृहस्थी के नियम निभाए जा रही थी।

आनन्दीराम ने इसमें कभी, कोई व्यतीक्रम नहीं देखा।

"चलो, गोपाल, कमरे में चलो।"

छोटी उसे कमरे में चलने को कह रही थी। मानो पिछले दो दिनों से गाँव के ऊपर से कोई आँधी-तूफान नहीं गुजरा ! किसी अनजाने देश से, कोई फौज, डाकुओं की तरह हमलावर नहीं हुई थी। मानो उन लोगों के आने-जाने के दौरान कहीं, कोई धुआँ, अग्निकांड, हाहाकार नहीं उठा, सब कुछ मानो ठीकठाक है, क्योंकि छोटी कह रही थी—आ जा, गोपाल, कमरे में आ जा।

"कमरे में आ जा—" इस संकट के वक्त, यह जुमला ही एकमात्र आसरा-भरोसा था। क्या, कुछ घट गया; इस मुसीबत का कितना महसूल चुकाना पड़ा, आनन्दीराम को अभी तक अन्दाज़ा नहीं था। उन्हें तो सिर्फ इतना पता था कि जो कुछ हुआ, वह राजा की नीति थी, जो धर्मनीति से बाहर थी !

निरीह गाँव पर यूँ टूट पड़ना, यूँ अत्याचार करना—यह सब किस नीति की तहत किया गया है ? उन्हें बखूबी अहसास है कि सादी सांसारिक जीवन-यात्रा अब बह गई है। अब कुछ भी, कहीं स्वाभाविक नहीं है।

ऐसी स्थिति में वे कैसे अपने तन में ताकत और मन में जोर महसूस करें ? काफी कोशिशों के बावजूद, कल भगवान का अष्टोत्तर सत्नाम पूरी तरह याद नहीं आया। जी खोलकर भगवान जी को गुहार भी नहीं लगा पाए, क्योंकि वे भी तो आखिर इसी संशय युग के इंसान हैं ! अब उनके मन में यह विश्वास कहाँ रहा कि वे हाथ में शालिग्राम लेकर, बरसात में उमड़ी हुई गंगा नदी पार कर सकते हैं ? हालाँकि नाटौर के रामकृष्ण राय में यह ताकत मौजूद थी। वैसे यह सुनी-सुनाई बात है। एक ही युग में, एक ही समय, संशयी और विश्वासी, दोनों तरह के इंसानों को जीना होता है। मुसीबत में आस्थावान को तो उसकी आस्था बचा लेती है, लेकिन संशयी क्या करे ?

अपने बाहुबल ? आनन्दीराम जान चुके थे, इस बार, बड़ी मुसीबत में अकेले के बाहुबल पर कतई भरोसा नहीं, अकेले के भरोसे पर दूसरों को तो दूर की बात है, खुद को भी बचाना मुश्किल है।

तब उन्हें कौन बचाएगा ? इन दिनों उनके मन से ज़ोर कहाँ में जागा है ? मानो बालू के गड्ढे में बूँद-बूँद करके, वह पानी लबालब भर गया है। जो उनकी तृष्णा और प्यास मिटा सके। छोटी की बातें क्या यूँ ही अद्‌भुत होती हैं ?

आनन्दीराम की निगाहें एकटक थिर हो आईं। "हाँ, कमरे में जाओ"—इन शब्दों में ग़जब की शान्ति थी ! उन्हें आत्मबल महसूस होने लगा। नहीं, यूँ ही कमरे में जाने से नहीं चलेगा। अब वे बाहर से हाथ-मुँह धोकर शुद्ध होकर ही कमरे में प्रवेश करेंगे। ठाकुरजी को फूल, जल चढ़ाएँगे। उसके बाद नाश्ता करके, सन्दूक के बर्तन-भाड़े निपटाने का इन्तज़ाम यानी गृहस्थी के सारे कामकाज, दोबारा अपने कन्धों पर उठाना होगा।

घर-द्वार है; कामकाज है; सर्वनाश हो जाने के बावजूद, इंसान को पेट की फिक्र करनी होती है। आनन्दीराम को मानो ज्ञान हुआ। आम इंसान इसीलिए तो दोबारा

शक्ति पाता है; फिर से ज़िन्दा हो उठता है। सर्वनाश सच नहीं होता, स्वाभाविकता का व्यतीक्रम होता है। स्वाभाविक नियम से संसार दोबारा गतिमान होता है, इसी वजह से तो इंसान फिर-फिर जी उठता है। भगवान की सृष्टि में जैसे भूकम्प, बाढ़, दावानल, सभी कुछ घटता रहता है, लेकिन उनका कामकाज नहीं रुकता। सूरज नियमित रूप से उदय होता है, नियम से ही नदी में ज्वार उमड़ता है। धान के पौधों में रस-संचार होता है—यानी कहीं कुछ भी रुका नहीं रहता।

आनन्दीराम ने महसूस किया, छोटी ने उन्हें उसी राह का संकेत दिया है। आनन्दीराम का मन हुआ, वे उन्हें प्रणाम करें, मगर उन्होंने निगाहें फेर लीं। विमाता के साथ उनका प्रणाम का रिश्ता जरूर है, लेकिन उम्र में वे दोनों एक-दूसरे के इतने करीब हैं कि...। उन्हें याद है, उनके पैरों के जख्म धो-पोंछकर, छोटी उन पर मलहम लगाती थीं, उस वक्त का अगर हिसाब जोड़ा जाए, तो छोटी के प्रति शत्-शत् प्रणाम मानो उधार चढ़ गया था। मगर जाने क्यों तो उसी वक्त से प्रणाम करना काफी कम होता गया।

आनन्दीराम एक लम्बी उसाँस भरकर उठ खड़े हुए।

उन्होंने कहा, ''नाश्ता बाद में करूँगा, अच्छा, चलो, एक लोटा पानी और गुड़ की एक डली दे दो और हाँ, मेरी लाठी भी ले आओ। मैं ज़रा खोज-ख़बर ले आऊँ, गाँव में कहाँ क्या हुआ—''

''जाओ, मगर एकाध नौकर वगैरह को साथ लेते जाना।''

''ले जाऊँगा। चलो, अन्दर चलें।''

आनन्दीराम ने पानी पीकर, लोटा अभी रखा ही था कि उनके मामा उत्तेजित भंगिमा में उनके सामने हाजिर !

''आखिर पकड़ ही लिया, एक कमबख़्त को—''

आनन्दीराम के दरवाजे पर, वही अवसन्न, खून में लथपथ, सफाचट बालोंवाला बैरागी बैठा हुआ था। माथा आगे की तरफ झुका हुआ ! गर्दन, कन्धा और बाँहों में काफी सारी चोट के निशान ! सुरकंठ ने इस बैरागी को सयाराम के घर देखा था। उस वक्त वह चींख-चींखकर, फौजियों के बारे में, मोहल्ले-टोले के घरबारी लोगों को बता रहा था।

इस वक्त उसकी आवाजें बेहद क्षीण ? करीब जाकर, गौर से देखा, तो वह अधेड़ उम्र का, पोथी बँधे पटरे की तरह, दुबला-पतला शीर्ण ! उकसी पसलियों तले दबी साँसें, तेज़ी से धड़क रही थीं।

आनन्दीराम के मामा ने घर की चौखट पर एक अनजान, जख्मी इंसान को पाकर, उपेक्षाभरे लहजे में कहा, ''कौन है, रे, तू कमबख़्त, राज ? हलक से जुबान क्यों नहीं फूट रही ? बड़े आराम से यहाँ जमा बैठा है ?'' वगैरह-वगैरह !

आनन्दीराम ने उन्हें आगाह किया, ''देखो, उससे सँभलकर बात करना। जल्द-से-जल्द उसे यहाँ से खदेड़ दो। चोर से पहले खोजी पहुँच जाते हैं। रुपए-पैसे की खबर

निकाल लाते हैं। तुम्हें क्या मालूम, यह कमबख्त उन लोगों का आदमी नहीं है ?''

उस शख़्स ने बेहद कमजोर आवाज में पानी माँगा। अभी कुछ देर पहले तक वह आर्तकंठ से चीख रहा था, ''दयामय, दरवज्जा खोलो ! अन्दर कौन है ? मुझे बचा लो।'' लेकिन उसकी आवाज मानो निष्प्राण हो आई थी। इंसानों के चेहरे देखते ही, वह मानो ज्यादा निस्तेज हो आया। अब वह आँखें खोलकर आनन्दीराम को सिर से पाँव तक निहार रहा था। मानो यह अन्दाज़ा लगाने की कोशिश कर रहा हो कि वह कहाँ आ पहुँचा है और ये लोग उसे ज़िन्दा रखेंगे या मार डालेंगे।

मामा बेचैन हो उठे, 'तो दूर कर दो न इस कमबख़्त को, देख नहीं रहे, इसकी तो आँखें ही कितनी अजीब हैं...?''

''दयामय...'' उस आदमी की निगाह निष्प्रभ हो आई। उसने आँखें मूँद ली। उसके अधेड़, आर्त, भयार्त चेहरे पर मानो चाँद अस्त हो गया।

''हटिए, मामा, इसे अन्दर ले आने दें—''

''क्या कहते हो ? इसे तुम अन्दर ले जाओगे ?'' मामा को अचानक अन्दर से ज़ोर उमड़ा। वे चीख उठे, ''जाने कहाँ का, कैसा बन्दा है ! जिसकी जात का भी कोई ठीक नहीं—''

''इसलिए मेरे घर की चौखट पर कोई आदमी दम तोड़ दे और मैं देखता रहूँ ?''

मामा ने भाँजे की तरफ घूरकर देखा। वे खुद भी इसी भाँजे के आश्रय में रहते हैं। उसके बिना, उनकी गति नहीं—ये सारी बातें सच थी, लेकिन इस वजह से वे अनाचार सहन करें ?

''चलिए, पकड़िए, सिर के तरफ से सहारा दीजिए—''

''मैं पूछता हूँ, भाँजे, तुम क्या पागल हो गए हो ? तुम्हारा दुःसाहस तो कम नहीं है। इसको हाथ लगाने की कह रहे हो; तुम्हारी अक्ल को क्या हो गया है ?'' मामा बदस्तूर भड़क गए, उनकी आवाज मानो दूर से सुनाई दे रही हो, ''मैं तो दिदिया का मुँह देखकर, यहाँ पड़ा हुआ हूँ, वर्ना तुम्हारे अन्न-पानी को भला मैं हाथ लगाऊँ ? तुम मेरा ज़रा भी सम्मान नहीं करते, जो मन में आता है, बकते रहते हो ! क्यों ?''

''मैंने ऐसी कौन सी ग़लत बात कह दी ?''

''इस कमबख्त को सहारा देने को कहा, और क्या !''

''ठीक है, मत दें सहारा !'' आनन्दीराम ने किसी नौकर को आवाज दी और उस आदमी को उठाकर घर के अन्दर ले आए। घर की चौखट पर लिटाकर, उसके चेहरे-आँखों पर पानी के छींटे मारे गए। आनन्दीराम लगातार पंखा झेलते रहे। बैरागी की देह पर जगह-जगह खून के धब्बे। उस पर गरम पानी पट्टी से जख्मों पर सेंक दिया गया। उसके जख़्म देखकर, वे चिन्तित हो उठे।

किसी बूढ़े नौकर ने उन्हें आश्वस्त किया, ''रास्ते में बदन छिल गया है। काँटा-झोंप के रास्ते, इसे घसीटा गया है—''

''लेकिन, कन्धे का जख्म तो देखो, खाल उतर गई है—''

"यह ताजा जख्म नहीं है, देखिए न; खून पपड़ा गया है। इन घावों पर दवा का तेल चुपड़ दें।"

"दवा का तेल? कहाँ मिलेगा ?"

"छोटी माँ के पास कविराजी तेल रखा है। उनसे माँगकर ला दें, तो मैं चुपड़ दूँ—"

नौकर ने आनन्दीराम की तरफ देखा। उसकी नाक की पोपटें ईषत् फूल उठीं। कटा-छिला-जला ज़ख्म, तेल के गुण से पुर जाता है या चुपड़ने के गुण से—किसी जमाने में आनन्दीराम और इसी बूढ़े नौकर में तकरार छिड़ा रहता था। खैर, दर्द से चाहे जिस भी वजह से छुटकारा मिला हो, उसका दर्द ख़त्म होते ही, वह मकान के अन्दर दाखिल होता और माँ तथा छोटी से, बड़े-बड़े दान-सिद्धा लेकर अपने घर लौटता था।

बचपन में मछली पकड़ने की पहली वंशी, इसी की दी हुई थी। जब वे निरे बच्चे थे। यह शख्स अधेड़ उम्र में था। जब वे उसकी गोद में बैठे होते, उसके सीने की घनी-घनी रोमावली में एकाध पका हुआ रोम भी नज़र आ जाता। उन दिनों इन मेहनतकश-मजूरों के साथ, उनका इसी क़िस्म का रोजमर्रा का रिश्ता था।

आंधारमानिक गाँव में अनगिनत पुष्करिणी, नहर, पोखर हुआ करते थे। हर कोई अपने-अपने घर के करीब पोखर से, पानी भरता था। लेकिन फिर भी, गाँव के बीच-बीच में पक्के घाटवाले, उत्सर्ग किए गए तालाबों की भी कोई गिनती नहीं थी। जितने सारे तालाब, उतनी ही क़िस्म-किस्म के किस्से ! इस गाँव में पेड़, मनुष्य, कंकड़-पत्थर, यहाँ तक कि गोधूलि के वक्त गाँव के आकाश में तैरते हुए लक्ष्मी-वाहन यानी उल्लुओं की कहानियाँ भी प्रचलित थीं। इस गाँव में असंख्य किंवदन्तियाँ जन्म लेती हैं, बड़े स्नेह-प्यार और जतन से उनका लालन-पालन किया जाता है, और वे सब कहानियाँ हमेशा-हमेशा जिन्दा रहती हैं। इस गाँव के लोग सन्तानूवत् ममता से इन किंवदन्तियों को जिन्दा रखते हैं।

छोटे-बड़े तालाब और पोखरों के साथ भी जाने कितनी-कितनी किंवदन्तियाँ, कहानी-किस्से प्रचलित थे। किसी कहानी में डर, किसी में दुःख-कष्ट, बड़े-बुजुर्गों का कहना है—"हालदार परिवार के पूर्व-पुरुषों ने अपनी आठ साला बेटी के गले में पत्थर बाँधकर, खुद उसे डुबा मारा, इसीलिए, बहना, हालदारों के तालाब में पानी की कोई भी कमी नहीं है, लेकिन अभी भी...आज भी उसके जल के नीचे वह बिटिया रोती रहती है...। वगैरह-वग़ैरह !

इसी तरह पुण्य और भक्ति की कितनी-कितनी कहानियाँ—"इस तालाब के अन्दर साक्षात शिव का वास है। हमारे दूधेश्वर शिवलिंग को पानी में डुबोकर, मालकिन-दादी सरग चली गईं। उनकी बहू ने भी इच्छा-मरण चुना। इसलिए इस तालाब का जल अपने पर छिड़की। इस पवित्र तालाब ने ही हमारे नाव को बचाए रखा है।"

आषाढ़ की भरी दोपहरी में, यही मजूर, आनन्दीराम को, ऐसी ही एक उपकथावाले पोखर तक ले गया था। वहाँ पहली बार, वंशी फेंकने और पहली मछली लेकर लौटने की, रहस्यमय उत्तेजना की आश्चर्यजनक अनुभूति की आज तो सिर्फ यादें ही बच रही

हैं। लेकिन आनन्दीराम को उस मजूर की निगाहों में, उन सारी स्मृतियों की छाया मात्र ही नजर आती है।

''लाओ, तेल माँग लाओ, चुपड़ दें हम'' मजदूर का यह जुमला सुनकर, आनन्दीराम मानो होश में आ गए।

12

'तुम्हारे रूप में, बेटा, हम रहें जिन्दा'

उस शख़्स की सेवा-सुश्रुषा के लिए बूढ़े नौकर को रखकर, आनन्दीराम हाथ में लाठी थामे, बाहर निकल आए। उस वक्त उनके मन में तरह-तरह के खयाल आते-जाते रहे। वे सपरिवार, सही-सलामत बच गए, इसके लिए राधामाधव के प्रति, उनकी कृतज्ञता का अन्त नहीं था, क्योंकि इन दिनों, उनकी हालत बेहद असहाय थी। जितने दिनों उनके बापू जिन्दा थे, बिल्कुल जड़, चिर-रोगी और पित्तशूल से अक्सर बिस्तर पर पड़े रहते थे। उन्हें देखकर हमेशा यही लगा, वे इस परिवार के महज एक सदस्य भर हैं। आनन्दीराम की एक अतिरिक्त जिम्मेदारी ! क्योंकि देह जवाब दे देने के साथ-ही-साथ, उनके बापू ने घर-गृहस्थी से भी मन खींच लिया था।

उनकी इस क़दर निर्लिप्तता देखकर, आनन्दीराम को परम विस्मय होता था। आज भी गुजरी हुई बातें याद आते ही, वे अभिभूत हो उठते हैं ! मानो वह जिन्दगी का और एक रहस्य हो ! सच, इंसान बड़ा विचित्र जीव होता है।

उनके बापू तो लाड़-प्यार में अन्धे थे ! अपने परिवार के प्रति आसक्त, इस परिवार की ढेरों समस्याएँ, उन्हीं के हाथों रची-गढ़ी गई थीं। उन्होंने जिन्दगी में अनगिनत भूलें की थीं। सबसे बड़ी भूल शायद यह थी कि अपने बेटे से कुल पाँच साल बड़ी, विशालाक्षी से ब्याह करना। उन दिनों, आनन्दीराम के जनेऊ के मौके पर किए गए कनछेदन के जख़्म तक नहीं सूखे थे। ऐसे वक्त, उनके बापू विशालाक्षी को ले आए। सबसे पहले गँवार नाई आकर यह ख़बर दे गया। एक और सौत के आने की खबर सुनकर, आनन्दी की माँ, पैर फैलाकर रोने बैठ गईं। आनन्दी की बुआ पिछवाड़े के दरवाजे से निकलकर, सीधे आचार्यजी के घर जा पहुँची। पतानी बुआ के पास लक्ष्मी का भंडार ! उस भंडार में, कोरे कपड़े की पोटली में, अरवा चावल का महीन चूरा हमेशा बँधा रहता था। पतानी बुआ अपने साथ पाँच-सात सुहागिन औरतें भी लेती आईं। चावल के चूरे से आँगन में जैसे-तैसे रँगोली आँकी गई।

ऊँचे घरानों के मर्द, जितना चाहें ब्याह रचा सकते थे। लेकिन बीवी कम लाते हैं, क्योंकि कुलीन घरानों की सन्तान के आगे-आगे, नाव में बैठकर नाई जाते हैं और गंगा-तट पर बसे, गाँव-गाँव में रिश्ते पक्का कराते हैं। पीछे की नाव में दूल्हा पहुँचता। ब्याह चाहे राढ़ में हो या बंग में, या गंगा-तट पर या बूड़ी-गंगे के किनारे ! वापस लौटकर

उच्च वंशी लड़कियों की किंवदन्ती, कोई नहीं लिखता। खैर, इन किस्सों में नया कुछ नहीं होता। वही पुरानी, काफी पुरानी-धुरानी कहानियाँ ! खानदानी लड़कियों का दुःख कभी ख़त्म नहीं होता। साक्षात् गौरी जैसी कुवाँरी कन्याओं की तकदीर में हमेशा बुड्ढे-सुड्ढे वर ही जुटते थे। वे कन्याएँ किसी भी दिन अपने पति का घर नहीं बसातीं। हाँ, कभी-कभार गंगा तट पर, दही-हल्दी में लिपटी, खानदानी पति की मृत देह, सँजोकर रखा जाता है और जब नौका, पालकी, बैलगाड़ियों पर सुहागिनें आ पहुँचती हैं। तो चिता जल उठती है ! इस कहानी का आदि तो होता है, अंत नहीं !

वैसे विशालाक्षी का ब्याह भी काफी अजीबोगरीब था, क्योंकि ब्याह तो क़िस्मत का लेखा होता है। ब्याह होना था, हो गया। लेकिन, विशालाक्षी पति का घर बसाने, उनके साथ आईं, यही विचित्र बात थी ! शिवकाली गांगुली का नाम अब राढ़ और बंग प्रदेश में सब जानते हैं। असल में, किसी का नाम, वंश की वजह से ही मशहूर हो जाता है। ऐसे लोग बिना किसी कोशिश-तदबीर के ही मशहूर हो जाते हैं। कोई इमारत गढ़ने की तरह, जरा-जरा करके अपना नाम गढ़ते हैं। शिवकाली गांगुली ऐसे ही एक उद्यमी पुरुष थे। लेकिन अपनी इकलौती बहन का ऐसा विवाह किया, यही परम अचरज की बात थी, क्योंकि अगर वे चाहते, तो किसी ऊँचे घराने का सुपात्र खोजकर, उसे अपने घर में रख लेते। उसे लिखना-पढ़ना सिखाकर, उसे इंसान नहीं बना सकते थे ? बहन को ब्याह दिया और उसे गृहस्थी बसाने के लिए भी भेज दिया ? इस घर की गृहस्थी बसाने के लिए उनका आना ही विचित्र बात थी, क्योंकि विशालाक्षी के साथ-साथ ढेरों दहेज, स्त्री-धन और दासियाँ भी आई थीं।

इन तमाम सवालों का सही-सही जवाब विशालाक्षी के पास मौजूद था, लेकिन उन्होंने इसे कभी जाहिर नहीं किया। सिर्फ उनकी आँखों में गहरा विषाद लिखा हुआ था। आँखों में उसी विषाद भरी रुलाई की वजह से, मुखोटी घराने के आँगन में, जेठ की वह सुबह, काफी गम्भीर और संयत स्वागत हुआ। नई बहू को देखने के लिए उत्सुक, सड़क के नंगे बच्चों को छोड़कर, बाकी सभी लोग स्थिर ! पुरांगनाओं के लिए चूँकि अगवानी का रस्म अदा करना जरूरी था, इसलिए उन लोगों ने सारे रस्म अदा किए। क़तार-दर-क़तार बैलगाड़ियों से भारी-भरकम दहेज उतारे जाने का सिलसिला ख़त्म होने का नाम ही नहीं ले रहा था। इस दौरान विशालाक्षी, जो-जो औरतें जो कुछ भी कह रही थीं, वे सब सुन-सुनकर, कभी हाथ में मछली लेती, कभी पानी से भरी कलसी की तरफ देखतीं। लेकिन उनके अंग-अंग पर चाँदी के जेवर, बस यहाँ-वहाँ नाममात्र का सोना चमक रहा था।

इस दृश्य के खूबसूरत लावण्य को भेदते हुए, बुआ ने खनखनाती आवाज में कहा, "सुना है, शिवकाली गांगुली की इकलौती बहन है, उस देश में क्या सोना नहीं जुटता ?"

जवाब में बूढ़ी नौकरानी ने कहा, "डाकू-लुटेरों के डर से बदन पर नहीं पहनाई, माँ-ठाकुराइन, झोली में भरकर, हमका थमाय दिहिन हैं।"

उसकी यह बात सुनकर, विशालाक्षी ने एक बार सिर्फ नजर उठाकर देखा और दूध-आलता की शिला पर पाँव रख दिया। उनके पाँवों में चाँदी का चरणपद्म ! गुजरीपंचम ! कोमल-नाज़ुक पाँवों का आकार ख़ासा बड़ा और खूबसूरत ! इन पाँवों में चाँदी के पायल की अगर नोंक भी चुभ जाती थी, तो शिवकाली गांगुली तड़प उठते थे। बहरहाल, आनन्दीराम के बचपन में मुखोटी घराने की प्राचीन, तैलीय, और चिकनी गयेश्वरी काले पत्थर की थाली में, वे नाज़ुक कमल-चरण, जेठ की सुबह-सवेरे, ग़ज़ब तरीके से निखर उठे थे।

पाँवों की खूबसूरती देखकर, रमई बागदी की बुआ की जुबान से, बेख़याली में ही फिसल गया, "हाय-मइयो, तू लोगन की जात के नियम पर खाक डालूँ। अइसी खूबसूरत प्रतिमा को, ऐसे बुड्ढे-सुड्ढे वर के हाथों में टिका दिया—"

वहाँ मौजूद, लोग-बाग ने समवेत स्वर में डपटकर, उसे चुप करा दिया, "चुप, चुप, रंडी चुप हो जा।"

विशालाक्षी की बगल में, ऐसे अधेड़ दूल्हे को देखकर, किसी को भी भला नहीं लगा, ऐसा ब्याह तो वे हर रोज देखते थे।

आनन्दीराम के बापू ने क्या सिर्फ भोग-लालसावश विवाह किया था ? यह बात आनन्दीराम औरतों की जुबानी अक्सर सुना करते थे। जनेऊ की रीत पूरी होने के बाद, किशोर बालक को, औरतें रीति-नियम में रखती थीं, इसलिए आनन्दीराम भी औरतों का छाया में बड़े होने लगे।

"अरे, रूप की गर्मी देखकर, बुड्ढे का मन डोल गया, बहना !" उसकी माँ आँखों में आँसू भरकर अपनी ननद से रोना रोया करती थीं।

लेकिन आनन्दीराम अब समझ गए थे। हालाँकि उनके बापू, उस वक्त अधेड़ हो चले थे, घर में बारह साल का बेटा था, पहली बीवी से एक बेटी भी थी। फिर भी विशालाक्षी की उन्हें बेहद ज़रूरत थी। मुखोटी परिवार में, कोई भी औरत घर नहीं चलाती थी। आनन्दीराम की बुआ, माँ—सभी अलग-थलग रहती थीं। उनके यहाँ एक अदद आश्रिता मामी भी थीं, वर्ना किसी को दो वक्त का भात पकाकर भी कोई देनेवाला नहीं था। इस घर के गोला में धान, मटर, मूँग-उड़द के दाल; खेतों में सब्जी-तरकारी, गोशाला में गायें—सभी कुछ मौजूद थीं, मगर इतना कुछ होने के बावजूद कुछ भी नहीं था।

बुआ और माँ में हमेशा ही किचिर-किचिर चलती थी। इस परिवार में आकाशगामी नारद देवता का मानो रोज का आना-जाना था। भंडार में घी सड़ रहा है, कोई खोज-ख़बर नहीं रखता था। भात में घी डालने की जरूरत पड़ी, तो वे कटोरी लेकर अड़ोसी-पड़ोसी के यहाँ माँगने दौड़ जातीं। बच्चा टुकड़ा-भर मिश्री के लिए रो रहा हो, मगर घर में मिश्री की डली मौजूद नहीं। लक्षी पूजा की दान-दक्षिणा मंडप में ही उपेक्षित-सी जस-की-तस पड़ी रहतीं और उन पर झाड़-जंगल उगता रहता।

माँ बात-बात में रो-रोकर गुहार लगातीं, "कोई हमको गुच्छा-भर डोरी ला दो, रे,

हम अपना परान दै दें—" वे गला फाड़-फाड़कर रोती रहतीं।

ऐसी थी बापू की गृहस्थी ! हालाँकि वे परम स्नेहवत्सल, घरबारी जीव थे। तेल ख़त्म होते-न-होते, घानी में पेरा हुआ, ताजा तेल मँगवा लेते। ठीक-ठाक छादन, फिर-फिर छवाते, मिट्टी की चौखट, हर दिन ठीकठाक कराते। उनकी घर-गृहस्थी में किसी का भी मन नहीं टिका है, इस बात पर वे अफसोस भी करते थे।

आनन्दीराम जान चुके थे, विशालाक्षी के पीछे-पीछे ही इस परिवार में सुख-श्री, शान्ति और व्यवस्था दाखिल हुई।

बापू को अपनी इस गृहस्थी के प्रति अद्भुत ममता थी। बाद में, जब वे बीमार पड़े, आनन्दीराम को लगा, बापू महज़ एक जिम्मेदारी भर रह गए थे। यह घर-गृहस्थी उनके पाँवों की ज़ंजीर बन गई थी।

"भई, जिधर निगाह जाएगी, चल दूँगा, ऐसी घर-गृहस्थी भला कोई करता है ?" वे अक्सर यह जुमला रटते रहते थे, उस दिन भी दोहराया था !

उन्होंने मकान की तरफ निगाह गड़ाए-गड़ाए कहा, "मेरे बाप की तो बुद्धि भ्रष्ट हो गई थी, जो वे घर-घर की रट लगाए रहते थे—"

बापू का जब अन्त समय आ पहुँचा, तब भी वे सुनाने से बाज़ नहीं आए, "मेरी तरक्की के रास्ते में, आप रोड़ा हैं।"

वृद्ध पिता ईषत् हँस दिए।

"आपने जब, जो कहा, मुझे सुनना पड़ा। किसी बड़े पेड़ से अपनी नाँव बाँधने के लोभ में, आपने मुझे बहा दिया, वर्ना आज मैं जगत सेठ के यहाँ छोटा-मोटा मुंशी बन चुका होता। अगर ऐसा हुआ होता, तो मैं अन्न के ढेर पर बैठा होता; मेरे यहाँ खाने की कमी होती भला ? घर-घर, ब्याह-ब्याह की रट लगाकर, मेरे पैरों में बेड़ी डाल दी।"

"तो चले जाओ न !" वृद्ध ने निर्लिप्त मुद्रा में कहा !

"हाँ, चला जाऊँगा !" अपने पिता के आचरण से आनन्दीराम मन-ही-मन आहत हो उठे। उनका रिश्ता ऐसा तो नहीं था कि इतनी निर्मोही लहजे में बात की जाए। सच तो यह था कि पिता-पुत्र में काफी दोस्ती थी।

"हाँ, अगर तुम्हें असहनीय लगता है, तो तुम अपना रास्ता देखो—"

आनन्दीराम ने भी कुढ़कर कहा, "आप बीमार हैं, मुझे कुछ नहीं कहना—"

मैं बीमार हूँ, तो तुम्हारा क्या, बेटा ? राधामोहन हैं न, वे ही देखेंगे मुझे।"

आनन्दीराम ने कोई जवाब नहीं दिया। राधामोहन देखेंगे—बापू को इसका आसरा-भरोसा हो ही सकता है, क्योंकि राधामोहन को सिर पर बिठाकर, तस्य पिता यानी आनन्दी के दादा ने सीने में अपने शिशु-छौने को चिपटाकर, दामोदर नदी का लम्बा-चौड़ा पाट-पार किया था। बापू को यह विश्वास हो ही सकता है, क्योंकि आनन्दी जब निरे शिशु थे, सन्निपात के बुखार में बिल्कुल मरण-किनारे पहुँच गए थे, उनके बापू ने बेटे को राधामाधव के चरणों में रख दिया था।

विलक्षण कविराज शशिनाथ तक ने आनन्दी के बारे में जवाब दे दिया था, "अब

मोह क्यों करते हैं, मुखोटी बाबू ! अब उम्मीद छोड़ें !''

लेकिन इकलौते बेटे का उम्मीद, कोई पिता भला त्याग सकता है ?

''दयामय ! दयामय !'' बापू ने गुहार लगाई थी, ''अपने बच्चे को तुम्हारे हाथों सौंपता हूँ—''

''दयामय !''—आज, इतने दिनों बाद, मुसीबत की इस भोर में, किसी विदेशी को शरण देकर, गाँव का चक्कर लगाने से पहले, आनन्दीराम को, अपने बापू की वह बात, क्यों याद आती रही ? उनके सीने में कहीं, कुछ बज उठा ! वे इस युग के नौजवान थे। नए जमाने के इंसान ! वे नास्तिक नहीं थे, लेकिन मन में वैसी धधकती हुई भक्ति कहाँ थी ?

आनन्दी के बापू ने उनके चेहरे पर निगाहें गड़ाए हुए, उनके मन की सारी बात समझ ली।

''दुःख मत करो, बच्चे ! अभी तुम्हारे सामने काफी सारा वक़्त है। तुम्हारे कन्धों पर मैंने इतनी सारी नाबालिग, विधवाओं की जिम्मेदारी सौंपी है। जिम्मेदारी क़बूल करना, अगर न सीखा, तो इंसान नहीं बन पाओगे। मैंने तुम्हारे प्रति कोई अन्याय नहीं किया।''

आनन्दीराम नजरें झुकाए, ख़ामोश खड़े रहे।

''और वह ब्याह ? छिः, बेटे, जैसे-तैसे एक ब्याह हो गया, इसलिए मर्द बच्चा क्या यूँ टूट जाता है ? यूँ हिम्मत हार जाता है ?''

आनन्दीराम ने पिता की तरफ देखा। काफी देर तक बापू के चेहरे पर नजरें गड़ाए रहे। पिता धर्म ! पिता स्वर्ग ! लेकिन, यही बाप-बेटे, किसी जमाने में दोस्त, हमदर्द और सबसे अपने थे।

''पिता अपनी जिम्मेदारी, बेटे को ही सौंपता है, यही नियम है। तूने केले का पेड़ नहीं देखा ? बता न, देखा है या नहीं ?'' अपने सुयोग्य बेटे से पिता ने सवाल किया, ''तूने देखा नहीं, केले का पेड़ ? एक मरता है, तो दूसरा उसकी बगल में उग आता है ! भगवान इसी तरह तो समूचे जगत-संसार को बचाए रखते हैं ! राधामाधव ! अपनी जिम्मेदारी से मुँह न मोड़ो, बेटा ! तुम्हारी छोटी माँ भी हैं ।''

आनन्दीराम को छोटी माँ के जिक्र भर से वृद्ध पिता की आँखों में अद्भुत कोमलता, करुणा और विषाद् नजर आया। इस भावान्तर की पवित्रता के सामने, उनका मन नरम हो आया।

उन्होंने शिशुवत् आश्वासन दिया, ''छोटी को मैं अपने सिर-माथे रखूँगा, बापू ! आप फिक्र न करें।''

''वह भूल से भी कभी अपनी आँखों में आँसू नहीं लाती, सारी दुःख-तकलीफ अपने सीने में दबाए रखती है।''

''जी—बापू !''

''वही तो औरत का मरण है ! मर्द इतनी आसानी से कातर नहीं होता।''

उस दिन, आनन्दीराम के पास इस बात का कोई जवाब नहीं था।

डेढ़ साल हुए, बापू चले गए। बापू को दिया हुआ वचन, आनन्दीराम ने निभाया। लेकिन उनके दिल में कोई उमंग नहीं थी। यह घर उन्हें ईंट-गारों का स्तूप लगता है ! माँ, बुआ वगैरह उन्हें भारी बोझ लगती हैं। उन्हें लगता है, जैसे उनके पाँवों में बेड़ी डाल दी गई हो। उन्हें अक्सर यह अहसास होता है कि इनलोगों के लालन-पालन में उनकी ज़िन्दगी तबाह हुई जा रही है। जबकि उनके लिए अभी ढेरों काम पड़े हैं। उन्हें ज़िन्दगी में अभी काफी बड़ा होना है, विदेश जाना है, अपनी कोशिश-तदबीर से ऊपर उठना है, क्योंकि उनके पौरुष को ठोकर मारकर, उन्हें बेइज़्ज़त करके, बड़ी बहू यह घर छोड़कर चली गई। परिवार का मुँह जोहते हुए, उनकी तो ज़िन्दगी बर्बाद हो गई।

लेकिन पिछली रात, आंधारमानिक गाँव में जब रुलाई का रेला उमड़ आया, हवा में आग ही आग फैल गई, उस वक्त आनन्दीराम यन्त्रणा और पीड़ा से सिर्फ कातर होते रहे। उन्हें पल-भर में अन्दाज़ा हो गया, मन की विरक्ति, हिकारत—यह सब तो ऊपर-ऊपर की झाग है। यह झाग हटा दी जाए, तो गहरा जल नजर आएगा। असल में यह उनके अन्तस की गहरी ममता थी। कल अगर डाकुओं के हाथों, इस घर की एक भी ईंट खिसक गई होती, तो उनके सीने में गहरी चोट लगती। निस्वार्थ-निर्बोध माँ, बुआ या मामा, कोई भी अगर जान से हाथ धो बैठता, तो उनसे बर्दाश्त नहीं होता। आनन्दीराम को लगा है कि चाहे जैसे भी हो, वे सबको अपनी सुरक्षा में समेटे रहें। उनके बापू भी शायद इसी तरह सबको प्यार-ममता देते थे। शायद इसी तरह आनन्दीराम के बापू, उनके अन्तस् में ज़िन्दा हैं।

"दयामय !" बाहर निकलते वक्त उन्हें फिर उसी शख़्स की आवाज़ सुनाई दी। यह शब्द, उनके बापू की जुबान पर भी हमेशा चढ़ा रहता था।

बाहर जाने को उन्होंने क़दम बढ़ाया ही था कि छोटी उनके सामने आ खड़ी हुई।

उन्होंने आगाह किया, "सुनो, देर मत करना। फिक्र लगी रहेगी।"

13

ऊँचे-नीचे सभी पेड़ में बाजे,
आए जब आँधी-तूफान'

उसी रात आनन्दीराम के घर बड़े आचार्य तशरीफ लाए। गाँव में वे ख़ासे सम्मानित व्यक्ति। अर्थ-प्रतिपत्ति में समाज के सिरमौर ! दम्भ से उनका सिर हमेशा तना रहता था।

किसी जमाने में वे लोग ही इस गाँव के जमींदार थे। राजा टोडरमल, जब बंगाल में तशरीफ लाए, आचार्य लोगों के पूर्व-पुरुष उनके वाक़नवीस हुआ करते थे। वे लोग

खाता-पत्तर लिखते थे, हिसाब-किताब रखते थे और कान पर क़लम खोंसे, दौड़-भाग किया करते थे।

वे लोग कहा करते थे, "भई, यही तो कामकाज का वक्त है। अभी तो मैं फल बटोर रहा हूँ। इस वक्त ढीलमढाल रहने से, भला चलता है ?"

लोग कहा करते थे, ठिगना बाम्हन, बुद्धि में तलवार नोंकदार। इसलिए सुई से सेंध लगाता है, और चौड़ी दरार काटकर निकलेगा। टोडरमल ने फ़र्मान जारी करके, उन्हें इस गाँव का पट्टा दिया था।

काफी धूमधाम से उन्होंने यह इमारत खड़ी की; वृहद देवमन्दिर बनवाया, उपयुक्त दिन-मुहूर्त में ठाकुरजी की प्रतिष्ठा की। लेकिन जाने कहाँ तो हिसाब में भूल हो गई। ब्राह्मण होकर बादशाह को 'जगदीश्वर' कहकर सम्बोधित किया और उनके प्रति भक्ति भरा प्रणाम किया। कोई-कोई यह भी कहता है कि इससे भगवान रुष्ट हो गए। आचार्य का वंश नष्ट हो गया। कई बार ब्याह के पाटे पर बैठने के बावजूद, उनका वंश आगे नहीं बढ़ा।

आखिरी वक्त में आनन्दीराम के परदादा ने सलाह दी, "आचार्यजी, ऐसा करें, आप कोई बच्चा गोद ले लें, वर्ना वंश में कोई नामलेवा नहीं रहेगा। अभी से यह सोच-सोचकर हम सब परेशान हैं—"

आचार्य, अर्जुन के पेड़ तले बैठे हुए थे। हमेशा के ऊँचे आसन में विराजमान होते थे, साथ में नौकर-चाकर। सिर पर छत्र ताने हुए कर्मचारी ! राजपुरुषों का संग-साथ महज़् विलासिता ही तो थी ! जिस अर्जुन के पेड़ तले खड़े-खड़े उन्हें दिव्य-दर्शन हुए, वह यही अर्जुन पेड़ था। आचार्यजी तालाब की खुदाई का मुआयना कर रहे थे। गाँव की चौहद्दी में आठ बड़ी-बड़ी नहरें निकाली जाएँगी—यह उन्हीं की परिकल्पना थी।

खैर, वे ऐसे अनगिनत बड़े-बड़े सपने देखा करते थे। इस खूबसूरत गाँव की परिकल्पना, पक्की सड़कें, गाँव के बीचोंबीच हाट-बाज़ार और उस पर छादन बिछाने की योजना—सारा कुछ उन्हीं का सृजन था। राजा टोडरमल के साथ दिल्ली गए, बाहरी दुनिया से उनका परिचय हुआ। रास्ता-घाट बनवाना, खूबसूरत आकार-प्रकार के घर-मकान खड़े करना—ऐसी अनगिनत नई-नई कल्पनाएँ, उनके मन में हर वक़्त करवटें लेती रहतीं थीं।

उन दिनों दाहापहाड़ का हाट बेहद मशहूर था। आचार्यजी डुगडुगी पिटवाकर एलान करते थे, खूब-खूब ख़रीद-फरोख़्त होगी, हाट-महसूल भी नहीं देनी होगी—ये सब बातें प्रचारित करके, वे इस हाट में क्रेता-विक्रेता दोनों दल को खींच लाते थे।

"बिना शुल्क दिए हाट बैठेगी, ऐसी बात किसी दिन नहीं सुनी—" अधेड़ ग्रामवासियों ने एतराज जताया।

आचार्य ने सूखी हँसी बिखेरते हुए कहा, "आपलोगों ने तो बहुत-कुछ नहीं सुना। आपलोगों ने तो वर्धमान शहर तक नहीं देखा ! अपना गाँव छोड़कर, किसी दूसरे गाँव में क़दम रखने तक से, आप लोगों की जात जाती है। अब ये सब सोच-विचार लेकर

बैठे रहने से भला चलता है ? जमाना बदल रहा है ! नई-नई चीज़ें सीखना-जानना जरूरी है, वर्ना अपना गाँव फले-फूलेगा कैसे ?''

तालाब की तरफ नजरें गड़ाए, आचार्यजी को यही कुछ ख़याल आता रहा।

मुखोटी की बातें सुनकर, उन्होंने जवाब दिया, ''हाँ, अब गोद ही लेना होगा। लेकिन मालूम है, मुझे क्या लगता है ? मुझे लगता है, मैं हार गया।''

''हार गया ? आप यह क्या कह रहे हैं, आचार्यजी ? आपने इतना लम्बा-चौड़ा गाँव रचा-बसा दिया ! आपका कितना बड़ा नाम-यश है...''

''हाँ, मुखोटी बाबू, इमारत, मन्दिर, नहर-तालाब बनवाने में नाम-यश जरूर है, लेकिन इससे घर-संसारी लोगों का क्या जी बहलता है ? मेरे अपने खून से पैदा, कोई खून नहीं रहा यानी अब मैं कहीं नहीं रहा—''

''मैंने घर की औरतों के मारफत सुना है कि बड़की आचार्याजी चाहती हैं कि आप अपने रिश्ते के भतीजे, केशव को गोद ले लें। वह भी तो आपके ही खून का खून है।''

''केशव ? टूलो पंडित का बेटा ? मैं जो रख जाऊँगा, मुमकिन है, वह उसकी हिफ़ाजत कर ले, लेकिन मेरी तरह, इस गाँव के लिए फलों के बागान, फूलों के बागान, झील, सड़क, नहर बनवाएगा ? आंधारमानिक गाँव को धीरे-धीरे वर्धमान, जैसी शोभा दे पाएगा ? नहीं, मुखोटीजी, मैं बुरी तरह हार गया।

विधाता ने मेरे दोनों गालों पर तमाचा जड़कर यह दिखा दिया कि ज्यादा उम्मीद करने से ही पेड़ में फल नहीं आता।''

आचार्य की हिम्मत बेतरह टूट गई थी। मरघट से लगे तालाब उन्होंने पूरा नहीं किया। गाँव की रीति मुताबिक, तालाब में पानी लाने के लिए, बलि-पूजा भी नहीं की।

उन्होंने विरक्त लहजे में कहा, ''अरे, पानी होगा तो उठेगा जरूर, इसके लिए मुझे बाहरी क्रिया-विधि की जरूरत, समझ में नहीं आती।''

तालाब के किनारे की मिट्टी, राढ़ के पानी-वाताश के गुण की बदौलत, पुख़्ता पत्थर बन गई। आज भी लोग उसे 'पहाड़' ही कहते हैं। अर्जुन पेड़ डेढ़ सौ साल का बूढ़ा हो गया। लेकिन आचार्यजी के तालाब में बारहों महीने निर्मल-स्वच्छ पानी लहराता रहता था। आचार्यजी ने वहाँ बेहद प्राणवन्त बलि दी थी, बेटे का मुँह देखने की आकांक्षा की बलि। जिन्दा बलि ! इसलिए उस तालाब में लबालब पानी भरा रहता है, किसी दम्भी, कर्मवीर, उद्यमी पुरुष की वह मार्मिक व्यथा-कथा, बहुत कम लोग जानते हैं।

वक्त ने आचार्यजी की भविष्यवाणी को सच साबित किया, केशव को किसी ने 'राजा' नहीं कहा। उसे 'भूमिपति केशवानन्द आचार्य' कहकर सम्बोधित करते थे। धीरे-धीरे आचार्य वंश टूट-फूटकर बिखर गया। कासिम बाज़ार के जगतपति और सैय्यदाबाद के महीपति, इन्हीं आचार्य के रिश्तेदार थे। इस रिश्ते से बड़े आचार्य और पतानी बुआ वगैरह भी उनकी आत्मीय थीं। हालाँकि उनमें कोई करीबी नाता-रिश्ता नहीं था, क्योंकि जगतपति, दद्दू को, आचार्यजी के जेठू ने बचपन में ही, लावारिस हालत में खदेड़ दिया था। इसीलिए जगतपति, महीपति ने इस गाँव में कभी क़दम नहीं रखा।

बड़े आचार्य, बिना किसी प्रतिद्वन्द्विता के, इस गाँव में, पूरे रौब-दाब के साथ राज करते रहे। इस गाँव के सभी बाशिन्दे, उनके विधान को, सिर-माथे स्वीकार करते थे। अभी उसी दिन, मामूली-से क़सूर पर, रमई के साले को, खड़ाऊँ से पीट-पीटकर, निम्न जाति की निगाहों में, बड़ी जाति की इज़्ज़त बचाई। गाँव के बाहर, गिनती के कुछेक मुसलमानों के घर थे। उनकी तरफ से मुर्गी की बाँग सुनते ही, वे बात-बात में जुर्माना ठोंकते रहते थे। सबसे बड़ी बात, औरतों के मामले में, वह बूढ़ा ब्राह्मण सख़्त कट्टर था। औरतों के आचारण में जरा भी इधर-उधर देखते ही, वे उनके भ्रष्ट होने का शोर मचा देते थे।

बात-बात में, वे दम्भभरे लहजे में कहते थे, ''अगर वह मेरी बेटी या नातिन होती, तो मैं खुद उसे ज़हर दे देता। ज़हर देने में, अगर माया-ममता रुकावट डालती, तो जाकर उसे नवद्वीप में फेंक आता। बाल मुँड़ाकर, पेट पालने के लिए भीख माँगती फिरती।''

पतानी बुआ, उन्हीं की बहन थीं। बहन की मदद से, बड़े आचार्यजी, गाँव के घर-घर के हाँड़ी की ख़बर, अपने कमरे में बैठे-बैठे पा लेते थे। बड़े आचार्यजी के राज में, सब तटस्थ रहते थे। उन्हीं बड़े आचार्य ने, आज आनन्दीराम के घर में अपनी चरण-धूलि दी थी।

''बेटा, आनन्दीराम, मैं जो तुम्हारे यहाँ आया था, किसी को पता न चले। तुम भी अपने घर में, किसी से न कहना।''

वृद्ध ब्राह्मण का गला भारी था। उन्होंने अपने नयनों में छलकते हुए आँसू पोंछ लिए। आनन्दीराम मानो आसमान से गिरे। आचार्यजी उन्हें कतई पसन्द नहीं करते थे। इसके अलावा, इस शख़्स ने गाँव में नई हवा बहाई है—'' वे अक्सर कहा करते थे, इस वक्त, उनका इस क़दर कातर और विनयशील रूप देखकर, बेभाव ताज्जुब में उन्होंने धीमी आवाज में कहा, ''चलिए, बाहर चलते हैं।''

''वही ठीक होगा, बेटा, चलो बाहर ही चलते हैं।''

''कहाँ चलेंगे ?''

''चलो, टहलते-टहलते तालाब की तरफ चलते हैं। उधर रात के डर से कोई होता भी नहीं।''

''तालाब की तरफ ?''

''हाँ, बेटा, चलो न। क्यों ? उधर चलने में तुम्हें डर लगता है ?''

''नहीं, डर किस बात का ? लेकिन रात की बात है, रुकिए, चकमकी पत्थर और लाठी ले लूँ—''

दोनों जन लाठी ठकठकाते हुए आगे बढ़े। आनन्दीराम के मन में सैकड़ों तरह के सवाल !

इसके बावजूद उन्होंने ईषत् हँसकर ही कहा, ''अब तो लता-पत्तों का भी डर नहीं रहा। जो प्रलय गुजर गया है, माटी के जीव, डर के मारे पाताल में समा गए हैं।''

आचार्य ने अवसादग्रस्त लहजे में कहा, ''तुमने ठीक ही कहा, आनन्दीराम ! युद्ध

छिड़ने पर भी, शायद ऐसी हालत नहीं होती। अब तुम्हें क्या बताऊँ, नागराज वासुकी भी फन काढ़ें, तो भी शायद ऐसा नहीं होता। सन ग्यारह सौ में यानी उन्चास साल पहले बड़ा भयानक भूकम्प आया था। तब तो तुम्हारा जन्म भी नहीं हुआ था ! उस भूकम्प ने घर-द्वार तोड़-फोड़ डाला था, मगर यह तो...''

आनन्दीराम को अन्दाज़ा हो चुका था कि इस बार और ज्यादा बड़ा, और भयानक मुसीबत आई थी। बड़े आचार्य को शायद व्यक्तिगत् तौर पर, कोई बहुत बड़ा आघात लगा है। जब तक अपने को चोट न लगे, आदमी इतना सचेत नहीं होता।

लेकिन ऐसा क्या हो सकता है ? बड़े आचार्य क्या रुपए-पैसे या गहना-गुरिया की बात करनेवाले हैं, जो उन्हें गाँव के बाहर ले जा रहे हैं।

बड़े आचार्य ने स्वगत मुद्रा में कहा, ''जानते हो, बेटा, बिल्ववासिनी मन्दिर के ऊपर, जिस कौए ने बसेरा किया था, वह अचानक गिर पड़ा और मर गया। वह काला कौआ था, उनकी उम्र काफी लम्बी होती है। देवमन्दिर में कोई जीव दम तोड़ दें, यह तो बहुत मनहूस लक्षण है न ?''

हो सकता है, काफी बूढ़ा हो गया हो।'' आनन्दीराम ने धीमी आवाज़ में कहा, ''हम दोनों गाँव-बस्ती से काफी बाहर निकल आए हैं, जेठू, अब और ज्यादा दूर जाने की जरूरत क्या है ?''

''जरूरत है क्यों नहीं ? बताऊँगा, तो तुम समझ जाओगे—''

बड़े आचार्य का कातर भाव बिल्कुल दिल से उभरा था। मुसीबत में पड़े थे, इसलिए अन्दर का गुस्सा दबाकर, वे कातरता का नाटक नहीं कर रहे थे। अनगिनत हमउम्र साथियों की तरह बड़े आचार्य भी प्रेत योनि में विश्वास करते थे। इसके बावजूद वे श्मशानतला के मैदान में जाना चाह रहे थे। लगता है, मामला काफी गुरु-गम्भीर है। आनन्दीराम का ख़याल था, आचार्यजी के यहाँ कोई प्राणहानि नहीं हुई। हाँ, उन्हें यह ख़बर जरूर मिली है कि सुरकंठ की बुआ नहीं रहीं और इस मुसीबत की घड़ी में उन्होंने बुआ का अपने घर की सरहद पर दाह कर दिया। खैर, इस काम की, बिरादरी में काफी प्रतिक्रिया होगी, काफी बातें भी बनेंगी, लेकिन इस बारे में, ये पहले से ही सलाह-मशविरा कर रखें, क्या इसलिए वे इतनी गोपनीयता बरत रहे हैं ?

दोनों जन अर्जुन पेड़ तले आ पहुँचे।

''रुको—'' बड़े आचार्य ने कहा।

आनन्दीराम रुक गए।

''तुमसे यह बात कहते हुए, मेरा सिर झुका जा रहा है; आनन्दीराम, लेकिन बताए बिना कोई उपाय भी नहीं है। कहना चाहिए निमली मेरी इकलौती सन्तान है। बेटा तो जन्म से गूँगा है या होकर भी नहीं के बराबर ! तुम्हें यह बात जरूर मालूम होगी।''

''हाँ, मालूम है !''

बड़े आचार्य, अब तक आनन्दीराम से सर्वतो भाव से दुश्मनी ही निभाते रहे हैं, लेकिन अब क्या कोई यह जिक्र छेड़ता है ?''

"निर्मला के बारे में, तुमसे क्या कहूँ, आनन्दी ? यह लड़की मेरी जान-प्राण है। मेरी तीनों पत्नियाँ, निमली-निमली करते नहीं अघातीं। निमली भी यही समझती है कि वे तीनों उसकी माँ हैं...। उनमें से सौतेली कोई नहीं है।"

"तो क्या निर्मला को कुछ हुआ है ?"

"कुछ होना, अब बाकी नहीं रहा, बेटा ! निमली जैसी लड़की होना मुश्किल है, बेटा, इसलिए नहीं कह रहा, कि वह मेरी बेटी है।"

आनन्दीराम हँस पड़े। अँधेरे में वह हँसी नजर नहीं आई। निर्मला को वे अक्सर देखते हैं। अपने पति से गुपचुप भेंट करके, उन्हीं के घर के पिछवाड़े से, वह चोरों की तरह अपने घर लौट रही होती है।

"डाकुओं ने मेरा घोर सर्वनाश कर डाला, बेटा। उस अभागिन के पेट तले फेंटे में बँधे कोंचे में, उसकी तीनों माँ के गहने बँधे थे। उसे खींच-घसीटकर, डाकुओं का गिरोह, सारे गहने लूट गया।"

"उसके बाद ?"

"उसके बाद क्या ? डाकुओं ने उसे छू लिया। अब उसकी क्या गति होगी, यही सोच-सोचकर, हमारी तो जान निकल गई है। ऐसे में नरपति आ धमका। वह मेहमान-घर में टिका था। निमली की यह बेइज्जती उसने अपनी आँखों से देखा।"

"डाकुओं ने सारे गहने छीन लिए, निमली को मारा-पीटा तो नहीं, जेठू ?"

"ना, बेटे, देखो, मैं अपनी जनेऊ छूकर कह रहा हूँ। उसके एक बाल तक को हाथ नहीं लगाया। लेकिन नुकसान होने को, अब बाकी क्या बचा है ?"

"क्यों ?"

"नरपति धमका गया है कि वह बिरादरी में घर-घर जाकर, यह ख़बर फैला देगा, मुझे वह मुजरिम के कटघरे में खड़ा करेगा। निमली की कलाइयों में नारियल की माला और बदन पर फटे-चीथड़े पहनाकर, नवद्वीप के सड़क-घाट पर उसे भीख माँगने को लाचार कर देगा। अब क्या उपाय करूँ, बेटा ?"

आनन्दीराम अभिभूत ! शायद इसी तरह दुनिया का चक्र घूमता रहता है। अर्से से नरपति से उनकी भेंट नहीं हुई। किसी ज़माने में, वे दोनों एक ही पाठशाला में सहपाठी थे। उनमें दोस्ती भी कम नहीं थी। उनके बाद जैसा कि होता है, दोनों अलग-अलग जिन्दगी के भँवर में उलझकर, जुदा हो गए। आनन्दीराम ने देखा है, मरघट के सीमान्त पर, विल्ववासिनी की झील में , कभी-कभी ऐसे ही छोटे-छोटे भँवर उठा करते हैं। एक-एक भँवर के खिंचाव में एक-एक पत्ते तेज़ी से गोल-गोल घूमते रहते हैं, लेकिन कोई भी पत्ता, किसी और पत्ते के करीब नहीं जा पाता। इंसान भी, स्थितियों के हाथों, काफी कुछ, इसी तरह दासानुदास बन जाता है।

"बताइए, मैं आपकी क्या मदद कर सकता हूँ ?"

"तुम उसका मुँह बन्द कर दो, आनन्दीराम" तुम्हारी बात, वह जरूर मानेगा।"

बूढ़े आचार्य की आवाज़ में अबूझ गिड़गिड़ाहट ! आनन्दीराम को बार-बार यह

खयाल आता रहा कि कभी नरपति के हाथों, उन्हें पलटकर आघात सहना पड़ेगा, बड़े आचार्य ने सपने में भी इसकी कल्पना नहीं की थी। भगवान का धर्मचक्र शायद इसी तरह घूमता है।

"मैं कोशिश करूँगा।" आनन्दीराम ने होले से आश्वस्त किया।

14

नरपति मिश्र का नाम याद आते ही, आनन्दीराम आज भी अस्थिर हो उठते थे। कोई-कोई तजुर्बा ऐसा होता है, जो सीने में काँटे-सा चुभन देता है; ज़िन्दगी को जड़ से झकझोर देता है। वह तजुर्बा, अचानक ही रोजमर्रा की तमाम आदतों को उलट-पुलट देता है। आर्त चीत्कार के बीच, इंसान को अचानक नंगे सच के सामने लाकर खड़ा कर देता है। उन्हीं पलों में इंसानियत की परीक्षा होती है। जैसे सुखद नींद में डूबे हों और अचानक कोई भयंकर दुर्घटना की ख़बर आ धमके ! भागकर बाहर निकल आने में भी जीवन-संशय होता है, लेकिन वहीं तो इंसान की परीक्षा होती है। अपनी सुरक्षा के ख़याल से, मुमकिन है, इंसान उस वक्त चुप लगा जाए, बुज़दिली का सबूत दे। लेकिन जो विवेकशील होता है, उसके लिए यह तजुर्बा बेहद शर्मनाक होता है, जो काँटे की तरह चुभता रहता है।

नरपति एक दिन भीषण आर्त चीत्कार के साथ, आंधारमानिक गाँव के सरपंचों के दरवाजे पर सिर पीटता रहा था।

उसने आनन्दीराम से भी सवाल किया था, "बोलो, तुम बोलो, "तुम्हारे पास तो विवेक है न ? मेरे किया क़सूर पर, तुम मुझे ऐसी सज़ा दे रहे हो ?"

मारे दुःख के आनन्दीराम की छाती फट गई थी। लेकिन समाज के नियम, नाराज़गी के खौफ से आनन्दीराम ने नज़रें झुका ली थीं।

"तुम क्या विवेकी पुरुष नहीं हो ?"

नरपति की चीत्कार में घृणा थी, घोर तिरस्कार था। आज भी, चैत की पहली दोपहरी में, चम्पा की महकती खुशबू के बीच, आनन्दीराम को, वह बात दोबारा याद आ गई। नरपति का चेहरा ! उस दिन उसके हाथ में डलिया-भर कनकचम्पा के फूल थे ! बदन पर धोती के फेंटे की गाँठ। सिर पर गमछा ! जीर्ण-शीर्ण, आतुर ब्राम्हण के चेहरे पर विस्मय के भाव ! चम्पा के फूल आनन्दीराम को बेहद पसन्द है। छोटी आज भी बीच-बीच में पत्थर के कटोरे में, पानी छिड़ककर, चम्पा के फूल सहेजे रखती है। यह देश-दुनिया से परे, महज, शौकीनी ही तो है, लेकिन कनकचम्पा की धनी, नशीली खुशबू के साथ, आनन्दीराम के अन्तस में, नरपति की यादें, हमेशा जगी रहती हैं।

इसके बावजूद उन्होंने बड़े आचार्य से वादा किया था, इसलिए वे अगली सुबह नरपति की खोज में निकल पड़े।

नरपति मिश्र का घर, आंधारमानिक गाँव के सीमान्त पर स्थित था। शरीफों की बस्ती से बाहर, पुरानी-धुरानी ईशानदीघी के कोने में, नरपति की जीर्ण कुटिया ! इस झील में, भरे चैत के महीने में भी, पानी टलमल करता रहता है। इसकी प्राण-प्रतिष्ठा के समय, नरपति के पूर्व-पुरुष, सतीपति मिश्र ने, सभी देवताओं की पूजा-अर्चना की थी। देवताओं को तुष्ट करने के लिए, इस पोखर के तट पर, काठ की सूली गाड़कर, भैंस की बलि चढ़ाई थी और देव-पूजा की थी। सतीपति ने मामूली सी क़ीमत पर कोई बागदी-सन्तान भी खरीदा था। निम्न जाति को पूजा का अधिकार नहीं होता। लेकिन उत्सर्ग के लिए निम्न जाति की बलि उत्तम होती है। वे लोग लाठी भाँजते हैं, हर वक्त मेहनत-मशक्कत करते हुए, अपनी देह गर्म रखते हैं। उनका खून अच्छी तरह, छिटककर निकलता है, इनकी बलि से देवी प्रसन्न होती हैं।

सतीपति उस बागदी-सन्तान की बलि नहीं चढ़ा सके, क्योंकि उसे नहलाते समय उसके कान पर नजर पड़ी। उसके कान की लतिका चिरी हुई थी और लहुलुहान थी, जान जाने के डर से थर-थर काँपते हुए उस बागदी-बच्चे की हरकतों की किसी को खबर ही नहीं हुई। अपने कान में पड़े पीतल का छल्ला, उसने खुद ही खींचकर अलग कर दिया था, किसी को यह ख़याल ही नहीं आया कि उसने हाथ बाँध दिए जाएँ। लेकिन, बदन में अगर कहीं, कोई ऐब हो, तो वह बलि के लायक नहीं रह जाता।

वह जमाना, आजकल की तरह, कलियुग का जमाना नहीं था। देवतागण काफी जागृत होते थे; पूजा का सुफल हाथोंहाथ दे डालते थे।

आज भी वह पोखर पानी से लबालब भरा रहता है। यह कोई ऐसा-वैसा पोखर नहीं है। अभी उस दिन तक, चड़क पेड़, ईशान झील में रहा करता था। लेकिन, जिस दिन धर्मा ठाकुर का साँड़ इसमें डूबकर मर गया, तब से इस पोखर का महात्म्य कुछ घट गया है।

''ठाकुरजी कोई मामूली देवता नहीं हैं, वो जरूर दोष मान लिए हैं''—बागदी-केवत लोगों ने कम हो-हल्ला नहीं मचाया।

''तुमलोगों के ठाकुर, तुमलोग ही जाकर समझो—'' यह कहकर, बड़े आचार्य ने सूखी-सूखी सी मुस्कान बिखेरते हुए, उन बागदी लोगों को बिदा कर दिया।

''तुमलोगों के ठाकुर का मन, तुम्हीं लोग जानो, हम कैसे जान सकते हैं ? उन्होंने बागदी लोगों को बच्चों की तरह, बहलाने के अन्दाज़ में तसल्ली दी।

''ठीक है ! हम ही पूजेंगे, हम ही बूझेंगे।'' बागदी नौजवानों में से किसी-किसी ने कहा। इन लोगों का खून गर्म होता है; उनका खून सहज ही गर्म हो जाता है। कभी-कभी वे तैश में कुछ-कुछ कह भी जाते हैं। हालाँकि धर्मा ठाकुर का साँड़, उस पोखर में डूब मरा, लेकिन इसमें पोखर जैसी जड़ चीज़ क्यों कर पापी हो गई, इस सवाल का सही-सही जवाब, उनके पास नहीं था। 'दोष लगना', 'नष्ट होना', 'नज़र लगना'—इन सबमें

उनका घोर विश्वास था। यह विश्वास आंधारमानिक गाँव के हवा-वाताश में तैरता रहता है। वह तो दैववश ईशानदीघी ने अपनी प्रतिष्ठा खो दी है, लेकिन इसी तरह दैववश या किसी अलौकिक घटना के जरिए वह अपनी खोई हुई प्रतिष्ठा पुनः प्राप्त कर ले, चड़क पेड़ दोबारा सम्मानित हो उठे और बूढ़े देवता दोबारा जल के अतल में शयन करने लगें। अगले साल, गाजन-उत्सव में ढोलकी पर थाप पड़ने तक, वे विश्राम में रहेंगे।

अगर कहीं ईशानदीघी अपनी पवित्रता दोबारा अर्जित कर ले, तो मुमकिन है, पहले की तरह ही ढाक-ढोल पीटकर, लोग उन्हें दोबारा लेने आएँ।

इन दिनों अन्त्यज टोले की औरतें, इस पोखर से पानी का घड़ा भर-भरकर ले जाती हैं।

पानी लेकर जाते वक्त, वे औरतें आपस में गपशप भी करती जातीं, "हाँ,—जी, ई पानी में भात-बड़ी नीके से गल जात है, तरकारी में कइसा रंग आवत है—"

कभी-कभी मछुआरे अपना जाल धोने आते हैं। साल के अन्त में, जाड़ा शुरू होते ही, जलचर पाखी उड़कर आते हैं और इस पोखर की परली तट पर, काश फूलों के जंगल में अपना घोंसला बनाते हैं, करीब ही बरगद का विशाल पेड़, पूस के महीने में, लड़के यहाँ 'पोषल्ला' मनाने आते हैं ! चारों तरफ आनन्द-उमंग के कलरव से गुलज़ार हो उठता है, निर्जन दोपहरी में, गायों को चारागाह में छोड़कर, आचार्यजी के गड़ेरिए, यहाँ गमछा बिछाकर लोटते-पोटते रहते हैं और बेसुरी-उदास आवाज़ में लोकगीत गाते हैं—"कब ब्रज जावेंगे, मोरे ब्रजमणि, यही सोच-सोचकर भई मैं कारी"

आनन्दीराम बरगद और पाकुड़ के फाँसतला से गुजरकर, आगे बढ़ते रहे। उच्चाकांक्षी सतीपति मिश्र, अपनी शूल-यन्त्रणा से छटपटाते हुए, किसी दिन, इसी पाकुड़ के पेड़ में, फाँसी लगाने आ पहुँचे थे, बहरहाल, उन्होंने फाँसी लगाई नहीं, फिर भी पेड़ का नाम पीपल-फाँसतला पड़ गया। उसके बाद, सतीपति मिश्र को सपने में ईशानदीघी की खुदाई का आदेश मिला। उन्हीं दिनों पाकुड़ पेड़ पर देवता का साया उतरा और आसमान से जाने किसने तो भविष्यवाणी की। हालाँकि इस पाकुड़ पेड़ का कभी कोई माहत्म्य रहा हो, इसकी जानकारी किसी को नहीं थी। इस पेड़ तले तो कभी धर्मपूजा तक नहीं हुई। मसलन—"हे पेड़, अगर तुम सच ही सतयुग के पेड़ हो, तो मुझे एक बेटा दे दो; धन-दौलत दे दो—" किसी भी ग्रामवधू ने इस पेड़ की जड़ों को, भर-भर कलस पानी से धुलाई करके, अपने बालों से नहीं पोंछा। किसी भी वजह से यह पेड़ विशिष्ट नहीं था, फिर भी देववाणी हुई थी और सतीपति को आत्महत्या से निवृत्त करके ही, यह पेड़ खामोश हो गया। वाचस्पतिजी का बेटा, काशीश्वर हद दर्ज़े का ढीठ। आसानी से गर्दन नहीं झुकाता था।

उसका कहना था, "हाँ, हाँ, पेड़ ने देववाणी की थी। अस्सी साल भला कितना सा वक्त होता है कि ऐसे-ऐसे अद्भुत कांड जो उस वक्त घटते थे, अब क्यों नहीं घटता? असल में तुम सब अजीब, उद्भट बातों पर विश्वास करने को, तैयार बैठे रहते हो—"

उसकी बातों पर कोई ध्यान नहीं देता। इस गाँव में काशीश्वर बड़ा अक्खड़-गँवार माना जाता है। सभी लोगों को पक्का यकीन है कि इस पेड़ में देवता का वास है। आनन्दीराम हमेशा से यही सुनते आए थे। अब उन्होंने गौर किया है, उस पेड़ के तले छोटे-छोटे गड्ढे पड़ गए हैं। इन गड्ढों में मिट्टी की गिल्ली रखकर लड़के आटुम-बाटुम खेला करते हैं।

आनन्दीराम, नरपति के कुटीर के सामने आ पहुँचे। सीने में अजीब-सी घबराहट ! समूची देह पसीने से लथपथ ! फिर भी वे किसी काम की जिम्मेदारी लेकर आए थे। उन्हें भेंट तो करना ही था।

नरपति ! घर में हो ?—यह सवाल उनकी जुबान तक आया, मगर उन्होंने रोक लिया, बेड़े में घिरे साग-बैंगन के खेत में, उन्हें नरपति नजर आ गया। मछली पकड़ने की लम्बी सी बंशी के सहारे वह खड़ा था। बंशी की नोंक खून में लिपटी हुई ! सामने फूस की रस्सी से बँधे, नन्हें-से हिरन-शावक की मृतदेह ? नरपति की बाँस जैसी लक़लकी देह, झौवा-झौवा बाल और खड़े होने की भंगिमा में अजब-सा उद्धत और अविनय का भाव जगमगाता हुआ ! लेकिन नरपति की आँखों में हँसी लहरा उठी। उसकी वह हँसी देखकर आनन्दीराम का कलेजा धड़क उठा। उसके चेहरे की वह दीनता, भीरुता और वेदना कहाँ गई ? यह नरपति तो नितान्त अपरिचित, स्वाधीन, अहं में चूर, कोई स्वच्छन्द शख़्स था !

''क्या बात है, आज नरपति के गरीबखाने में तुम्हारे चरण पड़े—?''

उत्तर की प्रतीक्षा किए बिना ही नरपति ने किसी को आवाज देकर कहा, ''ले, इसे अन्दर ले जा ! इसकी छाल हम खुद उतारूँगा और सुन, बूनोयाढ़ा से लहसुन लेते आना। हिरन का गोश्त लहसुन से काफी जायकेदार बनता है।''

अपनी बात कहाँ से शुरू करे, आनन्दीराम को समझ में नहीं आया। नरपति उन्हें साक्षात क्रूर शिकारी नजर आया। किसी चरवाहे का बेटा, बेजान हिरन को खींचता-घसीटता घर के अन्दर उठा ले गया। नरपति ने बंशी फेंक दी।

''क्या ज़रूरत पड़ गई, भई ?''

''इतनी क्रूरता से निरीह जीव को तुमने मार डाला, नरपति ?''

आनन्दीराम को और कोई बात नहीं सूझी। पशु हत्या देखकर, उनकी नस-नस यूँ ही काँपने लगती है, ख़ासकर, पिछले दो दिनों से गाँव में तांडव होता रहा, उसकी प्रतिक्रिया में, दिमाग की उत्तेजना, मन की अस्वाभाविक हालत, अभी भी स्वाभाविक नहीं हो पाई थी। हिरण का खून देखकर, उनका अपना खून भी तड़तड़ा उठा। निष्ठुरता से उन्हें हमेशा से ही बेहद डर लगता रहा है। लेकिन नरपति तो उन सबमें, कहीं ज्यादा नरम-दिल था। मछली पकड़ने, केंचुए को कंटिया चुभोने तक में उसे तकलीफ होती थी।

नरपति ने ठहाका लगाकर कहा, ''गाँव में दो दिनों तक खून का सैलाब उमड़ पड़ा, जलते हुए घर-मकानों की खाक़ से आसमान तक में अँधेरा छा गया, इतना सब देखकर

भी मन थिर नहीं हुआ ? कुल इत्तना सा खून देखकर डर गए ?'' उसकी हँसी में मासूम विस्मय झलक उठा।

''बिचारा बेजुबान जीव !''

''बेजुबान तो ख़ैर, है ही !'' नरपति ने छूटते ही जवाब दिया, ''पत्नी के लिए लाया था। पता है, उसकी अद्भुत फर्माइश थी। खैर, वह अगर चाँद भी माँगती, तो हम चाँद भी उतार लाते, यह तो हरिण-शावक था। रमई का साला इसे पकड़ लाया था।''

वह बेड़े से बाहर निकल आया।

''कोठरी में तुम्हें बैठाने लायक आसन नहीं है मेरे पास, चलो, इस पेड़ तले चलकर बैठें। कटहल के पेड़ की छाया, ज्यादा ठंडी होती है, देही पल-भर में जुड़ा जाती है—''

दोनों कटहल के पेड़ तले, बाँस की मचिया के, ऊँचे आसन पर जा बैठे। आनन्दीराम को लगा, इस जगह वाकई, अद्भुत शान्ति है। तन-मन अलसाने लगता है। पिछले दो दिनों के प्रलय की यहाँ आँच तक नहीं लगी थी, उन्हें नरपति से ईर्ष्या हो आई।

''ख़ासे मजे में हो—'' उन्होंने कहा !

''हाँ, सो तो हूँ—'' हवा में चुटकी बजाकर, नरपति ने अपना आलस भगाते हुए कहा, ''जगह ज़रा दूर किनारे पर है। लेकिन, एक तरह से मजे में ही हूँ। अब देखो न, अचानक वर्गियों का गिरोह टूट पड़ा, तो तुमलोग कितना घबरा गए! बिल्कुल कातर हो आए। मुझे तिल-भर भी डर-भय नहीं लगा। अरे, नंगे को बटमार का क्या डर ? हमारे पास है क्या; जो ले जाता ?''

वह दोबारा हँस पड़ा। लेकिन उसकी हँसी में धूर्तताभरी खोज भी झलक उठी।

उसने सूखी-सूखी आवाज में कहा, ''तुम यहाँ मेरा कुशल-समाचार लेने नहीं आए हो, यह मैं जानता हूँ।''

आनन्दीराम ने धीमे लहजे में जवाब दिया, ''हाँ, तुम्हारे पास दौड़ा-दौड़ा आया हूँ, बड़े आचार्यजी की तरफ से भीख माँगने। तुम चाहो तो उनको बचा लो या जान से मार दो—''

''अच्छा ऽ ? बड़े आचार्य इतने इज्ज़तदार...कुलपति हैं वे, उनके जीवन-मरण की काठी, मेरे हाथ में है ? चलो, यह बात सुनकर हमको बड़ा मज़ा आया, जी ! यानी हम ऐरा-गैरा...मामूली इंसान नहीं हूँ—''

आनन्दीराम अजब फज़ीहत में फँस गए। पिछले पाँच-सात सालों से नरपति ने एक अद्भुत व्यक्तित्व अर्जित कर लिया था। उसे वे किसी हाल भी स्पर्श नहीं कर पा रहे थे। भाले की आड़ में असली नरपति बैठा था।

''तुम मेरे काफी सालों के दोस्त हो, पाठशाला के जमाने से—'' इतना कहकर, उन्होंने अपने होंठ दबा लिए।

नहीं, दोस्त जैसा काम उन्होंने नहीं किया था। जब वह मुसीबत में था, उन्होंने चरम कायरता का परिचय दिया था। इस वक्त दीन-हीन कमजोर की तरह, उससे विनती

करते हुए, वे शर्म से झेंप गए।

नरपति दोबारा हँस पड़ा। अब तक वह काफी कोशिश करके सभ्य-भव्य लहजे में बातें कर रहा था। अब वह अपने स्वाभाविक लहजे में उतर आया।

''सुनो, मुखोटी के पों-पों, हममें से कोई, किसी के साथ नहीं है, कोई किसी का यार नहीं। बड़े आचार्य की जान-बख़्शी करूँ, ऐसी प्राणकाठी अपुन के पास नहीं है।''

उसने हाथ झाड़ दिया। उसकी कलाई गोरी-चिट्टी ! सड़क पर निशान लगाने के लिए, राजमहल से लाए गए पत्थर के फलक की तरह सुगठित ! दृढ़ !

''ये हाथ देख रहे हो, आनन्दी—'' नरपति ने दृढ़, मगर धीमी आवाज में कहा, ''इन हाथों से अब हम खरगोश मारता हूँ, सूअर मारता हूँ, खून देखकर आनन्द से अट्टहास करता हूँ...लेकिन, चलो, ये बातें छोड़ो, तुम मेरे हिरन का क़िस्सा सुनो—''

15

''हाँ, कहो !'' आनन्दीराम निरुपाय ! इस वक्त उसके 'सुर' में सुर मिलाने के अलावा और कोई राह नहीं थी।

''यह हिरना, पुन्नी का जान-प्राण था। हिरना को न देखे, तो पुन्नी जान देने पर उतारू। पुन्नी-बिना, दिन में भी हिरना की दुनिया अँधेरी !''

आनन्दीराम नीरव ! निर्जन प्रान्तर ! कटहल के पेड़ की शीतल छाया ! ईशान पोखर के जल पर धूप चमकती हुई ! नरपति की जुबान से झरती हुई बातें। आनन्दीराम की आँखों के आगे, हवा में ही पुन्नी की आकृति गढ़ने लगीं। पूर्णशशि ! चाँद चेहरा ! लावण्य निहारते हुए आँखें जुड़ा जाएँ। सफेद थान से भी उजाला-गोरा चेहरा ! लहराते हुए घने घुँघराले बाल ! विजयादशमी की स्निग्ध चाँदनी में वह मुखोटी-घर के आँगन में आकर खड़ी होती थी, उसे देखकर ऐसा लगता था, मानो चलता-फिरता हुआ, चाँद का टुकड़ा। इस गाँव के लोग बाल-विधवा के आचार-आचरण में त्रुटि देखते, तो एकदम से फूत्कार उठते, लेकिन पूर्णशशि को लोग हमदर्दी की निगाहों से देखते थे।

''सो, भइया, जैसे ही वह मरी; इस हिरना को रखना मुश्किल हो गया। सो हम इसे जंगल में छोड़ आए ! इस बात को पूरे साल-भर हो गए। लेकिन, देखो; रोज-रोज आ धमकता, जौ, ज्वार, पक्के धान खाता-चबाता रहता था। मैंने भी सोचा, वह पुन्नी का पाला-पोसा जीव है, खाता है, तो खाने दो।''

''तो आज उसको मार क्यों डाला ?''

''मेरे साग का खेत, चैता बैंगन क्यों हड़प गया, कमबख्त ? छाती चीर देनेवाले इस सूखे में पानी ढो-ढोकर लाया, माटी सींची, खेत उगाया। सो उस जानवर ने अपनी खुर से कुचल-कुचलकर, पूरे खेत का सत्यानाश कर दिया। कलसी बजाई, बाँस खड़काया, किसी हाल भी नहीं डरता था। सो, आज दबा दिया उसका टेंटुआ। कोई

अगर अन्याय करता है, तो हम आसानी से नहीं भूलते, आनन्दी !"

अपने आखिरी जुमले पर, नरपति ने ज़ोर का ठहाका लगाया और अपनी आँखें आनन्दी के चेहरे पर गड़ा दीं।

आनन्दी कुछेक पल सोचते रहे।

थोड़ा ठहरकर उन्होंने धीमे लहजे में कहा, "निमली को जब उनलोगों ने धर दबोचा, तब तुम कहाँ थे, नरपति ?

"बाहर—"

"बाहर क्यों ?"

"बड़े आचाज्जी का सरबनास हो रहा था, हम खड़े-खड़े देखते रहे—" उसकी कुंठाहीन स्वीकारोक्ति !

नरपति से बातचीत करना निरर्थक था, फिर भी आनन्दीराम ने कहा, "निमली नाबालिग है, उसका क्या दोष है भला ?"

नरपति ने उनकी तरफ भरपूर निगाहों से देखते हुए कहा, "अच्छा ? यह जो कहते हैं, कि राढ़ देश में बाम्हन समाज एकजुट नहीं है—जो यह कहते हैं, अब आकर देखते क्यों नहीं ? असल में जिनके घर में लछमी है, मौका देखकर सबके सब एकजुट हो जाते हैं ? यह अधम नरपति ठहरा कंगालों में भी कंगाल। उसे कुचलने के लिए सबके सब लट्ठ लेकर खड़े हो गए। उसमें तुम भी थे ! तुम भी ! बड़े आचाज्जी के यहाँ लछमी तो चेरी है, इसलिए उनके घर में दोष-पाप नहीं घुस सकता। है न यही बात ? बड़े आचाज्जी का पच्छ लेकर, इस कंगालों के कंगाल नरपति के दरवज्जे पर भीख माँगने कौन आया है ? गाँव का सबसे लायक बेटा—आनन्दीराम !"

उसकी आवाज़ में गहरा क्रोध झलक उठा। आनन्दीराम शुरू से ही जानते थे, यह मामला पेश करने से पहले ही, वे हार चुके हैं, क्योंकि विवेक के हाथों उनकी रिहाई जो नहीं थी। जिस बन्दे पर सबलोगों ने मिलकर अन्याय किया था, उसके सामने सुविचार का प्रत्याशी होना, हित के विपरीत ही होता है। इसके बावजूद, उन्होंने सायास अपना आत्मबल बटोरा।

उन्होंने भी ज़रा तीखे लहजे में कहा, "यह तुमने क्या कहा, नरपति ? जो लोग उच्च स्थानीय हैं, धन-मान में बड़े हैं, लोग क्या सिर्फ उन्हीं के हिमायती होते हैं ? नहीं, नहीं, यह तुमने सही नहीं कहा।"

उन्हें खयाल आया, यह देश कंगाल-गरीबों का ही है, ब्राह्मण आज भी पराए लोगों के दरवाजे पर प्रत्याशी बने रहते हैं।

उन्होंने दोबारा जुबान खोली, "देखो, चाहे जितना भी कलियुग हो, जमाना चाहे जितना भी बदल गया हो, लेकिन भिखारी की झोली में दो मुट्ठी अनाज, सभी डाल देते हैं। बाम्हनों के पास अब धन-दौलत कहाँ है, बताओ ? उनकी तो हालत यह है कि चूल्हा भले रोज जलता हो, मगर डोल में चावल नहीं होता। लेकिन इसकी वजह से कोई ब्राह्मण की उपेक्षा करता है ? नहीं, नहीं, टँका जहाँ, लोग जुटें वहाँ—यह तुमने

न्याय की बात नहीं कही।"

"अच्छा ? कंगले-गरीबों की खबर तुम्हें कहाँ से होने लगी ?"

"ओफ ओ ! मैं निमली की बात कर रहा हूँ—"

"न—हीं !"

नरपति की चीत्कार से पेड़ों की छायाएँ थरथरा उठीं। पंछी शाखें त्यागकर, एकदम से आकाश की तरफ उड़ गए। उसकी आँखें आगभभूखा हो उठीं।

वह दहाड़ उठा, "देखो, निमली की बात हमसे मत करो। उस वक्त कहाँ था तुम्हारा न्याय-विचार ? कहाँ थी तुम्हारी माया-ममता ? जब पुन्नी को हमारे बड़े आचाज्जी ने सजा दी थी ?"

आनन्दीराम ने सिर झुका लिया। ऐसी हालत में सिर झुकना ही चाहिए था। क्योंकि सच ही, पूर्णशशि का कसूर बेहद मामूली था।

...वह चड़क का मौसम था ! मैदान में बाजों की गूँज, भानुमती का खेल ! बनजारों ने उस तेरह वर्षीया बालिका को धर दबोचा। इसमें अगर किसी का, कोई दोष था, तो वह उम्र का दोष था, क्योंकि इस गाँव में विधवा लड़कियाँ-औरतें सख्त कठोरता में दिन गुजारती हैं। लेकिन पूर्णशशि की उम्र कुल तेरह वर्ष ! इसीलिए वादकों की डुगडुगी सुनकर, उसका खून चंचल हो उठा। वह सबसे छिप-छिपाकर तमाशा देखने पहुँच गई। बहरहाल, तेरह साल की उम्र में, और-और लड़कियाँ, अपने बेटे को चन्दामामा दिखा-दिखाकर, उन्हें थपकियाँ देकर सुलाया करती हैं। पूर्णशशि के नसीब में ऐसा कोई मोह नहीं था, जो उसे पीछे खींचे। इसके अलावा नीच जात के ब्राह्मण पुजारी, नरपति दद्दू को छोड़कर, घर में ऐसा कोई नहीं था, जो उसे सिखाता—पुन्नी ऐसा मत करो; पुन्नी उधर मत जाओ।

"देखो, अब ये सब बातें मैं बिल्कुल याद नहीं करना चाहता। हम एक कोने में पड़ा रहता हूँ, लेकिन, आनन्दीराम, जब तुमने बात छेड़ी है। तब जवाब सुनकर, सिर मत झुकाओ। सिर झुकाने को क्या है ? तुम सब कहीं से भी कसूरवार नहीं हो ! अमीरों को कोई दोष-पाप नहीं लगता ! हाँ—जी !"

नरपति ने लम्बी सी साँस खींचकर कहा, "...एक दिन बाद वह वापस लौट आई। बड़े आचाज्जी ने विधान किया—खौलते घी में जला डालो ! कितना-कितना पैर पड़ा, कितना-कितना रोया मैं। इतनी-इतनी विनती की। उसे प्रायश्चित करने की सजा दो ! अपनी बहनिया को नहीं छोड़ पाऊँगा। बहन-अन्त मेरे प्राण बसे हैं। बहन कहो, तो बहन, बेटी कहो, तो बेटी, उसके अलावा मेरे पास और कुछ नहीं है, लेकिन मेरी बात सुनी किसी ने ?"

आनन्दीराम खामोश !

"जैसे आचाज्जी, वैसा उनका दंड-विधान ! हाय रे, बिचारी पुन्नी ! मुँह में खौलता घी डालने से भला कोई जिन्दा रहता है ? शुद्धता का कहीं ऐसे विचार किया जाता है ? डर से काँपती हुई मेरी पुन्नी ने पानी में छलाँग लगा दी। उस वक्त कोई भी माई का

लाल आगे नहीं आया। एक यह काशी और दूसरे हमारे सुरकंठ...कन्धा देनेवाला भी कोई नहीं था ! पुन्नी की जिन्दगानी ही बृथा हो गई।''

आनन्दीराम की छाती सहसा संकुचित हो आई। गनीमत है ! सुरकंठ और काशीश्वर को नरपति अभी भी कृतज्ञता के साथ याद करता है। उनके लिए तो, उसके मन में सिर्फ घृणा है।

''उस वक्त मैं कुछ भी नहीं कह पाया, नरपति। अगर मैं कुछ कहता भी, तो सुनता कोई नहीं। मेरा विश्वास करो, उस हादसे के बाद से ही, मैं मन-ही-मन मरा जा रहा हूँ।''

''हाय री तकदीर !'' नरपति ने सिर पीट लिया। वह परम दुःख से हँस पड़ा। ''हमारी बात कोई नहीं सुनेगा, यह सोचकर, भला कोई चुप रह जाता है ? पानी से निकाल लाने के बाद भी, डूबता हुआ इंसान बचता नहीं, यह समझकर भी कोई बैठा-बैठा, इंसान को डूब मरते देखता रहता है भला ? अपना दोष ढँकने के लिए, अच्छी तरकीब खोज निकाली। वाह रे मेरे तर्कनिधि ठाकुर !''

आनन्दीराम की जुबान से बोल नहीं फूटा।

''बड़े आचाज्जी ने अन्यायपूर्ण ढंग से मेरे सीने में बाँस नहीं घुसेड़ी ? हमें हाथी के पैरों तले नहीं कुचलवाया ? उस दिन मेरे सीने में आग नहीं लगी थी ? वाह रे समाज ! चूँकि सबको अपनी ठोकर पर रखता है। उसके सामने नरपति ने अपना माथा नहीं पीटा ? बड़े आचाज्जी ने मेरी एक भी बात सुनी थी ? आज हम उन्हें क्यों छोड़ूँ ? पुन्नी को बजनियों ने धर दबोचा, इसलिए वह नष्ट हो गई, तो निमली को जो वर्गियों ने दबोच लिया, गहने छीन लिए, उसके गले-हाथ-कानों को हाथ लगाया; गहने के लोभ में दही-मुड़की बना दिया, उसको कोई दोष-पाप नहीं लगा ?

आनन्दीराम ने सिर हिलाते हुए, बेहद उदासी सी मुस्कान बिखेरते हुए कहा, ''देखो, मेरे पास कहने को कुछ भी नहीं है। लेकिन अगर तुम यह बात गाँव-भर में फैलाओगे, तो...''

''तो बड़े आचाज्जी को अपनी बेटी के विचार के लिए बैठना होगा—'' नरपति ने दोबारा जोर का ठहाका लगाया, ''और यह विचार, कंगले नरपति की बहन के बारे में नहीं, कुलपति की बेटी के बारे में होना है। इस अठमंजिले मटकोठा में अब झाड़ू-बुहारू लगेगा, पानी का पोंछा लगेगा, सनातन पान और हुक्का-तम्बाकू का इन्तजाम करेगा; गाँव में ढोल-नगाड़ा बजेगा।''

''नरपति, तुम गुस्से में पागल हो गए हो, इस ढंग से कोई बदला नहीं लेता—''

''हम लूँगा ! कौन कहता है कि मैं पागल हो गया हूँ, आनन्दी ? मेरा दिमाग खूब ठंडा है। तुम नहीं जानते, बड़े आचाज्जी की छाती में कब हम बाँस गाड़ूँगा, इसी आस में हम अब तक जिन्दा हूँ।''

''लेकिन, नरपति, तुम ऐसे तो नहीं थे।''

''अब हो गया हूँ। पुन्नी को प्रायश्चित की सजा नहीं दी ? हमें साल-भर तक इस

गाँव में पतित किए रखा...''

''वह तो समाज का विधान है, नरपति।''

''हमको पूरे साल-भर तक पतित किए रखा, सो हम हमेशा के लिए चले आए, आनन्दीराम ! जात में ऊपर तो उठा नहीं, जात से नीचे उतर गया। हम थे तो माहिष्य लोगों के पुजारी, लेकिन अब बागदी लोगों की शीतलता, सांड़ाषष्टी की पूजा करता हूँ। बाम्हन था, शिकारी बन गया। देखा नहीं, हँसते-हँसते पाले-पोसे जीव का टेंटुआ चीर दिया ? सो हमारे अन्दर छोटा-मोटा नहीं, बहुत सा बदलाव आया है।''

''बड़े आचार्यजी ने क्या तुम पर अपना गुस्सा निकालने के लिए सजा दी थी, नरपति ? समाज का विधान है, उसी मुताबिक काम किया।''

''हम भी तो उन्हीं के विधान मुताबिक काम करने जा रहा हूँ, जी ! तुम हमें रोक क्यों रहे हो ? अगर मेरी बहन ने गुनाह किया, तो आचाज्जी की बिटिया तो डबल गुनाह की गुनाहगार है—''

''सुनो, गाँव पर से इतनी भयंकर मुसीबत गुजर गई और तुम यह बात उठाने पर तुले हो ?''

''काहे ? अब सब कुछ भूलकर हम सब एक हो जावेंगे ? अच्छा है ! अच्छा है !'' नरपति ने एक बार फिर जोर का ठहाका लगाया।

उसकी हँसी को आँधी-तूफान का संकेत समझकर, डरे हुए पंछी-पखेरू का झुंड दूर-दूर उड़ गया।

उसने सवाल किया, ''यह मुसीबत आई ही क्यों? सोचकर देखा है ?''

''तुम कहना क्या चाहते हो ?''

''यह मुसीबत तुम लाए हो; हम लाए हैं—''

''तुम्हारी बातों का कोई सिर-पैर नहीं होता, नरपति !''

नरपति उठ खड़ा हुआ। मारे उत्तेजना के उसकी आँखें जल उठीं, आवाज काँपने लगी।

उसने उँगलियाँ नचाकर कहा, ''पाप का घड़ा, अब भर गया है, आनन्दीराम ! सुरकंठ की यह बात अकारथ नहीं जानेवाली। पाप सबने किया है, बड़े आचाज्जी ने हम जैसे निर्दोष को मारा, हमने इस चरवाहे की काँख में लात जमाया। उसने मेरी बहन को सजा दी, हम उसकी बिटिया की बदनामी करूँगा। तुमलोग बैठे-बैठे देखते रहे, बैठे-बैठे सिर्फ देखते रहे, सो जब इतने-इतने किस्मों के पुन्न जाग उठें, तो देश में अनर्थ नहीं पनपेगा ? अभी क्या देखा है ? ये घुड़सवार सिपाही, कान-नाक में नकेल डालकर, तुमलोगों को खाक में मिला देंगे, याद रखो !''

आनन्दीराम ने हथियार डाल दिए। नरपति को तर्क देकर समझाना नामुमकिन है। यह कोशिश भी बेकार है। इसके बावजूद नरपति ने उनके मन को अजीबोगरीब परेशानियों में उलझा दिया। नरपति की आँखों में अजीब सा उन्माद ! बदला लेने के लिए, वह जैसे बहशी हो उठा था। लेकिन ऐसा कैसे हुआ ? क्यों कर हुआ ? समाज

दंड देता है, सभी लोग सिर झुकाकर उसे कबूल करते हैं। यूँ शोक से अधीर कौन होता है ? इस किस्म की प्रतिक्रिया, उन्होंने किसी शख्स में नहीं देखी और लोगों की बात तो छोड़ें, उन्होंने खुद भी क्या समाज के हर छोटे-बड़े निर्णय को स्वीकार नहीं किया है। समाज दंड देता है, इंसान दंड देता है,—दंड उचित है या अनुचित, यह भला कौन तौलता है ?

नरपति ने कहा, "समाज इंसानों से बनता है, आनन्दीराम, इंसान ही समाज रचता-गढ़ता है।"

उसकी आवाज बेहद गम्भीर सुनाई दी। आनन्दीराम चौंक उठे। उनके मन की बातें, उसने कैसे भाँप ली ? लेकिन नरपति की जुबान पर इस किस्म की बातें बिल्कुल नई लगीं।

"तुम्हें ये शिक्षा किसने दी, नरपति ?"

"मेरे पास शिक्षा नहीं है। पाठशाला में, गुरुजी की बेंत तोड़-ताड़कर, वह जो हम बेनावन की तरफ भाग आए, उसके बाद शिक्षा-विक्षा की कभी परवाह नहीं की। वैसे भी ये बातें किस पाठशाला में पढ़ाई जाती है, जी ? यह हमारे सुरकंठ की वाणी है—"

"ओऽ !" आनन्दीराम का लहजा, पल-भर में सख्त हो आया। तो सुरकंठ यह सब करतूत करता फिर रहा है ? पागलों में और-और उन्माद भर रहा है ? लेकिन साधु-संन्यासियों को यह आचरण शोभा नहीं देता।

बेचैनी से टहलते हुए, नरपति दोबारा शुरू हो गया, "मुझे जब हाथी के पैरों तले डाल दिया, तब यह बात याद नहीं रही ? अब, हम उसकी छाती पर चिता जलावेंगे, हाँऽ! हमारा नाम नरपति है। हम बाम्हन नहीं हैं, शिकारी हैं, शिकारी ! लेकिन पंचायत में अगर तुमने बड़े आचाज्जी की तोताचश्मी की, तो हम तुम्हें भी नहीं छोड़ूँगा।"

"खैर, अगर मैं कोई अन्याय करूँगा, तब न तुमसे डरूँगा—" आनन्दीराम उठ खड़े हुए।

नरपति दोबारा हँस पड़ा, "गरब मत करो, सरपंच, अन्याय सभी करते हैं। कोई भी पुण्यात्मा नहीं है। जिसको ज्यादा गुमान है, उन पर शनि पहले सवार होते हैं। यह बात शास्त्रों में लिखी है, समझ लो ! जाओ, जाओ, अपने घर जाओ, माँ का अंचरा थामे, बैठे रहो।"

16

इस काल बेला ने पचास अदद वर्गी के उत्पात-हंगामे में, आंधारमानिक गाँव से दो-दो बली वसूल किए। दोनों ही जानें अनमोल थीं और आदर-सम्मान की प्रतीक थीं। जिनके सीने में चोट लगनी चाहिए थी। अलबत् लगी। बड़े आचार्यजी की बेटी निर्मला का

आश्रय छिन गया। यह फैसला लिया गया कि उसे यह गाँव छोड़कर जाना पड़ेगा। निर्मला, गाँव-भर की बेटी, सबकी दुलारी, प्रतापशाली बाप की लाडली बेटी ! इस उम्र की किशोरी लड़कियाँ, यमपोखर का व्रत रखती हैं, पुष्करणी तट के नए अंकुर जैसी निष्पाप कोमलता, उनकी आँखों में झलकती है—मासूम निर्मला भी, ऐसी ही किशोरी ! बदन पर आँचल नहीं ठहरता, इसलिए उसकी चाची अभी भी उसका आँचल खींचकर, उसकी काँख के नीचे गाँठ लगा देती थीं; अभी भी निर्मला छोटे-छोटे बच्चों के साथ मिल-जुलकर, छीन-झपटकर भगवान की पूजा के बताशे लूटा करती थी। जब वह साड़ी पहनती थी, उसके बाप, दुलार से भरकर, उसे अपने पास बुलाने लगते थे—"आ, बिटिया, मेरे पास आ जा ! साड़ी में तू तो गुड़िया लग रही है—" दिन-भर में वह साड़ी धूल-मिट्टी में बिल्कुल मैली हो जाती, मगर निर्मला उसे उतारने का नाम नहीं लेती थी।

ऐसी निर्मला का घर-वर, दोनों तबाह हो गया। मौत भी यह दुःख मिटा नहीं सकती। वैसे कहते हैं, मौत के बाद, सारे दुःख खत्म हो जाते हैं। उस मृत्युशोक के बाद, इंसान धीरे-धीरे दोबारा हिम्मत बटोरता है, क्योंकि मृत्युशोक इंसान को कई-कई तरह के ज्ञान और तजुर्बे दे जाता है।

"रोने से कोई फायदा नहीं, जो लोग बच रहे हैं, उनका मुँह देखकर, हिम्मत बटोरो, जी। क्या करोगी, बहिनी, एक हाथ से आँसू पोंछो, दूसरे हाथ से भात चढ़ाओ...। यम के दरवज्जे पर अर्जी नहीं चलेगा—" इसके अक्षर-अक्षर का अलग ही मतलब होता है। इन सब मामूली-मामूली बातों में महान शिक्षा, समुद्र-गम्भीर ज्ञान छिपा है। पत्तों के झरने-टूटने पर, पेड़ रोता नहीं है। जिन्होंने जीवन दिया है वे ही ले भी लेते हैं। वे जो जीवन लेते हैं, वह दोबारा नहीं लौटाते, यह बात मन में बैठा लो और अपना काम करते रहो। संसार में कीड़े-मकोड़ों जैसे जो इंसान बसे हैं, उन्हें भी वक्त पूरा होने पर, टूटी कलसी और फटी चटाई में, महाज्ञान का प्रकाश नजर आता है।

इसलिए निर्मला की माँ ने रो-रोकर कहा, "इससे तो भला, तू मर काहे नहीं गई ? जीते-जी तुझे छोड़कर, मैं रह कैसे पाऊँगी ? अभी तो तेरे हँसने-खेलने की उम्र थी—"

बड़े आचार्य की हिम्मत तो पहले ही टूट चुकी थी।

"चुप करो, बड़ी बहू, तुम क्या पत्थर हो ?" इतना कहकर, वह सिर झुकाए, दरवाजे पर बैठे रहे।

उनके अहंकार भरे, स्फीत अन्तस को इन दिनों महा दुःख, महा आक्षेप मथता रहता था। जैसे भैंस की उद्धत गर्दन पर, बलि के दिन सुबह-सुबह, निर्मम तरीके से बाल्टी-बाल्टी पानी ढालकर नरम किया जाता है, उसी तरह, इस वक़्त भगवानजी ने, आचार्यजी के अहंकारी अन्तस को तोड़-मरोड़कर, मुलायम बना दिया। उनके अद्‌भुत विधान में तने हुए सिर को नीचे झुकाने का तरीका बेहद अजीब था। हर अलग-अलग इंसान के लिए, अलग-अलग दंड-विधान ! इस भव-संसार में आकर, बड़े आचार्य ने धर्म के नाम पर, समाज के नाम पर अनगिनत निष्ठुर कर्म किए थे। लेकिन सब कुछ उन्होंने कर्त्तव्य-ज्ञान के खयाल से किया था। इसमें उन्हें कहीं, कोई अन्याय नहीं नजर आया,

बेटे के प्रति अटूट खिंचाव, उनके चरित्र की एकमात्र कमजोरी थी। सताली पर्वत पर स्थित लोहे के घर में बने, एकमात्र सूराख से, सर्वनाश अन्दर दाखिल हुआ और उन्हें जीते-जी बेजान कर गया।

अब निर्मला की छाया-भर देखकर, बड़े आचार्य के मन में जैसे कोई जहर उँड़ेल गया। महा-दुःख से उनके मन में भयंकर गुस्सा जाग उठा, "अभागी, तूने मुझे इस महा मुसीबत में डाल दिया, मेरे जीते-जी मुझे नर्क में धकेल दिया—"

बड़े आचार्यजी की चीत्कार सुनकर, गोशाला में गाएँ तक, मन की दुःख से बौखलाकर, खूँटे से पगहा तुड़ाने को आतुर। अब तो महीनादार उसकी खली-भूसी देना, प्रायः रोज ही भूल जाता था। नौकरानियाँ घाट से बर्तन चुरा ले जाती थीं। राजा अगर अनदेखी करे, तो समूचा राज्य इसी तरह नष्ट हो जाता है।

निर्मला का हादसा, आंधारमानिक गाँव में एक यादगार हादसा बन गया। ऊँचे खानदान की लड़कियों का जीवन, जन्म से लेकर मृत्यु तक, लगातार आँसुओं से लिखा होता है। खानदानी लड़कियों के दुःख में वन के पशु-पंछी रोते हैं, नदी का जल रोता है।

जब बड़े मन्दिर का गुम्बद टूट गिरा था। जिन्होंने तालियाँ बजाई थीं, उन्हीं लोगों ने बड़े आचार्य पर लगे इस लाँछन पर, अफसोस जाहिर करते हुए कहा, "अहा, नरपति के मन में इतना जहर भरा था ?"

पंचायत में वे हरगिज शामिल नहीं होंगे, इस संकल्प के साथ, आनन्दीराम अपने घर का बेड़ा बाँधने बैठ गए। काशीश्वर ने उन्हें चैन से रहने नहीं दिया। बचपन से ही वह उन्हें अपना गुरु मानकर, उनकी पूजा करता आया था। उनके लिए पहला अक्षर थी—शिक्षा ! उसके बाद, पोथी-पाठ। इस गाँव में एक जन है, जो सचमुच इंसान है, इस बात पर, वह दिल से विश्वास करता है। इसके अलावा, काशीश्वर, उम्र से नवीन, स्वभाव से संशयी, जिस उम्र के बच्चे 'एकानोड़ा' और 'शाखचन्नी' के डर से, पल-पल कड़वे पाचक निगलते रहते हैं, उस उम्र में काशीश्वर, हाथ में चरवाहे की पाचक-गोलियाँ लेकर, ताड़ के पेड़ पर 'एकानोड़ा' ढूँढ़ने निकला था।

अँधेरे में उस बच्चे को डराने के लिए, अगर कोई कहता, "खबरदार, अँधेरे में हरगिज मत जाना—"

वह छूटते ही जिद मचा देता, "हाय-माँ, भूत है कहाँ, मेरे सामने ला दे न ! मैं देखूँगा—"

जनेऊ के बाद, हाथ में, खीर का पथरौटा लिए-दिए, खिड़की पर खड़ा-खड़ा सच ही, परम-प्रसाद खाता रहता और स्वगत् बड़बड़ाता रहता—"हाय मइयो, मैं सच्ची-मुच्ची नवद्वीप का निमाई हूँ, देखो, देखो, सड़क के कूड़ा-कर्कट खा रहा हूँ।"

एक तो वह स्वभाव से ही जिद्दी ! उस पर से नौजवान ! नाजुक जान ! इस उम्र में लता-तिनके पर भी कुर्बान हो जाने का मन होता है ! निर्मला का ख़याल करके, काशीश्वर, काफी उम्मीदें लेकर आया था। मुखोटी के घर आकर देखा, उसकी

भक्ति-भरोसे का इंसान, घर का बेड़ा बाँधने में व्यस्त था।

यह नजारा देखते ही, उसके सिर पर खून सवार हो गया। उसने दाँव उछालकर दूर फेंक दिया और बेहद उपेक्षा से 'हुँह' कर दिया।

बहरहाल यह गुरुजन के प्रति प्रयोग करने लायक शब्द नहीं था। कम-से-कम गाँव में इसका व्यवहार कोई नहीं करता था। इस घोर कलिकाल में और कुछ भले न हो, मगर शिष्टाचार जरूर मौजूद था। लेकिन काशीश्वर निमली की मुसीबत पर, मारे फिक्र के हैरान-परेशान ! दूसरों की मुसीबत देखकर, काशीश्वर पहले जान देने को आमादा हो जाता था, अपने बारे में वह कभी नहीं सोचता था। उसका स्वभाव ही ऐसा था।

आनन्दीराम का चेहरा एकदम से आगभभूखा हो आया। कान, गर्दन, माथा, सीने पर, जाने किसने तो मानो सिन्दूर छिड़क दिया।

उन्होंने धीमी आवाज में कहा, "काशी, ला, कटारी इधर दे—"

"आप चलिए—"

"काशी तू बड़ा ढीठ है—"

"क्यों ?"

"क्योंकि तू बात नहीं सुनता ! मैं खुद नरपति के यहाँ जाकर, बेइज्जत होकर लौटा हूँ। वह नहीं छोड़ेगा।"

"न छोड़े। फिर भी आपको चलना है।"

"जाकर करूँगा क्या ?"

"नरपति को कनेठी लगाईएगा।" काशी ने मजाक किया, क्योंकि 'ध' लिखते हुए, माथे पर एक पोटली और 'क' लिखते हुए कान में गुल्ला बिठाने के लिए, आनन्दीराम के हाथों, उसने कम कनेटी नहीं खाई। कान की लतिका पकड़कर, धीरे-धीरे उमेठने के उस कायदे में आनन्दीराम को ख़ासा यश प्राप्त था।

काशीश्वर की बात सुनकर, आनन्दीराम मन्द-मन्द मुस्करा उठे, "उस काम में तो तू भी माहिर है—"

काशी की उद्वीग्न-चंचल दृष्टि, उनके मन में अक्सर ईर्ष्या जगा जाती है। काश वे भी उसी की उम्र में लौट पाते।

"हमारे बूते का नहीं है। मैं क्या शास्त्रों का जानकार हूँ ?"

आनन्दीराम के बड़े जतन से बाँधे हुए बाँस-बेड़े पर, काशीश्वर हुमचकर बैठ गया।

आनन्दीराम एकदम से भड़क गए, "तेरी उम्र कच्ची है, बुद्धि में बचपना भरा हुआ है, इसीलिए समझता है, कि समझाने भर से इंसान समझ जाएगा।"

"अलबत्, समझेगा, नरपति क्या धर्मशास्त्र जानता है ? किस दम पर वह कहता है कि वर्गी लोगों ने गहने छीन लिए, तो निमली को कलंक लग गया ? वर्गी क्या हिन्दू नहीं हैं ? वे जो शिवपूजा करते हैं, उसकी धूमधाम कहीं ज्यादा होती हैं। अपने उस गंजू बैरागी से ही पूछ देखे न !"

आनन्दीराम के होंठों पर उदास सी मुस्कान झलक उठी, "शास्त्र ! एक बार जो

काम सम्पन्न किया जाता है, वही देशाचार बन जाता है। पुन्नी का ही भला क्या कसूर था ? बनजारे अगर उसे चुरा ले गए, वह अबला-असहाय बिचारी क्या करती ? नरपति एक खास स्वभाव का इंसान था। न घर-बारी, न संन्यासी ! विपत्ति से बहन की रक्षा कर सके, ऐसी बुद्धि उसमें कभी भी नहीं थी। इसके बावजूद बड़े आचार्यजी ने उसे माफ किया ?''

''आप उस दिन कहाँ थे ?''

आनन्दीराम ने हथेली उलटकर, अपनी लाचारी जताते हुए कहा, ''गाँव में ही था—''

''धत् तेरे की ! काशी दुनिया का यह जटिल रूप देखकर झल्ला उठा, ''आप गाँव में ही थे, फिर भी आपने कुछ नहीं कहा ?''

''ना !'' आनन्दीराम गम्भीर हो आए, ''इस वक्त नरपति लगभग होश खो बैठा है ! पुन्नी के शोक में पागल हो गया है, फिर भी, चल, देखते हैं। छोटी को जरा बताता चलूँ।''

विशालाक्षी भी यह खबर सुनकर कातर हो आई, ''जाओ, गोपाल, तुम अच्छे काम के लिए जा रहे हो। मैं तुम्हें जाने से मना नहीं करूँगी।''

नरपति ने कहा, ''मैं पागल नहीं हूँ, मोरा ज्ञान टनाटन है। पंचायत से मेरा एक ही सवाल है। डाकू उसकी पिछाड़ी पकड़कर, बाहर खींच लाए; उसके सारे गहने उतारे—ऐसी लड़की को बड़े आचाज्जी अपने घर में वापस कैसे रख लिए ?''

''आफत-मुसीबत में ऐसी कितनी ही घटनाएँ होती रहती हैं, नरपति। इसके अलावा, वे लोग हिन्दू हैं न—''

''हिन्दू हैं, तो क्या हुआ, उनसे हमारा क्या मेल ? गाँव आकर, तुम्हीं ने किस्से नहीं सुनाए थे ? तुम्हीं ने कहा नहीं था कि कन्नौज-अयोध्या के बाम्हनों के बहुत से रीत-आचार, मुसलमानों से मिलते हैं? हम अगर उनके अनाज को हाथ भी लगा दें, तो वे लोग मछलीखउका कहकर, अपनी हाँडी तोड़ डालते हैं ? अब तुम ही बताओ, उन लोगन ने जिस लड़की को छू दिया, उसे बड़े आचाज्जी अपने घर में रखेंगे ?''

कहा न, नरपति, विपत्तिकाल में जो घटता है, उसे गुनाह नहीं कहते—''

''गुनाह नहीं कहते ? तुम ही बताओ, सरपंच, हम तो ठहरे भूखा-कंगला ! बज्र मूरख ! तुम्हारे अन्दर तो लक्ष्मी-सरस्वती दोनों का वास है, तुम जो कहोगे, हम सुनेंगे ! जान लेंगे तुम्हारी बात !''

उसकी इस बात से पंचायत के लोगों में हलचल मच गई। सब एक-दूसरे का मुँह देखने लगे। अब तक सभी लोग, उद्वेग के मारे, साँस रोके हुए थे। अब जाकर हवा जरा-जरा सजग हुई। उद्वेग की शान्ति ! परेशानी में राहत ! आनन्दीराम जरा आश्वस्त हुए ! चलो शुक्र है, भगवान, उनके जरिए, अपना काम सिद्ध कराना चाहते हैं !

"सरपंच, तुम्हारा कहना है, आफत-विपदा में अगर ऐसा हुआ, तो दोष नहीं लगता ! खैर, तुममें बुद्धि ज्यादा है ! पाठशाला में भी हम तुम्हारी खजूर की चटाई, नाश्ते की पोटली ढोकर ले जाते थे। तुमको हमने हमेशा बड़ा जाना-माना है !"

"मैं सच कहता हूँ, नरपति..." आनन्दीराम ने सचमुच पूरी सच्चाई से जवाब दिया।

"स...च्च !" नरपति ने सिर उठाया। आनन्दीराम ने देखा, नरपति की आँखों की भाषा बेहद भयंकर है ! सारे तर्क, विनती, अनुनय विफल हो गए। नरपति ने अचानक जोर का ठहाका लगाया। उसकी वह हँसी, रुलाई जैसी थी। उसका वह अट्टहास बेहद अप्रिय जान पड़ा। पंचायत के लोगों के अंग-अंग में जैसे मरोड़ें उठने लगीं। अचानक ऐसी हँसी सुनकर, लोग खुद ही अपने को अपराधी महसूस करते हैं।

"अगर यह सच है, आनन्दीराम, तो उस दिन तुम्हारा विवेक कहाँ था ?" नरपति दहाड़ उठा।

नरपति की दहाड़ सुनकर, सभी लोग सकते में आ गए। अठमंजिले मटकोठे के ओने-कोने में कबूतरों के पंख फड़फड़ा उठे, प्राचीन अठमंजिले की दीवारों पर अंकित देव-देवियाँ मानो कातर हो आईं।

"उस दिन मैंने भी तुमलोगों का हाथ पकड़कर अरज नहीं किया था ? क्या मेरी पुन्नी बेकसूर नहीं थी ? या वह किसी गरीब की बहन थी, इसलिए दुलारी नहीं थी ? उसका भोला चेहरा याद करके, आज भी मेरे सीने में सूअर-खोंचा लगता है।"

नरपति कुछेक पल को ठिठक गया। उसने अपनी आँखें और चेहरा रगड़ा। पंचायत में मौजूद सभी लोग अभिभूत ! परेशान ! शर्मिन्दा !

सयाराम ने क्रुद्ध आवाज में कहा, "तो किया क्या जाए ? ऐसे हंगामें तो राढ़, गौड़—हर जगह हो रहे हैं। जिसके-जिसके घर में डाका पड़ रहा है वे सब क्या..." उन्होंने अपनी बात अधूरी छोड़ दी और अपने पेट पर मानो काल्पनिक मच्छड़ मारने का नाटक किया।

"राढ़ या गौड़ में, जिनके-जिनके घरों में डकैती हुई, वे लोग अपनी बात खुद सोचें। मेरी सिर्फ एक बात...जो बात मेरी बारी में अन्याय है, वह बड़े आचाज्जी की बारी में न्याय कैसे है ?"

"सुनो, नरपति तुम्हारी बहन की तरह ही निर्दोष, एक और लड़की..."

नरपति ने आनन्दीराम की बात पूरी नहीं होने दी।

उसने तड़पकर सवाल किया, "यह बात, अगर उसके ससुरालवालों को पता चले, तो क्या वे उसे कबूल करेंगे ? उनलोगों को जाति-बिरादरी का खौफ नहीं है ?"

"जाति-बिरादरी की बात छोड़ो, नरपति, तुम्हें दया नहीं आती ?"

"अच्छा, तो अब दया कि दुहाई देने पर उतर आए—?" नरपति का चेहरा, सन्देह से भयावह हो उठा। उसने आँखें नचाकर कहा, "बातों की पेंच में तुम खूब माहिर हो, सरपंच ! लेकिन हम उस मन्तर से वश में नहीं आनेवाले ! जिस गाँव के बड़े लोगन को दया-माया नहीं, वहाँ यह कंगला भला किस पर दया करेगा ? जो काम बड़े करते

हैं, छोटे वही तो सीखते हैं।''

अब मँझले आचार्य के धीरज का बाँध टूट गया, उन्होंने चींखकर कहा, ''अरे इस कमबख्त को टक्के की भूख ज्यादा है। मुँह से फूटता क्यों नहीं कि इस बहाने कुछ टके अपनी टेंट में खोंसना चाहता है ? मामूली सी बात के लिए, इतनी लम्बी-चौड़ी रामायण क्यों फाँद रहा है ?''

बड़े आचार्य एकदम से हाहाकार कर उठे। मँझले आचार्य अपनी दौलत के घमंड में चूर, किसी की भी न सुननेवाले शख्स ! लेकिन यह समय, स्वभाव काबू में रखने का समय था। हाथी जब खन्दक में गिर पड़ता है, तो उसे भी मेंढक को 'बाप-बाप' कहना पड़ता है—यह शास्त्रों की बात है !

नरपति दोबारा आगभभूखा हो उठा, ''अब दिन-काल बदल गया है, आचार्जी काका, अब पुराना जमाना नहीं रहा। हम कोई केवट-मल्लाह, बागदी नहीं हैं कि बात-बात में तुमलोग हमरी जात मारोगे और हम रोते-रोते, अगति की गति, मुल्लाजी की चौखट चूमकर मुसलमान हो जावेंगे। मेरी जुबान बड़ी खराब है, सिर्फ टक्का देने से बन्द नहीं होगा।''

''तो तेरा कहना है, छोटे लोग अपनी जाति खोकर, मुसलमान हो जाते हैं, हमारी वजह से ?''

मँझले आचार्य भी आपात् चर्चा का विषय भूलकर, भरपूर गले से चींख उठे।

''अबे, नरपति, तू तो सच ही उन्माद पागल है।''

''बाम्हन के नाम के अयोग्य है...''

''जुबान से जो निकला, बोल दिया। क्या कहा, अन्त तक उसका मतलब क्या निकाला जाएगा, तुझे तो इसकी भी समझ नहीं है—''

तरह-तरह के भय से काँपते-थर्राते, बड़े आचार्य काफी देर से धीरज धरे। सब तमाशा देख रहे थे। लेकिन अब वे भी अपने पर काबू नहीं रख पाए।

उन्होंने गम्भीर-क्षुब्ध लहजे में दरयाफ्त किया, ''इस बात का आखिर मतलब क्या है ? तू कहना क्या चाहता है ?''

''यह आप, खुद अपने दिल से पूछें। मैंने जो कहा, वह बिल्कुल सीधा और बेलाग है—''

''हम सब बिरादरी के सिरमौर होकर, तुमलोगों को कलमा पढ़ने के लिए धकेल रहे हैं ?''

नरपति ने सिर उठाकर आनन्दीराम की तरफ देखा।

अगले ही पल, कन्धे पर पड़ा गमछा, झटककर कमर में बाँधते हुए कहा, ''लात खाकर कुक्कुर खड्डे में नहीं समा जाता ? तुमलोगों की टिकटिकबाजी से बुद्धि गड़बड़ा जाती है, कक्का ! अच्छा-भला आदमी पगला जाता है। तुम ही बताओ, नीच जात के बच्चे-बूढ़े 'धत्त तेरे कि' कहकर, जात नहीं त्याग देते ? मैंने क्या झूठ कहा ?''

''सुनो, नरपति, बड़े आचार्य तुम्हारे गुरु-समान हैं ! उनसे इज्जत से बात करो।''

आनन्दीराम ने धीमे लहजे में कहा।

नरपति की बातचीत ने उन्हें बेतरह उद्वीग्न कर दिया था। उनके सीने में मानो नदी तट अरअराकर टूट-फूट रहा हो, लहरें टकराकर पछाड़ें खा रही हों और उनके भयानक शोर से चराचर काँप रहा हो। ये सब कितनी भयानक बातें थी ! ऐसी बातों से मन किस कदर चिन्तित हो उठता है। इंसान उद्धत हो उठता है। ऐसी बातें फूस के घर में आग लगा देती हैं; बिरादरी में नियन्त्रण का घेरा टूट जाता है !

''इज्जत-विज्जत तुम्हीं को मुबारक, सरपंच ! नरपति किसी का अन्याय सहन नहीं कर सकता। जो बन्दा चुप रहता है, तुम शरीफ लोग उसकी गर्दन में खड़ाऊँ डाल देते हो ! मुझे सब पता है।'' मारे गुस्से के उसकी बातें असंलग्न हो आईं।

''नरपति—!''

''तुम और फैसला करोगे ? भरे मजमे में तुम्हारी पोल नहीं खोली। लेकिन इस वक्त मेरे दिमाग में आग जल रही है। सुनो, सरपंच, फालतू टाँय-टाँय करना, तुम्हें शोभा नहीं देता, समझे ?''

''तुम्हारी इस बात का मतलब...?''

''अबे, ओ सयाराम, मुझे आँख दिखाना आसान है, लेकिन अब करोगे क्या ? सरपंच की बीवी, बड़े आचाज्जी की नातिन, जगत आचाज्जी की बेटी...सुरकंठ राय के यहाँ कितनी रातें गुजार आई, इसकी खबर है ? मैंने तो भरे बाजार में, सरेआम हँड़ियाँ फोड़ दी। अब साँप को सँभालोगे या मार डालोगे या दोबारा हँड़ियाँ में ठूँस दोगे, इस बारे में तुम खुद सोचो और फैसला करो।''

नरपति ने वहाँ उपस्थित दर्शकों की बोलती बन्द कर दी और पंचायत छोड़कर वह बाहर निकल गया।

अकेले नरपति की वजह से निर्मला की जिन्दगी बर्बाद हो गई। आनन्दीराम के मन का सुख-चैन, मानो जंगल में फरार हो गया।

17

आनन्दीराम की सुख-शान्ति अकूल समुन्दर में बहाकर, नरपति सभा त्यागकर चल दिया। इज्जतदार के लिए, इज्जत ही सर्वस्व होती है। अगर इज्जत की मीनार ढह गई, तो उनका सर्वस्व खत्म हो जाता है। आनन्दीराम के सिर पर मानो आसमान टूट पड़ा।

अगर शान्ति का समय होता, तो गाँव भर में इस बात से सैकड़ों तरह के किस्से फैल जाते। चड़क के दिनों में, ग्यारहवें झूले के दिन, वे लोग बनजारों का खेल देखते हैं। लँगोटीधारी बनजारे सिर पर मैली सी पग बाँधे, अपनी लच्छेदार बातों से दर्शकों

को तमाशा दिखाते हैं।

"मेहरबान, साहबान, जो भी देख रहे हैं, वह अजूबे में भी अजूबा है। यह हमने जिन-परी से सीखा है—" वगैरह लच्छेदार वाकवितंडे के जरिए, दर्शकों से कौड़ी माँगते थे और अपने जादू से उस एक कौड़ी की दस कौड़ी बना देते थे। धीरे-धीरे दस कौड़ी, सौ कोड़ी बन जाती। यह सब उनकी विद्या का हुनर था; उनकी हाथ-सफाई !

बनजारों का यह मन्त्र, इस गाँव के सभी लोग जानते थे। वे लोग एक बात की दस बातें बनाते थे, दस बातें धीरे-धीरे हजार बातों का रूप ले लेतीं। घरों में धान मौजूद ही रहता था; नहाने-खाने के अलावा और कोई काम नहीं होता था। यूँ भी दूसरों के बारे में बतकही करना, सभी को अच्छा लगता है। कोई भी मसालेदार खबर पाते ही आनन्दीराम के मामा, उस बारे में फटाफट गीत रच डालते थे। उनका गाना, मोहल्ले के निकम्मे-आवारा छोकरे, और ग्वाल-मुहाल के सुरसिका ग्वालिन-पाखी, परम आग्रह से सुना करते थे।

लेकिन यह समय, शान्ति का नहीं था। अभी हाल ही गाँव पर डाकुओं का हमला हुआ था। उन डाकुओं के साथ, सागर की लहरों की तरह, अनगिनत लोग हैं। कहीं वे लोग दोबारा न आ धमके !

इसलिए, सब लोगों की तरफ से, काशी के बापू वाचस्पति ने कहा, "जाकर देखो, वह गया या नहीं। अगर चला भी गया, तो इसमें हर्ज क्या है ? सुरकंठ तो पागल बाबा भोलेनाथ हैं। सब जानते हैं।"

"रिश्तेदार भी तो हैं—"

"ऐसी रिश्तेदारी न रखना ही बेहतर ! सुरकंठ तो आधे इंसान हैं, आधे संन्यासी !"

"हाँ, बुआ जब सरग सिधारीं, तो उन्हें सरहद पर ले जाकर जला दिया, किसी को बुलाया तक नहीं—"

"खैर, उस वक्त बुलाते भी तो जाता कौन ?"

"आनन्दी !" वाचस्पतिजी की आवाज पर आनन्दीराम की बेसुधी टूटी। उन्होंने चारों तरफ नजरें दौड़ाईं ! विभ्रान्त दृष्टि !

"चलो, चलें ?"

"हाँ, चलिए !" आनन्दीराम के दिमाग में सैकड़ों तरह के खयाल चक्कर काटते रहे। सुरकंठ के घर की बड़ी बहू ! इस घर के जगतपति आचार्य की बेटी के साथ सुरकंठ का ब्याह तय हुआ था। लेकिन ब्याह होते-होते टूट गया।

"काशी तू भी चल मेरे साथ।" आनन्दीराम ने धीरे से कहा। जगतपति ने खुद उनका ब्याह कराया था, लेकिन ऐन उन्हीं दिनों, सुरकंठ ने गेरुवा वस्त्र क्यों धारण किया ?

"आप फिजूल क्यों परेशान हो रहे हैं ?"

काशीश्वर के सवाल पर आनन्दीराम चौंक उठे। वे क्या सोच रहे हैं, काशीश्वर

भला कैसे जान सकता है।

"तुझे क्या पता, काशी..."

"सुनिए, दिमाग ठंडा कीजिए। यह बड़ा दुःसमय है ! सिर पर से इतनी बड़ी मुसीबत गुजर गई, इस बारे में किसी को फिक्र नहीं, मुसीबत का अभी अन्त नहीं हुआ, अभी दोबारा टूटेगी।"

उसकी इस बात पर आनन्दीराम बौखला गए। हाँ, एक आँखवाले हिरन की तरह, उन्हें सिर्फ एक ही तरफ नजरें नहीं गड़ाए रहना चाहिए। यह ऐसा दुःसमय है कि किसी दूर-दराज देश से दुश्मन आते हैं। बंगाल और राढ़ के जनपद को जलाकर खाक कर देते हैं। इसमें क्या इतिहास का इशारा छिपा है ? इसे देखने के लिए आँखें चाहिए। सोच-विचार के लिए मन चाहिए। लेकिन आनन्दीराम के पास वह सुकृति कहाँ है ? उनका मन कहीं से भी स्थिर नहीं है। अपने निजी स्वार्थ के अलावा, वे किसी बड़ी बात पर सोच-विचार करने में अक्षम हैं, हालाँकि वे सुन चुके हैं कि सत्यदृष्टा, दूरदृष्टा लोग आज भी, इस कलियुग में भी, राढ़ बंगाल में मौजूद हैं।

"काशी, मैं बेहद मामूली इंसान हूँ; तुच्छ से भी तुच्छ ! अपने पर, अपनी ही चोट से बिलबिला उठता हूँ !"

"ऐसा कौन नहीं होता ?"

काशीश्वर की बातों में बच्चों जैसा तेज झलक उठा, "बताएँ, कौन नहीं होता ? आप ठहरे घर-बारी जीव, ऋषि-मुनी तो हैं नहीं—"

"हाँ, काशीश्वर, ऋषि-मुनियों में स्थिर मन से सोचने की ताकत होती है—"

"हाँ, वह ताकत तो होती है। उनका मन गंगाजल से धुला होता है, इस आकाश-गंगा की तरह स्वच्छ-विमल ! उस पर सभी घटनाओं की छाया पड़ती है।"

"गृहस्थ इंसान का मन स्वार्थ भावना से काला होता है।"

"लेकिन, यह भी संन्यासी की समस्या नहीं है, यह तो समाज और संसार पर आई हुई घोर मुसीबत है। भला संन्यासी इसका क्या समाधान देंगे ?"

"अब मैं क्या करूँ, बता तो ?"

सड़क पर खड़े-खड़े आनन्दीराम मन की पीड़ा से छटपटाते हुए, गले में पड़े जनेऊ को, अपनी उँगलियों में खोलते-लपेटते रहे।

"चलिए, घर चलें, छोटी कर्ता माँ से पूछिएगा।" काशी ने गम्भीर आवाज में कहा।

विशालाक्षी पर उसे गहरा विश्वास था। जाने कितने दुःख के पलों में, विशालाक्षी की धीर-स्थिर, प्रशान्त दृढ़ता देखकर, उसने मन-ही-मन राहत महसूस की है। विशालाक्षी का जो बेटा गुम हो गया, बचपन में काशीश्वर उसे बेहद प्यार करता था, जिस शाम कन्हाई लापता हो गया, बचपन की नासमझी में, काशीश्वर, किसी और शाम, मुखोटी के घर के आँगन में बेभाव रोता रहा—

"कन्हाई ! कन्हाई ! मुझे कन्हाई के साथ खेलना है—"

विशालाक्षी वह बात कभी नहीं भूली। इसीलिए काशीश्वर के प्रति, उनका स्नेह, अभी भी बेहद शान्त-संयत रूप में बरसता था। भगवान का प्रसाद उसके मुँह में डालने के बाद ही, वे अपना उपवास तोड़ती हैं। विशालाक्षी स्वभाव से ही स्नेह-ममतामयी थीं।

''पहले छोटी कर्ता-माँ से पूछ लें, फिर जो मन में आए, करें।'' काशी ने दोबारा कहा।

''हाँ, यही बेहतर होगा।''

आनन्दीराम को मानो रोशनी की किरण नजर आई। 'गोपाल !' छोटी का स्नेह भरा धीर-गम्भीर सम्बोधन ! बिल्कुल छुटपन से आनन्दीराम का एकमात्र भरोसा स्थल !

''चल, काशी !'' आनन्दीराम नए उत्साह से आकुल-व्याकुल हो उठे।

विशालाक्षी ने शुरू से अन्त तक, सारी बातें सुनी। आनन्दीराम के बताने से पहले, यह खबर हवा में तैरते हुए, इन तक पहुँच चुकी थी। निमली का दुःख, पतानी बुआ के सीने में काँटे-सा चुभ गया। लेकिन इतनी बड़ी खबर, मुखोटी के यहाँ, उनसे पहले, कोई और पहुँचाए, इस खयाल से वे मन-ही-मन कुढ़ गईं। दाँत में मिस्सी चढ़ाकर, उन्होंने शॉल ओढ़ी और चटपट रवाना हो गईं।

उनके अपने घर में सभी लोग शोक में डूबे हुए, मारे फिक्र के परेशान।

बुआ ने कहा, ''भउजी, हमारी मुसीबत तो देखो, मुसीबत हमारे पल-पल का संघाती बना हुआ है। लेकिन फिर भी इत्ती बड़ी खबर पाकर, एक बार उस घर का फेरा न लगाऊँ भला ?''

उसकी भौजाई, ननद की मुँहजोर बातों के डर से, आमतौर पर जुबान नहीं खोलती थी, लेकिन इस वक्त, मारे फिक्र के लगभग विक्षिप्त हो उठी थी। फर्श पर पड़ी-पड़ी, वे लगातार रोये जा रही थीं। धूल-ही-धूल भरे बालों में जटें पड़ गई थीं। साड़ी बिल्कुल मैली-कुचैली !

ननद की बात सुनकर, ईषत् असंलग्न मुद्रा में; उन्होंने जवाब दिया, ''मुझसे क्यों पूछती हो ? मैं क्या अब इंसान रह गई हूँ ? इसीलिए कहते हैं, सौतिन के पूत को कभी अपना मत बनाना, सीने पर लोढ़ा दरेर देगा।''

सुनने में यह बात नितान्त तारतम्यहीन ! पागल का प्रलाप ! लेकिन इस वक्त यह वाक्य सुनकर, घर की औरतें फूट-फूटकर रो पड़ीं।

निर्मला की चचेरी बहन ने जोर-जोर से विलाप करते हुए कहा, ''जेठी-माँ, ऐसी बातें ना करें, जेठी-माँ।''

बड़े आचार्य की बीवी के कानों तक यह बात मानो पहुँची ही नहीं।

उन्होंने कहा, ''तुम कहो न, दीदी, निमली को रख लें। मैं उसकी मौसी थी, माँ बनकर आई। माँ बनने से पहले, मैंने उसे अपनी सन्तान माना ! कितनी शरारती बेटी थी ! मारे जलन के, वह उछलकर, मेरी गोद में आ बैठती और तब जाकर दूध पीती।

हाय, निमली, दुश्मनी निभाने के लिए ही क्या तू मुझसे चिपटी रहती थी ? हाय, अभी तो वह दूधमुँही बच्ची थी ! अभी तो उसने सिर तक ढँकना नहीं सीखा था। उसे तुम लोग निर्वासन में कैसे भेजोगे ?''

उस वक्त देवरानी, सौत, ननद, दाई-नौकरानी सभी रो रहे थे। इस राढ़ देश में, खानदानी लड़कियों की आँख के आँसू कभी नहीं सूखते। उनके दुःख में जंगल के पंछी-पखेरू भी रो रहे थे ! नदी के जल में भी आँसुओं का ज्वार उमड़ आया था। अभी उस दिन तक उन्हें, बड़े आचार्य की गिन्नी होने का खासा गरूर था। आज उनके दुःख में पेड़ के पत्ते-पत्ते तक सनसना उठे थे।

उन्होंने फुसफुसाकर कहा, ''आज चार दिनों से, मुँह में न अन्न का एक भी दाना गया, न आँखों की नींद आई। कर्ता ने कहा, उस पागल बेटी को समझा, हमलोग कहाँ खड़े होंगे, इसीलिए एक बार उपवास तोड़ दिया—''

पतानी बुआ ने कहा, ''हमारी तकदीर पर तो राधामाधव ने खाक उड़ेल दी। लेकिन पड़ोसी पर भी इतनी गाढ़ी मुसीबत पड़ी है, गए बिना भला चलता है ?''

उनकी मेजबान ने उतप्त होकर जवाब दिया, ''दीदी, तुझमें कोई शर्म-हया नहीं है। इसीलिए तू जाना चाहती है। लेकिन तुझे देखकर, वे लोग जैसे पेश आएँगे, उससे तेरा सिर, शर्म से झुक जाएगा।''

पतानी बुआ सकपका गईं, ''सुन, कादू, तुझ पर भी विपदा आई है, उन लोगन पर भी आई है। ऐसे वक्त में इंसान को अड़ोसी-पड़ोसी का ही भरोसा होता है।''

उनकी छोटी भाभी ने कोमल लहजे में कहा, ''उस घर की छोटी बहू किसी पर भी भरोसा नहीं करती। वह बेहद मुँहजोर औरत है।''

''अभी उसी दिन न, उसने तेरी बेइज्जती की थी—'' कादू रानी अब जोर-जोर से आँचल लहराकर, हवा झेलने लगी और गोद के नाती को झुलाने लगी, ''रो मत, लल्ला, ले, मंडा खा, मिठाई खा—'' अपनी दीदी पर उसकी नाराजगी की कई-कई वजहें थीं। बेटे-बेटी, पोते-पोतियों, बेटी-बहू समेत, वे साल के छह महीने अपने भाई के यहाँ टिकी रहती थीं और तरह-तरह की बातें जड़कर, गुपचुप अपनी बेटी को उकसाती रहती थीं।

''सुन, इस घर का भंडार, तेरी बड़ी मौसी के हाथों में रहता है, इसीलिए मैं अपने बाल-बच्चों को बताशा नहीं खिला पाई। भाभी तो कुछ देखती-सुनती नहीं। यह बहुत गलत बात है।'' पतानी बुआ स्वभाव से भले कैसी भी हों, लेकिन भाई की गृहस्थी में जी-तोड़ मेहनत करतीं और कहीं कुछ बर्बाद न हो, इस पर कड़ी नजर रखती थीं।

उन्होंने सूखी हँसी बिखेरते हुए कहा, ''अल्लो, अभी उस दिन की बहुरिया, तुम हमारा मर्म भला क्या जानो ? आनन्दी की सगी माँ तक, मेरी सलाह बिना, नया चूल्हा तक नहीं बनाती—''

इतना कहकर, वे हनहनाती हुई बाहर निकल गईं। बाहर कदम रखते ही, उन्हें नरपति का खयाल आ गया।

उन्होंने हाथ जोड़कर माथे से लगाते हुए, मरघट की देवी मइया से प्रार्थना की, "हे माँ विल्ववासिनी, उस बेचेहरा बन्दे का मुँह जल्दी-से-जल्दी कुचल दो, मइया। मैं ढाक-ढोल बजाकर, जोड़ा पाँठा चढ़ाऊँगी तुम्हें ! यह कलिकाल है, इसलिए क्या तुम भी विमुख हो गईं ? उस अभागी की विनती सुन लो, मइया, मनहूस चूल्हे-भरसाईं में जाए।"

अब जाकर, उनका मन किंचित प्रसन्न हुआ। राह चलते-चलते, उन्होंने आंधारमानिक गाँव के वयोवृद्ध समाजपतियों के साथ तरह-तरह के स्वगत सम्भाषणों में उनके प्रति श्रद्धा ज्ञापित की। लेकिन वे कुछ-कुछ अन्यमनस्क भी थीं, क्योंकि राह चलते-चलते उनकी नजर जले चावल, फटे बाँस और घोड़ों के खुर से खदोरी हुई मिट्टी पर भी पड़ी। जाने कहाँ से तो, पतानी बुआ बेतरह डर गई थीं। यह अनजान विपत्ति, मानो उनके जीवन की जड़ें हिला गई थी।

सामने ही सुरकंठ के घर की छत नजर आने लगी। इतनी देर बाद, उन्हें होश आया कि सरपंच का घर बिल्कुल करीब है। अब उनलोगों को वह चटखारेदार खबर दी जा सकेगी। आनन्दी की माँ-बुआ का सिर झुक जाएगा। यह सोच-सोचकर उन्हें दुःख तो जरूर हो रहा था, क्योंकि सिर झुकने की शर्म क्या होती है, वे जानती थीं।

साथ ही उनके मन में एक किस्म की उत्तेजना भी जाग उठी। यह खबर सुनकर, काफी शोरगुल होगा, रोना-धोना मचेगा। वे सबको तसल्ली देंगी। यह झगड़ा-कलह, बदनामी-कुत्सा उनकी साँसों के लिए हवा जुटाती है। इसके बिना वे जिन्दा कैसे रहेंगी ?

मुखोटी-बाड़ी में आनन्दी की माँ और बुआ उस वक्त विशालाक्षी की देख-रेख में भंडारघर व्यवस्थित करने में जुटी हुई थीं। बुआ की बेटियाँ बड़ी-अचार, अमचूर, अमावट के मर्तवान को धूप दिखाने में जुटी हुई थीं। मामा आँगन में, पेड़ की छाया तले बैठे हुए थे। इस वक्त उन पर धूप दिखाई जानेवाली चीजों की निगरानी का जिम्मा सौंपा गया था। शायद इसीलिए उनका चेहरा बरामदे की तरफ था। लेकिन उनकी आँखें लगभग मुँदी हुईं। उनके ऊर्ध्वमुखी गालों में बेहतरीन किस्म की बड़ी और जुबान पर 'कालिया दमन' नाटक का मोहक-मृदुल गीत, उनके बौने-से पाँव सामने की तरफ फैले हुए ! माथे पर पट्टी बँधी हुई और वह गंजा बैरागी, उनके सिर के पके बाल तोड़ने में व्यस्त !

पतानी बुआ ने अँगूठे पर अँगूठा चढ़ाकर देखा, पास ही पोखर-घाट पर विशालाक्षी कपड़े धो-धोकर, हिजल पेड़ की झुकी डाल पर टाँगती जा रही थी। यह देखकर उन्होंने चैन की साँस ली। चलो, गनीमत है। अब यह निश्चित है कि कुछ देर वे इधर नहीं आनेवाली।

"ओ बड़ी बहू, हाथ का काम छोड़, यह जो फूली, सुरकंठ के यहाँ दस दिनों से टिकी हुई है, बिरादरी में काफी हड़कम्प मच गई है। मैंने सोचा, जाकर पहले से खबर कर दूँ—"

उसके बाद, वे लड़कियों से मुखातिब हुईं, "ओ लड़कियो, यहाँ चौकी रख दे और पंखा भी दे जा। तेरे भाई तो पागलों की तरह भागते हुए इधर ही आ रहे हैं। आते

ही बेहोश होकर कहीं गिर ना पड़ें, ए दिदिया, तुम तनिक गुड़ और पानी ले आओ, कविराज का ही विधान है, देह की नसें अगर गरम हो जाएँ, तो गुड़-पानी देकर, ठंडा करना चाहिए।''

लड़कियाँ उनकी आवाज सुनते ही, पोखर की तरफ दौड़ गईं।

18

'अधीर हो आई, इसीलिए आई'

कुछ ही देर में विशालाक्षी भी आ पहुँचीं।

''क्या बात है ?'' उनके चेहरे-मोहरे पर परेशानी झलक रही थी।

इस वक्त उन्हें यह भी याद नहीं रहा कि पतानी बुआ को, उन्होंने इस घर में कभी कदम न रखने की हिदायत दी थी। इन दिनों, समूचे गाँव के लिए यह विपत्तिकाल है ! मुसीबत घर-घर आई है।

विशालाक्षी ने भींगे बदन पर गमछा लपेटकर आबरू ढँकी और चिन्तित लहजे में सवाल किया, ''क्या हुआ ? किस पर विपदा आई ?''

''विपदा और किसी पर नहीं, तुम पर ही आई है।''

''गोपाल कहाँ है ?'' विशालाक्षी घबड़ा गईं, कहीं उसको तो कुछ नहीं हुआ ?''

''ए जी उसके, मेरे, तेरे, सबके ऊपर मुसीबत आई है। कासिम-बाजार की बहुरिया...सुरकंठ के घर...विपदा से दो-चार हैं। हाय मइया, अब मैं कहाँ जाऊँ ?''

विशालाक्षी एकदम से ताज्जुब में पड़ गईं, ''अच्छा ? कब आई ?''

उनकी आवाज में विस्मय जरूर था, मगर चेहरे पर यही भाव झलक उठा, मानो इस घटना से परेशान होने जैसी कोई बात नहीं है, मानो यही स्वाभाविक है।

पतानी बुआ के चेहरे पर सूखी-सी मुस्कान खेल गई, ''तुम्हारी तरह, छाती पर पत्थर की चट्टान बाँधकर कौन आया है, बहुरिया ? वर्ना तुम यूँ खड़े-खड़े, इतने ठंडे दिमाग से भला यह पूछतीं कि कब आई ?''

''अरे, मुसीबत कब आई। यह पूछूँगी नहीं ?''

आनन्दी की बुआ अब दो कदम आगे बढ़ आईं और अपना दाहिना हाथ नचाते हुए कहा, ''इस घर की बहू, अगर सुरकंठ के घर जाकर रहे, लोगों की नजर में यह कैसा लगेगा, जरा बताओ—?''

उसी वक्त, आनन्दीराम और काशीश्वर कमरे में दाखिल हुए ! ये बातें आनन्दी के कानों तक भी पहुँची।

''छो-टी—'' उनकी आकुलता, इसी संक्षिप्त-से सम्बोधन में बज उठी।

इस गृहस्थी की बुनियाद, कलंक के धक्के से मानो हिल गई हो, इसलिए छोटी के अलावा, इस मुसीबत में, साथ देनेवाला, और कोई नहीं।

विशालाक्षी ने मृदु लहजे में जवाब दिया, "सब सुन चुकी हूँ, बिरादरी का आरोप भी स्वीकार करती हूँ। लेकिन एक बात जरा सोचकर देखो, उसकी बड़ी बहन, इस सुरकंठ की सौतेली माँ है। अभी उस दिन तक सुरो की बुआ जिन्दा थी और जो लोग इतनी-इतनी बातें कर रहे हैं, उन्हें नहीं मालूम कि सुरो कितनी रातें, श्मशानतला के मन्दिर में पड़ा रहा। देखो, बड़ी बहू अरक्षित या असहाय नहीं थी। उनलोगों के साथ, उसका जो रिश्ता है, इसके दम पर, वह वहाँ रुक सकती थी।"

"छोटी !"

"मेरा यह कहना है गोपाल, मारे शर्म या भय के वह शायद आ नहीं पा रही है। पहले उसकी बात सुन लो, फिर सजा देना।"

"उस कालामुखी ने अगर इस घर की चौखट पर पाँव भी रखा, तो मैं फाँसी लगा लूँगी। दिदिया, ला मुझे रस्सी तो थमा—" आनन्दी की माँ ने बहुत बार इस्तेमाल किया गया, अपना अस्त्र निकाल लिया।

विशालाक्षी ने जिन्दगी में अपनी सौत को आहत करने जैसी, कोई बात कभी नहीं कही। उनकी सारी बातें, उपहास या करुण भंगिमा में बेहद सहज भाव से लेती हैं। लेकिन आज उनके चेहरे पर हँसी नहीं उभरी।

उन्होंने हल्की-सी उदासी के लहजे में कहा, "मैं तुम्हारे पैर पड़ती हूँ, दीदी, आज यह बचपना मत करो। जिस दिन से मैंने इस आँगन में कदम रखा है, यह फाँसी लगाने और डूब मरने की धमकी हमेशा से सुनती आई हूँ—"

"तुझे क्या लगता है...?" बड़ी मालकिन की आवाज जरा धीमी पड़ गई। सच बात तो यह थी कि वे अपनी सौत की इज्जत करती थीं।

"मुझे क्या लगेगा, दीदी, मान लिया कि तुम्हारी उम्र दिनोंदिन कम होती जा रही है। आफत-विपद समझे बिना, नखरा करने बैठ जाती हो, लेकिन मेरी तो काफी उम्र हुई। खैर, छोड़ो ! हाँ, तो, गोपाल, बड़ी बहू को लाने का इन्तजाम करना चाहिए। क्यों ननदजी, तुम क्या कहती हो ?"

पतानी बुआ, विशालाक्षी का प्रस्ताव सुनकर चकरा गई।

उन्होंने सकपकाकर कहा, "मुझसे क्या पूछती हो ? तुमलोगों की बहू है, तुमलोग ले आओ, इसमें भला मैं क्या कहूँ—?"

"नहीं, कहोगी क्यों नहीं? निमली की तरह, उससे भी तुम्हारा माया-ममता का रिश्ता है, ननदजी ! इसके अलावा, उम्र में भी तुम हम सबसे बड़ी हो। अपने घर की मुसीबत के बावजूद, यहाँ आ पड़ीं..."

विशालाक्षी के लहजे में, सचमुच बेहद अन्तरंगता थी। आज पतानी बुआ, मामूली-सी ही सही, अभिभूत भी हो आईं।

उन्होंने कहा, "हाँ, बहू, तुमने जो कहा, वह बिल्कुल झूठ भी नहीं है। सुरो अगर सच ही रात-भर श्मशानतला में रहा, तो..."

"मैंने तो यही सुना ! हमारे यहाँ के महीनादार की बेटी का देवर आया था। ऐसा

प्रलय आनेवाला है, उसे नहीं मालूम था। पिछले चार दिनों से श्मशानतला में जितने सारे साधु-संन्यासी, गँजेड़ी, फकीर वहाँ गुत्थमगुत्थी करके पड़े हैं, वहाँ वह भी मौजूद था। सुरकंठ के बारे में उसी ने बताया। सुनने में आया कि यह बात उसे पहले से ही मालूम थी। इसीलिए उसे लेकर, संन्यासियों में भी काफी बहस-मुबाहसा हुआ। मेरा कहना है, काशी मेरे साथ चले, मैं खुद ही जाकर उसे लिवा लाती हूँ। सुनो, ननदजी, मैं खुद निमली की माँ के पास जाऊँगी। खैर, जाना तो मुझे बहुत पहले ही चाहिए था ! ऐसी मुसीबत की घड़ी आन पड़ी है कि...''

''तुम...तुमने यह कांड किया, बड़ी बहू ? हमारे पास धन-दौलत नहीं है, हम सिर्फ इज्जत लेकर जिन्दा हैं ! तुमने हमारा तना हुआ सिर, झुका दिया ?'' आनन्दीराम का व्याकुल प्रश्न, हाहाकार की तरह बज उठा। फुलेश्वरी को इसका कोई उत्तर नहीं सूझा। वे भी सिर झुकाए बैठी रहीं। इस वक्त इतनी घोर परेशानी थी कि वे भी अपने आपे में नहीं थीं। बालों का मोहन-जूड़ा तक विपर्यस्त !

''आज तुम्हें लेकर बिरादरी में इतनी-इतनी बातें बन रही हैं और मुझे सुनना पड़ रहा है—'' देशाचार, बिरादरी के नियम, आनन्दीराम को कुछ-कुछ भी याद नहीं रहा, विशालाक्षी के सामने ही, दिन के वक्त, उन्होंने बीवी से बात की, खैर, जैसा समय, वैसी रीति-नीति !

ऐन उसी वक्त सुरकंठ आँगन में दाखिल हुए। अधेड़ उम्र का पहला चरण ! उन्नत गौरकान्ति देह ! हर वक्त प्रसन्नचित्त ! लेकिन इस वक़्त उनकी आँखें लाल-सुर्ख ! विस्फारित ! चेहरे का भाव सख्त !

''किसके बारे में बिरादरी में किस्से गढ़े जा रहे हैं ?'' उनकी आवाज गम्भीर ! रात जागरण की वजह से आवाज बलगम से भारी-भारी ! कन्धे पर उलझे बालों की विशाल जटा ! विशालाक्षी ने घूँघट खींच लिया। अपना शॉल सँभालती हुई, वे हड़बड़ाकर खड़ी हो गईं।

''पागल, इन लोगों के बैठने के लिए आसन ले आ। आप खुद आई हैं, तो फूली को लें जाएँ।'' फर्श पर लेटकर, सुरकंठ ने विशालाक्षी के प्रति साष्टांग दंडवत् किया। ऐसा दंडवत्, वक्रेश्वर में शिवरात्रि और चड़क के समय, शिवभक्त संन्यासी ही किया करते हैं। यूँ प्रणाम करते हुए, सुरकंठ बेहद सम्भ्रान्त दिख रहे थे मानो कोई शिवभक्त राजपुरुष हों। बदन पर पड़ा कीमती दुपट्टा-धोती उपेक्षित भाव से, फर्श पर लोटता हुआ। सुरकंठ अक्सर कीमती पोशाक में ही होते थे। ये कपड़े भक्त जन उन्हें उपहार में अर्पित करते थे। इस गाँव में ऐसे बहुत से लोग मौजूद थे, जो सुरकंठ का सारा खर्चा-पानी उठाकर अपने को धन्य-धन्य समझते थे।

सुरकंठ उठकर खड़े हो गए।

''बुआ नहीं रहीं ! अब मैं मातृहीन हो गया। आपको मान-सम्मान देनेवाला कोई

नहीं रहा। मातम के घर में कोई नहीं बैठता, फिर भी...''

विशालाक्षी ने कोमल लहजे में कहा, ''गोपाल इससे कहो, हमें बेहद खुशी हुई है। उन्होंने हमारी बड़ी बहू को बुआजी के पास रखा, वर्ना पता नहीं कैसी आफत आ जाती—''

आनन्दीराम समझ गए, छोटी ये बातें सिर्फ अपना सम्मान बचाने को कह रही हैं।

''इसमें भला उपकार जैसी क्या बात है ?'' सुरकंठ की आवाज में मानो विस्मय झलक आया।

''उपकार तो किया ही है—! बल्कि हमलोग ही पड़ोस में रहकर भी, बुआजी की मौत के वक्त कुछ नहीं कर पाए—''

''मैंने खबर नहीं दी, यह तो मुझसे ही भूल हुई—''

''मुझे बुलाया क्यों नहीं ?'' आनन्दीराम ने पूछा।

''गलती हो गई। इसके अलावा, घर में रहता भी कम था। खैर, छोड़ो, अब बुआ नहीं रही। मैं अकेला हो गया।'' सुरकंठ की आवाज में बच्चों जैसी सरलता झलक उठी।

विशालाक्षी की आँखों में बरबस ही आँसू भर आए। इनके साथ ही फुलेश्वरी की शादी होनेवाली थी। फुलेश्वरी की बुआ, निदुली, आनन्दी की बहू बननेवाली थी।

तकदीर का फेर ! सब कुछ उलट-पलट गया। इतनी गुणवन्ती होने के बावजूद, निदुली आज भी कँवारी बैठी है। और सुरकंठ ? अगर कोई अपना होता, तो आज भी क्या वह साधु-संन्यासी बना घूमता रहता ? विशालाक्षी की कुछ कहने की ताकत मानो जवाब दे गई। फूली के साथ आनन्दी का ब्याह तो उन्होंने ही कराया था।

''गोपाल, इनसे कहो, हमलोग फिर आएँगे। बुआजी के श्राद्ध में कोई चूक नहीं होगी।'' विशालाक्षी ने ईषत् जोर से ही कहा।

''उनका श्राद्ध मैं यहाँ नहीं करूँगा ! ठाकुर-थान जाऊँगा।''

सुरकंठ की बात सुनकर पागल भीत, चकित, असहाय हो आया !

''हे भगवान, जिस माटी पर उन्होंने देह त्यागा, वहाँ उनका श्राद्ध नहीं करोगे ? यह कैसी बात ?''

''किसकी श्राद्ध की बात कर रहा है, बेटा, इस गाँव के आसमान में शिवजी का वास है ! बुआ को तो स्वर्ग नसीब हो गया।'' सुरकंठ की आवाज ईषत् असंयत हो आई।

वर्गियों के चले जाने के बाद, नमो-नमो करके, चड़क पेड़, शिवासन को किसी तरह पोखर में डुबकी लगवाई गई। लेकिन चड़क के समय, जो साधु-संन्यासी आते थे, उनमें से अधिकांश आमोद-प्रमोद, उन्मत्त गाजन-नाच, कई-कई रात तक गाँजा-महोत्सव, भगवान के नाम पर समुद्र-मन्थन जैसा हो-हल्ला, हलचल मचाने के लिए तैयार होकर आते थे।

ये विविध रंग-ढंगवाले संन्यासी, इनमें कई-कई लोग अन्त्यज जाति के मुर्दे जगाएँगे। मृतकों के मुंड से गेन्दुआ यानी गेंद खेलेंगे। गले में साँप लपेटकर, साँप के साथ, एक ही कटोरी में दूध पीएँगे। ये लोग इन्हीं सब करतबों में खुश होते थे।

वर्गी-आक्रमण से जब चड़क महोत्सव में बाधा पड़ी, तो वे लोग अपनी उत्तेजित, स्फीत आनन्द-उच्छ्‌वास आखिर कहाँ दिखाएँ ? इसलिए, इधर कई दिनों से श्मशानतला में हो-हल्ला, गाँजा-भाँग के नशे की बहार आ गई थी ! बार-बार विपत्तिशोधन के टोने-टोटके किए जा रहे थे। संन्यासियों की इन हरकतों में, राढ़-बंगाल के लोगों को कोई दोष नजर नहीं आया। इंसानों की दुनिया छोड़कर, जो लोग भगवान की दुनिया में चले जाते हैं, उनलोगों को भी तो आनन्द मनाने का हक है।

उन दिनों सुरकंठ उनलोगों के साथ-साथ थे। नशा-भाँग, रतजगा—अभी तक वे स्वाभाविक और स्थिर नहीं हो पाए थे।

"इस गाँव के आसमान में शिव का वास है—" सुरकंठ का यह वाक्य सुनकर, विशालाक्षी ने हाथ जोड़कर प्रणाम किया।

"तुम फूली को ले जाओ, आनन्दी, उसने कोई गुनाह नहीं किया। बाप, धन के गर्व में चूर रहता है, उसने कभी बेटी के दिल में झाँककर नहीं देखा। वह तुमसे ही भेंट करने के लिए, यहाँ आई थी—"

"यह बात तुमने बताई क्यों नहीं ?" आनन्दी विभ्रान्त हो उठे। ऐसी हालत में संसारी लोग आखिर क्या करते हैं ? ऐसी परिस्थिति में उनकी तो जुबान ही नहीं फूटी ! अब कौन बताए कि उन्हें क्या कहना चाहिए ?

"जिस दिन मैंने तय किया कि फूली के बारे में तुम्हें बताऊँ, उसी दिन तो महा-मुसीबत आन पड़ी। यहाँ आने से पहले, फूली ने क्या मुझसे सलाह-मशविरा किया था ? अब मैं खुद आगे बढ़कर, तुम्हें खबर कैसे देता ?"

"आपको खबर देना उचित था—" आनन्दी ने बुझी-बुझी आवाज में कहा।

"अब उचित-अनुचित मैं क्या जानूँ ? मैं ठहरा, दुनिया से बाहर का वासी ! खाना खाने के लिए घर नहीं आता था, तो बुआ रोती थी। इसलिए दिन-भर में एकाध बार घर आ जाता था। तुमलोगों की दुनिया के नेम-नियम से मेरा क्या वास्ता ? फिर भी अभी कल ही, मैंने उसे समझाया कि खुद चली जाओ, जाकर पाँव पकड़ लो। मीठी-मीठी बातों से सभी खुश हो जाते हैं। मेरा यहाँ रहना भी सही नहीं है, मैं ठहरा गँजेड़ी-पागल इंसान ! पूछो न फूली से, मैंने उसे समझाया था या नहीं।"

सुरकंठ ने आनन्दी की बाँह पर हल्की सी चपत लगाकर कहा, "अब अपनी चीज, अपने घर ले जाओ।"

पागल ने भी हुँकारी भरी, "हाँ, यह बात तो सच है। इसके अलावा इनका दिमाग भी क्या ठीक-ठिकाने है ? इधर, धुएँ का दम लगाना, उधर खड़िया से लिख-लिखकर हिसाब लगाना और गिनती करना। यह बात, एक तुमलोग नहीं जानते, बाकी लोगों को पता है। जब वे गणना करके बतावेंगे, तभी लोग जंग में शामिल होंगे। यह तो राजा-बादशाह का कांड है। आसान काम हरगिज नहीं है।"

सुरकंठ ने छूटते ही सिर हिलाकर कहा, "हाँ, यह बात भी सच है, तुमलोग ठहरे बड़े-बड़े इंसान ! बड़े-बड़े कामों में व्यस्त हो। असल में मूँछें ही चेहरे पर सबसे करीब

होती हैं। इसीलिए उस पर निगाह नहीं जाती। लेकिन फूली को सब पता है।''

''जाओ, फूली, अपने घर जाओ—''

फुलेश्वरी और विशालाक्षी जब सड़क पर आईं, पागल भागता हुआ आया और फुलेश्वरी के कपड़े-लत्तों की पोटली थमा गया।

उसी रात, सुरकंठ, गाँव त्यागकर निकल गए।

19

अभी धीरा, अभी-अभी अधीरा, अभी धीरा-धीरा !

विशालाक्षी रसोई में थीं।

अचानक फुलेश्वरी के आ पड़ने की वजह से, गृहस्थी में खासी अशान्ति छा गई थी। समूचे देश के विपदकाल में, फुलेश्वरी इतने दिनों बाद अचानक भागकर यहाँ चली आई।

यहाँ आकर वह सुरकंठ के घर ठहरी। उस सुरकंठ के यहाँ, जिनसे उसका ब्याह होनेवाला था, मगर नहीं हुआ। जो सुरकंठ विद्या-बुद्धि, स्वभाव में, आनन्दीराम का चिर-प्रतिद्वन्द्वी था !

इतने दिनों बाद, यहाँ आ धमकने के लिए शर्मिन्दा होना तो दूर की बात थीं। आते ही जो-सो गलत फर्माइशें !

उसकी सौत, कुन्द को खदेड़ देना होगा।

ऐसे समय में आनन्दीराम ने आवाज दी, ''छोटी !'' वे रसोईघर के दरवाजे पर आ खड़े हुए !

बेटे की उद्भ्रान्त-व्याकुल सूरत देखकर, विशालाक्षी की छाती में ममता की लहरें उफन आईं। सौत के लगभग हमउम्र बेटे को, वे अपनी जान से बढ़कर प्यार करती हैं। इस बात पर, सबको विश्वास नहीं होता था।

जो लोग उन्हें पहचानते नहीं थे, वे विश्वास भी नहीं करते थे।

जो लोग उन्हें पहचानते थे, उनका कहना था, विशालाक्षी माँ-रूप में ही पैदा हुई हैं। हर किसी को वे ममताभरी आँखों से देखती हैं। उनका मन इतना उदार था, तभी तो इतना बड़ा शोक पाकर भी सम्भल गईं, वर्ना इकलौती सन्तान के चोरी चले जाने के बाद, भला कोई जी सकता है ?

आनन्दीराम भी विशालाक्षी की तरह चिन्ता के जहर में जले-फुँके जा रहे थे।

''यह तुमने मुझे किससे ब्याह दिया, छोटी ? जिसने मुझे कभी एक दिन भी चैन से रहने नहीं दिया !''

''सब तकदीर की बात है, गोपाल !''

''उसने मुझे काफी बुरा-भला कहा, हद अपमान किया, छोटी ! उसका कहना है,

कुन्द को अगर त्याग नहीं किया, तो वह यहाँ नहीं रहेगी।''

''छिः !''

''अब मैं क्या करूँ, बताओ, छोटी !''

यह कहते हुए आनन्दीराम को लगा, उनकी छाती फुँकी जा रही है। वे तो फुलेश्वरी को ही प्यार करते हैं, फुलेश्वरी उनकी जवानी की साथी है, उनकी बड़ी बहू।

कुन्द तो काफी छोटी है, उनके स्नेह की पात्र ! फुलेश्वरी की जाति ही अलग है। उसे प्यार करके सुख-शान्ति नसीब नहीं होती। सिर्फ दुःख और पीड़ा ही मिलती है। सिर्फ जलन ! लेकिन उनके लिए यह यातना बेहद बेशकीमती थी ! बेहद अनमोल !

''तुम तो जानती हो, छोटी, इस औरत ने मेरी गृहस्थी नहीं बसाई, क्योंकि मैं गरीब हूँ। बेटे को लेकर अपने बाप के पास चली गई थी।''

''हाँ, जानती हूँ, बेटा !''

''इतने जमाने बाद, लौट क्यों आई ?''

यह कहते हुए, उन्हें पिछली रात का खयाल हो आया। इस बात को वे इनकार नहीं कर सकते कि फुलेश्वरी की हिम्मत नहीं पड़ी कि वह सीधे उनके यहाँ पहुँच जाए। उसने तो सुरकंठ पर भरोसा किया और उनके घर आकर ठहरी। इस बात से वे बेतरह कुढ़ गए थे।

इसीलिए सिर झुकाए हुए फुलेश्वरी को देखकर, वे थिर नहीं रह पाए।

''यह तुमने क्या किया, बड़ी बहू ? क्यों ? क्यों ? तुमने ऐसा क्यों किया ? न तुम मुझे चैन से रहने देती हो, न खुद रहती हो।''

आनन्दीराम को जैसे और कुछ याद नहीं रहा। फुलेश्वरी को करीब पाकर, वे बाकी सब कुछ भूल गए। उन्हें यह भी याद नहीं रहा कि फुलेश्वरी ने उनकी बेइज्जती की थी, क्योंकि वे गरीब हैं; भूल गए कि छोटी बहू को ब्याह लाने के लिए, फुलेश्वरी ने उन्हें कभी माफ नहीं किया। उन्हें किसी बात का होश नहीं आया। वे सब कुछ भूल गए।

अब उन्हें सब कुछ याद आने लगा। कुन्द से ब्याह करने को वे बिल्कुल राजी नहीं थे। उनके दिलो-दिमाग पर अकेली फुलेश्वरी छाई हुई थी। बीवी को इतना-इतना प्यार, इस हद तक प्यार, इस गाँव में कभी, किसी ने नहीं देखा था। गाँव के सभी लोग, इसे अतिशयता मानते थे।

लोग उन्हें टहोका मारते थे, ''यह तुम अति कर रहे हो। औरत जात को यूँ सिर नहीं चढ़ाना चाहिए।''

वह तो उनके बापू अगर जिद न करते, तो कुन्द से हरगिज ब्याह न करते।

कुन्द के साथ उनका ब्याह तो बापू ने जोर-जबर्दस्ती कर दिया था। कुन्द के बाप ने उनका पैर पकड़ लिया था।

बापू ने कहा, ''गोपाल, ब्राह्मण-धर्म का पालन कर—''

खैर, अपने बापू के साथ, आनन्दीराम का कदम-कदम पर विरोध हुआ करता था।

उन दोनों के विचार, आपस में मेल जो नहीं खाते थे। इसके बावजूद 'पिता स्वर्ग, पिता धर्म', बचपन में यह पाठ अपनी दादी की गोद में बैठकर सीखा था। बचपन की वह खूबसूरत सुबह, दादी के ठाकुर-घर में महकती हवा, गुलदाउदी, हरसिंगार फूलों की खुशबू, उनके दिमाग में जैसे हमेशा के लिए बस गई थी।

दादी, रिश्ते में बापू की चाची लगती थीं। इतनी दुबली-पतली कि देह की नस-नस तक उभरी हुई ! वही दादी अपने बूढ़े हाथों में बापू की गृहस्थी की लगाम सँभाले रखती थीं। उनकी गोद में, उनका आँचल थामे-थामे, आनन्दीराम ने शिक्षा-मन्त्र ग्रहण किया—"पिता स्वर्ग, पिता धर्म !" वह शिक्षा उनके खून में ऐसी घुल-मिल गई, कि कभी अलग नहीं हुई।

बचपन में इंसान किस कदर असहाय होता है। जो शिक्षा उसके खून में रस-बस जाती है, उसे वह कभी नहीं भूलता। आखिरकार, उन्हें कुन्द से विवाह करना पड़ा।

कुन्द को घर लाकर, उन्होंने कहा था, "यह तुम्हारी छोटी बहन जैसी है—"

उनकी इस बात पर, फुलेश्वरी ईषत् हँस पड़ी थीं। फर्श पर बैठे-बैठे, उन्होंने मोहन-जूड़ा बाँधा। बदन पर खूबसूरत-सी बालुचरी साड़ी, गले में सोने की मटरमाला ! अंग-अंग जेवरों से जगमगाता हुआ ! मानो वे कार्तिक के शुक्ल पक्ष की जीती-जागती जगद्धात्री की प्रतिमा हो। उसी तरह गरूरभरी मुद्रा में उन्होंने अपने सोने के सिन्धोरे से सिन्दूर निकालकर, सौत की माँग में सिन्दूर भरी। उस वक्त भी कुन्द की कलाई में लाख के कंगन, लाल रंग की रेशमी साड़ी। गरीब घर की डरपोक बालिका !

सौत को साष्टांग प्रणाम करते हुए, उसने अपनी माँ का सिखाया हुआ जुमला दोहराया, "तुम्हारी छोटी बहन हूँ, चरणों में ठाँस दीजिए।"

लेकिन अब...? अब आनन्दीराम क्या करें ?

"छोटी बहू, कुन्द, अब आँसुओं की बाढ़ में डूबी हैं। उसे खदेड़ा नहीं गया, तो बड़ी बहू क्या रहेगी ? लेकिन मुझसे यह अधर्म नहीं होगा।"

इस घर ने फुलेश्वरी को बड़े ऊँचे आसन पर बिठाया था। बुआ की बेटियाँ, उसके बाल सँवारने के लिए दौड़ी चली आतीं। उसका बेटा घरवालों के गोद में फिरा करता था।

फूली के काका महीपति कहा करते थे, "हर-पार्वती की गृहस्थी है। जैसे कैलाश पर्वत पर दुर्गा विराजमान हैं, इस घर में बूनी को भी उनलोगों ने सीने से लगाकर रखा है।"

वैसे यह सब बताते हुए, उन्हें अपने अन्दर उमड़ती हुई उसाँस भी दबानी पड़ती थी, क्योंकि यह लड़का उन्होंने निदुली के लिए तय किया था। यह खबर मिलते ही जगतपति के कान खड़े हो गए। बहन से पहले, उन्होंने उस लड़के से, अपनी बेटी ब्याह दी।

"क्यों? निदुली का विवाह भी वहाँ नहीं हो सकता ?" महीपति का सवाल तर्कसंगत था। जब देशाचार की बाधा नहीं है, शास्त्र की रुकावट नहीं है, खानदानी

कुलीन तो एक नहीं, दस-दस विवाह कर सकते हैं, तो...

"छिः" निदुली ने बीच में ही उनकी प्रस्ताव काट फेंका।

उसके लहजे में तीखा तिरस्कार छिपा था। मानो वह हताश-निराश पत्थर की प्रतिमा हो। निदुली की सूरत देखकर, आज भी महीपति की छाती फटने लगती है। जब उसके विवाह की बात चल रही थी, निदुली रातभर जाग-जागकर, सबसे छिपकर, अपने हाथों से चादरों पर कसीदा काढ़ने लगी थी, यह बात महीपति जानते थे। सैय्यदाबाद में मुस्लिम लड़कियाँ, कपड़ों पर कसीदे काढ़ती थीं। रंग-बिरंगे धागों से जूड़ों पर चढ़ाने के लिए खूबसूरत जाली बुना करती थीं। निदुली ने यह हुनर, उन्हीं लड़कियों से सीखा था।

निदुली ने उन्हीं नक्काशीदार जाली, फूल-पत्ती के कसीदेवाली चादरों से, फुलेश्वरी की दहेज की टोकरियाँ सजाई थीं। बेंत की रंग-बिरंगी टोकरी, बंग देश में, बनजारे लोग बुनते हैं। माँझी-मल्लाह उन्हें बेचने के लिए सैय्यदाबाद लेकर आते थे। निदुली ने उन टोकरियों पर, अपने शौक की सारी चीजें, तह-दर-तह सजा दीं।

बाद में, उसने महीपति को बताया कि उसी ने दूल्हा-दुल्हन को, विष्णुपुर के काली-थान में, पूजा के लिए भेजा था। फूली को 'सती लक्षी व्रत' के नेम-नियम सिखाए थे। यह व्रत अगर किसी दूसरे को सिखा दिए जाए, तो अपने काम में, दोबारा इसका उपयोग नहीं कर सकते। यह बड़ा जाग्रत व्रत था।

"निदुली !..." महीपति दुःख से विचलित हो आए। लेकिन निदुली ने उनकी बात नहीं मानीं।

"यह व्रत तू ले ले, बुनी, तेरा सुख-सुहाग चिरकाल बना रहेगा।" उस वक्त उनकी आवाज में काँपती हुई रुलाई थी।

फुलेश्वरी सच ही सुख-सुहाग में डूब गई। किसी ने, उसका कभी अनादर नहीं किया। सौत हमेशा उसके पाँवों तले बिछी रहती थी। मगर फिर भी उसका मन तृप्त नहीं हुआ। दौलतमन्द, अमीरों की बेटी, गरीब के घर में शोभा नहीं देती। इस घर के आँगन में चलते हुए, उसके पाँव दर्द करते थे; बेटे को नहलाने के नाम पर, वह रो-रोकर जमीन-आसमान एक कर देती।

उसके बापे ने कहा, "हम जमाई लाते हैं, बेटी नहीं देते। मेरी एक ही तो बेटी है। उसे देखे बिना मेरी छाती जलती है।"

लेकिन, आनन्दीराम के धीर-शान्त स्वभाव में, काफी सम्भ्रान्त सम्मानबोध भी विद्यमान था। उनका सम्मानबोध एक खूबसूरत दुशाला था ! महामूल्यवान आभूषण था। जिसे उन्होंने कभी त्याग नहीं किया।

"तुम्हारी घर-गृहस्थी मुझे लेकर है, इस घर में तुम्हारा क्या काम ? तुम मेरे साथ, मेरे बापू के यहाँ चलो। वे तुम्हें दीवान-कचहरी में काम दिला देंगे। मुर्शीदाबाद में मेरे बापू के नाम से लोग काँपते हैं। नासमझ मत बनो—"

फुलेश्वरी के इन बातों से, आनन्दीराम आहत हो उठे, "देखो, तुम मेरी पत्नी हो!

मैं अपनी औकात भर तुम्हें सब कुछ दूँगा—गहना, आदर, मान-सम्मान। लेकिन मर्द का आत्मसम्मान ज्यादा कीमती होता है, वह अनमोल चीज मैं तुम्हें कैसे दे सकता हूँ, बड़ी बहू ?''

ये सारी बातें समझाने के दुःख से आनन्दीराम खुद बेतरह आहत हो उठे, लेकिन फुलेश्वरी ने क्या उनकी बात सुनी ?

नहीं, उसने किसी की भी बात नहीं सुनी। सौत पर अपने व्यंग्य-तानों की बरसात करते हुए, वह उसे सिर से पाँव तक, अन्दर-बाहर, कटी-कटी बातों से बेध डालती थी ! उसे पल-पल दर्द में डुबाए रखती थी।

विशालाक्षी उसे लाख समझाती रहीं, ''शान्त ही जाओ, बहू, थिर हो जाओ, तुम इस घर की लक्ष्मी हो, तुम एक बेटे की माँ हो, तुम्हारी जगह भला कौन छीन सकता है ?''

लेकिन फुलेश्वरी ने अब नई जिद पकड़ ली, ''दाईहाट की बेटी को उसके मायके भेज दो, वर्ना मैं चली...''

हालाँकि फुलेश्वरी खानदानी लड़की थी, सौत के साथ गृहस्थी चलाना, वह अपने जन्म से ही देखती आई थी। अपनी सौतेली माँ की गोद में पलकर, वह खुद भी बड़ी हुई। लेकिन अबूझ अभिमान से उसकी गर्दन टेढ़ी की टेढ़ी रही। नतीजा यह हुआ कि अब अक्सर वह जूड़ा नहीं बाँधती, हाथ और बदन के गहने, पिटारी में बन्द हो गए, मारे अभिमान के वह फर्श पर लोट-पोट लगाने लगी।

वैसे वे अपने पति को बेहद प्यार करती थीं, लेकिन अपने स्वभाव से लाचार !

''हाय, पति कोई ऐसी चीज नहीं है कि उसे आँचल में गँठियाकर धर लूँ।''

उसके बाद, एक दिन वह रोती-धोती कासिम बाजार चल दी। यह आज से पाँच साल पहले की बात है। अब, इतने सालों बाद, फिर मुसीबत !

''छोटी, मैं क्या करूँ ?''

आनन्दीराम ने बेचैन होकर सवाल किया, ''तुम तो सब जानती हो। बताओ, मैं क्या करूँ ? बड़ी बहू मुझे अधर्म की तरफ धकेल रही है—''

विशालाक्षी ने चूल्हा-काठ, जरा परे खिसका दिया। कड़ाही की सब्जी में पिसा हुआ तिल-खसखस मिलाते हुए कहा, ''गोपाल, तुम्हारे बापू कहा करते थे, जितना बड़ा पेड़, उतनी घनघोर आँधी। मर्द को सैकड़ों काम करने पड़ते हैं। एकाध ब्याह अगर जैसा-तैसा हुआ, तो हिम्मत हार जाने से भला चलता है ?''

''वे लोग ठहरे, पुराने जमाने के लोग, इसलिए समझते-बूझते थे। लेकिन मैं ठहरा, इस जमाने का इंसान ! मैं उनकी तरह आँखें मूँदकर नहीं रह सकता।''—यह कहकर, आनन्दीराम उठकर बाहर चले गए।

''कुन्द ! जरा रसोई में आ बिटिया !'' विशालाक्षी ने धीमे से आवाज दी।

कुन्द की आँखें रो-रोकर लाल सुर्ख ! चेहरा तमतमाया हुआ ! वह अभी निरी बच्ची थी। कुल सोलह वर्ष उम्र !

"माँ, तुमलोगों के अलावा, हम किसी को भी नहीं जानतीं ! मेरे बाप-भाई बड़े दुखियारे इंसान हैं। तुम क्या मुझे खदेड़ दोगी ?"

और-और वक्त, कुन्द इतनी बातें नहीं करती थी, लेकिन इस वक्त वह मन के दुःख से आकुल-व्याकुल थी ! इसके अलावा, विशालाक्षी हर पल उसे अपने आँचल की छाया में रखती थीं। इस घर में आनन्दी की माँ, बुआ, सभी औरतें बेहद अबूझ ! नासमझ ! उनमें से कोई भी, घर की बहू से प्यार के दो बोल नहीं बोलता। एकमात्र विशालाक्षी ही उसका हाथ पकड़कर, घर-गृहस्थी के पाठ पढ़ाती थीं, शास्त्रों की कहानियाँ सुनाती थीं, व्रत-उपवास कराती थीं।

वे अक्सर कहा करती थीं, "वह मुझ अन्धी की लाठी है। उसके बिना मैं जी नहीं सकतीं।"

इस वक्त भी उन्होंने बहुरिया को पास बुलाकर आश्वस्त किया, "यह तू कैसी बातें कर रही है, बेटी ? तुझे मैं अपनी गोद में उठाकर, इस घर में लाई।" उसे तसल्ली देते हुए, उन्हें पिछली कई-कई बातें याद हो आईं। उस जमाने में उनके पति की छाँव थी। उम्र में बूढ़े थे तो क्या हुआ ? घर-बार में निरासक्त, राधामाधव के चरणों के दास थे, तो भी, आखिर थे तो घर-गृहस्थी की शोभा; परिवार के सिरमौर !

कुन्द के ब्याह के समय, उनकी ननद, उनके सामने गहने की पिटारी खोलकर बैठ गई, "लो, बहू, गहने पहन लो।"

लेकिन विशालाक्षी ने जवाब दिया, "यह कैसी बात ? हाथों में कड़ा डालकर, कूड़ाघर से बहू लाकर, उसके सामने सास का साज-सिंगार करना, भला शोभा देता है ? अच्छी-भली तो दिख रही हूँ—" वे तेज-तेज कदमों से आगे बढ़ गईं।

"आओ, मेरी बिटिया, मेरे पास आओ—" उन्होंने कुन्द को प्यार से समेट लिया था।

"तुम रोना मत, बिटिया, हमारा गोपाल, बड़ा धार्मिक इंसान है। वह अन्याय करना नहीं जानता।" यह कहते हुए, गर्व से उनकी छाती फूल उठी। आनन्दीराम को उन्होंने किसी शुभ मुहूर्त में देखा था। बेटे के नाम पर वे जान तक दे सकती हैं।

उन्होंने नई बहू से मुखातिब होकर कहा, "तुम तो इस घर की सुख-श्री हो, बिटिया !"

कुन्द की आँखों के आँसू पोंछते हुए, उन्होंने दोबारा कहा, "तुम यह सुक्तो सब्जी उतारकर, जरा पूजा-घर की तरफ चली जाओ, बिटिया, आज हावी को पंचामृत और पाँच व्यंजन तैयार करना है। काम किसी के लिए भी रुका नहीं रहता। ननदीजी की वह बुद्धू-बक्काल बेटी, उसको भीं, तुम्हारे अलावा, कौन देखनेवाला है, बताओ ?"

"पूजा-घर में गई, तो ठकुराइन डाँटेगी तो नहीं ?" कुन्द का दुःख पल-भर के लिए गायब हो गया। अभी वह निरी बालिका है ! लोगों को पत्तल परोसने के लिए, आज वह खाना पकाएगी। इस खुशी से वह गद्‌गद् हो आई।

विशालाक्षी हँस पड़ीं, "तुम्हारी ठकुराइन की डाँट का अगर बुरा माना जाए, तो

गृहस्थी नहीं चलेगी, बिटिया ! खुद मैंने क्या कम बातें सुनी हैं ? वह तो हमेशा से ही नासमझ है, बिटिया, वह तो अपने कोख—जाए, सगे बेटे तक से नोंक-झोंक का मौका नहीं छोड़ती थी।''

''पूजा-घर में मैं भी जाऊँ, मामी ?'' हावी की बहन आ खड़ी हुई। वह रसोई में माहिर थी ! ऐसा कोई काम नहीं था, जो उसे न आता हो। लेकिन कुलीन पति महोदय ने पिछले दस साल से दर्शन नहीं दिए। राधी के सारे गुण, बिल्कुल अकारथ चले गए।

''आज की रसोई, कुन्द बनाएगी, राधी ! तू जरा उसकी तैयारी में हाथ बँटा देना ! तारी क्या कोई मछली ले आया ? मछुआ-टोली तक जाने-आने में आखिर कितना वक्त लगता है ?''

''माँ, मैं खाना पका सकूँगी न ?'' कुन्द डरी हुई थी, ''आखिर में कहीं निन्दा तो नहीं होगी ?''

''खूब बना सकेगी ! सुन, राधी, बड़ी भाभी से जाकर कह, यहाँ आकर जरा खीर बना दे और अपनी माँ को सन्देश मिठाई का साँचा और खीर की थाली भी दे आ। हावी से कहना, कुछेक बीड़े पान लगा ले। इस बेला, यूँ बेकार लेटे-बैठे रहना अच्छा नहीं होता, बिटिया !''

अलग-अलग औरतों के जिम्मे अलग-अलग काम सौंपकर, विशालाक्षी पोखर की तरफ चल दी। इस पोखर से, उनके अलावा, और कोई पानी नहीं लेता।

निस्तब्ध ! सन्नाटा ! जियल पेड़ से पीठ टिकाए, फुलेश्वरी, अपने में डूबी हुई, पैर के अँगूठे से, मिट्टी पर धारियाँ बना रही थी। विशालाक्षी उसके करीब जाकर खड़ी हो गईं। उसकी पीठ पीछे, वे उसे कभी 'फूली' नाम से बुलाती थीं, कभी 'बूनी', क्योंकि उससे, उनकी पुरानी जान-पहचान थी।

इस वक्त उन्होंने क्षुब्ध लहजे में कहा, ''फूली, तू मेरी आँखों में धूल नहीं झोंक सकती। तू मुझे बता, तूने यह करतूत क्यों की ? अरे, अभागी, इस तरह खुद अपना सर्वनाश भला कोई करता है ?''

''बताऊँगी ! सब बताऊँगी !'' फुलेश्वरी रोती रही।

''हाँ, बता—''

20

भयंकर प्रलय का द्वार

विशालाक्षी, फुलेश्वरी से एक ही बात बार-बार पूछती रहीं, ''यूँ जो तू चली आई, इस बारे में, उस घर में कौन-कौन जानता है ?''

''कोई नहीं जानता।''

"बेटा कहाँ है ?"

"माँ के पास !"

"इस तरह चली क्यों आई ?"

"इस तरह नहीं आती, तो बापू बैंड-बाजा बजाकर, भला आने देते ?"

फुलेश्वरी की आवाज बेभाव असहाय हो आई। विशालाक्षी को हँसी आने लगी।

अपनी हँसी छिपाने के लिए उन्होंने मुँह फेरकर कहा, "जब गई थीं, तब तो किसी का खयाल नहीं किया। खैर, तुम आना चाहती हो, अगर यह पता होता, तो लाने का इन्तजाम किया जाता।"

फुलेश्वरी ने सिर झुका लिया। उसकी जुबान से आवाज नहीं फूटी।

"औरत को इतनी नासमझ नहीं होना चाहिए, बूनी ! ऐसी मनमानी किसी राजा की रानी भी नहीं करती। सुना है, रानी-भवानी भी अगर कोई काम करने जाती है, तो पाँच-दस लोगों से सलाह-मशविरा करती है। किस अक्ल से तुम यूँ अकेली-अकेली चली आईं ? और अगर आ ही गईं, तो इतना गुमान किस काम का ? आकर, सीधे सास का पाँव पकड़ लेतीं ! सुरकंठ तुम्हारे ऐसे कोई नातेदार नहीं थे, बूनी। अब मैं तुम्हारी अक्ल को क्या कहूँ, औरत पर कितनी आसानी से कलंक लग जाता है, तुम इतना भी नहीं समझतीं ?"

"मैं डर गई थी—"

"इतना बड़ा कांड करने में डर नहीं लगा ? पराए घर में ठहर गईं, ससुराल आते नहीं बना, इसमें डर नहीं लगा ? इसके अलावा—"

विशालाक्षी बीच में ही खामोश हो गईं। सुरकंठ से उसका ब्याह होनेवाला था। कम-से-कम सुरकंठ यही चाहते थे। बूनी की सौतेली दीदी, टूनी, सुरकंठ की सौतेली माँ होकर नहीं आती, तो उन दोनों का ब्याह शायद हो भी जाता ! खैर, यह सब पुरानी बातें हैं। सुरकंठ के काका ने अपने भतीजे को, जगतपति के यहाँ इसलिए रखा था, कि वहाँ कुछ पढ़-लिख जाएगा। इसी रिश्ते से वे दोनों बचपन से खेल के साथी थे। सुरकंठ की बुआ कहा करती थीं, कि इस लड़की से ब्याह नहीं हुआ, इसलिए लड़का अध-पगला हो गया।

बूनी को इन बातों की खबर है, ऐसा उन्हें नहीं लगा। अब उन्हें भयंकर गुस्सा आने लगा।

"जब तुम आठ साल की थीं, तुम्हें दुलहिन बनाकर, इस घर में लाई थी। आज बारह बरस गुजर गए। यहाँ, इस घर में भी। तुम तीन-चार साल रह चुकी थीं। गाँव के लोग और बिरादरी कैसी है, तुम्हें नहीं मालूम ? यह क्या तुम लोगों का शहर-बाजार है ?"

फुलेश्वरी रोने लगी, उन्होंने आँखों में आँसू भरकर, शिकायत भरे लहजे में कहना शुरू किया, "बापू कहते हैं, साहेब कोठी के कामकाज में ज्यादा मान-इज्जत है। कोठी की नौकरी पर, बापू चुटकी में लगा सकते हैं। जमानत के रुपइए भी, वे अपने पास

से दे देंगे।''

''देखो, बूनी, यह आज की बात नहीं है। इस बारे में पहले भी काफी बातें हो चुकी हैं। हमलोग बेटा नहीं बेचते, हम बहू लाते हैं। हमारे यहाँ, लड़के ससुर की रोटी नहीं तोड़ते।''

इस बात में जाने कैसा तो अद्‌भुत मन्त्र था। इन बातों ने विशालाक्षी को, सैकड़ों आभूषणों से सजाकर, उन्हें गौरवमयी राजरानी बना दिया।

विशालाक्षी को अपने पति-परमेश्वर का आखिरी आदेश याद आ गया, ''छोटी बहू, गोपाल जगत आचाज्जी के अन्न का गुलाम न बने। इस खानदान के लड़के ससुराल जाकर, घरजमाई नहीं बनते। पराए घर में रोटी तोड़ना, पराए के दरवाजे पड़े रहना, बेहद अपमानजनक होता है, छोटी बहू !''

विशालाक्षी ने अचानक अपने माथे पर, पति की कमजोर हथेलियों की छुअन, दोबारा महसूस की। उनके पति, उन पर बेहद मुश्किल जिम्मेदारी सौंप गए हैं। मानो उन्हें पहले ही आभास हो गया था कि अपने नन्हें बेटे—कन्हाई को खो देने का दुःख, उन्हें दिनोंदिन तोड़ता रहेगा, इसलिए वे उन पर यह गम्भीर जिम्मेदारी सौंप गए थे। फर्ज़ निभाने के लिए, हिम्मत बटोरना होता है, शोक-दुःख से कातर होकर, टूट जाने से काम नहीं चलता।

विशालाक्षी ने महसूस किया, उनके पति कितने ज्ञानी थे। यह नई उपलब्धि, उनके मन में अचानक बिजली की तरह कौंध गई। जो गृहस्थी का सिरमौर होता है, उसे बेरहम भी होना पड़ता है। उस दिन अपने पति उन्हें बेहद निर्मम नजर आए थे। लेकिन, आज उन्होंने महसूस किया, उनके पति ने बिल्कुल ठीक किया था। जो दायित्व औरतों पर नहीं सौंपा जाता, उनके पति, उन्हें वही दायित्व सौंप गए थे, वे समझ गए थे, पत्नी को अगर किसी अटल ध्रुवतारे से पहचान नहीं कराया, तो राह चलना, उसके लिए मुश्किल होगा। उन्होंने पत्नी को समझाया, अपने से कहीं बड़ा, अपना कर्त्तव्य होता है। इस कर्त्तव्य पर नजरें गड़ाए, सारा कुछ सहते रहो—यही थी, उनके पति-परमेश्वर की शिक्षा।

जैसे गंगासागर संगम की राह में, माघ महीने के कड़कड़ाती जाड़े में, नाव के मुश्किल सफर में, कोई बूढ़ा माँझी, अपने नौजवान बेटे को इसी तरह ध्रुवतारे की पहचान कराता है और निश्चिन्त मन से दम तोड़ देता है। ध्रुवतारे की तरफ ही नजरें गड़ाए, पतवार चलाते हुए अपनी नाव को आगे बढ़ाना होगा, यह कर्त्तव्यबोध नौजवान माँझी को साहस बँधाता है, वर्ना धुन्ध से ढँके, धू-धू समुद्र देखकर, वह पल-भर में अपना साहस खो देता।

जब इकलौती सन्तान गुम हो गई, पति स्वर्गवासी हो गए, बड़े बेटे, आनन्दीराम की जिन्दगी भी बेघर हो गई, तो विशालाक्षी को अपने को भूलकर, छाती पर पत्थर रखे, खड़ा होना ही पड़ा, वर्ना यह गृहस्थी जाने कहाँ बह जाती !

उन्होंने दोबारा कहा, ''तुम्हारे ससुर का आदेश है, बड़ी बहू ! इस बात से तुम भी

अनजान नहीं हो।''

फुलेश्वरी के होंठ फड़क उठे।

उसने सहमी हुई आवाज में कहा, ''बापू भी सम्मानित लोग हैं—''

''तो तू सम्मानित घर छोड़कर, यहाँ क्यों चली आई ? तुझे क्या लगा था, गोपाल तेरी बात मान लेगा ?''

फुलेश्वरी रोने लगी, ''मेरा मन कोई नहीं समझता ! बापू अपना वंशधर चाहते थे, उन्हें नाती मिल गया। उनका कहना है, मेरे लिए यही काफी है—''

''क्यों तुम्हारा मन नहीं मानता, बड़ी बहू ?'' विशालाक्षी ने स्नेहभरे लहजे में पूछा।

फुलेश्वरी ने सिर हिलाते हुए कहा, ''बापू-माँ कोई नहीं जानते, मैं यहाँ आई हूँ।''

''अगर यह बात है, तो तुम यहाँ क्यों नहीं रहतीं ? छोटी बहू से खार क्यों खाती हो ? उसका भी और कौन है, बताओ ?''

इस सवाल पर, फुलेश्वरी के चेहरे पर विस्मय झलक आया। वह जगतपति की बेटी थी। उसकी एक फर्माइश पर, उसका बाप, उसके लिए चाँद तोड़कर ला सकता था, उसे लगता था, यह घर-संसार सिर्फ उसके लिए है। अब वह किसी और के साथ, पति का बँटवारा कैसे करें ?

''जितना हक तुम्हारा है, उतना ही उसका भी है। गोपाल, उसे वंचित कैसे कर सकता है ? वह कर्त्तव्यहीन नहीं है।''

विशालाक्षी को याद आया, गोपाल के बापू तो, फुलेश्वरी की बुआ, निदुली को ही लाना चाहते थे। उन्हीं के कहने पर, बुआ को छोड़कर, भतीजी को ब्याह लाए। पता नहीं, क्यों तो फुलेश्वरी पर उनकी ममता उमड़ आई थी। अबूझ, दुर्दान्त, अभिमानिनी फुलेश्वरी !

उन्होंने ईषत् खीज-भरे, लहजे में कहा, ''तुम खानदानी घराने की बहू हो। कहाँ तुम्हें एक नहीं, सैकड़ों सौतनों के साथ भी गुजारा करना चाहिए था, लेकिन तुम्हारी माँ ने क्या तुम्हें कुछ भी नहीं सिखाया-पढ़ाया ? मैं पूछती हूँ, उन्होंने खुद क्या सौत के साथ गुजारा नहीं किया ? मैं नहीं कर रही हूँ ? मेरा गोपाल बेहद शान्त-शिष्ट है, वर्ना इतने दिनों में वह एक नहीं, अनगिनत ब्याह कर लेता, ऐसा पति लाखों में एक होता है। तुम ऐसे पति को तकलीफ देती हो ? इतना गुमान हमेशा नहीं रहता, बूनी ! एक दिन तुम्हारा यह गुमान, तुम्हारा सिर धूल में मिला देगा। उस दिन लाख आँसू बहाने पर भी, कोई कूल-किनारा नहीं मिलेगा।''

विशालाक्षी ने अब घर की ओर जाने को कदम बढ़ाया।

जाते-जाते उन्होंने फिर कहा, ''भइया तुम्हारे बापू को खबर भेजनेवाले हैं। अब जो करना है, तुम्हारे बापू ही करेंगे। जिद करके चली आईं, पराए घर में रहीं ! तुम्हें तो ताले-चाबी में बन्द कर देना चाहिए। बदनामी का तुम्हें बिल्कुल डर-भय नहीं है। अब यह जिद कि छोटी नहीं गई, तो तुम नहीं रहोगी। इसी जिद में वंश के बच्चे को लेकर तुम फुनफुनाकर चल दीं। औरत के लिए इतनी जिद भली नहीं होती।''

"बापू कहते हैं, आचाज्जी घराने की लड़कियाँ घर बसाने के लिए दूसरों के घर नहीं जातीं—"

फुलेश्वरी के इस धृष्ट, दुःसाहसी जुमले पर विशालाक्षी भयंकर ताज्जुब में पड़ गईं। उनका समूचा चेहरा आगभभूखा हो आया।

"तुम्हारे बापू के पास कितनी दौलत है ? कितने बड़े अमीर हैं ? उनसे पूछना, शिवकाली गांगुली की बहन कैसे अपनी गृहस्थी चलाती है ? उनका वंश गौरव, मेरे भइया से ज्यादा नहीं है। वंश गौरव कहो या धन गौरव, आज भी मेरे भइया, हर रोज, सैकड़ों लोगों को खिलाते हैं। उनका सारा कुछ, मेरे गोपाल को मिलेगा। ऐसा मामा है, फिर भी उनके यहाँ वह कभी रात गुजारने नहीं जाता। वह भला ससुराल में कदम रखेगा ? सच तो यह है, बड़ी बहू, मारे लाड़-प्यार के, तुम्हारे बाप-काका ने तुम्हारा दिमाग खराब कर दिया है।"

विशालाक्षी अभी और भी काफी कुछ उसे सुनानेवाली थीं। मगर उसी वक्त उनके घर के दरवाजे के सामने भयंकर शोरगुल सुनाई पड़ा। जाने किसकी तो आर्त चीत्कार गूँज उठी।

रसोई से निकलकर, कुन्द भागती हुई आई। उसके सिर का आँचल ढलका हुआ ! डर के मारे वह दिशाहारा !

"क्या हुआ ?..."

विशालाक्षी अभी पूछने ही वाली थीं कि वही आश्रित, गंजा, वैरागी दौड़ता हुआ आया और जाने क्या बताकर चींखता-चिल्लाता बाहर निकल गया।

विशालाक्षी ने देखा, उनके घर की धूल-मिट्टी भरे आँगन में कोई एक बूढ़ा बैठा हुआ है ! सिर पर फेंटा ! माथे से खून बहता हुआ। वह व्यक्ति कुन्द के मायके का कोई रिश्तेदार था।

सर्वनाश हो गया था। वर्गी-गिरोह यहाँ से निकलकर डाल्हापहाड़ तक पहुँच गए। रास्ते-भर में किसी गाँव को नहीं छोड़ा। सभी गाँवों के लोग, अब आंधारमानिक की ओर चले आ रहे हैं। वे लोग इसी रास्ते से भाग रहे हैं। गाँव-गाँव में आग लगी हुई है। ब्राह्मणों की पोथी-पत्रा से लेकर, मछुआरों के जाल-रस्सी तक, सारा कुछ रास्ते की धूल में लोटता हुआ ! संन्यासियों की मंडली भी 'शिव-शिव' की गुहार लगाते हुए ! अपना बाघम्बर लिए-दिए दूर-दूर भाग रहे हैं !

कुन्द के घर के सभी नाते-रिश्तेदार, 'वर्गियों के हाथों कत्ल हो गए।

बेहद निर्मम थी वह मृत्यु ! उनके गाँव में एक विशाल चंडी-मंडप है। पूरे साल-भर तक वहाँ मंडप सजा रहता है। उस मंडप में एक तरफ सर्वमंगला देवी की छोटी सी शिलामूर्ति !

मुसीबत के समय गाँववालों ने भागकर उसी मंडप में शरण ली थी। कुन्द के बाप तक ने कहा, अब वह सब लोगों के साथ रहेगा।

"उसके बाद क्या हुआ ?"

"उसके बाद, उनलोगों की नजर कुन्द की दीदी पर पड़ी..."

"तो क्या हुआ ?"

"कुन्द की दीदी को देखकर..."

बूढ़ा मानो कोई सर्वनाशी समाचार दे रहा हो। विशालाक्षी की आँखें फटी की फटी रह गईं। वे सब समझ गईं।

"उसके बाद...और क्या बतावें ? उसकी दीदी ने आग में छलाँग लगा दी, और क्या ! उस वक्त मंडप की छादन धू ! धू ! जल रही थीं...।"

"उसके बाद ?"

"उसके बाद, तुम ही कहो, दामादजी, चार हजार लोग बैठकर, जैसे 'जात्रा' नाटक सुनते हैं, वैसे ही उस वक्त सिर के ऊपर की छत अगर धू-धू जल रही हो...और वर्गी लोगों ने मंडप की रस्सी भी काट दी हो, और वह छत झप् से सिर पर आ गिरे, तो कोई इंसान भला बच सकता है ?"

इतना कहते हुए, वह बूढ़ा बेहोश हो गया।

कुल एक आघात् में आंधारमानिक की चौहद्दी टुकड़े-टुकड़े होकर बिखर गई। राढ़ बंग के बाकी सभी गाँवों से रुल मिलकर, यह गाँव भी एकमेक हो गया। आंधारमानिक गाँव बड़ा होते-होते, कुल एक दिन में, मानो अचानक अलीवर्दी के सूबे बंगाल में, बिल्कुल एक बराबर हो गया। बंगाल में वर्गी-हमले ने उसका कद, बाकी सब गाँवों के बराबर कर डाला।

21

रघु ने हुकम सुनाया भास्कर को
चटपट चौथा लाकर दो

राजा आते रहे, राजा जाते रहे, बंगाल के गाँवों की नींद नहीं टूटी। राजा अपने में मगन, ग्रामवासी अपने धन्धों में मगन ! बिल्कुल आदिकाल से लेकर आज तक, गाँववालों को दिन-ढले तक दो मुट्ठी गर्म भात नसीब हो जाए, तो वे समझते थे, उन्हें स्वर्ग मिल गया। चिरकाल से उनकी कमर में छोटी सी धोती, हल-बैल का सहारा, मेड़-बँधे खेतों के टुकड़े देखकर, ऐसा लगता है, जैसे किसी कालनेमि ने इस सोने की लंका को टुकड़े-टुकड़ों में बाँट दिया हो।

जमीन की तरह, उन लोगों की जिन्दगी भी सीमाबद्ध ! इतने से टुकड़े में ही उनका चलना-फिरना ! कोई किसी की खबर नहीं रखता था। यहाँ तक कि, अगर लाचारी न हो, तो दस कोस पैदल चलकर, दूसरे-दूसरे गाँवों की तरफ रुख नहीं करता था।

सन् ग्यारह सौ उन्चास में सारा कुछ लुट-पुटकर एकाकार हो गया, जैसे बाँध तोड़कर पानी घुस आने से, सारा कुछ एकाकार हो जाता है। हाँ, तो उस दिन, नवाबों

की सड़क से, राह-कुराह से, सिर्फ आतंकित लोगों का हजूम भागता रहा...भागता रहा ! अब कौन जेभोकान्दी का ब्राह्मण, कौन दाशहाट का चांडाल, कहाँ खीरपाई गाँव के शांखारी और कहाँ माँगन मुहाल के ताँती बसाक सबके सब सड़क पर आ पड़े। खेतों में धान की फसल अभी कटी भी नहीं थी ! सारे किसान सड़क पर ! किसानों का धान, नवाब का भी धन था। अलीवर्दी भी सकते में आ गए।

जानकार महल में कानाफूसी का बाजार गर्म हो उठा। सिंहासन पर बैठने से पहले, शुभ दिन-पल का विचार करना चाहिए था। सरफराज का भूत, सिंहासन से उतरते न उतरते, शाही मसनद पर बैठ जाना ठीक नहीं हुआ। अपने-पराए की बात छोडें, खुद जानकीराम का भी चोरी-छिपे यही खयाल था। हाँ, यह खयाल जाहिर करने में उन्हें संकोच हो आया, क्योंकि अलीवर्दी भाग्यवादी इंसान नहीं थे। वे पुरुषार्थ में विश्वास करते थे। इसके अलावा, पहले जो होता था, हुआ होगा। अब सन् ग्यारह सौ उन्चास के जमाने में, उन बातों पर कौन विश्वास करना चाहेगा ?

कहना चाहिए, नवाब ने बिल्कुल अहमियत नहीं दी। यहाँ तक कि मेदिनीपुर से मुर्शीदाबाद की तरफ आते-आते भी जानकीराम ने उन्हें समझाने की कोशिश की। इन बातों का जिक्र छेड़ते ही नवाब के होंठों पर सर्द हँसी झलक उठती थी। यह बात अगल है कि आँधी-तूफान की तरह चलते-चलते, खुद नवाब ने भी भाग्य के नाम पर गालियाँ दीं। बूढ़ी उम्र की नवाबी ! उड़ीसा का हँगामा मिटते-न मिटते, जाने कहाँ से वर्गी आ धमके।

शुरू-शुरू में लोगों का खयाल था, वे लोग सिर्फ डाका डालने आए हैं। खुद अलीवर्दी साहब ने भी इस घटना को ज्यादा अहमियत नहीं दी। लेकिन भास्करराम ने आँखें गुरेरते हुए, चौथ-वसूली की माँग ठोंक दी। इस काम में, भगवान का भी विलक्षण अनुमोदन था, क्योंकि इस शुभ काम में निकलने से पहले, रघुजी भोंसले ने सभी देवी-देवताओं को खुश करने में कोई कसर उठा नहीं रखी।

लेकिन ईश्वर तो दो थे न ! एक दिल्लीश्वर ! एक जगदीश्वर ! चलो, एक ने तो अलक्ष्य से कोई अनुमति दे दी। लेकिन दूसरे ? दूसरे ईश्वर क्या कर रहे थे ?

अलीवर्दी को इस सवाल का भी जवाब मिला और उनके विस्मय का भी ठिकाना नहीं रहा।

बंगाल में वर्गी क्यों ?

इस सवाल का जवाब इतिहास के पिछले पन्ने में मौजूद था।

एक दिन वह भी था, जब मराठा जाति के अभ्युत्थान को दिल्ली की तरफ से बार-बार बाधा दी गई।

लेकिन दिल्ली में दम्भ, घमंड, अहंकार में चूर, तैमूर शासकों के साम्राज्य का पतन शुरू हो चुका था।

सन् ग्यारह सौ उन्चास के प्रारम्भ से काफी पहले ही मराठा जाति भी मदमत्त गरूर में डूब चुकी थी। प्रथम बाजीराव ने साहू को हिदायत दी कि मुगल साम्राज्य की

श्मशानभूमि पर, मराठा आधिपत्य के अन्तर्गत् एक नया साम्राज्य गढ़ें। उन्होंने निर्देश दिया कि महाराष्ट्र का पताका कृष्णा से लेकर सिन्धु तक लहरा दिया जाए।

उनका आदेश सुनकर, रघुजी भोंसले ईर्ष्या से नीले पड़ गए। वे भी शिवाजी महाराज के वंशधर थे; विराट के शासक थे। साहू अगर प्रथम बाजीराव को इतना अन्धा प्यार न कर रहे होते, तो रघुजी को शायद और भी ज्यादा ऊपर उठने देते।

सन् ग्यारह सौ अड़तालिस में बाजीराव प्रथम ने आखिरी साँस ली।

उसी वक्त से रघुजी भोंसले की नजरें बंगाल पर गड़ी हुई थीं। बेहद उपजाऊ था वह देश ! मिट्टी पर लात मारो, तो मिट्टी फसल उगलने लगती थीं। राजधानी मुर्शीदाबाद में लाखों-लाखों रुपयों का लेन-देन हुआ करता था। इसके अलावा, बंगाल ने अभी तक पूना के पेशवा को चौथ अदा नहीं किया था।

उन्हें बार-बार लगता रहा, यही उपयुक्त मौका है। अलीवर्दी के पैरों में अभी भी सूबेदारी का नागरा खास फिट नहीं हुआ था ! यही सही मौका है ! महरूम सरफराज़ के नाते-रिश्तेदार, दक्षिण से रघुजी को उकसाते रहे, हाँ, यही सही मौका है। उन्हें यूँ उकसाते रहने के पीछे, हैदराबाद के निज़ाम, आसिफ खाँ भी थे। उनके लिए अलीवर्दी का प्रताप खत्म करना जरूरी था। बिराट के भोंसलों की नजर, उनके राज्य पर भी गड़ी हुई थीं, उसे दूसरी तरफ मोड़ना जरूरी था।

बाजीराव प्रथम नहीं रहे। इसलिए साहू पर दबाव डालना आसान हो गया।

रघुजी भोंसले, उन्हें उकसाने लगे, "क्या हुआ ? दिल्ली के बादशाह ने तो आपको बंगाल-बिहार-उड़ीसा का चौथ अदा नहीं किया ?"

दिल्लीश्वर और जगदीश्वर—यही दोनों तो ईश्वर थे। वैसे, चाहे जितने भी नख-दन्तहीन क्यों न हो गए हों, इसके बावजूद दिल्लीश्वर अभी भी ईश्वर थे। शाहंशाह मुहम्मद शाह, मराठों के आतंक से थरथर काँपते थे। उन्होंने छूटते ही साहू को इजाजत दे दी—जाओ, चौथ अदा कर दो।

साहू ने यह दुर्लभ सौगात रघुजी भोंसले को सौंप दी। वे अपने पर यह जिम्मेदारी आखिर किस भरोसे लेते ? अब तो बाजीराव प्रथम भी नहीं रहे, जो सिर्फ जंग करने के नशे में सब कुछ कर सकते थे।

दिल्लीश्वर की अनुमति पाकर, मन्दिर में पूजा-अर्चना करने के बाद, उन्होंने अपने प्रधानमन्त्री, भास्कर पंडित को बंगाल भेजा।

अलीवर्दी ने सोचा, एक जमाने में, मुर्शीदकुली खाँ, बंगाल का राजस्व आलमगीर को भेजा करते थे, उससे उनका खर्च चलता था। बादशाह को क्या एक बार भी याद नहीं आया कि बंगाल के राजस्व पर वे किस हद तक निर्भर करते थे।

सुरकंठ उस वक्त वर्धमान के रास्ते पर थे। एक भयंकर घबड़ाहट जैसे उन्हें खदेड़े लिए जा रही थी। उन्होंने सबके अनजाने में गाँव छोड़ा था। पिछले कई दिनों से वे मन-ही-मन

इतनी तरह के मोर्चों पर जूझ रहे थे कि बाहर की इतनी बड़ी वारदात के बारे में कुछ-कुछ उदासीन थे।

संन्यासियों की मंडली उन्हें कन्धे पर उठाकर नाचती रही। सभी जानते थे, वे देवभक्त इंसान हैं। उन्हें खुद भी यही विश्वास था कि उनमें कुछ अलौकिक क्षमता है, लेकिन अब उन्हें रह-रहकर खयाल आता रहा कि द्वेष, दुश्मनी के अलावा और भी कई मामूली प्रवृत्तियाँ, वे अभी तक त्याग नहीं कर पाए।

फिलहाल, राह चलते-चलते, वे जितना इस बारे में सोचते रहे, उन्हें नए सिरे से गुस्सा आता रहा।

''पाप ! महापाप !'' मारे हिकारत के वे फुलेश्वरी के प्रति धिक्कार भेजते रहे। वे खासे मजे में थे, घर-बाहर एक जैसे ! संसार वैरागी, आधे अवधूत की तरह ! अपने में रमे हुए, वे खासे चैन से थे। उनके भक्त दूर-दूरान्तर तक फैले हुए थे। यहाँ तक कि दीवान दुर्लभराय, राजा जानकीराम तक उनकी खोज-खबर रखते थे। वे लोग हमेशा ही उनसे विधि-विधान के बारे में सलाह-मशविरा भी किया करते थे। सुरकंठ के लिए दुःख मनाने को कुछ भी नहीं था।

ऐसे में फुलेश्वरी आ पहुँची, सुरकंठ के आराम-चैन पर मानो राख पड़ गई। इतने दिनों की कोशिश-तदबीर, इतनी साधना कुछ भी नहीं थी ? इसीलिए तो वक्रेश्वर के संन्यासी उन्हें गेरुआ रंग देने को राजी नहीं था।

संन्यासी ने मन्द-मन्द मुस्कराते हुए कहा, ''अन्दर से अभी कच्चे हो, इसीलिए इतना छटपटा रहे हो, ठाकुर !'' पहले मन पर रंग चढ़ने दो, खामखाह शरीर को गेरुआ रंग की कैद में रखकर क्या होना है ?''

उस दिन सुरकंठ, संन्यासी की कमअक्ली पर कहीं दुखी हुए थे।

लेकिन अब जाकर उन्हें अहसास हुआ, उस शख्स को इंसानी चरित्र की वाकई समझ थी। कौन सा असली वैराग्य है, कौन बनावट, यह पहचानने में, उससे भूल नहीं हुई। बनावट ? कौन कहता है, वह बनावट थी ? सुरकंठ अपने सीने पर हाथ रखकर कह सकते हैं, उनके आचारण में कहीं, कोई बनावट नहीं थी, छलना तो वे जानते ही नहीं थे।

जबकि...जबकि फुलेश्वरी ने उन्हें मर्द के रूप में कबूल नहीं किया। वह उन्हें काठ-पत्थर ही समझती रही। क्या इसीलिए वह उनके पास, इतनी उपेक्षा के साथ, उनके करीब आकर खड़ी हो सकी ? उसके मन में जरा सी भी झिझक नहीं हुई ? लोग उनकी दौलत, बाहरी रौब-दाब, सरगर्म मिज़ाज का सम्मान करते थे।

ऐसे दुःसमय में भी सुरकंठ अकेले नहीं थे। उनका संगी, पागल, उनके साथ था।

''देखो, पागल, इंसान बड़ा जूठाखोर होता है, कौड़ी के अलावा और कुछ नहीं समझता।''

''हाँ, सच्ची !'' पागल डर से सहमा हुआ। बुआ का श्राद्ध सम्पन्न होते ही, सुरकंठ उसे जाने कहाँ-कहाँ लिए जा रहे हैं। शाम होते ही, छाया-छाया चीजें देखकर, उनके

तन-बदन में झुरझुरी फैल जाती है। उसका मन होता है, परलोक की जहर-नजरों को दावत देना, इसी का नाम है। ईहलोक में ही भला कौन सी सहूलियत है, कौन जाने ?

"पता नहीं, हम लोग कौन से चूल्हे में जा रहे हैं। सुना है, वे सब कमबख्त नवाब तक को खदेड़े लिए जा रहे हैं।"

सुरकंठ अपने ही खयालों में डूबे रहे।

उन्होंने आरक्त आँखों से देखते हुए, ईषत् मुस्कुराकर कहा, "देख, पागल, रुपइए कमा सके, तो हर कोई वश में रहता है। सो, मैं भी दौलत कमाऊँगा।"

"क्या, कमाऊँगा ?"

"रुपइए !" सुरकंठ ने विचारहीन, शक्तिहीन बच्चे की तरह, जिद्दी लहजे में कहा।

"हाः ?" पागल ने उन्हें अविश्वास भरी नजरों से देखते हुए कहा, "तुम देख रहे हो, इंसान लोटा-कटोरा तक घर में सहेज नहीं पा रहा है। देख नहीं रहे, कतार-दर-कतार इंसान भाग रहे हैं, भागते जा रहे हैं। यही समय है, इस समय इंसान, अपनी हालत समेटने में लगा है।"

"तू न, कुएँ का मेढ़क है। तू क्या समझेगा ?"

"तुम समझते हो ?"

"नहीं समझता ? खूब समझता हूँ ! अभी कुछ दिनों देश में महाकांड जारी रहेगा। आसमान काक-चील से काला नजर आता रहेगा। फिर भी...समझा, पागल ? इन सबके बीच भी, जो जानता-समझता है, वह ठीक समेट लेता है," सुरकंठ के होंठों पर ईषत् आत्मगौरव की मुस्कान खिल उठी।

"इस बात का जरा खुलासा करो, ठाकुर ! मुझ अधम के लिए, जरा समझाकर कहो—" एक गेरुआधारी ने विनय से विगलित होते हुए, हाथ जोड़कर कहा !

वह मशाग्राम के धर्म ठाकुर का पुजारी था। इस वक्त वह कुछेक लोगों में शामिल, सुरकंठ के साथ-साथ चल रहा था।

सुरकंठ ने इधर-उधर नजरें दौड़ाकर देखा।

कुछ दूर पर नेगो नहर नजर आई। रातोंरात यह नहर पार करना है।

सामने की तरफ नजरें टिकाए, उन्होंने जवाब दिया, "सोच देखो न, कोई भी हालत हो, किसी के लिए पूस मास, किसी का सर्वनाश ! यह जो इतना भयंकर कुरुक्षेत्र गुजर गया, सारा कुछ मरघट में बदल गया। इतने-इतने राजा-प्रजा को आग में झोंक दिया गया। घर-घर में हाहाकार..."

"घर-घर में हाहाकार—" गेरुआधारी ने दोहराकर टेक लगाई।

"फिर भी, कम लोगों को फायदा हुआ ?"

सुरकंठ ने उँगलियों पर गिनाते हुए कहा, "सियार-गिद्धों के पौ-बारह थे। वे सब मुर्दे नोंच-नोंचकर खाते रहे। तस्करों और मरघट के डोमों का फायदा हुआ। कितना-कितना सोना-दाना मिला उनलोगों को। इसके अलावा नाउ-बाम्हन ! इनका

आहार भला कौन मार सकता है ? जो लोग लकड़ियाँ जुटाते रहे, ढोलकियों ने ढोल-ढाम बजाए; जिन लोगों ने फूल, घी, कौड़ियों का जुगाड़ किया, तुम्हारा क्या खयाल है, उन्हें कोई फायदा नहीं हुआ ?''

अचानक सुरकंठ ने जोर का ठहाका लगाया। उन्होंने आसपास एक चोर-निगाह डाली। संन्यासियों की अच्छी-खासी तादाद उनके साथ-साथ चल रही थी। इंसान की श्रद्धा-भक्ति देखकर, सुरकंठ की छाती फूल जाती है। इंसानों की जय-ध्वनि सुनकर, उन्हें जैसे नशा हो आता है।

उन्होंने कहा, ''देखना, अब महाकांड मचेगा। देश की छाती पर शिव का तांडव-नाच होगा ! अभी तो कलियुग की साँझ हुई है। इतना बड़ा महाकांड होगा, ऐसे में जिसे बटोरना आता है, वह बटोरेगा नहीं ? पागल, देखना, मैं ठीक खोज निकालूँगा।''

सुरकंठ प्रफुल्ल-चित्त नजर आए। उनके कन्धों पर लटकती हुई जटाओं में से एक लट धरती चूम रही थी।

''हे भोले बाबा ! अधमतारण। मानो शिव, सर्प के कन्धे पर सवार हैं''

सहसा वह गेरुआधारी, एकदम से जमीन पर लोट गया और उसने सुरकंठ को साष्टांग प्रणाम किया।

''यह क्या ? यह क्या ? अशौच के दिनों में पैर नहीं छूते !''—यह जुमला सुरकंठ के होंठों तक आकर ठिठक गया। असल में, भक्ति बड़ी संक्रामक होती है। उनके संगी-साथी अभी तक डर से सहमे-सहमे चल रहे थे। अब वे सबके सब सड़क पर लोट गए। उन्हें साष्टांग प्रणाम करते रहे। उनकी चरणधूलि लेने की मानो होड़ लग गई। यह दृश्य देखकर सहसा पागल ने भी अपने कन्धे से गठरी उतारी और धरती पर मत्था टेक दिया।

सुरकंठ अभिभूत !

पागल फूट-फूटकर रो पड़ा, ''इन लोगों ने तुम्हें दो-एक पल देखा और पहचान लिया। मैं ही अन्धा था। इतने करीब रहकर भी तुम्हें नहीं पहचाना।''

सुरकंठ को प्रणाम अर्पित करने, भक्ति में लोट-पोट होने के बाद, अब जाकर, यात्रियों के झुंड में नए उत्साह का संचार हुआ।

गुरुआधारी जोर-जोर से चीख उठा—

चलो, चलो,
बाबा के साथ चले चलो !
अब ना कोई डर-भय
बाबा के साथ चले चलो !

अब सुरकंठ भी असीम आनन्द में भरकर गा उठे—''जटा-बँध में बाँधे जाह्नवी, हे चन्द्रचूड़—''

शाम का वक्त ! सुरकंठ की आवाज, दूर-दूर तक गूँज उठी। नेगोट नहर करीब आ गई। बाँस का मचिया ! इस मचिया पर पाट्नी रात्रियापन करती हैं।

डोंगियाँ घाट से बँधी हुईं ! इस वक्त माँझी-विहीन ! सूनी नावें पानी पर डोलती

हुईं ! घाट पर लोगों की भीड़ ! जमघट !—"आधी कोस पूरब की तरफ जाओ, वहाँ से पैदल-पार कर जाओ।" जाने किसने आवाज लगाई।

अब सबके सब पूर्व दिशा की ओर चल पड़े। डरे-सहमे लोगों में तरह-तरह की बतकही ! बहस-मुबाहसे ! कई औरतों की तेज-तेज आवाजें गूँज उठीं।

"ए जी, हम बैंगन बेचूँगी। बैंगन सजाने का नियम होता है ! ढेर भर ताजा-ताजा बैंगन ! अउर ढेर-भर काना बैंगन ! कीड़ा-लगा ! ठाकुर लोग बैंगन खरीदेंगे, मगर हमार नेम-नियम भला क्या जानेंगे ?"

"ए-जी, हमार छँउड़ी ज्यादा बुद्धू है ! कहती है, कौड़ी लेकर, काना बैंगन कइसे देबो ?"

"अल्लो ! ई तो हमार धरम-करम है ! हमलोग धरम से बिसाती करती हैं ! काना बैंगन बेचे में कउनो दोष नाहीं है।"

"ठाकुरकर्ता कहे, ई हँगामा में इन अउरतों का तो पौ-बारह है। तुम सबन का अन्न-पानी केहू नहीं मारेगा। अरे अनाज बिना, जब इंसान हाहाकार करेगा, तब इनकी सब्जियाँ सोना के भाव बिकिहै।"

"ए-जी ठाकुरकर्ता की बात तो बस, अइसी ही होत है, बैंगन जिस दिन सोना के भाव बिकेगा, उस दिन हम सब, तरी-तरकारी बेचनेवाली, ठाठ से पलंग तोड़ेंगी।"

"पलंग तोड़ेंगी ? अरी, ओ छिनाल, अभी तो बाघ के डर से भागती फिरती है, तब तो भेड़िया आकर धर दबोचेगा।" किसी ने दाँत पीसते हुए टहोका मारा।

उनकी ये बातें सुनकर, सुरकंठ ने जोर का ठहाका लगाकर कहा, "क्या हो, गेरुआधारी, तुमसे कहा था न ? उपले जलें, गोबर हँसे ! समूचे देश में लंका-कांड मचा है। इधर बैंगन बेच-बेचकर हल-बैल कौन खरीदता है, अब देखते जाओ।"

'प्रभु अन्तर्यामी हैं !" गेरुआधारी ने कातरता से गुहार लगाई। अब वह सुरकंठ के दम पर बलवान बना, शून्य में गमछा घुमाने लगा।

उसने भी आत्मगौरव के अन्दाज में कहा, "तुम सब निडर होकर चलते रहो जी, शिव हमारे साथ हैं।"

सबने उत्साहित होकर, जय-जयकार किया, नाले पर कदम रखने से पहले, उन लोगों ने सुरकंठ को कन्धे पर उठा लिया। सब कोहराम मचाते हुए, वर्धमान की ओर चल पड़े। जहाँ नवाब, वहाँ आश्रय ! इसके अलावा, उनलोगों का खयाल था, जैसी मुसीबत गाँवों पर आई है, शहर पर वैसी कोई मुसीबत नहीं है। वहाँ इज्जतदार ज्ञानी-मानी लोग रहते हैं, उनलोगों के पास पर्याप्त बुद्धि है।

वर्गी लोगों ने पूरे वर्धमान शहर को बेड़ा-जाल में घेर रखा था, वे लोग उसी तरफ मुखातिब थे।

हालाँकि उस वक्त खुद नवाब भी उस घेरे में कैद हो चुके थे।

उनके साथ कुल तीन-चार हजार सवार और चार-पाँच हजार बन्दूकधारी ! सेना की बाकी टुकड़ी तो उन्होंने उड़ीसा युद्ध के बाद ही मुर्शीदाबाद की तरफ रवाना कर

गेरुआधारी ने कहा, ''मुझे लक्षण कुछ ठीक नहीं नजर आ रहे। गाँव-बस्ती की छाँह में आए हैं। कहाँ बाल-बच्चों का धमार गूँजना चाहिए, बत्तखों की हाँक-डाक मची होनी चाहिए, कहाँ...। इस गाँव का नाम क्या है, जी ? इस गाँव में तो छिनाल औरतें एक भी रार-तकरार नहीं कर रही हैं। बात क्या है ?''

''तोरे जैसी नाहीं हैं। हम लड़ाई-झगड़ा नाहीं जानतीं।'' बैंगन बेचनेवाली खटकिन औरतों में, सबसे अधेड़ औरत ने, मानो औरों को सुनाते हुए कहा।

''इसलिए, देखो न कैसी बदबू छूट रही है ! नाक पर कपड़ा रखो; नाक ढाँप लो !''

''हम कहीं मुर्दाघर के पास से तो नहीं गुजर रही हैं ?'' किसी ने सवाल किया।

उसके बाद, सभी दोबारा बुझ आए ! हर कोई खामोश !

लगभग दससाला एक खटकिन लड़की अचानक फफक-फफककर रो पड़ी, 'मउसी, हमका डर लग रहा है, मउसी ! हाय बप्प रे ऽ !'' रोते-रोते एकदम से चुप हो गई, नहीं चुप नहीं हुई, किसी ने उसकी जुबान, बीच में ही काट दी थी।

पेड़ों की आड़ से ही नहीं, चारों तरफ से बीस-तीस वर्गी आगे बढ़ आए। उनके हाथों में तलवार, भावमुद्रा, मानो पत्थर की मूरत !

उन पर नजर पड़ते ही, गेरुआधारी ने अपने पेट पर बँधी धोती की खूट, कसकर जकड़ ली। उसके चेहरे-आँखों में आतंक की छाया !

इन सब भावमुद्राओं से वर्गी-गिरोह बखूबी परिचित हो चुके थे। इंसान अपनी जिन-जिन चीजों को मूल्यवान समझता है, लूट लिए जाने के डर से, वह उसी को अपनी मुट्ठी में कस लेता है।

वर्गियों में एक नौजवान जरा नीचे झुका और सुरकंठ तथा अन्य मुसाफिरों के सामने ही, उन्हें कुछ समझने का मौका दिए बिना ही, गेरुआधारी के पेट में अपनी तलवार घुसेड़ दी।

उसके साथ क्या हो रहा है, गेरुआधारी भी समझ नहीं पाया। चूँकि उसकी समझ में कुछ नहीं आया, इसीलिए उसके चेहरे पर परम अचरज और आतंक का भाव चिपका रह गया।

अगले ही पल, वह चींख उठा। इंसान इस कदर भी चींख सकता है, सुरकंठ नहीं जानते थे।

उसके बाद, घोड़ों की खुर, इंसानों के हाथ-पैर—सब कुछ आपस में गड्डमड्ड हो लगे। औरतों का आँचल खींच-खींचकर, उन लोगों को लगभग उघाड़ डाला। उन ने गहने पहन रखे हैं या नहीं, पेट के फेंटे में सोना-दाना तो नहीं है, यह देखने वे लोग जिन निगाहों से उन्हें घूर रहे थे, अंग-अंग नोंच-खसोट रहे थे, देखकर, सुरकंठ ने मन-ही-मन भाग्य का शुक्र मनाया कि उन औरतों में, ऐसी उम्र नहीं थी, जिसे जवान कहा जाए।

सुरकंठ को धकियाकर झटका देते हुए, उनमें से किसी ने पूछा, ... बात है ?''

दिया था। उन्होंने रानीदीघी में खेमा लगाया था।

सुबह होते-न-होते उन्होंने देखा, दूर बन्दूकों के पहरे से बाहर, घुड़सवार घूम-फिर रहे हैं।

उसके बाद ही क्या भयंकर गोलमाल ! हाय-हाय ! हो हल्ला। ऐसा हाथी पगला गए हैं, इसीलिए इतनी हड़कम्प मची हुई है।

उन्हें खबर मिली, रसद से भरी, उनकी बैलगाड़ी रातोंरात लूट ली अलावा, कुछेक हाथी, ऊँट और घोड़े भी छीन लिए गए।

मुसीबत के पलों में जो होता है, लोगों की जुबान पर कड़ी-कड़ी बातें

नवाब के साथ दस हजार घुड़सवार और गोलन्दाज सिपाही ! उनके की फौज !

"लाखों की फौज ?" मीर हबीब चकरा गया, "नामुमकिन !"

"च-लो, लाखों न सही, हजारों-हजार तो हैं..."

"हाँ, इतने तो हो ही सकते हैं !"

हाथी की पीठ पर सवार होकर नवाब ने देखा, दूर-दूर तक गाँवों के धुआँ-ही-धुँआ। लोगों का आर्तनाद ! इसके अलावा, आकाश पर काली- उड़ानें भरती हुईं ! भय ! दहशत ! पंछी जब तक बेतरह डरे हुए न हों, यूँ गोल-गोल चक्करदार उड़ानें नहीं भरते।

चारों तरफ बार-बार सवार भेजे गए, मगर कोई भी सवार जिन्दा आया। खुद भास्कर पंडित, अपने चौदह सरदारों के साथ, नवाब के खेमे के पहरेदारी कर रहा था। बालाराव, शिसराव और साँभाजी भी साथ थे।

उनलोगों को लक्षण शुभ नहीं लग रहे थे। बंगाल देश की गर्म-सम कीड़े-मकोड़ों का उपद्रव ! पोखर के जल का स्वाद !

"केशजी खैरियत से हैं, सँभाजी। वे लोग गाँव लूटने गए हैं—" वे लो आश्वस्त कर रहे थे।

एक-एक सवार को मौत के घाट उतारने के बाद, हमलावर जिन घोड़ों थे। उन्हें देखकर भास्कर और उनके साथियों की आँखें अचरज से फटी क गईं।

"पता नहीं, वे लोग अपने घोड़ों को खिलाते क्या हैं ! इनकी खाल रही हैं, देखा ?"

"अरे, पकवान खिलाते होंगे, जी, आखिर नवाब का घोड़ा ठहरा ! तुम तरह, चौबीसों घंटे, दौड़ाते-रगेदते हुए, महाप्राणी घोड़ों का जान नहीं खींच

"हाँ, बात तो तुम्हारी सच है !"

सुरकंठ को भी आभास हो गया, वर्धमान के इतने करीब आ पहुँचना, ठीक

रास्ते-सड़क भयंकर सूनसान ! निर्जन ! बाँसों की झुरमुट, आमरावट औ ला के झंखाड़ों के नीचे, इसी तरह सन्नाटा छाया रहता है। लेकिन इतना

"साधु-संन्यासी के पास आखिर क्या होता है ?"

"होता क्यों नहीं ? अलबत् होता है, अक्सर होता है।" वह नौजवान हँस पड़ा।

"तुम लोग क्या कर रहे हो ?"

"जंग !"

"इसका नाम जंग नहीं है।" सुरकंठ ने तेजस्वी लहजे में कहा।

"किसने कहा ?"

वह नौजवान, उनकी तरफ बढ़ा ही था कि और लोग चीख उठे, "सँभाजी ! सँभाजी !" उधर से भी, जाने कौन लोग, उन्हें आवाजें दिए जा रहे थे।

वे लोग चले गए।

उस जगह सिर्फ उस गेरुआधारी और एक सब्जीवाली निर्जीव पड़े थे।

"ठा-कु-र' मुसाफिरों ने उसे डरी हुई आवाज में पुकारा।

"अब ठाकुर-ठाकुर क्या कर रहे हो ? अब जैसे भी हो, अपनी जान बचाने की फिक्र करो, वत्स ! यहाँ आकर हमने भयंकर भूल की है।"

गेरुआधारी का शरीर, अब भी हल्के-फुल्के हिल-डुल रहा था, बगल में नन्हा-सा पीतल का शिव लिंग और चाँदी के कुछेक बेल-पत्र इधर-उधर लुढ़के पड़े थे।

चाँदी के उन सामानों पर, जाने कैसे तो, उन लोगों की नजर नहीं पड़ी।

22

वर्गी की तरफ से, कोई वाह न निकले
चारों तरफ वर्गी-तुरुक, रसद ना मिले

करीब चार कोस चलते रहने के बाद, काँदन गाँव के करीब, दरगाह के पास, बरगद तले, सुरकंठ की मुलाकात, फुलेश्वरी के काका महीपति आचार्य से हुई।

बैशाख की सुबह, सूर्योदय होते ही, समूची राह, घोड़ों की खुरों की चोट से बेतरह जख्मी नजर आई। और-और समय इस राह पर, कोई अपरिचित, अजाना राहगीर शायद ही कदम रखता हो। इस सड़क से तो शाम ढले, गाय-बछड़े, अपनी माँद की ओर दौड़े चले जाते थे। सुनने में आया, किसी जमाने में आंधारमानिक गाँव के आनन्दीराम मुखोटी के स्वर्गीय बूढ़े दादा, इसी काँदन गाँव के करीब, नेगो हाट से वसूली निपटाकर, अपने गाँव लौट रहे थे।

अतिशय भक्त जीव ! 'कृष्ण' नाम सुनते ही, उनकी आँखों में आनन्द की धारा उमड़ आती, हालाँकि वे संसारी दुनियादार इंसान थे।

वे कहा करते थे, "मैं तो घर-गृहस्थी भी ऐसे चलाता हूँ, मानो कृष्ण की ही सेवा कर रहा हूँ। कृष्ण का नाम लेते ही, सारे पाप नष्ट हो जाते हैं वर्ना विषय-संसार तो, दरअसल जहर का भंडार है।"

शाम हो आई थी। बटतला की दरगाह के करीब, पोखर किनारे, पूजा-अर्चना सम्पन्न करके, बूढ़े सज्जन धुले हुए कपड़े फैलाने गए। लो, हाथ के कपड़े हाथ में ही रह गए। ऐसे में उनकी नजर अपने भतीजे पर पड़ी, जो उनके साथ ही आया था। मोहाविष्ट से वे आगे बढ़े।

''कक्का ! कक्का ! कहाँ जा रहे हैं ?'' यह आवाज उनके कानों तक नहीं पहुँची।

कुछ दूर आगे बढ़ते ही, वे सड़क पर ही गिर पड़े। भींगा हुआ जनेऊ ! सोने की गंगोपवीत धूल में सन गया ! वे बेहोश !

होश आते ही, उन्होंने क्षीण स्वर में कहा, ''मुझे एक चादर दो !'' उनकी जुबान से 'तू' सम्बोधन, शायद ही कभी निकला हो।

उन्होंने राह की धूल बटोरी और चादर में बाँध ली।

गठरी माथे से लगाते हुए कहा, ''काँदन गाँव के इस गोचारण की राह, स्वयं कृष्ण अकेले ही गए ! दूर गायों के रम्भाने की आवाज गूँज रही थी। कृष्ण के हाथों में बाँसुरी थी...''

अगले ही पल उन्होंने माथे पर हाथ रखकर कहा, ''वे दक्षिण दिशा की ओर गए हैं। वहाँ से पश्चिम की ओर मुड़ जाएँगे। नीलाचल में गौड़, देह त्याग करेंगे।''

उस बरगद के पेड़ के तने पर उन्होंने लोहे की सलाख से सन्, महीना, तारीख लिखते हुए, अपना निर्णय सुनाया, ''मैं अब घर नहीं जाऊँगा। भगवन् इसी राह वापस लौटेंगे। अब से यह पथ, मन्दिर है।''

यहीं, इस बरगद के पेड़ के करीब, खिले हुए फूलों से भरे, हीजल के पेड़ तले, भजन मंडली आ पहुँची। उस जमाने में कीर्तनियों की पेशेदार मंडली नहीं हुआ करती थी ! भजन-संकीर्तन की लहर ने अभी-अभी राढ़गौड़ की मिट्टी को आप्लावित किया था। उस वक्त, महाप्रभु सशरीर मौजूद थे। भक्तगण नाम-कीर्तन किया करते थे। उन दिनों कीर्तन पेशा नहीं बना था।

''वृद्ध मुखोटी को दिव्य-दर्शन हुआ है, उधर सागर तट पर गौड़ चन्द्र अस्तगामी हुए हैं''—यह खबर हर ओर फैल गई। झुंड के झुंड लोग पहुँचने लगे। दिन-रात नाम-कीर्तन होता रहा। मुखोटीजी पूरे तीन दिनों तक नाम-कीर्तन में मगन रहे।

चौथे दिन, जप-आसन पर बैठे-बैठे वे सहसा बोल उठे, ''हाथ थामो ! चलो, चलें।''

मुखोटी ने देह त्याग किया। यह अद्‌भुत घटना, इस अंचल में सभी जानते थे। यह पथ, आज भी पुण्य-पथ माना जाता था। इस राह पर, कोई चरवाहा, गाय पर झाड़ू नहीं मारता। यहाँ के मैदान-जंगलों में गाय अगर गुम हो जाए, तो घर के लोग फिक्रमन्द नहीं होते। उन्हें यह परेशानी भी नहीं होती कि गायों को कहीं बाघ न उठा ले जाए। लोगों का कहना था, जिसकी चीज है, शाम के वक्त, वही बाँसुरी बजाकर, घर-भूली गायों, राह-भूले बच्चों, रतौंधी के शिकार मुसाफिरों को गाँव तक पहुँचा जाते थे। जो लोग इस बात पर विश्वास नहीं करते थे और कहते फिरते थे—धत्, कलियुग में भी ऐसी घटनाएँ होती हैं भला ?—खैर, उनकी बात अलग थी, वर्ना आज भी चाँदनी रात

की नींद-जगी पहले पहर में, इस सड़क पर अपार्थीव बाँसुरी बजा करती थीं, अदेही लीला चलती रहती थीं, राढ़ के इस अख्यात ग्राम के ग्रामीण वनपथ, हर रात, देवता के चरण-स्पर्श करके, धन्य होते रहते थे—यह बात जो जानते हैं, वे बखूबी जानते थे।

सुरकंठ ये कहानियाँ बचपन से सुनते आए थे। आनन्दीराम के यहाँ आज भी होली के ऋतु में निमाई-पाटबाड़ी से निमन्त्रण आता था। मुखोटी-घर के ठाकुरघर में सुरक्षित, उन्हीं पूर्वपुरुष की खड़ाऊँ, नामावली और जनेऊ के दर्शन के लिए, आज भी उनके यहाँ झुंड-के-झुंड लोग आते हैं। इस बारे में भी, सुरकंठ के मन में कहीं गोपन ईर्ष्या जगी रहती थी। भगवान का न्याय भला कौन समझे ? जमीन-जायदाद, प्रभाव-प्रतिष्ठा देकर भी उन्हें सन्तोष नहीं हुआ, आनन्दीराम के पूर्व-पुरुष को इतना महान् भक्त बनाकर भेजने की भला क्या जरूरत थी ?

वैसे यह ईर्ष्या भाव पल में आता था, पल में चला जाता था, मानो सुरकंठ को छेड़ती रहती थी। सुरकंठ को अपने बारे में काफी खुशफहमी थी। वैसे लोग उन्हें भी आधे-साधक मानते थे, पुण्यात्मा की मर्यादा देकर, उनकी भक्ति करते थे, इसके बावजूद, बीच-बीच में तरह-तरह की ईर्ष्या, लोभ, कमजोरी उन्हें बरबस घेर लेती थी।

इन बातों का खयाल आते ही। सुरकंठ ने मन-ही-मन कहीं राहत की साँस ली ! हैरत है ! आनन्दीराम उनके दुश्मन नहीं थे, फिर भी उन्हें समय-असमय, बार-बार उनका खयाल क्यों आने लगता था ?

फिलहाल, बैशाख की सुबह-सुबह, काँदन गाँव की राह पर चलते-चलते सुरकंठ, दोबारा विस्मित हो उठे। घोड़ों की खुरों से वह निश्चिन्त, निर्जन, शान्त सड़क क्षत-विक्षत ! उसकी यह दुर्दशा देखकर यात्रियों के सीने पर बेतरह चोट लगी, मानो ऐसा अशुभ दृश्य, उन लोगों ने जीवन में नहीं देखा, मानो किसी बड़ी नदी ने बाढ़ की उमड़ती लहर में, छोटी नदी को, पल-भर में निगल लिया हो। राह के मुसाफिरों को मानो ऐसा ही भयंकर, सर्वनाशी संकेत मिला हो, जैसे किसी गृहस्थ के आँगन की लज्जाकुलशील मर्यादाओं को तोड़-फोड़कर, किसी ने वहाँ मीना बाजार बिठा दिया हो।

वर्धमान नगरी के अंचल-प्रान्तर ग्रामों में किसानों की किस कदर समृद्धि थी ! इस गाँव से बाउरी-बागदी औरतें, सब्जी, दूध, अंडे, फल वगैरह हर दिन पूरे वर्धमान शहर को सप्लाई देती थी। जितना बड़ा शहर, उतनी ज्यादा माँग ! मुर्शीदाबाद के बाद वर्धमान का ही नाम आता था। गोयाड़ी, कटवा वगैरह में उतनी विकास-वृद्धि नहीं कर रहे थे। इन गाँवों के किसान, पूरब देश की बनजारन औरतों से जाल खरीदते थे। वे लोग अपनी मचिया में जालीदार कौड़ियाँ जमा रखते थे। इस अंचल में किसान-घरों की औरतें, शहर की धनी-गृहिणियों की नकल में जूड़ा बाँधती थी और तीन धारियोंवाली साड़ी पहनती थीं। उस वक्त, इन गाँवों के घर-गृहस्थ लोगों के आँगन में लाल मिर्चों की कुटाई होती थी। ढेंकी पर बार-बार गोट चढ़ाए जाते थे, बरामदों में धान के 'नोट' झूलते रहते थे। किसानों के घर में धान के 'नोट' बड़े सम्मान का आभूषण था। जैसे बाजूबन्द में झुमके, ब्याह के मोर में जैसे 'शोला' के फूल, उसी तरह कई-एक गुच्छे धान की बालियों से,

उसी डिजाइन ने 'नोट' बाँधे जाते हैं। यह किसान-घरों में लक्ष्मी की निशानी है। इस 'नोट' से धान चुनकर, गृहस्थ लोग हर साल व्रत करते हैं।

आजकल ढेंकीघर में सियार, घरों के छादन पर राज-गिद्ध मँडराने लगे थे। कुम्हार के आँवें की धौंकनी ने हाँफना बन्द कर दिया था; ताँती मुहाल में ताँत के ऊपर चूहे दौड़ लगाने लगे थे; बैरागियों का एकतारा धूल में लोटता हुआ !

''हाय, हाय, देखो जी, बैरागी का एकतारा बन गया, भीख का आधार ! बैरागी जब अपना एकतारा फेंककर भागा, उस वक्त देश की हालत भयंकर रूप से मन्दी झेल रही थी।''

यह बात सुनकर, पागल ने आतंकित निगाहों से सुरकंठ की तरफ देखा। सुरकंठ उस वक्त परम उल्लास के आलम में थे।

उन्होंने गम्भीर, मदमत्त, दबी-दबी आवाज में कहा, ''देख, पागल, यह सब मैं बेहद सीधी-सादी नजरों से देखता रहा था। मुझे पहले ही दिख गया था, देश में ऐसा विपर्यय आनेवाला है।''

''अगर दिख गया था, बेटा, तो देश के राजा को खबर क्यों नहीं की ? राजा, अपने लठैत-भालेदार को तैनात रखता ?'' किसी बूढ़ी ने कातर लहजे में कहा।

राह चलते-चलते देश की यह बदहाली देखकर, वह डर गई थी।

उसने कोमल लहजे में कहा, ''पता नहीं, हमारे गाँव की अब तक क्या हालत हुई होगी ?''

किसी ने उसकी बात का जवाब नहीं दिया। सबके सब आतंकित ! डरे हुए ! एकमात्र सुरकंठ ही सिर ऊँचा करके चलते गए।

उन्होंने बुदबुदाकर कहा, ''जब महापाप होने लगता है, तो यही होता है। महापाप होने लगा था, इसीलिए ऐसा हुआ।''

पागल सुबक-सुबककर रो पड़ा। पीछे छोड़-आए गाँव-कुटिया के लिए उसका मन अधीर हो उठा। उस घर, आँगन और छायादार अहाते के अलावा, उसे और कहीं की जानकारी नहीं थी। भगवान उसे कहाँ ले जा रहे हैं? बुआ गति-गंगा न पाकर, कहाँ गईं ? सुरकंठ उसे किस नियति की ओर घसीटे लिए जा रहे हैं ? पागल के इन सवालों का आखिर कौन जवाब दे ?

''हाय राम, देखो, सामने बड़ी भयंकर विपदा है। आगे जाकर हम काहे मरें ?'' किसी तमोली ने सवाल उठाया।

लोगों में दोबारा बतकही शुरू हो गई।

ठाकुर ने कहा, ''हम उसके साथ चलते चलें—''

''लेकिन मैंने तो देखा, आगे घुड़सिपाही जा रहा था, फिर हम आगे जाकर अपना कच्चा प्राण काहे बलि दें ?''

''क्यों? अरे, नहीं, नहीं, प्राण मत दो ! इससे तो अच्छा है, चलो, पीछे की तरफ चल दें। रकम-रकम के मुनी, रकम-रकम की राय दे रहे हैं।''

ऐसे में दरगाह—बटतला से किसी की ऊँची आवाज गूँज उठी, "कौन जा रहा है ?"

यह आवाज सुनते ही गाय के झुंड में, मानो बाघ गरज उठा हो।

"हाय माँ ! अब हम गए, जी ! जान से गए।" आर्त-चीत्कार के साथ, जिसे जो राह नजर आई, लोग इधर-उधर भागने लगे।

सुरकंठ ने पागल से कहा, "देखो, इनकी अक्ल तो देखो। जैसे पीछे भागने से ही, वे लोग बच जाएँगे ! कौन कह सकता है, वर्गी उस तरफ नहीं हैं ?"

वे पागल का हाथ थामे-थामे, दरगाह-बटतला की तरफ चल दिए। वहाँ अच्छा-खासा जमघट लगा हुआ था। बैलगाड़ी, घोड़ा वगैरह देखकर, उन्होंने अन्दाजा लगाया सम्पन्न, गृहस्थ लोग भाग रहे हैं।

करीब आते ही उनकी नजर, एक पालकी पर पड़ी। पालकी के बाहर एक अधेड़-सा, तीखी निगाहोंवाला दुबला-पतला सा शख्स बैठा हुआ था।

"मैं ब्राह्मण हूँ—!" यह कहकर उसने अपना जनेऊ दिखाकर, अभय-याचना की ! लेकिन उसके मुँह की बात मुँह में ही रह गई। उसने अचकचाकर कहा, "आप...?"

अधेड़ आवाक् !

सुरकंठ ने दोबारा कहा, "मैं सुरकंठ हूँ ! आपको पहचान गया। आप महीपति आचार्य हैं ! फूली के काका !"

23

सह न सके धरती वह भार
जो पाप-कर्म का ही आगार

"काफी दिनों बाद, भेंट हो रही है।"

इतना कहकर, सुरकंठ आकर आसन पर बैठ गए। दरगाह-बटतला में बरगद के पेड़ की छाया बेहद शीतल ! झर-झर झरते हुए घने-हरे पत्ते ! धरती पर बटफल इधर-उधर लुढ़कते हुए ! करीब ही शान्त, गम्भीर, काले झील का लबालब पानी हिलोरें लेता हुआ ! सुरकंठ को लगा, दिव्य-दर्शन के नजरिए से, यह जगह बेहद खूबसूरत है।

यह खयाल आते ही उनके दिल की गहराइयों में मानो मन्दिर का दिव्य-पवित्र बाताश बहने लगा। ऐसा स्वच्छ-निर्मल जल से भरी झील, ऐसा दिव्य-पवित्र देवस्थल, सुरकंठ ने बहुतेरे देखे थे। किसी जमाने में, गुरु की तलाश में, जाह्नी के किनारे, दिन-रात, रात-दिन चलते-टहलते रहते थे ! जाने कितने-कितने देवी-देवता, कितने-कितने मन्दिरों की छवि उन्हें खयाल आता रहा। वक्रेश्वर के आचारी बाबा ने उनसे बार-बार अपने साथ चलने को कहा। उन्होंने बार-बार समझाया था, इस घोर अराजकता के दिनों में, वे ऐसे प्रलय के पीछे-पीछे क्यों चल रहे हैं ? राजपुरुष लोग उन्हें ऐसा क्या दे सकते

हैं, जिससे सुरकंठ का मन शान्त हो सके ?

"हाँ, काफी दिनों बाद भेंट हुई—" उन्होंने दोबारा कहा, "आपको मैंने प्रणाम नहीं किया, क्योंकि मुझे प्रणाम करने का हक नहीं है। बुआ मुझे अनाथ छोड़ गईं—? सुरकंठ दोबारा गम्भीर हो आए।

महीपति आवाक् ! थोड़ा विस्मय, थोड़ी श्रद्धाभरी नजरों से वह सुरकंठ को निहारता रहा। सुरकंठ का उन्नत गौर देह ! रूखे केश ! बदन पर पट्ट-वस्त्र ! कुल मिलाकर, साक्षात् योगीश्वर का रूप। आँखों और चेहरे पर प्रतिभा के लक्षण ! प्रशान्त ललाट ! इसी सुरकंठ को उसने मन-ही-मन फुलेश्वरी का पति चुना था। लेकिन आखिर में सब कुछ उलट-पलट गया।

शादी-ब्याह निश्चित रूप से विधि का विधान होता है। महीपति के दिल-दिमाग में हमेशा अपनी बहन का चेहरा जगा रहता है।

आखिर उसने सुरकंठ से खुलकर ही कहा, "तो तुम मेरी बहन से विवाह कर लो !"

उस दिन सुरकंठ ने महीपति के अनुनय-भरे अनुरोध की उपेक्षा कर दी थी। निदुली ऐसा पति पाकर धन्य हो जाती।

"आप क्या राजकर्म से...?"

सुरकंठ के सवाल पर महीपति ईषत् हँस दिए।

"वर्धमान में नवाब असहाय हो गए हैं। वर्गियों ने उन्हें चारों तरफ से घेर रखा है। मैं मुर्शीदाबाद से मदद लेकर आया था—"

"लेकिन पहुँच नहीं सके ?"

"नहीं, वर्गी-गिरोह जंग में काफी जबरजंग हैं।"

"भई, सुना तो यह है कि नवाब भी जंग में महावीर हैं ! उसके पास असंख्य फौज भी है ?"

"अपनी फौज तो उन्होंने कटक और उड़ीसा से सीधे मुर्शीदाबाद, पहले ही भेज दी थी। वर्धमान में उनके साथ ज्यादा फौज नहीं है। उनका प्रमुख भरोसा अफगान सेना है, लेकिन इन दिनों वह भी नवाब की दुश्मन बन गई हैं।"

"लेकिन मैंने सुना है, अफगान लोग नमकहराम नहीं होते।"

महीपति ने उसाँस भरकर कहा, "जब वक्त था, तब तो नवाब ने उनकी तरफ पलटकर भी नहीं देखा। इसके अलावा उन्हें अपने नाते-रिश्तेदारों में कोई दोष भी नजर नहीं आता, छोटे दामाद ने अजीमाबाद में, परम विश्वासी अफगान, रोशन खाँ को मार डाला, उसका कोई न्याय-विचार नहीं किया ! उड़ीसा में भी, जंग के वक्त, जितना सब वादा था, वह भी पूरा नहीं किया। यहाँ तक कि मुश्ताक खाँ ने मयूरभंज के राजा, रघुनाथ भंज के लिए, खुद अर्जी-भेजी, लेकिन उसकी उपेक्षा करके, राजा को कत्ल कर दिया। मुश्ताक खाँ ठहरे मानी-इज्जतदार ! उनका खून गर्म हो गया। उन्होंने अपने को और ज्यादा अपमानित महसूस किया। अब मौका मिला है, तो वे भी अकड़ जाएँगे। इसमें भला ताज्जुब की क्या बात है ?"

‘‘मुसीबत के वक्त तो एक होकर रह सकते थे।’’

‘‘ये वर्गी भी खासे अक्लमन्द हैं। सुनकर आ रहा हूँ, उन लोगों ने खेमों के दरवाजे खोल रखे हैं। जिसका मन चाहे, उनके दल में शामिल हो जाए। सो, जैसा भीमकांड प्रलय देखा, ऐसे में कोई नवाब की तरफ पहुँच जाए, किसकी मजाल ? वर्गियों ने चारों तरफ से घेर रखा है। मोदी, बनिया रसद तक नहीं उठा सकते; अनाज बिना नवाब की फौज में हाहाकार मचा हुआ है। नवाब ने वर्गी लोगों का मन टटोलने की भी कोशिश की, लेकिन भास्कर पंडित ने कड़ककर सुना दिया—पहले एक करोड़ टक्का फेंको, तब बात करूँगा।’’

‘‘तो दे देते रुपए, अभी तो विपदा टाल देते।’’

‘‘नवाब का कहना है, जो रुपए उनको देंगे, उन्हें मेरी फौज में बाँट दो। हजार हो, वे लोग, हमारे लिए, जान कुर्बान करने आए हैं। दुश्मनों को हम रुपए क्यों दें ?’’

‘‘यह तो तेजी दिखाना हुआ !’’

‘‘यह भी सुनकर आ रहा हूँ कि नवाब नाती का हाथ पकड़कर, रात के वक्त, अकेले गए और उन्होंने मुश्ताक खाँ से कहा कि वह नाती, उन्हें जान से भी ज्यादा प्यारा है। अगर तुम लोग हमारे खिलाफ हो गए, तो दुश्मन तो हमारा सर क़लम कर देंगे। इससे बेहतर है कि तुम ही हमारी जान ले लो।’’

‘‘इस बात का भी कोई नतीजा नहीं निकला ?’’

‘‘अब, क्या होता है। कुछ कहा नहीं जा सकता। एक तरफ, वर्गियों से मोर्चा लेने के लिए नवाब आगे बढ़े और कहा, मेरे साथ ज़्यादा फौज की जरूरत नहीं। तुम लोग हिम्मत के साथ अड्डे की निगरानी करो। लेकिन किसी की हिम्मत नहीं पड़ी। नवाब के पीछे-पीछे वे लोग भी आ पड़े। वर्गियों को दोगुना मजा आ गया। उन लोगों ने मनमाना कत्लेआम किया; हाथी झपट लिए; एक तोप पर दखल जमाकर, उसे पेड़ के ऊपर चढ़ा दिया है। गोले बरसाकर तबाही मचाए हुए हैं।’’

‘‘यानी नवाब की स्थिति अभी ठीक नहीं है ?’’

‘‘ना—!’’ महीपति ने सिर हिलाया, ‘‘शहरों में शहर वर्धमान राजा है। ऐसी कोई चीज नहीं है, जो वर्धमान में न मिलती हो। उसी वर्धमान में नवाब अन्तहीन, अर्थहीन, महा-विपत्ति में पड़े हुए हैं। मदद के लिए मैं आया भी, मगर मदद नहीं कर सका। लेकिन मन-ही-मन मैंने सोचा, नवाब को अगर मदद नहीं पहुँचा सका, तो यह रसद, कमबख्त वर्गियों को क्यों खिलाऊँ ? वैसे आगे बढ़ने की मैंने खास कोशिश भी नहीं की, मौका देखकर, खिसक आया।’’

‘‘ये वर्गी क्या वहीं अड्डा गाड़े रहेंगे ? तुम्हारा क्या खयाल है ?’’

‘‘यह मैं कैसे बताऊँ ? उनका जाति-धर्म, बिल्कुल अलग है। आमने-सामने खड़े होकर, नवाब के साथ जंग करने की हिम्मत, उनमें नहीं है। वे लोग दूर-दूर मँडराते रहते हैं। अचानक-अचानक टूट पड़ते हैं। उनकी खुराफात दूर-दूर जारी है ! गाँव-गाँव में हाहाकार मचा हुआ है ! घोड़े, धान के गोले के गोले तबाह कर रहे हैं, न्ना, मुझे तो

लक्षण ठीक नहीं लग रहे हैं।''

''वे लोग इधर आए ही क्यों ?''

''उनका भी क्या दोष, बताओ ?'' इस कलिकाल में जिसका जितना जोर, उतना रौब-दाब ! उनके डर से तो दिल्ली के बादशाह तक थर-थर काँपते हैं। एक जुमले में उन्होंने फरमान दे डाला—जाओ, बंगाल में जाकर चौथ वसूल करो। यह नहीं सोचा कि बंगाल की हालत क्या है। अभी हाल ही में नवाब ने ढेर-भर रुपए अदा करके, नवाबी हासिल की है। उस पर से इतनी अराजकता ! अत्याचार !''

''हूँ! राजा के पाप से, राज्य नष्ट हो जाता है। लेकिन, नवाब के राज्य-दखल करने को अगर पाप कहो, तो ऐसे पाप तो होते ही रहते हैं। वैसे यह शासक भला है; प्रजा के सुख-दुःख का ध्यान रखता है। यह जो हंगामा मचा है, इससे राजा के बदन पर कितनी-सी आँच आई ? हाँ, देशवासियों के दुःख-तकलीफ का अन्त नहीं रहा। गाँव-गाँव में हाहाकार, तुम तो अपनी आँखों से देख रहे हो।''

''अरे, सिर्फ राजा का ही पाप नहीं, चारों तरफ पाप का घड़ा अब भर चुका है। अब, यह विपदा जल्दी नहीं जानेवाली। राढ़ बंग में हाहाकार मच जाएगा, यह देव-निर्देश है।''

''देव-निर्देश है ?''

''हाँ, देव-निर्देश है। मेरी गणना झूठ नहीं जाएगी। अभी तो सर्वनाश शुरू हुआ है। इस देश के इंसानों के दुःख से सियार-कुत्ते रोएँगे।''

महीपति यह बात सुनकर डर गए।

उन्होंने धीमी आवाज में पूछा, सुरकंठ, क्या तुम भाग्य-विचार भी करते हो ?

''मैं सिर्फ ईश्वर का निर्देश ही देखता हूँ। ऐसे सर्वनाश के जरिए भगवान युग में परिवर्तन लाते हैं। उन्हीं की इच्छा से सारा कुछ होता है, आचार्य काका, लेकिन इंसान अन्धा है, देखकर भी अनदेखा करता है।''

''लेकिन, सुरकंठ, यह विपदा तो इंसान द्वारा रची-गढ़ी गई है। इसमें भला दैव का हाथ कहाँ है ?''

''उनका हाथ सर्वत्र होता है।'' यह कहते-कहते, सुरकंठ की आँखें चमक उठीं, चेहरा लाल सुर्ख हो आया, ''वे ही इंसान के दिलों में लोभ भरते हैं, पराए राज्यों को छार-खार कर देते हैं। वे कहाँ नहीं हैं ? सर्वत्र उन्हीं का प्रकाश है, जो देख सकता है, वह देख भी लेता है।

''मुझे नहीं मालूम, सुरकंठ, मेरे मन को विश्वास की कमी है।'' महीपति ने बच्चों की तरह निःसंकोच भाव से कबूल किया।

''ऐसा परिवर्तन पहले भी हुआ है ! कुरुक्षेत्र के युद्ध में जाने कितने ही राज्य धूल में मिल गए; नए राज्य बसाए गए। वही सब घटनाएँ, बार-बार दोहराई जाती हैं ! इसमें नया कुछ नहीं है।''

''यह तो पुराणों की बात है।''

''हाँ, यह सच है।''

यह कहते हुए, सुरकंठ अपने में थिर हो आए। मानो अपनी दिव्य दृष्टि से वे देख रहे हों, इतिहास का मतलब है पुनरावृत्ति ! लोभ, जिद, स्वार्थ और अहंकार में चूर राजा-राजा में जंग होती है, गाँव-देहात-जनपद, लाख से खाक हो जाते हैं।

''इंसान का दुःख कभी खत्म नहीं होने का—'' सुरकंठ ने दृढ़ता के साथ कहा।

महीपति को, पिछले दिनों के तजुर्बे याद हो आए। गाँव-गाँव में हाहाकार ! वर्गी लोगों के डर से, हर कोई घर छोड़कर भागता हुआ ! पुराणों में ऐसी घटनाओं के सबूत कहाँ हैं, यह बात उन्हें याद नहीं रही। वर्तमान को देखकर ही उनकी आँखें धुँधला गईं थी। मन बेतरह विपन्न ! अतीत उन्हें याद ही नहीं आया।

''मैंने देखा, इंसान की दुर्दशा का बयान नहीं किया जा सकता। सब लोग गाँव छोड़-छोड़कर भाग रहे हैं। कंगले-फकीर तक डर से सिकुड़े हुए ! इंसान का आखिर क्या बनेगा ?''

''जहाँ पनाह मिलेगी, चल देगा।''

''पनाह देगा कौन ? नवाब बेहद अकेला हैं, सुरकंठ !''

''भगवानजी इन दिनों बंगाल के प्रति बेहद विरूप हो गए हैं, आचार्य काका, इस देश का दुःख कैसे खत्म होगा ? अभी तो इतना सा ही हुआ है, इसके बाद और भी कितनी तबाही मचेगी ! कलियुग में यही सब तो होना है।''

''सुरकंठ तुम कहाँ जा रहे हो ?''

''मुझे काम है, मुझे नवाब की छावनी तक पहुँचना है।''

''पहुँचोगे कैसे ?''

''भगवान पर भरोसा रखकर, वहाँ पहुँच जाऊँगा।

महीपति ने उसाँस भरकर कहना शुरू किया, ''इतने सारे नकद रुपए, रसद लेकर, अब मैं कहाँ जाऊँ, बताओ तो ? मुर्शीदाबाद की राह आसान है या नहीं, पता नहीं ! वर्गी की यह जात, बिना किसी पूर्वाभास के, हवा से पहले पहुँच जाती हैं ! बिल्कुल आँधी-तूफान की तरह टूट पड़ती हैं।''

''आंधारमानिक चले जाइए—''

''आंधारमानिक चला जाऊँ ?''

''वहाँ आपके आत्मीय-स्वजन हैं, उनके पास रख दीजिए—''

''गाँव जाना मेरे लिए असम्भव है, सुरकंठ !''

''क्यों? आपके पुरखे कभी गाँव से निर्वासित हुए थे, इस वक्त आपको यह याद नहीं रखना चाहिए ! इस वक्त आप मुसीबत में हैं।''

''यह बात नहीं है, सुरकंठ ! वहाँ जाने पर दामाद से भेंट होगी। तुम्हें खबर नहीं, बूनी जाने कितने दिनों से लापता है।''

उसकी इस बात पर सुरकंठ ने जोर का ठहाका लगाया।

''आपके घर की बेटियाँ, पति का घर नहीं बसातीं। आप लोग बेटी नहीं देते, दामाद लाते हैं—ये बातें, मैंने सुनी जरूर हैं, लेकिन, लड़की का अपने पति के घर पहुँच

जाने को क्या तुम लापता होना कहोगे ? आप लोग शहर में रहते-रहते क्या एकदम से बिरादरी-बाहर हो गए हैं?''

''क्या कहा ?''

''ठीक ही कहा ! फूली अपने पति के घर है ! जाते ही भेंट हो जाएगी।''

''अच्छा ? इधर दादा-भउजी मारे फिक्र के दिशाहारा ! मैं भी हद परेशान। असल में वह लड़की लाड़-प्यार में पली-बढ़ी है, इसलिए जरा बिगड़ गई है। उसके लिए हमारी फिक्र का कोई अन्त नहीं था—''

''इसमें फूली का भी भला क्या कसूर, आचार्य काका ? आप लोगों की अन्धी जिद—दामाद लाएँगे, बेटी को उसके घर नहीं जाने देंगे। इधर आनन्दी अपना सम्मान खोने को तैयार नहीं। वह अपने मान-इज्जत समेत, अपने में मगन ! फूली ठहरी मामूली औरत ! वह कहाँ जाए ?''

''नहीं, सुरकंठ, बूनी अपने पति का घर बसाए, मेरी नजर में, इसमें कोई बुराई नहीं है।''

''बुनी के बापू को तो इसमें बुराई-ही-बुराई नजर आती है। बुनी उन्हीं के इशारे पर चलती है।''

''चलो, एक तरह से यह ठीक ही है ! तो फिर, मैं आंधारमानिक ही चला जाऊँ। तुम क्या कहते हो ?''

''हाँ, वहीं चले जाइए ! फूली पहले मेरे यहाँ आई थी। उस वक्त बुआ जिन्दा थीं। उसी दिन गाँव में वर्गियों का हमला हुआ और एकदम से सर्वनाश हो गया। बुआ ने दम तोड़ दिया। अब फूली को मैं कहाँ रखता ? मेरी गृहस्थी तो बुआ थीं। वह रही नहीं। ऐसे दुर्दिन में, खबर पाकर, आनन्दी की छोटी माँ आईं और फूली को लिवा ले गईं।

''आपने अच्छा किया—''

''वे भी घर की लक्ष्मी हैं। फूली अगर उनके चरणों में पड़ी रहे, तो उसको फिक्र करने की जरूरत नहीं है। लेकिन फूली की भी जिद कम नहीं है और ऐसा भी नहीं लगता कि उसे कभी समझ आएगी। खैर, वह जो चाहे करे, मैं घर-गृहस्थी के नेम-नियम में अनाड़ी हूँ ! पागल-छागल प्राणी ! जब वह चली गई, उसके बाद मैं सड़क पर निकल पड़ा।''

''उसका कसूर नहीं है, सुरकंठ, दोष तो हम लोगों का है। हम बेटी को अच्छी शिक्षा नहीं दे सके।''

''फूली का मन बिल्कुल बच्चों की तरह है, आचार्य काका, उसे भले-बुरे की समझ नहीं है।''

''समझेगी नहीं, तो कैसे चलेगा, सुरकंठ ?''

सुरकंठ ने बात आगे नहीं बढ़ाई। उनके मन में एक जगह थी, जहाँ दर्द बसा हुआ था। फुलेश्वरी का खयाल आते ही, आज भी उनका मन चंचल हो उठा। बिल्कुल शिशु

उम्र से लेकर जवानी के पहले दौर तक, जिसे उन्होंने सबसे अपनी जाना-माना, उसका खयाल आते ही, उनका मन चंचल हो उठता है। सुरकंठ के लिए यह एक बहुत बड़ा बन्धन था। यह बन्धन काटने के लिए ही, वे निकल पड़े थे। अब तक मन-प्राण से निरासक्त संन्यासी नहीं बन सके, इस बात का उन्हें परम दुःख था।

वैसे यह बात जाहिर करने का उन्हें कोई अधिकार नहीं था। संसारी इंसान हर बात में कीचड़ ही उछालता है, कौन विश्वास करेगा कि सुरकंठ के विचारों में कहीं, कोई पाप नहीं है। फुलेश्वरी को सुखी देखकर, वे खुश होते थे। फुलेश्वरी का दुःख देखकर, वे दुखी होते थे। फुलेश्वरी अब अपने पति के घर, पूरे सम्मान के साथ मजे में है, इस वजह से उनकी खुशी का कोई अन्त नहीं था।

उन्होंने कहा, ''आप पागल को साथ ले जाएँ। उसका मन अचानक चंचल हो उठा है और मैं भी अकेला होना चाहता हूँ। यह बन्धन लिए-दिए चलना, मेरे लिए मुश्किल हो आया है।''

उस दिन, दोपहर, करीब तीन बजे महीपति, आंधारमानिक की तरफ रवाना हो गए।

24

''यह बेहद ढीठ जात है ! जुबान पर 'हर-हर' के नारे, लेकिन करीब आकर जंग का नाम कहाँ ? ऐसी जंग मैंने कभी नहीं देखी। हम चलते चले जा रहे हैं, उधर वे लोग गाँव के गाँव जलाते हुए बढ़े जा रहे हैं। कुल एक घुड़सवार, हाथ में नंगी तलवार, कमर में बँधे थैले में बेसन के लड्डू ! सत्तु की मिठाई।''

यह बताते हुए उस शख्स ने सिर हिलाकर अगला जुमला जोड़ा, ''राजा जानकीराम के यहाँ, मैं तुम्हें जरूर ले जाऊँगा, ठाकुर, लेकिन यह तो बताते जाओ कि यह देश, अपनी पहली जैसी हालत में कब लौटेगा ?''

''देश अपनी पहली हालत में कब लौटेगा ?'' यह सवाल जानकीराम ने भी किया था।

सुरकंठ पर उनको अगाध भरोसा था। शाम के वक्त, घोड़े की पीठ पर बैठे-बैठे ही, उन्होंने सूर्य-प्रणाम सम्पन्न किया और उसके बाद उनसे यह सवाल किया था। करीब से ही नवाब की फौज गुजरती हुई। उनका लक्ष्य कटवा पहुँचना था। परिस्थिति बेहद संगीन थी। बाकी बात तो छोड़ें, फिलहाल वर्गी गिरोह के उत्पात से गाँव के गाँव उजाड़ हो गए थे। सुनने में आया कि इस वजह से खुद नवाब ने भी उपवास रखा था।

''पैसा देने पर भी चीजें नहीं मिलतीं। चावल, दाल, तेल, नमक, अनाज-पाती सोने के मोल बिक रहे थे, फिर भी अकाल पड़ा हुआ था। वे लोग आमने-सामने मुकाबला नहीं करते। बस, गाँवों में आग लगा देते हैं। न्ना, इस किस्म की जंग मैंने कहीं नहीं देखी।''

सुरकंठ ने किंचित मुस्कुराकर कहा, "जो भी कहो, ये लोग हैं अक्लमन्द ! बुद्धि है इसके पास ! हाथी-घोड़े, तम्बुओं की फौज सजाते-सजाते, आप लोग देर कर देते हैं, तब तक वे लोग काफी आगे बढ़ जाते हैं।

"अतिशय बर्बर हैं।"

"असल में वे लोग जीतना चाहते हैं। येन-केन-प्रकारेण विजय-लाभ ही उनका लक्ष्य है। आप गाँव के गाँव जलाने की बात कर रहे हैं, मैंने तो देखा, जहाँ-जहाँ वे मौजूद होंगे, सारा कुछ ध्वंस हो जाएगा।"

"सब ध्वंस हो जाएगा ?"

"हाँ, सब ध्वंस हो जाएगा। मैंने देखा घर-गृहस्थों के आँगन तोड़-ढहाकर, फौज के गुजरने के लिए राहें बनाई गई हैं ! सेंचतला में, सियार हड्डियाँ नोंच-खसोट रहे हैं। इस कलियुग में और क्या होना है ? अभी उसी दिन एक अद्‌भुत घटना घट गई। मन्दिर में पूजा चल रही थी कि ऐसे में एक कुत्ता अन्दर घुस आया और उसने शिवलिंग को अपवित्र कर दिया। इसका क्या मतलब होता है, आया कुछ समझ में ?"

नवाब के बख्शी ने चोर-निगाहों से देखा। इस वक्त उन्हें सुरकंठ की बेहद जरूरत थी। कुछ दिनों पहले, जब उड़ीसा में जंग छिड़ी थी, उस वक्त उनका भाग्य-सूर्य तेजी से चढ़ रहा था। उस वक्त उन्हें यह अन्दाजा नहीं था कि किसी दिन उनकी हालत यूँ बदल जाएगी।

अधेड़ बख्शी चारों तरफ निगाहें दौड़ाकर, जनशून्य राह, जले हुए धान के गोले, परित्यक्त मन्दिरों की बदहाली का जायजा लेता रहा। चारों तरफ कैसा मनहूस सन्नाटा। सन्त्रास का चेहरा ! हालाँकि अभी कुछ दिनों पहले तक, उन्हें यह अन्देशा भी नहीं था कि उनके दुःख के दिन आनेवाले हैं।

उन्होंने धीमे-धीमे लहजे में कहा, "पिछले दिनों, आपको अपनी जन्मपत्री दी थी, भविष्य-विचार के लिए, क्योंकि मुझे लगा भविष्य में अब मेरे भाग्य में सुख-सौभाग्य ही लिखा है।"

"क्यों ? मेरा भविष्य-विचार झूठ तो नहीं पड़ा। उस जमाने का बख्शी, आज, इस संकटकाल में भी दीवान बन गया है। आप अपनी चारों तरफ का सर्वनाश मत देखें, क्योंकि बहुतों के लिए यह समय अशुभ है, लेकिन आपके लिए शुभ ही शुभ है। फिजूल मन भारी करके, कोई फायदा नहीं है।"

"लेकिन आजकल यह दीवानी, मेरे लिए काँटों की सेज बन चुकी हैं। मैंने नवाब से अर्ज भी किया, कि एक करोड़ रुपए ही तो माँग रहा है, वह दे देता हूँ। चालीस लाख हाथोंहाथ दिए देता हूँ और बाकी साठ लाख, बाद में दे दिया जाएगा, लेकिन इस वक्त देश को राहुमुक्त कीजिए।"

"उन्होंने अपनी तरफ से सही काम किया, एक बार सिर झुकाया, तो दोबारा उठाना नामुमकिन है।"

"ऐसी हालत में फँस जाऊँगा, किसने सोचा था ? पूजा-पर्व पर उपवास रखता हूँ,

वह अलग बात है और यूँ, उनके कूट-कौशल की वजह से, सूख-सूखाकर मरूँगा, यह किसने सोचा था।

सुरकंठ ने कोई जवाब नहीं दिया। यूँ बातचीत करते हुए चलना, उन्हें बुरा नहीं लग रहा था। उस दिन वे अपने गाँव में थे; छोटे-छोटे सुख-दुःख से जुड़े हुए ! आज घटना की लहरों पर बहते-उतराते कटवा की तरफ मुखातिब हैं। जैसे छोटी नदी, जब बड़ी नदी से जा मिलती है, तो उसका बहाव, अपनी इच्छा मुताबिक नहीं रह जाता; नदी के स्रोत में मिलकर, बहते-बहते सागर की तरफ दौड़ जाती है। सुरकंठ अपनी बुआ की मौत के बाद, मातमी कपड़ों में, खाली बदन, सिर ऊँचा किए, आखिर जा कहाँ रहे हैं ? यह राजा-राजा की जंग थी, वहाँ संन्यासी के लिए जगह कहाँ थी ? इस युद्ध की आखिर परिणति क्या है ? नियति का विधान, उन्हें किस वृहद् परिणति की ओर खींचे लिए जा रहा है ?''

''आप ज्ञानी हैं ! दृष्टा और पंडित हैं। आप बताइए, देश का यह दुर्दिन आखिर कब खत्म होगा ? पहले जैसी हालत कब लौटेगी ?''

सुरकंठ को यह सवाल मजाक जैसा लगा। जोर का ठहाका लगाते हुए, अचानक वे गम्भीर हो आए।

''किसी दिन भी नहीं।'' उन्होंने जवाब दिया।

''किसी दिन भी नहीं ? यानी आपका खयाल है, ये वर्गी देश में बसने आए हैं ?''

''यह मैं कैसे बता सकता हूँ ? लेकिन, इस देश की माटी में सोना लहलहाता है। अब तक जितने लोग भी कारोबार के इरादे से आए, सब टिक गए। कोई भी लौटकर नहीं गया।''

''ये लोग भी अगर टिक जाएँ, तो जरूर...?''

''मुझे यह जानकारी भला कहाँ से होगी ?'' सुरकंठ की भौंहें ईषत् सिकुड़ आईं।

उन्होंने दोबारा कहा, ''इसलिए मैंने इसका जिक्र नहीं छेड़ा। आप पूछ रहे हैं, देश की हालत पहले जैसी कब होगी ? मैंने जवाब दे दिया—किसी दिन भी नहीं।''

''क्यों, जंग खत्म होने के बाद भी, पहले की हालत नहीं लौटेगी ?''

''कैसे लौटेगी, बताइए ?'' सुरकंठ और गम्भीर हो आए, ''ऊपरवाले के राज में पुराना कुछ भी नहीं। उनकी सृष्टि में सब आगे-आगे ही बढ़ते जाते हैं। नए पत्ते, नए फल—सब कुछ वे नई सृष्टि करते हैं। ऐसी हालत में, मैं भला यह कैसे कह सकता हूँ कि पहले जैसी हालत लौट आएगी ? शिव ! शिव !''

इस वक्त सुरकंठ से बात करना उचित नहीं है, यह जानते-बूझते हुए भी, बख्शी ने साग्रह कहा, ''कटवा पहुँचते ही, आपके साथ इत्मीनान से बैठूँगा। मुझे आपकी गणना का शुभ-फल जानने की काफी उत्सुकता है। आपकी ख्याति से मैं परिचित हूँ। आपने जब, जो कहा, उसमें कभी कोई भूल नहीं हुई।''

''सब ऊपरवाले की इच्छा !''

''मीर हबीब बन्दी बना लिया गया। साथ ही वर्गियों की ताकत भी बढ़ गई। अब

वह क्या खबरें देकर हाथ बँटाएगा ? अभी उस दिन तक, वह इस पक्ष का आदमी था, सम्पर्क-सन्धान सब कुछ उसका जाना हुआ था—''

''अब ढेर-ढेर असम्भव कांड होंगे। चारों तरफ मनहूस संकेत ! कल तक जो हमारा दोस्त था, आज दुश्मन बन जाएगा ! बाप-बेटे में मार-काट होगा ! इंसान जहाँ हाथ रखेगा, वह जगह गन्दी हो जाएगी।'' सुरकंठ ने लम्बी उसाँस भरी, ''कलियुग कब नहीं था ? महाभारत का इतना विराट युद्ध हुआ, उसकी जड़ में भी लोभ, जिद और हिंसा ही तो थी।''

सुरकंठ की यह बात, नवाब के बख्शी के कानों को अजीब लगी, क्योंकि वह विषयी-संसारी इंसान थे, बख्शी से दीवान बन गए थे ! एक राजा का पतन, दूसरे राजा का उत्थान ! उन जैसे इंसानों का कमलालय गढ़ने का आह्वान पहुँचा देता है। अनगिनत लोगों का सर्वनाश, बहुतों का अवस्थान्तर। देशव्यापी तोड़-फोड़ के अन्दर से ही वे लोग कमलालय गढ़ने का माल-मसाला ग्रहण करते हैं। वे उच्च सम्मान के प्रतिष्ठित व्यक्ति हैं, इस राज्य के एक श्रेष्ठ राजपुरुष ! और किसी वक्त, सुरकंठ जैसे मामूली ब्राह्मण, उनके पास आएँ, उनसे यूँ सहज बातचीत करें, ऐसा कभी नहीं हुआ।

लेकिन वे अधेड़, धर्मनिष्ठ हिन्दू थे। जिस दिन से भाग्य उन पर प्रसन्न हुआ है, उस दिन से वे मन-प्राण से विश्वास करने लगे थे कि ग्रह-नक्षत्रों के किसी शुभ मिलन की बदौलत ही उनका सौभाग्य उदित हुआ है। इसलिए ग्रह-नक्षत्रों को और अधिक प्रसन्न करने की जरूरत है। देव-देवी,ग्रह-नक्षत्र, मकर-केतु इन सबका क्षेत्र उनकी पहुँच से बाहर था। वहाँ राजा-बादशाहों का हुक्म भी नहीं चलता। इसलिए उन्हें सुरकंठ की बेहद जरूरत थी।

सुरकंठ को निहारते हुए, उन्हें खुद ही अपने पर भरोसा होने लगता था, वर्ना मुर्शीदाबाद में भाग्य-गणना करनेवाले ज्योतिषियों की कमी नहीं थी। गणक, ज्योतिषी, पीर, फकीर—किसी को भी रात या दिन, पल-भर की भी फुर्सत नहीं थी। वे लोग व्यस्ततम् राजपुरुषों से भी ज्यादा व्यस्त थे। नवाब सरकार के राजपुरुष भी उनके भक्त ! राज परिवार के बहुत से आत्मीय-स्वजन, उन लोगों से सलाह-मशविरा करके ही जमीन-जायदाद की खरीदारी करते थे, सोरा यानी पोटाशियम नाइट्रेट के गोदाम में रुपए लगाते थे, आने-जाने के लिए पालकी खरीदते थे। ऐसे ही तमाम अहम् काम वे लोग, उनसे पूछकर ही करते थे। इसके अलावा, आजकल मुर्शीदाबाद नगरी को छोटी-मोटी एक और दुनिया भी कहा जा सकता है।

दरअसल, बंगाल कोई कटा हुआ, विच्छिन्न भूखंड नहीं था। आदि युग से ही, समुन्दर पार करके, नदी की राह में हिमालय तक की दुर्गम बाधाओं की उपेक्षा करते हुए, हाट-बन्दर और संघों तक पहुँचकर, बाहर की लम्बी-चौड़ी दुनिया, बंगाल के सुख-दुःख की खोज-खबर लेती रही है।

आज भी, हर साल बंगाल की अति-सुलभ साड़ियाँ, खाद्य-शस्य और मसाले खरीदने के लिए, भागीरथी नदी के सीने पर कतार-दर-कतार नावें तैरती रहती हैं और

मुर्शीदाबाद, सैय्यदाबाद, खगड़ा, कुंजघाटा के घाटों पर पहुँचती थी और घाट-महसुल अदा किए जाते थे। उन नौकाओं में, कारोबारी जहाजों में अग्नि-उपासक पारसी, श्याम-वर्ण, विशालकाय, एब्सीनियावासी और इस्लाम की पितृभूमि से अरब व्यापारी आते हैं। शाम के वक्त, चैनिक, तुर्क, मूर और यहूदी, अफगानिस्तान के उत्तर में कृष्णसागर के तटवासी जॉर्जिय और रंग-बिरंगी पोशाकों में आर्मेनी वगैरह नगर की सदर चौक में इकट्ठा होते थे।

वे लोग अंग्रेज, जर्मन, डच और फ्रांसीसियों की तरह कोठी बनाकर नहीं रहते। वे आते-जाते रहते हैं। आजकल दुनिया में हर तरफ वैश्ययुग है ! व्यापार जहाँ, लक्ष्मी वहाँ। इसीलिए भारत के विभिन्न राज्यों से काश्मीरी, मुलतानी, पठान, गुर्जरी, सिन्धी, यहाँ तक कि तिब्बती और भूटिया व्यापारी, पूरे साल-भर तक मुर्शीदाबाद के हाट-बाजारों में खरीद-फरोख्त के लिए आते हैं।

सभी दैव में विश्वासी। वाणिज्य-व्यवसाय, कुछ भी दैव की सहायता बिना नहीं चलता था। साहब-कोठीवाले तक ज्योतिषी-गणक की मदद के बिना चलना-फिरना भी नहीं करते। बीच-बीच में ऐसे-ऐसे कांड हो जाते थे कि प्यादा भेजकर गणकों की खोज मच जाती थी। गंगा-घाट के एकान्त में बैठकर कोई गेरुआधारी विश्राम कर सके, इसका भी उपाय नहीं था।

सुरकंठ उस जात के प्राणी नहीं थे। बख्शी दीवान के साथ जब उनकी पहली बार जान-पहचान हुई, सब वक्त सुरकंठ के जरिए होम-यज्ञ का इन्तजाम किया जा रहा था। बख्शी दीवान, फतहचन्द या कुंजघाटा की कोठी में होम-यज्ञ करने में परम आनन्द महसूस करते थे, क्योंकि इस वैश्ययुग में लक्ष्मी बलवती थी। प्रतापी लोगों के आश्रम में रहना, उन्हें प्रिय था। इन सब कोठियों में, बात-बात में सोना-रूपा बरसाए जाते थे।

लेकिन वहाँ का राग-रंग देखकर ही, सुरकंठ उसके खिलाफ हो गए।

उन्होंने सीधे-सीधे ही कहा, "मैं विष्णुपुर जाऊँगा, मइया के थान पर प्रसाद लूँगा। गंगा-पार जाऊँगा। किरीटीश्वरी के श्री चरणों के दर्शन करूँगा। मैं इन सब होम-यज्ञ में नहीं हूँ।"

सुरकंठ वहाँ से एकबारगी नौ-दो-ग्यारह हो गए। सुनने में आया, गंगा पर से होकर नमक भरी, नाव गुजर रही थी। उस पर सवार होकर, वे नैहाटी की तरफ चले गए।

सुरकंठ को इस कदर निर्लोभी जान-समझकर, उसी जमाने से बख्शी दीवान का उन पर अटल विश्वास जम गया। उन्हें खुद के लिए अर्थ-प्रतिष्ठा बेहद प्रिय थी। उनके मन में यह बहुत बड़ी साध थी कि बंगाल-देश में उनका इतना नाम हो जाए कि लोग एक आवाज में उन्हें पहचान लें। जो इंसान यंह सम्मान, प्रतिष्ठा, यश, धन-दौलत, सारा कुछ तुच्छ समझकर फेंक देता हो, उसके वे परम भक्त बन जाते थे।

जाने कब तो उन्होंने अपनी जन्मपत्री बनाने के लिए दी थी। इसके अलावा और भी किन्हीं खास-खास गणना की भी जिम्मेदारी सौंपी थी। सुरकंठ ने काफी देर कर दी। जब दोबारा भेंट हुई, वह समय बड़ा अशुभ था। वर्गी-गिरोह द्वारा खदेड़े जाने पर, वे

लोग कटवा की तरफ भाग रहे थे।

"अन्न-पानी के बिना तो जान के लाले पड़ गए हैं। वर्धमान में आखिरकार ऐसी दुर्दशा हुई कि लोग-बाग केले के पेड़ की जड़-मूल उबालकर खाने को लाचार हो गए ! अब पता नहीं, कितने दिनों में इस मुसीबत से छुटकारा मिलेगा।"

अचानक सुरकंठ को याद आया, महीपति आचार्य लाए थे, लेकिन करीब नहीं पहुँच सके।

यह बात सुनकर, बख्शी दीवान ने हथेली उलटकर हताशा जाहिर की। दोनों तरफ जले हुए अनाज के खेत और परित्यक्त गाँव। इनकी उदासी उनके सीने पर चट्टान की तरह वजनी हो आई। वैसे भी, युद्ध का मतलब ही होता है, आम इंसान की दुःख-दुर्दशा। युद्ध उनकी आँखों के लिए नया नहीं था।

उनके खयाल जाने कैसे तो सुरकंठ ने भाँप लिया।

सुरकंठ ने गम्भीर आवाज में कहा, "इतने दिनों आप युद्ध को विजेता की नजर से देखते रहे। यह दुःख-दुर्दशा आपने सिर्फ आँखों से देखा, इसने आपके मन को नहीं छुआ। अब स्थितियाँ बदल चुकी हैं, इसलिए आँखों से जो देखा, वह याद आ रहा है।"

"रैय्यतों का जब यह हाल है..."

"तो ?"

"नुकसान तो हमारा ही है। किसानों के अलावा, राजा को धन कौन देगा ?"

सुरकंठ ने इस सवाल का तत्काल जवाब नहीं दिया। उन्होंने चारों तरफ नजरें दौड़ाईं।

अगले ही पल, उन्होंने मुस्कुराते हुए कहा, "आपका खयाल है, शासन आप चलाते हैं; नवाब को मुग़ालता है, वे चलाते हैं; लेकिन असल में शासन चलाते हैं, ये हलधर खेतिहर किसान। उनके हल-बैल !"

उनकी इस बात पर, इस कदर दुखी होने के बावजूद बख्शी दीवान को हँसी आने लगी।

"आप ठहरे संन्यासी जीव ! आप तो यह कहेंगे ही। राज्य कैसे चलता है, कैसे चलाया जाता है, आपको इसकी क्या समझ ?"

बेहद तकलीफदेह सफर। आहारहीन ! चारों तरफ दुश्मन ! इसके बावजूद, सुरकंठ की यह बात उन्हें मजेदार लगी। वे दोबारा हँस पड़े।

25

कोई दे दुहाई, कोई करे हाय-हाय
कोई कहे बाप ! बाप, जान निकली जाय

सच ही, इस सफर में दुःख-दुर्दशा का कोई अन्त नहीं था।

नवाब की फौज का कारवाँ बढ़ता जा रहा था। कुल मुट्ठी-भर आहार पाने की उम्मीद में, अनगिनत ग्रामवासी साथ-साथ चल पड़े थे।

उन लोगों की हालत बहुत कुछ दावानल के विशाल मुँह में पशुओं के झुंड जैसी थी। नवाब की फौज, इसी राह से गुजरनेवाली है, यह खबर पाकर वर्गी-गिरोह भी, कुछेक मील के फासले पर साथ-साथ चल रहा था।

वे लोग राह में पड़नेवाले हर गाँव को लूट रहे थे। लेकिन एक बार भी तोप के सामने नहीं पड़े। बीच-बीच में, नवाब की फौज में, जो सिपाही आहत या बीमार हालत में पिछड़ जाता था, उन्हें अपनी तलवार की नोंक से क्षत-विक्षत करते हुए, वर्गी-गिरोह निर्मम परिहास में जुटा हुआ था।

वैसे उनके परिहास का विषय, ले-देकर एक ही था।

"तुम्हारे अस्त्र-शस्त्र बाबा आदम जमाने के हैं और युद्ध का तरीका तो आज के जमाने में बिल्कुल अचल है।"

"तुम लोगों के पास है क्या ? मुट्ठी-भर बाजरा निगलकर, चौबीसों घंटे घोड़े की पीठ पर सवार रह सकते हो—"

यह कहते हुए, इंसान के मुँह-अंग-प्रत्यंग को तलवार की नोंक पर नचाते हुए, अजब से खेल में पगलाए हुए थे।

युद्ध की ऐसी पहल सुरकंठ ने पहले कभी नहीं देखी थी।

जानकीराम की बातचीत से वे ऊब उठे ! उन्हें ऊब क्यों हो रही थी, इसकी वजह, वे खुद नहीं जानते थे।

इधर न खाने-पीने का जुगाड़, न सिर पर तम्बू, उस पर से वर्गियों की लगातार उपस्थिति, प्रेतछाया की तरह, साथ-साथ ही लगी हुई थी।

दो-तीन हजार सवार और पाँच-छः हजार पैदल सिपाही-कुल मिलाकर यही तो फौज !

लेकिन अलीवर्दी में उन्हें भी खिलाने की क्षमता नहीं थी।

क्लान्त, टूटी-हारी फौज बस, शिथिल चाल में रास्ता तय कर रही थी। उनके बीच में, नवाब का हाथी नजर आता हुआ। हाथी की पीठ पर नवाब तनकर बैठे हुए !

सुरकंठ जान-बूझकर जरा पिछड़ गए। जब पैदल ही चलना है, तो फौज के साथ चलना ही बेहतर था।

"क्या बात है ? ठाकुर, क्या पेट के लिए मन्तर-रन्तर पढ़कर चले हो, भूख-वूख नहीं लगी ?"

"अरे धत् ! जो लोग पूजा-पाठ करते हैं, उन्हें तो उपवास की आदत होगी। तेरी तरह बागदी तो हैं नहीं, जिसे सुबह-सवेरे भींगा हुआ, पन्ता-भात चाहिए ही चाहिए।"

"हाँ, सो तो चाहिए !" किसी और ने मुँह बिगाड़कर कहा, "वर्धमान में वर्गियों ने लात-जूतों की मार से पान्ता-भात जो बना दिया था।"

अब जाकर सुरकंठ ने गौर किया, जिस मुसाफिर के पाँव में सबसे बड़ा जख्म था,

वही सबसे ज्यादा हँस-बोल रहा था।

"तुम्हारा नाम क्या है, भइए ?"

"हम जैसों का क्या नाम, ठाकुर ! मैं जेमो गाँव का हरि बागदी हूँ।"

"अच्छा, जेमो कोदी में घर है ?"

"हाँ, वहाँ हरि नाम की बाढ़ है, इसलिए गाँव का नाम ही अहम् है, समझो, ठाकुर ?" वह शख्स बेवजह ही दोबारा हँस पड़ा।

"हमलोग 'हरि-हरि' भजते हैं न, वो बेटा लोग 'हर-हर' का नारा लगाकर, हमको चुप करा देते हैं।"

सुरकंठ समझ गए, पेट की भूख और प्राणों का भय—सब कुछ दबाने के लिए हँसी-ठट्ठा जैसी दवा और कोई नहीं। इन मुसाफिरों के साथ चलते हुए, उन्हें बुरा भी नहीं लग रहा था। चड़क की शिवरात्रि के मौके पर वे गाँव के बागदी, निम्नशुद्र, सभी के साथ मिलते-जुलते थे। वे लोग उन्हें देवता मानते थे। उनकी अक्खड़ बातचीत, खर-दिमाग, आवेगमय भक्ति—सभी कुछ से वे परिचित थे।

"हरि, तुम युद्ध में क्यों आए ?"

"हमें लाया ही क्यों गया ?"

"कौन ले आया ?"

"हमारे जमींदार ! हम सब उनकी परजा हैं। वह नवाब की परजा हैं। जब लड़ाई लगती है, तो लठैत, भालेदार, बल्लमी, तीरन्दाज—यही सब तो जुटाते हैं।"

"इस जंग में तुम्हें क्या मिलेगा, हरि ?"

"क्या मिलेगा, मतलब ? कहीं सुबह-सबेरे ही धुएँ का दम तो नहीं लगाया, ठाकुर ?"

सुरकंठ ईषत् हँस पड़े, "नवाब को नया-नया राज्य मिला है, वे उसे किसी तरह बचाने में लगे हैं। वर्गी लूटपाट करने आए हैं, कर रहे हैं। बख्शी-दीवान और-और ज्यादा मान-सम्मान, प्रतिष्ठा पाने की उम्मीद लगाए बैठे हैं। सभी लोग कुछ-न-कुछ पाने की उम्मीद के साथ, जंग में उतरे हैं, इसीलिए मैंने पूछा—"

उस आदमी में खास हरकत नहीं हुई।

उसने सपाट लहजे में कहा, "जब बाँट-बखरा होगा, तब लंका के हिस्सा-बाँट में शायद हमें भी थोड़ा-कुछ मिल जाए। लेकिन, ठाकुर, जन्म से जो दो पाँव मिले थे, लगता है, उनमें से एक गया—"

उसने पल-भर के लिए इधर-उधर नजरें दौड़ाते हुए कहा, "गाँव तो बहुतेरे नजर आते हैं, मगर अँधेरे में जाकर कहीं पनाह लूँ। उसका भी उपाय नहीं है। अगर दम लेने की थोड़ी फुर्सत मिल जाती, तो शायद मेरा पैर बच जाता।"

"अरे भइए, तुझे अगर बाँध-बूँधकर भी ले जाना पड़ा न, तो ले चलूँगा। तुमको सड़क पर छोड़कर नहीं जाऊँगा।" किसी ने झल्लाहट-भरे लहजे में कहा।

"चलने में उसे तकलीफ हो रही है, भई !" उन्होंने धीमी आवाज में कहा।

''हुँह तकलीफ हो रही है। सड़क पर फेंककर चले जाएँ, तो वर्गी लोग कछुए की तरह काटकर धज्जी-धज्जी कर डालेंगे। समझे ठाकुर ?''

कोई दूसरा सिपाही बोल उठा, ''हवा में मुर्दों की सड़ान्ध महसूस नहीं कर रहे हो ?''

''हाँ—'' सुरकंठ ने गम्भीर लहजे में हुँकारी भरी।

सड़क के दोनों ओर ऐसी श्मशानी निस्तब्धता की बातचीत, हँसी-दिल्लगी, अपने आप ही मद्धिम पड़ती गई। हवा में सिर्फ मुर्दा-गन्ध ही नहीं, करीब के पेड़ों की डाल-डाल पर शकुनी पक्षी बैठे हुए !

हरि ने सिर उठाकर, आकाश की तरफ खोज-भरी निगाहों से देखा।

''क्या देख रहे हो, दादा ? शकुन देख रहे हो ? तुम नहीं जानते, शकुन देखना अशुभ है ?'' उस आदमी ने किंचित अधीर होकर कहा, मानो वह अमंगल अभी भी काफी दूर है, दादा शकुन-वकुन देखकर, उस अमंगल को करीब लाने की कोशिश कर रहा है।

लेकिन हरि एक बार फिर हँस पड़ा।

उसने उदास हँसी बिखेरते हुए कहा, ''मैं तो आसमान देख रहा था, रे। कैसा धुआँ-धुआँ काल वैसाखी, आसमान में घूम-फिर रही है, तूने नहीं देखा ?''

''देखा—''

''ऐसा धुआँ-धुआँ आसमान शुभ नहीं होता, भइए ! इस साल अब मौसम नहीं बदलनेवाला—''

उस मुसाफिर के भीतर से, छाती तोड़कर एक उसाँस उमड़ आई।

उसने धीमी आवाज में कहा, ''किसी तरह वह ऊसर जमीन हासिल की थी, बड़ी उम्मीद थी कि इस मौसम में धान बुनूँगा।''

''तुम्हारे...हमारे...अभी तो काफी समय पड़ा है, दादा...'' यह कहते-कहते, उसका भाई चुप लगा गया।

जैसे-जैसे शाम करीब आती गई, चारों तरफ श्मशान जैसा सन्नाटा और गहराता गया। सुरकंठ तो पहले ही भाँप चुके थे कि हरि से चला नहीं जा रहा है, मानो वह जान-बूझकर बार-बार पिछड़ रहा हो।

इधर फौज में उस वक्त आगे बढ़ने की होड़। यह राह ठीक नहीं थी। सड़क की दोनों तरफ, जरूरत से ज्यादा झोंपझाड़ ! ऐसी जगह रुककर दम लेना सम्भव नहीं है। यहाँ 'कूच' को रोकना उचित न होगा।

''झोंपझाड़ से जन्तु-जानवर मौका देखकर निशाना साधेंगे और शकुनी की तरह चोंच मारेंगे।'' हरि ने बुझे-बुझे स्वर में कहा।

''नहीं-नहीं, खुले मैदान में जाकर न बैठने से, हम बेमौत मारे जाएँगे।'' किसी

भीमकाय अधेड़ व्यक्ति ने कहा। उसकी आँखें सिकुड़ आईं। जाहिर था कि वह भालेदार था। भाला चलाना ही उसका पेशा था। भौंहें सिकोड़े हुए, वह निशाना साधकर भाला चलाता था।

''अरे, मरते तो हम हैं, जी !'' हरि स्वगत् बुदबुदा उठा, ''उन लोगों को घेरे रहना होता है ! 'पउरा' देना होता है। समुन्दरी जब आते हैं, अपने घोड़ों का खुर, सीधे हमारे पेट में घुसेड़ देते हैं।''

''जुबान से 'हर-हर' बोलते हैं—''

''नहीं, कक्का, रात-विरात चुपचाप आते हैं—''हरि की आवाज किसी गहरी खाई में उतरती जा रही थी, जैसे उसकी जीवन-शक्ति ही क्षय होती जा रही हो।

कुछ देर खामोशी छाई रही।

थोड़ा ठहरकर कोई फिर पूछ बैठा, ''ये समुन्दरी भला आए ही क्यों ?''

अधेड़ भालेदार ने मुँह बिचकाकर कहा, ''तो समुन्दरी की तरह हाथ में लाठी-भाला लेकर कटक क्यों गए थे ? अहा, रे, मोर नचनिया गोपाल।''

''कहा था रुपए देंगे—'' हरि ने स्वगत ही कहा।

उसकी आवाज इतनी तेजी से किसी खामोश शब्दहीनता में उतरती जा रही थी कि सुरकंठ चिन्तित हो आए।

कुछ देर को फिर खामोशी छा गई। अचानक सुरकंठ उठ खड़े हुए। हरि सहसा एक काँटेदार पेड़ से टिककर अधलेटा हो आया।

''क्या हुआ, भइयाजी?''

''तुम लोग चलो, मैं जरा ठहर-ठहरकर, दम लेते हुए जाऊँगा।''

उसका भाई भी समझ गया, उसका आराम करना खत्म नहीं होगा। भाई को भी आभास हो गया, यह आराम, इस चीह्नी-पहचानी धरती पर उसका आखिरी विश्राम है। लेकिन जान का डर बेहद खौफनाक होता है। उसका भाई अब नहीं रुका। कुछ देर तक ठिठककर, वह बड़े भाई को घूर-घूरकर देखता रहा, उसके बाद अपनी राह चल पड़ा।

अचानक सुरकंठ जैसे भूल गए कि उन्होंने गेरुआवस्त्र पहन रखा है। इस वक्त खींज या झल्लाहट भी उन्हें शोभा नहीं देगी।

उन्होंने आगे बढ़कर भाई का हाथ थाम लिया।

''हाथ छोड़ो, ठाकुर !'' उसने अपनी चाल धीमी नहीं की।

''अपने भइयाजी को छोड़े जा रहे हो ?''

''अपने दो-दो भाइयों को कटक में सोया छोड़ आया। ये कोई पहले नहीं हैं। उस लड़के की आवाज बैठी हुई थी, आँखों में आँसू।

और दो-दो भाइयों को ?''

''हाँ, ठाकुर, हम लोग जात के लठैत हैं। कह सकते हो, लड़ना हमारा पेशा है।''

सुरकंठ ने पीछे मुड़कर देखा। इन लोगों से वे भी परिचित हैं। इन्हें वे भी जानते-पहचानते थे। सच ही तो, दो-दो भाइयों ने कटक की माटी में दम तोड़ दिया,

यह भाई, मुमकिन है कटवा की राह में ही आखिरी साँस लें, लेकिन जो बच रहा है, अगर वह भी मर जाए, तो कौन सी आसानी होगी ?

"इन भइयाजी का मन खेती-बारी में लगा था—" वह नौजवान मानों कहीं दूर से बोले जा रहा था, "शुरू-शुरू में जाने को तैयार ही नहीं थे, लेकिन लड़ाई का काल है, जाना ही था।"

"जाना ही था—" मानो किसी ने उसी का वाक्य दोहराया।

"मइयो ने कहा था, तुम सब इसे देखना, वह छोटा है। अब, छोटे होकर भी, मुझे इतनी सारी मौतों की खबर माँ को देनी पड़ेगी। वह अभागी छाती पीट-पीटकर कहीं मर ही न जाए।"

"इसके अलावा—प्रायश्चित !" इस बार फिर किसी ने टेक लगाई।

अधेड़ आदमी ने सुरकंठ से पूछा, "ठाकुर, रुक क्यों गए ?"

"मैं भी थक गया हूँ—" सुरकंठ ने संक्षिप्त-सा जवाब दिया।

"कितनों के लिए रुकोगे, ठाकुर ? कितनी बार पीछे मुड़-मुड़कर देखोगे ?"

वह आदमी आगे बढ़ गया। सुरकंठ पीछे रह गए।

घनघोर मैला-सा अँधेरा ! मिट्टी फोड़कर मानो आग फूट रही थी। हरि तब तक मिट्टी पर लेट गया। सुरकंठ ने देखा। उसकी धोती भींग गई थी, लेकिन उसे होश नहीं था।

"ठाकुर, तुम क्या मेरे लिए आए हो, ठाकुर ?" हरि की आवाज मानो कहीं दूर से आ रही थी !

"तुम पानी पीओगे ?"

"अब पानी लेने कहाँ जाओगे, ठाकुर ? इसके बजाय, तुम मेरे पास बैठे रहो—"

सुरकंठ उसके पास बैठे रहे।

काफी-काफी वक्त गुजर गया। बड़ी देर बाद, हरि ने आँख खोली। उसने जाने क्या बुदबुदाकर कहा।

"हरि कुछ कहना चाहते हो ?"

"बरखा नाहीं भई, इस बार आउश धान नाहीं बीन पाए, ठाकुर।"

जेमो के हरि लठैत, नगण्य पैदल सिपाही की यह आखिरी बात थी।

उसके बाद ही, उसने दम तोड़ दिया।

26

'कोई नाहीं सुने प्रजा की गुहार'

कटवा पहुँचकर, सुरकंठ गंगा-स्नान के लिए चले गए। कटवा बेहद पवित्र स्थान ! यहाँ गंगा-तट पर आते ही, उनका तन-मन पूर्णतः उत्फुल्ल हो जाता था। लेकिन, इस वक्त उनके मन में कोई खुशी नहीं थी। हरि की मौत ने उनके मन को, दर्द से भर दिया

था।

कटवा था नित्य-पुण्य धाम ! कटवा बेहद पवित्र जगह ! डेढ़ सौ वर्ष पहले की बात है। इसी तरह माघ के महीने में एक दिन भोर के वक्त, शंकराचार्य पन्थी, साधुश्रेष्ठ श्रीमद् स्वामी केशवभारती के आश्रम के सामने, नर-नारी, हाथ जोड़े खड़े थे। वृद्धा और समझदारों की आँखों में आँसू ! जवान महिलाएँ घूँघट की ओट से, उन्हें विस्फारित आँखों से निहार रही थीं। शिशु और बालक-बालिका तक की जुबान गूँगी हो आईं। कटवा के सम्मानित नागरिकगण तक वहाँ मौजूद थे।

किसी की भी जुबान से बोल नहीं फूटी। करीब ही मधु नउआ, सिर झुकाए-झुकाए, हाथ जोड़कर रोए जा रहा था। केशवभारती के आश्रम में उसे फिर किसी दीक्षा-कंगाल, नए संन्यासी के बाल उतारने थे।

इधर नवद्वीप के भी मानी-सम्मानी लोग भी वहाँ आए थे। उनके साथ प्रभु नित्यानन्द भी मौजूद थे। गंगा के इस पार-उस पार के जाने कितने ही लोगों को दुखी करने के बाद, निमाई ने संन्यास लिया था।

औरतें लम्बी साँस भरकर आपस में कहती-सुनती रहीं, ''ऐसी पत्थर दिल माय-बहुरिया नाहीं देखी, जी, जो इसको साधु बनने को 'हाँ' कह दिहिन। वो बुड्ढा साधु का कलेजा भी पत्थर का है। माँ को रुलाकर, गोद से बेटा छीन लेत हैं। अहा रे, होली-संक्रान्त के दिन मालिक लोग नाव किराए पर लेकर, नवद्वीप जाते थे, जी, उनका गाना सुनने के लिए !''

बस, उसी दिन कटवा बेहद पुण्य-स्थान बन गया।

पिछले वर्ष, सुरकंठ जब केंदुली गए थे, बूढ़े बाउल ने कहा था, ''इस बार, हम नहीं जाय सकेंगे। आप मोरे लिए, कटवा की धूल, चीथड़े में बाँधकर, लेते आना। ऊ धूल माथे से लगाकर, पापी-तापी लोग सरग पा लेत हैं।''

इसीलिए वे गंगा में डुबकी लगाकर, काफी उत्फुल्ल महसूस करते हैं। वे जब भी यहाँ आते हैं, गंगा-स्नान जरूर करते हैं। वे थे शिवभक्त इंसान ! आमतौर पर नदी में डुबकी लगाते समय 'हर-हर' की आवाज लगाया करते थे। लेकिन जब वे कटवा या नवद्वीप जैसे तीर्थस्थल में आते हैं, उनके मुँह से अपने आप 'हरि-हरि' निकलने लगता है।

इस बार भी, ''हरि-हरि' की ध्वनि के साथ, गंगा में नहाकर, सुरकंठ तट पर चले आए और उन्होंने भींगे कपड़े, हवा में सूखने को फैला दिए। गंगा के पानी में, थके-हारे, शापित-तापित, प्यासे लोगों के लिए क्या अमृत होता है कि सारी थकान, पल-भर में दूर हो जाती है ? बैशाख की सुबह ! मृदु-मन्द बाताश ! उन्होंने भींगी धोती का एक सिरा सहजन की डाल से बाँध दिया और एक सिरा हवा में वे लहरा-लहराकर सुखाने लगे। रेशम के कपड़े पल-भर में सूख जाते हैं, सुरकंठ ने देखा।

गंगा-तट आज निर्जन और निस्तब्ध पड़ा था। आज वहाँ स्नानार्थियों की भी भीड़ नहीं थी। यह वह वक्त था, जब कोई भी संकोची औरत, भींगे गमछे से अपने अंग-प्रत्यंग ढँके, बेटे का हाथ पकड़कर, डरी-डरी सी तट की सीढ़ियाँ नहीं चढ़तीं ''अरे,

तूने मेरी देह पर पानी डाल दिया ?" यह कहकर, कोई अधेड़ औरत चीख-चिल्लाकर कलह नहीं करती। ऐसी बैशाखी-सुबह के वक्त बूढ़ी औरतें कटवा के गंगा-तट पर दुधमुँह लड़कियों को शिव का रूप गढ़कर, पूजा करने और उन्हें विसर्जन देने के तरीके सिखा रही होती थी। कुम्हड़े, डाँठा और साग से भरी टोकरी लेकर, बागदी औरतें, नावों में सवार होकर, इस पार आतीं और स्नानार्थी बूढ़ियाँ, गंगा में छाती तक डूबी-डूबी मोल-भाव करती थीं—"अरे, लड़की, कैसे दिए ? कितने गंडे ?" "अरे, छउँड़ी, कइसे गुच्छे दिए ?"

लेकिन, आजकल अनाज-पाती बिल्कुल दुर्लभ थी, हालाँकि कटवा के शरीफ मोहल्लों में बैसाख का महीना, कितने व्रत-उद्यापन का होता है। दस लोगों के पत्तल में अनाज डालने के लिए, वे शरीफ लोग साग-सब्जी के अलावा और क्या आयोजित कर सकते थे ?

सुबह की इसी बेला, जब वे नहा-धोकर, करबद्ध, गंगा नदी से निकलकर, तट की सीढ़ियाँ चढ़ रहे थे, उनका हैमकान्ति चेहरा देखकर, बूढ़े स्नानार्थियों समवेत् स्वर में अभ्यर्थना की, 'नमो नारायण।'

उन बूढ़ों का वह सम्बोधन सुनकर, पागल एकदम से चकरा गया, "तुमको उन लोगों ने नारायण क्यों कहा ?"

हाँ, पागल ऐसा ही था ! बीच-बीच में वह नासमझ की तरह फर्माइश कर बैठता। उनसे सारी बातें जानना चाहता था।

सुरकंठ के बजाय, वृद्ध सज्जन ने उसे समझाया, "बेटा, उनके हाथ में दंड है, बदन पर गेरुआ वस्त्र, इसलिए उन्हें नारायण कहकर दंडवत किया।"

"इनके हाथ में दंड। बदन पर गेरुआ वस्त्र, इसीलिए तुम्हारे लिए वे नारायण हो गए ?"

"वह तो कहना ही था, बेटे !" वृद्ध ने स्नेहिल लहजे में कहा, "तुम इनकी संगत में रहते हो, फिर भी यह बात नहीं जानते कि 'दंडमात्र धारनेन नरो नारायणो भवेत ?" हाथ में दंड लेते ही, यानी संन्यासी बनते ही, इंसान नारायण का अंश बन जाता है।"

वृद्ध की ऐसी भक्तिभरी बातें सुनकर, सुरकंठ बेतरह लजा गए।

उन्होंने सविनय कहा, देखिए, मैं दीक्षित संन्यासी नहीं हूँ। राह-राह, तीर्थ-स्थानों में घूमता-फिरता हूँ, गेरुआ कपड़े इसलिए पहनता हूँ कि ये जल्दी मैले नहीं होते, इसलिए सुविधा रहती है। मैं आपको प्रणाम करता हूँ। आप अपने कार्य पर जाएँ—"

वृद्ध अवाक् रह गए, "लेकिन तुम्हारे चेहरे-मोहरे पर तो और ही बात लिखी है, बेटा। देखो, कटवा के गंगा-तट पर झूठ मत बोलो। यह नित्य-ब्रजधाम है।"

"नहीं मैंने झूठ नहीं कहा।"

वृद्ध क्षुब्ध हो उठे, "तो, जाओ भई, अपना काम करो, मेरी सुबह फिजूल ही तुमसे बकबक करने में बर्बाद हो गई।"

उन्होंने अपने साथवाले बच्चे को आवाज देकर कहा, "चल, चल, देखें, संन्यासी

कहाँ हैं। सुबह-सुबह तीन संन्यासियों को प्रणाम करूँगा, फल मिलेगा—इसकी मन्नत मानी थी। बड़े जाग्रत थान में मन्नत मानी है, भई, अब अगर अपनी मन्नत पूरी नहीं की तो रात-विरात साक्षात् बाबा आकर मेरी गर्दन पर पाँव रख देंगे। आया समझ में ?''

वह बच्चा हाथ में भींगे कपड़े-गमछा लेकर संन्यासी की खोज में चल दिया।

वृद्ध की इन हरकतों पर सुरकंठ खूब हँसे थे।

पागल ने सन्तुष्ट भंगिमा में कहा, ''सुना तो यही था कि तुम संन्यासी हो, मगर गंगा-तट पर खड़े-खड़े, मइया के सामने तुमने कबूल किया कि तुम संन्यासी नहीं हो। अगर संन्यासी नहीं हो, तो यह गेरुआ क्यों धारण किया है, भइया ? मुझे ये बातें बिल्कुल नहीं सुहातीं।''

''क्यों, संन्यासी के अलावा क्या कोई गेरुआ नहीं पहनता ?''

''कौन पहनता है ?''

''विष्टू पहनता है—''

''लो, देखो, विष्टू ठहरा रंगरेज ! कपड़े रंग करना, उसका काम है। सफेद कपड़े पहनकर, उसका काम कैसे चलेगा ?''

''मेरा भी काम है, गेरुआ पहनना ! और कुछ ?''

सुरकंठ देखते रहे ! कटवा के गंगातट से उनकी कितनी-कितनी यादें जुड़ी हैं ! बैशाखी की वाताश में, उजली-धुली धूप में उनका रक्ताभ पटवस्त्र, पताका की तरह उड़ता हुआ ! उन्होंने उसे समेटकर, अपने थैले में रख लिया।

एक वक्त था, जब वे गंगा-तट पर दौड़ते हुए आ पहुँचे थे, उत्सुक निगाहों से देखते रहे—गंगा के पाट पर, एक नाव में ढोल-दमामे बजते हुए। एक नाव लाल शालू से सजी हुई। एक और नाव पर भारी-भारी सौगात ! वे नाव के झरोखे की तरह कितनी आतुर निगाहों से देखते रहे।

जिस दिन फुलेश्वरी खगड़ा से अपने पति का घर सजाने आ रही थी...

आज सब कुछ वीरान ! निर्जन ! गंगा-तट पर एकाध भिक्षुक या संन्यासी तक का पता नहीं था। गंगा-तट के करीब ही चिड़वा-मुड़की, कदमा-बताशा की दुकनिया थी। सुरकंठ वहीं जाकर खड़े हो गए। दुकनिया की झाँपी बन्द थी। दुकानदार का कहीं कोई अता-पता नहीं था। और-और समय, कितने ही बाहरी लोग नहाना-धोना निपटाकर, इस दुकान से चिड़वा-मुड़की खरीदकर, नाश्ता करते-करते, अपने-अपने काम पर निकल जाते थे।

इस सुदूर उपकंठ पर और एक कोहराम ! नवाब की फौज! हाथी-घोड़ों की मिली-जुली चीत्कार ! इस वक्त चीत्कार क्यों ? क्या वर्गी-गिरोह यहाँ भी आ पहुँचा ?

सुरकंठ डरे-सहमे कदमों से चल पड़े। शहर की सड़कों पर मुसाफिरों का कहीं अता-पता नहीं। घरों के दरवाजों की आड़ में, डरे हुए शिशुओं की रुलाई 'वर्गी आ गए, चुपकर, जा मुन्ना''—औरतों की आवाजें गूँजती हुईं ! इन आवाजों से यह तो जाहिर था कि शहर में इंसान मौजूद थे। लेकिन जो लोग मौजूद थे, वे भी जान की डर से

दिशाहारा थे।

सुरकंठ अपने खयालों में डूबे, चलते चले जा रहे थे। अचानक किसी कुटिया का दरवाजा फट् से खुल गया, ''बाबा, साधु-बाबा !'' आर्त-चीत्कार के साथ, एक औरत उनके पाँवों से लिपट गई।

''छोड़, बिटिया, पैर छोड़ ! मैं संन्यासी नहीं हूँ—'' सुरकंठ परेशान हो उठे।

''मुझे कुछ नहीं सुनना—'' वह औरत बेतरह रो पड़ी, ''देश में वर्गियों का हँगामा मचा है। लोग वर्गी के नाम से थर-थर काँप रहे हैं। घर में कोई मरद भी नहीं है। हम सब बनियाँ-बेटी हैं, साधु बाबा, किसी जन्म में घर से बाहर नहीं निकली ! अब बाल-बच्चा, सास-ससुर को लेकर कहाँ जाऊँ ?''

''घर के अन्दर जाओ, बेटी'' सुरकंठ जरा सख्त हो आए।

''आपको गंगा नहाने जाते हुए देखा था, अभी फिर देखा ! घर के अन्दर मोरा बेटा, मरण-जोग हालत में है, तुम जरा उसे देख जाओ, साधु-जी।''

सुरकंठ को अपने पहनावे से वितृष्णा हो आई।

उन्होंने क्षुब्ध लहजे में कहा, ''मैं साधु नहीं हूँ, बेटी, मेरे झोले में जड़ी-बूटी भी नहीं है। तुम मुझे अन्दर बुला रही हो, मगर मेरे साथ तो बहुत से लोग हैं। वे लोग मुझे खोजते हुए, बस, यहाँ पहुँचते ही होंगे।''

''दया करो, बाबाजी, मुझ पर दया करो—''

उस औरत की आँखों से धार-धार आँसू फूट पड़े। अब जाकर सुरकंठ ने गौर किया, उस औरत के बदन पर ढेर-ढेर गहने ! सोने के कंगन, चूड़ियाँ, सोना चढ़ा शांखा, सोना मढ़ा लोहा ! कानों में सोने के इयरिंग, गले में चेन, कमर में करधनी। इतने सारे गहने देखकर वे डर गए। इनसे कितनी मामूली-मामूली चीजों के लाभ में, वर्गी, इंसानों की जान ले रहे हैं। रास्ते में पड़ी रही, तो यह औरत भी अपनी जान से हाथ धो बैठेगी।

''इतने सारे गहने पहनकर, सड़क पर क्यों निकली हो, बेटी ? चलो, चलो, घर के अन्दर चलो। शिव ! शिव !''

भगवान का नाम लेते हुए, किसी तरह हिम्मत बटोरकर, सुरकंठ घर के अन्दर दाखिल हुए।

उन्होंने मन-ही-मन प्रार्थना की, ''तुम्हारा नाम लेकर अन्दर जा रहा हूँ, प्रभु ! मैं इस औरत का भला कर सकूँ। वर्ना तुम्हारे नाम की महिमा घट जाएगी।''

वे उस औरत के साथ घर के अन्दर दाखिल हुए। बनियों का घर ! चारों ओर मसालों की गन्ध ! जिस कमरे से होकर, वे अन्दर दाखिल हुए, वह मामूली सी कुटिया जैसी ! अन्दर के कमरों की फर्श पक्की, दीवारें पक्की ! फूस का छादन ! कमरे के बाद कमरे, मधुमक्खियों के जाल की तरह आपस में गुँथे हुए। सुरकंठ को लगा, अन्दर की राह अगर न मालूम हो, तो वर्गी अन्दर नहीं घुस पाएँगे। लेकिन, अगर मुसीबत आ ही पड़ी, तो ये औरतें भी बाहर कैसे निकलेंगी ?

अन्दर का कमरा अँधेरा ! आँखों को जब उस अँधेरे से परिचित हो गईं, तो उनकी

नजर कमरे के एक कोने पर पड़ी। उस कोने में बैठे हुए बूढ़े-बूढ़ी, झुंड भर बच्चे, लड़के-लड़कियाँ बैठे हुए थे। भेड़-बकरियों की तरह एक-दूसरे से चिपटे हुए। एक तरफ, फर्श पर बिछे बिस्तर पर एक बच्चा लेटा हुआ था, जो बुरी तरह कराहते हुए, बार-बार करवटें बदल रहा था।

''मइयो, पानी दे, मइयो !'' बच्चा रो पड़ा।

''हाँ, बच्चे, देखो, साधुबाबा को ले आई हैं, लल्ला, वे तुमको अभी अच्छा कर देंगे।'' सिर पर आँचल डालकर, वह औरत, बच्चे के सिरहाने हाथ जोड़कर खड़ी हो गई।

सुरकंठ ने बच्चे के सिर पर हाथ रखा। माथा तप रहा था। उन्होंने नाड़ी टटोली, नाड़ी की गति तेज, लेकिन काफी सबल और सतेज !

''और क्या तकलीफ है, बच्चे ?'' उन्होंने बीमार बच्चे से पूछा।

''पेट में दरद है।''

सुरकंठ ने देखा, उसके पेट पर लाल रंग का, पका हुआ फोड़ा !

''फोड़े की वजह से, इतना तेज बुखार है, इतना भी नहीं समझीं।''

''हमका का मालूम, बाबाजी ! बेटा बीमार पड़ा, तो वैद्यजी की दवा ले आती थी ! हम ठहरी मूरख-गँवार औरत !''

''देखो, मैं वैद्य तो नहीं हूँ, लेकिन मुझे जो याद है, वह बताता हूँ। चाहो तो वह इलाज कर देखो।'' सुरकंठ ने कहा।

''हाँ, बाबाजी, जो कहोगे, करूँगी। ई काल वर्गी कहाँ थे ? कहाँ से आ धमके, बाबा ? डर के मारे कोई सड़क पर नहीं निकलता। जिसको भी धर दबोचते हैं, काट खाते हैं।''

''उन लोगों को कोई दया-माया नहीं है—'' यह कहते-कहते सुरकंठ की आँखें थिर हो आईं। गुस्से से नाक की पोपटें फूल उठीं, ''तुम लोगों को काफी होशियार रहना है। अगर कहीं, वे आ धमके, तो किसी की भी जान सलामत नहीं रहेगी।''

''कहाँ जाऊँ, बाबा ! लेकिन मैंने तो सुना था, मुर्शीदाबाद में वर्गी नहीं हैं ?''

''वर्गी अब हर जगह मँडरा रहे हैं ! लेकिन अब, खुद नवाब कटवा में तशरीफ ला रहे हैं, कहीं यहाँ भी जंग न छिड़ जाए, कौन जाने ?''

''जंग...?''

''हाँ, जंग ही तो !'' सुरकंठ की निगाह, ताखे पर रखी गणेश-मूर्ति पर गड़ गई। दीवार पर गेरु-मिट्टी की अल्पना ! कमरे के ओने-कोने में जालों के ढेर ! टोकरी ! उस पर बेंत का ढक्कन। कमरे की खूँटी पर कथरी झूलती हुई ! चौकी के नीचे ढेर-भर काँसे का बर्तन नजर आता हुआ !

यह सब कुछ भी नहीं बचेगा। आज ही उन्होंने गौर किया है, गंगा-तट निर्जन पड़ा था। राजपथ जनशून्य ! और भी कितना-कुछ देखना पड़ा है ! चारों तरफ ध्वंस, सर्वनाश, घर की जगह श्मशान ! जेभोकाँदी के हरि ने 'आउश' बीनने के लिए, इस

साल सूखी जमीन हासिल की थी। लेकिन इस साल वर्षा ही नहीं हुई और उसकी आउश की खेती जल गई। जाने से पहले, वह अपनी जमीन पर धान लहलहाते हुए नहीं देख सका।

वह जो गेरुआधारी इंसान, वर्धमान के करीब, दम तोड़ गया, पीतल की देवमूर्ति लिए, वह कहाँ तो जा रहा था, उसका जाना नहीं हुआ !

इस बनिया-बहू की यह सजी-सजाई गृहस्थी, अब ऐसी नहीं रहेगी।

सुरकंठ ने लम्बी उसाँस छोड़कर निर्देश दिया, "सुनो मुझे जो खयाल आ रहा है, बताए देता हूँ। बच्चे का सिर धो डालो। अरबी के पत्ते का दोना बनाकर, धार-धार पानी उँड़ेलो। गंगा की माटी लाकर, महीन कपड़े में छान लो और लेप बना लो। फोड़ा बचाकर, आसपास की जगह पर अच्छी तरह लेप की पट्टी चढ़ा दो, और कुछ न मिले, तो चन्दन घिसकर, घी के साथ, लेप चढ़ा दो। फोड़ा फट जाएगा, तो बच्चे को शायद आराम मिले।"

इतनी देर बाद, बच्चे ने जुबान खोली, "पानी ! पानी पीऊँगा !"

सुरकंठ उठ खड़े हुए।

"चलो, उसे पानी पिलाओ। सौंफ और मिश्री भिंगोकर रख दो। बार-बार उसका पानी पिलाओ। अन्दर की गर्मी निकल जाएगी।"

अब, सबने उन्हें साष्टांग प्रणाम किया।

"बाबा जा रहे हैं ! तुम सब उन्हें साष्टांग प्रणाम करो—" बूढ़े ने काँपती हुई आवाज में कहा।

वह औरत, सिर पर आँचल डाले, कमरे से बाहर तक आई।

"इस सर्वनाश का कब अन्त होगा। बाबा ? कारबार-बिसात तो बिल्कुल ही डूब गया !"

सुरकंठ ने हथेली चित्त करते हुए कहा, "अभी भी काफी देर है।"

वह औरत सहमी हुई सी खामोश हो गई।

सुरकंठ धीमी चाल में बाहर निकल आए। अँधेरे-सर्द कमरे से बाहर निकलकर, बैशाख की धूप अचानक बेहद प्रखर महसूस हुई। कितना ठंडा कमरा ! कैसा मसाले की गन्ध से झुरझुराता कमरा।

उन्हें याद आया, बुआ कहा करती थीं, बनियों के यहाँ, रूप मानो बिखरा पड़ा रहता है। उनके घरों की औरतों को अपने रूप-रंग-बालों का हद, गुमान होता है। वे लोग अपने बच्चों को दूध-आलता में सराबोर रखती है, तभी तो उनका रंग इतना निखरा होता है।"

सुरकंठ जब नवाब-छावनी में पहुँचे, तो चारों तरफ उल्लास का कोलाहल !

सुरकंठ ने देखा, बख्शी-दीवार के ब्राह्मण, रसोइए, जलवाहक—सभी दावत के इन्तजाम में व्यस्त थे।

"क्या बात है ?" उन्होंने स्मित मुस्कान बिखेरते हुए दरयाफ़्त किया।

"मुर्शीदाबाद से रसद आया है। रसद, रुपए, फौज..."

"इस बार जंग का रुख पलट गया।"

"तो आखिर पलट ही गया ?"

"विश्वास नहीं हो रहा है न ? देख लीजिएगा। अभी नजर आ जाएगा।"

शाम को सुरकंठ ने कहा, "अब मुझे विदा की अनुमति दें।"

"नहीं, नहीं, यह आप क्या कह रहे हैं ?" बख्शी-दीवान ने उनसे अनुनय किया, "वैसे भी अभी आप कहा जाएँगे ? रास्ते-घाट पर तो वर्गी मौजूद हैं। देखा नहीं, हम सब वर्धमान से कटवा आए। कमबख्तों ने पल-भर के लिए हमारा पीछा करना नहीं छोड़ा। दूर से ही घेरा बनाकर युद्ध करते हैं ! लूट मचा रखी है और किसानों के खेत-खलिहानों पर धावा बोल रहे हैं। इसे क्या युद्ध कहते हैं ?"

"पता नहीं, किसे युद्ध कहते हैं।"

सुरकंठ ने अलस उदासीनता से कहा, "लेकिन, यह बात जान लें, अब धर्म या न्याय के लिए जंग नहीं होगी। अब वह जमाना गुजर गया। यूँ भी, जब इंसान धर्म के लिए युद्ध करता था, तब भी क्या अपने-अपने स्वार्थ के लिए पागल नहीं हो उठता था ?"

"वह तो धर्मयुद्ध था !"

"हाँ, बेशक, वह धर्मयुद्ध होता था। लेकिन धर्मयुद्ध करने के लिए, क्या कम अधर्म हुआ था ? हारा कौन था, जनाब ? भीम ने अन्याय से दुर्योधन को मारा, कृष्ण ने उनकी मदद की। धृतराष्ट्र ने भतीजों को ठगने की कितनी ही कोशिश-तदबीरें की ! उधर कर्ण की मौत, द्रोण की हत्या, कौन से धर्म की राह हुई थी, बताएँ ? उस दिन भी स्वार्थ की खींचतान था, वर्ना सब मिलकर युद्ध को आमादा नहीं होते।"

सुरकंठ ने धीर-गम्भीर आवाज में कहा, "मैंने यह नहीं कहा। लेकिन यह जो युद्ध हो रहा है, इसी का नाम, क्या युद्ध है ? हर कोई अपने-अपने स्वार्थ में व्यस्त !"

"हाँ, आपकी यह बात बिल्कुल सही है ! मैं भी यही कहना चाहता था।" बख्शी-दीवान खुश हो गए और उन्होंने सुरकंठ का कन्धा दबाकर कहा, "जानते हैं, अगर आप भविष्य का खुलासा कर दें, तो मैं अपनी हालत जरा समेट-सँभाल लूँ। युद्ध कितने दिनों तक जारी रहेगा, क्या होगा, इसकी थोड़ी-बहुत जानकारी जरूरी है।"

सुरकंठ ने उसाँस छोड़कर कहा, "मैंने आपको वचन दिया था, वह वचन मैं निभाऊँगा। मुझे काफी वक्त लगेगा। आप अगर राजी हों, तो रात को हम बैठ सकते हैं, वर्ना मुझे छुट्टी दें। मैं आपसे बाद में मिल लूँगा।"

"ठीक है, आज रात ही बैठूँगा—" बख्शी-दीवान जरा और करीब चले आए और बेहद धीमी आवाज में कहा, "यह बात आप किसी को भी मत बताइएगा। बिल्कुल निर्जन जगह हो, सब कुछ गोपन रखना होगा।"

"देखूँ, कोई नाव मिलती है या नहीं।"

"नाव ?"

"हाँ, गंगा के पाट पर, आधी रात को, नाव में...इससे बढ़कर गोपन और क्या होगा ? गुप्त-मन्त्रणा नदी के पाट पर ही होना बेहतर है।"

"हाँ, बात तो ठीक है।" सुरकंठ ईषत् हँस पड़े, "माँ पतितपावनी हैं ! वजन ढोने में, उनका जोड़ीदार भला कौन है ?"

खैर, बात पक्की हो गई। बख्शी-दीवान ने नाव की खोज में आदमी भेज दिया।

हालाँकि, उसी रात, राजधानी से दुःसंवाद आ पहुँचा !

27

हरकारे ने दी, सिर्फ इतनी सी खबर
कटवा से नवाब ने किया शीघ्र सफर

कटवा नगरी का जनशून्य पथ; आतंकित नर-नारी। यह दृश्य देखते-देखते सुरकंठ गंगा-स्नान को जा पहुँचे।

वापसी में उन्होंने देखा, काफी शोरगुल मचा हुआ था। लोग-बाग सड़कों पर दौड़ते हुए !

"क्या हुआ ?"

"लगता है, वर्गी आ पहुँचे हैं।"

"वर्गी आ पहुँचे—?"

"क्या हुआ, यह तो नहीं पता, भइया," किसी अधेड़ औरत ने उत्तप्त होकर जवाब दिया, "वर्गियों के खुराफात से, इन दिनों चूल्हा तक जलाना मुहाल है; किसी को आवाज भी नहीं दे सकती। चूल्हे का धुआँ देखकर, कहीं वे अभागे, खदेड़ते हुए यहाँ तक न आ पहुँचें।"

"जी...?"

"आज भोर-भोर वे कमबख्त, करीब डेढ़ कोस दूर...उधर की तरफ गए थे...क्यों, तुम कुछ कहो न, नन्द के बापू।"

नन्द का बाप, शायद उस प्रौढ़ा का आश्रित था।

"हाँ, जी, बुआ, जइसे हमने ऊ लुटेरों का गंजा सिर देखा, हम नन्द को लेकर, गन्ने के खेत में जाकर लुक्क गए।"

"लुक्क गए ? यानी तू गन्ना चोरी करने गया था ?"

"तुम भी न, क्या बात करती हो, बुआ। मैंने लुक-लुककर देखा, ऊ कमबख्त घोड़ों पर सवार, सर्र-सर्र आगे बढ़े जा रहे थे, मानों आसमान पर उड़ रहे हों, वह नजारा देखकर मैंने कहा, जरूर कोई मामला है। पाजी सब, रुके नाहीं। लूट-मारकर तहस-नहस नहीं किया, जरूर नवाब के डर से भाग रहे हैं।"

"अहा; हा-हा, नव्वाब के डर से भाग रहे हैं—" प्रौढ़ा ने व्यंग्यभरे लहजे में

दोहराया।

सुरकंठ ने दरयाफ्त किया, "तो फिर इस वक्त, लोग सड़कों पर क्यों निकल पड़े हैं ?"

वृद्धा ने जवाब दिया, "यह तो मुझे नहीं पता, बेटा ! आज मैंने सोचा, अब जो होना हो, हो जाए, दो मुट्ठी अनाज तो पकाऊँ, भगवानजी की भोग लगाऊँ, खुद भी परसाद लूँ। अभी मैं भात का माड़ पसा ही रही थी कि अचानक कोहराम मच गया। सब कहने लगे—निकलो, निकलो, सड़क पर निकल आओ।"

"इसीलिए, आप बाहर निकल आईं ?"

"हाँ, तभी तो निकली, बेटा ! लोग एक-एक तरह से चिल्लाते रहे, जो बोलते रहे" हम सुनती रही, वर्ना वर्गी-टर्गी अभी तक हमने अपनी आँखिन से नाहीं देखा, बेटा ! हाँ, हमारे ददिया ससुर के घर के पास, वही कांदड़ गाँव में, सब लोगों ने एक मरे हुए वर्गी की लहास जरूर देखी, वही लोग बताते रहे, उस वर्गी के दो-दो हाथ थे, दो-दो पाँव थे और एक माथा। मैंने कहा, मौत के बखत उसने सब लुकाय दिया होगा। जरूर उसके छः हाथ-पाँव होंगे ! पूरा पाँच माथा होगा, वर्ना एक-एक वर्गी इतना जुल्मी...इतना नृशंस कैसे हो सकता है भला ?"

"लेकिन अभी कोई वर्गी-टर्गी कहीं मौजूद है, ऐसा नहीं लगता।"

कई नौजवान तेज-तेज कदमों के बढ़े जा रहे थे। वे लोग चकरा गए।

"वर्गी ? वर्गी कहाँ है ? नवाब के वास्ते रसद आया है। सुनने में आया है, थोड़ा-बहुत चावल वगैरह मिलेगा। हम वही देखने जा रहे हैं।"

इतनी देर बाद, प्रौढ़ा को याद आया, वह भात चढ़ाकर आई है। वह नन्द के बापू पर बेभाव बरस पड़ी।

हालाँकि नन्द के बापू ने, कई बार दुहाई दी, "नन्द की माँ है न ! उसने भात उतारकर, बैगन चढ़ा दिया होगा। उस छिनाल के हीया में कउनो डर-भय नाहीं है। तुम काहे परेशान होती हो ?"

सुरकंठ ईषत् हँसकर, दो कदम आगे बढ़ गए। सड़कों पर सच ही आते-जाते लोग ! अभी क्षण-भर पहले तक यह अन्दाज़ा नहीं था कि कटवा नगरी में इतने सारे लोग मौजूद थे।

उन्होंने देखा, सैकड़ों बैलगाड़ियों पर चावल-दाल, नमक-तेल और घी लदे हुए। फौजी जवानों ने मैदान को घेरे में ले लिया था और तम्बू बिछाकर, लोगों में चावल-दाल-आटा बाँट रहे थे।

आसपास की भूखी-बुभुक्षु जनता पर, उनकी नजर पड़ी। लोग डरी-डरी, लोलुप निगाहों से देख रहे थे। कोई-कोई लड़का, शायद गरीब वर्ग का होने की वजह से, एक-एक कदम आगे बढ़ रहा था और ईषत् आवाज में—दो, मुझे दो—की रट लगा रहा था।

"पहले फौजी सिपाही खाएँगे या तुम लोग ?" जाने किसने तो डपट लगाई।

सुरकंठ ने देखा, बाँटनेवाले फौजी, बीच-बीच में जनता की तरफ भी एक-दो मुट्ठी चावल, गोद या आँचल में उछाल देते हैं।

ऐसा लगा, जैसे वे काफी व्यस्त थे। मानो काफी अफरा-तफरी में काम कर रहे हों, वर्ना पिछले कुछ दिनों के फाके के बाद, अनाज-पत्तर की मात्रा चाहे जितनी भी कम हो, इतनी उपेक्षा से न बाँटते।

वह कोई बूढ़ा सिपाही था, राजपूत सिपाही ! उसने करुणावश एक लड़के से कहा, "सुनो, बच्चों, ये सिपाही पिछले कई दिनों से उपासे हैं। इससे पहले, वर्गियों के हाथों भयंकर मार भी खाई है। उनका मिजाज बहुत सख्त है। तुम लोग उनकी तरफ क्यों जाते हो ? देखना, कुछेक पल में हम यहाँ से चले जाएँगे। उस वक्त तक जो कुछ भी यहाँ पड़े रहेंगे, सब तुम लोगों का।"

"कहाँ जाओगे ?" सुरकंठ ने सवाल किया।

"पता नहीं, ठाकुर!"

उस बच्चे को जरा भरोसा मिला, "तुम लोग वर्गियों को मार क्यों नहीं भगाते ? वे लोग का तुम लोगों से बहुत ज्यादा खाते हैं ?"

"वे लोग बाजरा खाते हैं, भुट्टे का आटा खाते हैं।"

"उन लोगों के बदन में क्या तुम लोगों से ज्यादा ज़ोर है ?"

"ऐसी बातें नहीं कहते, बेटा—"

उस लड़के की आँखें, विश्वास और उत्तेजना से चमक उठीं, "पता है, पता है, हम लोगों ने वर्गी को देखा—"

अब राजपूत सिपाही का ध्यान उसकी बातों की ओर नहीं था और सुरकंठ जानते थे, कि इस उम्र में अगर उनकी बात कोई न सुने, तो इन्हें कितना दुःख होता है।

"कहाँ ?" उन्होंने पूछा।

"चेंगो मैदान में ! चेंगो मैदान से होकर ही तो वे लोग आया-जाया करते हैं। हमारी बकरी को सियार उठा ले गया था। उन्हें ही खोजने गए थे। हमलोगों ने शरवन में छिपकर उन्हें देखा। कित्तने सारे घोड़े थे उनके पास और कैसी चमाचम तलवार ! धूप में झक्क से जल उठी।"

थोड़ा ठहरकर लड़के ने अगली बात जोड़ी, "हरकारा आकर खबर दे गया। इसीलिए अभी वे लोग जा रहे हैं। उन लोगों को चले जाने दो, फिर देखना, चावल-दाल हमें भी मिलेगा।"

सुरकंठ के होंठों पर करुणाभरी हँसी तैर गई, हाँ, उन्हें भी मिलेगा। मिट्टी पर जो बिखरा पड़ा होगा। जैसे पंछी अपनी चोंच से कुतर-कुतरकर खाते हैं, वैसे ही यह लोग भी चोंच मारेंगे। उनकी माताएँ मिट्टी बुहारकर, साड़ी में बाँध-छाँधकर घर ले जाएँगी। बाद में वही मिट्टी झाड़कर, चुन-धोकर, चावल निकालेंगी, सरकंडों की किस्मत खास बदलती नहीं है।

"देखना, रात को माटी बुहारेंगे, तो जरूर मिलेगा—" लड़के की आँखें उत्साह से

चमक उठी। वह जरा परे हटकर, झुक-झुककर कुछ देखता रहा।

वे लोग चले जाएँगे या फौज यहाँ से कूच कर जाएगी ? लेकिन कहाँ जाएँगे ? कितनी दूर ?

सुरकंठ ने देखा, मैदान में खूँटे से बँधे कतार-दर-कतार तेजस्वी घोड़े ! उनके केशर और चमड़ों से रोशनी फिसलती हुई। उनके चंचल नथुनों से हल्का-हल्का धुआँ निकलता हुआ ! सवार लोग कम्बल के टुकड़ों से उनका बदन जोर-जोर से रगड़ते हुए। ऐसा लगा कि यह बात उन्हें भी पता चल गई है कि उन्हें अभी ही कूच करना है। हरकारा खबर लाया है ! जरूरी खबर ! सुरकंठ की आँखें साफ-साफ देख रही थीं, युद्ध और अराजकता के समय, आज की जरूरी खबर, कल की तुच्छ हो जाती हैं।

यह बात अलग है कि नवाब-बादशाह चाहे जितना भी चाहें, जितनी भी कोशिश करें कि हर खबर गुप्त रहे ,लोगों के मन में आतंक न बिखेरे, फिर भी कुछ भी गोपन नहीं रहता; गोपन रखना असम्भव है।

सिपाही सवार ने ही बात शुरू की, "अरे, दौड़कर क्या उनको पकड़ा जा सकता है ?"

"वे लोग मुर्शीदाबाद में हैं।"

"मुर्शीदाबाद में ?"

"हाँ, नवाब जब कटवा में थे, वे लोग मुर्शीदाबाद जा पहुँचे। नवाब जब मुर्शीदाबाद पहुँचेंगे, तब तक वे लोग मेदिनीपुर चल देंगे। युद्ध करना है , तो इस ढंग से करो, एक अदद नंगा घोड़ा, जिन-बख्तर हीन। हेन-तेन, सात-सतरह चीजों की भी बला नहीं ! पीठ पर सवार हो जाओ। जो कुछ है, सब चमड़े की थैली में ठूँसकर, हाथ में एक तलवार उठाए, बस लड़ते फिरो।"

"अरे, तो यह सज्जा बुरी क्या है ?"

"यहाँ तो जिरह-बख्तर पहनो, तलवार पकड़ो; हाथी-घोड़े की पीठ पर चमड़ा या पीतल का साज चढ़ाओ। चढ़ाने के बाद, घोंघे की तरह रेंगते हुए जाओ !"

"और मार खाओ—" कोई पठान सवार बोल उठा।

"सच बात ! अरे, उन कमबख्तों को उत्तम-मध्यम मार लगाकर, तब मार खाते तो अफसोस नहीं होता।"

"बड़े जबरजंग हैं, भइया, वे लोग !"

"हाँ, अभी इन वर्गियों को देखकर तो यही लगता है।"

उस वक्त, ठीक यही बात, वर्गियों में भी छिड़ी थी।

तन्नजी आमोड़ा, मीर हबीब और शीषराव समेत हजारों वर्गियों की नजर, दूर से ही डाहापाड़ा की धनी बस्ती पर गड़ गई। डाहापहाड़ तक पहुँचने का मतलब था, मुर्शीदाबाद के सदर दरवाजे तक पहुँच जाना।

''डाहापाड़ा में आखिर है क्या ?''

हर वर्गी जब-तब सवाल करके, मीर हबीब को परेशान कर रहा था। वैसे भी उन लोगों की जुबान पर 'आप' या 'जी हुजूर' नहीं होता, सबके लिए, सीधे-सीधे 'तुम' !

उस पर से ये जब-तब सवाल !

''वहाँ क्या है ?'' मीर हबीब मुस्कुरा उठे।

''हाँ, वहाँ आखिर है क्या ?'' इस बार तन्नजी आमोड़ा ने सवाल किया।

''दुकानें ! बाजार ! कारोबार ! वाणिज्य !''

''और मुर्शीदाबाद में ?''

''पहुँचते ही, नजर आ जाएगा !''

''भई, तुम तो सब जानते-पहचानते हो, जी, तुम ही सब देख-दिखा देना।''

अचानक फूहड़-सा इशारा करते हुए, अर्जुन फाल्के ने जोर का ठहाका लगाया।

''अभी उस दिन तक उनके दल में थे, अब हमारे दल में। कल अगर कोई ज्यादा रुपए दे, तो...?''

''तो उसके दल में चल दूँगा।'' मीर हबीब ने क्रुद्ध लहजे में जवाब दिया।

शीषराव समझ गया, मीर हबीब भड़क गया है। मीर हबीब बुरी तरह तैश खा गया।

उसने बेहद मद्धिम आवाज में फाल्के से कहना शुरू किया, ''अगर वह न होता, हमें क्या सुविधा होती, भइए ? तुम्हें क्या शर्म नहीं आती ? इस तरह की फिजूल की बातें करते हो तुम, तभी तो तुम्हें अपने साथ रखना नहीं चाहता था। तुम बाद में चले आते।''

''हाँ, लूट का माल अपने में बाँट-बूँट लो और हम अँगूठा चूसते, यही न ?''

कुछ देर खामोशी में गुजर गया। उसके बाद, अचानक किसी ने बिना किसी प्रसंग के ही, मन्तव्य जड़ा, ''अपने नवाब को ही लो...''

बाकी लोग हँस पड़े। हँसी-मजाक, हो-हुल्लड़ शुरू हो गया। इस एक बात पर प्रायः रोज ही हँसी-दिल्लगी होती रहती थी !

''हाँ, नवाब आ रहा है ! दस मन का जिरह-बख़्तर पहने हुए हाथी की पीठ पर सवार होकर डुगुर-डुगुर आ रहा है। दो घंटे का रास्ता, चार दिनों में तय करेगा—''

जिस ढंग से आँधी-तूफान की तरह, डेरा-डंडा समेटकर, दोबारा कूच की तैयारियाँ शुरू हुईं, वह देखकर सुरकंठ चकित रह गए।

उन्होंने बख्शी-दीवान से अर्ज किया, ''आपको अगर समय नहीं है ,तो अभी मुझे छुट्टी दीजिए—''

बख्शी-दीवान मानो चौंक उठे, उनका चेहरा प्रायः हर वक्त भावलेशहीन रहता था ! नवाब के खेमे से लौटकर आने के बाद, बिल्कुल पत्थर की तरह ! गम्भीर !

उन्होंने कहा, ''अभी आपको छुट्टी नहीं दे सकता—''

''क्यों ?''

दीवान ने धीमे-धीमे मानो स्वगत ही कहना शुरू किया, ''जो मालिक मान-मर्यादा समझते हैं, उनके लिए जान दे देने का मन होता है। अब इस मुसीबत में मैं पीछे नहीं हट सकता।''

''तो आप जाएँ। अपने मालिक के लिए प्राण उत्सर्ग कर दें। झूठमूठ मुझे क्यों रोक रहे हैं ?''

''आप कहाँ जाएँगे ?''

''कहीं भी ! अब मेरे लिए हर स्थिति बराबर है। राह ही मेरा घर है।'' यह कहते-कहते, अचानक उन्हें याद हो आया कि जब वे आंधारमानिक से चले थे, तो उन्होंने मन-ही-मन प्रतिज्ञा की थी कि अब चाहे जैसे भी हो, उन्हें दौलत कमाना है। दौलत के बिना, लोगों में इज्जत नहीं होगी।

इस वक्त वह बात याद आते ही, उन्हें हँसी आने लगी। वे हँस पड़े।

दीवान उनकी हँसी देखकर, दुखी हो आए, ''यह भयंकर विपत्तिकाल है। आप क्या मेरी बात पर हँस रहे हैं ? मैंने क्या कोई मूर्खता की बात कह दी ?''

''नहीं मुझे अपनी ही किसी बात पर हँसी आ गई—''

सुरकंठ ने गौर किया, बख्शी-दीवान बेहद दुखी, बेहद चिन्तित है। इसीलिए उन्होंने अपनी ही मूर्खता की कहानी सुनाकर, उन्हें शान्त किया।

अन्त में उन्होंने कहा, ''जानते हैं, मेरा खयाल था, मेरे पास विषय-वैभव हुआ, मुझे लोगों से और ज्यादा मान-सम्मान मिलेगा।''

उनकी यह बात सुनकर, बख्शी दीवान, पहले तो और ज्यादा परेशान हो उठे। वे इसी जात के इंसान थे, जिनके दिल से ऐश्वर्य, धन-सम्पत्ति, मान-प्रतिष्ठा—इन सबकी चाह मिटने का नाम नहीं लेती थी।

लेकिन, साधु-संन्यासी, फकीर-दरवेश को, कड़ाके की ठंड में, बदन पर कम्बल लपेटे देखकर, वे मन्तव्य देते थे, ''देखा, यह आदमी गेरुवा पहनने के कतई काबिल नहीं है, ऐसा विलासी है।''

बख्शी दीवान का खयाल था, गेरुवाधारी साधु-संन्यासियों के जीवन धारण का एकमात्र उद्देश्य है—उनकी तरह के विषयी लोगों की मदद करना ! सुरकंठ को निर्लोभी जानकर ही, उनके प्रति उनकी भक्ति दोगुनी हो गई थी।

''मजाक क्यों करते हैं ? आप अगर एक बार चाहें, तो जाने कितनी धन-दौलत आपके चरण चूमने लगेगी।''

सुरकंठ ने एक लम्बी उसाँस छोड़ते हुए जवाब दिया, ''मुझे धन-दौलत से क्या लेना-देना ? लेकिन मैंने देखा, रुपए हों तो ढेरों लोगों की मदद की जा सकती है; लोगों की सेवा की जा सकती है।''

ऐसे में जाने क्यों तो उन्हें नरपति आचार्य का खयाल आने लगा। समाज के लाँछन

पर जब उसकी बहन ने आत्महत्या कर ली, तब भी उन्हें लगा था कि अगर उसके पास ढेर-ढेर रुपए होते, तो शायद यह हादसा न होता। उन दोनों भाई-बहन को परदेश भेज देते।

बख्शी दीवान ने अब धीमे लहजे में बात शुरू की, ''आपको मैं नहीं छोड़ सकता। अभी अगर मैंने आपको छोड़ दिया, ठाकुर, तो आप या तो वर्गियों के हाथों या फिर हमारी फौज के हाथों कत्ल हो जाएँगे।

उनकी इस बात पर, सुरकंठ के चेहरे पर उपेक्षा के भाव उभर आए, ''इसीलिए ! इसीलिए मैं पैसेवालों से दूर-दूर चलता हूँ !''

''अरे, मैंने क्या कसूर किया ?''

''देखिए, जब मेरी उम्र खत्म हो जाएगी, तभी मेरी साँस टूटेगी। जब तक मेरी उम्र बाकी है, वर्गियों की क्या मजाल, जो मुझे कत्ल कर दे ?''

''यह जो इतने सारे लोग मर गए, उनका क्या वक्त पूरा हो गया था ?''

''कौन कहता है कि पूरा नहीं हुआ था ?'' सुरकंठ की आवाज गम्भीर हो आई। उनसे आँख मिलाना मुश्किल हो आया।

''क्या आप जानते हैं ? क्या मैं जानता हूँ ? जिन्होंने इतने-इतने जीवों की रचना की है। जब तक वे वापस न लेना चाहें, वर्गी की क्या मजाल कि इस देश में कदम रखें ? आप जान लें, उनकी इच्छा बिना, इस दुनिया में कुछ भी सम्भव नहीं है ; पेड़ की एक पत्ती तक नहीं हिल सकती।''

उनकी ऐसी सतेज भर्त्सना सुनकर बख्शी दीवान कातर हो आए। उन्होंने सुरकंठ के घुटनों पर हाथ रखकर कहा, ''चलो, मान लिया ऐसा ही होता है। लेकिन अभी मैं आपको कैसे जाने दूँ, ठाकुर ? आप आए, मेरा परम सौभाग्य ! एकाध दिन भी आपका आदर-सत्कार नहीं कर पाया। आपकी उम्र कम है तो क्या हुआ ? मुर्शीदाबाद में, जब से आपके दर्शन हुए, मैं आपकी भक्ति करता आया हूँ। अपने पिता की उम्र के इस भक्त का अनुरोध मान लीजिए, मेरे साथ चलिए। राजधानी से सम्मान सहित आपके अपने गाँव भेज दूँगा। आप जहाँ जाना चाहें, मैं पहुँचा दूँगा। मैं आपसे इतनी विनती नहीं करता, लेकिन मेरा विश्वास करें, यह बड़ा दुःसमय है।''

भगवान की लीला बेहद विचित्र है। नवाब के बख्शी दीवान, जो खिताब में राजा थे, क्षमता में छोटे-मोटे नवाब, स्वभाव से घोर अय्याश। ये इस वक्त कटवा के शिविर में बैठे-बैठे, एक बार फिर युद्ध के सफर पर जाने की सूचना पाकर, एकदम से स्नेह, उत्कंठा और ममता से भर उठे। ऐसा लगा, सुरकंठ चाहे जितने भी ज्ञानी और गुणी हों, उम्र में सच ही उनसे छोटे हैं और दुनियादारी की इस छोर का तजुर्बा, उन्हें बिल्कुल नहीं था !

''आप जाना चाहें, तो भी मैं आपको जाने नहीं दे सकता—'' बख्शी दीवान धीमे लहजे में उन दिनों की तमाम घटनाओं का हवाला देने लगे।

अचानक उन्होंने कहा, ''ये बातें यहाँ बैठकर नहीं की जा सकतीं। चलिए, कहीं

आड़ में चलकर बैठें।''

लेकिन, आड़ में जाने की मुहलत ही नहीं मिली। इसके पहले ही भेरी बज उठी। वाद्य-स्वर ने यह ऐलान कर दिया कि कटवा में क्षणिक विश्राम का पर्व खत्म हुआ। हाथी, घोड़े, तम्बू-कनात, कतार-दर-कतार रसदवाही बैलगाड़ी, ऊँटगाड़ी में गोला-बारूद ! एक बार फिर व्यस्तता शुरू हो गई। अब आगे कूच करना था।

अब, कटवा के इज्जतदार घरानों के लोग, दीन-दरिद्र, व्यापारी, दुकानदार—सब बख्शी दीवान के सामने पेश होकर, अपने-अपने आवेदन सुनाने लगे।

''अरे-अरे ! हटो ! हटो''—फौज उन्हें हटाती रही, मगर वे फौज के बीच से, दौड़ते-भागते बख्शी दीवान के हुजूर में आ पहुँचे ! श्वेतकेशी बूढ़े नामावलीधारी ब्राह्मण, एकाध कपड़ों पर निर्भरशील नागरिक। उन सबको एक ही जगह एकत्रित देखकर, सुरकंठ बेतरह दुखी हो आए।

उन्होंने स्वगत कहा, ''काल-युद्ध। जहाँ गृहस्थ-भिखारी, ब्राह्मण-बागदी में कहीं कोई फर्क नहीं रहा।''

लोगों के चेहरे-मोहरों पर हताशा ! भय ! प्राण की आशंका लिखी हुई थी। उन लोगों को देखकर, सुरकंठ के सीने में जैसे किसी ने जलते हुए सलाखें दाग दी हों।

लोग आ-आकर कातर विनती करते रहे, 'वर्गी-गिरोह आकर, एक बार बाहर से हमला कर गए। गोला-खलिहान तोड़कर, जो कुछ ले जा सके, लूट ले गए। जो नहीं ले जा सके, उनमें आग लगा गए। हम तुम्हारी प्रजा हैं। तुम लोग आए, इसलिए हम निश्चिन्त थे। अब हमें यहाँ छोड़कर, कहाँ जा रहे हो ?''

''इनकी रक्षा के लिए, फौज तैनात नहीं की जा सकती ?'' सुरकंठ ने दरयाफ़्त किया।

''नहीं ! वर्गियों का हंगामा, अभी चारों तरफ मचा हुआ है। कितनी जगह फौजें तैनात की जाएँ ? और अगर फौजें तैनात कर भी दें, तो ये लोग जंग लड़ेंगे, यह कैसे सोच लिया जाए ? वर्धमान से फौज, डर के मारे पीछे हट आई, तभी तो इतनी गड़बड़ी मची।''

बख्शी दीवान ने सिर हिलाते हुए कहा, ''जिसकी-जिसकी फौज, उसके-उसके फर्माबादार ! इतनी फौज अब किसी के पास नहीं है, जो यहाँ पहरा दें। इतनी बड़ी फौज हो भी नहीं सकती। उड़ीसा से वापसी के वक्त ही, फौजें, हाथी, सिपाही—सभी पहले ही वापस भेज दिए गए थे। किसको पता था कि इधर यह मुसीबत इन्तजार में है ?''

उन लोगों को आपस में बातचीत करते देखकर, लोग आतंकित हो उठे।

उन लोगों ने कातर आवाज में कहा, ''हम पर दया नहीं करेंगे, दयामय ? हम कहाँ जाएँ ?''

बख्शी दीवान ने उन्हें समझाया, ''भाइयो, बिरादरों, तुम लोग अपने-अपने तरीके से होशियार रहना। वर्गी अब जल्दी ही इधर का रुख नहीं करेंगे। वे लोग मुर्शीदाबाद

की तरफ गए हैं। वहाँ नवाब उन्हें सबक सिखाएँगे। तुम लोग क्यों फिक्र करते हो ?''

कुछेक पल सोचकर, उन्होंने दोबारा कहा, ''तुम लोग दो-चार दिनों के लिए, रास्ते से हट-बटकर क्यों नहीं रहते ? कहावत है न, विपत्ति में पहले से ही इन्तजाम कर रखना बेहतर है।''

उनकी यह सलाह सुनकर, फटी-चीथड़े नामावली में लिपटा, एक दरिद्र ब्राह्मण बेतरह तैश में आ गया, ''हिन्दू होकर भी आप कहते हैं, अपना घर-ठीया छोड़ जाएँ ? मैं कटवा में बहुत दिनों से रहता आया हूँ। मेरे पूर्वज अयोध्या से आए थे, उसके बाद से, हम यह देश छोड़कर, कभी, कहीं नहीं गए।''

''अहा ! देश छोड़कर भला क्यों जाएँगे...?''

उस ब्राह्मण ने उनकी एक न सुनी।

सजल-स्फीत आँखों से उन्हें देखते हुए, उसने कहा, ''आपको पता है, हमारे गंगा-तट के मन्दिर में स्वयं महाप्रभु आकर खड़े हुए थे ! श्यामराय की मूर्ति की, वहाँ नित-पूजा होती है। तुम्हारा कहना है, वह मूर्ति उठाकर ले जाऊँ ?''

उसके इस सवाल पर बख्शी दीवान के चेहरे पर, मामूली-सा ही भावान्तर नजर आया। उनके आसपास के दरबारी लोग, इन लोगों का दुस्साहस देखकर, एकदम से भड़क गए।

लेकिन बख्शी-दीवान ने कहा, ''इन लोगों को जाने दो। इन पर गुस्सा करके क्या होगा ? ये लोग तो पहले से ही मरे हुए हैं, इसलिए तलवार की चोट से डरते हैं।''

''नहीं हुई। अगर हम पर दया नहीं हुई, तो अब हम कहाँ जाएँ ?''—कलरव करते-करते लोग-बाग वापस लौट गए। लेकिन सुरकंठ के मन गहरा दुःख छोड़ गए।

सुरकंठ मानो अपने मन की आँखों से देख रहे थे। गृहस्थ लोगों के आँगन की चूरमार करके जैसे राजपथ बनाया गया है, गृहस्थ घरों के देवता भी वैसे ही लुढ़कते-पुढ़कते रहेंगे। पुरखों का घर त्यागकर, देशान्तरी होना, बंगाल के घर-गृहस्थ लोगों के लिए कितना बड़ा अभिशाप है, यह बात इन राजपुरुषों को कौन समझाए ? युद्ध के जरिए, ये अपनी ही हैसियत मजबूत करते हैं ! एक राजा जाता है, दूसरा राजा आता है। इस फेर-बदल में भी लोग अपने-अपने भाग्य की ही खोज करते हैं।

जिन लोगों के सामने बड़ी-बड़ी उम्मीदें हों, बड़े-बड़े सपने हों, वे लोग कैसे समझ सकते हैं कि खलिहान में अगर सियार चलने लगे, कुल-देवता की मूर्ति, चादर में बाँधकर, अगर परदेसी होना पड़े, तो घर-गृहस्थ लोगों के दिल पर कैसा हथौड़ा पड़ता है ?

सुरकंठ हमेशा से ही गाँव में रहते आए थे। गाँव के लोगों को पहचानते थे। इंसान अपने पूर्वजों के थान में रहता-सहता रहे, इसमें उन्हें कोई नई बात नजर नहीं आती। लेकिन, फिलहाल, उस बूढ़े ब्राह्मण का कातर चेहरा, उनकी आँखों के सामने तैरता रहा।

उन्हें पहली बार यह अहसास हुआ कि एक ही जगह कई-कई पीढ़ी तक वास

करना, कितना बड़ा सौभाग्य है। इस बारे में उन्होंने पहले कभी गौर नहीं किया। इन दिनों बंगाल के गाँव-गाँव में लोगों के घर विपन्न थे। इसीलिए, अब, उनको साफ-साफ समझ में आ रहा है, उस ब्राह्मण ने कितने गर्व के साथ कहा—स्वयं महाप्रभु ने उनका आँगन पवित्र किया था।

ऐसे घर-द्वार सुरकंठ ने ढेरों देखे थे। यात्रा की राह में, शाम के वक्त, कितने ही लोगों के माटी-लिपे आँगन में, वे मेहमान बनकर जा खड़े हुए ! इस गंगा-तट पर, शान्तिपुर में, कितने ही लोगों ने बड़े गर्व के साथ, गेरू-मिट्टी से 'ओम हरि' लिखा हुआ, दरवाजा और अलग से, सहेजकर रखी हुई जलचौकी दिखाया है।

वे लोग बड़े गर्व से बताया करते थे कि नदिया का सुपुत्र, निमाई, कभी शान्तिपुर के अनगिनत घरों का बेटा था। बाद में, उनकी स्मृति-धन्य कितनी ही चीजें, उन लोगों ने सहेजकर रख छोड़ी थीं। ऐसी मामूली-मामूली स्मृतियों को भरपूर भक्ति से लालन करना, तुच्छ घटनाओं को भी श्रद्धा के आसन पर प्रतिष्ठित करके, उनकी पूजा करना—यही तो राढ़-बंगाल की विशेषता थी। इस वक्त सुरकंठ जिसके साथ चल रहे थे, उसे इन बातों की बूँद-भर भी समझ नहीं, इस खयाल से उन्हें बेतरह हिकारत हो आई।

"आप अभी भी सोच में डूबे हैं ?"

सुरकंठ चौंक उठे।

उन्होंने सूखी-सी आवाज में कहा, "वे लोग मेरे अपने जो हैं। मैं भी ऐसे ही किसी घर से आया हूँ। अपनी आँखों के सामने, उनकी यह दुर्दशा, यह अपमान देखकर, जरा सोचूँगा की नहीं—?"

"अब क्या किया जाए, आप ही बताएँ ?"

"हाँ, मुझे दिखाई दे रहा है, आप सब भी नितान्त अक्षम हैं। लेकिन, जनाब, आप लोगों के बीच राजा-राजा की जंग है। उसका कार्य या कारण, मैं कुछ भी नहीं जानता। वे लोग मरते हैं तो मरें ! उनका घर-बार तबाह होता है, तो हो ! खलिहान उजड़ता है या वे लोग रास्ते के भिखारी हो जाते हैं, तो हों—हमेशा से यही होता आया है।"

बख्शी-दीवान खास विचलित नहीं हुए। लोगों का घर-द्वार चला जाएँ, किसानों के खेत न रहें—यह कितना बड़ा नुकसान है; कितनी बड़ी दुश्चिन्ता का कारण है, यह उनकी समझ से बाहर की बात थी।

उन्होंने सिर्फ इतना ही कहा, "हाँ, राजस्व वसूलने में कुछ देर लगेगी। लेकिन, फिलहाल किसी के भी वश में कुछ नहीं है।"

उनका सिर झुक गया।

उन्होंने शिथिल लहजे में कहा, "नवाब बड़ी मुसीबत में हैं। हरकारा क्या खबर लाया है, इस बारे में आपको जानकारी है ?"

"नहीं—"

"वर्गियों का प्रधान, फिलहाल अपने देश वापस लौट जाना चाहता है। लेकिन मीर हबीब उसे अपने साथ लेकर, अरक्षित मुर्शीदाबाद लूटने जा धमका। उसका कहना था,

लूटना है तो असली जगह पर हमला करो। असल बात यह है कि इस बहाने वह अपना निजी काम भी हासिल करना चाहता है। मौके का फायदा उठाते हुए वह अपने बीवी-बच्चे, भाई—सबको साथ ले जाने की कोशिश में है। अच्छा, चलिए, रास्ते में आपको सारा किस्सा बताता हूँ।''

कटवा पर एक बार फिर धूल के बादल छा गए। नवाब अब राजधानी की ओर चल पड़े। शहर से नवाब की फौज हटते ही, घर-घर में आर्त-क्रन्दन गूँज उठा—इस बार शायद सच ही, वर्गी दोबारा हमलावर हो उठे। वे लोग आसपास ही, मौके की टोह में थे। उनके आ धमकने में देर नहीं लगी।

कटवा की सरहद पर स्थित किसी मकान में बख्शी-दीवान का निजी हरकारा आराम कर रहा था। वह भी उन लोगों में शामिल हो गया और बेहद धीमी आवाज में खबरें सुनाता रहा। सुरकंठ को राजनीति के बारे में कोई समझ नहीं थी।

उन्होंने कहा, ''क्यों ? आपने यह क्यों कहा कि इस आदमी की बात सबसे ज्यादा विश्वास योग्य है ?''

''यह हमारा अपना आदमी है। यहाँ हर कोई अपना-अपना आदमी रखते हैं, वर्ना किसकी बात पर विश्वास करें ? इसके अलावा यह हमारा रितशेदार भी है।''

उस आदमी ने सुरकंठ को साष्टांग प्रणाम किया। उसकी उम्र कुछ ज्यादा नहीं थी। बेहद मामूली चेहरा ! गले की आवाज कुछ महीन !

उसने कहा, ''इस अधीन का नाम युगल प्रसाद है !'' उसने बेहद मद्धिम आवाज में कहना शुरू किया, ''आप लोगों को जानकारी है या नहीं, मुझे नहीं मालूम, फिरंगी तक देश छोड़कर देशान्तरी हो गए हैं। कासिम बाजार की कोठी में, न तो अब अंग्रेज रहे, न फ्रांसीसी और न डच लोग ! वे लोग आसानी से डर जानेवाले जीव नहीं हैं। इसी से आप सोच देखें कि पिछले दिनों राजधानी की क्या हालत रही होगी।''

बख्शी-दीवान परेशान हो उठे।

उन्होंने दरयाफ़्त किया, ''फैक्टर साहब हमें भारी खजाना देते हैं। उनकी कोठी भी क्या लूट ली गई ?''

''इस बार तो नहीं, लेकिन भविष्य में क्या होगा, इसका कोई ठिकाना है ? खुद जगत सेठ की गद्‌दी लूट ली गई।''

उसने चोर निगाहों से देखा। बख्शी-दीवान के चेहरे पर कोई भावान्तर नजर नहीं आया। वह समझ गया। यह खबर यहाँ पहले ही पहुँच चुकी है। वह ईषत् चिन्तित हो आया। खबर जितनी नई और अहम् होगी, दूत की कद्र उतनी बढ़ जाती है।

उसने अपनी तरफ से बात छेड़ी, ''बैशाख की चौबीस तारीख को हबीब साहब डाहापाड़ा पहुँचे। वहाँ पहुँचते ही, बाजार गंज में आग लगा दी।''

''राजधानी में कौन था ?''

''हाजी मुहम्मद खाँ, हुसेन कुली। उन लोगों की शायद वहाँ होने की बात नहीं थी। इस्लामाबाद से, जाने किसी काम से आए थे, लेकिन कहते हैं न, विपत्तिकाल में

बुद्धि फूटती है। उन लोगों ने काफी कोशिश की कि वर्गी-गिरोह को मुर्शीदाबाद में घुसने नहीं देंगे।''

''खैर, सिर्फ कोशिश करके ही फर्ज अदायगी हो गई। यही न ? उनमें से कोई भी युद्ध के बारे में कुछ भी नहीं जानता-समझता।''

''आप तो ज्ञानी पुरुष हैं। सब समझते हैं। उधर मीर हबीब, युद्ध के बारे में शुरू से लेकर अन्त तक, सब कुछ अपनी उँगलियों की पोरों पर रखते हैं, वे हाजीगंज का घाट पार करके मुर्शीदाबाद में दाखिल हुए। अगले दिन, घाट-पेशकार ने आकर, खेया-पाटनी लोगों पर यानी मल्लाहों पर क्या डाँट-डपट लगाई, समझ गए न ? उनका सवाल था—उन्हें नद्दी क्यों पार कराई। मैंने कहा, ''भइया, हो, तुम्हारे वो तगड़े-मुश्तंडे सिपाही तो वर्गी लोगों को देखते ही सेंध में समा गए। फतह चन्द की गद्दी लुट गई। ये लोग तो मामूली माँझी-मल्लाह हैं, पार न कराते तो क्या अपनी नाजुक जान दे डालते ?''

''खैर, छोड़ो, इसके बाद क्या हुआ; बताओ ?''

''और क्या बताऊँ ? उधर हबीब साहब अपने भाई, मीर जरीफ को ले गए।''

''खैर, ले गए, तो ले जाने दो। नुकसान कितना हुआ, यह बताओ।''

''कोई कहता है, फतह चन्द की गद्दी से तीन लाख रुपए झटक ले गए, कोई कहता है, एक करोड़। लेकिन मेरा खयाल है, साढ़े तीन लाख से ज्यादा नहीं लिया। जो ले गए, काफी रुपए थे। अर्कट की टकसाल में ढले हुए रुपइए ! इसके अलावा....''

''इसके अलावा और क्या ?''

''इस बार आप लोगों ने लाख रुपए का महसूल गँवा दिया। वर्गी लोगों ने रेशम की खेती तबाह कर डाली, जनाब ! ऐसे जानवर निकले ! रेशम के कीड़े ही मार डालेंगे, तो रेशम कहाँ से आएगा। उन्हें इतनी भी समझ नहीं थी। जाकर, खुद देख लीजिएगा, कोठीवाले हाय-हाय कर रहे हैं। बसाक लोग तो माथे पर हाथ धरे बैठ गए हैं, जनाब ! उस इलाके में रेशम के कीड़ों की खेती अब नहीं रही—''

28

काल सन पचास कथा भूलो न परान
(काल वर्गी) हर लीन्हे; जिन्दा खेतिहर का मान
रेशम के खेत से बँधा था, मुर्शीदाबाद का नाम,

यह गीत, बाद में सैकड़ों वर्षों से मुर्शीदाबाद के रेशम-कीड़े के किसानों की जुबान पर गूँजता रहा है। इस गीत का उद्‌भव उसी एक सर्वनाशी दिन हुआ था। सन् पचास का वैशाख महीना। जिस दिन मल्हारराव, शीषराव, भास्कर पंडित के दोनों सरदार, हजारों-हजार घुड़सवार लेकर आए और उन्हें मुर्शीदाबाद के रेशम-कोठी से संलग्न, रेशम

के खेत में छोड़ दिया। उन्हीं रेशम-खेतों के साथ, बंगाल का वस्त्र-गौरव अस्त हो गया।

बचा रहा सिर्फ गीत !

यह गीत गाते रहे, हाट के बाउल, मैदानों के लोग, नावों के माँझी। शाम के वक्त दीया-बाती की रोशनी में बैठी बूढ़ी दादी-नानी, अपने पोते-पोती या नाती-नातिनों को इस गीत से बहलाए रखती थीं। जो लोग यह गीत सुनते थे, वे कहते थे, "तुम लोगों के गीतों में सिर्फ दुःख और आँसू हैं।"

जैसे बख्शी-दीवान ने एक दिन सुरकंठ से कहा था, "सिर्फ दुःख, रुलाई और आँखों के आँसू ! इसके सहारे कोई गीत रचता है भला ?"

बातचीत चल रही थी, किरीटीश्वर मन्दिर के अहाते में ! उन दिनों बख्शी दीवान का भाग्य और अधिक फल-फूल उठा था। देवता को प्रसन्न करने का यही तो मौका था। इसीलिए बूढ़े बख्शी दीवान उस दिन मन्दिर में श्यामा पूजा के लिए आए थे। उसी दिन मन्दिर में जमा थी, बाउलों की भीड़।

"इतनी भीड़ क्यों ?" बख्शी दीवान के ढ़ढ़ोरची ने हाँक लगाकर दरयाफ़्त किया।

"भीड़ तो आज होनी ही थी, जी।" किसी बूढ़े बाउल ने उससे भी ज्यादा तेज आवाज से हाँक लगाकर, जवाब दिया।

"क्यों ? भीड़ क्यों होगी ? तुम कमबख्तों को मन्दिर में भीड़ लगाने को कोई और दिन नहीं मिला ?"

"आप जब यह बात उठा रहे हैं तो हमारा जवाब है, माँ के यहाँ बेटे के आने के लिए, कोई खास दिन-पल नहीं होता।"

किसी अति बूढ़े ने भी हँस-हँसकर टहोका मारा, "उनकी चटाँग-चटाँग बातों पर कान न दें, जनाब, हम सच कहता हूँ। आज मुर्शीदाबाद के सिद्ध पुरुष आलानाथ की पुण्यतिथि है। वे हम सबके गुरु के भी गुरु थे। यहीं उन्होंने अपनी देह रखी थी। इसीलिए हम सब आज के दिन यहाँ आते हैं। साधु-संन्यासी, पीर-फकीर, बाउल बैरागी, सब भिक्षा का अन्न, एक जगह इकट्ठा करके, आलानाथ की सन्तानों को भोग खिलाते हैं। देखते नहीं, सब खाने बैठे हैं ?"

बख्शी-दीवान यह दृश्य देखते ही सिहर उठे। उनके संगी-साथी भी थर्रा उठे। कतार-दर-कतार बिछी हुई पत्तलों के सामने बैठे थे—कोढ़ी, अन्धे, दीन-दुखी और रोगी।

अति वृद्ध बाउल ने हँसकर कहा, "जो इन्हें देखकर डर गए, समझो मर गए। आप लोग उनकी तरफ हँसमुख भाव से देखें, जनाब, ये लोग आलानाथ की सन्तान हैं। जो लोग महाव्याधि से ग्रस्त हैं, उन्होंने उन सबको गोद लिया था। उन लोगों की सेवा में, उन्होंने अपना पुण्य-शरीर क्षय कर डाला। उनके पास मन्तर पढ़ा हुआ पेड़ था, जिस पर सवार होकर, वे बाउलों के केन्दुली मेले में पहुँच जाते थे। फकीरों की नित्यपुर दरगाह, संन्यासियों के जमहाट में मौजूद रहते थे। सबको आफत-विपद से बचाते थे। नित्यपुर की दरगाह का, आँधी-तूफान-प्रलय से उन्होंने ही तो बचाया था। वे

कहकर गए थे, ''सुनो, मेरे बच्चो ! तुम सब उसी एक प्रभु की सन्तान हो। उनके हाथ की पाँच उँगलियाँ हो। इस बात को हमेशा याद रखना और किसी एक दिन, सबकी भीख का अनाज, एक ही जगह मिलाकर, मेरी सन्तानों को भोग खिलाना। क्यों, आप लोगों के साथ, मेरी जान-पहचान के प्राणी भी हैं। वे सब जानते हैं। एक वक्त था, जब उन्होंने अपने हाथों से हमारे लिए भोग पकाया था। हमें कितने गीत सिखाए थे।''

सुरकंठ विस्मित आवाज में चींख उठे, ''तुम वही बाउल हो न ? मुझसे कटवा की मिट्टी लाने को कहा था ?''

''हाँ, ठाकुर, हाँ।'' वह वृद्ध हँसते-हँसते लोट-पोट हो गया। अगले ही पल उसने फिर कहा, ''उस वक्त तुम्हारी उम्र कम थी। कुछ-कुछ पागल भी थे। अजय नदी के पानी में पैर डुबाए हुए, तुमने मुझसे कितने ही कहानी-किस्से सुने थे।''

''हाँ, तुमने मुझसे कहा था—मन के भी भीतर एक मन होता है। उसे अन्दर महल का पहरेदार कहते हैं। हृदय कमल का भँवरा, चूँकि वह अपने पंख समेटे रहता है, इसलिए उसकी आहट नहीं मिलती। कोई भी गुनाह करते ही वह भँवरा दर्द से कराह उठता है, तभी समझ जाओ...''

''हाँ, मुझे सब याद है ठाकुर।''

''स-ब ?''

''हाँ, उसके बाद ही तो देखा, तुम काफी बदल गए हो। बदन पर खासा कीमती लिबास ! राजा-महाराजाओं का संग-साथ। हाँ, तो आलानाथ की सन्तानों भी सेवा-कथा से तुम अनजान नहीं हो। गंगा मइया सब जानती है। इस एक दिन, हम सब एक होकर, कंगालियों को भांग अर्पित करते हैं। ऐसे दिन तुम उन लोगों को क्यों ले आए ? और जब ले ही आए तो उनसे कहो खुशी-खुशी मन से भोग-पूजा चढ़ाकर, बिदा हो जाएँ—''

कोई अधपगला फकीर एकदम से गरज उठा, ''वर्ना जो लाए हो, खुद ही खा-पी डालो।''

अगले ही पल उसने गाना शुरू कर दिया—

काल सन पचास कथा भूलो ना परान
रेशम-खेत में बँधा था, मुर्शीदाबाद का नाम

सुरकंठ काफी अप्रस्तुत हो आए। उनका मन हुआ, वे सम्मान के तमाम सौगात उछालकर फेंक दें। वे चीखकर कहें, ''अचानक आ पड़ा, इसलिए इन लोगों के साथ चला आया, वर्ना मैं तो काफी दूर-दूर रहता हूँ, निर्जन एकान्त में, सिर्फ अपने साथ।''

लेकिन वे कुछ भी नहीं कह पाए ! हाँ, उनका गीत, काफी मन लगाकर सुनते रहे।

बख्शी दीवान ने कहा था, ''गीत का मतलब है, सिर्फ आँखों का पानी, दुःख और रुलाई !'' बहरहाल इस परिवेश में उन्हें काफी छटपटाहट हो रही थी।

उन्होंने उकताकर कहा, ''पूजा-पाठ निपटाओ, भई, मुझे यहाँ बिल्कुल अच्छा नहीं लग रहा है।''

सुरकंठ ने जवाब दिया, ''जो लोग ये गीत रचते हैं, उन लोगों की जिन्दगी में सिवा दुःख और आँखों में आँसू के अलावा और कुछ नहीं होता।''

वृद्ध बाउल ने कहा, ''कंस राजा के जोर-जुल्म और कष्ट के कारागार में देवता ने अवतार लिया, हम सब तो मामूली इंसान हैं। दुःख-कष्ट में हमारे प्राणों में गीतों को वही जान देते हैं जो हम सबसे ऊपर हैं।''

सुरकंठ को सुखद अचरज के साथ अहसास हुआ था, यह बात बेहद सच थी। दुःख, कष्ट, भयंकर, यन्त्रणा की घटनाओं को ये लोग गीतों में जिलाए रखते थे। उस बूढ़े की बात अक्षर-अक्षर सच थी।

यह गीत, ग्यारह सौ पचास सन् की बैशाख में रचा-गढ़ा गया था।

उस दिन मुर्शीदाबाद, सैय्यादबाद, खगड़ा में आतंक की आँधी टूट पड़ी।

वाराणसी बसाक, हीरालाल सेठ, अज़ीम काश्मीरी वगैरह नगर के प्रधान व्यापारी जैसे सिर पीटकर रह गए।

नवीन साधु, शंख-वणिक समाज का सिरमौर था। उनकी बिरादरी वक्त पर ही सावधान होने में कामयाब हो गई। रुपए-पैसों का खास नुकसान नहीं हुआ।

नवीन साधु ने कहा, ''सुनें, सज्जनो, आप लोग कुछ ज्यादा ही कातर हो आए हो। मैं पूछता हूँ, जगत सेठ, आलमचन्द तक को क्या रिहाई मिल सकी ? सभी लोगों का कहना है, उनके दो करोड़ रुपए लूट लिए गए। उन लोगों की तुलना में आपका नुकसान भला कितना सा है ?''

उसकी इस बात पर वाराणसी बसाक अन्दर तक कुढ़ गए। वे अपने गले में पड़े हुए सोना और रुद्राक्ष की जप-माला पकड़े-पकड़े सीधे उठ खड़े हुए, मानो वह माला किसी ब्राह्मण का जनेऊ हो और उसे थामकर, नवीन साधु को अभिशाप दे रहे हों। उनकी मरगिल्ली-सी देह काँपती रही और आँखों में लाल डोरे उभर आए।

उन्होंने कड़ककर कहा, ''बहुत ज्यादा कातर हो रहे हैं, मतलब ! इस बात के मायने क्या हैं ? आपकी बातें बेहद चेटाँग-चेटाँग हैं, समझे, जनाब ?''

''क्यों ? मैंने ऐसी कौन सी गलत बात कह दी ?''

''आपका क्या ? यहाँ सुविधा नहीं हुई, तो बूड़ी गंगा पार करके, स्वदेश लौट जाएँगे। इसके अलावा, अभी भी आपके चेहरे पर हँसी उमड़ रही है, क्योंकि शंखारी पट्टी पर आँधी का झपट्टा खास नहीं था। लेकिन मैं कहे देता हूँ, वे लोग फिर आएँगे। तब देख लीजिएगा ? इसी राधा घाट के किनारे, गंगा के कीचड़-कादे में मुर्शीदाबाद के शंखारी, बसाक, कंसारी सब के सब लोटते-पोटते नजर आएँगे। हम सबको रोना होगा।''

अजीम कश्मीरी समीप ही चिन्तामग्न बैठे थे।

उन्होंने ठहर-ठहर कर कहा, ''जगत सेठ और आलमचन्द के साथ क्या मुकाबला ? कोठी के साहबों ने तो कहा है कि वर्गी-गिरोह जिस तादाद में रुपए ले गए हैं, वह करीब दो-तीन करोड़ रुपए होंगे। अब अगर ये रुपए विलायती, फ्रांसीसी, आलिमान, डच या

हर्मद व्यापारी या किसी राजा के जाते, तो वह नुकसान सँभाले नहीं सँभलता। एक ही दिन में राज्य चौपट हो जाता। खैर, इन लोगों की बात अलग है। आज भी हजारों-हजार लोग वहाँ पत्तल बिछाए रहते हैं।

''हुँहः उनके साथ हमारा मुकाबला !'' वाराणसी बसाक फिर भड़क गए, ''इधर वर्गियों ने रेशम के कीड़ों का खेत, अपने घोड़ों को खिला डाला। रेशम के कीड़ों की खेती नष्ट हो गई। किसानों ने कहाँ-कहाँ भागकर, अपनी जान बचाईं, इसका कोई हिसाब नहीं। यह क्या सर्वनाश नहीं हैं ?''

अब जाकर हीरालाल सेठ ने हाथ के इशारे से वाराणसी बसाक को रोका और उन्होंने भी ठहर-ठहरकर अपनी बात जाहिर की। उनकी आवाज धीर स्थिर ! वे खास विचलित भी नहीं थे। कमरे की विक्षुब्ध आबोहवा को शान्त किया।

उन्होंने कहा, ''वाराणसी बसाकजी ने ठीक ही कहा। रेशम की कीड़ों की क्षति, सामूहिक क्षति है।''

''मैंने क्या इससे इनकार किया है ?''

''जरा सोच देखिए, रेशम के कीड़ों की खेती का मतलब है, रेशमी कपड़े ! आज भी बंगलादेश से लाखों-लाख रुपयों के कपड़े बाहर भेजते हैं। सूती कपड़ों में कोई फायदा है, जनाब ? रेशमी कपड़ों में ज्यादा लाभ है। हम लोगों ने सिर्फ तसर, गरद वगैरह ही नहीं, आसाम से मूँगा, ऐंडी के कारीगर तक भी बुलवा लिए और हजारों-हजार रुपयों के कपड़े बाहर चालान देते हैं। ताँती और कारीगरों को बयाना दिए रखते हैं। रेशम-कीड़ों के किसानों को धान-जमीन तक दिया है। हमारे लोग, हर जगह कारोबार करते हैं—दिल्ली, उड़ीसा, गुजरात, काश्मीर, दक्षिण में द्रविड़, कांजीवरम्, उत्तर में नेपाल, तिब्बत, बोटदेश, चीन, मँगोल, आसाम, कामरूप, द्वारिकाधाम, हरिद्वार—सब जगह उनका व्यापार फैला हुआ है।''

थोड़ा ठहरकर उन्होंने अगला वाक्य जोड़ा, ''सभी देशों के महाजन, व्यापार-कारोबार में रुपए लगाते हैं। अब वर्गियों ने आकर, रेशम के कीड़े तबाह करके, बहुत बड़ा नुकसान ठोंक दिया। देश-देश में बंगाल की जगह डोल जाएगी। उन देशों के लोगों को अगर हमसे रेशम नहीं मिलेगा, तो वे दूसरे-दूसरे देशों से खरीदेंगे।''

इतना कहकर, हीरालाल सेठ, कुछेक पलों के लिए दोबारा खामोश हो गए। उनकी आँखों के आगे कारोबारी-बंगाल की तस्वीर तैर गई। बंगलादेश कोई विच्छिन्न भूखंड नहीं था। कारोबारी लोग उस देश को अन्यान्य देशों के साथ एक सूत्र में बाँधे रखते हैं, क्योंकि वे सभी जगह आते-जाते हैं। श्यामवर्ण, ताम्बूलसेवी बंगाली, कानों में सोने की लौंग खोंसे हुए, टेंट में गड्डी-गड्डी रुपए लेकर, भारत के हर कोने-कोने में घूम-घूमकर कारोबार करते हैं। घोड़े की पीठ पर, बैलगाड़ी, ऊँटगाड़ी पर या नाव पर सवार होकर या फिर पैदल-पैदल ही, वे लोग तिबबत से कन्याकुमारी, मंगोल से द्रविड़, द्वारिकाधाम से हरिद्वार तक हर ओर आते-जाते हैं।

दिल्ली और आगरा के व्यवसायी, वर्धमान से लोखों-लाख रुपयों के शीशे, ताँबा,

टिन, काली मिर्च, तूतिया खरीद ले जाते हैं। वे लोग शरीर से काफी हृष्ट-पुष्ट बलिष्ठ ! गौरवर्ण ! उनके झूठे-सच्चे का विचार, बंगाली व्यवसायियों से बिल्कुल फर्क है। उत्तर प्रदेश में चूँकि काफी अर्से तक मुस्लिम शासन रहा था, इसलिए उत्तर प्रदेश, राजस्थान, गुर्जर वगैरह प्रान्तों में आचार-विचार, नेम-नियम काफी कुछ एक ही साँचे में ढला है। इन लोगों के लिए वर्धमान, मुर्शीदाबाद के बाजार और चौक में कतार-दर-कतार घर पहले से ही संरक्षित रहते हैं। कितने ही लोग, इन व्यापारियों को किराए पर घर देकर ही रुपयों से लाले-लाल हो गए।

कौन कहता है कि बंगालियों को कारोबार की समझ नहीं है ? ये सब कारोबारी, कभी रुपए देकर, कभी अफीम, सोरा, घोड़ों के बदले में, वर्धमान के बाजार से माल खरीदकर ले जाते हैं।

हीरालाल सेठ ने बेहद धीमे लहजे में, स्वगत भाव से कहा, ''हम कारोबारी लोग हमेशा से ही सर्वत्र धन्धा करते रहे हैं।''

अब यह बात सोचते हुए, उन्हें अतिशय गर्व हो आया। ऐसे वक्त के अलावा, हीरालाल सेठ, जाति-वृत्ति के बारे में भला और कब सोचेंगे ? अभी हाल ही में वर्गी गिरोह राजधानी पर हमला बरसा गया है; जगत सेठ की गद्दी लूटी गई; चारों तरफ हाहाकार मचा हुआ था; हमेशा से ही हरी-भरी छायाघन रेशम-कीट के खेतों में, घोड़े घुसाकर इन वर्गियों ने घोड़ों की खुरों के नीचे, बंगाल के रेशम उद्योग को छिन्न-भिन्न, पददलित कर डाला है।

यही तो वह समय है, जब गौरव की स्मृतियों को जीवन्त किया जाए। हीरालाल सेठ के मन में कौन-कौन से खयाल आते-जाते रहे, यह किसी की भी समझ में नहीं आया।

उन्होंने अपनी बात जारी रखी, ''किसान-खेतिहर, 'देश' का मतलब कुछ और ही समझते हैं। उन लोगों के लिए अपना धान खेत और अनाज का गोला ही देश है। राजा समझते हैं, देश वे सब जगहें हैं, जहाँ से उन्हें खजाना मिलता है। हम कारोबारी लोग, उन जगहों को, जहाँ हमारा कारोबार है, अपना देश मानते हैं। चिर-दिन, चिर-काल, बंगाल के लोग बाहर-बाहर व्यवसाय करते रहे हैं। यहाँ काश्मीर तक के लोग आते हैं ! क्या रूप है उनका ! बदन पर रंगीन कुर्ता ! वे लोग सुन्दर वन के मलंगी लोगों को नमक के लिए बयाना देते हैं। काश्मीर के महाजनों से रुपए लेकर, बंगाल के व्यापारी, चमड़े, इत्र, नील, मोती, मूँगा, मालदह के साटन का डोरिया कपड़े, विष्णुपुर के बालुचर, रेशम, सूती कपड़े लेकर तिब्बत जाते हैं।

ये बातें सुनकर, कमरे में मौजूद कारोबारी एकदम सकते में आ गए। वे लोग एक-दूसरे का मुँह देखने लगे। हीरालाल सेठ यूँ काफी कड़क इंसान थे।

अजीम काश्मीरी ने धीमे लहजे में कहा, ''सेठजी यह तो हमेशा से ही होता आया है। अभी और होगा ! इस वक्त आप यह बात सोच-सोचकर कातर क्यों हो रहे हैं ?

''कातर होऊँगा नहीं ? कोई इंसान जब मर जाता है, तो हम यह कह-कहकर रोते

हैं—अहा, कितना भला था वह ! आज व्यवसाय पर दुर्दिन आया है, तो वाणिज्य का गौरव याद नहीं करूँगा ? आप यह क्या कह रहे हैं ?''

''यह स्थिति दो-चार दिनों की है। फिर से सारा कुछ ठीक-ठाक हो जाएगा।''

''किसी दिन भी ठीक-ठाक नहीं होगा। सुनिए, काश्मीरी साहब, वाराणसी बसाक, साधुजी और आप लोग, इस श्वेतकेशी बूढ़े की बात सुनें। जितने-जितने दिन गुजरते जा रहे हैं, वे किसी दिन भी ठीक नहीं होंगे। आप लोग नहीं जानते, न आप लोग खुली आँखों से देखते हैं, चलिए, मैं बताता हूँ। अन्दर की कोई खबर जानते हैं ?''

''कौन सी खबर ?''

''रोग का लक्षण ! मौत की खबर।''

''किसका रोग, किसकी मौत ?''

''मेरी, आपकी, सबकी। यह मैंने ऊपरी महल से सुनी है। वहाँ बातचीत हो रही थी, इसलिए यह बात मेरे भी कानों में पड़ गई ?''

''क्या सुनी है ?''

''जब तक दिल्ली के शासन को लोग मानते थे, उतने दिनों देश-देश में व्यापार करने में कोई असुविधा नहीं थी। घाट-महसूल, चुंगी, चौकी, सारा कुछ एक-दूसरे से मिले-जुड़े थे। निश्चिन्त होकर व्यापार करना सम्भव था।''

''अब हर जगह महसूल ज्यादा लगता है।''

''हाँ, अब महसूल ज्यादा लगता है, क्योंकि अब दिल्ली का शासन कोई नहीं मानता। सब अपने-अपने राज्य में अपने को आजाद समझते हैं और अपनी मर्जी-मुताबिक महसूल बिठाते हैं। इस भारतभूमि पर, इस देश में व्यवसायी लोग हथियार लेकर कब चलते थे ? हमेशा से वे निर्भय होकर चलते थे। राजा के राज्य में रास्ता-घाट कितने बेखौफ थे। सूँड़ीखाना, छोटे-छोटे धर्मशालों में आश्रय मिल जाता था, गोदाम में माल मौजूद रखे जाते थे। अब धीरे-धीरे सब कुछ बदलता जा रहा है। चलना-फिरना ही अगर निरापद न हो; राजा का खाँव-खाँव अगर धीरे-धीरे बढ़ता जाए; महसूल ज्यादा देना पड़े, तब धीरे-धीरे व्यवसायी डरने लगेंगे, कारोबार मन्दा पड़ जाएगा।''

''नहीं, नहीं, यह आप काफी बढ़ाकर सोच रहे हैं।''

''देख लीजिएगा, इस बूढ़े की बातें सच साबित होती हैं या नहीं।''

''फिर व्यवसायी आखिर क्या करें ?''

''जहाँ भी बढ़िया शासन, बढ़िया इन्तजाम मिले, वहाँ जाएँ। आजकल सभी प्रान्तों में मुर्शीदाबाद बेहतर लगता है। भविष्य में मुमकिन है, कोई और जगह बेहतर लगे।''

''आप भी न...क्या बात करते हैं ! मुर्शीदाबाद के रहते हुए, कोई और व्यापारिक स्थान भला बेहतर हो सकता है ?

''क्या होगा, क्या नहीं होगा, यह पूरे दावे के साथ कौन कह सकता है, जनाब ? दो सौ साल पहले, यह स्थान, गंगा-तट पर महज एक गाँव भर था। किसने सोची था, राजमहल, बूड़ी-गंगा के पार इलाहाबाद उधर अज़ीमाबाद—इन सबके गौरव में सुराख

करके, यह जगह यूँ सज जाएगी कि भारत के लोगों के साथ-साथ सागर-पार के फिरंगी भी यहाँ आकर-चकित रह जाएँगे ? इसी तरह कौन कह सकता है कि एक दिन यह जगह जंगल से नहीं ढँक जाएगी ? जनाब, मैं सात पुश्तों से तो क्या चौदह-पुश्तों से कारोबारी प्राणी हूँ। हमारी वंशावली में लिखा हुआ है, हमारे पुरखे गौड़ में व्यापार करने आए थे। कहाँ तो एक देश है, अवन्ती, वे लोग वहाँ से आए थे। साथ में कुछ भी नहीं था। सिर्फ कमर की अंटी में कुछेक गोमेद, पुखराज और वह जो पानी के रंग का पत्थर होता है न...हम लोग क्या तो कहते हैं, हाँ, जिसका नाम ओपेल है। उन लोगों ने लिखा है, लोगों के दरवाजे पर खड़े होते ही चावल, दाल, घी, नमक, हाँड़ी-चूल्हा प्राप्त किया था! ना, कोई तकलीफ नहीं हुई थी।''

''...''

''इसी तरह गौड़ आकर उन लोगों ने देखा इस नगरी में लाखों-लाख चिराग जलते हैं। हजारों दुकानों पर पान बिकता है। धीरे-धीरे वे लखपति बन गए। अब, जनाब, उस बार मालदह चला तो गया, साटन का डोरिया कपड़ा देखने का चाव जो था। खैर, गौड़ भी देख आया। कहाँ तो घोर जंगल ! गुट्टी-सा गाँव मात्र।''

''जनाब, गौड़ का पतन हो सकता है, मगर मुर्शीदाबाद की शान कभी माँद नहीं पड़ेगी। नवाब अभी भी काफी जबर्दस्त हैं।''

''माँद न पड़े तभी बेहतर !''

इस संक्षिप्त उक्ति के बाद, हीरालाल सेठ ने बातों की नई कड़ी जोड़ी, ''सुना है फतेहचन्द भी गद्दी लूटे जाने के बाद, बहुत से लोग डर के मारे मालदह, भगवान गोला, यहाँ तक कि फिरंगी-फ्रांसीसी डच, फैक्टर साहब तक, कासिम बाजार की कोठी छोड़कर भाग खड़े हुए। यह कोई शुभ लक्षण नहीं है। इससे आतंक पैदा होता है।''

वाराणसी बसाक, अब तक हीरालाल सेठ की पूरी बातें काफी ध्यान से सुन रहे थे और अपने थैले से सुर्ख आँवले, मिश्री और चिकनी सुपारी के टुकड़े मुँह में डालते जा रहे थे।

अब उन्होंने भी जबान खोली, ''भई, जान बचाने के लिए भागेंगे नहीं ?''

अजीम काश्मीरी ने कहा, ''भागकर भी भला जान कैसे बचाएँगे ? इतना भी नहीं सोचा कि वर्गी जब यहाँ, इतनी दूर तक आ पहुँचे हैं, तो वे भगवान गोला, मालदह तक भी जा सकते हैं।''

नवीन साधु ने सूखी-सी आवाज में कहा, ''मैं भी एक बार मालदह जाने की सोच रहा हूँ। वहाँ मेरी एक भाँजी रहती है। उसका कोई काम कर दिया था मैंने, इसलिए काफी दिनों से उसने आम खाने की दावत दे रखी है। देखूँ, कब जा पाता हूँ।''

हीरालाल सेठ ने क्षुब्ध होकर कहा, ''जाना चाहते हैं, तो जाएँ, इसके लिए मेरी दुहाई क्यों ? मालदह के आम, जेठ महीने से पहले, क्या पकते हैं, जनाब ? अभी आम कहाँ पका होगा ? हाँ, नवाब के कुछेक खास-खास बाग और पलासी के लाख बाग के कुछेक पेड़ों की बात अलग है।''

"नहीं, नहीं, हमें जाना तो पड़ेगा। मेरी माँ बेहद डरपोक औरत है, साहब ! गाँव से चिट्ठी भेजी है, अगर हल्की सी मुसीबत का भी अन्देशा हो तो मैं फौरन ठाँव-छूट हो जाऊँ।"

"हाँ, तो चले जाइए न ! माँ का कहना मान लीजिए। यह तो अच्छी बात है। आपकी पट्टी के मनोहर साधु ने बड़ा गलत काम किया है। माँ को खाना नहीं देता। नाबालिग भाई-बहनों को वंचित कर दिया है। बीवी के इशारे पर सबको त्याग दिया—यह कोई भली बात नहीं है। आप लोगों ने पंचायत क्यों नहीं बुलाई ? इसका फैसला पंचायत में हो जाता। बेटा अगर खाना-कपड़ा न दे, तो वह बिचारी क्या दरबार ने नालिश करने जाएगी ?

"मिलेगी ! मनोहर को सजा मिलेगी। हमने पंचायत नहीं बुलाई, क्योंकि हमारे सरपंच रतिकान्त के चाचा का स्वर्गवास हो गया है। इन दिनों वे मातम में हैं। उनके अलावा यह काम भला कौन करेगा ?"

"चलो, ठीक है, साधुजी, यह बात भी ठीक है। चलें, जिस बात से हमने चर्चा शुरू की थी, उसी पर लौटा जाए। आपने सिर्फ बसाकजी के प्रति ही नहीं, सबके प्रति रुक्ष मन्तव्य किया। नहीं, नहीं, यह कोई अच्छी बात नहीं है। हम कारोबारी लोगों में शांखारी, कंसारी, बुनकर, ताँती, गन्धी, सोनार, हाथी दाँत के सामानों के निर्माता—इन सब व्यापारियों में आपस में एक खिंचाव, प्यार का रिश्ता होना चाहिए। प्यार का यह रिश्ता मौजूद है, तभी तो मुर्शीदाबाद इतनी जल्दी-जल्दी गंज बन गया। अब यह रिश्ता नष्ट न करें। वर्गियों ने रेशम-कीट की खेती, अपने घोड़ों को खिला दी, यह खबर सुनकर, दूसरे-दूसरे बाहरी लोग खुश होकर कहें—अच्छा हुआ ! इन व्यापारियों ने अति कर रखी थी, उनमें गरूर काफी बढ़ गया था। लेकिन आप भी...? आप भी कहेंगे कि जो हुआ, सो अच्छा हुआ ?"

"नहीं, सेठजी, मैं कबूल करता हूँ, मुझसे गलती हुई। मुझे यह नहीं कहना चाहिए था।"

नवीन साधु ने विदा ली।

उनके जाने के बाद हीरालाल सेठ ने कहा, "असल में, शांखारी पट्टी में और-और लोग रहते हैं, यही गनीमत है। ऐसे इंसान अगर गिनती से ज्यादा हों तो सबको नुकसान पहुँचता है। सिर्फ अपना स्वार्थ पहचाननेवाला शख्स।"

वाराणसी बसाक ने निःश्वास फेंककर कहा, "भई, वे ऐसे क्यों न हों ? उन लोगों के लिए भला क्या परेशानी ? गृहस्थ घरानों की बहू-बेटियाँ हमेशा ही शांखा पहनेंगी, पूजा-त्योहारों पर भी शांखा की जरूरत पड़ेगी। वे लोग माथे पर पिटारी रखकर, अगर गाँव-गाँव के चक्कर भी लगाएँ, तो भी उन्हें फायदा-ही-फायदा है।"

हीरालाल सेठ ने कहा, "मेरा मन बेहद उदास हो आया है। राजधानी की इतनी शान-शौकत; इतनी शोभा...।"

"यह शान-शौकत और शोभा देखकर, तुम किसी खुशफहमी में न पड़ना, बेटा,

अन्दर-ही-अन्दर पाप का घड़ा अब भर चुका है।''

खगड़ा के श्मशान घाट पर, सुरकंठ गंगा-तट पर बैठे हुए ! रात का पहला पहर ! आकाश बादलों से ढँका हुआ ! बादलों की कोरों में बिजली कौंधती हुई ! इस बार बारिश शायद जल्दी शुरू हो जाए। रह-रहकर बिजली की कौंध में भागीरथी का जल, एकदम से उद्‌भासित हो उठा। सुरकंठ, आचारी बाबा की बातें सुनते रहे।

''राजपुरुषों का संग-साथ नहीं सुहाया, बेटा ? इसीलिए श्मशान की तरफ भाग आए ?''

''मैंने सुना कि आप यहाँ पधारे हैं, यहाँ रह रहे हैं, इसीलिए श्री-चरणों के दर्शन के लिए चला आया।''

यह कहते हुए, सुरकंठ ने मन-ही-मन परम शान्ति महसूस की। भगवान करें, गुरु के चरणों तले उनके लिए आसन बिछा रहे। वे, बस आएँ, और उस आसन पर बैठ रहें।

गुरु ने छूटते ही कहा, ''ठीक कहते हो, बेटा, यहाँ तुम्हारी अपनी जगह है, चाहे तुम इसे भूल-भुलाकर, कितना ही भागते फिरो—''

आज आचारी बाबा के लहजे में स्नेह-वात्सल्य मानो पिघल-पिघलकर झर रहा हो। वैसे सुरकंठ जानते थे, यह स्नेह-सुधा, पलक झपकते, क्रोध की आग बनकर धधक भी सकती हैं या चट्टान की तरह उदासीन भी हो सकती हैं। उनके लिए आचारी बाबा नरदेही देवता स्वरूप थे, मानो साक्षात् शिव हों। उन्हें ही आज लोगों की भीड़ में पा लेना, कितने बड़े सौभाग्य की बात है।

''हाँ, बाबा, मैं आज ही यहाँ आया हूँ—''

अचानक बिजली चमक उठी। सुरकंठ ने देखा, वहाँ पूजा का आयोजन किया गया था। मलाई की मिठाइयाँ, कपड़े, फूलों की मालाएँ। लेकिन पूजा किसकी है, कब होगी, यह सब उन्होंने नहीं पूछा।

''उन्होंने धीरे से पूछा, ''इस बार आप मुझे साथ ले चलेंगे ?''

'नहीं, बेटा, तुम्हारे मन के सारे बन्धन अभी नहीं कटे।'' अचानक आसमान पर निगाह डालकर वे बच्चों की तरह किलक उठे, ''आया मइया, अभी आया ! अब मुझे मइया की पूजा करनी है। बेटा, माँ की पूजा...पूजा ! पूजा ! माँ की पूजा करूँगा।'' मानो वे शिशुओं में भी नन्हें से शिशु हों। वे बार-बार अपनी बात दोहराते रहे और हाथ से मिठाई लेकर, वे गंगा में उतर गए। अचानक बरसात शुरू हो गई।

उन्होंने सुरकंठ को आवाज देकर कहा, ''सुनो, बेटा, इस गंगापुत्र की अधटूटी झोपड़ी में जाकर खड़े हो जाओ—''

सुरकंठ जैसे ही पीछे मुड़े, गंगा के कीचड़, कादे में उनके पैर रपट गए। वे लँगड़ाते हुए, उस अधटूटी झोपड़ी में जा पहुँचे।

उस वक्त, वृद्ध संन्यासी गंगा के टल-टल पानी में उतर गए थे। उनकी विशाल देह कमर तक पानी में डूब चुकी थी। अब वे नजरों से ओझल हो चुके थे। उनकी सिर्फ

आवाज सुनाई दे रही थी। ऐसा लगा, वह किसी इंसान का कंठस्वर हो या फिर नदी के पानी पर, बारिश की आवाजें हों। हवा के झपटें में कभी क्षीण, अभी स्पष्ट !

"तुझे बहुत दुःख है न, माँ ! कोई तेरी देखभाल नहीं करता ? ले, यह माला पहन ले ! ना, मैंने इसे जूठा नहीं किया; सूँघकर भी नहीं देखा। ले, यह फूल भी ले लो; यह भोग भी ले ले। यह वस्त्र भी तुझे अर्पित है। वह सब कुछ जानता है। इसमें शर्म की क्या बात है ? मैं तो तेरी ही सन्तान हूँ। उसने मुझे अपना गुरु कहा है।"

उसके बाद, कुछ देर, आहट, कोई गूँज सुनाई नहीं दी।

कुछ देर बाद, मेघ-गर्जना को दबाती हुई, धीरे-धीरे फिर वही आवाज गूँज उठी, "लोग तुझे पाप सौंपते हैं, पुण्य भी सौंपते हैं ! तुझमें अपना मल-मूत्र बहाते हैं, नाले का पानी, मरघट की राख, चिता के कोयले—अब पाप का घड़ा भरनेवाला है; वर्ना कल अन्त किसका होगा ? पाप का घड़ा लबालब भर उठेगा, वर्ना शिव का तांडव कहाँ होगा ?"

इस वक्त हवा में झमोरों से नदी आ पानी आन्दोलित हो उठा था। लहरें चंचल ! सुरकंठ डर गए। बूढ़े संन्यासी कहीं बह न जाएँ। इसी तरह बरसात के दिनों में, एक बार पहले भी, जब वे भाव-समाधि में बेसुध थे, अजय नदी का उमड़ता सैलाब, उन्हें बहा ले जाने को आमादा था। उस वक्त, उन्हें छूने में भी संकोच हो आया था। लो...वे बाहर निकल आए, सीढ़ियाँ चढ़कर ऊपर आ रहे हैं।

कमर में धोती लिपटी हुई ! हाथ में दंडी। कीचड़ में दंडी टेकते हुए, वे आगे बढ़ आए। सुरकंठ लपककर उनके करीब चले आए। दंडधारी संन्यासी, अब गंगा-तट के किनारे-किनारे दक्षिण की यात्रा पर निकलने वाले थे।

"तू अभी तक यहीं है ? अच्छा, चल, मुझे कुछ आगे तक छोड़ दे।"

सुरकंठ चुपचाप उनके साथ हो लिए। पाँवों तले चिता की लकड़ियों के टुकड़े ! नरमुंड ! उन पर चलते हुए वे आगे बढ़े।

"तुम लोगों ने ढेर-ढेर पाप उँड़ेल दिया है ! माँ भी कोई मामूली शक्ति नहीं है। पलक झपकते ही प्रलय मचा सकती है। तू देखना, मेरी बात झूठ नहीं पड़ेगी।"

"क्या देखूँगा, प्रभु ?"

गंगा तट पर खड़े-खड़े, संन्यासी, ने अपना दंड ठोंकते हुए कहा, "यहीं...इसी जगह युग का अन्त होगा; प्रलय हो जाएगा। मइया बेहद क्रुद्ध हैं। मुझे सब पता चल गया है। माँ खुद वह सर्वनाश ले आएगी। सन् पचास से सर्वनाश शुरू हो जाएगा। ऐसा नहीं होता, तो जुबान पर शिव का 'हर-हर नाम लेते हुए कोई यूँ तबाही, मचाने आता ? मुझे सब कुछ नजर आ रहा है ! यह देश, श्मशान बन जाएगा। सारा कुछ जल-फुँककर, मरघट का रूप ले लेगा। तब वहाँ बाबा भोलेनाथ, तांडव-नृत्य करेंगे। बड़ा चालाक बनते हैं ? जुबान पर बाबा का नाम 'हर-हर'। इधर हाथ में नंगी तलवार लिए, मुझ तक को रगेद दिया, पता है ?"

"ऐसे दिन का अन्त कब होगा ?"

सुरकंठ के इस विनीत प्रश्न पर संन्यासी अचानक भड़क गए। वे घूमकर खड़े हो गए और सिर हिलाने लगे। अपने अस्त-व्यस्त भींगे बालों तक को झटका दिया। बिजली की कौंध में उनकी आँखें मानो जल उठी हों।

उन्होंने क्रोध से हुँकारकर कहा, मेरे साथ ठिठोली ? सब जानता है, तेरा मन ही तुझे खबर देता रहता है। फिर भी पूछ रहा है ? अभी तेरी जवान उम्र है; गरम खून है; राजा-वजीर पैर छूते हैं, इसलिए धरती को माटी समझता है। तू सब जानता है। क्या तुझे नहीं पता ?''

सुरकंठ संन्यासी के चरण छूने को आगे बढ़े। संन्यासी ने अपने हाथ की लाठी घुमाकर उनके माथे पर दे मारा।

''दूर हो जा मूर्ख, घूमने को तो कूड़ा के घूर्र, कीचड़-कादे में घूमता है; गेरुवाधारी को देखकर, उसकी संगत पाने को लालायित हो उठता है; ज्योतिष बेचता है...''

'बेचता है' शब्द के उच्चारण में भयंकर घृणा फूट पड़ी।

''पड़ा रह, कीचड़-कादे में। मइया के तट-घाट से गुजरता हुआ देश-देश का भ्रमण करता है, लेकिन एक बार भी खुली आँखों से नहीं देखता। क्यों, पाप के सलाह-परामर्श में तू गया नहीं था ? कटवा की गंगा में कालिख ढालने, तू गया नहीं था ? क्यों, गया था या नहीं ?''

गुस्से में काँपते हुए, संन्यासी आगे बढ़ गए। सरकंठ ने माथे के जख्म को हाथ से दबा लिया। धीरे-धीरे वे उठ खड़े हुए। समूचा माथा खून से लथपथ। सुरकंठ किसी तरह घिसटते हुए ऊँचे किनारे की तरफ चले आए और एक पेड़ के तने से टेक लगाकर बैठ गए। दूर जाते हुए संन्यासी की आकृति धीरे-धीरे विलीन हो गई। सुरकंठ को अन्दर से बेहतर रुलाई छूटने लगी। जाने अब-कब दर्शन हों ? जाने कब सुरकंठ की बारी आएगी !

समय गुजरता रहा।

सुरकंठ की आच्छन्न चेतना धीरे-धीरे साफ हो उठी। सुबह होने में अभी काफी देर थी। शायद आधी रात का आखिरी प्रहर ! बरसात थम चुकी थी। खगड़ा, सैय्यादाबाद, कुंजनधारा गंगा-तट के जनपदों की झोपड़-झुग्गियों-कुटीरों के लोग निद्रामग्न ! शंकित नगरी के गृहस्थ घरों के दीपक, एकबारगी गुल। लोगों ने अपने घरों के दरवाजे, झाँपी बन्द कर रखे थे। मरघट के सियार तक सड़कों से गायब !

इधर बैशाख के अन्तिम दिन। रात-भर की बारिश में , कातर-क्लिष्ट धरती मानो खामोशी से नहा उठी। घास की हर बाली, पानी में भींगकर सजीव हो उठी। पेड़ की पत्तियों पर बारिश की बूँदें। सुरकंठ ने सामने की तरफ निगाहें गड़ा दीं।

गंगा चुपचाप बहती रही...। निरुत्तर, निःशब्द नदी।

सुरकंठ के गुरु ने आज ही रुलाई सुनी थी यहीं..., इसी जगह, बंगाल के गंगा-तट पर युग का अन्त होगा...।

29

'राढ़ बंग से विदा लेगी शान्ति, चिरदिन के लिए।'

मेघाच्छन्न आकाश ! उदास प्रभात ! आनन्द-विहीन नगरी !'' बख्शी-दीवान की पालकी, गंगा-तट पर बैठे, सुरकंठ के करीब आकर रुक गई।

''नहीं जानता ! मैं कुछ कहीं जानता। मुझे सिर्फ इतना पता है कि अहम् मेरे समूचे अन्तस में छाया रहा। अब मैं निरे शिशु की तरह असहाय हूँ।'' सुरकंठ मानो बार-बार यह वाक्य दोहराते रहे।

उन्हें अपना आपा बेहद असहाय नजर आया। मानो उसका अहम् कोई बहुमूल्य खिलौना हो, जिसे रात के अँधेरे में कोई छीन ले गया। इस वक्त सुरकंठ बेहद असहाय-निरुपाय !

कृष्णनगर के कृष्णराय मन्दिर के सामने उतरौनी मेले के कोलाहल में उन्होंने एक बच्चे को देखा था। उसकी भी आँखों की तृष्टि, इसी तरह असहाय-निरुपाय। बेहद दुखी करुण निगाहों से वह सामने की तरफ देखता रहा। उसके हाथों का खिलौना खो गया था। जितनी देर तक उसके हाथों में ताड़-पत्र का रंगीन भोंपू मौजूद था, वह अपने को कोई राजा-बादशाह समझ रहा था। मेले में शरीक लोग अपने-अपने में मगन बहे जा रहे थे। उस छोटे से बच्चे की असहाय दृष्टि पर निगाह डालें, इतनी फुर्सत किसे थी ?

''क्या बात है, बच्चे ?''

उनके इस कोमल सवाल पर, वह बच्चा जोर-जोर से रो पड़ा, ''माँ के पास जाना है। तुमको भूख लगी है।''

वह बच्चा लपककर, अपनी माँ के पास जा पहुँचा। सुरकंठ किसके पास जाएँ ? गुरुदेव कह गए—माँ बड़े दुःख में हैं। जाह्नवी जल में वस्त्र, मिष्ठान्न, माला अर्पित करते हुए, गुरुजी कहते जा रहे थे, ''ले माँ, तेरा दुःख कोई नहीं समझता—। तो क्या उनके सामने उमड़ती हुई जलराशि को वह भी 'माँ' कहकर आवाज दें ? लेकिन यह शब्द उनकी जुबान से निकले कैसे ? यह जलराशि अपने में मगन बहती रहती है। इसके कलकल-छलछल शब्दों में गुरुदेव की अनसुनी रुलाई सुनाई देती थी। सुरकंठ को इस पर विश्वास ही नहीं होता।

अजय नदी के तट पर, बाउल ने कहा था—''मन के भीतर मन होता है। अब, सुरकंठ को भी मन की गहराइयों में किसी का मृदु तिरस्कार सुनाई देता है।

''नहीं, गंगा बेजान जलराशि नहीं है।'' सुरकंठ ने धीरे से कहा। हैरत है। आसमान में जैसे सूरज अपने मेघों आ आवरण खिसकाकर, दर्शन देते हैं, उसी तरह करीब स्थित मरघट, उस पार के ग्राम, वन, इस पार का नदी तट, सिक्त, निरानन्द जन-बस्ती—सबके ऊपर से पल-भर के लिए, सामने बहती नदी की छाया सरक जाती है। जाने कौन तो, सुरकंठ को मुहूर्त की दिव्य छवि दिखाता है। जैसे एक दिन आंधारमानिक गाँव में, चैत

की दोपहरी को विश्वकर्मा के पट पर उन्हें सारा कुछ दिख गया था—यह जगत-संसार ! लोग-बाग ! पशु-खेत-खलिहान, घर-मकान ! सब अपने-अपने कामकाज में मगन !

उस पट पर उन्होंने इंसान की दुनिया का भी नजारा किया था।

अब उन्हें गंगा की उत्पत्ति की भी बेहद दिव्य-पवित्र वजह नजर आने लगी—''भक्त की पुकार पर, गंगा मइया मृत को भी जीवन-दान देने के लिए आईं थीं।'' सुरकंठ ने अस्फुट आवाज में कहा। साथ ही मन के गोपन में, यादों का पर्दा लहरा उठा।

उन्होंने सुनी थी; ये बातें सुनी थीं। ये सभी बातें वे, वक्रेश्वर के शैव साधु सम्मेलन में, गंगा सागर के स्नान-यात्रा मेले में, गँवई-सरल वृद्ध संन्यासी की जुबानी सुन चुके थे। आज वे बातें दोबारा याद आ गईं। इसी को कहते हैं भगवान की दी हुई दिव्य अनुभूति। जब, जहाँ, जैसा उन्होंने सुना, उनके मन-कुबेर ने भंडारी की तरह, उसे सँजोकर रख लिया।

''सारा कुछ मरघट में बदल गया था। समझे, वत्स ?'' साधु ने कहा था, ''सब कुछ श्मशान ! चारों तरफ सिर्फ खाल, हड्डी-पसली ! पेड़ पत्रहीन ! खेत शष्यहीन ! इसीलिए माँ का पदार्पण हुआ। मृतकों को पुनः जिन्दा करने के लिए। आज भी वही कर रही हैं। वे पानी देती हैं, तब खेत आबाद होते हैं। उनके दिए गए अन्न से देह पलती है। मौत के बाद भी, उन्हीं के जल में देह की राख अर्पित की जाती है—मानो वे कोई जीवन्त देवी हों। इस कलियुग में सभी देव-देवियाँ, यूँ अप्रकाशित रहती हैं, सिर्फ अपने भक्तों के सामने प्रकट होती हैं। एकमात्र माँ, पापियों का त्याग नहीं करतीं, निरन्तर हमारे सामने प्रत्यक्ष रहती हैं, जनाब।''

इसके अलावा कासिम बाजार में उस फैक्टर साहब ने कहा था, ''गंगा जल में जैसे खेती आबाद होती है, वैसी किसी और जल में नहीं। गंगा-घाट पर इतने बड़े-बड़े शहर रचे-गढ़े गए, जैसे गंगा के आश्रय में होने भी वजह से, सैकड़ों शहर बचे हुए हैं। इसीलिए गंगा को पवित्र कहा जाता है।''

उन लोगों की बातें सही हैं। किसान भी तो माटी को 'माँ' पुकारता है, फिर उन्हें 'माँ' नाम से बुलाने में एतराज क्यूँ किया जाए ?

अब उन्हें सारी बातें याद आ गईं। पेड़ की पत्तियाँ, हवा में हिलडुल रही थीं, मानो गंगा की आरती हो रही है। इस जनपद में दिवारम्भ का कोलाहल, मानो उनकी पूजा के वक्त शंख-घंटे बज रहें हों। सुरकंठ के हाथ अपने-आप अंजलि-दान की भंगिमा में सिमट आए। वे हाथ जोड़े-जोड़े नदी की तरफ उतर गए।

''मैं गंगाजल से ही गंगा की पूजा करता हूँ।'' उन्होंने अस्फुट लहजे में कहा और नदी का जल, अंजलि में बटोरकर नदी में ही उँड़ेल दिया।

अब वे आनन्दचित्त शिशु बन गए, क्योंकि अब उन्हें लग रहा था, वे माँ की गोद में खड़े हैं।

लेकिन, उनके कानों में, गंगा जल की अनसुनी रुलाई गूँजती रही। उन्हें कहना होगा; फर्ज निभाना होगा। गुरुदेव कह गए थे, यहाँ इस खगड़ा, कुंजघाटा, सैय्यदाबाद,

बहरामपुर, मुर्शीदाबाद जनपद समूह में, मिट्टी-बिंदे भागीरथी-तट पर, युग-परिवर्तन होगा। ऐसे में सुरकंठ को सब कुछ बताना होगा। मुमकिन है, यही उनका काम है। इसीलिए भगवान ने यह जान-पहचान कराई है।

"मैं नालायक सन्तान नहीं बनूँगा, माँ" सुरकंठ ने बच्चों जैसी सहजता से कहा। उसी वक्त नदी को चौंकाते हुए "हे हैया-हैया हे" की आवाजें लगाते हुए बख्शी-दीवान की पालकी आ पहुँची।

"नहीं, जनाब, यही श्रेष्ठ जगह है।" सुरकंठ भींगी घास पर ही आराम से बैठ गए। उन्होंने अगला वाक्य जोड़ा, "सामने भागीरथी, उत्तर में श्मशान, दक्षिण में मन्दिर—बेहद पवित्र जगह है।"

आखिरकार, बख्शी-दीवान को वहीं बैठना पड़ा। उनकी पालकी लेकर, उनका भृत्य कपड़े, गमछा, खड़ाऊँ लेने चला गया। अब बिल्कुल गंगा नहाकर ही उनके प्रभु अब घर लौटेंगे। दूर खड़े उनके कहार-प्यादों ने हाथ में चाँदी के कड़े घुमाते हुए, मिट्टी में अपने भाले गाड़ दिए और उसके सहारे टिके-टिके दाएँ-बाएँ घूमकर अपनी देह सीधी करने लगे। साथ ही वे चारों तरफ दम्भभरी नजरों से देखते भी रहे। उन लोगों को देखकर, स्नानार्थी लोग, आम राहगीर, सहमकर दूर हट-बढ़ जाते थे।

"जनाब, आपसे मेरा पहला सवाल यह है कि आपने मेरे पास अपना आदमी क्यों भेजा ? नए वर्ष-फल की जानकारी की जरूरत क्यों पड़ गई ? इतने वर्षों तक बंगाल के नवद्वीप में सलाह-मशविरों के मुताबिक कामकाज चलता रहा है। अब वह फैसला आपको फिजूल क्यों लगने लगा ?"

"ये बातें बाद में होंगी, ठाकुर ! मैं आपके सारे सवालों का जवाब दूँगा। अभी तो आप मुझे यह बताएँ..." यह कहते-कहते बख्शी-दीवान ने अपनी आवाज धीमी कर ली। उनके माथे पर परेशानी की लकीर झलक उठी। खैर, दौलतमन्द लोग, जब धन-दौलत की फिक्र में हों तो ऐसा ही होता है।

"देखिए, एक जुमले में कहने की बात नहीं है। उस पर से आपने एक जन्मपत्री बनाने को भी दी थी। उसमें सिर्फ जन्मतिथि-भर लिखी हुई थी। नाम नहीं लिखा था।"

"देख लिया ?"

"अब क्या बताऊँ ? बच्चे का जीवन हद से हद सोलह या सत्रह साल है। उसके जीवन का इतिहास और बंगाल में आगामी कुछेक साल का इतिहास, एक जैसा है।"

"एक जैसा ?"

"हाँ, जनाब, आप इस साल का वर्षफल जानने को बेचैन हो रहे हैं, लेकिन अगला कई साल ऐसा ही चलेगा—"

"ऐसा ही चलेगा ? क्या कहते हो, ठाकुर, यह जंग यूँ ही चलती रहेगी ?"

"हाँ, ऐसे ही चलेगी, बल्कि इससे ज्यादा भयंकर और खौफनाक होगी।"

"वर्गी क्या दोबारा आ धमकेंगे ?"

"हाँ, फिर आएँगे। फिर आएँगे। बार-बार ! फिर-फिर आएँगे।" सुरकंठ की

गमकती हुई आवाज गूँज उठी, ''वे लोग दक्षिण की तरफ से आएँगे। समूचा राज्य जलकर खाक हो जाएगा। खेतिहर, ताँती, कुम्हार, लोहार, अपना जाति-धन्धा छोड़ देंगे। सैकड़ों-हजारों लोग देश छोड़कर परदेश सिधारेंगे। आज जिन लोगों को नितान्त बलहीन देख रहे हैं, कल वे सब प्रबल शक्तिशाली हो उठेंगे।''

''हमारा क्या होगा, ठाकुर ?''

''धनी धीरे-धीरे और धनी हो उठेगा। ग्यारह सौ पचास से लेकर ग्यारह सौ छियासठ तक—बंगाल का समय अस्त रहेगा।''

यह कहते हुए, उनकी विस्फारित आँखें सामने की तरफ गड़ गईं, ''हमारे गुरुदेव कह गए हैं, इसी भागीरथी के तट पर यहीं, इसी जगह, एक युग का अन्त होगा और दूसरा युग आ पहुँचेगा। अपने लिए इतनी फिक्र क्यों है आपको ? देश के इस सर्वनाश से, आप लोगों में से कितनों के पौ-बारह होंगे—''

''इस भागीरथी के तट पर युग का अन्त ? ऐसा, कैसे होगा, ठाकुर ?''

''क्यों, देवी मइया कराएँगी।''

सुरकंठ के चेहरे पर अस्वाभाविक सी हँसी झलक उठी।

उन्होंने कहा, ''जितना पाप, जितनी मैल, तुम माँ को सौंप रहे हो; इस कलिकाल में इंसान की देह, लोभ, पाप, सर्वनाश का घर है। वह देह जलाकर, तुम उसकी राख तक, गंगा मइया की छाती में उँड़ेल देते हो। इस बार मइया प्रलय लेकर आनेवाली हैं।''

''यह तुमने क्या कहा, ठाकुर ? अब मैं जाकर, उन्हें क्या बताऊँगा ?''

''सच बात बता देना ! जन्मपत्री में जो लिखा है, वह पलट तो नहीं जाएगा ? तुम्हारा बच्चा तुमसे कहीं ज्यादा बुद्धिमान है। वह जरूर समझ जाएगा।''

''सुनकर बड़ा अफसोस हुआ ठाकुर, इतने दिनों बाद देश में सुव्यवस्था आई। ऐसा लगा, यह शासक अपनी सारी प्रजा को बराबरी की नजर से देखेगा।''

''बराबरी की नजर से जरूर देखेगा, सुशासन भी करेगा। लेकिन किस्मत का लिखा कैसे टालेगा ?''

''वह अनगिनत खूबियों का मालिक है।''

''लेकिन, एक दोष भी है, जिसकी वजह से सर्वनाश हो जाएगा।''

''कौन सा दोष ?''

''स्नेहान्धता !''

''लेकिन स्नेह तो एक गुण है, ठाकुर !''

''इस मामले में महादोष है। लोहे के घर में काल-नागिन का बनाया हुआ छेद ! सबका पालनहार बनने के लिए, इन सारी कमजोरियों से ऊपर उठने की क्षमता होनी चाहिए।''

''फिर भी, ठाकुर...''

''अरे, जनाब, ज्योतिष-ज्योतिष की रट क्यों लगाए हुए हैं ? अरे, भई, सीधी नजर से, बात को सीधी तरह देखो। वर्गी लोग आए, बड़ी आसानी से, आराम से लूट-पाट करके, माल लेकर चलते बने। वे लोग दोबारा आने का मौका क्यों छोड़ेंगे ? इस देश

में व्यवसाय-वाणिज्य की अभी भी अपार सुविधा है। इसके अलावा इस घोर कलिकाल में भी नाममात्र के खर्च पर, खाना, कपड़ा मिलना सम्भव है। इतनी-इतनी सुविधाएँ हैं। तभी तो लोग यहाँ आकर अड्डा गाड़कर बैठ गए हैं। जहाँ इतने सारे लोगों का स्वार्थ, एक जगह घुला-मिला हो, तो छीन-झपट, लूट-खसोट नहीं होगी ?''

''तुम्हें पूरी बात नहीं मालूम, ठाकुर, यहाँ कारोबार-व्यापार की सुविधा जरूर थी, लेकिन तभी तक, जब तक दिल्ली के बादशाह के बदन में जोर था। रास्ता-घाट अच्छे थे। रास्ता-घाट, गुदामों में ज्यादा महसूल नहीं चुकाना पड़ता था। उन दिनों सभी लोग बेखौफ, मुक्त भाव से कारोबार करते थे। लेकिन अब वह जमाना नहीं रहा। दिल्ली का बादशाह नखदन्तहीन बाघ बन चुका है। हर राज्य, अपनी मर्जी-मुताबिक महसूल तय करता है। मौत तो हर हाल में व्यापारी की होती है।''

''दिल्ली के बादशाह की क्षमता खत्म हो चुकी है। उनकी जगह अब कोई दूसरा आएगा, जो हर तरफ सुशासन स्थापित करेगा। मुमकिन है, उसके राज्य में कारोबारी लोग और ज्यादा तरक्की करें। लेकिन अभी भी कुछ कम तो नहीं है। भविष्य में और ज्यादा फलेंगे-फूलेंगे। वैश्य युग आएगा। उस युग में बनियों के घर-घर में लक्ष्मी की पूजा होगी।''

''तुम्हारी बातें सुनकर, हमारा मन बेहद भारी हो गया है।''

''पाप ! पाप का घड़ा जब भर जाता है, तो ऐसा ही होता है। अब देखिए न, ये वर्गी जाने किस देश के तो वासी थे, किस देश में आ धमके। इन फिरंगी कमबख्तों का देश कहाँ है ? लेकिन इस देश में आ धमके, कारोबार करने के लिए। असल में लोभ में फँसकर, इंसान खुद अपनी तबाही को आवाज दे बैठता है।''

''उस बच्चे के बारे में क्या कहूँ, ठाकुर ?''

''जुबान से कहने में अगर डर लगे, तो आपको जन्मपत्री सौंप दूँगा ! वे ग्रह-नक्षत्र गिनवा लें।''

''और तुम्हारा यह पाप-ताप...ये बातें क्या वे समझेंगे ?''

''आपने खुद भी जो-जो किया है, उन करतूतों का हवाला भी उनमें लिखा है। वह तो समझेगा ? लेकिन एक बात तो बताएँ, जनाब, इस गरीब ब्राह्मण के बच्चे की खोज क्यों पड़ी थी ?''

बख्शी दीवान ने साग्रह कहा, ''सुनोगे, ठाकुर ? हम कुछ लोगों ने मिलकर वह तय किया है कि...''

''क्या तय किया है ?''

''नवद्वीप का फैसला ही तो हमारा आसरा-भरोसा है। लेकिन तुम चाहे जो कहो, आजकल कुछेक मामलों में, खासे बड़े-बड़े मतभेद नजर आने लगे हैं।''

''हाँ ऐसा तो हो ही सकता है। ये रामरुद्र, ज्यातिष-कुल में सच ही आचार्य थे। उनके वंशघर शायद...''

''हम कुछ लोगों का इरादा था, तुमको बीच में रखकर, कई अन्य पंडित-ज्योतिषियों को बुला लिया जाए। मुर्शीदाबाद से वर्ष-फल गणना, पचांग विचार...एक अच्छी सी

व्यवस्था हो जाएगी। खर्चा-पत्तर हम लोग ही करते...। सिर्फ धन से ही इज्जत-मान हासिल नहीं होता, ठाकुर, इस वजह से विरादरी में नाम-यश और बढ़ जाता...''

''देखिए, सिर्फ पैसा फेंकने से ही सब कुछ नहीं मिल जाता, जनाब ! आप लोग ऐसा ज्योतिष चाहते हैं जो आप लोगों की खुशामद करें, जो हमेशा अच्छी-अच्छी बातें करें। ऐसे ज्योतिष इस शहर में अनगिनत हैं।''

''नहीं, ठाकुर, मेरा यह मतलब नहीं था—''

''सारे कागज-पत्तर आज ही लौटा दूँगा आपको—''

''तुम कहाँ जाओगे, ठाकुर ?''

''अपने गाँव चला जाऊँगा।''

''लेकिन वक्त बेहद बुरा है ! भयंकर दुःसमय। मालूम है न, ठाकुर ?'' बख्शी-दीवान ने रुक-रुककर कहा, ''बहुतेरे लोग भगवान गोला, मालदह,...दूर-दूर भाग गए। तुम अकेले कहाँ जाओगे ? मेरा कहना है, तुम यहीं रहो।'

''क्यों, आप क्या मुझे मुसीबत से बचाएँगे ?''

''हाँ, जरूर बचाऊँगा।''

''अपनी जगह, अपनी धरती पर आकर, जनाब की आवाज जरा ज्यादा ही फूटने लगी है। वर्धमान से कटवा आते हुए, पानी पीने के लिए टुकड़ा-भर मिश्री तक नहीं जुटी। उस वक्त, गले का सुर कुछ और ही था।''

बख्शी-दीवान हँस पड़े।

उन्होंने कहा, ''अब ऐसी गलती नहीं होगी। अपने घर के ठंडे कमरे में बड़ा लम्बा-चौड़ा इन्तजाम कर रखा है। वर्गी-गिरोह अगर पूरे शहर को घेरे रखें, तब भी कोई परेशानी नहीं होगी।'' थोड़ा हँसकर, उन्होंने अगला वाक्य जोड़ा, ''अगले सोलह-सत्तरह सालों में देश में अशान्ति छाई रहेगी, वह तुमने हमसे मजाक में कहा है न, ठाकुर ? इतने सालों तक अशान्ति भला कैसे सम्भव है ? हमारे नवाब युद्ध में काफी जबरजंग हैं।''

सुरकंठ भी हँस पड़े, ''बहुत अच्छे ! लेकिन, तकदीर को आँखों से तो नहीं देखा जा सकता, जनाब, तकदीर के साथ, कौन सी तलवार लेकर लड़ेंगे ?''

बख्शी-दीवान दोबारा हँस पड़े, ''कागज-पत्तर लेकर, इस अधीन के कमरे में आओ, ठाकुर। उसके बाद, चाहे जहाँ चाहो, चले जाना।''

30

कुलीन कन्या के दुःख में वृक्ष-लता रोए। आंधारमानिक गाँव में आकाश-बाताश में बेभाव रुलाई बिखर गई।

नहीं, रुलाई नहीं, छाती-तोड़ हाहाकार मचा हुआ था। दबी आवाज में गूँगी रुलाई। रात के अँधेरे में वह रुलाई, विल्ववासिनी मन्दिर में भी सुनाई पड़ी।

गाँव के लोगों ने सहमी हुई आवाज में कहा, ''श्मशान में रुलाई ? गाँव में क्या प्लेग फैलनेवाला है ?''

दोपहर तक वह रुलाई आचार्य लोगों के खाली मैदान, आचार्य के पोखर-तट, प्रान्तर, अर्जुन पेड़ की छाया तले, मन्दिर, देवालय में गूँज उठी।

रात के आखिरी पहर में वह रुलाई घर-गृहस्थ के घर-मकानों के कोने-कोने में भी सुनाई देने लगी।

''कौन रो रहा है ? कौन ?''

हर किसी की जुबान पर यही सवाल। जवाब किसी के पास नहीं था। सब एक-दूसरे से पूछते रहे, मगर किसी को जवाब नहीं मिला।

''तो क्या प्लेग फैलनेवाला है ? या दुर्भिक्ष, अनावृष्टि या अति वर्षा का कहर टूटनेवाला है।'' सभी ग्रामवासी कातर हो आए।

''चलो, देखकर आएँ, मन्दिर में क्या माँ ने मुँह फेर लिया है ?'' समझदार लोगों ने कहा।

उन लोगों ने सुन रखा था कि दुर्दिन, अशुभ लग्न, प्रलय के दिनों में इस गाँव की रक्षिका, श्मशानतला की देवी, विल्ववासिनी मुँह फेर लेती हैं।

आनन्दीराम के जिस बूढ़े पुरखे की खड़ाऊँ, नामावली और जनेऊ, ठाकुर-कमरे में शोभित है, उन्होंने दिखाया भी था। सुदूर अतीत में, वे किसी काम से मसानतला से होकर जा रहे थे। बारिश के आसार घिर आए। आकाश मेघों से घिर आए। वे हाथ में लाठी लिए 'कृष्ण' नाम का भजन गाते हुए धीमी चाल में आगे बढ़े जा रहे थे।

अचानक उनका मन्दिर की तरफ जाने का मन हो आया। लेकिन, मन्दिर के दरवाजे पर पहुँचकर उन्होंने देखा, काले पत्थर की मूर्ति का चेहरा पीछे की तरफ घूमा हुआ है। देवी मँह फेरे बैठी थी। उनके गाल पर धार-धार आँसू बह रहे थे। यह दृश्य देखकर, वे चींख उठे।

लेकिन जब पुरोहित ने आकर देखा, देवी-प्रतिमा ज्यों-की-त्यों थी।

''जाइए-जाइए, अपने घर जाइए।'' पुरोहित ने उन्हें घर भेज दिया। वहाँ से वे आठ-मंजिले मटकोठे तक पहुँचे।

''सावधान !'' उन्होंने आगाह किया।

बस, बात वहीं खत्म !

बड़े आचार्य ने कहा, ''और कौन देखेगा, बताओ ?'' इस कलिकाल में किसकी इतनी सुकीर्ति है भला ?''

''हम लोग देखेंगे ! हम जाएँगे।'' काउरा, बागदी, केवट वगैरह विभिन्न जातियों में हलचल मच गई।

वे लोग हर बात पर विश्वास करते थे। सब उत्साहित हो उठे। लेकिन, वह अशुभ रुलाई सुनकर, वे लोग भी सहम गए।

उन्होंने कहा, ''चलो, हम सब चलते हैं। देखते हैं, माँ का मुँह किस तरफ है—''

“क्यों ? क्या देखने जाएगा ? माँ का मुँह उलटी तरफ हो भी, तो क्या फर्क पड़ता है ?”

नरपति की बात सुनकर, लोग सकते में आ गए।

रमई बागदी ने अँगूठे से मिट्टी कुरेदते हुए कहा, “देवता अगर विमुख हो जाएँ, तो प्लेग फैल जाता है ! औरतें बाँझ हो जाती हैं। तुम लोगों को पता है, इतनी रात-बिरात को कौन रोता है ?”

“किसने कहा कि यह इंसान की रुलाई है ?”

“इंसान क्यों ? इंसान क्या यूँ रोता है ?”

नरपति मिसिर अपने घर के पिछवाड़े मिर्च का खेत गोड़ रहे थे।

उसने अपनी विशालकाय देह सीधी करते हुए कहा, “हाँ, तो तमाशबीनो, कोई अजीब बात निगलने के लिए मुँह बाए बैठे हो ? बड़े आचाज्जी ने कहा और तुम सब वह देखने को दौड़ जाने को तैयार हो कि देवी का चेहरा किस तरफ है। मैं पूछता हूँ, तुम सब क्यों जा रहे हो ? या यह देखने को बेताब हो कि देवी का चेहरा अगर पीछे की तरफ दिखा, तभी कबूल करोगे कि कुछ अमंगल होनेवाला है ? इससे पहले नहीं मानोगे ?”

उसने आगे बढ़कर, रमई बागदी भी नाक पर अपना मिट्टी भरा हाथ नचाते हुए दरयाफ्त किया, “अगर वहाँ जाकर देखा कि देवी का चेहरा जस-का-तस है, तो ?”

सब आपस में एक-दूसरे का मुँह ताकने लगे।

“हाँ, तो सज्जनो, तब क्या यह समझ लेना होगा कि हम लोग परम सुख में हैं ? कहीं कोई मुसीबत नहीं है ?”

“इन लोगों को आपकी बात बिल्कुल समझ में नहीं आई।” काशीश्वर ने धीमी आवाज में कहा।

अभी तक वह पीछे खड़ा-खड़ा, उनकी बातें सुन रहा था।

“तुम समझ गए ? ओ, ओ, वाचस्पति के लल्ला, तुम समझ गए ?”

“जरा-जरा।”

“तो जाओ, जाकर समझाओ कि तुम्हारे बाप के ठाकुर देवताओं के सर्वनाश में कुछ बाकी नहीं रहा ? अब यह हैरानी की बात हो या चाहे जो हो। इधर वर्गी-गिरोह ने आकर, गाँव को छार-छार कर दिया। राढ़बंग में हाहाकर मचा है। नवाब के बूते में अब कुछ भी नहीं है—”

गुस्से में बौखलाकर नरपति ने हाथ का कीचड़ अपने बालों में पोंछते हुए चींखकर कहा, “तुम सबसे भी कहता हूँ, कमबख्तों, समझ जाओ। वर्गियों के आकर धान का गोला लूट लिया। गाँव-गाँव वही, एक जैसा हाल। कब सूखा पड़ेगा; चोरी-डकैती करके मानस जान बचावेगा; अखाद्य खाकर प्लेग का शिकार बनेगा—यह सभी तो घट रहा है। अब क्या होने की आस में बैठे हो ? देवी-देवता विमुख हो जावें, तभी होश आवेगा ? मानो ठाकुर का परान, अपनी सन्तानों के लिए कितना तो रोय रहा है।”

''लेकिन, रुलाई के बारे में क्या होगा, ठाकुर ?''

नरपति ने एक बार फिर सबको गाली-गलौज से नहला दिया—''इस गाँव के बाम्हन, गँवारों के भी गँवार हैं। सबके सब जाहिल ! बकलोल ! गूँगे-बहरे !'' उसने चुन-चुनकर विशेषणों का प्रयोग किया और उन्हें एकबारगी धो दिया।

अन्त में उसने कहा, 'हाँ, तो बाप जी सकल, मोती मल्लाहिन की खोज-खबर किसी ने ली ?''

मोती मल्लाहिन।

सभी एक-दूसरे का मुँह देखने लगे। मोती मल्लाहिन अधेड़ उम्र की पागल। उसके पति ने दवा खिलाकर, उसे पागल कर दिया और उसके गहने-जेवर छीनकर, किसी दूसरी औरत के साथ गाँव छोड़कर गायब हो गया। गाँव के लोगों ने मिलकर, मोती मल्लाहिन के लिए गाँव की सरहद पर एक झोपड़ी बना दी और वे लोग बारी-बारी से एक-एक दिन उसे बाना भी पहुँचाते थे। गाँव-समाज में इस अठमंजिले मटकोठे का यह काफी सख्त विधान था। बूढ़े, रोगी, पागल, अशक्त, अक्षम लोगों को मुट्ठी-भर अनाज और एक अदद वस्त्र देना ही होगा। हाँ, मोती मल्लाहिन भी, इसी तरह, इसी सुर में रोया करती थी।

''यानी यह रुलाई मोती मल्लाहिन की है ?''

''हाँ, उसकी रुलाई, बिल्कुल ऐसी ही होती है, हाँ, मुँह में कोई जुबान नहीं होती।''

नरपति मिश्र ने कहा, ''आज कई दिन गुजर गए, उसे खाना नहीं पहुँचाया गया। इसलिए भूख की आग में जलती हुई, बेचारी रोती फिर रही है। जीव-जन्तुओं की तरह इंसान के सामने आने में डरती है। अरे, अब क्या वह इंसान रह गई है ?''

उसने केवट लोगों पर निगाह डालकर कहा, ''तुम लोग भी इंसान कहलाने जोग नहीं हो। एक दिन भी उसकी खोज-खबर लेने गए ?''

''हाँ, पाप हो गया।'' किसी ने सरल पछतावे के लहजे में कहा।

''हाँ, पाप तो है—''

''अब क्या किया जाए ?''

''उसे खोजकर ले आ। उसे कुछ खिला-पिला—''

''सबके चले जाने के बाद भी कशीश्वर रुका रहा। करीब ही किसी पेड़ तले वह टिककर बैठ गया और नरपति के घर, खेत, सब्जी-खेत को टटोलती निगाहों से देखता रहा। नरपति को घबड़ाहट होने लगी। अपनी घबड़ाहट और संकोच छिपाने के लिए, उसने तेज-तेज हाथों से मिट्टी तोड़ना शुरू कर दिया।

''कुछेक पल बाद, उसने सिर उठाकर, पूछा, ''क्या बात है ? मेरी कुटिया में तुम्हारे चरण ? ब्राम्हण की चरण-धूलि ? अब तो मैं तुम लोगों का कुछ लगता भी नहीं। यह धर्म-पूजा का ब्राम्हण है, पंचानन पूजा का ! जिस पूजा में ब्राह्मणों की कोई जरूरत नहीं होती। मैं उसी ठाकुर की पूजा करता हूँ—'' यह सजा भी बुरी नहीं है। क्यों, तुम्हारा क्या खयाल है, काशी ?''

नरपति के होंठों पर सूखी और सूनी सी हँसी झलक उठी।

काशीश्वर निरुत्तर !

''मामला क्या है ?''

अब नरपति ने कुदाल एक किनारे रख दी। इस वक्त वह कमजोर है, बेहद कमजोर ! जिस इंसान ने आनन्दीराम का अपमान करके, उसे विदा कर दिया था; बड़े आचार्य को सैकड़ों लोगों के सामने बेइज्जत किया था, नरपति वह इंसान नहीं है। वह तो अति कमजोर इंसान है।

नरपति ने धीमी आवाज में कहा, 'कोई बात है, तो कह काशी ! मुझे काम है।''

काशीश्वर निरुत्तर !

''अगर कुछ कहना चाहते हो तो कहो, वर्ना जहाँ जाना है, चलते बनो। तुमने सोच क्या रखा है ? जब मेरी बहन मरी थी, उसे कन्धा देने, कोई आगे नहीं आया। उस वक्त तुमने, मेरी बहन की लाश को कन्धा दिया था, इसलिए क्या तुमने मेरा सिर खरीद लिया है ?''

नरपति अजूल-फिजूल बकवास करके, हल्का होना चाहता था।

''मोती मल्लाहिन अगर परमान्न भी खाएँ, तो रुलाई नहीं थमनेवाली, नरपति दादा !'' काशीश्वर सहसा बोल उठा।

''मतलब ?''

''मतलब तुम जानते हो। आनन्दी दादा के घर रुलाई मची है, क्योंकि छोटी भाभी के मायके के गाँव में सबके सब मर गए। मौत पर किसी का वश नहीं होता। यह रुलाई किसी दिन अपने आप थम जाएगी। लेकिन बड़े आचार्यजी की बेटी निमली की रुलाई कभी नहीं रुकेगी। अभी तो और भी कितने लोगों को रोना पड़ेगा। ये वर्गी, यहाँ रहने के लिए आए हैं, जाने के लिए नहीं। अब औरतों की आँखों में आँसू नहीं सूखनेवाले और नरपति दद्दा, जिस घर की औरतें, दुःख से रोती हैं, उस परिवार का अमंगल होता है। और फिर गाँव का भला कैसे हो ? क्यों कर हो ? गाँव या देश का भला हरगिज नहीं होगा। किसी का भी भला नहीं होगा ?''

काशीश्वर तैश में आकर एकदम से उठ खड़ा हुआ।

''क्यों ? अपनी बहन क्या तुम्हें वापस मिल गई ? दूसरे की निर्दोष लड़की को कलंक लगाकर, क्या तुम्हारी बहन...?''

नरपति को शायद इसी बात का डर था। उसके पास इन बातों का कोई उत्तर नहीं था। वह नितान्त उपेक्षित और अत्याचार का शिकार रहे। इसीलिए काशीश्वर को उसके प्रति कुछ ज्यादा ही हमदर्दी थी। अब पलक झपकते ही वह हमदर्दी गायब हो गई। काशीश्वर उम्र में जवान। स्वभाव से निर्भीक, दयालु, दूसरों के दुःख से कातर प्राणी ! इस निष्पाप लड़के ने उसके प्रति अपना भरोसा खो दिया, यह सोच-सोचकर नरपति दुःख से कातर हो आया।

इस कातर परिवेश में वह पत्थर हो आया।

''काशीश्वर, अभी तुम बच्चे हो, इसीलिए आँखें खोलकर देखना नहीं जानते। यूँ सभी लोग, सब पर अन्याय करते हैं। जो सचमुच निर्दोष होता है, उसे कहीं रिहाई नहीं मिलती। इसीलिए कहीं अन्याय होते देखकर, मेरा दिमाग ठिकाना नहीं रहता, मुझसे बर्दाश्त नहीं होता।''

''इसलिए खुद भी अन्याय कर बैठे ? क्यों ?''

''यह अन्याय न करता, तो बड़े आचार्यजी का गरूर कम नहीं होता। समझे, काशी ? उसकी बेटी के जरिए, उसको सजा दे डाली। इसे कहते हैं, जहर-से-जहर मारना।'' यह कहते-कहते नरपति की आवाज बुझ आई। उसे अहसास हो गया कि उसने सही जुमला इस्तेमाल नहीं किया। इसे जहर-से-जहर बुझाना नहीं कहते।

''मुझे कुछ भी अच्छा नहीं लगता। इस गाँव में सभी का रंग-ढंग अलग-अलग है। अलग-अलग जात के इंसान। चूँकि दुनिया में मेरा, कहीं कोई नहीं है। इसलिए इस मिट्टी से चिपका पड़ा हूँ। सब एक जैसे हैं ! सबके सब एक जैसे।''

यह कहते-कहते काशी उठकर चला गया।

मुर्शीदाबाद में सुरकंठ के गुरुदेव ने भागीरथी तट पर जिस रुलाई का जिक्र किया था, अब वही रुलाई धीरे-धीरे गाँव-से-गाँव तक, उत्तर-दक्षिण, पूरब-पश्चिम में फैल गई।

आंधारमानिक गाँव के मुखोटी-घर की छोटी बहू, इसलिए रो रही थी कि वर्गी लोगों के हाथों सब मर-खप गए। विशालाक्षी ने उसे अपनी गोद में खींच लिया।

''छोटी, यह शोक से पागल हो गई है, हो सके, तो इसे शान्त करो—'' बीवी को उनके हाथों में सौंपकर, आनन्दीराम ऊपर चले गए।

वहाँ विशालाक्षी के सोनेवाले कमरे में, पलंग की बाजू थामकर, फुलेश्वरी बेभाव रो रही थी, ''तुम्हारे लिए...तुम्हारे लिए मुझे इतना दुःख सहना पड़ता है। कौन नहीं जानता कि सुरकंठ राय नीम-पागल हैं।''

''तो उनके भरोसे तुम आई हो, क्यों फूली ?''

फुलेश्वरी उनकी पहली बीवी। पहला प्यार ! आनन्दीराम उसे कभी-कभार 'फूली' नाम से भी पुकार लेते थे। इस वक्त उन्हें वही सम्बोधन याद आ गया।

''मैं उसके भरोसे नहीं आई। मैं तो तुमसे भेंट करने आई थी। ऐसा सर्वनाश हो जाएगा, मुझे नहीं पता था। हाय मोरी मइया, ये वर्गी किस देश के वासी हैं ? जिन्दगी में कभी इनका नाम नहीं सुना।'' फुलेश्वरी ने दायित्वहीन-ज्ञानहीन, लाडली, नाबालिग की तरह लहराकर कहा।

''मुझे खबर देती, तो मैं खुद कासिम-बाजार जाकर, तुम्हें लिवा लाता।''

''बापू मुझे देखे बिना आकुल-व्याकुल हो जाते हैं। विशु उनकी आँखों का तारा है। मैं उनकी इकलौती सन्तान हूँ—'' यह कहते हुए फुलेश्वरी ने अपने पति की आँखों में झाँका।

पर पसीने की बूँदें चमकती हुईं—आनन्दीराम उस खूबसूरती को मुग्धभाव से देखते रहे।

अब उसका प्रस्ताव सुनकर, नफरत से पत्थर हो आए।

उन्होंने नीरस, सख्त लहजे में जवाब दिया, "तो, तुम जाओ। इस घर के दरवाजे तुम्हारे लिए हमेशा खुले रहेंगे। मैंने बापू को वचन दिया था। अब जिस दिन तुम्हें अपना भला समझ में आ जाए, तुम लौट आना। मैं तुम्हारे साथ नहीं जा सकता।"

"तुम नहीं जाओगे ?" फुलेश्वरी बेतरह अवाक् हो उठी, "मैं खुद आई, फिर भी तुम नहीं चलोगे ? इतना कलंक...इतना अपमान बर्दाशत करके..."

"नहीं, मैं नहीं जाऊँगा।" आनन्दीराम ने कहा, "मैंने तुमसे ब्याह किया है। तुम्हारी सारी जिम्मेदारी मेरी है। लेकिन तुम्हारे भी कुछ कर्त्तव्य हैं। सिर्फ मेरे प्रति ही नहीं, पूरे परिवार के प्रति तुम्हारी कुछेक जिम्मेदारियाँ हैं ? उनके प्रति मेरे भी कुछ कर्त्तव्य हैं। मैं किसी को भी छोड़ नहीं सकता—छोटी, बुआ, माँ, हावी, राधी, छोटी बहू, नौकर-चाकर, महीनेदार—सबकी जिम्मेदारी मुझ पर है। तुम्हें मैंने काफी बड़े आसन पर बिठाया था, बड़ी बहू। तुम विशु की माँ हो, तुम्हें सबसे ऊपरी दर्जा दिया था मैंने। लेकिन तुम्हारे लिए मैं सबको छोड़ नहीं सकता। बड़ी बहू ! इतनी सख्त बात कहते हुए दिल ही दिल में मुझे क्या हो रहा है, यह भगवान ही जानते हैं।"

इतना कहने के बाद, आनन्दीराम ने अपनी निगाहें दीवार पर गड़ा दीं। पपड़ी-भरी दीवार काफी जीर्ण हो आई थी। आनन्दीराम तराजू पर तौलते रहे। एक तरफ फुलेश्वरी, मोहब्बत, प्यार, निश्चिन्त जीवन। फुलेश्वरी के नासमझ अभिमान को बहलाकर किस कदर आनन्द आता है, विशु के चेहरे पर हँसी निरखकर, किस कदर सुख मिलता है। चाँदनी रातों में सबसे छुपकर वे फुलेश्वरी को लेकर, छत पर चले जाते थे और ढेरों बातें किया करते थे। एक बार तो फुलेश्वरी की फर्माइश पर बट-पोखर के किनारे से चम्पा फूल ले आए थे। पहले-पहले प्यार में एक किस्म की दोस्ती भी तो मिली-जुली होती है।

दूसरी तरफ, सिर्फ कर्त्तव्य। इस दीवार की तरह जीर्ण, उदास। इसमें कोई आनन्द नहीं है।

कुन्द तो निरी बच्ची है ! माँ, बुआ निरी अबूझ ! मामा कोई मदद नहीं करते, महज बोझ ! जमी-जमा से जो आमदनी होती है, नितान्त मामूली ! हाँ, छोटी जरूर उनका मुँह देख-देखकर जीती है।

अचानक उन्हें अपने बापू का चेहरा याद हो आया—"अपना कर्त्तव्य कभी मत भूलना, बेटा।" स्नेहभरी कातर आवाज। वे छोटी की देखभाल करने की हिदायत दे गए हैं। नहीं, नहीं, इंसान दुनिया में अपना कर्त्तव्य करने ही तो आता है। वे साधु-संन्यासी नहीं हैं। वे गृही हैं। गृही के कर्त्तव्य उन्हें निभाने ही होंगे। उनके वंश में, एक गृही साधक ने भी जन्म लिया था। यह कलिकाल है, धर्म का कोई महात्म्य नहीं रहा। चलो, धर्म भले महात्म्यहीन हो गया हो, लेकिन वे कर्त्तव्य-विमुख हरगिज नहीं हो सकते।

"यही मेरा आखिरी फैसला है, बड़ी बहू।"

''तुम उनकी दुहाई क्यों देती हो ? जाने को तो तुम ही अकुला उठी थी, इसीलिए तो चली गई—''

''बापू जो कहते हैं, अपनी बेटी को वे अपने से दूर नहीं करेंगे—''

''तो तुम रह जातीं उन्हीं के पास; चली क्यों आई ?''

फुलेश्वरी निरुत्तर।

''तुमने हावी, राधी से जो कहा, मैंने सुन लिया है। लेकिन, मेरे हाथों, इतना ब अन्याय नहीं होगा, बड़ी बहू।''

'बड़ी बहू' सम्बोधन सुनकर फुलेश्वरी तटस्थ हो आईं। काफी क्रुद्ध होने पर आनन्दीराम उसे 'बड़ी बहू' कहते थे। अब वे करुण आवाज में मिनमिनाकर रो प कभी इसी पति को उनसे कितनी प्रीति थी। भाग्य ही इस कदर निर्मम हो आया सारा कुछ तबाह कर डाला।

''अब, अगर तुम यहाँ रहना चाहती हो, तो कहो, मैं खुद जाकर, विशु को आऊँगा।''

फुलेश्वरी ने सिर हिलाया। उनकी समूची जिन्दगी लाड़-प्यार में गुजरी जगतपति आचार्य ने यह बात उनकी नस-नस से भर दी थी कि यह दुनिया फुले के सुख-भोग के लिए ही रची गई है।

ना, वह सौत के साथ नहीं रह सकती, इस अभावग्रस्त गृहस्थी के क्लेश नही सकती।

कासिम बाजार में अपने बापू के यहाँ, वह तो बस बैठी रहती है। एक नौ उसके बाल सँवार देती है; दूसरी उसके पाँवों में 'आलता' सजाती है। तीसरी किस्से-कहानी सुनाने के लिए ! उसके बापू, मुट्ठी-भर कीमत चुकाकर, उसके दासी-बाँदी खरीद लाए थे। उनके घर में, दस-पच्चीस-बाघबन्दी खेलने के लिए प नक्शा काटा हुआ है। जब उसका मन होता है, वह खेलने जुट जाती है। उसके में भर-भर झाँपी—पिटारी में तह-पर-तह ढाकाई रेशम, उत्कृष्ट बालुचरी, दूध व जैसी नरम-मुलायाम शान्तिपुरी साड़ियों की ढेर लगी हुई है। फुलेश्वरी का जब होता है, वह पहनती है !

इसके अलावा अलंकारों का ढेर। बाल बाँधने के लिए तरह-तरह के फँदे-चुटीले ! तन-बदन की सजावट के लिए कितने ही तरह के सामान। बाँ तरह-तरह ही उत्तेजक किस्से-कहानियाँ सुनाकर, उसे सिखाती-सुझाती रहती हैं खुशबूदार गर्म पानी में नहाया जाता है। कैसे बदन का रंग गोरा-उजला हो

''नहीं-नहीं, मैं यहाँ नहीं रह सकती। तुम चलो मेरे साथ। मेरे बापू त बनाकर रखेंगे। काम-काज करना चाहो, तो करना, वर्ना यूँ ही आराम से र कुछ मेरा है, सब तुम्हारा भी तो है। तुम, बस, मेरे साथ चलो।''

जितनी देर फुलेश्वरी अपनी सोचों में डूबी हुई थी, उतनी देर उसकी आँसू, पीठ पर लहराती हुई वेणी, गले में झूलते हुए जेवर, सुडौल, खूबसूरत ग्र

आनन्दीराम नीचे चले आए। उद्‌भ्रान्त की तरह अवसन्न-चित्त बाहर निकल गए। पेड़-तले, चबूतरे पर वे सिर पर हाथ धरे बैठे रहे।

वहीं महीपति आचार्य भी आ पहुँचे। उनके साथ ढेरों खाद्य सामग्री। पाइक-प्यादा ! यह खबर देखते-ही-देखते, समूचे गाँव में आग की तरह फैल गई।

हैरत है ! बड़े आचार्य, महीपति। लोगों के सविनय निवेदन की उपेक्षा करके, सुरकंठ के इस टूटे-फूटे घर में ठहरे थे। मुखोटी-घर भी वे खुद चलकर आए थे।

उन्होंने कहा, ''अपनी छोटी माँ से जाकर कहो, आनन्दीराम, वे मेरी समधिन लगती हैं। यहीं मैं दो मुट्ठी प्रसाद ग्रहण करूँगा। हमारे यहाँ नाती हुआ है। आफत-विपद में, बेटी के यहाँ खाने में कोई दोष नहीं होता। क्यों ?''

अपनी खुशी की रौ में वे और भी बहुत कुछ कहते रहे। उनके बैठने के लिए आसन बिछा दिया गया। सबने आकर उनकी अभ्यर्थना की। घर के अन्दर आकर, दरवाजे के आड़ में खड़ी, विशालाक्षी को सम्बोधित करके, वे अपने आनन्द-ज्वार में बहते हुए ढेरों बतियाते रहे।

''सुरकंठ ने जब मुझे बताया कि बूनी यहाँ है आपके पास, तो मेरी खुशी का ठिकाना नहीं रहा, वर्ना इतनी मुद्‌दतों बाद मैं इस गाँव में कदम रखता ? वह आपके पास चली आई, उसमें इतनी शुभ बुद्धि जागी, यह देखकर मैं बेहद खुश हुआ। भइया सोचते थे, बेटी को उन्होंने काफी सुख में रखा है। लेकिन, उसका सुख, इस घर की मिट्टी से जुड़ा है, यह वे कहाँ समझते हैं ?''

उन्होंने और भी बहुत सारी बातें की। उनके पास इन्तजार के लिए ज्यादा फुर्सत नहीं थी। उन्हें अभी ही लौटना भी होगा। हाँ, जाने से पहले उन्हें आनन्दीराम से कुछ सलाह-मशविरा भी करना था।

''दामाद भी बेटा ही होता है। आप क्या कहती हैं ?''

महीपति की बातें सुनकर आनन्दीराम के मामा ने भी हुँकारी भरी, ''हाँ, सो तो है। सो, तो है।''

''विशालाक्षी बहू-बेटियों को लेकर, महीपति के खाने के इन्तजाम के लिए चल दीं। आहार, विश्राम के बाद महीपति आनन्दीराम को लेकर निर्जन मन्त्रणा-कमरे में चले आए।

''तुम मेरी मदद करो, आनन्दीराम !'' उनकी बातचीत का लहजा ऐसा अधिकार भरा था, मानो आनन्दीराम के साथ उनका कोई विवाद-विरोध न हो, न ही कोई रुकावट हो। उनकी बातों का सुर ऐसा था, मानो वे किसी अपने से गुप्त बातचीत कर रहे हों।

''मैं अपने साथ चार हजार रुपए लाया हूँ। वह तुम्हें रखना होगा। इतने सारे रुपए लेकर चलने की मेरी हिम्मत नहीं पड़ रही है।''

आनन्दीराम ने प्रश्नभरी निगाहों से उनकी तरफ देखा।

महीपति ने धीमी आवाज में कहा, ''मेरे पास इसके अलावा भी कुछ रुपए मौजूद हैं। लेकिन ये रुपए नवाब को देने हैं। इसलिए ये रुपए मैं साथ ले जाऊँगा। लेकिन

ये चार हजार मेरी कमाई के रुपए हैं। इस वक्त, मैं कुल मिलाकर, चौदह हजार रुपए, तुम्हारे पास छोड़ जाना चाहता हूँ।''

''रुपए कहाँ हैं ?''

''लोहे पर ताँबे के पत्तर चढ़े पिटारी में। झलाई करके, उसका मुँह बन्द कर दिया गया है। यह पिटारी उस सूखे कुएँ में फेंककर, और उसका मुँह ईंटों से बन्द कर दो। किसी को पता नहीं चलेगा।''

''मेरी हिम्मत नहीं पड़ रही है।''

''मैं बहुत जल्दी ये रुपए ले जाऊँगा। तुम क्यों फिक्र करते हो ? इस वक्त इतने रुपए लेकर सड़क पर निकलने में बड़ा जोखिम है। यह जो खाने-पीने का सामान लाया हूँ, वह भी तुम रखो। इस्तेमाल करो। मैं, बस, राह-खर्च के लिए थोड़े से रुपए रखूँगा। बाकी रुपए यहीं रहेंगे। खाली हाथ रहूँगा, तो राह चलने में, मुझे कोई परेशानी नहीं होगी, वर्ना अपनी जान समेत वहाँ पहुँच पाऊँगा या नहीं, मुझे तो यह भी नहीं मालूम।''

उन्होंने एक बार फिर दोहराया कि यहाँ आकर उन्हें किस कदर खुशी हुई है।

''भइया के लाड़-प्यार में बूनी का भयंकर सर्वनाश हो रहा था, यह बात कबूल करने में मुझे जरा भी झिझक नहीं हो रही है, आनन्दीराम ! अब उसे सद्बुद्धि आ गई है, यही गनीमत है। भगवान करे, इस गृहस्थी में उसकी मति-गति बनी रहे।''

वे और भी बहुत कुछ कहते रहे, लेकिन, आनन्दीराम ने उनकी किसी भी बात का जवाब नहीं दिया। उसी शाम, उन दोनों ने गुपचुप रुपए की पेटी उठाई और सारा काम निपटा दिया। पूरा काम निपट जाने के बाद, महीपति ने अपनी भतीजी को बुला भेजा।

उन्होंने आनन्दीराम से ही कहा, ''बूनी को बुलाओ, आनन्दी, उसे आशीर्वाद दे जाऊँ।''

अब किसी टाल-बहाने की जरूरत नहीं थी। आनन्दीराम निरुत्तर। विशालाक्षी दरवाजे के आड़ में खामोश खड़ी रही।

आनन्दीराम की बुआ और माँ कुछ कहने ही जा रही थी कि आनन्दीराम ने कहा, ''आप अपनी बेटी, अपने साथ लेते जाएँ, काकाजी।''

''साथ लेता जाऊँ ?''

''हाँ, वह यहाँ नहीं रहना चाहती।''

दरवाजे के पीछे साड़ी की खिस-खिस आवाजें ! मानो विशालाक्षी दरवाजे से हट गई हो।

आनन्दीराम ने महीपति की तरफ देखा। अभी आँखें दर्द से बिमूढ़ ! अवसन्न !

उन्होंने धीमी आवाज में कहा, ''उसकी जिद है कि मैं यहाँ के सभी लोगों को त्याग दूँ और उसके साथ चल पड़ूँ या फिर छोटी बहू को कहीं और भेज दूँ। मेरे लिए, इसमें से कुछ भी सम्भव नहीं है। इसलिए वह वापस लौट जाना चाहती है।''

''लौट जाना चाहती है ? तो आई ही क्यों ?''

''खामख़्याली थी, चली आई। यहाँ आकर उसे समझ में आया, इस गृहस्थी में

उसका मन नहीं टिकेगा। यह दरिद्र परिवार, आप लोगों के लिए अति तुच्छ है, मगर मेरे लिए सर्वस्व है।'' यह कहते हुए आनन्दीराम ने मुँह फेरकर कहा, ''आपको तकलीफ हुई, मुझे माफ कीजिएगा। लेकिन मैं भी बेहद निरुपाय हूँ।''

महीपति की जुबान से कोई बात ही नहीं फूटी। उन लोगों की नजरों से परे, फुलेश्वरी और आनन्दीराम की जिन्दगी सुखी है, यह सोचकर वे बेहद खुश हुए थे। उन्हें लगा था, हर कहीं युद्ध छिड़ा हो, समूचे देश में हाहाकार मचा हो, फिर भी ये तमाम सुख-आनन्द रचकर, इंसान दिखा देता है कि जिन्दगी कितनी अपराजेय है; इस सर्वनाशी प्रलय की ताकत, कितनी कम है।

अब वह आनन्द पलक झपकते निरानन्द में बदल गया।

''ठीक है, मैं उसे भइया के पास ले जाऊँगा।'' यह कहते-कहते महीपति को अहसास हुआ, असल में उनके भीतर कहीं प्रौढ़ता जाग उठी है। वे बेतरह थक गए हैं।

इधर आचार्य घराने के सभी लोग रो पड़े।

बिरादरी के फैसले मुताबिक निमली को खौलता हुआ घी पीकर, परीक्षा देना था।

''इस युग में अगर सीता जी ने भी यह परीक्षा दी होती, तो वे भी जिन्दा नहीं रहतीं। इससे तो बेहतर है, तेरी जान बची रहे।'' बड़े आचार्य की पत्नी ने रोते-रोते कहा।

यह तय हुआ कि निमली नवद्वीप चली जाए। वहाँ अनाथों को आश्रय मिलता है। इसके अलावा, वहाँ एक बूढ़ी वैष्णवी भी रहती थी, जिन्होंने उसकी माँ का लालन-पालन किया था। फिलहाल सभी को यही लगा, निमली के लिए वही सबसे सुरक्षित आश्रय है।

''तुझे निर्वासन में कौन छोड़ने जाएगा, बिटिया ?'' बड़े आचार्य की पत्नी ने रो-रोकर पूछा।

''हाँ, निर्मला को लेकर नवद्वीप कौन जाए ? वाकई यह बहुत बड़ी समस्या उठ खड़ी हुई। इसके बावजूद, उसे जल्द-से-जल्द भेजना भी जरूरी था। उसके जाने के बाद, घर के सभी लोगों को प्रायश्चित करना था, क्योंकि घर में अभी भी विवाह योग्य कई बेटियाँ थीं। इसके अलावा, अन्नप्राशन, कनछेदन, जनेऊ, विवाह, श्राद्ध ! बिरादरी के रीति-रिवाज तो लगे ही रहते थे।

इसलिए निर्मला को जल्दी-से-जल्दी बिदा कर देना था। घरवालों को भूल जाना होगा कि इस नाम की कोई लड़की थी, जो कभी इस घर में रहती थी और बाकी लड़कियों की तरह ही वह भी ब्राह्मणों की दुनिया में किसी ब्राह्मण परिवार में बड़े लाड़-प्यार से पली थी। व्रत-पूजा और निश्चिन्त-प्रसन्न जीवन गुजारती थी।

''कैसे भूलूँगी, मइया गो !'' बेटी की सौतेली माँ, सिर पीट-पीटकर रोती रही, ''जिस बच्ची को भूख लगती है, तो उसे माँगकर खाना नहीं आता, अब वह नवद्वीप जाकर रहेगी, भीख माँगकर खाएगी। हे भगवान, तुमने मुझे उठा क्यों नहीं लिया ? यह

सब मुझसे कैसे सहा जाएगा ?''

बेटी के बाप ने अपने आँसू पोंछते हुए, पत्नी को सहारा देकर उठाया, ''उठो, और भी कई लोग तुम्हारे आसरे-भरोसे हैं। तुम उनके बारे में भी तो सोचो।''

निर्मला गोशाला की बगलवाली फूल की झोपड़ी में, गहरे दुःख से आँसू बहाती रही थी।

अब उसने भी कहा, ''माँ तुम मुझे भेज दो। मैं अब यहाँ नहीं रहूँगी।''

''ऐसे मत बोल, बिटिया। तुम तो नवद्वीप घूमने जा रही हो। मेरी मौसी के पास। घूम-घामकर चली आना, बिटिया।'' माँ की जुबान से गूढ़ सत्य नहीं निकला। वे अपने आँसू पोंछते हुए, लौट आईं।

उसी वक्त काशीश्वर आ खड़ा हुआ।

उसने प्रणाम करके, सूखी-सूखी आवाज में कहा, 'निमली को मैं ले जाऊँगा। आनन्दी भइया की माँ, यही कहने के लिए आई है।''

विशालाक्षी ने कहा, ''निमली मेरे भइया के पास जाकर रहेगी। वे इस वक्त नवद्वीप में ही हैं।''

31

रोते-रोते जन्म बीता जाए
आँखों का पानी ना सुखाए

विशालाक्षी ने जब कहा, ''निमली को मैं अपने भइया के पास भेजूँगी।'' आंधारमानिक गाँव में हलचल की आँधी टूट पड़ी।

काशीश्वर ने ईषत् हँसकर कहा, ''तुमने तो भयंकर तूफान को दावत दे डाली, छोटी माँ ! यह तूफान वर्गियों के हंगामे से कम नहीं।''

पतानी बुआ, जो हमेशा से परनिन्दा में मुखर रहीं, दूसरों के नाम कलंक मढ़ने में, जिनका कोई जोड़ नहीं था, सिर्फ उन्होंने जुबान खोली, ''छोटी बहू के नाम कौन-कौन बदनामी करता फिर रहा है, जरा मुझे उनका नाम तो बताना, काशी।''

विशालाक्षी ने हँसकर कहा, ''एक तो उसके बाप ही हैं। इसके अलावा, तुम जिसे बूढ़ा कहो या जवान, ऐसे अनगिनत लोग हैं।''

पतानी बुआ ने छूटते ही जवाब दिया, ''देखा जाएगा। गांगुली लोगों के यहाँ सत्यनारायण की कथा होनेवाली है न ! जब वर्गी लोग आए थे, उन लोगों ने अपना ठाकुरजी पोखर में डुबा दिया था। अब वह मूर्ति निकालकर, दोबारा प्रतिष्ठा के लिए सत्यनारायण की कथा होगी, वहीं मैं बात उठाऊँगी।''

उन्होंने सचमुच वहाँ बात उठाई।

शाम के वक्त वे बाहरी आँगन में जा खड़ी हुईं। चूँकि वे इसी गाँव की बेटी थी,

इसलिए किसी से भी उनका पर्दा नहीं था।

काशी के बापू ने कहा, ''यह तो बिल्कुल महिला-वर्गी जैसा काम हुआ—''

''क्यों, विशु बहू ने किया क्या है ?''

''पतिता लड़की को अपने भइया के यहाँ भेज रही है। अरे, भाई के पास दौलत है, इसलिए क्या, सब कुछ मुमकिन है, भइया ? लड़की को जब वर्गियों ने छुआ है तो निमली चाहे जिए या मरे; जहाँ चाहे, चली जाए, तुम्हें देखने की क्या जरूरत है ?

''देखने की जरूरत नहीं है, यही न ?''

''मंडल मुहाल के प्रधान गोविन्द ने धीमी आवाज में कहा, ''इसमें धर्म ही बचता, दीदी-ठाकुरानी।''

''वर्गियों के हंगामे में इंसान का क्या-क्या कुछ चला गया, गोविन्द ? घर गया, गाय-बछेरू गए, धन-प्राण गया—इतना जाना आँखों को दिखाई दिया। लेकिन, यह जो बात-बात में तुम्हारा धर्म चला जाता है, उसे मैंने अपनी आँखों से जाते हुए कभी नहीं देखा। धर्म आखिर कब चला गया ? किस रास्ते से गया ?''

वहाँ मौजूद, सभी लोग हाहाकार कर उठे।

लेकिन गोविन्द मंडल ने धीमी आवाज में दोबारा कहा, ''उनकी बातों पर गुस्सा करने से कोई फायदा नहीं होगा। वे शोक-ताप से पागल हो उठी हैं।''

पतानी बुआ ने कहा, ''नरपति की बहन को जब खौलते घी में प्रायश्चित करने का फैसला दिया था। तब भी सुना था, धर्म गया, धर्म गया। वाचस्पति काका की गोद की बेटी, बिचारी छह की उम्र में विधवा हो गई, उस, बच्ची को भला कितनी समझ थी। इस गोविन्द के घर के कर्मचारी ने, परान की बेटी के साथ, चीनी की पट्टी छीन-झपटकर खाया था। तब भी तो तुम्हारा जात-धर्म चला गया था। गाँव के पंचों ने मिलकर, जिसमें मेरा भाई भी शामिल है, ऐसा फैसला दे डाला कि तीन रात के उपवास में ही, लड़की छाती फाड़कर मर गई।''

सुरकंठ के रिश्तेदार-काका ने हँसकर ज्ञान बघारा, ''धर्म की राह आसान नहीं होती, बिटिया। विधवा होने के बाद, उसका कर्त्तव्य और कड़ा हो जाता है, वह तो तुम भी जानती हो—''

पतानी बुआ को अचानक थकान महसूस होने लगी। उन्हें लगा, कोई फायदा नहीं। ये बातें उठाकर कोई फायदा नहीं, कोई नहीं समझेगा।

उन्होंने कहा, ''जानती, काहे नहीं, राय जेठू ! जानती हूँ। मुँह से खून उगलकर भी अपना कर्त्तव्य निबाहती हूँ। लेकिन, मैं कह रही थी...''

''क्या कह रही थी, बिटिया ?''

''कह रही थी, निमली को ठाँव देने से अगर जात-धर्म जाता है, तो शिवकाली गांगुली का जाएगा। इसमें हम लोगों का क्या ?''

''हाँ ऽ यह बात तो सच है।'' किसी ने मन्तव्य जड़ा।

रायकर्ता ईषत् हँस पड़े।

समयोचित गम्भीरता दिखाने के लिए, उसने दो-एक बार खखारकर गला साफ करते हुए कहा, ''लेकिन हमारा तो यह कहना था कि वह वहाँ जाए ही क्यों ? हम लोग उसे जाने ही क्यों देंगे और...और वाचस्पति का जवान-जहान बेटा, काशी, उसे लेकर क्यों जाएगा ?''

वृद्ध वाचस्पति को शायद पहले से ही आभास हो गया था कि यह सवाल एक न एक बार जरूर उठेगा।

वे गरज उठे, ''जवान-जहान काशी ! वह क्या बाप की बात सुनता है ? इस गाँव में तो और भी दो-दो गुरु-ठाकुर हैं—यह सुरकंठ और हमारा आनन्दीराम ! और आनन्दीराम की माँ ? वे तो हम सबकी बहूरानी हैं। कहना तो नहीं चाहिए, लेकिन इस काशी छँउड़े के लिए, उनका एक-एक बात वेद वाक्य है।''

''सुरकंठ के बारे में क्या कहूँ ? नमशूद्र बागदी, हाँड़ी, डोम वगैरह उसे ठाकुर मानते हैं। रायकर्ता ने लम्बी उसाँस फेंककर कहा, ''वह तो मेरे लिए जी का जंजाल है। मैं तो कहता हूँ, उसने और आनन्दी ने समूचे गाँव-भर के छोकरों का दिमाग बिगाड़ दिया है।''

''बिगाड़ेंगे नहीं ?'' वाचस्पति और ज्यादा भड़क गए, ''उन लोगों ने पोथी-पतरा पढ़ा है; विद्वान बन गए हैं; कोठी के साहब, गिरजा के पादरी, सबसे बोल-बतियाकर ज्ञानी बने फिरते हैं—''

अब पतानी बुआ ने कहा, ''आप ये बातें क्यों उठा रहे हैं ? विपदा आप पर आई है, वाचस्पति काका ! लेकिन यह विपदा उन लोगों ने नहीं बुलाई। खैर, छोड़िए। कुछ कहने की जरूरत क्या है ? निमली नवद्वीप जाएगी ! हाँ, तो आप लोगों ने कहा कि निमली आप लोगों के लिए मर चुकी है—''

''भई, उसे वर्गियों ने छू दिया है—''

''हाँ ऽ, जब वर्गियों ने छू दिया है, तो वह अभागी सच ही मर गई। अब उसे काशी ले जाए या कोई और, आप लोगों को सिर-दर्द काहे हो रहा है।''

''काशी मेरा बेटा नहीं है ?'' वाचस्पति बेतरह भड़क गए थे, इसलिए उन्हें होश ही नहीं रहा कि नाक में कितनी सारी सुँघनी ठूँस ली है।

पतानी बुआ ने कहा, ''हाँ, तो वह आपकी बात नहीं सुनता न, काका ?''

''सुनेगा कैसे ? तुम लोग जो विधि-व्यवस्था उलटें दे रहे हो—''

वाचस्पति उठकर खड़े हो गए।

उन्होंने क्रुद्ध आवाज में कहा, ''जब तुम्हीं लोगों की जुबान पर ऐसी-ऐसी बातें हैं, तब छोकरों का दिमाग बिगड़ गया हो, तो इसमें हैरत की क्या बात है ?''

पतानी बुआ, चुप होनेवाली नहीं थी।

उन्होंने चुनौती भरे अन्दाज में कहा, ''तो काका, आप सभी लोग यहाँ मौजूद हैं। आप सबके सामने ही कहती हूँ—वर्गी लोग तो दोबारा फिर आएँगे। काका, औरतों में किसको धरेंगे, किसको मारेंगे, यह कुछ तय है ?''

"हाँ, बाबा, हाँ, सुना है ! डाहापहाड़ पर, नमक महल के दत्त लोगों ने अपनी औरतों को कुएँ में फेंक दिया और अपनी इज्जत बचाई।"

जिस लड़के ने यह बात कही थी, वह उम्र में नौजवान था।

पतानी बुआ ने उसकी तरफ मुखातिब होकर कहा, "वही बात तो मैं भी कह रही थी, रे, जरूरत पड़ी तो अपनी माँ-बहन को खौलता घी पिला देना; कुएँ में फेंक देना। समाज से निकाल बाहर करना, लेकिन उसे विपदकाल मत कहना ! मैं भी ऐसे भयंकर विपद काल में, ऐसी फटी-चीथड़ी बात को लेकर खींचतान नहीं करूँगी।"

पतानी बुआ तमककर, भीतरी आँगन में चली गई। उनके जाते ही, लोगों ने एक साथ बोलना शुरू कर दिया। बुआ की बातें सुनकर सभी लोग सकते में थे।

वाचस्पति ने कहा, "पतानी अपनी भतीजी को इतना प्यार करती थी, इतने दिनों हम कहाँ जानते थे ?"

पतानी बुआ वहाँ से सीधे अपने घर लौट आईं। घर के बाहर, चाँदनी की रोशनी में, उनके दादा नौकर के साथ, दरवाजे पर चिक बाँध रहे थे।

पतानी बुआ ने कहा, "बाँधो, बाँधो, चिक बाँधो। यह तुम हो, नौकर के साथ अपने ही काम में लगे हो, उधर मैं निमली का जिक्र छेड़कर मरद लोगों के साथ बहस कर आई।"

उनके दादा कुछ कहने ही जा रहे थे, पतानी बुआ सुने बिना ही घर के अन्दर चलीं गई। उस दुःस्वपन के रात के बाद से ही निर्मला, गोशाला की बगलवाली फूस की झोपड़ी में कैद थी।

उन्होंने देखा, झोपड़ी में अँधेरा फैला हुआ था। वे गुस्से में भर उठीं।

"मैं पूछती हूँ, आज निमली तुम लोगों के गले का काँटा बन गई है। मगर कल तो वह विदा हो रही है न ? वह बच्ची अँधेरा नहीं सह सकती; डर से काँपने लगती है बच्ची, यह कोई नहीं जानता ? किसी से एक दीया तक नहीं देते बना ?"

गुस्से में भुनभुनाती हुई, वह पश्चिमी कोठारे में आईं। यहाँ उनकी छोटी भाभी, निमली की सौतेली माँ, अपने बाल-बच्चों के साथ रहती थी। चूँकि उस कमरे में छोटी भाभी अपने बच्चों के साथ रहती थी, इसलिए जूटकाठी, चकमकी, दीया, तेल, बाती-सब कुछ का इन्तजाम रहता था।

उन्होंने देखा, छोटी बहूरानी, गाल पर हाथ धरे, खामोश बैठी हैं।

'हाँ, बैठी रहो, सिर्फ गाल पर हाथ धरे बैठी रहो। बस, इतने से ही सब हल हो जाएगा।"

पतानी बुआ, दीया हाथ में उठाने ही वाली थी कि छोटी बहू एकदम से चौंक उठी।

"दीया मत जलाओ, ननदजी, मैं तुम्हारे पैर पड़ती हूँ।"

"दीया ना जलाऊँ ?"

"ना, ननदजी, दीया मत जलाओ, शोर भी मत करो, लोग सब सुनेंगे—"

"क्या सुनेंगे ?"

अचानक पतानी बुआ को लगा, इधर कई दिनों से, निमली को लेकर इतनी-इतनी बातें हो रही थी...वर्गियों के आने के बाद से ही उसके बारे में बतकही शुरू हो गई थी...उसी दिन से बदनामी, निन्दा, अफवाहों का कोई अन्त नहीं था। अब, कल वह नवद्वीप चली जाएगी, घरवालों को चिन्ता के हाथों से मुक्ति दिलाने के लिए। कहीं उसने फाँसी-वाँसी तो नहीं लगा ली।''

खैर, उनसे कोई कुछ नहीं कहता। सभी का खयाल था, वे बेहद कठोर-दिल हैं।

पतानी बुआ भागकर गोशाला की तरफ गईं।

अरे, झोपड़ी में निमली कहीं नहीं थी। उन्हें वह किसी ओने-कोने में भी बैठी हुई नजर नहीं आई।

अचानक उनके पाँवों से लगकर दीया पट् से टूट गया। पाँवों में चिकमिक चुभ गया। अरे, दीया जलाने का सरंजाम तो मौजूद है, फिर रोशनी क्यों नहीं है ? उधर कोठरी में फुसफुसा कौन रहा है ?

धीरे-धीरे वह अँधेरा आँखों को सह गया। अब जाकर पतानी बुआ को साफ-साफ नजर आ गया।

उनकी बड़ी भाभी, निमली की माँ, गाँव की मशहूर आचारनिष्ठ, धर्मशील बहू, निमली को गोद में समेटे बैठी हुई थीं। यह, वही औरत थी, जो हरसिंगार के फूलों पर जरा सी मिट्टी देखकर, उसे 'जाने कहाँ-न-कहाँ की मिट्टी' कहकर, फूल फेंक देती थीं और नहाती थीं। माँ और बेटी, दोनों ही खामोश। शायद, कुछ देर पहले वे भी रोईं थीं, इसलिए अभी तक उनकी सिसकियाँ सुनाई दे रहीं थीं।

पतानी बुआ ने महसूस किया उनके अन्दर धीरे-धीरे कहीं राहत भरी ठंडक उतर आई है। अब तक अन्दर कहीं कुछ बेतरह सुलग रहा था। वाचस्पति लोगों से बातचीत करके लौटने के बाद से ही अन्दर-ही-अन्दर कहीं कुछ बेतरह फुंका जा रहा था। वे बाँस का खूँटा थामकर खड़ी हो गईं।

''ननदजी...''

पतानी बुआ ने कोई जवाब नहीं दिया।

''अपने दादा से मत कहना, ननदजी।'' बड़ी भाभी ने फुसफुसाकर कहा, ''कल से अब इसे देख नहीं पाऊँगी, सो एक बार जी भरकर इसकी सूरत देख लूँ, जरा प्यार से सहला लूँ...''

''छोटी बहू जानती है ?''

''जानती है।''

''वह भी आई थी ?''

बड़ी बहू ने सहमति से सिर हिला दिया। इतने दुःख के बावजूद, पतानी बुआ को हँसी आने लगी। इस गाँव का धर्म, शायद एक बार फिर चौपट हुआ, कौन जाने ! इस बात को लेकर, जिक्र जरूर उठेगा। इसी खयाल से दादा मन के मुख के मारे, गांगुली घर गए ही नहीं। यूँ सबने उनकी तारीफ ही की थी। बेटी को त्याग सके, मन में ऐसा

जोर, भला कितने लोगों को होता है ? इस वक्त अगर कहीं, दादा आ जाएँ और यह दृश्य देख लें तो शायद बेहोश ही हो जाएँ।''

''अब तुम जाओ, बड़ी बहू, दादा अन्दर आनेवाले हैं।''

बड़ी बहू सहमकर उठ खड़ी हुईं।

''तुम क्या यहाँ रुकोगी ?''

''पतानी बुआ अँधेरे में ही हँस पड़ीं। उनका बदसूरत-सा चेहरा हँसी से चमक उठा।

''मैंने उसे कोख में नहीं धरा, इसलिए माँ का दरद भी मैंने नहीं जाना। जितना दरद-पीड़ा है, वह तो बहुरियों को होता है, जी ! इधर कई दिनों से तुम लोग घर में बैठे-बैठे दरद से छटपटा रही हो। सो मैंने सोच देखा, मेरी वजह से तुम्हारे घर-परिवार को कलंक नहीं लगेगा, बड़ी बहू ? कलंक अगर लगना है, तो मेरी ससुराल को लगेगा।''

बड़ी बहू को उनकी बातें मानो समझ में नहीं आईं।

निमली ने रुक-रुककर कहा, ''बुआ तो मेरे पास रोज ही आती हैं, मइयो ! काफी रात को आती हैं। मुझे डर लगता है न, इसलिए वे मेरे सामने ही सोई रहती हैं।

''सुबह-सबेरे एकाध डुबकी लगा लेती हूँ, वह भी तो अपनी माँ को बता।''

बड़ी बहू कुछ कहने ही वाली थी कि कहीं खटका हुआ। उन्हें लगा कि निर्मला के बापू आ रहे हैं। इसके बाद, उनकी बात अधूरी रह गई। वे चटपट भाग खड़ी हुईं।

जाते-जाते उन्हें पतानी बुआ की आवाज सुनाई दी, ''सुनो, इस कुबेला में डुबकी लगाकर, मरने मत चली जाना। गंगाजल छिड़क लेना, बस !''

पतानी बुआ अपना आँचल झलकर कुछ देर हवा खाती रहीं, निर्मला सिर झुकाए बैठी रही।

''जरा दीया जला, निमली।''

निमली ने दीया जला दिया। बुआ के कहने पर दीया जलाते हुए, उसे अपने बचपन की कोई बात याद आ गई।

''बुआ, हरिचरणों में दीया ?'' निर्मला हँसी।

बचपन में जब वह तुलसी के चौरे पर दीया जलाती थी, पतानी बुआ उसे सिखाती थी, ''तुलसी नहीं बोल, हरिचरणों में दीया जलाऊँ।''

निमली की हँसी, इस वक्त बुआ की छाती में चुभ गई। निर्मला अभी भी हँस रही थी; हँसने की ताकत उसमें बच रही थी। सिर्फ पंच लोग ही नहीं, पतानी बुआ जैसी समाज की अन्यान्य औरतों ने भी तो उसे त्याग दिया। ऐसी नन्हीं, ऐसी निष्पाप बच्ची को त्यागने का मतलब है, उसे अकूल-अपार अँधेरे में बहा देना। सभी लोगों ने मिलकर ही तो उसे अँधेरे की धार में बहा दिया, दीया जलाकर निमली को आखिर कितनी सी रोशनी मिलेगी ?

बुआ ने गौर किया, निमली का चेहरा-मोहरा बेहद गम्भीर, पीड़ा से भारी।

''बाल बनाया था आज ?''

''छोटी माँ ने बना दिया था।''

''ये कलाइयों में लाल कड़े किसने पहनाए, री ?''

निमली के चेहरे पर ईषत् मुस्कान झलक उठी।

''बलाई ने लाकर दिए। उसने कहा—गंगा दीदी, ये कड़े और बताशे, मैं और बदन, तुम्हारे लिए माँगकर लाए हैं। अपने पंडित महाशय के बेटे के बहू से।''

पतानी बुआ की समझ में नहीं आया कि वे क्या कहें। उन्होंने देखा, छोटी सी झोली में दो अदद कपड़े, बाल बाँधने की डोरी और आलते का पत्ता सजा हुआ है।

''कलसी में पानी धरा है ?''बुआ ने पूछा।

''हाँ, है।''

पतानी बुआ की आँखें, निमली के चेहरे पर जा लगीं। उसकी आँखों की पुतलियों में कैसी विराट दहशत और असहाय भाव लहरें ले रहे थे।

''बुआ कभी तुम गंगा नहाने के लिए नवद्वीप नहीं जाती ?''

अब इससे साफ-साफ निमली और क्या कहती कि बुआ तुम मुझे देखने आना। गांगुली-घर के आँगन में खड़ी होकर, मर्दों से भले लड़-झगड़ आएँ, पतानी बुआ की छाती क्या सच ही इतनी चौड़ी है ? अगर उनमें सच ही इतनी हिम्मत होती, तो उसके साथ वे भी नवद्वीप या जहाँ कहीं भी हो, साथ न चली जातीं ? वह समझ क्यों नहीं पा रही है कि बुआ उसकी कोई नहीं है, माँ-बाप भी उसके कोई नहीं हैं। उसका अपना कहने को अगर कोई है, तो एकमात्र विशालाक्षी।

''नवद्वीप गई तो नहीं, मगर अब जाऊँगी।''

निमली ने इससे आगे कुछ नहीं कहा। यह बात शायद वह भी समझ गई कि उसका सवाल कितना असम्भव है।

''बेहद डर लग रहा है, निमली ?'' पतानी बुआ को हर बात कहने या पूछने में काफी वक्त लग रहा था। वे किसी हाल भी लगातार बात नहीं कर पा रहीं थीं। अन्दर-ही-अन्दर कहीं असहनीय तकलीफ हो रही थी और अन्दर की तकलीफ दबाकर, बात करने में थोड़ा तो वक्त लगता है। पतानी बुआ की अब उम्र जो हुई।

निमली ने सिर हिलाया। बुआ का मन रखने के लिए उसने 'ना' नहीं किया। कोई झूठ-मूठ का भरोसा भी नहीं दिया।

निमली ने सहमति में सिर हिलाया था। हाँ, उसे डर लग रहा था। भयंकर डर लग रहा था। कभी-कभी तो उसे यह अहसास हो रहा था कि उन लोगों ने उसे वस्त्रहीन कर डाला हो। उसके चरित्र के बारे में इतनी बातें ! इतनी बदनामी ! जिन लोगों को वह काका-दादा-जेठू जानती थी, उन लोगों को उस पर इतना आक्रोश ?

उसे लगा जैसे उसे भयंकर तेज बुखार चढ़ा है, यह सब सच नहीं है। सच हो ही नहीं सकता। जैसे ही उसका बुखार उतरेगा और वह आँख खोलेगी, सारा कुछ झूठ हो जाएगा। जैसे वह पहले सोई रहती थी, उसी तरह छोटी माँ के पास सोई हुई होगी। किसी ने भी उसे फूस की झोंपड़ी में नहीं धकेला। बापू ने उसे यहाँ रहने का हुक्म दे

दिया।

वैसे, अब उसे डर नहीं लगना चाहिए। अब वह अपने डर-भय या भरोसे की बात किससे कहे ? इन लोगों ने तो उसे अपने से दूर कर ही दिया था। निमली को अपने पति नामक जीव की बिल्कुल याद नहीं। वह तो बापू, माँ, छोटी माँ—इन्हें ही जानती-पहचानती थी। वे लोग भी उसकी एक भी बात नहीं सुनते।

इन लोगों से अपने डर की बात कहने का भला कोई मतलब है ? जल के चोर भँवर में डूबते-डूबते भला कोई कहता है—हाय, मुझे डर लग रहा है ? साँप जब डँसने आता है, साँप से भला कोई कहता है कि उसे डर लग रहा है ? जल्लाद जब श्मशान में ले जाकर, अपनी कटार उठाता है, तो जल्लाद से कोई कहता है कि उसे डर लग रहा है ? नितान्त असहाय, निष्पाप शिशु को छोड़कर ?

लेकिन निमली कहती रही, उसे डर लग रहा है। उसने जुबान से कुछ नहीं कहा, सिर्फ सिर हिला दिया।

पतानी बुआ से अब सहा नहीं गया। जाने किसने तो पत्थर मारकर, उनके अन्दर की जंजीर तोड़-ताड़ डाली। वे जोर-जोर से रो पड़ीं। आँगन में निकलकर वे एकबारगी फर्श पर लोट गईं।

"कैसा पत्थर का कलेजा है तुम लोगों का, जो उसे यहाँ से हटा रहे हो ? वह बच्ची तुम लोगों के अलावा और कुछ नहीं जानती। तुम तो दादा, मसान के डोम से भी ज्यादा निर्दय निकले। इसके बजाय उसका गला क्यों नहीं दबा दिया ? कैसे कठोर-दिल हो तुम, दादा। मिटाने भर से क्या निमली का नाम मिट जाएगा ? अरे, नाम तो मर जाने के बाद ही मिटता है। यह बचिया तो अब भी तुम्हारे आसरे-भरोसे बैठी है, दादा।"

निमली के बापू की जुबान से एक भी बोल नहीं फूटा। वे खामोश खड़े रहे। पतानी बुआ की आँखों में इतने आँसू, छाती में इतनी रुलाई जमा थी, वे भी नहीं जानते थे।

गोशाला के घास-फूस की झोंपड़ी के सामने मिट्टी पर लोट-लोटकर पतानी बुआ रोने लगीं।

"क्यों ? क्यों तुम इतने क्रोध में बह गए थे कि नरपति की बहन, पुन्नी को सजा दे डाली ? सजा का डर न होता, तो आत्महत्या नहीं करती न ? बहन न मरती तो, नरपति को तुम पर ऐसा आक्रोश न होता। किसी निर्दोष लड़की को तुमने मारा था, दादा, इसलिए आज फिर कोई निर्दोष को उसका प्रायश्चित करना पड़ रहा है।"

निमली के बापू ने बड़े अचरज से कहा, "पगली कहीं की ! चुप कर। क्या मेरे दिल को तकलीफ नहीं हो रही है ? लेकिन सहन करना पड़ता है, बहन। सहन करना सीख।"

पतानी बुआ अपने दादा की हर बात, हमेशा से मानती आईं थी।

लेकिन आज वे उनकी हिदायत का पालन नहीं कर सकीं।

उन्होंने कहा, "तुम मरद हो। तुम उसे विदा करके नारायण-सेवा करोगे और अपने

को शुद्ध करोगे। तुम्हें तो कोई अभाव नहीं है, दादा। खेत-खलिहान ! गाँव में सरपंच का पद। आठ मंजिला घर। दो-दो बीवियाँ, बाल-बच्चे सभी कुछ तो है तुम्हारे पास ! तुम फिर हिम्मत बटोर लोगे। हिम्मत तो खैर...हिम्मत जुटाने को तो हम भी जुटा लेंगे, लेकिन आज हमें जरा रो लेने दो।''

उनकी रुलाई बाहर तक पहुँच रही थी। रास्ते पर खड़ा-खड़ा नरपति भी वह रुलाई सुनकर, एकदम से हड़बड़ा गया। उसे भी यह रुलाई असहनीय लगी। वह कान में अँगुली डाले, तेज-तेज कदमों से आगे बढ़ गया।

शायद वह समझ गया कि आंधारमानिक गाँव में शोक की रुलाई की अभी तो शुरुआत है। अभी तो ढेर-ढेर, काफी ढेर सारी रुलाई बाकी है।

काशीश्वर जिस दिन निमली को लेकर गाँव से निकला, उसके एक दिन पहले तक, आंधारमानिक गाँव के एक भी बन्दे को यह विश्वास नहीं हो सका कि सचमुच कोई इतना बड़ा हादसा हो जाएगा।

आखिरकार सयादत्ता की माँ विशालाक्षी के घर आने से अपने को रोक नहीं पाई।

उन्होंने विशालाक्षी से पूछा, ''ओ बीशु बहू, क्या सच्ची-सच्ची तुम खरच-पत्तर देकर उस लड़की को अपने भाई के यहाँ भेजोगी ?''

''हाँ, यही तो सोची है, कायेथ दी !''

''सुना है साथ में पाइक और लठैत भी भेज रही हो ?''

''नहीं-नहीं।'' विशालाक्षी ईषत् हँस दीं।

''मुझे तो अपने सया ने बताया...''

''कायथ बेटा है, पता नहीं, क्या का क्या सुन लिया। साथ में लठैत-पाइक भला क्यों भेजूँगी मैं ?''

''पता नहीं, भइया,'' सया दत्त की माँ किंचित विस्मित हो उठीं, ''इतना खर्चा-पत्तर करके, गाँव में लंका-कांड मचाकर, निमली को तुम भेज रही हो, विशु-बहू ! इससे तो बेहतर होता, इसी ताम-झाम से उसे नवद्वीप भेज देती। इसके बजाय, किसके-न-किसके गले मढ़ रही हो।''

''छिः ! छिः''

''छिः, छिः क्या कर रही हो ? उस लड़की को वर्गियों ने छुआ, उसे खींच-घसीटकर गहने-गुरिया छीन लिए। इतने सबके बाद, उसे भला कौन ठौर देगा ?''

मुखोटी परिवार के तमाम आश्रित, आनन्दीराम के मामा, पागल, मुसीबत के समय जो संन्यासी आया था—वे सबके सब एकदम से तैश में आ गए।

विशालाक्षी को सुनाते हुए, मामा, आनन्दी की सगी माँ और उनकी छोटी बहन से कहा, ''अब मेरा यहाँ रहना नहीं हो सकता, बहिनी। चाहे जैसे भी हो, उन्होंने ऐसे गलीज काम में दिमाग भिड़ाया, इससे हमारे मुँह पर तो कालिख लग गई।''

''हाँ, सो तो लगी ही !''

''तुम सब ठहरी औरत की जात ! घर में घूँघट डालकर बैठे रहने से भी चल

जाएगा। लेकिन बाहर जो निन्दा-बदनामी हो रही है, वह तो मुझे ही सुनना पड़ रहा है न ? क्यों, तुम क्या कहती हो ?''

''हाँ, सो तो है।''

''और लोग तो और लोग यहाँ तक कि विशालाक्षी की दोनों भांजियाँ, हावी और राधी, वे सबकी सब मामी पर गुर्रा उठीं।

राधी का पति तो खैर, उनके यहाँ कदम ही नहीं रखता। हाँ, काफी आरजू-मिन्नत करके, कई-कई खत भेजकर, हावी के दूल्हे को कभी-कभार बुला लिया जाता था। इसका सारा खर्चा-पानी विशालाक्षी को ही देना पड़ता था। खैर, इससे हावी खुश, उसकी माँ खुश। यह भी कम बात नहीं थी। हावी के बेटे में कुन्द बहू, राधी, हावी की माँ, आनन्दी की माँ सभी मगन रहती थी।

इधर अर्से से राधी के पति ने इधर का रुख नहीं किया। राधी और हावी ये दोनों लड़कियाँ, विशालाक्षी से डरती भी थीं, उनका आदर भी करती थीं और उन्हें प्यार भी करतीं थीं। लेकिन इस वक्त वे दोनों भी जैसे सारा भय-डर, आदर-प्यार भूल गईं। विशालाक्षी के बाल बेहद चट-चट कर रहे थे। कुन्द पोखर किनारे खली घिस-घिसकर, उनके बालों को साफ कर रही थी। फटे कपड़े की पोटली में सरसों की खली, पत्थर की टूटी कटोरी में भिंगोई हुई थी।

विशालाक्षी के सिर के बाल अभी भी काफी घने थे। उनकी बाल रगड़ते हुए कुन्द अपनी रौ में बकबक भी किए जा रही थी। हावी और राधी, दोनों फुफेरी ननदें उस पर काफी रौब जमाती हैं—अरे, घूँघट उघाड़कर क्यों देखा ? ओफ ओ, सखरी हाथों से यह क्यों छू लिया ? हाय माँ, बिस्पत के दिन, हाथ पर मिर्चा रख दिया...यही सब।

विशालाक्षी के सामने जब वह जिक्र छिड़ता था, वे भी उन दोनों को बस इतना ही समझाती थीं, ''तुम लोग भूल जाते हो, कि वह कितनी छोटी है, तुम सबसे छोटी।''

इस वक्त, इधर-उधर की बातें करते हुए, कुन्द ने अचानक कहा, ''ननदजी लोग कह रहे थे कि इस बार बालनवमी को, हमारे व्रत के दिन कोई खाना खाने नहीं आएगा।'' इतना कहकर वह खामोश हो गई।

हावी और राधी से उसे बेहद डर लगता था।

''तुमने क्या कहा ?''

''मैंने कहा, इश्श, माँ न्योता दें और भला कोई न आए ? इस पर ननदजी ने कहा..''

''क्या कहा ?''

''अरे, मामी अनियाय करेंगी, तब भी क्या मान लेंगे ? क्यों ?

विशालाक्षी ने मन-ही-मन सोचा, औरतों की तरह यूँ औरतों से ईर्ष्या, शायद मर्द भी नहीं कर सकते।

कुन्द चोर-निगाहों से विशालाक्षी का चेहरा देखती रही। शायद वह यह पढ़ने की कोशिश कर रही थी कि कहीं वे सचमुच नाराज तो नहीं हो गईं।

विशालाक्षी ने सिर्फ इतना ही पूछा, ''यह खली काँसे की कटोरी में क्यों नहीं लाई, बेटी ? काँसे की कटोरी खासी चमचमाती रहती है।''

''हाँ, लाना तो चाहिए था, है ना ?'' कुन्द कुछ देर सोचती रही।

अगले ही पल उसने कहा, ''ठकुरानी हमको पूजा के बर्तन में खली क्यों नहीं लगाने देती ? बर्तन कितने झकझक चमक जाते—''

विशालाक्षी ने डुबकी लगाकर, नहाना-धोना निपटाया और तट की सीढ़ियाँ चढ़कर ऊपर किनारे पर चलीं आईं।

कुन्द ने कहा, ''पता है माँ, तुम साक्षात जगद्धात्री लग रही हो।''

विशालाक्षी हँस पड़ी, 'तुम न, ज्यादा ही बोलती हो, बिटिया, इतना बढ़-बढ़कर बातें नहीं करते। लोग सुनेंगे, तो क्या कहेंगे ? कहेंगे, इतना बड़ा बेटा, ऐसी सुन्दर-सी बहू, दो दिन बाद नाती आ जाएगा—ऐसी सास की सूरत का भला कोई यूँ बड़ाई करता है ?''

विशालाक्षी की इस बात पर कुन्द बेतरह शरमा गई। जितनी शर्म, उतना ही भय भी। लेकिन आज शायद उसे बातों का दौरा पड़ा था।

उसने टुप्पू से कहा, ''यह बात तो सभी कहते हैं। तुम्हारी और तुम्हारी बड़ी बहू जितनी सुन्दर तो इस गाँव-भर में कोई नहीं है।''

विशालाक्षी को यह समझने में बिल्कुल देर नहीं लगी कि कुन्द के मन में दर्द कहाँ है। फुलेश्वरी को वे देख-सुनकर इस घर में लाई थीं और कुन्द तो यहाँ खुद आ पड़ी थी। उसके बापू ने उसके ससुर के पाँव पड़कर उन्हें राजी करवाया था। कुन्द को मन-ही-मन लगा था, विशालाक्षी सिर्फ बड़ी बहू को ही प्यार करती हैं।

''क्यों ? हमारी कुन्द बहू क्या कम सुन्दर है ? ऐसी खूबसूरत आँखें भला और किसकी हैं, बता ?

बस इतनी सी बात पर कुन्द खुश हो गई। विशालाक्षी ने गौर किया, उसके हाथ में कुल एक अदद लाल-सा कड़ा, चाँदी की कुल एक चूड़ी, गले में भी चाँदी की चेन !

उन्होंने कहा, ''जो जन्म-भर नहीं देखा था, अब वही देखना पड़ा, बिटिया। वर्गियों के डर से अब कोई बेटी-बहू अपने बदन पर सोना नहीं डाल सकती। तुमको किसी दिन खूब सजाऊँ; सजा-धजाकर तरह-तरह के पकवान खिलाऊँ, मगर, बिटिया मन की साध मन में ही रह गई। यह हंगामा मिट जाने दो, तब तुम्हें जी भरकर सजाऊँगी। सिर से पाँव तक गहनों से लाद दूँगी।''

''देखो, इतना भी चाव मत करना कि सारे के सारे गहने उठाकर मुझे दे दो—'' कुन्द भी एक डुबकी लगाकर लौट आई।

उसने अपने भींगे बाल झटकते हुए दोबारा कहा, ''भारी-भारी गहने, मुझे अपने बेटे की बहू को जो देना है ! विशु का भी तो ब्याह होना है या नहीं ?''

''हाँ, जरूर होगा।''

विशालाक्षी का मन असीम ममता से भर उठा। इस कुन्द से फुलेश्वरी ईर्ष्या करती

है ? यह तो अभी छोटी है। बेहद छोटी ! काश, विशु भी आ जाता, यहीं रहता। कुन्द बड़ी बहन की तरह, उसे गोद में लिए-लिए घूमती ! कुन्द तो अभी तक उल्लू की आवाज सुनकर डर जाती थी। आनन्दीराम किसी वजह से गुस्से में हों, तो वह डर के मारे, कमरे में नहीं आती। चाहे कितनी भी रात का वक्त हो, वह चुप्प सी दालान में बैठी रहती थी।

दोपहर का खाना पकाते-पकाते, उन्होंने अचानक पूछा, ''क्यों री हावी, हमारे उपवास के दिन लोग खाएँगे क्यों नहीं री ? मैंने ऐसा कौन सा अन्याय कर दिया ?''

इन दिनों निरामिष खाना-पीना इसी रसोईघर में होता था। रसोई के पासवाले कमरे में राधी ही, कभी-कभार मछली पका लेती थी। जब महीपति आए थे, घर में रबड़ी, मछलियाँ वगैरह आई थीं, तब उस कमरे में चूल्हा जला था। जब आनन्दीराम यहाँ होते थे, उसी कमरे में रसोई होती थी।

यह सब सोचते हुए विशालाक्षी के अन्दर हाहाकार मच गई। वर्गियों के आने से पहले, यह कैसा हँसता-खेलता संसार था। आनन्दीराम घर में मौजूद होते थे। घर में नौकर-चाकर, महीनेदार, किसान, तारी दैय्या, वे तीन विधवाएँ, हावी, राधी, कुन्द। इतने सारे लोगों का खाना-पीना, इसके लिए कितनी तैयारियाँ करनी पड़ती थीं।

आनन्दी के मामा को भात के पत्तल पर, थोड़ी-बहुत खीर खाने की आदत थी। आनन्दीराम तो विशालाक्षी के हाथों पकाया हुआ, लाउघंट, तिल के पेस्ट में बनी सुक्तो, पोस्ते का बड़ा—यह सब खाना न दिखे, तो वे खाने ही नहीं बैठते थे। नौकर, चाकर, महीनेदार—ये लोग तरी-तरकारी के उतने भक्त नहीं थे। निरामिष कमरे में उनके लिए दाल-भात परोसा जाता था। बगल के कमरे से राधी उनके लिए लाल मिर्च और कुम्हड़े में पकाई हुई शील मछली दे जाती थी और बीच-बीच में थोड़ी सी मोघा मछली या मौराला मछली की खट्टी चटनी भी डाल जाती थी। बस, सब दोगुना-दोगुना भात खा जाते थे।

उन दिनों सिर्फ काम और काम। अभी-अभी धान आ पड़े; लगे-लगे कलाई का ढेर भी लग गया। उसके बाद चिउड़े की कुटाई; मुरमुरे भुनना। भादों के महीने में वास्तु-पूजा से पहले पूरा घर लीपना; नया चूल्हा बनाना; रात जाग-जागकर खाना तैयार कर रखना। कन्हाई तो कुल पाँच साल की उम्र में गुम हो गया। लेकिन, वह भी, रसोई-पूजा के दिन, सुबह-सवेरे इतनी-इतनी तरह के पकवान देखकर खूब खुश होता था।

अस्पष्ट शब्द; चेहरे पर हँसी, माथे पर बड़ा सा लाल मस्सा, लेकिन बालों के करीब ! विशालाक्षी उसके बाल बनाते समय, जरा माथे तक झुकाकर सँवारती थी और उसे सोने के चुटीले से बाँध देती थी। मस्सा खासा लाल रंग का था। इसीलिए तो विशालाक्षी के मन में कभी-कभी सवाल उठता था, अगर अब वह बच्चा कहीं दिख जाए, तो क्या वे उसे ठीक-ठीक पहचान पाएँगी ?

आज हावी, राधी, बड़ी सौतन, ननद—सभी लोग यहीं थे। आँगन में, पेड़ की छाया में, गर्दन झुकाए-झुकाए, वह संन्यासी, मिर्च सुखाने की बड़ी-बड़ी सूपों की मरम्मत

कर रहा था। वह बन्दा, काम के अलावा, पल-भर भी चैन से नहीं बैठता था। उधर, कुछ दूर पर, पूरबवाले कमरे में कुन्द शायद हावी के बेटे को सुला रही थी। उसकी गुनगुनाहट यहाँ तक सुनाई दे रही थी।

विशालाक्षी को अचानक खयाल आया, इन्हीं लोगों में वे सब कुछ भूली हुई हैं और आज उन्हीं लोगों की जुबानी उन्हें यह ताना भी सुनना होगा कि उनकी गलतियों की वजह से इस घर में, गाँव-परिवार के लिए पत्तल नहीं पड़ेंगे।

''क्यों री हावी, कुछ बोल क्यों नहीं रही है ?''

''वह क्या कहेगी ?'' बड़ी ननद फूत्कार उठी।

''इस घर के आयोजन में लोग खाने क्यों नहीं आएँगे ?''

''अब क्या यह हिन्दू का घर रह गया है ? या यहाँ के लोग हिन्दू आचार-व्यवहार करते हैं ?'' बड़ी सौतन ने टहोका मारा।

''क्यों क्या हुआ ?'' विशालाक्षी की आवाज बदल गई। उनकी निगाहें कड़ाही की सब्जी पर गड़ी रहीं, सिर्फ आवाज शान्त हो आई।

और कोई वक्त होता, तो हावी डर से खामोश रहती। लेकिन आज उसका डर-भय गायब हो चुका था। इसके अलावा, वह जानती थी कि उसकी माँ, बड़ी मामी, गाँव के निन्यानबे शतांश लोग, उसके साथ एकमत थे। उसी बलबूते पर इस वक्त उसके गले से बोल फूटने लगे।

''इतने दिन जो हुआ, सो हुआ। लेकिन अब से मेरी माँ का दामाद इस घर में कदम नहीं रखेगा।''

''हमारे यहाँ लोग खाएँगे क्यों नहीं, यह बताओ।''

''वही एक बात जी !'' ननद ने जवाब दिया, ''क्योंकि तुम निमली के मामले में जो कूद पड़ी हो।''

''निमली को मैं अपने दादा के पास भेज रही हूँ, इसलिए लोग हमारे यहाँ खाना-पीना बन्द कर देंगे ? इसीलिए हावी का दूल्हा हमारे यहाँ नहीं आएगा।''

''क्या सिर्फ इतना ही ?'' बड़ी सौतन ने कहा, ''दादा बता रहे थे कि गाँव के छोकरे तो इस बात पर आमादा हैं कि जरूरत पड़ी, तो लाठी से काशी का सिर भी तोड़ देंगे, लेकिन गाँव की छाती पर ऐसा अनाचार नहीं होने देंगे।''

विशालाक्षी ने चूल्हे पर से कड़ाही उतारी। जब वे खूब गुस्सा हो जाती हैं, तो उनकी आवाज कोमल हो आती है।

उन्होंने धीमी आवाज में कहा, ''निमली को मैं दादा के पास भेजूँगी, दीदी, अब वह चाहे जैसे भी हो। इतने दिनों यह भी सोच रही थी कि उसके साथ मैं भी चली जाऊँ या नहीं। अब लग रहा है, यही ठीक होगा।''

''क्या कहा, छोटी बहू ?''

''मैं भी उसके साथ जाऊँगी।''

''अरे, यह क्या बात हुई ?''

"हाँ, मेरी वजह से तुम लोगों को इतनी बदनामी सहनी पड़ रही है। हावी का दूल्हा इधर का रुख नहीं कर रहा है।"

"इससे तो बदनामी और बढ़ जाएगी, जी।" राधी फफक उठी।

"बढ़ती है तो बढ़ने दो," विशालाक्षी ने कड़ाही उतार ली। लोटे के पानी से हाथ धोकर वे बाहर निकल आईं।

उन्होंने दरवाजे के पास खड़े होकर कहा, "इतने सालों में हावी का दूल्हा तीन बार आया है। वह भी घर के दरवाजे के बाहर, पेड़ तले बैठा रहा। अब चाहे नाऊ भेजकर या दादा के जाने पर, सारा हिसाब-किताब करके, सारा पावना-गंडा अपनी टेंट में खोंसने के बाद ही, उसने यहाँ कदम रखा। किस दफा, कितना दिया, क्या दिया, वह सब मैं बखूबी जानती हूँ। दीदी; चाँदी के रुपए तो मैंने ही गिने हैं न ? उस बार की बात याद नहीं ? रुपए, धोती, जूता, छाता सब दिया गया। लेकिन जब तक सोने की ताबीज नहीं दी गई, उस बन्दे ने इस घर की चौखट पार करके, अन्दर कदम नहीं रखा।

अब जाकर हावी डर गई।

"मेरी बात सुनो, उसे रुपए मैंने दिए हैं। आगे भी...रुपए देने से, वह फिर आएगा। अरे भई, कुलीन घराने में पावर ऐसे ही आता है।"

"तो इसमें नई बात क्या है ?"

"नई ? नहीं दीदी, यह नई बात नहीं है, मैं भी जानती हूँ। लेकिन फिर भी कभी-कभी बेहद हिकारत जागती है। अपने से ही हिकारत होती है, दीदी।"

"तूने तो मुझे अचरज में डाल दिया, छोटी बहू, देशाचार से नफरत ?"

"देशाचार ? खैर, छोड़ो। वैसे आचार-विचार की बात जब तुमने उठाई ही है, तो मैं कहूँ, निमली को लेकर जो इतनी बातें कर रही हो तुम लोग, वह वारदात अगर हावी या राधी के साथ हुई होती, तो भी तुम लोग क्या इसी तरह बातें बनातीं ?"

"हावी-राधी और निमली क्या एक हो गईं ?"

"वर्गी उन लोगों को भी तो छू सकते थे, ननदजी ?"

"तो मैं उनको कुट्टी-कुट्टी काटकर गंगा में बहा देती—"

विशालाक्षी हँस पड़ी।

"गले में कलसी बाँधकर पोखर में डुबाय देती।" हावी की माँ ने हाथ में थामे हुए कुम्हड़े के टुकड़े को हवा में हिलाते हुए, हाथ नचा-नचाकर कुछ इस ढंग से बात की, मानो सिर्फ हावी और राधी ही नहीं, जितनी भी खानदानी लड़कियाँ हैं, उन सबके मान-सम्मान का जिम्मा, उन्हें ही सौंप दिया गया हो, मानो जरूरत पड़ी तो एक क्यों, हजार-हजार बेटियों को मार डालने में भी उन्हें झिझक नहीं होगी।

ननदजी या बड़की सौतन की इस किस्म की बातों पर विशालाक्षी को हमेशा ही हँसी आती है। लेकिन आज उन्हें हँसी नहीं आई।

उन्होंने धीमे लहजे में कहा, "हमारे घर के पिछवाड़े से ही, निमली अपनी ससुराल जाती थी। सबसे लुक-छिपकर। दोपहर के वक्त। राधी भी उसके साथ जाती थी—"

"अरे वाह ! वह तो दोपहर के वक्त, उसकी ननद के साथ हम घड़ियाल-बाघ खेलने जाती थी।" राधी ने नाक सुड़ककर कहा।

"उस वक्त भी पति को पहचानती नहीं थी। लेकिन राधी ने ही बताया था, एक बार उसकी ननदें, पानी फल की जलेबी ले आई और कहा कि उनके दादा, अपनी दुल्हन के लिए लाया है।"

कभी-कभार दूल्हे से भी भेंट हो जाती थी। निमली ही बताती थी। उसका दूल्हा, बहनों को बीच में रखकर निमली से बातचीत करता था और कहता था, रुपए देगी ? एक रुपया ? दो रुपए ?" राधी ने बताया।

हावी बोल उठी, "लेकिन कभी उसने आँख उठाकर नहीं देखा।"

"उसको ज्यादा ही लाज आती थी।" राधी ने कहा।

"दूल्हे को देखे तो उसे शायद पहचान भी न पाए।"

"खानदानी लड़कियों के लिए यही तो मरण है।"

अब विशालाक्षी की आवाज और भी धीमी हो आई, "पाप का घड़ा अब भर चुका है, तभी तो निर्दोष को बाँध-बूँधकर, सब लोग जान लेने पर तुले हैं। लेकिन मेरी बात झूठ नहीं पड़ेगी, दीदी। निमली को भेजने को लेकर अगर ज्यादा बात उठी, तो मैं भी उसके साथ चली जाऊँगी।"

मन के अतल से अँधेरी हताशा उमड़ आई, जिसने विशालाक्षी को समा लेने की कोशिश की। वह मन के भाल दबाने की चाहे कितनी भी कोशिश करें; वे चाहे जितना भी सोचें कि वे आनन्दीराम का मुँह देखकर, सारा कुछ सह जाएँगी, लेकिन फिर भी कभी-कभी उन्हें बेहद तकलीफ होती है, उनकी साँस घुटने लगती हैं।

विशालाक्षी बाहर आकर खड़ी हो गई। कैसा छायादार आँगन; कैसी ठंडी-ठंडी हवाएँ, मगर उन्हें चैन क्यों नहीं है ? घर की शान्ति, मन की शान्ति क्या एकबारगी चली गई ?

"अब इस खाने का क्या होगा, मामी ?" राधी ने पूछा।

'अपनी माँ और बड़ी मामी से जाकर पूछ।" आँगन में आकर विशालाक्षी ने अपने बालों की गाँठ खोल डाली। सरसों-खली घिसे हुए बाल हवा में फर्र-फर्र उड़ते हुए ! उन घने बालों ने उनका चेहरा-माथा ढँक लिया। चाँद की चाँदनी जैसा गोरा, तराशा हुआ स्निग्ध रंग, उनके हाथ, गर्दन, माथा पर जगमगा उठा।

पिछले काम-काज, व्रत-त्योहारों में किस कदर शान्ति हुआ करती थी। अपनी एकमात्र सन्तान को खोकर, उनके सीने में जो तूफान धधक रहा है, उसे भी तो उन्होंने इन कामकाज की पर्तों में दबा रखा है।

अब उनसे किसी हाल भी सब्र नहीं रखा जाता। चलते-फिरते उनके आँखों के आगे कन्हाई का चेहरा तैरता रहता है, उनके कानों में उसके आधे-अधूरे बोल गूँजते रहते हैं।

उस बच्चे को उनके गोद से छीन लेंगे, क्या इसीलिए भगवान ने उसे ज्यादा-ज्यादा

स्वास्थ्य, रूप देकर गढ़ा था और बुद्धि न देकर, उसे बुद्धू-बक्काल बना रखा था ?

चड़क के मेले में, श्मशानतला में उस किस्म की भीड़ तो हमेशा ही होती थी। विशालाक्षी को भला यह आशंका कैसे होती कि उसी दिन ऐसा सर्वनाश हो जाएगा ?

उनका बेटा किसने छीन लिया ? उसे कहाँ ले गया ? कन्हाई का हुलिया करते हुए, जाने कितने सालों तक शिवकाली गांगुली ने तीर्थ-तीर्थ, नगर-नगर ढिंढोरा पिटवाया। खुद भी तो पागलों की तरह जाने कहाँ-कहाँ भटकते फिरे ! वर्धमान शहर में कोतवाल की मदद से खबरें भिजवाई, ''ढेर-ढेर रुपए खर्च किए; जहाँ भी, जितने भी पंछीमार, जादूगर, बनजारों, बाजीगरों का अड्डा था, उन सबकी खोज-तलाशी ली।

उनके जान-पहचान में, जहाँ भी, जिस किसी भी जंग में, जो भी लोग गए, उन तक को रुपए-पैसे देकर, उन्होंने खोज कराई। कटक-पटना कहाँ-कहाँ उन्होंने तलाश नहीं किया ?

इसके बावजूद, बच्चा कहीं नहीं मिला। आज कितने ही साल गुजर गए। काशीश्वर और कन्हाई हमउम्र ! खेल के साथी। आज अगर कन्हाई होता, तो वह भी बीस साल का गबरू जवान होता या बाईस साल का हो चुका होता ? काशी उससे शायद थोड़ा बड़ा ही था।

बचपन में विशालाक्षी ने सुना था कि कान में उँगली देने से लपलपाहट की आवाजें आती हैं। वह रावण की चिता की आवाजें होती हैं। चिता की लपटों की आवाजें हैं या अनिर्वाण की ?

उनके सीने में जो आग धधकती है, उससे भी ज्यादा है अनिर्वाण की आग ? धीरे से हीजल की शाख से सिर टिकाए, विशालाक्षी खड़ी रहीं।

हवा बेहद ठंडी ! पोखर-तट बेहद सुहाना ! विशालाक्षी का मन हुआ, वे यहीं, इसी जगह खड़ी रहे; जन्म जन्मान्तरों तक राह देखती रहें। जितनी सब ग्रामलक्ष्मी देवियाँ होती हैं, इस वक्त वे उन्हीं का रूप नजर आ रही थीं। सुन्दर, उदास, स्थिर दृष्टि, मानो यूँ ही खड़ी-खड़ी, वे पथरा जाएँगी।

अचानक उनके कानों तक किसी के गाने की काँपती-सिहरती आवाज तैर आई। भीरु-मधुर चर्खे की तरह गुनगुनाहट। कुन्द गा रही थी, हावी के बेटे को सुलाती हुई गुनगुना रही थी। देश-काल की हवा बेहद पलट चुकी है। विशालाक्षी जब बहू थी, तब क्या यूँ गुनगुनाने का साहस कर पातीं ? इसके बावजूद, अपने बड़े भाई के लाड़-प्यार में पली-बढ़ी, पति ने भी उन्हें सिर-माथे बिठाए रखा। आनन्दीराम भी उसे आदर-सम्मान के आसन पर बिठाए रखते हैं। इसीलिए उन्हें किसी के रौब-दाब के शासन में खास नहीं रहना पड़ा।

कुन्द गा रही थी, विशालाक्षी सुनती रहीं—

वर्गी आया देश में, मुन्ना वर्गी आया गाँव में
आँखियाँ मूँदकर सोना, लल्ला, वर्गी आया गाँव में

कुन्द के गीत के सुरों के साथ हीजल पेड़ के पत्ते सरसराते रहे। मानो पेड़ भी बातें

कर रहे हों। हवा सनसना उठी, मानो रो पड़ी हो।

निर्मला जब गाँव छोड़कर जा रही थी, आंधारमानिक गाँव के लोग, मूर्ति की तरह खड़े-खड़े बस, तमाशा देखते रहे, कुछ भी किया-धरा नहीं।

बागदीपाड़ा के करीब दस लठैत, निर्मला को घेरकर लिए जा रहे थे। वे लोग इस गाँव के बाशिन्दा नहीं थे। उनका घर, किसी सुदूर गाँव में था। सभी जानते थे, वे सब लठैत हैं। उनके हाथ, कोई भी कुकर्म करने से नहीं झिझकते थे।

उन लोगों को यहाँ कौन ले आया ?

कोई नहीं जानता।

उन लोगों को नरपति लाया था। नरपति मिश्र। अपने गाँव के बागदी लोगों से कहने में शायद उसे शर्म आई, इसलिए वह आन गाँव से लोग बुला लाया।

जिसने कलंक लगाकर, निर्मला को गाँव छोड़ने पर मजबूर किया, वही नरपति उन लोगों को यहाँ लाया था, हालाँकि सामने या आसपास, उसने शक्ल भी नहीं दिखाई।

निर्मला भावलेशहीन मुद्रा में, मूरत की तरह, एक-एक कदम नापती हुई, चली गई। इतनी नन्हीं सी बच्ची, चारों तरफ से लठैतों से घिरी हुई ! ऐसा लग रहा था, मानो जिन्दा जलाने या बलि देने के लिए, कोई उसे मसान की तरफ घसीटे लिए जा रहा हो।

उसके साथ, और कुछेक लोग भी गए थे। कहना चाहिए, सुनार और कांसारी बनिए, मोहल्ला का मोहल्ला खाली करके, गाँव से चल दिए।

वे लोग भी नवद्वीप चले गए थे। उनके दिलों में जाने क्यों कर तो यह खयाल घर कर गया था कि कृष्णचन्द्र के करीब रहकर भी, वह काफी सुरक्षित रहेगी।

निर्मला का छाँह से बचते हुए, वे लोग जरा दूर-दूर चल रहे थे। करीब सत्तर-अस्सी लोग।

गाँव के लोगों का गाँव छोड़कर जाने की यह तो शुरुआत थी। विशालाक्षी, छत पर, चहारदीवारी के फोकर से उन लोगों को जाते हुए देखती रही।

शिवकाली गांगुली जहाँ ठहरे थे, वह अस्थायी निवास थी, देखते-ही-देखते गुलजार हो उठा। नवद्वीप में यह मकान, महाराज ने उनके नाम दान कर दिया था। कुछ ही महीनों के लिए सही, फिर भी यह मकान जन-कोलाहल से गूँज उठा। वहाँ प्रार्थी, भिखारी, ब्राह्मण-संन्यासियों का अन्त नहीं था। शिवकाली गलीचे पर आसीन। वाचक उनके कानों के पास चैतन्यगाथा का पाठ करता रहता था। ''हरिनाथ पीते-पीते भया मैं पागल''—कोई अन्धा दालान में बैठा-बैठा गा रहा था। ''कब-मन, श्यामा-चरण में होगा बेसुध—'' ब्राह्मण गला फाड़-फाड़कर गाते रहे।

''इसे कहते हैं, रघुनन्दनी विचार, महाशय, विश्वास न हो, तो कटवा जाकर

गंगाराम शिरोमणि के टोले में खोज-खबर लें।'' वे चीख-चीखकर ऐलान करते रहे।

यह सब देखकर, काशीश्वर बेतरह चकरा गया। हजार हो, अभी भी उसकी जवान उम्र। निमली को लेकर आते वक्त, उसे काफी होशियारी का सहारा लेना पड़ा था। उसका मन कई-कई कारणों से बेचैन था। उस पर से निमली ने उसे आवाक् कर दिया था। उसने रास्ते की थकान की कोई परवाह नहीं की। ढेर-ढेर तकलीफों के बावजूद उसने 'उफ' तक नहीं किया।

उसने सिर्फ इतना ही कहा, ''मेरे लिए तुम इतनी तकलीफ उठा रहे हो, काशी दादा ! इसके बजाय तुम मेरे लिए अगर शंख का जहर ला देते, तो मरकर मेरे प्राण जुड़ा जाते। तुम, घर के बेटे, अपने घर लौट जाते।''

''ऐसी बातें जुबान पर भी मत लाना, निमली।''

''हमेशा से ही देखती आ रही हूँ, दूसरों के दुःख से, तुम्हारी छाती फटने लगती है।''

''मैंने कुछ भी नहीं किया, री। वह तो छोटी माँ, अगर तुझे सीने से चिपटाकर, खड़ी नहीं हुई होती, तो कुछ भी नहीं होना था—''

समूची राह हँसी-मजाक में काटकर, जब वह शिवकाली गांगुली के मकान तक पहुँची, तब वह जी खोलकर रो पड़ी।

घर से मैंने किसी को आने के लिए नहीं कहा। मुझे पता है, अब तुम भी नहीं आओगे। यह सोच-सोचकर मेरा जी हाबड़ा रहा है।''

इतने सारे दुःख-तकलीफ उठाकर, नवद्वीप पहुँचने के बाद, शिवकाली गांगुली के दर्शन करके, काशीश्वर एकदम से अवाक् रह गया। उसे यह देखकर बेतरह धक्का लगा कि ये लोग अभी भी परम निश्चिन्त भाव से जी रहे हैं। इन्हें खबर ही नहीं है कि वर्गी किसी भी वक्त यहाँ तक पहुँच सकते हैं।

शिवकाली गांगुली, काशीश्वर के साथ मकान में अन्दर चले आए।

''चलो, कहीं एकान्त में चलें।'' उन्होंने कहा।

आंधारमानिक गाँव के किसी बाशिन्दे को देखकर वे बेचैन हो उठते थे। विशालाक्षी उनकी छोटी बहन थी, बेटी के समान थी। बहन का समाचार पाने के लिए वे हमेशा ही व्याकुल रहते थे।

गाँव में वर्गियों के उपद्रव का समाचार पाकर, उन्होंने दुःख से सिर हिलाया, ''मेरी इतनी उम्र हुई; इतना कुछ देखा-सुना भी है। अब भागकर जान बचाने का बिल्कुल मन नहीं होता। खैर, छोड़ो ये बातें। विशु का हाल सुनाओ—''

काशीश्वर के समझ में नहीं आया कि वह क्या जवाब दे।

''तुम्हारा नाम मैंने पहले भी सुना है, मुझे खयाल पड़ता है। तुम्हारा क्या उनके यहाँ काफी आना-जाना है ?''

''मैं कन्हाई के खेल का साथी था। छोटी माँ का मुझ पर असीम स्नेह है—''

''अच्छा, समझा...''

शिवकाली गांगुली ने लम्बी उसाँस भरी, ''सब तकदीर की बात है ! ब्याह तय हो

चुका था, लेकिन वर ने हैजे में दम तोड़ दिया। मुखोटी उस वक्त हमारे यहाँ मौजूद था। मैंने उसकी बाँह थामकर कहा, ''भाई, ऐसे विपदकाल में मेरा उद्धार करो। सो, मैं झूठ नहीं बोलूँगा, काशी, वह हरगिज तैयार नहीं था। उन्होंने कहा, वह उम्र में काफी बड़ा है। घर-घर में, आपके लायक कितने ही वर मौजूद हैं, आप जरा खोजकर तो देखें। मैंने गृहस्थी बसाई, मगर शान्ति नहीं मिली। इधर समय गुजरता जा रहा था। सो मेरे ढेर-ढेर आरजू-मिन्नतों के बाद मुखोटी राजी हुआ।''

काशीश्वर के अचरज का ठिकाना नहीं रहा। उजले धुले कपड़े पानी में डालो तो मैले हो जाते हैं। वक्त के साथ सब कुछ बेरंग हो जाता है। विशालाक्षी जब हजारों रुपए का दहेज, पिटारी भरकर गहने-जेवर, बर्तन-भाँड़ों का राजकीय समारोह लिए-दिए, आनन्दी के बापू की गृहस्थी बसाने आई तो आंधारमानिक गाँव में सभी लोग दंग रह गए थे। उनके कौतूहल की सीमा नहीं रही थी।

अब वक्त गुजरने के साथ-साथ उनके कौतूहल पर 'माटा' पड़ गया। इसके बावजूद काशी की जवान आँखों में, मुखोटी परिवार की आम गृहस्थी में विशालाक्षी शाप भ्रष्ट लक्ष्मी नजर आती हैं। उसे हमेशा यही लगता है, कि सुनी-सुनाई कथा-कहानी शायद झूठ नहीं होती। देवी-देवता जब अपने भक्तों पर प्रसन्न होते हैं, तो उनकी दरिद्र गृहस्थी में अपने आप उतर आते हैं। उनके हाथों के स्पर्श से सारे काम सम्पन्न हो जाते हैं। अब करीब के दामुन्या गाँव को ही लें। उसने सुना है, किसी शिकारी ने साक्षात दुर्गा को धर-दबोचा। देवी के स्पर्श से उस शिकारी का दुर्भाग्य, पल-भर में ही सौभाग्य में बदल गया।

अभी तक काशी का यही खयाल था कि विशालाक्षी जान-बूझकर इस गृहस्थी में रस-बस गईं। अब जाकर, उसे जवाब मिल गया। उनके ब्याह के मूल में यह हादसा था।

शिवकाली ने कहा, ''पति रहा नहीं, बेटे को कोई बच्चा-अपहर्ता उठा ले गया। मेरा कहना है, जो हुआ, सो हुआ। अब सांसारिक कार्यों में व्यस्त रहता हूँ, समझे बेटा ? कुछ-न-कुछ लेकर, जीना तो होगा, वर्ना मेरा भी अब कौन है ? खाएगा कौन ? सब कुछ तो उसी का है। सब कुछ। कह सकते हो आनन्दीराम का। मेरे विशु के हिस्से में सौभाग्य के नाम पर इतना ही आया है। सच्चा और ईमानदार लड़का है। जान उँड़ेलकर प्यार करता है। ऐसा शायद ही कहीं देखा हो मैंने। लेकिन, बेटे की भी हद जिद। मेरा जो कुछ भी है, सब उसका है, लेकिन जब भी आता है, मेरे पास नहीं रुकता।''

काशी समझ गया कि इस बारे में शिवकाली के मन में दबा-दबा क्षोभ मौजूद है।

''खैर, इस बच्ची के लिए तुम लोग फिक्रमन्द न होना। मैंने सब सुन लिया है। क्या-न-क्या हुआ, बस, उसे अछूत-पतित करना होगा, भई, तुम्हारे गाँव-समाज का यह गँवारपन है। हमारे शहर में यह सब नहीं चलता। इसीलिए मैं आनन्दी को समझाता रहता हूँ कि अब गाँव में पड़े रहने से कोई फायदा नहीं होगा। एक बात और, आनन्दी से कहना, मेरी बात पर उसने कभी गौर नहीं किया। अब भी अगर वह अपना निजी

कारोबार करना चाहे, तो मैं सारा इन्तजाम कर सकता हूँ। मेरे एक परिचित हैं; बेहद सज्जन आदमी। उनका कानकसन का कारोबार है। काफी दिनों से किसी आदमी की तलाश में है। कानकसन का नाम, आनन्दी ने सुना होगा। वहाँ अच्छी क्वालिटी की रेशमी साड़ियाँ बनाई जाती हैं। साहब लोग अपने अमीन भेजकर, माल खरीद लेते हैं।

"हाँ, कह दूँगा—"

"हाँ, कह देना।" शिवकाली ने अपनी हथेली चित करते हुए दोबारा कहा, "वैसे अभी जल्दी कुछ नहीं होनेवाला। कहने को वर्गी नहीं हैं, मगर हर कहीं मौजूद हैं। लगता है, इस साल के अन्त तक, नवाब के कब्जे में मुर्शीदाबाद के अलावा, और कुछ नहीं बचेगा।"

शिवकाली ने यह बात, काफी मौके से कही थी। कोई-कोई बात, देवताओं के कानों तक भी पहुँच जाती है। मुर्शीदाबाद के व्यापारी, श्रेष्ठी गण्यमान लोग बार-बार इकट्ठे हुए।

कपड़ा-व्यवसायी अज़ीम काश्मीरी और अस्त्र-व्यवसायी सिपर, दोनों ने ही जो-जो बातें कहीं, वह बहुतेरे लोगों के मन की बात थी।

उन लोगों ने मीर हबीब के नाम के आगे-पीछे तरह-तरह के विशेषण जोड़ते हुए कहा, "कहना चाहिए, नवाब साहब खुद भी उन लोगों का जात-भाई हैं। अफगान पठानों को जहाँ सन्तुष्ट करके चलना चाहिए था, उन्हें यह सद्बुद्धि क्यों नहीं आई ? मीर हबीब अगर उनके साथ नहीं होता, तो वे लोग इतना बढ़ पाते ?"

गुप्त बैठक में जगत सेठ ने कहा, "मीर हबीब उनके साथ हैं, इसलिए इतना सर्वनाश हुआ।" उनके खजाने से जो कुछ गया, इसलिए नहीं, बल्कि जो जा सकता था, लेकिन नहीं गया, उस फिक्र में आजकल जगत सेठ की नींद हराम थी।

बख्शी दीवान ने सिर्फ इतना ही कहा, "तकदीर है, सिर्फ तकदीर !"

महीपति एकदम से उत्तप्त हो उठे, "तकदीर ? कैसी तकदीर ? असल में सिर कट जाए, तो धड़ अपने आप गिर जाता है। सारी भूल, त्रुटि कमजोरी जड़ में है। उस वक्त मैं दिल्ली में था। वहीं सुना था। रघुजी भोंसले, बादशाह को बांगला देश से चौथ वसूल करने के लिए उकसा रहा है। बादशाह ने अनुमति देकर, सर्वनाश कर डाला।"

महीपति जितनी रफ्तार से पद्मा नदी के उस पार गए थे, उसी तेज रफ्तार से लौट भी आए।

"बादशाह की अनुमति, महज लोक-दिखावा थी, जनाब, उन लोगों को तो आना ही था।"

"लोक-दिखावा था यह मुझे भी पता है। लेकिन वक्त पर उसी की कीमत होती है। सभी जानते हैं, बादशाह के पास अब खास कोई क्षमता नहीं रही। लेकिन उनके पट्टा बिना नवाब क्या सिंहासन पर बैठ सके ? नहीं ! यह जो इतना बड़ा साम्राज्य है,

यहाँ व्यापार, कारोबार, कर-अदायगी—आज भी कौन सा काम उनकी अनुमति बिना पूरा होता है ?''

''सिर्फ यही एक कारण नहीं है, जनाब ! यह दुःसमय है ! सन् पचास का काल ! अब से आप देखेंगे। जैसा सन् ग्यारह सौ पचास है, वैसा ही बारह सौ पचास होगा। सन् तेरह सौ पचास में भी महामारी, सूखा, महाअकाल—कितना कुछ घटेगा।'' सुरकंठ की भविष्यवाणी को याद करते हुए, बख्शी दीवान साहस बटोरकर इतना कुछ कह गए।

महीपति ने अपने चेहरे पर तीखी हँसी बिखेरकर, अपना अविश्वास जाहिर किया।

''सारी दैवी वजहें ही जिम्मेदार नहीं हैं, जनाब, और भी कई कार्य-कारण मौजूद हैं। बहरहाल, अभी जो स्थिति है, उस पर सोच-विचार करना, जरूरी है।''

''अच्छा ऽ।''

''खैर, खबरें तो सारी ही मिल चुकी हैं—''

''हाँ, रोज-रोज ही आ रही हैं—''

''हाँ, सचमुच खबरें आने लगीं। एक-एक तरफ से एक-एक हरकारा, दूत ,डर के मारे भाग आए लोग, एक-एक दुःसंवाद ला रहे थे। सारी खबरें लोक-मुख के जरिए जाँच-परख के बाद, अन्त में नवाब के शाही महल के अन्दर दाखिल होने का हुक्म पातीं थीं। लेकिन, शाही महल के अन्दर दाखिल होने के बाद, उन खबरों का क्या होता है, यह पता नहीं चलता था। सिर्फ मुँह जुबानी खबर मिलती थी कि नवाब की रातों की नींद हराम है। अक्सर वे टहलते हुए रात गुजार देते हैं। ये सब सन्तरी लोगों के घरों से प्राप्त खबरें थीं। इसमें अविश्वास करने को कुछ भी नहीं था। सन्तरी लोगों ने गौर किया, पर्दे की आड़ में कोई लम्बी काली छाया चहलकदमी कर रही है।

अभी कुछ दिनों पहले तक मुर्शीदाबाद के चौक बाजार में हँसी-खुशी गपशप की अच्छी-खासी कद्र थी। उन दिनों इस तरह की चलती-फिरती छाया देखकर; लोग यह कहने से बाज नहीं आते कि जरूर यह मरहूम नवाब की प्रेतात्मा है।

लेकिन इन दिनों समय बेहद बुरा है। अच्छे किस्म की अफीम, सफेद चीनी या विलायती शराब—कुछ भी उपलब्ध नहीं था। नशे की धुनकी में नए-नए किस्से गढ़े जाएँ, यह सुविधा भी नहीं रही। इसलिए सबको समझ में आ जाता था कि वह छाया भी जीवन्त है और छाया के रूप में वह जिन्दा इंसान है। वह कोई जिन्दा चीज है, यह समझने में कहीं कोई गलती नहीं है। लेकिन स्थितियों के दबाव से कुछ-कुछ असहाय जरूर है।

जैसी-जैसी खबरें आ रही थीं, दिमाग तो खराब होना ही था।

राजपुरुषों की अक्षमता, महीपति मन-ही-मन सुलग उठा।

व्यवसायी और गण्यमान अतिथियों की बैठक में उन्होंने तीखी हँसी बिखेरते हुए कहा, ''अब कटवा, दाइहाट तो छोड़िए, राढ़ की और कौन-कौन सी जिम्मेदारी बची रहती है, देखते रहिए। उन लोगों ने हुगली तो पलक झपकते जीत लिया और यही सबसे बड़ी खबर है।''

''वर्गी लोग दुर्घर्ष योद्धा हैं।''

''वर्गी दुर्घर्ष योद्धा हैं और नवाब की फौज योद्धा नहीं है ? मेदिनीपुर, बीरभूमि, वर्धमान के लोग, सुन्दरवन के मछुआरे—ये लोग लड़ना नहीं जानते, यही न ? वे लोग बखूबी लड़ना जानते हैं, जनाब, और मरना भी जानते हैं। अरे सुयोग्य संचालक मिले, तभी न लड़ेंगे ? हुगली में वर्गी जीत गए, उसकी वजह यह नहीं है कि बंगाल के फौजियों को लड़ना नहीं आता। इसकी वजह है, उनके सिर पर फौजदार मुहम्मद रज़ा खाँ बैठा है। हुगली के किले के दरवाजे पर जब मीर हवीब ने हमला किया, तब भी खुद फौजदार, नाच देखने में मस्त था।''

बख्शी-दीवान ने कहा, ''यह बात सच है। सिपाही, लठैत, भालेदार—सभी युद्ध-कला में माहिर हैं। वर्धमान में अफगान नायकों ने कम कृतित्व नहीं दिखाया। फिर भी जिसे कहते हैं, तकदीर ! तकदीर सबसे ऊपर होती है।''

''यानी सब कुछ तकदीर भरोसे ?'' महीपति ने तैश भरे लहजे में कहा, ''इसीलिए शीषराव, हुगली के किले में मराठों की तरफ से नाज़िम बन बैठा। आप लोग तकदीर का रोना रोते रहिए, उधर उन लोगों ने मजे से समेट लिया। कटवा उनकी राजधानी बन गई। फरासडाँगा, चुंचुड़ा में जो लोग हुगली से भागकर फ्रांसीसी और डच लोगों के पास गए थे, वे भी दोबारा लौट रहे हैं।''

जगत सेठ के किसी मुंशी ने कहा, ''अब भविष्य में बहुत जल्दी ही, राढ़ के जमींदार लोग उन्हें ख़ज़ाना भी देते नजर आएँगे।''

''भविष्य नहीं वर्तमान में ही ! नजर आएँगे नहीं, नजर आने लगे हैं।''

हीरालाल सेठ अब तक तकिए के सहारे अधलेटे हुए थे, अब वे उठ बैठे।

उन्होंने कहा, ''आप सभी लोग राजी हैं। कहा जाए तो देश के सिरमौर हैं। मैं आप लोगों से ही पूछता हूँ, कृपया इस नाचीज को यह बताने का हुक्म हो कि अब स्थिति क्या है ? राज्य रहेगा या चला जाएगा ?''

''इस सवाल का क्या मतलब है, जनाब ?''

''मतलब—अलबत् है। मन की तरफ आँखें गुर्राने से अब कोई फायदा नहीं। अब हमें साफ-साफ नजर आ रहा है कि राज्य जानेवाला है। सूरज उगते न-उगते अस्त हो गया। यही है, सीधी-सीधी बात। अभी-अभी देखा, इतनी बड़ी राजधानी है; खरीद-फरोख्त का लम्बा-चौड़ा बाजार है, शहर की चौक का एक चक्कर लगा आओ, तो लगता है, विश्व-दर्शन हो गया। देश-देश के लोग, नवाब से पट्टा लेकर, यहाँ निर्भय कारोबार कर रहे हैं। अचानक देखा, सारा कुछ विशृंखल ! विपर्यस्त ! आप लोग ही दिमाग थिर नहीं रख पा रहे हैं। इसीलिए, इस अधीन ने प्रश्न उठाया है, जनाब। अब तो सभी लोग यह सवाल करेंगे कि निभती से, कितने कमबख्त रैय्यत यहाँ तक आए। मामूली खेतिहर तक हमसे पूछते हैं—बताएँ, हुजूर, हम किस तरफ जाएँ ? हम लोग बड़ी मुसीबत में पड़कर राजधानी की तरफ आए हैं।

मैंने कहा, ऐसे समय में तुम लोग आए ही क्यों ? उन लोगों ने जवाब दिया—

गाँव-भर में वे ही लोग सबसे बुद्धिमान हैं। जरूरी खबरें जानने-समझने के लिए वे लोग ही शहर आते-जाते हैं। इसीलिए वे लोग यह जानने आए हैं कि राज्य रहा या गया।

मैंने उन्हें समझाया, सकल श्रीमानो, यह अति उत्तम प्रश्न है। अच्छा किया, जो पूछ लिया। मगर जैसे तुम लोगों ने मुझसे पूछा, वैसे ही, मैं भी किसी से पूछकर आता हूँ, तब जवाब दूँगा। उन लोगों ने पेड़ तले गोल घेरा बनाकर खाना-पीना निपटाया और शहर देखने निकल पड़े, मैं यहाँ चला आया। अब आप लोग ही मुझे बता दें कि मैं अपने रैय्यतों को क्या जवाब दूँ ?''

राजपुरुषों की आँखें आरक्त हो आईं। चेहरा आगभभूखा ! वे लोग हीरालाल सेठ की धृष्टता देखकर दंग रह गए।

''आपको अगर कोई शक हो, जनाब तो आप निज़ामत में क्यों नहीं चले गए ? अन्यत्र क्यों आए ?'' बख्शी-दीवान क्षुब्ध हो उठे।

''भाग जाने को कह रहे हो ?'' हीरालाल सेठ भी उत्तेजित हो उठे। उनके श्वेत-शुभ्र बाल और कानों के हीरे झलमला उठे।

उन्होंने तनकर बैठते हुए कहा, ''उस दिन को याद करके, जरा डरिए, जनाब, जिस दिन हम व्यापारी, अपनी-अपनी धन-दौलत समेटकर कहीं और चल देंगे !''

थोड़ा ठहरकर उन्होंने छाती पर हाथ रखकर कहा, ''आप लोग नहीं जानते, मगर ये छोटे आचार्य जानते हैं। हम कुछेक कारोबारी मिलकर, इस बाजार को ठीकठाक रखे हुए हैं। आप लोगों ने नवीन साधु को लम्बा-चौड़ा पट्टा तो दिला दिया था कि उसकी नावें यहाँ से लेकर कॉक्स बाजार, चटटले तक कारोबार करे। उन लोगों में से कौन टिक पाता, जनाब, अगर हम जोर न देते ? अब तो हम यह देख रहे हैं कि जो लोग मालदह या ढाका गए, उन्हीं लोगों ने सही किया। हम सब किस हद तक भरोसेदार हैं, बंगाल के कारोबारी के तौर पर कितना गर्व महसूस करते हैं, यह आप लोगों की समझ में नहीं आया।''

''देखिए, आप उत्तेजित हो उठे हैं।''

''उत्तेजित होऊँगा नहीं ?'' हीरालाल सेठ ने मारे गुस्से के आँखें लाल-लाल किए, जोर का अट्टहास किया। उस हँसी में राजपुरुषों के प्रति चरम उपेक्षा झलक उठी।

उन्होंने फिर कहा, ''आप मुझे भाग जाने को कह रहे हैं, क्योंकि आप लोग खुद भी शायद भागने की सोच रहे हैं।''

राजपुरुष निर्वाक ! सहमे हुए ! एक-दूसरे की तरफ देखने में भी डरे हुए।

''समझ गया। मेरा शक सही था।'' हीरालाल गम्भीर हो आए, लेकिन भागकर जाएँगे कहाँ ? भागकर क्या बचा जा सकता है ? देश के लिए यह भयंकर दुर्दिन है। राढ़ में प्रायः सब जगह वर्गी मौजूद हैं। मेदिनीपुर, बीरभूमि, बाँकुड़ा, बर्धमान, उड़ीसा के कुछेक हिस्से राजशाही की रानी की जमींदारी के चवन्नी हिस्से में, यहाँ तक कि राजमहल में भी वर्गी मौजूद है। नवाब के पास अब कुछ भी नहीं है। कहा जाए तो मुर्शीदाबाद नगरी और इसके आसपास का इलाका, उत्तर और पूर्व बंग के अलावा, उनके

अख्तियार में अब कुछ भी नहीं रहा।''

हीरालाल ने हथेली उलट दी। उनकी आवाज में कोई विराट रिक्तता गूँज उठी। समवेत् लोगों की आँखों में उस रिक्तता की प्रतिछाया झलक उठी। यहाँ इस छोटे से कमरे में चिराग जलाकर बैठे हुए, लोगों को, इस आलोक छाया की प्रहेलिका में, हीरालाल सेठ भी उलटी हथेली की लकीरों में मानो विराट सर्वनाश अपूरित क्षति की तस्वीरें नजर आने लगीं। नहीं, अब बक्रेश्वर के हाथों में बंगाल नहीं रहा। बंगाल अब लुटेरे, निर्मम, बर्बर वर्गियों की दखल में जा चुका था।

32

ठाँव-ठाँव भागते लोग चहुँ ओर,
छत्तीस बरन के लोग भागे, नाहीं ओर-छोर।

''नवाब को अपनी जान का मोह नहीं है।'' असल व्यापारी सिपर ने यह बात स्वगत मुद्रा में कही।

यह बात वे जानते थे, क्योंकि नवाब के भाग्य का अनुसरण करते हुए, कमोवेश आधे भारत की परिक्रमा करते हुए, वे बंगाल पहुँचे थे। वे जानते थे, युद्धकाल में नवाब निर्भीक, कुशली और दुःसाहसी बन जाते हैं।

राजपुरुषों की आँखों के आगे नवाब का चेहरा तैर गया। नवाब का सिर फिक्र से झुका हुआ ! माथे पर चिन्ता की लकीरें।

कोई भी इंसान एकल गुणों का आधार नहीं होता, ये भी नहीं हैं। फिर भी सबके स्वार्थ के लिए ही उनकी इज्जत करनी चाहिए। एकबद्ध होना चाहिए।'' हीरालाल सेठ ने धीमी आवाज से कहा, ''यह बड़े अफसोस की बात है कि व्यवसायी होकर, मुझे यह बात कहनी पड़ी। व्यवसायी ठहरे नउआ की जात ! जन्म, मृत्यु-विवाह—तीनों काम ही, नाइ से जुड़ा हुआ है। इन तीनों काम में नाऊ का ही काम होता है। उसमें नाऊ ही काम आते हैं। हम ठहरे वही जात ! हमारे पुरखे किसी जमाने में गौड़, ताम्रलिप्त, सप्तग्राम में व्यापार करते थे। एक-एक व्यापारिक केन्द्रों का पतन होता गया। वे लोग नए केन्द्रों की खोज में निकल पड़े।''

यह कहते-कहते हीरालाल की आवाज अवरुद्ध हो आई। वहाँ मौजूद लोग, यानी मन की आँखों से, अतीत के अँधेरे में लिपटी छाया-जुलूस को देख रहे थे। कहाँ गई ? लख दीपमालिनी, सहस्र ताम्बूलविपणि, पंच सहस्र नगर बनियालय' शोमिता गौड़ नगरी कहाँ गुम हो गई ? गौड़ का वह अतीत गौरव किसने याद रखा है ? अब तो सिर्फ किसी अख्यात मोहल्ले के कीड़े खाए पोथी के पन्नों में उसका बयान भर बच रहा है।

इसी तरह सागर, बन्दर ताम्रालिप्त चिर-अन्धकार में विलीन हो गया। चीनी पर्यटक, हब्सी गुलाम-व्यवसायी, इरानी इत्रफरोश—जिस नगरी की राह पर एक ही साथ

खड़े होकर श्वेताम्बर जैन और गेरुवाधारी बौद्ध भिक्षुओं की शोभायात्रा के मुग्ध दर्शक बने खड़े रहते थे। एक, बौद्ध तीर्थ, दान्त मन्दिर की तरफ; दूसरा, जैन मन्दिर की तरफ।

नहीं, अब कुछ भी नहीं रहा। लगभग लुप्तप्राय सरस्वती नदी के तट पर स्थित, सप्तग्राम की जो शोभा, पूर्तगीज, मूर और दिनेमा के व्यवसायियों को आकर्षित किया करती थी, आज उसकी स्मृति भर ही शेष रह गई थी।

लेकिन मुर्शिदाबाद जिन्दा है; बंग की राजधानी, भारत की समृद्धतम नगरी। दुनिया का एक विशिष्ट वाणिज्य केन्द्र।

''मेरा जन्म परदेश में हुआ। लेकिन, मेरे जन्मस्थान की मरुभूमि ने नहीं, उस बंग ने मुझे आहार और ऐश्वर्य दिया। मैं इसे ही अपना देश समझता हूँ। खैर, आप लोग कमजोर न पड़ें, हम सब जब इकट्ठे रहें, तो वर्गियों की क्या मजाल ?''

हीरालाल सेठ ने आगे कोई बात नहीं की। सबके सब अभिभूत !

अब महीपति ने धीमे लहजे में कहना शुरू किया, ''अभी जो कुछ आप लोग देख रहें हैं, वही सब कुछ नहीं है। वे लोग लुटेरे हैं। वे लोग यहाँ रहने नहीं आए। वे लोग आते हैं, लूटपाट करते हैं और स्वदेश लौट जाना चाहते हैं या फिर राढ़ बंग को भाँग की सामग्री की तरह इस्तेमाल करना चाहते हैं। उन लोगों का एक पाँव इस देश में, एक पाँव उस देश में रहेगा। वैसे भी, जो लोग लुटेरे होते हैं, उन्हें इस देश के इंसानों या मिट्टी के प्रति कोई ममता नहीं होगी। देश अगर उनके हाथों पड़ गया तो हाहाकार मच जाएगा। हाहाकार तो खैर, अभी भी मचा हुआ है।''

हताश जमघट में मानो अब जाकर थोड़ी-बहुत सजीवता नजर आई।

''बहुत ही मुश्किल होगी, जनाब, वे लोग बेहद अत्याचारी और निर्मम हैं। कसाई हैं, कसाई।''

बक्शी-दीवान उत्तेजित हो उठे, ''अरे वे कमबख्त जंग तो बिल्कुल करना ही नहीं चाहते। बस, दूर-दूर से ही अत्याचार बरसाते फिरते हैं।''

महीपति के भाई जगतपति अब तक खामोश बैठे थे। बेटी को वापस पाकर, अब वे आश्वस्त हो गए थे। उनका खयाल था, अब वे निश्चिन्त हो सकते हैं। मगर वहाँ से वापस लौटने के बाद से ही फुलेश्वरी के चेहरे से हँसी बिल्कुल गायब हो चुकी थी। हर वक्त वह अनमनी नजर आती थी।

महीपति ने भाई से कहा, ''आपकी बेटी बिल्कुल आपकी तरह ही हुई है। बेटी को आपने अच्छी शिक्षा नहीं दी। वह लड़की खुद भी जलती रहेगी, दूसरों को भी जलाती रहेगी।''

खैर, यह तो थी जगतपति के घर की अशान्ति। इधर वे और ज्यादा परेशान हो उठे थे। वे फैक्टर साहबों के दलाल थे। कासिम बाजार के साहब लोग, उनके हाथों लाखों-लाख रुपयों का सामान खरीदा करते थे। जगतपति तो यही समझते थे कि वे फैक्टर लोगों के साथ एक प्राण थे। विपत्तिकाल में साहबों ने उनको याद ही नहीं रखा। वे सबके सब मालदह भाग गए थे।

''सुना है, कासिम बाजार में किला बन रहा है ?''

बख्शी-दीवान के इस सवाल के जवाब में जगतपति ने सूखी-सूखी आवाज में कहा, ''कलकत्ते में वे लोग बेहद चिन्तित थे कि वर्गी बेटा लोग, जाने कब तो डॉल्फिन की तरह, हुगली के उस पार से, झप् से डुबकी लगाएँगे और तैरकर इस पार प्रकट हो जाएँगे।''

हजारों-हज़ार वर्गी, डॉल्फिन की तरह डुबकियाँ लगाते हुए, इस पार आ पहुँचे हों—ऐसे असम्भव दृश्य की कल्पना करते हुए बहुतों को हँसी आने लगी।

''अब खुद इन्तजाम करने के अलावा और करेंगे भी क्या, बताइए ? कलकत्ते के किले से, हॅलकोम्बी कप्तान को उसी वक्त सिपाही लेकर कासिम बाजार आ पहुँचे। यह भी सुनने में आया कि पटना के फॉरिएंटी साहब को खबर भेजी गई। वह बेटा किला बाँधने, सिपाही सजाने में उस्ताद था। उधर साहब लोगों ने बाग बाजार के करीब, पेरिन बागान के पास जहाज तैयार रखा था। जरूरत पड़ी तो, बीवी-बच्चों समेत भाग खड़े होंगे। अरे जनाब, वह जात औरतों का, जान से बढ़कर सम्मान करते हैं। खैर, जो भी हो, सभी साहब लोग जब एकदम ''तैयार हो जाओ ! तैयार हो जाओ !'' की चुनौती के साथ उन्हें रगेदते हुए आगे बढ़े, तो वर्गी कमबख्त कलकत्ते में नहीं घुसे। लेकिन इधर कासिम बाजार में हॅलकोम्बी की डाँट-टपट से मैं मारा जा रहा हूँ—''

''क्यों ?''

''जब से वह आया है, माटी काट रहा है; ईंट पका रहा है; किला बना रहा है। इसमें पल-भर का भी विराम नहीं है। ''साहब, चलो, नहा लो''—यह कहने-भर से भड़क जाता है। उसका कहना है, उसकी एक भयंकर आदत है, जब वह किला बनाने आता है, तो बनाता ही चला जाता है। ऐसे ही, जब वह जंग शुरू करता है, तो कहीं रुकता ही नहीं ! अब कहता है, पहले वर्गियों को मारूँगा। उसके बाद तुम लोगों को। कुल बात इतनी सी है कि मेरे हाथ में तलवार हो तो, हजारों-हजार मुँड मुझे चाहिए ही चाहिए।''

''अच्छा ! विपदकाल में देखा जाएगा।''

इतनी बातों के बाद, सबने इत्मीनान की साँस ली। बख्शी दीवान ईषत् चिन्तित नजर आए। विपदकाल है तो क्या हुआ ? इसके बावजूद फैक्टर साहब लोग, अपने-आप किला बना रहे हैं, इस खबर से नवाब शायद खुश न हो।

इंसान भागते रहे, भागते रहे...भागते रहे।

बंगाल के सीने पर खिंची राह का कहीं कोई अन्त नहीं। कहते हैं बंगाल की माटी इतनी नरम है कि उस पर कुत्ते-बिल्ली भी अगर दस दिनों तक चलें, तो एक पगडंडी उभर आती है।

''इतना सारा रास्ता था; वर्गी चलकर इतनी दूर तक आए। इतने सारे रास्ते, हम पहले तो नहीं जानते थे।''

मूर्ख किसान के मुँह से यह बात सुनकर और-और लोगों ने दाँत किटकिटाकर कहा, ''चल, अब तो जान लिया न ! अब चुप कर।''

कमर में गमछा ! सिर पर नामावली ! नामावली के ऊपर पोथियों की पोटली ! काँख में देवता की मूर्ति ! जवान बेटे के कन्धे पर बाँक ! उसकी बगल में, दोनों ओर कच्चे-बच्चे !

ब्राह्मण पंडित ने भागते-भागते ही कहा, ''बच्चू, है, ये लोग बिचारे कहाँ से जानेंगे। तुम लोग भी खाक जानते हो। इस मुलुक में आदिकाल से ही कितने-कितने रास्ते हैं। चिर दिन से इंसान तीरथ पर जाता रहा है; देश-देशान्तरों का भ्रमण करता रहा है; नवद्वीप के लोग वर्धमान जाते हैं। वर्धमान से व्यापारी लोग, माल लेकर, गंगासागर मेले के यात्री पकड़ने दौड़ जाते हैं। रास्तों की कमी है भला ? इसके अलावा नवाब-बादशाह युद्ध में जाते हैं; राजा-राजा में संग्राम होता है। रास्ते तो होते ही हैं।''

जो मछुआरा अपने जाल-डोरी समेत भाग रहा था, उसने आवाक् लहजे में कहा, ये तो ढेरों ईंट हैं। इतने सारे ईंटों से रास्ता बनाया है। पता नहीं, कितने बड़े भट्ठे में इतनी ढेर-ढेर ईंटें पकाई होंगी—''

''ये बातें बाद में, भइया। अभी वर्गी टूट पड़ेंगे और शाही झाड़ू कमर में चटाक् से मारेंगे। अभी भागो।''

चौपाए पर सवार, भागते-भागते वैष्णव महन्त डोलीवाहकों को धर्म-तत्त्व समझा रहे थे, ''देवता आए, सबको बराबर दर्जा दिया, कोई भेदाभेद नहीं रहा।''

वाहकों में जिसकी उम्र सबसे कम थी और जिसे मुसीबत की अहमियत की खास समझ नहीं थी, उसने हँसकर कहा, ''पुरोहितजी, नवद्वीप के ठाकुर अगर इसी तरह घोड़े पर सवार होकर आते, तो सभी जान के डर से एक हो जाते। आजकल वर्गी, सब देवताओं से बढ़कर हैं। सबको रास्ते पर बिठाकर, मिट्टी में मिलाकर ही छोड़ा।''

उसके बूढ़े साथी ने भड़ककर कहा, ''वह तो तुम लोगों की वजह से। धर्म की बात पर तुम लोग कान नहीं देते, इसलिए। इस बार देवता वर्गी की साज में आए हैं। मारे घूँसे-लातों के नानी याद करेंगे, बच्चू !''

इत्रफरोश, सोना-व्यापारी—ये लोग हमेशा हिसाब-किताब रखते हैं और इसीलिए लिखना-पढ़ना सीखते हैं।

उन्होंने भी भागते-भागते ही, सूखी सी मुस्कान फेंककर कहा, ''नहीं, भई, बाप एकल, ये लोग नागपुर से आए हैं; जात के मराठा हैं। तुम्हारी-हमारी तरह इंसान ही हैं।''

''आप भी क्या बात करते हैं, जनाब ?'' अट्टहास करते हुए किसी वैद्य कुलराज ने कहा, ''यह तो हम-आप जानते हैं ! इनसे सुनिए, जी। वर्गियों का हमला जब टूटता है, सुना है, तब उनके साथ, शून्य में छिन्नमस्ता भी नाचती हैं। वर्गी लोग जब हमला करते हैं, तब उनके साथ भूत-प्रेत भी होते हैं।''

एक बूढ़े मुसलमान ने, पता नहीं शेख था या सैय्यद, भागते-भागते कहा, ''यह बात बिल्कुल झूठ नहीं है। ये लोग इस तरह की बातें काफी दुःख से करते हैं। इतना-इतना

अत्याचार देखते हैं, तब कहते हैं। पठान, मुगल, सिपाही, व्यापारी, दफ्तर के कर्मचारी अमले-प्यादे—सबके सब एक ही बात दोहराते हैं।''

किसी बूढ़ी भिखारिन ने भी भागते-भागते ही कहा, ''अरे, बेटा, छिन्नमस्ता तो सभी हैं। औरतों की इतनी-इतनी बेइज्जती हो रही है। लोग कहते हैं, उनमें कोई ताकत नहीं होती, औरत राह की बोझ है। इसीलिए उन्हें वर्गियों के सामने फेंककर, बाप सकल जो भाग खड़े हुए, तो उनका धर्म बचा ही कहाँ ? गर्भवती रस्ते में ही बच्चे जन देती हैं, सियार-कुक्कुर सौरी के बच्चे को खींच ले जाते हैं; बहू-बेटियाँ वर्गियों के हाथ पड़कर, रोते-रोते आसमान फाड़ती रहती हैं। औरतें जब कष्ट सहन करती हैं, तो समझ लेना, वे लोग छिन्नमस्ता हो गई हैं, अपना सब कष्ट अपनी छाती में दबाए रखतीं हैं।''

सारा-का-सारा बंगाल सड़कों पर उतर आया। अब बूढ़े, गर्भवती, अनाथ, शिशु—कोई किसी को नहीं देखता। सन्तान अगर गोद का बोझ बन जाता है तो पिता सन्तान को फेंककर भाग खड़ा होता है।

अपनी जवान पत्नी, बेटी वर्गियों के हाथों सौंपकर गृहस्वामी अपनी जान बचाकर भाग खड़े होते हैं। सन्तान को जन्म देकर माँ तड़पती पड़ी रहती है। कोई किसी को नहीं देखता। हाँ, कभी-कभार यह जरूर नजर आता है कि कोई-कोई संन्यासी, गेरुवाधारी, तकलीफ में पड़े इंसान को झुककर देख रहा है; जख्मी लोगों के आखिरी वक्त में, उनके मुँह में पानी डाल रहा है।

उनमें सुरकंठ भी शामिल थे। वैसे वे भी भाग रहे थे। मुर्शीदाबाद, अब उनके लिए सुरक्षित नहीं रहा। जगतपति उन्हें अपने साथ रखना चाहते थे; सम्मान सहित उन्हें अपने यहाँ ले जाना चाहते थे। उनका उद्देश्य था, इस वक्त उनकी आरजू-मिन्नत करके यह जान लें कि अब किस तरफ जाना, उनके लिए बुद्धिमानी का कदम होगा।

''यह जाति, व्यापार समझती है और कौन नहीं जानता कि लक्ष्मी व्यापार के वश में होती है ? इसलिए इसके साथ चला आया। मैंने मन-ही-मन सोचा, नवाब, बूढ़ी उम्र में सिंहासन पर विराजमान हो रहा है, भला कितने दिनों के लिए ? उसके बाद मेरा मन तो कह रहा था, उधर ही चला आता, तो बेहतर था। लेकिन उसी वक्त मेरी आँखों ने देखा, एक वर्गी के हाथों नवाब, फिरंगी सबके सब चित्त !'' इन बातों के अलावा जगतपति ने सुरकंठ को और भी बहुत सारी गोपन बातें बताईं।

''पुत्र बिना, सब वृथा ! क्यों सुरकंठ तुम क्या कहते हो ? मेरी एक ही तो बेटी—बूनी। उसके लिए और अपने नाती के लिए, मैं शाही धन-ऐश्वर्य छोड़ जाऊँगा। लेकिन देखो, भइया, महीपति बिरादर निःसन्तान है। मेरा जी चाहता है, मेरे एक बेटा हो, जो मेरा वंश चलाए।

''आपका नाती तो है।''

''लाचारी में, उसे ही गोद ले लूँगा। लेकिन एक बेहद भला और लायक लड़का भी था। उसका जिक्र छेड़ते ही बूनी की माँ हद गुस्सा हो जाती है। इस लड़के की माँ मेरी बनझटिया कोठी में बाँदी थी। मैंने उसे वर्धमान के डिसूजा साहब से, तीस रुपए

में खरीदा था। शरीफ घराने की लड़की थी। बाद में, परिचय होने पर पता चला, वह मेरी ही जात-बिरादरी की थी। उसका ब्याह भी किया, मगर दूल्हा, बेटा मरकर खल्लास।''

''देखिए मेरी बात जरा रूखी होती है, कृपया बुरा न मानें। लड़का अगर सचमुच आपकी ही सन्तान होता, तो भी अपने नाती को वंचित करके, उसे अपना वारिस बनाना क्या उचित होता ? ऐसा तो नहीं था कि वह आपका गोद लिया हुआ बेटा हो।''

''गोद लेने में ज्यादा झंझट है, सुरकंठ ! उधर नवद्वीप के राजा, कुलपति बने बैठे हैं। वे बाधा देने में माहिर हैं। अब ज्यादा क्या कहूँ ? नाटोरेश्वरी ने कहा था, कच्ची उम्र की विधवा को देखकर, उसके दुःख से मेरी छाती फटने लगती है। उन बिचारियों से, गर्मी में, एकादशी व्रत न कराया जाए, तो बेहतर ! लोकमुख से यह बात सुनकर, तत्कालीन राजा ने सभा बुलाई। उस सभा में पंडित लोगों को बिठाकर, उस बात को रद्द कराकर ही चैन लिया। समाज में रहते हुए, बाँदी पुत्र को भला कैसे गोद लूँ ?हालाँकि लड़का काफी सुलक्षण था।''

यह कहते-कहते जगतपति शर्म से गड़ गए और उन्होंने सिर झुका लिया। अपनी गुप्त बातें, उन्होंने अपने सिर झुकाने की भंगिमा में ही स्पष्ट कर दी।

लेकिन फुलेश्वरी सुरकंठ को अन्दर बुलाकर, उनके कानों में फुसफुसा उठी। सुरकंठ ने गौर से देखा, फुलेश्वरी सिर से पाँव तक जेवरों से लदी हुई। उसकी ढाकाई साड़ी का आँचल मिट्टी में लोटता हुआ। मुँह में पान भी खुशबू, आँखों में सुरमा और बदन पर कंचुकी—उसका यह रूप देखकर अन्दाजा हो जाता था कि वह अपनी मुसलमान बाँदियों से नए-नए प्रसाधन सीखती रहती है।

सुरकंठ से उसकी माँ ही पहले मुखातिब हुई, ''तुमने मुझे बचा लिया, बेटा ! मेरे नाती को वंचित करके, वे बाँदी के बेटे को गोद लेना चाहते हैं।''

लेकिन फुलेश्वरी ने बिल्कुल अलग ही बात कही, ''तुम मेरा सुख नहीं चाहते, भाँजे, इसीलिए ऐसी दुश्मनी निभाई।''

''मैंने क्या दुश्मनी निभाई ?''

''बापू अगर बाँदी के बेटे को गोद लेना चाहते हैं, या अपना सब कुछ उसे देना चाहते हैं, तो तुम क्यों रुकावट डाल रहे हो ?''

''और तुम्हारा बेटा ?''

''मेरा बेटा ? मैं अपने बेटे को गोद नहीं लेने दूँगी। मैं बापू की जमीन-जायदाद की प्रत्याशी नहीं हूँ।''

''यह बात तुम मुझसे क्यों कह रही हो ?''

''बापू के मन में जो आए, करें। तब मैं भी आंधारमानिक जा सकूँगी।''

''वहाँ तो तुम गई थी, रह कहाँ पाई ?''

''अच्छा तो तुम्हारा खयाल है, मैं वहाँ नहीं रह सकी, इसलिए यहाँ चली आई। अब मैं यहाँ हमेशा-हमेशा के लिए बस जाऊँ, तुम इसी इन्तजाम में लगे हो ? मैं तुम्हें

अपना हिताकांक्षी समझती थी, शायद मेरी भूल थी।''

फुलेश्वरी की बातों से सुरकंठ आहत हो उठे।

उन्होंने जगतपति से कहा, ''यह आपके परिवार का मामला है, आप लोग ही सुलझाएँ। मुझे आपने फिजूल ही बुला भेजा। आपकी बेटी का खयाल है कि आप मेरे ही उकसाने पर, उन्हें अपने साथ रखना चाहते हैं।''

बूनी ने गलत किया। दरअसल मैंने सोचकर देखा, सुरकंठ, अभी से हो-हल्ला मचाने से कोई फायदा नहीं ! थोड़ा वक्त गुजर जाए। मेरी बेटी, मेरे ही पास रहेगी। मेरी सम्पत्ति पर मेरे नाती का ही अधिकार है, यह सभी जानते हैं, क्योंकि मेरा और कौन है भला ? सिर्फ एक बार अगर तुम मेरी जन्मपत्री देख देते...''

'मुझे माफ करें।'' इतना कहकर उन्होंने नगर छोड़ दिया।

अब उनकी निगाह किसी भी ओर नहीं थी। जिस तरफ नजर गई, वे उधर ही चल पड़े। रास्ते में उन्हें अनगिनत लोग नजर आए। जिसकी जिधर भी नजर गई, वे उधर ही भागे जा रहे थे।

ठीक उसी वक्त, श्मशान के किसी डोम ने उन्हें फूहड़-सी गाली दे डाली।

वृद्ध डोम मल-मूत्र में लिपटा पड़ा था और कातर लहजे में आवाजें दिए जा रहा था, ''पानी ! पानी ! पानी पिला दो। मेरे प्राण बचाओ।''

उसकी गुहार किसी के कानों तक नहीं पहुँची। सभी उसके पास से होकर गुजर गए। लोग सिर पर पाँव रखकर भाग रहे थे। डोम के बेटे-बेटी, बीवी रात को ही उसे छोड़कर भाग चुके थे। सुरकंठ को देखकर, उसने एक गाली दी। भद्दी सी गाली।

सुरकंठ ने अवाक् होकर पूछा, ''भई, गाली क्यों दे रहे हो ?''

बूढ़ा डोम भी कुछ कम नहीं था। वह तन्त्र पीठ के श्मशान में रह चुका था। गाँव के तरह-तरह के कुकर्म की साजिश रचता रहता था।

उसने भी खीझकर जवाब दिया, ''गेरुवा पहनकर, लोगों की सेवा लूट रहे हो। विपदकाल में मेरे मुँह में जरा पानी नहीं डाल सकते ? अरे, जब मेरे अच्छे दिन थे, तब हमने भी तुम जैसे संन्यासी को प्रणामी टिकाई है।''

सुरकंठ ने झुककर, उसे गौर से देखा और वे फौरन समझ गए कि उस बूढ़े ने घर से बाहर आते हुए, खूब दारू पी ली थी।

''वत्स, यह तुम्हारा गुस्सा नहीं बोल रहा है। इसे तुमने खुद दावत दी है।''

उन्होंने उसे उठाकर करीब के तालाब तक ले आए। उसकी गन्दगी धोकर साफ की और उसे घास पर लिटा दिया। बूढ़े ने उन्हें कृतज्ञता या प्रणाम ज्ञापित नहीं किया, सिर्फ उस सूड़ी के नाम मोटी सी गाली दी, जिसने ताड़ी में जरूर किसी किस्म का जहर पिलाया था।

अब सुरकंठ के लिए, पहले की तरह, दौड़कर चल देना सम्भव न हो सका। हालाँकि उस वक्त, पल-पल कीमती था। वे अपने गुरुदेव की खोज में जाना चाहते थे। उनका मन बेहद अशान्त हो उठा था। जगतपति जैसे घोर अय्याश के यहाँ, एक रात

गुजारने के बाद, उन्हें लग रहा था, उनका तन-मन बेहद अस्वच्छ और मैला हो गया है। इसके अलावा वे बखूबी समझ गए थे कि वे फुलेश्वरी के सुख-दुःख, आफत-विपद से जितनी दूर जा सकें, उतना ही उनका मंगल है। दुनियादारी में वे बिल्कुल अनाड़ी हैं। जब अच्छा करने जाओ और बुरा हो जाता है, तो दूर हट-बढ़ जाना ही बेहतर है।

लेकिन वे चल दें, इसका भी कोई उपाय नहीं था। राह में कहीं कोई गर्भवती पानी माँग रही थी। बच्चे रोए जा रहे थे। नवजात शिशु को अपनी छाती से लगाए, उन्हें आवाजें दिए जा रहीं थी, ''ठाकुर, मुझे बचा लो ! जान निकली जा रही है।''

सुरकंठ अवाक् होकर सोचते रहे, गेरुवा धारण का इतना सम्मान होता है? अभी भी इस देश के अभागे, दरिद्र, औरत-मर्द, गेरुआधारी को देखते ही इतना सम्मान क्यों करते हैं? यह क्यों सोचते हैं कि संन्यासी तमाम दोष-दूषण से ऊपर हैं ?

सुरकंठ को अपने गुरुदेव की याद हो आई।

उनके गुरुदेव कहा करते थे; ''गेरुवा पहनना आसान नहीं है, वत्स ! यह गेरुआ वस्त्र गेहुँवन साँप है, बदन पर डाला नहीं कि जिम्मेदारी आ पड़ी। यह आसान बात नहीं है। इंसान को भगवान बनना होता है। सुनो, वत्स, गेरुवा न आसानी से धारण करना, न आसानी से त्याग करना। भागीरथी तट, त्रिवेणी तट पर, मैं देखकर आ रहा हूँ, वैद्यकुल में महासाधक ने अवतार लिया है। वे गेरुवा-टेरुवा नहीं पहनते, गृहस्थों की तरह सफेद कपड़े में रहते हैं, मछली-भात खाते हैं। जैसे तू मेरे सामने है, उसके सामने साक्षात् भगवान प्रकट होकर, उससे बातें करते हैं। उनकी हर बात ज्ञान-समुद्र है। लेकिन, वत्स, वे भी गेरुवा नहीं पहनते।''

उन्होंने और भी काफी कुछ सुना है। हाथ में दंड थापते ही, इंसान भगवान हो जाता है। अभी उस दिन कटवा में गर्भवती बनिया-बहू ने उन्हें ही आवाज देकर, अपने घर ले गई। जहाँ गृहस्थ, बारहों महीने संन्यासी को देते रहते हैं। शायद ही कभी घटनेवाला कालान्तक सर्वनाश जब सामने हो, ऐसे में संन्यासी गेरुवा के सम्मान में ही सही, गृहस्थ का उपकार नहीं करेगा ?

औरतों की दुर्दशा देखते हुए, उनकी आँखों में खून टपकने लगा। राह में उन्होंने जाने कितनी जवान औरतों की लाशें पोखर-नदी में तैरती हुई देखीं; फाँसी की रस्सी से झूलती हुई देखीं ! लाश के पास बैठे हुए, बूढ़ा पिता, जवान भाई !

उन्हें देखकर, जाने कितने ही शोकार्त पिता, कितने ही शर्मिन्दा भाई, कितने ही अभागे पतियों ने जानना चाहा कि ये लोग आखिर कौन हैं ? ऐसा अत्याचार भला किसके द्वारा संभव है ?

''ये लोग जानवर हैं—'' यह कहते हुए, सुरकंठ.'अचानक अवाक् हो गए। ऐसे समय-काल में उनकी जुवान पर, यह जवाब किसने जुटाया ?

उन्होंने कहा, ''ये लोग जाति के स्वदेशी हैं, धर्म से हिन्दू। तुम लोगों की तरह ही महादेव इनके उपास्य देवता हैं। लेकिन ये तमाम परिचय बाहरी हैं, कुछ भी नहीं। असल में ये लोग ही समय-काल देखकर निरे पशु बन गए हैं। पशुओं की दुनिया में भी इनसे

ज्यादा नीति-ज्ञान होता है।''

यूँ ही चलते-चलते, राह तय करते हुए, आनन्दीराम और काशीश्वर से भी भेंट हो गई। वे लोग भी घर से बाहर निकल आए थे और काफी तेज-तेज गति से रास्ता तय कर रहे थे। उनकी बातचीत की आवाज कानों में पड़ते ही, सुरकंठ ठिठक गए। आवाज परिचित लगी।

''ऐसी बरसात में आनन्दी भइया, गृहस्थी के सुख में मगन रहता था। अब देखो, मनसा पूजा, भादों की धूप, इसके अलावा अम्बुवाची में दूध-कटहल लेकर बिल्ववासिनी के नहर में बहाने जा रहे हैं—''

काशीश्वर की बात सुनकर, सुरकंठ को हँसी आ गई।

''क्या हो काशी ?'' उन्होंने आवाज दी।

''अरे, दादा आप ?''

''क्या, हो, आनन्दी ?''

''हाँ, तुम कहाँ ?''

''सड़क पर—''

''हम भी—''

''सुना न, काशी कह रहा है, बरखा में गाँव-गाँव मनसा पूजा, भील पूजा होती थी। नया चूल्हा बनाकर, औरतें भी पूजा करती थीं। दूसरी तरफ लोग-बाग भादों-पूजा करते थे। लेकिन इस बार, यह सब कहाँ से होगा, बोलो ? बरखा देखकर, वर्गियों को जरा ज्यादा ही जोश आ गया है। मेदिनीपुर, वर्धमान, बालेश्वर, उड़ीसा, इधर नवद्वीप, मुर्शीदाबाद...किसको छोड़ा, भला बताओ ? हर तरफ लूट-मार मचाए हैं।''

''बड़ा दुःसमय है।''

''हाँ, दुःसमय कह सकते हो या फिर सुसमय है या फिर ऐसा एक समय, जो इंसान की कल्पना से बाहर हो। समूचे बंगाल को तुम इन दिनों सड़क पर पाओगे। मैंने उँगलियों पर गिनकर देखा। कमोवश साठ-सत्तर गाँवों के लोगों को देखा। गाँव के नाम पर इधर बाँकुड़ा से लेकर, उधर मेदिनीपुर, नवद्वीप, वर्धमान तक, इस तरफ पूरे परगना के लोग तो हैं ही। ब्राह्मण, शूद्र एकाकार ! धनी-दरिद्र एक साथ सड़क पर उतर आए हैं।''

''हाँ, कहीं कोई बाद नहीं रहा ?''

''कितने लोग उत्तर गंगा पार करके उत्तर या पूरब दिशा को जा रहे हैं। कितने ही लोगों ने रास्ते पर ही दम तोड़ दिया। यह सब भगवान की लीला है, समझे, आनन्दी ? बचपन में हम खेल-खिलवाड़ में, रसोई में घुसकर, चावल-दाल-मसाला इकट्ठा करते थे। देश-देश के लोगों ने भी अन्न इकट्ठा किया है।

''तुम तो सेवा में उतर पड़े हो ?''

''अरे, वो ऊपरवाले के ही करतब हैं। वे ही वर्गी बनकर हमें काट रहा है, इधर हमारे ही हाथों से जल भी दिलाता है। अरे, तुमने भी गेरुवा पहन रखा है ?''

“बरसात के समय निकला था, इसलिए ये कपड़े चढ़ा लिए—”

“भई, वजह चाहे जो भी हो। जब गेरुआ पहन ही लिया है, तो चलो, मेरे साथ चलो। एक औरत की लाश पड़ी हुई है, अकेले उठा नहीं पाया—”

“लाश ?”

“अरे, ढोकर तो ले ही जाना होगा। आज तुम नहीं ढोओगे, तो कल तुम्हें कौन ढोएगा ? मरने के बाद, गति तो होनी चाहिए।”

आनन्दी और काशीश्वर सुरकंठ के साथ चल पड़े।

चलते-चलते आनन्दी ने कहा, “यह तो जैसे ठहरे हुए पानी में, हरकत जगाने जैसी बात है। देश, गाँव, समाज, बिरादरी तबके में जिस हद तक तोड़-फोड़ हुई है, कौन जाने उसका क्या नतीजा निकलेगा।”

“एक तरह से अच्छा ही होगा। इस देश का इंसान पद्मा नदी के पार जा रहा है, उड़ीसा का आदमी मेदिनीपुर पहुँच रहा है। इस डाँवाडोल के बीच कुछेक मराठी बेटा, कासिम बाजार में रहने-सहने लगे हैं। अरे, इन सबमें तो ऐसी ही हरकत होती रहती है। यह भी वही ऊपरवाला ही करा रहा है।”

“क्यों, सूर दादा ?”

“मैं तो इसे कालान्तर कहूँगा, काशी ! कहना चाहिए, युग बदल रहा है—”

“वर्गी आने का मतलब क्या युग बदलना है, सूर दादा ?”

“वर्गी तो उपलक्ष्य हैं। उपलक्ष्य बिना युग कैसे बदलेगा ?”

हुगली में बॉक्स बन्दर कोठी में बैठे-बैठे, साहब लोगों ने भी यही मन्तव्य जाहिर किया।

वैंडेल गिर्जाघर के एकान्त में बैठे-बैठे फादर एन्तानिओ ने अपनी डायरी में लिखा—“एक्सोडस ! जैसा इस्राइल में प्रभु ईशु के जन्म से पहले नजर आता था, जैसा अन्यत्र भी देखा गया, न्यू वर्ल्ड कॉलोनी में ! एक्सोडस ! मरहटे घुड़सवार ऐसे समय, बंगाल में आए हैं, जब दिल्ली का पावरफुल प्रशासन धराशायी हो गया है, हालाँकि कोई दूसरा पावरफुल शासन अभी गढ़ा नहीं गया। नवाब, बेहद पावरफुल, चालाक और योग्य हैं। लेकिन इससे क्या होना है ? आधे लाख उन्मत्त सवारों के खिलाफ वह क्या कर पाएगा ? दि मैन इज ट्रैप्ड। वह शख्स फँस गया है। उसकी आर्मी में भी गोलमाल है। इधर बंगाल में जारी है—एक्सोडस ! वेस्ट बंगाल के लोग, ईस्ट-नार्थ में जा रहे हैं। आइ रिपीट माइसेल्फ ! अपनी बात फिर दोहराऊँ। जैसा कि इस्राइल या अन्यत्र घटा था। युग-युग से घटता रहा है। जनता का एक विराट अंश, असहाय, लाचार होकर अन्यत्र जा रहा है, यह कुछ नया नहीं है। लेकिन उस एक्सोडस की विराटता, इसके दि जाइगेंटिक प्रवोर्शन की कल्पना भी नहीं की जा सकती थी। मेरा यह जानने को मन करता है कि बंगाल में यह एक्सोडस, इससे पहले कितनी बार घटा है ? या इससे पहले, ऐसा कभी नहीं हुआ ?”

33

'आज ही से पथा भया घर'

फादर एन्तानिओ ने लिखा—''सत्तरह सौ चालीस-इकतालीस के बंगाल का नाम-एक्सोडस ! बंगाल से उनका तात्पर्य था—मुर्शीदाबाद, वर्धमान, नवद्वीप, बाँकुड़ा, हुगली, मेदिनीपुर ! क्योंकि फादर एन्तोनिओ ने नवाब के राज्य के अन्यान्य इलाके नहीं देखे थे।''

इतना लिखकर फादर एन्तानिओ नीचे चले आए, जहाँ वृहद, शीर्णकाय, कठोर स्वभाववाले, पिओत्जा, गिर्जाघर के प्राचीन अधीक्षक, रोग शय्या पर लेटे हुए थे। फादर एन्तोनिओ ने उन्हें अपनी डायरी पढ़कर सुनाई।

पिओत्जा किंचित असन्तुष्ट हो आए।

उन्होंने कहा, ''तुम्हारी उम्र अभी कम है। जरूरत से ज्यादा उत्साह में आकर, तुम जो सो शब्द इस्तेमाल करते हो। मध्ययुग में जब प्लेग फैला था, उसके बाद समूचे यूरोप का जो हाल हुआ, उसे ही तुम एक्सोडस कह सकते हो।

''यह हादसा भी उससे कुछ कम नहीं है। इन दिनों चुंचुड़ा में शीषराव फौजदार हैं। बंगाल के धनी बैरन, मराठों को राजकर दे रहे हैं।''

''इससे क्या फर्क पड़ता है ?''

''झुंड-झुंड लोग, यह देश छोड़कर, पूरब, उत्तर, पद्मा पार चले जा रहे हैं।''

''वे लोग लौट आएँगे—''

''मराठे यहाँ से जाएँगे नहीं, वे लोग लौटेंगे कैसे ?''

''मिल-जुलकर रहेंगे, एक साथ !''

''हाँ :, विजेता और विजित, एक साथ ?''

''हाँ, ब्रदर एन्तानिओ, ऐसा पहले भी हुआ है।''

''हाँ, हुआ तो है, लेकिन...''

''एन्तानिओ आम लोगों की तरह अपनी दृष्टि संकुचित मत करो। दस-बीस साल की बात मत सोचो। तुम ईश्वर के सेवक हो, अपनी दृष्टि उदार बनाओ। दस साल में न सही, सौ साल में हो जाएगा। उस वक्त किसी को पाप नहीं रहेगा कि उसके पुरखे के खून के साथ, किसका खून मिला हुआ है। विजेता का या विजित का।''

''बात तो सच है। लेकिन मुझे नहीं लगता कि जो लोग बंगाल छोड़कर पूर्व, उत्तर में भाग रहे हैं, वे लोग जल्दी लौट भी आएँगे।''

''ओ येस ! अभी ये लोग जा रहे हैं, सौ-दो सौ साल में दोबारा लौट आएँगे।''

''यह क्या बहुत जल्दी हुआ ?''

''बेशक ! कभी-कभी तो पूरे हजार साल लग जाते हैं। यहूदियों को ही लो न। उन लोगों को इस्राइल लौटना ही होगा।''

''क्यों ?''

"ईश्वर का यही निर्देश है।"

"फादर पिओत्जा !"

"येस—?"

"आप कितने साल बिस्तर पर लेटे रहेंगे ? मुझे तो अब यह शक हो रहा है कि मराठे लोग चुंचुड़ा, हुगली में जमकर बैठ गए हैं, इसीलिए आप गोलमाल की डर से बिस्तर नहीं छोड़ रहे हैं—"

"वेल, बिरादर, एन्तोनिओ, मैं यह सोच रहा था कि पहले यह देख लिया जाए कि ये लोग, हम पर तो क्रुद्ध नहीं हैं—"

"क्यों, क्रुद्ध क्यों होंगे ?"

"मुझे जो खबर-टबर मिली है, उसके मुताबिक ये लोग धर्म-टर्म की परवाह नहीं करते। इन लोगों ने जिन्हें मौत के घाट उतार दिया, वे सब स्वदेशी थे और हम तो ठहरे विदेशी !"

"हाँ, मगर हम कोठीवाले नहीं हैं, हम व्यापार वगैरह नहीं करते। जो भी शासक होगा, हमारा रक्षक भी होगा।"

"हाँऽ सभी बादशाह अकबर, है न।"

पिओत्जा बिस्तर छोड़कर उठ बैठे। उस पल, उन्हें देखकर, यह कहीं से भी आभास नहीं होता था कि वे इतने दिनों से बीमार हैं।

एन्तोनिओ ने कहा, "बाहर मुसीबत बड़ी है, इसलिए बीमारी का वास्ता देकर, इस तरह लेटे रहना क्या उचित है ? जब सचमुच बीमार पड़ेंगे, तो कोई आपका विश्वास नहीं करेगा।"

"हाँ, सो तो तुमने ठीक कहा। ठीक यही बात किसी भारतीय कहानी में भी कही गई है, पता है ? गाय चरानेवाले चरवाहे का बाघ के पल्ले पड़ने की कहानी—"

एन्तोनिओ हँस पड़े।

जाने क्या सोचकर, उन्होंने कहा, "सच्ची मुझे नवाब का खयाल आ रहा है। यूरोपियन तक उनके दुर्भाग्य पर चिन्तित हैं। अगर वे रहते हैं, तो एकमात्र उनकी मौजूदगी में यूरोपियन लोग इस देश में निश्चिन्त होकर कारोबार कर सकते हैं। तभी अंग्रेज फल-फूल सकते हैं। इन, फ्रांसीसी और जर्मन लोगों का सुविधा पाना असम्भव है।"

"मुझे लगता है, तुम चर्च से बाहर की दुनिया के बारे में जितनी दिलचस्पी दिखाते हो, चर्च के बारे में उसका चवन्नी उत्साह भी नहीं दिखाते।"

एन्तानिओ ने हँसकर अपनी हथेली उलटकर कहा, "यह 'एक्सोडस' शब्द काफी खूबसूरत है।"

एन्तानिओ और पिओत्जा ने वर्गी आक्रमण से विपर्यस्त बंगाल को मन-ही-मन भारत के नक्शे से उठाकर, दुनिया के नक्शे में बिठा दिया। इसके बाद ही, उन्हें अहसास हुआ कि अकेला बंगाल ही इस दुर्भाग्य में हिस्सेदार नहीं है। गांगेय बंग आज बदहाली

के कगार पर खड़ा है। शासक का राज्य छिन चुका है, अर्थनीति चरमरा गई है, किसानों के आँसुओं से धान के खेत नमकीन हो गए हैं, भीत-शंकित जनसमुद्र सुरक्षित आश्रय की तलाश में फरार हो चुका है; अनाज के खेत मरघट बन गए हैं; वनभूमि जली हुई। खैर, ऐसी बदहाली, दुनिया के देश-देश पर बार-बार टूटी है।

हाँ, बार-बार ऐसा हुआ है। क्योंकि इतिहास की धारा इसी तरह अपनी राह बदलती है। प्रायः छह सौ या उससे भी अधिक सालों से गांगेय राढ़ बंग बेहद समृद्ध। व्रत-पूजा-पर्व ग्रामीण और नगर संस्कृति की धातृभूमि रहा है। इस देश की मिट्टी में आदि देवता शिव के कितने-कितने रूपान्तर हुए हैं। सन्धिकाल में अधम और पतितों को अपनी-गोद में बिठाने के लिए, नवद्वीप में गौरांग का अविर्भाव। हमेशा से यह देश व्यापारी, पर्यटक, विद्यार्थी और भाग्यान्वेषी लोगों को लुब्ध करता रहा है।

ऐसी घटनाएँ अन्यत्र भी हुई हैं। इस देश में भी हुईं। वे दोनों ही मन-ही-मन महसूस कर रहे थे कि ऐसे आघातों से देश बेतरह टूट-फूट जाता है; पुरानी सारी व्यवस्था त्याग करके, नई व्यवस्था के आश्रय में निश्चिन्त होना चाहता है। जैसा इस देश के धर्मग्रन्थों में भी लिखा है, मनुष्य की आत्मा जैसे जीर्ण वस्त्र की तरह पुरानी देह उपेक्षा से त्याग करके, नई देह का आश्रय लेता है। इस देश में भी उसी तरह परिवर्तन आ रहा है।

उन लोगों को अहसास हो गया कि ऐसा पहले भी हुआ है, दोबारा भी होगा, क्योंकि दुनिया में सभी जगह जब मध्ययुग समाप्ति पर था, यह देश, उस वक्त भी युगोपर्यागी होना भूल गया और परम निश्चिन्त बना रहा। एन्तानिओ और पिओत्जा ने विश्वविद्यालय की पढ़ाई खत्म करके धर्मव्रत ग्रहण किया था, इसलिए उनकी दृष्टि स्वच्छ और उदार थी।

इसके अलावा, वे दोनों जिस यूरोप से आए थे, उस यूरोप में मध्य युग जाने कब का खत्म हो चुका था। वे दोनों नए यूरोप के लोग थे।

लेकिन सभी लोग उनकी ही नजर से देखें, यह क्यों कर सम्भव था ?

सुरकंठ ने आनन्दीराम को रास्ते में देखा था।

सुरकंठ ने गम्भीर आवाज में सवाल किया, ''कहाँ जा रहे हो, आनन्दी ? भाग रहे हो ?''

उनके इस सवाल पर आनन्दी क्षुब्ध हो सकते थे। लेकिन उन्होंने सिर्फ बुझी-बुझी आँखों से देखा, जुबान से कुछ नहीं कहा। मुश्किल है। इस दुनिया में ऐसा इंसान मिलना बेहद मुश्किल है, जो उनकी हर बात सुने-समझे।

आने से पहले, विशालाक्षी ने बेहद स्नेहिल लहजे में समझाया था, ''इसके लिए दुखी मत हो, गोपाल ! इस दुनिया में रुपए चाहो, कौड़ी चाहो, मिलेगा। इसके अलावा, सोना पा सकते हो, लेकिन दुःख-तकलीफ में दर्दमन्द कोई नहीं होता, बेटे।''

आनन्दीराम ने सिर झुका लिया।

''दर्द में कोई हिस्सेदार नहीं बनता, लाल ! बस, तुम राधामाधव को याद करते रहो। अलग-अलग इंसान का अलग-अलग मन होता है। वे किसी भी मन को, किसी एक साँचे में नहीं गढ़ते। इंसान यह नहीं बूझता।''

आनन्दीराम ने ईषत् हँसकर कहा, ''तो तुम बूझो न, तभी तो सच्चे अर्थो में छोटी कहलाओगी।''

इस वक्त सुरकंठ की बातें सुनकर, उनका मन व्याकुल और भावुक हो उठा। उन्हें नहीं पता, आनन्दीराम को आज भी नहीं पता कि वे उनकी दोस्ती और अन्तरंगता के लिए किस कदर इच्छुक थे। कभी वे सोचा करते थे कि सुरकंठ का मन मिल जाए तो उनकी छाती को बल-भरोसा मिल जाएगा। उन्हें लगता था, इस दुनिया में सुरकंठ की दोस्ती बेहद अनमोल है। खैर, यह तो अभी भी लगता है। लेकिन आनन्दीराम जानते थे, हालाँकि दोनों एक ही गाँव के वासिन्दा थे, रिश्ते में एक-दूसरे के नातेदार थे, फिर भी उन दोनों के बीच काफी फासला है।

''भाग रहे हो ?'' सुरकंठ ने दोबारा सवाल किया, ''भागकर भी कहाँ जाओगे, आनन्दीराम ? भागने का कोई राह नहीं है। जहाँ भी जाओगे, एक ही दृश्य नजर आएगा। ऊपरवाले के इच्छा से ही सब कुछ हो रहा है।''

''क्या ?''

''यह कालान्तर।''

उनकी बात काफी अर्थपूर्ण लगी। मानो देववाणी के समान। इतने बड़े विपर्यय में भी इंसान कार्य-कारण की तलाश में रहता है। आनन्दीराम ने चारों तरफ नजरें दौड़ाईं, मानो वे अपनी आँखों से देखना चाहते हों कि वह देवता कहाँ रहते हैं, कैसी है उनकी सूरत-शक्ल, जिनकी इच्छा से इतने युगों के बाद गांगेय बंग श्मशान हो जाता है।

''कालान्तर ? कौन सा कालान्तर ?'' काशीश्वर ने आगे बढ़कर उन दोनों से दरयाफ्त किया।

अब तक काशीश्वर की उपस्थिति, वे दोनों भूल गए थे।

''यह युग खत्म हो जाएगा, काशी ?'' सुरकंठ ने जवाब दिया।

''वह तो देख रहा हूँ, सूर दादा, लेकिन इसके बीच वह भगवान मुझे दिखाई नहीं दे रहा है।''

यह कहते हुए काशीश्वर की छाती फट गई, क्योंकि शैशव से ही वह सुरकंठ और आनन्दीराम को बेहद प्यार करता आया था। उन दोनों को 'दादा' का दर्जा देकर परम आनन्द से रहता था। उसके बापू तो बेहद गरीब थे। काशी को फटे-चीथड़े कपड़ों में भी दुःख नहीं होता था। इसका मन हमेशा तरो-ताजा, सजीव बना रहता था। वह जानता था, सुरकंठ बेहद ज्ञानी और श्रद्धेय पुरुष हैं।

''आज मुझे यह बात क़हनी पड़ी, सूर दादा। कभी इस लहजे में बात करूँगा, मैंने सोचा नहीं था। कितनी ही मुसीबतों में तुमने मुझे राह दिखाई है। नरपति मिश्र की बहन

को कन्धा देनेवाले तुम और मैं थे, तीसरा कोई नहीं था।''

सुरकंठ ने काशीश्वर की तरफ स्नेहभरी नजरों से देखा। उनके सीने में दर्द बजता रहा। काशी अब बड़ा हो गया था, इसलिए काफी बदल गया था। यह उत्साही, चंचल, किशोर लड़का, उनकी हर बात पर कितना विश्वास करता है। अपने को उनकी तरह गढ़ने के लिए, काशीश्वर जाने कितनी ही शिवरात्रि का उपवास रखता था, जाने कितने-कितने व्रत पालन करता था।

''तू बदल गया है, रे, काशी।'' उन्होंने उसाँस भरकर कहा।

उसमें यह परिवर्तन समय की वजह से आया था। दुःख इंसान को निमेष भर में बड़ा कर देता है। लेकिन काशीश्वर को क्या कोई खास चोट लगी है ?

आनन्दीराम ने काशीश्वर की तरफ परसती हुई निगाहों से देखा। निमली को पहुँचा आने के बाद से ही वह बेहद सन्तप्त, काफी अस्थिर नजर आ रहा था। काशीश्वर कितना भाग्यवान है। परायों का दुःख देखकर, वह किस कदर कातर हो उठता है।

''मुझे समझा दो ना, सूर दादा, सारी बातें मुझे समझ में नहीं आतीं।''

''ईश्वर की इच्छा के बिना, ऐसा दुर्योग सम्भव ही नहीं है, काशी !''

''ईश्वर ने ही अगर वर्गियों को भेजा था, अगर ईश्वर चाहते हैं कि इंसान यह अकथ्य कष्ट पाएँ, तो मैं कहूँगा, तुम्हारे ईश्वर में दया-माया नहीं है, सूर दादा।''

आनन्दीराम ने धीमी आवाज में कहा, ''इसकी वजह कुछ और है, सुरकंठ।''

''क्या वजह है, बताओ ?''

''वर्गी चौथ चाहते हैं।''

''वर्गी चौथ चाहते हैं—'' धरती पर पैर पटककर सुरकंठ ने बेसब्र लहजे में कहा, ''तुमने सिर्फ इतना ही देखा ? तुमने रुलाई की आवाज नहीं सुनी ?''

''किसकी रुलाई, सुरकंठ ? रुलाई तो आजकल आकाश-बाताश में समाई है।''

''यह वह रुलाई नहीं है, आनन्दीराम। अच्छा, तो सुनो। हालाँकि यह कहते हुए, मेरे तन-बदन में काँटे चुभ रहे हैं। नवाब की फौज वर्धमान से, कटवा की राह, मुर्शीदाबाद आई। मैं साथ था। मुट्ठी-भर चावल चबाकर, दिन गुजार रहा था। बख्शी-दीवान भी संग थे। लेकिन मुर्शीदाबाद पहुँचकर मुझे लगा, मैं जैसे मरघट में बैठा हूँ। संसारी-अय्याश का साथ असहनीय हो आया। वहाँ मुझे गुरुदेव के दर्शन हुए।''

सुरकंठ कुछेक पल को खामोश हो गए। उस बारिश की रात, सुरकंठ के दिल में कोई परिवर्तन घर कर गया था। यहाँ यह बात बताने लायक नहीं थी।

''गुरुदेव ने जो कुछ कहा, वह बूँद-भर भी झूठ नहीं था।''

''क्या कहा उन्होंने ?'' आनन्दीराम बेहद विनम्र।

वे बेतरह थक गए थे। लेकिन लाख कोशिशों के बावजूद, इंसान के मन में सेतुबन्धन तैयार नहीं किया जा सकता। इसलिए वे 'परम श्रद्धाविनत मुद्रा में की बातें सुनते रहे। इस तरह श्रद्धा-भक्ति के साथ न सुने, तो सामनेवाले की व्याकुलता के सागर का अन्दाजा नहीं मिलता।

''उन्होंने कहा कि स्वयं भागीरथी आजकल हर दिन रोती रहती हैं। कहते हैं, गंगाहृद बंगभूमि ! सो, गंगा इन दिनों बंगाल से विमुख हैं।''

यह बात बेहद अद्‍भुत थी; रोज-रोज के तजुर्बे में नहीं आती। लेकिन इस बात का मर्म इतना विशाल, इतना भयंकर था कि आनन्दीराम की छाती काँप उठी। इसके अलावा सुरकंठ कभी भी घटिया तरीके से बात नहीं करते थे।

''दुर्दिन ही है, इसमें शक की गुंजाइश कहाँ है, सुरकंठ ?''

''ऐसे दुर्दिन में तुम कहाँ जा रहे हो, आनन्दीराम ? तुम्हारा घर-द्वार असुरक्षित है, तुम्हारी पत्नी को कौन देख रहा होगा ?

आनन्दीराम का चेहरा आरक्त हो आया।

उन्होंने अपनी आवाज स्वाभाविक रखते हुए कहा, ''राधा-माधव के भरोसे सुरकंठ ! वे जो करेंगे, वही होगा। वैसे भी, मैं वहाँ रहकर भी क्या कर लेता ? वर्गियों का एक सरदार हैं, श्रीमन्त जोशी। उसने हम लोगों पर आसपास के कुछेक चुनिन्दा लोगों पर कर ठोंक दिया है। अगर कर चुकाया, तो सामूहिक मुसीबत। उससे भी बड़ा संकट यह है कि कर अगर चुका देता हूँ, तो हम पर उनकी आँख गड़ जाएगी। हाँ ऽ, यहाँ जरा और जोर का झटका दिया जाए, तो और ज्यादा माल निकलेगा। अगर नहीं देता हूँ, तो भी उलटा समझेंगे। सोचेंगे, इस बेटे ने मेरी उपेक्षा कर दी।''

''तब, उपाय क्या है?''

''वह जो गेरुवाधारी बन्दा, जो तुम्हारा चेला बना था, वह वापस चला गया है। मौका देखकर, अब वह उनके दल में जा भिड़ा है। पहली बार मैंने उसे तहसीलदार के साथ देखा।''

''अरे, आम इंसान है ! धन के लोभ में पिघल गया।''

''मैंने उसे समझाया, भइए, इस घर में सम्पत्ति के नाम पर देवता के कुछ गहने हैं। औरतों के पास जो मामूली चीजें हैं, ले जाओ। वह राजी हो गया। उसने कहा—आप कुछ दिन के लिए यहाँ से हट-बढ़ जाएँ और कहीं छिप जाएँ। वर्ना वे लोग आपका जीना हराम कर देंगे। वे लोग कुछ भी कर गुजरने में नहीं हिचकते।''

''इसलिए चले आए—''

''हाँ, इसीलिए ! ऐसी हालत में, अगर मैं वहीं रुका रहता, तो सबकी मुसीबत थी। वहाँ के सरकार-कोठी में ऐसा हो भी चुका है। उस वक्त इन्दु सरकार अगर जिद करके, कोठी में मौजूद न होते, तो पूरे वंश समेत न मरते। आने से पहले अपने आठ रैय्यतों को अपने घर में बिठा आया हूँ। भुवन, काली, केशे, ढाली—वे लोग, लाठी, कटार लेकर खड़े हो जाएँ, तो मुखोटी-मकान में दाखिल होना मुश्किल है।''

''जा कहाँ रहे हो ?''

''कानकशन की तरफ—''

''और ये काशी ? काशी कहाँ जा रहा है ?''

''काशीश्वर मेरे साथ ही जा रहा है।''

"जा रहे हो तो जाओ, आनन्दी। शिवकाली गांगुली की बहन का इन्तजाम तो कर गए, लेकिन जगत आचार्य की बेटी का क्या किया ?"

उनका यह सवाल सुनकर आनन्दीराम कहीं क्षुब्ध हो आए। सीने में कहीं परेशानी जाग उठी। इसी का नाम ईर्ष्या है ? छिः-छिः वे ईर्ष्या क्यों करने लगे ? सुरकंठ को वे छुटपन से जानते थे। उनकी माँ कहा करती थीं—इस उम्र में इस बच्चे को कितने सारे श्लोक मुँहजबानी याद है। तुझे तो उसके पैर धोकर पीना चाहिए।

सभी लोगों का कहना था—सुरकंठ अद्‌भुत बच्चा है; देवांशी सन्तान ! काफी पुण्य-प्रताप से माँ-बाप को ऐसा बेटा नसीब होता है। सुरकंठ कई-कई रात मरघट में जगे पड़े रहते थे, साधु-संन्यासियों का सत्संग करते थे; जब मन होता देश-देश की सैर को चल देते थे।

और आनन्दीराम ? वे घर-बारी सन्तान थे। बचपन से ही देखते आए, उनके बापू की चारों तरफ अपार निःसंगता थी। उन्हें अहसास हो गया कि उन्हें जिम्मेदारी लेना, सीखना होगा। यह जीर्ण घर, धान का गोला, घर के देवी-देवता, सभी उनकी तरफ, उम्मीद भरी नजरों से देख रहे थे—बचपन से ही विशालाक्षी उन्हें जिम्मेदारियों का सबक पढ़ाने लगीं—जाओ, गोपाल, कबूतर को दाना चुगा आओ। मूली की माँ रतौंधी की शिकार हैं, दीया लेकर, जरा उसे आगे तक छोड़ आओ। कभी-कभी कहती थीं—राधामाधव की सेवा के बेलपत्र, तुम रोज चुन लाया करो।

सब उनके ही इन्तजार में रहते। उनके जिम्मे कितने-कितने काम हुआ करते थे। वे सुरकंठ जैसे भला कैसे हो सकते थे ?

बस, सुरकंठ को वे दूर-दूर से देखा करते थे और मन-ही-मन उनके प्रति श्रद्धा महसूस करते थे। वे जानते थे, उस वक्त भी जानते थे कि सुरपति के लिए उनके प्राण जितने छटपटाते थे। सुरपति को उतनी अकुलाहट नहीं होती थी। वे लोग गरीब थे, इसलिए सुरकंठ हमेशा उनसे दूरी बरतते थे।

"मैं गरीब हूँ।" यह बात कहते हुए सुरकंठ गर्व महसूस किया करते थे। चड़क-स्नान से पहले, जैसे संन्यासी लोग अपनी-अपनी ध्वज के चूड़े पर अपने सम्प्रदाय या मठ का निशान बाँध करके, हवा में उड़ाते हुए, गर्वीली चाल से आगे बढ़ते थे, सुरकंठ अपनी दरिद्रता को गर्व के साथ व्यक्त करते थे।

हालाँकि भाग्य-चक्र ऐसा था कि जगतपति ने उन्हें ही सुयोग्य वर माना था। उनके साथ अपनी बेटी ब्याहनी चाही थी। हाँ, यह बात अलग है कि बहुत जल्दी ही उन्होंने अपनी राय बदल दी थी। फुलेश्वरी आनन्दीराम के घर आ गई।

"तुम मेरी पहली पत्नी का जिक्र कर रहो, सुरकंठ ?" आनन्दीराम ने बमुश्किल अपनी आवाज संयत रखी।

"हाँ—"

"क्या कह रहे हो ?"

"मैं कह रहा था, वह भी काफी असुरक्षित है, बेहद विपन्न।"

“विपन्न ?”

“हाँ, आनन्दीराम ! फूली आकर, हमारे ही यहाँ ठहरी थी, तभी से मैंने जाना, वह अभी भी नाबालिग है। अपना स्वार्थ, अपना भला-बुरा नहीं समझती।’

“अब, ये बातें क्यों ?”

“जगतपति आचार्य मुझे ले गए थे। सुना वे कोई लड़का गोद लेने की कोशिश कर रहे हैं—”

“सुना है, नाती को गोद लेना चाहते हैं।”

“ना ! कोई और लड़का है। मुमकिन है वे उसे गोद लेना चाहते हैं या उसे कानूनी बेटे का सम्मान देना चाहते हैं। उनके मन में कोई-न-कोई इच्छा जरूर पक रही है।”

“मैं इसमें कुछ नहीं कर सकता, सुरकंठ !”

“कुछ भी नहीं कर सकते ?”

“ना—”

आनन्दीराम ने चारों तरफ निगाहें दौड़ाई। “यह बेहद दुःसमय है ! बंगाल वर्गियों के हाथ में है। क्या भूमि मालिक, क्या उनकी मामूली रैय्यत, सबके सब सड़क पर आ गए हैं। सब पलातक है। माताएँ सड़क पर ही बच्चे जन रहीं हैं और उस बच्चे को फेंककर भाग खड़ी होती हैं। पिता को पुत्र की सहायता नहीं मिलती ! बूढ़े-बुढ़िया सड़क पर असहाय निरुपाय पड़ी रहती हैं।

“बेहद अद्‌भुत समय है। इंसान स्वाभाविक रिश्ते-नातों के तमाम बन्धन भूल गए हैं। घर के घर जल रहे हैं। अनाजों के खेत मसान; बंगाल का मान-सम्मान आजकल फटी-चिथड़ी कथरी लेपटे, सड़कों पर धूल में लोट-पोट रहा है।

इसके बावजूद, यही सर्वनाश किसी-किसी के लिए पूस मास है। ऐसे सन्धिकाल में, बहुतेरे लोग तकदीर की खोज में निकल पड़े हैं। जब किसी देश का पतन होता है; उस पतन में भी, जानकार लोग मौका ढूँढ़ लेते हैं। इसलिए आनन्दीराम किस्मत की तलाश में निकले थे। इस वक्त, वे फुलेश्वरी के बारे में कैसे सोच सकते थे? जो औरत सुख-दुःख की संगी होती है, इंसान को उसका खयाल आता है, लेकिन फुलेश्वरी वह औरत नहीं थी। फुलेश्वरी दुःख में हमदर्द नहीं थी, हाँ, सुख के दिनों में फूलों की माला जरूर थी। आनन्दी बेहद निःसंग और अकेले थे।

“अब मैं चलूँ, सुरकंठ, तकदीर की खोज में ! तुम मुझे आशीर्वाद दो—”

“आनन्दीराम !”

“हाँ, सुरकंठ, उम्र में तुम मुझसे कुछ ही बड़े हो। बापू ने हम दोनों को उम्र की समझ दी थी। उस दिन, पाठशाला से हम दोनों लड़-झगड़कर घर लौट रहे थे। याद है?”

उस दिन का जिक्र छेड़ते हुए, आज दो विगत यौवन मर्दों की छाती फटने लगी। कहाँ गया वह बचपन ? कहाँ छूट गए वे निश्चिन्त दिन ? भोर के प्रसन्न उजाले में, आंधारमानिक गाँव के मन्दिर-मन्दिर में घंटे गूँजते थे ! शाम को आरती के मंगल

ढोल-ढाक !

सालों पहले की बात है, पाठशाला से लौटते हुए, रास्ते में शाप्ला की माला गूँथकर, दोनों गले में एक ही माला डाले घर लौट रहे थे। उतरौनी के मेले से मिट्टी की भेड़ खरीदकर दोनों कितने खुश हुए थे। कितने सालों पहले की बात है ! जाने कब तो, कहाँ, किसी अनजाने देश में, वृद्ध मुखोटी ने आनन्दी और सुरकंठ, दोनों बालकों को अपनी अगल-बगल बिठाकर, मिठाई की पट्टी तोड़कर, दोनों में हिस्सा-बाँट किया था और सबक दिया था—सामने का हिस्सा सुरकंठ का है, क्योंकि वह पहले आया है।

नहीं ! वे निश्चिन्त आनन्द, सुख के वे दिन, कहीं नहीं रहे। अब तो सुरकंठ, गृहस्थी और संन्यास, दोनों के बीच, भयंकर खतरनाक खाई-खड्डों के किनारे-किनारे चल रहे थे। आनन्दीराम अब भग्न-हृदय पुरुष थे, फिर भी सुरकंठ तुम उन्हें आशीर्वाद दो।

''मैं समूचे दिल से कामना करता हूँ, आनन्दी, तुम्हारी यात्रा शुभ हो।''

सुरकंठ जनेऊ थामकर अपनी हथेली ऊपर उठाई। वे किस कदर बरदहस्त हैं, आनन्दीराम के मन में लहरें उठने लगीं।

''तुम जो-जो चाहते हो, तुम्हें प्राप्त हो, आनन्दी !'' सुरकंठ ने मुँह फेरकर कहा।

आनन्दीराम की आँखों में उनके प्रति दर्द से सिक्त, प्रगाढ़ प्यार, विश्वास, संवेदना ! उनसे आँखें मिलाना मुश्किल !

काशीश्वर ने उन्हें प्रणाम किया।

सुरकंठ की झिलमिलाते आँसुओं में काशीश्वर की आकृति धुँधली हो आई।

उन्होंने अस्फुट आवाज में कहा, ''अभी भी मेरी छाती फटती है, काशी, गेरुआ रंग मेरे वस्त्रों तक ही रुका रहा, अन्तर को नहीं रंग पाया।''

''चलता हूँ, सूर दादा !'' काशी ने उनका हाथ थामकर कहा।

''जाओ काशी !'' उन्होंने उसके सिर पर हाथ रख दिया।

किसी अजाने निर्देश पर, आनन्दीराम चल पड़े। सुरकंठ ने देखा, उनकी राह, उनसे धीरे-धीरे दूर होती जा रही है।

34

'आश्विन में इस देश में दुर्गा प्रतिमा प्रचार'

बंगेश्वर के हाथों में बंग नहीं रहा, महावत जंग अलीवर्दी खाँ, अब एक तरह से अनाथ हो आया।

इधर भादों का महीना खत्म हुआ। शरत आ पहुँचा।

राह पर चलते-चलते सुरकंठ को कहीं से हरसिंगार की खुशबू आने लगी। किसी दिन उन्हें लगा, रात की हवा मानो नए हिम में डूबकर सर्द हो आई है। इसके अलावा

आसमान मानो कुछ ज्यादा नीला हो आया। मेघराशि ज्यादा ही श्वेत-शुभ्र। यह शरत का मौसम है। घर लौटने का दिन ! जो व्यक्ति, जहाँ कहीं भी हो, चाहे जितने ही दूर प्रवास पर हो, शरत आते ही, उसके सीने में, घर लौटने की पुकार, जरूर पहुँच जाती है।

अर्सा गुजर गया, पथ ही सुरकंठ का घर रहा। एक जमाना था, जब वे भविष्य-विचार करते थे। इंसान, समाज और संसार का भविष्य बताते थे। अब, उस बारे में सोचते हैं, तो बेहद अचरज होता है।

वे ज्योतिष गणना करते थे ? क्यों वे इस तरह यहाँ से वहाँ तक घूमते-फिरते थे ?

आज भी भला वे सड़क पर क्यों हैं ? उनके कन्धे के झोले में तो कागज का वह टुकड़ा आज भी पड़ा हुआ है, कटवा में जो कागज उन्हें जानकीराय ने थमाया था। महावत जंग के भावी जीवन तो सुरकंठ ने बता ही दिया था। इसीलिए जानकीराम ने, जगत सेठ को वह रुक्का दिया था—सुरकंठ जब भी चाहे, उन्हें एक हजार रुपए दे दिए जाएँ। आर्कट के चाँदी के भारी-भारी रुपए।

यह रुक्का लेकर जाते ही तो उन्हें रुपए मिल सकते हैं। समूचे देश में मची डाँवाडोल के बाजार में, जब लाखों-लाख लोग देशान्तरी हो चुके थे। तब हाथ में अगर रुपए हो, तो वे भी फरार हो सकते हैं।

पद्मा नदी पार कर लिया, तो राजशाही, ढाका, बरिसाल—जगहों का भला कोई अन्त है ?

वर्गी गिरोह वहाँ तक नहीं पहुँच सकता। जो नदी, घोड़े पर बैठे-बैठे ही न पार की जा सके, उस नदी की तरफ वे लोग कख नहीं करते, क्योंकि वर्गी लोग घोड़े के बिना एक कदम भी नहीं चलते।

जैसे गाँव में रमई बागदी कहा करता है, "वे लोग शायद घोड़े की पीठ पर चढ़े-चढ़े ही पैदा हुए थे। है न, ठाकुर ?"

जो लोग भाग रहे थे, उन लोगों की तरह क्या सुरकंठ भी भाग सकते थे ? गंगा का जल तो अपवित्र हो चुका था। इतने-इतने लोग, इतने दिनों से गंगा-जल में अपना पाप धोते रहे थे। गंगा अब और ज्यादा पाप वहन नहीं कर पा रही थी।

इसलिए पश्चिम से, गांगेय बंगाल से, राढ़ से शहर की तरफ भागना होगा। पद्मा नदी पार करके ढाका, बरिसाल, खुलना, पवना जैसी नई-नई जगहों की तरफ जाना होगा। वहाँ की मिट्टी के साथ रुल-मिल जाना होगा, नए-नए जनपद गढ़ने होंगे। वहाँ सबको बताना होगा कि वर्गियों के अत्याचार की वजह से हम लोग देश-गाँव छोड़कर चले आए हैं।

इस तरह अनगिनत लोग जा रहे हैं। सुरकंठ भी जा सकते थे। बीरभूम, वर्धमान, मुर्शीदाबाद—इन तमाम जगहों के धनी-मानी, वित्तवान—सभी लोग, पद्मा के उस पार भागे जा रहे थे।

वे लोग उत्तर की तरफ भी अभिमुख थे, पूर्व की तरफ भी।

जगत सेठ जैसे लोग रुपए न दें, ऐसा भी तो नहीं था। यह सच है कि वर्गी-गिरोह दो करोड़ चाँदी के सिक्के लूट ले गया, लेकिन इससे उन लोगों के बदन पर नन्हीं-सी खराश भी नहीं आई थी।

सुरकंठ जब चाहें, उन्हें रुपए मिल जाएँगे।

रुपए देना उन लोगों का काम ही है।

वे जब चाहें, हजार रुपए प्राप्त कर सकते हैं। अगर नवाब चाहें, तो उन्हें एक करोड़ रुपए मिल सकते हैं। अंग्रेजी, फ्रांसीसी, डच, आलिमान बनिए अगर माँगे, तो पचास हजार रुपए मिलेंगे।

उन लोगों का काम ही है, रुपए देना। वे लोग यूरोप के अनगिनत राजा-रजवाड़ों से कहीं ज्यादा धनी हैं। वे लोग जगत भर के सेठ हैं। समूची दुनिया के बैंकर ! मुर्शीदाबाद से, मुर्शीद कुली खाँ के साथ आए थे—मानिकचन्द ! मुर्शीदकुली खाँ कटवा की मस्जिद में इन्तकाल कर गए। सुज़ाउद्दीन, सरफराज खाँ—जैसे, ये लोग मसनद पर बैठे, वैसे ही छोड़कर चले भी गए।

ये लोग चले गए, अलीवर्दी आ गए, लेकिन मानिकचन्द का दत्तक पुत्र, फतहचन्द, जगत सेठ बन बैठा। उनकी दौलत कम नहीं हुई।

बंगाल का समूचा राजस्व, पुनीत दिनों में, जगत सेठ के कोषखाने में जमा होते रहे। दिल्ली को दिए जानेवाले एक करोड़ पचास लाख रुपए भी इन्हीं लोगों ने पहुँचा दिया था। सुरकंठ की जरूरत पर, वे लोग उन्हें भी हजार रुपए नहीं दे सकेंगे ?

ये वही लोग हैं, जिन्होंने बंगाल के तख्त पर मुर्शीदकुली खाँ की निजामत टिकाए रखी थी। एक जुमले में कहा जाए तो इन्हीं लोगों ने चाँदी देकर उनके लिए निजामत खरीद दिया था। सरफराज खाँ को हटाकर, अलीवर्दी को लाने की भूल में भी वही लोग थे। जगत सेठ फतहचन्द, सरफराज खाँ को हटाने के लिए, कुछ ज्यादा ही बेचैन हो उठे थे। अस्थिर, विक्षुब्ध, युद्ध ! या शायद उनकी पुत्रवधु ही...किंवदन्ती मुताबके वे अतिशय रूपवती थीं। सेठों की लड़कियाँ तो सुन्दर ही होती थी। इतना रूप, अगर नवाब-बादशाह भी देखने को लालायित हो उठें, तो उनके दर्शन कराना ठीक नहीं था।

उन लोगों के नाम हाथ से लिखा हुआ खत। वह कागज सुरकंठ के पास ही था। फिर वे कहाँ जा रहे हैं ?

ये लोग मुर्शीदाबाद की टकसाल में, रुपयों पर अपनी छाप जड़ते हैं। बंगाल की निजामत तोड़ते-गढ़ते हैं। वर्गी लोग जो इतने-इतने रुपए ले गए, लगभग दो-ढाई करोड़ रुपयों की लूट हुई, फिर भी उनकी जमा-पूँजी पर इसका कोई असर नहीं पड़ा। वे लोग सुरकंठ को रुपए देने से इनकार कर देंगे ?

वे लोग अंग्रेज, फ्रांसीसी, डच बनिए-व्यापारियों के दोस्त थे। यह बात कौन नहीं जानता कि अगर जरूरत पड़ी तो सिर्फ चाँदी के सिक्कों से ही वे लोग गंगा का मुँह ढँक सकते हैं ? लोगों का तो यही कहना है। सुरकंठ भी जानते थे कि इन जगत सेठों के पास इतनी दौलत है...इतने ज्यादा परिमाण में मौजूद हैं कि वे सारे रुपए उँड़ेलकर,

शायद नदी का बहाव तक रोक दें।

इसके बावजूद सुरकंठ मुर्शीदाबाद वापस नहीं लौटे। उनके झोले में पड़ा वह कागज मैला होता रहा। इधर धान के खेतों में पंछियों की भीड़। इस बार कहीं-कहीं, ढेरों धान हुए थे। आसमान गहरा नीला हो आया, मानो कोई नीले रंग की तूलिका डुबोकर, अक्लान्त हाथों से आसमान को लगातार रँगे डाल रहा हो। इसके अलावा, रात घिरते ही घास-पत्तियों से एक और ही किस्म की खुशबू आने लगती है। 'पूजा' के पर्व से पहले धरती इसी ढंग से खुशबुओं से भर उठती है।

यह घनी हरियाली...यह खुशबू लोगों की निगाहों में भी आने लगती है।

हजारों-हजारों लोग, दल में, झुंड में नजर आते हुए। वर्धमान के दक्षिण में, सोने की खान खोदनेवाले लोग मेदिनीपुर के जंगलों में बीरभूम के किसान, जिनके पास न माल-असबाब है, न घर—वे लोग सिर्फ चलते जा रहे हैं...चलते जा रहे हैं।

"किधर से आय रहो, बापजी ?"

"डूबराजपुर से।"

"जाय कहाँ रहे हो ?"

"पता नहीं। श्रीमान का घर कहाँ है ?"

"मेरा घर, बापजी, वोऽ किरीटीश्वरी के उत्तर में..."

"ऊहाँ भी वर्गी हैं ?"

"वर्गी तो नाहीं देखा, बापजी, मानस बोले, भाग, रे, भाग। सो हमनी भी भाग आयेन।"

डूबराजपुर के बूढ़े ने कहा, "हम सब वर्गी हैं, जनाब ! हलवाहे, खेतिहर, लाँगल किसान, वर्गियों के भी वर्गी हैं। वर्गी पहुँच जाते हैं, तो जमींदार के गुमास्ता, कचहरी के अमले, कारकून, पोतदार—सभी उनके वर्गी बन जाते हैं। इसलिए हम गाँव त्यागकर निकल पड़ें।"

"किधर जाय रहे हो ?"

दोबारा वह सवाल सुनकर वह बूढ़ा एकदम से भड़क गया, "यही जानता, तो मैं देवता न हो जाता ? मेरे चार या छह हाथ निकल आते। मन्दिर में बैठे-बैठे भोग आहार करता। बार-बार पूछे जा रहे हो—कहाँ जाय रहे हो ? कहाँ जाय रहे हो ? मुझे क्या पता, कहाँ जा रहा हूँ।"

सुरकंठ ऐसी ही जाने कितनी-कितनी तरह की बातें सुनते रहे।

"जीरठ-मालन्दी के लोगन को देखा है, बाबू ?"

"हमारे गुस्करा के लोगन कहाँ जाए पड़े, हमका बतावो, ठाकुर।"

"फकीर का बप्पा कहाँ गुम हो गया, जी ! उसके घरवाले—बीवी-बच्चे बहुत रोय रहे हैं, जी।"

उनकी बातें सुनकर सुरकंठ को लगा, आसुन्दी व्रत में औरतें जैसे सूप में चावल, दाल, उड़द, मूँग वगैरह मिलाकर, हवा की रफ्तार से मन्त्र बुदबुदाते हुए, उस सूप को

झाड़कर उड़ा देती हैं, राढ़ गांगेय, बंग में भी बिल्कुल यही हुआ है। किसी-किसी वृहद सर्वनाश के पलों में, जिला-जिला के लोगों को एक साथ मिला-जुलाकर, जाने किसने तो बाताश में बिखेर दिया है।

जो शस्य हवा में उड़ा दिए जाते हैं, वे उड़ते-उड़ते। कहीं-न-कहीं जा गिरते हैं और वहाँ पेड़-पौधे या चारा बनकर दोबारा उग आते हैं।

ये लोग बहते-उतराते आखिर कहाँ जाएँगे ? जाने कहाँ स्थित होकर जड़ जमाएँगे। ये किसान भी निहायत अजीबोगरीब होते हैं। इन लोगों को किसी तरह की शर्म-हया नहीं होती। इन्हें बंगाल के किसी भी कोने में ठूँस दो, सुरकंठ को मालूम है, ये लोग अपनी धोती, जाँघों तक चढ़ाकर, एक अदद डगमग हल और लिकलिके बैलों की जोड़ी के सहारे खेती करने में जुट जाएँगे। आखिर कितने किसानों के पास अपनी जमीन होती है ? फिर भी इन लोगों को जमीन के प्रति इतना खिंचाव ! गोंद की तरह उनसे चिपके हुए।

इसी जमीन के लिए, उन्होंने जाने कितने-कितने हाहाकार सुने थे। वे बेतरह दुखी हो आए और प्रबल दुःख से, सुरकंठ में सिर्फ गुस्सा जागता है। किसान के हिस्से में होता ही क्या है ? सन् या ताड़ के पत्तों का घर-टप्पर, मिट्टी की कच्ची दीवारें, हाथ-पैरों में दाद या छाले ! पीछे की हड्डियाँ उभरी गायें और बर्फीली सर्दी, गर्मी की चिलचिलाती धूप ! यही तो है उनका कुल जमा-हासिल !

यही सम्पत्ति गवाँकर, उन लोगों की रुलाई और विलाप का अन्त नहीं था।

''अब उनका जनमथान लीपेगा-पोछेगा कौन ? कौन उनके घर में दीया-बाती करेगा ?''

खैर, इस कदर बेभाव रोने का उन्हें हक है। सुरकंठ तो यह सोच-सोचकर सिर्फ आवाक् होते रहे, उन लोगों के ऐसे चेहरे तो वे भी देख चुके हैं। उनके पास भी तो बँटवारे की जमीन थी। आंधारमानिक के बारहों महीनों तक लगातार प्रवाह, उन्हें ही घेरे-घेरे नहीं बहता रहता था।

उस वक्त वे यूँ कातर क्यों नहीं हुए ? अब इस डाँवाडोल में उन लोगों के साथ, वे भी क्यों बहे जा रहे हैं ? उनके लिए तो राजा के दरवाजे भी खुले हैं।

सुरकंठ खुद ही अपने लिए अबूझ पहेली बन गए हैं। अब तो उन्हें सिर्फ इतना ही समझ में आ रहा है कि जानकीराम की समस्या, जगत सेठ लोगों का संकट—उसके लिए धीरे-धीरे अवास्तविक होते जा रहे हैं।

''ठाकुर तुम हमनी के लिए, ऐसे अछाड़-पछाड़ काहे मरे जाय रहे हो ?'' किसी बूढ़ी ने उनके मुँह पर ही सवाल दे मारा।

उस बूढ़ी का बूढ़ा साथी भी खासा रसिक था।

उसने गाने के सुर में कहा, ''ठाकुर की साध, बने बिंगा-चिंगा, तू काहे करे ता—धिन्ना ?''

बूढ़ी ने कहा, ''झील पाटूँगी और क्या ?''

सुरकंठ ने पूछा, ''ये बिंगा-चिंगा क्या होता है ?

बूढ़ा हँस पड़ा, ''पढ़े नाहीं हो ? सुने भी नाहीं हो ? अक्कास में शिव जी की सिंही दउड़े जितना-जितना, उसके बिंगा-चिंगा फिरे पीछे-पीछे उतना !''

उसी वक्त सुरकंठ को किसी बच्चे की आवाज सुनाई दी।

वह बच्चा बेचैन-बेसब्र आवाज में पूछ रहा था, ''ओ मइयो, 'पूजा'-परब तो नगीच आय गया। मइयो घर नहीं चलेगी ?''

''घर कहाँ है, मुन्ना ?''

''तालतोड़ नहीं चलेगी, मइयो ? ठाकुरतला में कुम्हार काका ने बाँस बाँधा होगा। इन दिनों में हम भट्टी छानत रहते थे। देवी मइया की मूर्ति गढ़ते-गढ़ते, कुम्हार काका हमरे लिए माटी का भेड़ा बनाय देते थे—''

''अब घर नहीं रहा, लल्ला।''

''किसने कहा ? तूने तो कहा था, बप्पा को खोजने चल रहनी है ? दुर्गा-पूजा तक घर लौट चलेगी ? लेकिन तू तो खाली-खाली, पैंया-पैंया बस, चलाए जा रही है, चलाए जा रही है...''

''घर कहाँ से लाऊँ, लल्ला ?''

''तुझको रास्ता नाहीं मालूम, तो इस साधु बाबा से पूछ ले न।''

अगले ही पल उस बच्चे ने लपककर सुरकंठ का दुपट्टा थाप लिया, ''हमारा घर किस तरफ है, बाबाजी ? जेठ के महीने से, मेरी मइयो, मुझको उठाए-उठाए, बस, खोज रही है...खोजे जा रही है।''

किसान के घर का बेटा। कमर में छोटी सी धोती ! मरगिल्ली-सी देह। उसकी माँ मुँह फेरकर रोती रही। उभरी हुई नसोंवाले काले हाथों में लाल कड़े। सुहागिन होने की निशानी ! ऐसे कड़े, वरेन्द्रभूम के व्यापारी 'पूजा' से पहले बंगाल के घर-घर में बेचने आते हैं—''योगाद्या के कड़े ले लो, जी; योगाद्या के कड़े ले लो।'' उनकी ये आवाजें पगडंडियों पर, गाँव के घाट-घाट पर, हाट-बाट पर सेंचतला के किनारे-किनारे सुनाई देने लगती हैं।

''योगाद्या !'' शब्द में कतनी मिठास होती है। यह नाम मानो भक्ति-चन्दन-चर्चित, जवा-पद्म से सजाया हुआ। किसी जमाने में देवी योग्यदा ने भी शंखारी को बुलाकर, ऐसे ही कड़े पहने थे और पोखर में विलीन हो गईं। यह कहानी आज भी बंगाल के गाँव-गाँव में सुनाई पड़ती है। इसीलिए बंगाल की सुहागिनें, योगाद्या कड़ा, बड़ी भक्ति से, अपनी कलाइयों में पहनती थीं। वह कड़ा देखकर सुरकंठ की छाती फटने लगती है।

''तेरा नाम क्या है ?''

''कूड़ाराम, ठाकुर।''

संन्यासी का दिल दुःख से विदीर्ण हो आया। कूड़ाराम और उसकी माँ के पास घर-बार नहीं है ! इधर शारद-पूजा भी करीब ! कूड़ाराम घर खोज रहा है। कहाँ है उसका घर ?

"तालतोड़ कहाँ है ?"

"ब-हो-त दूर ! कोपाइ से आगे ! पाँच गाँव का एक गाँव, ठाकुर।"

वीरभूम में उस लड़के का घर। वर्धमान के दक्षिण में आकर, अब वह नए घर की तलाश में था। इधर वक्त गुजरता जा रहा था। शारद-पूजा नजदीक आती जा रही थी। कूड़ाराम का घर नहीं था। उसकी माँ हाथों में योगाद्या कड़े पहने हुए थी। ये कड़े पहनकर, बंगाल की सुहागिनें, पलक झपकते, सुख-सौभाग्य से भर जाती है। उनके घर में लक्ष्मी अचला होकर बस जाती हैं। उनका आँगन धान की खुशबू से महकता रहता है। उसकी रसोई के कोने में जो जूठन बिखरी होतीं है, उसके सहारे जाने कितनी मैना, शालिक पंछी, कौए, चिड़िया, बिल्ली-कुत्ते पलते हैं।

भिखारी-बैष्णवों को झोली भर-भरकर भीख मिलती है। लेकिन कूड़ाराम की माँ, आसन्न शारद पूजा में भी रास्ते की भिखारिन। उसकी आँखों में सर्वनाश लिखा हुआ था। उसकी संकुचित दृष्टि में कातर अनुभव। कूड़ाराम नहीं होता, तो वह शायद आत्महत्या ही कर लेती। एक कूड़ाराम के खून के रिश्ते ने ही मानो उसे बाँधे रखा हो।

"यह लड़का तो पागल है, बाबा ठाकुर, उसकी बात पर ध्यान न दें।"

"देख, बेटी, आत्महत्या का खयाल कभी अपने मन में भी न लाना।" सुरकंठ ने अचानक कहा। उसकी आँखों में देखते हुए वे उसके मन की बात समझ गए थे, इसलिए कातर हो आए।

ना, ठाकुर, कूड़ाराम की माँ रो उठी, "इसको भला किसके हाथों सौंप जाऊँ ?"

"अब हम कहाँ जा रहे हैं, मइयो ?"

"कहाँ जाऊँ, बेटा ?" कूड़ाराम की माँ को कोई जवाब नहीं सूझ पड़ा। वह खुद भी जवाब माँगती रही, सवाल करती रही। वह कहाँ जाए, भला सुरकंठ को क्या पता ?

"आओ, मेरे साथ चलो—"

सुरकंठ उन्हें लेकर, करीब ही किसी पीर के अड्डे में पहुँचे।

"वहाँ कउन है, बेटा ?"

"बड़े पीर।" सुरकंठ ने स्वगत कहा। इतने दुःख में भी उन्हें हँसी आने लगी। करीब दो सौ साल पहले के कोई बड़े पीर हुआ करते थे। जब वे जिन्दा थे, तो आउल-बाउल, फकीर-दरवेश सबके साथ मिलकर जंगल में मंगल मनाया करते थे; गरीबों में खाना बाँटते थे। जब अपनी देह छोड़ने का समय आया, तो वे गौराँग देव, नवीन संन्यासी के साथ पैदल यात्रा करके जगन्नाथ की लीलाभूमि में पहुँच गए।

बड़े पीर को बड़ा चाव था कि वे जगन्नाथजी के दर्शन करें। लेकिन श्री कृष्ण-चैतन्य ने अपना यात्रा-पथ बदल दिया था। वे मेदिनीपुर चले गए। बड़े पीर को गौर दर्शन नहीं हो सका।

इसलिए अपने आखिरी समय में वे कह गए, "मैं चम्पा के पेड़ तले पड़ा रहूँगा, गौर-दर्शन किए बिना मैं नहीं जाऊँगा।"

पेड़ तले की मिट्टी हमेशा सफेद कपड़ों से ढँकी हुई; लोगों का कहना है, बड़े पीर

अभी भी जिन्दा हैं।

सुरकंठ भी यही कहने के अभ्यस्त हैं। छत्रभोग के भूमिहार राजा मंगल सान्तरा ने किसी जमाने में वहाँ, बड़े पीर के चम्पातला में मन्नत माँगी थी और प्रचुर सम्पत्ति के मालिक बन गए। इसलिए इस पीर की दरगाह चलाते रहने के लिए, उन्होंने ग्यारह गाँव दान में दे दिया।

अब बड़े पीर की जगह यह श्वेत चम्पा का पेड़ मात्र रह गया था।

कूड़ाराम और उसकी माँ को लेकर सुरकंठ वहाँ पहुँचे। बड़े पीर-थान में उस वक्त काफी लोगों की भीड़ थी। तेरह-चौदह जन अतिथि। बूढ़े-बूढ़ी-शिशु, गर्भवती माँ—कुल मिलाकर सतरह-अठारह लोग। दरगाह के फकीर बैठे-बैठे लोगों की फरियाद सुन रहे थे।

"मैं तो साग की एक गड्डी लाया था, लेकिन आप तो पूरा-का-पूरा गट्ठर लिए बैठे हैं।" कूड़ाराम की ओर इशारा करते हुए, सुरकंठ ने कहा

"यह तो रूपा-सामन्त, सुघन्य माइती, जैसे कुछेक लोग जुटा रहे हैं, सुरकंठ, हमारी-तुम्हारी क्या औकात ?"

फकीर उनके पूर्व परिचित थे। उस फकीर के सफेद झब्बे के नीचे सच्चा दिल झलकता था। लेकिन, गाँव-देहात की कूटनीति वे बखूबी जानते-समझते थे। उनका दिमाग बेहद साफ था।

उन्होंने मीठी सी मुस्कान बिखेरते हुए कहा, "रूपा और सुघन्य दोनों ही धन-सम्पत्ति, मोह-माया से जरा ज्यादा-ज्यादा ही बँधे हैं। तुम तो सब जानते हो। इस बार बड़ी मुसीबत में पड़कर मेरे पास दौड़े-दौड़े आए। मैंने कहा—वर्गी छीन-झपट ले जाएँ, इससे बेहतर है, यहाँ कुछ-कुछ देते रहो। देखूँ, मैं तुम लोगों की जमीन-जायदाद रख पाता हूँ या नहीं। सो, इस जगह, जहाँ मैं बैठा हूँ, इस गलीचे के नीचे एक चोर-कोठरी है। मैं उनकी धन-दौलत पर पहरा दे रहा हूँ और उनके दिए हुए चावल-दाल से कंगालियों को खिला रहा हूँ, समझे, सुरकंठ ?"

"आप तो सुरक्षित हैं न ?"

"हाँ-हाँ, बेशक।"

"तब तो आप खुशनसीब हैं। मैं सुरक्षित हूँ, सही-सलामत हूँ, यह बात तो खुद बंगेश्वर भी नहीं कह सकते।"

"भई, मुझे जो सही-सलामत रखेंगे, वे तो सबसे ऊपर हैं—खुद खुदाताला ! सो, मुझे किस बात का डर ?"

फकीर की बातें सुनकर, सुरकंठ को मन-ही-मन पल-भर को राहत मिली।

"अच्छा, भइए, जरा उधर जाकर देखो तो। सान्तरा घर का रसोइया, खाना तैयार कर रहा है। तुम लोग नहा-धोकर खाना खाओ।"

सुरकंठ ने देखा, सच ही, जो ब्राह्मण सान्तरा घर के ठाकुरजी के लिए पूजा-भोग तैयार करता है, वही सबके लिए खाना भी पका रहा था। वहीं, एक ओर कुछ लोग गाते हुए, बाजा बजाने में मगन थे। वहाँ कूड़ाराम और उसकी माँ भी जा बैठे।

जो शख्स गाना गा रहा था, उसके कन्धे तक घुँघराले बाल ! सुरीली आवाज ! सुदर्शन ! उम्र में प्रवीण ! गाने के बोल भी क्या खूब थे :

पाप कर ले राजा, बन गेले नवाब
मछनद तो रहा नहीं, अब तोरे हाथ
किया पाप ढेरों, तभी बने राजा
मछनद था नहीं, तोरे नसीब
वगैरह-वगैरह !

"क्यों जी, यह पाप-वाप क्या ?" इस सवाल पर, सुरकंठ को मन-ही-मन मजा आने लगा। अच्छा, सिंहासन पर बैठे-बैठे नवाब को क्या यह खबर है कि दूर किसी वज्र-प्राचीन गाँव में, सिर्फ लँगोटी और फाँके पर निर्भर, उसकी प्रजा ने, खुद ही उसके भाग्य-विपर्यय का कारण-वारण तय करके, सैकड़ों गीत बना डाले हैं ?

"क्यों, जी, पाप...?" उन्होंने दोबारा यह सवाल दोहराया।

जेबुन्निसा रानी का बेटा
मुर्शिद कुली का नाती
मालिक-पूत का करके कतल
पूरा किया नवाब बनने का सपना
गिरियार मैदान में चढ़ा सिर पर हाथी, ए जी नवाब,
मसनद तोरी किस्मत में, सही गई ना।

दूसरे गायक ने गाने में ही जवाब दिया और अचानक झुँझलाकर गाना रोक दिया, "धत्त् गाना कुछ जमा नहीं, लक्खन" का ! यह गाना उतना जब्बर नहीं बना।"

गीत रचयिता सकुचा गया ! उसने हाथ जोड़कर कहा, "ठाकुरजी, दास का परनाम स्वीकार हो।"

"यह गीत तुमने लिखा है ?"

"हाँ, ठाकुर ! हर बरिस, इसी समय, हम लोग पाला गाने निकलते हैं। मफीदिया के लक्खन दास का नाम सुना होगा आपने ! इस अधम का ही नाम है। दुर्गा-पूजा में हम गीत गाते हैं। शिव-निवास, नदिया, जगधात्री पूजा में भी गाता हूँ। श्यामा पूजा तक पाला-गान करता हूँ। लेकिन, इस बरस कहीं से भी बयाना-टयाना नहीं मिला। ठाकुर, सुना है, इस बरिस माँ, बंगाल में नहीं आएगी ?"

"क्या ? क्या कहा ?"

"सभी लोग कहते हैं, ठाकुर, माँ आखिर आए भी तो कहाँ आए ? पूजा कौन करेगा ? इस बार सारा कुछ ही तो और का और हो गया है।"

यह कहकर, कवि लक्खन दास पीठ घुमाकर, हुक्के का दम लगाने में व्यस्त हो गया।

गायक ने झुँझलाकर कहा, "इससे तो, भगवानगोला में गाना ज्यादा जमा था, जी ! पता

है, क्या हुआ ? गिरियार मैदान में नवाब ने जान गवाँ दी ?—'लक्खन' इस पर, कोई जब्बर गाना नहीं बाँध सके।''

लक्खन दास ने हुक्का रखते हुए, झुँझलाहट के लहजे में कहा, ''तू चुप कर तो ! वर्गियों की लात खाकर, कमर अभी तक टनटना रही है। इतना कहा, जरा गर्म तेल की मालिश कर दे...''

''कर देता हूँ, अभी कर देता हूँ—'' यह कहकर, गायक, पुराने प्रसंग पर लौट आया, ''...हाँ, इसमें ज्यादा भला होता, अगर मैं राम ठाकुर के गाने लेता, वे ऐसा गीत बाँधते हैं कि मरी हुई मछली जिन्दा हो जाती है और जाल फाड़कर बाहर निकल आती है।''

''गाना गाने कहीं जा रहे हो ?''

''हाँ, ठाकुर, कानकसन के राजा स्वस्तायन यज्ञ करनेवाले हैं ! बहुत से लोग खावेंगे-पीवेंगे ! गाना-बजाना होगा। अरे, वर्गियों के आने पर, इसी को तो कहते हैं, हाँ, ग्रह-शान्ति ! ग्रह-शान्ति करावेंगे !''

''अच्छा ! अच्छा !''

सुरकंठ उठ खड़े हुए। वे चम्पा पेड़ तले जा खड़े हुए !

बंग में इन दिनों शरद का मौसम है ! आकाश में शुभ शुक्ल पक्ष के सभी नक्षत्र मौजूद ! इस आकाश में आकाशगंगा का दृश्य ! नदी में उमड़ता हुआ जल ! खेतों में धान ! हवा में हरसिंगार फूलों की खुशबू !

सब कुछ होते हुए भी, कहीं कुछ भी नहीं था, क्योंकि 'पूजा' के ढाक-ढोल जो नहीं बज रहे थे। इस समय ढाकी लोग, बयाना पाने की उम्मीद में ढाक-डंडी जाँच-परखकर देखते रहते थे। इस समय कुम्हारे मिट्टी छानते थे, प्रतिमा का ढाँचा तैयार करते थे। ऐसे समय में, परदेश के लोग अपने-अपने घरों में लौट आते थे। इसीलिए गृहस्थ-बहुएँ घर का कामकाज निपटाकर, खिड़की-दरवाजों की आड़ से, उत्सुक नयन से रास्ता निहारते हुए, शरत का तप्त, गंधमन्थर दोपहरी गुजारती थीं।

ऐसे समय ताँतिन नए कपड़े बेचने आती थी, घर के चावलों के नए छिलके उतारे जाते थे। गाँव-देहातों की अली-गली में, बनजारिनें आलता-चोटी, खुशबू, बाल बाँधने की डोरी-चुटीला बेचने आती थीं। अमावस्या के पितृपक्ष और महालया का तर्पण खत्म होता था। उसके बाद ढाक पर काठी की थाप—गिज्दा-गिजाँग् ! गिज़्दा-गिजाँग ! घाट-घाट पर नावें !

मायके में आईं बेटियाँ, माताएँ आँखों में आँसू भरकर कहती हैं—आ गईं, बिटिया, इतने दिनों भूली कैसे रहीं, बेटी ?''

घरों के सामने भिखारी खड़े होकर गाने लगते हैं—

इतने दिनों बाद, माँ उमा का आगमन
तज देवें प्राण, जो होते ना दर्शन

ऐसे समय में देवी पार्वती घर आती हैं। पलक झपकते, बंगाल का घर-घर मुस्कुरा

उठता है। चारों ओर रोशनी-ही-रोशनी !

"इस बार, कहाँ रह गईं, देवी माँ ?" सुरकंठ व्याकुल होकर रो पड़े।

"इस बार सब है, उमा नहीं हैं। इस बार बंगाल में वर्गी है। सुना है, वर्गी सरदार धूमधाम से तुम्हारी पूजा करता है, माँ ! कूड़ाराम का घर खो गया ! तुम क्या दुश्मनों की पूजा लेना चाहती हो, माँ ?" सुरकंठ कातर हो आए।

उस वक्त बंगाल के अन्यान्य दिगन्त में सैकड़ों ढाक-ढोल गूँज रहे थे। ढाकी अपने-अपने कौशल की परीक्षा देने में जुटे थे, सच ही, भास्कर पंडित, दुर्गा पूजा समारोह की तैयारियाँ कर रहा था।

35

त्रेता युग में राजा भगीरथ भये
घोर तपस्या करो, गंगा लै आए
धरती पर नाम उनका भया भागीरथी
पाप-ताप भया नाश, मिली शाप-मुक्ति !

आश्विन के महीने में, बंगाल के घर-घर में खुशी का उल्लास बिखर जाता है ! शारदोत्सव जो आ पहुँचता है, लेकिन इस बार के आश्विन में बंगाल प्रान्त उदास ! यहाँ तक की पद्मा के उत्तर में वरेन्द्रभूम और पूर्व देश में भी 'पूजा' के ढोल-ढमाकों की गूँज नहीं सुनाई दी।

समूचे बंगाल-भर में वर्गी लोगों का उत्पात ! जीवन-निर्वाह ही कठिन हो आया था। इसलिए इधर कुछेक सालों से इस देश के धनी-दरिद्र, सभी लोग झुंड-झुंड में उत्तर और पूर्व की ओर निकल गए। गोदागाड़ी घाट, हरखैल घाट, बाबूशा घाट के मल्लाह, नदी आर-पार कराते हुए, एकदम से अमीर बन गए। मुसीबत में पड़कर, जो लोग देशत्यागी होते थे, वे कोई भी कीमत चुकाकर आश्रय खरीद लेते थे।

पद्मा, भागीरथी नदियों में, बंगाल के मत्स्यजीवी हालदार की नावें, बारहों महीने मौजूद रहती थीं। ईलिश मछली का मौसम ! सर्दी में पाबदा-चिंगड़ी मछलियाँ पकड़ने की उम्मीद में, माँझी-मल्लाह पूरे-पूरे साल, अपनी-अपनी नाव समेत पानी पर ही बसे होते थे।

कभी-कभार जब नदी के जल की छाती पर लावारिस सूखा भाटा आता था, तब उन्हें याद आती थी कि वे लोग धरती के प्राणी हैं।

लेकिन माँझी सूखे भाटे के साथ पल-भर का भी नाता-रिश्ता नहीं रखते थे। तटों से बागदी, भुँइयाँ, केवट वगैरह रैय्यत आकर, उस भाटे पर कुछेक महीनों के लिए खेती-बारी करते थे, ककड़ी-फूट वगैरह की फसल तैयार करते थे।

मल्लाह लोग सूखा देखकर अपने गाँव-घर के लिए अकुला उठते थे। ऐसे में वे लोग, किसी-किसी महाजन हालदार के गुमाश्तों के साथ, घाट पर बैठे-बैठे बहस करते थे कि उन लोगों को परवाना देना ही होगा।

''धरती देखकर, मन रो रहा है, हम बस, घर जाएँगे।'' यह कहकर सैकड़ों तरह की कलह छेड़ देते थे।

कभी वह कलह शान्तिपूर्ण तरीके से मिट जाता था, कभी इसका-उसका सिर फोड़कर, नवाब-कोतवाल के डर से फरार हो जाते थे।

कोई-कोई जवान उम्र के या फिर जो जवान तो नहीं थे, मगर शगल से जवान हो चुके थे, वे गंज जैसी जगह में शाम की महफिलों में, सुख की खोज में निकल पड़ते थे। वहाँ साड़ी पहने, नाक में बुलाक झुलाए, औरतें दीये-बाती के आलोक में सुख बेचती थीं।

जो लोग बूढ़े थे, जिनका खून ठंडा पड़ चुका था और जो मछली के कारोबार में मल्लाहों के उत्थान-पतन देख चुके थे, बारह भुँइयों का पतन किस वजह से हुआ, वे जानते थे, वे किसी हाल भी विचलित नहीं होते थे। उन बूढ़ों को हजारहा किस्से-कहानियाँ याद थीं। मसलन राजा सीताराम और मेनाहाती का उपाख्यान—वाकूला के राजा रामचन्द्र की कथा, जिन्होंने बाएँ पैर से लक्ष्मी को लात मारी थी। इसके अलावा, वे वह किस्सा भी जानते थे, जिसमें प्रतापादित्य के पतन का असली कारण दम्भ था। वे लोग मामूली देने-पाने, वर्गियों का हंगामा या गिरिया मैदान की जंग याद करते रहते थे और हमेशा जीवट बने रहते थे।

''सुनो, बाप सकल, झगड़े के कारज में पड़े ही क्यों ? खड़ी के नीचे, एक-न-एक दिन सबको जाना ही होगा।'' यह निस्पृह मन्तव्य व्यक्त करके, वे लोग जाकर घाट पर बैठ जाते और सिर-से-सिर भिड़ाए, अपने कंठ में झूलती काठ की माला हिला-हिलाकर गाने में मशगूल हो जाते—''ओ पार का करणधार, पार होने आवेगा कब, बैठे हैं मितवा, राह में सब !''

लेकिन वर्षों से उनकी नावों में इस देश के लोग बार-बार उस पार जा रहे हैं। गोदागाड़ी, हरखैल घाट, बाबू-शा घाट के अलावा, और भी कई छोटे-मोटे घाट बन चुके थे। घाट के ऊपर, मोदी, बनियों ने दुकानें लगा लीं। यात्रियों को चावल, चिंगड़ी मछली, काठ, नमक वगैरह मेटे पाटिल जुटाता था। कितने ही लोग अमीर बन गए।

इसके अलावा, स्थितियाँ लौटाने में, माँझी लोग भी सहाय हुए।

''बड़ी मुसीबत में हूँ, मुझे पार करा दो भइया,''—यह गुहार लगाते हुए, जो मुसाफिर आए, वे लोग पार उतराई के ऐवज तंकामूल्य, स्वर्णमूल्य देने को राजी थे। माँझी लोगों में, जिनके लिए यह सम्भव था, उन लोगों ने अपनी लाज-शरम, आँखों के पानी को तिलांजलि देकर—'माथा पीछे, एक तंका'—की आवाजें लगाते हुए, जोर-शोर से अपना धन्धा शुरू कर दिया।

जो लोग धर्मभीरू थे, उन लोगों ने कहा, ''हाय, देखो, देखो, इनके सर्वनाश में, तुम लोगों का पूस मास हो गया ? ये बिचारे मुसीबत में पड़कर देशान्तरी हो रहे हैं,

इसलिए तू इनके गले में उँगली घुसेड़ेगा ? जरा, सोच तो सही, मुसीबत में पड़कर, कहीं तेरी भी यही हालत हो, तुझे भी देशान्तरी होना पड़े, तो कैसा लगेगा ? आज ये लोग राढ़, गौड़ त्यागकर, बंगाल आ रहे हैं, कल कहीं इस देश में वर्गी आ धमके और उनके द्वारा खदेड़े जाने पर, अगर हम लोगों को बंगाल छोड़कर, गौड़ या राढ़? भागना पड़े, तो ?''

''तब का हिसाब, तब समझ लेंगे। हम लोग, जो इस देश—उस देश—दोनों के बीच में खड़े रहेंगे, उनके बदन पर जरा सी आँच तक नहीं पड़ेगी।''

''ओ, कर्ता दादा, उस दिन जो लोग आएँगे न, उन लोगन से मोहर लूँगा ! सोने की मुहर !''

ऐसी निर्लज्ज हँसी-मजाक के जवाब से विरक्त होकर बूढ़ों ने कहा, ''उस दिन देश में मोहर नहीं बचेगा ! अभी जो बोरा भर-भरकर लूट रहे हैं, उस दिन सोने की टकसाल ही नहीं रहेगी, राजा भी मोहर की गढ़ाई रोक देंगे, जान रखो।''

इस देश से जो लोग पद्मा नदी पार कर गए, वे तो डरी हुई गाय थे। उन्होंने डरी-डरी आवाज में यहाँ के घरबारी लोगों से कहा, ''इस बार आश्विन की दुर्गा पूजा में ज्यादा धूमधाम नहीं रहेगी।''

''क्यों ?''

''ज्यादा धूमधाम किया, तो वर्गी लोग यहाँ आ जाएँगे। वर्गी लोग अगर नहीं भी आए, तो भी धूमधाम किसकी आँख में गड़ जाए, कोई ठिकाना नहीं है, किस बात से क्या हो जाए, कुछ ठीक-ठिकाना है ?''

लेकिन आश्विन की धूप में जैसे मिट्टी, पानी खींचती है, कीचड़ की मिट्टी चरचराने लगती है, उसी तरह इंसान का मन भी दरकने लगता है, दर्द से फटने लगता है। आश्विन में पूजा के मौके पर, कैलाश से, देवी मइया बंगाल के लिए कितनी-कितनी सौगात भेजतीं हैं, नदी में जल, खेतों में धान, पेड़ों में फूल-फल, सुनहरी धूप भरे दिन, चाँदनी-नहाई रात !

इस बार, इंसान का मन दरककर, दर्द से फट रहा है, जैसे नदी का जल, भरे आश्विन की तपती धूप में खिंचता रहता है, देवी मइया का आगमन होता है, इसलिए कुम्हार-घरों में छोटे-छोटे बच्चे, गुड़ की मधुमक्खी के छत्ते की तरह झुंड बनाए रहते हैं, इसलिए बैरागी-वैष्णव आगमनी-गीत गाते फिरते हैं।

देवी मइया के आगमन की खुशी में ढाकी लोग ढोल-ढाक बजाने लगते हैं। बुढ़िया हलवाइन मुड़की, लड्डू, कदमा, चीनी की पट्टी का बयाना लेने घर-घर पहुँच जाती है। ''एइ-हों, 'एइ-हों' की आवाज लगाते हुए, कुम्हार मिट्टी छानने में जुट जाते हैं ! ढाकी लोग नाच-नाचकर ढाक बजाते हैं, गिजाँग ! गिजाँग !

वर्धमान-कटवा के प्रतिष्ठित गृहस्थ खेंडू दल को खबर भिजवा देते हैं।

''ए मइयो, हमको बुलाय लो, तुम्हारे और देवी मइया के चरण-दरसन करूँगी, वर्ना सासजी नहीं भेजेंगी—'' तमाम बालिका-वधुएँ, नाइन के हाथ अपने मायके गुपचुप

सन्देशे भेजती हैं।

इस बार, आश्विन में उधर इस्लामाबाद, फरीदपूर, इधर मालदह, राजशाही, पबना, गाँगेय बंग, राढ़ बंग, दक्षिण में यशोहर तक, हर तरफ पूजा बेहद उदास ! हर तरफ एक ही डर, पूजा की धूम देखकर, कहीं वर्गी न आ जाएँ, इसके अलावा, एक और डर भी था, पूजा का जश्न देखकर, नवाब कहीं ज्यादा खजाना न माँग बैठें। इन दिनों उनका राजकोष खाली था।

यूँ नमो-नमो करके देवी-मइया को गुहार लगाते हुए, विशालाक्षी के दादा शिवकाली गांगुली, मन-ही-मन बेहद दुखी हो आए।

उन्होंने कुम्हार को बुलाकर कहा, ''सुनो, भाई, पुरोहितजी प्रतिमा का नाप बता देंगे ! नाप से जरा छोटी हुई, तो एकदम से गुड़िया लगेगी, जरा ज्यादा ऊँची हुई, तो प्रतिमा लगेगी। गुड़िया और प्रतिमा के बीच के माप में थोड़ा फर्क होता है। तुम सिर्फ नियम-भर निभा दो। इस बार देवी मइया को, बिल्कुल नन्हीं सी बनकर आने का साध भया है, जिसे कहते हैं, नन्ही सी बेटी ! इस बार वे नन्ही बेटी बनकर भोग खाना चाहती हैं, चलो, वही सही।''

उन्होंने सुनार से भी कहा, ''बस, इतना जरा सा बाला, नथ, बेसर, माँग टीका, मुकुट—यही बना दो।'' इतना कहकर, वे अपने कमरे में चले आए और मन-ही-मन कुढ़ते रहे।

उन्होंने मन-ही-मन कहा, ''क्या करूँ, देवी मइया, मेरी क्या साध नहीं थी ? लेकिन इस बार किसी की हिम्मत नहीं पड़ी, देवी मइया, शिवनिवास में नवद्वीपाधिपति, बड़ा नगर में रानी भवानी तक साहस नहीं कर पाइ, मइया, मैं तो किस खेत की मूली हूँ।''

उनके घर की औरतें तक बेहद दुखी थीं।

बड़ी बहू ने कहा, ''जिस दिन से ननदजी ने आचार्य की बिटिया, निर्मला को यहाँ भेजा है, उसी दिन से, कुछ-न-कुछ घट ही रहा है। छोटी बहू का कहना है कि ठाकुर की बेटी का पौरा ठीक नहीं है। आंधारमानिक तो उसका अपना गाँव है न, वहाँ भी उसके घर में जो भी हो रहा है, बस बुरा हो रहा है। उस पर से हमारे यहाँ जिस लड़की को भेजा, उसके आते-न-आते, देखो, गृहस्थी में कितनी अशान्ति छा गई। सुनती हूँ, इस बार दुर्गा पूजा ही नहीं होगी।''

''होगी, बहू, बस, नाम भर को—''

छोटी बहू ने कहा, ''उसमें तो दीदी, मेरी और ज्यादा बेइज्जती है ! उसके मायके में यानी बाँसद्रोणी में, मसालों की नाव पकड़-पकड़कर, उसके भाई अमीर बन गए हैं। इसलिए इस बार विशाल प्रतिमा बैठेगी, एक सौ आठ बलि चढ़ेगी, ऐसे में, हमारी पूजा छोटी हुई तो बड़े शर्म की बात होगी।

''बहू—''

शिवकाली गांगुली की आँखें लाल हो उठीं।

उन्होंने आहिस्ते से कहा, ''वहाँ विशालाक्षी को सब प्यार करते हैं, भक्ति भी करते

हैं। तुमने उसे गोद-काँख में रखकर पाला-पोसा है। जब उसे फोड़ा हुआ था, तो पाँव पर तूतिया चढ़ाकर, रात-रात-भर जगी रहती थीं। उसका नकछेदन हुआ ! छेद की जगह घाव हो गया, बाद में जहरीला हो आया। अच्छे किस्म का मक्खन पिघलाकर, उसके भाप से सेंक-सेंककर, तुम्हीं ने उसे ठीक किया। तुम्हारी जुबान से, विशालाक्षी को मनहूस कहना, शोभा नहीं देता।''

बड़ी बहू खामोश ! उसकी आँखें डबडबा आईं।

''और वो लड़की, निमली, कितने दुःख में यहाँ आई है, तुम लोग उसका दर्द नहीं समझ सकतीं, बड़ी बहू ! देखो, तुम जानती हो, मैं झूठे आश्वासन नहीं देता।''

बड़ी बहू ने सिर हिलाया। वह सब जानती है। उनकी आँखों में पति, देवता है। बड़ी बहू की अपनी उम्र पचास वर्ष हुई। पति उससे बारह साल बड़े। खुद नाटोरेश्वरी उनके पति की कितनी भक्ति करती थीं।

नाटोरेश्वरी तो आज भी कहती है, 'वे एक सच्चे ब्राह्मण हैं, उनको देखकर, इस कलियुग में भी भक्ति होती है। अभी भी ब्राह्मण के पुण्य-प्रताप पर भरोसा होता है ?''

बड़ी बहू अपने पति की सच ही भक्ति करती थीं। वे निस्सन्तान थीं। सब कुछ होते हुए भी भिखारिन ! जो घसियारिन उनकी गाय के लिए घास जुटाती है, वह भी तीन-तीन बेटों की माँ थी। बाँझ औरत का प्यार, ममता, भक्ति—सब कुछ पति के लिए होती है।

''हाँ, मुझे पता है, तुम झूठे आश्वासन नहीं देते।''

''इस बार, देवी हमारी पूजा स्वीकार नहीं करेंगी। भास्कर पंडित की पूजा लेंगी, इसीलिए इस बार नवद्वीपाधिपति के दालान में पूजा की धूमधाम नहीं है। बड़ा नगर और नाटौर में भी लगभग अँधेरा छाया हुआ है। उन लोगों की तुलना में मेरी क्या हस्ती है, जो धूमधाम करने जाऊँ ? देवी इस बार दुश्मनों की पूजा स्वीकार करेंगी और क्यों न करें ? वे लोग विजेता जो हैं। माँ शारदा, दुर्गा वीर्यहीन, शक्तिहीन लोगों के घरों में कदम नहीं रखतीं। रामचन्द्र, महावीर ने अपनी आँख निकालकर चढ़ाया, पूजा किया, तब देवी का आगमन हुआ। आजकल हम पराजित छिन्न-भिन्न हैं, वे हमारी पूजा लेने भला क्यों आएँगी, बताओ।''

बड़ी बहू भी कम बुद्धिमती नहीं थी, विख्यात मुंशी-कोठी की बेटी ! उनके बाप, भाई—सभी ने तीन पुश्तों से दिल्ली और मुर्शीदाबाद में राज सरकार में काम-काज किया था। वह भी अच्छी-खासी बुद्धि रखती थीं और राजनीति भी खूब समझती थीं।

''नवाब क्या कर रहे हैं ?'' उसने मृदु लहजे में पूछा।

''वे बैठे नहीं हैं, वर्षा बीतते ही, मराठों से लड़ना है, इसलिए वे बेहद व्यस्त हैं, तुम्हें याद है, हमारे दूतों ने, मुर्शीदाबाद के बाहर, अमीनगंज, तारकपुर से हमारे लिए गुड़ भेजा था न ? अरे, भई, विशु के बड़े बेटे, आनन्दीराम के चूड़ाकरण में जी !''

''हाँ, याद आया।''

''उसी अमीनगंज—तारकपुर में नवाब फौज तैयार कर रहे हैं। ढाका, मालदह से

नाव में लादकर, गोला-बारूद, तोप, कमान, लड़ाकू हाथी लाए हैं। दिल्ली में बादशाह को सामूहिक विपत्ति के बारे में खबर भेज दी है। सैनिक, सिपाही, सवारों में दस लाख रुपए भी बाँट दिए हैं। इधर पटना से छोटे दामाद भी सिपाही-लश्कर लेकर आ रहे हैं।''

छोटे दामाद, जैनुद्दीन जब पहुँचे और अलीवर्दी जब नई लश्कर लेकर निकले, कटवा-दाँहहाटी में भास्कर, उस वक्त धूमधाम से दुर्गा पूजा मनाने में मगन थे। यह पूजा किसी विजयी सेनापति की पूजा थी, इसमें कोई शक नहीं था। काफी ऊँचे-नए मंडपघर में विशाल प्रतिमा शोभित थी। कतार-दर-कतार बलि-काठ, सैकड़ों बलि के पशु, हजारों ढाकी !

इस पूजा में कंगालियों में वस्त्र नहीं बाँटे गए, पुण्यार्थी जन साधारण, पत्तल बिछाकर प्रसाद नहीं खा सके, ''आओ, बिटिया, आओ'' कहकर मालकिनों ने चँवर डुलाकर, पैर पोंछकर, प्रतिमा का स्वागत करके, घर में प्रवेश नहीं कराया।

इस बार पूजा में धनिक जमींदारों ने ही जान की डर से 'पूजा' का खर्च जुटा दिया। ताँती ने बिना कौड़ी के वस्त्र दिए, ग्वालों ने दूध पहुँचा दिया, बनियों ने रसद-पत्तर जुटा दिया। किसान डर से काँपते-काँपते धान-चावल दे गए। भास्कर ने धूमधाम से पूजा किया। नवमी के दिन एक दल गायक भी आ पहुँचे। वे लोग पाँव ठोंक-ठोंककर, भाले की नोंक पर घुंघरू नचा-नचाकर, खूब-खूब थिरकते रहे—''ओ कालनवमी, उमा, कैलाश में हट ना लेना !

लेकिन नवमी की रात बीतते-न-बीतते भास्कर के शिविर में हमला हो गया। वहाँ जो कुछ भी था, सब फेंक-फाँककर, वर्गी गिरोह कटवा की तरफ फुर्र हो गया।

इससे पहले, बार-बार की हार ने नवाब की फौज का दिल तोड़ दिया था। अब उस फौज को दोबारा जान मिल गई। नवाब के विजय की खबर बिजली की तरह फैल गई। कलकत्ता काउंसिल की तरफ से लन्दन में, कोर्ट ऑफ ईस्ट इंडिया कम्पनी को खत भेजा गया। नवाब के डर से मराठे पंचेत के घने जंगलों में भाग खड़े हुए। सारी बातें विस्तार से नहीं लिखी गईं।

बख्शी-दीवान ने झुंझलाकर कहा, 'वाक़्नवीश की खोज कौन कर रहा है ? जंग जारी रहेगी, या नतीजे लिखे जाएँगे ?''

उन्होंने अनुमति नहीं दी।

उन्होंने कहा, ''छोड़ें, जिसका जो मन करे, लिखता रहे—''

थोड़ा सोचकर उन्होंने दोबारा कहा, ''जो लोग युद्ध-विजय का सिर्फ हवाला ही लिखना चाहते हैं, वे लोग क्या लिखेंगे, मुझे नहीं मालूम। लेकिन दाईघाट से मराठे जब भागकर भागीरथी और अजय के बीचोंबीच आ पहुँचे, उस वक्त उनकी सख्त घाँटी और ऐसा सुरक्षित मोर्चा, हमारी नाव की पुल की मदद से तीतर-बीतर हो गया—''

''यह तो लिखना ही होगा—''

बख्शी-दीवान ने ईषत् हँसकर कहा, ''जय-पराजय का फैसला वहाँ नहीं हुआ। हमारी असली जीत तो तब हुई, जब हम उन्हें डराने में कामयाब हो गए। अब मैं समझ गया हूँ, वर्गी लोग हमसे कभी आमने-सामने जंग नहीं करेंगे। हमारे तीन हाजर सवारों के हमला करते-न-करते, उनकी ग्यारह हजार फौज सिर पर पाँव रखकर भागी; उन लोगों ने एक बार भी पीछे मुड़कर नहीं देखा। हमारे पास दूत हैं, नवाब के अधीन लाखों-लाख लोग हैं। हमारी जीत की खबर हर जगह पहुँच जाएगी। इससे लाभ ही होगा, नुकसान हरगिज नहीं ! हाँ, इस बीच उन लोगों ने डच व्यापारियों की कोठियाँ जलाकर खाक कर दीं, यह जरूर बेहद अफसोस की बात है !''

भास्कर पंडित वर्गियों के साथ भागकर मेदिनीपुर चले गए। नतीजा यह हुआ कि कुछ ही दिनों के अन्दर मेदिनीपुर में दोबारा हाहाकर मच गया। इस बार, आनन्दीराम अपने को बचा नहीं पाए। वर्गियों ने काशीश्वर के भी हाथ पीछे बाँध दिए और उसके सीने पर जूता रखकर, रुपयों की माँग की।

36

औरत-मरद जहाँ, जितने भी देखो
खुली तलवार से काट डालो सबको
वर्गी सरदार दिए इतना हुकुम
चारों तरफ मची लूटमार,
मची हुँकार, ''काटो-काटो''—

वर्गी हँगामा जब शुरू हुआ, तब हीरालाल सेठ ने बेहद विश्वास के साथ कहा, ''देश छोड़कर मैं नहीं जाऊँगा।''

थोड़ा ठहरकर उन्होंने दोबारा कहा, ''जो जन्म देती है, वह भी माँ होती है। जो पाल-पोसकर बड़ा करती है, वह धाम होकर भी 'माँ' ही होती है। जन्मसूत्र से न सही, वाससूत्र से यह देश मेरा है। मैं अपना देश छोड़कर नहीं जाऊँगा।''

वे साँस लेने को कुछेक पल फिर रुके, ''मैं जैन हूँ, इसलिए आपका खाना, हमें नहीं चलेगा। लेकिन, और कुछ क्या नहीं लिया, बताइए ? आप लोगों की भाषा ली है; आचार-व्यवहार लिया है; पूजा-अर्चना ली है ! नहीं, जनाब, मैं भागकर नहीं जाऊँगा।''

इसके बावजूद, करीब दो साल के अन्दर ही, उन्हें भी भागना ही पड़ा, नवीन साधु तो खास इत्मीनान से चला गया था। काश, वे उसके साथ ही चले जाते।

खैर, उन्हें भी जाना ही पड़ा, क्योंकि देखा गया, झुंड-झुंड लोग भाग रहे थे।

कासिम बाजार के फैक्टर साहबों ने कहा, ''सेठ, हमारे किसान तक भाग रहे हैं।''

एक दिन, जगतपति आचार्य, महीपति के बड़े भाई और खुद वे, एक जगह इकट्ठे

हुए, उन लोगों में बातचीत चल पड़ी !

"जो भाग सकता है, वह भाग रहा है, तो क्या हम लोग भी भाग चलें ?"

"भागकर जाएँगे कहाँ ?"

"क्यों ? इस्लामाबाद ! अरे, भई, ढाका मौजूद है ! उधर रंगपुर, दिनाजपुर, रामपुर, बोयालिया, इधर मैमनसिंह, चट्‌टग्राम ! जाने की जगहें क्या कम हैं ?"

"हाँ, कहीं भी चलें ! क्यों, क्या खयाल है ?"

"हाँ, कहीं भी चल दें। अरे, जनाब, वे सब भी दुधारू गाएँ हैं ! वहाँ की मिट्‌टी में सोना उगता है, वर्ना डच, फिरंगी, फ्रांसीसी कोठीवाले, उन जगहों में क्या कोठी बनाकर छोड़ देते ?"

"लेकिन, हम यहाँ से क्यों जाएँ ?"

"जान बचाने के लिए।"

"लेकिन, आप तो जा नहीं रहे हैं—"

"जरूरत पड़ी तो जरूर जाऊँगा। खैर, मैं कोई और बात करने आया था।"

"कौन सी बात ?"

"मेरा आदमी मालदह जा रहा है, मैं सोच रहा हूँ, अपनी बीवी, बेटी, नाती, छोटी बहू निन्दुली और बाकी सब औरतों को उसके साथ भेज दूँ।"

"मालदह भेज देंगे, तो वर्गी लोग क्या छोड़ देंगे ?"

"जनाब, मधुमक्खियाँ जैसे छत्ता बाँधती हैं, वहाँ पर घर-घर ईंट की गथनी की छादन ऐसी डाली गई है कि बिल्कुल पुख्ता ! सियार जैसे गड्ढे में समा जाता है, वैसा ही, एक अदद छोटा सा दरवाजा ! उस दरवाजे में समाकर, अली-गली से होते हुए, आप शहर की दूसरी तरफ निकल सकते हैं।"

जगतपति ने यह खबर अपने अन्दर महल में भी दे डाली।

"भागकर क्या होगा ?" निन्दुली ने धीरे से कहा।

"जान बच जाएगी।"

"हमारे प्राण की खूब कही, दादा, यह प्राण रहे भी तो क्या, चला भी जाए तो क्या ?"

महीपति ने हड़बड़ाकर कहा, "आप ठीक ही कह रहे हैं, लेकिन, उनलोगों को ले कौन जाएगा ?"

"मेरी जान-पहचान का आदमी साथ जाएगा।"

महीपति कुछेक पल सोचते रहे, उसके बाद कहा, "इससे तो बेहतर है कि रामपुर, बोयालिया चला जाऊँ। जगह अच्छी है। पानी-ही-पानी की राह पहुँच जाएँगे। इसके अलावा, वहाँ अपने जान-पहचान के लोग भी मिल जाएँगे। एक बार शिवकाली भइया से भी बात कर लूँ—"

"क्यों ?" जगतपति ईषत् बौखला गए। वे शिवकाली गांगुली से ईर्ष्या करते थे। वे उनके सम्मान और प्रतिष्ठा से कुढ़ते थे। इसके अलावा, शिवकाली गांगुली उनकी

बेटी के सगे ममिया ससुर थे। अपने दामाद आनन्दीराम को वे बेहद नापसन्द करते थे। उन्हें वे इस कदर दिल से उतार चुके थे कभी-कभी स्वगत ही बुदबुदा उठते थे—"इतने कमबख्त मरते हैं, मेरी बेटी विधवा क्यों नहीं होती ?"

उन्होंने मन-ही-मन अन्दाजा लगा लिया था कि शिवकाली का यथासर्वस्व तो आनन्दीराम को मिलना है। आनन्दीराम अगर नहीं रहा, तो सारा कुछ उनके बीवी-बेटे को मिलेगा। इस वक्त, छोटे भाई, शिवकाली को खबर देने की बात पर, उन्हें क्रोध चढ़ गया।

"अरे, भई, किसी अमीर आदमी को खबर देने से, हम क्या चर्तुभुज हो जाएँगे ? इसके अलावा, हमारे रिश्तेदार, इस आंधारमानिक गाँव के बड़े आचाज्जी की बेटी को उनकी बिरादरी ने जब गुनाहगार घोषित कर दिया, तो शिवकाली गांगुली ने उसे अपने पास रख लिया। अरे, दस रात के भी रिश्तेदार का अपमान करने का मतलब है, हमारा...हम सबका अपमान करना।"

निन्दुली अब तक दोनों भाइयों की बातें सुन रही थी और टकुए पर जनेऊ कात रही थी।

अब उसने कहा, "यह क्या कह रहे हैं, बड़े भइया ?"

"किसकी बात कर रही है ?"

"उस लड़की को तो आपकी शरण में भेजना चाहिए था। आपका फर्ज, वे निभा रहे हैं ! इसमें आपका अपमान हो गया ?"

"मेरा फर्ज था...?" जगतपति ने दाँत किटकिटाते हुए कहा, "उसे वर्गी लोग ले गए थे, पता नहीं उसके साथ क्या-क्या किया। अब मैं राज्य-भर का जूठा-कूठा पत्ता उठाकर, अपने घर में सँजोकर रखूँगा ?"

महीपति ने कहा, "भई, इस वक्त, ये बातें छेड़ने की क्या जरूरत है ? असल में, यह बड़ा अनिश्चित समय है। हम लोगों को हट-बढ़ जाना चाहिए। क्यों, आप नहीं जाएँगे ?"

"सुनो, बिरादर, मैंने जो काम शुरू किया है, वह बहुत बड़ी जिम्मेदारी है। एक तो, नवाब अंग्रेज फैक्टरों को शक की नजर से देखते हैं। ये अंग्रेज, डच लोगों के साथ एकजुट होना चाहते हैं, ताकि फ्रांसीसी गवर्नर का रौब-दाब खत्म हो जाए। नवाब को यह सब पसन्द नहीं है। उनका कहना है कि तुम लोगों के देश में, अंग्रेज और फ्रांसीसियों की आपस में पटती नहीं, वह अशान्ति यहाँ क्यों खींच लाएँ ? मेरे लिए तो हर विदेशी व्यापारी बराबर है। कासिम बाजार पर बार-बार हमलों से अंग्रेजों को कम नुकसान नहीं हुआ। अब, जब कभी रुपयों की जरूरत होती है। उन लोगों को भी जतन सेठ के पास ही जाना पड़ता है। अगर मैं ना रहूँ, तो उन्हें बेहद तकलीफ होती है, वर्ना मैं अपना परिवार भेजकर, भला निश्चिन्त रह पाता ?"

यूँ, महीपति भी सारा कुछ समझते थे।

उन्होंने लम्बी उसाँस भरकर कहा, "चलो, तब यही सही !"

"जब मैं खबर भेजूँ, तुम लोग तभी आना !"

महीपति को लगा, जगतपति के बारे में आजकल जो अफवाहें सुनाई दे रही हैं, वे सब शायद सच हैं ? अपनी जरूरत पर जगतपति काफी नीचे उतर सकते हैं।

बहरहाल, जैसा तय हुआ था, वही हुआ, महीपति अपनी पत्नी, भौजाई और फुलेश्वरी को साथ लेकर बोयालिया रवाना हो गए।

हीरालाल सेठ ने दुखी होकर कहा, "आखिरकार आप भी चल दिए ?"

महीपति ने उदास हँसी बिखेरते हुए कहा, "भई, अपने लोगों की जान का मोह मुझे नहीं है। मगर आजकल रास्ता-घाट पर औरतों को बेआबरू कर रहे हैं। सुना है, सूरत लूटने के दौरान शिवाजी ने औरतों को काफी सम्मान दिया। औरतों के प्रति इन लोगों का बर्ताव, हर्मदों से भी बदतर है। हमारी ही बिरादरी के मदन गांगुली के भाई का किस्सा आपने नहीं सुना ?"

"हाँ, सुना तो है—"

"वर्गियों ने जब डाहा पहाड़ पर हमला कर दिया, उस बेचारे ने अपनी बीवी, बेटी और बहन को कुएँ में डुबाकर मार डाला और फिर खुद भी मर गया। घर की एक नौकरानी वर्गियों के हाथ पड़ गई। उसकी जो हालत हुई, मदन की हिम्मत टूट गई—"

हीरालाल सेठ को उसकी बात पर शायद भरोसा नहीं हुआ।

लेकिन सिर्फ कहने भर से जाना कहाँ होता है ? अपनी-अपनी जान बचाने के लिए, प्रायः सभी भागना चाहते थे। बैलगाड़ी, पालकी, घोड़ा—कोई भी सवारी आसानी से नहीं मिल रही थी।

मुर्शीदाबाद से लालगोला घाट तक जाने के लिए बैलगाड़ी अगर मिल भी गई, तो किसी ने पचास रुपए माँगे, कोई अकड़ गया। आखिरकार यह तय हुआ कि बैलगाड़ी तो मिल जाएगी, मगर गाड़ीवान को पूरे पचास रुपए गिनकर देने होंगे।

"इसके अलावा, रास्ते में अगर खतरा दिखा, तो आगे नहीं जाऊँगा—"

"अरे, जाएगा क्यों नहीं रे, रुपइए लिए हैं ना ?"

"रुपयों के लिए जान तो नहीं दे सकता न; ठाकुर ! ये वर्गी लुटेरे, न गरीब देखते हैं, न अनाथ, पहले कत्ल करते हैं, फिर बात करते हैं।"

थोड़ा ठहरकर, उसने, जरा हँसकर दोबारा कहा, "और आप लोगों को देखकर तो और ज्यादा तेजी से टूट पड़ेंगे। साथ में औरतें जो होंगी।"

यह तय हुआ कि बैलगाड़ी, रात के पहले पहर आएगी। शुक्ल पक्ष की रात ! इत्मीनान से चले जाएँगे। पुरानी ड्योढ़ी-मोर्चा की सड़क पकड़कर, धीरे-धीरे पहुँच ही जाएँगे।

काफी रात गए, सब अपने घर से निकले। साथ में बाबुलबोना कोठी के चार हरकारे ! एक के पास बन्दूक भी थी, फुलेश्वरी की आँखों में आँसू ! चेहरा भारी। पद्मा पार करने का मतलब था, जाने कौन से दूर देश जाना !

"क्या सोच रही हो ?" निन्दुली ने पूछा।

फुलेश्वरी का बेतरह मन हुआ कि वह बता दे, वह अपने पति के बारे में सोच रही है। उसके मन में बूँद-भर भी चैन नहीं था। उसका मन बार-बार कचोट रहा था कि वह आनन्दीराम को कहाँ छोड़े जा रही है, लेकिन जुबान से कुछ कहने की, उसकी हिम्मत नहीं पड़ी। अगर वह कुछ कहती, तो मुमकिन है, उसकी बुआ, कोई व्यंग्य कर बैठती, बुआ के मन में एक गोपन पीड़ा है, फुलेश्वरी जानती थी, आनन्दीराम का ब्याह तो दरअसल बुआ के साथ ही होना तय था।

सुबह होते ही महीपति को अन्दाजा हो गया कि वे लोग सही रास्ते नहीं जा रहे हैं।

''क्यों, भई, दीवान सराय की तरफ नहीं जा रहे हो ?''

''ना—''

''क्यों ?''

''रास्ते में वर्गी हैं—''

''रास्ते में वर्गी हैं ?''

''और नहीं तो क्या ? मैं कोई झूठ बोल रहा हूँ, ठाकुर ? मुर्शीदाबाद और भगवानगोला के बीचोंबीच, वे लोग हमेशा अड्डा गाड़े रहते हैं, तुम्हें नहीं पता ?''

किसी हरकारे ने कहा, ''भगवानगोला से चावल्-दाल तक नहीं आने दे रहे हैं—''

''भागीरथी में अगर बारहों महीने पानी भरा रहता, तो सब लोग नाव के रास्ते ही मुर्शीदाबाद आ सकते थे।''

''खैर, भागीरथी में पानी तो रहता है। लेकिन कलजुग्गी भागीरथी हैं न ? तीन महीने तक पानी लबालब रहता है, बाकी नौ महीने मामूली सा पानी।''

''इसी रास्ते आकर उन लोगों की चाँदी हो गई—''

''मैं तो नवाब की क्षमता की बलिहारी जाता हूँ। मुर्शीदाबाद की चारों तरफ एक चहारदीवारी तक नहीं उठाया।''

महीपति ने ईषत् हँसकर जवाब दिया, 'चहारदीवारी उठाकर वर्गियों को रोकना और तिनकों का बाँध बनाकर, बाढ़ को रोकना, एक जैसी बात है।''

अचानक गाड़ीवान बोल उठा, ''सुनिए, बातचीत बन्द करें ! चुप रहें ! मैं गाड़ी रोकता हूँ।''

कालूखाली और नशीपुर के बीचोंबीच गाड़ीवान ने गाड़ी खड़ी कर दी।

''बाबू लोग, जरा मुँह बन्द करके बैठें। मुझे मानस लोगन की बातचीत सुनाई दे रही है।''

फुलेश्वरी की माँ जलेश्वरी इतनी देर से चुप ही बैठी थीं। अब वे बिलख उठीं और उन्होंने अपने नाती को गोद में खींच लिया।

आम के पेड़ों की गझिन डालों की घनी छाँह ! पाँव तले काश पौधों का घना जंगल !

जलेश्वरी ने कहा, ''दोनों गायों को देख, बूनी, कैसी गढ़ी है, देख !''

महीपति ने महसूस किया, गायों की जोड़ी तक को मानो हवा में विपत्ति का आहट मिली हो। जैसे गायों को आनेवाले आँधी-तूफान-बारिश का पहले से ही आभास हो जाता है, बिल्कुल उसी तरह इन गायों को भी हवा में विपत्ति की गन्ध मिल गई थी।

किसी हरकारे ने अपने साथी से सहमी हुई फुसफुसाहट में कहा, "ए भइया, कोहितूर के ई सब पेड़ों को देख रहे हो ? अइसा पास-पास बो दिया है कि एतना घने हो गए हैं कि सब आपस में गुत्थमगुत्थी कर रहे हैं। इसीलिए एक भी साल फल नहीं दिए।"

बड़े हरकारे ने झुँझलाकर कहा, "ओफ ओ, ईहाँ जान पर बनी है अउर तू साला कोहितूर पेड़ देख रहा है ? कोहितूर, आम का पेड़ है, घर के पिछवाड़े ऐसे ही रोप दिया होगा। है कि नाहीं ?"

गाड़ीवान ने दोबारा घुड़की लगाई, "चुप !"

उसके बाद ही जरा उत्तेजित लहजे में उसने महीपति से कहा, "देखिए, देखिए, सामने देखिए ! वर्गी दिख रहे हैं न ?"

इस अंचल में दूर-दूर तक सिर्फ अमराई ! इस बार बैशाख भी कालबैशाखी लेकर आया और बारिश भी खूब हुई थी।

इसलिए समूचा मैदान और धान-खेत काश, जंगली घास और लहसुनिया घास से ढँका हुआ ! कहीं-कहीं तो वह घास, इंसान जितनी लम्बी !

किसी हरकारे ने कहा, "लगता है, सालों ने तूतिया की खेती करने की कोशिश की थी ! देखो न...कित्तनी ढेर सारी खाद बिछाई थी, नहीं तो इत्तनी सारी, इत्तनी लम्बी-लम्बी घास होती है भला ?"

उसकी बात का किसी ने जवाब नहीं दिया।

वह स्वगत ही दोबारा बुदबुदा उठा, "तुतिया के अलावा, और कउनो पेड़ के लिए इतनी खाद नाहीं देते—"

महीपति समझ गए। वह हरकारा जाति का किसान है और उसे शायद तूतिया की खेती की जानकारी है।

"लगता है, तुम्हें खेती की अच्छी-खासी जानकारी है ?"

"हमारे पास भी खेती थी, बाबू, तूतिया की खेती।"

हरकारे ने कई-कई बार गले तक आई थूक निगलने की कोशिश की। उसकी कंठनली धुकू-धुक कर उठी।

बड़े हरकारे ने गम्भीर होकर कहा, "कहा न, चुप्प कर !"

उसकी बातों के लहजे से ही लगा, वह उस लड़के का कोई बुजुर्ग रिश्तेदार था।

"पहली-पहली बार जब वर्गी लोग आयेन, तब..."

गाड़ीवान ने अचानक उसकी बात काटते हुए मन्तव्य जड़ा, "घोड़ों को तूतिया की सारी खेती ठुँसा दी यही न ? देख, यह कोई नई बात नहीं है। अब तू कोई नया भजन गा—"

किसी दूसरे हरकारे ने कहा, "अपनी की तरह, हमार लोगन का बेसी नाहीं गया। मगर एकदम नंगा-बुच्चा करके, छोड़ गए।"

"हाँ, कक्का, तुमने साँची कहा ! हरदम के लिए उघाड़कर रख दिया।"

महीपति ताज्जुब में पड़ गए। इन लोगों की आपस में जान-पहचान है, दोनों ने इसकी भनक तक नहीं लगने दी। इस घने काश वन में, इतनी दूर का रास्ता तय करने के बाद, अब आपस में बतकही जोड़ दी। यह क्या बात हुई ? ये लोग क्या मन-ही-मन कोई और मतलब गाँठकर आए हैं ? अगर ये लोग किसी और कांड पर उतर आए, तो वे अकेले मुकाबला कैसे करेंगे ? साथ में एक मर्द तो है, मगर कुल सात वर्ष का ! उनके बड़े भाई का नाती—विशु !

"देखिए—" गाड़ीवान ने दोबारा कहा।

बाढ़ आने से पहले, जैसे चीटियाँ, अपनी-अपनी चोंच में अंडा दबाए, कतार-दर-कतार खिसक लेती हैं, ठीक उसी तरह कतार-दर-कतार लोगों के झुंड चलते हुए ! बढ़ते हुए !

एक अमराई से निकलकर, घास में सिर छिपाए-छिपाए चलते हुए, दूसरी अमराई तक पहुँच जाते हैं। चीटियाँ तो बाढ़ आने से पहले अपनी जगह छोड़ती हैं, लेकिन ये लोग तो चीटियाँ से भी ज्यादा असहाय !

"ये लोग मुसलमान नहीं है, देवरजी ! इनकी औरतें कैसे मुँह उघाड़कर दौड़ रही हैं, देखो !" जलेश्वरी ने अचरज-भरे लहजे में कहा। उन्होंने बिल्कुल कृषिजीवी या कंगले-दरिद्र मुसलमान, कभी नहीं देखा था। उन्होंने शरीफ सम्भ्रान्त औरतों को ही देखा था। वे औरतें यूँ चेहरा उघाड़कर नहीं चलतीं।

गाड़ीवान ने कहा, "अरे, जान के डर से चलती जावे हैं। जिन्दगी में कभी सड़क पर नाहीं निकलीं। अब जान-मान के लाले पड़े हैं, तो निकलना पड़ा। मान-इज्जत जाने का डर, बहुत बड़ा डर है, वर्ना शेख-सैय्यद की बेटियाँ भला सड़क पर पाँव रखती हैं ?"

जलेश्वरी को मानो याद ही नहीं रहा कि अभी कुछ देर पहले वह कितनी डरी हुई थी।

"ओ निन्दुली, ओ ननदी, देखो, देखो वे लोग कैसी जंगली हैं ! ए माँ, इनके पास इतने बड़े-बड़े धनुष ? बकरी को कैसे घसीट रहे हैं, देखा।"

विशु ने कहा, "बकरी को बलि देंगे। है न आई ?"

गाड़ीवान ने धीमी आवाज में कहा, "वे लोग संन्थाली हैं, फिर भी गाँव में बसे हैं, भेड़-बकरी पालते हैं।"

"नहीं, जी वे लोग बड़े चाँई होते हैं ! धानुक जात के हैं, वे लोग ! धनुष ताने-ताने चलते हैं।

"सिर मुँडाए, ज्ञानी-धानी बाम्हन ! वह भी सिर पर गठरी उठाए, भाग रहा है।" जलेश्वरी ने दोबारा कहा।

निन्दुली ने धीमी-धीमी आवाज में कहा, "हो सकता है, वे पोथी-पत्रा समेत भाग

रहे हैं, भउजी ! हो सकता है, शालिग्राम भी लिए जा रहे हों—''

गाड़ीवान ने कहा, ''सब लोगन बूड़ी गंगा की तरफ जा रहे हैं। चूँकि सैय्यदाबाद जाना था, इसलिए, गनीमत है कि बैलगाड़ी मिल गई। इन लोगों को भला कुछ, कहाँ मिलेगा ? भगवान गोला धान-चावल का इतना बड़ा गंज है, इसलिए लोग-बाग भगवान गोला के आसपास रहना-बसना तो यमपुरी में वास करने जैसा है, इसीलिए सब भाग रहे हैं।''

''कहाँ? किस तरफ ?'' महीपति को अब अपने भागने की कोशिश, खास तुच्छ बात नहीं लगी, अब उन्हें शर्म भी नहीं आ रही थी।

हीरालाल सेठ की बातें सुनकर, उन्हें थोड़ी-बहुत शर्म जरूर आई थी। इतने सारे लोग भाग रहे हैं, वे खुद भी भाग रहे हैं, इसमें शर्म की क्या बात ?

''बूड़ी गंगा ! पद्मा-पार ! जा रहे हैं।''

गाड़ीवान बताने लगा, ''बूड़ी गंगा पार करते ही, सब कहीं-कहीं फुर्र हो जाएँगे, बाबे ! दूर-दूर पहुँच जाएँगे। वहाँ पहुँचकर, देखिएगा, ये नावें, कभी-कभी तो पूरे सौ रुपए माँग बैठती हैं ! भेड़-बकरियों की तरह मानस लादकर, नावें बहती रहती हैं।''

''इतने रुपए देता कौन है ?''

''जो दे सकता है, देता है। कभी-कभी दस लोग मिलकर चुकाते हैं। अब ये मल्लाह बिचारे भी क्या करें ? उन लोगों को तो यही मालूम है कि जो लोग भाग रहे हैं, वे सब अमीर-उमरा है। रुपए दे सकते हैं और देंगे भी ! यही तो कमाने का वक्त है, मल्लाह भी कमा रहे हैं।''

''इसके अलावा, जिनकी इतने रुपए देने की औकात नहीं है, वे बावले होकर दूसरे-दूसरे घाटों की ओर दौड़ जाते हैं।'' बड़े हरकारे ने जानकारी दी।

गाड़ीवान ने कहा, ''मल्लाहों में ऐसे लोभी भी हैं, जो कितने मुसाफिरों को पानी में डुबाकर मार डालते हैं। कित्तनों को इस बूड़ी गंगा की छाती पर, डकैतों ने घेर लिया।''

''उस पार जाकर भी वे लोग टिक पाते हैं ?''

''उस पार भी क्या वर्गी मौजूद हैं ?''

''ना, जी, मलकीनी, ''हरकारों में से किसी ने जवाब दिया, ''कित्तने लोग तो टिक ही जाते हैं। ऐसे भी बहुत से लोग हैं हमारी तरह खेतिहर-बुद्धि ! वे लोग हमारे देश, हमारे घर के मोह में ऊब-डूब करते हुए, दोबारा इस देश लौट आते हैं।''

''कोई-कोई बहुत चालाक होते हैं, जी ! कथरी को जैसे ई पीठ-ऊ पीठ, दुन्नो तरफ से गोदते हैं, ऊ लोगन भी उसी तरफ दुन्नो तरफ आवत-जावत हैं ! दुन्नो तरफ ! अब हमरे ई गोलबदन मंडल को ही लो ! ईंहाँ सब्बसे कहत है—कउन जावेगा रामपुर, बोयालिया ? चलो, हम पहुँचा देत हैं। इसी बात पर गड्डी-गड्डी-भर रुपइए झटक लेत है। फिर उस पार से जो लोग आवे चाहत हैं, उनसे कहत हैं, हमका भी साथ लै चलो, जी, नाहीं तो मुर्शीदाबाद जाना भूल जाओ।''

''वे लोग भी रुपए देते हैं ?''

''हाँ, जी, ठाकुर, ऊ लोगन भी रुपइए गिन देते हैं।''

''गोलबदन का तो पौ-बारह है। जनाब ! लेकिन जो लोगन ऊहाँ पहुँचे, सबको वर्गी लोगन ने मार डाला। नाव के माँझी-मल्लाह ही लूट लेत हैं; डाकू मार डालत हैं। उन सबके नंगे होने में कउनो विराम नाहीं है, ठाकुर ! चाहे जितनी भी कोशिश करे, ऊ लोगन देखत है, सब नंगे पड़े हैं।''

महीपति देखने लगे। अनगिनत लोग चले जा रहे हैं, चलते जा रहे हैं !

शेख-सैय्यद, ब्राह्मण-पंडित—साथ-साथ ! सुनार, बनिए, इत्रफरोश, बनिए, कंसारी बनियों के सिर पर बर्तन-भाँड़े !

''आप तो चेहरा-ढाँके हुए हैं, ठाकुर, वे लोग मल्लाह हैं, अपना-अपना जाल लेकर भाग रहे हैं।'' गाड़ीवान ने बताया।

कर्मकार, चमार, कुम्हार, वैष्णव, महन्त, सहजिया, बाउल, दरवेश, फकीर, संन्यासी, अवधूत !

कमर में तलवार ! वे लोग जरूर राजपूत हैं, और राह चलने की तकलीफ, शर्म के मारे, वे औरतें जिनका उदास चेहरा घूँघट में ढँका हुआ था, गोद में बच्चा और सिर पर गठरी लादे चली जा रही थी, वे जरूर कायस्थ हैं। वैद्य, ब्राह्मण, माहिष्य, सदगोप, शरीफ घरबारी !

बूढ़े-बूढ़ी, कंगाली, गरीब, अनाथ, गर्भवती, काने-लँगड़े—सभी सड़क पर चलते हुए ! चलने में अशक्त ! फिर भी चल रहे थे।

उन सब पर नजरें गड़ाए-गड़ाए महीपति ने कहा, ''इस तरह ये लोग कब से जा रहे हैं ?''

''बहुत दिनों से !''

छोटे हरकारे ने दोबारा कहा, ''जो लोगन जाय रहे हैं, ऊ लउटकर नाहीं आते, जी ! वर्गियों के डर से ऊ नाहीं लौटते। सो, हमारा देश, बेलकुल नंगा हो गया, ठाकुर ! मानस ही लक्खीजी को लावत है, सो मानस के साथ-साथ लक्खी भी चली गई—''

उसी दिन, झोंप-झाड़ की आड़ में छिनते-छिपाते, रात को बैलगाड़ी तेज-तेज चलाते हुए, गाड़ीवान ने महीपति परिवार को लालगोला घाट तक पहुँचा ही दिया।

लालगोला घाट पर, सैकड़ों-हजारों लोग जानवर की तरह, आपस में गुँथे हुए, बैठे थे। कोई-कोई रोता-बिलखता हुआ, कोई-कोई नाव में रोशनी देखकर ही दौड़ पड़ता।

''देखा, नाव मिलना ही दुष्कर है।''

हालाँकि घाट पर नौकाएँ बँधी हुई ! नावें मौजूद ! लालटेन झूलती हुई। माँझी-मल्लाह निर्मम मुद्रा में मोल-दर कसने में व्यस्त !

घाट पर ही, कई फूस की झोंपड़ियाँ भी खड़ी थीं। वहाँ सोने के भाव मिट्टी की हाँड़ी, खाना पकाने की लकड़ी, चावल-दाल, नमक बेचे जा रहे थे। जिसको मिल जाता है, रांध-पकाकर रख लेते थे।

महीपति ने अब गाड़ीवान से पूछा, ''भइए, तुम्हारी बातचीत काफी बेलाग और

साफ-साफ लगी। मुझे लगता है, इस काम का तुम्हें आदत नहीं है।''

बड़े हरकारे ने उसी तरह धीमे लहजे में कहा, ''वे चन्द्र माइती के बेटा हैं। उनके पास अकेले की, बावन बीघा तूतिया की खेती थी। ठाकुर, हम सब वहाँ खेतिहर थे।''

''अब गाड़ी हाँक रहे हो ?'' इतनी देर बाद, महीपति ने उसे 'आप' नहीं कह पाए।

''हाँ—'' वह नौजवान हँस पड़ा।

''हमारे तूतिया के खेत नष्ट हो गए। जिस वक्त मेरा घर-द्वार सब कुछ, जलकर खाक हो गया, उस वक्त मैं बाहर अदद बैलगाड़ियाँ लेकर आ रहा था, जनाब ! सोचा था, अपने कारोबार के सामान-पत्तर लादकर, लौट जाऊँगा। यह तो हुआ नहीं, इधर बैलगाड़ी देखकर, लोग-बाग कहने लगे—इत्तना रुपए देंगे ! इत्तने रुपए ले लो, हमें ले चलो।''

महीपति हँस पड़े, ''अच्छा, तो तभी से शुरू हो गए ?''

''हाँ, कह सकते हैं। लेकिन, नवाब के लोग-बाग़, जब जिसकी मर्जी होती है, लेकर चल देता है। उन लोगों की वजह से, हमें कुछ भी नहीं मिलता, ठाकुर, हमारे हिस्से कुछ भी नहीं आता। इस वक्त, समझ लीजिए, मेरे पास तीस बैलगाड़ियाँ हैं।''

''ती—स बैलगाड़ियाँ ?''

''बीच-बीच में निजामत से तलब आता है। नदी पार से धान, चावल, गेहूँ, गुड़, चीनी शहर पहुँचाना होगा। निजामत के लोग, रुपए-पैसे की परवाह नहीं करते, जनाब ! इसके अलावा, आप जैसे लोगों को भी लाता ले जाता हूँ।''

''गाड़ी खुद ही चलाते हो ?''

''चलाना तो पड़ता ही है ! चलाना भी पड़ता है, संग-संग रहना भी पड़ता है ! खतरा भी तो है न ?''

''गाड़ीवान मिल जाता है ?''

''इनकी तरह हमारे यहाँ और भी तो खेतिहर-मजूर थे। उन सबको तो निज़ाम के यहाँ काम मिला नहीं। साहब लोगों की कोठी में भी नहीं। उस पर से जो दिन-काल पड़ा है ! इस काम में खतरा है, यह जान-बूझकर भी कुछ लोग आए थे।''

''यह तो बड़ी अच्छी बात है! बहुत ही अच्छी बात !'' महीपति को और कोई बात नहीं सूझी।

''अब अच्छा हो या बुरा ! अपने पेट के लिए इन्तजाम तो खुद मुझे ही करना होगा, ठाकुर ! लेकिन, यह बात पक्की है कि अपने एक सौ बावन बीघा जमीन पर तूतिया की खेती मैं ही करूँगा।''

महीपति ने उस नौजवान की बातचीत में कोई दूसरा ही सुर महसूस किया।

''वैसे तूतिया की खेती में ज्यादा कष्ट है !'' नौजवान ने मानो अपने से कहा, अगले ही पल, उसने महीपति की तरफ मुखातिब होकर कहा, ''जिस बार सर्वनाश हुआ, भगवान ने उस बार ही लीला दिखा दिया, बाबू ! उस बार क्या बड़े-बड़े, लम्बे-लम्बे पेड़ हुए थे। भादों में निरा लिया, आश्विन में चारा रोपा, चैत में पोखर से सिंचाई के लिए

गीली माटी भी ले आया ! अगले भादों में कैसा हरा-हरा पत्ता निकल आया। बाजार भी क्या चढ़ गया था, ठाकुर ! रेशम के कीड़ों की तो जैसे बाढ़ उमड़ पड़ी। पत्ता जितना बढ़िया होगा, रेशम भी उतना ही बढ़िया होगा, इसलिए पत्तों का दाम भी हहराकर चढ़ता गया।''

महीपति को लगा, मुर्शीदाबाद के कई-कई हजार रेशम-किसान उनसे बातें कर रहे हों। सच तो यह था कि वे भी राजधानी में काम करते थे। राजा, उमरा, बड़े-बड़े अमीरों के साथ उनका उठना-बैठना था, सारा हिसाब-किताब तो वे जानते ही थे। मुर्शीदाबादी रेशम के लोभ में ही तो ईष्ट इंडिया कम्पनी और बाकी सब विदेशी व्यापारी यहाँ पड़े रहते थे।

उन्हें सब मालूम था। मुर्शीदाबाद के महसूल दफ्तर में, कोरे रेशम के दाने के खाते में हर साल साढ़े सत्तासी लाख रुपए जमा पड़ता है, इसके बावजूद विदेशी व्यापारी या तो यहाँ बिना शुल्क के व्यापार करते थे या हुगली में जमा देते थे।

खैर, वे तो और भी बहुत कुछ जानते थे। कितनी-कितनी तरह के रेशमों के नाम, उनका जन्मस्थान, दुनिया के दूसरे-दूसरे बाजारों में उनके दाम !

वे सिर्फ इन लोगों के बारे में नहीं जानते थे। वे लोग इतने करीब थे, कि शायद इसीलिए उनके बारे में अनजान थे। बेहद करीब के इंसान को पहचानने में अक्सर देर हो जाती है, दुनिया का यही नियम है। इस वक्त, उस लड़के के चेहरे-मोहरे से सर्वनाश का अन्देशा हो आया। सर्वनाश और सर्वनाशी जिद ! वह दोबारा तूतिया की ही खेती करेगा, दोबारा चढ़े हुए दाम में पत्ते बेचेगा। जिस साल रेशम के कीड़े नहीं होंगे, उस साल इतनी जी-तोड़ मेहनत से उगाए हुए, तूतिया के पेड़ के पत्ते, गायों के चारा-पानी के हिसाब से बेच देगा।

उठना और गिरना ! तोड़ना और रचना ! काफी मुश्किल से, काफी कोशिश-तदबीर से नाव का इन्तजाम हुआ, तब जाकर महीपति अपने परिवार के लोगों को लेकर राजशाही पहुँचे।

37

उत्तम स्थान चुनकर
गढ़ा वहीं घर-बार
चौशालापुरी सैन्यवास
मन्दिर-मन्दिर बहार

कानकसन ! अति प्राचीन जनपद, जो मेदिनीपुर के दक्षिण में स्थित था। वहाँ भूमिपति राय घराने की शरण में सब लोग सुख से रहा करते थे। यहाँ भूमिपति राय ने आनन्दीराम को अतिशय आग्रह के साथ, अपनी कचहरी का जिम्मा सौंप दिया, क्योंकि

वे अशक्त हो चुके थे, उम्र भी काफी जीर्ण हो आई थी। उनकी दीर्घ देह, कमर से टूटी हुई। दाहिने हाथ के पंजे काँपते हुए ! बायाँ हाथ कोहनी से कटा हुआ और गले-छाती में जख्म के निशान !

''हम लोग वीरों के वंशज हैं, समझे बेटा, बाघ का शिकार करने गया था, बाँया हाथ गवाँ आया !''

वे आनन्दीराम को गाँव की सरहद पर स्थित, प्राचीन किले में ले गए। इस किले में आज भी कतार-दर-कतार लोहे की कमान, लोहे का गोला, भाला, कटार, ढाल-तलवार और बघनखे सजे हुए !

वे लोग वहाँ दोपहर को पहुँचे, दो अधेड़ पहरेदार, किले पर पहरा देते हुए—लक्ष्मी सेनापति और दुर्गा चरण नायक !

''तुम वीरों के देश में आए हो, समझे, बेटा !'' भूमिपति हँस पड़े। उनकी हँसी में गर्व और पौरुष !

उन्होंने अगला वाक्य जोड़ा, ''इस देश की मिट्टी पर वीर सन्तानें पैदा होती हैं ! देखो न, यहाँ के लोग, सेनापति, दलपति, मल्ल, कोतवाल, सान्तरा, हाजरा वगैरह उपाधियों से जाने जाते हैं।''

''जी !''

आनन्दीराम ने किले पर निगाह डाली ! किले की दीवारों पर दरारें ! कमानों पर जंग। भूमिपति राय की निगाहें बेहद कमजोर हो चुकी थीं, इसलिए उन्हें ये दरारें, जंग शायद नजर नहीं आती होंगी।

''कानकसन की ऐसी हालत पहले नहीं थी। सागरद्वीप के अड्डे से मंगोल और हर्मद बार-बार आकर लूट-पाट मचाते रहे। अब तो कुछ भी नहीं बचा। हमारा राजत्व तो खैर, खाक बराबर है, हिजली, तमलुक जैसी बड़ी-बड़ी जगहें भी बिल्कुल श्मशान बन गईं।''

थोड़ा ठहरकर, उन्होंने दोबारा कहा, ''उन दिनों, मेरे पुरखों के जमाने में, उड़ीसा जाने-आने के लिए, यही सबसे अच्छा रास्ता था। नदी की नावें-डोंगियाँ। कानकसन को कर चुकाए बिना, कोई नहीं गुजर सकता था। जो नावें गुजर जाती थीं, उन्हें अपने हरकारे या प्यादे के जरिए पकड़ लाया जाता था, और उन्हें मार-मारकर सीधा कर दिया जाता था।''

''जी !''

''और देखो न, उड़ीसा में पठान आए, मुगल आए, लेकिन इससे कानकसन को कोई नुकसान नहीं पहुँचा। बल्कि इसकी शोभा, दिनोंदिन बढ़ी हैं। हाँ, बीच में मेरी ही बुद्धि भ्रष्ट हो गई थी। दस सालों में मेरे बेटे ने, उड़ीसा जाने का यह रास्ता, तोड़-ताड़कर, घनघोर जंगल बना दिया। उस वक्त, मेरी शनि की दशा चल रही थी। मेरी बात किसी ने भी नहीं सुनी।''

''जी—'' आनन्दीराम ने कुछ समझा, कुछ नहीं समझा। उन्होंने किले की छत पर

खड़े होकर दूर-दूर तक नजर दौड़ाई। दक्षिण-पश्चिम की तरफ निविड़, घनघोर जंगल ! काफी दूर पर हिजली नदी की जलरेखा चमकती हुई ! पूरब और उत्तर में समृद्ध जनपद ! सैकड़ों घर-मकान ! मन्दिर की गुम्बद पर पताका फहराती हुई ! नदी की छाती पर, बीच-बीच में बड़ी नावें तैरती हुईं !

''इस मन्दिर के करीब जितने सारे घर-मकान देख रहे हो न, वे सब हमारी उड़िया प्रजा हैं। किसी वक्त, पठान आक्रमण के दौरान ये लोग जाजपुर से अपने देवता को गोद में उठाए-उठाए यहाँ भाग आए थे। महाप्रभु की पदरज, वे लोग ही लाए थे ! अब कानकसन का गौराँग मठ बेहद मशहूर है।''

अब जाकर आनन्दीराम की नजर भूमिपति राय के कन्धे पर पड़ी। उनका उत्तरीय ढलक गया था, सीना साफ दिखाई दे रहा था। सीने पर चन्दन से 'गौरहरि' नाम लिखा हुआ !

''पश्चिम की तरफ देखो ! जगन्नाथ, बलराम, सुभद्रा का मन्दिर ! कालापहाड़ जब उड़ीसा में था, मेरे पूर्वज वहाँ से देवमूर्ति समेत भाग आए थे। तालीपाढ़ा के राजा ने उनके पैर पकड़कर, अपने देवता की रक्षा करने की विनती की। उन्होंने प्रचुर धन-रत्न और सोने का सिंहासन भी अर्पित किया। बस, उसी दिन से कानकसन की उत्पत्ति हुई।''

''जी—''

''और यह देखो, उत्तर में बड़ा सा जलाशय। उसकी बगल में वो सफेद मस्जिद है न, वहाँ बड़े पीर रहते हैं। पीर साहब के बाघ, आज भी चाँदनी रात में कानकसन में घूमते-फिरते हैं। पीर साहब बड़े जाग्रत हैं। तुम खुद ही देख लेना, वारुणी के मेले में, इस जलाशय में लोग पुण्य-स्नान के लिए आते हैं—हिन्दू, मुसलमान, बहू-बेटियाँ, सभी लोग !''

''और वो दूर, जो मन्दिर दिख रहा है, वह किसका मन्दिर है ?''

अब जाकर नजर पड़ी। किले के सामने ही मन्दिर ! इस कदर काई जमी हुई कि पूरा मन्दिर ही हरे रंग में नहाया हुआ ! पेड़ों की आड़ में छिपा हुआ, इसीलिए उस पर नजर ही नहीं पड़ती। लेकिन वह मन्दिर भयंकर लग रहा था। बेहद घुटन-भरा ! बेतरह उपेक्षित !

''वह मेरी मरण-काठी है। जिस दिन वह देवल टूटेगा, राय वंश ध्वंस हो जाएगा।'' भूमिपति गम्भीर हो आए, उन दिनों मुझ पर शनि की दशा चल रही थी। मेरे अनजान में कृष्ण माइती, गंगा जल से निकली देवी वाशुली हर ले गया। हालाँकि, वह देवी वाशुली किसी के हाथों रची-गढ़ी नहीं थी, देवी मइया तो सोने के नाव समेत खुद ही माटी फोड़कर प्रकट हुई थी।

''जी—'' इस बार अधेड़ दुर्गाचरण नायक बोल उठा, ''आसपास चालीस कोस की चौहद्दी में सारे के सारे शंख अपने-आप बज उठे। देवी मइया माटी फोड़कर परगट भईं। मेरे ही वंश के लड़के...मेरे छोटे बेटे ने, जो गाय चराया करता था, पहले-पहल उसी ने देखा।''

वह अद्‌भुत घटना थी ! परम अद्‌भुत घटना ! राढ़ बंग के गाँव-गाँव में देवादिष्ट देवस्थान—पीर साहब की दरगाह, पुण्य पोखर, पवित्र पेड़-थान मौजूद हैं, लेकिन कानकसन में, जब सोने की वाशुली, धरती पर प्रकट हुई। उन दिनों यह इलाका काफी समृद्ध, ऐश्वर्य-सम्पन्न था।

''उस दिनों भी महाप्रभु नीलाचल में लीला-खेल में मगन ! खजूरी-हिजली में सैकड़ों बनिया-कोठी, हजारों-हजार नमक की नहर, जहाँ हजारों-हजार लोग कार्यरत ! गंज-गंज में व्यापार, शरत के मौसम में सैकड़ों नावें तैरती हुईं !''

ऐसे शुभ समय में देवी वाशुली, सोने के नाव में आसीन, माटी फोड़कर प्रकट हुईं। सब लोग आ पहुँचे, जैसे ही वे लोग, उस मूर्ति को पकड़ने की कोशिश करते, नाव पल-भर में माटी तले डूब जाती। अन्त में कनकसन के बड़े राय आए। उनके पैर डगमगा रहे थे, चेहरे पर मक्खियाँ उड़ती हुईं ! वे ठहरे शान्त-धीर इंसान ! धीर-गम्भीर रहते-सहते थे ! किसी को उनमें कोई दोष नजर नहीं आता था।

''उन्होंने जैसे ही हाथ लगाया, पूरी नाव ऊपर आ गई। करीब हाथ-भर लम्बी देवी ! आठ साला किशोरी बच्ची !''

दुर्गाचरण ने कहा, ''अरे, और भी कितना कुछ हुआ था। उनको बताते क्यों नहीं? उनको सब पता तो चले।''

''तू ही बता !'' भूमिपति की आवाज खिन्न हो आई थी। आनन्दीराम अब समझ गए, बूढ़े-बुजुर्ग के साथ दुर्ग-रक्षकों का सख्य भाव था ! दोस्तों की तरह मान-मनौव्वल चलता था।

''देवी मइया के हाथ में कटोरी ! वे मुरमुरे चबा रही थीं। पाँव के करीब जाल और डोरी ! बाएँ हाथ में धान की बाली ! वे नाव पर बैठी हुईं थीं ! उन्हें देखकर धूम मच गई। मल्लाहों ने कहा, ''ये हमारी देवी हैं, हम इनकी पूजा करेंगे। देखते नहीं, ये रहा जाल और डोरी ?'' रैय्यत अड़ गए, ''मइया हाथ में धान लेकर आईं हैं, इसलिए किसान मुहाल में रहेंगी। हाथ में कटोरी थामे, मुरमुरे खाती रहेंगी।'' बनियों ने कहा, ''वे नाव में चढ़कर आईं हैं, बनियों की पूजा स्वीकार करेंगी।'' मलंगियों ने कहा, ''देवी मइया हमारी हैं, इस जंगल से पेड़ काट-काटकर, हम नमक की भट्टी जलाते हैं।''

आज भी ये सारी बातें गानों में बँधी हुई हैं, सुनोगे तो सही ! हमारे पुरखों ने कहा, ''देवी मइया मेरे हाथों, माटी से निकलीं, सो पूजा तो मेरी ही लेंगी। मैं तुम लोगों का पालक हूँ। मेरी पूजा करने का मतलब होगा, तुम सबकी तरफ से पूजा !''

उसके बाद वाशुली की अद्‌भुत ख्याति फैल गई। बनियों ने शंख बजाकर उनकी पूजा शुरू कर दी। नाव-नाव में सैकड़ों शंख गूँज उठे। इस मन्दिर में कितने ही लोग मत्था टेकते, अपनी मन्नतों का फल पाते। जिसको, जो चाहिए होता, मिल जाता।''

''लेकिन उस वक्त, मेरी शनि की दशा चल रही थी। गंगाजली कृष्ण माइती, मेरी देवी प्रतिमा हर ले गया।''

आनन्दीराम के साथ-साथ भूमिपति राय कचहरी में आए। काशीश्वर उस वक्त

सिद्धे की पत्तल के सामने अजब पशोपेश में पड़ा था।

आनन्दीराम ने ही कहा, ''श्रीमान, हम लोग अपने हाथों से रसोई नहीं बनाते, आप हमारे लिए एक ब्राह्मण भी दें।''

''दे दूँगा, भूमिपति ने जवाब दिया, ''सब दे दूँगा, लेकिन, बेटा, तुम जरा मेरा उद्धार करो ! साल में कुल अठारह हजार टके की आमदनी होती है, लेकिन इस वक्त खासी अव्यवस्था मची है। लगता है, औरत के हाथ से राज्य गया—''

''औरत के हाथों में राज्य—?''

''हाँ, लाचारी थी, देना पड़ा, उस वक्त मेरी शनि की दशा जो चल रही थी...''

लगातार बीस वर्षों की कोशिश-तदबीर से खुद भूमिपति ने कनकशन को सजा-धजाकर समृद्ध और सम्पन्न बना डाला। हाट-बाजार बिठाकर, व्यापार की सुव्यवस्था करके, उन्होंने अच्छी-अच्छी प्रजा लाकर बसाया; बस्तियाँ तैयार कराईं। यहाँ तक कि फ्रांसीसी व्यापारी तक उनके राज्य में व्यापार करने आते थे। बीस वर्षों में भी उनके चरित्र में बूँद-भर भी दाग नहीं लगा ! एकदम उजले-धुले ! निष्कलंक ! ब्याह भी कर डाला। झारीखंड की तरफ की लड़की ! उनकी पत्नी सूरत-शक्ल से कुरूप थी, मगर बेहद प्रतिष्ठित घराने की बेटी थी।

उसके बाद, एक सुन्दर तम्बोलिन लड़की को देखकर, भूमिपति राय ने बीस सालों में रचा-गढ़ा राज्य छोड़कर, पाँच साल के लिए उसके बिल्कुल दीवाने हो गए ! अपना राज-पाट सब कुछ भूलकर, वे अपने राज्य की आखिरी छोर—कानगढ़ में जा बसे !

वे भालेदार, लठैत, तीरन्दाज, गोलन्दाज लेकर युद्ध करने गंगाजल पहुँचे। लेकिन, देवी, वहाँ के मन्दिर में, विशाल सिंहासन पर आसीन थीं ! भूमिपति ने देखा, गंगाजली के राजा को युद्ध करने में कोई दिलचस्पी नहीं थी।

कृष्ण माइती कच्ची जमीन लम्बाकार लेटे हुए थे।

उन्होंने कहा, ''देवी मइया ने मेरे सपने में आकर कहा—मैं यह जगह छोड़ दूँगी। इस राज्य में पाप घुस आया है। अगर तू मुझे ले चल, तो मैं तेरे साथ चल सकती हूँ। इसीलिए मैं देवी को उठा लाया।''

भूमिपति के हाथ लगाने के बाजवूद नौका हिली-डुली नहीं।

उन्होंने आँखों में आँसू भरकर कहा, ''मैं हार गया, कृष्णचन्द्र, तुमने बिल्कुल ठीक किया, जो देवी मइया को उठा लाए।''

उसके बाद ही, भूमिपति के बेटे का असमय ही स्वर्गवास हो गया। अब उनके साले के बेटे को, उनकी पत्नी ने गोद ले लिया है। लेकिन, कचहरी में अदा की जानेवाली तहसील की हालत, अभी भी अच्छी नहीं थी। इसीलिए आनन्दीराम को यहाँ तलब किया गया था।

''लेकिन उड़ीसा जाने की राह में घनघोर जंगल उग आने से तो आपको सुविधा ही हुई है, वर्ना उस रास्ते से भी वर्गी टूट पड़ते—''

''वर्गी ? और यहाँ आएँगे ? तुम क्या वर्गियों से डरते हो ?''

भूमिपति राय हँस पड़े, ''भइए, यहाँ भी, मेरे पास फौज की टुकड़ी मौजूद है—हजार भालेदार, हजार लठैत, पाँच हजार सन्थाल तीरन्दाज, इसके अलावा, एक सौ घुड़सवार, तीन हाथी और ढेरों सिपाही।''

''वर्गियों की तादाद होगी बीस-तीस-चालीस हजार !''

''हमारी फौज बारहों महीने खेती-बारी करते हैं, लेकिन युद्धकाल में खौफनाक हो उठती हैं।''

''अगर यही बात है तो, श्रीमान, आप पहले उन्हें खबर भेजें। आपके घर में सोने-चाँदी के जितने भी गहने मौजूद हैं, वह सब छिपा दें, वर्ना जान बचाना मुश्किल हो जाएगा।''

''तुम भी न, क्या बात करते हो ? हमारे इस अंचल की चारों तरफ छोटे-छोटे पहाड़ हैं, घने जंगल हैं। यहाँ वर्गी कहाँ से आएँगे ?''

''चलो, न आएँ, तो गनीमत !''

''अभी शारद पूजा का समय है। देवी-पूजा की उम्मीद में, लोग-बाग, किस कदर खुश हैं। इस वक्त क्या यह बात उन्हें बताई जा सकती है ?''

दुर्गा पूजा के मौके पर, कचहरी की तरफ से बाँटने के लिए सैकड़ों कपड़े खरीदे जाते थे। राजबाड़ी में पूजा की तैयारियाँ होतीं। ढेंकी घर में दिन-रात काम चलता रहता; चिउड़े कूटे जाते, अरवा चावल की कुटाई होती; मुरमुरे, लड्डू, कदमा, नारियल के टोकरे पर टोकरे आते।

जहाँ प्रतिमा गढ़ी जानेवाली थी, उस कुम्हार टोली में जाकर, हाँड़ी, डोम, अछूत जात के बच्चे-बूढ़े अश्लील गीत गा-गाकर नाचते रहते और हर ओर अशुभ खदेड़ते रहते ! शारद पूजा में इस किस्म के गीत प्राचीन काल से गाए जाते थे। शारदा देवी कृषकों की भी तो देवी थीं।

उसके बाद ढाक, ढोलकिए आ पहुँचते...

पुत्र-शोक भूलकर भूमिपति की पत्नी भी बाहर निकल आईं और अपने सामने नौकरानी को खड़ी करके, उसके जरिए उन्होंने आनन्दी से अनुरोध किया, ''मेरा दत्तक-बेटा अभी निरा नाबालिग है। हम दोनों की उम्र हुई ! अब आप हमें छोड़कर, कहीं जाइएगा नहीं। आपको देखकर, हमें काफी भरोसा बँधा है।''

लेकिन सारा कुछ कुचलकर, नदी पार करके, वर्गी कानकसन तक आखिर पहुँच ही गए। वर्गी लोग आए और काफी दिनों तक यहाँ अड्डा गाड़े रहे। भूमिपति राय की फौज की टुकड़ी किसी काम नहीं आई। 'तँका देह; तँका देह' कहकर, चारों तरफ आतंक रचकर, आखिरकार उन्होंने आनन्दीराम को ही वहाँ का राजा समझ लिया।

''वे हमारी तनख्वाह में पलते हैं। वे राजा हैं भला ?''

भूमिपति की इस हुंकार पर उन लोगों में ध्यान ही नहीं दिया। चेहरे-मोहरे से

आनन्दीराम को ही राजा समझ लेना, सरासर सम्भव था। इसके अलावा, धन-सम्पत्ति की खबर, उन्हीं की उँगलियों की पोरों पर थी।

आनन्दीराम ने कहा, "जी-हाँ, मैं ही राजा हूँ।"

वे भूमिपति की रक्षा करना चाहते थे।

वर्गियों ने आनन्दीराम को चड़क-पाटे से बाँधकर, चारों तरफ जोर-जोर से घुमाया; पानी में डुबकनिया खिलाई।

भूमिपति गुस्से से चीख उठे, "भई, अगर राजा वही है, तो उसकी जान लेने में, तुम लोगों को फायदा क्या होगा ?"

"कुच्छ नहीं—"

लेकिन, वर्गियों के सरदार, श्रीमन्त जोशी को कहीं कोई दुविधा नहीं थी। रुपए वसूल करना ही, उसका परम लक्ष्य था। मरे हुए राजा की कीमत चार पैसे भी नहीं थी। एकाध दमड़ी या आधी कौड़ी भी नहीं। इसके बजाय राजा अगर जीता-जागता रहा, तो रुपए वसूली में, उन लोगों की मदद कर सकता है।

असल बात यह थी कि रुपए चाहिए ही चाहिए, वर्ना हजारों-हजार इंसानों की जान ले ली गईं। अरे पाँच-दस हजार लोग मर गए या जिन्दा रहे, श्रीमन्त जोशी का कुछ भी नहीं आता-जाता।

"सब कुछ तो समझ ही रहे हो—" श्रीमन्त ईषत् मुस्कुरा उठा। पूरब, पश्चिम, उत्तर, दक्षिण—चारों तरफ उसी की जय-जयकार ! क्योंकि अनाजों के खेत- धू-धू करके जलते हुए ! प्रजा फरार !

"इतने बुजुर्ग इंसान को आप 'तुम-तुम' क्यों कर रहे हैं, श्रीमान ?"

काशीश्वर की यह निर्भीक उक्ति सुनकर आनन्दीराम अचकचा गए।

भूमिपति राय ने कहा, "गया ! अब यह कच्चा सिर भी गया काम से !"

लेकिन श्रीमन्त जोशी ने संक्षिप्त-सी मुस्कान बिखेरते हुए कहा, "हमारी भाषा में 'आप' शब्द नहीं होता।"

भूमिपति राय ने कहा, "रुपए चाहिए, तो उसे छोड़ दो—"

आनन्दीराम को रिहा कर दिया गया।

भूमिपति राय ने कहा, "अरे, भइए, सीने पर 'गौरहरि' लिख लेने से क्या होना है ? मेरी कमर अगर सीधी होती और दाहिने हाथ में अगर जोर होता, तो बच्चू का कच्चा सिर अब तक जमीन पर लुढ़क रहा होता। मैं मजे से गेंद खेल रहा होता। मेरी आँखों के सामने बाम्हन का अपमान ?"

"अब रुपयों का इन्तजाम कीजिए, श्रीमान, वर्ना वे लोग किसी को भी नहीं छोड़नेवाले ?"

"राजा बनने की दुर्बुद्धि तुममें क्यों आई, भई ?"

"अरे, मैं क्या चाव से राजा बना ? उन्हीं लोगों ने मुझे राजा बनाकर छोड़ा।"

"तुम्हारी तो हर तरह से दुर्गति हो गई। गाँव में वर्गी घुस आए, तो तुमने मेरी

जान बचाई। नौकरी करने आए, तो यह हाल हुआ ? अन्त में, वर्गी के हाथों यह बेइज्जती ?''

''अब यह सब सोचने से क्या फायदा ?'' आनन्दीराम ने खीझ-भरे लहजे में जवाब दिया, ''दरअसल, अब, कहीं भी हम सुरक्षित नहीं हैं। किसी में भी इतनी कुव्वत नहीं है, जो इन्हें रोके। लेकिन, श्रीमान, किसान अगर चैन से खेती न करें, बनिया व्यवसाय न करें, गृहस्थ अगर गृहस्थी न करे, देश का सामूहिक सर्वनाश हो जाता है; लक्ष्मी छोड़कर चली जाती है।''

''सब...सब जानता हूँ, भइए, अब तुम मेरी चट्टी लो और सीधे गंगाजली चले जाओ।''

''गंगाजली ?''

''हाँ, कृष्ण माइती के पास चले जाओ। सोलह लाख काहन कौड़ी लिए बिना, वर्गी नहीं जानेवाले ! और सोलह लाख काहन कौड़ी, मेरे कोषागार में नहीं है।''

''नहीं है ?''

''ना !'' भूमिपति की आवाज बेहद रुक्ष और सूखी हो आई, ''मैं इस चोट में नहीं पड़ूँगा, मुखोटी, मैं देख आया हूँ, वाशुली का मन्दिर अभी भी अटूट है। बेटा चला गया, बेटी है नहीं ! वर्गी मेरे सामने, बाम्हन के बदन पर हाथ उठाता है।...फिर भी मैं उठूँगा !''

''वे एक कौड़ी भी भला मुझे क्यों देने लगे ?''

''देगा ! मेरी चिट्ठी देखकर देगा। कानकसन पर उसे बड़ा लोभ है, अगर मैं उसका कर्जदार रहा, तो यह राज्य किसी-न-किसी दिन उसका होगा, इस लोभ में देगा। उसका बाप बड़ा धार्मिक था, जी, लेकिन बेटा हद लोभी निकला।''

बहरहाल, यही तय हुआ ! आनन्दीराम सोलह लाख काहन कौड़ी लाकर दे देंगे, तो वर्गी उनका देश छोड़कर चले जाएँगे।''

''अच्छा, तो मैं चलूँ—'' आनन्दीराम ने जाने की अनुमति माँगी, उन्हें अभी भी, भाग्य की तलाश में जाना होगा; इंसान बनना होगा। यूँ उनके कन्धे पर धूप भी पड़ती है, तो अभी भी उनसे बर्दाश्त नहीं होता, अभी भी खाल फटकर, खून बहने लगता है। लेकिन उनके काँधों पर दो-दो माँ, दो-दो पत्नियाँ, नाते-रिश्तेदारों की जिम्मेदारी है !

''अभी, मेरे जिम्मे बहुत से काम पड़े है—'' आनन्दीराम ने अपने को समझाया।

''मुझे भी तो तुम्हारी जरूरत है, बेटा ! हम बूढ़ों को छोड़कर, जाना मत ! अभी तो अपनी परजा को फिर से बसाना होगा, कानकसन का गौरव फिर से वापस लाना होगा। देखो, मैं हाथ से टुँड हूँ, आनन्दी, मुझे कभी छोड़कर मत जाना।''

आनन्दीराम वहीं टिक गए।

38

कौड़ी लेकर, वर्गी ने छोड़ा देश
राजा ने भरी लम्बी उसाँस
प्रजाजनों को दी आवाज
देश का पंछी लौटे अपने राज
बकया खजाना होवेगा माफ !

गंगाजली जनपद देखकर, आनन्दीराम काफी खुश हुए ! इतने दिनों वे शरीफ लोगों के गाँव में रहते-सहते आए थे, जहाँ ज्यादातर उच्च वर्ण गृहस्थों का निवास था चूँकि यह गाँव वर्धमान, कटवा जैसी बड़ी-बड़ी जगहों के आसपास था, इसलिए इस गाँव की आबोहवा ही बिल्कुल और तरह की थी।

गंगाजली गाँव में ब्राह्मण मात्र ही, मुख्यतः श्रेष्ठ श्रेणी का था, उन लोगों की और माहिष्यों की तो पदवी ही अद्भुत थी। वे पदवी सुनकर काशीश्वर और आनन्दीराम अचरज में पड़ गए।

''क्यों, बड़ा अचरज हो रहा है, न ?'' कृष्ण माइती ने काशीश्वर से पूछा।

कृष्ण माइती ने खुद ही, खुद को राजा का खिताब दे डाला था, क्योंकि जब औरों ने उन्हें यह खिताब नहीं दिया, तो उन्होंने और ज्यादा इन्तजार नहीं किया। सूरत-शक्ल से काले-कलूटे, गले में सोने की चेन, हाथ में तोड़ा, कान के छेद में मूँगे की लौंग ! उसने जो पहन रखा था, काफी खूबसूरत थे।

''जी—''

''अचरज जैसी कोई बात नहीं है।''

''जी—ना !''

''जो लोग और-और देशों से आते हैं, वही आवाक् रह जाते हैं।''

कृष्ण माइती सोच में पड़ गए। वे सोलह काहन कौड़ी दें या कौड़ी जितनी कीमत का सोना, वे मन-ही-मन तौलते रहे।

थोड़ा सोचकर उन्होंने कहा, ''सोना देखकर वे लोग छोड़ेंगे नहीं, और-और माँगेंगे—''

''हाँ, माँगेंगे तो सही !''

''ऐसा कीजिए, आप कौड़ी ही ले जाइए—''

''ठीक है, वही दे दें—''

''वैसे भी, सोना देकर भला क्या होगा ? भूमिपति राय के यहाँ सोने का पहाड़ लगा है—''

आनन्दीराम को विश्वास नहीं आया।

''घर में इतना सोना होता श्रीमान, तो वर्गियों को निकालने में भला इतनी देर लगती ?''

''होती क्यों नहीं ? बचपन में, मैं कानकसन में पुण्य-स्नान को गया हूँ ! उस जमाने में भूमिपति राय को सोने में तौला जाता था। उनके पास इतना सोना-रूपा था। वह

सब सोना कहाँ गया ?''

कानकसन चाहे जितना भी समृद्ध जनपद हो, वहाँ का राजा क्या सोना-चाँदी में तौला जा सकता है ? आनन्दीराम को भरोसा नहीं आया, लेकिन उन्होंने जुबान से कुछ नहीं कहा।

''अगर उन्हें नहीं पता होगा, तो उनकी रानी को पता होगा। बड़े अमीर घर की बेटी हैं वे। इतनी धन-सम्पत्ति देखी है, लेकिन रखना नहीं सीखा।''

आनन्दीराम ने ईषत् हँसकर जवाब दिया, ''अरे, जनाब, वर्गी मुझे बुरी तरह पीट रहे थे, यही देखकर वे कातर हो आए। वर्गी अगर उनका राज्य छार-खार कर रहा है, यह देखकर भला वे चुप रहते ? उनके हाथ में अगर उतना सोना होता, तो...''

''हाँ, यह तो है, कौन नहीं जानता कि प्रजा में उनकी जान बसती है। जगह-जगह से अच्छी-समृद्ध प्रजा लाकर, वे अपने यहाँ बसाते हैं। अगर सच ही उनके हाथ में अर्थ-बल होता, तो वे प्रजा को इतनी तकलीफ नहीं सहन करने देते।''

''खैर, आप लोग बेहतर जानते होंगे।''

''हाँ, मगर फिर भी कुछ-कुछ शक-सा होता है।''

''तो बताइए मैं क्या करूँ ? बेवजह देर करना, शायद उचित नहीं होगा।''

मुक्ति-धन न दिया गया, तो वर्गी कानकसन छोड़कर नहीं जाएँगे। जिन्हें वह धन देना था, वे तरह-तरह की बतकही में फिजूल देर करा रहे थे।

''हाँ, हाँ, अभी देता हूँ।''

काशीश्वर अब तक खामोश था।

अब उसने दरयाफ्त किया, ''आपके राज्य में वर्गी क्यों नहीं हैं ?''

कृष्ण माइती हँस पड़े, ''भई, आप ब्राह्मण हैं, उस पर से बच्चे ! इसीलिए नासमझ हैं। एक राज्य में वर्गी आता है, आप लोगों को कोड़े मार-मारकर सीधा कर देता है, दूसरे राज्य में कदम भी नहीं रखता, आखिर क्यों ?''

''मुझे नहीं मालूम—''

''वजह बिल्कुल सीधी-सादी है। उन लोगों को मैंने पहले से ही नजराना भेज दिया और कहलवा भेजा—बेटा, बिना माँगे ही भेज रहा हूँ, मुझे मारना-पीटना मत !''

''नजराना कब भेजा ?''

''उनके यहाँ पहुँचने से पहले, जब वे मोहरखाल में ही थे। जानने को तो यह बात, तुम्हारे मालिक भी जानते थे, लेकिन वे हद जिद्दी हैं ! बड़ा अहंकार है उन्हें ! कहते फिरे होंगे, कृष्ण माइती जो करते हैं, मुझे भी करना होगा ? उड़ीसा में जब वे राज-कर भेजते थे, तब से हम कॉनकशन में रह रहे हैं ! हमारा वंश वीरों का वंश है ! बात-बात में डरने से हमारा काम नहीं चलेगा।''

आनन्दीराम की तरफ देखते हुए, उन्होंने अगला वाक्य जोड़ा, ''लेकिन, हाँ, उनसे कह दीजिएगा कि अगले दो साल के अन्दर-अन्दर, मुझे सब वापस चाहिए। वे मेरी काफी बेइज्जती कर चुके हैं, अभी भी करते रहते हैं। कर्ज दे तो रहा हूँ, लेकिन ज्यादा

दिनों तक फेंककर नहीं रख सकता। लेकिन, हाँ, आपसे कह रखूँ, मेरा खयाल है, उन्होंने अभी भी ढेरों सम्पत्ति छिपा रखी है। वर्गी को पता चल जाएगा, इसलिए जाहिर नहीं किया होगा—''

बात सच भी थी।

कानकसन के दुर्ग से कुछ और दूर पर, झाड़-झंखाड़ों का जंगल ! करीब ही पुरानी राजबाड़ी ! यह राजवाड़ी जब तैयार हुई थी, उस वक्त मेदिनीपुर के जंगल में, झुंड-झुंड हाथी घूमते रहते थे। जंगल का आदिवासी, लोढ़-विद्रोह वीर मुंडा ने, हजारों-हजार नग्नदेह, विद्रोही, लोढ़ तीरन्दाजों के साथ इस राजमहल को घेर लिया था। बुजुर्ग बूढ़े-बूढ़ियाँ आज भी वीर मुंडा के किस्से सुनाया करती हैं।

''क्या कहा, हमारे नमक का अड़इया तोड़-फोड़ दोगे ? शिकार नहीं करने दोगे ? फिर भी हम हिन्दू मंडलेश्वर को खजाना देंगे ? कब्भी भी नहीं, हम पुरानी...बहोत पुरानी जाति हैं ! इस धरती पर खुद चन्द्र देवता ने हमारे लिए बस्ती बनाई थी।''

इतना कहकर, वीरमुंडा ने राजबाड़ी घेर लिया। वह तो हाथी की मदद से महल का सिंहद्वार भी तोड़नेवाला था। लेकिन चन्द्र, सूरज, नाग और नदी, जिनके आदिपुरुष थे। वही आदिवासी अन्यान्य जगहों से जिस तरह उखाड़े गए थे, यहाँ भी वही हुआ। उनका आसरा-भरोसा था—तीर-धनुष। उनकी देह, अरक्षित रहती थी। इनके पास भाला, कटार, दो-दो बन्दूकें और ढेर सारी फौज थी। लोढ़ जाति के सभी मर्द मिलकर, जिस दिन जंग करने के लिए आए, उसी दिन वे वंश समेत खत्म हो गए। औरतें अपने शिशुओं समेत अपनी जाति को तिलांजलि देकर, और-और आदिवासियों और शिवरों में जा मिलीं। आज भी कोई-कोई वीरमुंडा की मूर्ति की पूजा करती हैं।

भूमिपति ने कहा, ''झारीखंड, गड़बेता, गोदापियाशाल या कानकसन में या जंगलों में, जब अक्सर ही काली मिट्टी के हाथी की पीठ पर सवार, वीरमुंडा की खौफनाक मूर्ति नजर आए, उसी पल होशियार हो जाना होगा और समझ लेना होगा कि वे बच्चू लोग मन-ही-मन कोई मतलब गाँठ रहे हैं।''

''लेकिन मैंने तो सुना है, लोढ़ लोग अब नहीं हैं ?''

''वे नहीं हैं, तो क्या ? और-और लोग तो हैं। अब लोग उस वीरमुंडा को देवता मानकर, उसकी पूजा करते हैं। उनका विश्वास है कि उनकी पूजा करते-करते ही किसी दिन यह देश दोबारा उनका अपना हो जाएगा। अब देखिए न, इस तरफ वर्गी, उधर वे लोग ! वे लोग कहीं गुस्से से पागल न हो जाएँ। पिछले एक साल में, इस अंचल में सैकड़ों वीरमुंडा की मूर्तियाँ नजर आने लगी हैं। यहाँ तक कि नवाब जब उड़ीसा युद्ध पर थे। घाट-बाट में ये लोग आपस में कहते-सुनते रहते थे—देश पर भयंकर दुर्दिन आ पड़ा है।

वे खामोश ही रहे। शाम का वक्त ! आकाश पर धूमिल सा चाँद ! चारों तरफ स्वच्छ उजाला झरता हुआ ! झाड़-झंखाड़वाला यह घनघोर जंगल खौफनाक, भयंकर खौफनाक ! प्राचीन राजबाड़ी की दीवारें चट्टानी पत्थरों से गढ़ी हुई। लेकिन कान

लगाकर सुनें, तो लोगों की फुसफुसाहटें साफ सुनाई देती थीं।

"यह प्राचीन राजबाड़ी जहाँ खत्म होती है, वहीं से हमारी वर्धमान राजबाड़ी शुरू होती है। वैसे उधर से इधर आने की कोई राह नहीं रही। समूची राह अब ध्वंसस्तूपों से ढँक चुकी है। अब इधर आने के लिए जंगल की तरफ से आने के अलावा और कोई गति नहीं।"

कौन कहेगा कि इसी राजबाड़ी के निर्जन एकान्त में आज भी राजा का ऐश्वर्य मौजूद है। आनन्दीराम विस्मित ! भयभीत ! डरे हुए ! इस निर्जन भयंकर जगह में, माटी तले तहखाना। उस तहखाने में स्वर्णालंकारों का मेला !

"कृष्ण माइती ने सच ही कहा था—"

"क्या कहा था ?"

"कि आपके पास बेशुमार दौलत है।"

"अच्छा ? ऐसा कहा ? हाँ, जानता तो होगा। हाँ, तो देखो बेटा, यही हमारा यथा सर्वस्व है। स्वर्णमुद्राएँ तो खैर गिनना नहीं चाहिए, हाँ, जो देख रहे हो, सब खालिस सोने के जेवर हैं। देवी-देवता के जेवर ! हमारे पुरखा उड़ीसा से बेशुमार आभूषण लाए थे। जवानी में मैंने हर्मदों के साथ कारोबार किया है। वे लोग ब्रह्मदेश और सिंहल से मणि-मोतियाँ लेकर आया करते थे।"

भूमिपति हँस पड़े। आनन्दीराम वाक्यहीन ! बाहर अरण्य ! अन्दर राजपुरी का ध्वंसावशेष ! दूर बाघों की हुँकार ! भूमिपति के हाथ में चाबी का गुच्छा ! प्रहरी के हाथ में मशाल !

"देखा—?"

"हाँ, देखा !"

भूमिपति की आवाज में दबा-दबा उल्लास ! चेहरे और आँखों में हँसी ! वे क्या आनन्दीराम को अपना ऐश्वर्य दिखाकर, उसे सम्मोहित करना चाहते हैं, आनन्दीराम ने ढेरों ऐश्वर्य देखे थे। छोटी माँ, विशालाक्षी के भइया—शिवकाली की सारी सम्पत्ति उन्हीं की तो है।

जगतपति के पास भी धन-दौलत, जमीन-जायदाद थी। उनके गर्व से, गर्वित होकर, फुलेश्वरी, आनन्दीराम की गृहस्थी नहीं बसाना चाहती थी।

वैसे ऐश्वर्य कई-कई तरह के होते हैं। अब यह कहते हुए उन्हें शर्म आती है कि अभी पिछले दिनों भी वे सुरकंठ पर शक करते थे। उनका खयाल था कि फुलेश्वरी पर उनका बचपन का आकर्षण, आज भी खत्म नहीं हुआ। लेकिन उस दिन उन्होंने सुरकंठ को खुली आँखों से देखा। उनके चरित्र कितना ऐश्वर्यवान् है। राजा की तरह वे अनन्त सम्पद लिए-लिए घूमते फिर रहे हैं ! बदन पर गेरुआ ! हाथ में दंड !

ऐश्वर्य कितनी ही तरह का होता है, लेकिन आनन्दीराम यह बात बताएँ किसे ? गाँव में वर्गी आ पहुँचे, भयंकर मुसीबत के दिन ! पत्नी, माँ, आत्मीय-परिजन का लालन-पालन उनकी जिम्मेदारी है ! उन्हें मर्द जैसा मर्द बनना होगा। इधर शिवकाली

गांगुली उन्हें ढेरों ऐश्वर्य देने को तैयार जरूर हैं, लेकिन वह तो जब मामा नहीं रहेंगे, तब देखा जाएगा, अभी तो वह ऐश्वर्य लेने से रहे। इधर जब तक उनके पास धन-दौलत नहीं होगी, फुलेश्वरी उनका घर बसाने नहीं आएगी। आनन्दीराम, फुलेश्वरी को बेहद प्यार करते थे, हालाँकि उसके लिए वे अपने कर्त्तव्यों का विसर्जन नहीं कर सकते थे।

यही सब सोचते हुए, अपनी कोशिश-तदबीर से कुछ करने के इरादे से, वे आंधारमानिक से कानकसन चले आए थे। उन दिनों समूचे देश में अराजकता फैली हुई थी, नदिया के राजा तक हीनबल, क्योंकि वर्गी लड़ाई का महसूल जुटाने के लिए नवाब को दिशा-दिशाओं से रुपए इकट्ठे करने पड़े थे। इधर महाराज बेतरह असन्तुष्ट थे कि उन्होंने नवद्वीप के राजा से रुपए लिए थे।

आनन्दीराम काम-काज के लिए और कहाँ जाते ? यह बात अगर वे शिवकाली से कहें, तो वे फौरन दस्तूरी जमा देकर, उन्हें रेशम या नमक या मसाले का गोदाम का काम शुरू करा दें। इस युग में व्यवसाय करने में कोई शर्म नहीं है। सभी का कहना है, अब वैश्ययुग आनेवाला है।

मुमकिन है, वैश्ययुग कहीं-कहीं वक्त से पहले ही आ गया, आनन्दीराम जैसे लोगों को खबर ही नहीं हुई, वैश्ययुग अगर न आया होता, तो देवी वाशुली, सोने की नाव में, यहाँ क्यों नजर आतीं ? सब जानते हैं, नाव का मतलब ही होता है, वाणिज्य का लक्षण !

इसके बावजूद आनन्दीराम ने शिवकाली से रुपए नहीं लिए। जाने क्यों तो उनके मन में यह खयाल घर कर गया था कि छोटी माँ का बेटा, उनका सौतेला भाई, कन्हाई ही तो शिवकाली का अपना सगा भाँजा है। मामा की सम्पत्ति का असली उत्तराधिकारी ! वह शायद अभी भी जिन्दा है।

उनका बेहद मन करता है, वे ढेर सारी दौलत कमाएँ और ढेर सारे रुपए खर्च करके, देश-विदेशों में लोग भेजकर, कन्हाई की तलाश करें। वे तो छोटी माँ से लेते रहे हैं; सिर्फ लेते ही रहे हैं, लेते चले जा रहे हैं। उस बच्चे को अगर ढूँढ़ निकालें, तो सचमुच एक काम जैसा काम हो। इस तरह की सोच जितनी असम्भव है, असल में उतनी असम्भव न भी हो। तीर्थस्थलों, बड़े-बड़े शहरों में खोज की जाए, तो कोई खबर मिल ही जाए।

जाने कितनी उम्मीद लिए, वे कानकसन आए थे। जहाँ कुशल शासन हो, वर्गियों का उपद्रव न हो, वहाँ पहुँचा जाए, तभी तो उनका भी भला होगा। लेकिन यहाँ आकर पहले तो वर्गी के हाथों में पड़ गए। उसके बाद, अपनी मुक्ति के लिए, किसी दूसरे से कर्ज लेकर, धन चुकाना पड़ा, तभी जाकर वर्गियों की छावनी, देश से उठ पाई।

अब उन्हें लग रहा था, उन्हें कर्ज लेने की कोई जरूरत नहीं थी। भूमिपति राय के पास सोने के इतने सारे अलंकार मौजूद थे। उस पर से उस बूढ़े के चहरे पर हँसी देखकर उन्हें तो यह शक होने लगा कि कहीं वे पागल तो नहीं हैं !

"जनाब, आपके पास इतना-इतना था, फिर भी मुझे कर्ज लेने को लाचार कर

दिया ?''

''तुम पागल हो ! मगर मैं यह सब दिखाता, तो वे कमबख्त सब उठा ले जाते।''

''अब मुझे क्यों दिखा रहे हैं ?''

''अब मुझे तुम्हारी मदद चाहिए—''

''मदद ? कैसी मदद ?''

''यह धन-दौलत मेरे काम नहीं आएगी। तुम मेरे बेटे समान हो। इन सबका जिम्मा अब तुम सँभालो।''

''मतलब ?''

''प्रजा को लौटा लाओ, उन्हें बसाओ, उनका कर माफ करवाओ, रोपने के लिए, बीज खरीदने के लिए, कौड़ी निकालकर दो। इतने सारे गहनों से काफी सारी दौलत आ जाएगी।''

''आप न...पागल जैसी बातें कर रहे हैं।''

''नहीं, मुखोटी, मैंने जिन्दगी में ढेरों पुण्य किया है, काफी सारे गुनाह भी किए हैं। क्या बताऊँ, अगर मेरा हाथ सलामत होता और उम्र भी दस साल कम होती। तब मैं तुमसे मदद नहीं चाहता।''

''अच्छा, तो अब आप दोबारा पुण्य कमाना चाहते हैं ?''

''कर्त्तव्य करना चाहता हूँ, मेरी बड़ी साध है, कानकसन को दोबारा सजा डालूँ। तुम्हारे हाथों सौंप दूँ।''

''मेरे हाथ ?''

''और किसे दूँ, तुम ही बताओ ! इकलौता बेटा, नहीं रहा ! अब यह गोद लिया हुआ बच्चा अगर बच जाए...। तुम्हारी उम्र कम है, घर-गृहस्थीवाले हो, जात के भी कुलीन हो। तुम अगर चाहो, तो इस देश में एक नहीं, दस-दस गृहस्थी बसा सकते हो। कानकसन में लोग चाहिए, आनन्दीराम ! बस्तियाँ आबाद होनी चाहिए। तुम लोगे, आनन्दीराम? सँभालोगे यह जिम्मेदारी ?''

''नहीं—'' आनन्दीराम ने नीरस जवाब दिया।

इसके बावजूद, वे वहीं रह गए। डुगडुगी पीटकर, प्रजा को वापस लाने में, कुछ और दिन गुजर गए। सभी पेशों के लोग, एक-एक करके गाँव लौट आए। यहाँ तक कि कचहरी के सामने लोगों की भीड़ लग गई। वे लोग इस गाँव में रहने, काम-धन्धा करने की माँग करते रहे। चित्रकार, बाचनिए, औरत-मर्द मिलकर देर तक वहाँ नाचते-गाते रहे। उनकी विचित्र पोशाकें ! हाथ में काँच की चूड़ियाँ, औरतों की माँग में सिन्दूर ! वे लोग जाति से बंगाली; धर्म से मुसलमान, लेकिन हिन्दू देवी-देवताओं की मूर्तियाँ गढ़ते थे या पट आँकते थे; देव-देवी के गाने गाते हुए, अपनी जीविका निर्वाह करते थे।

''हम सबको यहाँ रहने की अनुमति करो, ठाकुर, हमें यहाँ बस्ती बसाने दो। हम खजाना नहीं देंगे, उधार भी नहीं चुकाएँगे, सिर्फ हर-पार्वती के पट आँकेंगे, नौटंकी

दिखाएँगे, गाने गाएँगे।''

वे लोग देर तक गाने गाते रहे। उनके पीछे-पीछे कौआमार और बनजारे भी थे। ये लोग जंगल-जंगल घूमते थे, पशु-पाखियों का शिकार करते थे, टोकरी-टोकरे बुनते थे, बाहर निकलते वक्त अपने बिस्तर, चटाई श्मशान में किसी पेड़ से बाँध जाते थे।

''श्मशान के देवता महादेव हैं, उनसे बढ़कर पहरा देनेवाला, और कौन है, जी ?''—उनका कहना था।

किसी जमाने में ये कौआमार दक्षिण में बसे थे। आज भी वे लोग बहन की बेटी से ब्याह करते थे, झुंड बाँधकर रहते-सहते थे, इस अति आधुनिक अठारहवीं सदी में वे लोग जाने किस आदिम युग के आचार-व्यवहार की हिफाजत करते जा रहे थे, यह वे खुद भी नहीं जानते थे।

''हमें घर-बस्ती नहीं चाहिए, मालिक, मरघट में सिर्फ अपने बिछौना-चटाई रखेंगे, मरघट की हँड़िया वगैरह चुनेंगे, पानी पीएँगे—बस, इतना सा हुकुम दे दो।''

यही सब माँग करते हुए वे सब नाचते-गाते रहे।

भूमिपति ने कहा, ''इस तरह की पाँच-दस जातियाँ, अगर बस जाएँ, तो गाँव की शोभा बढ़ेगी, ठाकुर, सिर्फ ब्राह्मण, कायेथ, सदगोप की ही आबादी हो, तो ऐसा नहीं होता। हमारे यहाँ ऐसी पंचमेल जातियों की बहुतायत है।''

इस तरह सबको, सब कुछ मिल गया। कॉनकासन की शोभा बढ़ गई। लेकिन आनन्दीराम काफी व्यस्त हो गए। देश का हाल-समाचार काफी दिनों से नहीं मिला था।

ऐसे में, एक दिन एक अद्भुत खबर मिली। खबर सुनकर कॉनकसन में शोरगुल मच गया। कचहरी के सामने ढाक-ढोल, हो-हल्ला !

''क्या हुआ ? इतना शोर क्यों ?''

नचनिए औरत-मर्दों का नाच शुरू हो गया।

उन लोगों ने नाचते-नाचते ही जवाब दिया, ''शोर नहीं मचेगा, ठाकुर ? खबर आई है, नवाब ने वर्गियों के राजा का सिर, धड़ से अलग कर दिया है, चारों तरफ ढोल-घंटे बज रहे हैं। हम जरा नाचेंगे नहीं ?''

खबर आई कि किसी 'पूजा' के मौके पर, द्वादशी की सुबह-सुबह की अर्चना ! भास्कर पंडित की यह आखिरी पूजा थी। बलि के पशु के साथ-साथ उनका भी खून रुल-मिल गया।

''कहाँ ?''

''मानकड़ा में''

''मानकड़ा कहाँ है ?''

बहरहाल, कॉनकसन के नचनियों को इतनी सारी जानकारी नहीं थी। वे लोग नाच-गान में दोबारा मगन हो गए। वे लोग नाचते-नाचते जगन्नाथ मन्दिर की तरफ बढ़ गए...!

39

मोनकटा मोकाम पर जदि भास्कर मरा
कवि गंगाराम खुशखबरी देता फिरा

भास्कर पंडित कत्ल हो गया, यह खबर फैलते ही, देश-गाँव के लोगों ने राहत की साँस ली।

मुर्शीदाबाद, खगड़ा, सैय्यदाबाद और कासिम बाजार के गण्यमान्य लोग झुंड बनाकर महीपति के यहाँ पहुँचे।

'चलिए, किरीटीश्वरी मन्दिर हो आएँ—''

नवीन साधु के इस उत्साह पर महीपति ने जैसे पानी फेर दिया। उन्होंने हकीम साहब और अज़ीम काश्मीरी की तरफ उँगली उठाकर संकेत किया। वाराणसी बसाक, उस वक्त तकिए पर टेक लगाए लेटे हुए थे।

उन्होंने अचकचाकर सवाल किया, उँगली क्यों दिखा रहे हैं, आचार्य जी ? ऐसा भला कौन है, जो किरीटीश्वरी मन्दिर में पूजा करने नहीं जाता ? काम सिद्ध हो जाने पर, सभी पूजा चढ़ाने जाते हैं। सिद्ध आलानाथ के भोग-भंडारे में तो काश्मीरी साहब भी शामिल हुए थे।''

बात सच थी। सिद्ध आलानाथ के भंडारे के दिन, किरीटीश्वरी मन्दिर के आँगन में हिन्दू-मुसलमान सभी संन्यासी-फकीर इकट्ठे होते थे और अपनी-अपनी भीख के अनाज से कोढ़ी, रोगी, अन्धे, आर्त लोगों की सेवा करते थे। आलानाथ, सभी सम्प्रदायों की पूजा ग्रहण करते थे।

''आलानाथ के भंडारे के दिन आप भी जाते हैं?''

यह सवाल करते ही, महीपति एकदम से सकुचा गए। अभी हाल के वर्गी-हमले के बाद से ही, अज़ीम काश्मीरी से उनकी अन्तरंगता काफी बढ़ गई थी। अकेले वही नहीं, सभी लोग उनके काफी करीब आ गए थे। अज़ीम कश्मीरी किसी भी धर्म का आचार पालन नहीं करते थे। कैथोलिक सन्तों के पुण्य-तिथि पर वे आर्मनी गिर्जाघर में प्रदीप, फल, मिठाई भेजते थे। आलानाथ के भंडारे में वे भी शामिल होते थे। इसमें ताज्जुब की भला क्या बात है ? यूँ वे जो कपड़े पहने रहते थे, वे काफी मैले-कुचैले होते थे। लेकिन आफत-मुसीबत के समय उन्होंने काफी साफ-सुथरे मन का परिचय दिया है।

''मैं तो खैर, जाता ही हूँ, लेकिन, आप लोग क्यों जश्न मनाना चाहते हैं ? मुसीबत क्या गुजर गई ?''

उनकी बातों में करुण शंका का सहमा हुआ आतंक था ! सभी लोगों को ऐसा लगा, मानो आसमान पर विपत्ति की जो छाया गायब हो गई थी, अब दोबारा आ धमकी और उसने पंखों तले, समूचे सूरज को ढँक लिया।

"नहीं, मुसीबत टली तो नहीं। यह मुसीबत, इस देश से अब जानेवाली नहीं है, अब तो दिनोंदिन बढ़ती ही जाएगी।"

इतना कहकर हीरालाल सेठ ने मुँह फेर लिया। लेकिन शोभा नहीं देता; इंसान की दम्भ बिल्कुल शोभा नहीं देता। वर्गियों का उत्पात, जब शुरू ही हुआ था, नवीन साधु देश छोड़कर भागना चाहता था, हीरालाल ने जाने से इनकार कर दिया। सुख-दुःख में इसी देश ने मुझे गोद में समेटे रखा। इस वक्त मुझे फिर आश्रय की जरूरत है। कोई गोद ही मुझे बचा सकता है। वह गोद किसी धाय की है या सगी माँ की, यह सोचने की जरूरत क्या है ? जो माँ का फर्ज निभाएगी, वही मेरी माँ है। इस देश ने मुझे भोजन-पानी दिया है, विपदकाल में उसे भूल जाऊँगा ?"

इसके बावजूद, सबसे पहले न सही, जाना तो उन्हें भी पड़ा।

आसन्न प्रसवा पुत्रवधू की ओर इशारा करते हुए, पत्नी ने कातर होकर कहा, "देखो, इसके सामने पूरी जिन्दगी पड़ी है। जब तक बाल-बच्चा नहीं हो जाता, उनके लिए किसी सुरक्षित जगह का इन्तजाम कर दो।"

"तुम बड़ी दुर्लभ चीज माँग बैठीं, यह दुर्लभ चीज नवाब तक माँगे फिर रहे हैं"

"क्या...?"

"यही ! जो तुमने सुरक्षा की फर्माइश की ?"

हीरालाल सेठ ईषत् हँस पड़े। उन्होंने अपने बेटे-बहू और पत्नी को नाव की राह, गोदागाड़ी की तरफ रवाना कर दिया। बेटी-दामाद, उम्रदार नाते-रिश्तेदार भी उनके साथ हो लिए।

युद्ध और अराजकता, हत्या, लालसा का तांडव—ये सब बेहद संक्रामक होते हैं। इधर देश की हालत थी, उस पर से यह सब देख-देखकर, इंसान मन-ही-मन धीरे-धीरे बदलता रहा। सब लोग न सही, कोई-कोई अन्दर-ही-अन्दर हीन से हीनतर कामों के लिए अपने को तैयार करते रहे। हाँ, शुरू-शुरू में धक्का जरूर लगा था। अब वर्गियों के अत्याचार देख-देखकर यह विश्वास हो गया कि औरतों का मान-सम्मान, बच्चों की जान या गृहस्थ लोगों का धर्म—इन सबसे छेड़छाड़ का खेल खेला जाता है, 'हर-हर शिव-शिव' का जाप करते हुए सारी करतूतें भी जारी रहती हैं।

उन्हीं लोगों के हाथों सभी बेमौत मारे गए। गोदागाड़ी घाट पहुँचने से काफी पहले ही हादसा हो गया। सेठ परिवार की औरतें अपने रूप और ऐश्वर्य के लिए काफी मशहूर थीं। शान्ति के दिनों में यही उनकी सम्पत्ति समझी जाती थी, लेकिन युद्ध के दौरान ही उनकी यही सम्पत्ति उनके सर्वनाश की भी वजह बन जाती थी।

मुसीबत के इन दिनों में हीरालाल अपना सब कुछ गवाँ बैठे। एकमात्र पत्नी ही वापस मिली, बाकी सबको वे गंगा में विसर्जित कर आए थे।

इसीलिए आज हीरालाल सेठ ने सवाल किया, "विपत्ति कम होगी या बढ़ेगी ?"

"भास्कर मर गया, फिर भी मुसीबत बढ़ती रहेगी ?"

"बढ़ेगी नहीं, बसाकजी ? इधर कुछेक सालों में आपने क्या देखा ? कौन सी

मुसीबत कम हुई, बताएँ ? अकेले भास्कर ही तो जान का दुश्मन नहीं था, जो लोग, जब भी, जो भी रूप धरकर आए, सर्वनाश ही किया।''

महीपति ने हौले से हँसकर कहा, ''निर्वासन में द्रोपदी...और क्या ? जिसके भी पास जाएँ; वही लाल-लाल आँखें दिखाता है।''

''खैर, द्रोपदी का तो फिर भी उद्धार हुआ था, पंच-पांडव ने आकर उन्हें बचा लिया।''

लेकिन, इस देश का उद्धार कौन करेगा, पता नहीं।

''क्यों, भई, पंच-पांडव न सही, दो लोग तो आए थे—''

''नतीजा ? सर्वनाश !''

''नवाब अब बूढ़े हुए ! अब उसके वश में कुछ भी नहीं रहा। अगर देश के शासन का जिम्मा, किसी सुयोग्य के हाथों में होता, तो देश बच जाता।''

वाराणसी के इस बात पर हीरालाल बेतरह अचकचा गए, 'क्यों...? इस दौरान, आस-पास, उनसे भी ज्यादा काबिल इंसान क्या ढूँढ़ निकाला है आपने ?''

''हम लोगों की क्या औकात, बिरादर, जो कुछ ढूँढ़ निकालें ? राजा-रजवाड़ों की खबर, भला हमें कहाँ से हो सकती है ?''

''तो फिर, इस किस्म की बातें आपको शोभा नहीं देतीं, बसाकजी ! आपकी उम्र हुई ! प्रवीण इंसान हैं आप।''

''अगर वे सच ही सुयोग्य शासक होते, तो सब कुछ पर काबू क्यों नहीं कर पाते ? क्यों ? पहले मेरा भी यही खयाल था कि मैं बिल्कुल सुरक्षित हूँ। लेकिन, अब समझ में आ रहा है, इस उम्र में उनका सिंहासन पर बैठना, सही नहीं हुआ—''

''कहते हैं, वह सिंहासन शुभ नहीं है, काफी अशुभ है। मनहूस है।'' हाकिम साहब ने धीमी आवाज में कहा, ''कहते हैं, सिंहासन का हर नगीना रोता है। शाह शुज़ा के जमाने का जो ठहरा !''

''अरे नहीं साहब, रोता-धोता नहीं !'' पसीने से पिघल जाता है, तो पानी निकलने लगता है। पत्थर या मिट्टी कहीं रोती-बिसूरती, तो हम कहीं भी टिक नहीं पाते।''

यह कहते हुए, हीरालाल सेठ को अपने घर की याद हो आई। उनकी संगमरमरी कोठी, अब सूनी, निस्तब्ध और शोक-सन्तप्त, उजाड़ पड़ी थी। सुबह-सुबह कबूतरों की गुटुर-गूँ सुनकर भी उनकी पत्नी रो पड़ती है, अब अन्तःपुर में उनकी सर्वसुलक्षणी बहूरानी नहीं रही, जो गर्भ-भार से झुकी-झुकी धीमे-मन्थर कदमों से आती थी और कबूतरों को धान-दाने खिलाती थी। अब घर के पालतू जीवों की देखभाल कौन करेगा ? इन दिनों धान की खुद्दी लाकर, पंछी-पखेरुओं को कौन खिलाता है? पत्थर अगर रोना जानते, तो कोठी के अन्दर जड़े हुए हर पत्थर आँसू न बहा रहे होते ?

''भई, हम लोग तो नवाब को काबिल शासक ही समझते थे। आप चाहे जो कहें, ऐसा सच्चरित्र नवाब, शायद ही कहीं नजर आया हो, यह तो आप मानेंगे ?''

''इससे भला क्या फर्क पड़ता है? चरित्र के दम पर, वर्गियों को तो रोक नहीं पा

रहे हैं। इससे तो बेहतर यही था कि वे लोग जो चाहते हैं, वह दे-दिलाकर, समझौता कर लें।''

''भई, एक बार समझौता करने का मतलब है, हमेशा-हमेशा समझौता करते रहना ! अब रघुजी भोंसले को ही लें। आज उसकी जो माँग है, अगर वही देकर, उसे रोका भी जाए, तो कल वह किसी और बहाने आ धमकेगा।'' महीपति ने अब जाकर जुबान खोली।

''हाँ, बेशक ! सफदरजंग आया, बालाजी पेशवा आया ! वे लोग देख गए कि लोग-बाग लूट खाएँ, इसीलिए बंगाल प्रान्त ने अपने चारों तरफ के सारे दरवाजे खोल रखे हैं और सीना चौड़ी किए पड़ा है।''

''हाँ, आपने सच कहा—'' अज़ीम काश्मीरी ने कहा, ''अब देखो न, नवाब का तो यही खयाल था कि वर्गी अगर आए, तो उड़ीसा के रास्ते ही आएँगे। अब देखा यह जा रहा है कि बिहार में राजमहल की राह, इधर उड़ीसा, उधर नाव की राह गंगा, दक्षिण की तरफ समुद्र—किसी भी रास्ते आया जा सकता है ! उन्हें रोकने का कोई उपाय नहीं !''

हीरालाल सेठ ने जवाब दिया, ''हाँ, सफदरजंग आया, बालाजी आया, कोई रोक सका उन्हें ?''

वाराणसी बसाक ने हँसकर जवाब दिया, ''तभी तो मैंने कहा, दो-दो पांडव आए तो थे, लेकिन उद्धार के इरादे से नहीं।''

महीपति ने कहा, ''दरअसल, राजा के पाप से ही राज्य नष्ट हो जाता है। मुहम्मद शाह इन दिनों बुद्धि-विकार के शिकार हैं !

''कौन से विकार के ?''

''बुद्धि-विकार के ! आपकी किताब में भी इसका कोई इलाज नहीं है, हकीम साहब ! वर्गियों को रोकने के लिए, हमारे नवाब जब मदद माँग रहे थे, उन्होंने अयोध्या के सूबेदार सफदरजंग को सन्देशा भेजा। उन्होंने थोक में कहा—''बिहार बचाएँ, अगर जरूरत हो तो बंगाल भी चले जाना, उन्हें यह बात याद ही नहीं रही कि सफदरजंग अपने साथ दस हजार हिन्दुस्तानी (भारतीय) फौज और सात हजार किजिलवाश सवार भी ला रहे हैं।''

''वे कमबख्त भी वैसे-वैसे फौजी नहीं थे। नादिरशाह के साथ आए थे। घोर अत्याचारी न हों, तो नादिरशाह के दल में कोई टिक नहीं सकता। नादिरशाह, खुद तो लँगड़े तैमूर को अपनी टेंट में रखते थे; दिल्ली शहर के जिस्म से नादिरशाह के दिए हुए ज़ख्म अभी भी सूखे नहीं थे। किजिलवाश फौजी, ऐसा मालिक छोड़कर, सफदरजंग के पास चले आए, बस, इसी बात से समझ लें, एक तो बाघ, उसके ऊपर टाग !''

''बादशाह की तो बुद्धि भ्रष्ट हो गई है, सारी उत्पात के जड़ वही हैं। इसीलिए तो लोग कहते हैं, अगर खूँटा मजबूत हो तो हाथी भी उसे उखाड़ नहीं सकता।''

हकीम साहब दार्शनिक मन्तव्य जड़कर ईषत् हँस पड़े, अपने मामूली छाते समेत

उठ खड़े हुए। छाते को दो बार खोलकर और बन्द करके जाँच लिया कि उसके पुर्जे काम कर रहे हैं या नहीं, अब उनकी देह टूट चुकी है ! छतरी में सूराख। कुर्ता फटा-पुराना ! जूते के तल्ले घिस-घिसकर पतले हो आए थे।

उन्होंने चारों तरफ प्यासी निगाह दौड़ाते हुए कहा, ''यहाँ बैठे-बैठे मुझे अच्छा ही लग रहा था, लेकिन क्या बताऊँ, मुझे जरा जल्दी है। कुछ काम है।''

वे कमरे से बाहर निकल गए।

''काम का मतलब, बीवी के गहने गिरवी रखना—?'' नवीन साधु ने व्यंग्य कसा।

''हाँ, अन्त में, यही तो दौलत है !'' महीपति ने धीमी आवाज में जवाब दिया, ''धीरे-धीरे जब सारा काम-धन्धा बन्द हो जाए, तो इंसान आखिर और कर भी क्या सकता है ? इधर स्वभाव से, बेहद आत्माभिमानी जीव ! अपने भरसक, अपनी मोहताजी के बात किसी पर जाहिर नहीं होने देते।''

''ऐसे आदमी का तो मर जाना ही बेहतर है।'' अजीम काश्मीरी ने रूढ़ और क्षुब्ध लहजे में हाँ में हाँ मिलाई, ''जिसे जीना नहीं आता, उसका मर जाना ही बेहतर है। चारों तरफ पैसा बटोरने का मौका मौजूद है; बिखरा पड़ा है ! चाहने-भर से धनी हुआ जा सकता है—''

''अच्छा ? ऐसी बात है ?''

''बे-शक ! जब मैं यहाँ से रात को घर जाता हूँ या चाँदनी रात को शहर के रास्तों से गुजरता हूँ, तो मुझे नजर आता है, अमीर बनने के हज्जारों उपाय गली-सड़कों पर उड़ते फिरते हैं। यह बात अलग है कि मैं उन्हें ठोकर लगाते हुए, आगे बढ़ जाता हूँ।''

''अच्छा ? मुझे तो नजर नहीं आता—''

''तब तो, आचार्य साहब, मैं कहूँगा, आप आँखें रहते, अन्धे हैं। आपका लिखना-पढ़ना बेकार गया। उधर मुहम्मद साहब की बादशाही में घुन लग चुका है। खूँटे हिल गए हैं। बादशाह छोटे-छोटे चूहों के डर से थर-थर काँप रहें हैं। इधर सबके सब बंगाल की सूबेदारी की जड़ें खोदने में लगे हैं। सिर्फ सफदरजंग, बालाजी या रघुजी भोंसले की बात क्यों करते हैं ? उधर निज़ाम यह ताल कस रहे हैं कि बंगाल में किस तरह गड़बड़ी फैलाई जाए—''

''हाँ, नवाब के आसपास मौजूद पठान-अफगान, सभी नाराज हैं। नवाब का बूढ़ा सिर अगर सड़क पर लुढ़कता-पुढ़कता दिख जाए, तो बहुतेरे लोग राहत की साँस लेंगे। यहाँ तक कि उनके घनिष्ठ नाते-रिश्तेदार भी। उधर नजरों की ओट में फिरंगी व्यापारी अपनी ताकत बढ़ाते जा रहे हैं। जनाब, यह तोड़ने-गढ़ने का समय है। जो बुद्धिमान होता है, वह अपनी तकदीर बखूबी गढ़ लेता है। देखा नहीं, जो लोग जान की डर से इस्लामाबाद या मालदह, दिनाजपुर भाग खड़े हुए, उनके लिए गाड़ी, नाव का इन्तजाम करके ही कितने ही लोगों की किस्मत लौट आई ?''

''वो कहावत है न, चेहल का सतून जैसे टूटे, राज-मिस्त्री की बहुरिया सोना लूटे ?''

''हीरालाल सेठ हँस पड़े, ''यह कोई मामूली कहावत नहीं है, आचार्य साहब। चेहल

के सतून का मतलब है, चालीस खम्भों पर खड़ी छत ! यानी इंसाफ की जगह ! खम्भे सख़्त-पुख़्ता रहें, इसलिए उसमें मन्तर-पढ़े मोहर जड़ने का रिवाज है। जब गौड़ की मस्जिद तोड़ी गई थी, तब भी ढेर-ढेर मोहर मिले थे, मुझे मालूम है।''

''मैं भी तो यही कह रहा हूँ। साम्राज्य की चेहल सतून जब टूटकर ढह जाता है। आचार्य साहब, तो जिसके पास आँखें होती हैं, वही बहती गंगा में हाथ धो लेता है !''

''इसीलिए तो कहता हूँ, मुसीबत अभी भी मौजूद है, टली नहीं है।''

अभी विपत्ति के बादल छँटे नहीं हैं ! अभी भी हम विपन्न हैं! इसलिए उत्सव मनाना नहीं चलेगा।

सुना है, नवाब ने हुक्म जारी किया।

बैंडेल के गिर्जाघर में बैठे-बैठे फादर एन्तानिओ ने अपनी डायरी में लिखा—मेरी स्थिति काफी मजेदार है। सब कुछ देख रहा हूँ, जान रहा हूँ, लिख भी रहा हूँ, फिर भी मैं कहीं भी नहीं हूँ।

इतना सा लिखकर, उन्होंने फादर पीओत्ज़ा को सुनाया।

वृद्ध पिओत्ज़ा ने कहा, ''संजय !''

''ये कौन है ?''

''हर वक्त हिन्दू लेख-निबन्ध उलटते-पुलटते हो, मगर संजय को नहीं जानते। महाभारत देखना।''

''हाँ, बाद में देख लूँगा।''

''तुम्हारे जर्मन रिफ्यूजी कैसे हैं ?''

''मजे में ही हैं। उन लोगों ने समय के मुताबिक गोल दाग दिया था। जिस वक्त नवाब के किले पर आक्रमण किया था, वह असमय था !''

''गणित के हिसाब से !''

''मसलन् ?''

''तुम लोग कारोबार करने आए हो, फैक्टर साहब, तो नवाब के लोगों को कस्टम क्यों नहीं देते ? जब कस्टम नहीं दिया, तो मुझे समझ लेना चाहिए कि जुबान से चाहे जितना भी 'हम अच्छे-तुम अच्छे' करें, असल में दही में खटास आ चुका है।''

''उस पर से जाने कौन तो कमबख़्त शोभन सिंह या सुहान सिंह था, हुगली का किला दखल करते समय उस पर बेभाव गर्म हो उठा। अरे, मुल्क में वर्गी आ पड़े हैं, हुगली का किला जर्मन फैक्टरों के हाथ में थमा देंगे, नवाब क्या इतना बुद्धू है ? सिर्फ यही नहीं, अमीचन्द की बगान-कोठी, जहाँ रंग-बिरंगे फूलों की शोभा देखकर आँखें जुड़ा जाती हैं, वहाँ वे लोग आराम फरमा रहे थे, तुम लोग उन लोगों पर चढ़ बैठे। नतीजा यह हुआ कि मीरज़ाफर ने कनेठी जड़ दिया। हुगली में बैठे-बैठे कारोबार करना गंगा में डोंगी चलाना, पतंग उड़ाना और घोड़े हाँकने का बारह बज गया।''

“सुनो, ब्रदर एन्तोनिओ, तुम्हें याद रखना चाहिए कि मैं इतना बीमार हूँ, जो यह टोकरी भर कचकचानी अगर तुम मेरे दिमाग में ठूँसोगे, तो मैं मर जाऊँगा।”

“सॉरी !”

“चलो, बताओ, तुम्हारे जर्मन रिफ्यूजी ठीकठाक हैं ?”

“हाँ, जितना ठीक रहना सम्भव है, वैसे वे लोग बहुत जल्दी ही चले जानेवाले हैं। लगता है, हम पर वे भरोसा नहीं कर पा रहे हैं !”

“हाँ, यह तो सरासर सम्भव है, वैसे चर्च का फादर बनने लायक तुम्हारी सूरत ही नहीं है। तुम्हारा चेहरा आजकल खासा मोटा-सोटा नजर आता है। इसके अलावा, तुम्हें यह भी याद रखना चाहिए कि उन लोगों के नजर में भी, हम लोग हर्मद ही हैं।”

“ओ येस, बीच-बीच में तुम अकेले ही गैंड़े की तरह चिल्लाते हो, जबकि देवता का स्थान, चींखने-चिल्लाने की जगह नहीं है।”

“क्या करूँ ? मिजाज ठीक नहीं रहता।”

“तुम बगान में काम क्यों नहीं करते ? बागवानी करोगे, तो मन-मिजाज अच्छा रहेगा। हाँ, एक बात कहूँ, तुम इस भरोसे न रहना कि नवाब अंग्रेज फैक्टरों पर हमेशा प्रसन्न रहेगा।”

“क्यों ? वे लोग तो कस्टम चुकाते हैं ?”

“इसलिए नहीं ! इस सफदरजंग और बालाजी के हमलों के समय, उन लोगों ने बड़ी सावधानी दिखाई थी। यह समझना बाकी नहीं रहा कि वे लोग यह देख रहे हैं कि पानी की धारा किस तरफ बहती है। नवाब को यह पसन्द नहीं आया।”

“उनके मन की बात, आपने कैसे जान ली ?”

“उस बूढ़े को वे लोग पक्का अनारस कहते हैं। उसकी सामने भी आँखें हैं, पीछे भी आँखें ! यह जो इतने कांड के बाद, हुगली की फौजदारी उन्हें नहीं मिली, इस बात पर उनके भाई गुस्से से आगभभूखा होकर ,पटना चल देने को आमादा हैं। यह खबर क्या उनके कानों में नहीं पड़ी ?”

“एन्तोनिओ, गिर्जाघर के आदमी होने के बावजूद, तुम क्या बाहरी बातचीत में जरूरत से ज्यादा सिर नहीं भिड़ा रहे हो ?”

“बिल्कुल भी नहीं ! ये सारी खबरें रखना, मेरे लिए जरूरी है ! तुम्हें क्या लेना-देना ? बैंडेल में बैठे-बैठे, क्या यह खबर नहीं रखनी होगी कि हुगली-चुंचुड़ा में क्या हो रहा है ? इन सब खबरों की जानकारी न रखी जाए, तो बंगाल में बैठे-बैठे, गिर्जाघर का कामधाम करने की भी कोई जरूरत नहीं। अरे, बंगाल काफी गर्म जगह है। यहाँ कोई भी नवाब, ज्यादा दिन नहीं टिकता; पककर, लुजलुज हो जाता है और टुप् से झर जाता है।”

“लेकिन यह अनारस चाहे जितना भी पका हुआ हो, जब तक यह खुद नहीं टपकेगा, कोई और उसे नहीं टपका सकता, लेकिन अब, तुम यहाँ से जाओ। झूठमूठ तुम मेरा भी दिमाग गर्म किए दे रहे हो ! मुझे अब जरा आराम करना चाहिए।”

एन्तोनिओ एकदम से हँस पड़े। वे ऊपर चले आए और अपनी डायरी खोलकर, उन्होंने दोबारा लिखा—सफदरजंग आया। अंग्रेज फैक्टर डर गए। उन्होंने सोचा, वह बंगाल का सूबेदार बन जाने का फर्मान और चालीस हजार की फौज लेकर आ रहा है। इधर बंगाल के नवाब की जो हालत है, उसे देखकर, जिसके पास जरा भी दिमाग है, उसके आगे चाँदी के थाल में भी अगर नवाबी परोसी जाए, तो भी वह कबूल नहीं करेगा।

बंगाल बड़ा अभागा देश है। कमोवेश एक अदद सख्त और जबर्दस्त शासक पाकर भी कुछ भी नहीं कर सका। इस सदी ने बंगाल को चीर-फाड़कर, उसके सौ टुकड़े कर दिए। अकेले, एक वर्गी की वजह से ही सैकड़ों सर्वनाश की शुरुआत हो गई। सफदरजंग दोस्त के रूप में आया और बिहार जलाकर रख गया। उसने ब्रिटिश फैक्टरों को कलकत्ते के साथ कारोबार नहीं करने दिया।

इधर, हमारी नजरों के सामने ही, दिल्ली की बादशाही टूटकर बिखर गई, जैसे रोम, मिस्र और पारस्य में घटा था। विभ्रान्त बादशाह की भूल की वजह से, एक तरफ से रघुजी भोंसले, एक लाख फौज लेकर चढ़ आया। सुनने में आया है कि बिढार के भोंसलों के साथ, पुणे का जो पुराना झगड़ा था, वह भी सिर उठाने लगा था। बादशाह का या तो दिमाग खराब हो गया है या वे कोई बड़ा ज्वार रोकने के लिए रेत की दीवार उठा रहे हैं। उन्होंने अलीवर्दी के प्रति नाइंसाफी की है, यह अहसास होते ही, उन्होंने पुणे के बालाजी राव को भेजा। वह बिहार के रास्ते, पचास हजार फौज के साथ आ पहुँचा।

इतिहास, मास्टर के तौर पर कभी भला नहीं होता। जो सिखाता है, सब भूल-भुला जाता है, जिस शख्स ने मराठों को एक निशान में बदल दिया, वही शिवाजी औरतों का अपमान होते देखकर, बेतरह भड़क जाते थे। ये लोग सब कुछ भुला बैठे हैं। बालाजी की फौज भी लूटपाट और अत्याचार में कुछ कम नहीं थी। सबने बंगाल को चीर-फाड़कर निगल लिया। इधर रघुजी के एक लाख, उधर बालाजी के पचास हजार ! बालाजी को सूझ नहीं रहा था कि वह बंगाल में किस राह से दाखिल हो। कहलगाँव का सीताराम राय, एक बूढ़े राजपूत ने लाख रुपए लेकर, उसे एक पहाड़ की चोर-राह दिखा दी।

इस गांगेय पश्चिम बंग की हालत, पलक झपकते, मिस्र जैसी हो आई। रोमन फौज के सामने मिस्र, पहले उपनिवेशक के सामने इंको-इंडियन, उन देशों की तरह ही अभागा, असहाय यह देश ! सब ओर फौज, सब तरफ अत्याचार और सर्वनाश ! यहाँ से वहाँ तक, पश्चिम से पूरब तक, पूरब से उत्तर तक, उत्तर से पश्चिम तक। इंसान आखिर कहाँ जाता ? कहाँ जा सकता था ? घोड़े की पीठ पर, बैलगाड़ी में, पैदल-पाँव, सिर्फ लोग ही लोग। ये लोग सिर्फ भाग ही नहीं रहे थे, जन-विस्फोट की तरह टूट-टूटकर फैलते-बिखरते जा रहे थे।

सारा कुछ जैसे सफर पर था ! रिलीजियन, धर्म, भाषा, आचार-व्यवहार, राजनीति सब कुछ ! हम सब शायद बहुत जल्दी ही देख पाएँगे, मेदिनीपुर और सुन्दरवन के आदिम लौकिक देव-देवी, गांगेय बंग के अभिजात देवताओं के साथ पूजे जा रहे थे।

इस देश की मिट्टी बड़े अद्भुत तरीके से बदलती रहती है। इस देश की मिट्टी अपनी छाती से लगाना जानती है। मराठा आक्रमण के शुरू के दिन से ही कितने मराठे, बंगाल प्रदेश, बिहार, संथालभूम में रहना-सहना शुरू कर दिया। इसका हिसाब कौन रखता था। आइ ऑलवेज सी पठान, अफगान, रोहिला, बुन्देला, जाट, हब्शी, पारसी, तुर्की ऐंड अदर्स टेकिंग रूटस इन बंगाल। इन सब लोगों ने बंगाल को अपना ठिकाना बना लिया है।

पलासी के मैदान में, एक महत्त्वपूर्ण काम सम्पन्न हुआ। वहाँ तम्बू डालकर नवाब ने ब्लीडिंग बंगाल की तरफ से, साहू का प्राप्य 'चौथ' चुका दिया और बालाजी को भी बाईस लाख रुपए दे दिए। बालाजी ने आगाह किया, रघुजी यहाँ दाखिल न हो सके, इस बात का वह खयाल रखे।

बंगाल को पलासी के मैदान का सबक याद रखना चाहिए। नवाब यह बात अच्छी तरह समझ गए। दुष्टों के साथ समझौता करने का क्या नतीजा निकलता है, यह बात पलासी के मैदान की तरफ निगाह डालने भर से समझ में आ जाता था।

वजह यह थी कि भास्कर दोबारा आ धमका। भास्कर, उड़ीसा के रास्ते, मेदिनीपुर पहुँचा था। अब उसे कोई खौफ नहीं रहा, अब उसके काम में कभी बाधा नहीं देंगे। उसे बाधा देने की शर्त पर, बंगाल से उन्होंने पर्वत जितनी मुद्राएँ अदा करने के बाद ही, उन्होंने रघुजी से सुलह-सफाई कर डाली। उन्होंने कहा—जाओ, बंगाल, बिहार, अयोध्या, उड़ीसा में चौथ वसूल करो, मैं रुकावट नहीं डालूँगा। रघुजी ने उन्हें बारह लाख रुपए दिए। बारह लाख रुपयों के बदले, शाहू ने बंगाल का भाग्य, वर्गियों के घोड़ों की खुर्ची से बाँध दिए।

इसीलिए...इसीलिए आफ्टर दि ग्रेट लेसन ऑफ पलासी, नवाब भास्कर को मार न डालते और क्या करते ?

लेकिन, मुसीबत तो इतने से भी रुकनेवाली नहीं थी। मिट्टी पर लात मारो, तो सोना फलने लगता है, इसी बात से, इस देश का सर्वनाश हो गया। नाउ नन विल लीव बंगाल ! कोई बन्दा बंगाल नहीं छोड़ेगा।

बख्शी-दीवान ने भी महीपति से यही कहा।

"वर्गियों ने कलकत्ता, कासिम बाजार, पटना में अंग्रेजों के वाणिज्य-व्यापार पर ताला जड़ दिया था। हम उनकी रक्षा का इन्तजाम नहीं कर पा रहे हैं। नवाब की हुकूमत से अब खेतिहर-मजूर लोगों को कुछ मदद न की, तो ये जिन्दा नहीं रह पाएँगे। वर्गी एक-एक बार आएँगे और बिना पैसों के अनाज, तँके-तँके सेर चढ़ा जाएँगे। ऐसा होता रहा, तो भला देश कैसे सलामत रहेगा ?"

"भइयाजी भी कह रहे थे, साहब लोग इस बार साहाबाद, बक्सर से एक सौ बक्सरी बन्दूकबाज़ लाए हैं। उन्होंने किले की बुर्जियों की खूब अच्छी तरह मरम्मत कराई, चहारदीवारी खड़ी की। शहर को घेरे हुए, काशीपुर से नहर निकाली, गोविन्दपुर तक कम्पनी की जितनी सीमा थी। उसका भी बन्दोबस्त किया, ताकि वर्गी लोग शहर

के अन्दर न दाखिल हो सकें।"

"मुसीबत में उन लोगों को बहुत कुछ करने दिया जाता है, लेकिन एक बार बढ़ावा दिया, तो उन अधिकारों को मिटाना मुश्किल हो जाएगा।"

"ना, ना, यह किसने कहा ?"

"बस, मुझे तो यही लगता है।"

"खैर, छोड़ो। नवाब के पास असीम क्षमता है। वे लोग तो मुट्ठी-भर फैक्टर मात्र हैं। आप असली बात बताएँ—"

"क्या ?"

"भास्कर मरा कैसे ? उसे देवी मइया की मूर्ति के सामने...! लोग जो कहते हैं...छिः-छिः...उसे खिच्च् कर दिया गया ?"

बख्शी-दीवान, भास्कर पंडित की हत्या की कहानी सुनाने लगे।

40

ज्योंही हुआ, भास्कर घोड़े पर सवार
सिर किया खिच्च्, खुली तलवार

चैत के महीने में, नवमी की वासन्ती पूजा, भास्कर पंडित नहीं देख पाया, जबकि कटवा की मराठी छावनी में रघुजी गायकवाड़ की कोशिश से, बड़ी धूमधाम से वासन्ती पूजा का आयोजन किया गया। भास्कर पंडित तो कई सालों से ऐसी ही धूमधाम से पूजा करता आ रहा था। आश्विन में दुर्गा पूजा, कार्तिक में श्यामा पूजा ! उन दिनों, मेदिनीपुर उसके जाने-आने की सीधी सड़क ! बेराट से बंगाल तक आने का रास्ता !

रसोई घर के ओने-कोने के दरवाजे से घरबारी लोग इस घर से उस घर तक जाने-आने की सीधी राह बना लेते हैं, यह भी उसी तरह की व्यवस्था थी। जब वह मेदिनीपुर आता था, तो तमलुक के वर्गसीमा की पूजा करता था। जब मुर्शीदाबाद में आता था, तो किरीटीश्वरी की अर्चना करता था। दस-बीस पुरोहित डर से काँपते-थरथराते पूजा की तैयारी करते थे। किसी-किसी ने कहा, "ऐसे पापी के हाथ से पूजा लेने के बजाय, देवता मुँह क्यों नहीं फेर लेते ?"

यही तो, इस बार ही, किरीटीश्वरी के मन्दिर में अच्छी-खासी हलचल मच गई। प्रधान पुरोहित का भतीजा, देवीमूर्ति का सेवक, वही देवी की स्नान कराता, शयन कराता, शाम को शीतल कराता। उसने कितने दुःख से कहा, "अत्याचारी, पांखडी तुम्हें रेशमी बनारसी पहनाते हैं, मइया ! काशी की बनारसी पहनने का तुम्हें इतनी साध क्यों है ? हमारी रेशमी बालुचरी क्या तुम्हारे अंगों को चुभती है ?"

उस पर सैकड़ों विद्रूप करते हुए, किसी लम्बोदर संन्यासी ने कहा था—"तुम लोग निर्वीय हो ! दुर्बल और कमजोर ! शक्तिरूपिणी माँ, वीर सन्तानों की पूजा चाहती है।"

"तो फिर ऐसा ही हो—मन के दुःख से दुखी सेवक पुजारी ने पूजा त्याग दिया; मन्दिर छोड़ दिया; श्मशान जाकर भिखारी बन गया। अब वह तीर्थ-तीर्थ घूमता था; अपने में मगन गाने रचता था, गाने गाता था, "माँ, जदि होवे विरूप, जाए कहाँ बालक तोरा !" दुःख इसी तरह जाने कितनों को गायक और भिखारी बना देता है। देवी की विमुखता ने सेवाधारी को गायक बना दिया।

इस बार की वासन्ती पूजा और दुर्गापूजा में भी कटवा नगरी में बड़ी धूमधाम थी। पाँच हाथ की देवी-प्रतिमा; सर्वांग सोने की सज्जा ! झुंड-झुंड ढाकी, ढोलकिए ! रस्सियों से बँधी बकरियों की कातर पुकार ! पत्थर-दिल लोहार कटार पर शान चढ़ाता हुआ ! ताँती के हाथों में वस्त्र; हलवाई के हाथ में मिठाइयाँ ! अन्दर-ही-अन्दर सहमे हुए सर्वहारा कटवावासी, खामोशी से ढाक की गूँज सुना करते थे। मराठा अत्याचार की वजह से उनके घरों की छादनों पर फूस गायब हो चुके थे। लोगों के बाल सन की सख्त गाँठ बन गए थे। कहाँ गई कटवा की वह शोभा ? जो शोभा गंगातीरवासी घर-बारी लोगों के सुख-शान्ति की दुनिया में बसी होती थी ? जिस शोभा के दर्शन करके, नदिया के गौराँग कितना आनन्द अनुभव करते थे ?

उस शोभा को हमेशा-हमेशा के लिए अस्त करके, मराठा सरदारों ने वासन्ती पूजा शुरू कर दी। उन लोगों ने कहा, "यही असली पूजा है। देवी माँ वसन्त में आती थीं। बंगाली वधुएँ शरत के मौसम में, सिर्फ अकाल प्रतिमा की पूजा करती हैं।"

नवाब ने कूटनीति का सहारा लिया। देवी के मुँह में अभी विजया का पान-बताशा भी नहीं पड़ा था; धुनुची-नाच का धुआँ भी अभी साफ नहीं हुआ, उससे पहले ही भास्कर पंडित के विसर्जन का लग्न आ पहुँचा।

बख्शी-दीवान सारी कहानी महीपति को बताते रहे। बख्शी-दीवान के पद से, राजा जानकीराम, अभी कितने ऊपर जाएँगे ! इस काल में वर्गियों के अत्याचार से गांगेय राढ़बंग श्मशान हो गया। खजाना देते-देते किसानों की कमर टूट गई। लेकिन किसी-किसी की तकदीर का सूरज, तेजी से ऊपर चढ़ता गया, बख्शी-दीवान उनमें अन्यतम् थे।

"इस बार रघुजी भोंसले का खौफ भी नहीं रहा। उन्होंने शाहू से समझौता कर लिया था। पेशवा की फौज अब नवाब की मदद के लिए नहीं आएगी। इसलिए, चैत के महीने में भास्कर और अलिभाई ने कुरोवाल को भेजा। साथ में बीस हजार सवार !"

"तब नवाब ने क्या किया ?"

नवाब काफी चतुर निकले। उन्होंने देखा, राजकोष रुपयों से खाली है। प्रजा धन, प्राण से निःस्व है। लाखों-लाखों सेना की खर्च जुटाते-जुटाते, उनकी चिन्ता-परेशानी का अन्त नहीं था। इसके अलावा, उनकी लौह-देह भी अब टूट चुकी थी। अब दोबारा जंग करनी पड़ी, तो उनकी जान पर आ बनेगी।

क्या इसी क़िस्म की मौत के लिए, गिरियार के मैदान में उन्होंने अपने प्रभु-पुत्र, सरफराज़ का कत्ल किया था ? इधर अंग्रेज धड़ाधड़ कोठियाँ बनवाते रहे, अपनी ताकत

बढ़ाते रहे। उधर बांगल के सीने का हाहाकर, रुकने का नाम ही नहीं ले रहा था। परलोक में ईश्वर के समक्ष इन तमाम पापों का हिसाब-किताब होगा और जहन्नुम या विहिश्त जाना होगा। वर्तमान समय में बुद्धि, मन का जोर, देह की शक्ति का ही भरोसा था। नवाब सपना देख रहे थे, वे अपनी मर्जी-मुताबिक साम्राज्य गढ़ेंगे। एक अदद खूबसूरत राज्य, वे अपने नाती के दे जाएँगे। वे सारे सपने टूट-फूटकर बिखर गए।

नवाब ने बड़ी कूटचाल चली। मुस्तफा खाँ, जात का अफगान ! बेहद साहसी, उच्चाशा की आग में दहकता हुआ ! नवाब ने उससे वादा किया कि बिहार की सूबदोरी उसकी हो जाएगी। अतः मुस्तफा खाँ ने भास्कर पंडित को सन्देशा भेजा, ''अब जंग की जरूरत क्या है ? बंगाल का बन्दा आकर, बारह लाख स्वर्ण मुद्राएँ लेकर सन्धि कर गया। तुम भी सन्धि कर लो ! युद्ध के मुकाबले शान्ति बेहतर है—तुम्हारे महाभारत, कुरान भी यही बात दोहराते हैं।''

''भास्कर राजी हो गया ?''

''युद्ध के आयोजन में भाटा पड़ गया। उस वक्त मैं गया। मुस्तफा खाँ गया। भास्कर उन दिनों दिगनगरी में था। नवाब मोनकरा आ पहुँचा और तम्बू डालकर, वहीं पड़ रहा।''

महीपति ने कहा :

दिगनगरी में नहाने उतरीं सुकेशिनी
चिकने रेशम केश सँवारे सुरूपिणी

''क्या कहा आपने ?''

''बच्चों को बहलानेवाला, 'छड़ा' दोहा !''

''ऐसे वक्त में आपको छड़ा याद आ रहा है ?''

''अरे, श्रीमान, सब चला जाए, मगर 'छड़ा' कायम रहेगा। एक दिन सारे नवाबों के प्रासाद धूल में मिल जाएँगे; राजा के सिंहासन पर साँप रेंगते फिरेंगे; पिछली बार आपने राजस्थानी भाट का गाना नहीं सुना ?''

''ना ! हाँ, तो मेरा किस्सा सुनिए। मुस्तफा खाँ ने कहा, झटपट काम की बात कर आओ। मैंने कहा—देखो, सब्र की डाल पर मेवा फलता है। वैसे मेवा मेरे साथ ही था।

''अर्कटक के मोहर ?''

''नहीं ! चतुर बतकही ! मीठी-मीठी बातों से सभी खुश होते हैं, वह बेटा किस खेत की मूली ? मैंने भास्कर की तारीफ करते हुए कहा—आप में तो गजब की वीरता है। बंगाल में आकर आपने जो कीर्ति स्थापित की, उसे देखकर समूचे हिन्दुस्तान की छाती दस-दस हाथ चौड़ी हो गई है। इस कलियुग में आपने अर्जुन की तरह वीरता दिखाई, हमारा मुख उज्ज्वल कर दिया। लेकिन वह बेटा क्या इतनी आसानी से फुसलाने में आ जाता ? सिर्फ चौथ की माँग करता रहा—चौथ दो, चौथ दो ! बोली—भाषा में भी खासा कट्टर ! 'तुम' छोड़कर 'आप' बोलना नहीं जानता था।''

''उसके बाद ?''

''काफी समझाया-फुसलाया, मगर वह नवाब के खेमे में आकर, बातचीत को राजी ही नहीं हुआ। शायद मन-ही-मन उसे शक हो गया। वह बार-बार यही कहता रहा—कैसे जाऊँ ? कटवा में वासन्ती पूजा है, मैं हर रोज वहाँ जाता हूँ। अन्त में रंग-ढंग समझने के लिए, उसने अली भाई कुरोवाल को भेजा।''

''नतीजा क्या हुआ ?''

''जब वह मोनकरा आया, तो इस तरफ से नवाब, उस तरफ हम दोनों। उसे टोकरी-टोकरी भर मीठी-मीठी बातों से खुश कर दिया। मैंने कहा—भइए, लूटपाट कर जितना कुछ ले जाना था, वह सब तो तुम लोग ले गए। अब जनपद जंगल हो चुका है। फलती-फूलती प्रजा उत्तर बंग, पूर्व बंग भाग चुकी है। किसान चीथड़े पहने घूम रहे हैं; अब लूटपाट में तुम लोगों को क्या मिलना है ? इसके अलावा, तुम लोगों का जैसा युद्ध-कौशल है, अस्त्र-शस्त्र है, तुम लोगों ने जो असीम बहादुरी दिखाई है। इन सबके बाद, हम भी जूझ नहीं पा रहे हैं। इसलिए मेरा कहना है कि भास्कर से कहो, वह आकर बातचीत कर जाए। रुपए-पैसे के बारे में फैसला हो जाए।''

''अली भाई कुरोवाल ने क्या जवाब दिया ?''

''उसने जवाब दिया, वह बेटा बज्र-गँवार है। बंगाल में लूटपाट मचाकर, रुपए-पैसों की जो दौलत ले गया, रघुजी की नजरों में उसका मान-सम्मान ज्यादा ही बढ़ गया है। चलें, देखता हूँ, अगर उसे समझा-बुझाकर भेजा जा सके। इधर उस बन्दे से बातचीत होती रही, उधर नवाब भास्कर को बार-बार, टोकरी भर-भर बंगाल की मिठाइयाँ लेंगूचा, छानाबड़ा, मोतीचूर, खीरपूली और बागों के फल वगैरह भेजते रहे। यह सब सुन-समझकर भास्कर आखिरकार आने को राजी हुआ।''

''अच्छा, तो फिर आया ?''

''फौरन तो नहीं आया। मीर हबीब ज्यादा धूर्त था ! पहले वह हमारा आदमी था। वह नवाब का नाड़ी-नक्षत्र पहचानता था। उसने उसे आगाह किया, ''खबरदार, हरगिज मत जाना।'' अलीवर्दी भी सहज ही चरके में आ जानेवाला बन्दा नहीं था। जो उसको नुकसान पहुँचाता है, उसे कभी माफ भी नहीं करता था।''

''उसके बाद क्या हुआ ?''

''तब मैंने ताँबा-तुलसी-गंगाजल उठाकर, मुस्तफा ने कुरान छूकर कसम खाई कि उसको कोई नुकसान नहीं होगा।''

''आप लोगों ने कसम खाई ?''

''हाँ, श्रीमान, मुसीबत के दिनों में कूटनीति खूब चलती है। उस वक्त धर्म लेकर बैठे रहने से काम नहीं चलता। गीता में भी यही सब लिखा-विखा है।''

''अब, गीता का जिक्र क्यों ?''

''अरे, जो, जहाँ लिखा है, बताऊँगा नहीं ? हाँ, तो नवाब काफी चतुर-बुद्धि ! मुस्तफा खाँ, मिर्ज़ा बेग और मेरे सिवा, और कोई भी असली बात नहीं जान सका। सभी को यही मालूम था कि नवाब ने भास्कर को बुलाया है, सन्धि के लिए। इधर तम्बू

को घेरे हुए, कई-कई और तम्बू लगा दिए गए। अली भाई बीस हजार सवार लेकर, करीब चार माइल दूर पड़ाव डाले रहे। रघुजी गायकवाड़ बड़ा धुरन्धर था। वह भी बाहर-बाहर रहा। कहा—हवा खा रहा हूँ। भास्कर आया, साथ में बाईस सरदार ! इनमें सभी शामिल थे ! सारे घुटे हुए सरदार। मेशोजी आमोड़ा से लेकर हर कोई।''

''तब तो पल-भर में काम हासिल हो गया होगा ?''

''पल-भर में ! मैं और मुस्तफ़ा खाँ, उन लोगों को अन्दर ले आए। नवाब कुर्सी पर तनकर बैठ गए। वैसे वे काफी उत्तेजित थे, उनके माथे पर झलकता हुआ पसीना देखकर, मुझे इसका अन्दाजा हो गया। उनकी नाक की पोपटें फूली हुई ! आँखों की दृष्टि स्थिर ! धीरे-धीरे उनका अंग-अंग भी लोहे की तरह सख्त हो आया। ऐसा चेहरा लेकर, नवाब अगर हाथ में तलवार लेकर उठ खड़े होते, तो, जनाब मुस्तफ़ा खाँ तक कि हिम्मत नहीं थी कि उनके सामने खड़ा होता।''

''पल-भर में सारा काम हो गया। जानकीराम और मुस्तफ़ा खाँ खेमे के बाहर चले गए। नवाब का इशारा पाते ही, सबके सब उन लोगों पर टूट पड़े और उन्हें रस्सियों से बाँध दिया।''

भास्कर चींख उठा, ''बंगाल के नवाब, यही है तुम्हारा वादा ? तुम्हारी बातों का मोल ?''

जो लोग उन्हें बाँध-बूँध रहे थे, उन्होंने भी डपटकर जवाब दिया, ''अरे ओ मराठे डाकू, तेरे लिए वादा कौन निभाता है ? छोटे-छोटे निरीह बच्चे जान की भीख माँगते हुए, तेरे सामने रोते-गिड़गिड़ाते रहे, उनकी गर्दन नहीं कुचल दी ?''

''नवाब ने कहा, ''यह भास्कर ही है न ? कहीं हमें कोई गलतफहमी तो नहीं हुई ?''

मिर्ज़ा हाकिम ने कहा, ''नहीं, कोई गलतफहमी नहीं हुई।''

उस पल नवाब ने अपने सीने पर आड़ी-तिरछी मुद्रा में हाथ रखा और ईषत् हँसते हुए हुक्म जारी किया और मुँह फेर लिया। मीरकाजिम ने एक ही बार में भास्कर का सिर, धड़ से अलग कर दिया। उसके बाद, बाईस सरदारों के खून से, तम्बू के अन्दर मानो खून की नदी बह गई।''

''उसके बाद क्या हुआ ?''

''उसके बाद, मेरे करने को कुछ भी नहीं रहा, जनाब ! कूटनीति का काम खत्म हुआ ! उस वक्त सिर्फ तलवार का खेल चलता रहा।''

वैसे अफगान सरदार, इस खेल में खासे माहिर होते हैं। मुस्तफा ख़ाँ और उमर ख़ाँ ने मराठा सैनिकों पर धावा बोल दिया और उनके सर कच्च-कच्च काट डाले। इन वर्गियों ने लूट-पाट ही ज्यादा की थी। आमने-सामने लड़ाई ज्यादा नहीं लड़ी। पलक झपकते ही वे तीतर-बीतर हो गए।

रघुजी गायकवाड़ को लगा कि मोनकरा के मैदान में खड़े होकर, अब और हवा खाना सही नहीं होगा। कुछ घुड़सवारों को लेकर, वे जिस राह से आए थे, उसी राह

तूफानी रफ्तार से लौट चले, वर्धमान, दिगनगर, मेदिनीपुर और राजमहल में जो सब मराठे सवार घूम-फिर रहे थे, उन लोगों ने भी अपने महाजन के पीछे-पीछे, वही राह पकड़ी।

अब भास्कर नहीं रहा। उसके भयंकर नृशंस बाईस सरदार भी नहीं रहे, इस खुशी में बहुतेरे लोगों का साहस बढ़ गया। छोटे-मोटे भुँइया जमींदारों के लठैत, भालेदार, हरकारे, तीरन्दाजों ने फरार होते हुए वर्गियों पर हमला करना नहीं छोड़ा।

''और नवाब ?''

''नवाब तक ने उन भागते हुए वर्गियों का पीछा किया। लेकिन, जनाब, गजब का इंसान है वह भी ! एक पाँव का नागरा नहीं मिल रहा था। जब तक उनके पैर का नागरा नहीं मिला, वे हाथी पर नहीं चढ़े। मैंने उनसे पूछा भी प्रभु, ऐसे वक्त में इन सब बातों की भला परवाह करनी चाहिए ? उन्होंने झुंझलाकर जवाब दिया, ''ये जानकीराम, राजा-बादशाहों के पीछे-पीछे फिजूल की अफवाहें उड़ाते, गपशप करते हुए चलते रहते हैं। उस दिन अगर मैं नागरा न पहनता, तो हर कोई बेकार बातें बनाता कि अलीवर्दी जान बचाने की अफरा-तफरी में जूते छोड़कर ही चम्पत हो गया। देखिए, कहीं चटखारेदार किस्से का सिरा भी देखें, तो उखाड़कर फेंक दिया कीजिए।''

महीपति भी हँस पड़े, अचानक उन्होंने जोर का ठहाका लगाकर कहा, ''यही बात मुझे सबसे अच्छी लगी। भई, मजा आ गया ! कोई किस्सा-कहानी उग आए, तो झट से उखाड़कर फेंक दो।''

''नवाब का चरित्र बेहद कठोर है, साहब, बिल्कुल लोहे का गढ़ा हुआ ! उनके बारे में कोई किस्सा-कहानी का अंकुर नहीं फूटता।''

''हाँ, यह तो सच है ! एक-इकलौती बीवी ! कोई विलास-व्यसन भी नहीं ! नशा-वशा करते नहीं—ऐसे शख्स को लेकर चुटकुला या खुश-गप भला कौन बनाएगा ? लेकिन, साहब, लोहा चाहे कितना भी पुख्ता हो, एकाध छेद उसमें जरूर होता है।''

''हाँ, है न !''

''जानकीराम गम्भीर हो आए।

''क्या ?''

''नाती के प्रति अन्धा-प्यार !''

''जानता हूँ।''

इसके बावजूद बख्शी-दीवान क्षुब्ध नजर आए। नवाब का नाती बच्चा था, तो क्या हुआ ? बेहद चटाँग-चटाँग बातें करता था। उनसे भी जरूरत से कुछ ज्यादा ही मुँह लगा था।

''आप सोच क्या रहे हैं ?''

''अब देखिए न, और एक चैत गुजर गया। काश, एक बार आप लोगों के उन सुरकंठ से भेंट हो जाती।''

''क्यों ?''

''अतिशय महापुरुष इंसान हैं। जो-जो कहा, सब फल गया। सिर्फ...अगर...''

''क्या ?''

''अगर वह बता देता कि मेरी उम्र कुछ लम्बी होगी या नहीं !'' बख्शी-दीवान ने कातर आवाज में कहा।

उनकी इस कामना में कोई दैवी शक्ति जरूर थी। अचानक ही सुरकंठ से भेंट हो गई।

भेंट होने से पहले ही भास्कर के निधन पर नगरी में काफी धूमधाम शुरू हो गई थी। सिर्फ राजधानी में ही क्यों, सब जगह यह खुशखबरी फैल चुकी थी।

चैती की फसल काटते हुए, वर्धमान, वीरभूम के किसान मस्ती में गाते रहे, ''नवाब ने वर्गी मार गिराए, हम सबके प्राण बचाए।''

इस बार की चड़क पूजा पर, तमाम शैव तीर्थस्थलों पर, बाउल-वैष्णवों ने गीत गा-गाकर, नवाब के लिए भगवान से आशीर्वाद माँगा ! जो वृद्धा कुछ ही दिनों में श्मशान जानेवाली थी यानी मरण-करीब थी, उसने भी कहा, ''भास्कर आखिरकार मर ही गया ? भगवान ने अगर मुझे परमायु दी होती, अगर मेरे पैरों में जोर होता, तो मैं पैदल चलकर, नवाब के सामने जाती और उनको साष्टांग परनाम कर आती।''

नगरी-नगरी में जगमगाती रोशनी का मेला ! वाद्य स्वरों की गूँज ! मन्दिर-मन्दिर में चढ़ावे भेजे गए। साहब लोगों ने गिर्जाघर में बैठे-बैठे, बंगाल के मराठा-मुक्त होने पर, ईश्वर को असंख्य धन्यवाद दिया। मस्जिद-मस्जिद से नमाज पढ़ने की आवाजें गूँज उठीं। इस बात में अब किसी को सन्देह नहीं रहा कि इस कलियुग में अलीवर्दी, भगवान का खास कृपापात्र है। भगवान ने उसके हाथों पापी को सजा दी। खैर, ऐसा भी नहीं था कि सबने इस बात पर विश्वास कर लिया हो।

हाँ, सिर्फ अलीवर्दी ने विश्वास नहीं किया, इसके बाद भी उनकी नींद-जगी जलमान छाया देखकर, रात के पहरेदार चौंक उठे। अभी भी नवाब की आँखों में नींद नहीं थी।

इसके अलावा हीरालाल सेठ वगैरह प्रमुख व्यापारियों ने भी विश्वास नहीं किया। उनकी जानकारी मुताबिक, वर्गी दोबारा आनेवाले थे और सुरकंठ ने तो इस पर पूरी तरह अविश्वास किया।

बक्रेश्वर के महातीर्थ में, चड़क संक्रान्ति के मेले में बैठे-बैठे, गाना सुनते-सुनते, उन्होंने गुस्से-भरे लहजे में गायकों को हाँक लगाई, ''खूब गाने गाओ, बेटा, गाए जाओ। वर्गी चले तो गए, मगर सावधान ! दोबारा आ भी सकते हैं। यह वर्ष भी, काल वर्ष है, याद रखना !''

सुरकंठ, फुलेश्वरी के कातर आह्वान पर कासिम बाजार जा रहा था।

41

'कुपथ में सुपथ ज्ञान, मन इसने मोह लिया।'

कासिम बाजार में, जगतपति आचार्य की कोठी के बाहरी महल में लोगों की

आवा-जाही ! आनन्द-समारोह ! आजकल दिन-काल बेहद बुरा था। जीवन अनिश्चित ! इसके अलावा साहब लोगों के साथ हमेशा मिलते-जुलते रहने की वजह से जगतपति ने शायद मन-ही-मन यह पक्की राय बना ली थी कि अगले जन्म में जो होगा, सो होगा, इस जन्म में जो सब सुख हाथों में हैं, उसे बाँट लिया जाए, तो बेहतर !

इसलिए जगतपति ने फैसला कर लिया कि कुसुममाला के बेटे को वे गोद लेंगे। कुसुममाला के बारे में वे खास कुछ नहीं जानते थे, बस, ब्राह्मण समझकर ही उन्होंने, उससे हेल-मेल बढ़ाया था। उन्होंने सुना था, यह अभागी औरत बेहद गरीब है, इसलिए अनाथ भी !

सदी ग्वालिन ने फुसफुसाकर कहा था, ''रमेन साहेब बुरी तरह पीछे पड़ गया था, जी, इसलिए वह वनझटिया के जंगल के पीछे छिपा हुआ ! मेरे जान-पहचान के किसी बाम्हन के घर में।''

सदी ग्वालिन के हाथ में गोदना ! सिर के बालों में कविराजी तेल चुपड़ा हुआ, क्योंकि उसे 'बाइ-चढ़े' वायु रोग था। एक जमाना था, जगतपति 'दही में मिलावट है या सच्चा है' इसकी जाँच-परख के लिए, सदी के यहाँ घंटों गुजार देते थे। सदी ने उनकी दो शादियाँ, उनकी बेटी फुलेश्वरी का ब्याह, सभी कुछ देखा था। हालाँकि अब सदी के चेहरे पर वह मोहिनी हँसी नहीं रही, जिसे देख-देखकर सरफराज़ खाँ के मुंशी, अमीन वगैरह मुग्ध रह जाते थे, लेकिन फिर भी उसके चेहरे पर कुछ है, जो अब भी, सदी की अलस हँसी, थुलथुल बाँहों और गोदना अंकित गले में लगी हुई थी।

सदी अब उस अनाम-अजान जादू को भुन-भुनाकर खाती थी।

जगतपति को उसने आड़ में ले जाकर कहा, ''आचार्य ठाकुर, तुम्हारा दुःख, इस सदी के अलावा और कोई नहीं समझता।''

उसी सदी ने उसे कुसुममाला के बारे में खबर दी।

वनझटिया के जंगल में, उस टूटे-फूटे घर में, रोती हुई कुसुममाला की डरी-डरी निगाहों को निहारते हुए, जगतपति ने अपनी अधेड़, भोगी और बहू-विवाह के बावजूद अतृप्त मन को, उसके हाथों रेहन रख दिया।

खैर, इसमें किसी को कोई दोष भी नजर नहीं आया।

उनकी पत्नी, फुलेश्वरी वगैरह ने भी इसे स्वाभाविक मान लिया, क्योंकि जगतपति की तकदीर बड़ी तेजी से दोपहर की तपती धूप बन चुका था। साहब व्यापारियों को अपनी मीठी-मीठी बातों से खुश करके, तरह-तरह के तरकीबों से उन्होंने अपनी स्थिति बेहतर बना ली। ऐसी स्थिति में अगर कुसुममाला का चाव हो आया, तो क्या अचरज ? जगतपति की छोटी बहन, निन्दुली, अपने छोटे भाई महीपति के घर में रहती थी। वह चिरकुमारी थी; ऊँचे घराने की बेटी थी, लेकिन आजकल वह सहज ही सब्र खो देती थी, काफी खर-दिमाग हो गई थी।

बड़े भाई के नाम तरह-तरह के रसीले किस्से सुनकर उसने अपनी बड़ी भाभी से कहा, ''भाभी, तुम लोगों ने तो बूनी के बेटे से अपना घर गुलजार कर लिया है; उसी

से अपनी आस मिटा रही हो ! चलो, यही सही ! उसके बेटे को अपनी जमीन-जायदाद सौंपने के इरादे से, होड़ाहोड़ी में उसे ससुराल में अपनी गृहस्थी तक बसाने नहीं दी। लेकिन, अब बड़े भइया के नाम यह कैसी बात सुन रही हूँ ? उनकी तो अब काफी उम्र हुई न ?''

यह बात सुनकर, बड़ी बहू, जलेश्वरी को खासा मजा आया।

हाथ के कंगनों को छेड़ते हुए, उन्होंने गले के जेवर, नाक की नथ हिलाकर और अपनी ढाकाई साड़ी का पल्लू झलकाकर कहा, ''मैं देख रही हूँ, ननदजी, अपने भइया पर गुस्सा तुम अभी तक भुला नहीं पाईं। काहे जी ? जिसके साथ, तुम्हारा बियाह होने की बात थी, उसके साथ उन्होंने बूनी को बियाह दिया, इसलिए खार खाए हुए हो ?''

''छिः भाभी !'' निन्दुली ने बेहद मृदुल, मगर तीखे तिरस्कार के लहजे में जवाब दिया, ''ऐसी बात मत करो। कुलीन कन्या का गौरव, कुँवारी होने के बावजूद, अक्षय रहता है। मेरा कहना है, इस उम्र में बड़े भइया जान-बूझकर यह कलंक क्यों ओढ़ रहे हैं ?''

''कलंक ?''

जगतपति की बेटी, फुलेश्वरी ने अपने होंठों पर हँसी बिखेरकर कहा, ''इससे मर्द-मानस को कलंक लगता है ? तुम्हारी बातों पर हमें ताज्जुब हो रहा है, बुआ !''

जगतपति की पत्नी, जलेश्वरी ने भी हँसी बिखेरते हुए कहा, ''कलंक ? चाँद को कभी कलंक लगता है, ननदजी ? अरे, तुम्हारे भइया अगर चाहें, तो अभी भी दस-दस 'जलपात्तर' (उप-पत्नी) क्यों न रखें, मैं कुच्छ नहीं कहूँगी।''

''छिः भाभी छिः !''

निन्दुली के तन की सारी शुचिता, मानो नष्ट हो जाएगी, यूँ डरी सी लगभग दौड़ती हुई, वह बाहर निकल गई।

आगे चलकर, कुसुममाला को एक बेटा हुआ।

ऐसे सब मामलों में, जैसा कि आमतौर पर होता है, जगतपति ने भी और-और लोगों से यह सफाई देना शुरू किया, ''यह बेटा लेकर वह विधवा हुई। बिचारी दुखिया औरत है। मैं जरा उसकी देखभाल कर देता हूँ। इसमें तुम लोगों को भला क्या एतराज है ?''

दूसरे लोगों ने कहा, ''जानते हैं, हमें सारी जानकारी है। अब जाकर यह देखो कि वह लड़का ब्राह्मणी की कोख में पैदा हुआ है या मुसलमानिन की कोख से ?''

जो लोग जगतपति के समर्थक थे, उन लोगों ने उनके आलोचकों की नाक के आगे हाथ नचाकर कहा, ''यह कलिकाल है, रूपचन्द ! जगतपति अगर अभी चाहें, तो कुसुममाला की सात-सात पीढ़ियाँ बाम्हन थीं, यह साबित करने में उन्हें जरा भी वक्त नहीं लगेगा।''

जो लोग इंसान के सुख-दुःख, जन्म-मृत्यु—हर बात में हँसी-मजाक करके, मजा लेते हैं, उन लोगों ने कान में सजे सोने की काठी की पेंच ऐंठते-ऐंठते, तम्बाकू और मिस्सी से दाग-दाग दाँत निपोरकर कहा, ''ओफ ओ ! कुसुममाला को बेटा भया है, तो इससे क्या फर्क पड़ता है? अरे, पेड़ रहेगा, तो फल भी लगेगा, यह तो शास्त्र-वचन है।''

ऐसे मर्द कोंचे की खूँट, बदन पर दुपट्टे की तरह लपेटे रहते हैं, गहने पहनते हैं और औरतों की तरह कमर मटका-मटकाकर, महीन आवाज में बातें करते हैं। कासिम बाजार-सैय्यदाबाद-खगरा—इस किस्म के कई-कई गाँवों के पाजी लड़के इन्हें 'ओ तारक बुआ', 'ओ नगेनमौसी', कहकर बुलाते थे और हँसी-ठठ्ठा करके उनका जी कुढ़ाते रहते थे।

बहरहाल, बेटा होना था, हो गया।

अब तक जो राग-रंग चल रहा था, उसमें किसी को कोई दोष नजर नहीं आया। जगतपति ने अपनी बेटी पर अपना दखल कायम रखा था। इसीलिए फुलेश्वरी अपने पति का घर नहीं बसा पाई।

इसीलिए फुलेश्वरी ने सुरकंठ को बुलाकर, गर्व-भरे लहजे में कहा, "बापू दत्तक गोद लेना चाहते हैं, तो खुशी से लें। इससे पति के घर जाने का मेरा रास्ता प्रशस्त होगा।"

उन्होंने जब यह बात कही, उस वक्त भी उन्हें विश्वास नहीं था कि जगतपति सच ही उस लड़के को गोद ले लेंगे।

अब वही सब चर्चाएँ गर्म थीं। हैरत है ! इस घटना में, कुसुममाला ने खुद अपनी तरफ से जरा भी नहीं उसकाया। वह तो बिल्कुल नाराज होकर, एकदम से अड़ गई। लेकिन जगतपति, अधेड़ उम्र में पगला गए थे।

उन्होंने छाती फुलाकर कहा, "वर्गी आकर, देश में खासी खुराफात मचाए हैं, कहाँ का समाज, कहाँ जा रहा है ! ऐसी स्थिति में अगर मैंने गोद ले लिया, उसमें एतराज कौन उठाएगा ?"

वे मजे से ऐश करते रहे। जो लोग उनके पक्षधर थे, उन लोगों को छोड़कर, वे और किसी को भी तरह नहीं देते थे। उनके हिमायती आते, मिठाइयाँ उड़ाते थे। वे अपने हिस्से का सिद्धा लेते और अपनी चुटिया हिला-हिलाकर आश्वस्त कर जाते, "शास्त्रों में इस किस्म की घटना पहले भी घटी है, यह सोच-समझकर विचार करें।" जो लोग भोजन-रसिक थे, वे लोग तमककर कहते थे, "ओ जी, भंडारी मुट्ठी-भर मूँग दाल से भला क्या होगा ? इसमें और दाल, घी और चावल डालो !" उन लोगों ने जाने कितनी-कितनी कलह मचाई।

जगतपति उन्हीं लोगों के बीच बैठे हुए थे। उनके चेहरे पर खुशी की छाप। लोगों की बातें सुनते हुए, उनके होंठ मन्द-मन्द मुस्कुराते हुए ! उनकी आँखों में सपनों की हलचल। गले में सोने का जनेऊ चमकता हुआ। उनकी कल्पना कुसममाला को विविध रूपों में निहारती हुई ! वे आगामी दिनों के सपनों में खोए रहे...यहाँ से दूर...जलंगी या धुलियान में उन्होंने मकान बनवाया है। उस मकान में कुसुममाला की बगल में वे खुद आसीन हैं।

उनके अपने घर के अन्दर महल का चेहरा बिल्कुल अलग !

वहाँ अँधेरा-ही-अँधेरा ! उदास और अवसन्न ! जगतपति की पत्नी जलेश्वरी, दालान में लेटी-लेटी आँसू बहा रही थीं। दासी-बान्दियाँ उनकी सेवा में व्यस्त। आसपास दूर-पास के रिश्तेदार बैठे हुए ! वे लोग तरह-तरह की बतकही करते हुए, अजीब

परेशानी का माहौल रचते हुए !

"रो लो, बहुरिया, रो लो ! बिचारी रोएगी नहीं ? इतना बड़ा सर्वनाश होनेवाला है।" यह कहते हुए, उस औरत ने जलेश्वरी की आँखों के आँसू पोंछे और झट से मुँह फेरकर फुसफुसा उठी, "सुना है, वह छिनाल मानो रूप की खान है। जगत आचार्य ने उसके लिए सोने का पनडब्बा खरीद दिया है।"

"ए जी रोने से क्या फायदा ? अब बहाने-बहाने से अपने गहने-गुरिया समेटो और मायके चल दो।"

"हाँ, बहना, जो सुना वह क्या सच है ? वह रंडी जात की मुसलमानिन है।"

फुलेश्वरी ने जब तलब किया, सुरकंठ हाजिर हो गए। मन-ही-मन वे संकल्प कर चुके थे कि चाहे जैसे भी हो, वे फुलेश्वरी को आनन्दीराम से मिलाकर ही रहेंगे। जगतपति कोई बच्चा गोद ले रहे हैं, यह सुनकर वे मन-ही-मन खुश हुए। कभी इन्हीं फुलेश्वरी ने कहा था, "बापू अगर किसी को गोद लेते हैं, तो आंधारमानिक जाने की मेरी राह आसान हो जाएगी।"

सुरकंठ ने कमरे में आकर देखा, चारों तरफ अँधेरा। फुलेश्वरी की आँखों से आँसू बहते हुए; उनके बाल बिखरे हुए ! साड़ी धूल-धूसरित !

"यह क्या हुआ, भाँजे ? बापू यह क्या करने जा रहे हैं ? तुम उन्हें रोको !"

"कुछ नया नहीं कर रहे हैं। आदमी का जब पतन होता है, तो उस पर शनि सवार हो जाता है। उन्होंने भी शनि का पल्ला थामा है, अब उनका भी पतन निश्चित है। विष्णुपुर के राजा इसी तरह मरे थे, जब उन्होंने लाल बाई के बेटे को राज-पाठ सौंपने का इरादा किया ! रामनगर के राय, नाटोर के रिश्तेदार ने बागदी औरत के इश्क में, जान दे डाली। ऐसी बहुत सी घटनाएँ होती रही हैं। हाँड़ी औरत के मोह में बल्लाल सेन मुँह के बल गिरा।"

"अब, मैं क्या करूँ ?"

"आंधारमानिक चली जाओ ! छोटी सास के पाँव पकड़ो। वे तुम्हें धक्का देकर निकालेंगी नहीं—"

"यह कैसे हो सकता है ? मैं क्या सौतिन के साथ रह सकूँगी ?"

"तब, पड़ी रहो यहाँ। वह विधवा औरत पटरानी बन जाएगी। उसकी लात-झाड़ू खाती रहना।"

"भाँजे ! तुम इतने निष्ठुर कैसे हो गए ?"

"तुम्हारे लिए मैंने ढेरों तकलीफें उठाई हैं, फूली, अब मुझे सुख-दुःख स्पर्श नहीं करता, उठो, आँसू पोंछ लो। तुम्हारे काका कहाँ हैं ?"

"वे तो आना ही नहीं चाहते, मगर आज आने को राजी हुए हैं।"

"ठीक है। उनसे बात करता हूँ। तुम लोगों की घर-गृहस्थी के ही प्राणी हैं न ! तुम्हारे साथ ही रहते हैं।"

महीपति जब आए, तो उन्होंने कहा, "भौजी, उठिए ! आँसू पोंछिए और गृहस्थी की

पतवार सँभालिए। मैं दादा से बात करता हूँ। ऐसा महा-अन्याय मैं उन्हें नहीं करने दूँगा।''

''तुम सच कह रहे हो, देवरजी ?''

''झूठ मैं कभी नहीं बोलता, भाउजी !''

महीपति ने सुरकंठ से कहा, ''आज अज़ीम काश्मीरी आनेवाले हैं ! सारी खबर उनसे ही सुन लेना। उन्होंने हमें एक बड़ी मुसीबत से बचा लिया।''

''वह कहाँ है ?''

''कुसुममाला के यहाँ—''

''क्यों ?''

''वह आएगा, तो सुन लेना ! भगवान के अस्तित्व में जो भरोसा नहीं करता, वह महापापी होता है, सुरकंठ ! भगवान ने ही इस बार बचा लिया।''

सुरकंठ हँस पड़े, ''भगवान मुसीबत में रक्षा करेंगे, घर-गृहस्थी को मुसीबत से बचाएँगे, तभी भगवान के अस्तित्व पर भरोसा आएगा, यह अच्छी बात नहीं है। वे मौजूद हैं, हर वक्त, हर पल मौजूद हैं।''

''लेकिन, जो मुसीबत देश को ध्वंस कर रही है, सुरकंठ, इस वजह से भगवान के अस्तित्व पर अब विश्वास कहाँ रख पा रहे हैं ?''

''भगवान को भी इंसान ने क्या तकलीफ नहीं दी ?'' सुरकंठ लगभग गरज उठे।

''लोभ-मोह में पड़कर इंसान ने ईश्वर को तकलीफ दी। इसीलिए तो जाह्नवी रोती हैं। उनकी रुलाई गुरुदेव ने सुनी है, मैंने सुनी है। जब -जब मैं गंगा-तट पर खड़ा होता हूँ, तब-तब वह रुलाई सुनता हूँ। इस बंगाल देश में, मुर्शीदाबाद के गंगा तट पर देश का भाग्य सूर्य अस्त होगा, यह बात कहीं से भी झूठ नहीं है।''

''मुझे माफ कर दो, सुरकंठ !''

''खैर, छोड़ो। जब तक इंसान ठोकर नहीं खाता, वह कभी सबक नहीं सीखता। कभी सीखेगा भी नहीं। अब यह बताएँ कि आपलोग फूली का क्या इन्तजाम करेंगे ?''

''कौन से इन्तजाम की बात कर रहे हो ?''

''उसे आंधारमानिक भेज दीजिए। आनन्दी की छोटी माँ साक्षात् देवी हैं। वह जाकर उनके पाँव पकड़ ले और नमक-रोटी खाकर, सुख से रहे—आप यही कोशिश कीजिए।''

महीपति ने जगत्पति को बुला भेजा।

उन्होंने साफ कहा, ''आप कुसुममाला के बेटे को गोद नहीं ले सकते।''

''तुम्हारे कहने से, मैं क्या यह बात मान लूँगा ?''

''नहीं, मेरे कहने पर !'' अज़ीम काश्मीरी ने गम्भीर आवाज में कहा, उनका चेहरा-मोहरा बेहद अस्वाभाविक ! स्फीत ! तमतमाया हुआ !

उन्होंने कहा, ''कुसुममाला मेरी सगी बहन है।''

''क्या कहा ? कुसुम...वो मुसलमानिन ?''

एक बार मैंने आपको बाँदी-छाप दिखाई थी, बाँदी खरीदने का सरकारी कागज !

याद आया ?''

महीपति को याद आ गया।

''वह मेरी बहन है। हम लोग हैदराबाद में रहते थे। मेरे माँ-बाप दक्षिणी ब्राह्मण थे। बचपन में ही उनका साया हमारे सिर से उठ गया। हैदराबाद के एक मुस्लिम परिवार ने हमें पाल-पोसकर बड़ा किया। बचपन में ही मैंने कलमा पढ़कर इस्लाम धर्म कबूल कर लिया। उसके बाद, किस्मत का लेखा ऐसा कि एक दिन मैंने अपने पालक पिता को भी खो दिया। हज करने गए थे, डाकुओं के हाथ वे लोग कत्ल हो गए। मैं कारोबार के सिलसिले मे सूरत गया हुआ था। एक धूर्त पेशावरी ने गुलरूख को चोरी-चोरी उसे बाँदी के तौर पर बेच दिया। उस दिन मैंने कसम खाई थी कि चाहे जैसे भी हो, मैं उसे ढूँढ़ निकालूँगा। आज, दस साल बाद, आपकी मेहरबानी से, मैंने उसे ढूँढ़ निकाला।''

''हे भगवान, मुसलमानिन के कलंक से अपना पतन कर डाला ?'' जगतपति आर्तनाद कर उठे ''गया ! सब गया !'' सुख; आनन्द, कुसुममाला की जवानी के उत्ताप से, अपने को नए सिरे से जिन्दा करने का सपना—सब कुछ नष्ट हो गया।

''आपका पाप, प्रायश्चित से ही कट सकता है।''

''वह तुम क्या जानो, मुसलमान कहीं के !''

''मैं अपनी बहन को ले जाऊँगा। आप चाहे जो भी करें—'' अज़ीम काश्मीरी ने कहा, ''वह कितनी खुश हुई है, यह उसका हँसता चेहरा देखकर ही समझ में आ गया है। मैं भी अपने सारे दुःख भूल गया। उसे छूकर, अगर आपको पाप लगा है, तो आपके स्पर्श से उसे भी कम पाप नहीं चढ़ा। इसके बावजूद, मैं सब कुछ भूल जाऊँगा, क्योंकि जिन्दा रहने के लिए सब कुछ स्वीकार करना पड़ता है। दस साल तक मैं जिन्दा लाश था, जिन्दा होते हुए भी मरा हुआ था, अब मैं नए सिरे से जीना शुरू करूँगा।''

अज़ीम काश्मीरी ने विदा ली।

सुरकंठ ने कहा, ''मैं भी अब चलूँ—!''

''कहाँ ?''

''सड़क पर ! अब संन्यासियों का काम गली-गली, सड़क-सड़क पर है ! यहाँ आर्त-अनाथों की कमी नहीं है। दूसरे संन्यासी मेरी राह देख रहे होंगे।''

''तुम्हारे साथ, मैं भी चलूँगा, सुरकंठ ! मेरा यह जीवन तुम्हारे काम आए।''

महीपति का चेहरा पढ़ते हुए, सुकरंठ हँस पड़े, ''हर किसी का अपना-अपना कर्मक्षेत्र होता है। आप ठहरे गृहस्थ ! गृहस्थ के कर्म कीजिए। फूली को उसके पति को लौटा दीजिए। आप भाई-बिरादरी के सामने जिन्दगी-भर के लिए कसूरवार ठहराए जाएँगे, इस बारे में कुछ कीजिए। किसी गृहस्थ की यश-प्रतिष्ठा नष्ट होने देना, उचित नहीं है, उनकी शरण में जाने कितनों को आहार जुटेगा, उसे जिन्दा रहने और अपना सम्मान वापस पाने में मदद करें। उनकी आशाएँ टूट-फूटकर बिखर गई हैं। यह भी कम तकलीफ की बात नहीं है।''

सुरकंठ ने विदा ली।

42

'बन्धु नहीं, कौड़ी ढोए फिरूँ'

दुर्भाग्य कभी अकेला नहीं आता।

सुरकंठ ने कहा था, "फूली, यह जो कुसुममाला के प्रति मोह है, वह तुम्हारे बापू के चरित्र में, वह सन्थाली पर्वत पर स्थित लोहे के घर में बनी छेद है, कालनागिन का प्रवेश-पथ ! इसी पथ से शनि का आगमन होगा।"

वे खुद भी आधे-संन्यासी थे, संसार-विरक्त इंसान ! संसारी इंसानों की आसक्ति देखकर, उन्हें लगा था, इससे बड़ा शनि और कोई नहीं, अधेड़ इंसान, जवानी देखकर, इस कदर उन्मत्त हो उठता है, अपवित्रता का इससे ज्यादा घिनौना रूप, उन्होंने कभी नहीं देखा।

उन्हें बार-बार खयाल आता रहा, इस दुनिया में वे प्यार के जाने कितने-कितने चेहरे तो देख चुके। उनके गाँव का नरपति मिश्र, अपनी छोटी बहन, पुन्नी को इतना प्यार करता था कि उस पर कलंक मढ़ने और उसकी मार्मिक आत्महत्या के लिए, बड़े आचार्य, कुलपति को कभी माफ नहीं कर सका। उन्होंने सबके सामने, डंके की चोट पर कहा कि बड़े आचार्य की बेटी निर्मला को वर्गी लोगों ने छू दिया, इसलिए उसे पतित करना होगा। उन पलों मे सुरकंठ ने देखा, प्यार, इंसान को प्रतिहिंसा से पागल कर देता है।

मुखोटी घराने की छोटी मालकिन, विशालाक्षी में उन्होंने प्यार का संयत रूप देखा है। साक्षात माँ की अवतार ! उनके बेटे, कन्हाई को चड़क में आगन्तुक संन्यासी-भिक्षुओं ने चुरा लिया, लेकिन इस जगह से उन्होंने विश्व-संसार के प्रति अपना प्यार नहीं खोया, बल्कि उनकी आँखों में झाँकते हुए, ऐसा लगता था कि उनका प्यार, अब सभी को अपनी गोद में, भरपूर ममता से समेट लेने को व्याकुल रहता है। भागीरथी के असीम जल की तरह ही, उनका मन कोमल करुणा से भरा रहता है। यह करुणा, उनके प्यार की ही देन है।

सुरकंठ ने और भी कितने-कितने तरह के प्यार देखे हैं ! उनके गुरु भी प्यार ही प्यार लुटाते हैं। उनकी प्यार करने की क्षमता मानो खत्म ही नहीं होना चाहती। प्यार माँगनेवालों की भी कमी नहीं है ! उन्होंने ऐसा कोई प्राणी नहीं देखा, जिसे प्यार की चाह न हो, जगत-जननी का प्यार माँगते-माँगते ऐसी रुलाई, इतना अभिमान ! भागीरथी को मइया सम्बोधित करके, जाने कितनी-कितनी फ़र्माइशें—यह भी तो प्यार का ही रकम-फेर है !

इतने सारे पवित्र प्यार वे देख चुके हैं, इसीलिए जगतपति की आसक्ति देखकर उन्हें बेतरह हिकारत हो आई। इसीलिए उन्होंने कहा था कि अधेड़ इंसान का यह मोह, काल को दावत दे बैठेगा। इसीलिए कुसुममाला हिन्दू नहीं हैं, वह अज़ीम काश्मीरी की बहन है, यह जानकर जगतपति आगामी नतीजों की बात सोच-सोचकर कातर हुए जा रहे थे। अब वे किसी शर्त पर भी कासिम बाजार नहीं रुके।

महीपति ने कहा था, "मेरा ठिकाना अब सड़क है।"

उनकी बात कोरी झूठ भी नहीं थी। रास्ते पर रमई बागदी उन्हीं की राह देख रहा था। आंधारमानिक का बागदी ! नवाब हुकूमत का लठैत !

सुरकंठ को छोड़ने आए, महीपति उसे देखकर आवाक् रह गए।

"अरे, यह क्या ? तुम क्या लठैत-वठैत लेकर आए हो ? रुको, रुको, इसका चेहरा तो काफी जाना-पहचाना लग रहा है !"

"कहीं सड़क-वड़क पर देखा होगा।"

"लेकिन, यहाँ क्यों ?"

रमई सूरत-शक्ल से काफी खौफनाक ! उसके बदन का रंग काला-कलूटा ! माथे के घुँघराले बालों पर लाल फेंटा बँधा हुआ ! हाथ में लाठी ! पाँव में नागरा ! कान में पीतल की लटकन ! आँखें लाल फल की तरह सुर्ख ! शक्की चेहरे पर मक्खियाँ उड़ती हुई !

महीपति उसके करीब आकर दो कदम पीछे हट गए और उन्होंने नाक पर कपड़ा रख लिया।

सुरकंठ हँस पड़े, "आप नए-नए इंसान हैं ! मुझे इन सब गन्ध की आदत है।"

महीपति को विश्वास नहीं आया। उन्हें लगा, सुरकंठ अपनी स्वभावसिद्ध विनयशीलता दिखा रहे हैं।

"मैं सच कह रहा हूँ—"

सुरकंठ महीपति के मन की बात भाँप गए।

"मैं सच कह रहा हूँ, ये लोग ही मेरे संगी-साथी हैं। इन्हीं लोगों के साथ मैं मरघट में बैठा-बैठा गाँजे-चरस का सेवन किया है; नशा किया है..."

"यह आदमी यहाँ क्यों आया है ?"

"एक बहुत बड़ा सवाल लेकर आया है, जिसका जवाब हम नहीं जानते। सो, जनाब, मैं जवाब मालूम करने जा रहा हूँ।"

"किसके पास जाओगे, सुरकंठ, ऐसा कौन सा सवाल है, जिसका जवाब जानने जाओगे ?"

सुरकंठ में ऐसा क्या है? उन्हें हमेशा अपने करीब रखने की तीखी चाह क्यों जागती है ? महीपति ठहरे भोग-विलासवाले विषयी जीव ! वे सहज ही विचलित नहीं होते, यही सुरकंठ कभी उनके ही अन्न पर पलते थे। आज उन्हें देखकर यह क्यों अहसास होता है कि विषय का मतलब ही है—विष ! क्यों ? क्यों ?

उनका प्रसन्न मुख देखकर, बंचितों की व्यथा से उनके सीने में हाहाकार क्यों मच जाता है ? उन्हें कुछ नहीं मिला। कुछ भी नहीं मिला ! उन्हें लगता है, वे बच्चों से भी ज्यादा असहाय हैं। बचपन में जब हरि-लूट का बताशा, सभी बच्चे बटोर लेते, वे खड़े-खड़े बस, रो पड़ते थे, आज देवता के आशीर्वाद से जब सारी-की-सारी हरि-लूट, सुरकंठ ने अपने दुपट्टे में गँठिया ली है, तो महीपति का दिल रो उठा है।

“तुम्हें किस सवाल का जवाब जानना है, सुरकंठ ?”

सुरकंठ ने वह सवाल दोहरा दिया।

यह तो बेहद कठिन प्रश्न है ! राजा हो या चरवाहा, फकीर हो या शाहंशाह, यह सवाल सबके प्रति था। यह सवाल, इंसान के दरबार में रखा गया था।

हमेशा का प्रश्न ! इंसान को इस सवाल के सामने बार-बार खड़ा होना पड़ता है और बार-बार सिर झुका लेना पड़ता है। सुरकंठ की जुबान से यह सवाल सुनकर, शिक्षित, हृदयवान इंसान—महीपति, बागदी-बच्चा रमई से आँख नहीं मिला सके। उनका भी सिर झुक गया।

सुरकंठ मानो विचारक हों, उन्होंने उँगली उठाकर, तीखी आवाज में कहा, “उसका नारी धर्म वर्गियों ने नष्ट कर डाला। अब वह अभागी कहाँ जाएगी ? जो औरतें लांछित हुई हैं, वे सब अभागिनें आखिर कहाँ जाएँगी ?”

महीपति ने सिर झुका लिया। उनके अभ्यास, संस्कार, शिक्षा ने जो सिखाया था, वे वही कहने जा रहे थे, “उस औरत को त्यागकर कोई और ब्याह कर ले। इसमें कौन सी बड़ी बात है ?”

लेकिन अगर यह बात उनकी जुबान से निकल जाती, तो उन्हें अपनी शर्म छिपाने को कहीं ठौर नहीं मिलता। उन्होंने सिर झुका लिया। वैसे सुरकंठ के सामने सिर झुकाने का, यह पहला मौका नहीं था। ऐसी घोर लज्जा में वे पहले कभी नहीं पड़े थे।

कहाँ जाएँगे, यह सवाल तो सदाबहार है ! हमेशा से पूछा जानेवाला सवाल ! क्योंकि जितने दिन जंग जारी है, उतने दिन, विजेता फौज आती रहेगी, इसलिए इस सवाल का जवाब देने की जिम्मेदारी कभी भी खत्म नहीं होगी। यह प्रश्न चिर दिनों का है, जब तक धरती पर नारी जाति साँस लेती है, जब तक आफत-विपदा में राष्ट्रनायक बदलते रहेंगे; जब तक नए विजेता के सामने प्राचीन जाति अपनी आजादी समर्पित करती रहेगी। हर युग, हर काल, हर मोड़ पर औरत विपत्ति के आमने-सामने खड़ी हुई है, आकुल-व्याकुल मुद्रा में सवाल किया है—हमारा क्या होगा ?

महीपति बेहद बुद्धिमान शख्स ! इस आधुनिक युग का इंसान ! अठारहवीं सदी से पहले की बहुत सारी बातें, उन्होंने किताबें पढ़कर जानी हैं। इस वक्त, ऐसा लगा, यह सवाल चिर-दिनों से उठाया जाता रहा है।

कौरव सभा में अपमानित द्रोपदी ने भी यह सवाल किया था। श्वेत आर्य, जब श्याम भारत में दाखिल हुए थे, उस दिन की ताम्रवर्णी भारत-ललना पूषन ने द्यौ और अन्य आर्य देवतागण से जाने यह सवाल किया था या नहीं !

सैकड़ों-सैकड़ों अनार्य औरतें आज भी यह सवाल करती हैं। जवाब कौन दे ? उपकूल से, स्थलपथ से विजेता आए, लुटेरे आए, गुलामों के व्यापारी आए। अभी उसी दिन दुर्दम हर्मद का गिरोह आ धमका। इधर चट्टग्राम से लेकर, उधर काकद्वीप तक बंगाल के सभी उपकूल हर्मद के खौफ से दिन-रात काँपते रहे। अनाम औरतों के आँसुओं में जो सवाल लिखा हुआ था, उसका जवाब किसने दिया ?

"यानी इसका उत्तर आप भी नहीं जानते, यही न ?"

महीपति ने सिर हिलाया। नहीं, वे नहीं जानते। हालाँकि वे इसी युग के इंसान हैं। उनके जमाने में असम्भव भी सम्भव हो गया है, सुदूर यूरोप का बन्दा, उन्हीं के साथ बदन से बदन रगड़ते हुए मुर्शीदाबाद के रेशम पट्टी में घूम-घूमकर व्यापार करता है। उन लोगों के देश में इंसान दिशा-दिशाओं में गजब की तरक्की कर रहा है। विशाल पृथ्वी धीरे-धीरे, मुर्शीदाबाद के करीबतर आती जा रही है।

कितनी दूर बसा है पश्चिमी अरब ! उस देश के साथ, बंगाल के नवाब सम्पर्क बनाए हुए हैं, मानो इस देश का भी वक्त आ रहा है। वक्त पिछड़ नहीं गया है। लेकिन महीपति आज भी नहीं जानते कि रमई बागदी की बीवी को वर्गी लोगों ने अगर लांछित किया हो, तो पारी बागदिन आखिर कहाँ जाए ?

"मैं सिर्फ एक बात जानता हूँ, सुरकंठ, समाज उस अभागिन को स्वीकार नहीं करेगा।"

"यह मैं जानता हूँ।"

सुरकंठ सच ही जानते थे ! बंग भूमि में सबके लिए जगह बन जाएगी ! गंगाजली अपना आँचल बिछाकर, भारतभूमि और बाहर की दुनिया को आसन देगी !

तिब्बत से लेकर कुमारिका द्वीप, ब्राह्म और पेशु से बलुचिस्तान, अफगानिस्तान, उधर चीन, जापान, इधर पारस्य, अरब, स्पेन, इंग्लैंड, फ्रांस, पुर्तगाल, जर्मनी, डेनमार्क, हॉलैंड, अफ्रीका !

यहाँ सभी जाति, सभी धर्मों के लोगों को पनाह मिलेगी।

अनावृत दिगम्बर जैन और आपादमस्तक पोशाक में ढँके उद्धत मूर, अगल-बगल चलते हुए, गंगा में नवाबों का 'नौका-विसर्जन' समारोह देखने के लिए मुर्शीदाबाद पहुँचेंगे। बलात्कार की शिकार एकमात्र रमई बागदी की बहुरिया के लिए ही कोई ठौर नहीं होगी। उसने पनाह माँगी नहीं कि मरघट में, वृद्ध-समाज मानो मरते-मरते भी, अपनी कथरी से उठकर, हाहाकार मचा देगा।

"मुझे मालूम है, लेकिन यह आखिरी बात है, यह नहीं मानता।"

"धर्म कहता है..."

"धर्म क्या कहता है, यह कौन जानता है ? आखिरी बात कौन जाने बैठा है ? अशुद्ध उच्चारण करनेवाला, दक्षिणा-लोभी ब्राह्मण भी नहीं जानता ! जो विराट पंडित, शास्त्रज्ञ ब्राह्मण हैं, वे भी नहीं जानते। लेकिन मैं आपसे कहना चाहता हूँ, इस बार धर्म जवाब देगा, क्योंकि जिन लोगों ने आज यह सर्वनाश किया, वे लोग भी जब यहाँ आए, उनकी भी जुबान पर धर्म का 'हर हर महादेव', 'जय महादेव' का नारा था। इसलिए मुझे जानने के लिए, वहाँ जाना ही होगा।"

"कहाँ जाओगे, सुरकंठ ?"

महीपति ने मानो उन्हें समझाना चाहा कि बाहर भयंकर विपत्ति है; इस सवाल का जवाब पाने में सैकड़ों बाधाएँ हैं, सुरकंठ का यूँ बहते फिरना ठीक नहीं है।

''कहाँ जाओगे ? इस प्रश्न का उत्तर किसके पास है ? तुम्हें कौन जवाब देगा, सुरकंठ ?''

''मैं समाज के ठेकेदारों के दरवाजे नहीं जाऊँगा।''

सुरकंठ ईषत्, हँस पड़े।

उन्होंने कहा, ''सबने कहा, त्याग करो। उन लोगों को त्याग करो, क्योंकि बंगाल में औरत जात का कोई मोल नहीं होता। औरत यहाँ सबसे सस्ती चीज है, सबसे ज्यादा सुलभ है।''

यह कहते हुए, उनके सीने में, मानो तीखा दर्द जाग उठा। हर रोज ही जागता है।

उन्होंने गम्भीर आवाज में बातों की अगली कड़ी जोड़ी, ''लेकिन, फिर भी...फिर भी यह जान लें, इसके लिए आप लोगों को भयंकर सजा मिलेगी। जिस देश की औरतें रात-दिन आँसू बहाती रहती हैं, उस देश का कभी मंगल नहीं हो सकता।''

''जानता हूँ—''

''नहीं ! आप लोग महज़ कठपुतली हैं, बड़नगर के मन्दिर की दीवारों पर चित्रित कठपुतली मात्र ! आप लोगों के पास आँखें हैं, लेकिन आपको नजर नहीं आता; कान है, मगर सुनाई नहीं देता। रमई अपनी बीवी को नहीं रखेगा; सड़क पर फेंक देगा, यह आप जुबान से कह नहीं सकते। इसके बावजूद जिसे हीन समझते हैं, यह अज़ीम काश्मीरी, अपनी बहन को पूरे सम्मान के साथ ले गया। उनका धर्म चाहे जैसा भी हो, बलात्कार की शिकार औरत को अपनी गोद में शरण देता है। आप लोग रखना नहीं जानते, फेंक देना जानते हैं, सिर्फ निकाल बाहर करना ही आता है। नरपति ने निमली के बापू से, आप लोगों के रिश्तेदार जेठू से बिल्कुल ठीक कहा था।

''क्या कहा था ?''

''आप लोग बात-बात में जाति-धर्म छीन लेते हैं, तभी तो इस देश में नीच जाति के औरत-मर्द या तो वैष्णव हो जाते हैं या मुसलमान हो जाते हैं। आप भले आदमी हैं, मेरे साथ मानवता की सेवा करना चाहते थे। चलिए, आज मैं आपसे ही पूछता हूँ, इन सबके लिए आपने क्या इन्तजाम किया है ? इन सबके बारे में कुछ सोचा है या नहीं ? उत्तर आप सोच रखें। फिर भेंट होगी।''

उन्होंने रमई बागदी से भी कहा, ''यह अत्यन्त ज्ञानी पुरुष हैं, मगर जवाब ये भी नहीं जानते। मैं ठहरा आधा पगाल ! संन्यासी जीव ! मैं तुझे क्या जवाब दूँ ?''

''तुम्हें बताना होगा, ठाकुर ! एक वक्त था, जब तुम हमारे साथ-साथ बेभाव नशा करते-कराते थे। चैत महीने में तुम पर बाबा महादेव का 'भाव' आता है। तुम्हें ही बताना होगा कि अब मैं क्या करूँ ?''

''यह तो अच्छा तर्क है, एक साथ बैठकर गाँजा-भाँग पीया है, इसलिए क्या मैं सब-जानकार हो गया हूँ ?''

''मैं तुम्हारा चेला भी तो हूँ—'' रमई ने लड़खड़ाई आवाज में कहा, ''मन के दुःख-दर्द में मैंने कुछ ज्यादा नशा कर लिया है, ठाकुर ! इस दास रमई का दोष मत लेना।''

"ऐसा कर, तू समाजपतियों के पास जा...समाज के ठेकेदारों के पास !"

"गाँव के सिर-माथा तो वो बड़े आचार्य हैं न ? वे लोग-प्राणियों का कष्ट सहन नहीं कर पाते। बैशाख की तपती धूप में गाय को अगर मैदान में बाँध दिया, तो उसकी तकलीफ से वे खुद रोने बैठ जाते हैं। जब तक उसे छाया में लाकर स्वस्थ नहीं किया जाता, उतनी देर छड़ी घुमाते फिरते हैं, लेकिन, इंसानों के लिए उनका विधान बेहद कड़ा है। मुँह में खौलता घी उँड़ेल देने की फैसला दिया था, इसीलिए तो नरपति मिसिर की बहन पुन्नी बिटिया, डर के मारे आत्महत्या कर बैठी। इसके अलावा, ठाकुर, काशी ठाकुर की बुआ की बात याद नहीं है ?"

"किसकी बात ?"

"काशी की बुआ, वाचस्पति की बहिनिया कपासी की बात ? आप लोग तो गाँव छोड़कर चले आए, ठाकुर, गाँव-देहात में मानस किस हाल में रहता है, नहीं जानते। कपासी की कथा सुनकर, आज भी सड़क के कुत्ते तक रोने लगते हैं।"

रमई बागदी ने देखा सुरकंठ बातों को खींचते बहुत हैं।

उसने संक्षेप में कहा, "मक्खन की गुड़िया सोने की लछमी ! ससुरालवाले बड़ा अत्याचार करते थे, सो वह भाग आई और बाँस के जंगल में लुकाई रही। बड़े आचार्य के फैसले पर उस बिचारी को दोबारा ससुराल भेज दिया गया। वहाँ उन लोगों ने उसके गले में बाँस घुसेड़कर, उसे मार डाला। उनको बताने में सरम लग रही है, हजार हो, आखिर है तो ब्राम्हण के घर की काली-करतूत।"

सुरकंठ ने झुंझलाकर कहा, "अब इन बातों से क्या फायदा रमई ? दस-पाँच लोग कहेंगे, तो तू पारी को त्याग देने को राजी है ?"

"ना, ठाकुर, पारी को त्याग नहीं सकता। जरूरत भई, तो गाँव छोड़कर चला जाऊँगा ! जरूरत भई तो आन-गाँव जाकर, कलमा पढ़ लूँगा और शेख टोले में घर बनाकर रह लूँगा, लेकिन पारी को हरगिज नहीं छोड़ सकता।"

महीपति आचार्य और सुरकंठ खामोश रहे। उनके ब्राह्मण नस्ल को रमई मानो लानतें दे गया। मानो यह बखूबी समझा गया कि सबसे ऊपर, सबसे बढ़कर इंसानियत होती है।

सुरकंठ के होंठों पर कड़वी मुस्कान खिंच आई, "आचार्यजी, होशियार रहें ! आप ठहरे संसारी जीव ! गृहस्थी में बीवी-बहन के साथ रहते हैं। आज रमई की जिन्दगी में जो समस्या खड़ी हुई है, वह समस्या कल आपके जीवन में भी आ सकती है। देश में वर्गी दोबारा हमला बोल सकते हैं, यह आशंका अभी मिटी नहीं है। उस दिन क्या आप रमई की तरह सहज भाव से कह सकेंगे—ना, उन लोगों को मैं नहीं छोड़ सकता ? सोच देखिए। आप काम माँग रहे थे न, सोच-विचार करना भी एक तरह का काम है।"

बहरहाल, सुरकंठ, जवाब की तलाश में चल पड़े। उनके गुरु, इस वक्त कहाँ हैं, उन्हें कोई जानकारी नहीं। लेकिन इस सवाल का जवाब उन्हें खोजना ही होगा।

महीपति सोच में डूबे-डूबे लौट आए। रमई उस वक्त भी जहाँ-का-तहाँ खड़ा था।

महीपति जब वहाँ से चले, तो उनकी नजर, उसके साथ आए हुए लठैत, भालेदार, प्यादों के हुजूम पर पड़ी। अचानक उनकी छाती धड़क उठी, ये लोग कौन हैं ? यहाँ क्यों आए हैं ? देश में किसी बाहरी दुश्मन के हमले के दौरान, इंसान अराजक हो उठता है। आम इंसानों की स्पर्धा बढ़ जाती है। वे लोग सम्मानित और श्रेष्ठ नागरिकों की बेइज्जती करने का मौका ढूँढ़ते हैं, शास्त्रों की वाणियों का सहारा लेते हैं। इस वक्त भी क्या ये लोग अपमान करने के इरादे से खड़े हैं ?

"कौन हो तुम लोग ? क्या चाहते हो ?"

मिट्टी थरथरा उठी। एक साथ ढेर सारी बर्छियाँ मिट्टी पर ठोंके जाने की आवाज गूँज उठी।

"हम नवाब सरकार के लठैत हैं।"

"यहाँ क्या काम है ?"

एक सुदर्शन राजपुरुष बढ़ आया।

उसने जवाब दिया "आपने मुझे नहीं पहचाना, मगर मैं आपको पहचानता हूँ। मैं हकीम साहब के साले का बेटा हूँ।"

महीपति को याद आ गया। उन्होंने उड़ती-उड़ती खबर सुनी थी कि हकीम साहब की बीवी ने अपने भतीजे को अपने पास रख लिया है। अब पता चला, इस डावाँडोल के बाजार में, उसके लिए एक अदद नौकरी भी जुटा दी गई है।

"यहाँ क्या कर रहे हैं ?"

"कासिम बाजार में फ्रांसीसियों और अंग्रेज फैक्टर साहबों की आढ़त, उनके गुमास्तों के घर-मकान, जहाँ जो कुछ भी है, सब जब्त करने का हुक्म हुआ है।"

"लेकिन, यह बाग तो मेरे बड़े भाई का है।" यह कहते हुए, अचानक वे चौंक उठे, "आप क्या मेरे दादा को भी गिरफ्तार करना चाहते हैं ?"

ठीक उसी वक्त जगतपति के घर के अन्दर महल से रुलाई का दौर शुरू हो गया।

महीपति की तरफ देखते हुए, उस नौजवान ने धीमी आवाज में कहा, "घर के अन्दर अभी कोई नहीं गया। अभी तक किसी ने भी अन्दर कदम नहीं रखा, इसलिए अपने दादा को परेशान होने से मना करें। उन्हें मुर्शीदाबाद जाना होगा, कुछेक मामूली सवालों का जवाब देने के लिए।"

मकान की तरफ जाते-जाते, महीपति अचानक पीछे मुड़े, "मेरे अन्दर जाने में तो कोई पाबन्दी नहीं है ?"

"यह आप क्या कह रहे हैं ? हम सब तो हुक्म के गुलाम हैं। इसलिए क्या हम आपके आने-जाने पर पाबन्दी लगा सकते है।"

अब महीपति ने चारों तरफ नजरें घुमाकर देखा ! चारों तरफ फौज ही फौज ! यहाँ तक कि फॉस्टर साहब की कोठी के आसपास भी फौज ! यानी कहीं, कोई संगीन घटना हुई है। लेकिन ऐसा क्या हो गया, जिसकी उन्हें खबर नहीं है ?

मकान में कदम रखते ही उन्हें अन्दाजा हो गया कि वह रुलाई बड़ी भाभी की थी।

वे कमरे के अन्दर चले आए। जगतपति हाथीदाँत की नक्काशीदार चौकी पर बैठे हुए थे। उनके सामने भाभी चित्त लेटी हुई रोए जा रही थीं। फुलेश्वरी भी रो रही थी। बाहर आत्मीय-परिजन। दासी-नौकरानी सभी रो रहे थे। सबका चेहरा खौफ से फक्क पड़ा हुआ !

जगतपति कुसुममाला के बेटे को गोद लेना चाहते थे—इस बात को लेकर लोगों को चटखारेदार खूराक मिल गई थी। उसके बाद, जब खुसफुस शुरू हो गई और पता चला कि वह मुसलमान की बेटी है, तो जात जाने के भय से वे जरा बौखला उठे। लेकिन अब चारों तरफ फौज की कतार देखकर, उन लोगों की सारी हिम्मत टूट गई और वे लोग गला फाड़-फाड़कर रोए जा रहे थे।

सिर्फ जगतपति ही मुँह पर ताला जड़े बैठे हुए थे। धरती पर आँखें गड़ाए-गड़ाए, वे खानों में आँकी गई दस-पच्चीस और कौड़ी खेलने के नक्शे पर गौर कर रहे थे। मानो यह समझने की कोशिश कर रहे थे कि खेल-खेल में कौन सी चाल गलत पड़ गई। जिसकी वजह से इतना बड़ा सर्वनाश हो गया।

महीपति का स्वच्छन्द-सहज हाव-भाव देखकर, उस अँधेरे-बन्द कमरे में मानो हवा की लहर बिखर गई। वे लोग दोबारा चींख-चींखकर रो उठे।

"अरे, रुको, रुको ! सब रुक जाओ।" महीपति धमकी-भरी आवाज में गरज उठे, "सब अपने-अपने काम पर जाओ—"

"काम पर कैसे जाएँ, बाप, फौज जो आई है।"

जिन्होंने यह जुमला कहा था, वे रिश्ते में मामी लगती थीं। बाल-विधवा ! मुँह में पान ! बात-बात में श्लोक सुनाते हुए ! हँसी-मजाक करते हुए ! यहाँ आते ही, फुलेश्वरी के बेटे के गले में एक लड़ी की चेन पहनाते हुए—"नाती के साथ अभी तो बैठी हूँ—" यह कहकर नाती से लाड़ लड़ाने बैठी थी।

जगतपति किसी को गोद लेने जा रहे हैं—यह खबर सुनकर, जलेश्वरी ने जब बिस्तर पकड़ ली थी; तब इन मामी ने ही उनके पास बैठकर, कभी इधर, कभी उधर—दोनों तरफ काठी ठकठकाकर बेदम औरताना रार-तकरार शुरू कर दी थी।

इस वक्त, सिपाहियों के डर से उन्हें चूँ-चूँ करते देखकर महीपति को हँसी आने लगी।

उन्होंने कहा, "सिपाही आए भी हैं, तो दादा के पास आए हैं। दादा गण्यमान हस्ती हैं, इसीलिए आए हैं। आप इन लोगों को लेकर कहीं और जाएँ, कामकाज में हाथ लगाएँ।"

उन्होंने फुलेश्वरी से भी कहा, "माँ को यहाँ से ले जा, उन्हें ठीक कर !"

"अब मेरे ठीक होने के दिन गए, देवरजी—" जलेश्वरी हड़बड़ाकर उठ बैठीं। इतने दुःख में भी दाँतों पर मिस्सी ! गालों में पान दबा हुआ।

"फूली, बेटे को गोद में उठा और बाहर जा !"

जगतपति की आँखें भाई की तरफ उठ गईं। उनकी निगाह, जाल में फँसे हिंस्र जानवर जैसी ! धूर्त दृष्टि फिर भी नीरव, एकाग्र फिर भी हँसती हुई ! इस किस्म की

हँसी देखकर परेशानी होती है !

"तुम्हारा इरादा क्या है ? उन लोगों को हट-बढ़ जाने को क्यों कहा ? दफ्तर में क्या तुमने ही खबर दी थी ?"

महीपति आवाक् !

"कहो न ! कहो न ! मैं किसी से कहूँगा नहीं।" जगतपति ने भाई की बाँह सहलाते हुए, मन्द-मन्द मुस्कुराते रहे, मानो दोनों ही एक-दूसरे की अनगिनत अश्लील और गुप्त राज जानते हों। बेटी-बहू को वहाँ से हटाकर, अब वे बातें छेड़कर, मजा लेंगे और मुँह में थूक भरे, ठहाके लगाएँगे।

"आप क्या कह रहे हैं, दादा, मेरी तो कुछ समझ में नहीं आया।"

"अरे, बोलो भई, बोलो ! मैं जानता हूँ, बिरादर, मेरे भाई ने कोई-न-कोई मतलब जरूर चेप रखा है। जाने कहाँ से, कुसुममाला का एक अदद जमीन-फोड़ भाई ढूँढ़ लाए। वह बच्चू उसे ले भागा ! अब मैं समझ गया, बिरादर, यह भाई-वाई यह कुछ नहीं, कुछ भी नहीं ! यह भाई ही झुट्ठा है। असल में तुम ही..."

"चुप करें।"

भाई की बात सुनकर, महीपति ने कान में उँगली डाल ली।

"आफत सिरहाने खड़ी देखकर भी अनदेखा कर देंगे ? फैक्टर लोगों के साथ गोलमाल इतनी दूर तक खिंच गया कि अब आप लोगों को भी लेकर खींचतान ? बात क्या हुई ? खुलकर बताएँ ?"

"सारा कुछ जान-सुनकर भी हमसे मसखरी कर रहे हो ?"

"मैं कुछ भी नहीं जानता, दादा ?"

"तुम्हें नहीं मालूम ?" जगतपति अचानक बिल्कुल और इंसान बन गए।

उनकी आवाज फट पड़ी, "तुम फतहचन्द के विश्वासी मुंशी हो न ? मेरा पतन देखने के लिए ही बहाने-बहाने से यहाँ जमे बैठे हो। अब कहते हो, तुम्हें नहीं मालूम ? तुम्हें नहीं पता नवाब ने फिरंगियों का क्या जवाब दिया ?"

"फिरंगी व्यापारी, मेरी सल्तनत में व्यापार करें, उनकी इतनी बड़ी हिम्मत ?" बंगाल के नवाब हुँकार उठे।

उनकी आवाज काफी दूर तक गूँज उठी।

बहत्तर साला नवाब ! मराठा आक्रमण से जर्जर तन-बदन, फिर भी उन्हें शान्त नहीं किया जा सका।

"वे मेरे दादा हैं ! बड़े भाई !"

जगत सेठ ने फतहचन्द के सामने जब यह जुमला कहा, महीपति संकोच से बुरी

तरह गड़ गए। इतने दिनों तक रिश्ता निभाने का क्या फायदा हुआ, अगर एकाध जुमला कहने में भी इतनी गलतफहमी उठ खड़ी हो ?

"मालूम है !" फतहचन्द हँस पड़े। महीपति ने गौर किया, आजकल फतहचन्द की हँसी निहायत खौफनाक होती है। ऊँचे-नीचे दाँतों से झरती हुई हँसी बेहद निर्मम नजर आ रही थी। लोग-बाग का कहना था, सरफराज़ खाँ को हर तरह की मदद का वादा करने के बावजूद, वे लोग इसी तरह हँसते-हँसते ही अलीवर्दी के पक्ष में शामिल हो गए थे।

"वे सम्मानित हस्ती हैं। उनका अपमान नहीं होना चाहिए—"

"मेरी समझ में तो यह नहीं आ रहा है कि आपके भाई होकर भी, उन्होंने साहब फैक्टरों की नौकरी कैसे कबूल कर ली ?"

"अब यह सवाल नहीं उठता, दादा उन लोगों के साथ हमेशा से ही रहे हैं, पहले तो किसी ने एतराज नहीं किया ?"

"देखिए, आप नाराज न हों। इन दिनों नवाब उन लोगों पर खासे भड़के हुए हैं। उस पर से मराठा आक्रमण की वजह से राज-खजाना खाली हो चुका है। नवाब ने कहा, इस हालत में सभी जमींदार, सभी राजा, खजाने से ज्यादा रुपए दे रहे हैं। उन लोगों को शक है कि अंग्रेज अन्दर-ही-अन्दर मराठों का समर्थन करते हैं। उनका कहना है कि आजकल अंग्रेजों का व्यापार समूची दुनिया में फैला हुआ है। पहले वे लोग चार-पाँच जहाज ही लाते थे, अब चालीस-पचास जहाज लेकर आते हैं। ऐसे दुर्दिन में अंग्रेज, फ्रांसीसी, डच वगैरह मिलकर भी नवाब को तीस लाख रुपए नहीं दे सकते। किसी शर्त पर भी नहीं।"

"फैक्टर साहबों को भी इसमें शामिल कीजिए न !"

"शामिल करने का वक्त आएगा, तो उन लोगों को भी शामिल कर लेंगे। लेकिन चूँकि आप फैक्टरों के गुमाश्ता बन गए हैं, इसीलिए आपके दादा की आज यह दुर्दशा हुई।"

"अब दादा की रिहाई कैसे हो ?"

जगत सेठ ने चुटकी बजाकर संकेत दिया, यानी रुपइए देकर कुछ भी सम्भव है।

43

'जिसकी टेंट में रुपए बाजे, उसको हर काम साजे'

सच बात तो यह थी कि औरों की बातें तो दूर, मुर्शीदाबाद, सैय्यदाबाद, खगड़ा, ढाका, मालदह, वर्धमान, कटवा, यानी नवाब के साम्राज्य के अन्यान्य बंगाली व्यापारी भी मानो यह विश्वास नहीं कर पाए कि नवाब सचमुच ही यूरोपीय फैक्टरों के साथ इतना कठोर बर्ताव करेंगे।

मीरज़ाफर, सलामत जंग, अताउल्ला ख़ाँ, गुलाम हुसेन, राजा जानकीराम, राजा रामनारायण, कीर्तिचन्द, वीरुदत्त, जगतसेठ, फतहचन्द—सभी लोग आवाक् रह गए।

नवाब ने क्रुद्ध आवाज में कहा, "पहले ये अंग्रेज सिर्फ चार-पाँच जहाज लेकर कारोबार करते थे, अब इन कमबख़्तों ने समूची दुनिया में कारोबार का जाल फैला रखा है। हुगली में उनके चालीस-पचास जहाज हमेशा ही तैरते रहते हैं। जिस देश के दम पर उनका कारोबार चल रहा है...वे लोग दौलतमन्द बन गए हैं, उस देश की जरूरत पर, रुपए नहीं देंगे भला ?"

कलकत्ता के काउंसिल के भी कान खड़े हो गए।

"हमारे फौजियों को दो-तीन महीनों का बकाया तनख्वाह चुकाना होगा। इसलिए तीस लाख रुपए की सख्त जरूरत है।"

यह बात सुनकर, कलकत्ता काउंसिल के सदस्य गहरी दुश्चिन्ता में पड़ गए। ईस्ट इंडिया कम्पनी के लोग तो विलायत में बैठे-बैठे हुक्म फरमाकर ही खल्लास। अगर फायदा न दिखाया गया, तो वे लोग भड़क जाएँगे। बंगाल को सिल्क, सूती, मलमल, दुसूती, चारखाने कपड़ों का थान, बेहतरीन किस्म की चीनी, चीनी का महीन भूरा, मसाले, यहाँ तक कि जूट की छाल तक, अगर दुनिया के विभिन्न बन्दरगाहों तक निर्यात नहीं कर सके, तो खाते में मुनाफा कैसे दिखाया जाएगा ?

वे लोग भयंकर अचरज में पड़ गए और उन लोगों ने अपने देशी गुमाश्तों को बुला-बुलाकर जवाब-तलब करना शुरू किया कि ऐसा कैसे हुआ ? बंगाल से वे लोग हमेशा से कारोबार करते आए थे। उधर हॉलैंड धीरे-धीरे अमीर होता जा रहा था।

यह सच है कि इंग्लैंड के सूती कपड़े अभी भी इस देश में नहीं बिकते। इसीलिए तो टर्की कम्पनी ने पार्लियामेंट से कहा था, "ईस्ट इंडिया कम्पनी ने सत्यानाश कर डाला। वे लोग बुलियन ले जाते हैं, इंग्लैंड का सोना, बंगाल में उँड़ेल आते हैं। सिल्क और चाय के लिए ऐसी नीति से कारोबार करना ठीक नहीं है। उस देश में रेशम सस्ता है, इसीलिए इस देश का बुलियन उस देश में ढाल देना होगा ? टर्की में कपड़े देकर, बदले में हम रेशम ला रहे हैं।"

लेकिन पार्लियामेंट ने उन लोगों की बातें हँसकर उड़ा दी। बंगाल में व्यापार करना बेहद आसान है। वैसे नवाब की माँग, बेहद कम है। इसके अलावा, उन लोगों ने बताया, इंग्लैंड के फूल बाबू लोग, इंडिया की रेशमी ड्रेसिंगगाउन पहनने को उतावले रहते हैं और यह बात कौन नहीं जानता कि इंडिया का मतलब ही है—बंगाल !

मद्रास, सूरत—सभी जगहों की कोठी बन्द भी कर दी जाए, तो कोई हर्ज नहीं होगा। सिर्फ बंगाल का सूबा कब्जे में रहा, तो ईस्ट इंडिया कम्पनी का काम चलता रहेगा। इसके अलावा, इंग्लैंड में निर्मित कपड़े, बंगाल के बाजारों में चालू करने की संभावना भी नष्ट नहीं हुई। हाँ, जरा भी नष्ट नहीं हुई।

पार्लियामेंट के सदस्यगण, अपने चेहरे पर रूमाल रखकर हँसने लगे। बंगाल के सूती कपड़ों का बाजार-लिट्ल फील्ड और मैनचेस्टर, लंकाशायर के कपड़ा-मील बर्बाद कर

देंगे। चूँकि वे लोग भी यहाँ के कपड़ों का बाजार तबाह कर देंगे। इसीलिए औद्योगिक-क्रान्ति की शुरुआत हुई है।

बंगाल के फैक्टर साहब लोग ताज्जुब में पड़ गए थे। भला यह कैसे सम्भव है? बंगाल में लाखों-लाख ताँती हैं। किसान भी जब खेती नहीं करते, तो वे भी ताँत बुनते हैं। उन लोगों ने लिख भेजा कि इस देश की बूढ़ी औरतें भी चर्खे पर सूता काटती हैं। वे बूढ़ी औरतें अपने गीतों में दोहराती-तिहराती रहती हैं कि चर्खे की दौलत से उन लोगों के दरवाजे पर हाथी बँधे रहते हैं।

इंग्लैंड ने सोचा, हो जाएगा। सब हो जाएगा। वक्त क्या नहीं आएगा ? दिल्ली का एकछत्र शासन अब निष्क्रिय और पंगु हो चुका है। बंगाल के नवाब बूढ़े हो चुके हैं, उस पर से वर्गियों से जंग करते-करते, तरह-तरह के हंगामों में उलझे हुए, अभी भी बेतरह व्यस्त ! एक साम्राज्य, एक शासन ध्वंस हुआ जा रहा था; मध्य युग का अन्त हो रहा था। इसी दौरान, किसी-न-किसी राह से सुनहरा मौका भी जरूर आएगा। लेकिन, अभी नहीं; अभी भी नहीं ! बंगाल के सूती कपड़ों का बाजार अभी भी बेहद गर्म था।

अगर यही सच है, तो नवाब ने अचानक फैक्टर साहबों के गुमाश्तों को नजरबन्द क्यों किया ? कम्पनी के गवर्नर, कलकत्ता के बारवेल साहब भी यह अन्दाजा नहीं लगा सका कि दादनी बनियों के गुमाश्ते और कम्पनी के अन्य गुमाश्तों से इस किस्म के बर्ताव की वजह क्या है?

नवाब को रुपयों की जरूरत है। लेकिन कम्पनी उन्हें खजाना तो देती है। आजकल देश में वर्गी टुट पड़े हैं, राजकीय खजाने से रुपए आँधी-तूफान की तरह उड़े जा रहे हैं। लेकिन इस वजह से वे लोग भला रुपए क्यों देने लगे ? बंगाल प्रान्त में, कहना चाहिए, नाममात्र का कानी-कौड़ी खजाना अदा करके, कारोबार किया जा सकता है। इसीलिए तो इंग्लैंड का सोना उँड़ेल देने में भी कोई नुकसान नहीं है। कम्पनी का रत्ती-भर भी नुकसान नहीं होनेवाला। बंगाल जो भी, जितना भी देता है, वह भी तो सोना है, इतने-इतने किस्म का रेशम, सूती, इतनी तरह का सिल्क, इनके दाम क्या सोने से कम हैं ? हैरत है ! ऐसी अजूबी-अजूबी चीजें ! एक नहीं, सात-सात राजाओं की दौलत जितनी चीजें, जो लोग तैयार करते हैं, उनकी कमर में एक अदद ठकठकी यानी करघा और ताँत !

इतने सुविधाजनक तरीके से यहाँ कारोबार किया जा सकता है, तभी तो इंग्लैंड के आम लोगों के हाथ, यहाँ के शोरा, मसाले, सिल्क, चाय और सूती कपड़ों से भर गए। इसीलिए तो इंग्लैंड में कॉटन ट्रेड यानी कपड़ों के व्यापार का सूत्रपात हुआ। वे लोग लिवरपूल और ब्रिस्टल के बन्दरगाह से विलायत के सूती कपड़े अफ्रीका भेजने लगे और अफ्रीका से गुलाम लाकर अमेरिका को बेचने लगे।

ये जो अफ्रीका से लेकर अमेरिका तक में इंग्लैंड का कारोबार फलने-फूलने लगा था, उसके मूल में इसी बंगाल में व्यापार करने की सुविधा थी।

इसके बावजूद नवाब की माँग थी, अंग्रेज फैक्टरों को रुपए देने होंगे। जिस देश में तुम लोग कारोबार कर रहे हो, उसके दुःसमय में रुपए तो देने ही होंगे। डच और फ्रांसीसी लोग व्यापार करना नहीं जानते। वे लोग तो बहुत पहले से ही रुपए देने को राजी हो गए। अंग्रेज लोग, जैसे ही राजी हो जाएँगे, तो वे लोग अपने हिस्से के रुपए निकालकर दे देंगे। बारवेल ने कासिम बाजार को लिखा, जगत सेठ जैसे लोगों को धर-पकड़कर, पचास हजार रुपए दे-दिलाकर रफा-दफा करो। मालदह, जगदिया, ढाका में हमारे कारखाने मौजूद हैं। आढ़तों में ढेरों-ढेरों माल लदे हैं। अभी हम नवाब को नाराज नहीं कर सकते।

महीपति ने जगत सेठ और फतहचन्द से कहा, "तो फिर आप ऐसा करते क्यों नहीं ? मेरे दादा मानी-सम्मानी हस्ती हैं। वे काफी कष्ट झेल रहे हैं।

लेकिन फतहचन्द सिर हिलाने लगे। बदलते जा रहे हैं, नवाब बेतरह बदलते जा रहे हैं। उनका धीरज टूट रहा है। हालाँकि इससे पहले, उनका धीरज अटूट और अविचल था। औरंगजेब के बेटे आजम शाह के पीलखाने के मिर्ज़ा मुहम्मद अली से, बंगाल के सूबेदार अलीवर्दी बनने में, उन्हें वक्त लगा था; धीरज की जरूरत पड़ी थी। लेकिन अब उनका धीरज क्यों खत्म हो गया, कौन कहेगा ?

"पचास हजार रुपए !"

फतहचन्द ने सिर हिलाकर कहा, "नहीं, हरगिज नहीं ! किसी शर्त पर भी नहीं ! शुजाउद्दीन का जमाना होता, तो पाँच लाख में पार पाना मुश्किल था, अब लाखों-लाख सिपाहियों को रुपए देने होंगे। पचास हजार रुपयों से क्या होगा ?"

"तो फिर एक लाख !"

कासिम बाजार से फॉरेस्टर भागता हुआ आ पहुँचा, काउंसिल ने कहा है, "वे लोग लाख रुपए देंगे।"

फतहचन्द ने सिर हिलाकर कहा, "नवाब का कहना है, अंग्रेज समूचे देश में व्यवसाय कर रहे हैं, मगर कस्टम नहीं चुकाते। उन लोगों ने रैय्यतों को हटा दिया है, गुम कर दिया है। नवाब ने कहा है कि वे कम्पनी के गुमाश्ता, जगतपति आचार्य को गिरफ्तार करेंगे।"

दोबारा अर्जी पेश की गई। नवाब का दिल नरम करना होगा; अंग्रेज फैक्टरों पर महा-विपत्ति आ पड़ी है।

नवाब सेहत के बारे में हकीम साहब की सलाह सुन रहे थे। हकीम साहब उन्हें क्या करना है, क्या नहीं करना है—इसकी सूची गिना रहे थे। यह खबर सुनते ही वे एकदम से उठकर बैठ गए।

उन्होंने फतहचन्द से मुखातिब होकर कहा, "मैं कोई बात नहीं सुनना चाहता।"

उनकी क्रुद्ध, दबी-दबी आवाज, विराट कोठी के खम्भों, अहातों, बड़े कमरे, बरामदों तक दौड़ गईं। नहीं, वे कोई बात सुनने को राजी नहीं थे। इतने अर्से तक अंग्रेज फैक्टरों के बारे में धीरज थामे रखने के बाद, अब उनसे धीरज नहीं रखा जा रहा है।

रुपए चाहिए ! रुपए ! रुपए ! वीरभूम, वर्धमान, बाँकुड़ा के किसानों को बीज-धान की जरूरत है; हल-बैल की जरूरत है ! डेढ़ लाख से ज्यादा ताँती मौजूद हैं, मगर उनके पास सूता नहीं है। उनकी फौज को तनख्वाह देनी है और जिन लोगों से हक-नाहक मदद लेकर, इस बंगाल सूबे को बड़े जतन से बचाए रखा, उन लोगों को भी तो इनाम देना होगा।

इनाम !

यह बात सुनकर बैंडेल गिर्जाघर के ठंडे कमरे में बैठे-बैठे, आर्केड छाँटते हुए फादर पिओत्ज़ा एकदम से हँस पड़े। इनाम देंगे; लेकिन फौज जंग करती रहेगी।

उनके जर्मन शरणार्थियों ने भी समवेत् ठहाका लगाया।

उन्होंने कहा, "यूरोप में मॉडर्न युग है। अब वहाँ आर्मी को तनख्वाह मिलती है, कमीशन मिलता है। यहाँ अब भी मध्ययुग ही चल रहा है या यही इस देश का अभिशाप है। इंडिया हमेशा मध्ययुग में ही पड़ा रहेगा !"

ब्रादर एन्तानिओ ने अपनी डायरी में लिखा, "हर जगह, हर युग में फौज को पुरस्कार का लोभ दिखाकर, जंग जारी रखनी होती है। आर्मी भला मोर्चे पर क्यों लड़ती हैं ? या तो रुपयों के लोभ में या धर्म के उन्माद में ! यूरोप में, इस आधुनिक युग में, पुरस्कार की गोट न फेंकी जाए, तो भला कौन फौजी जंग लड़ेगा ? गोट चाहिए ! मुहरा था—तम्बाकू, अफ्रीकी गुलाम, ताँबा, चाँदी, सूत !"

नवाब की तरफ गौर से देखते हुए, फतहचन्द को लगा, अब वे बुढ़ापे से जीर्ण हो आए हैं। उनके क्रुद्ध मन्तव्य बेहद खोखले सुनाई दिए। मानो जहाज डूब रहा हो, मगर फिर भी तोप दागने को लाचार हों, उसके निरुपाय मन्तव्यों की तरह ही नवाब के निरर्थक क्रोध-भरे मन्तव्य !

नवाब ने कहा, "उन सबकी फैक्टरी घेर लूँगा ! उन सबको भूख से सुखाकर मार दूँगा ! उनकी आढ़तों से रुपए वसूल करूँगा। उनके माल छीन लाऊँगा।"

यह बात फॉस्टर ने बारवेल को बताई। बारवेल ने हड़बड़ाकर विलायत खबर भेजी।

महीपति कासिम बाजार पहुँचे।

इन कुछेक दिनों में ही जगतपति का चेहरा पीला पड़ चुका था। उनकी बाँह में बँधी सोने की ताबीज ढीली पड़कर झूलने लगी थी।

जलेश्वरी बेतरह रो उठी, "ओ देवरजी, तुम्हारे दादा ने मुझे कभी, कोई तकलीफ नहीं दी; हमेशा सिर पर बिठाकर रखा। कोई सौतिन होती, तो तकलीफ होती, इसलिए वह खुद ही सरग चली गई और मुझे एकेश्वरी के आसन पर बिठा गई। अब इनका सूखा-सूखा चेहरा मुझसे नहीं देखा जाता।"

आजकल जगतपति के कमरों में बत्ती नहीं जलती। चारों तरफ अँधेरा-ही-अँधेरा ! अभी उसी दिन कुसुममाला को अपने घर लाएँगे—इस खयाल से वे कितने खुश थे। अब अँधेरे कमरे में, नन्हा-सा एक दीया जलाए, वे अपनी दोनों आँखों में भयंकर दहशत समेटे, खामोश बैठे थे।

उन्होंने डरी-डरी सी आवाज में कहा, "क्या सुना ? मुझे क्या जेलखाने में डाल देंगे ?"

"आपके पास कितने रुपए हैं ?"

"रुपए ?' जगतपति मानो अचकचा गए।

उनके पास रुपए हैं, यह खबर किसने दी ? साहब लोग उन्हें रुपए थमाते हैं। वे ताँतियों को बयाना दे आते हैं। उनके हाथ में रुपए हैं, यह खबर महीपति को किसने दी ?

"रुपए तो नहीं हैं—"

"तब तो आपके सामने मुसीबत का पहाड़ है।"

"क्यों ?"

"सभी को खबर है, आपने ढेरों रुपए कमाए हैं, यहाँ तक कि फैक्टर साहबों को भी इसकी जानकारी है। जलंगी, बालुचर, कनसोना में आप पच्चीस हजार रुपयों का माल खरीदा, साहबों ने आपसे कभी हिसाब नहीं लिया। और लोगों की बात क्या करूँ, दादा, खुद मुझे पता है कि आपके हाथों में एक लाख से भी ज्यादा रुपए हैं।"

"महीपति !"

जगतपति को लगा, उनके पैरों तले की जमीन मानो खिसकती जा रही है।"

उन्होंने रोते-रोते कहा, "हैं, भइए, मेरे पास रुपए हैं। लेकिन वे रुपए अगर हाथ से निकल गए, तो मैं बेमौत मर जाऊँगा, महीपति ! मुझे मारकर, तुम मुझसे रुपए मत छीनो।"

"रुपए नहीं लिए, तो आपको बचाऊँगा कैसे ?"

"तुम दे दो ! फतहचन्द के कोषखाने में तुम हमेशा आते-जाते हो।"

"वे रुपए, मैं किस धर्म मुताबिक लूँ, बताएँ ?"

"धर्म ?" रोते-रोते भी जगतपति अचानक हँस पड़े, "धर्म की बात तुम किसे मानते हो ? अगर सत्पथ पर चल रहा होता, तो फतहचन्द के पास इतनी दौलत हो सकती थी भला ? जहाँ नवाब का कोषखाना खाली हो गया है, वहाँ फतहचन्द के पास इतने रुपए कैसे जमा हो गए ?"

बात तो सच थी। महीपति सोच में पड़ गए। फतहचन्द के पास कितनी दौलत है ? आर्काट के रुपए, हैदराबाद के रुपए, अकबरी मोहरें, रामचन्दी चौकोर रुपए, हीरे-मोती, पन्ना-चुन्नी, सोने की सिलें, चाँदी की ईंटें !

इस कोषखाने के ऊपर गंगा बहती है। कोई नहीं जानता कि इसी कोषखाने के दम पर, उन्होंने अलीवर्दी का समर्थन किया था, सरफराज़ का सर्वनाश हँसते-हँसते देखते रहे।

जिन लोगों ने यह कोषखाना तैयार किया था, उन सभी लोगों का कहना है, फतहचन्द ने उन्हें गाँव भेज दिया। महीपति जानते थे, राजमहल के जंगल की खाई में इक्कीस मजदूरों के कंकाल सड़ रहे हैं। ना, जो लोग गुप्त धनागार गढ़ते हैं, वे लोग

अपने हिस्से के कौड़ी-गंडा पहले ही समझ-बूझ लेते हैं। उन लोगों को पता होता है कि उनकी मौत निश्चित है।

"लेकिन...फिलहाल रुपए तो चाहिए—"

"चलो, रुपए मैं दे दूँगी।"

फुलेश्वरी धीमे कदमों से आगे बढ़ आई और साष्टांग प्रणाम किया।

"काका, आप मेरे और माँ के गहने ले लें। बापू ने विशु को फूलबाड़ी की जो जमीन दी है, उसे बन्धक रख दें, लेकिन बापू को बचा लें।"

महीपति ने लम्बी उसाँस भरकर कहा, "बिटिया, जरूरत पड़ी तो यही करना होगा। और कोई उपाय तो नजर नहीं आता। लेकिन तुम्हारे जमा रुपए लेने को मेरा मन गवाही नहीं देता।"

"इन गहनों से मेरा क्या बनेगा ? बापू ने मेरा दुःख नहीं समझा। विश्वनाथ को निःस्व करके, वे किसी और को गोद लेने चले थे ! उनकी दी हुई चीज, उन्हीं के काम आए..."

"बूनी, तू हमारे लाड़-प्यार की वजह से ही बिगड़ गई ! अब हमारे सिर पर पाँव रखकर बातें करती है—" जगतपति ने कहा।

"आप गुरुजन हैं, आपसे मैं जुबान नहीं लड़ाऊँगी, लेकिन, एक बात बता दूँ, मैंने फैसला कर लिया है, मैं आंधारमानिक जाऊँगी, अब आप अपने जमीन-जायदाद, रुपए-पैसों का जो जी चाहे, करें। विश्वनाथ की फिक्र ना करें। अब तक हमारे बारे में काफी चिन्ता-फिक्र करते रहे हैं। अब मैंने अपनी फिक्र से आपको मुक्त किया। आपका वजन हल्का कर दिया।"

महीपति ने कहा, "चली जाना, बिटिया, यह तो बड़ी खुशी की बात है। मैं खुद तुम्हें अपने सिर पर बिठाकर पहुँचा आऊँगा। यह भयंकर मुसीबत का समय है, तुम जरा सा धीरज धरो।"

"काका, जिन पर मुसीबत आई है, वे तो अभी भी रुपए के मोह में पड़े हैं। आप किसको बचाने चले हैं ?"

जगतपति को बचाने में किसी की भी दिलचस्पी नहीं थी।

फॉस्टर ने कहा, "बाबू के पास ढेरों रुपए हैं। हमारे ही रुपयों के दम पर वे अमीर बने हैं। अब भी रुपए ढीले करें।"

कलकत्ता काउंसिल ने भी कहा, "गुमाश्ते, अमीनों पर दबाव डालो। उनके पास रुपए मौजूद हैं।"

महीपति ने कहा, "ठीक है, मैं कोशिश कर देखूँ। लेकिन मुझे यह अन्दाजा नहीं था कि आप बीवी-बेटी के गहने लेना कबूल करेंगे।"

"सुनो, बिरादर, गृहस्थी की चतुराई तुम कम ही समझते हो। बीवी-बेटी आखिर किसकी है ? मेरी ही न ? मेरी मुसीबत में वे लोग नहीं देंगी, तो और कौन देगा ? तुम मुझे इस विपदा से निकालो, उसके बाद देखता हूँ, मैं यहाँ से अपना डेरा-डंडा उठाकर,

कहीं और जा बसूँगा।''

''कहीं और जा बसेंगे ? तो ये लोग कहाँ रहेंगी ?''

''जहाँ मेरा मन होगा, वहाँ रहूँगा। अभी भी मेरी उम्र है, बिरादर, मर्द-बच्चे के लिए ऐसी-ऐसी मुसीबत कोई मायने नहीं रखती।''

वे हँस पड़े, मानो अभी भी उनके सामने विपुल पृथ्वी, अपार जीवन मौजूद है। वे कहीं भी जाकर आराम से अपनी नई दुनिया बसा सकते हैं।

उनकी यह बात सुनकर, महीपति के मन में उनके प्रति गहरी हिकारत जाग उठी, साथ ही अन्दर-ही-अन्दर कहीं कुछ बेतरह खाली हो आया। उन्हें नहीं मालूम कि जिन्दगी क्या होती है, जवानी कैसी होती है; प्यार का स्वाद क्या होता है, लेकिन इस वक्त अपने दादा की बात सुनकर, ये तमाम अहसास, मानो खुली आँखों से देखते रहे। उनकी जिन्दगी, महज, बाँझ और रेतीला तट बनकर रह गई।

विपत्ति जैसे अचानक आई थी, वैसे ही चली भी गई। फॉस्टर ने नवाब के पास जाकर उनकी सारी शर्तें मंजूर कर लीं। कम्पनी नवाब को साढ़े तीन लाख रुपए देगी। कासिम बाजार के फैक्टर लोग तीस हजार पाँच सौ रुपए चुकाएँगे। ढाका, पटना, छपरा की हर साहब कोठी रुपए देगी। इस शर्त पर जगतपति की कोठी से फौज हटा ली गई।

फॉस्टर, नवाब से ईनाम-अकराम लेकर हँसते-हँसते लौट आया। अब वह कासिम बाजार जानेवाला था। जगतपति खासे बुद्धिमान जीव ! उन्होंने अपने रुपयों की बात नहीं खोली, न ही फॉस्टर के रुपयों की बात छेड़ी।

'गुडमैन बाबू ?' पालकी में बैठे-बैठे फॉस्टर हँसता रहा, ''कलकत्ते में मैं तुम्हारे नाम की सिफारिश करूँगा। तुम्हारी तरक्की जरूर होगी।''

लेकिन उस वक्त, कासिम बाजार में, जगतपति की कोठी में भयंकर शोरगुल, रोना-धोना मचा हुआ था।

लगभग चार दिनों तक उपवास रखकर, रिहाई पाते ही, जगतपति ने पल-भर भी देर नहीं की। वे रुपयों की पेटी, चादर तले ढँककर, नाव पर सवार हो गए। नाव का माँझी उन्हें पहचानता था। रुपए देखकर, उसने भी देर नहीं की।

रवाना होने से पहले, वे सदी ग्वालिन के घर पहुँचे।

उन्होंने सदी को बताया, ''सदी, साहब लोगों ने जो मेरी फजीहत की, उसके बाद इस देश से मेरा मन उचट गया है। मैं फरासडाँगा चला जाऊँगा। वहाँ फ्रांसीसी साहब लोग मुझे काम जरूर दे देंगे। अगर वे लोग काम न भी दें, तो भी मेरे पास ढेरों रुपए हैं, मैं कोई कारोबार कर लूँगा। अभी बीवी-बेटी को साथ नहीं ले जा रहा हूँ। ऐसा कर, तू अपनी बहन की बेटी, अतसी को साथ लेकर, मेरे साथ चल। परदेश में अगर कुछ भला-बुरा हो गया, तो देखभाल के लिए, किसी-न-किसी की तो जरूरत पड़ेगी न ?''

सदी की बहन की बेटी, अतसी ! जवानी की उम्र में विधवा ! अतसी फूल की तरह रंग। उसे साथ लेकर, जगतपति नाव पर सवार हो गए।

फॉस्टर ने जब यह खबर सुनी तो वह हाथ मलता रह गया। खैर, अब कुछ भी

नहीं किया जा सकता। जगतपति की नाव अब काफी दूर जा चुकी थी। लाख रुपए समेत, जगतपति समाज के मुँह पर ही चुटकी बजाकर, किसी नई जिन्दगी की तलाश में जा चुके थे। बाँह में ताबीज ! बदन पर धोती की चुन्नट की खूँट !

44

'जनम-जनम भर रोती रही तुम...'

पलासी के मैदान में पेशवा को बाईस लाख रुपए अदा करके; उसके बाद भास्कर को कत्ल करके नवाब ने सोचा था, वर्गियों के हाथों से शायद रिहाई मिल गई। अंग्रेजों पर दबाव डालकर रुपए वसूल करने के बाद उन्होंने शायद सोचा था, फिरंगी व्यापारियों को जरा कस दिया। मुमकिन है, उन्हें यह उम्मीद थी कि वर्गियों ने अगर दोबारा हमला नहीं किया, तो वे छिन्न-भिन्न वर्धमान, बाँकुड़ा, मेदिनीपुर, वीरभूमि, मुर्शीदाबाद नवद्वीप—हर जगह, धीरे-धीरे शान्ति कायम कर सकेंगे।

लेकिन शुरू से अन्त तक, उनका सारा हिसाब ही गलत साबित हुआ। वर्गी लोग इतनी आसानी से जाने के लिए नहीं आए थे। वे लोग तो बंगाल के आगामी इतिहास पर कराल प्रभाव दर्ज करने के लिए आए थे। वे लोग इसलिए भी आए थे कि भागीरथी के पश्चिम में, बंगाल को कई सौ सालों के लिए नष्ट-भ्रष्ट कर डालें; बंगाल के वाणिज्य को ध्वंस कर डालें। हमलावरों ने फिरंगी व्यापारी और स्वार्थी, मतलबी, सत्ता-लोलुप लोगों की स्पर्धा, गगनचुम्बी बनाने के लिए ही, बंगाल के सीने से सुख-शान्ति का आखिरी निशान तक पोंछ डालने की कोशिश की।

राजा-राजा की इस जंग में, बंगाल के आम इंसानों की जान सरकंडों की तरह उखड़-पुखड़ गई, यह बात जितनी सच थी, उतनी ही यह बात भी सच थी कि उन्हीं लोगों का इतिहास दबा-ढँका और अजाना रह गया। हालाँकि उन लोगों के खून में इतिहास की वह धारा बहती रही।

इसीलिए वर्गी-आक्रमण की वजह से, नवाब की आँखों के सामने, और भी बहुत से लोगों के आँखों के सामने, बंगाल की किस्मत चकनाचूर हो गई और वह देश असहाय-निरुपाय की तरह, एक नए भाग्य के लिए प्रस्तुत होने लगा। आंधारमानिक गाँव और मुर्शीदाबाद के लोग उसी भाग्य के हाथों की कठपुतली थे। अनजाने में ही वे लोग अपना-अपना भाग्य गढ़ने में जुट गए।

मुर्शीदाबाद के करीब, एक अति नगण्य गाँव, बहरामपुर से कुछ ही दूर पर, मोनकरा मैदान में, भास्कर पंडित और उसके बाईस सरदारों का खून जरूर बहा, लेकिन इससे कोई समाधान तो नहीं हुआ। वर्गी फिर आ धमके।

रघुजी भोंसले तो आने का मौका ही ढूँढ़ रहे थे। भास्कर के कत्ल ने उनके दिल में आग धधका दी थी। वे शाहूजी के प्रतिनिधि और बालाजी के प्रतिनिधि पर और

ज्यादा भड़क गए थे। साहूजी पूना में थे, इसीलिए नवाब ने रुपए देने के मामले में, उससे रफा-दफा कर लिया। बस, इसी से सारी बातें निपट गई ? क्यों वे बिढ़ार के भोंसले हैं। क्या उनकी भी नसों में शिवाजी का खून नहीं बहता है ?

बहरहाल, जब वे मौके की तलाश में थे, मौका सचमुच आ पहुँचा। अलीवर्दी के सेनापति, दुर्घर्ष वीर अफगान, मुस्तफा खाँ ने बगावत का झंडा उठा लिया। रघुजी को भी आमन्त्रित किया। चौदह हजार अश्वारोहियों के साथ उड़ीसा की तरफ कूच किया।

उन दिनों पटना में भी अफगान बागी की भूमिका में थे, इसलिए नवाब ने झटपट मुर्शीदाबाद लौटने की कोशिश की। दोबारा जंग छिड़ गई। जितनी जंग नहीं हुई, उससे कहीं ज्यादा, लूटपाट, हत्या और सन्त्रास ! वर्धमान, वीरभूमि, मेदिनीपुर, कटवा और मुर्शीदाबाद का आकाश आर्त्तनाद से भर उठा। राजा-राजा के युद्ध में असंख्य जनगण, झाड़-झंखाड़ की तरह मरते रहे।

उन दिनों भी आंधारमानिक गाँव जाति और धर्म के नाम पर कलह करने में व्यस्त !

आठ मंजिले में इस बार रमई बागदी को लेकर तूफान उठ खड़ा हुआ। बड़े आचार्य की बहन, पतानी बुआ, दोपहरी के वक्त, सिर पर भींगा गमछा डाले, मुखोटी-बाड़ी आ पहुँची। इधर कई सालों से इतना आँधी-तूफान गुजर गया, आठ मंजिले में पंचायत के फैसले के मुताबक उनकी भतीजी निर्मला को, निर्वासन में भेज दिया गया था, लेकिन इतना सब होने के बावजूद, जैसे उनके दिल पर कोई स्थायी दाग नहीं पड़ा था।

''बहू, तुम्हारी भौजाई की बहन की बेटी के लिए, मैंने लड़का तय कर दिया है। उसे चिट्ठी लिख दो।''

विशालाक्षी ने आवाक् होकर कहा, ''मेरी भौजाई की बहन की लड़की ? क्यों ? मैं क्यों चिट्ठी लिखूँ ?''

''ओ, भई, लड़का तुम्हारा जाना-पहचाना है, जी। इसके अलावा, यह बात, सभी जानते हैं कि तुम्हारी भौजाइयाँ तुम्हारी बात मानती हैं, इसीलिए तुमसे कहा।''

''लड़का कौन है, ननदजी ?''

''दुलाल ! हमारी निमली का दूल्हा !''

''दुलाल ? निमली का दूल्हा ?''

''हाँ, तुम तो जैसे आसमान से गिरीं। खानदानी लड़कियों के लिए दूल्हा क्या आसानी से जुटता है ? खासकर ऐसे डाँवाडोल समय में ? जब न समाज का पता, न गाँव-घर का ठिकाना ! इस गाँव का मानस, आन-गाँव भटकता फिर रहा है। ऐसी हालत में कुल-खानदान की इज्जत बची रहे, वही कारज करना बेहतर है।''

''तुम लोगों को निर्मला का एक बार भी खयाल नहीं आया, ननदजी ?''

''तुम्हारी बातों से बड़ी ठेस लगती है, बहू ! उसकी याद क्यों नहीं आएगी ? लेकिन उसे तो वे लोग कबूल नहीं करेंगे। जवान लड़की थी। एक बार डाकुओं ने क्या छू लिया, वह अपवित्र हो गई।''

"छिः ननदजी, यह बात तुम भी जानती हो और मैं भी कि वर्गियों ने उसकी चेन छीन ली थी और कुछ नहीं किया था। नरपति मिसिर यदि उतना ताव नहीं दिखाता, तो किसी को कानों-कान खबर तक नहीं होती।"

"अब नरपति को क्यों दोष दूँ, बहू ! दादा ने उसकी बहन पूर्णिमा की जीभ पर खौलता घी उँड़ेल देने का फैसला दिया था। उस अभागी ने डर के मारे आत्महत्या करके चैन की साँस ली। खैर, वह तो चैन पा गई, लेकिन नरपति के छाती की आग क्या जुड़ा पाई ?"

विशालाक्षी यह बात जानती थी।

"देखो, निर्मला के तकदीर में जो बदा था, वही हुआ। शुरू-शुरू में चार बरस तक हम सबने बड़ी तकलीफ झेली। मैंने भी बिरादरी को कम गाली-गलौज नहीं किया। लेकिन अब क्या उपाय, बताओ ? निर्मला का जो होना था, हो गया। अब दुलाल की गृहस्थी के बारे में भी तो सोचना होगा। उसकी दीदी ने हमें ही पकड़ा है। कहना चाहिए, उन लोगों का दिल बड़ा उदार है। निमली का खयाल करते हुए, उन लोगों ने किसी तरह का गलत बर्ताव नहीं किया।"

"हाँ, काफी महान जो हैं ! हाँ, तो उसकी दीदी को इस लड़की का पता कहाँ से मिला ?"

"यह बड़ा लम्बा किस्सा है, बहू ! लेकिन, यह बात जान लो; अब वह लड़की तुम्हारे दादा-भौजी के पास ही है। यह खबर मिलने के बाद जाने कौन तो जाकर, उसे देख भी आया है। इसके अलावा, यह बात भी सबको पता है कि तुम्हारे दादा, यानी लड़की के मौसा, गौरी के ब्याह में काफी देना-लेना भी करेंगे। उनके कोई बेटा नहीं हैं न।"

"निमली भी वहीं रहती है। यह बात तुम भूल गईं, ननदजी।"

"वहाँ रहती है, तो क्या हुआ ? वह अपने पति के लिए तो अब मरे के समान है।"

"सच्ची, तुम लोग सब कुछ कर सकती हो। लेकिन मेरे हाथों ऐसा नीच काम नहीं होगा ! हाँ, अगर मेरे दादा के रुपए-पैसे की आस लगाए बैठी हो, तो बता दो। मैं दादा को लिख दूँ कि वे उस ब्याह में कानी कौड़ी भी न लगाएँ। औरत के रूप में जनम लिया है, इसलिए निमली के प्रति ऐसी नाइंसाफी, गौरी को उन्हीं लोगों के हाथों बेचना...नहीं, नहीं, मैं ऐसा नहीं होने दे सकती। दुलाल अब यह चाहता है कि ब्याह करके वह आराम से पीठ टिका ले और समय-असमय मेरे दादा से खर्चा-पत्तर वसूल करे। यही न ?"

"तो क्या तू यह कहना चाहती है कि दुलाल इस बर्बाद लड़की के साथ घर बसाए ?"

आनन्दी की माँ, विशालाक्षी की बड़ी सौत एकदम से विफर गईं।

"अगर वह इंसान जैसा इंसान होता, तो यही करता।"

"अच्छा है, री, मुसलमानों का विधान अच्छा है।"

"वे लोग तुम लोगों से बेहतर इंसानियत निभाते हैं, दीदी। बात-बात में घर की बहू-बूटियों को घर के बाहर सड़क पर नहीं फेंक देते। इसके अलावा, मैंने ऐसी कोई गलत बात नहीं की कि तुम ऐसी तीखी बात कहो—"

"तीखी बात क्या की, छोटी ?'

"हाँ, कही है, जो कहना था, बहुत कुछ कह दिया।"

विशालाक्षी इतने दिनों तक इस गृहस्थी की सारी नीचता, संकीर्णता, स्वार्थी बर्ताव मानो हँसते-हँसते बर्दाश्त करतीं रहीं। वे सारा कुछ वे सिर्फ एक शख्स के लिए सहती रहीं। अपने बड़े बेटे, अपने गोपाल, अपने आनन्दीराम की जिन्दगी जरा सु-सहय बना सकें। लेकिन फुलेश्वरी के निर्मम व्यवहार से आहत होकर, इंसान बनने के लिए, जिस दिन से आनन्दीराम घर छोड़कर चले गए और वापस नहीं लौटे; कोई हाल-समाचार भी नहीं दिया। उस दिन से विशालाक्षी का अतल-अपार धैर्य थोड़ा-थोड़ा टूटने लगा है।

उन्होंने कहा, "दुलाल अगर सचमुच इंसान होता, तो वह निमली से प्रायश्चित कराता और उसे कबूल कर लेता। मेरे दादा ने लिखा है, आपातकाल में ऐसी कितनी ही घटनाएँ होती रहती हैं। लेकिन उसने ऐसा कहाँ किया ?"

पतानी बुआ ने लम्बी उसाँस फेंककर जवाब दिया, "मै तुम्हारी बात समझती हूँ, बहू। लेकिन खानदानी लड़की या हम ऊँची जात की लड़कियाँ की जिन्दगी का मोल ही क्या है, भला ? कानी कौड़ी भी नहीं।"

"जानती हूँ।"

यह कहते हुए विशालाक्षी का श्वेत कमल जैसा चेहरा एकदम से आरक्त हो आया। वे दोबारा रुई की बत्तियाँ बनाने में जुट गईं। दोपहर के वक्त पेड़ की छाया में बैठी-बैठी, स्थिर, यौवना, अपरूप सुन्दरी विशालाक्षी, इसी तरह बत्तियाँ बनाती थीं, बुनाई करती थीं। अपने गोपाल की गृहस्थी में बढ़ोत्तरी करती रहती थीं। आनन्दी की छोटी बीवी, ननद की बेटियों को सिलाई-पुराई सिखाती थीं।

विशालाक्षी के मेघों जैसे बाल, गहरी काली आँखें, साड़ी का सफेद आँचल देख-देखकर आनन्दीराम बचपन में दौड़ते-भागते आते थे और उनसे लिपट जाते थे, "छोटी तुम देवी-देवी जैसी लग रही हो। बिल्कुल पट की देवी जैसी।"

अभी भी उनका रूप देखकर लोगों की आँखें फटी-की-फटी रह जाती हैं।

पतानी बुआ ने धीमी आवाज में कहा, "लाओ, तकली लाओ। सूई भी लाओ। जनेऊ बना दूँ। सुनो बहू, तुमने जो कहा, मैं सब समझती हूँ। लेकिन औरत तो जिन्दगी-भर आँसू बहाने के लिए जनम लेती हैं, बहू। डाकुओं ने निमली को छुआ, इसीलिए इतनी बातें कर रही हो ? तो सुनो...तो सुनो, इसी निमली की मौसी, कुल ग्यारह साल की लड़की। ममिया-ससुर बदचलन ! उसने चोरी-चोरी उससे पान माँगा। बस, इसी बात पर सास उसे खाट पर से उठा ले गई और पानी में उसका मुँह डुबा-डुबाकर, उसे मार डाला। हाँ, जी, यह हमने अपनी इन्हीं आँखों से देखा है।"

"हाय माँऽ।" घूँघट के अन्दर, कुन्दमाला मानो सिहर उठी। वह भी कमरे में कुछ

दूर पर एक किनारे बैठी-बैठी, नखुनी से सन्देश के मिठाई को आकार दे रही थी।

''ननदजी, ये बातें छोड़ो। जीते जी जब चिता पर लिटाते हैं, तब हम जिस मुँह से 'उलू' की आवाज निकालती हैं, उसी मुँह से डर के मारे काँपती भी रहती हैं। लेकिन, यह ज्यादा अच्छी बात है, बहिन ! खानदानी घराने की औरत जीते-जी जितना दुःख झेलती है, उससे तो यही बेहतर है।'' आनन्दी की माँ ने मन्तव्य दिया।

आनन्दी की बुआ ने जवाब दिया, ''अब, लो, देखो, पतानी, चिकनी-चुपड़ी बातें छोड़ो। हमारे ऊँचे घरानों की जितनी बहू-बेटियाँ, ससुराल में झाड़ू और मायके की लात खाते-खाते दम तोड़ देती हैं, उसका कोई लेखा-जोखा है ? हमारी छोटी बहू को ही लो, बड़े दौलतमन्द भाई की बहन है, इस घर की रानी है, कितने बड़े-बड़े घरानों में आना-जाना था। उसकी जुबान से ये बातें भला शोभा देती हैं ?''

''तुम्हारी ही जुबान से भला ऐसी बातें शोभा देती हैं ?'' विशालाक्षी ने क्षुब्ध लहजे में जवाब दिया, ''हावी विचारी को, उन लोगों ने जलती फूस से जगह-जगह दाग दिया, फिर भी उसे उन्हीं चमारों के यहाँ वापस भेज दिया गया। गोदी में बच्चा। कितना रोई थी बिचारी ! कितना गिड़गिड़ाकर कहा—माई, अगर मैं वहाँ गई तो वापस नहीं लौटूँगी। आप मुझे मत भेजिए वहाँ। लेकिन, चूँकि वह लड़की जात थी, इसलिए तुमने उसके प्रति तो ममता नहीं दिखाई।''

उनकी ननद एकदम से भड़क उठीं, ''यह बात तुम क्या समझोगी, छोटी बहू ? जब जहाँ रही, रानी बनकर रही। मेरा दुःख तुम क्या समझोगी ? दामाद हमारे यहाँ पैर रखने को भी तैयार नहीं था। कितना हाथ-पाँव जोड़कर, उसे बुलाना पड़ता था। तभी तो हावी की तरफ उसका खिंचाव हुआ। हावी को जब मुन्ना हुआ, तब ससुराल जाकर, भला उनका अन्न-रोटी क्यों नहीं तोड़ेगी ? यहाँ मायके में भी नहीं, मामा के यहाँ पड़ी हुई थी। उस घर में गुजारा कर रही थी जहाँ न मामा है, न ममेरा भाई !किसके भरोसे रहती ! भला बताओ।''

इतनी बड़ी अकृतज्ञता उसकी छोटी बेटी, राधी बर्दाश्त नहीं कर पाई। ऐसे भी वह स्वभाव से खरखरी, उस पर से विशालाक्षी को वह अतिशय प्यार करती थी।

उसने तमककर कहा, ''इतनी बड़ी बात तुमने कैसे कही, माँ ? छोटी मामी के रहते, हमने कभी बूँद भर भी तकलीफ महसूस नहीं की। दीदी को अपना घर बनाने-सजाने के लिए तुमने जो सामान दिया, वह किसकी तरफ से था ? मामी ने तो ठीक ही कहा। उस बार जब उसका दूल्हा आया था, उसने दीदी का हाथ नहीं मरोड़ दिया था ? वे लोग तो सच्ची ही अमानुष हैं।''

''चुपकर, राधी।''

माँ-बेटी की कलह में विशालाक्षी झट से किसी तरह का दखल नहीं देती।

''चुप क्यों करूँ ? उस पर से मामा के जरिए किस तरह की चिट्ठी-पत्तर लिखा रही हो, मैं क्या नहीं जानती ? मैं दीदी की सौत हरगिज नहीं बनूँगी।'' राधी रो पड़ी।

''राधी, जा, घर जा। बड़ों के बीच में बैठकर बतकही करती है, तेरा दुःसाहस तो

कम नहीं है। असल में, तेरी हिम्मत बहुत बढ़ गई है। चलो, जाओ, बहूरानी, तुम जाकर सूखे कपड़े वगैरह समेटो। हाँ, री, राधी, जा, मेरी मशहरी ठीक कर।''

राधी की माँ, गोपन बात का भाँडाफोड़ हो जाने से खासी सकुचा गई थी। अब विशालाक्षी क्या कहती है, यह सुनने के लिए उनका मुँह जोहने लगी।

विशालाक्षी ने कुछ नहीं कहा। इन स्वार्थी, मन्दबुद्धि लोगों को लेकर उन्हें गृहस्थी चलानी पड़ती है। आनन्दी के मामा, इस घर में मर्द अभिभावक के रूप में मौजूद जरूर हैं, लेकिन वे आहार, निद्रा, जात्रा, नौटंकी के गाने भाँजने में मगन रहते हैं। इसके अलावा अवसर-समय मुताबिक अपनी बहन और बहन की इस ननद के साथ बैठकर जोरदार बहस करने में मशगूल रहते हैं कि आनन्दीराम को विशालाक्षी के चंगुल से कैसे मुक्त किया जाए।

वैसे ये बातें विशालाक्षी के कानों से दूर बैठकर की जाती थीं। खजाना-पत्तर, अदायगी, तहसील, मजूर, महीनेदार की तैनाती—ये सब काम वे कम ही करते थे। पहली बार जब वर्गियों का हमला हुआ, तब एक गेरुआधारी, नाम भी बैरागी, इनके यहाँ आ पड़ा था। वैरागी और सुरकंठ के यहाँ का वह दरिद्र-अनाथ 'पागल' नामक शख्स—ये दोनों ही विशालाक्षी के सब तरह के कामों में सहायक थे।

''तुम लोगों को कितने दिनों तक झेलना होगा, मैं यही सोचती हूँ।'' विशालाक्षी से बोले बिना रहा नहीं गया।

उनकी सौत और ननद एक-दूसरे का मुँह देखने लगीं। इतने दिनों तक वे काफी नासमझ फर्माइशें और कलह किया करती थीं। सौत तो बात-बात में फाँसी ही लगाने लगती थी। विशालाक्षी सब बर्दाश्त करती थी। आजकल उन औरतों की ये खासियत कुछ कम हुई हैं। इसीलिए अब उन लोगों ने थोड़ी-बहुत उनकी आदर-भक्ति का सबक सीख लिया है।

''दादा बुलाते रहते हैं, मगर मैं नहीं जाती, वह क्या तुम लोगों की वजह से ?''

पतानी बुआ हैरत से गूँगी हो आईं। विशालाक्षी जब से इस गाँव में बहू बनकर आईं, तब से लेकर आज-तक, उन्हें अपना यूँ धीरज खोते हुए, उन्होंने कभी किसी दिन नहीं देखा।

''यहाँ पड़ी हुई हूँ, क्योंकि मेरे बिना गोपाल को तकलीफ होगी। जिस दिन गोपाल की जिन्दगी में सुख-शान्ति होगी, वह दोनों बहुओं के साथ गृहस्थी चलाएगा, वह देखकर ही मैं निश्चिन्त हो सकूँगी।''

आनन्दी की माँ हमेशा से ही बोल-कुबोल बोल जाती थी।

अचानक उनके मुँह से निकला, ''तुम्हारा कन्हाई अब लौटकर नहीं आनेवाला, यह बात भी तो कहो ! जो बच्चा मेले में खो जाए, वह भला लौटता है ?''

विशालाक्षी यह बात कभी अपनी जुबान पर नहीं लाती। यह बात उसके दिल में गुँथी हुई थी। जाने कब तो, महीनेदार श्मशानतला के मैदान में, उनके बेटे को कन्धे पर बिठाकर घुमाने ले गया था। उसके बाद वह नहीं मिला। आज भी जब गाजन का

ढाँक गूँज उठता है, उनकी छाती पर मानो हथौड़े पड़ते हैं। हाँ, सौतिन का कहना ठीक ही था। इस गाँव में पड़े रहने की एक वजह, वह असम्भव सी आस भी है। अगर कहीं कन्हाई लौट आए...! लेकिन यही एकमात्र वजह नहीं थी। वे आनन्दीराम को भी तो प्यार करती थीं। उन्हें मालूम है, आनन्दीराम ने इन कुछेक सालों में कन्हाई की कहाँ-कहाँ खोज नहीं कराई। वे भी कन्हाई को नहीं भूले थे। विशालाक्षी आनन्दीराम को इन लोगों के हाथ छोड़कर भला कैसे जा सकती थीं ?

"खैर, वे बातें मैं समझूँगी, दीदी, तुम बात मत बढ़ाओ।"

विशालाक्षी का चेहरा देखकर पतानी बुआ समझ गईं, सौतिन की बात से उनके दिल को चोट लगी है। यह बात उन्हें अच्छी नहीं लगी। चाहे जैसी भी बात हो, दो-चार बातें होगीं, वक्त अच्छा गुजर जाएगा, इसीलिए तो वे यहाँ आई थीं। इसके अलावा दुलाल की दीदी ने इतना-इतना कहा था कि वे विशालाक्षी को पकड़ें। अब यह जिक्र कैसे छेड़ें ? अचानक उन्हें कोई बात याद आ गई।

"हाय-माँ, असली बात तो मैं बताना ही भूल गई। बागदीपाड़ा की एक मजेदार खबर है, री ! रमई अपनी बहुरिया, पारी को लेकर आया। उसने कहा, बिरादरी जब फैसला करेगी, तभी वह उसे अपने घर ले जाएगा, वर्ना जात छोड़ देगा, बीवी नहीं छोड़ेगा। आज शाम को ही अठमंजिले पंचायत घर में पंचायत बैठेगी। मैं चलूँ, दादा ने पान लगाकर रखने को कहा था—"

"रमई की बात कह रही हो ? बागदीपाड़ा के रमई की ?

"हाँ, जी, हाँ। आजकल समय और तरह का है। देश में उलटी हवा बह रही है। बागदी लोग कड़ी-कड़ी बातें सुनाएँगे, तो इसमें ताज्जुब ही क्या है ? इसके अलावा आजकल लोगों की जुबान पर हर वक्त एक ही बात रहती है। अरबी-बंडा तक अगर सोने के दाम खरीदकर खाना पड़े, खेत-खलिहान गवाँकर अगर चोरी-डकैती करनी पड़े, तो उन लोगों की बातचीत तो रूखी होगी ही, इसमें भला उनका क्या दोष ?"

"रमई ने कहा है—?" विशालाक्षी ने दोबारा पूछा।

ना ! खत्म नहीं हो रहा है। उनका विस्मय मानो किसी भी तरह भी खत्म नहीं हो रहा है। इतने दिनों तक उन्होंने जो बात कहीं नहीं सुनी, आज वही बात सुनने को मिली। बंगाल प्रान्त में एक मर्द ऐसा है, जिसने कहा—औरत अगर निर्दोष है, तो वह उसे त्याग नहीं करेगा। मुमकिन है, वह मर्द नीच जात का हो, बागदी हो, फिर भी उसने यह बात कही। उसने डंके के चोट पर एलान किया।

"पारी बेहद खूबसूरत है ! है न पतानी !" विशालाक्षी की ननद ने उत्सुक आग्रह से सवाल किया। वे बागदी केवटपाड़ा के प्रायः सभी लोगों को जानती-पहचानती थीं। लेकिन उन्हें पारी का चेहरा याद नहीं आया।

"हाँ, रूप तो है। गढ़न भी खासा खूबसूरत है। समूची पीठ पर छितरे हुए बाल। बेहद हँसमुख, खुशदिल लड़की ! बात-बात में हँसी के फव्वारे बिखेरती हुई।"

"कर्ता लोग क्या कहते हैं ?"

"कहते हैं, ऐसा अधर्म हरगिज नहीं होने दिया जाएगा।"

"पारी कहाँ है।"

"अब क्या पूछती हो ?" पतानी बुआ ने सिर पीटते हुए कहा, "रमई बागदी ठहरा लठैत ! निज़ामत में नौकरी करता है ! उसको भला बहू की कमी हो सकती है ? इसके बावजूद वह पारी को नहीं छोड़ेगा। इधर पारी को अपने घर ले आए, यह भरोसा भी नहीं बटोर पा रहा है। इसीलिए इस निस्तब्ध सूने जंगल के बीच एक कमरा बनाकर, वहीं अपने बीवी को रख छोड़ा है। पारी की हालत भी तो ठीक नहीं है। जिस किसी भी वक्त, मोती बूढ़ी की पुकार हो सकती है।"

मोती बूढ़ी अन्त्यज टोले की धाय ! वैसे वह अमीर घरानों में भी जचगी कराती है।

"सर्वनाश !" विशालाक्षी ने कातर होकर कहा, "जंगल में तो उसे बाघ खा जाएगा।"

"तुम यह बात सोच रही हो, बहू ? मैं सोच रही थी, ऐसा कलंक लगने के बाद, बाघ उसे खा जाए, तो बेहतर।" विशालाक्षी की सौतन ने कहा।

पतानी बुआ ने कहा, "हाय-माँ तुम लोग यह क्या कह रही हो ? अरे ! बागदी लोगों के राग-रंग तुम देखतीं...वे लोग झुंड-झुंड में पारी की कोठरी के सामने पहरा दे रहे हैं। मोती बूढ़ी का नाती भी उसके साथ है, इसलिए जब भी पुकार होगी, उसे जाना ही होगा। अब उपाय क्या है ? जंगल में जैसे मेला लगा है, जी। अब वे लोग कहते हैं कि इस बार अगर वर्गी आए, तो हम लोग जंगल में ही शरण लेंगे।"

"पारी क्या कहती है ?"

पारी के घने-घुँघराले बाल ! हाथ में काँच और चाँदी की चूड़ियाँ। कान में लाल मूँगे का लौंग-फूल और उसकी हँसती हुई आँखें याद करके, विशालाक्षी को अभी तक तकलीफ हो रही थी।

"सुना है, उसने कहा है कि पंचायत ने अगर अच्छा फैसला दिया, तभी वह घर लौटेगी। अगर बिरादरी ने उसे जात-बाहर कर दिया, तो...? इधर यह लड़ाई का समय है। रमई एक बार उधर जाता है, कभी इधर दौड़ा आता है।"

"देखो ! बिरादरी क्या फैसला देती है। यह विपत्ति का समय है। देश की छाती पर, लंकाकांड मचा है, गाँव के गाँव उजाड़ ! इस वक्त इन सब मामलों में यूँ धज्जियाँ उड़ाना क्या उचित है ?"

"खैर, मरद-मानस का काम, मरद-मानस ही करें।" पतानी बुआ ने क्षुब्ध आवाज में कहा।

विशालाक्षी ने विक्षुब्ध हँसी बिखेरते हुए कहा, "मर्दो का काम तो सिर्फ औरतों को पतित करना और त्याग करना है; दोष पकड़ना और सजा देना है। औरतों को सुरक्षा देना, सहेज-सँभालकर रखना—उनका काम नहीं है ?"

पतानी बुआ की ईर्ष्या मानो दोबारा फट पड़ी, "अल्लो ! औरत चाहे जितने भी

अमीर मानस की बहन हो, चाहे कितनी भी पढ़ी-लिखी हो, चाहे अप्सरा जैसा रूप क्यों न हो, औरत की किस्मत पलटना आसान बात नहीं है। अरे, सुना है, राजा राजदुर्लभ ने अपनी पाँच महीने की राढ़ी बेटी को, बारह साल की बताकर, उसका ब्याह करना चाहा; नाटोर की रानी ने किसी विधवा लड़की को एकादशी में पानी पिलाना चाहा, फैसला क्या हुआ ? नदिया के राजा केष्टोचन्द्र ने झट पंडित बुलाया और सारे फैसले उलट दिए। अरे, भई, पास में रुपइए हों तो छह को नौ बनाना आसान है क्या ?''

''बात रुपयों की नहीं है। जिसका दिल रोता है, वह रास्ता खोज ही लेता है।''

''मैं देख रही हूँ, तू गाँव में फूट डालकर ही रहेगा। इसीलिए शायद उस वक्त चिता पर नहीं चढ़ी। अब सबके विधि-विधान, धर्म की पाँत—सब उलट-पुलट देना चाहती है ?'' पतानी बुआ चींख उठी।

उलटना चाहती हूँ या नहीं, यह मुझे नहीं पता। लेकिन छह को नौ जरूर बनाना चाहती थी। दादा को मैंने लिखा था कि वे लोग निमली के दूल्हे को वहाँ ले जाकर समझाएँ; निमली से प्रायश्चित कराएँ और उसके दूल्हे से कहें, उसे कबूल कर लें। मैंने यह भी लिखा था कि इसके लिए खर्च-वर्च की जरूरत पड़े तो करें, ताकि लड़की सुखी हो। लेकिन दादा ने उस खत का जवाब नहीं दिया। अब लगता है, दुलाल वहाँ गया था, लेकिन उसका फल उलटा हुआ। वहाँ जाकर, उसने जरूर मेरी भाभी की भतीजी को देखा होगा और इसी वजह से अब दूसरे ब्याह की बात उठी है।''

''बाबा ! धन्य है तू !'' पतानी ने खुर्राट लहजे में कहा, और तमककर उठ खड़ी हुई और आँगन से बाहर निकल गईं।

विशालाक्षी बत्तियों का बंडल लिए-लिए कमरे में चली आईं।

''बड़ी हिम्मत का काम था, आप क्यों करने गई, माँ ?'' कुन्द ने धीमी आवाज में कहा।

कुन्द इस घर की आश्रिता थी, अनाथ की तरह रहती-सहती थी। वर्गियों के हंगामे में उसके बाप-भाई—सब मारे गए थे। इसके बाद उसके जाने की और कोई जगह भी नहीं थी। पति के मन का ओना-कोना तो, उसकी बड़ी सौत, फुलेश्वरी से भरा हुआ था। वहाँ कुन्द को प्रेम का आसन नसीब नहीं हो सका था।

अपने पति से उसे स्नेह, करुणा और ममता मिली। विशालाक्षी की छाया में उसे आश्रय मिला है। उन्हें वह बेहद प्यार करती हैं। इधर काफी लम्बे अर्से से आनन्दीराम लापता थे। इसलिए विशालाक्षी और कुन्द दुःख, उद्वेग और फिक्र के पलों में माँ-बेटी की तरह ही बेहद करीब आ गई थीं।

''हाँ, साहस का काम है, यह मैं जानती हूँ। फिर भी सोचा, निमली अगर सुखी हो सके।''

''तुम पर तो कोई मुसीबत नहीं आएगी ?''

''तुम्हारी जुबान पर यह बात क्यों आई, बिटिया ? अब और मुसीबत क्या होगी ? मुसीबत तो शायद निर्मला की है। उसका अपना पति, उसकी आँखों के सामने, किसी

और लड़की से ब्याह करेगा, तो उसके मन को चोट लगेगी। खैर, छोड़, जो होनी है, वही होगा। अब, आओ, तेरे बाल सँवार दूँ।''

उसी वक्त दूर काँसे का बर्तन बज उठा, घंटे की आवाज गूँज उठी।

''सारे पंचों ने हड़बड़-तड़बड़ अपने ठाकुरजी को शान्ति-शयन कराया और तेज चाल में पंचायत-घर की तरफ जा रहे हैं। अहा, जंगल में बैठी पारी के सीने में जाने क्या-क्या हो रहा होगा।''

विशालाक्षी ने अस्फुट आवाज में जवाब दिया, ''देश जब इस कदर डाँवाडोल है, उस वक्त भी ये लोग पंचायत कर रहे हैं। जब इंसान ही मर गया, तो बिरादरी का समाज रह कहाँ गया ?''

45

'घर जले, खाक उड़े, फिर भी नन्द रंग में रँगा'

नवाब ने जब अंग्रेज फैक्टरों के वाणिज्य की अबाध शर्तों में अड़चन डालकर, रुपयों की माँग की, तब वे सचमुच खासी मुसीबत में पड़ गए। वे भी विपन्न थे, अंग्रेज फैक्टर भी विपन्न थे। शायद इसीलिए कासिम-बाजार के अंग्रेज कोठी के गुमाश्ता, जगतपति आचार्य अपनी छिपाई हुई दौलत लेकर फरासडाँगा की तरफ फुर्र हो गए। उनका लक्ष्य था—वे नई जिन्दगी शुरू करेंगे, फ्रांसीसियों की सहायता से कारोबार शुरू कर देंगे। वे लोग बेहद आरामतलब जात हैं। उन्हें सिखाना होगा, आराम हराम है। फॉस्टर, कासिम बाजार कोठी का साहब था। जब भी वह जगतपति को आराम करते देखता—हर वक्त आराम ! आराम ! तुम बंगाली लोग नंगे बदन, लोट-पोटकर आराम करना जानते हो। इसीलिए तो तुम्हारे देश में आकर, सबके सब तुम्हारे कान मल-मलकर कारोबार करते हैं।

''तुम लोग कारोबार करते हो, तभी तो साहब, हमें दो मुट्ठी आहार नसीब होता है।'' जगतपति हँस-हँसकर कहा करते थे।

''अरे, यह तो चाकरी का अन्न हैं। तुम्हें क्या लगता है, अन्त में इससे कोई सुविधा होगी ?''

''वैसे साहब, तुम लोग भी तो फैक्टर साहब लोगों के कर्ता के नौकर हो।''

''वह तो अपने मुनाफे के लिए। तुम पढ़े-लिखे लोग, सिर्फ आराम खोजते हो। इसीलिए तो मुर्शीदाबाद की चौक में आकर गुजराती, सुरती, अफगान, ईरानी, मारवाड़ी काश्मीरी—सभी लोग अदरक, नमक खाकर व्यवसाय करते हैं और कमर के फेंटे में रामचन्दी रुपए बाँधकर, अपने देश ले जाते हैं। व्यवसाय करना है तो मेहनत करना आना चाहिए।''

जगतपति हँस दिया करते थे। मेहनत तो खैर, वे भी करते थे। लेकिन उनकी

मेहनत पर साहब की नजर हमेशा नहीं पड़ती थी। साहबों से रुपए लेकर जब वे ताँती लोगों को बयाना देने जाते थे, थोड़े से रुपए हटा-बढ़ा देते थे। साहबों का माल बेचकर, दस्तूरी वसूल करते थे। बीच-बीच में अच्छा माल भी खिसका दिया करते थे। बाद में, "जाऊँ, जी, जरा काली मइया के दर्शन कर आऊँ—" कहकर फ्रांसीसी साहबों की कोठी में बेच आते थे।

उसी दौरान उन्होंने गौर किया, फ्रांसीसी लोग बेहद आरामतलब होते हैं। वे फरासडाँगा के गोदाम से कीमती-कीमती शराब मँगाकर पीते हैं, गुलाब जल से नहाते हैं। दस रुपए भरी से कम की तम्बाकू नहीं पीते। इसीलिए वे कारोबार में खास तरक्की नहीं कर पाते।

हालाँकि साहब लोग आराम के समय आराम करते थे, बाकी वक्त भूतों की तरह जी-तोड़ मेहनत करते थे। इस बार, रुपयों की पेटी समेत, नाव पर चढ़कर भागते-भागते जगतपति ने सोचा, फरासडाँगा जाकर फ्रांसीसी साहबों को समझाना होगा कि अंग्रेजों के व्यवसाय में तरक्की कैसे हो रही है। वे लोग अगर उनकी बात सुनें, तो वे उन्हीं लोगों के साथ कारोबार करेंगे, वर्ना उन लोगों को मोटी दस्तूरी देकर, उन लोगों के इलाके में रहकर, खुद ही कारोबार करेंगे।

फॉस्टर एक बात बिल्कुल सही कहता था—व्यवसाय बिना रुपए नसीब नहीं होते। हो ही नहीं सकते। जिनके पास बुद्धि है, वही व्यवसाय करते हैं। यह जो जगतसेठ और फतहचन्द ने हँसते-हँसते सरफराज खाँ का सर्वनाश कर डाला, अलीवर्दी को सिंहासन पर बिठाया, और अब बीच-बीच में शायद अलीवर्दी को भी तबाह करने का खयाल आने लगा है; अंग्रेजों के गले में गलबहियाँ डालते हैं, उनकी इतनी जायदाद-सम्पत्ति आखिर किसके दम पर इकट्ठी हुई है ?

इन्हीं रुपयों के दम पर। वे कपड़े या सोरा का नहीं, रुपयों का धन्धा करते थे। रुपया ही उनका माल, रुपया ही उनका सर्वस्व। रथी-महारथी जो भी मुसीबत में पड़ते थे, जगतपति उन्हें रुपए उधार देते थे और कसकर ब्याज पर चढ़ाते थे।

जगतपति कारोबार करेंगे।

इसलिए उन्हें भी यह अहसास हो गया कि अलीवर्दी की निज़ामत अब डूबनेवाली है। वक्त रहते भागना जरूरी है। निजामत अगर ऊब-डूब न होती, तो नवाब क्या इस तरह आकर अंग्रेजों के गले में अँगुली डालकर यूँ रुपए उगलने को मजबूर करते ?

अब अगर भागना ही है, तो अकेले क्यों भागें ? अनगिनत कुकर्मों की साक्षी और कुटनी, सदी ग्वालिन को भी उन्होंने साथ ले लिया और उसकी बहन की बेटी अतसी को भी। जगतपति को इतने दिनों में बखूबी अहसास हो गया था कि सदी उनकी सेवा-टहल के लिए ठीक रहेगी और बाकी वक्त अतसी के साथ गुजारना सुखद होगा।

नाव में सवार होकर भागने के दौरान, उन्होंने बाँदीपुर घाट पर नाव रोकने को कहा। वहाँ उन्होंने मौसी-भतीजी के लिए कई साड़ी और मछली की जोड़ी खरीद डाली।

दोबारा नाव पर सवार होकर, उन्होंने कहा, ''मछलियाँ खूब बढ़िया पकाना, सही। जात जाने का भय बिल्कुल मत करना। जात चली भी गई, तो दोबारा लौट भी आएगी। इसके अलावा लोग कहते हैं कि नाव में...गंगा की छाती पर कोई गुनाह, गुनाह नहीं होता। चल, मछलियाँ अच्छी तरह पका डाल !''

उन्हें एक बार भी यह खयाल नहीं आया कि अपनी पत्नी जलेश्वरी, बेटी फुलेश्वरी, भाई महीपति, बहन निन्दुली वगैरह सभी लोगों को वे कितनी बड़ी मुसीबत में डाल आए हैं। उन्हें एक बार यह सच्चाई भी याद नहीं आई कि उन्होंने अपनी बेटी को आंधारमानिक नहीं जाने दिया, दामाद आनन्दीराम से दुर्व्यवहार किया था। यहाँ तक कि अपने नाती, विश्वनाथ को अपनी जायदाद का वारिस बनाएँगे, यह ऐलान करते हुए, उन्होंने दम्भभरे लहजे में कहा था, ''तेरी ससुराल की जमीन-जायदाद को मैं तुच्छ समझता हूँ, री, बूनी ! ससुराल की बात तू भूल जा।''

''ठाकुर, बीवी और बेटी का क्या इन्तजाम कर आए ?''

सदी की सवाल पर जगतपति बुरी तरह भड़क गए।

उन्होंने तमककर जवाब दिया, ''तुमसे मतलब ? वे दोनों औरत की जात, रहना होगा तो मेरे भाई की गृहस्थी में पड़ी रहेंगी, वर्ना बेटी ससुराल चली जाएगी। साल में दो थान साड़ी और दोनों जून, दो मुट्ठी भात जैसे-तैसे मिल ही जाएगा।''

उनकी बातचीत में रुपयों का अहंकार, रुपयों का प्रताप झलक रहा था। सदी एकदम से सहम गई।

उसने अतसी के कानों में फुसफुसाकर कहा, ''जा, बदन पर यह साड़ी डालकर, खूब जतन से कर्ता के पाँव दबा आ। मैं इधर रसोई कर डालूँ। ओ माझी दादा, अपने छँउड़े के हाथ में दाँड़ पकड़ाकर, जरा इधर तो आओ। बताओ, रसोई की तैयारी किस तरफ करूँ ?''

माझी ने भयभीत लहजे में कहा, ''अरे, सदी, तू बाम्हन को अपने हाथ का पका खाना खिलाएगी ? तुझे पाप नहीं लगेगा ?''

''लगेगा, तो वे समझेंगे। अपने जल में अगर वे जान-बूझकर जाल फेंकना चाहें, तो इसमें मेरा या तुम्हारा क्या आता-जाता है, माँझी भैय्या ?''

माँझी भी झुँझला उठा, ''कहती तो तू सच है। मैंने सारी बातचीत सुनी है। अपने घर-द्वार, परिवार को घोर विपदा में बहाकर, वे भाग रहे हैं। साथ में एक तरफ रुपैया और दूसरी ओर तुम और तुम्हारी भतीजी। अगर सभी कुछ बह-बहा गया, तो कर्ता की जान ही भला क्यों टिके ? लो, ये रहे बर्तन। सामने ही खाली बाजार है। और जो-जो चाहिए, वहाँ से खरीद लो। अब, मुझे और कुछ करने को मत कहना, भई !''

जगतपति बाहर निकल आए।

उन्होंने डपटते हुए कहा, ''अबे, ओ गनेश, तेरी जुबान तो बड़ी पटर-पटर चलती है। करार के वक्त तो जुबान से इतनी बात नहीं फूटी थी ?''

माँझी ने भी क्रुद्ध निगाहों से घूरकर जवाब दे डाला, ''जब से इन वर्गियों का हँगामा

लगा है, माँझी-मल्लाह को धर्म-ज्ञान नहीं रहा। जिसको मौका मिलता है, वही भाग रहा है और माँझी-मल्लाह गर्दन में गमछा कसकर, उनसे रुपइए वसूल रहे हैं। वैसे समुन्दरी के पल्ले तो आप पड़े ही नहीं। हम वैसे समुन्दरी नहीं हैं। जब मैंने वचन दिया है, आपको पहुँचा देंगे। लेकिन इस सदी ग्वालिन को मना कर दें, हमसे छिनालपन ना करे। हम बड़े गुस्सेवर हैं, ठाकुर ! हमको पहले पता न चला कि आप अधरम करके भाग रहे हैं।''

जगतपति कुछ कहते-कहते, चुप हो रहे।

उन्होंने भी मीठे लहजे में कहा, ''तू, बच्चू, जरूर घोर नरक से जाएगा। गंगा के सीने पर तूने बाम्हन का अपमान किया ?''

''समय बड़ा खराब है, कर्ता ! अगर साल में छह महीने रुपइए-रुपइए की साग-सब्जी खरीदकर खाना पड़े, तो गरीब-गुरबा की बातें थोड़ी रूखी-कड़ी तो होगी ही। हम लोग ठहरे गरीब मानस। छोटी जात ! आप लोगों की बम्हनाई देखकर, अब हमारी हिम्मत भी तड़तड़ाकर चढ़ रही है।''

जगतपति ने सदी की ठुड्डी थामकर कहा, ''सुन, री, इसकी बातों पर कान न देना। गनेश को गुस्सा दिलाया, तो वह मार-पीट पर उतारू हो सकता है। अभी जरूरी है, हम किसी तरह भाग लें यहाँ से। अगर वह दो-एक बात सुनाता भी है, तो तेरे बदन पर फफोले तो नहीं पड़ेंगे ? जा, फरासडाँगा पहुँचते ही तुझे पहुँची, कँगना दिला दूँगा। और भी नए-नए गहने गढ़ा दूँगा।''

नाव तेज रफ्तार से आगे बढ़ चली।

•

ऐसा नहीं था कि सिर्फ जगतपति ही भागे थे। अब बहुतों के मन में यह धारणा घर करने लगी थी कि इस निजामत की उम्र अब ज्यादा दिन नहीं है। सबसे ज्यादा चिन्ता की बात यह थी कि नवाब की उम्र बढ़ रही थी। इधर उम्र बढ़ती जा रही थी, उधर धीरज कम होता जा रहा था, जबकि अभी ही उन्हें धीरज की ज्यादा जरूरत थी।

एक वक्त था, उनमें असीम धैर्य था। जाने कब तो उन्होंने आलमगीर के बेटे मुहम्मद आजम के पीलखाने का जिम्मा सँभाला था। उसकी निगाहों के सामने एकमात्र लक्ष्य था—ऊपर और ऊपर उठना है।

उन दिनों दिल्ली की मुगलशाही में घुन लग चुका था। आलमगीर दक्षिण में था, सब तरफ विशृंखलता ! दक्षिण में बैठे-बैठे आलमगीर की निगाहें पूरब की तरफ लगी रहती थीं। बंगाल से मुर्शीदकुली खजाना भेजेगा, तब जाकर वे अपने फौजियों को तनख्वाह दे सकेंगे। अन्दर महल में बेगमात और शाहजादियों के लिए फाके के दिन; उनका भी दुःख कम करना जरूरी था। आलमगीर बैठे-बैठे सिर्फ इन्तजार करते रहे थे और एकाग्र मन से, एक ही संकल्प पर चलते हुए, मुगल-साम्राज्य पर चोट करते हुए, उसकी बुनियाद चौड़ी करते रहे थे। इधर सिकन्दराबाद में मुगलों का मुकुटरत्न, अपने

परदादा अकबर की कीट-दमन-कंकाल यन्त्रणा से करवटें बदल रहा था।

बस, उसी वक्त से नवाब की यात्रा शुरू ! उन दिनों वे थे मिर्ज़ा मुहम्मद। उसके बाद, आलाशाही घुड़सवार फौज में आए। एक दिन कटक चले आए तो मुर्शीदकुली के दामाद शुज़ाउद्दीन के प्रधान हितैषी बन बैठे। असीम धैर्य के साथ बंगाल के सिंहासन पर, श्वसुर ने अपने दामाद को बिठाया। उसके बाद, शुज़ाउद्दीन के बेटे सरफराज को खुद ही नवाब बनाया, खुद ही हटा भी दिया और खुद उस सिंहासन पर आसीन हो गए, जिसके बारे में लोग-बाग का कहना था कि वह सिंहासन अभी भी रो रहा है। किसके लिए रो रहा है, कौन जाने ? लेकिन उसके पत्थरों से अभी तक पानी गिरता रहता है।

अभी तक उन्होंने बूँद-भर भी धीरज नहीं खोया था। आजकल छोटी-छोटी बातों पर धीरज गवाँ देते हैं। आजकल ज्योतिष पर भी कुछ ज्यादा ही विश्वास करने लगे हैं। लोगों ने कहना शुरू किया, उनकी जहाँ-जहाँ, जो-जो तरक्की हुई है। सब कुछ किस्मत की मेहरबानी से। इसीलिए तकदीर की तलाश में भटकनेवाले शख्स की तरह अब उनका भी आसरा-भरोसा ज्योतिष पर टिक गया है।

जगत सेठ, मीरज़ाफर, सभी लोग आवाक् रह गए। ऐसा क्या हो गया कि वे टूट गए ? वर्ना राजा जानकीराम से इतनी गलबहियाँ क्यों ? सुनने में आया, जानकीराम के हाथ में कोई अद्भुत ज्योतिष है, जो सब कुछ बता देता हैं क्या इसीलिए ? नहीं, कुछ भी पता नहीं चला। सिर्फ मुर्शीदाबाद के राजमहल के उस प्रशस्त कक्ष में चिराग जलता रहा। चिराग का जिक्र सुनकर जगतसेठ मन्द-मन्द मुस्कुरा उठे।

"उस चिराग का रहस्य मुझे मालूम है। जो-जो नवाब अपनी प्रजा का मन जीतना चाहते हैं, वे लोग यह नाटक रचते हैं कि रात-रात-भर चिराग जलाकर वे देश के हित के बारे में कितना कुछ सोचते रहते हैं। सच तो यह है कि वहाँ जाकर देखें, तो नवाब शायद ठीक समय पर ही विश्राम के लिए जा चुके हैं। विश्राम ना करें, तो वह लोहे का शरीर भला टिक पाएगा ?"

लेकिन सचमुच क्या नवाब की आँखों में नींद बसी हुई थी ?

काफी रात गए तब छोटे कक्ष के दरवाजे के पर्दे के पीछे दो-दो छायाएँ हिलती-डुलती रहती हैं। वे छायाएँ आमने-सामने बैठकर बातें करती हैं। उनकी आवाज धीमी होती है। अतिशय धीमी। इतनी धीमी कि कक्ष के बाहर बैठा, ऊँघता हुआ पहरेदार को भी लगता है कि हवा खुसफुसा रही है।

"हाँ, तो क्या कहा तुम्हारे ज्योतिषी ने ?"

छाया निरुत्तर।

"वह क्या जानता था कि उन्हें अचानक यह अहसास होगा कि वे कितने अकेले हैं।"

"हाँ, उसने बताया था।"

"हाँ, इस अकेलेपन का जैसे कहीं कोई अन्त नहीं है।"

''अभी भी इस राज्य में बहुत से लोग ऐसे हैं, जो आपके इशारे पर अपनी जान तक देने को तैयार हो जाएँगे।''

''जान दे देंगे ?''

छाया मानो डर गई, 'जान कोई चाहता है ? अनगिनत जानें तो इसी दौरान खत्म हो गईं। अभी भी मृत्यु का कोई अन्त नहीं है। और ज्यादा प्राण देकर क्या होगा ?''

''जान देने की बात तो मैंने नहीं की ?''

छाया के दिल में अभी भी अविश्वास ! जो लोग जान देते हैं, वे लोग इंसानों के लिए जान देते हैं ? जब, जो सिंहासन पर बैठता है, उस वक्त उसी के लिए जान देने को तैयार रहते हैं। लेकिन उपेक्षा से, स्वेच्छा से या प्यार से जान देने के लिए, भला कौन आगे आता है ? लेकिन, फौजियों और सेनापतियों को अपनी जमीन, सोना, सम्पत्ति, बार-बार उनके हाथों में क्यों सौंप देना पड़ता है ?''

''मुश्किल है ! बेहद मुश्किल। किसी को अपना नहीं बनाया जा सकता।''

उसके बाद अन्तराल !

दोनों छायाएँ जाने कब खिसक गईं। जाने कब खिदमतगार आए और पर्दा खिसकाकर, उन्होंने चिराग बुझा दिया। दूर कहीं पिंजरे में बन्द पंछी चींख-चींखकर आवाजें देते रहे। बरामदे में जूतों की खट्-ख़ट् की आवाजें आने लगीं। सन्तरी लोग पहरे बदल रहे थे।

उसके बाद गहरी, बेहद गहरी निःसंगता। प्रशस्त शैया पर निद्राहीन छाया। शान्ति नहीं है ! कहीं भी शान्ति का नामोनिशान तक नहीं है। चिन्ता, परेशानियाँ के कीड़े, महावतजंग के इतिहास के पृष्ठों को कुतर-कुतरकर खा रहे थे।

इधर बाग़ी अफगान नेतागण, दूसरी तरफ बहनोई मीरज़ाफर, अपने हल-बल से बार-बार बगावत का एलान करना चाहते थे। इधर राजशाही के राजा रायकान्त, दिनाजपुर के राजा, नदिया के कृष्णचन्द्र विक्षुब्ध, मालगुजारी पर आबोयाब यानी कर तय किया गया है।

लेकिन उनकी जमींदारी गंगा के पूर्व में थी। वर्गी गिरोह उन लोगों का खास नुकसान नहीं पहुँचा सका और राज्य की जरूरत पर आबोयाब तय करना—क्या पहली बार ऐसा हुआ है ? मुर्शीदकुली ने क्या ऐसा नहीं किया ? शुज़ाउद्दीन ने क्या ऐसा नहीं किया ? लेकिन उनका खयाल भला क्यों आता है ? मुर्शीदकुली कटवा की मस्जिद में चाहे कितनी भी शान्ति से क्यों न सोया हो, हिन्दू-जमींदारों को वह बात-बात में 'बैकुंठ' दिखाता था। कालू राय और दूसरे-दूसरे जमींदारों के अभिशाप में अगर ताकत होती, तो कीड़े-खाई उसकी हड्डियाँ तक दर्द से छटपटा रही होतीं।

इधर वह फिरंगी व्यापारी वर्ग ! वे लोग, फ्रांसीसी, डच, पोर्तुगीज, अर्मानी, आलिमान बनियों के साथ मेल-मिलाप भी नहीं करेंगे। व्यापार करने आए हैं, लेकिन सिर्फ किले बनाने के चक्कर में रहते हैं। कारोबार करने आए हैं, उधर फौज बढ़ाने की कोशिश में हैं, वाणिज्य बढ़ाने की कोशिश में हैं ! लेकिन पटना और कासिम बाजार

से सिर्फ बारूद, कमान जुटाने के चक्कर में रहते हैं।

सब लोग भागकर उन्हीं लोगों के पास पहुँचना चाहते हैं। आज कासिम बाजार का यह बंगाली शुमाश्ता पहुँचा है, कल कौन-कौन पहुँचेगा, इसका कोई ठीक-ठिकाना नहीं। मुर्शीदाबाद के तमाम दौलतमन्द व्यापारी क्या इसके बाद भी कहेंगे कि वहाँ हम लोग वर्गियों के हाथ सुरक्षित हैं ? भयंकर दुश्चिन्ता के दिन।

सच तो यह है कि वर्गियों के हाथ से कोई सुरक्षित नहीं है। वे लोग नर्क की फौज हैं। वे लोग सर्वत्र छाए हुए हैं।

बिस्तर की छाया हिल उठी। उसने करवट बदली। निद्राहीन ! निद्राहीन छाया। उन लोगों ने आकर बंगाल को मिट्टी में मिला दिया। किसान के पास खेत नहीं; ताँती के पास सूत नहीं; कुम्हार का चाक नहीं घूमता; गंज-गंज में व्यापारियों का कलरव नहीं गूँजता; महावत जंग की महान कीर्ति के इतिहास के पन्ने जाने कौन तो कुतर-कुतर खाए जा रहा है।

लेकिन यह सुरंग किसने खोद निकाली ? मुमकिन है, वे लोग उसी सुरंग से अन्दर घुस आएँ, जो महावतजंग अलीवर्दी खाँ का नाम सिंहासन के उखाड़ फेंकेंगे। सरफराज़ को जिसने सिंहासन से खींचकर उतारा था, उसे वे पहचानते थे। रोज नहाने के बाद, बड़े से आइने के सामने, एक बार उस शख्स से उनकी भेंट होती है।

जो लोग महावतजंग को नीचे उतारना चाहते हैं, अदृष्ट की उन अदृश्य शक्तियों को क्या वे पहचानते हैं ? वे लोग कहाँ छिपे बैठे हैं ? वर्गियों के निष्ठुर चेहरों में ? वारवेल के कलकत्ता काउंसिल में ? बंगाल के लाखों-लाखों इंसानों के हाहाकार में ? या कहीं करीब, बेहद करीब, इतने करीब कि नजर भी नहीं आते ? या उनके भी ध्वंस की जो वजह होगी, वह भी वही शख्स है, जिसके साथ, सुबह नहाने के बाद, एक बार जरूर भेंट होती है ?

छाया सो नहीं पाती। छाया मन-ही-मन ताकत जुटाती है। अपने नाती के हाथ में एक सुशासित, शान्तिपूर्ण, समृद्ध साम्राज्य सौंपना होगा। उसके बाद, खुशबाग में, अपने अम्मी की मजार के पैरों तले, इत्मीनान से गहरी नींद सो जाएँगे। निश्चिन्त और खूबसूरत सी नींद।

शान्ति ! समृद्ध हसीन साम्राज्य।

यह बात सुनकर, मेदिनीपुर के गंगाजल जनपद में भूमिपति राय के आदिवासी लोढ़ किसानों का मुखिया चकित रह गया।

"आप यह क्या कह रहे हैं, महाशय, इतने से हमारी शान्ति लौट आएगी ?"

भूमिपति के दाहिने हाथ, उनके प्रधान कर्मचारी आंधारमानिक गाँव के आनन्दीराम भी आवाक् रह गए।

उन्होंने कहा, "तुम लोग बेहद नमकहराम हो। ये तुम्हारे पालनहार हैं। तुम लोगों

के राजा। वे तुम लोगों को बीज-धान, हल-बैल—यह सब क्या ऐसे ही ला-लाकर दे रहे हैं ? किसान अगर खेतों में खेती करें, तो क्या शान्ति नहीं लौटेगी ?''

''ना—''

वृद्ध ने दृढ़ स्वर में कहा, ''तुम न, ठाकुर, राजा जैसे ही भले आदमी हो, इसीलिए तुम सोच रहे हो कि इतने से ही शान्ति लौट आएगी। भला बताओ ! हम क्या जात-किसान हैं ? हम लोग तो लोढ़ हैं; शिकार ही हमारा जात-कर्म था। वीर मुंडा हमारा मुखिया था। उसकी मौत के बाद, हम उसे देवता मानकर पूजा करते हैं।''

''आज लोढ़ लोगों पर, हमारी तरह ऐसे ढेरों आदिवासी हैं, जिस पर भूमिपति राय और कृष्ण माइती राज करते हैं। लेकिन हम मन से नहीं मान सकते, ठाकुर, हम लोग जानते हैं कि वीर मुंडा फिर एक दिन हाथी की पीठ पर चढ़कर आएगा।''

''वह कहेगा, ए हो लोड़ जात के मरद लोग तुम लोगों का खून क्या इसी डेढ़ सौ सालों में सो गया है ? तुम लोगों को याद नहीं रहा कि उन लोगों ने हमारा जात-धन्धा, शिकार करने का हमारा हक, हमसे छीन लिया ? हमारी नमक बनाने की आढ़त सरकार ने अपने खास दखल में ले लिया ? उठो और उठाओ अपना धनुष ! अब मैं मानव-देह में नहीं हूँ। अब मैं अशरीरी हूँ, इसलिए अब मेरी देह में लाख-लाख हाथियों का बल हैं। मेरा वह कुछ नहीं बिगाड़ सकते। चल, हम अपना झड़िया (निशान) उठाएँ। मेदिनीपुर में ! बीरभूम में हमारी जात लाखों-लाखों साल से रहती आई हैं; यहीं यही रसी-बसी हैं। और जो लोग आए हैं, वे लोग बाहरी लोग हैं, रे, गैर-लोग।''

''देखता नहीं, वे लोग अब हमारे देवता की पूजा करते हैं; हमारी सिन्नी, बोरो, बुड़ाईचंडी के थान पर आकर मत्था टेकते हैं ? देखा नहीं, हमारे धर्म-देवता को अब वे लोग ही माटी का घोड़ा-हाथी अर्पित करते हैं ? अरे, उन्हें मारते-पीटते दक्षिण की ओर घसीट ले जा। समुन्दर में बहा दे। इस देश में हमीं लोग रहेंगे। हम काले-कलूटे लोग। हाँ, हमारा दखल तो लाखों साल पुराना है। इन लोगों ने तो यहाँ अभी कल कदम रखा है।''

''हाँ, ठाकुर, वीरमुंडा जिस दिन आवाज देगा, उसी दिन हमें जाना होगा। उस वक्त भूमिपति राय के खेतों का काम कौन करेगा ? कौन सिर पर धान लादकर राजा के गोला तक पहुँचाएगा ?''

ये बातें सुनकर आनन्दीराम मानो आवाक् रह गए। उन्हें नहीं मालूम कि ब्राह्मण, कायस्थ, पठान, मुगल कितने सालों पहले बंगाल में आए ? यहाँ रुल-मिल जाने के बावजूद, इतने दिनों में भी इन लोगों का मन नहीं पा सके ?

''यानी वीरमुंडा आएगा ?'' उन्होंने अपनी परेशानी दबाते हुए, दरयाफ्त किया।

''बेशक ! अभी से ही गोदापिथासाल और झारखंडी की दिशा-दिशाओं में वीरमुंडा की पूजा शुरू हो गई है।''

''खैर, वह जब आएगा, तब आएगा। अभी तो खेती-वेती करेगा न ?''

''हाँ, सो तो करूँगा। लेकिन किसान खेती करे भी तो भी इससे उसका सुख कहाँ

है, रे ? मेरी उम्र तो राजा के किले से भी ज्यादा बड़ी है। मैंने जिन्दगी-भर किसान होने का सुख नहीं देखा। वही कमर में लँगोटी, हाथ में हल ! अजन्मे राजा के दरवज्जे भिखारी। और दूसरे-दूसरे वक्त किसी तरह साँसें थामे रहना।''

ना ! गंगाजल गाँव के बूढ़े आदिवासी किसान ने राय सुना दी, बंगाल में जो लोग हल-बैल चलाते हैं, उनकी जिन्दगी आसानी से सुखी नहीं हो सकती। आनन्दीराम परेशान हो उठे। क्या सभी खेतिहर ऐसा ही सोचते हैं ? ना, अगर ऐसा होता तो यहाँ भूमिपति, वहाँ नवाब ऐसा सुख-साम्राज्य कैसे गढ़ पाते ?

46

'कन्या को लेकर नाव, सत्वर बढ़ी'

मेदिनीपुर के छोटे जमींदार चाहते थे, उनकी प्रजा सुख-शान्ति से रहे। इसीलिए पड़ोसी जमींदार से उन्होंने बारह-लाख काहन-कौड़ी उधार लेकर वर्गियों के हाथ में सौंप दिए और अपने पास जो जमा-पूँजी थी, उससे प्रजा को बीज, हल, बैल देकर खेती-बारी में जुट जाने को कहा। ऐसे शख्स के पास नौकरी करते हुए, आनन्दीराम को खुद भी खुशी हुई थी।

उन्होंने ही एक दिन हँसते-हँसते कहा, ''मैं आपकी वंशावली-चरित लिख जाऊँगा, राय बाबू ! अपनी प्रजा के लिए आप जो कोशिश कर रहे हैं, वह भी लिखा जाएगा।''

भूमिपति हँस पड़े, ''बेटा, तुम यहाँ मेरे बेटे बनकर रहो। मुझसे तुम्हें जितना लगाव है, उतना और किसी को नहीं है।''

लेकिन, भूमिपति राय के कोशिशों के बावजूद बंगाल के किसानों का दुःख कम नहीं हुआ। वैसे भी मेदिनीपुर के किसानों का दुःख कैसे मिटता ? जाने कब से उड़ीसा और मेदिनीपुर, बाहरी दुश्मनों के आने-जाने का रास्ता बन चुका था। वर्गियों का खुराफात भी मिटने का नाम नहीं ले रहा था। इसके अलावा, अतिवृष्टि, अनावृष्टि, सूखा, दुर्भिक्ष तो लगा ही रहता था। एक तरफ वर्गियों को खजाना, दूसरी तरफ नवाब को खजाना देने की दोहरी मार, किसान बिल्कुल टूट चुके थे।

इसी वजह से बंगाल के आम लोग जरा चैन की साँस लें, अलीवर्दी की भी ख्वाहिश झूठ पड़ गई।

इस वक्त जो लोग सुख-शान्ति चाहते थे, उन सबकी कामना विफल हो जाए, भगवान की शायद यही मर्जी थी।

चारों तरफ जब यह गोलमाल मचा था, उस वक्त आंधारमानिक गाँव के लोग पंचायत-घर में फैसला करने के लिए जमे हुए थे। फैसला होगा। फैसला चाहिए। बागदी के बेटे रमई की इतनी मजाल की उसकी बीवी को किसी पराए मर्द ने अपवित्र कर दिया, फिर भी वह उसे त्याग करने को राजी नहीं है ? वह धर्म छोड़ देगा, लेकिन बीवी

को नहीं छोड़ेगा ?

''जा, उसकी बीवी को भी पकड़ ला—'' ब्राह्मण लोग गरज उठे। सबसे तीखी आवाज बड़े आचार्य की थी। वर्गी के स्पर्श की वजह से उन्हें अपनी बेटी, निर्मला को त्याग करना पड़ा था, यह बात वे भूले नहीं थे।

किसी ने हँसते-हँसते ही जुमला कसा, ''अपनी बीवी को उसने जंगल में रखा है। बागदियों की जमात पहरा दे रही है।''

''क्यों पहरा दे रहे हैं? ''

''आज-कल में उसे...''

पारी माँ बननेवाली है, यह बात किसी दूसरे शख्स ने इशारे में समझा दिया।

''अरे, छिः छिः ! राम भजो।''

''हाँ, जी, सच बात।''

''गाँव की धरती पर यह अनरथ...ऐसा अनाचार ?'' ब्राह्मण वर्ग दोबारा गरज उठा।

''कैसा अनाचार, ठाकुर ? जंगल पर किसी की बपौती नहीं होती। हम लोग जनम से ही जानते हैं, जंगल पर किसी की मिल्कियत नहीं होती।''

बागदियों के चुनिन्दा नौजवान एकदम से आमने-सामने आ खड़े हुए। उनके साथ रमई भी था।

''किसने कहा कि मिल्कियत नहीं है ?'' बड़े आचार्य दोबारा गरज उठे।

''किसकी मिल्कियत है, यह समझाएँ ?''

बूढ़े वाचस्पति ने हँसकर कहा, ''तुम लोगों को समझाना क्या है? दुनिया-भर में जितनी भी धरती है, वह सब किसी-न-किसी की है।''

''यह जंगल किसी का भी नहीं है। आचार्य ठाकुर के पुरखों ने उसे सबके नाम कर दिया था।'' नरपति मिश्र की आवाज सुनकर सबके सब चौंक उठे।

''अरे, नरपति तुम ? आओ, बैठो-बैठो।''

''नहीं, नहीं मैं खड़ा ही भला। जरा देखूँ तो सही, फैसला क्या होता है ?''

''फैसला क्या करना है ? रमई अपनी बीवी को इस गाँव से खदेड़ दे ! उसे छोड़ दे, बस !''

''और अगर न छोड़े, तो ?''

''तो लठैत भेजकर, पूरे बागदी मुहाल को ही उजाड़ देंगे।''

''मैं पारी को नहीं छोड़ सकता।''

''क्या कहा तूने ?''

रमई का उद्धत जवाब सुकनर, सिर्फ आंधारमानिक गाँव के लोग ही नहीं, समूचे बंगाल का ब्राह्मण समाज चौंक उठा। समाज हुक्म दे रहा है, फिर भी वह अपनी बीवी का त्याग नहीं करेगा, नीच जात का इंसान रमई, यह क्या बक रहा है ? अगर बागदियों की दुःसाहस इतना बढ़ गया है, तो ऐसा समाज कायम रहने से क्या फायदा ? नवद्वीप

के राजा कृष्णचन्द्र ने हजारों ब्राह्मण रखकर, समाज के विधि-विधान तैयार कराए थे। बंगाल में हर जगह तो ब्राह्मण ही समाज चला रहे हैं।

रमई की बात सुनकर, बड़े आचार्य ने अन्त में जोर का ठहाका लगाया, ''हुँह; बीवी को नहीं छोड़ेंगे। औरत की जिन्दगी का भला कोई मोल होता है ? औरत के लिए धर्म छोड़ने को तैयार है, भला ऐसा कोई बेवकूफ, समूचे बंगाल में कोई दूसरा है ?''

''देख रमई, अगर उसे छोड़ने में इतनी ही तकलीफ हो रही है, तो तेरे घर में सियार मारने की दवा पड़ी होगी, जरा सा खिला दे। सारा झमेला खत्म।'' बड़े आचार्य ने हँसते-हँसते ही सलाह दे डाली।

''हाँ, हाँ, यही ठीक है ! यही ठीक है।'' दूसरों ने सिर हिलाकर सहमति जताई।

सच तो यह था कि इतनी देर बाद, सबने राहत की साँस ली। समाज-बिरादरी के हाथों में अभी कितने काम पड़े थे। रमई की बीवी को लेकर, इतना वक्त बर्बाद करने से भला काम चलता है? जरा सा जहर पिलाकर, सारा हँगामा खत्म हो जाएगा। वैसे विष-टिश की खबर तो बाम्हन-कायथों को रखनी ही पड़ती है। गाँव में प्रायः सभी के घर कोई-न-कोई अनाचार-व्यभिचार लगा ही रहता है। तब इसी बागदी मुहाल को ही खबर दी जाती है। सभी जानते हैं कि जहर खिलाकर या जहर खाने को लाचार करके, कुछेक साल में ही दो-एक विधवा या कुँवारी मौत की नींद सुला दी जाती हैं।

''पारी का खून करने को कह रहे हैं ?''

नरपति के इस सवाल पर लोग दोबारा चौंक उठे। उसकी आवाज इतनी रूखी क्यों है ? यह वही शख्स है न, जिसने बड़े आचार्य के बेटी के नाम इल्जाम लगाकर, उसे गाँव से निर्वासित कराया था ? आज क्या उसे वह बात याद न होगी ?

नरपति लोगों के मन की बात भाँप गया।

''पारी को आप लोग माफी दे दें, आचार्य काका, उन लोगों को जाने दें।''

''नरपति, तुम ब्राह्मण-बच्चा होकर भी यह बात कह रहे हो ?''

''उन लोगों को माफ कर दें।''

''माफ कर दूँ ''

''मैं हाथ जोड़ता हूँ।''

''तुझे हाथ जोड़ते हुए, देखने का चाव भला किसको है ? यहाँ, इसी पंचायत-घर में खड़े होकर, मैंने तुमसे माफी नहीं माँगी थी ? मैं नहीं गिड़गिड़ाया था कि मेरी बेटी को माफ कर दे ? तूने, मेरी बात मानी थी ?''

''वह बात मैंने भूली नहीं है, आचार्य काका, मेरे सीने में आग लगी हुई है।''

''तो फिर, आज मैं तेरी बात मानूँगा ? उस बागदी बहुरिया को माफ कर दूँगा ? ला सकता है ? है तुझमें बूता कि मेरे दिल के टुकड़े को, मेरी निर्मला को वापस ला सकता है ?''

''लौट आने का दरवाजा, हमने खुला नहीं रखा है, आचार्य काका। अगर दरवाजा खुला होता, तो मैं उसे सिर पर बिठाकर ले आता।''

"तू पाखंडी है। झूठा है।"

"नहीं, नहीं ! न मैं पाखंडी हूँ, न झूठा हूँ। मैं तो मूरख हूँ, महामूरख। मेरी बहन को आपने पतित करना चाहा, उसकी जीभ पर खौलता घी उँड़ेल देना चाहा, उस खौफ से मेरी बहन ने आत्महत्या कर ली। मैं गुस्से में अन्धा हो गया था, इसीलिए आपकी बेटी को सजा दे डाली।"

नरपति ने एक बार वहाँ जमा लोगों पर निगाह डाली।

अगले पल उसने बातों की कड़ी दोबारा जोड़ी, "आनन्दीराम भी मेरे पास आया था, मुझसे विनती करता था, लेकिन उस वक्त मैं गुस्से और प्रतिहिंसा से पागल हो गया था। मैंने किसी की भी बात नहीं सुनी। लेकिन, निर्मला जब गाँव छोड़कर चली गई। मैं आड़ में खड़े-खड़े, छिप-छिपकर उसे देखता रहा। मेरी बात का यकीन करो, पंचों, मेरा खयाल था, उसकी काली-बुझी सूरत देखकर, मुझे खुशी होगी। उस वक्त मैं इंसान नहीं, मैं चांडाल बन गया था। हाँ, हाँ, मैं चांडाल बन गया था। लेकिन जब निर्मला ने मेरी ओर टुकुर-टुकुर देखा, तब पता है, मैंने उसकी आँखों में क्या देखा ? क्या देखा मैंने ?" नरपति फफककर रो पड़ा।

अगले ही पल उसकी आवाज धीमी पड़ गई। भरी सभा में वह आगे बढ़ आया और अपनी उग्र-व्याकुल दृष्टि से, उसने सबको मन्त्रमुग्ध कर दिया।

उसने कहा, "मैंने देखा, निर्मला की निगाहों से, मेरी पुन्नी ही मुझे देख रही है। मानो मेरी पुन्नी की कह रही हो—ओ दद्दा, मैं जीना चाहती थी, तुम मुझे बचा सकते थे। दादा, तुमने मुझे खदेड़ दिया।"

अचानक उसकी आवाज चींख में बदल गई, "तभी मेरे सीने में आग धधक उठी। अन्याय ! अन्याय ! हम सब लोग अन्याय कर रहे हैं ! आचार्य काका, बिना दोष ही, सबने उसे दोषी साबित करके, हम सबने अन्याय किया है। तुम्हारी बेटी के नाम दोष मढ़कर, मैंने अन्याय किया। उस वक्त मैं इस कदर जानवर बन गया था कि आनन्दीराम जब मुझे समझाने आया, मैंने उसकी बीवी के नाम भी कलंक जड़ दिया। मैंने सुरकंठ के नाम भी कलंक लगाया।"

सब लोग विस्मय-विमुग्ध सुनते रहे।

"इसीलिए कहता हूँ, आचार्य काका, अब और अन्याय मत करो। मेरी पुन्नी अब वापस नहीं आएगी। तुम्हारी निर्मला तो फिर भी...जिन्दा तो है। अब और अन्याय मत करो। रमई अगर अपनी बीवी के साथ रहना चाहता है, तो उसे रहने दो।"

इसके जवाब में बड़े आचार्य क्या कहते, आंधारमानिक गाँव के बिरादरी, उस बात पर, किस तरह आश्चर्य प्रकट करती, यह जानने का मौका ही नहीं मिला।

इससे पहले ही जंगल की तरफ से एक दिल चीर देनेवाला—तीखा-तीव्र आर्तनाद गूँज उठा। सब दौड़ पड़े। पलक झपकते, पंचायत-घर खाली हो गया। उसी पल वह मार्मिक दुःसंवाद भी मिल गया।

पारी नहीं रही ! समाज उसे सजा का फैसला सुनाएगा, मन-ही-मन उसे अन्दाजा

हो गया था।

"मर जाने दो, मुझे मर जाने दो।" रमई से वह बार-बार कहती रही।

लेकिन पति की सूरत देखकर, उसके होंठों पर करुण हँसी बिखर गई, "नहीं, जी, हम मरूँगी नाहीं ! तुम जो हो...फिर भी मुझे चाहते हो, हम मरूँगी नाहीं"

अपने आगत सन्तान के प्रति भी उसके मन में अगाध ममता झलक रही थी। लोग-बाग चाहे जो कहें, उसे पक्का विश्वास था, उसका पति उसे निष्कलंक, बेदाग मानता है।

लेकिन आखिरी पलों में जैसे वह अपने मन का जोर कायम नहीं रख पाई। उसकी वजह से उसका पति पतित होगा, बागदी मुहाल पर कलंक लगेगा, यह बात जैसे उससे सहन नहीं हुई।

इसीलिए उसने विल्ववासिनी के अथाह भँवर में, छलाँग लगा दी। विल्ववासिनी की अथाह नदी, श्मशानतला मैदान में शुरू होकर गहन जंगल में जाकर खत्म होती थी।

पारी उसी काले जल से छलाँग लगाकर, सारी समस्या पर विराम लगा गई। रमई को अपना धर्म नहीं छोड़ना पड़ा। आंधारमानिक गाँव के समाज-ठेकेदारों की मर्यादा जैसी थी, वैसी ही रह गई। एक उद्धत बागदी मर्द, जो उन लोगों की उपेक्षा करके, चल देने को आमादा था, उसका सारा अहंकार झूठा पड़ गया।

सबने राहत की साँस ली।

पारो की बेजान देह, गजब का शुद्ध-पवित्र और खूबसूरत लग रही थी ! मिट्टी की मूरत जैसी !

"तकलीफ नहीं हुई, दादा-ठाकुर, बहुत ज्यादा तकलीफ नहीं है।" रमई ने धीमी आवाज में कहा।

गाँव के ऊँची जात के लोगों में एकमात्र विशालाक्षी की आँखों से आँसू गिरते रहे। वे बुदबुदा उठीं—आखिरकार हिम्मत नहीं रख पाई, अभागी।"

पारी की चिता की लपटों पर आँखें गड़ाए-गड़ाए, सिर्फ नरपति मिश्र ने हाथ की लाठी ठोंकते हुए, सिर के रूखी बाल नचाते हुए कहा, "अन्याय ! बहुत बड़ा अन्याय हो गया, रमई ! अब हम सब मरेंगे।"

रमई काफी देर तक खड़े-खड़े चिता की लपटों को एकटक घूरता रहा।

उसके रिश्तेदारों ने उसे हमदर्दी के लहजे में कहा, "अब क्या देख रहा है, रमई ? चल ! जरा सा दारू-ठर्रा पी ले। सारा दुःख भूल जाएगा।"

अब जाकर रमई के बदन में हरकत हुई, मानो वह नींद से जगा हो।

"देख, तेरे सामने समूची जिन्दगी पड़ी है, रमई, तू अभी भी निजामत की नौकरी में है। मरद, आदमी है। कामकाज में सारा दुःख-शोक भूल जाएगा।"

रमई ने अब जाकर जुबान खोली, "ना ! अब काम नहीं करूँगा।"

"काम नहीं करेगा, तो क्या करेगा ?"

"आन देस चला जाऊँगा। गिर्जाघर जाकर, जात छोड़ दूँगा।"

''जात छोड़ देगा ?''

''हाँ, छोड़ दूँगा जात-पात ! चिता की आग देखते-देखते मेरी छाती चमक उठी। मैंने साफ-साफ देखा, पारी भी मुझसे यही कह रही थी।''

''क्या कह रही थी ?''

''जिस जात, जिस धरम का इतना बड़ा शासन है, जिसके डर से मैंने जान दे दी, महापापी बन गई, उस धरम को छोड़कर, तुम चले जाओ।''

हाँ, रमई ने ठीक बात कही। वाकई, धर्म अगर बात-बात पर उसे जात-बाहर करने को आमादा हो जाता है, तब वह भी ऐसा धर्म त्याग देगा।

निजामत से दी हुई लाठी, माथे का फेंटा, पीतल का तगमा वगैरह फेंककर, रमई अकेला ही चला गया। जाते-जाते कह गया, ''सारा कुछ सड़-गल गया है, सड़ान्ध आ रही है। इसीलिए मेरी पारी यहाँ नहीं रही।''

अकेले, अनपढ़-निरक्षर रमई बागदी यह एलान कर गया, उधर कृष्णचन्द्र भले ही सभा में बैठकर भारतचन्द्र काव्य लिखें; पश्चिम में विलायत के बाजार में बंगाल सिल्क का बाजार बढ़ता रहे; बैंडेल के गिर्जाघर में बैठे-बैठे फादर एन्तोनिओ बंगाल का विपर्यय देखकर, अपनी डायरी के पन्ने पर पन्ने रँगते रहे; और इधर जगतपति, जगतसेठ, मीरजाफर, बाखेल वगैरह लोग रुपयों...और-और रुपयों के सपने देखते रहें, दरअसल, हर कहीं, हर ओर, सारा कुछ सड़-गल गया था।

यह जानने के बाद, रमई बागदी भाग खड़ा हुआ। कहाँ जाकर उसे चैन मिलेगा, इसका खयाल न करते हुए, वह भागता गया...भागता गया।

उन्हीं दिनों आंधारमानिक गाँव की और एक लांछित, जुल्म की शिकार, लड़की, निर्मला के जिन्दगी में भी नए द्वार खुल रहे थे।

विशालाक्षी के दादा, शिवकाली के घर में वह जिस ढंग से रह रही थी, उसे आश्रिता नहीं कहा जा सकता था। विशालाक्षी, शिवकाली गांगुली को बेहद प्रिय थी, इसीलिए निर्मला को वर्गियों ने छुआ था, यह जानते हुए भी, उन्होंने उससे प्रायश्चित करा लिया और बेखौफ उसे अपने पास रख लिया।

हालाँकि शिवकाली की दोनों बीवियाँ उसे नेक नजरों से नहीं देखती थीं। वे लोग उसे घर के कामकाज में भी हाथ नहीं लगाने देती थीं, न ही उसे अपने करीब बुलाती थीं।

अचानक एक दिन इस घर में उसका पति आया है, यह सुनकर वह आवाक् रह गई। शिवकाली के पहली पत्नी की बहन की बेटी, गौरी, इसी मकान में रहती थी। उसी ने आकर खबर दी।

उसने बताया, ''मौसाजी की बहन ने उन्हें भेजा है। अब मौसाजी उन्हें समझा-बुझाकर तुम्हें कबूल करवाएँगे।''

विशालाक्षी अभी भी उसके बारे में इतना सोचती हैं, यह जानकर निर्मला आवाक् रह गई।

लेकिन शिवकाली गांगुली ने कमरे के अन्दर आकर कहा, ''यह लड़का बिल्कुल अमानुष है! जानवर ! निर्मला को ले जाने की उसने बात ही नहीं उठाई। उसके हाव-भाव से मैं समझ गया, वह गौरी से लगन करना चाहता है।''

उनकी पत्नी यह खबर सुनकर कहीं से खुश हुईं।

''ऐसे अमानुष के हाथों मैं गौरी को हरगिज नहीं दूँगा।''

पत्नी दुखी हो आई।

थोड़ा ठहरकर उन्होंने खुर्राट आवाज में कहा, ''देखो, इस निर्मला को जितने दिनों अपने यहाँ रखोगे, तब तक गौरी का ब्याह होना मुश्किल है। इस लड़की की वजह से पता है, हमारी कितनी बदनामी हो रही है ?''

निर्मला उस वक्त, कमरे से बाहर, पेड़ के नीचे बैठे-बैठे टेकुली पर रुई से सूत तैयार कर रही थी। वह मन-ही-मन सोचती भी जा रही थी पति आया, लेकिन उसे ले जाने को तैयार नहीं। उसे दुःख क्यों नहीं हो रहा है ? वैसे वह अपने पति को पहचानती तक नहीं। कुल पाँच वर्ष की उम्र में ही तो उसकी शादी हो गई थी ! उसे कितना कम देखा था उसने।

आजकल, उसे अक्सर ही काशीश्वर का खयाल आता रहता है। गाँव से वही तो उसको लेकर आया था। जब वह गाँव में थी, वह उसके घर भी आया करता था। उसके आँगन में खड़े-खड़े, उससे कितनी बातें किया करता था।

सभी लोग कहते थे, वह सुरकंठ और आनन्दीराम का चेला है। उसकी बातें ही दुनिया-ऊपर होती थीं। उस लड़के को निरा डाकू ही कहना चाहिए।

निर्मला यह मानने को तैयार नहीं थी। बाद में उसी काशी दादा ने उसका कितना-कितना उपकार किया। एक बार तो वह विल्ववासिनी के मन्दिर में पूजा देने गई थी, तो काशीश्वर का हाथ थामे-थामे घर लौटी थी। यह काफी बचपन की बात है। फिर भी उसे याद आती रहती है।

अचानक उसने निगाह उठाकर देखा।

खिड़की के लगे बाग का एक कोना काफी निर्जन। निस्तब्ध ! घेरे के उस पार, कोई एक लड़की आ खड़ी हुई। वह लड़की निर्मला से काफी बड़ी थी। लेकिन बेहद खूबसूरत ! और वैसी ही उसकी सज-धज।

''एइ, सुनो—''

निर्मला मन्त्रमुग्ध सी आगे बढ़ आई।

''तुम्हारा ही नाम निर्मला है न ? है कि नहीं ?''

''हाँ—''

''मैं तुम्हें ही खोज रही थी। आओ, इधर तो आओ—''

निर्मला को पास बुलाकर, उस लड़की ने उसके कानों में फुसफुसाकर कहा, ''तुम्हारे

पति तुमसे बात करना चाहते हैं। मैं उन्हीं के गाँव की लड़की हूँ, जी। उस दिन वे तुम्हें लेने आए थे, लेकिन शिवकाली ने उनकी बहुत बेइज्जती की और भगा दिया।''

''वे मुझसे बात करना चाहते हैं ?''

''हाँ—जी, आज शाम को तुम इधर आ जाना, यही कोई शाम-साँझ के समय। इस बाग के पार ही, नदी किनारे नाव बँधी होगी। लेकिन, यह बात किसी को बताना नहीं।''

''क्यों ? बताऊँ क्यों नहीं ?''

''क्या बताओगी, जी ? न ये लोग चाहते हैं, न कोई और कि तुम लोगों में मेल हो। इसीलिए तो दुलाल ठाकुर ने कहा है कि तुम्हें चोरी-चोरी ले आऊँ।''

निर्मला ने सिर्फ इतना ही सोचा कि अगर उसका पति उसे वापस कबूल कर ले, तो मुमकिन है, शिवकाली गांगुली जरा चैन की साँस लें।

''ठीक है, आऊँगी।''

लेकिन उस शाम, नदी पर खड़ी नाव में, जो शख्स मौजूद था, वह कभी, किसी काल भी निर्मला का शुभाकांक्षी नहीं था। नाव पर सवार होने से पहले, निर्मला को बिल्कुल अन्दाजा नहीं था कि वह फिर कौन से सर्वनाश की ओर बह चली है। जब उसे समझ में आया, तब नाव तेज रफ्तार से कलकत्ते की तरफ बढ़ती चली जा रही थी। उसके पति की ही कोशिश-तदबीर से ऐसा हुआ था। इसके बाद, निर्मला के कलंक पर किसी को अविश्वास नहीं रहा।

शिवकाली और विशालाक्षी, दोनों भाई-बहन खामोश हो रहे।

लोगों ने सिर्फ यही जाना कि घाट-घाट पर नाव लेकर जो लोग लड़की जुटाते हैं और बाँदीहाट में बेच आते हैं, निर्मला उन लोगों के साथ ही चली गई।

47

'घनन्-घनन् बाजे, प्रलय का शंख'

निर्मला को, शिवकाली के निश्चित आश्रय से निकालकर, बर्धमान की अधेड़ कुटनी, नाव को लिए-दिए हवा हो गई। निर्मला के पति, दुलाल की साँठ-गाँठ से ही यह सम्भव हुआ, इसके बावजूद शिवकाली गांगुली को यह विश्वास नहीं आया कि वह बदचलन थी।

उन्होंने अपनी पत्नी से कहा, ''मैं कहता हूँ, तुम्हारी बहन की बेटी, गौरी से ब्याह करके, काँदी गाँव का वह छोकरा, दुलाल, दो-दो बार दहेज लेने के चक्कर में था, इसीलिए उसी ने यह काम कराया है।''

''छिः-छिः आदमी भला ऐसा कर सकता है?''

''हाँ, कर सकता है। बंगाल में कुलीन बाम्हन सब कर सकते हैं, गिन्नी ! वे लोग

क्रूर-से-क्रूर काम करने में भी नहीं हिचकिचाते। खैर, छोड़ो, मेरा मन बड़ा बेचैन है, मैं आंधारमानिक जाऊँगा।'' शिवकाली गांगुली ने कहा, ''उसे देखने को मन बेहद छटपटा रहा है।''

''तुम बहन के घर जाओगे, इसमें दोष तो नहीं लगेगा ?''

''विशाल के घर मैं हजार बार जा सकता हूँ। वह तो, सफेद साड़ी में उसका चेहरा मुझसे सहन नहीं होता, इसलिए नहीं जाता। लेकिन इन दिनों बड़ा मन हो रहा है। लेकिन तुम दोनों की राय हो, तभी जाऊँगा।''

शिवकाली सिर्फ धनवान ही नहीं थे, धार्मिक और विवेकशील भी थे। दोनों बीवियों से सलाह-मशविरा किए बिना, कोई काम नहीं करते थे।

बड़ी बहू बेतरह परेशान हो उठीं।

छोटी ने कहा, ''बहिन...बहिन...सच्ची ननदजी ही इनकी सर्वस हैं।''

अचानक बड़ी बहू ने सिर उठाया, ''देख छोटी, तुझे मैं लाई थी। तू मुझसे बहुत बाद में आई है। इन दोनों भाई-बहन में क्या रिश्ता है, तुझे क्या पता ? विशालाक्षी उनकी जान-परान हैं, तुझे मालूम है ?''

उन्होंने पति से मुखातिब होकर कहा, ''जाओ, घूम आओ।''

शिवकाली जाने किस सोच में डूबे हुए थे। शायद वे अपने बारे में ही सोच रहे थे। उनके उत्थान का इतिहास, मानो बंगाल का एक खास अध्याय का इतिहास रहा।

काफी सच्चरित्र ब्राह्मण वंश के बेटे ! रानी भवानी कचहरी के बूढ़े दीवान, उन्हें सड़क से उठा लाए थे और उन्हें पाल-पोसकर इंसान बनाया था। उसके बाद, वे नाटोर के बड़े नगर कचहरी में धीरे-धीरे सर्वेसर्वा हो उठे। उनकी माँ को बेहद अफसोस था, ''हाथ में लाख के कड़े के अलावा, और कोई गहना नसीब नहीं हुआ।''

यह बात उनके मन में गुँथ गई थी।

जब वे सोलह-सतरह साल के नौजवान थे, 'पूजा' के दिनों में खुद नाटोरेश्वरी ने पूछा था, ''शिवकाली को क्या चाहिए ?''

शिवकाली ने सविनय निवेदन किया, ''मुझे कुछ नहीं चाहिए। लेकिन मेरी माँ, लाख के कड़े पहनते-पहनते ऊब गई है। अब अगर वे एक जोड़ा सोने का कंगन पहने, तो मेरे मन को शान्ति मिलेगी।''

उनकी फरमाइश सुनकर, रानी भवानी के होंठों पर व्यंग्यभरी मुस्कान झलक उठी, ''तुम्हारी जो माँ हैं, उनकी ऐसी चाव क्यों हुआ ? बड़े नगर की अट्टालिका में बैठकर हवन करने के बजाय, किसी झोपड़ी में लाख के कड़े पहनकर बैठे रहना कहीं बेहतर है। खैर, तुम्हारी माँ को मैं सोने का कंगना पहना दूँगी।''

इस वक्त, शिवकाली शायद यही सब याद कर रहे थे। कौन जानता है कि उनकी तरक्की का इतिहास, अन्यान्य बहुतेरे लोगों की तरक्की के इतिहास की ही तरह हो। नाटोरेश्वरी के बड़े नगर के प्रासाद के कक्ष में लेटे-ही-लेटे, वे लोग जब बैशाख की एकादशी के दिन छटपटा रहे थे, तो उस वक्त अर्धबंगेश्वरी की छाती नहीं फट जाती

थी ? वर्ना एक दिन उन्होनें क्यों कहा था, ''अर्ध-बंगेश्वरी; नाटोरेश्वरी की यह पुकार सुनकर, अब मुझे उतनी खुशी नहीं होती। बंगाल में औरतों की जैसी तकदीर होती है, वह देखकर, मेरा बिल्कुल मन नहीं करता कि लौटकर दोबारा जन्म लूँ।

माला फेरते-फेरते उन्होंने दोबारा कहा, ''हाँ, वापस दोबारा जन्म ले सकता हूँ, अगर कोई देवता, यह भविष्यवाणी करे कि बंगाल में कभी ऐसा दिन जरूर आएगा, जब राढ़ी औरतों को चिता में लिटाकर जिन्दा जलाया नहीं जाएगा...जब किशोरी लड़कियाँ एकादशी के दिन अपनी माँ से पानी देने की रट लगाते हुए रो-रोकर छाती नहीं पीटेंगी। खैर, ऐसी आशा-दुराशा मात्र है।''

बहरहाल, जब उनकी नौकरी छोड़कर, इधर निजामत में चले आए, तब उन्होंने कहा, ''जाओ, तुम्हारी तरक्की होगी। मैं भी यही चाहती हूँ। लेकिन हाँ, जिस उन्नति की उम्मीद में, मुझे इस उम्र में, दुर्जन अमलों के हाथों छोड़े जा रहे हो, तुम्हारी यह तरक्की क्या यहाँ नहीं हो सकती थी ? खैर, तुमने कहा कि तुम अपनी माँ-बहन का दुःख-अभाव मिटाना चाहते हो, इसीलिए मैंने तुम्हें रोका नहीं—''

इस बात में नाटोरेश्वरी का एक और क्षोभ; और एक दर्द भी छुपा हुआ था। उनका दत्तक पुत्र, रामकृष्ण, किशोर उम्र से ही श्यामा-भक्त यानी काली-भक्त था।

''उम्र होने पर उसका स्वभाव शान्त हो जाएगा।'' शिवकाली ने मृदु स्वर में दिलासा दिया था।

''नहीं, नहीं, मेरा बेटा तो माँ या बहन के दुःखों की तरफ मुड़कर भी नहीं देखता। वह तो अपनी काली मइया में ही पगलाया रहता है। माँ काली जगत-जननी। उनकी ढेरों सन्तान हैं। लेकिन, मेरी तो कुल दो ही सन्तान हैं। तारा विधवा है; बेटा पागल। माँ आखिर क्या लेकर जिन्दा रहे, बताओ ?''

थोड़ा ठहरकर उन्होंने अगला जुमला जोड़ा, ''अर्ध-बंग के राज में ऐसा कौन सा अमृत है, जो माँ की छाती को ठंडक पहुँचाए, यह जानने की आखिर किसे पड़ी है ? इसीलिए तो मैं काली मइया से मनाती रहती हूँ—तुम्हारी तो करोड़ों सन्तान हैं, मइया, मेरी कुल एक ! तुमने उसे भी वापस ले लिया ? कहाँ वह राजा की सन्तान ! उसे लाखों-लाख प्रजा की जिम्मेदारी लेनी है, लेकिन जाकर देखो, रक्त-जवा के फूल के पौधे की तरफ एकटक घूरते हुए, 'गया-गंगा-प्रभासादि' गाना गाए जा रहा है। कुमारपट्टी के प्रसाद सेन ने क्या सत्यानाशी गीत रचा है, रे बाबा। इस गीत ने तो हमारे घर की सुख-शान्ति ही हर ली है।''

अर्ध-बंगाल और लाख-करोड़ प्रथा के दायित्व-भार से थकी-थकी, तेजस्विनी, अभिमानिनी रानी भवानी की ओर देखते हुए, शिवकाली को वाकई बेहद तकलीफ हुई थी।

आपका आश्रय छोड़कर जाते हुए, दुःख से मेरी छाती फटी जा रही है, माँ। लेकिन मेरे पिता दिवंगत हो चुके हैं, बड़ी माँ सती हो गईं, छोटी माँ, मेरी सगी माँ की गोद में मेरी छोटी बहन, बस, यही मेरी गृहस्थी ! इनकी भविष्य की ओर देखते हुए मुझे दूसरे

आश्रय में जाना पड़ा है—"

रानी भवानी के निधन के बाद, नाटोर राज्य का कोई भविष्य नहीं है, यह बात शिवकाली ने उस दिन किसी को नहीं बताई।

उसके बाद एक-एक करके सारा कुछ हुआ ! जमीन-जायदाद, वैभव, सम्मान ! सिर्फ नहीं हुए, तो बाल-बच्चे ! अपनी बहन विशालाक्षी के सौतेले बेटे, आनन्दीराम का मुँह देखकर, शिवकाली किसी बच्चे को गोद लेने को भी राजी नहीं हुए।

इतने दिनों, उनका जीवन सूना ही था। लेकिन विशालाक्षी की हिदायत पर जिस दिन निर्मला उनके पास आई, उसी दिन जैसे किसी ने बूढ़े शिवकाली के अन्तस में मौजूद, अमृत का गुप्त उत्स उन्मुक्त कर दिया।

निर्मला पर असीम ममता बरसाते हुए उन्होंने कहा, "मेरे बापू ऐसी माला पानी में बहा कैसे पाए ? किसने तुझ पर कलंक लगाया, बिटिया ?

निर्मला से प्रायश्चित कराने के बाद, उन्होंने उसे अपनी पूजा के काम-काज में शामिल कर लिया।

एक दिन उन्होंने हँसते हुए कहा, "मुझसे गणित सीख ले, बिटिया। मैं तुझे हिसाब-पत्तर समझा दिया करूँगा, तू उन लोगों को समझा देना।"

उस वक्त, उनकी दोनों बीवियों को लगा था, यह उनकी बुद्धि-भ्रष्ट होने का लक्षण है।

वही निर्मला जब यूँ लापता हो गई, शिवकाली का मन, अचानक विशालाक्षी के लिए बेभाव रो उठा।

उनकी पहली बीवी ने कहा, "जाओ आंधारमानिक हो आओ। ननदी को देखकर तुम्हारा मन शान्त हो जाएगा।"

शिवकाली अचानक हँस पड़े, "देखो, मुमकिन है, तुम दोनों के प्रति, मैंने कभी-कभी दोष-पाप किया हो...तुम दोनों खयाल मत करना।"

बड़ी बीबी ने चकराकर पूछा, "तुम्हारी तबीयत तो ठीक है ?"

"क्यों ?"

"नहीं; तुम्हारी जुबान से ऐसी उलटी-पलटी बातें..."

'पता नहीं, बस, ऐसे ही खयाल आ गया—"

शिवकाली जब आंधारमानिक जाने को तैयार हो गए, अचानक उनकी पालकी में बड़ी बहू भी आ बैठीं।

"अरे, तुम भी चल रही हो ?"

"हाँ, जी, अपने हाथों से पाल-पोसकर बड़ा किया, अभागी ने आनन्दी के छोटी बीवी के बेटा होने की खबर तक नहीं भेजी, इतनी पत्थर दिल हो गई? तुम उसे सौगात देने जा रहे हो, मैं उससे झगड़ा करने।"

"झगड़ा ही करने जा रही हो तो पालकी के कोने में वह सब क्या है ?"

"कुन्द बहू को बेटा हुआ है। उसके लिए साड़ी, गले का हार, बेटे के लिए चेन,

हाथ का बाला और माथे की लटकन, ननदी के लिए यह पोटली।''

''पोटली ? उसमें क्या है ?''

''और क्या होना है ? ताँतीघर से सूत मँगवाया था। तुम्हारी बहन के शौक भी तो निराले हैं। साड़ी पर क्या बढ़िया कढ़ाई करती है न !''

''तुम भी गजब हो, बड़ी गिन्नी ! इस उम्र में कढ़ाईदार साड़ी पहनने का शौक ?''

शिवकाली ईषत् हँस पड़े, ''सीधे-सीधे ही कहा होता, मुझे अकेला नहीं छोड़ना चाहती। वक्त जरूरत मुताबिक इन्तजाम तो कर पाता—''

''कैसा इन्तजाम ?''

''घर-द्वार का।''

''क्यों, क्या सदा-सर्वदा के लिए मुझे लिए जा रहे हो ?''

''धत्, सदा-सर्वदा के लिए तो मैं जा रहा हूँ—''

बड़ी बहू ने गाल में तमाखू का गोला दबाकर जवाब दिया, ''इतना आसान नहीं है, जी ! मैं हूँ, छूटी है—हम दोनों भी साथ जाऊँगी।''

''अच्छा सच बताओ, जाने का इरादा क्यों किया ?''

'भला और क्यों ? यह देखने जा रही हूँ कि निर्मला की कोई बहन-वहन हो, तो उनमें से ही किसी को अपनी सौत बनाकर, घर ले आऊँ। तुम्हारे चेहरे का रंग कैसा गल गया है, जी ! निमली का शोक तुम भुला नहीं पा रहे हो।''

शिवकाली के होंठों पर दोबारा मुस्कान झलक उठी। यानी बड़ी बहू भी निर्मला को प्यार करती थी।

''देखो, बड़ी बहू, अगर वह दोबारा मिल जाए, तो उसका अनादर मत करना। उसे मैंने अपनी 'बेटी' कहा है।''

''ठीक है, मैं भी कहूँगी। चलो, पालकी उठाने को कहो—''

आंधारमानिक गाँव पहुँचकर, शिवकाली की बड़ी बहू, ननद की गृहस्थी में हँसी-मजाक, रंग-रस में मगन हो रहीं।

उन्होंने कुन्दमाला का गाल मसलते हुए कहा, ''देखो जी, खाने में नमक-मिर्च जरा ढंग से डालना। मेरा गुस्सा खास तेज है और मैं तुम्हारी ममेरी-सास लगती हूँ।''

कुन्दमाला गहने-साड़ी पहने उनकी तरफ अचरज से मुँह बाए देखती रहीं। यही विशालाक्षी की बड़ी भौजाई हैं ? सोने के पनडब्बे में पान खाती हैं ?

उन्होंने विशालाक्षी के हाथ पर सूत की पोटली सौंपते हुए कहा, ''सुन विशु, ऐसी कढ़ाई करना कि बालुचरी भी हार माने।''

''इस उम्र में ऐसा ऊटपटांग शौक ?''

मन्द-मन्द मुस्कुराते हुए विशालाक्षी ने भाभी के पैर छुए ! इसी भाभी ने उन्हें पाल-पोसकर बड़ा किया था, माँ-समान थीं।

''सुन, अपने भइया के सामने जाने से पहले..., बड़ी बहू ने याद दिलाया।

हाँ, काफी सालों पहले, ननद-भौजाई में यह बात तय हो चुकी थी कि शिवकाली, विशालाक्षी को सफेद साड़ी में देखकर परम दुःखी होते हैं, इसलिए वे सफेद थान न पहनें।

''अस्तु, विशालाक्षी ने एक अच्छी सी काली किनारदार साड़ी पहन ली।

बालों पर कंघी फेरते हुए उन्होंने कहा, ''ये बाल अगर काट फेंकूँ, तो यह कंघी फेरने का झंझट खत्म हो जाए, लेकिन मेरा बड़का बेटा कह चुका है—अगर मैंने बाल काटे, तो वह मेरा मुँह नहीं देखेगा।''

'आनन्दी जो तुझे अपनी जान-प्राण से भी ज्यादा प्यार करता है, विशु।''

यह कहते हुए, बड़ी बहू के गले से एक लम्बी उसाँस उमड़ आई। विशालाक्षी का चेहरा बिल्कुल कमल जैसा ! इस उम्र में भी पत्थर की प्रतिमा जैसी सौम्य और सुन्दर, विशालाक्षी को देखकर दुःख से छाती फटने लगती है। उन्हें कौन नहीं प्यार करता ? उसे तो रास्ते का कुत्ता तक प्यार करता है।

''अच्छा, भइया से मिल आऊँ।'' विशालाक्षी भाई से मिलने चली गईं।

शिवकाली ने उन्हें निर्मला के बारे में सारी बातें कह सुनाई।

अन्त में उन्होंने कहा, ''तेरी भौजाई ने साथ नहीं छोड़ा, लगी-लगी चलीं आई। मुझे पक्का विश्वास है कि निर्मला के पति ने ही यह वारदात कराई है। मैंने भी कह दिया है कि गौरी का विवाह अगर उससे किया गया, तो दहेज में मैं कानी कौड़ी भी नहीं दूँगा।''

विशालाक्षी ने सिहरकर कहा, ''सम्पत्ति के लोभ में उसने यह कुकर्म किया ? आप क्या कह रहे हैं, भइया ? इंसान भला ऐसा काम कर सकता है?''

'हाँ, कर सकता है, विशु, लोभ में आकर कर बैठता है।''

''ऐसा भी होता है ?''

''हाँ री, होता है। ऐसा कोई काम नहीं, जो बंगाल का बाम्हन न कर सकता हो। देखा नहीं, कैसे हँसते-हँसते, तुझ जैसी सोने की प्रतिमा को एक बूढ़े के पल्ले...?'' उनकी आवाज अवरुद्ध हो आई।

''आपने तो अपना कर्त्तव्य निभाया, भइया'' यह कहते-कहते विशालाक्षी का चेहरा दीप्त हो उठा।

उनके पति उम्र में बूढ़े जरूर थे, मगर वे विशालाक्षी का सम्मान करते थे। आनन्दी जैसी सन्तान उन्हें सौंप गए। नहीं, अपने भइया से उन्हें कोई शिकायत नहीं हैं।

''सुन री, मैं निर्मला कीं खोज में जाना चाहता हूँ।''

खोज भी लिया तो करेंगे क्या ?''

''उसे घर लौटा लाऊँगा, वर्ना बाप-बेटी काशीवास ले लेंगे।''

यह कहते हुए शिवकाली हँस पड़े, ''तू मेरे पास नहीं है। आनन्दी भी मेरा जर-जमीन लेने को राजी नहीं। जब निर्मला मेरे यहाँ आई, तब मुझे क्या पता था कि

उससे इस कदर मोह हो जाएगा ? उसके प्रति माया-मोह जागने की बात छोड़ भी दूँ, विशु, तो भी मैं यह कबूल करता हूँ कि वह मेरी शरण में आई, लेकिन वहाँ भी उसका सर्वनाश हो गया।''

''निर्मला की तकदीर !'' विशालाक्षी ने लम्बी उसाँस भरी।

अगर कोई और व्यक्ति होता, और शिवकाली जैसे बूढ़े को, निर्मला के लिए यूँ आकुल-व्याकुल होते देखता, तो शायद और ही मतलब निकालता। विशालाक्षी अपनी बड़ी बहू के पिता, जगतपति जैसे शख्स के बारे में भी जानती थी। लेकिन शिवकाली के चरित्र में कहीं, कोई कलंक नहीं है, यह बात उनसे बेहतर भला कौन जानता है ?

''उसे कहाँ खोजेंगे, भइया ?''

''देखता हूँ''

''अब आपकी उम्र भी हुई ?''

''अरे, मैं क्या खोजूँगा ? रुपइए फेंकने से, लोग खुद ही आ पहुँचेंगे।''

''ठीक है, चले जाइएगा। बरसात का मौसम शुरू होने दें, नदी के राह से जाने में आसान होगा। अभी मैं आपको नहीं जाने दूँगी।''

''जाऊँगा क्यों भला ? मैं तो तय करके आया हूँ, महीने-भर तेरे की पास रहूँगा।''

''एक महीने रहेंगे न ?''

''हाँ री, इरादा तो यही है। हाँ री विशु, आनन्दी कल आएगा ? उसकी धन-दौलत, जमीन-जायदाद उसे सौंप दूँ, तो मेरी जान में जान आए।''

''आप तो सब जानते हैं, भइया ! बड़ी बहूरानी, मेरे बच्चे के मन पर ठेस लगाकर चल दी। इसलिए तो, अपने पैरों पर खड़े होने के लिए, मेरा मुन्ना मेदिनीपुर चला गया।''

''खैर, यह उसने ठीक किया। मरद बच्चा है। इतना तेज तो उसमें होना ही चाहिए। यह अच्छी बात है। खत-वत लिखता है ?''

''कभी-कभार !''

''खत-वत भी क्या लिखे, बताओ ! देश की जो हालत हुई, ऐसा कौन आदमी है, जो चिट्ठी-पत्री लेकर आए-जाए ?''

बड़े भाई के आने से, विशालाक्षी इतनी निश्चिन्त हो आईं। मानो अर्से बाद, हिमालय की गोद में शरण मिली हो। महीनेदार को बुलाकर बड़ी झील में जाल फेंकने के लिए मल्लाह मोहल्ले में भेज दिया।

वही गेरुआधारी और पागल, उनके सबसे बढ़कर सहायक ! उन्हें दूध-मिठाई की खोज में भेज दिया गया। भौजाई के बालों में लगाने के लिए, वे खुद भी कटोरी भर तेल लेकर बैठ गईं।

''तेरी बड़ी बहू का इन दिनों कंगले हाँड़ी जैसा हाल और डोम जैसी दुर्गति हो रही है, पता है ?'' बड़ी-भौजाई ने आँखें मूँदे-मूँदे खबर दीं।

"क्यों ?"

"काका के घर हँड़िया पकाना पड़ता है।"

"नहीं, भौजाई, उसके काका एक बार यहाँ आए थे। बड़ी-बहू को वे बेहद प्यार करते हैं।"

"तू अपने बहू-पोते को बुला ले। सुना है, वह आने के लिए छटपटा रही है।"

"अब खुद लेने नहीं जाऊँगी, भौजाई ! अगर वह खुद आए, नरम होकर रहे, तभी रखूँगी उसे, वर्ना मेरा बड़ा बेटा गुस्सा होगा। उसने तो कह दिया है, बड़ी बहू को अब खुद बुलाने नहीं जाएगा।"

"अरे, वह खुद ही चली आएगी। फुलेश्वरी कोई एकेश्वरी तो है नहीं। यहाँ कुन्द बहू है। अब, उसको बेटा भी हो गया। अब वह खुद नरम पड़ जाएगी। अब उसे पता चलेगा कि इतने दिनों बाद, एक हिस्सेदार भी जुड़ गया। अरे, तू जा कहाँ रही है?"

"तुम्हारी साड़ी पर कढ़ाई करने। तुम जाओ, नहा-धोकर, जरा रसोई देख लो। तब तक मैं आराम कर लूँ—"

बड़ी भाभी ने विशालाक्षी का हाथ दबाकर कहा, "ना, रे, तू तो बारहों महीने की चूल्हे-चौकेवाली है। मैं ठहरी रिश्तेदार। अगर काम करने गई, तो बदनामी होगी कि तेरी बड़की सौत और ननद, दोनों चूल्हा-चौका में लगी हैं।"

विशालाक्षी ने कुछ दिनों के लिए गृहस्थी से फुर्सत ले ली। मानो कुछ दिनों के लिए वे अपने भइया की बहन हों, भौजाई की दुलारी ननद हों।

रंगीन डलिया में सूत समेत वे अपने भइया के पास बैठी-बैठी गपशप सुनने में मगन रहीं। शिवकाली गांगुली के अन्तस में भी कोई अजीबोगरीब डलिया मौजूद रहती थी। विशालाक्षी ने टुप से उस डलिया का ढक्कन उठा दिया। शिवकाली को गौड़ देश, बंग देश जैसी जगहों के बड़े-बड़े राज-घरानों के उत्थान-पतन की ढेरों घटनाएँ याद थीं।

इतने दिनों बाद, मनपसन्द श्रोता पाकर, वे मानो भूल ही गए कि राजधानी में, नवद्वीप में उनके कितने ही काम अधूरे पड़े हैं। उन्हें यह भी खयाल नहीं रहा कि निर्मला के उद्धार करने का उन्होंने वचन दिया है। आंधारमानिक गाँव में विशालाक्षी के घर बैठे-बैठे, वे खिड़की के पार का दृश्य देखने में मगन हो गए। प्राचीन श्मशानतला के मैदान और काई-ढँके देव-देवी के मन्दिरों की गुम्बदों पर काले-काले बादलों की कतार, गाँव की आखिरी सरहद तक फैल गई है, यानी वर्षा का मौसम आ पहुँचा।

पुरानी पलंग पर बैठे-बैठे, उन्होंने विशालाक्षी के हाथों तैयार की गई पुरानी कथरी अपने बदन पर डाल ली और पंचलाइट की रोशनी में, विशालाक्षी से बातें करते रहे। उस वक्त उन्हें देखकर ऐसा बिल्कुल नहीं लगता था कि वे वही शिवकाली गांगुली हैं, जिन्हें महाराजा कृष्णचन्दर के यहाँ, अष्टमी पूजा के दिन खास दावत दी जाती है। जिन्हें हर साल बारदोले के मेले में, शिवनिवास की तरफ से खासतौर पर बुलावा जाता है।

ऐसा बिल्कुल नहीं लग रहा था कि यही शख्स अपने घर में, सोने की थाली न सही, चाँदी की थाली में खाना खाता है।

यहाँ, इस वक्त जामावार के बजाय, उनके बदन पर फतुआ था, बालापोश के बजाय, कथरी थी।

सुन री विशु, कटहल का भुना बीज, तेल-नमक में मिलाकर लाना तो..।'' उनकी सहज फर्माइश। कमरे में बैठे-बैठे, वे विशालाक्षी को अनगिनत कहानी-किस्से सुनाते रहे। नाटोरेश्वरी के पागल बेटे, रामकृष्ण का किस्सा, सात दुर्गा, एक्टोकियार खाँ, भादुड़ी घराने की कहानियाँ, रूप खाँ के तीन सौ पठानों की कथा, जिसने कहा था—''दुश्मन जिस राह आते हैं, देख लेंगे।''

उन्होंने वह किस्सा भी सुनाया, जब रूप खाँ की बहन, सर्वमंगला ने भाई के हत्यारे, नाटोर के रामजीवन राय से विवाह का कांड रचा। रूप खाँ का गजब रूप, उसकी मौत के बाद भी जस-का-तस था और उसका रूपवान चेहरा देखकर ही रामजीवन राय को अन्दाजा हो गया कि वरेन्द्रभूम की अनगिन जमींदारी ध्वंस करके, यह जो नाटोर राज्य को फैला दिया है, अब यह टिकनेवाला नहीं है।

कभी-कभी वे अपने किस्से भी सुनाते रहे—

''समझी, विशु, बड़ी माँ जब मेरे हाथ में गृहस्थी सौंपकर सती हो गई, तब मेरी उम्र बहुत छोटी थी। रास्ते में भूख लगती थी, सो रोज पोखर किनारे बैठकर भींगा चिउड़ा खा लिया करता था। सर्दी के दिनों में माँ मेरे कन्धे पर एक कथरी गँठियाकर बाँध देती थी। उन दिनों तू कुल एक महीने की थी। तुझे आँगन में लिटाकर, मेरी माँ और तेरी ये बड़ी भौजाई मुरमुरे भुना करती थीं।

इसी तरह कमरे में बैठे-बैठे वे इधर-उधर की कहानियाँ सुनाया करते थे। कहानियाँ सुनते-सुनते विशालाक्षी ने भी भौजाई की साड़ी पर जाने कितनी-कितनी तरह की कढ़ाई कर डाली—चिउड़ा फूल, लवंग फूल, मौंफ लता। लाल रंग के धागे से, इत्ती सी मछली, पाखी, हंस का मुँह, नाल समेत कमल ! देखते-ही-देखते वह साड़ी कढ़ाई से भर उठी।

विशालाक्षी ने कढ़ाई का आखिरी टाँका लगाया और इधर वारिश थम गई। जिस दिन से वर्गियों का हमला हुआ, उसी दिन से या तो अतिवृष्टि या सूखा ! इस साल तो बरखा झलक दिखाकर ही अन्तर्ध्यान हो गई। किसानों में हाहाकार मच गया, ''हे भगवान, अब खजाना कहाँ से देंगे ?''

इधर शिवकाली गांगुली, पत्नी समेत, पालकी चढ़कर रवाना हो गए।

जाते वक्त उन्होंने कहा, ''विशु निर्मला की खोज मैं जरूर कराऊँगा। तुम फिक्र न कर। और सुन, आनन्दी को आने के लिए खत लिख दे। मेरे पास जो कुछ है, उसी की देखभाल करने में वक्त गुजारे। देख, उसके बाप को मैंने वचन दिया था कि तेरी और उसकी देखभाल करूँगा।''

''तेरी साड़ी मैं, छूटी के सामने पहनूँगी, विशु, ताकि वह ईर्ष्या से जल मरे।'' बड़ी

बहू भी हँसते-हँसते पालकी में जा बैठीं।

उन दोनों को गए अभी, दो-तीन पल भी नहीं गुजरे थे कि सर्वनाश की खबर आ पहुँची।

48

'सह-मृत्यु किया वरण, हँस-हँसकर'

सर्वनाश की यह खबर चारों तरफ फैल गई।

आंधारमानिक गाँव से निकलकर अभी दो-तीन मिनट ही हुए थे कि पालकी को वर्गियों ने आ घेरा।

निर्जन प्रान्तर ! शान्त ग्रामांचल ! पालकी आरोही धर्मनिष्ठ वृद्ध और उसकी पत्नी।

साथ में कुल आठ प्यादे और पाइक ! शिवकाली इससे ज्यादा रक्षक साथ नहीं लाए थे। लाते भी क्यों ? उनके साथ धन-दौलत या हीरा-मोती तो था नहीं।

पालकी से टिककर, अभी कुछ ही देर पहले, उन्होंने पत्नी से कहा, "देखो, बड़ी बहू, जमीन-ज़ायदाद की मोह-माया में अब वापस लौटने का मन नहीं है। चलो, यहाँ से कहीं और चले जाएँ।"

"कहाँ जाओगे ?"

"क्यों ? तीरथ पर चलें। विशु की बनाई कथरी तो बदन पर है ही। बदन पर कथरी है, तुम्हारी साड़ी गेरू मिट्टी में रंग करा लूँगा। रास्ता-घाट पर जिस भी दुकान से माँगूँगा, वही हमें एक अदद मिट्टी की हँड़िया, मुट्ठी-भर चावल दे ही देगा। उबालकर, पेट-भर लेंगे।"

"चलो मुझे क्या एतराज है।"

अचानक बड़ी बहू हँस पड़ी, "मेरे बापू ने तो ऐसी जरीदार पालकी देखकर लड़की नहीं ब्याही, सन की झोपड़ी और एक बीघा दान की जमीन देखकर ही कन्यादान कर दिया था। चलो, अब यही सही ! सोने का कंगन उतारकर, लाख के कड़े पहनूँगी, चावल-दाल की खिचड़ी खा लूँगी। मुझे क्या इससे डर लगता है?"

"लेकिन अभी तो कई काम बाकी हैं, बड़ी बहू।"

शिवकाली ने पालकी से बाहर झाँककर, यह अन्दाजा लगाना चाहा कि नवद्वीप की तरफ कौन सा रास्ता गया है, कौन सा जगन्नाथधाम की तरफ और कौन सा बक्रेश्वर की तरफ ! वे चाहे, जिस भी रास्ते से जाएँ, देवता की शरण में पहुँचकर ही रहेंगे। लेकिन अभी भी कई काम बाकी हैं, कई-कई काम।

"कौन सा काम, जी ?"

"निर्मला को वापस ले आना है। विशु के खोए हुए बेटे की तलाश करनी है।

जमीन-जायदाद का हिसाब-किताब विशु के बड़े बेटे को समझा-बुझा देना है।''

''तुम भी न ! जो खो जाता है, भला वह दोबारा मिलता है?''

'मेरी तो यह जिम्मेदारी है, बड़ी बहू।''

''ठीक है, अब मैं कुछ नहीं कहूँगी।''

उसी पल उन्हें अचानक अहसास हुआ कि आसपास के गाँव जरूरत से ज्यादा निस्तब्ध हैं, मानो मुसीबत कहीं करीब ही खड़ी है।

''कहीं आँधी-तूफान तो नहीं आ रहा है ? कहीं बादल तो नहीं छा गए ?''

यह कहते न कहते वर्गी-गिरोह आ धमका।

''अरे, मुझे उतार दे रे, मेरे हाथ में एक लाठी तो पकड़ाना—

शिवकाली की आवाज़ किसी के भी कानों तक नहीं पहुँची। पचास घुड़सवार वर्गियों के सामने, कुल आठ अदद पाइक-प्यादे, पलक झपकते परास्त हो गए। उन लोगों के हाथ कुछ भी नहीं आया। कुछ भी नहीं। सिर्फ शिवकाली की अँगूठी, सोने का कवच और गले की चेन ! सोने का नस्सीदान, सोने का ही सिंह-मूठवाली लाठी।

''ख़बरदार ! मुझे हाथ मत लगाना'', शिवकाली ज़ोर से दहाड़ उठे और पत्नी के बदन का एक-एक गहना उतारकर उन्होंने दूर फेंक दिया।

पत्नी की कलाई में पड़े लोहे की तरफ, किसी वर्गी को लोलुप निगाहों से घूरते हुए देखकर, पति का सिर अपनी गोद में लेते हुए, पत्नी ने लाख का वह बाला भी उतारकर फेंक दिया। विशालाक्षी और गाँव के दूसरे लोग, वारदात की जगह, दौड़ते हुए आ पहुँचे। बड़ी बहू पहले की तरह ही जस की तस बैठी रही। अविचल।

निमिष भर में यह दुःसंवाद चारों तरफ फैल गया।

वर्गी उपद्रव में अब तक शायद लाखों लोग मरे थे, लेकिन शिवकाली जैसा सम्भ्रान्त, प्रतिष्ठित, राजपुरूष शायद ही कोई मरा हो। शिवकाली की सभी लोग इज्ज़त करते थे—हिन्दू, मुसलमान, अंग्रेज और फ्रांसीसी कोठी के साहब लोग।

उड़ीसा की छावनी में बैठे, रघुजी भोंसले को जब यह ख़बर मिली, उन्होंने छूटते ही कहा, ''तुमलोग कितने मूर्ख हो। राजा जानकीराम के बेटे को मैंने बन्दी बना लिया था, तब उसका बाप आकर, बाप-बाप करके रुपए टिकाकर, बेटे का रिहा कराकर ले गया। इस आदमी को भी बन्दी बनाकर लाते तो रुपए वसूल किए जाते। उन सब बंगाली हिन्दू घरों में धड़े-धड़े रुपए मौजूद रहते है, मुझे मालूम है।''

रघुजी उनका नाम जानते, शिवकाली इतनी मशहूर हस्ती नहीं थे। उन्हें सिर्फ इतनी ख़बर मिली कि किसी धनी-प्रतिष्ठित बंगाली को वर्गियों ने क़त्ल कर दिया है।

उन्होंने खेद जाहिर करते हुए कहा, ''अब से जो लोग हमले के लिए जाएँगे, उन्हें यह हिदायत देनी होगी कि कोई अमीर आदमी या बड़ा कारोबारी हाथ लगे तो उसे हिजली, रानीचॉक या दिगूनार की मराठा कोठी में बन्दी बनाकर रखा जाए।''

नवाब के निज़ामत के अन्दर और बाहर के एक-एक व्यक्ति ने इस हादसे को अलग-अलग नज़र से देखा। जो शरीफ लोग थे, चाहे अमीर या गरीब, उन्हें सच ही

दुःख हुआ, क्योंकि शिवकाली जैसा सदाचारी और दौलतमन्द इंसान, समाज के लिए ख़ास वट-वृक्ष होते हैं। वे सभी को अपनी छाया देकर बचा लेते थे। अब उसी आश्रयदाता पेड़ का सबसे मजबूत तना टूट गया।

जो लोग छिद्रान्वेषी और निर्मला को पनाह देने की वजह से, उनसे क्रुद्ध थे, वे लोग नाक में सुँघनी ठूँसकर कह उठे, ''हे भइया, ऐसी नामी-गिरामी हस्ती, बहन के घर से लौटते हुए, अकाल मौत का शिकार हो गया। तब जरा सोचो, उनके मन में ज़रूर कोई पाप था, वर्ना ऐसा हादसा तो कभी नहीं होता। उनके पास जो धन-जन था, वे जितना धर्म-कर्म करते थे, उसके दम पर तो, उन्हें ऐश से अपनी पलंग पर लेटे मरना चाहिए था। उनकी मौत पर तो लाखों रूपयों की दान-दक्षिणा के साथ श्राद्ध सम्पन्न होना था। लेकिन इसके बजाय, जब यह दुर्दशा हुई, तो ज़रूर उनके किसी गुनाह पर भगवान की नज़र पड़ गई थी।''

जिन सब और-और जातियों के लोग दारू-ताड़ी का कारोबार करते थे, गाँजा-चालान करने के जुर्म में, वे लोग शिवकाली के हाथों बार-बार सज़ा पा चुके थे, जिन लोगों को उनसे कभी, कोई उपकार नहीं मिला, वे लोग तो और बढ़-चढ़कर बातें बनाने लगे।

''हुँह, घूरे पर पड़ी गैया के बारे में, जैसे मैना को ख़बर हो जाती है, भगवान को भी पाप की ख़बर पहले से ही लग जाती है।''

उधर, बड़े नगर में बैठी नाटोरेश्वरी को जब यह ख़बर मिली, उन्होंने शिवकाली के परिवार की खोज-ख़बर लेने के लिए फौरन आदमी रवाना किया। उन्होंने यह पता करने की कोशिश की कि वे कोई मदद कर सकती हैं, या नहीं।

वे चाहे कितने भी कम उम्र थे, मुझे 'माँ' कहते थे। मेरा सगा बेटा भी मुझे 'माँ' नहीं कहता। उसकी माँ तो वह पाषाणी, चतुर्भजा, जगत-जननी हैं, जो मन्दिर में आसीन हैं। लेकिन यह बन्दा मुझे 'माँ' कहकर बुलाता था। नाटोरेश्वरी ने अपने आँसू पोंछते हुए कहा।

शिवनिवास में बैठे राजा कृष्णचन्द्र, इधर फतहचन्द उधर वर्धमान के राजा, उत्तर दिनाजपुर के राजा वगैरह ने गुपचुप मंतव्य दिया, ''यह और कुछ नहीं, नवाब की करतूत है। इस देश में, वर्गी हंगामों का शिकार होकर कोई मुसलमान मरा है ? हमें तो यह साफ नज़र आ रहा है कि हिन्दुओं में जो बड़े-बड़े नामी-गिरामी लोग हैं, उनलोगों की ही हस्ती मिटा दी जाएगी।''

इसी तरह की सैकड़ों अफवाहें हवा में उड़ती रहीं। शिवकाली की बड़ी बहू को जैसे सुध ही नहीं था। उन्होंने विशालाक्षी से कहा, ''तू आ गई, विशु ? तेरी फूलदार साड़ी पहनकर, मैं तेरे भइया के साथ जाऊँगी। चल, इन्तजाम कर दे !''

''बड़की भउजी, मैं किसके सहारे रहूँगी ?'' विशालाक्षी ने रोते-रोते जवाब दिया।

इस वक़्त, जब वे मौत की पालकी में बैठी थीं, उनकी भौजाई कितनी प्रिय लग रही थी, मानो वह कोई दुर्लभ जीव हो, जिसे वे खो कैसे सकती हैं ?

विशु, मुझे अपना काम करने दे। मुझे रोक मत। आनन्दी जैसे बेटा तो मौजूद हैं। उसकी घर-गिरहस्ती फले-फूले ! तुझे सुख-ऐश्वर्य नसीब हो—

"यहीं, भउजी, इसी जगह ?"

"हाँ, यहीं—"

दोनों की निगाहें सामने बिछे मैदान, मैदान से लगी सड़क की तरफ घूम गईं! दूर-दूर तक गाँव, मैदान किस क़दर खूबसूरत लग रहे थे। चारों तरफ रास्ते ही रास्ते। कोई रास्ता नवद्वीप को जाता हुआ, कोई जगन्नाथ धाम को कोई बक्रेश्वर की ओर। हर रास्ते से मन्दिर पहुँचा जा सकता है।

'तीन-तीन तीर्थ-पथ का संगम, बड़ा पुण्य स्थान है, विशु, तेरे भइया कहा करते थे।"

बड़ी भौजाई की बात सुनते ही जाने क्यों तो विशालाक्षी को अहसास हुआ, ये तीन राहें, मानो तीन पुण्य-सलिला नदियाँ हैं। यहाँ तक पुहँचकर नदियों के जल में अनदेखा ऊफान, आपस में गलबहियाँ डालकर, लहर-दर-लहर झूला झूलती हैं। यही उनके भइया-भाभी को स्वर्ग तक ले जाने की अनदेखी राह है।

"विशु, बड़ा शुभ समय है।"

बड़ी भौजाई की बात सुनकर विशालाक्षी ने ऊपर, आसमान पर नजरें टिका दीं। सती जिस घड़ी हँसते-हँसते सह-मरण चुनती हैं वही शुभ समय हो उठता है। सती ही सुसमय और सुलग्न रच लेती हैं। लेकिन यहाँ ऐसा सच्चा ब्राह्मण कौन है, जो बड़की भौजाई का अन्तिम संस्कार सम्पन्न कराए।

"लो, आ गए, आ गए—" लोग बोल उठे।

सचमुच सुरंकठ आ पहुँचे।

"ऐसे समय में आपके आने में ज़रूर भगवान का ही हाथ है, वर्ना ऐसा संयोग असम्भव है।"

विशालाक्षी आज, इतने दिनों बाद, सच ही पगला गई थी, लाज-हया उतार फेंका था, वर्ना सुरकंठ से यूँ उन्मुक्त अंदाज़ में कैसे बात कर सकती थीं ?

"आप मेरी भौजाई की सद्‌गति कराएँ। वे स्वर्ग जा रही हैं।" विशालाक्षी ने दोबारा कहा।

चारों तरफ बेतरह हलचल मच गई। आम की डाल, तेल, हल्दी, सिन्दूर-आल्ता, खोई, कौड़ियों का अम्बार लग गया। चन्दन काठ और घी के ढ़ेर ! कतार-दर-कतार ढाक-ढोल। जाने कितने ही लोगों की भीड़ अपने आप उमड़ आई।

विशालाक्षी के हाथ की कढ़ाईवाली फूलदार साड़ी पहनकर, शिवकाली की पत्नी चिता पर आसीन हुईं।

उन्होंने आवाज़ देकर कहा, "विशु, तेरे भइया ने उस अभागिन का नाम लेते हुए साँस छोड़ी। अगर हो सके तो उसे वापस ले आना।"

बर्द्धमान से अंग्रेज व्यापारी, नवाब के दारोग़ा भी घोड़े पर सवार होकर पलक

झपकते आ पहुँचे।

‘‘माँ, आप क्यों सती हो रहीं हैं ?’’

उनके इस सवाल के जवाब में शिवकाली की गिन्नी ने गर्व भरे लहजे में कहा, ‘‘भइए, मेरी बड़की सास, दीदी-सास, बड़ी दीदी सास—ये लोग पिछली छह पीढ़ियों से, इस वंश में सती होती रहीं। मेरे सती होते ही इस वंश को अक्षय स्वर्ग मिलेगा।’’

‘‘ओ भौजाई, अब वंश का नाम लेवा रह कौन गया ?’’

विशालाक्षी का यह कातर सवाल, ढाक-ढोल की गूँज में दबकर रह गया।

चिता धू-धू करके जल उठी।

दर्शक आपस में बोलते-बतियाते आगे बढ़े।

‘‘अहा, ऐसी सती के दर्शन करके इस पाप के युग में भी धर्म के प्रति आस्था लौट आती है, जी।’’

साहब यह सोच रहा था कि ऐसी अद्भुत मृत्यु, ऐसे विशिष्ट इंसान की मृत्यु, ऐसे हैरतअंगेज़ तरीके से सती होना—इन सबसे इस खौफनाक घटना का महात्म्य और बढ़ जाएगा। इस देश के लोग, रात बीतते-न-बीतते, इस जगह मन्दिर निर्माण करेंगे।

खत द्वारा यह दुखद समाचार मिलते ही, काशीश्वर तत्काल रवाना हो गया।

आंधारमानिक पहुँचकर उसे सारी बात का पता चला। विशालाक्षी ने आवाक् निगाहों से देखा। काशीश्वर अब स्वस्थ-बलिष्ठ भरपूर मर्द बन चुका है। उसका चेहरा गम्भीर ! पोशाक-परिधान भल्ल लोगों की तरह !

निर्मला का समाचार देते हुए, उन्होंने खेद भरे लहजे में कहा, ‘‘अब उसका पता-ठिकाना कौन खोजकर लाएगा, तुम ही बताओ ?’’

‘‘उसके बापू ने कुछ नहीं कहा ?’’

‘‘उसके बापू को क्या अब बेटी का ख्याल भी आता है ? उन लोगों के लिए तो वह मरे के समान है।’’

‘‘मुमकिन है, वह सच ही मर चुकी हो।’’

‘‘अगर मर गई हो, तो मेरे खयाल से उसका परम सौभाग्य होगा। लेकिन खोज-ख़बर लेना तो ज़रूरी है न ?’’

‘‘खोज लेने मैं जाऊँगा।’’ काशी ने शान्त-स्थिर आवाज़ में दिलासा दिया, ‘‘मेरा मतलब है, आपका हुक्म पाकर मैं जा सकता हूँ।’’

‘‘लेकिन, कहाँ जाओगे ?’’

‘‘पहले उसके पति से मिलूँगा। उससे खोज-ख़बर लेकर, जहाँ वह कुटनी गई है, वहाँ जाऊँगा। आजकल वर्गियों के खुराफात के डर से इंसान को जो जगह सुरक्षित लगती है, उस ओर भाग लेता है। इसी तरह, अब नए-नए शहर बन गए हैं—कलकत्ता, फरासडाँगा वगैरह धीरे-धीरे समृद्ध हो उठे हैं।’’

‘‘इससे निर्मला का क्या सरोकार, बेटा ?’’

"जहाँ देश-देश में ऐसी प्रलय-लीला चल रही हो; अनगिनत लोगों का सर्वनाश हो चुका हो; तब किसी-किसी के सुदिन भी आते हैं; कुछेक लोगों के पौ-बारह भी होते हैं। बहुत से लोगों ने चाँदी के रुपए और ताँबे के पैसे का मुँह देखा है। रुपयों के साथ-साथ पाप भी फलने-फूलने लगता है।"

"इससे तो बेहतर था, उस अभागी को मौत आ जाती।"

"हाँ, मौत इससे बेहतर होती।"

इतना कहकर, काशी के होंठों पर तटस्थ हँसी उमड़ आई, खौफनाक हँसी ! अर्से से उसे न दिन का चैन नसीब हुआ था न रातों की नींद। उसके मन और आँखों में हर वक़्त निर्मला की आँखें तैरती रहती थीं।

ऐसा पाप-कर्म करने की वजह से, वह हर वक़्त पश्चाताप की आग में जलता रहा है। निर्मला का उद्धार करने का खयाल, कहीं से उसे गुदगुदा भी गया, निमली को दोबारा देखने की उम्मीद, उसे बेचैन कर गई। लेकिन, निर्मला, अगर सच ही पाप के रास्ते पर चल पड़ी हो तो ? अगर वह सच ही पाप में लिप्त हो गई हो, तो...?

काशीश्वर जब इन खयालों में डूबा हुआ था, उससे बहुत पहले ही निर्मला सचमुच मर चुकी थी। फरासडाँगा में सूरत के दास कारोबारियों की बागान-कोठी में उसका नया जन्म हुआ था। इस जन्म में उसका नाम पड़ा था—नीलबाई।

49

लोगों में जलवा देखूँ नियति के...

शिवकाली गांगुली, निर्मला को उसकी तकदीर के हाथों से बचा नहीं पाए। वे उसे बचाने की कोशिश ज़रूर करते, मगर उससे पहले ही वर्गियों के हाथों वे कत्ल हो गए।

निर्मला को खोज निकालने की जिम्मेदारी, काशीश्वर ने अपने कन्धों मर ले ली। उसने विशालाक्षी को यह कहकर दिलासा दिया कि "मैं उसे खोज निकालूँगा, आप मेरी बात पर भरोसा कीजिए—।"

विशालाक्षी सच ही बेहद निश्चिन्त हो आईं। अचानक उन्हें याद आया कि काशीश्वर उनके खोए हुए बेटे, कन्हाई के खेल का साथी था। बेटे के खेल का साथी भी तो अपने बेटे के समान ही होता है। इसलिए उन्होंने बेहद निश्चिन्त होकर कहा, "ठीक है, उसे ला दो, काशी ! उसे लेकर न हो, तो मैं काशी चली जाऊँगी, उसे वहीं रख आऊँगी।"

"क्यों, काशी में क्यों ?"

"मेरे भइया, कभी बड़े नगर में नौकरी करते थे, काशी ! नाटोरेश्वरी उनसे बेहद स्नेह करती थीं। भइया का नाम लेकर कहूँगी, तो मुमकिन है, वह उस बच्ची को अपनी शरण में ले लें। उनकी मदद के भरोसे काशी में ढ़ेरों अनाथ विधवाएँ रहती हैं। निर्मला

भी वहीं रह लेगी।''

''उन्हीं जैसी होकर रहेगी ?''

''और उपाय क्या है, बेटा ?''

चरखे पर सूत कातते हुए, हठात् उन्होंने सिर उठाकर देखा। खुली खिड़की के पार, बाहर के अपरान्त, फसलों से भरे सुनहरे खेत, धान-चोर पंछियों का पंख फड़फड़ाते हुए उड़ते फिरना-इन सारे दृश्यों पर उनकी निगाह पड़ी।

दूर आंधारमानिक गाँव के आठ-मंज़िले पंचायत-घर पर फूस की नई छादन का सुनहरा गुम्बद झिलमिलाता हुआ। गुम्बद के कंगूरों में कतार-दर कतार मोर बिठाए हुए। छादन तले फूस का नया फर्श।

बीच-बीच में, बूनोपाड़ा की बहू-बेटियों की आवाजें भी उनके कानों में पहुँच रही थी, ''मइयों, धान पछोरोगी ? महयों, गऊथान साफ करोगी ?''

''क्या सोच रहीं हैं ? काशीश्वर ने रुई की फुल्की उँगलियों में लपेटते हुए पूछा।

''यह सब भी देखना पड़ा बेटा। इन कमबख्त वर्गियों ने अलग-अलग वक़्तों में कितना कुछ दिखाया। कौन जानता था कि बूनोपाड़ा की बहू-बेटियाँ, दो मुटठी भात के लिए, अगहन के महीने में , घर-घर धान कूटने का काम माँगती फिरेंगी ? लेकिन सब कुछ इन गुनहगार आँखों को देखना पड़ा। खेती-बारी बदहाल। मालिकों को देश-निकाला ! अपने हिस्से की खेती तक नहीं कर पाए। बूनोपाड़ा के लोग ज़िन्दा कैसे हैं ?''

''आप यही सोच रही थीं ?''

''नहीं, काशीश्वर।''

विशालाक्षी ने अपनी खूबसूरत आँखें चरखे पर झुका लीं।

उन्होंने मृदुल स्वर में कहा, ''मैं निर्मला के बारे में सोच रही थी।''

''क्या सोच रही थी ?।''

''देख, इस करमजले देश में, विधवा, अनाथ औरतों का महादुर्गति है। उस लड़की को इस हालत में ज़िन्दगी गुजारनी पड़ेगी, यह सोच-सोचकर मुझे तकलीफ हो रही है। लेकिन मुझे क्या लगता है, पता है ?''

''बताएँ—''

''इस देश में ही क्यों, उत्तर-दक्षिण, पूरब-पश्चिम में, जहाँ कहीं भी क्यों न जाओ, उसकी किस्मत में अब कोई सुख नहीं बदा है। कुलीन घराने की बेटी, कुलीन घराने की बहू, एक बार वर्गियों ने उसे छू दिया; एक बार उसके पति ने उसे कुटनी के हाथ बेच दिया, अब उसके बचने की कौन-सी राह बची है बेटा ?''

''राह निकालनी होगी।''

''राह तो कोई नहीं है, काशी।''

''राह क्या बिल्कुल नहीं है ?''

''राह है, मगर उससे मौत बेहतर है।''

''कौन-सी राह ?''

"अगर वह अपना धर्म त्याग दे, तो हो सकता है, उसे राह मिल जाए।"

उनकी यह बात सुनकर, काशीश्वर को बूँद भी हैरानी नहीं हुई।

उसने मीठे लहजे में सिर्फ इतना ही कहा, "निर्मला अब अपने नाते-रिश्तेदार, पति सबके लिए मर चुकी है। उसे प्यार करते थे, एक मात्र आपके भइया। अब वे भी नहीं रहे।"

विशालाक्षी का हाथ काँप गया। भइया का खयाल आते ही, उनके सीने में हाहाकर मच जाता है, मानो श्मशानतला के मैदान में, चैत की रूखी-तीखी गर्म हवा बहने लगती है। पुराना-मन्दिर ! गजब का नक्काशी-शोभित प्रासाद। परित्यक्त पंचायत-घर। परित्यक्त, उजाड़ जमीन। इन पर चैत की रूखी-तीखी हवा का लगातार बहना; लगातार रोते रहना, सीने में तीखा दर्द जगा जाता है। आँखों की नींद छिन जाती है—यह सब विशालाक्षी के अलावा और कौन जानता है ?

एक चैत के महीने में उसके पति चले गए; एक ऐसे ही चैत के महीने में, बनजारे उनका बेटा चुरा ले गए। इस गाँव में वर्गियों के अशुभ क़दम पड़े थे, वह भी चैत का महीना था। विशालाक्षी की दुनिया में यह चैत का महीना, जैसे बार-बार घूम-फिरकर आता रहेगा। इसमें कभी, कहीं भूल नहीं होगी, विशालाक्षी बखूबी जान चुकी थी, उनके सीने तले यह गूँगी रूलाई दिनोंदिन बढ़ती ही रहेगी; किसी दिन भी अब कम नहीं होगी।

"सुनिए—"

काशीश्वर उनके भटकते हुए मन को मानो दोबारा लौटा लाया।

उसने धीमी आवाज़ में कहा, "निर्मला अगर अपना धर्म छोड़कर, इसाई बनकर भी अगर खुशी होती है, तो इसी में सुखी रहे।"

"सुख ?" पलक झपकते, विशालाक्षी को मानो संस्कार के हज़ारों हाथ ने एकबारगी कस लिया। वे मानो विश्वास ही नहीं कर पाईं कि धर्म छोड़ देने से ज़िन्दगी में सुख आ सकता है। किस राह आएगा सुख ?"

"हाँ। सुख ! मन कहाँ रहता है, यह कौन देखता है ? मन की बात निकाल फेंकिए। उसका तन-बदन भी अगर सुखी होता है; राहत महसूस करता है, तो रहे। इसी तरह सुखी रहे। मैंने अगर उसे ढूँढ़ लिया, फिर भी यह जान रखें, मैं वापस लौटाकर, यहाँ नहीं लाऊँगा।"

"कहाँ ले जाओगे ?"

"यह मैं नहीं जानता। देखता-देखता ही आ रहा हूँ, दुनिया काफी बड़ी है; काफी बड़ी।"

इतनी देर बाद, काशीश्वर को जरा ऊँची जगह नजर आई। वह उस पर चढ़कर बैठ गया। पाँव झुलाकर उसे ख़ासा आराम मिला। उसने गाल पर हाथ रख लिया। उसे अन्दाज़ा था, इस वक़्त, इतनी बड़ी-बड़ी बातें करने के लिए, शायद उस पर अच्छी-ख़ासी डाँट पड़ जाए।

"सुन, काशी, तू आया, आनन्दी क्यों नहीं आया ?" काशीश्वर से यह सवाल,

विशालाक्षी प्रायः रोज ही करती थी।

हर रोज काशीश्वर का एक ही जवाब होता था, "आएँगे, छोटी माँ, आ जाएँगे।"

लेकिन आज उसकी जुबान से एक सवाल फिसल गया, "क्या पूछा आपने ?"

"आनन्दी क्यों नहीं आया ?"

"बूनो बहू दरवज्जे-दरवज्जे भीख क्यों माँगती है ?"

"यह क्या मेरे सवाल का जवाब हुआ, रे ?"

"हुआ न, छोटी माँ ! जवाब इसी एक जगह जमा है। आनन्दी भाई जी को भूमिपति राय आने ही नहीं देना चाहते। वर्गियों के उत्पात की वजह से, उनकी जमींदारी बार-बार उजड़ती रही। इसलिए पड़ोस के राजा कृष्ण माइती से बारह-लाख काहन कौड़ी उधार लेकर, उन्होंने वर्गियों का उधार चुकाया। वैसे उस वक़्त भी, उनके अपने पास भी काफी सारा सोना था। कुबेर का ख़ज़ाना था, उनके पास।"

विशालाक्षी ने सिर उठाकर, आवाक् निगाहों से देखा।

"भूमिपति राय ने अपनी प्रजा को बुलाकर, वह सोना उन लोगों को सौंपकर, उनकी बस्ती बसाई; हल-बैल, बीज-धान सब-कुछ दिया। लेकिन उन्होंने जिस इरादे से इतना सब दिया, वह नहीं हुआ, छोटी माँ ! वर्गी दोबारा हमलावर हुए। किसान फिर भाग खड़े हुए। इधर नवाब की तरफ से ख़ज़ाने की माँग। जबकि देने को फूटी कौड़ी नहीं थी। कृष्ण माइती ने अपनी काहन-कौड़ी वापस माँगा, देने की औकात नहीं थी। इसीलिए तो आनन्दी भाई जी वहाँ अटक गए। उन्होंने कहा, "ऐसी विपत्ति में अन्नदाता को छोड़कर नहीं जा सकता।"

"वे अपने फर्ज़ को सबसे बड़ा जो मानते हैं।" विशालाक्षी का चेहरा गर्व से दीप्त हो उठा। उनका बड़ा बेटा, उनका गोपाल कर्त्तव्य को सबसे बड़ा मानता है, इस बात पर उनसे बढ़कर और किसे गर्व हो सकता है ?

इसलिए तो कहता हूँ, इस वर्गी के उत्पात की वजह से ही हर कोई मुसीबत में पड़ गया। बूनो-बहू का दुःख और आनन्दी भाईजी की यह मुसीबत- इन सबका कारण, ये वर्गी ही हैं।

कल भी वर्गी आए थे। पूरे देश के माथे पर कालिख फेर गए।

विशालाक्षी की लम्बी उसाँस, हेमन्त के शान्त वाताश में, आंधारमानिक गाँव के आकाश पर छा गया।

"इसीलिए तो मुझे भेज दिया। उन्होंने मुझसे आप लोगों की देखभाल करने को कहा। जितने दिन ज़रूरत हो, आप लोगों के पास रहने को कहा है।"

"घर का बेटा घर लौट आया, यह तो अच्छी बात है। तेरे बापू भी निश्चिन्त हो आए।"

"बापू तो, दादा के साथ अग्रद्वीप गए हुए थे।"

"जानती हूँ, तुझसे भेंट तो हो गई।"

काशीश्वर ईषत् हँस पड़ा। उसके बापू तो जाते-जाते यह कसम खाकर गए थे कि

अब वे उसका मुँह भी नहीं देखेंगे।

अचानक पंछी-पखेरू के डैनों की फड़फड़ाहट के साथ, आँगन में टुपू से निःशब्द शाम उतर आई। ऐसी शामों में विशालाक्षी की उदासी और गहरा जाती है। उनका मन जाने कहाँ-कहाँ भटकने लगता है।

देवता गण शयन के लिए जा रहे हैं। आसमान में दो-एक तारों की तरफ नज़रें गड़ाए, उन्होंने अस्फुट आवाज में कहा और हाथ जोड़कर प्रणाम किया।

हेमन्त की शाम की शान्ति, उनके मन के पोर-पोर को मानो संध्या-आरती के घंटे की गूँज और देवताओं को शीतल करने के पावन मन्त्र से भर गई। विशालाक्षी ने ऐसी शामों का कई बार साक्षात्कार किया है। इस गोधूलि मुहुर्त में देवता शयन के लिए जाते हैं, आँगन में पके हुए धान की खुशबू उमड़ आती है; हरवाहे लोग जौ-अरहर और पकी हुई मिर्ची का ढेर कोठारे में रख देते हैं।

''कुन्द बहू, शाम की संध्या-आरती का वक़्त हो गया है।''

विशालाक्षी ने लगभग आदतवश ही आवाज़ दी और पूर्व दिशा को प्रणाम किया। पूरब में उन लोगों का पूजा-घर स्थित था। उस पूजा घर में उनके ससुर के परदादा का इस्तेमाल किया गया खड़ाऊँ और चादर; आज भी सहेजकर रखी हुई है। वे बेहद भक्त जीव थे। कहते हैं, वर्धमान जाते हुए, राह में, किसी मैदान में शाम के वक़्त उन्होंने साक्षात कृष्ण के दर्शन किए थे। भगवान कृष्ण पूर्व-दक्षिण की राह अभिमुख थे। उनसे कहा था, वे नीलाचल जा रहें हैं। जहाँ प्रभु गौरांग देह त्याग करनेवाले हैं।

''ए जी तनिक रुको—'' कहते न कहते, शाम के गो-चारणवाले मैदान में, उनकी पगध्वनि गायब हो गई थी। वह क्षणिक दिव्य दर्शन ही उस संसारी इंसान को सिर से पाँव तक बदल दिया। हरिनाथ रटते-रटते, वे उस मैदान में ही भाव समाधि में विभोर हो उठे और उन्होंने देह त्याग दिया।

50

अइसे ही प्रजा पालि-पालि
राजा का कोष भया खाली
... ...
धीरे-धीरे दैन्य भयल देस
बाकी पर बाकी पड़ल राजस्व
दुःख से कुड़कुड़ाए राजमन
सदा ग्रसिला दिन-दिन

विशालाक्षी को लगा, यह शाम बेहद मधुर है; बेहद सुन्दर है यह गपशप ! ऐसी हेमन्ती शाम उन्होंने पहले कभी नहीं देखी।

लेकिन छाती के अन्दर खौफ़ क्यों उमड़ आया ? आजकल अक्सर ही उन्हें दहशत होने लगती है। उन्हें बार-बार यह खयाल आता है कि उन्हें इस गृहस्थी का भार ढोते-ढोते काफी अर्सा गुज़र गया।

उनकी नासमझ, स्वार्थी ननद, सौत, असहाय छोटी बहू कुन्द, बूढ़ा महीनेदार, मजदूर, घर की पुरानी दासी, बड़ी सौत के बड़े भाई, वर्गी गिरोह ने जिनका सिर फोड़ दिया था, वह बैरागी, सुरकंठ राय का आश्रित वह पागल—इन सबका बोझ खींचते-घसीटते वे बेहद थक गई थीं।

आनन्दी कब आएगा ? कब वह गृहस्थी की जिम्मेदारी सँभालेगा ? उसकी बड़ी बहू फुलेश्वरी कब आएगी ? आनन्दी के चेहरे पर हँसी कब फूटेगी ? इससे पहले उन्हें छुट्टी नहीं मिलनेवाली। लेकिन भइया तो चले गए। बड़की भौजाई सती हो गईं। अब विशालाक्षी बेहद अकेलापन महसूस करने लगी थीं। इतना सारा बोझ वे कैसे सँभालेंगी ?

"घर-घर दीया जला, छोटी बहू, शाम के समय घर अँधेरा नहीं रखते।"

रुई की ढेरी, चरखा समेत विशालाक्षी उठ खड़ी हुईं। उनके सीने में जैसे कोई खोखली हवा लगातार बहती रहती थी। विशालाक्षी को अन्दाजा हो गया था कि सब सुख उनके नसीब में नहीं है। ऐसा कोई सुख उनके नसीब में नहीं, जो उनका बिल्कुल-अपना हो। कन्हाई, उनका अपना बेटा, उन्हें कभी वापस नहीं मिलेगा। अब तो आनन्दी को सुखी बनाकर, उसकी ज़िन्दगी थिर करके जा सकें, तो समझ लेंगी, सभी सुख नसीब हो गए—।

अचानक उनका ध्यान टूट गया। काशीश्वर जा चुका था। शाम के वक़्त, वे आँगन में अकेली खड़ी थीं। सिर के ऊपर गहरी उसाँस फेंकते पेड़ों के पत्ते के सहारे हवा बहती हुई। हेमन्त की बाताश में तन-बदन काँप-काँप उठता था।

उसी वक़्त जाने क्यों तो उल्लू पुकार उठा। नियू ! नियू ! नियू ! साथ ही विशालाक्षी की छाती भी जाने क्यों तो बेतरह धड़क उठी !

"ठाकुर, गोपाल को ठीक रखना" उन्होंने अस्फुट आवाज में प्रार्थना की।

ठीक उसी वक़्त, आंधारमानिक गाँव से काफी-काफी दूर, मेदिनीपुर की दक्षिणी सरहद पर स्थित, शाल, झाड़-झंखाड़ और पियाल के जंगलों से घिरी, भूमिपति राय की जमींदारी, गंगाजल कचहरी में बैठे-बैठे असहाय आनन्दीराम देखते रहे, भूमिपति राय के भाग्य में किस क़दर सर्वनाश की आग की लपटें उठ रही थीं।

सचमुच आग धधक रही थी।

बंगाल बेहद-नरम-कोमल मिट्टी का देश है। किसी एक वंश के सर्वनाश की बुनियाद पर बहुत जल्दी ही कोई और वंश तरक्की की ऊँची दीवार खड़ी कर लेता है। उतनी ही तेजी से लोभ, मोह या इसी तरह की किसी और दोष की सूराख से, फिर वही सर्वनाश अन्दर दाखिल हो जाता है और वह दीवार तोड़ता रहता है।

तब एक बार फिर कोई और मौकापरस्त वहाँ के ओने-कोने में घूमता-फिरता है और इस ताक में रहता है कि कब उस जगह वह जमकर बैठ जाए।

भूमिपति राय के राजत्व में, गंगाजल की धरती पर चार-पाँच सौ साल गुज़रने के पहले ही, वह दिन आ गया। सर्वनाश के दिन का बाजा, बड़े धूम-धड़ाके से बज उठा।

हालाँकि भूमिपति राय का सर्वनाश उनके अपने किसी ऐब की वजह से नहीं घटा। दरअसल वे कुछ ज़्यादा ही भले बनने चले थे। मेदिनीपुर चूँकि उड़ीसा की पड़ोस में स्थित था, इसलिए बाहरी दुश्मन हमेशा ही राढ़ में दाखिल होने के लिए, मेदिनीपुर की ही राह चुनते थे।

बंगाल के नए शत्रु वर्गियों ने पठान, मुगल, कुछ दिन के पूर्तगाली, किसी और दिन के वर्मीज—सबको मात दे दी। इसी वजह से मेदिनीपुर की सुख-शान्ति नहीं रही। शान्ति बहाल रखना सम्भव भी नहीं था। वर्गी दोबारा आ पहुँचे और मेदिनीपुर की राह से गुजरे। नवाब भी उनसे जंग करने के लिए कई-कई बार उसी राह से आए-गए। उसके बाद तो वर्गी यहाँ से गए ही नहीं। उड़ीसा और मेदिनीपुर में कई-कई जगहों पर अड्डा गाड़कर बैठ गए।

इसीलिए भूमिपति राय ने जब देखा प्रजा उजड़ गई, फसलों की जगह, खेत झांड़-झंखाड़ से ढँक गए, तब उनके दिल में ज़रुरत से ज़्यादा भले बनने की साध जाग उठी।

उन्होंने आनन्दीराम को बुलाकर कहा, ''सुनो, बिरादर, तुम मेरी जीवनी लिखना चाहते थे न ?''

''जी, हाँ।''

''हाँ, तो देखो, मेरी जीवनी लिखते हुए, तुम मेरी बात लिखते न ? भूमिपति राय कितने महान थे। प्रजाजनों को बसाने के लिए अपना राजकोष खोल दिया था। कृष्ण माइती से लाखों-लाखों काहन कौड़ी उधार लेकर, वर्गियों को ख़ज़ाना चुकाया था, यही सब न ?''

आनन्दीराम ने सिर हिला दिया। जिस भूमिपति राय को वे अब-तक देखते आए थे; वह तो बेहद निरासक्त, लोभमुक्त, शुद्ध-सात्विक वृद्ध थे। लेकिन इन कुछेक दिनों में वे बदल गए थे। माथे की झुर्रियाँ कस गई थीं। उन्होंने देसी बन्दूक साफ करके, उनमें बारूद ठूँसकर तैयार कर लिया; अपने कमरे में दारू पीते हुए, ताकत बटोरने में जुट गए थे।

इन दिनों उन्हें देखकर, कोई भी यह अन्दाजा लगाने में ग़लती नहीं करता कि इसी भूमिपति राय ने ही एक दिन हिजली के पुर्तगाली जलदस्यु के गिरोह, दुर्घर्ष लोड़, चुआड़ और पड़ोसी कृष्ण माइती के सेना-सामन्तों को अपनी दोनों बाहों के दम पर रोके रखा था।

''सुनो, मैं बोलता जाता हूँ, तुम सुन रखो, बाद में लिख डालना, समझे, ठाकुर ?'' यह कहते हुए उन्होंने ज़ोर का ठहाका लगाया।

वृद्ध भूमिपति राय के चेहरे पर ऐसी हँसी, और-और समय बेहद अश्लील नज़र आती थी, लेकिन इस वक़्त ऐसी नहीं लगी। इन दिनों असमय है। जंग या अशान्ति के समय, इंसान स्वाभाविक नहीं रहता। इसीलिए भूतिपति राय भी अस्वाभाविक हो आए थे।

''सुनो, ज़रुरत से ज़्यादा भला होने के चक्कर में ही मैं मुँह के बल गिरा, मेरा पतन हो गया। तुम लिखना, भूमिपति राय महामूर्ख थे, क्योंकि चारों तरफ जब सभी लोग पाप-बदमाशी में लिप्त हैं, सब अपना-अपना मतलब सिद्ध कर रहे हैं, तब वह देवता बनने चला। अरे, भइए, जब अच्छी तरह बेअदब ही नहीं हो सका, तो भलामानस कहाँ से बन जाता ? बस्स, हो गई ग़लती ! समझे, बेटा, आज अगर मैं जमकर खल-मानस होता...जिसे कहते हैं, पक्का बदमाश, तो समूचा राज्य मेरा बना रहता। शरीफ बनने के चक्कर में सब कुछ जलांजलि दे दी।''

आनन्दीराम निरुत्तर।

''अभी कृष्ण माइती का बारह लाख काहन-कौड़ी उधार चुकाना है। उधर ये कमबख्त वर्गी, दोबारा जलाने आ धमके। नवाब ने धमकी दी है कि ख़जाना न दिया तो तुम गए बारह के भाव। कभी-कभी तो मन होता है, वर्गियों की शरण में चला जाऊँ, उन्हीं के नाम मुचलका लिख दूँ और नवाब से कह दूँ, तुम्हारा शासन नहीं मानूँगा।''

''नहीं, ऐसा करके आप ग़लती करेंगे।''

आनन्दीराम इधर कुछ दिनों से, उस बूढ़े को इसी सर्वनाश से बचाने में जुटे हुए थे।

''हाँ, तुम तो मेरे भले की ही सलाह दे रहे हो; जी। लेकिन अब मेरे सर्वनाश की बारी है। कच्ची मेड़ बाँधकर, उमड़ती बाढ़ को भला रोका जा सकता है ? यह कंसावती की बाढ़ है। घनघोर बरखा में कंसावती में सैलाब उमड़ आता है, तुमने नहीं देखा ? उसी तरह मेरा सर्वनाश भी बस, गले-गले तक आ पहुँचा है, बस, आया ही समझो।''

उसी वक़्त, दूर कहीं ढ़ोलक की तेज़ थाप और तीखे उल्लास का स्वर गूँज उठा।

''जिनके लिए इतना कुछ किया, वही लोढ़ प्रजा... उसने कभी किसी दिन मेरा राज नहीं माना ! वे तो अपने देवता वीरमुंडा की राह देखते रहे, क्योंकि उन लोगों को भरोसा था कि विपद काल में वह देवता लौट आएगा।''

''हाँ, जानता हूँ।''

''लेकिन वीरमुंडा कोई देवता-वेबता नहीं था, इंसान था। उसे तो हमलोगों ने मार डाला। उसे काटकर, इस घोर जंगल में फेंक दिया। मैं नहीं, जी, मेरे पुरखे।''

''हाँ, सुना है।''

''तभी उन लोगों में शोर मच गया। वीरमुंडा देवता बन गया। अब ये लोढ़ लोग, छुप-छुपकर, हाथी पर सवार, उसकी मूरत की घर-घर पूजा करेंगे। जिस दिन गोदापियाशाल, चन्द्रकोना, झारखंड, महिषादल, गंगाजल—इन सब जगहों पर वीरमुंडा की मूर्ति-पूजा शुरू हो जाएगी, तब समझ जाना, ये लोग, खेती-बारी छोड़कर दोबारा जंगल की तरफ चल देंगे। सुन रहे हो न, ठाकुर ?''

"जी,—हाँ !"

"वे लोग जंगल के वासी हो जाएँगे। पहले की तरह नमक का आढ़त खोलेंगे, नमक उबालेंगे, शिकार खेलेंगे, जंगल के पेड़-काठ बेचेंगे। उन्हीं लोगों ने ही हमारा वंश उजाड़ दिया, ठाकुर ! ना, न कृष्ण-माइती, न वर्गी...ये लोग...मेरी प्रजा ही मेरी दुश्मन बन गई।"

दूर कहीं ढोलक का शोर, करीब भी ढोलक की थाप। पश्चिम में कृष्ण माइती के पाइक-सरदार, गंगाजल की सरहद पर अलाव जलाकर, हाथ ताप रहे थे। उससे भी कहीं दूर, हाथी की तीखी चिंघाड़ और ज़ंजीरों की झनझनाहट। उड़ीसा जाने की राह में, नवाब की फौज ने वहाँ कचहरी बैठाई थी। किस-किस सिरचढ़े भूँइया ने, जमींदार नवाब को ख़ज़ाना नहीं चुकाया, किस-किसने वर्गियों का आधिपत्य कबूल कर लिया है—उनका विचार होना था।

भूमिपति राय की आँखें सुर्ख लाल !

उन्होंने आँखें रगड़ते हुए घरघराती आवाज़ में कहा, "खैर, जो भी हो, तुम अफसोस मत करना, ठाकुर ! मैंने तो सोचा था, यह राज्य तुम्हें सौंप जाऊँगा। खैर, अब राज्य न सही, थोड़ा-बहुत धन-रत्न ज़रूर दे जाऊँगा। देखो अगर कुछ भी न दे सकूँ, तो तुम मेरे भगवान जी के सोना-चाँदी के बर्तन ही ले जानां। मेरे लिए दुःखी मत होना। इस करमजले मेदिनीपुर में किसी घराने ने हमारी तरह, इतने जमाने तक राज किया है ? अरे, उस बँटवारे और गल्ल-जेठिया के झड़प-तड़प के जमाने से, महामृत्यु के आगमन के भी पहले से, हम यहाँ राज कर रहे हैं। अब राज्य जाने का वक़्त आया, सो मिट रहा है।"

थोड़ा ठहरकर उन्होंने दोबारा कहा, "बड़ी रोशनी-मसाल के साथ, हमारा राज्य विदा हो रहा है, जी, जरा मुझे सहारा दो, मैं भी तो देखूँ—"

आनन्दीराम ने भूमिपति राय को सहारा देकर खड़ा किया। भूमिपति देखते रहे, जो लोढ़ जाति, काले-कलूटे आदिवासियों ने कभी भी उनका आधिपत्य स्वीकार नहीं किया, लाख-लाख सालों में भी गौरवर्ण भूँइया राजाओं को कबूल नहीं कर पाए, जो लोग सिर्फ मौके की तलाश में जुटे रहे, बग़ावत करते रहे, वही लोग आज उनकी मुसीबत के दिनों में उनके जंगल-महल में आग लगाकर, दूर चले जा रहे हैं। उनकी आँखें देखती रहीं, फूस-बिचाली से निर्मित हाथी के पीठ पर सवार, वीरमुंडा की विशाल मूर्ति।

उन्होंने कहा, "इतने शौक से रचा-गढ़ा जंगल, देखो, कैसे धू-धू करके जल रहा है।

भूमिपति राय के राज-काल में मेदिनीपुर के दक्षिण में, बग़ावत का बिगुल फूँकने वाले लोढ़ आदिवासियों की कथा, कहीं भी नहीं लिखी गई।

खैर, लिख रखने की बात भी नहीं थी। उन आदिवासियों के पास लिखने लायक भाषा भी तो नहीं थी। नहीं है, तो न सही ! इंसान द्वारा निर्मित कागज, तालपत्र की पोथी, हुगली का पीला कागज और कुमारहट्टी के सरेष कागज से कहीं अधिक सुच्चे

फलक पर ये बात दर्ज़ हो चुकी थी।

वह फलक है, आदिवासियों का मन। उनका विश्वास था कि मुगल, पठान, क्षत्रिय, माहिष्य, ब्राह्मण, पौन्ड्रक्षत्रिय और खंडाइतों से भी ढेर-ढेर पहले मेदिनीपुर, छोटानागपुर, उड़ीसा की वन भूमि पर उनका अधिकार था। समुन्दर के पानी से नमक तैयार करना और जंगल की लकड़ियाँ काटना पशु-पाखी के शिकार पर जीविका-निर्वाह करना, उनका जन्मसिद्ध अधिकार था। उस अधिकार में जो भी टाँग अड़ाएगा, जो उन्हें वन्य-यायावर जीवन से खींचकर खेती-बारी में लगाएगा, वही उन लोगों का दुश्मन था।

इसीलिए उनलोगों ने ढोल पीट-पीटकर गाना गाते हुए एलान किया, ''भूमिपति राय हमारे कोई नहीं होते। उनका राज हम नहीं मानते।''

''तो फिर किसका शासन मानते हो ?''

''वीरमुंडा का—''

आनन्दीराम को उसकी यह बात बेहद अजीब लगी थी। वीरमुंडा तो जाने कब मर-मिट गया। भूमिपति राय के पुरखों के हाथों, बन्दूक की गोली, उस शख़्स के सीने के आर-पार हो गई थी। हाथी उसकी बेजान देह लिए-दिए, चिंघाड़ते हुए, जंगल की तरफ भाग खड़ा हुआ था। यह सब तो जमाने पहले की बात है।

''वीरमुंडा नहीं रहा ! वीरमुंडा मारा गया—''

लोढ़ आदिवासियों में किसी ने भी इस बात पर विश्वास नहीं किया। हाँ, इंसान— वीरमुंडा मर गया, तभी तो वह देवता बन गया। इसीलिए तो हाथी के पीठ पर सवार, उसकी मूर्ति की लोढ़ लोग अभी भी पूजा करते हैं।

गोदापियाशाल, शालबनी, झारखंड, शालमरिया, हिंजली सभी जगहों के जंगलों में, अचानक ही कतार-दर-कतार हाथियों की पीठ पर सवार वीरमुंडा की मूर्तियों पर नज़र पड़ती थी। कहीं पूजा की बेदियाँ भी बनी होती थीं।

उन्हीं पलों में यह भी अन्दाज़ा लग जाता था कि लोढ़ लोगों को यह पता चल चुका है कि किसी न किसी वजह से उनकी शासन मुसीबत में है। इसीलिए वे बग़ावत करने की रास्ता ढूँढ़ते हैं। वीरमुंडा की पूजा करते हैं। उन सबको अटूट विश्वास है कि किसी दिन बादल जैसे विशालकाय हाथी की पीठ पर सवार, सिर पर चाँद का मुकुट धारण किए, हाथ में भाला और सीने पर तीर-धनुष बाँधे, वीरमुंडा दोबारा अवतरित होगा।

वही अपनी लोढ़ प्रजा को राह दिखाकर, आगे ले जाएगा। सुसभ्य शासकों, भुँइया राजाओं के इस जनपद को ध्वंस करके, दक्षिण की तरफ चला जाएगा, जहाँ सिर्फ समुन्दर का नीला जल और तट पर सघन वन भूमि विद्यमान होगी।

आनन्दीराम ख़ासे पशोपेश में पड़ गए। शिवकाली की मौत की ख़बर पाकर, उन्होंने काशीश्वर को भेज दिया। वे जिस उम्मीद से आए थे, उनमें से कुछ भी नहीं हुआ। उन्होंने सोचा था, वे अपनी माली हालत सुधार लेंगे; नाराज फुलेश्वरी को मना लेंगे; अपनी छोटी माँ को सुख-चैन देंगे—उनकी सारी उम्मीदों पर पानी फिर गया।

भूमिपति राय ने जब कहा था, "ये लो, राज्य गढ़ डालो।" उस पल उस बूढ़े जमींदार की बात निरी झूठ नहीं लगी थी। अपने ढोर-डंगर के जरिए, कचहरी-कचहरी में लोगों को बुला-बुलाकर हल-बैल, बीज-धान, जमीन बाँटते हुए, उन्हें काफी सुख मिला था। यहाँ तक कि लुनिया लोगों को बुलाकर, नमक की आढ़त जमा देने की इरादे से, गंगाजल के सुदूर समुन्दर के दक्षिणी-तट तक का भी चक्कर लगा आए थे।

सारा कुछ अकारथ पड़ गया।

एक तरफ कृष्ण माइती का पाइक सरदार, दूसरी तरफ नवाब की छावनी।

भूमिपति राय ने कहा, "मेरा मन हो रहा है कि वर्गी छावनी में जाकर, उनके नाम मुचलका लिख दूँ।"

"ऐसी बात सोचिएगा भी मत।"

"सोचूँ भी नहीं; क्यों, भई ?"

इससे आपका सर्वनाश हो जाएगा।"

सिर्फ उन्हीं का नहीं, यहाँ तक कि उनका भी सर्वनाश निश्चित है, आनन्दीराम ने मन ही मन सोचा। लेकिन फिलहाल यह बात, उस बूढ़े सज्जन से नहीं कही जा सकती।

भूमिपति राय समझकर भी नासमझ बने हुए थे।

उन्होंने कहा, "मेरे राजकाल में, मेरे मन्दिर में सोने की देवी, वाशुली थीं। उनके साथ सोने की नाव भी थी। नाव का मतलब था, नाव-पथ से व्यापार ! समझे जी ?"

आनन्दी यह किस्सा पहले भी सुन चुके थे।

"मेदिनीपुर के दक्षिण में, उन सभी जगहों पर बड़े-बड़े गंज बसे थे। वन के मधु, हिरण का छाल, नमक, सूती कपड़े, मिट्टी के बर्तन खरीद-फरोक्त के बड़े-बड़े हाट लगा करते थे; बर्ना कोई वाशुली को सोने की नाव में प्रतिष्ठित कर सकते हैं ?"

इस वक़्त, गंगाजल जनपद के इस दुर्दिन में इस बूढ़े राज्यहीन भूमिपति राय की धुँधलाई आँखों की तरफ देखते हुए, आनन्दीराम को लगा, वे जो कह रहे हैं, वह सच है ! सब सच है ! जिस राज्य के बीस मील के अन्दर समुन्दर है, बड़ी-बड़ी नदियाँ हैं, उस राज्य की लक्ष्मी तो कश्ती, डोंगी, जहाज, नावों पर ही आएँगी।

"कृष्ण माइती वह वाशुली देवी चुरा ले गया। चोरी किया तो किया, ढोल-नगाड़ा पीटकर हाट भी बैठाया। इंसान की जात, इतनी नमक-हराम कि वहीं उन लोगों ने भीड़ लगा दी। इंसान बेहद मूर्ख भी होता है, जी, यह बात तुम अपनी पोथी में लिखना ज़रूर। नहीं, तुम मेरे बारे में कोई पोथी क्यों लिखने लगे, है न ?"

"किसने कहा ?"

"मैं समझता हूँ, जी, सब समझता हूँ। यह जो इंसान है, तुम उनसे अलग, दुनिया ऊपर तो नहीं हो। फिर क्यों लिखने लगे, तुम्हीं कहो ? जिसकी मूर्खता से समूचा राज्य चौपट हो गया, उसके बारे में कोई पोथी लिखता है ? राजा दशरथ को लेकर भला रामायण लिखी गई ? क्यों लिखी जाए, तुम ही कहो ? दशरथ मूर्ख की तरह कैकेयी

को वरदान दे बैठे। तभी तो इतना गोलमाल मचा। लेकिन, भइया आनन्दीराम, दुनिया में मूर्ख लोग ही बिखरे पड़े हैं, जी गड़बड़ी का नाम ही दुनिया है।''

भूमिपति राय ने जोर का ठहाका लगाया। वे काफी कुछ बेपरवाह लग रहे थे। गँवई की तरह उन्होंने पेट पर चपत मारकर हँस पड़े।

मूर्ख हैं, सबके सब मूर्ख ! नवाब भी मूर्ख हैं, वह सोचता है, वर्गियों को खदेड़ दें, तो राज्य उसका हो जाएगा। इधर वर्गी, खदेड़ते-खदेड़ते उनके बाल पककर सन् के गोला बन गए। अगर खुद ही कन्धे पर सवार होकर, ताबूत में बन्द होकर, खुद ही कब्र तले पहुँच जाओ, तो तुम्हारा राज्य भला कौन बिलसेगा ? ऐसे राज्य के लिए भला तुम ही इतनी भाग-दौड़ करते हुए, क्यों जान दे रहे हो ?''

''देश की शान्ति क़ायम रखने की कोशिश नहीं करनी होगी, जनाब ?

''खैर, कोशिश से तो सब कुछ हो सकता है। जैसा मेरा हाल हुआ। उधर वह कमबख्त कृष्ण माइती ! वह भी कम बौड़ाय नहीं है। वह सोच रहा है, सोने की वाशुली देवी मइया ले गया। अब गंगाजल पर दाँत गड़ाए है। बस्स, यह मिल जाए, तो वह भी वर्धमान का राजा बन बैठेगा। लेकिन, उसे ख़बर नहीं, मैं उसे छोड़ने वाला नहीं हूँ। मैं उसको मज़ा ज़रूर चखाऊँगा।''

''देखिए, मैं आपको भली सलाह दे रहा हूँ—''

''बोलो, बोलो, दो-एक भली बात कहो तो सही—''

भूमिपति राय, करीब आकर बैठ गए। बार-बार दारू पीते रहने की वजह से उनके मुँह से भभका आ रहा था। लेकिन अब आनन्दीराम को उस बूढ़े की आँखें बेहद स्थिर-स्वच्छ और दृढ़-संकल्प नज़र आईं।

''नासमझ बनने से कोई फ़ायदा नहीं। चलिए, हम-आप, दोनों जन कल ही नवाब की छावनी में चलें। उन्हें समझाकर कहें, मुसीबत में पड़कर, हमने वर्गियों का खजाना अदा करने के लिए कृष्ण माइती से काहन-कौड़ी उधार लिया था। किसानों की बस्ती बसाने के लिए राज-कोष का सारा धन खर्च हो गया। लोढ़ आदिवासी बाग़ी हो जाएँगे, खेती-बारी में आग लगाकर चल देंगे, यह तो हमने सपने में भी नहीं सोचा था। यह सब कह-सुनकर हम थोड़ा समय माँग लेंगे।''

''समय माँग लूँ ?''

'यही तो सही लगता है—''

''समय क्या कोई किसी को दे सकता है, बेटा ? जिस इंसान का समय ख़त्म होने को आया, अलीवर्दी क्या उसे समय दे सकता है ? मेरा तो वंश ही निरवंश होने का वक़्त आ पहुँचा। वक़्त तो मुझे मिला था। तुम्हीं कहो, क्या नहीं मिला था ? उस वक़्त, जब महाप्रभु नीलाचल गए थे, जब छत्रभोग और भालज्येठिया के तीर्थयात्रियों को लेकर हँगामा मचा था। तभी से तो हमें वक़्त मिलता रहा—''

''वक़्त माँगने के अलावा दूसरा कोई रास्ता जो नहीं है।''

भूमिपति राय ईषत् हँस पड़े।

"बड़ी साध थी, जी, मैं यह राज्य तुम्हें सौंप जाऊँ। तुम्हें पहचानने में मैंने भूल नहीं की। अरे, हाँ, याद आया, तुम्हारे घर में कौन-कौन हैं ?"

"सभी हैं—"

"कौन-कौन हैं—?"

"दो-दो माँ, बुआ, बुआ की बेटियाँ हैं, मामा हैं।"

"तुम्हारी कितनी शादियाँ हुईं ?"

"दो—"

"बाल-बच्चे ?"

"दो हैं।"

"बहुरानियाँ क्या आंधारमानिक में ही रहती हैं ?"

"एक बीवी वहीं रहती है—"

"दूसरी कहाँ रहती है ?"

"अपने मायके में—"

"शिवकाली गांगुली क्या तुम्हारे सगे मामा हैं ?"

"वे मेरी छोटी माँ के बड़े भाई हैं, मेरे सौतेले मामा।"

"तुम्हारी सौतेली माँ, तुम्हारे पास ही रहती हैं ?"

"वे मेरे लिए सगी माँ से बढ़कर हैं।"

"तुम्हारे बारे में इतनी सारी पूछताछ की। वह इसलिए कि मैं सोच रहा था, तुम्हें यहीं बसा दूँ। इसके लिए नवाब से भी अनुमति ले लेता।"

वे किसी सोच में डूब गए।

थोड़ा ठहरकर उन्होंने दोबारा कहा, "ऐसा करो, तुम कल सुबह-सुबह ही निकल पड़ो। तुम तो घुड़सवारी जानते हो। नवाब को देने कि लिए नज़राना और सारा हिसाब-किताब, भीम ठीक-ठाक कर रखेगा। भीम को तो तुमने देखा है। वह मेरा बड़ा भक्त है। इसके अलावा काफी साहसी भी है। वह तुम्हारे साथ जाएगा।"

"आप नहीं जाएँगे ?"

"मैं सोच रहा था, पहले ही रवाना हो जाऊँ। मेरी उम्र हुई। नौ कोस का सफ़र तय करने में कुछ वक़्त लगेगा। तुम लोगों के साथ मुकाबला नहीं कर पाऊँगा—"

काफी सुबह-सुबह, मुँह-अँधेरे ही भूमिपति राय निकल पड़े।

जवानी की उम्र की तरह, अचानक उन्होंने रानी को आवाज़ देकर कहा, "सुनो जी, जरा पेशवाज पहनने में मेरी मदद तो करो—"

पेशवाज पहनकर, उन्होंने भारी-भरकम बन्दूक भी ले ली।

उन्होंने रानी से कहा, "मालिक से मुलाकात करने जा रहा हूँ। तुमने मुझे सजा-धजा दिया, एक तरह से अच्छा ही हुआ—"

सिर पर पगड़ी बाँधते-बाँधते उन्होंने दोबारा कहा, "आनन्दीराम, बन्दा काफी विश्वासी है। उसके जरिए तुम्हारे गहने-ज़ेवर का भी इन्तजाम पक्का कर देता, तो अच्छा

होता—''

''कोई बात नहीं, लौटकर कर देना—''

''चलो, ठीक है।''

भूमिपति राय निकल पड़े। उन्हें विदा करने रानी कोठी की छत पर चौकी बिछाकर, उसी अँधेरे में ही बैठी रहीं। उनके साथ उनके अनुयायी रक्षक भी मौजूद थे। रानी ने उन्हें हिदायत दी थी कि उनकी अनुमति बिना, किसी को भी छत पर न आने दिया जाए। पति को विदा करते समय उन्होंने जैसी अँगूठी उन्हें पहनाई थी, उसकी जोड़ी की अँगूठी उनकी उँगलियों में भी दमक रही थी।

''ख़बर पाने के बाद ही इसे इस्तेमाल करना।'' पति ने हिदायत दी थी।

नवाब-छावनी से अगर यह बुरी ख़बर आए कि नवाब ने भूमिपति राय की कोई भी विनती स्वीकार नहीं की, तब भी वे उस अँगूठी का इस्तेमाल न करें। हाँ, अगर यह ख़बर आए कि पति ने आत्महत्या कर ली, तभी उस अँगूठी का उपयोग किया जाए। उस अँगूठी में तीखा ज़हर भरा था।

''आत्महत्या तो महापाप है—'' रानी ने कहा।

''मैं न रहा, तो कृष्ण माइती के लोग आकर कब्जा जमाएँगे; नवाब के सिपाही आकर, निकाल बाहर करेंगे। यह सब देखकर तुम बर्दाश्त कर पाओगी ?'' पेशवाज पहनते-पहनते भूमिपति राय ने दरयाफ़्त किया।

उनकी शेरवानी की डोरी बाँधते-बाँधते, रानी सिर हिलाते हुए हँस पड़ीं।

कोठी की छत पर बैठे-बैठे उन्हें लगा, भूमिपति राय के घोड़े की खुर की आवाज़ मानो जंगल की तरफ जा रही हो।

हाँ, भूमिपति राय का घोड़ा किसी और दिशा की ओर मुखातिब था।

उनका घोड़ा दक्षिण की तरफ चला जा रहा था, जिस तरफ लोढ़ बाग़ी चले गए थे। जिस राह पर सिर्फ आग थी, जले हुए वन-जंगल और इधर-उधर फेंके-बिखरे हल, बैलगाड़ी के पहिए, बाँस की खपच्चियों की टोपी! उन लोगों को सभ्य-सुसंस्कृत बनाने की सैकड़ों सालों की कोशिशें, उन लोगों को किसान बनाने के कई सौ सालों का उधम, वे लोग इसी तरह फूँक में उड़ाकर चल दिए थे।

भूमिपति की नज़रों के सामने, उनका अनमोल शाल का जंगल धू-धू जल रहा था। उस आग के सामने वीरमुंडा की विशाल मूर्ति ! उनकी आँखें लोढ़-मर्द-औरतों का उद्याम नाच देख रहीं थीं।

''लौट आ, तू लोग लौट आ'' वे चींख उठे।

उधर आनन्दीराम और भीम फूलडीह के करीब जब नवाब की छावनी में पहुँचे, सुबह ढल चुकी थी।

बेशुमार फौज, घोड़े-हाथी, लोग-बाग़ ! हो-हल्ला ! अभी कुछेक खेमे ही लगाए गए

थे। एक खेमे के सामने चंद सन्तरी, गोंद में भाला लिटाए बैठे हुए थे। उन्होंने अन्दाजा लगाया, नवाब का खेमा, वहीं-कहीं लगा होगा। लेकिन नवाब से भेंट करने की उन्हें क्या ज़रूरत है ? उड़ीसा के शासक, मेदिनीपुर और हिजली के फौजदार, फौज के वर्तमान बख़्शी मीरज़ाफर—किसी भी अमले से भेंट हो जाए तो उनका काम बन सकता है।

लेकिन नवाब के सामने उन्हें पेश होना ही पड़ा।

भूमिपति राय ने कहा था, "आओ हम दोनों मिलकर देखें, मेरा भाग्य-सूर्य डूबने से पहले, कैसी रोशनी बिखेरता है।

यह बात उन्होंने तब कही थी, जब लोढ़ लोगों ने दिशा-दिशा में आग धधका दी थी।

राजा जानकीराम के सामने ये सारा किस्सा एक-एक करके बयान करना पड़ा। अनगिनत सवाल। अनगिनत जवाब। उड़ीसा अब वर्गियों की दखल में जा चुका था। मेदिनीपुर और हिजली पर अक्सर ही वर्गियों का कब्ज़ा रहता था। इसके बावजूद नवाब को ढेर-ढेर ख़बरों की ज़रूरत थी। भूमिपति राय जैसे छोटे-छोटे सामन्त अपना राज्य सही-सलामत क्यों नहीं रख पा रहे हैं ? वे लोग स्वाधीन शासन क्यों चाहते हैं ? इस स्थिति में भी वे लोग आज़ाद क्यों रहना चाहते हैं ? जानकीराम, आनन्दीराम को देखकर काफी खुश हुए। उन्हें मानो यह उम्मीद कतई नहीं थी कि आनन्दीराम जैसा इंसान, भूमिपति राय जैसे नगण्य सामन्त-राजा के प्रतिनिधि बनकर आ सकते हैं।

"ये सब जंगल-घिरे छोटे-छोटे राज्य, नवाब की निज़ामत में जितने ख़ास बने रहें, उतना ही मंगल है।" जानकीराम ने कहा।

"भूमिपति राय आज़ाद शासन चाहते हैं।"

"भई, वर्गियों की खुराफात तो दूर की बात, पड़ोसी राज्य के हमले तक तो वे लोग रोक नहीं पाते, पलक झपकते यह आज़ादी-वाजादी जाने कहाँ उड़-उड़ा जाती हैं। ऐसी आजादी से भला क्या Q+ायदा है ?"

"भूमिपति राय इतनी सब बात नहीं समझते। वे अपने राज्य पर, आजाद तरीके से शासन करना चाहते हैं।"

"ये सभी लोग यही तो चाहते हैं।" इतना कहकर जानकीराम ने बाहर की तरफ नज़र दौड़ाई। ऊँची टूटी-फूटी ज़मीन पर खेमे लगे हुए। चारों तरफ वन-प्रान्तर ! दूर सुवर्णरेखा नदी का जल झलमलाता हुआ।

"ये सभी लोग—" इस बात ने आनन्दीराम को अन्दर तक हिला दिया। इतने दिनों, यहाँ तक कि आज सुबह तक, भूमिपति राय उन्हें बेहद अकेले लगे थे, मानो वे पुराने दिनों के कोई विस्मृत वीर-पुरुष हों, तमाम विशाल-विशाल बाधाओं के खिलाफ, वे अकेले ही युद्ध के मोर्चे पर डटे हुए थे।

भूमिपति राय के मन में स्वाधीन शासन की वासना, आदिवासियों को खेती-बारी के काम में घसीट लाने की कोशिश—यह सब उनके अकेले की जंग है; उन्हें लगा,

वह शख़्स नितान्त अकेला है।

लेकिन इस वक़्त उन्हें अहसास हुआ, सामन्त भूमिपति राय के साथ और भी बहुत सारे लोग हैं। बेशुमार छोटे-छोटे सामन्त, नगण्य राजा। आनन्दीराम तो खैर, ब्राह्मण सभ्यता के इंसान थे। चूँकि वे अन्य समाज के प्रतिनिधि थे, इसीलिए उन्हें इन लोगों की पहचान नहीं है। लेकिन यह जंगल-पहाड़ घिरा अरण्य, मेदिनीभूमि, चन्द्ररेखा, सरःगंगा, बसन्तिया, गड़चक्रबेड़िया—अलग-अलग जगहों के अलग-अलग राजा विद्यमान हैं। उनकी प्रजा ज्यादातर आदिवासी हैं। अजीबोगरीब उपजाति ! जंगल से घिरे जनपद में उन लोगों का दुर्ग प्रासाद स्थित है, जिसकी हिफ़ाज़त की उनमें क्षमता नहीं है, उसी स्वाधीनता के लिए वे लोग भला क्यों अपना जीवन जोखिम में डालें।

''बहुत बड़ी मुसीबत में पड़कर, भूमिपति राय ने कृष्ण माइती से उधार लिए थे। उनकी अपनी जितनी औकात थी, उसे देकर, वे अपनी प्रजा जन को वापस लाकर उनके लिए बस्ती बसाना चाहते थे।''

''उसके बाद ? फिर क्या हुआ ?''

यह सवाल, दुभाषिए के मारफत, पीछे से गूँज उठा। नवाब खुद सुनना चाहते थे, भूमिपति राय की तकदीर ने उसके बाद क्या तमाशा दिखाया।

''भूमिपति राय की प्रजा में कई-कई जातियों के लोग हैं, लोढ़ जाति संख्या में प्रधान है।''

''वे लोग क्या शवर हैं ?''

''वे लोग शवर नहीं हैं। शवर निम्न जाति के होते हैं। वे लोग गुलेल चलाकर, पंछी मारते हैं, साँप पकड़ते हैं, साँप पोसते हैं।''

''जाति कौन-सी होती है ?''

''लोगों का कहना है, वे लोग जरा-व्याध के वंशज हैं। उनके वंशज, जरा-व्याध ने श्री-कृष्ण का वध किया था। इसीलिए वे लोग गुजरात छोड़कर चले आए थे।''

''उसके बाद ?''

''ये लोढ़, शवर जैसे नहीं होते। ये लोग कौए मारनेवालों की तरह यायावर भी नहीं होते। वे इस इलाके के आदि-वाशिन्दा हैं। भूमिपति राय के घराने से उन लोगों का अर्से से विरोध है।''

आनन्दीराम मन ही मन सोचते रहे, वे चाहे जितनी भी कोशिश करें, वे किसी हाल भी वीरमुंडा की कथा उन्हें नहीं समझा सकते। हर बात, हर किसी को नहीं समझाई जा सकती है।

''उसके बाद ?''

''अब ये लोढ़ लोग झुँड-झुँड में, राज्य के खेत-खलिहान तबाह किए दे रहें हैं, जंगलों में आग लगाते फिर रहें हैं। वे लोग खेती-बारी करने को तैयार नहीं हैं। राजा का शासन मानने को हरगिज राजी नहीं हैं।''

''वे लोग भी आज़ाद राज्य चाहते हैं ?''

''हाँ, वे लोग भी आज़ादी चाहते हैं।''

''आग लगाते फिर रहें हैं, यही न ?''

''जी—हाँ।''

चारों तरफ आग लगा देने से क्या हाल होता है, नवाब के लिए, यह समझना, अब बाकी नहीं था। उड़ीसा के वर्गी। विद्रोही मीरहबीब के गिरोह में रघुजी भोंसले का बेटा, जानो जी भी शामिल हो गया था। उड़ीसा में भड़की आग अभी तक नहीं बुझी।

इधर तीन-तीन जिम्मेदार पद सँभालने के बावजूद मीरजा़फर, वर्गियों के डर से फ़रार हो गया था। नवाब ने मीरज़ाफर को सबक सिखाने के लिए भेजा, वह भी उसी से जा मिला। सिर्फ इतना ही नहीं, अब तो यह भी सुना जा रहा है कि मीरज़ाफर, अलीवर्दी को क़त्ल करके, खुद बंगाल की तख्त पर बैठना चाहता है। मीरज़ाफर उनका घनिष्ठ रिश्तेदार भी था। इसलिए, इधर अशान्ति की और एक आग धधक उठी थी।

उधर बालेश्वर से फैक्टर केलसर, सिर्फ ख़त पर ख़त लिखे जा रहा था। वह भी भयंकर मुसीबत में था। बालेश्वर को बूढ़ीवालाम के तट पर मराठों की छावनी थी। वह विदेशी व्यापारियों का हिफ़ाज़त तक नहीं कर पा रहा था, यह भी क्या उसकी अक्षमता थी ?

''अब तुम क्या चाहते हो ?''

''भूमिपति राय को माफ़ कर दें। कृष्ण माइती से कहें, उन्हें थोड़ा वक़्त और दें। अच्छा नतीजा निकला, तो तीन साल के अन्दर-अन्दर सारा कर्ज उतार देंगे। ये तीन साल, गंगाजल न हो, नवाब के ही ख़ास मातहत में रहे।''

जानकीराम ने अचकचाकर पूछा, ''लेकिन भूमिपति राय ने तो अपने ख़त में और भी बहुत कुछ लिखा है—''

''क्या लिखा है ?''

''राज्य तुम्हें सौंप देने को कहा है।''

''राज्य मुझे सौंप देने को कहा है ?''

'हाँ, लिखा तो यही है—''

''आप क्या पागल हो गए हैं ?''

''तुम राज्य नहीं चाहते ?''

''ना—''

जानकीराम को लगा, यह निःस्वार्थ, निर्लोभी-ब्राह्मण सन्तान, अगर कहीं उसे मिला होता, तो बूँद भर ही सही, उन्हें सच ही फ़ायदा हुआ होता। आजकल बंगाल की निज़ामत में शायद इसी क़िस्म के इंसानों का अतिशय अभाव है।

''तुम्हारा देश कहाँ है ?''

''वर्धमान ! गाँव-आंधारमानिक।''

''गाँव का नाम मैं जानता हूँ। इसी गाँव में सुरकंठराय, काफी बड़े ज्योतिषी हैं। इसके अलावा शिवकाली गांगुली इसी गाँव के आस-पास ही कहीं—''

"सुरकंठ मेरे रिश्तेदार हैं। स्व. शिवकाली गांगुली मेरे मामा थे।"

"तो ऐसा कहो न ! लेकिन तुम अपना गाँव छोड़कर, यहाँ ? इतनी दूर ?"

"क़िस्मत की तलाश में।"

"क़िस्मत की तलाश में, ऐसे मामूली राजा के शरण में ? तुम तो, जब चाहते, तुम्हें निज़ामत में नौकरी मिल सकती थी ? तुम्हारे मामा का परिचय ही काफी था।"

"मैं चाहता था अपने बलबूते पर, अपनी कोशिश-तदबीर से नौकरी हासिल करूँ।"

अब जाकर जानकीराम को आनन्दीराम की आँखों में गहरी अदासी और दुःख की छाया नज़र आई। मुमकिन है, कोई गहरा दर्द मिला हो, तभी देश छोड़ परदेशी हो गए। शायद वे सारी बात नहीं बताना चाहते।

"अब क्या करोगे ?"

"मैं उनका राज्य नहीं चाहता जनाब। आपलोगों को जो सही लगे, वह करें। रानी माँ मौजूद हैं। मैं उन्हें सारा अहवाल सुना दूँगा। इसके अलावा, भूमिपति राय, यहाँ पहुँचने की वाले हैं। आप जो कहना चाहें, उन्हीं से कहें—"

भूमिपति राय नहीं आए।

लोढ़ लोगों को वापस लौटा लाने के इरादे से वे दक्षिणी जंगल के भीतरी हिस्से में गए थे। बस, इतनी-सी ख़बर मिली थी।

लेकिन लोढ़ लोग लौटकर नहीं आएँगे, यह बात भी उन्हें मालूम थी। लोढ़ लोग, वीरमुंडा की मूर्ति सामने रखकर, ढोल बजा रहे थे, गाने गा-गाकर नाच रहे थे। सुबह की हवा के साथ, जंगल की आग की लपटें, आसमान छू रही थीं।

भूमिपति राय आगे बढ़कर, वीरमुंडा की मूर्ति पर, घुआँधार गोलियाँ बरसाने लगे।

51

सुख-शान्ति दो-दो पाखी
किस डाल पर बैठी सखी
इसका पता न पाइल सखी

उसी जगह से उनका घोड़ा लौट आया। कोठी की छत से रानी साहिबा ने देखा कि घोड़े की पीठ पर मुँह के बल झूलते हुए भूमिपति राय। पीठ, कन्धे, कमर में ढेर सारे तीर चुभे हुए।

आखिरकार सारा कुछ सम्पन्न हुआ।

उन्होंने भी अनुरोध किया, "उनकी इच्छा थी और मेरा भी यही कहना है कि तुम यह राज्य भोग करो।"

"नहीं, यह मुमकिन नहीं है।"

आनन्दीराम किसी शर्त पर भी राजी नहीं हुए। उन्होंने तो राज्य की कामना नहीं

की थी। वे तो अपनी तकदीर बदलने आए थे, वह भी काफी दुःख,तकलीफ सहने के बाद। फुलेश्वरी ने उन्हें जो दुःख दिया था, उसका दर्द काफी तीखा था। इसके अलावा अगर उन्होंने अपनी आर्थिक स्थिति में सुधार नहीं किया, तो वे अपनी माँ, छोटी माँ छोटी बहू वगैरह का लालन-पालन कैसे करते ?

"आप बेहिचक यह राज्य निज़ामत के ख़ास में दे दीजिए।"

रानी साहिबा उनसे ज्यादा विषय-बुद्धि रखती थीं।

उन्होंने ईषत् हँसते हुए कहा, "ये वर्गी जल्दी नहीं जानेवाले। उन्हें भी ख़ज़ाना अदा करना होगा, नवाब को भी चुकाना होगा। इस राज्य को ख़ास निज़ामत को सौंप देंगे, तो ऐसे घने जंगल में आकर नज़रदारी करें, यह निजामत के वश की बात नहीं है। कृष्ण माइती से भी कमोवेश कोई समझौता कर लेते हैं। उधर वर्गियों के साथ भी सरोकार रखना ज़रूरी है।"

ऐसा ही हुआ। वर्गी लोग इस इलाके में कई सालों तक जमे रहे। उनके अत्याचार के शिकार, गंगाजल जैसे छोटे-छोटे राज्य धीरे-धीरे निश्चिन्ह हो गए। धीरे-धीरे घने जंगलों ने सारा कुछ ढँक लिया। उड़ीसा में बैठे-बैठे ही वर्गी गिरोह मेदिनीपुर के इस इलाके पर बार-बार हमला करता रहा।

उन लोगों को कहीं, किसी बाधा का सामना नहीं करना पड़ा। आम किसान-गृहस्थों में बाधा देने की ताकत ही नहीं थी।

मेदिनीपुर का दक्षिणी हिस्सा धीरे-धीरे दोबारा सघन वन-जंगल बन गया।

इससे बहुत पहले ही, आनन्दीराम आंधारमानिक की तरफ रवाना हो गए।

वे बिल्कुल खाली हाथ आए थे, खाली हाथ ही लौट चले। हाँ, साथ में कुछ नए तजुर्बे ज़रूर समेटकर लिए जा रहे थे।

विराटी के मन्दिर तक पहुँचकर, सुरकंठ से भेंट हो गई।

आजकल विराटी का मन्दिर काफी सुरक्षित जगह थी। पचेत और सोनामुखी के बीचों-बीच विराटी के इस काली मन्दिर में, मराठे लोग आते-जाते पूजा किया करते थे। सघन जंगल में स्थित इस मन्दिर का गुम्बद पहले नज़र नहीं आता था। विराटेश्वरी काली की पूजा करने, अक्सर डाकू ही आया करते थे। आजकल वर्गियों ने वहाँ का जंगल काटकर, उस जगह को साफ-सुथरी बना ली थी।

विराटेश्वरी की मूर्ति अति भयंकर थी। उनकी आधी देहयष्टि, जमीन फोड़कर, ऊपर उठी हुई। माथे और चेहरे पर गेरुआ सिन्दूर पुता हुआ। विराट जिह्वा ! एक हाथ में सचमुच के नरमुंड और एक हाथ में खड्ग।

प्रचलित किवदन्ती में ढेर-ढेर सारी अजीबोगरीब कथाएँ। मसलन देवी के पहले पुजारी-पतितुंड पंडित ने देवी मइया को भैरव समेत उनकी गुप्त-लीला देख ली, इसलिए देवी ने उनकी बाँह काट दी और अपने हाथ में थामे रहीं।

आज भी उस मन्दिर में नरबलि की बहु-प्रचलित प्रथा जारी है। उसी डर से रखवालों के बच्चे, दिन-दुपहरिया में भी इस तरफ मुखातिब नहीं होते। कहीं कोई उन्हें

धर-दबोचे और झट से बलि दे दे। लेकिन अभी भी इधर-उधर के लोग चोरी-छिपे मनौती करते हैं। सबसे छिप-छिपाकर, गुप-चुप काली-पूजा करके चले जाते हैं। सुबह-सुबह मन्दिर में आएँ तो खून से भरा कुंड और पूजा के विविध उपादान नज़र आते हैं।

यही वह विराटेश्वरी मइया हैं।

विराटेश्वरी की दिव्य क्षमता पर लोगों का ऐसा अटूट विश्वास है कि अभी कुछ दिनों पहले तक यूरोपीय व्यापारी और मुसलमान राज-कर्मचारी तक गुप-चुप यहाँ पूजा और चढ़ावे भेजते थे। मराठा आक्रमण के बाद, अब कोई सहज ही यहाँ नहीं आता। अब सिर्फ साधु-संन्यासी ही कभी-कभार पहुँचते थे। जंगल के बीचों-बीच मिट्टी काटकर, साफ-सुथरा रास्ता बना दिया गया है।

लोग-बाग़ उस रास्ते पर नज़रें गड़ाए अक्सर ही आपस में कहते-सुनते थे, "जो भी कहो, वर्गियों ने जंगल में ख़ासा मंगल मनाने का इन्तज़ाम कर दिया है।

आनन्दीराम को सुरकंठ यहीं मिल गए। मन्दिर के वर्तमान पुजारी पतितुंड पंडित, आजकल सुरकंठ के परम भक्त बन गए थे। पिछले कई सालों से उनके अनुयायी। उन्होंने सुरकंठ को सादर आश्रय दिया था। आनन्दीराम को भी उन्होंने सादर अतिथि स्वीकार किया।

"तुम ? यहाँ ?"

आनन्दीराम भी अचकचा गए। उन्हें बिल्कुल उम्मीद नहीं थी कि इस मन्दिर में सुरकंठ से भेंट होगी।

"मैं तो यहाँ अक्सर ही आता हूँ।"

"यहाँ ?"

आनन्दीराम किरीटीश्वरी काली के बारे में इतने सारे क़िस्से-कहानियाँ सुन चुके थे, कि सुरकंठ की बात सुनकर, वे ख़ासे खिन्न हो उठे।

"तुम इस क़िस्म की जगह पर भी आते हो—?"

"मैं एकबार अपने गुरुदेव की खोज में यहाँ आया था। बेहद निर्जन जगह है, मुझे पसन्द आ गई।

"पसन्द आ गई ?"

"निर्जनता भला क्यों न पसन्द आए, बताओ ? काली-पूजा करने तो आता नहीं था। बस, बाहर ही बैठा रहता था।"

"डर नहीं लगता था ?"

"इंसानों से डर लगता था, तभी तो जंगल में आकर, छिपा रहता था। जंगल के बाघ-भालुओं से भला कौन डरता है ? खैर, छोड़ो, तुम बताओ, तुम कहाँ से ? इस रास्ते आए ही क्यों ?"

"बस, घूमते-घामते आ गया। यानी जरा चक्करदार रास्ते घर लौट रहा हूँ। वर्गियों के डर से सीधी राह चलना मुश्किल हो गया है।"

सुरकंठ ने ईषत् हँसकर कहा, "धीरे बोलो, धीरे ! हमारे ये पतितुंड पंडित वर्गी

सरदार देशपांडे के भरोसेमन्द जासूस हैं। बात-बात में इंसान को गिरफ्तार करा देते हैं और इनाम-अकराम. वसूल करते हैं।''

मन्दिर के आँगन में कोई शख़्स गेरुआ कपड़े का तकिया बनाकर लेटा हुआ था। उसने करवट बदली।

आनन्दीराम ने कहना शुरू किया, ''हर ओर अराजकता का दौर है। वीरभूम, वर्धमान में उत्कृष्ट क़िस्म की धान की फसल होती है। ये दोनों जगहें राढ़-बंग में लक्ष्मी का गोला है। वर्गियों की वजह से किसान-खेतिहर उजड़ गए। खेती की जगह अब जंगल उग आया है और गृहस्थ घरों में अब सियार घूमते-फिरते हैं। बाम्हन-पंडित से शुरू करके कंसारी, शंखारी, ताँती, लोहार, कुम्हार—सभी इधर-उधर भाग खड़े हुए।''

सुरकंठ को इसकी जानकारी थी।

उन्होंने कहा, ''पिछली बार दीवान-बख़्शी से भेंट करने के लिए, कटवा जाते-जाते, राह के भिखारियों पर नज़र पड़ी थी। उनकी भीख के कटोरे, वैरागियों का एकतारा, सड़क की धूल में लुढ़के पड़े थे। तभी मुझे लगा था कि जब भिखमंगे और वैष्णव भक्त तक निश्चिन्त तरीके से जी नहीं पा रहे हैं, तब इस देश के लिए भयंकर दुर्दिन का समय है।''

''अब कैसा नज़र आ रहा है ?''

''अब कैसा नज़र आ रहा है ?'' सुरकंठ ने उसाँस भरकर कहा, ''काफी हिसाब-किताब कर देखा, आनन्दी, काफी गणना वगैरह भी की। जिधर से भी निकलता हूँ, नतीजे में, मुझे तो सर्वनाश ही सर्वनाश नज़र आता है। आपात् सर्वनाश।''

''मसलन् ?''

''आपात् सर्वनाश से मेरा मतलब है, उसके बाद का परिणाम अनजाना है।''

''वह परिणाम शुभ है या अशुभ ?''

''अब यह कौन बता सकता है ?''

''देश के दुर्दिन में अब बाकी क्या रह गया है ?

किसान के पास खेत नहीं है। गृहस्थों के पास काम नहीं है। अमीर लोग कहाँ जाएँ कि जान बच सके, इस कोशिश-तदबीर में बूड़ी गंगा पार करके, इस्लामाबाद, मालदह, बारिसाल, यहाँ तक कि चटगाँव तक भाग खड़े हुए।''

''जैसे भाग रहे हैं, वैसे मर भी तो रहे हैं—''

''हाँ, सुनता तो यही हूँ। बैलगाड़ी, पालकी, डोली, नाव, डोंगी—सभी तो दुर्लभ हो गए हैं। बूड़ी गंगा के पार, माँझी-मल्लाह, मुसीबत के शिकार, भगोड़ों से मनमाने रुपए वसूल रहे हैं।''

''वह भी सुन चुका हूँ। इंसान, श्रेणीबद्ध इंसानों का स्वभाव-चरित्र बदल रहा है। देखो, गोदागाड़ी घाट कहो या चिमोहिनी, कुष्ट, सदी घाट कहो, हर जगह के माँझी-मल्लाहों का आचार-व्यवहार पहले कुछ और था। मैं तो घुमक्कड़ इंसान हूँ न, सड़क का बन्दा। ऐसी कोई जगह नहीं, जहाँ मैं नहीं गया। माँझी लोग कीर्तन की

मजलिस जमाते हैं, यह ख़बर पाकर, जाने कितनी-कितनी बार, मैं उन लोगों के साथ उठता-बैठता रहा, उनके साथ ही रहा।''

''खाते क्या थे ?''

'जब, जिसने, जो दे दिया, खा लेता था। उन दिनों मेरा यही हाव-भाव था। याद है, बुआ की रसोई में, बागदी बुढ़िया को मैं उठा लाया था, यह देखने के लिए कि यह जात किस राह जाती है? क्यों, याद है या नहीं ?''

''खूब याद है ! बड़े आचार्य ने तुम्हारी नाक पकड़कर आँगन में घिस दी थी—''

दोनों जन हँस पड़े।

किसी जमाने में वे दोनों बचपन के साथी, आत्मीय और सहपाठी थे। उसके बाद दरिद्र सुरकंठ कासिम-बाज़ार, जगतपति आचार्य की शरण में चले गए। फुलेश्वरी के साथ उनका विवाह होगा, आनन्दीराम के साथ जगतपति की बहन निन्दुली का विवाह होगा, यह बात सभी जानते थे। लेकिन किस्मत का चक्कर ऐसा चला कि फुलेश्वरी आनन्दीराम के घर चली गई। निन्दुली कुँवारी ही रह गई। उसके बाद सुरकंठ धीरे-धीरे संन्यासी हो गए।

गाँव में जब वर्गी-गिरोह आया था, उस वक़्त फुलेश्वरी सुरकंठ के घर पर ही थी। इस बात को लेकर उन दोनों में मनमुटाव भी हुआ था। वैसे शायद उससे भी पहले से, दोनों के मन में विद्वेष की धारा बह रही थी। लेकिन आज, वर्गी-आक्रमण की वजह से समूचा राढ़-बंग उजाड़ हो चुका था, खेती-कारोबार रसातल में जा चुके थे। चारों तरफ विद्रोह और अराजकता का दौर था, गंगा-नदी दुर्घर्ष रफ़्तार से राढ़-बंग को किसी भयंकर परिणति की ओर लिए जा रही थी। पलासी के आम-बागान में, बालाजी के साथ जो सन्धि हुई थी, अगले ही पल चरम विश्वासघात करते हुए, उसे तोड़ दिया गया, जिसका नतीजा यह हुआ कि बंगाल का भाग्य धीरे-धीरे अमोध हो उठा था। उसी के चालचित्र के सामने बैठे-बैठे, आज वे दोनों दोस्तों की तरह गपशप कर रहे थे।

यह चालचित्र किस विश्वकर्मा ने आँकी है, कौन बताएगा ? यह चालचित्र सिर्फ घूम्रवती और छिन्नमस्ता का भयंकर लीला-दृश्य था। जिस विश्वकर्मा ने सुरकंठ की निगाहों के सामने कभी बेहद शान्त, सुन्दर निश्चिन्त ग्रामबंगाला का पट प्रस्तुत किया था, यह चालचित्र भी क्या उन्हीं का आँका हुआ है ?

इस चालचित्र में कृषि-क्षेत्र बिल्कुल अरण्य ! बंगाल का वस्त्रशिल्प छिन्न-भिन्न ! बूढ़ा शासक तकदीर के हाथों लांछित और बंगाल की आम जनता, जिसकी कमर में चिर दिन, चिर काल फटी गूदड़ी होती है, हाथ में हल और जीर्ण-शीर्ण बैल ही जिनकी कुछ सम्पत्ति होती है, जो ज़िन्दगी भर राज-ऋण, श्रेष्ठी-ऋण और देव-ऋण अदा करते हुए, मुट्ठी भर अन्न का मुँहताज होता है, आज वही गृहहारा, बिताड़ित और निराश्रित-सा राह-राह भटक रहा है।

सुरकंठ मानो मन की आँखों से सारा कुछ देख रहे थे। सहसा उनके चेहरे पर

भावान्तर खेल गया। उनकी आँखों में आँसू झिलमिला उठे।

वे अस्फुट आवाज़ में बुदबुदा उठे, ''इन लोगों ने क्या कसूर किया था, देवी मइया ? इन लोगों ने किसी का राज-पाठ नहीं छीना; किसी को गृहहारा भी नहीं किया। ये बिचारे तो दीनों के भी दीन हैं। अति दीन ! मइया मेरी।''

उन्होंने आनन्दीराम की चेहरे पर आँखे गड़ाकर कहा, ''अर्से बाद तुमसे बात करने का मौका मिला है, मन बड़ा भर आया है ! देखो, आनन्दी, यह विद्वेष, दुश्मनी कुछ नहीं होती। आज ऐसा लग रहा है, जैसे यह भी प्यार का ही एक चेहरा है।''

सुरकंठ की यह आकंठ स्वीकारोक्ति सुनकर, आनन्दीराम अभिभूत हो उठे।

उन्होंने सुरकंठ का हाथ थामकर कहा, ''तुम बड़े हो, बेहद महान, सुरकंठ, तुमसे दुश्मनी भला मुझे शोभा देती है ?''

अपने को नियन्त्रित करते हुए, सुरकंठ हँस पड़े, ''गृहस्थ जीव हो न, काफी सँभल-सँभलकर बातें करते हो। कहीं मेरे मन को चोट न लगे। लेकिन मुझे यह क़बूल करते हुए रंचमात्र भी शर्म नहीं है कि किसी जमाने में, मैं तुमसे ईर्ष्या करता था।''

''ईर्ष्या ? मुझसे ?''

''हाँ, तुमसे ! बचपन में तुमसे जलन होती थी, क्योंकि तुम बिना माँगे ही नई-नई धोतियाँ पहनते थे, बाप-माँ सबका लाड़-प्यार लूटते थे—''

''तुम्हारी तो सभी लोग भक्ति करते हैं, सुरकंठ ! भक्ति तो लाड़-प्यार से भी बड़ी होती है।''

''पता नहीं ! हाँ, तो उसके बाद, हम जरा बड़े हुए, तब मैं मन्दिर-मन्दिर घूमने लगा; गुरू की तलाश में जुट गया, लेकिन उस वक़्त भी तुमसे ईर्ष्या करता रहा, पता है, क्यों ?''

''न्ना।''

''तुमसे इसलिए ईर्ष्या करने लगा कि तुम्हारे किसी पुरखे ने कृष्ण-दर्शन किया था; इसलिए कि तुम लोगों के मकान के पूजा-घर में लोग-बाग़ उनके इस्तेमाल की चीज़ों के दर्शन के लए आया करते थे; तुम सबका ख़ानदान, धार्मिक खानदान कहलाता था।''

''...''

''मुझे लगता था, घर-बार की सुख शान्ति, भक्त-वंश का मान-सम्मान, सारा कुछ तुम्हें बिना किसी कोशिश के ही मिल रहा है और मैं इतना बदनसीब कि मुझे खड़िया घिसना पड़ता था; हाथ की लकीरें गिननी पड़ती थीं, तब जाकर एकाध प्रणाम् वसूल कर पाता था। हालाँकि अपनी ईर्ष्या की वजह से मुझे खुद से भी बेतरह नफरत होती थी। कितनी ही बार अकेले-अकेले ही आचार्य पोखर के अर्जुन पेड़ के नीचे बैठे-बैठे, पानी में अपनी छाया निहारता रहता था और अपने पर थूकते हुए अपने को लानतें भेजता रहता था—कमबख़्त जलाधुर कहीं का ! करम ऐसे और बड़ी-बड़ी बातें बनाता फिरता है ?''

''चलो, छोड़ो ये बातें।''

''खैर, अब वे सब बातें याद भी नहीं रहीं, लेकिन बताना ज़रूरी है। मुझे ये सारी बातें कबूल करनी ही होंगी, वर्ना मेरी मुक्ति नहीं—''

''देखो, तुम कोई और बात कर रहे थे—''

''हाँ, माँझी-मल्लाह के बारे में बता रहा था। कभी उन्हीं लोगों को देखा था, किस क़दर शान्त जीव हुआ करते थे। कृष्णपंथी, गले में कंठी। लेकिन अब देख रहा हूँ, अमीर-उमरा जान के डर से भाग रहे हैं, उनके गले गमछे से कसकर, कैसे रुपए वसूल लेते हैं। नाव, बीच नदी में ले जाकर उन्हें डुबाकर, मार डालते हैं, उनके टुकड़े-टुकड़े कर देते हैं, सब-कुछ छीन-झपट लेते हैं।''

''इसके बावजूद वे लोग तो भागते ही जा रहे हैं।''

''जो लोग भाग रहे हैं, मैं उन लोगों को मूर्ख कहता हूँ। अरे, भागकर जाओगे कहाँ ? भगवान के राज में भागकर नियति को कहीं टाला जा सकता है ? किसके हाथों से दामन बचाकर भाग रहे हो ? लोभ, मोह, दुःख, माया, मृत्यु—सब कुछ तो तुम्हारी देह में ही घर बनाए बैठे हैं न ! जहाँ जाते हो, वही देह तो ढोकर ले जाते हो। फिर तुम सुरक्षित कहाँ हो ? अपनी जान कैसे बचाओगे ?''

''लेकिन, सुरकंठ, मानना तो पड़ेगा ही ! आज राढ़-बंग के लोग पद्मा पार भाग रहे हैं, कल अगर उस देश में भी हँगामा शुरू हो जाए, तो ?''

''जो लोग राढ़ छोड़कर आज उस देश की तरफ दौड़े जा रहे हैं, कल अगर उस देश में मुसीबत आई, तो वे ही लोग पद्मा पार करके इस देश वापस लौट आएँगे।''

''यह तुम क्या कह रहे हो ?''

''यह आनेवाला कल है, बिरादर, हमारे-तुम्हारे हिसाबवाला आजकल नहीं हैं। भगवान के हिसाब से उस आगामी काल के आने में शायद काफी वक़्त लग जाए। लेकिन मैं तुम्हें अभी से बता दूँ, आनन्दीराम, तब यही सब लोग दोबारा भागकर, इसी राढ़-बंग में लौट आएँगे...गंगा की गोद में ! तब क्या होगा, जानते हो ?''

''क्या होगा ?''

''यही सब माँझी-मल्लाह, जो गाड़ी-सवारियाँ जुटाएँगे, वही उन्हें दोबारा मारेंगे-पीटेंगे और लोग-बाग़ जैसे अभी जा रहे हैं, उसी तरह रोते-रोते लौट आएँगे। इस मुल्क में वे अपने बचाव की उम्मीद में लौटेंगे। लेकिन, यह जो किस्मत के हाथों बार-बार चोट मिलती है, यह उन लोगों को याद नहीं रहेगा। वे लोग दोबारा अपनी देह में लोभ, माया, दुःख, मृत्यु ढोकर लाएँगे।''

''उसके बाद ?''

सुरकंठ की बातें, उस निर्जन जंगल के भयावह परिवेश में, हैरतंगेज़ जीवन्त तस्वीरें रच रही थी। आनन्दीराम को सुरकंठ ने मानो दिव्य-दृष्टि थमा दी हो। इसीलिए आनन्दीराम को साफ़-साफ़ नजर आने लगा, आज भागीरथी बेहद असहाय है। इसीलिए राढ़-बंग के लोग, पद्मा-पार आश्रय के लिए भाग रहे हैं। उन्हें आगामी दिन की तस्वीर भी साफ़-साफ़ दिखाई दे रही थी। ये सब भागे हुए लोग ही, कल झुंड-झुंड लौट रहें हैं।

"ऐसा क्यों हुआ सुरकंठ ? ऐसा क्यों होनेवाला है ?"

"क्यों न हो, बताओ ? इंसान के अन्दर पाप, लोभ, मात्सर्य बढ़ता जा रहा है। मेरे गुरुदेव ने सुना है ! रात के सन्नाटे में; सबके अगोचर में, भागीरथी के जल की रुलाई सुनाई पड़ती है।"

"भागीरथी के जल की रुलाई ?"

"हाँ, आनन्दी, हाँ ! इंसान ढेर-ढेर पाप कर रहा है और भागीरथी के जल में नहाकर गुहार लगाता है—हे देवी मइया, सारे पाप-ताप मिटा दो। इतने-इतने इंसानों का पाप वहन करते-करते गंगा मइया दुःख से कातर हो उठी हैं। उन्होंने असीम दर्द से उमड़कर कहा हैं—इस मुर्शीदाबाद में, इस गंगा तट पर, युग अस्त होगा।"

"तुमने जो कहा, बाद में भी ऐसा ही कुछ घटेगा ?"

"ज़रूर घटेगा। आज यह जो इंसान सज़ा झेल रहे हैं, यह भी उसके अपने ही पागलपन की वजह से। इसलिए राजा भी मर रहे हैं, झाड-झंखाड-सरकंडे भी मर रहे हैं। आगामी दिनों में भी यही घटेगा। इंसान के भ्रम, पागलपन की वजह से ही सर्वनाश होगा और इसी तरह यह इंसान ही भागीरथी की गोद में लौट आएगा।"

"वही-वही इंसान ?"

"हाँ ! जी, हाँ ! उस वक़्त कलियुग और प्रखर होगा। इंसान अगर यह बात याद रखे, तो गनीमत है। सब कुछ इसी तरह घटता है, जी। देखा नहीं, महाभारत में भारत की सभी जातियाँ लड़ी, देश-देशान्तर तक बिखर गईं। उस वक़्त मथुरा का इंसान, द्वारका आ पहुँचा था। कुरुक्षेत्र के लोग, श्री हट्ट-कामरूप तक आ पहुँचे। आज वे लोग अगर दोबारा उसी देश की तरफ लौट जाएँ, उन्हें क्या याद रहेगा कि वे लोग अपने देश लौट रहे हैं ?"

"क्यों ? याद नहीं रखेंगे ?"

"न्ना ! अगर याद रख पाते, तो उन्हीं लोगों का भला होता। जब जिस देश में रहो, उस देश को अपना बना लो, तब तो सारी गड़बड़ी ही चुक जाए। यह जो मानव-शरीर है, यही सारी गड़बड़ी की जड़ है। यह जो देह के अन्दर मन है, वही सारी गड़बड़ी का गुरू है। ऐसा क्यों है, जानते हो ? मन को 'सु' और 'कु'— दोनों ही सारथी, अपने-अपने ढंग से चलाना चाहते हैं, लेकिन यह मन कमबख्त, इतना बेअदब और मक्कार है कि 'कु' की सलाह, सबसे पहले मानता है।"

"तुम्हारी बातें बेहद अजीबोग़रीब हैं, सुरकंठ !"

"लेकिन इसका अक्षर-अक्षर सच है।"

"देखो, जो आज हो रहा है, वह कल भी होगा। तुम अपना काम वीरदर्प से करते रहो, करते चले जाओ—"

"मेरा काम ?"

आनन्दीराम ईषत् हँस पड़े।

उन्होंने कहा, "मेरा चेहरा नहीं देख रहे ? भिखारी-सा हाल ! डोम जैसी दशा।

सौभाग्य के पीछे दौड़ते-दौड़ते मेरा यह हाल हुआ।''

सुरकंठ सब सुनते रहे।

थोड़ा ठहरकर, उन्होंने कहा, ''घूम-घामकर देख लिया न ? बिपुला च पृथ्वी ! अब कहीं और चले जाओ, नौकरी ढूँढ़ो। मुझे साफ दिखाई दे रहा है, आनन्दीराम, दिन-काल बदल रहा है। कलाई में धागा, गले में माला, बाद में बाम्हनाई करते-करते तुम रसातल में चले जाओगे। नौकरी ढूँढ़ो, काम करो।''

''जानता हूँ।''

''तुम्हारे ससुर, जगतपति आचार्य, सब रुपए-पैसे लेकर फरासडाँगा फ़रार हो गए। तुम्हारी बड़ी बहू, इन दिनों सैय्यदाबाद में, अपने काका के दरवज्जे पड़ी है। सुना है, उसकी बड़ी दुर्दशा हो रही है।''

''तुम तो सभी कुछ जानते ही हो ! उसके साथ मुझे कभी सुख-चैन नहीं मिला।''

52

लोगों की विपदा देखूँ

''अब सुख-चैन बाहर नहीं मिलेगा, आनन्दीराम, उसे अपने अन्तर में संचय करो।''

''मैं तो मामूली-सा घर-बारी हूँ, सुरकंठ ! गृहस्थी में हर चीज़ की ज़रूरत होती है-घर, संसार, स्नेह, प्यार, सुख, शान्ति—सभी कुछ दरकार होती है।

''देखो, आनन्दीराम, ये सब कोई ऐसी चीज़ें नहीं हैं कि कोई बेचनहार, इन्हें हाट में लिए बैठा हो। वहाँ जाते ही तुम ये चीज़ें, झटाझट खरीद डालोगे, तुम्हें दुकान-दुकान घूमना नहीं पड़ेगा। जो ये सब चीजें चाहता है, उसे फूल-फूल पर मँडराते हुए, मधु लाकर, छत्ते में जमा करना होता है। मधु जगह-जगह से जुटाना होता है। कहाँ, कैसा मधु मिल सकता है, इसका अता-पता लगाने में ही, सारा वक़्त ख़त्म हो जाता है।''

आनन्दीराम को इसका कोई जवाब नहीं सूझा।

जो शख़्स आँगन में लेटा हुआ था, अचानक उठ बैठा।

चेहरे पर से कपड़ा हटाकर उसने कहा, ''बहुत-बहुत दिन बाद, हम इकट्ठे हुए हैं। मैं तुम्हारी ही खोज में निकला था, सुरकंठ !''

''अरे, नरपति...तुम ?''

''हाँ, बिरादर, हम ही हैं, नरपति मिश्र।''

''तुम्हारे माथे पर यह दाग़ कैसा है ?''

''रमई बागदी की बहुरिया को, जब जला रहा था, चिता की अग्नि को बाँस से कुरेदते हुए, एक टुकड़ा छिटककर माथे पर आ गिरा। अभी तक तो सिर्फ नाम से नरपति था, अब माथे पर टीका लगाकर सचमुच का राजा बना दिया।''

''तुम और यहाँ ?''

सुरकंठ और आनन्दीराम दोनों ही आवाक् हो उठे।

नरपति मिश्र ने कहा, "क्यों, भई यही तो बेहतरीन जगह है। निर्जन अरण्य, पीछे देवी प्रतिमा, आसमान में संध्या, मैं बैठा-बैठा एक अदद गृहस्थ, एक संन्यासी और एक पापी से गपशप करूँगा ?"

ऐन उसी वक़्त, दूर कहीं सियार की पुकार सुनाई दी, मानो वह उनकी बातों पर व्यंग्य कर रहा हो।

किसी जमाने में, आंधारमानिक गाँव में, सुरकंठ राय, आनन्दीराम मुखोटी और नरपति मिश्र बचपन के साथी थे, उसके बाद वक़्त बदलता गया और उन तीनों की ज़िन्दगी की धारा, तीन अलग-अलग दिशाओं में मुड़ गई। इतने सालों बाद, वे फिर इकट्ठे हुए थे। इस दौरान किसी का, किसी से प्रत्यक्ष सरोकार नहीं रहा। सुरकंठ तो खैर, संन्यास-साधना में ही मगन थे। आनन्दीराम सम्भ्रान्त गृहस्थ बन गए। सार्थक गृहस्थ की तरह, वे भी बूँद-बूँद सुख-शान्ति, समृद्धि, चुन-चुनकर, अपनी गृहस्थी की श्रीवृद्धि की कोशिश में जुटे हुए थे।

और नरपति, वे दरिद्र के दरिद्र रह गए। गाँव के तमाम लोग उन पर करुणा करते थे। उनके पुरखे नीच-जातियों के यहाँ पूजा-पाठ किया करते थे।

इसी वजह से उनके मन में तीखा अभिमान भी था। उसके बाद, गाँव के फैसले के मुताबिक, उनके जीवन का एकमात्र सहारा, उनकी विधवा बहन, पूर्णराशि को, बड़े आचार्य ने खौलता घी पीने की सज़ा सुनाई और उसी दिन उस किशोरी ने डर के मारे खुदकुशी कर ली थी, उसी दिन से उन्होंने निर्वासित चाणक्य की तरह क्रोध और घृणा का ज़हर पीना शुरू कर दिया।

उन्होंने अद्भुत जीवन चुन लिया। अब उन्हें पशु-हत्या करने में रंचमात्र भी हिचकिचाहट नहीं होती थी। क्रूरता मेवे चांडालों से भी ज्यादा भयंकर हो उठे।

लेकिन, इतने दिनों बाद, आज वे फिर एक जगह इकट्ठे हुए। भयंकर जंगल। जंगल के बीच भीषण-दर्शना काली मूर्ति की शोभा। ऐसी जगह आकर, हर किसी की छाती थर्रा उठती है। भयंकर दहशत और आतंक के उन पलों में इंसान को अचानक अहसास होता है, वह कितना तुच्छ, कितना अकिंचन है !

दीर्घ दिनों बाद, इन तीनों अधेड़ साथियों के मिलन के लिए, शायद यही परिवेश ही उपयुक्त था। समय भी अनुकूल ! उससे पहले, तीनों लोग ही अपने-अपने मोह और अभिमान में अन्धे बने हुए थे।

"सबसे बड़े अचरज की बात जानते हो, आनन्दीराम, हम तीनों का ही यही ख़याल था कि बाकी दो लोगों को बाद कर देने से भी हमारा चल जाएगा। लेकिन अब लगता है, यह भी ग़लतफ़हमी थी। कम से कम मेरे मामले में तो निरी भूल थी, वर्ना आज तुम दोनों को देखकर मुझे इतनी खुशी क्यों होती ? मुझे बेहद खुशी हो रही है, जी। मेरा समूचा मन इस वक़्त साक्षात् श्मशानतला बन गया है।"

सुरकंठ की बातें, सुनकर, नरपति हँस पड़े, 'क्यों ?मजलिस काफी जम रही है,

इसलिए? याद है, पिछली बार वीरभूम से लौटकर, तुम हर बात पर चन्द्रबिन्दु लगाया करते थे।''

सुरकंठ ने एक बार फिर ज़ोर का ठहाका लगाया, ''अरे मत पूछो, वह भी एक जमाना गुज़रा है ! जो भी साधु पसन्द आ जाता, मैं उसकी नक़ल शुरू कर देता। जब जिसके प्रति खिंचाव महसूस होता, उसकी बातचीत का अन्दाज़, चाल-ढाल, चिलम से गाँजे का दम लगाने का ढंग—मैं अपने हाव-भाव में उतारने की कोशिश करता था। उन दिनों मैं अपने मन को समझाया करता था, उसी तरह नक़ल करते-करते ही किसी दिन असल मिल जाएगा।

''और अब ?'' आनन्दीराम के सवाल में मृदुल कौतुक झलक उठा।

''अब मैं नक़ल-वक़ल नहीं करता, बिरादर। अब तो मुझे अपने जैसा होना भी निहायत मुश्किल दिखता है। क्योंकर अपने जैसा हुआ जाए, यह समझने-बूझने में ही सारी ज़िन्दगी गुज़ार दी।''

''हाँ, सो तो ठीक कहा।''

''लेकिन अब असली बात भी हो जाए, आनन्दीराम। अब यह तो यकीन कर ही लें कि हम तीनों में कोई न कोई सरोकार ज़रूर है।''

''करता हूँ, मैं पूरा-पूरा विश्वास करता हूँ—''

आनन्दीराम ने मृदुल लहजे में कहा, ''एक बार, मुझे एक बार कहने दो, सुरकंठ, तुम्हें मैंने हमेशा गुरु जैसा आदर दिया है...गुरु की तरह ही श्रद्धा भी है।''

''छिः-छिः आनन्दी, मैं तुमसे ईर्ष्या करता था।''

''चूँकि मैं तुम्हारे प्रति श्रद्धा करता था, इसलिए जब भी तुम्हें अस्थिर या बेचैन देखा, मुझे तकलीफ होती थी।''

''तुम्हें तकलीफ होती थी ?''

''हाँ, सुरकंठ ! और नरपति तुम तो अर्से से मेरे सोच-विचार के संगी रहे हो। तुम्हें भी मैं कभी नहीं भूल पाया।''

नरपति नीरव ! वे सुरकंठ की तरह व्याकुल नहीं हुए, क्योंकि वे जानते थे कि उनके बारे में आनन्दीराम के पछतावे के काफी सारे कारण हैं।

''पुन्नी को जब बड़े आचार्य ने अभिशाप दिया, जब उस लड़की ने आत्महत्या की, तब मेरी छोटी माँ ने कहा था—ओ रे, तेरे दिल में क्या बूँद भर भी दया-ममता नहीं है ? वह तो तेरी छोटी बहन जैसी थी—''

''रहने दो, आनन्दीराम, छोड़ो ये बातें।''

नरपति अभी भी, इतने दिनों बाद भी, पूर्णराशि का जिक्र, शान्त भाव से नहीं सुन पाते। उनके निःस्व, शून्य, अभागे जीवन में उनकी छोटी बहन ही, उनकी एक मात्र तसल्ली थी, लेकिन, आज उसका जिक्र सुनकर उन्होंने महसूस किया, पुन्नी को याद करते ही, उन्हें निर्मला की याद आने लगती है, चिता पर लेटी हुई रमई बागदी की बहुरिया, पारी का खयाल आने लगता है। दुःख में सहभागी होने की वजह से, वे तीनों

ही उनके दिल में बस गई थीं।

“नहीं, नरपति, मुझे कहने दो। उस दिन जब वह घटना घटी, मैं गाँव में नहीं था।”

“अरे, तुम होते भी तो क्या तुम आते, आनन्दीराम ? नहीं, नहीं, मेरे लिए यह जानना ज़रूरी है। अगर तुम गाँव में होते, तो क्या भागते हुए आते ? अगर यह सच होता, तो, चलो, आज पूछ ही लूँ। उस हादसे के बाद भी क्या तुमने एक बार भी बड़े आचार्य से जवाब-तलब किया था ? क्या तुमने उनसे कहा कि आपने अन्याय किया, जेठू, सरासर नाइंसाफी ?

“आज...आज यह बात जानकार क्या होगा, नरपति ?” आनन्दीराम की आवाज कातर हो आई।

“नहीं, नहीं, मुझे जानना है। जानना ही होगा।” नरपति उन्मत्त हो उठे। दुःख सहते-सहते, अब वे अपने को सँभाल नहीं पाते, बेतरह असंयत हो उठते थे।

वे अश्रुहीन रुलाई के मारे हाहाकार कर उठे, “तुमसे मुझे सच जानना है, आनन्दीराम। मुझे तुमसे बड़ी उम्मीद है। अति गहरी उम्मीद। विश्वास करो, नरकवासी प्रेत जैसे अमृत चाहता है, ज़िन्दा होना चाहता है, मैं भी बड़ा आसरा लगाए बैठा हूँ। तुम मुझे अमृत दे सकते हो, आनन्दीराम।मैं तुम्हें भी हद प्यार करता था। पुन्नी के बाद, तुम ही मुझे सबसे ज़्यादा प्रिय थे।”

“नरपति...।”

“तुम्हारा शान्त-शिष्ट जीवन, ख़ूबसूरत चेहरा, मान-सम्मान, समृद्धि, परिवार की सुख-श्री, यह सब देखते-देखते मेरी छाती जुड़ा जाती। मुझे यह बताने में अब कोई शर्म नहीं कि तुम्हें देख-देखकर मैं अपनी झोपड़ी में भी बेहद खुश होता था। अकेले-अकेले ही ! मुझे लगता था, जो कुछ अच्छा हो रहा है, मेरे भाई के साथ हो रहा है।”

“नरपति मैं तुमसे सच कहूँगा। बड़े आचार्य के सामने, तुम्हारा जिक्र उठाकर, मैंने उनका तिरस्कार नहीं किया। अपनी जुबान पर कोई कड़वी बात लाना, मुझे बुरा लगता था। लेकिन मैं यह भी समझता था कि यह मेरी कायरता है। विवेक-बोध ने मुझे कभी चैन से रहने नहीं दिया, नरपति। जिस दिन मैंने सुना कि पुन्नी की मौत पर काशीश्वर और सुरकंठ दौड़कर पहुँचे थे, उस दिन मुझे लगा था, उन दोनों ने, मेरे न जाने का पाप, जैसे धो दिया।”

“रहने दो ! अब इन बातों का कहीं, कोई अन्त नहीं।”

“उसके बाद... उसके बाद, मैं बराबर यही कामना करता रहा; भगवान से बार-बार प्रार्थना करता रहा कि कहीं ऐसा कुछ हो जाए, जिससे नरपति मुझसे नफ़रत करने लगे। घोर नफ़रत। जब तक ऐसा नहीं हुआ, तो, मुझे चैन नहीं मिलेगा। इसलिए, निमली को बचाने के लिए, जिस दिन भागा-भागा मैं तुम्हारे पास गया, तुमने मेरा अपमान करके, मुझे वापस लौटा दिया। उस दिन मन के किसी कोने में दुःख ज़रूर हुआ, दूसरी तरफ काफी राहत भी महसूस की थी। तुम्हारे प्रति मेरे गुनाहों का कहीं, कोई अन्त नहीं।”

इतना कहकर आनन्दीराम ख़ामोश हो रहे।

अब, इतने दिनों बाद, परोक्ष रूप से ही सही, इन दोनों को उन्होंने जता दिया कि उनके दिल की गहराइयों में उन दोनों के काम-काज, आचार-व्यवहार, बातचीत-इन सब कुछ ने उन्हें प्रभावित किया था। उन्होंने ऐसा कैसे सोच लिया कि निगाह-पलट होते ही, मन पलट भी हो जाते हैं ?

ऐसा नहीं होता, कभी नहीं होता। इंसान बेहद असहाय होता है। उसके अनजाने में ही कोई भी चीज़, उसकी ज़िन्दगी को प्रभावित करती रहती है, भविष्य की किसी भी राह पर, मनमाने ढंग से ढकेल देती है। जो कोई भी चीज़, दोस्त के प्रति विवेकहीन व्यवहार के लिए पछतावा, पत्नी की निगाहों की उपेक्षाभरी दृष्टि, यहाँ तक कि काशीश्वर की निष्पाप दृष्टि की घृणा !

"और मैं ?"

नरपति ने गहन-गम्भीर आवाज़ में कहा, "मैं ही क्या तुम्हारा अपमान करके चैन से रहा ? तुम्हारी बीवी के नाम बदनामी फैलाकर, मुझे ही क्या सुख मिला ? निर्मला के चेहरे में, मुझे अपनी मरी हुई पुन्नी की झलक मिली थी, आनन्दी ! इसलिए मैं रमई की बीवी को बचाने के लिए दौड़ा-दौड़ा गया था।

"लेकिन वह कहाँ बची ?"

"बचती कैसे ? समाज का फैसला तो प्रभु जगन्नाथ का रथ होता है। जो भी सामने पड़ेगा, उसे ही कुचलता हुआ निकल जाएगा, वर्ना यह सोच-सोचकर ताज्जुब होता है कि एक तरफ देश रसातल में चला गया, तब भी उधर बड़े आचार्य नाक में नस्सी खींचकर, फैसले देते फिर रहे हैं।"

सुरकंठ उन दोनों की बातें सुन रहे थे।

"उन्होंने ईषत् हँसकर कहा, "ऐसे निर्जन में, देवथान में बैठकर, जिसके मन में जो आ रहा है, बके जा रहे हैं। ऐसा क्यों, भला बताओ ?"

"ऐसी बातें, शायद निर्जन में ही करना सम्भव है। और-और समय अनगिनत अड़चनें भी आ धमकती हैं।"

"मेरे मन में एक सवाल उठ रहा है। यह जो तुम दोनों यूँ बकबक किए जा रहे हो, इससे कोई सुख मिला ?

"मुझे नहीं मालूम, सुरकंठ।"

"फिर भी मैं तो यही कहूँगा, जो हुआ, अच्छा हुआ। यह भी ज़रूरी है, जी। हालाँकि हमें इनकी अहमियत अक्सर समझ में नहीं आती। अब आज की ही बात लो। आज मेरा मन हो रहा है कि तुम्हें समझाऊँ। अपने दुःख से जरा उबरो। जरा सिर उठाकर बाहर देखो। सिर्फ अपने ही दुःख में रमे रहना; सिर झुकाए बैठे रहना ग़लत है। जानते हो, मेरी कुड़ोन ने क्या कहा था ?"

"यह कुड़ोन कौन है ?"

"लाखों-लाखों लोगों में एक जन। हेतालपुर का खेतिहर। हेतालपुर से होकर एकचक्रा तक मैं कोई कम बार तो आया-गया नहीं। वहीं उससे जान-पहचान हुई थी।"

"तुम्हारी जान-पहचान—?"

"हाँ, आनन्दी, ऐसे कितने ही इंसानों से मेरी जान-पहचान है, यह मैं गिना नहीं सकता। जब सोचता हूँ, तो लगता है, पूरा का पूरा राढ़-बंग मेरे सीने में धरा है।"

"मैं क्या यूँ ही तुम्हें तकदीरवाला कहता हूँ ?"

"क्यों ?"

"तुम्हारे सीने में इतनी सारी जगह है, इसलिए।"

आनन्दीराम के दिल में बेहद कम-सी जगह है। मुखोटी, घर का आँगन भर उसमें समाता है ! बस, इत्ते से आँगन भर ने उसके दिल की समूची जगह भर रखा है। इसी आँगन में बैठकर वे धुलेड़ी खेला करते थे। उन दिनों के ईंटों के छोटे-बड़े टुकड़े सात राजा के धन के बराबर लगते थे।

इसी आँगन में ही एक दिन उनके बापू के साथ गँठजोड़ के साथ विशालाक्षी आ खड़ी हुई थी उनकी छोटी ! छोटी माँ ने उनसे कभी नहीं कहा, मगर वे उन्हें 'ओ छोटी' कहकर बुलाया करते थे। यही सम्बोधन क़ायम रह गया।

"आगे चलकर, इसी आँगन में फुलेश्वरी ने क़दम रखा। उसके क़दम की हर आहट पर आनन्दीराम के सीने में कमल के फूल खिल उठे थे। शरद चाँदनी की अपरूप रातों में, कटवा की सड़क पर, निर्जन प्रान्तर में पद्मदीधी के कमल की खुशबू, आज भी उन्हें याद है। लेकिन उस याद के साथ-साथ तीखी बंचना, वेदना और हाहाकर भी जुड़ा हुआ था। स्वार्थ की गृहस्थी, उनसे सिर्फ स्वार्थ-सिद्धि की चाह करती आई है। अभी भी वे इसी ज़ंजीर से बँधे रहने को लाचार हैं।"

"चलो, तुम कुड़ोन के बारे में बताओ।"

"एकचक्रा के बरीब हेतालग्राम, बिल्कुल उजाड़-गाँव बस्ती ! मैं वहाँ जितनी बार भी गया, कुड़ोन को हमेशा सिर झुकाए-झुकाए धान काटते देखा या धान के पौधे हटाते या झाड़-झंखाड़ साफ़ करते ही देखा।"

थोड़ा ठहरकर उन्होंने दोबारा कहना शुरू किया, "वे लोग साँझे के खेतिहर हैं। जमीन भी उनकी अपनी नहीं ! उनके हिस्से में फसल भी बहुत कम आती है, फिर भी साँझे की खेती के प्रति किस क़दर मोह है, आनन्दी ! नरपति, तुम्हें शायद यकीन न आए। यह सब देख-देखकर मैं सोचा करता था, कुड़ोन कितना बुद्धू है। जिस जगह की मिट्टी तक अपनी नहीं है, उसी की माया में वह लिपटा पड़ा है।"

"हाँ, यह तो सच है—"

"नहीं नरपति, नहीं, यह बात सच नहीं हैं। अब मैं समझ गया हूँ, यह माया ही उन्हें ज़िन्दा रखती है। यह, माया उनके लिए भगवान का दान है। वे ही माया का एक-एक खिलौना, उनके हाथों में थमा देते हैं, इसीलिए वे भूले रहते हैं। वे लोग मायावश इस धरती को अपना समझकर, धान की फसल उगाते हैं। आनन्दी अपनी गृहस्थी के माया-मोह में ही तो इतनी मेहनत करता है।"

"और मैं ? भगवान मुझे ही एक खिलौना थमाना भूल गए ? क्यों, तुम ही कहो ?

तुम लोग उन्हें दयामय कहते हो न ?''

''मुमकिन है, उन्होंने तुम्हें दिया हो, नरपति। चूँकि तुम मुँह छिपाए बैठे हो, इसलिए देख नहीं पाते।''

''मुँह छिपाए बैठा हूँ ?''

''कुड़ोन भी इसी तरह सिर झुकाए बैठा रहता था। उन दिनों मैं कम उम्र था। मुझे अक्सर यह खयाल आता था कि इस बन्दे को मैंने कभी पीठ सीधी किए, खड़े होते नहीं देखा। खेत में जब कोई भी नहीं होता था, वह तब भी काम में जुटा रहता था। मैं दूर से ही पूछता था—क्या हो, कुड़ोन, सब कुशल-मंगल है न ? वह एकदम से सिर झुकाकर जबाब देता—हाँ, ठाकुर, सब ठीक है।''

सुरकंठ साँस लेने को जरा ठहर गए। कुड़ोन में समूचा राढ़ बंग नज़र आता था या राढ़ बंग में वे जहाँ-जहाँ भी गए, वहाँ उन्हें कुड़ोन ही नज़र आता रहा। अब ये बात अगर इन दोनों से कहें, तो क्या वे समझ सकेंगे। ?

उनकी आँखें देखती रही थीं—राजा आते रहे, राजा जाते रहे; वर्गी आते रहे, जाते रहे। यह सब दरअसल सच नहीं है। कम से कम कुड़ोन तो यही कहता था। उनके सवाल के जवाब में वह हँसकर कहता, ''कौन आया, कौन मरा। यह सब ख़बर लेने लगूँ, तो कुड़ोन का नहीं चलेगा, ठाकुर ! कुड़ोन के लिए अभी बहुत सारे काम पड़े हैं। धान के पौधे निराता हूँ, इस वक़्त भला मैं सिर उठा सकता हूँ ?''

''वह बहोत सच्ची बात करता था। सचमुच राजा आएँ, राजा जाएँ, यह सब तो बच्चों का खेल है। इस दुनिया में वह सब बच्चों का खेल है, असली काम जैसा काम, इन सबसे पूरा नहीं होता।''

असली काम तो कुड़ोन ही करता रहता था। सिर झुकाए, वह अपनी आँखों के सामने थामे रहता है, अपना जगत-संसार, धान के ये पौधे और यहाँ की मिट्टी। चूँकि वह इन सबको थामे रहता था, इसीलिए दुनिया भर के राजा-वजीर, अपना-अपना काम कर पाते थे। कुड़ोन ही अगर अपना काम भूल जाए, तो यह दुनिया संसार आखिर किसके दम पर चलेगा ?''

सुरकंठ थोड़ा ठहरकर दोबारा शुरू हो गए, ''जानते हो, कुड़ोन उस जाति का बन्दा है, जो अपना गाँव छोड़कर कहीं भी टस से मस नहीं होते। इसलिए उस दिन जब अचानक उसे, कानसोना की पाट-कोठी के खेत में देखा, तो मैं बेहद ताज्जुब में पड़ गया।''

''ऐसे तो कितने ही किस्से हुए हैं, सुरकंठ !''

''नहीं, नहीं, आनन्दी, तुम समझ नहीं पा रहे हो। कुड़ोन उस तबके का इंसान है, जिसकी झुग्गी-झोपड़ी अगर दस बार भी जलकर ख़ाक हो जाए, तो भी वह दस बार उसी जगह अपनी झोपड़ी बनाएगा। उसे पाट-कोठी के खेत में धान निराते देखकर, मैं समझ गया, वर्गियों ने गांगेय-बंगाल को बिल्कुल जड़ से खींचकर अलग कर दिया है, वर्ना कुड़ोन हेतालपुर हरगिज नहीं छोड़ता।''

नरपति ने लम्बी उसाँस भरी। इन कुछेक सालों में उन्होंने भी, कुड़ोन जैसे लोगों को अक्सर देखा है। ऐसे लोग घूमते-फिरते, दोबारा अपनी जगह पर लौट आते हैं। वे दोबारा जंगल काटकर साफ़ करते हैं, दोबारा अपना घर बनाते हैं।

"मैंने पहली बार देखा, कुड़ोन बिल्कुल सीधा खड़ा मेरी तरफ देख रहा है। मैंने हमेशा की तरह सवाल किया—क्या, जी, कुड़ोन ? उसने कहा, "हाँ, ठाकुर, मैं हूँ। जब तुम हेतालपुर की सड़क से आना-जाना करते थे, तब मेरा बड़ा मन करता था, एक बार तुम्हारी सूरत देखूँ। मगर उस वक़्त मुझे फुर्सत नहीं थी—" मैंने पूछा, "अब फुर्सत मिल गई ?"

उसने हँसकर जवाब दिया, "हाँ, अब तो फुर्सत ही फुर्सत है। देखो न, यहाँ, खड़ा-खड़ा मैं कितना कुछ देखता रहता हूँ। वो देखो, मेरे भाई का नाती, भात लेकर आ रहा है। पिछले पाँच बरस में एक-एक करके, सब कुछ चला गया, ठाकुर, हमारा गाँव वो जो कहते हैं न—बाधाओं का जंगल बन गया है। बेटा-बहू अब कोऊ ना रहे। एक-एक करके सब मर गए। नदिया में हमको, भाई का यह नाती मिल गया। उस बच्चे ने कहा—चलो, आजा, कानसोना जाकर धान काटें। सो चला आया।"

"मैंने पूछा था—कुड़ोन अच्छे तो हो ? उसने क्या जवाब दिया, पता है ? मैं तुम दोनों को उसका वही जवाब सुनाना चाहता हूँ। सुनो, उसने कहा—ठाकुर, सिर झुकाए-झुकाए काम किया करता था और हाँफते-हाँफते बेजान हो जाता था। हम सिर्फ यह सोचा करते थे कि मेरी यह उम्र हुई और इधर मुझे बेसहारा छोड़कर, मेरे जवान बेटे-बहू, नाती-पोती, मेरी बुढ़िया, तीन-तीन भाई—सबके सब वर्गियों के हाथों अकाल मौत के शिकार हो गए। जितना-जितना हम सोचते थे, उतनी ही तकलीफ होती थी। आखिरकार एक दिन सिर उठाया, तो मालूम है, क्या देखा ? मैंने देखा, इतना हक्कान खेत, उसमें काम करते हुए कितने-कितने मानस ! उस पाट-कोठी में कितने-कितने मुसाफिर आ रहे हैं, बैलगाड़ी पर बैलगाड़ी जा रही है। बिल्कुल ऐसा लगा, जैसे हम हेतालपुर के मैदान में खड़ा-खड़ा एकचक्रा गाँव निहार रहा हूँ। यह सब देखते-देखते, छाती पर जमा पहाड़ जैसे थोड़ा हल्का हो आया। इसलिए अब हम बीच-बीच में सिर उठाकर देख लेता हूँ।"

"कहना चाहिए, तुम्हारा कुड़ोन भी ख़ासा तकदीरवाला है।"

"इसीलिए तो मैंने कहा, नरपति, बीच-बीच में सिर उठाकर देख लेना चाहिए। तुम बेहद तकलीफ पा चुके हो, इसलिए बहुत दिनों पहले ही मैंने सोच लिया था कि यह बात तुमसे कहूँगा—"

"सिर उठाकर क्या देखूँ, बताओ ?"

"वह मैं क्या बताऊँ ?"

"मुझे भी अपने साथ ले चलो न, सुरकंठ।"

"मान लो, तुम्हें साथ ले चलूँ। उसके बाद ?"

"उसके बाद और क्या ? तुम्हारे साथ घूमूँगा-फिरूँगा।"

‘‘कितने दिनों तक नरपति ? आखिर तक तो हम साथ-साथ नहीं चल सकते, बिरादर। किसी न किसी वक़्त अकेला होना ही होगा।’’

‘‘उसके पहले तक ही सही।’’

‘‘नहीं, नरपति, अकेले की यात्रा सीख लेना ही बेहतर है। अभी तक मैंने भी अकेले चलना नहीं सीखा। अब भला फिर किसी को संघाती बनाऊँ ? धत् ! धत्।’’

‘‘वैसे मैं भी क्या तुम्हारे साथ जाता ? मैं तो किसी काम से निकला हूँ—’’

‘‘कौन-सा काम ?’’

‘‘कोई भला काम नहीं है, बिरादर, बुरा काम है।’’

‘‘बताओ तो सही।’’

‘‘कोई सुरक्षित जगह खोज रहा हूँ।’’

‘‘सुरक्षित जगह ? ऐसी कोई सुरक्षित जगह कहीं रह गई है क्या ?’’

‘‘खैर, कोई न कोई सुरक्षित जगह तो खोजना ही होगा। काशी ! अपना काशीश्वर, उसे निर्मला का अता-पता मिल गया है। अब निर्मला को किसी सुरक्षित जगह में रखना होगा, समझे ?’’

‘‘कहाँ—?’’

‘‘फरासडाँगा में। लेकिन निर्मला किसी शर्त पर भी वाराणसी जाने को राजी नहीं है। उसका कहना है कि मुझे ले जाकर रखने लायक जगह, अगर बंगाल में नहीं है, तो मुझे ले जाकर क्या होगा, बताओ ?’’

‘‘उसने सच ही कहा। एकमात्र राह है, रमई बागदी की राह ! लेकिन उस राह क्या निर्मला को जाने देना चाहिए ?’’

यह बात सुनकर अचानक सुरकंठ बोल उठे, ‘‘अच्छी बात है, आनन्दी तुम बूनी को साथ ला सकते थे। सैय्यदाबाद में महीपति आचार्य बड़ी मुसीबत में हैं। फतहचन्द उनसे ख़फा हो गए हैं। वैसे क्या-क्या घटा है, यह मैं ठीक-ठीक नहीं बता सकता।’’

‘‘जाऊँगा ! जाऊँगा क्यों नहीं ? जरा सही वक़्त आने दो।’’

आनन्दीराम की जुबान से यह बात नहीं निकल सकी कि सालों से वे फुलेश्वरी की तरफ ही बढ़ रहे हैं, लेकिन किसी तरह भी उस तक पहुँच नहीं पा रहे हैं। इसलिए बार-बार सारा कुछ गडमड हो रहा है। वक़्त न मिले, तो वे कैसे जाएँ ? हालाँकि सुरकंठ को यह बात कैसे समझाएँ?

वे खामोश रहे।

उस वक़्त सैय्यदाबाद में, फुलेश्वरी उन्हें ही याद करते हुए, मन ही मन आवाज़ें दिए जा रही थी।

बेहद असहाय थी वह पुकार !

सैय्यदाबाद में महीपति भी भयंकर मुसीबत में थे।

राज्य सरकार में उनका प्रभाव, रोब-दाब बस, जाने-जाने के कगार पर था।

हीरालाल सेठ, वाराणसी बसाक के दुर्दिन में महीपति ने, उन्हें अपनी जमा-पूँजी से कुछ कर्ज दिया था। मामूली-सा कर्ज ! वह भी बहुत जल्दी चुका दिया गया। लेकिन कारोबारियों से इतना हेल-मेल फतहचन्द को सख़्त नापसन्द था। वे उन्हें शक की निगाहों से देख रहे थे। फतहचन्द जो कामकाज करते थे, उसमें विश्वास के लिए कोई जगह नहीं थी। वैसे विश्वास बिना भी नहीं चलता और विश्वास करके भी नहीं चलता।

महीपति पर उन्हें पहली बार सन्देह, जगतपति की वजह से हुआ। जिस दिन जगतपति अपनी जमा-पूँजी लेकर, नई ज़िन्दगी की तलाश में फरासडाँगा रवाना हो गए, उसी दिन से उन्होंने महीपति के नाम के आगे टेढ़ा निशान लगा दिया।

इस टेढ़े निशान का मतलब था, अब उस शख़्स पर पूरा-पूरा भरोसा नहीं किया जा सकता। रुपए का लोभ ऐसा होता है कि यह गँठिया, कफ, आँखों के रोग जैसा इंसान के खून में घुलामिला होता है।

उस घटना के बाद ही महीपति ने हीरालाल सेठ से रुपए उधार लिए। वह रुपया भी और किसी का नहीं, उनकी निजी दौलत थी। उस दिन तक महीपति दिल्ली में ही थे। रुपए कैसे आते हैं और कैसे जाते हैं, उन्होंने बख़ूबी जान लिया था।

मुमकिन है, उन्हें पहले से ही अन्दाज़ा हो गया था कि अब वैश्ययुग आ पहुँचा है। लंदन, कार्दीया, एमर्रन्टडम, टिफलिस, अंगोरा—दुनिया के अनगिनत बंदरगाह और शहर—गंज, शंख बजाकर, वैश्य युग का माला पहनाकर, उसकी अभ्यर्थना कर चुके थे।

मुर्शीदाबाद में, दुनिया भर के प्रायः हर व्यापारी जाति को आपस में धक्का-मुक्की करते हुए ख़रीद-फरोख़्त करते देखकर, उन्हें लगा था कि बंगाल शायद व्यवसाय के दम पर ही अपने पैरों पर खड़ा हो जाए। चिरन्तन घाटा भी शायद दूर हो जाए।

इसीलिए उनके पास जितनी भी जमा-पूँजी थी, वह सब जगत सेठ के कारोबार में लगा दिया था।

उस दिन मुर्शीदाबाद के कपड़ा-व्यवसायियों की किस्मत के सितारे डूबे हुए थे।

हीरालाल सेठ ने महीपति से कहा, "आखिरकार आप लोगों के इन सुरकंठ राय की भविष्यवाणी ही क्या सच साबित होगी, जनाब ? हम लोगों को भागीरथी के तट से अपना धंधा समेटना होगा ?"

सुरकंठ को उनके गुरू ने भी कहा था—इसी मुर्शीदाबाद के भागीरथी-तट पर युग अस्त होगा—यह भविष्यवाणी दबी-ढँकी नहीं रही।

लोगों का खयाल था वर्गियों के हमले देखकर ही संन्यासी जी ने यह भविष्यवाणी की है। जब तक नवाब ज़िन्दा है, तब-तक ख़ैर है। जिस दिन नवाब आँख मूँद लेंगे, उस दिन से ये वर्गी ही राजा बन बैठेंगे। यह बात हर आदमी की जुबान पर थी।

शायद इसी डर से, जिसको जहाँ मौका मिला, एक-एक करके खिसक लेने की कोशिश कर रहा था।

यहाँ तक कि अति दरिद्र खेतिहर-मजूर भी कभी-कभार आपस में कहने-सुनने लगे थे—"जितने दिन चल रहा है, ऐसे ही चलता रहेगा। लेकिन जिस दिन नवाब इन्तकाल फरमाएँगे, उसके बाद क्या होगा, कहा नहीं जा सकता।"

महीपति ने हीरालाल सेठ से कहा, "जनाब, साधु-संन्यासियों का हिसाब-किताब बिल्कुल फर्क़ होता है। उन लोगों ने क्या यह बात कही नहीं है ? उन लोगों ने साफ कहा है। पाप की अब कोई सीमा-परिसीमा नहीं है। इंसान अपने इतने-इतने पाप गंगा में डाल चुका है कि गंगा अब विमुख हो गई हैं।"

"वही तो सोच रहा हूँ कि क्या किया जाए। बंगाल में रेशम की खेती का मामला हो या ताँत का कामकाज हो, इतने दिनों तक जो लोग इस काम में लगे हुए थे, वे ही लोग खेती-बारी भी करते रहे और ताँत की बुनाई भी करते रहे। लेकिन इन कुछेक सालों में जाने क्या हो गया। बम्बई, सूरत से रुई आती थी, उसका आना-जाना लगभग बन्द हो चुका है। हज़ारों-हज़ार लोग बर्बाद हो गए। अपनी धरती से उजड़कर मर्शीदाबाद से बांकुड़ा; बांकुड़ा से बीरभूम; बीरभूम से मेदिनीपुर; मेदिनीपुर से नवद्वीप; नवद्वीप से मालदह... कोई-कोई मालदह न जाकर, ढाका, बरिसाल... जिसको जब, जहाँ सहूलियत हुई, भाग रहे हैं, मर रहे हैं, घूम-भटक रहे हैं।"

"हाँ, यह तो सच है।'

"इसीलिए तो यह हालत हुई। हमारे बड़े-बड़े ग्राहकों में एक हैं—साहब फैक्टर ! लेकिन आजकल, देश की यह हालत देखकर, आलिमान, फ्रेंच, डच, फैक्टर लोग, रुपए लगाने में डरने लगे हैं। खैर, उनको भी दोष नहीं दिया जा सकता। हम लोग ही क्या उन्हें माल जुटाने का भरोसा दे पा रहे हैं ?"

"भरोसा कैसे दे सकते हैं ?"

"यानी आखिरकार स्थिति यही होगी न कि बाकी फैक्टर साहब हर-बढ़ जाएँगे और यहाँ के लोग चूँकि अपने देश-भुँई की मिट्टी, दाँतों में दबोचे पड़े रहते हैं, इसलिए गोरे अंग्रेज ही सर्वेसर्वा बने रहेंगे ?"

"हो सकता है।"

"हो सकता है नहीं, होनेवाला है। बस, समझ लीजिए कि कारोबार मर जाएगा। किसी एक बन्दे के हाथ गया नहीं कि चौपट हो जाएगा। अरे, प्रतियोगिता चाहिए। मुक़ाबले की ज़रूरत है। रेशम जाँच-परख के मौसम में इसी मुर्शीदाबाद के चौक बाज़ार में जॉर्जियन, आर्मेनियन, पारसी, हब्शी वगैरह एक-दूसरे को कुहनियाते हुए आपस में धक्का-मुक्की करते हुए, मालों के लिए दर-दस्तूर करते थे। उनका किचिर-किचिर सुनते ही, मेरा खून नाचने लगता था।"

महीपति ने लम्बी साँस छोड़ी। कैसे मनहूस पलों में रधुजी भोंसले ने बंगाल से चौथ वसूली के बारे में दिल्ली का फरमान लेकर, इस देश की धरती पर क़दम रखा।

हीरालाल सेठ उनके मन की बात भाँप गए।

"मुझे तो कभी-कभी यह शक़ होता है कि हम-आप जो कुछ सोच रहे हैं, वह सही

भी है या नहीं ! मानता हूँ कि वर्गियों का हमला एक विराट धक्का है, लेकिन इमारत अगर पुख्ता हो, तो आसानी से नहीं टूटती।''

''आसानी से तो टूट भी नहीं रही।''

''आप क्या बात कर रहे हैं ?''

''सच कह रहा हूँ। इसे क्या आसानी से टूटना कहते हैं ?''

हैरत है ! ठीक यही बात और-और लोग भी सोच रहे थे। बैंडेल गिर्जाघर में फादर एन्तानिओ भी बैठे-बैठे, रमई बागदी के दर्द-भरे दिल का हाहाकार, सुनते-सुनते व्याकुल हो उठे थे, जो उनके सामने घुटनों के बल बैठा हुआ, अपनी व्यथा-कथा सुना रहा था। उस दिन उन्होंने अपनी डायरी में लिखा—इन लोगों के महाकाव्य के अन्यतम नायक ने कहा था, इनसे अगर जंग न की गई, तो सुई की नोंक बराबर जमीन भी हमें नहीं मिलेगी।

अब, मैं देख रहा हूँ, इस देश के लोग किसी शर्त पर भी हार मानने को राजी नहीं हैं। वे लोग बाधा दे रहे हैं। नहीं, लाठी, तीर-धुनष या भाले के जरिए जंग करके, राह में रोड़े नहीं अटका रहे हैं। इसके बावजूद यह जो युग परिवर्तन जारी है, इस दौरान भी, हर कोई अपने देवता की पूजा करते आए हैं, उत्सव मनाते आए हैं, उसे बचाए रखने की वे जी-जान से कोशिश कर रहे हैं।

यह जो, निजस्व का विसर्जन करने को वे सर्वदा अनिच्छुक हैं, अपना परिचय कायम रखने की कोशिश में जुटे हुए हैं, यह भी तो एक किस्म की जंग है या परोक्ष प्रतिरोध यानी पैसिव रेजिस्टेंस है।

लेकिन वे लोग नहीं जानते, वर्गी लोगों के पीछे-पीछे ही इतिहास का प्रतिशोध भी मौजूद था।

उन लोगों का सम्राट महान है ! बेहद महान ! लेकिन वर्गी लोग ब्रूट हैं ! जानवर ! यह जो पैसिव रेजिस्टेंस है; अपरोक्ष, प्रतिरोध, शायद यह बंगाल; शायद हिन्दुस्तान की ही विशेषता है ! मुमकिन है, भविष्य में इसका सुफल मिले ! लेकिन वर्तमान की ओर नज़रें फैलाकर लगता है, ये लोग अगर जरा भी ऐक्टिव होते, यानी बूँद भर भी सक्रिय होते, अगर वर्गियों के खिलाफ पैर जमाकर उनकी राह के पत्थर बन जाते, तो साल-दर-साल बंगाल की मिट्टी में यूँ हाहाकार मचाने की शायद इतना दुस्साहस नहीं करते।

ठीक यही बात अलीवर्दी ने भी कही थी।

प्रासाद में, दरबार में, कुछेक विश्वासपात्रों को लेकर वर्गियों को इस बार कैसे रोका जाए, इसी बारे में सलाह-मशविरा चल रहा था।

हयात खाँ और चुन्नी राय ने कहा, ''काश, वे लोग बाधा देते, काश, वे लोग कोशिश करते—''

''किस बात की कोशिश करें ? खड़े-खड़े मार खाते रहें ?''

जिला-जिला, शहर-शहर किसानों के नुकसान की सरज़मीन की खोज-बीन करते-करते, दुर्लभ दत्त की पट्टीदार बाल, पतले हो चुके थे, मिजाज भी सख़्त हो आया था।

"कोशिश किसने नहीं की ? नवाब ने अचानक सवाल किया।

"प्रजाजन—"

"किसने कहा कि नहीं किया ? मैंने खुद देखा है, वे लोग जी-तोड़ कोशिश कर रहे हैं।"

आमने-सामने किसी ने भी नवाब की बातों का विरोध नहीं किया। अन्यान्य नवाब-बादशाहों के साथ तो प्रजा की भेंट ही नहीं होती थी। लेकिन वर्गियों के हँगामों की मेहरबानी से, नवाब अलीवर्दी चारों तरफ घूमते फिर रहे थे, हर वक़्त अपनी प्रजा के क्रिया-कलापों पर नज़र रखते थे। अगर उन्होंने कहा कि उनकी प्रजा कोशिश कर रही है, तब बात मान लेने में ही बहरहाल शान्ति बनी रहेगी।

नवाब देख रहे थे, वे लोग बार-बार लौट आते थे। जंगल काटकर, बुझी हुई राख हटाकर; जो भी जहाँ मौजूद था, वहीं उसने घर बना लिया, वहीं की मिट्टी पर खेती-बारी शुरू कर दी।

"वे लोग अपनी ताकत भर कोशिश कर रहे हैं—" उन्होंने इस बार भी ईषत् क्षुब्ध लहजे में कहा।

महीपति ने भी हीरालाल से बिल्कुल यही बात कही थी।

हीरालाल ने उसी वक़्त कहा, "अभी भी अगर लोग एक जुट होकर व्यवसाय को बचा लें, बंगाल का कारोबार जिन्दा रहेगा, वर्ना आज के बाद रुपयों के जोर पर, ये राजस्थानी, जोधपुरी, अजमेरी, मारवाड़ी लोग, ताँती लोगों को बयाना देंगे और उधर खरीदेंगे सिर्फ अंग्रेज। मैं और मेरे जैसे और-और लोग चौक-बाज़ार में बैठकर डुगडुगी बजाएँगे।

उन्हीं दिनों महीपति ने हीरालाल सेठ के कारोबार में रुपए लगाए थे।

जैसे पूँजी लगाई थी, वैसे ही वापस भी मिल गई।

लेकिन तब-तक फतहचन्द के शक की सुई उन पर टिक चुकी थी। इतने दिनों से उन्होंने महीपति के हाथों, जितने रुपए खर्च किए थे, उन सबका उन्होंने हिसाब माँगा।

महीपति ने हिसाब दाखिल कर दिया। लेकिन तीन सौ रुपयों का मामूली हिसाब नहीं मिल पाया। वह खाते में दर्ज ही नहीं था।

फतहचन्द की जुबान से फट् से निकला, "ये रुपए चाहे जितने भी मामूली हों, आपको हिसाब तो रखना ही चाहिए था।"

महीपति के होंठों पर ईषत् मुस्कान झलक आई, "रुपए मैं आपको भेज दूँगा। लेकिन, जनाब, मुझे अब निज़ामत के कामकाज से नफ़रत हो गई है। मैं अब यहाँ काम

नहीं करूँगा।''

फतहचन्द छूटते ही उनसे माफी माँगने लगे, ''मुसीबत के वक़्त, मैं अपने विश्वासी लोगों को नहीं छोड़ सकता।''

लेकिन महीपति ने निवेदन किया उनके माथे पर अविश्वास की तलवार अभी भी झूल रही है। उनका भयंकर दुःसमय चल रहा है। इधर उनके बड़े भाई की बीवी, फुलेश्वरी—सभी उन्हीं पर आश्रित हैं।

काका पर विपत्ति की आशंका से फुलेश्वरी डर गई। इसीलिए वह पति को याद करके रो पड़ी। आजकल वह अक्सर रोती रहती थी।

जब से वह राजशाही का चक्कर लगाकर लौटी है, तभी से मानो दुर्दिन शुरू हो गया था।

53

''भली-भली मउगी जेती, धरि लै जाए''

काफी जी-तोड़ तलाश के बाद, काशीश्वर, आखिरकार निर्मला के ठिकाने पर पहुँच ही गया।

तब-तक कोई नहीं जानता था कि वह निर्मला की खोज में निकल पड़ेगा।

उसके बापू वाचस्पति जी, घर-द्वार, जमीन जमा का इन्तज़ाम करने के लिए, उसके भाई की ससुराल, केवट-नलडूबी से लौट आए थे। मन ही मन कही वह मंशा भी थी कि काशीश्वर मेदिनीपुर से जो रुपए-पैसे लाया है, उसमें से कुछ दौलत, वे अपनी ज़रूरत के लिए माँग लेंगे।

''बेटा, काशी, अब तुम व्याह कर लो। तुझे घर-बारी होते देख लूँ, तो मैं चैन से आँखें मूँद सकूँगा। क्या बताऊँ, बेटा, तेरी गर्भधारिणी माँ की बड़ी साध भी, तुझे घर-बारी बना दें।''

''अरे ! आप तो कहते थे, माँ मुझे पाँच साल का छोड़कर, भगवान के घर चली गई थीं ?

''अरे, ''एक ही बात है, बेटा, वह तुझे उसी उम्र में ब्याह देना चाहती थी।''

अपनी हँसी छिपाते हुए, काशीश्वर ने पूछा, ''अब बताइए, आप क्या कहना चाहते हैं ?''

''मैं क्या बोलूँ, बेटा ?'' वाचस्पति ने एक लम्बी उसाँस भरी।

थोड़ा ठहरकर, उन्होंने भींगी-भींगी आवाज़ में कहना शुरू किया, ''मेरी ही तकदीर का दोष है, बेटा ! बचपन की उम्र से ही तुम पर आनन्दीराम का प्रभाव पड़ गया। ये आनन्दीराम, सुरकंठ, नरपति-इनका गिरोह, समूचे गाँव में सर्वनाशी दल था। यह जो गाँव में नई-नई हवा चली है, सब उन्हीं लोगों का किया-धरा है। इससे तो समाज में

इतना अनर्थ फैला है।''

''सो कैसे ?''

''कैसे, यह तुम्हें मैं कैसे समझाऊँ, जी ? फर्ज करो, किसी टुटपुँजिए की हिम्मत ज़रूरत से ज़्यादा बढ़ जाए और वह लोगों के सिर पर चपत मारकर चलना चाहे, तो वह नई हवा का क़सूर नहीं है, तो और क्या है ?''

''लेकिन उन लोगों का क्या क़सूर है, यह तो नहीं बताया—?''

''अब भी नहीं समझे ? यह जो सुरकंठ राय नामक बन्दा है, ऐसे उच्च-कुलीन ब्राह्मण का बेटा, जात-पात बिल्कुल मिटा दिया। अब वह वक्रेश्वर जाता है, शैव-पीठ, शक्तिपीठ जाता है। अघोरपंथी, डोम, चांडाल—इस सबके साथ खाता है, उठता-बैठता है, यह अन्याय नहीं है ? उसके बाद से ही तो धीरे-धीरे हवा बदलने लगी। केवट-बागदी अब ब्राह्मणों को, कौड़ी में दूध, साग, मछली, देने को राजी नहीं होता। तेली, तमोली, ग्वाले भी दुर्गा पूजा करने को आमादा हैं, यह सब पहले कोई सोच सकता था ?''

''उनकी चर्चा के जरिए क्या सभी का विचार किया जा सकता है ? उन्हें तो महापुरुष कहना चाहिए।''

''हः महापुरुष ! महापुरुष, ऐसे ही तो रास्ते-घाट में लोटते-फिरते हैं। नीच जात के साथ ता-धित्-धिन्ना नाचते फिरते हैं।

बाहरी दुनिया से प्रत्यक्ष परिचय ने काशीश्वर की दृष्टि और दिल को पूरी तरह बदल दिया था। अपने बापू की यह गँवार, अशालीनता उसे बेहद बुरी लगी।

वाचस्पति दोबारा शुरू हो गए, ''चांडालों की गोद में जा बैठने से ही अगर कोई गौरांग बन जाता, तो ऐसे गौरांग घर-घर मिल जाते। सुरकंठ और महापुरुष ! ह।''

'चलें, उनकी बात छोड़ें। आनन्दीराम भइया जी की बात करें—''

''वे तो और एक हैं। कुलीन की सन्तान होकर, कुलीन की बेटी की कुल-रक्षा नहीं करेंगे, एक के अलावा, दूसरा ब्याह करने में ही साँस उलटी चलने लगी। यह क्या, रे, बाप ? मामा की जायदाद लेने में इतना ना-नुकुर ! क्या कहने हैं, पराया धन लेकर अमीर नहीं बनेंगे। खुद जितना हो सकेगा, अपने पौरुष के दम पर कमाऊँगा—यह अन्याय नहीं है ?''

''क्यों, इसमें अन्याय क्या है ?''

''सुनो, बच्चू, तुमसे मैं ज्यादा बकबक नहीं कर सकता। घर-घर के बाम्हन-बच्चे अगर यूँ ही अकड़ जाएँ—कोई कहे, मैं बहु-विवाह नहीं करूँगा, कोई कहे, पराई जायदाद मैं नहीं लूँगा, कोई यह एलान कर दे, जात-पात मैं नहीं मानता, तो समाज रसातल में नहीं चला जाएगा, तुम ही बताओ ? अब समाज को नष्ट करने की अनुमति भला दी जा सकती है ?''

अपने तर्कों से वाचस्पति को जैसे खुद ही बल मिला।

उनके होंठों पर खुनक हँसी बिखर गई, ''ऐसे ही पाँच लोग, तुम्हारा दिमाग़ खा-चबा गए हैं, काशी ! इसीलिए तुम्हें मेरे प्रति श्रद्धा नहीं है, मेरी बात को तरह नहीं

देते। सुनो, मैं यह कह रहा था कि तुम मेदिनीपुर से जो लाए हो, मुझे सौंप दो। हम बाप-बेटे मिलकर, नदिया में ताहिरपुर ताल्लुका खरीद डालें। कुल एक सौ इक्यावन रुपए की तो बात है, इतना-सा धन तुम्हारे लिए कौन-सी बड़ी बात है ?''

अब तक काशीश्वर ख़ासा बेचैन नज़र आ रहा था।

अब उसने अपने बाप की तरफ बेहद तीखी निगाहों से देखा, मानो वह यह पता करना चाहता हो कि उसके बापू के आचार-आचरण, बातचीत में कहीं पितृ-स्नेह का लेशमात्र भी है या नहीं; उसके शुभ-अशुभ के लिए उनमें कोई आन्तरिक व्याकुलता भी है या नहीं।

अब उसने गहरी-सी उसाँस छोड़ी। गृहस्थ में आदान-प्रदान, लेन-देन, लालन-पालन के अलावा और किसी रिश्ते-नाते की मधुरता नहीं टिकती। बाप-बेटे के रिश्ते में भी रूखे-सूखे स्वार्थ के अलावा और कुछ नहीं होता, इसमें भला अचरज की क्या बात है ?

इसके बावजूद काशीश्वर का मन व्यथित हो उठा। उसने सुना था, स्नेह निम्नगामी होता है। उसने मन ही मन सोचा, यह बात शायद जन्म देने वाली माँ के स्नेह के सन्दर्भ में ही सच है। माँ का प्यार कैसा होता है, काशीश्वर इससे अनजान था। आनन्दी की सौतेली माँ, विशालाक्षी के ममतालु बर्ताव के अलावा, उसे किसी और बुजुर्ग औरत का प्यार नसीब नहीं हुआ था।

''बापू, आप क्या सोने की उम्मीद में आए हैं ?''

''हाँ, बेटा।''

बूढ़े पिता का मुँह, मारे खुशी के खुला का खुला रह गया। मुँह में भरा हुआ तम्बाकू का चूरा और ज्यादा स्याह हो आया। सोने का लोभ बहोत बड़ा लोभ होता है। इस वक़्त बूढ़े वाचस्पति, काशीश्वर में, अपने सगे बेटे के रूप में स्वर्ण-मृग देख रहे थे। काशीश्वर को लगा उनका लोभ सर्वग्रासी है। उनके खुले हुए विराट मुँह में जितना भी सोना झोंका जाए, यह गड्ढ़ा कभी नहीं भरेगा। हमेशा खाली का खाली रहेगा।

अगले ही पल उसे उनके प्रति करुणा हो आई। उसका बापू बेहद गरीब; बेहद असहाय जीव है। उनकी ज़िन्दगी में अपना कहने को कभी, कोई सोना-दाना नसीब नहीं हुआ। जितने दिनों वे अपने गाँव में थे, उतने दिनों गरीबों के घरों में पूजा करते रहे। धातु के नाम पर, ताँबे के पैसे के अलावा, उन्हें कभी कुछ नहीं मिला। सोने का चाव नितान्त स्वाभाविक बात है।

''बापू, आप शायद यह सोच रहे हैं कि राजा के यहाँ से मैं ऐश्वर्य उठा लाया हूँ। लेकिन यह बात सच नहीं है बापू।''

''काशी, तू मुझे दे। मैं किसी को कुछ नहीं बताऊँगा।''

''भूमिपति राय ने मुझे अगाध धन-दौलत देनी चाही थी, बापू, लेकिन मैंने नहीं लिया।''

''क्यों ? राजा तुझे देना चाहते थे, तो तूने लिया क्यों नहीं ?''

''उनके अन्त समय तक तो मैं उनके पास था नहीं—''

''आनन्दीराम था न ! सारा कुछ उसी ने हथिया लिया ? सारा कुछ वही हजम कर गया ? तेल चुपड़े केशों में और ज्यादा तेल ? देखा, रूखा माथा, रूखा का रूखा। मेरा बेटा गा-गाकर सुना रहा है—मैने नहीं लिया।''

''उन्होंने जो उपहार दिया, जो तनख्वाह दी, वह मेरे पास है, बापू ! यह सब आप ले जाएँ।''

स्वर्णमुद्रा, हाथ का कवच और अँगूठी ! वही पाकर वाचस्पति खुश हो गए। तुम्हारी किस्मत से, मेरे भी हाथ में सोना आया, बेटा, मेरे भी हाथ में सोना चमका, तुम्हारी ही किस्मत से। अब यह बताओ कि आगे के लिए क्या तय किया है ? कहो, तो केवट-नलडूवी में तुम्हें दो-तीन काम दिला दूँ। उत्तम वंश की लड़की, काफी सारा दहेज, कहो तो मैं झटपट तैयारी कर डालूँ।''

हथेली के तलवे पर सोने की मुद्रा रखकर, वाचस्पति ने दंभभरे लहजे में बार-बार कहना शुरू किया, ''बोलो, बोलो—'' मानो राजा का ऐश्वर्य उनके हाथ लगा हो। काशीश्वर अगर चाहे तो उस दौलत के ज़ोर पर, काशीश्वर के क़दमों पर रूपसी, राजकन्याओं का ढेर लगा सकते हैं।

''नहीं बापू, आप बस, इसके लिए मुझसे अनुरोध न करें।''

''अनुरोध ? मैं तुम्हें हुक्म दे रहा हूँ।''

''मैं आपका यह हुक्म नहीं मान सकता, बापू।''

''मैं जो कह रहा हूँ।''

''यह मुझसे नहीं होगा बापू।''

''मैं तो तुमसे विनती कर रहा हूँ। हाय रे काल वर्गी ! देश की बिल्कुल हवा ही पलट गई ? खानदानी लड़का। कहाँ बाप के आदेश पर एक नहीं दस-दस ब्याह कर डाले, वहाँ बाप को विनती करनी पड़ रही है ?''

''बापू, आप फिजूल अपना वक़्त बर्बाद कर रहे हैं। मैं गाँव में रहूँगा ही नहीं। मुझे काम पर निकलना है।''

''अच्छा ? कहीं से काम-काज की ख़बर मिली है ?''

''यह जंगल की भैंस खदेड़ने जैसा काम है। आचार्य-घर की निर्मला की तलाश में जा रहा हूँ।''

''आँय ? तुमने क्या मेरे कुल ख़ानदान पर कालिख पोतने की कसम खा ली है ?''

''क्यों ?''

''वह छोकरी तो कुलबोरन निकली ! कुल त्याग कर चली गई। उस पर मुसलमान-दोष का कलंक लगा है। तुम उसकी खोज में जाओगे ? भला क्यों ?''

''खैर, अगर मैंने देखा कि उसने सचमुच गुनाह किया है, तब और बात है। हाँ, अगर वह मुझे बेकसूर नज़र आई; अगर यह लगा कि कुछ लोग, उसे खिलौना बनाकर खेल रहे हैं, तब उसे ज़रूर ले आऊँगा।''

''लाकर क्या करोगे ? ठाकुर जी के पाटे पर बिठाकर, उसकी पूजा करोगे ?''

"नहीं, छोटी माँ को सौंप दूँगा।"

गुस्से से फुफकारते हुए वाचस्पति गाँव छोड़कर चल दिए।

जाते-जाते वे अपना फैसला भी सुना गए, "आज से तू मेरे लिए मर गया। तुम जैसे लड़कों से पिंडदान तक की आशा करना बेकार है। यही सब सात-पाँच सोचकर, मैंने दूसरा विवाह कर लिया। मेरे पास जो कुछ है, वह उस पत्नी और उसकी सन्तान को मिलेगा।"

खैर, वाचस्पति के पास अपना कहने को, सिर्फ यह क्रोध भर था। इसके अलावा उनके पास ऐसी कोई सम्पत्ति नहीं थी, जो वह किसी को सौंप जाए। फिलहाल, काशी ने यह बात उन्हें याद नहीं दिलाई।

वह सैय्यदाबाद चला आया और गुप्त रूप से निर्मला की तलाश में जुट गया।

निर्मला उसे फरासडाँगा में मिल गई। सुराटी में किसी दास-व्यवसायी की कोठी में, वह नीलबाई के नाम से रह रही थी। जल्दी ही, उसे कई अन्य क़ीतदासियों के साथ भड़ौच या काम्बे चालान किया जानेवाला था।

भड़ौच या काम्बे कहाँ स्थित है, काशीश्वर को इसकी जानकारी थी। इसके अलावा, दास-व्यवसाय के फलते-फूलते दिनों में, निर्मला कहीं एक बार हाथ से निकल गई, तो उसे ढूँढ़ निकालना बेहद मुश्किल हो जाएगा। इसीलिए काशीश्वर ख़बर मिलते ही, तत्काल फरासडाँगा पहुँच गया।

54

"विपरीत पाप भयेल धरती के ऊपर"

निर्मला की ख़बर शायद उन लोगों को मिलनी ही थी। इस दुनिया में निर्मला जैसी लड़कियाँ इसी तरह मरने चली आती हैं। दुनिया-जहान का पाप उन्हें ही क़बूल करना पड़ता है और मरकर उनका प्रायश्चित भी करना पड़ता है।

लेकिन क्या पाप है, क्या पुण्य, यह कौन बताएगा ? राय गुणाकर ने पाप का कोई और ही मतलब लगाया था। कृष्णचन्द्र को यह क्षोभ था कि नवाब को बारह लाख रुपए देने पड़े और राय गुणाकर ने कृष्णचन्द्र की निगाहों से अलीवर्दी का राज-पाठ देखकर कहा था—पाप से धरती की छाती फटी जा रही है। यह दर्शन, राजा की तरफ से राजकवि के दर्शन जैसा था।

कवि गंगाराम ने बिल्कुल आम इंसान की निगाहों से देखकर, महाराष्ट्र पुराण में लिखा—धरती पाप से टुकड़े-टुकड़े हो रही थी, इसलिए वर्गी उन्हें सज़ा देने आ पहुँचे।

यह दृष्टि भी इंसान की निगाहों से देखी जानेवाली, मामूली इंसान की दृष्टि थी। एक जमाना था, जब आँधी-तूफान-वज्र-दावानल देखकर इंसान दहशत से भर जाता था कि इसके पीछे ज़रूर कोई देवता है। गांगेय बंगाल में वर्गियों का आगमन भी उसी तरह

का महादुर्योग था। इस दुर्योग के पीछे, ईश्वर का कोई अभिप्राय नहीं छिपा है, यह बात गंगाराम नहीं समझ पाए।

राजकवि और लोककवि, दोनों में से एक ने भी नहीं समझा कि सबसे बड़ा पाप है, इंसान होकर, इंसान को कुचलना, उस पर ज़ोर-जुल्म करना और यह पाप चिर दिन से होता आया है, होता रहेगा।

निर्मला की परिणति भी, इसी क़िस्म के पाप का ही नमूना थी। औरतें सिर्फ पैसों में ख़रीदी-बेची जानेवाली रूपाजीवा ही नहीं होती। उनको आप खिलौने की तरह, खेल नहीं सकते, यह बात कौन बताए ? राजकवि ने देवी-देवताओं, ईश्वरी-पाटनी के बारे में तो सरसरी तौर पर लिखा, अपना सारा पांडित्य उन्होंने नायिकाओं की चर्चा में लगा दिया। उसमें विद्या या चन्द्रमुखी, पद्‌ममुखी वगैरह किसी और ही दुनिया की जीव।...

लोककवि ने डाकुओं के हाथों, औरतों पर ज़ोर-जुल्म और लांछना के बारे में लिखा। गांगेय बंग में औरतें धर्षिता, अवमानित और लांछित थीं।

लेकिन औरतों की बेइज़्ज़ती, लांछना का इन्तज़ाम, वर्गियों से पहले, यहाँ के समाज ने ही कर रखा था। नई साड़ी के मुकाबले, बहुत ज्यादा कम कीमत में लड़की मिल जाती थी। यानी लड़कियाँ, साड़ी से भी सस्ती थी। उन लोगों को मिट्टी की जूठी हाँड़ी की तरह उपेक्षा से फेंक दिया जाता था।

निर्मला जैसी औरतों को कौन बचाएगा ? हाँ, इस अँधेरे से उन्हें बचाया जा सकता था, अगर लोगों के पास शिक्षा, चेतना और ज्ञान के प्रकाश की उज्ज्वल संवेदना होती।

लेकिन उस जमाने में राममोहन राय का जन्म नहीं हुआ था। वैसे जो गांगेय बंगाल, ख़ासकर जो कलकत्ता, इस नवचेतना का सूतिकागृह बननेवाला था, उसकी तैयारी शुरू हो चुकी थी। रामनिधि गुप्त ने उन्हीं दिनों अंग्रेजी सीखना शुरू कर दिया था और पिरोली ठाकुरबाडी के पंचानन ठाकुर के बेटे, जयराम ठाकुर, चौबीस परगाना के अमीन बनकर, कलकत्ते के किले के करीब, गोबिन्दपुर में घर बनाकर रस-बस गए थे।

अस्पताल तैयार किया जा रहा था। भागीरथी के तट पर एक युग अस्त होने वाला था और हुगली के तट पर एक नए युग का सूर्योदय होनेवाला था। ज्ञान, चेतना और शिक्षा के क्षेत्र में अग्रदूत नया बंगाल। अब नगर सभ्यता का जन्म होगा, जो सभ्यता, एक साथ सभी वर्ण और श्रेणी के इंसानो को आश्रय देगी।

लेकिन अभी भी देर थी। काफी देर।

निर्मला क्या तब तक, उस दिन का इन्तज़ार कर पाती ? एक बार वर्गियों ने उसे बस, छुआ भर था। इस गुनाह पर समाज और संसार ने एक होकर, उसे जाकर बाहर फेंक दिया था। वहाँ से उसे शिवकाली गांगुली अपने घर ले गए। उसके बाद, दास, व्यवसायी कुटनी, उसे फुसलाकर वहाँ से उड़ा ले गई।

इसके बावजूद, निमली मन ही मन मनाती रही, अन्तस की गहराइयों में यह चाह पालती रही कि कहीं से काशीश्वर आ जाए और उसे छुड़ा ले जाए।

वैसे यह चाह भी ऐसी गुनाहभरी थी, जो किसी को बताई भी नहीं जा सकती थी। लेकिन काशीश्वर के साथ, जब वह आंधारमानिक से शिवकाली गांगुली के पास जा रही थी, तब उसे देखा था, बेहद करीब से देखा था। यह देखना ही उसके लिए काल बन गया।

अब, कोई दर्द, उसके दिल की गहराइयों में हर वक़्त बजता रहता था; रह-रहकर उसका मन उदास हो जाता, इसलिए तो निर्मला मर भी नहीं पाई।

शिवकाली गांगुली काफी ताकतवर इंसान थे। उनके खिलाफ कुछ करना मुश्किल था। वैसे उनकी जायदाद का थोड़ा-सा भी हिस्सा हथियाने के लिए उनकी पहली पत्नी की रिश्तेदार की बेटी से ब्याह करना ज़रूरी था। निर्मला के पति को यह सुझाव, जाने किसने दिया था।

निर्मला ! निर्मला ही उसके रास्ते का काँटा थी ! इसीलिए, उसने निर्मला को बुलाने के लिए, उस कुटनी को भेजा था।

सभी ने उसे समझाया था, ''ओ, रे, उन्होंने आश्रय देकर, तेरी बीवी को बचा लिया। शिवकाली गांगुली ने तो समाज के मुँह पर जूता मार दिया। क्यों ?''

इसीलिए, उसने भी पलटकर, उन्हें जूता मारने की कोशिश की। निर्मला को मुक्ति दिलाने के लिए ही तो विशालाक्षी इतनी कोशिश में लगी थी, काशीश्वर और शिवकाली गांगुली इतनी जोड़-तोड़ में लगे थे। इसलिए इस निर्मला की बच्ची को जिन्दा रखा जाए, मगर हमेशा के लिए बन्दिनी बनाकर। इसी तरह उन लोगों को जूता मारना सार्थक होगा, निर्मला के पति ने यही सोचा था।

निर्मला भी समझ गई, अब उसकी मुक्ति असम्भव है। ये लोग उसे छोड़ नहीं देंगे, उसे कहीं नहीं जाने देंगे। ये लोग उसे साँस लेने के लिए जिन्दा रखेंगे।

यहाँ तक कि ये लोग उसकी इज्जत भी नहीं छीनेंगे, क्योंकि वर्गियों के खुराफात के समय, ऐसी ढेरों लड़कियाँ मिल जाती थीं, जिनका समूचा नारीत्व, सारी इज्जत सड़क पर लुट चुकी होती थीं। सूरत के गुलाम-व्यवसायी, उन दिनों फरासडाँगा में नहीं था। उसका अनुचर मौजूद था।

उसने सुना, ''यह छोकरी कुँवारी है। निष्पाप ! निष्कलंक !''

यह सुनते ही, अन्यान्य रोती हुई लड़कियों ने एकदम से सिर उठाकर देखा। वे सब तो ढेर-ढेर दुःख झेलकर यहाँ आई हैं। लेकिन निर्मला ? इस लड़की को तो और भी गहरा दुःख उठाना पड़ेगा।

लम्बी उसाँस भरकर वे लोग बुदबुदा उठीं, ''तुमको तो ये लोग डिबिया में बन्द करके रखेंगे, जी, तुम्हारी किस्मत में बड़ा दुःख बदा है।''

निर्मला को जैसे ही पता चला, उसकी तकदीर में यही बदा था, उसने घुटने टेक दिए। उसने वक्त की धारा में अपने को बेभाव छोड़ दिया और देखने लगी, वह कितनी दूर जा सकती है; बिल्कुल ही डूब जाने से पहले, कितनी दूर तक, वक्त की धारा में बहा जा सकता है।

जब-तक वह दास-व्यवसायी नहीं आ जाता, उसकी इज्जत की मीयाद बच रही है। उसके आने के बाद ही उसकी तकदीर का फैसला होगा।

इतने दिनों काशीश्वर की याद करते हुए वह शर्म से गड़ जाती थी। उसे लगता था, उसे याद करते हुए, जैसे वह कोई गुनाह कर रही हो, इसके बावजूद उसे याद करना, कहीं से भी पाप नहीं लगता था।

उसने सोचा, वह तो मर ही चुकी है, अब वह काशी के बारे में क्यों न सोचे; उसे क्यों न याद करे।

उन लोगों ने उसके कपड़े बदलने की कोशिश की; नए-नए प्रसाधनों के सहारे, नए ढंग से उसके बाल सँवारने की पहल की।

निर्मला ने उनकी कोशिश के खिलाफ किसी किस्म की भी बाधा नहीं दी।

उसने सिर्फ इतना कहा, "मुझे कुछ देर अकेली छोड़ दें—"

बाजार में जिन लड़कियों के दाम ऊँचे चढ़ने की उम्मीद थी, उनसे थोड़ा-बहुत दोस्ताना बर्ताव करना होता है, उन्हें थोड़ी-बहुत सहूलियत तो देनी ही होती है, वर्ना अगर वे लड़कियाँ खाना-पीना त्याग दें, तो उनका चेहरा खराब नहीं हो जाएगा ?

वे लोग उसे अकेली छोड़कर चले गए। निर्मला वहाँ बैठे-बैठे काशीश्वर के खयालों में खोई रही। अपने आंधारमानिक गाँव को याद करती रही।

मुमकिन है, अब उसे कोई नया नाम दिया गया हो, उसका कोई नया परिचय गढ़ा गया हो, इसलिए उसके दिमाग में नए-नए खयाल भी आने लगे। काशीश्वर अगर एक बार आ जाता, तो निर्मला उसे अकेला नहीं जाने देती। इस बार वे दोनों निश्चित रूप से भाग जाएँगे। यहाँ से दूर...बहुत दूर ! शिवकाली गांगुली ने वचन दिया था, वे उसे हमेशा के लिए शरण देंगे।

उस वक्त निर्मला नहीं जानती थी कि शिवकाली गांगुली कत्ल कर दिए गए हैं।

उसे यूँ दिन-रात अपने खयालों में डूबी देखकर, सूरती-बाँदी ने कहा, "किसके खयालों में गुम हो, जी ? कोई पिरीत-नागर है क्या ?"

निर्मला ने अपनी विस्मित, गम्भीर उदास लेकिन निष्पाप आँखें उस बाँदी पर टिका दीं। काशी दादा क्या उसका प्यार है ? कौन जाने ?

एक दिन, वही बाँदी, कमरे की सिटकिनी खोलकर, निर्मला को कोठी के बाग में ले आई। वहाँ काशीश्वर खड़ा था—उसके लिए ! उसके इन्तजार में।

निर्मला को खास अचरज नहीं हुआ। इधर कुछ दिनों से वह विशालाक्षी, शिवकाली गांगुली, काशीश्वर के बारे में इतना-इतना सोचती रही थी, खासकर काशीश्वर को इस कदर याद करती रही थी कि उसे लगा, वह अभी भी अपने कमरे में ही बैठी-बैठी सोच रही है। शायद उसके मन की आँखें, काशीश्वर को अपने सामने देख रही थीं।

"तुम कैसे आ पड़े ?"

"जगतपति आचार्य यहीं हैं। उन्होंने ही रुपए दिए। इन लोगों ने रुपए वसूल करने के बाद ही मुझे आने दिया।" काशीश्वर ने एक लम्बी उसाँस भरी।

दोनों एक-दूसरे की आँखों-आँखों में देखते रहे।

"मैं तुम्हें यहाँ से ले जाऊँगा, निर्मला।"

निर्मला के होंठों पर गहरी स्नेहिल हँसी उभर आई। उस हँसी में दुःख नहीं, प्रगाढ़ ममता झलक रही थी। काशी को अन्दाजा नहीं कि वह कैसी असम्भव बात कर रहा है। वह उसे ले जाएगा। वह ले आने-ले जाने की बात क्यों कर रहा है, वह कुछ और बात क्यों नहीं करता ? वक्त बहुत कम है, काशी दादा, मुझ तक आने में तुमने बड़ी देर कर दी।

"निर्मला मैं तुम्हें आजाद करा लूँगा।"

निर्मला ईषत् हँस पड़ी। दोनों पत्थर के चबूतरे पर आ बैठे। बाँदी उनके सामने ही खड़ी-खड़ी यह निगरानी करती रही कि दोनों क्या करते हैं। कहीं यह नौजवान उस छोकरी को जहर-वहर न दे दें।

"तुम अच्छे हो ?"

निर्मला ने अपनी नई मीठी आवाज में दरयाफ्त किया। उसने अपनी हँसती हुई आँखें काशीश्वर के चेहरे पर टिका दीं—तुम कितनी बार मुझे आजाद कराओगे, काशी ? कैसे रिहा कराओगे ? तुमसे मुझे ढेरों बातें करनी थीं, ढेरों बातें ! बेहतर हो, हम वही बातें करें। तुम तो गरीब बन्दे थे, काशी ! सुरकंठ राय और आनन्दी मुखोटी के चेला थे। तुम तो किसी का भी शासन नहीं मानते थे। एक बार मेरा हाथ पकड़कर, चड़क के मेले से घर ले आए थे, याद है ? अचानक तुम मेरे सबसे अपने कैसे हो गए, काशी ? आओ, हम दोनों यही बातें करें। ज्यादा वक्त नहीं है, काशी, वे लोग मुझे बेच देंगे। अब क्या बचा है ? इतने कम समय में, ऐसी असम्भव बात भला करते हैं ?—निर्मला, मैं तुम्हें आजाद कराऊँगा ?

"मैं तुम्हें आजाद कराऊँगा—"

काशीश्वर की आवाज भी नई हो आई। बेहद सख्त ! बेहद अस्थिर ! बेहद क्षुब्ध !

"जरा रुपए जुटा लूँ, मैं दोबारा आऊँगा, तुम्हें छुड़ाकर ले जाऊँगा। शिवकाली गांगुली नहीं रहे, वर्ना...।

"नहीं रहे ?"

"नहीं ! उन्हें वर्गियों ने मार डाला—"

"अच्छा...तो ये बात है।"

निर्मला मानो निश्चिन्त हो आई। ये वर्गी ही मारेंगे। शिवकाली को मार डालेंगे; निर्मला को बेघर करेंगे; पारी को खुदकुशी करनी पड़ेगी; समाज-संसार उजड़ता रहेगा। खैर, शिवकाली अगर रोग-भोग में मरे होते, तो वह उनके लिए रोती ! उन्हें तो वर्गियों ने मार डाला। वे लोग तो नियति हैं। आंधारमानिक के सर्वनाश हैं।

"आज अगर वे जिन्दा होते, तो मुझे रुपए मिल जाते, निर्मला, अब मुझे रुपए जुटाने होंगे—"

"रुपए जुटाने होंगे? "

"हाँ, रुपए बिना वे लोग तुम्हें नहीं छोड़ेंगे।"

"निर्मला काफी देर तक काशीश्वर को विस्मित-आवाक् निगाहों से देखती रहीं। उसके बाद, जैसे वह सब कुछ समझ गईं।

"तुम...तुम मेरी बात कर रहे हो ?"

"हाँ, निमली।"

"तुम रुपयों का इन्तजाम करके, मुझे यहाँ से ले जाओगे ?"

"हाँ—"

"कहाँ ले जाओगे ?"

"आंधारमानिक नहीं।"

"फिर कहाँ ?"

"पता नहीं। बस, मेरे साथ चलना है। क्यों, चलोगी न ? यह दुनिया बहुत-बहुत बड़ी है।"

अचानक निर्मला के तन-बदन में झुरझुरी फैल गई। उम्मीद, आतंक और खुशी से उसकी आवाज मानो अवरुद्ध हो आई।

उसने कहा, "देर मत करना—"

"बस, रुपयों के इन्तजाम में जितना वक्त लगे—"

"देर बिल्कुल मत करना।"

"सूरती के आने में अभी तीन महीने हैं। मैं इससे बहुत पहले ही आ जाऊँगा।"

"हाँ, देर मत करना—" निर्मला ने फिर कहा।

55

'तोहें उबारिबो एही संकलप हमार'

निर्मला ने कहा था, "देर मत करना।"

काशीश्वर को एक बार यह भी लगा था, कि शायद सच ही काफी देर हो गई। ढेर सारे रुपए न मिले, तो सूरती बनिया निर्मला को भला रिहा करेगा ?

काशीश्वर ने रुपयों के लिए जगतपति से काफी अनुनय-विनय किया।

जगतपति ने कहा, "सूरती तो अभी यहाँ नहीं है। वह चटगाँव गया है। उसके लौटने में अभी तीन महीने बाकी हैं। उसके आने से पहले निर्मला को कोई बेच नहीं देगा।"

सूरती बनिए के दल्ले ने भी यह कहा, "इतना हड़बड़ाने की क्या बात है ? आप नीलबाई को खरीदना चाहते हैं, यही न ? ठीक है, मालिक आ जाएँ, उसके बाद, बात कर लेंगे।"

काशीश्वर ने कहा, "डर है कि कहीं देर न हो जाए।"

"अरे, नहीं, नहीं !"

अनाड़ी काशीश्वर को दल्ले ने सारा कुछ समझा-बुझा दिया। यह भी तो एक किसिम का धन्धा है। यह धन्धा बड़ी सबूरी के साथ धीरे-धीरे, इत्मीनान से चलता है। चटगाँव से कलकत्ता, कभी समुन्दर, कभी सुन्दरवन की सँकरी नहर के रास्ते, गुलाम कारोबारी सूरती बनियों की तरह लौटते हैं। बंगाल में जब से यह वर्गी युद्ध शुरू हुआ है, उस दिन से छोटे-बड़े लड़के-लड़कियाँ सड़कों पर घूमते-भटकते मिल जाते हैं, बस, जरा नजर रखने की जरूरत होती है।"

"लेकिन यह तो अन्याय है।"

"क्यों ?"

"यह इंसानों की खरीद-फरोख्त है ?"

दल्ले ने जोर का ठहाका लगाया। उसने काशीश्वर को बखूबी समझा दिया। इस किस्म का धन्धा हमेशा से ही होता आया है। वे लोग सूरती हैं। कहना चाहिए, श्रीकृष्ण के देश के लोग ! बिल्कुल महाभारत के जमाने से, शायद इससे भी पहले से, इस मुल्क में गुलामों की खरीद-फरोख्त का धन्धा चलता आ रहा है। अपहरण की गई औरतों की कीमत स्वरूप सोना या वीरता का प्राण चुकाकर, उन्हें वापस लौटा लाने की मिसाल भी कोई नई नहीं थी।

"देखिए, न, हम कुछ नया कर रहे हैं, न आप कुछ नया कर रहे हैं—" दल्ले ने उसे समझाया, "औरतों की खरीद-फरोख्त का धन्धा, हर देश में कायम है।"

"हम लोगों के पास, दुनिया के सभी देशों की खबरें पहुँचती रहती हैं। बगदाद, तेहरान, कार्दोवा, वेनिस, लन्दन—यहाँ हर देश का जहाज आता है, हमें खबर है। गुलामों को खरीदने-बेचने का धन्धा कहाँ नहीं है ?"

काशीश्वर को अहसास हुआ, वह कितना कम जानता है। जिस देश में वह रहता-सहता आया, उसी देश की भला कितनी सी जानकारी है उसे ? देश का परिचय क्या एकाध है ? उसे तो सिर्फ गाँव की जिन्दगी, गाँव के समाज, बँधी-बँधाई लीक पर चलने-फिरने, नाप-जोखकर जिन्दा रहना—इन्हीं सबकी जानकारी है !

गाँवों के धान-खेत, मन्दिरों के घंटे, चैत महीने के चड़क-उत्सव में, निम्न जाति और गाँववालों का उधाम उल्लास, मस्जिद का अजान—उसे तो देश के कुल एक ही परिचय की जानकारी है।

दूसरी तरफ, उस गंगा-घाट पर, विदेशी जहाज कहाँ आकर लगते हैं, इस देश के कपड़े, मसाले, नारियल, सुपारी, काठ, दवाएँ देखकर कितने देशों के लोग उतावले होकर, यहाँ आते हैं और पूँजी लगाते हैं; नमकीन गाँग और समुद्री-पथ से, कितने-कितने सूरती, मलँगी, अराकानी और हब्शी कारोबारी, गुलाम औरत-मर्द लेकर आए और फरासडाँगा, सूतानूटी, कलकत्ता और हुगली में नए जनपद बस गए हैं—इन सबसे काशीश्वर जैसे लोगों का कोई परिचय नहीं था।

हालाँकि सारा कुछ उसी के देश में हो रहा है, उसकी आँखों के सामने घट रहा

है। इतना कुछ न जानना, यूँ अनजान बने रहना, शायद ठीक नहीं है।

उस वक्त उसे निर्मला की रिहाई के लिए रुपयों की जरूरत थी।

जगतपति उसे रुपए देने को राजी हो गए थे। लेकिन उन्होंने एक शर्त भी जोड़ दी।

''पहले तुम कोशिश कर देखो ! अगर किसी ने भी नहीं दिया, तो मैं ही दे दूँगा।''

''कहीं देर न हो जाए, इसका डर है मुझे।''

''डर ?''

जगतपति हँस पड़े, ''मन में डर पालने से, काम नहीं चलेगा, बिरादर। शर्म, घृणा और भय—मन में इनका वास, महासत्यानाश।''

काशीश्वर को बार-बार यही लगता रहा, देर होती जा रही है, काफी देर ! वैसे देर हो जाने का अहसास, उसे पहले ही हो जाना चाहिए था। लेकिन सचमुच देर होती जा रही थी। कहाँ की देरी ? कैसी देरी ?

तब-तक उधर वाकई बेहद देर हो गई थी।

रानी एलिजाबेथ का हुक्मनामा लेकर सन् 1600 की 31 दिसम्बर को, जिस ईस्ट इंडिया कम्पनी ने भारत के साथ वाणिज्य शुरू किया था, सन् 1748 में उन लोगों ने इंग्लैंड को एक करोड़, साठ लाख रुपयों का माल निर्यात किया और एक करोड़ पैंसठ लाख रुपयों का माल आयात किया।

सन् 1712 में जॉन रसेल ने अंग्रेज व्यापारियों की तरफ से दिल्ली के बादशाह सलामत के दरबार में आवेदन पेश किया और बंगाल, उड़ीसा और बिहार में बिना शुल्क व्यापार करने का अधिकार अर्जित किया और सन् 1748 तक अंग्रेजों ने बखूबी समझ लिया कि उन लोगों को इस देश की मिट्टी में और मजबूत बुनियाद गढ़ना होगा। उन दिनों, सिर्फ इंडिया के ट्रेड के दम पर इंग्लैंड फलने-फूलने लगा था।

उस जमाने में इंग्लैंड में 'न्यू-ह्यूमैनिज्म' की हवा बहने लगी थी। स्वास्थ्य चाहिए; शिक्षा चाहिए। इंग्लैंड में नए-नए अस्पताल खड़े हो गए। हंटर, रमेली और प्रिंगल वगैरह चिकित्सा-शास्त्र की साज-सज्जा में नए सिरे से और बड़े पैमाने पर जुट गए। इधर ह्यूम, स्मेल्ट, आदम स्मिथ, उधर डॉक्टर जॉनूसन और जोशुआ रेनॉल्ड्स इंग्लैंड के नाम को विशिष्ट बनाने में व्यस्त।

इधर क्वीन ऐन के दरबार में डचेज महिलाओं ने बंगाल में निर्मित रेशमी गाउन और बनारसी लबादा (क्लोक) को फैशन ही बना डाला। भारत के साथ अबाध वाणिज्य के फलस्वरूप जो रुपए आ रहे थे, उससे इंग्लैंड का धनिक समाज, उन दिनों सेडानचेयर और छह घोड़ों की बग्गी पर चढ़कर, मॉल में फैशन दिखाने में मस्त थे।

क्षमता का स्वाद पाकर, उन दिनों इंग्लैंड भी उन्मत्त हो उठा।

भारत में भी वे लोग फ्रांसीसियों को मात देने के चक्कर में थे। उन्हीं दिनों मद्रास में डूप्ले के हुक्म पर अंग्रेजों का युद्धपोत बंदी बना लिया गया और अन्यतम युद्धबन्दी रॉवर्ट क्लाइव ने भारत की धरती पर कदम रखा।

इधर उन दिनों भारत में मध्य युग चल रहा था।

दिल्ली की मुगलशाही, अहंकार के मद में चूर मराठों के हाथों नितान्त असहाय-निरुपाय। एक दिन तो यहाँ तक नौबत आ गई कि औरंगजेब, दक्षिण में बैठे-बैठे, बंगाल की तरफ टकटकी बाँधे देखा करते थे। कब मुर्शीदकुली बंगाल का राजस्व भेजेगा, जिसमें उनकी बादशाही चलती रहे। मुहम्मदशाह और अहमदाबाद की बादशाही भी, उसी आग्रह के साथ, इन दिनों अलीवर्दी की तरफ नजरें टिकाए रहते थे।

लेकिन अलीवर्दी असहाय ! किस्मत के हाथों निरुपाय ! गिरियार प्रान्तर से जिसकी शुरुआत हुई थी, वर्गी-गिरोह उसे खत्म करने में व्यस्त थे।

गांगेय-बंग छिन्न-भिन्न ! धनी और सम्पन्न लोग पद्मा नदी पार करके, पूर्व बंग, उत्तर-बंग की तरफ भागने में व्यस्त। वर्गियों का खजाना चुकाते-चुकाते किसान सर्वहारा, छिन्नमूल होकर, मेदिनीपुर, नवद्वीप, वर्धमान, वीरभूम, बाँकुड़ा की तरफ, नदी में जमे काई की तरह बहते उतराते हुए !

उन्हीं दिनों रमई बागदी और उसके साथी, समाज के अत्याचार से उत्पीड़ित होकर, बैंडेस मिर्जा के एन्तानिओ के सामने घुटनों के बल बैठकर, इसाई धर्म की दीक्षा ले रहे थे।

देर हो गई थी। शायद इसीलिए बल्लालसेनी समाज की साँसें ऊब-डूबकर रही थीं। कुटनियाँ, बंगाल के हाट-मैदानों से निर्मला जैसी लड़कियों को बटोरकर ले जाती थीं, और बेच देती थीं। उधर, जगतपति जैसे लोगों, के हाथों में ढेर-ढेर दौलत ! घूस के रुपए लिए-दिए, जगतपति जैसे लोग, नई जिन्दगी जीने के लिए, नए जनपद की ओर चले गए थे।

अलीवर्दी के सामने ही अलीवर्दी का सूबा, बंगाल तीतर-बीतर होता जा रहा था। जगतपतियों की तरह, जो लोग चालाक-चतुर थे, वे लोग डूबता हुआ जहाज छोड़कर, तीर के सुरक्षित आश्रय की तलाश में जुट गए थे।

चारों तरफ, मध्य युग के आखिरी प्रहर की सूचना ! मरते-मरते भी मध्ययुग भारत को जहन्नुम में झोंके दे रहा था।

इन्हीं सबके बीच, महीपति, हीरालाल सेठ, वाराणसी बसाक अभी भी बंगाल का वाणिज्य बचाने की जोड़-तोड़ में जुटे हुए थे। इन्हीं सबके बीच, आनन्दीराम की सौतेली माँ विशालाक्षी स्नेह, ममता, धैर्य के सहारे गृहस्थी को बचाने की कोशिश कर रही थीं। आनन्दीराम के विवाहित जीवन में जो राहू लगा हुआ था, फुलेश्वरी अपने आँसुओं से, उसका प्रायश्चित कर रही थीं।

ठीक उन्हीं दिनों, काशीश्वर, निर्मला को बचाना चाहता था।

लेकिन उसे रुपए कौन देता ?

आखिरकार लाचार होकर वह आंधारमानिक वापस लौटा।

विशालाक्षी ने कहा, ''रुपए तुम्हें मैं दूँगी। बस, मुझे थोड़ा सा वक्त दे।''

वर्गियों के हाथों कत्ल होने से पहले, शिवकाली ने उनसे कहा था, "सुन, मैंने कहाँ, क्या रख छोड़ा है, वह मैं तुझे ही बताए जा रहा हूँ।"

"काशी, तू मुझे कासिम बाजार ले चल।" उन्होंने काशी से कहा।

"कासिम बाजार जाना-आना क्या सुरक्षित होगा ?"

जाने क्या सोचकर विशालाक्षी ने जवाब दिया, "अच्छा, सुन, तू जरा देर रात आना। तब बात करूँगी।"

रात के वक्त, आँगन में बैठे-बैठे उन्होंने धीमी-धीमी आवाज में काशीश्वर से बातचीत शुरू की।

"सुन, तू हमारे उस बुझे कुएँ में उतर सकेगा ?" उन्होंने दरयाफ्त किया।

"क्यों, छोटी माँ ?"

"पहले तू बता, उतर सकता है या नहीं ?"

"उसमें साँप का डर तो नहीं है ?"

"साँप का डर है। कुआँ अन्दर से टूटा-फूटा है। खतरा नहीं है, यह मैं नहीं कहूँगी—"

काशीश्वर ने विशालाक्षी की तरफ देखा।

"मैं खतरे से नहीं डरता—"

"तो फिर सुन,—कुछ साल पहले, उन दिनों नवाब की फौज वर्धमान में थी। उस बार वर्गी लोग पहली-पहली बार आए थे। बड़ी बहू के काका, महीपति आचार्य फौज के लिए रसद और तनख्वाह के रुपए लेकर वर्धमान की तरफ जा रहे थे..."

"उस बार ही न, जब नवाब तक ने घोड़े का दाना फाँककर, किसी तरह अपने को जिन्दा रखा था ?

"हाँ, लेकिन, महीपति आचार्य वहाँ तक पहुँच नहीं पाए। वे यहाँ चले आए।"

"जानता हूँ। तब बड़ी भौजी यहीं थीं—"

"हाँ, उस बार बड़ी बहू लाख रोकने पर भी यहाँ नहीं रुकी। अपने मामा के साथ चली गई।"

"हाँ, याद है।"

"वे ढेर सारे रुपए थे, काशी, बहुत ढेर सारे रुपए। उसी कुएँ में डाल दिए गए। कोई नहीं जानता। काफी देर रात को आनन्दी ने मुझे जगाया। मैंने हाथ में दीया ले लिया। घना जंगल। छाती-भर लम्बे-लम्बे चोर-काँटों और सरकंडों का जंगल। आनन्दी ने मुझसे कहा—"छोटी, दीया पकड़। महीपति आचार्य के साथ और भी दो लोगों ने मिलकर, रुपयों का सन्दूक उस कुएँ में फेंक दिया। उस पर से टूटी ईंटें, घास, चपड़ा, मिट्टी फेंककर, हम लोगों ने हाथ-पैर धोए। काफी देर रात गए हम सब घर लौटे।"

"वही रुपए...?"

"हाँ, वही रुपए। मुझे मालूम है कि अभी मैं कासिम बाजार पहुँच जाऊँ, तो काफी रुपए मिल जाएँगे। भइया मुझे ही सब बता गए हैं। भइया तो सब कुछ आनन्दी को

ही देना चाहते थे। खैर, अभी अगर मैं जाऊँ और रुपए लेकर आऊँ, तो देर हो जाएगी।''

''नहीं, नहीं, अभी तुम्हें लेकर जाने में, रास्ते में काफी खतरा भी है, छोटी माँ।''

''खतरा तो, निर्मला के लिए भी है, काशी।''

''एक को बचाने के लिए और किसी को खतरे में डालूँ, छोटी माँ ?''

''इसीलिए तो कह रही हूँ, तू जरा सी हिम्मत करके, कुएँ में उतरे, तो रुपयों का इन्तजाम अभी ही हो जाए—''

''मुझे, बस, यही डर है कि अकेले मैं उतर पाऊँगा या नहीं।''

''और किस पर भरोसा किया जा सकता है, भला ? वैसे घर में पागल है, वैरागी भी है—''

''और कोई नहीं है ?''

''रुक जा, अपना कृषाण भी तो है। गोपाल जितना ही ईमानदार है, उतना ही विश्वासी भी है।''

''तुम अगर उस पर भरोसा कर सको, तो...''

''विश्वास तो करती हूँ, मगर अब उसकी उम्र हुई। बिना इरादा ही सही या अनजाने में अगर उसके मुँह से बात निकल जाए, तो...''

''तब...?''

''मैं और तुम...''

''मेरा भी यही कहना था...''

''रुको ! अभी ये बातें हमारे-तुम्हारे ही बीच रहे। पहले मैं कुछेक मसाल तैयार कर लूँ।

''सुन, काशी, फटे-पुराने कपड़े की मशाल ठीक नहीं रहेगी। धू-धू करके जल उठेगी।''

''नहीं, नहीं, और कोई चीज होनी चाहिए। कटहल का लासा होता तो बेहतर होता। लेकिन सभी कुछ अव्यवस्थित है।''

''तो, सुन, तुझे मैं अच्छी सलाह दूँ। रमई की बीवी पानी में डूबकर मरी थी, पता है न ?''

''पता है।''

''कई बार मुझे उस पारी की याद आ जाती है। बेहद हँसमुख, खूबसूरत लड़की थी। रमई निजामत में नौकरी करता है, इस बात पर उसे कितना गर्व था ! अभागी, चाँदी की चूड़ियाँ झमकाए, मुँह में पान चबाती हँसती-खिलखिलाती घूमती-फिरती थी। हमारे पोखर में कभी-कभी साग-पात चुनने आती थी। मुझे सुशनी साग, कलगी साग वगैरह खाने का शौक था, इसलिए इस सहजन के पेड़ तले रख जाती थी।''

''इस वक्त, उसका जिक्र क्यों ?''

''तुझे तो पता है, रमई प्रायः पगलाया-सा यहाँ से चला गया। लेकिन रमई के भाई,

विशाल, लखिन्दर, पारी का भाई सागर—इन सब लोगों ने मिलकर एक दल बनाया है।''

''दल ? कैसा दल ?''

''मुझे तो शक पड़ा, कहीं वे लोग दोबारा डकैती तो नहीं शुरू कर देंगे। जंगली बागदी लोग अब हाथ में भाला, तीर-धनुष, लाठी लिए चलते हैं, उन्होंने मसालें भी तैयार कर ली हैं।''

''लेकिन क्यों ?''

विशालाक्षी का जवाब सुनकर, काशीश्वर विस्यम से चींख उठा।

56

'मेघ कोणों में अगिन जलाऊँ'

विशालाक्षी ने कहना शुरू किया, ''मैं भी पहले नहीं समझी थी। उस दिन अचानक सुरकंठ राय के मकान के करीब पहुँचकर देखा, विशाल और सागर जंगल काटकर, बेड़ा बाँध रहे थे। मैंने सोचा, वे तो निरे पागल इंसान हैं। गाँव आ रहे होंगे, इसलिए शायद उन्हीं लोगों को खबर कर दी होगी।''

''लेकिन बागदी लोगों ने मेरी बात सुनकर कहा कि वे तो हमेशा से ही हम सबके गुरु रहे। हम उनके घर-द्वार की सफाई कर रखें—''

मैंने दरयाफ्त किया, ''सुनती हूँ, तुम लोग डाकुओं का गिरोह तैयार कर रहे हो ? इसके लिए तो तुम लोग हमेशा से ही बदनाम रहे हो। लेकिन इस तरह शोरगुल मचाकर, बाजा-भोंपू बजाकर, दल बाँधते हुए तुम लोगों को पहले तो कभी नहीं देखा ?''

''उन लोगों ने जवाब दिया, ''पारी ने मरकर हमारे चेहरों पर थुक दिया। वर्गियों ने धर लिया था, इसीलिए न पारी की इतनी दुर्दशा भई। हम लोग अब दल बाँध रहे हैं। पहले नवाब के अमीन के पास जावेंगे। वर्धमान जाकर पूछेंगे, तुम लोग हमारी रक्षा करोगे या हम लोग खुद ही हत्यारों को धरें ?''

''उन लोगों ने कहा, ''हम लोग तो बदनाम हैं ही कि हम लोग डकैत हैं। अब हम डाकुओं के ऊपर डकैती करेंगे। वर्गियों को धोबी-पाटा पर धो देंगे। अगर खट्का हो जाए कि मार पड़ेगी, तो बाघ भी ठिठक जाता है। सो, वर्गी भी जरा चकरा जाएँगे, जरा डराएँगे।''

''हैरत है।'' काशीश्वर लगभग चींख उठा।

''चुप ! चुप !'' विशालाक्षी ने उसे सावधान किया।

''वे लोग वर्गियों को मारेंगे ?''

''उन लोगों ने तो यही कहा। यह भी कहा कि नवाब की फौज में जब आदमियों की जरूरत पड़ती है, तो हम लोग ही तो आगे आते हैं। छोटे-बड़े जमींदार, भुँइया,

भूँइपति, राजा-महाराजा भी जब अपनी सेना लेकर, नवाब की मदद के लिए जाते हैं, वह भी तो हमारे ही भरोसे न ! नवाब की फौज में भर्ती होकर, अगर हम वर्गियों को ठोंक सकते हैं, तो अपनी जरूरत पर उन्हें नहीं ठोंक सकेंगे ?''

''...''

''मेरे सामने, जमीन पर लेटकर, साष्टांग दंडवत् करते हुए उन लोगों नेकहा—मइयो हे, इस बार जब वर्गी आएँगे, तो तुम देख लेना। वे लोग, जब हमारा छोटा सा गाँव लूटने आते हैं, बड़ा-बड़ा दल बाँधकर नहीं आते, छोटा दल ही लेकर आते हैं। वे लोग जानते हैं, जैसे ही वे लोग, ''हर हर महादेव' कहकर हुड़दंग मचाएँगे, हम डर के मारे माटी में मुँह गड़ा लेंगे। हम लोग उनकी नजर में बदनाम हो गए हैं, मइयो। बनैले बागदी तक को वे लोग कायर, डरपोक समझने लगे हैं।''

''...''

''लेकिन इस बार देख लेना, मइयो, इस बार वर्गी जब हमला बोलेंगे, हम सबसे ऊँचे पेड़ पर बैठे, उन लोगन को देखते ही, ढोल बजाकर, सबको खबर कर देंगे। अपनी औरतों और बाल-बच्चों को जंगल में छिप जाने को, सावधान कर देंगे और हम जाकर उनको पीट-पीटकर खदेड़ देंगे।''

''...'' काशी बिल्कुल बुत बन गया।

''काशी उनके पास सब कुछ है। बड़ी-बड़ी मशालें भी हैं। जा, तू उन्हीं से एकाध मशाल माँग ला और उनकी अजब-गजब तैयारियाँ भी देख आ।''

काशी को लगा, आज उसे एक और नई बात की जानकारी हुई। मुसीबत के समय, अपने को बचाने का इन्तजाम, खुद अपने हाथों में लिया जाए।

विशाल, लखिन्दर, सागर—ये लोग काशीश्वर को बखूबी पहचानते थे।

''क्यों, जी, तुम लोग क्या सच ही वर्गियों को मारोगे ?''

सागर की देह यूँ ही विशालकाय ! उस पर से उसकी बहन के मौत के बाद, बहनोई ने भी जान दे दी। इसी दुःख में वह हर वक्त नशे में चूर रहता था। चूँकि वह हर वक्त नशे में टुन्न रहता था, इसलिए उसके पास जाना भी मुश्किल ! काशीश्वर ने देखा कि सुबह-सवेरे के वक्त, सागर बागदी के चेहरे पर मक्खियाँ भिनभिना रही थीं।

''तू इतना नशा क्यों करता है, रे ?'' वह झुँझला उठा।

''ठाकुर ! ओ काशी ठाकुर ! हमको बड़ा दुःख है, ठाकुर !''

''किस बात का दुःख है ?''

''मोरी बहिनियाँ झप्पू से नदी में कूदकर मर गई। इसी बात का दुःख है।''

विशाल बागदी बीच में बोल उठा, ''अरे, वह दुःख न होता, तो कोई और दुःख तुम अक्कास से पतंग की तरह खींचकर, उतार लेते, दादा ! नशा करते हो, तो करो, इसके लिए बहाना क्यों खोजते हो ?''

सागर ने जवाब दिया, ''नाहीं, रे, मोर बहिनियाँ मर गई। इस दुःख से मोरी छाती फटी जा रही है, रे।''

सागर की बीवी सामने आ खड़ी हुई, "वह तो मर गई, अब उसका किस्सा काहे दोहराना ? चलो, हटो, काशी ठाकुर को परनाम करने दो।"

धरती पर झुककर उसने प्रणाम करते हुए कहा, "तुम बाम्हन पूत हो, तुमको यह सब हल्ला-हँगामें की खबर से क्या मतलब ?"

बनैले बागदियों के मुहाल में बहू-बेटियों को अबाध आजादी थी। हमेशा से खुले मन से गपशप।

काशीश्वर को वह बचपन से देखती आई थी, इसलिए इस वक्त उसने सहज अधिकार से ही कहा, "तुम्हारी जवान उमिर है। तुम्हारे घर में बहुरिया को भात नहीं देना पड़ता, इसलिए कितने-कितने लोग, एक छोड़कर, दस-दस विवाह रचाते हैं। तुमसे एक विवाह भी नहीं करते बना ? काहे ? बाप-दादा की आँखों में आँसू काहे लावत हो ?"

काशीश्वर हँस पड़ा, "यह बात छोड़ो, बागदी दीदी, यह बताओ, तुम भी फेंटा बाँधकर वर्गियों को मारने जाओगी? "

"काहे ?जब तक ई लोगन वर्गी मारेंगे, हम सब धान-गोला में आगी लगावेंगी।"

"आग लगाओगी ?"

"जरूर लगावेंगी ! ई लोग कहत हैं, वर्गी मारेंगे। हम लोगन ने कहा, वर्गी लोगन का घोड़ा धान खा जावेगा। जब खा ही जावेगा, तो उससे भला है, अगर बस नाहीं चला, तो आगी लगाकर भाग जावेंगी।"

"अगर ये लोग जीतकर लौटे ?"

"अरे, तब काहे आगी लगावेंगी, ठाकुर ? अगर ई लोग हारते रहे, तभी आगी लगावेंगी।"

सागर की बीबी के पीछे ही बागदी टोले की और बहू-बेटियाँ भी आकर खड़ी हो गई थीं।

"तू धान का गोला फूँक देगी ?"

"फूक नाहीं दूँगी ? खजाना लेवेगा, धान लेवेगा, उस पर से गोला में आग लगावेगा, आखिर कितना सहें ?"

रमई की सास, पारी और सागर की माँ, भी आ खड़ी हुईं। उसकी उम्र पचास के ऊपर ! मगर अभी भी सुडौल देह ! बाल कुछ-कुछ सफेद जरूर हो गए थे, मगर पीठ तक छितरे हुए ! उसकी आँखों की दृष्टि ईषत् दिशाहारा ! उद्भ्रान्त !

"हाँ, ठाकुर, सुना है तुम देश-त्यागी हो गए हो ?"

"किसने कहा, मौसी ?"

"सुनने में आया और क्या ? अच्छा किया, ठाकुर ! देश में अब कउनो सुख नाहीं है। देखा नहीं, देश में जैसे बाढ़ आवत है, वैसे ही वर्गी लोगन आकर, देश का सत्यानाश कर गए ।"

"जानता हूँ, मौसी !"

"जानते ही होगे, ठाकुर, जरूर जानते होगे। तुम कितना पढ़े-लिखे हो। गौराँग परभू की तरह रूप तुम्हारा, कितना कुछ जानत हो। लेकिन सब कुछ जदी जानत हो, तो पारी काहे मरी ?"

सागर झुँझला उठा, "तेरी जुबान पर तो बस, एक ही बात रहती है। सब लोग अगर सब कुछ जानते हैं, तो पारी क्यों मरी ?"

"तू लोगन को लेकर बस, यही मुश्किल है। एक बात पूछो, तो, जवाब नहीं देते बनता। यह बात तो आज सब उड़े भी पूछन लगे हैं, रे। सुना है, समुच्चे देश-भर में नवाब के सिपाही-सवार फैले हैं, तो वर्गी कैसे घुस आए ? यह भी सुना है कि समुच्चे देश के लोगन के जान-परान में बड़ी दया-माया है, फिर पारी कैसे मर गई ? अब कोई देश छोड़कर जाना चाहे, तो उसे दोष दिया जा सकता है ?"

मुमकिन है, सागर की माँ पागल है ! मुमकिन है, वह पागल नहीं है। मुमकिन है, इस सवाल का जवाब किसी के पास नहीं था, इसीलिए राढ़-बंगाल की यह दुर्दशा है। सब कुछ मौजूद है—इंसान, धन-बल, वीरता, बुद्धि, फुर्ती, फिर भी जैसे कहीं कुछ कम है। प्रतिमा के सिर के ऊपर के चलचित्र से लेकर पाँव की उँगलियों के गहने तक सब कुछ जीवन्त ! असली ! लेकिन कुम्हार सिर्फ आँखें गढ़ना भूल गया। इसलिए प्रतिमा सिर्फ मिट्टी का खिलौना-भर बनकर रह गई, देवी नहीं बन पाई।

सुरकंठ राय के गुरुदेव, आचारी बाबा ने कहा था उन्होंने सुना है कि जाह्वी नित-प्रति रोती है। जाह्वी की आँखों में आँसू, सीने में रुलाई ! इंसान के पाप, लोभ, अनाचार का बोझ अपनी छाती पर ढोते-ढोते बेभाव रोती-कलपती रहे, क्या इसीलिए राजा भगीरथ उन्हें अपने साथ लाए थे ? आचारी बाबा धार्मिक जीव थे; अलौकिक के विश्वासी थे। उन्होंने कहा था, उनको पक्का विश्वास है, गंगा-तट पर एक युग की समाप्ति होगी और दूसरे युग का उदय होगा।

लेकिन काशीश्वर न तो धार्मिक था, न उसे अलौकिक में विश्वास था। बचपन में वह प्रेतछाया के पीछे-पीछे भागता हुआ जाता था, यह देखने के लिए कि वह वाकई प्रेत है या आँखों का भ्रम ! वह साहस आज भी उसमें मौजूद था। वह जवान था। समाज की तरेरती हुई आँखों को तुच्छ साबित करते हुए, चलते रहने का साहस, आज भी उसमें मौजूद था।

उसे भी जाने क्यों तो महसूस होने लगा था कि सारा कुछ सड़-गल गया है। अब कुछ भी बाकी नहीं रहा। इस समाज से उम्मीद करने लायक कुछ भी नहीं रहा।

जिस समाज में निर्मला जैसी औरतें बाँदीहाट में चालान की जाती हैं, देश की विपन्न स्थिति में भी, देश के ही इंसान रुपए लाकर बंगाल का रेशम-उद्योग को खरीद डालना चाहते थे। देश के विपत्ति-काल में भी देश के गण्यमान लोग—हिन्दुत्व कहाँ खतरे में है, कहाँ अफगानों के मुकाबले पठानों को रौब-दाब बढ़ गया था—इन्हीं सब झगड़ों में मगन थे। प्रतिहिंसा में और-और सर्वनाश कर रहे थे। देश के शिक्षित, पढ़े-लिखे लोग जब एक ओर हीरायालिनी के फूहड़-अश्लील गाने गाते थे और दूसरी

तरफ देवी-देवताओं का माहात्म्य गाते-गाते, आदिरस की गंगा बहा देते थे, तो ऐसे देश पर कैसे भरोसा किया जा सकता है ?

काशीश्वर तो हमेशा यही सुनता आया था, यह धरती बहुत विशाल है। उसी तरफ नजरें गड़ाए, वह जिन्दगी की साँसें महसूस कर रहा था।

''ओ, सागर दादा, तुम लोग बिल्कुल ठीक कर रहे हो। यह बुद्धि अगर पहले करते, तो सारी मुसीबतें, बहुत सारे हादसे होने से रह जाते।''

''पहले ? क्या बात करते हो, दादा ठाकुर ? ये वर्गी गिनती में अनगिनत थे। समुन्दर की लहरों की तरह वे लोग हज्जारों की तादाद में आए थे। उस वक्त क्या हम जानते थे कि जिनकी तरफ हम उम्मीद लगाए हैं, जिन पर यह भरोसा किए बैठे हैं कि वे लोग हमें बचा लेंगे, उनमें खुद ही जोर नहीं रहा।''

विशाल ने कहा, ''असल में, लगातार मार खाते रहने के बाद ही तो बुद्धि आई। अब लग रहा है, यही बुद्धि ठीक है। बिलकुल सही। अब, जब राजा पर ही भरोसा नहीं रहा, तब अपने पर भरोसा करने के अलावा, और उपाय क्या है ?''

सागर की बीवी ने कहा, ''ई बुद्धि तुम लोगन पहिले भी तो कर सकते थे। कब तुम्हारे घर में आगी लगेगी, कब और लोगन आकर उसको बुझावेंगे, इसी आसरे में बैठे रहोगे ? कोई हाथ पर हाथ धरे भला बैठा रहता है ?''

''खैर, छोड़ो, सागर दादा, मुझे कोई एक मशाल चाहिए थी—'' काशीश्वर ने कहा।

''काहे, जी, तुम क्या हम लोगन की तरह डाकू बनने जाय रहे हो ?''

''नहीं, मौसी, छोटी माँ के घर के पिछवाड़े, घना जंगल उग आया है। रात-बिरात बाघ, उदबिलाव घुस आते हैं। इसलिए सोचा कि मशाल जलाकर उन्हें खदेड़ने की तदबीर करूँ।''

''ठीक है, ले जाओ। हमारी बनाई मशाल तो तुम जानते ही हो। रात के बखत सूरज की तरह जलेगी, इसकी लौ जरा भी नहीं काँपेगी।''

''जानता हूँ—''

''अभी भी नवाब कहो, राजा कहो, कभी-कभार जब खुला दरबार लगाते हैं या बाहर जाकर होली खेलते हैं या दान-पुन्न करते हैं, तब हमारी बनाई मशाल की ही रोशनाई फैली रहती है।''

सागर बागदी के हाथों तैयार की गई मशाल थामे-थामे काशीश्वर रात को ही विशालाक्षी के साथ बगीचे की तरफ चला आया। पुराने कुएँ में उतरने से पहले, दिन को ही उस कुएँ में काफी सारी गन्धक, सफेद मदार की जड़ें और तीव्रगन्धी ईशमूल का चूर्ण डाल दिया गया था।

काशी ने कहा, ''छोटी माँ, साँप खदेड़ने की दवा भी डाली तो गई थी। पता नहीं भागे होंगे या नहीं।''

कुएँ की भीतरी दीवार पर झाड़-झंखाड़ का जंगल उगा हुआ था। काशी धीरे-धीरे

नीचे उतरने लगा। नीचे, बहुत नीचे, आर्कटी मोहरों की पिटारी कहाँ है, पिटारी ऊपर लाकर उसमें से सोना निकालना होगा। कीमत चुकाकर, निर्मला को छुड़ाकर लाना होगा।

57

'कल नवमी को भयल प्रतिमा विसर्जन'

विशालाक्षी से रुपए लेकर, काशीश्वर, निर्मला को गुलाम-व्यवसायियों के शिकंजे से छुड़ाने के लिए, यथासमय ही फरासडाँगा पहुँच गया था।

लेकिन निर्मला से भेंट नहीं हुई।

सूरती-व्यवसायी के मकान के खिड़की-दरवाजे बन्द देखकर, वह भागकर जगतपति आचार्य के पास पहुँचा।

"निर्मला कहाँ है ?"

"निर्मला नहीं है।"

"निर्मला नहीं है ?"

"नहीं, तुमने इतनी देर क्यों कर दी, काशी ? तुम पहले क्यों नहीं आए ?"

"आपके पास रुपए थे, मगर आपने नहीं दिए, इसलिए मैं रुपयों के इन्तजाम के लिए गया था। रुपए मैं लेकर आया हूँ। मैंने ज्यादा देर तो नहीं की। कुल एक महीना पन्द्रह-सोलह दिन ही तो लगे। इतने से दिनों में ऐसा क्या हो गया ?"

"भई, इन सबकी जड़ में वही सूरती-व्यापारी है। निर्मला को उसने शायद देखा भी न हो। लेकिन जैसे ही तुमने उसे ले जाना चाहा, वह उसकी नजर में कीमती हो उठी। कीमती नहीं, बेशकीमती।"

यह बताते हुए मारे ईर्ष्या और भय के, जगतपति उससे आँखें नहीं मिला पा रहे थे। जिन्दगी-भर उन्होंने, जिन्दगी, जवानी, धन-दौलत जो कुछ भी अर्जित की थी, सब छीन-झपटकर। दोनों बाँहें बढ़ाकर सीधे-सीधे निगल जाने की कोशिश की थी। उन्होंने, इसके अलावा, और कभी, कुछ नहीं सोचा, सिर्फ अनिवृत्त लालसा से उन्मत्त होकर जो भी मिलता था, अपनी दोनों बाँहों में दबोच लेते थे।

ऐसे ही किसी मुसलमान औरत पर उनका बेतरह दिल आ गया। हालाँकि उसके मुसलमान होने की बात से, वे बेखबर थे। उससे ब्याह करके, उसे अपनी बिरादरी में शामिल कर लिया। उन्हीं दिनों उन्हें पता चला कि वह औरत मुसलमान है। वह उनके भाई के दोस्त, रेशम के कारोबारी, अज़ीम काश्मीरी की सगी बहन थी। उनकी बहन बाँदीहाट में बेच दी गई थी। वह बंगाल की राजधानी में ही कहीं-न-कहीं होगी, यही सोचकर अज़ीम काश्मीरी मुर्शीदाबाद आए थे, ताकि बहन को ढूँढ़ निकालें।

उस औरत को छोड़ते हुए, जगतपति के मन को गहरी चोट लगी थी। जिन्दगी-भर वे प्यार के लिए तरसते रहे। उन्हें ऐसा प्यार चाहिए था, जिसे पाकर, वे अपना सारा

दुःख भूल जाएँ।

काशीश्वर, निर्मला को जो प्यार करता है या निर्मला काशीश्वर को—वह किस किस्म का प्यार है, इस बारे में उनकी कोई धारणा नहीं थी।

इसीलिए उन्होंने काशी को रुपए देने से इनकार कर दिया था।

काशी के जाने के बाद सूरती व्यापारी ने उनसे कहा, "आचार्य बाबू, पहले मैंने नीलबाई को गौर से देखा था। वह सच ही बड़ी हसीन है। आप तो जानते हैं, बंगाल की औरतों की कद्र-कीमत काफी ज्यादा है, इसे मैं अच्छे दामों में बेचूँगा।"

जगतपति में इंसानियत की भले कमी हो, गुलाम-व्यवसायी की बातें उन्हें सख्त नागवार गुजरी थीं। निर्मला को उन्होंने कभी देखा नहीं, उसे पहचानते भी नहीं थे। मगर वह थी तो उन्हीं की रिश्तेदार !—किस्मत की मार खाते-खाते, वह घर के कोने से बहती-उतरती, आज एकदम से बाँदीहाट में नीलाम होने के लिए आ खड़ी हुई थी।

बाँदीहाट में, बिकनेवाली औरतों के इतिहास से वह अनजान नहीं थे। अंग्रेज साहबों को जब खूबसूरत, जवान और मेहनती बाँदी की जरूरत होती, जगतपति भी उनके साथ जाते थे।

मुर्शीदाबाद, भगवानगोला, राजमहल के साहबों की तरफ से, वे हर औरत को कसौटी पर कसकर, अच्छी तरह जाँच-परख करने के बाद ही, दास-दासियाँ खरीदते थे। साहबों की बाँदियाँ जब भाग जातीं, तो उन्हें पकड़ लाने और सजा देने के लिए, वे भी मौजूद रहते थे। उस वक्त उनके मन में क्या, कभी यह खयाल आता था कि ये बाँदियाँ भी आखिर इंसान हैं। इनके मन को भी चोट लगती है। देह-अत्याचार सहने की भी तो आखिर कोई सीमा होती है !

नहीं, यह सब उन्होंने कभी नहीं सोचा। उनकी नजर में वे औरतें, सिर्फ बाँदी ही थीं, इंसान कभी नहीं रहीं। इसकी वजह भी थी। बंगाल की औरतों में, उन्होंने सिर्फ निम्न जाति की औरतों को ही बाँदीहाट में देखा था। वे औरतें उन्हें कभी, किसी दिन भी अपने करीब या अपने स्तर की नहीं लगीं। इसीलिए उनके आँसू, उनके बदन पर हाथ रखते ही, उनको काँपते-सिहरते देखकर भी उन्हें कोई तकलीफ नहीं हुई ! उन औरतों की देह काफी मांसल है या नहीं, इसकी जाँच-परख के लिए उनका अंग-अंग टटोलने-दबाने में भी उन्हें कभी संकोच नहीं हुआ।

ईरानी, आर्मेनियन, कठियावाड़ी, उत्तर-भारतीय—हर तरह की औरतों से उनका पाला पड़ा था।

निम्न जाति की औरतें भी हमेशा यही समझती रहीं कि वे लोग ऊँचे तबके के लोगों के लिए जी-तोड़ मेहनत-मशक्कत के लिए ही पैदा हुई हैं। उनकी जिन्दगी का और कोई उद्देश्य नहीं है। रुपवती, स्वर्णकेशी, उजली-चमकती आँखोंवाली भिन्न देशी औरतों को देखकर, हमेशा यही अहसास होता था कि वे लोग महज भोग की सामग्री मात्र हैं; अमीर घरों की सजावट मात्र !

ना, उन्हें वे कभी भी इंसान नहीं लगीं।

लेकिन निर्मला की बात अलग थी। वह ब्राह्मण कन्या थी। कुलीन घराने की बहू। उनकी सगी बेटी, फुलेश्वरी की तरह ही लाड़-प्यार से पली थी। फूटी किस्मत की वजह से पति ने कभी उसकी तरफ आँखें उठाकर भी नहीं देखा। तकदीर ने ही उसकी तरफ से मुँह फेर लिया था, इसीलिए वर्गियों ने उसे ही दबोच लिया और गाँव की बिरादरी ने उसे निर्वासित कर दिया।

शिवकाली गांगुली ने उसे अपनी बेटी की तरह ही पनाह दी, मगर किस्मत के मारों के साथ जैसा होता है, उसका अपना पति ही उसे घसीट लाया और उसने इस सूरती धन्धेबाज के हाथों बेच दिया।

काशीश्वर ने उससे प्यार किया, शायद उसकी फूटी तकदीर देखकर ही उससे दिल लगा बैठा। निर्मला ने अपने पति को कभी गौर से नहीं देखा। उसे तो सिर्फ इतना ही मालूम था कि उसका ब्याह हो चुका है। उसके बाद, उसके बापू ने उसे निकाल बाहर किया। पति ने कुटनी भेजकर, उसे चुरा लिया और बाँदीहाट में बेच दिया। उसने उसे सिर्फ बेच ही नहीं दिया, अपनी टेंट में पूरे रुपए खोंसकर, यह बदनामी भी फैला दी कि निर्मला कुलटा है। निर्मला अपनी मर्जी से बाँदी-व्यवसायी के यहाँ चली गई।

विसर्जित प्रतिमा की तरह निर्मला अँधेरे से घोरतर अँधेरे में बहती गई। किस्मत से लड़ने का उसे कभी खयाल भी नहीं आया। जब उसने बारहवीं बंग-शती की औरत के रूप में, बंगाल की धरती पर जन्म लिया है, तो किस्मत और समाज उसे खिलौना मानकर, उससे मनमाने खिलवाड़ करेगा, यह बात उसकी नस-नस में समा चुकी थी। इस हकीकत को वह बखूबी जान चुकी थी।

उसका भाग्य और समाज कभी उसे सोना-रूपा समेत किसी कुलीन लड़के से ब्याह देगा, जिस पति को अपने आँखों से देखा तक नहीं, उसी पति की चिता पर उसे बैठाकर 'सती-सती' के नारे लगाते हुए, ढाक-ढोल बजाएगा, कभी वर्गियों द्वारा छुए जाने के अपराध में, उसे गूदड़ पहनाकर गाँव से निकाल बाहर करेगा और कभी कुल पचास आर्कटी 'टँका' के लोभ में उसे सरे-बाजार बेच देगा—इनमें से किसी बात पर उसे ताज्जुब नहीं हुआ।

यह बात बखूबी उसकी समझ में आ चुकी थी कि बारहवीं बंग-शती में, बंगाल की औरतों के सामने अँधेरा है। छिद्रहीन, सीमाहीन, प्रगाढ़ अँधेरा। जैसे नवद्वीप के कृष्णचन्द्र या वर्धमान की पूजा-प्रतिमा काफी ऊँचाई पर प्रतिष्ठित की जाती हैं और उस प्रतिमा के दर्शन के लिए सिर उठाकर देखना भी पड़ता है, उस शती के औरतों का भी वही हाल ! वैसे, इस प्रगाढ़ अँधेरे में भी, कोई-कोई ऐसा भी होता है, जिसकी तरफ देखते ही, अपार श्रद्धा उमड़ आती है। लेकिन रानी भवानी के साथ निर्मला की तुलना क्या सम्भव है ? विशालाक्षी जैसा समझदार साहस भी भला उसमें कहाँ है ? इसके अलावा, जब चारों तरफ अँधेरा छाया हो, उसमें दो-एक औरतें व्यतीक्रम भी हों, तो उससे तत्कालीन औरत जात का कोई उपकार नहीं होता।

उन औरतों के लिए धर का आँगन तक परदेश होता है। बिल्कुल शैशव का समय,

फिर भी थोड़े-बहुत सुख से गुजरता है, उसके बाद ब्याह हो या न हो, सुख नसीब नहीं होता। मर्द का कोई गुनाह-गुनाह नहीं होता। मर्द समाज को ठेंगा दिखाकर एक नहीं, सैकड़ों ब्याह रचाता है और उप-पत्नियों के साथ ऐश से रह सकता है। औरतों में, पान से चूना भी अगर झर जाए, तो उसे त्याग देने या पापिन ठहराने की हजारों विधान मौजूद हैं।

समाज की नजरों में औरत बेहद निकृष्ट जीव होती है। हालाँकि मजेदार बात यह भी है कि किसी-किसी स्थिति में समाज के सामने त्याग, सहनशीलता, धैर्य, कष्टसहिष्णुता का उज्ज्वल आदर्श पेश करने का दायित्व, इन कुछेक लाख निकृष्ट जीवों पर है। यह दायित्व और किसी का नहीं होता। पति या पिता के कुल-खानदान को पुण्यवान बनाने की जिम्मेदारी भी इन्हीं औरतों पर होती है। इसीलिए एकादशी के दिन उनकी छाती प्यास से फटती रहेगी; जरूरत पड़ने पर कुल सात साल की मासूम लड़की भी चिता पर जल मरेगी।

निर्मला सारी हकीकत से परिचित थी। वह यह भी जानती थी कि जो औरतें इसके खिलाफ आवाज उठातीं हैं, एतराज करती हैं, उनकी गति तीर्थस्थानों के बाजारों में होती है। उन्हें वेश्या बन जाना होता है, देह का कारोबार चलाना होता है; भिखारिन बन जाना पड़ता है; भीख माँगकर जीवन गुजारना पड़ता है। जिन औरतों ने विरोध नहीं किया, अपने ही तबके के नाते-रिश्तेदारों के हाथों, अत्याचार, घर्षण और जोर-जुल्म की शिकार हुईं, उनके हाथों में भी आधे नारियल की माला और बदन पर चीथड़े लपेटकर नवद्वीप, बक्रेश्वर या श्रीक्षेत्र में, सड़क-किनारे भीख-माँगने का विधान किया जाता है।

बारहवीं बंग-शती में, बंगाल प्रान्त ने यहाँ की औरतों को, इससे ज्यादा सम्मान नहीं दिया। इसीलिए निर्मला को समाज से कोई अपेक्षा नहीं थी। बारहमासे के उदास गीतों में वर्णित दुखिया, मधुका, बल्लुका, मैना, अमीना की तरह ही उसने भी अपने को धारा के रुख के हवाले कर दिया था।

लेकिन, मानो आगामी शती के भविष्य के गर्भ से अचानक काशीश्वर प्रकट हो गया। उसी के गाँव का नौजवान—काशीश्वर। जो गाँव के सबसे दरिद्र ब्राह्मण का बेटा था और जिसकी हर बात अजीबोगरीब थी, जिसे डराने की कोशिश की जाती, तो वह गाँव की अँधियारी सड़क पर जू-जू भूत को अपनी आँखों से देखने के लिए, जाकर खड़ा हो जाता; भूत की खोज में श्मशान पहुँच जाता। जो लड़का बागदी टोले में जाकर चिड़वा-मुरमुरे तक खाता; गाँव के कायस्थ, वैश्य, बनिया—जो भी मर जाता, उसे ही कन्धा देने पहुँच जाता ! बेहद दुःसाहसी, निर्भीक, तार्किक, फिर भी बातचीत में विनम्र, मितभाषी और विनीत।

उसी काशीश्वर ने उसे दिलासा दिया, "निर्मला मैं तुम्हारी रिहाई के लिए काँचन शुल्क लेने जा रहा हूँ। अब हम-तुम नए सिरे से जिन्दगी शुरू करेंगे, क्योंकि—विपुला च पृथ्वी :"

यह आश्वासन पाते ही, निर्मला का संचित धैर्य जाने कहा गुम हो गया। इतने दिनों

की सारी जानकारी, प्राचीन से प्राचीनतम जमाने से, जो शिक्षा बंगाल के लड़कियों के खून की बूँद-बूँद में समा चुकी थी, वह सारी जानकारी जाने कहाँ तो बह गई।

अचानक उसे इलहाम हुआ, यह दुनिया बड़ी है, सचमुच बहुत बड़ी है ! वह और काशीश्वर किसी और देश चले जाएँगे, किसी और जुबान में बात करेंगे, किसी और तरह की वेशभूषा में होंगे। अब फिक्र की बोई बात नहीं है। काशीश्वर की जुबानी, मानो बारहवीं शती के जाने-पहचाने समाज से बाहर की दुनिया ने ही उसे भरोसा दिलाया—तुम्हें जिन्दा रहना है, निर्मला, जिन्दगी का दावा काफी बड़ा है।

बस, वह बेचैन हो उठी। मुक्त जीवन की बाताश, उसके पुराने खून की बूँद-बूँद में घुलते ही निर्मला बेहद खूबसूरत, अनन्या और गजल-सी मोहक हो उठी।

उसके हसीन चेहरे पर निगाह पड़ते ही, सूरती-व्यवसायी की नीयत डोल गई।

उसने फिरंट होकर कहा, "मैं उसे पश्चिम देश में ले जाऊँगा। वहाँ बेहद ऊँचे दाम में बेचूँगा।"

उसकी बातों से जगतपति के दिल को ठेस लगी। उसके विवेकहीन खयाल और मनुषत्वहीन, हृदयहीन बातों ने उन्हें चोट पहुँचाई।

उन्होंने कहा, "उसे रुपयों के लिए ही बेचेंगे न ?"

"बे-शक।"

"तो आप दाम फेंकिए, उसे मैं खरीद लूँगा।"

उन्होंने कहा, "मैं उस लड़की को तुम्हारे लिए सहेज लेना चाहता था।"

"ऐसा भला कहाँ सम्भव है, बाबूजी ? सूरत में मेरा कोठी है। उस कोठी में चुनी हुई बाँदियों की नीलामी होती है। उस नीलामी में काफी चढ़े-दामों की बोली लगती है। उसके दाम कितने चढ़ेंगे, यह क्या अभी से बताया जा सकता है ?"

उन दिनों निर्मला बेतरह अस्थिर और चंचल हो उठी। उसे क्या पता था कि वर्गियों के दोबारा हमले में वर्धमान से लेकर मेदिनीपुर तक जल रहा था। पश्चिम बंगाल के पास अपना कहने को जो कुछ भी था, उस आग में सारा कुछ जल रहा था—धर्म, प्रथा, व्रत-विधान, घर-निर्माण-उद्योग, कपड़े बुनने की दक्षता, पोथी नकल करने की अद्‌भुत क्षमता ! सारा कुछ आग की लपटों के हवाले !

उसे क्या पता था कि इसी वजह से काशीश्वर रुपए लेकर, वक्त पर नहीं पहुँच सका। जिस दिन उसे राह आसान नजर आई, उसी दिन भागकर आ पहुँचा।

नामुमकिन उम्मीद और बेचैन आग्रह के साथ, वह बाँदी-कमरे की खिड़की पर नजरें गड़ाए बैठी रही।

जिन्दगी में न उसे प्यार नसीब हुआ, न उसने प्यार का स्वाद जाना। शायद इसीलिए काशीश्वर से दिलासा पाकर, उसके दिल के बन्द दरवाजे एकबारगी खुल गए थे।

जब उसने देखा, काशीश्वर के आने से बहुत पहले ही, सूरती व्यापारी उसे बेच देने के चक्कर में है और उसका भावी खरीददार और कोई नहीं, खुद जगतपति हैं, तो

उसके धीरज का बाँध टूट गया।

"इसीलिए, उसने जहर खा लिया।"

"जहर उसे मिला कहाँ से ?"

"उसने कहीं से इकट्ठा किया था।"

काशीश्वर उठ खड़ा हुआ। उसके सामने अब कोई भविष्य नहीं था। कोई उम्मीद नहीं। सब ओर अँधेरा-ही-अँधेरा। जिस अँधेरे से निर्मला खौफ खाती थी और जिस अँधेरे से बचने के लिए उसे सिर्फ एक ही रास्ता नजर आया।

जगतपति ने काशीश्वर से दरयाफ्त किया, "कहाँ जाओगे ?"

"पता नहीं ! आपने कहा था—विपुला च पृथ्वी ! अब मैं उसी दुनिया की तरफ निकल पड़ना चाहता हूँ। उत्तर मुझे खोजना ही होगा। निर्मला जैसी लड़कियों की जिन्दगी के सवाल का जवाब कहीं-न-कहीं जरूर मौजूद है।"

काशीश्वर कलकत्ता चला गया। अपने पुराने जीवन में अब वह कभी नहीं लौटेगा।

58

शान्ति लाओ, देह-रण में दो विराम

आंधारमानिक गाँव का बेटा काशीश्वर, निर्मला की मौत के साथ-साथ ही समझ गया था कि अठारहवीं-शती का बंगाल बेहद जड़ और जीर्ण हो चुका है। अब नया जीवन चाहिए, नई धरती चाहिए। इसीलिए वह कलकत्ता की तरफ चला गया। उस वक्त, उसे यह नहीं मालूम था कि वह कहाँ जाएगा। उसके कानों में सिर्फ एक मन्त्र गूँजता रहा—विपुला च पृथ्वी !

पृथ्वी अगर सच ही काफी बड़ी है, तो किसी दिन वहाँ तक जरूर पहुँच जाएगा। समूची जिन्दगी उसने सिर्फ दुःख ही जाना है। लेकिन, वह दरिद्रता का दुःख था, उपेक्षित अवहेलित जीवन का दुःख था। निर्मला के प्यार का उत्स भी उसी दुःख का अहसास था। निर्मला को खो देने के बाद, अब उसे सुख-दुःख से कहीं ज्यादा गहरी, कहीं बेहद गम्भीर प्रेरणा मिली।

जाने कौन तो उसे निरन्तर आगे बढ़ने का हौसला देता रहा।

अठारहवीं शती इस कदर जीर्ण, वृद्ध और जड़ हो आई है टुकड़ा-टुकड़ा बेतरह ढहने लगी है, इस बात का नवाब अलीवर्दी को भी पहले अहसास नहीं हुआ।

उनका खयाल था कि बाहुबल के दम पर सब कुछ सम्भव है। सारी बाधा-विघ्न अपने उद्यम से जीत सकते हैं। लेकिन चौहत्तर साल की उम्र तक पहुँचकर, उन्होंने देखा कि सामने अभी भी अनगिनत बाधाएँ हैं ! कठिन अड़चनें ! उन्हें अपने सामने विशाल पहाड़ नजर आने लगा। उस पहाड़ को पार करने की शक्ति उनमें कहाँ बच रही थी ? अब वे चौहत्तर वर्ष के हो चुके थे ! बाल सफेद ! देह जर्जर-जीर्ण !

जिन लोगों के लिए उन्होंने प्रभुपुत्र सरफराज़ की हत्या की थी, इतना बड़ा साम्राज्य रचा, वे लोग कहाँ गए ? सारे नाते-रिश्तेदार एक-एक करके मौत के गर्त में समा गए थे। आज पठान-विद्रोह, कल अफगान-व्रिदोह। बंगाल की धरती श्मशान बन चुकी थी। गृहस्थ लोग रास्ते के भिखारी बन चुके थे; बंगाल के भूमिपुत्रों के धान के खेत चिड़ियाँ चुग गई थीं। राजकोष शून्यप्राय !

इतने दिनों बाद उन्होंने महसूस किया कि लम्बी उम्र भयंकर अभिशाप है; क्योंकि जिसकी तरफ से वे आँखें मूँदे हुए थे, वही सिराज उनके विरुद्ध बगावत का एलान कर बैठा।

उन दिनों नवाब मेदिनीपुर में थे।

उनका उदास चेहरा देखकर, बेगम ने धीमी आवाज में पूछा, "क्या हुआ है ?"

नवाब के पास इस सवाल का कोई जवाब नहीं था। अपने लिए उन्होंने अल्लाहताला से बहुत कम सा चाहा था; बहुत कम सा लिया था। अपनी बेगम के अलावा, उन्होंने कभी किसी की तरफ नहीं देखा। शराब को मन की कमजोरी माना। विलास-व्यसन किसे कहते हैं, उन्होंने कभी नहीं जाना; जानने में कभी दिलचस्पी भी नहीं हुई। उनकी जिन्दगी का अधिकांश समय ही जंग करने में ही गुजरा, जंग आज भी खत्म नहीं हुई।

"सुनो, वर्गियों के साथ अगर सन्धि कर लें, तो कैसा रहे ?" बेगम ने आहिस्ते से पूछा।

"करूँगा ! सन्धि करूँगा ! लेकिन इसके बावजूद जंग खत्म नहीं होगी। फौजी को हमेशा ही जंग करना होता है, यह अल्लाह का फरमान है।" नवाब की आवाज और ज्यादा धीमी पड़ गई।

अब सोचने बैठो तो बेहद थकान लगती है ! अभी भी मेदिनीपुर से मुर्शीदाबाद, मुर्शीदाबाद से अज़ीमाबाद, पिछले दस वर्षों में कितनी ही बार बंगाल के जिला-जिला में भटकना पड़ा है; कितना-कितना संग्राम करना पड़ा, कितनी ही बार जख्मी हुए हैं, यह बात याद करते हुए, आज उन्हें बेतरह थकान आने लगी।

उन्हें औरंगजेब का आखिरी वक्त याद हो आया। उस शाहंशाह के भयंकर दम्भ, अक्खड़ जिद की आखिरी परिणति कितनी करुण थी। दक्षिण में निर्वासित होकर, सिर्फ बैठे-बैठे मौत की घड़ियाँ गिनना ! गनीमत हैं, उनके हाथ में कुरान मौजूद रहता था। अलीवर्दी को खयाल आया, अब उन्हें हज पर चले जाना चाहिए। हाथ में कुरान और तस्वीह लेकर, शान्त चित्त से पश्चिम की तरफ नजरें गड़ाए, नमाज अदा करने की मुद्रा में घुटनों के बल बैठे-बैठे, उन्हें बस, इन्तजार करना चाहिए। बूढ़े आदमी को और कुछ शोभा नहीं देता।

"मैंने अपने लिए तो कुछ नहीं चाहा !" उन्होंने लगभग स्वगत मुद्रा में कहा।

वे खेमे से बाहर चले आए।

मेदिनीपुर के आसमान में आषाढ़ के बादल और घने हो आए। लाल मिट्टी के

पास-पास ही लाल पानी बहता रहा। राढ़-बंग आज बेहद खूबसूरत लगा। यह देश बेहद हसीन है। पहले कभी इसकी तरफ उन्होंने गौर से नहीं निहारा।

आज उन्हें फिर याद हो आया, सिराज ने उनके खिलाफ बगावत का एलान कर दिया। मेंहदी निसार खाँ, उस हीन वंशज, विश्वासघाती के उकसाने पर, वह जानकीराम को हटाकर, खुद बिहार का सूबेदार बनना चाहता था।

उन्हें लगा, सिराज अभी भी निरा बच्चा है, अपना भला-बुरा नहीं समझता। वह नहीं जानता कि अलीवर्दी ने अपने लिए कभी कुछ नहीं चाहा।

''मेरी इतनी सी तमन्ना है कि अम्मी की कब्र के करीब, उनके कदमों की तरफ मुझे सोए रहने के लिए थोड़ी सी जगह मिल जाए,बस्स।'' वे अस्फुट आवाज में बुदबुदा उठे।

वह जानकीराम को हटाना चाहता है। सिराज क्या भूल गया कि जानकीराम जैसे हिन्दू प्रधान मौजूद थे, इसीलिए उसका ममेरा नाना, इतने दिनों तक सुख-दुःख, विपत्ति-सम्पत्ति में, सिर ऊँचा करके चल सका।

मेंहदी निसार ने उसे समझाया कि जानकीराम हिन्दू हैं। इसलिए उसकी प्रधानता तोड़नी होगी। लेकिन सिराज तो जानता था, यह बात वे खुद उसे बता चुके हैं कि मसनद पर बैठने के बाद हिन्दू और मुसलमान के बीच फर्क करना गलत है। धर्म के बारे में मोहान्ध होने की वजह से औरंगजेब की क्या परिणति हुई, इस सच्चाई से उनका रग-रग परिचित था।

नवाब, मेदिनीपुर छोड़कर मुर्शीदाबाद चले आए और बिहार की तरफ रवाना हो गए। उसके बाद से ही एक-एक करके, उनके पास कई-कई खबरें आने लगीं। जानकीराम ने खुद उन्हें खबर दी कि हिन्दुओं को नीचा दिखाने का खयाल सिराज के मन में भी नहीं आया था। यह बात शायद किसी के मन में अगर आई भी थी, तो वह बन्दा मेंहदी निसार था।

''लेकिन अब वह कत्ल हो चुका है।'' जानकीराम ने धीरे से कहा।

''सिराज ने ऐसी मूर्खता क्यों की ?''

''वह तो बच्चा है ! मुमकिन है, उसे ताज पहनने का शौक हो।''

अलीवर्दी की आँखें जानकीराम के चेहरे पर टिक गईं। जानकीराम की बातों में उन्हें किसी हँसी-ठट्ठा की गन्ध नहीं आई। अब जानकीराम भी बूढ़े हुए, नवाब भी बुजुर्ग हुए। इतने दिनों की जान-पहचान में लघुता की कोई जगह नहीं थी।

''आपका खयाल है, राजमुकुट में बड़ा सुख है।'' जानकीराम ने दोबारा कहा।

''दायित्व, कर्त्तव्य, परिश्रम...?''

''आपका खयाल है, इसमें सुख है, शान्ति है और आराम है !''

''मूर्ख कहीं का।''

अलीवर्दी से सिर हिलाया।

घोड़े पर सवार, अगल-बगल चलते हुए, उन्होंने कहना शुरू किया, ''जिस वक्त

हर सीमा पर शत्रु मौजूद हैं; जब फिरंगी व्यापारी सिर उठाकर, यूरोपीय व्यापारियों को हटाने के लिए संकल्पबद्ध हैं; जब देश के अन्दर भी शत्रु मौजूद हों, ऐसे वक्त क्या कोई अपने मामूली से स्वार्थ में मगन हो सकता है ?''

जानकीराम जरा अचकचा गए। आप वे अलीवर्दी को पहली बार सुख-दुःख से कातर इंसान की तरह बातें करते सुन रहे थे। अब-तक उनका खयाल था, नवाब लोहे के बने हुए हैं। वे पराजय नहीं जानते; क्लान्ति नहीं जानते। ये वही अलीवर्दी हैं, जिसके हाथी की पीठ पर सुनहरे, हौदे पर नजर पड़ते ही, वर्गी सिर पर पाँव रखकर फौरन भाग खड़े होते थे। जब वे तलवार खींचकर खड़े हो जाते थे, तो किसी में इतनी हिम्मत नहीं होती थी कि उनके सामने खड़ा रह सके।

आज नवाब को देखकर जानकीराम को लगा, वे अलीवर्दी के शायद अपने व्यक्ति हो उठे हैं; शायद उनके करीब आ रहे हैं। इस अहसास से उन्हें खुशी के बजाय दुःख हुआ, क्योंकि अलीवर्दी कठिन, कठोर, पाषाण, सुख-दुःख के ऊपर कोई अतिमानव हैं। उनका यह परिचय देश के सभी लोग जानते थे। इसीलिए आज भी उन्हें मानते हैं; उनसे खौफ खाते हैं। यह डर ही अगर निकल गया तो राज्य में अव्यवस्था फैल जाएगी, इस खयाल से जानकीराम दुखी हो आए।

''मैं भयंकर मुसीबत में हूँ।''

''क्यों ?''

''सिराज को रोकना पड़ा। समूचे नगर को मुसीबत में नहीं डाल सकता। हालाँकि हमेशा यह डर भी लगा रहता था कि कहीं वह आहत न हो जाए।''

अलीवर्दी को खयाल आया। वे हमेशा ही कहा करते थे और अपने व्यवहार से भी यही जताया है कि उनका नाती उनका जान-प्राण है। उन्होंने खुद कई बार कहा है, दुनिया-जमाना एक तरफ, नाती एक तरफ। उसे जरा सी ठेस भी लगती है तो, उनका क्रोध दुर्निवार हो उठता है; एक झटके में तलवार तन जाती है। इसीलिए तो जानकीराम डर गए।

आज जानकीराम को चकित करते हुए, अलीवर्दी ने कहा, ''उसे भले चोट लगी हो, मगर मुझे मालूम है, तुमने सिर्फ राजकार्य किया। तुम कहीं से भी कसूरवार या गुनहगार नहीं हो।''

यह सुनकर जानकीराम का हौसला जवाब दे गया। जिसका जो स्वभाव है, अगर वह छोड़ दें, तो समझना चाहिए, सर्वनाश करीब है। अलीवर्दी कुछेक अजीबोगरीब गुण-दोष का समन्वय थे। सिराज के प्रति अन्धी ममता, उनमें से एक है। पल-भर के लिए ही सही, उस ऐब को जीतकर नवाब ने आज बिल्कुल अलग सी बात की तो क्या नवाब की मौत करीब है ?

आज अचानक बहुत दिनों बाद उन्हें सुरकंठ की याद हो आई। हाँ, उन्होंने भी कहा था, नवाब की उम्र खत्म होने में अब ज्यादा देर नहीं है। लेकिन नवाब चले गए, तो उनका क्या होगा ? इस बुढ़ापे में वे कहाँ जाएँगे ? उनका बेटा दुर्लभराम, इतनी

दुःख-तकलीफ से अर्जित की गई, उनकी धन-सम्पत्ति क्या सही-सलामत रख सकेगा ?

"सिराज कहाँ है ?"

"अपनी ससुराल में—"

"लुत्फा के अब्बा मुहम्मद ईराज खाँ के यहाँ ?"

"नहीं ! लुत्फा बेगम के चचाजान मुस्तफा कुली खाँ के यहाँ—"

"अच्छा !"

नवाब का संक्षिप्त सा जवाब सुनकर जानकीराम ने सोचा, सिराज की तकलीफ की बात सोचकर, बूढ़े नवाब परेशान हो उठे हैं।

'मुहम्मद ईराज खाँ की तरह उनका भाई भी अमीर और सम्भ्रान्त है।" उन्होंने छूटते ही कहा।

निकाह से पहले कुल-खानदान, पद, मर्यादा के बारे में पूरी तरह छानबीन कर ली गई थी; बिल्कुल अन्दर तक खोज-खबर ली गई थी।

नवाब ने उन्हें दोबारा चकित करते हुए कहा, "सोच रहा हूँ, वर्गी अगर इस बार दिलचस्पी दिखाएँगे, तो सन्धि कर ही डालूँ।"

"सन्धि ? एक बार पलासी के मैदान में भी सन्धि हुई थी।"

"नहीं ! उस किस्म की सन्धि नहीं—" नवाब ने झुँझलाकर कहा।

उनकी आवाज में दबी-दबी हुँकार सुनाई दी। जानकीराम नवाब का पहले जैसा मिजाज देखकर वे निश्चिन्त हो आए।

"मेदिनीपुर को असुरक्षित छोड़ आया हूँ।" नवाब ने धीमे लहजे में कहा, "तुम्हारा बेटा दुर्लभराम युद्ध वगैरह बिल्कुल नहीं समझता !"

"मीरज़ाफर भी तो हैं वहाँ।"

"मीरज़ाफर बुजदिल है ! इसके अलावा लोभी भी है। लोभ की उम्मीद में बार-बार दल बदलता रहता है।" अलीवर्दी के लहजे में बेसब्री झलक उठी, "अब अगर मुझ अकेले को ही हर जगह दौड़ना पड़े, तो भला चलता है ?"

मेदिनीपुर प्रान्तर के जंगल में वर्गी मौजूद हैं, यह खयाल आते ही, जानकीराम अपने बेटे के लिए चिन्तित हो उठे।

"जो इंसान अपना फर्ज निभाते हुए शहीद हो जाता है, वह बेहद सुखी होता है। अलीवर्दी ने सामने की तरफ नजरें टिकाकर कहा।

वह तो काफी बाद में उन्होंने कबूल किया था, "राजा जानकीराम, सिराज अगर बागी न हो गया होता, तो शायद मैं वर्गी लोगों से सन्धि करने को तैयार न होता।"

यह बहुत बाद की बात है। वर्गियों से सन्धि हो जाने के दो साल बाद ! उस वक्त जानकीराम आसन्न मृत्यु के बिल्कुल करीब पहुँच चुके थे, क्योंकि उसके फौरन बाद ही, उनका निधन हो गया।

जानकीराम ही तत्काल अनुरोध करके, सुरकंठ राय को ले आए थे और उनका हाथ थामकर, नवाब के मृत्यु समय के बारे में विचार करने को कहा था।

''क्यों ?''

जानकीराम ने बताया, नवाब अगर अपना मृत्युकाल जान जाएँ, तो वे अपने को तैयार कर सकेंगे।

''क्यों ? नवाब ने क्या यह तय किया है कि वे अपने साथ पूरा साम्राज्य ले जाएँगे ?''

भयंकर तिरस्कार था यह ! ऐसा तिरस्कार सुनकर, इंसान चाहे किसी भी धर्म का अनुयायी हो, इस बात को सोचकर उसकी छाती दहल जाए और सबल चंचलता भी पलक झपकते उड़ जाए। इसीलिए जानकीराम अचकचा गए।

अलीवर्दी ने उस निर्भीक ब्राह्मण को कौतूहल से निहारा।

''अपने साथ ये कुछ भी नहीं ले जा सकेंगे, यहाँ तक कि यह शरीर भी नहीं।'' सुरकंठ ने दोबारा कहा।

जानकीराम ने अस्फुट लहजे में कहा, ''जानता हूँ—''

''यह देह, किसी बच्चे का गढ़ा हुआ, मिट्टी का हाथी या घोड़ा तो नहीं है, जिसे खेलने का वक्त खत्म हो जाए, तो उसे फेंककर घर लौट जाना पड़े।''

इन्हीं सब बातचीत के दौरान, जाने कैसे तो वर्गियों का जिक्र छिड़ गया। यथासमय युद्ध रोक देने के लिए सुरकंठ ने नवाब की तारीफ की।

नवाब ने बताया, उनका नाती बगावत कर बैठा था, इसीलिए वे युद्ध-विराम के लिए सहमत हुए।

उनकी उस बात पर सुरकंठ क्षुब्ध हो उठे, ''यह क्या बात हुई ? नाती तो अपने खून का खून था, लेकिन आपको सिर्फ उसी का खयाल आया ? और कोई खयाल नहीं आया। राढ़-बंगाल मरघट में बदल चुका है। पूजा, आचार-व्यवहार, कुल का रीति-रिवाज, सब कुछ गमछे में बाँधकर, उसकी पोटली सिर पर उठाए-उठाए इंसान पिछले दस सालों से सिर्फ भागता फिर रहा है। यह देखकर भी आपका दिल नहीं पसीजा ? आप कातर नहीं हुए ? आपको यह खयाल नहीं आया कि जो जंग आपने आज खत्म की, उसे दस साल पहले खत्म कर देना चाहिए था ?''

अलीवर्दी ने ईषत् हँसकर कहा, ''सुनो, ब्राह्मण, तुम्हें युद्ध की समझ नहीं है। जो लोग युद्ध चाहते हैं, वे मन की गतिविधि नहीं समझते। दस साल पहले, अगर सन्धि करता, तो वे लोग राजी नहीं होते, क्योंकि उन दिनों वे लोग बंगाल में लूटमार मचाने आते थे और उन्हें कितना कुछ हासिल हुआ, वे लोग यही हिसाब-किताब मिलाते थे। उन लोगों ने कभी यह हिसाब लगाकर नहीं देखा कि बिहार से इतनी विशाल फौज भेजने में कितना भयंकर खर्च आता है। उन्होंने कभी यह नहीं सोचा कि जहाँ उन लोगों को रहना-सहना नहीं है, वहाँ बार-बार फौज भेजने का खर्च क्यों उठाया जाए ?''

''यानी...''

''यानी उन दिनों उनकी युद्ध-पिपासा मिटी नहीं थी। इसीलिए सन्धि करने के बावजूद, उन लोगों ने सन्धि की शर्तें तोड़ डालीं। सभी नियम और शर्तें तोड़ने के

बावजूद, उन लोगों ने दिल्ली के बादशाह-सलामत के दरबार में बंगाल को ही कसूरवार और जिम्मेदार ठहराया था।''

''युद्ध करने के लिए ?''

''हाँ, ब्राह्मण जनाब, युद्ध का मतलब है, क्षमता, मान-प्रतिष्ठा शक्ति बढ़ाते रहना। जब तक वे लोग अपनी भूल नहीं समझते, जब तक जंग की भीषणता की उम्र घिस नहीं जाती, तब तक फिजूलखर्ची शिथिल नहीं पड़ती, तब-तक वे लोग जंग रोकनेवाले नहीं थे। मैं भी नहीं रुकता।''

''आप भी नहीं रुकते ?''

''न्ना ! मैं हमलावरों को रोकने में लगा था। मेरी लड़ाई सिर्फ इसीलिए थी। मेरे अन्दर भी उनकी राह में बाधा डालने की चाह, प्रबल थी। इसीलिए शायद मैं भी युद्ध खत्म नहीं करता।''

''आज क्यों खत्म किया ?''

''मेरा दम टूट चुका है; मेरी हालत बिगड़ चुकी है ! किस वजह से मैं आज भी युद्ध में जुटा रहूँ, बताओ ? राढ़-बंगाल, गांगेय-बंगाल के धान-गोले, बाँकुड़ा मेदिनीपुर, वर्धमान और वीरभूम छिन्न-भिन्न हो चुका है। विदेशी व्यापारी धीरे-धीरे शक्तिशाली हो उठे हैं। दिल्ली का शासन प्रबन्ध, रसातल में जा चुका है, इसीलिए तैमूर वंश के नाम की मर्यादा भी, लोग भूल चुके हैं। आज अब और जंग करने से क्या फायदा होता, बताओ ? इसके अलावा...''

''इसके अलावा, और क्या ?''

''बंगाल का वाणिज्य चौपट हुआ जा रहा है। वस्त्र उद्योग, रेशम उद्योग का बाजार नष्ट हुआ जा रहा है। मैं तो सोचता हूँ कि वर्गियों को अगर जाना ही था, तो पहले क्यों नहीं चले गए।''

''अब शायद स्थिति में बदलाव आए—''

''ना ! जो वक्त गुजर गया, वह तो लौटकर नहीं आएगा।''

''हाँ, सो तो है। अब भगवानगोला के हाट या सैय्यदाबाद के गोला बाजार में, सिक्का-टका में पाँच-छह मन चावल अब नहीं बिकनेवाला ! हर चीज के भाव चढ़ते जा रहे हैं।''

आखिरकार सचमुच सन्धि हो गई।

नवाब सन्धि के लिए, सच ही इतने अधीर हो उठे थे कि शायद खुद ही प्रस्ताव कर बैठते।

यह युद्ध पूरे दस साल जारी रहा। करोड़ों-करोड़ों रुपए खर्च हो गए ! लाखों-लाखों जानें नष्ट हो गईं।

सैय्यदाबाद के बाजार की गद्दी में बैठे-बैठे हीरालाल सेठ और बैंडेल गिर्जाघर में बैठे हुए फादर एन्तानिओ ने लिखा—युद्ध में करोड़ों-करोड़ों रुपए देश की सुख-शान्ति और इंसान की सुरक्षा में खर्च हो गई; शान्ति की कीमत ताँबे का एक पैसा या उससे

भी कम।

युद्ध के समय, खर्च में कोई कंजूसी नहीं की गई। लेकिन सन्धि के समय, कागज पर चन्द अक्षर तक खर्च करने को राजी नहीं हुए। मध्यस्थ काइकून, पेशकार, वाक़्नवीस—उन्होंने किसी का भी सहारा नहीं लिया।

उन्होंने कहा, ''बस, जो लिखे बिना काम न चले, वही भर लिखो—''

वही लिखा गया।

उड़ीसा में रघूजी की फौज कायम रहेगी। मीर हबीब वहाँ का नाज़िम होगा। बंगाल से मराठों को बारह लाख रुपए सालाना दिए जाएँगे। स्वर्णरेखा नदी, बंगाल सूबे की सीमा मानी जाएगी।

उड़ीसा, बंगाल के दक्षिण-पश्चिम के सीमान्त पर, काफी लम्बे अर्से तक के लिए, मराठे डटे रहे।

नवाब समझ गए, बंगाल की सीमा शायद अब कभी भी सुरक्षित नहीं रहेगी।

''राजपुरुषों ने समझा, बंगाल सूबे की शान्ति लौटेगी या नहीं, यह बात एकमात्र नवाब पर ही निर्भर करती है। अगर वे अभी भी जिन्दा रहे, तो शायद भरोसा किया जा सकता है।

उन लोगों ने देखकर भी अनदेखा कर दिया, समझकर भी समझने से इनकार कर दिया। उधर कलकत्ता में, एक सम्पूर्ण नए उपनिवेश का उदय हुआ। ईस्ट-इंडिया कम्पनी के अंग्रेज ट्रेडर लोग, सनद में जो दर्ज था, उससे ज्यादा, बहुत ज्यादा अधिकार विस्तार करने में सफल हो गए।

''ह्वाई कुड ही नॉट मेक द ट्रीटी आर्लिअर ? उसने सन्धि पहले सम्पन्न क्यों नहीं की ?—फादर एन्तानिओ ने लिखा। इसके आगे भी उन्होंने भयंकर अचरज से यह जुमला भी जोड़ा—ये वर्गी भी सन्धि के लिए इस कदर व्यग्र क्यों हो उठे ?

इस सवाल का जवाब किसी भी सरकारी कागजात में दर्ज नहीं है। इस सवाल का जवाब, राढ़ बंगाल के बागदी, डोम, लठैत, भालेदार पेशेवर लड़ाकू लोगों के पास मौजूद है। उन लोगों ने गाँव, जंगल, प्रान्तरों में वर्गियों को मारना-काटना शुरू कर दिया था। शायद इसी वजह से वर्गियों ने बखूबी समझ लिया कि सिर्फ हमला बोलकर, लूटराज मचाकर, किसी भी देश के अन्तस तक नहीं पहुँचा जा सकता।

तब तक काशीश्वर कलकत्ता पहुँच चुका था।

59

'रण से बड़ा डराऊँ, मइया
रण को दो विराम'

वर्गियों से सन्धि हो जाने के बाद, अलीवर्दी ने आँखें फैलाकर, भरपूर निगाहों से देखा,

इसी बीच गांगेय बंग का भूगोल और इतिहास काफी कुछ बदल गया था।

सबसे ज्यादा, शायद ये ट्रेडर बदल गए थे। वे लोग उनके शासन से बिल्कुल ही बाहर चले गए थे।

सुनने में आया कि बंगाल के कारोबारियों ने उन्हें उँगली उठाकर अभिशाप दिया था। वर्गियों के चले जाने के बाद समूचे राज्य में आनन्द-उत्सव की धूम मच गई। मन्दिर-मन्दिर में पूजा होने लगी। यहाँ तक कि यूरोपियन ट्रेडरों ने भी पूजा चढ़ाने का मौका नहीं छोड़ा।

अलीवर्दी ने उसी वक्त समझ लिया, मुर्शीदाबाद के व्यवसायी प्रतिनिधियों ने तय किया है कि वे लोग नवाब के सामने अर्जी पेश करेंगे।

नवाब राजी हो गए।

उस दिन नगर से दूर, खुशबाग में वे अपनी अम्मी की कब्र पर लोबान, गुग्गुल जलाने गए थे। वहाँ दाखिल होते समय उन्हें लगा, कब्र बेहद नीची है और बेहद अकिंचन नजर आ रही है। खैर, उन्हें कुछ बुरा नहीं लगा। सौ-डेढ़ सौ सालों में इंसान की रुचि काफी बदल चुकी है। बाईस करोड़ रुपए ढालकर, कोई कब्र सजाने की औकात, आज समूचे हिन्दुस्तान में कम ही राजा-बादशाहों की होगी। इसके अलावा, ताज की तरफ देखते ही, उन्हें लगता था, यह फिजूलखर्ची है। आजकल का इंसान ऐसी फिजूलखर्ची करने को कतई इच्छुक नहीं था।

इसके अलावा, जब उन्हें सूबेदारी मिली, तब रुपए कहाँ थे ? वे भी अगर फिजूलखर्ची करते, तो उन्हें भी बहुत पहले ही बिदा लेनी पड़ती। कोई दूसरा महत्त्वाकांक्षी आकर, उन्हें खलास कर देता, जैसे उन्होंने सरफराज को खलास कर दिया था।

अपनी अम्मी की कब्र को निहारते हुए उन्हें याद आया, किसी ने उनकी बेगम को सलाह दी है कि इस बार अम्मी की कब्र पर थोड़े से पंख और मीनाकारी करा दो, तो बेहतर हो। लेकिन क्यों बेहतर हो, इस सवाल का जवाब कोई नहीं दे सका। उनकी समझ में तो कब्र वह प्रशस्त जगह होती है, जहाँ घुटने मोड़कर प्रार्थना की जा सके। हालाँकि हिजली युद्ध के बाद से घुटने मोड़कर बैठने में उन्हें तकलीफ होती थी। घुटने टीसने लगते थे। गर्दन की पिछली नस में दर्द पैठ जाता था।

दरवाजा अगर ऊँचा होता, तो उन्हें अच्छा लगता। सिर झुकाकर दाखिल होने में असुविधा होती थी, लेकिन इस वक्त यह भी खयाल आया कि ऐसी जगहों पर सिर झुकाकर दाखिल होना ही बेहतर है। इसमें कोई शर्म भी नहीं है।

बहरहाल, खुशबाग में अम्मी की कब्र पर लोबान-गुग्गुल जलाकर, कंगाली-भिखारियों में फल और मिस्री बाँटने की हिदायत देकर, नवाब बाहर निकल आए। गंगा-किनारे खेमे लगाकर वे, बंगाल के व्यवसायियों की फरियाद सुननेवाले थे। जाने किसने तो तजवीज पेश की, गंगा के सीने पर, नाव में बैठते, तो बेहतर नहीं होता ? यह तजवीज सुनकर वे जरा क्षुब्ध हो उठे। वे कोई साजिश नहीं करने जा रहे थे या किसी दुश्मन

से सन्धि का भी मौका नहीं था, तब नदी के सीने पर क्यों ?

लेकिन बंगाल के व्यवसायियों ने आज उनके सामने सीधे-सीधे अपनी शिकायतों का पिटारा खोल दिया। हीरालाल सेठ, वाराणसी बसाक, अज़ीम काश्मीरी, नवीन साधु और ख्वाजा वाज़िद।

उन सबने समवेत् आवाज में कहा, ''अगर हम अंग्रेज ट्रेडर्स की मान-प्रतिष्ठा न तोड़ सके, तो सामूहिक विपद निश्चित है।''

''मैं अब युद्ध नहीं चाहता।'' नवाब ने हड़बड़ाकर कहा।

खैर, यह बात सभी जानते थे। महीपति, आज हीरालाल सेठ और वाराणसी बसाक के साथ एकजुट थे और किस्मत आजमाने के इरादे से किसी नई राह के सन्धान के लिए दृढ़ संकल्प थे।

''मैं युद्ध नहीं चाहता। इसीलिए वे लोग मद्रास, दक्षिण में जब फ्रांसीसियों के साथ जंग कर रहे थे, तब दी-ब्यूशी के सैकड़ों अनुनय-विनय के बावजूद मैं फ्रांसीसियों के साथ शामिल नहीं हुआ।''

''क्यों ?'' महीपति ने धीमी आवाज में सवाल किया।

नवाब अपनी बातों पर यह 'क्यों' का सवाल, शायद ही कभी बर्दाश्त करते हों। लेकिन वक्त ने उन्हें यह सबक दिया था कि वे हमेशा ही बोलते रहे, सामनेवाला सिर्फ सुनता रहे, इसमें आखिरकार उन्हीं का नुकसान है, क्योंकि ऐसी स्थिति में वे सामनेवाले के मन की हलचल नहीं जान पाते। इस तरह सिर्फ दुश्मनों की संख्या ही बढ़ती चली जाती है। गुप्तचर लोग अक्सर इंसान के मन की दहलीज में दाखिल नहीं हो पाते।

इसीलिए महीपति की बातों के जवाब में वे विशद व्याख्या पर उतर आए। वैसे इस वक्त मन्थर लहजे में, पूरे धीरज के साथ जवाब देने की एक और वजह यह भी थी कि यह सवाल व्यवसायी वर्ग की तरफ से उठाया गया था। ये व्यवसायी वर्ग, अलीवर्दी के राज्य के लक्ष्मी थे, श्री-वृद्धि में मददगार ! इसके अलावा, इस झूठे और विश्वासघाती युग में भी बंगाल के व्यवसायी ईमानदार तरीके से कारोबार चला रहे थे, बेईमानी या धोखाधड़ी का सहारा नहीं लिया था।

इसी हीरालाल सेठ की पुत्रवधू, पुत्र—सभी गोदागाड़ी जाते हुए, रास्ते में वर्गियों के हाथ मार डाले गए, इसके बावजूद उन्होंने नवाब की मुसीबत के समय उनकी मदद करने से कभी मुँह नहीं मोड़ा।

दरअसल इन कुछेक सालों में गांगेय बंग में स्वस्थ तरीके से खेती नहीं हो सकी। खेतों में फसलें लहलहाने के बावजूद, ज्यादातर वक्त किसान और रैय्यत भागते फिरे, इसलिए फसलें काटी नहीं गईं।

बंगाल की खेती पर कभी वर्गियों की मार पड़ी, कभी भगवान की। नतीजा यह हुआ कि भगवानगोला की हाट में आपूर्ति नियमित नहीं रही। इसीलिए जो इतने दिनों तक नहीं हुआ, वह अब हो गया। भोजन-पानी और अनाज गंगा के पूर्वांचल और उधर बिहार से मँगाना पड़ा।

उस वक्त हीरालाल सेठ और अन्य व्यवसायियों ने अगर अपनी मालवाही नावें और मालरक्षी, बलिष्ठ हब्शी गुलाम न दिए होते, तो इतनी आसानी से पूरब के देशों और बिहार से खाद्य-अनाज कैसे मँगा पाते ?

इसलिए वे व्यवसायियों की बातों का जवाब देने लगे।

कुर्सी पर तनकर बैठते हुए, उन्होंने ठुड्डी पर हथेली रखकर कहा, ''दक्षिण के युद्ध में अंग्रेजों के खिलाफ मैंने फ्रांसीसियों का मदद क्यों नहीं की, आप लोग यही जानना चाहते हैं ?''

''जी-हाँ ! हमारे इस सवाल पर नवाब साहब क्या खफा हो गए ?''

''नहीं ! नहीं ! मैं आप लोगों की हर शिकायत सुनना चाहता हूँ, जवाब भी देना चाहता हूँ। इसके अलावा, गंगा-तीर से लेकर बारह हाथ की धरती, निरपेक्ष जगह है। यहाँ जो लोग मिलते हैं, वे सब लोग दोस्त हैं।''

महीपति मन-ही-मन दुखी हो आए। नवाब को इतने नरम लहजे में बातें करते उन्होंने शायद ही कभी देखा हो। बात चाहे न्याय की हो, या अन्याय की, दोनों की तरह की बातें, नवाब काफी दमखम से किया करते थे। उनके बर्ताव से कौन, क्या सोचेगा या किसे बुरा लगेगा, इसकी परवाह उन्होंने कभी नहीं की। वे अक्सर कहा करते थे—इस देश के लोग डाँट-डपट और हुँकार समझते हैं, ताकत के जोर पर ही काबू में आते हैं। जो भी किया जाए, पूरे आत्मविश्वास से किया जाए, तभी इंसान सोचेगा कि इस बर्ताव के पीछे, सही वजह है। तब वे लोग ही टोकरी-टोकरी भर कारण खोज निकालेंगे और आपके बर्ताव की हिमायत करेंगे।

आज वही नवाब किसी और सुर में बात कर रहे थे। वह क्या इसलिए की बंगाल का राजकोष अब बिल्कुल खाली हो गया है, इसलिए व्यवसायी लोगों के द्वारा चुकाए गए महसूल की उन्हें बेहद जरूरत है ?

या इसकी कोई और वजह है ? बुढ़ापा ? जरा नाती के भविष्य की फिक्र ? महीपति को लगा, इससे तो बेहतर था, नवाब पहले जैसे कठोर बने रहते। जो दर्प से भरपूर था, उसे दर्पवान ही बने रहना चाहिए, क्योंकि इंसान उसे, उसी रूप में जानता-पहचानता है। उसका आदर-मान करता है। इस उम्र में स्वभाव का परिचय बदलना, चेहरे में भावान्तर लाने जैसा है। कोई विश्वास ही नहीं कर पाता कि यह वही इंसान हैं।

नवाब ने बातों की कड़ी दोबारा जोड़ी, ''दक्षिण में उन लोगों ने जंग शुरू की...''

''उस वक्त अगर आप फ्रांसीसियों की मदद करते, तो अंग्रेजों की ताकत उतनी नहीं बढ़ पाती। नवाब की मदद नहीं मिली, इसलिए डूप्ले...''

''भई, बात यह है कि उस वक्त मैं वर्गियों के हमले की रोकथाम में व्यस्त था। बंगाल की हालत बेहद शोचनीय थी। एक और बात, मुझे लगा था, चूँकि मैं देश का शासक हूँ, इसलिए मेरे तटस्थ रहने में ही खैर है। मैं भला फ्रांसीसियों के साथ कैसे

शामिल होता ?"

"हम सब आपकी सन्तान समान हैं और इस राज्य की सलामती के लिए खुद को कुर्बान करने को हमेशा तैयार हैं। इसलिए हमारा कहना है, आपने जो कहा, न्यायनीति के मुताबिक बिल्कुल सही है, लेकिन अगर आप उनका हाथ बँटाते, तो बेहतर होता। अब मैं बूढ़ा हुआ, इस वर्गी युद्ध में पुत्रहीन हो गया। आप मेरी बातों को धृष्टता न समझें। ये बातें कहने को, आज मैं लाचार हो गया हूँ।"

हीरालाल सेठ साँस लेने को कुछेक पल को ठिठक गए।

उन्होंने दोबारा कहना शुरू किया, "आप चाहते थे, वे लोग राजनीति में सिर खपाने के बजाय, इस देश में कारोबार करें। लेकिन प्रभु, वे लोग अपने देश में, यहाँ मद्रास में, अगर हर-हर जगह राजनीति करें, तो अकेले बंगाल के लिए कोई नई नीति क्यों कर अपनाएँगे ?

"मतलब...?"

"वे लोग इस देश में बिना महसूल चुकाए, कारोबार करते हैं। लेकिन, देख लीजिए, कलकत्ता में कम्पनी के दस्तखत का कैसा गलत इस्तेमाल हो रहा है ! वर्गी युद्ध की वजह से, जाने कितने ही लोग अपना जान-माल समेटे, कलकत्ता पहुँच गए हैं। इन दिनों कम्पनी जमीन-जायदाद खरीद-फरोख्त के मामले में भी उनसे महसूल वसूल कर रही है ! वे लोग नवाब को महसूल नहीं देते, कारोबार में लाभ का हिस्सा रुपए में अठारह गंडा पहुँच गया है। ऊपर से लूटपाट, डकैती करके लाभ उठाना। इसका तो यही मतलब हुआ कि वे लोग धन-प्रतिष्ठा पाकर जबरजंग बन गए हैं और उसका गलत इस्तेमाल करने में भी नहीं हिचकिचाते।"

"जानता हूँ !"

"यूरोप में फ्रांस के साथ डच लोगों की जंग जारी है, इसलिए डच ट्रेडरों ने यहाँ कैसी भयंकर खुराफात मचाई। उन लोगों का चुंचुड़ा और फ्रांसीसियों से फरासडाँगा में जब आपसी मनमुटाव चल रहा था, अंग्रेज लोग झटपट डचों से हाथ मिलाकर एक हो गए। उसके बाद, डच लोगों ने, जहाज के कैदियों को लेकर, फाल्ता के करीब अंग्रेजों के आदमी को मार डाला। ऊपर से वारवेल ने आपको खबर दी कि उन्हें आशंका है कि फ्रांसीसी गंगा की निरपेक्षता नष्ट कर सकते हैं, इसलिए आपकी मदद की जरूरत है।"

"..."

"आप नीति के नाम पर चाहे जितना भी अलग-थलग रहें, फिर भी वे अपना धन-मान, रौब-दाब और ताकत बढ़ाते रहेंगे, लट्ठबाजी करेंगे। हम स्वेदशी महसूल चुकाते रहेंगे और वे लोग महसूल चुकाए बिना ही शान से अपनी ताकत क्षमता बढ़ाते रहेंगे। इसमें किसकी भलाई है ?"

"किसी की भी नहीं—" नवाब ने धीमे लहजे में कहा, "अंग्रेज ट्रेडर अपनी नीति बदल रहे हैं, मुझे खबर है। लेकिन अब मुझमें वह क्षमता नहीं रही कि उनके खिलाफ जंग छेड़ूँ।

"फिर, उपाय ?"

"देखता हूँ, किसी और तरीके से उनकी क्षमता तोड़ सकता हूँ या नहीं—"

"युद्ध के अलावा क्या किसी और तरीके से उन लोगों का दमन किया जा सकता है ? खासकर वर्गी-युद्ध के समय से ही वे लोग कलकत्ता में अपनी फौज, अस्त्र-शस्त्र, युद्धपोत वगैरह, आत्मरक्षा के नाम पर इकट्ठे करते-करते, अब खासे ताकतवर बन बैठे हैं।"

"फिर भी, अब मैं लड़ाई नहीं कर सकता। मैं बंगाल को दोबारा किसी युद्ध में नहीं झोंक सकता।"

"हाँ, यह बात भी सच है, लेकिन हुजूर, इससे भी युद्ध रोकना असम्भव है। आप बंगाल में शान्ति बहाल करने के लिए, आज यह नीति अपना रहे हैं, वह अब बंगाल में नहीं लौटनेवाली।"

लेकिन नवाब ने उनकी बात को अनसुनी कर दी। बंगाल के व्यापारियों की बातें सुनकर भी, वे आशंकित नहीं हुए, या फिर अपने बारे में कुछ ज्यादा ही आश्वस्त हो उठे कि अब वर्गियों का उत्पात खत्म हुआ, इसलिए शान्ति-रक्षा की जिम्मेदारी उन पर ही छोड़ देंगे और सिर्फ व्यापार करके ही सन्तुष्ट रहेंगे।

60

'चलो, सब चलें उस देस...'

सन् 1751 की सन्धि के बाद, अलीवर्दी ने शायद यह सोचा था कि अब तो काफी साल गुजर गए। अब बंगाल की सूबेदारी को नए सिरे से सजाना जरूरी है।

लेकिन तब तक शायद सचमुच देर हो गई थी। समूचे गांगेय-बंगाल के जिला-जिला में लोग बह-उतरा रहे थे। न कोई आश्रय, न सुरक्षा। चारों तरफ हाहाकार ! सिर्फ हाहाकार !

बख्सी-दीवान जानकीराम रोग-ताप झेलते हुए बिल्कुल टूट चुके थे ! बेहद कमजोर ! दुःसाहसी वीरू दत्त, जानकीराम वगैरह, जिन लोगों पर अलीवर्दी किसी जमाने से निर्भर करते आए थे, वे सब के सब मानो जर्जर और शक्तिहीन हो चुके थे। इसीलिए जानकीराम ने नवाब को आगाह किया था, मुँहजबानी बंगाल के जिला और परगनों की सही-सही तस्वीर पेश कर दी थी।

"यही सन्धि अगर पहले हो जाती..."

"जानता हूँ—"

"देश प्रजा से बना है, अब राढ़ बंगाल के सारे जिला में छिन्नमूल, बेघर किसान, व्यापारी, मछुआरे, ताँती, कुम्हार वगैरह आश्रय और सुरक्षा की उम्मीद में भटकते फिर रहे हैं..."

''जानता हूँ—''

''उन लोगों को जहाँ भी निश्चिन्त आश्रय मिलेगा, वहीं चल देंगे।''

''जानता हूँ—'' नवाब मानो बेसब्र हो उठे।

''निश्चिन्त आश्रय क्या वर्धमान में कीर्तिचन्द के राज्य में है ?''

''ना—''

''जगत सेठ, महताबचन्द के पास क्या इतनी ताकत है कि बंगाल की प्रजा को निश्चिन्त भरोसा देकर, उन्हें बसा सकें ?''

''ना—''

''तो क्या आज महाराज कृष्णचन्द्र बंगेश्वर की प्रजा को लाकर नवद्वीप को समृद्ध करना चाहते हैं ?''

''ना—''

''तब ?''

''फिरंगी व्यापारी—''

जानकीराम ने लम्बी उसाँस भरकर जवाब दिया, ''वे लोग अगर राज्य चाहते हों, ऐसा कोई मतलब या उसके लक्षण, शुरू-शुरू में तो हमें नजर नहीं आया था—''

''नहीं ! वे लोग इस देश में व्यापार कर सकें, सिर्फ व्यापार, मैं इस बारे में सतर्क और तैयार था—''

यह बताते हुए अलीवर्दी गर्व से भर उठे, क्योंकि जब वे बंगाल के सूबेदार बने, उससे बहुत पहले से ही अंग्रेजों का व्यापार-वाणिज्य इस देश में शुरू हो चुका था।

वे तो औरंगजेब के जमाने के आदमी थे और अंग्रेज लोग उनके भी दादा, जहाँगीर के जमाने से ही भारत में व्यापार करने लगे थे।

जब वे बंगाल के सूबेदार नियुक्त हुए, उससे बहुत पहले से ही वे लोग सूरत और मद्रास में प्रबल शक्ति के रूप में सिर उठा चुके थे।

उसके बावजूद, नवाब ने उन्हें बंगाल में क्षमताशाली नहीं होने दिया। प्रबल प्रयासों से उन लोगों को दबाए रखा।

लेकिन तकदीर के निष्ठुर परिहास की तरह, इतिहास को बदल देने या शायद बंगाल में नया युग लाने की राह प्रशस्त करने के इरादे से वर्गी दोबारा हमलावर हुए ! इसीलिए वे लोग धीरे-धीरे बंगाल में भी शक्तिशाली हो उठे।

''कलकत्ता में उन्हें फौज इकट्ठा करने की अनुमति मैंने दी थी—''

''जानता हूँ—''

अनुमति देने के अलावा मेरे पास और कोई उपाय नहीं था, क्योंकि जब उन लोगों ने कहा कि नवाब अगर फौज देकर हमारी रक्षा नहीं कर सकते, तो अपनी सुरक्षा के लिए अगर हम अपनी निजी फौज इकट्ठी करें, तो उसमें बाधा नहीं दी जानी चाहिए।

''जानता हूँ—''

हाँ, वे दोनों ही जानते थे। बखूबी जानते थे।

कलकत्ते में अंग्रेज लोग, सिर्फ फौज ही इकट्ठी नहीं कर रहे थे, नगर का हर बाशिन्दा, वर्गियों के चंगुल से बचने की उम्मीद में, उस विशाल फौज का खर्च भी जुटाता रहा। सुदूर काशीपुर तक में, मराठा आगमन रोकने के लिए अंग्रेजों ने नहर खुदवाई, उसका खर्च भी नगर के लोगों ने ही दिया।

अब, नगर भर में जरूरी सामनों की आपूर्ति सहज ढंग से, लगातार होती रहे, इसके लिए उन लोगों ने नए-नए बाजार बनवाए हैं। सिर्फ बैठकखाना बाजार में ही रोज सैकड़ों मन चावल बेचे जा रहे हैं। काशीपुर के गोदाम में, वर्गियों ने चावल-दाल ठूँस-ठूँसकर भर लिया है।

इस तरह कलकत्ता में आज निश्चिन्त आश्रय है, सुशासन है। सबसे बड़ी बात, जीवन और जीविका का वादा है। इसकी ताकत कुछ कम तो नहीं होती।

इसीलिए शहर कलकत्ता आज अपना अमोघ आकर्षण दिखाकर राढ़, बंगाल, गांगेय बंगाल के छिन्नमूल, बेघर लोगों को आवाजें दे रहा था।

''कलकत्ता शहर अब दिनोंदिन बढ़ता जा रहा है, फल-फूल रहा है।''

''जानता हूँ—''

नवाब और जानकीराम खामोश हो गए। हाँ, वे जानते थे, सब कुछ जानते थे। लेकिन, नवाब के सामने आज एक दुरूह कर्त्तव्य था। उन्हें साबित कर देना होगा कि कलकत्ता में बसे अंग्रेज, उनके अधीनस्थ विदेशी व्यापारी होकर भी लोगों को यह जो सुशासन, सुरक्षा का प्रलोभन दिखा रहे हैं, उनकी सूबेदारी की बुनियाद, उससे कहीं ज्यादा मजबूत हैं।

एकमात्र वही लाखों-लाखों किसानों, गृहस्थों, ब्राह्मण-पंडितों, मल्लाहों, जुलाहों, ताँतियों, कुम्हारों, कंसारी वगैरह सबको अपनी जीविका में पुनर्वासित कर सकते हैं।

हाँ, आज डर, जरूर लगता है। शायद वक्त गुजर चुका है, शायद उम्र बीत चुकी है। लेकिन, उन्हें कोशिश तो करनी होगी। अपने नाती सिराज के हाथों में एक सुशासित, सुदृढ़ साम्राज्य सौंप जाना होगा।

''हाँ, तो उसके बाद...समझे, जानकीराम, उसके बाद और कोई काम नहीं बचेगा।''

''भगवान करें, नवाब की इच्छा पूरी हो—''

''अपने लिए...सिर्फ अपने लिए यह सब मैंने नहीं चाहा, जानकीराम !''

''जानकीराम निरुत्तर।

''अपने लिए रोज-रोज क्या मैंने राजकोष से अगाध धन-दौलत निकाली है ?''

जानकीराम ने धीरे-धीरे सिर हिलाया। ना, ऐश-विलास, मदमत्तता, उछृंखलता में बहकर, अलीवर्दी अपने बंगाल को ध्वंस की तरफ कभी नहीं ले गए।

कठोर आत्मसंयमी अलीवर्दी अय्याशी से नफरत करते थे। उन्होंने अपनी प्रजा, विदेशी व्यापारियों को यथासम्भव बराबरी की नजरों से देखा। उनमें असंख्य ऐब थे, मगर असंख्य गुण भी मौजूद थे।

इसके बावजूद उन्हीं के शासन काल में बंगाल का सर्वनाश हो गया। जानकीराम

ने जब इस बारे में सोचा, तो उन्हें अचानक अहसास हुआ, दरअसल किस्मत ही सब कुछ है। यह नवाब, सिंहासन पर आसीन कठपुतली की तरह ही असहाय है।

"मुझे मालूम है, फिर भी मालूम है, कलकत्ता की समृद्धि, अंग्रेजों की प्रतिष्ठा, अब कोई टाल नहीं सकता।" नवाब मन-ही-मन बुदबुदा उठे।

ठीक यही बात, फादर एन्तानिओ, काशीश्वर को समझा रहे थे।

काशीश्वर का दिल टूट चुका था। उस अभागे हताश शख्स को लगा, धर्म बदलकर, शायद उसे शान्ति मिले।

"धर्मान्तर करके, क्या करोगे, वत्स ?"

"मुझे शान्ति चाहिए—"

"धर्मान्तर करके, क्या शान्ति मिलेगी ?"

"मुझे नहीं मालूम।"

इसीलिए काशीश्वर दिल में दर्द छिपाए, एक प्रकांड सवाल लिए-दिए कलकत्ता चला आया था।

जिन्दा रहने की राह चाहिए, किसी नई दुनिया में जीने का उपाय चाहिए।

कलकत्ता में गंगा-तट पर खड़े-खड़े, उसकी आँखें कोई नया दृश्य देख रही थी।

विश्वकर्मा की कर्मयज्ञशाला !

सुन्दर वन की फूस-बिचाली और गोलपत्ता तथा सुन्दरी काठ का चूरा लिए-दिए हजारों-हजार नावें गंगा-घाट पर आ लगीं।

कलकत्ता में रास्ता-घाट पर, पेड़ों तले बाहर से भागकर आए हुए, आश्रित भिक्षुओं की भीड़। काशीश्वर ने उन लोगों को सड़क पर बनजारों की तरह घर-गृहस्थी करते देखा ! उन लोगों को देखकर, काशीश्वर को यही आभास हुआ कि जिन्दगी की धारा कभी, कहीं रुकती नहीं ! निरन्तर बहते रहना ही नियम है।

यहाँ हजारों-हजार नए-नए मकानों पर उसकी नजर पड़ी। बाँस, काठ, माटी, फूस-बिचाली, पत्तों से उन लोगों ने घर बना लिया है।

इधर इटाली छोड़कर, उधर कालीघाट के पार, उधर उत्तर और दक्षिण में—चारों तरफ के गाँव निगलते हुए, कलकत्ता अपना आकार बढ़ा रहा है।

वहीं, काशीश्वर की भेंट रमई बागदी से हुई।

रमई बागदी, अपनी ही तरह के कई खेतिहरों के साथ, कुदाल से काटकर, पानी में डूबी जमीन को ऊँची कर रहा था।

काशीश्वर पर नजर पड़ते ही उसने हँसकर कहा, "मुझे पता था, तुम आओगे ही आओगे, दादा ठाकुर ! हम जैसे मानसों के लिए और कहीं छाँह नहीं है।"

काशीश्वर का मन हुआ, यह खबर वह अपने गाँव तक भी पहुँचा दें। उन्हें भी बता आए कि यहाँ एक नया जनपद बन गया है। ऐसे भी, गंगा के किनारे-किनारे बसे हुए, प्राचीन, समृद्ध जनपदों का कहीं कोई अन्त नहीं है।

उधर उड़ीसा, बेहाला, उधर बोड़ाल, राजपुर, मानिकपुर, बाँसद्रोणी, गड़िया के

अलावा, गंगा-तट पर कुमारहट्टी, नैहाटी, भट्टपल्ली, वाली वगैरह एक से एक समृद्ध सुन्दर जगहें !

एकमात्र कलकत्ता ही निष्प्रभ, निस्तेज था !

अब कलकत्ता भी धीरे-धीरे विराट, विशाल कर्मचंचल जगह बनता जा रहा था।

काशीश्वर को लगा, आंधारमानिक काफी लहरहीन, बेहद निश्चिन्त और घुप्प अँधेरे में पड़ा हुआ, सोया-सोया सा एक गाँव है।

अतीत ही उस गाँव की जनक है ! अतीत ही की गोद में वह बेल-बूटेदार कथरी ओढ़े, निश्चिन्त सो रहा है। उसने वर्तमान की उपेक्षा की है ! उसे भविष्य की तरफ देखना ही नहीं आया।

वैसे काशीश्वर को भी अहसास हो गया था कि वह आंधारमानिक अगर जाति और धर्म जैसे छोटी-मोटी तुच्छता में, उसी तरह भूखा रहा, तो उस गाँव की उम्र भी अनिश्चित है।

जो नदी बहना नहीं जानती, वह मर जाती है। जो समाज चलना नहीं जानता, आगे बढ़ना नहीं जानता, वह समाज टूट-फूटकर बिखर जाता है।

अगर जिन्दा रहना है, तो नई शक्ति चाहिए; काम-काज की व्यवस्था चाहिए।

कीचड़ भरे बड़े-बड़े रास्ते ! पालकी-कहारों का त्रस्त आवाजाही। नए किले के इलाके का विस्तार किया जा रहा था ! वहाँ गोरी फौज की गहमागहमी ! बैठकखानों में वर्णिकों की जमघट ! सवेरों और ताँतियों की बस्तियाँ ! इसके अलावा हजारों-हजार कर्मव्यस्त लोगों का शोरगुल ! काशीश्वर को लगा, कलकत्ता हजारहा प्रश्नों का एक विराट उत्तर है।

वैसे काशीश्वर को खबर भी नहीं हुई और यह समाचार आंधारमानिक तक भी आखिर पहुँच ही गया।

''अब इस गाँव में हम नहीं रहेंगे, छोटी !'' आनन्दीराम ने कहा।

''कहाँ जाओगे ?''

''बस, चला जाऊँगा।''

''गाँव छोड़कर; अपना देश-भुँइ छोड़कर कहाँ जाएँगे ?'' विशालाक्षी बेतरह घबड़ा गईं। इस गाँव के अलावा और कौन सा आसरा है ?

''इस माटी में अपने ठाकुर-देवता हैं, बेटा !''

''ठाकुर-देवता को दुपट्टे में बाँधकर ले जाएँगे।''

''लेकिन, जाओगे कहाँ ?''

''कहीं भी ! लेकिन इस देश, इस गाँव में नहीं। किसी नए देश में चला जाऊँगा। नए सिरे से सब सीखूँगा-पढ़ूँगा।''

''क्या सीखोगे ?''

"फारसी पढ़ूँगा, छोटी। कलकत्ता में अंग्रेज फिरंगी अब धीरे-धीरे जबर्दस्त हो उठे हैं। हम जैसे गृहस्थों के लड़के, जिन्हें लिखाई-पढ़ाई के अलावा और कुछ नहीं आता, जो लोग लाख कोशिशों के बावजूद किसान नहीं बन सकते, जिसकी जन्मपत्री में पंडित होना नहीं लिखा है, वे लोग वहाँ जाते ही, अंग्रेज साहबों की देखरेख में, कचहरी में काम-काज कर सकेंगे। जिन लोगों को खेती-बारी की समझ नहीं है, वे लोग अगर खेती से ही चिपटे रहे, तो खेती की तरक्की हरगिज नहीं होगी।"

"मुझे पता है, गोपाल, तुम्हें खेती-बारी की समझ नहीं है।"

"इसके अलावा, तुम्हें तो मालूम है, मेरे मन में हज़ारहा सवाल है; हज़ारहा जिज्ञासा है, मुझे उनके जवाब खोजना है। सच तो यह है कि मैं अपने को कहीं भी प्रस्थापित नहीं कर पाया, छोटी।"

"जानती हूँ।"

"बड़ी बहू ने मुझे गलत समझा, छोटी।"

"जानती हूँ—।"

"शायद इसीलिए मैं छोटी बहू को कभी अपना समूचा मन नहीं दे पाया—"

"जानती हूँ।"

"अब अपनी कोशिश से, अपने पैरों पर खड़ा होऊँगा, इसीलिए तो परदेश गया—"

"जानता हूँ।"

"इतनी कोशिशों के बाद, सारा कुछ गँवाकर फिर तुम्हारे ही पास लौट आया।"

"और कहाँ जाता, मुन्ना ?"

"अब चलो, सब कुछ छोड़कर, किसी नई जगह जा बसें।"

"लेकिन, बेटा !"

"तुम समझ नहीं रहीं, छोटी। वर्गी लोग आकर, हमारा समूचा देश तहस-नहस कर गए। अब पहले जैसा कुछ भी दोबारा नहीं लौटेगा। इसलिए अब हमें भी नए सिरे से सजाना-बसाना होगा।"

काशीश्वर चला गया। रमई बागदी चला गया। मुर्शीदाबाद के बनिए, देश-त्याग की तैयारी में थे। आनन्दीराम भी अपने परिवार के लोगों के साथ कलकत्ता जाने की तैयारी में जुट गया।

अचानक पतानी बुआ सामने आ खड़ी हुई।

"तुम सब चले जाओगे, बेटा ?"

"हाँ, बुआ ! हम जा रहे हैं।"

"मुझे भी साथ ले चलेगा ?"

"तुम्हें ?"

"हाँ, री, विशु-बहू ! सुना है, बाम्हन, कायेथ, बागदी, केवट—सभी कलकत्ता जाकर, अपनी-अपनी बस्ती बनाय रहे हैं।"

"हाँ, यही तो मैंने भी सुना है।"

"गाँव के सभी मानस जहाँ जाय रहे हैं, वहाँ हम नहीं जा सकतीं ?"

"क्यों नहीं ? जरूर जा सकती हैं, बुआ।"

"अपने सागर की मइयो, अरे, वे रमई की सास, का बोली पता है ?"

"क्या कहा ?"

"पारी के मरने के बाद, उसका माथा कैसा गड़बड़ा गया है न। ऊ बोली, ठकुराइन दीदी, ई सब लोगन आंधारमानिक गाँव का गाँव ही सिर पर उठाए लै जा रहे हैं। गाँव चोरी होता जाय रहा है, ठकुराइन दीदी। इत्ते-इत्ते लोगन चले जाय रहे हैं, देखना, एक दिन गाँव अलोपित हो गया है ! गाँव कहीं नाहीं है। देखना, अपना गाँव कउनो आन देश चला गवा है।"

"गलत नहीं कहा ! इंसान अगर कहीं और अपना ठिकाना बना लें, वह तो एक तरह से गाँव की चोरी जैसा ही है न !"

"हाँ, तो बता, हमका लै चलेगा ?"

विशालाक्षी ईषत् हँस पड़ीं, "क्यों नहीं, ननदी, अपने सिर-माथे ले जाऊँगी।"

कलकत्ता ! अठारहवीं शती के जिज्ञासु बंगाली के सामने, उनके सभी सवालों का जवाब।

61

'छोड़ गेल नींद, आँखिन का डेरा'

वर्गियों के जाने के बाद, नवाब जिस दिन भागीरथी पार करके, खुशबाग, अपनी अम्मी की कब्र पर गए थे। उस दिन बंगाल के व्यापारियों ने गंगातीर पर खड़े होकर, उनको बताया था ,वे लोग डर गए हैं। उन लोगों ने यह भी जताया था कि उनका दृढ़-विश्वास है कि नवाब चाहे जितनी भी कोशिश क्यों न करें, अंग्रेज बंगाल की राजनीति में जबर्दस्ती घुस आएँगे। उन्होंने यह भी शिकायत की थी कि विदेशी व्यापारी बिना शुल्क व्यापार करके, ऐश्वर्य, मान-प्रतिष्ठा से लाले—लाल हो उठे हैं और बंगाल के व्यापारी, व्यापार के क्षेत्र में धीरे-धीरे सिमटते जा रहे हैं।

उस दिन नवाब ने उनकी बातें सुनकर भी अनसुनी कर दी थी।

वैसे यही शिकायत, उन्हें जगतसेठ और जानकीराम की जुबानी भी सुननी पड़ी थी।

इसके बावजूद, नवाब का कुल एक परवाना देश की हर पुलिस-चौकी तक पहुँच गया कि कम्पनी-व्यवसायियों से महसूल न लिया जाए, उन्हें परेशान न किया जाए।

"नए सिरे से यह परवाना जारी करने की क्या जरूरत थी ?"

खैर, जगतसेठ यह सवाल कर सकते थे, क्योंकि वे धनाध्यक्ष थे। जरूरत पड़ने पर, उन्होंने ही अंग्रेजों को बार-बार रुपए दिए थे। उनकी जुबान से यह सवाल सुनकर, नवाब अचकचा गए।

"मेरा तो खयाल था, जगतसेठ, फतहचन्द फिरंगी व्यापारियों के शुभाकांक्षी हैं। वे लोग बंगाल सूबे में, विदेशी वाणिज्य-विस्तार के हिमायती हैं—"

यह सुनकर, जगतसेठ का संगमरमरी श्वेत-शुभ्र रंग एकदम से लाल हो उठा।

बहरहाल, अपना गुस्सा दबाते हुए, उन्होंने संयत लहजे में कहा, "अगर वे लोग हुंडी काटकर रुपए माँगे, तो उन्हें रुपए दे दिए जाएँ, मुझ पर यह हुक्मनामा जारी करने के बाद, मुझे उनका मददगार ठहराना, सही नहीं है। मैं तो आपके हुक्म का फर्माबरदार हूँ। मैंने, जब जो भी किया, आपके हुक्म की तामील की है।"

"..."

इसके अलावा अंग्रेजों और अन्यान्य विदेशी व्यापारियों के सभी स्वार्थ, शाहसुजा और फारुखसियार के फरमान की हिमायत में था। इसके बावजूद, नवाब ने उनके स्वार्थ की हिफाजत के लिए नया परवाना जारी करके, हमें अचरज में डाल दिया है।"

दस साल पहले अगर किसी ने इस किस्म का सवाल किया होता, तो अलीवर्दी, जवाब-तलब करनेवाले की आवाज हमेशा के लिए खामोश कर देते। लेकिन नौ-दस सालों से वर्गियों के लगातार हँगामों ने उन्हें कुछेक सबक सिखाए हैं। अलीवर्दी जानते थे, जो लोग उनके शुभाकांक्षी थे, वे लोग समय मुताबिक उनके हुक्म की तामील करेंगे और समय मुताबिक सवाल भी करेंगे।

"हुजूर—" जगत सेठ ने धीमे लहजे में कहा, "फारुखसियार और शुज़ा के फरमान मुताबिक विदेशी कारोबारियों का स्वार्थ बिल्कुल सुरक्षित है। इसलिए आपका..."

"इस परवाने में भी उसी पहलेवाले, फरमान में दर्ज, अख्तियार को दोबारा दोहराया गया था। कासिम बाजार से वाइस साहब ने इत्तला दी, विदेशी अंग्रेज महसूल अदा नहीं करेंगे। दिल्ली से फरमान जारी करने के बावजूद, राहदार लोग उनसे महसूल वसूल करते रहे।"

"इसीलिए आपने राहदार, गुजरवान, चौकीदार, इजारदार—वगैरह सरकारी कारकूनों को इत्तला भेज दी वे लोग ऐसा न करें ?"

"हाँ—"

"देश के लिए यह महादुर्दिन का समय है, आपको खबर है, न ?"

"मानता हूँ।"

"राजकोष लगभग खाली है, यह भी जानते हैं न ?"

"जानता हूँ—"

"ऐसे में अगर विदेशी व्यापारियों से थोड़ी-बहुत वसूली की गई हो, तो गलत क्या है ? वे लोग इस देश से ढेरों कमा भी तो रहे हैं।"

"मैं इसके खिलाफ नहीं जा सकता। मेरे हाथ-पैर बँधे हुए हैं।"

"नवाब होने के बावजूद, हर वक्त मनमानी नहीं की जा सकती। बंगाल के नवाब को यह शिक्षा मिलने में क्या देर हो गई ? जगत सेठ के मन में यह सवाल भी उठा।

"देश के इस दुर्दिन में टिड्डियों के झुंड की तरह वर्गी-गिरोह बार-बार हमलावर होता रहा। उन लोगों ने राढ़-बंगाल और भागीरथी के पश्चिमी तट को अपने जोर-जुल्म और अत्याचार से वीरान कर डाला। अनगिनत लोग अपना डेरा-डंडा उठाकर पूर्वी बंगाल की तरफ भाग खड़े हुए। बहुत से लोग उत्तर की तरफ, बहुत से लोग कलकत्ता की तरफ उड़ गए। किसान खेती करने में विफल, संसारी लोगों के घर-मकान जंगल हो गए। यह क्या झूठ है ?"

"इसे झूठ कौन कहता है ?"

"इस दुर्दिन में मैंने किससे, कितना महसूल वसूल किया है ?"

श्रोतागण नीरव।

"महाराज कृष्णचन्द्र वगैरह, जिनकी जमींदारी आकार-प्रकार में काफी विशाल है, जिनकी अधिकांश जमींदारी पूर्वी बंगाल में है, या जिनकी जमींदारी गंगा-पार बसी है, इसलिए वर्गियों के अत्याचार से उस जगह को खास नुकसान नहीं पहुँचा है। उनसे मैंने आपातकालीन मामूली-सा, हाँ, उन लोगों की आमदनी मुताबिक, मामूली सा ऊपरी धन वसूल किया है। यह बात फतहचन्द भी जानते हैं कि इसके फलस्वरूप यह अफवाह भी फैली कि अलीवर्दी बेहद अत्याचारी है, हिन्दू प्रधान लोगों को नेक नजर से नहीं देखता।"

"आलीजाह, नेकनामी-बदनामी से आम इंसान को फर्क पड़ता है। आपका..."

"देखो, मैं किसी को दोष नहीं देता, क्योंकि मैं जानता हूँ और मेरा खुदा जानता है कि मैंने अपने प्रजाजन को हमेशा बराबरी की नजर से देखने की कोशिश की है या नहीं और इसमें मैं कामयाब हुआ हूँ या नहीं। लेकिन, देश के दुर्दिन या बाहरी शत्रुओं के हमलों के दौरान, अगर देशवासी ही, मामूली-सा त्याग स्वीकार करने में नाराज हों या क्षुब्ध हों, तो विदेशी व्यापारियों से मैं कितनी सी हमदर्दी की उम्मीद कर सकता हूँ ?"

"लेकिन, हुजूर..."

"एक बात और ! मुझे करमंडल तट और दक्षिण में फ्रांसीसी और अंग्रेजों के बढ़ते कदमों की खबर है। पिछले नौ सालों से, वर्गी हमलों के दौरान, मैं हर पल फिक्रमन्द रहा, कहीं वे राजनीति में न घुस आएँ..."

"खैर, वह आशंका आज भी बनी हुई है।"

"आशंका कब नहीं थी ! कब नहीं था खतरा ? फतेहचन्द को क्या वह कहानी नहीं मालूम ? अलीफ-लैला के उस ऊँट को कहानी ? जिस ऊँट ने पहले नाक, बाद में समूची देह घुसाकर, घरवालों को निराश्रित कर दिया था ?"

"आलीजहाँ, हमारे पुराण में भी ऐसी ढेरों कहानियाँ मौजूद हैं।"

"तब तो, आपको समझ लेना चाहिए, जिन लोगों ने अपने वाणिज्य कारोबार से देश को समृद्ध किया है, जो लोग बंगाल की छाती पर सवार होकर इतना-इतना मुनाफा कमा रहे हैं, उन लोगों के मन में लोभ-लालसा किसी-न-किसी वक्त जरूर सिर उठाएगी। उन लोगों के लोभ का मतलब ही है, हमारी आशंका सच है ! इसीलिए कहता हूँ,

आशंका और खतरा तो हमेशा ही लगा है और आगे भी लगा रहेगा।''

''उन लोगों को यूँ व्यापार का अधिकार...''

''जिन लोगों ने पहली बार उन्हें अधिकार दिया, वे लोग यही समझते रहे कि उन लोगों ने ठीक ही किया। भारत में कारोबार के इरादे से उनके आगमन की कहानी बेहद पुरानी है और विदेशी व्यापारी हमेशा से ही देश में आदर-सम्मान पाते रहे हैं। उन लोगों ने भी अपने अख्तियार का गलत इस्तेमाल नहीं किया।''

''लेकिन अब क्या वह जमाना रह गया है ?''

''नहीं, अब वह जमाना नहीं रहा। मोहनजोदारो सभ्यता के युग में, उसके बाद के काल में, हिन्दुकूश की राह, प्राचीन 'सिल्क रुट' के जरिए, रोम, ग्रीस, मिश्र और अन्यान्य देशों के साथ, भारत कारोबार करता रहा है और वाणिज्य की राह, बाहरी दुनिया बार-बार भारत में प्रवेश करती रही है।''

उन लोगों ने क्षमता का गलत इस्तेमाल नहीं किया। वैश्य इस युग में वैश्य नहीं रहना चाहेगा, व्यापार करने आकर, वे लोग राजनीति में घुस आएँगे, अगर यह पता होता, तो जहाँगीर, विदेशी व्यापारियों को फरमान देते ?

नवाब ने दोबारा कहना शुरू किया, ''हाँ, मैंने बिल्कुल नहीं चाहा था कि वे लोग इस देश की राजनीति में घुस आएँ। अंग्रेजी, फ्रांसीसी, जर्मन, डच, पोर्तुगीज, आर्मेनियन वगैरह सभी जातियों के व्यापारियों पर निगाह रखनी पड़ी है। इधर अफगान विद्रोही हो गए; पठान खफा; मेदिनीपुर में आदिवासियों ने बगावत का एलान कर दिया। बाकुड़ा, वीरभूम, वर्धमान, राढ़ और गांगेय बंग के हर जिला के इंसान अत्याचार के शिकार। बाहरी शत्रु के आक्रमण से आतंकग्रस्त ! ऐसे समय में भी विदेशी व्यापारियों की क्षमता, मैंने तोड़-मरोड़ रखी है।''

''जानता हूँ।''

''लेकिन, देखो, आज वे लोग क्या कर रहे हैं ?''

''अपने अख्तियार का गलत इस्तेमाल कर रहे हैं।''

''जानता हूँ ! जानता हूँ कि वे लोग देशी व्यापारियों को तरह-तरह से परेशान कर रहे हैं। जानता हूँ कि वे लोग मेरी मौत के इन्तजार में हैं। इन सबके बावजूद, आज भी सबको बराबर निगाहों से देखना, मेरी मजबूरी है।''

''नतीजा ?''

''नतीजा क्या होगा, इसका फैसला भविष्य करेगा।''

''आलीजाह, भविष्य कब, किसके प्रति न्याय करता है ?''

''हाँ, नहीं करता ! करना असम्भव है, क्योंकि भविष्य की नजर भी धुँधली होती है। चूँकि धुँधलाई निगाहों से ही वह देखता है, इसलिए अतीत का साफ-सुथरा, सच्चा रूप नहीं देख पाता। लेकिन भविष्य में लोग मुझे किस नजर से देखेंगे, यह सोच-सोचकर मैं अपने आशु कर्त्तव्य को नजरअन्दाज नहीं कर सकता।''

''आशु कर्त्तव्य क्या है ?''

"गांगेय बंग को, मेरे सूबे को सहज-स्वाभाविक स्थिति में लौटा लाना—"

"ऐसा नहीं हुआ, तो...?"

"इसके अलावा, मेरा और कोई कर्त्तव्य नहीं है। मेरा उत्तराधिकारी, एक शान्तिमय साम्राज्य हासिल करे, मैं बस, यही चाहता हूँ। यह क्या बहुत बड़ी चाह है ?"

"हाँ, जहाँपनाह !"

"देखूँगा ! देखूँगा ! मैं बंगाल के व्यापारियों को भी देख लूँगा ! आप लोग उन्हें बता दें, मुझे सब खबर है ! मैंने देखा है, मुर्शीदाबाद के राजपथ पर, समूची दुनिया को खरीद-फरोख्त करते देखा है।"

"देखा तो हम लोगों ने भी है और चाहते हैं, एक बार फिर देखें—"

"हाँ, मैं भी देखना चाहता हूँ।"

"जी, हाँ, हुजूर।"

"मैं बंगाल को पहले जैसे रंग-रूप में दोबारा लौटा लाऊँगा। मेरी प्रजा बेहद सुहृदय है। देश की इस महा-मुसीबत के दिनों में उन लोगों ने सब कुछ कबूल कर लिया है। एक बार...बस, एक बार वे लोग मुझसे सहयोग करें।"

62

'विपुला च पृथ्वी'

फिरंगी व्यवसायियों को वाणिज्य-व्यवसाय में हर तरह की सुविधा देने की नाइंसाफी, बंगाल के व्यवसायियों के प्रति इंसाफ, इस बारे में जगत सेठ और जानकीराम ने नवाब के साथ बातचीत की। उसके बाद, जानकीराम अपने घर लौट आए।

हीरालाल सेठ उनके घर में ही बैठे थे। राजा जानकीराम के सियाह चेहरे पर बंगाल के व्यापारियों के सारे सवालों का जवाब लिखा था। उन्हें कुछ भी बताने की जरूरत नहीं पड़ी।

जानकीराम ने सिर्फ इतना ही कहा, "मुझे भय हो आया है...।"

"भय ? नवाब का हाथ बँटा रहे हैं; इतना विपुल वैभव अर्जित किया; दुर्लभराम ऊँचे पद पर आसीन हैं, अभी भी आपको डर लग रहा है ?"

जानकीराम ने उनके सवाल का जवाब दे डाला।

हीरालाल के चेहरे पर उदास मुस्कान झलक उठी, "भय हर किसी के साथ-साथ फिरा करता है। कोई यह बात जानता है, कोई नहीं। लेकिन मेरा खयाल था, इस युग में इंसान की जितनी उन्नति सम्भव है, आपने अर्जित कर ली है। बिहार की सूबेदारी आपकी है; दुर्लभराम ने भी यथायोग्य पद हासिल कर लिया है, अब किस बात का डर ?"

"कैसा भय ? किस बात का भय ? यह मैं नहीं बता सकता, लेकिन आज मैं भयभीत हूँ।"

"किसके लिए भय ?"

जानकीराम से इस सवाल का जवाब नहीं देते बना। हीरालाल सेठ को जवाब नहीं दे सके। लेकिन मुर्शीदाबाद छोड़कर जाने से पहले, उन्होंने एक अद्‌भुत कांड किया।

जगतसेठ, महताबचन्द और फतहचन्द से पूछना उचित नहीं होगा, यह सोचकर उन्होंने महीपति आचार्य को बुला भेजा। उन्हें नाव में बिठाकर गंगा की सैर पर निकल पड़े। उन दिनों महीपति, जगतसेठ वगैरह के साथ काम नहीं करते थे। वे अपनी जमा-पूँजी लगाकर, हीरालाल सेठ वगैरह की मदद से, कपड़ों की आढ़त खोलना चाहते थे। यह सब जानते हुए भी राजा विरत नहीं हुए।

गंगा की तरफ नजरें गड़ाए-गड़ाए महीपति को अचानक सुरकंठ की याद हो आई। मुर्शीदाबाद में, इसी गंगा-तट पर एक युग की समाप्ति होगी।

आप अभी भी उन लोगों के विश्वासपात्र हैं, इसलिए पूछ रहा हूँ, मेरा यह भय क्या बेवजह है ?"

"कौन सा भय ?"

"मुझे यह क्यों लगा, जगत सेठ जैसे लोग सिर्फ इन्तजार कर रहे हैं ? जरूरत पड़ी, तो वे लोग अपनी भक्ति और ईमानदारी किसी और को अर्पित कर देंगे ?"

यह सुनते ही महीपति को कहीं खट्का लगा। यह शायद बूढ़े का अन्तिम समय है ! अब उनकी मृत्यु करीब है। आसन्न मृत्यु का अहसास न होता, तो इतनी निर्भीकता से ऐसा सवाल नहीं करते। कहना चाहिए, यह तो राजद्रोह के बराबर है। जिनके बारे में यह सवाल किया गया था, वे लोग तो अभी भी क्षमताशील हैं, मुमकिन है, बाद में उनकी क्षमता और बढ़ जाए।

"ऐसा हो ही सकता है। कभी उन लोगों ने ही सरफराज़ को हटाकर नवाब को बंगाल और बिहार की मसनद दिलाने में सबसे बढ़-चढ़कर हिस्सा लिया था।"

"फिर, अब क्या होगा ?"

"भई, इस वैश्य युग में रुपए की थैली लिए-लिए जहाँ भी जाएँगे, वहीं उन्हें शरीक कर लिया जाएगा। दिल्ली का बादशाह, पूना का पेशवा, भोंसले शासक, दक्षिण में निज़ाम, बंगाल के अलीवर्दी—दौलत किसे नहीं दरकार होती ?"

"इसी आशंका से मैं डर गया हूँ।"

"कौन सी आशंका ?"

"सरफराज़ को छोड़कर, उन लोगों ने अलीवर्दी को पकड़ा था। अपनी जरूरत पर वे लोग नवाब को भी छोड़ सकते हैं।"

"नहीं भी तो छोड़ सकते हैं।"

"अगर छोड़ दिया तो ?"

इस बात का जवाब कौन देता ? नवाब को त्यागकर जगतसेठ बिरादरान आखिर कहाँ जाएँगे ? अपनी ईमानदारी वे लोग किस नए व्यक्ति, नए आधार को अर्पित करेंगे ?

"पिछले नौ-दस सालों से देश में जो कुछ चल रहा हैं, वह क्या बताऊँ ? कहा जा

सकता है, राढ़ और गांगेय बंग मानो खून से नहा उठे हैं। इतने दिनों से झुंड-झुंड लोग, धारा की काई की तरह बहते-उतराते रहे हैं। जो लोग पूर्व में, बंग देश भाग गए हैं, वे लोग भी खून से लथपथ हैं। अब सुन रहा हूँ, वे लोग वर्गी लोगों के अत्याचार के भी शिकार हो रहे हैं। इस सर्वनाश के बाद, अब हम लोग और कुछ नहीं चाहते, बस चैन से रहना चाहते हैं।

"ऐसा कौन नहीं चाहता ?"

"हम सबकी चाह बेहद मामूली सी है, जनाब ! किसान निश्चिन्त मन से, अपने खलिहान में धान संचित कर सकें, आप सिर्फ यह देखें। देश की स्थिरता अपने आप लौट आएगी। पहले किसान जब निश्चिन्त मन से खेती करता था, उस दिन ताँती का ताँत भी चलता था। मर्शीदाबाद की चौक में खड़े होते ही विश्वदर्शन हो जाता था। सभी देशों के कारोबारी यहाँ भीड़ लगाया करते थे। वह स्थिति क्या अब दोबारा नहीं लौट सकती !"

"देखो, नवाब अविवेकी नहीं हैं।"

जानकीराम ने धीमे लहजे में कहा, "उन लोगों ने जमींदारों को मालगुजारी अदा करने के लिए, अपने भरसक जोर नहीं डाला, लाचार नहीं किया। लेकिन वर्गी-युद्ध के दौरान, जितना खर्च हो गया, उसकी भरपाई के लिए थोड़ी-बहुत राशि न बाँधी जाए, तो नहीं चलेगा। बंगाल के नवाब, समूचे बंगाल पर अगर बाईस लाख रुपए बाँध देते हैं, तो यह राशि कुछ ज्यादा तो नहीं ?"

"यह धन कौन दे रहा है, इस बात पर निर्भर करता है।"

"जो लोग दे सकते हैं, वे ही दे रहे हैं, जनाब ! जगत सेठ वगैरह की गद्दी में आप विश्वासी मुंशी थे। बंगाल के कितने ही लोग चुटकियों में बाईस लाख रुपए दे सकते हैं।"

महीपति क्या जवाब देते ?

"मेरा खयाल है..."

"मेरा खयाल है, देश की हालत चाहे जो भी हो, चूँकि देना पड़ रहा है, इसीलिए कोई-कोई नाराज होंगे। मुसीबत अगर आती भी है, तो उनके असन्तोष के जरिए ही आएगी।"

"मुझे भी इसी बात का डर है।"

"नवाब अब पिछले दस-ग्यारह सालों का पुराना घाव, झटपट पुर करना चाहते हैं, हम समझते हैं। लेकिन वे चाहे जितनी भी कोशिश क्यों न करें, लेकिन बुढ़ापे को और कुछ दिन रोक पाएँ, इतनी ताकत उनमें नहीं है।"

जानकीराम मानो सिहर उठे। जिस शख्स को उन्होंने अब-तक लौह-पुरुष और अपराजेय जाना है; अफगान विद्रोह, वर्गी अत्याचार, प्रजा की हाहाकार, कुचक्रियों की साजिश—जिसे इन सबसे जूझते हुए देखा है, उन्हें पराजित देखें, इस खयाल से ही उन्हें बेहद तकलीफ हुई।

''हे भगवान, मुझे उनसे पहले उठा लेना।''

गंगा की जल की तरफ नजरें टिकाए हुए, वे मन-ही-मन बुदबुदा उठे। शायद उनकी यह प्रार्थना, यथास्थान पहुँच गई थी। अगले ही साल नवाब को कुछ और अकेला करके, जानकीराम इन्तकाल कर गए। असीम महत्त्वाकांक्षा और असाधारण उच्चाशा ने जिस तुर्क-अरब नौजवान को, कभी दिल्ली त्याग करके, दोस्ती के लिए, ज़टिल पथ पर, बंगाल की तरफ भगाया था, वही शख्स बुढ़ापे में किस कदर निःसंग और हीनबल हो आया। वे किसी भी दिन कातर नहीं हुए, राजा की मौत पर भी उन्होंने कातरता नहीं दिखाई। अभी उनके सामने ढेरों काम पड़े थे।

उनका यह आचरण देखकर, सबने उनकी पीठ-पीछे खूब निन्दा की।

किसी ने तो यहाँ तक कह डाला, ''नाती को छोड़कर, उस शख्स में और कोई कमजोरी नहीं है। लेकिन इतना कठोर होना अनुचित है।''

''यहाँ तक कि उनके करीबी नाते-रिश्तेदारों ने कुछ ऐसा ही मन्तव्य दिया। उनका संयमी, जितेन्द्रिय स्वभाव, ऐश-विलास के प्रति अरुचि, औरतों का सम्मान, अन्यान्य दोष-ऐब के साथ, ये उजली-धुली खूबियाँ देखकर, विदेशी तक चकरा जाते थे, स्वदेशी लोग तो खैर घोर अचरज में थे ही।

जानकीराम का निधन हो गया।

महीपति ने हीरालाल सेठ, वाराणसी बसाक, अजीम काश्मीरी वगैरह कारोबारियों से कहा, ''अब देर क्यों ? बहुतेरे लोग जा रहे हैं। हम लोग भी कलकत्ता जाकर आढ़त खोलकर बैठ जाएँ।''

''कुछ दिन और देख लूँ जरा—'' हीरालाल सेठ की जुबान पर एक ही बात थी।

''अब और क्या देखेंगे ?''

''क्यों ? मुर्शीदाबाद के गंगा-तट पर युग अस्त होता है या नहीं, देखूँगा नहीं ?''

''आप भी क्या बात करते हैं। युगान्त तक बैठे रहेंगे ?''

''जरूरत पड़ी तो बैठा रहूँगा—''

''सुरकंठ के पागलपन पर आपको इतना अटूट विश्वास है ! अरे, युगान्त हुआ, तो सारा कुछ अँधेरा हो जाएगा।''

''अँधेरा हो गया, तो आप आंधारमानिक के इंसान हैं, रास्ता दिखाइएगा।''

''रास्ता दिखाऊँ, इतनी योग्यता भला मुझसे कहाँ है ?''

''नहीं, नहीं, ये बात-बात पर हँसी-मजाक ठीक नहीं है। सुरकंठ राय ज्ञानी पुरुष हैं, इसमें कोई शक नहीं। एक तरह से उन्होंने ठीक ही कहा था। देखिए न, उन्होंने कहा था सर्वनाश आएगा, सो आ गया। शायद गंगातट पर भी कोई सर्वनाश होना हो। कैसा सर्वनाश यही देखने का मन है।''

हीरालाल सेठ के चेहरे का दूधिया रंग मारे उत्तेजना के एकदम से लाल हो उठा।

उन्होंने कहना शुरू किया, ''हमारे पुरखे गंगा किनारे पैदल चलते-चलते गौड़ आए थे। वे कच्छ और सूरत की सरहदों पर रस-बस गए। आते समय उन लोगों

के बदन पर कम्बल पड़ा था, काँख तले उसकी गाँठ बँधी थी। जैसे-जैसे वे बंगाल के करीब आते गए, तैसे-तैसे उन्हें भयंकर गर्मी लगने लगी। अन्त में उन्होंने कम्बल उतारकर तहा लिया और उसे कन्धे पर रख लिया और इस तरह गौड़ की धरती पर आ खड़े हुए।''

उस जमाने में गौड़ के रास्तों पर, दुनिया-भर के लोग आकर भीड़ जमाते थे। वे एक-दूसरे की जुबान जरा भी नहीं समझते थे। बस, आपस में धक्का-मुक्की करते हुए, इशारे-इशारे से अपनी बात समझाकर, चन्दन, हाथीदाँत, सिल्क और शंख की खरीददारी करते थे।

''यह कब की बात है ?''

''बहुत, बहुत दिनों पहले की बात है। उसके बाद भी देखिए, हम लोग जब, जहाँ बस गए, उस देश को ही अपना मान लिया। वर्ना ताम्रलिप्त, सप्तग्राम, राजमहल वगैरह चारों ओर भटकते नहीं फिरते।''

सप्तग्राम का पतन और हुगली का उत्थान, मेरे परदादा ने अपनी आँखों से देखा था। वह भी तो मानो गंगा का ही कौतुक था। इस युग में, मैं मुर्शीदाबाद की माटी पर चिपका पड़ा हूँ। आप भी कहते हैं, वैश्य-युग आ रहा है। सो, वैश्य युग में मुर्शीदाबाद की गंगा क्या नजारा दिखाती है, वह देखकर नहीं जाऊँगा ?''

''देखकर जाते-जाते, बहुत देर नहीं हो जाएगी ?''

''देर ?'' हीरालाल सेठ के चेहरे पर उदास हँसी झलक उठी, ''अगर देर हो जाए, तो क्या आपको नए जनपद में जगह नहीं मिलेगी ?''

''किसने कहा ? किसी जमाने का कालिकाक्षेत्र, बिल्कुल नगण्य-सी जगह सूतानूटी ! वही सूतानूटी अब चारों तरफ से बढ़ती-फैलती जा रही है।''

''हैरत है।''

हीरालाल ने लम्बी उसाँस भरकर कहा, ''अभी सौ साल पहले तक, गंगा तट के जनपद के नाम पर, हम लोग कुमारहाटी, भाटपाड़ा, त्रिवेणी, वंशबाटी, वैद्यबाटी को ही जानते थे। उसके बाद चन्दननगर, श्रीरामपुर, हुगली और कलकत्ता आबाद हुआ। यह एक नाम-कलकत्ता, आप लोगों के सभी गाँव-डीह को निगल गया।''

''यही होता है। दुनिया-जहान का यही नियम है।''

''हाँ, जानता हूँ, आचार्यजी, सब जानता हूँ। मुर्शीदाबाद भी अब चौंक रहा है, अन्तिम साँस में अटका हुआ है, यह भी खबर है। अभी से ही लगने लगता है, रात को नींद टूटती है, तो भी महसूस करता हूँ, कोई कहीं रो रहा है। मैं मन को समझाता हूँ। जब वर्गियों के हाथों मेरा जवान-लायक बेटा चला गया, बहू मर गई, उस वक्त जो नहीं रोया, वह सब रुलाई मेरे सीने में पैठ गई, जमा होती रही। मैं शायद अपनी ही रुलाई सुनता रहता हूँ। क्यों, यही बात होगी न ?''

महीपति को याद आने लगा, बहुत सालों पहले सुरकंठ ने कहा था, उनके गुरुदेव ने भागीरथी की सिसकियाँ सुनी है। इसीलिए वे जाह्नवी के जल से अपने कान लगाए

रहते हैं। इसीलिए वे कहते थे—हमने तुझे अपने-अपने पाप सौंपे हैं, मइया, अपना-अपना पाप धोया है। तेरी छाती बिल्कुल सुरक्षित जगह है, इसलिए कुचक्री लोग आकर, तेरी छाती पर साजिश रचते हैं, विदेशी बनियों ने तेरी छाती पर ही जंग छेड़ी है, इसीलिए तू रोती रहती है ?

इसीलिए तू विमुख हो गई है। मुझे मालूम है, अपनी छाती पर लादकर तू ही कभी बंगाल के लिए सुदिन लाई थी, अब सर्वनाश भी तू ही लाएगी। इस कलियुग में आखिरी सर्वनाश लाकर तू भी सिर्फ नदी बन जाएगी, देवी नहीं रहेगी। उस दिन तेरी छाती सूख जाएगी, धारा अपनी राह खो देगी। जिस दिन तू आखिरी घड़ियाँ गिन रही होगी, तब हमें अक्ल आएगी कि हमने कितना बड़ा सर्वनाश कर डाला।''

सुरकंठ के गुरुजी ने विनती की थी—सर्वनाश के साथ आशीर्वाद भी लाना, मइया ! एक युग के अन्त के साथ-साथ, नए युग का वरदान भी देना, देवी मइया।

आज महीपति को जाने क्यों लग रहा था, कि उस धर्म-पागल बूढ़े की बात का अक्षर-अक्षर सच था। घर-बारी महीपति अन्धविश्वासी नहीं थे। धर्म को वे कमजोर सहारा, अशिक्षितों का आश्रय मानते थे। लेकिन, जाने क्यों तो लग रहा है, बूढ़े की कुछ-कुछ बातें सच थीं। कौन सा युग अस्त होगा ? कौन सा युग आएगा ?

काशीश्वर ने बताया था, ''बैंडेल गिर्जाघर के उस विदेशी फादर ने कहा है—दुनिया में अब कहीं भी सामन्त युग नहीं रह जाएगा। वैश्य शक्ति ही अब सबसे तरुण शक्ति है, वही लोग जीतेंगे। सामन्त युग किसे कहते हैं ? जहाँ राजा होगा, उसकी प्रजा होगी, किसानों की देह पर फटी-पुरानी गूदड़ होगी, नवाब-बादशाहों के विलास के लिए महसूल जुटाते-जुटाते, किसान के खलिहान बार-बार खाली होते रहेंगे—इसी का नाम क्या सामन्त युग है ? यह तो विधाता का नियम है, बिल्कुल मपा-तुला नियम ! इस 1752 के वर्ष में, उस नियम के बारे में भला कौन जिरह करेगा ? कौन उसे मुजरिम के कटघरे में खड़ा करेगा ?

''मेरा एक काम अभी भी बाकी है।'' वे अस्फुट लहजे में बुदबुदाए।

''कौन सा काम ?''

''मेरी भतीजी फुलेश्वरी, काफी-काफी अर्से पहले, अपने पति को छोड़ आई थी। उसका और आनन्दीराम का मिलन कराना होगा।''

''और कोई काम नहीं बचा ?''

''नहीं, जाते समय मैं चाहता हूँ, आनन्दीराम भी मेरे साथ हो। उसकी माँ विशालाक्षी और आनन्दी का बेटा भी हो। विशालाक्षी शुभशक्ति के रूप में साथ जाएगी। उसका बेटा, अपने पिता का दाहिना हाथ बनकर जाएगा। वे लोग मेरे साथ होंगे, तो मैं भी चल सकूँगा।''

''लेकिन हम बहुत आगे की बात सोच रहे हैं। अभी भी...अभी भी नवाब जिन्दा हैं। अभी भी मुर्शीदाबाद का फरमान मिलते ही कासिम बाजार से वाट्स, कलकत्ता से—हॉलवेल, चन्दनगनर से जाँ लॉ दौड़े आते हैं।

"जानता हूँ।" महीपति वर्तमान में लौट आए।

उसके बाद, चार साल और गुजर गए।

इस बार चैत के महीने में, काफी...काफी अर्से बाद, रवि धान की फसलें, गहगहाकर फूली थीं। बाँकुड़ा, मेदिनीपुर, वर्धमान, वीरभूम, नदिया, मुर्शीदाबाद के खेत, अरहर, चना, जौ, चैताली धान की फसलों से ढूँक गए। अब धान काटकर खलिहान भरने में, वर्गियों का खतरा नहीं था। काफी-काफी वर्षों बाद, मुर्शीदाबाद में आसन्न पुण्योत्सव की धूमधाम शुरू हो गई।

नगर के बीच-बीच में नौबतखाना के मंच बाँधे गए। राज-मिस्त्रियों ने रंग-रोगन करके, शाही महल को चमका डाला। इस बार, बंगाल के राजा-रजवाड़े दोबारा राजधानी में पहुँचनेवाले थे। उन लोगों की मुर्शीदाबाद स्थित कोठियों में लोगों की चलहपहल ! अर्से बाद, होली के मौके पर, मोतीझील में रंग के फव्वारा छूटे। नवाब खुद सेठों की कोठी में तशरीफ लानेवाले थे। कुंजघाट के नन्दकुमार राय, सैय्यदाबाद के वाणीकंठ सेन ने पुण्योत्सव के लिए, गायक-मंडली को बयाना दे आने की हिदायत दी।

इस मौके पर भालेदार, लठैत, ढाल-तलवारवाले, सिपाही, ढोलकिए, हरकारे, प्यादों की भी भीड़ लग गई। तीर की चमचमाती नोक पर लाल कपड़ा बाँधे, ये लोग, सम्मान जताने और विदाई में इनाम-अकराम पाने के लिए जमा हुए थे। नवाब कोठी के बाहरी मैदान में वे लोग खेल दिखाएँगे, गाना गाएँगे, रणपा का नाच दिखाएँगे और बाँसबाजी, लाठीबाजी के करतब दिखाएँगे। बाजीगर, बाजी की करामात दिखानेवाले थे, कैदी रिहा किए जानेवाले थे। खेत-खेत में पके धान की खुशबू ! किसान बैलगाड़ियों पर लगातार धान लादकर ले जाते हुए। पके धान की खुशबू पाकर, नगर-पथ पर बिखरे हुए धान, जौ कणों को चुगने-खाने के लिए, झुंड-झुंड पंछी मँडराते हुए ! चिड़ीमार जाल लिए, घूम-घूमकर पंछी पकड़ते हुए।

काफी-काफी अर्से बाद महीपति के घर में भी उत्सव का समारोह ! कलकत्ता से काशीश्वर भी आ पहुँचा। वह उन्हें लेकर आंधारमानिक जानेवाला था।

"आंधारमानिक जाकर, मैं, आनन्दी की माँ के पैर-पकड़ लूँगा, भौजी, बूनी को स्वीकार लेने की विनती करूँगा।"

महीपति की बातें सुनकर, जलेश्वरी की आँखों में आँसू आ गए। किसी जामने में जब वे जगतपति आचार्य की घरनी थीं, तब सोने के गहने बदन पर रुनझुन बजते थे। इसलिए मखमल की पट्टीवाले हार, अनन्त, कंगन पहनती थी। उन दिनों उनमें ज्ञान-बुद्धि नहीं थी। बेटी अपनी ससुराल न जाए, वे इसी कोशिश में लगी रहती थीं। लेकिन जब अपना ही घरवाला, उन्हें सड़क पर बिठाकर चला गया, वे देवर के यहाँ चली आईं। दुःख की पाठशाला में सबक लेते-लेते, अब वे काफी कुछ सीख गई थीं।

देवर की बात पर उन्होंने भी सहमति जताई। फुलेश्वरी भी दरवाजे की आड़ से उनकी बातें सुन रही थी। वह दबे पाँव वहाँ से हट आई। अब घर-गृहस्थी के कामकाज, किसी शौक या फैशन में उनका मन नहीं रमता था। उसे हर वक्त यही खयाल सताता

रहता था कि उसका अपना घर यहाँ नहीं, किसी और जगह, कहीं और है।

काका की बातें सुनकर, उसने विश्वनाथ का हाथ पकड़कर आगे कर दिया। उनका बेटा विश्वनाथ अब सयाना हो चुका था। उसके जनेऊ के समय, उसके पति नहीं आए। उसने खुद कभी आंधारमानिक की उपेक्षा की थी, अपनी सौत कुन्दमाला को गरीब घर की बेटी होने की वजह से अपमानित किया था, अब जब अपनी पिछली करतूतों पर नजर डालती है, उसे सिवा दुःख के और कुछ नहीं होता।

आगे सुरकंठ को भी दुःख ही दिया। हाँ, तब वह निरी बालिका थी, इसीलिए सुरकंठ के दर्द की मात्रा नहीं समझ पाई। उसने अपने पति को ठुकरा दिया, बेटे को अपने निजी घर से वंचित कर दिया। अब उसे अहसास होने लगा है कि उसने गलती की। अब अगर उसके पति, उन्हें माफ कर दें, उसे दोबारा कबूल कर लें, उसे अपने यहाँ रख लें, तो शायद बहुत कम सा हरजाना चुकाकर, वह दोबारा सुखी होंगी। कभी वह अपने पति के प्यार की एकछत्र अधीश्वरी बनना चाहती थी, अब उनकी गृहस्थी में अगर गुजारे-भर की जगह मिला जाए, तो वह बच जाए।

महीपति की पत्नी बिस्तर से उठ नहीं पाती थी। बहन निन्दुली ही गृहस्थी की कर्ता-धर्मा। फुलेश्वरी उनके करीब जा बैठी। काले पत्थर की कटोरी में पानी रखते हुए, अचानक उसकी नजर अपने बालों पर पड़ी, सिर के दो-एक बाल सफेद हो चुके थे। चेहरे पर चकत्ते-चकत्ते दाड़ा !

बहुत-बहुत देर हो गई ! इतनी देर उसने क्यों कर दी ?

इधर अर्से-काफी अर्से बाद, आंधारमानिक गाँव के श्मशानतला मैदान में दोबारा चड़क के वाद्य गूँज उठे।

इस बार गाजन की काफी घूमधाम ! इस बार रमई का साला, सागर बागदी ही असली संन्यासी ! जो लोग गाजन के धमार में मस्त होनेवाले थे, उन लोगों की खुशी दोगनी हो आई थी, क्योंकि सुरकंठ राय इतने दिनों बाद आंधारमानिक आए थे।

"पता नहीं, सुकरंठ दादा को भविष्य देखना आता है या नहीं, लेकिन पूरे चौदह साल होने को आए। ऐसे चड़क का उत्सव शुरू होने से पहले, उन्होंने आचार्य पोखर के अर्जुन पेड़ तले, खड़े होकर कहा था—सामने भयंकर दुर्दिन है !"

महीपति ने काशीश्वर की उस बात का कोई जवाब नहीं दिया। मुद्दतों से उनकी आँखें प्यासी थीं। आज इस छोटी नदी के रेत पर, नंगे बच्चों का, एक-दूसरे पर पानी उछालने-फेंकने का खेल, पोखर-पार हरी-भरी सुशनी साग का मेला, आँगन में जो, अरहर, चने और मिर्च की ढेरियाँ, यह सब नजारे देखते हुए "उसे बेहद भला-भला लग रहा था।

चूँकि काशीश्वर अब उम्रदार हो चुका था, उसकी बातों में एक अलग सी गम्भीरता आ समाई थी। उसकी साफ-सुथरी पोशाक सुदर्शन चेहरा देखकर महीपति ने एक लम्बी उसाँस भरी। उन्हें मालूम था, उनके जिस रिश्तेदार लड़की, निर्मला को, वर्गियों ने धर-दबोचा था, काशीश्वर उसे प्यार करता था। बाँदीहाट में बेची जाने की नियति टालने

के लिए उस अभागिन लड़की ने खुदकुशी कर ली। उसकी खुदकुशी के बाद से ही, काशीश्वर मानो कोई और इंसान बन गया। इस हादसे के बहुत...बहुत दिनों बाद महीपति को पता चला था या जिस बात का पता करने के लिए, वे आनन्दीराम के पास जा रहे थे, काशीश्वर ने वह बात बहुत पहले ही जान ली थी—विपुला च पृथ्वी ! उसे मालूम हो गया था, इसलिए वह अपनी जगह ढूँढ़ने में कामयाब हो सका।

"तुम कलकत्ता जाना चाहते हो, काशीश्वर, लेकिन वहाँ जाकर आनन्दीराम क्या करेगा ?"

"काम तो वहीं मौजूद है।" काशीश्वर ने अनमने लहजे में कहा।

"ना, नहीं सूखता, कोई भी छाँव नहीं सूखता ! गाँव में कदम रखते ही उन्हें जाने क्यों तो निर्मला की याद आ गई। निर्मला को काफी उम्मीद थी। जिन्दा रहने की आस, उसे असम्भव परिस्थितियों में भी उम्मीद जुटाती थी, वर्ना वर्गियों के हाथों पकड़े जाने पर और उसके बाद शिवकाली गांगुली के पास से उसे ले जाकर, उसका अपना पति, उसे गुलाम-व्यवसायी के हाथों बेच देता ? जब वह सूरत या भड़ोंच में बेची जानेवाली थी, काशीश्वर से दोबारा भेंट हो गई। वह काशीश्वर से प्यार करती थी, यह बात भी कितने दिनों बाद पता चलीं; इसके बावजूद उन लोगों ने कोशिश की थी।

"हम लोग विश्ववासिनी के मन्दिर तक पहुँच चुके थे, आंधारमानिक की माटी पर हमने कदम रखा—" उसने अस्फुट लहजे में दोबारा कहा।

आज उसे एक-एक बात याद आती रही। निर्मला ने अगर आत्महत्या नहीं की होती, तो उसमें शायद इतना साहस नहीं जागता। निर्मला को बचाने के लिए जब वह विशालाक्षी से रुपए माँगने आया था, उसी वक्त, उधर निर्मला ने आत्महत्या कर ली।

"यह लड़का कौन है, आचार्य काका ?"

"आनन्दी का बेटा, विश्वनाथ।"

"मैं आनन्दीराम को अपने साथ ले जाना चाहता हूँ, सुरकंठ दादा को भी ले जाना चाहता हूँ, गृहस्थ-संन्यासी सब चलें, जाना ही होगा।"

"हाँ, लगता है, अब से, सारे रास्ते धीरे-धीरे उधर ही मुड़ जाएँगे ! कलकत्ता की तरफ !"

"बिल्कुल दूसरी जिन्दगी।" काशीश्वर अस्फुट लहजे में बुदबुदया।

सामने पंचायत-घर देखकर, वह ठिठक गया। पंचायत-घर काल की प्रकोप से थोड़ा-बहुत जीर्ण हो चुका था। लेकिन अभी भी उस पर फूस की छाजन, काठ के दरवाजे और खम्भों पर की गई नक्काशी देखकर, पैर खुद-ब-खुद ठिठक जाते थे।

"कलकत्ता में बंगालियों के लिए क्या काम है, काशीश्वर ?"

"ढेर-ढेर काम हैं।"

"बताओ तो सही।"

"मैं जयराम ठाकुर की कचहरी में काम करता हूँ—"

काशीश्वर जरा ठिठक गया। दूर चड़के के बाजों की गूँज। ऐसे ही किसी चड़क के

मेले में, विशालाक्षी का बेटा कन्हाई, गुम हो गया था। कितने सालों पहले की बात है यह ?

"पंचानन ठाकुर के पुरखे राढ़ में रसे-बसे थे। वहाँ से उनके खानदान पर कोई अभिशाप लग गया। वे लोग जैसोर चले गए। पंचानन ठाकुर ने किले के करीब गोविन्दपुर में मकान बनवाया। उनका बेटा जयराम चौबीस-परगना में अमीन बन गया। मैं उसकी कचहरी में नौकरी का काम करता हूँ।"

"वे तो बुजुर्ग हो चुके हैं।"

"जमीन-जायदाद में बुजुर्ग ! विद्या में अग्रणी।" शिक्षा में प्रवीण। शिक्षा ! शिक्षा के अलावा और किसी राह से श्री नहीं आएगी। फारसी के साथ-साथ मैंने भी अंग्रेजी सीख ली है, आचार्य काका।"

"अंग्रेजी ? अब हमारे बच्चे अंग्रेजी भी सीखेंगे ?"

"सीखेंगे नहीं, सीख रहे हैं। अभी हाल में ही एक विद्यार्थी को देख आया हूँ— रामनिधि गुप्ता। अंग्रेजों से लिखाई-पढ़ाई सीखकर, अब कितना नाम कमा रहा है ! मैंने भी अगर लिखना-पढ़ना नहीं सीखा होता, तो अपने पैरों पर हरगिज खड़ा नहीं हो पाता, आचार्य काका।"

महीपति को काफी खुशी हुई ! अब जाकर उन्हें भी अहसास हुआ, सामने अभी और भी राहें हैं ! भविष्य की राहें ! मुमकिन है, उस भविष्य की राह पर आनन्दीराम चलेगा। नई जगह में, मुमकिन है, यह आंधारमानिक गाँव का एक टुकड़ा, उस बच्चे के रूप में जिन्दा रहे।

मुखोटी-घर के सामने पहुँचकर, वे स्तब्ध हो आए। सब लोग सड़क पर क्यों खड़े हैं ? ये सुरकंठ, ये आनन्दीराम, ये विशालाक्षी हर किसी के सिर पर कच्चे-पक्के, श्वेत-काले बाल ! बाल तो खैर, उनके भी सफेद हो चुके हैं। उन्होंने विश्वनाथ की तरफ देखा।

"छोटे काका।"

"आनन्दीराम।"

"आचार्य काका।"

"सुरकंठ तुम सब बाहर क्यों खड़े हो ?"

आनन्दीराम ने अस्फुट आवाज में जवाब दिया, "नवाब अलीवर्दी नहीं रहे ! आज सुबह वे इन्तकाल कर गए।"

"इन्तकाल कर गए ?" महीपति को खयाल आया, नवाब की बीमारी की खबर उन्होंने भी सूनी थी।

"हाँ, आचार्य काका, नवाब भगवान के प्यारे हो गए। अब उनका नाती बंगाल का नवाब बन गया है।"

"सिराज नवाब बन गया ?"

महीपति को अहसास हुआ, खत्म हो गया ! सच ही एक युग खत्म हो गया। अब अटके रहने की जरूरत नहीं है। आंधारमानिक की चारों तरफ की सीमाएँ जैसे

टूट-फूटकर बिखर गईं। किसी बहुत बड़े अनागत भविष्य की सीमा में काफी रुलमिल गया है।

''आनन्दी, मैं तुम सबको कलकत्ता ले जाने के लिए आया हूँ। यह रहा...यह रहा, तुम्हारा बेटा।

विशालाक्षी ने विश्वनाथ को अपने करीब खींच लिया। उनकी आँखें डबडबा आईं। फुलेश्वरी और आनन्दीराम, दोनों ने एक-दूसरे की आँखों में देखा। दूर-चड़क के वाद्य स्वर! आंधारमानिक के आसमान पर सन्ध्या-आरती की गूँज।

''सुरकंठ !''

''मैं भी चलूँगा, आचार्य काका।''

''सभी लोग स्तब्ध खड़े रहे। चड़क के वाद्य, धीरे-धीरे असंख्य आवाजों में स्पष्ट हो उठे। धीरे-धीरे वह शोर करीब आता गया। महीपति की आँखें भर आईं। इसी कोलाहल में उन्हें बंगाल के आगामी युग का समुद्र-कल्लोल सुनाई दे रहा था।

आनेवाला युग कैसा होगा ? बिल्कुल ऐसा ही ? इसी की पुनरावृत्ति होगी या कोई नया, बिल्कुल अलग तरह का, विचित्र ! वहाँ तक पहुँचे बिना, कुछ भी नहीं जाना जा सकता।

चड़क का वाद्य काफी...काफी करीब आ गया था...

●●●